三國戲曲集成

○ 胡世厚 主編

第四卷 清代花部卷

○ 校理 衛紹生 楊波 胡世厚

復旦大學出版社

元代卷	胡世厚　校理
明代卷	楊　波　校理
清代雜劇傳奇卷（上下）	胡世厚　衛紹生　校理
清代花部卷	衛紹生　楊　波　胡世厚　校理
晚清崑曲京劇卷	胡世厚　校理
現代京劇卷（上中下）	胡世厚　校理
山西地方戲卷	王增斌　田同旭　啜希忱　校理
當代卷（上下）	胡世厚　校理

《三國戲曲集成》編委會

顧　問　劉世德
主　任　胡世厚
副主任　范光耀　關四平　鄭鐵生　衛紹生　張蕊青
委　員　（按姓氏筆畫排列）
　　　　　王增斌　毛小曼　田同旭　啜希忱　康守勤
　　　　　張競雄　楊　波　趙　青　劉永成

主　編　胡世厚

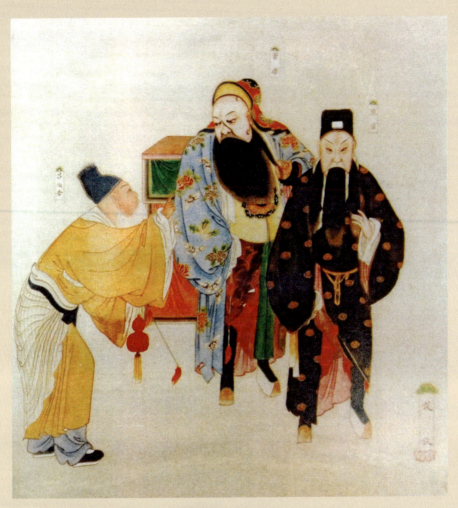

◎清戲畫《捉放曹》◎
選自《中國戲劇圖史》

◎清木雕 《連環記》◎
選自《中國戲劇圖史》

◎清戲畫 《借趙雲》◎
選自《中國戲劇圖史》

◎清戲畫《舌戰群儒》◎
選自《中國戲劇圖史》

◎清戲畫 《進營》◎
選自《中國戲劇圖史》

◎清戲畫 《群英會》◎
選自《中國戲劇圖史》

◎清戲畫《盜書》◎
選自《中國戲劇圖史》

◎清戲畫 《定計》◎
選自《中國戲劇圖史》

◎清戲畫《蘆花蕩》◎
選自《中國戲劇圖史》

◎清戲畫 《取南郡》◎
選自《中國戲劇圖史》

◎清戲畫《戰長沙》◎
選自《中國戲劇圖史》

◎清戲畫《西川圖》◎
選自《中國戲劇圖史》

◎清戲畫 《截江》◎
選自《中國戲劇圖史》

◎清戲畫 《百壽圖》◎
選自《中國戲劇圖史》

◎**清戲畫《陽平關》**◎
選自《中國戲劇圖史》

◎清戲畫 《七星燈》◎
選自《中國戲劇圖史》

◎清戲畫《磐河戰》◎
選自《中國京劇藝術百科全書》

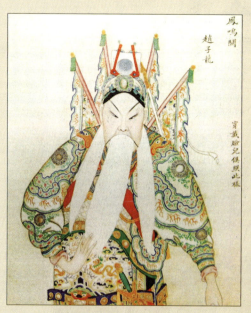

◎戲圖 《鳳鳴關·趙雲》◎
選自《清昇平署戲裝扮像譜》

◎戲圖 《鳳鳴關·諸葛亮》◎
選自《清昇平署戲裝扮像譜》

◎戲圖 《鳳鳴關‧鄧芝》◎
選自《清昇平署戲裝扮像譜》

◎戲圖 《鳳鳴關‧韓德》◎
選自《清昇平署戲裝扮像譜》

◎戲圖 《鳳鳴關・韓龍》◎
選自《清昇平署戲裝扮像譜》

◎戲圖 《鳳鳴關・韓虎》◎
選自《清昇平署戲裝扮像譜》

◎清戲畫 《祭江》◎
選自《中國戲劇圖史》

◎清宮戲畫 《天水關》◎
選自《中國戲劇圖史》

◎清宮戲畫 《夜戰》◎
選自《中國戲劇圖史》

◎清宮戲畫 《定軍山》◎
選自《中國戲劇圖史》

戰宛城 總本

戰宛城（夏侯惇于禁典韋許褚曹洪曹仁李典樂進全起其唱）

行在即刻、且俟丞相陞帳、大家兩廂伺候、（累白）

請鮑子四文堂四大鍵曹安曹昂引曹操上唱）

【引】勤勞王事建功勳、軍機內自才能宛城張繡圖謀正怎當吾將勇兵精累全怎見丞相（曹操自跕立雨廂聖駕隨使幸用都賞功罰罪

盡歸吾、宛城一戰除逆敵方顯謀有志量足老

夫、姓曹名操字孟德乃沛國譙郡人也昔年幼

由驍騎出身因南征北勦東撓西除屢見奇功

聖上見喜封我為平武侯之職滿朝文武無不

尊敬想吾位列三台威權極矣哈哈哈今有張

繡屯兵宛城有寬探許都之意趣他未曾舉動

【點降唇】（于夏唱）將士英豪、與許唱宛郎虎豹

（典仁唱）軍威好（李樂唱）地動山搖（全唱）要把宛城

掃

（各通名介自俺夏侯惇于禁典韋許褚曹洪

曹仁李典樂進、夏侯惇自列位將軍請了、累白

請了夏侯惇自你我隨丞相征戰南陽宛城兵

吾今統兵先伐攻打宛城此番屯兵於渭水有

◎書影《戰宛城》◎
選自《故宮珍本叢刊》

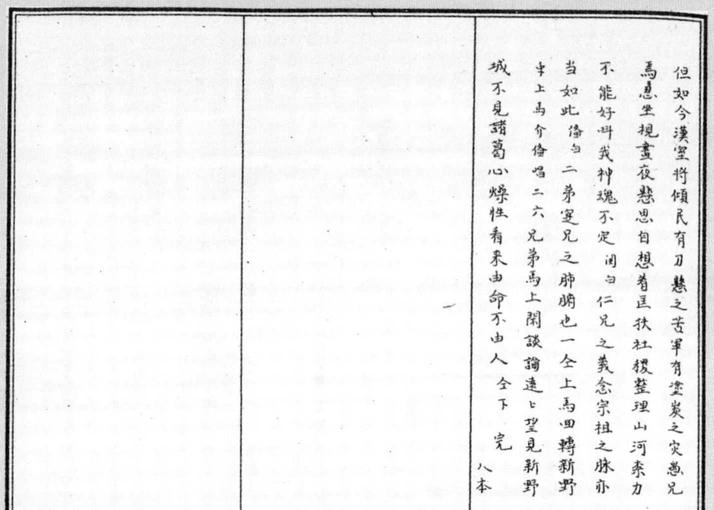
但如今漢室將傾民有刀懸之苦軍有塗炭之災愚兄
焉忍坐視晝夜懸思自想着匡扶社稷整理山河奈力
不能好叫我神魂不定 關白 仁兄之義念宗祖之脉亦
当如此 備白 二弟冥兄之肺腑也 一仝上馬回轉新野
中上馬介 備唱 二六 兄弟馬上閑談論遠ㄔ望見新野
城不見諸葛心燥性看來由命不由人 仝下 完
八本

三國志 三顧茅芦 九本
頭場上四文堂四家丁抬礼物仝上 劉関張
唱 西皮 二六 天氣炎寒雲霧長逆面朔風甚淒涼霎時
裀云金光挡檠拌绦鞭馬蹄忙鵞毛大片從天降 張唱
弟兄共議作商量 白 兄長這还去麼要依小弟說來孔
明也不过村魯山野誆哄那些無知愚民今乃寒冬臘
月仇敵尚且正兵不战何必冲風冒雪来訪這無益村
夫不如回轉新野弟兄三人蒙雪飲酒何等不樂 備白
哎求賢之心無所不至三弟你既怕冷請先回去罷 張
白 哎大哥咱翼德死还不怕豈有怕冷既是兄長要去
那有小弟回去之礼 就只怕孔明搥決咱弟兄不是 白
走一遭枉費神思空劳氣力 備白 閑話少講随愚兄仝
往 張白 是 備唱 二六 加急加鞭嫌馬慢弟兄一仝去求

◎書影　《三國志》九本《三顧茅廬》◎
選自《清車王府藏曲本》

溫明園

扮文堂大鎧李儒等引董卓上唱

引 朝事荒唐趣此定霸圖王。白 吾竟效周公,竟成王莽,風山河誰是主,大底掌握中,某西涼刺史鰲鄉侯董卓帶兵十萬進京誅滅寵臣等吾今人馬眾多威權勢大,公卿側目朝野胆寒,意欲癈天子,立陳留

◎書影 花部皮黃《溫明園》◎
選自中國國家圖書館藏《清宮昇平署檔案集成》

◎書影　楚曲《祭風臺》◎
選自《續修四庫全書·戲曲集》

總　　序

　　魏、蜀、吴三國形成經鼎立至滅亡,即從漢靈帝中平元年(184)黄巾起義起,到吴亡於晉武帝太康元年(280)一統,共九十七年,是我國歷史上一個獨具特色的時代。這一時期,漢室傾頹,天下大亂,群雄争霸,割據稱强,戰争頻仍,生靈塗炭,然而時勢造英雄,湧現出一大批文韜武略功績卓著的英雄人物。他們南征北戰,鬥智鬥勇,演繹出了一場國家從統一到分裂再從分裂到統一的可歌可泣、有聲有色、威武雄壯的活劇。

一

　　記載這一段歷史比較完整的史書,有晉陳壽的《三國志》和南朝宋裴松之的注、南朝宋范曄的《後漢書》、北宋司馬光的《資治通鑑》以及南宋朱熹的《通鑑綱目》。西晉以來,豐富多彩的三國故事在民間流傳。魏晉六朝的筆記小説,如裴啓的《裴子語林》、南朝宋劉義慶的《世説新語》和南朝梁殷芸的《小説》都記載了不少有關以三國人和事爲對象的故事,特別是有關曹操、諸葛亮、劉備等人的故事。到了唐代,三國故事已很流行。唐初道宣的《四分律删繁補闕行事鈔》、唐開元時大覺的《四分律行事鈔批》和晚唐景霄的《四分律行事鈔簡正記》,都記述了忠貞智慧的孔明爲劉備重用和"死諸葛怖生仲達"的傳説故事。到了宋代,三國故事流傳更廣,而且出現了專門説三國故事的藝人。宋蘇軾的《東坡志林》、孟元老的《東京夢華録》都記有專門"説三分"的,但脚本没有流傳下來。今天只能看到宋人話本中提到的三國人物和事件。

　　中國戲曲從萌芽到成熟的各個時期,三國歷史故事都是重要的題材來源,作品數量衆多,影響巨大,搬上舞臺也較早。據舊題顔師古《大業拾遺記·水師圖經》記載,隋煬帝時,就已用木偶戲的形式扮演三國故事。唐人李商隱《驕兒詩》"或謔張飛胡,或笑鄧艾吃"的詩句,説明當時已使用某種藝術形式表演了三國故事,爲兒童所模仿。宋人高承《事物紀原》與張耒《明道雜志》都記載有傀儡戲、影戲表演情節連貫、人物形象鮮明的三國故事戲。隨着宋雜劇的出現，由藝人扮演三國人物的三國故事登上了戲曲舞臺。今見最早著錄三國劇目的是陶宗儀《南村輟耕錄》，記載金院本三國戲劇目有 5 種：《赤壁鏖兵》《刺董卓》《襄陽會》《大劉備》《罵呂布》；宋元南戲三國戲劇目中有 10 種：《貂蟬女》《甄皇后》《銅雀妓》《周小郎月夜戲小喬》《關大王古城會》《劉先主跳檀溪》《何郎敷粉》《瀘江祭》《劉備》《斬蔡陽》。然而這些作品的劇本都沒有流傳下來，今僅存宋元南戲 3 種劇本的幾支殘曲。儘管如此，從中也可以看出金、南宋時代的戲曲藝人，根據史書記載和民間傳說，已把三國故事搬上了戲曲舞臺。

元代，雜劇已經成熟，出現繁盛景象。元代戲曲作家特別是戲曲大家關漢卿、王實甫、高文秀、鄭光祖等對三國故事題材十分青睞，他們在宋、金三國戲文和院本的基礎上，以三國史籍和廣爲流傳的三國故事以及稍後的《三國志平話》爲題材，以自己的歷史觀、社會觀、戲曲觀、審美觀創作了大量的三國戲，曲折地反映了元代現實生活，具有鮮明的時代精神。據元鍾嗣成《錄鬼簿》、明賈仲明《錄鬼簿續編》、明朱權《太和正音譜》、清黃丕烈《也是園藏書古今雜劇目錄》和近人傅惜華《元人雜劇全目》、邵曾祺《元明北雜劇總目考略》、莊一拂《古典戲曲存目彙考》、陳翔華《三國故事戲考略》等記載，元代（含元明之間）三國雜劇有 62 種，現存劇本有 21 種：關漢卿的《關大王單刀會》《關張雙赴西蜀夢》、高文秀的《劉玄德獨赴襄陽會》、鄭光祖的《虎牢關三戰呂布》《醉思鄉王粲登樓》、朱凱的《劉玄德醉走黃鶴樓》、無名氏的《錦雲堂暗定連環計》《諸葛亮博望燒屯》《關雲長千里獨行》《兩軍師隔江鬥智》《劉關張桃園三結義》《關雲長單刀劈四寇》《張翼德大破杏林莊》《張翼德單戰呂布》《張翼德三出小沛》《莽張飛大鬧石榴園》《走鳳雛龐統掠四郡》《曹操夜走陳倉路》《陽平關五馬破曹》《壽亭侯怒斬關平》《周公瑾得志娶小喬》。又存劇本殘曲 7 種：高文秀的《周瑜謁魯肅》、王仲文的《諸葛亮軍屯五丈原》、武漢臣的《虎牢關三戰呂布》、花李郎的《相府院曹公勘吉平》、無名氏的《千里獨行》《斬蔡陽》《諸葛亮挂印氣張飛》。今存劇目 34 種。在這 62 種今存劇目中，三國時期的重要歷史事件和重要人物劉備、關羽、張飛、趙雲、諸葛亮、孫權、周瑜、魯肅、曹操、袁紹、董卓、呂布、馬超、蔡琰、貂蟬、王粲、司馬懿、司馬昭等都被寫進了劇本，登上了戲曲舞臺。從這些劇目敷演的故事來看，元代的戲劇作家已把最精彩的三國故事搬上了戲曲舞臺，而且以蜀漢爲正統、尊劉貶曹抑孫、崇尚仁義忠孝智勇的思想傾向已很突出，故事情節已相當連貫和完整，人物形象亦相當鮮明，特別是一些主要人物性格特徵、造型已定格，成了範式，如劉備、關羽、張飛、諸葛亮、曹操、周瑜等。

明代三國戲，在繼承元雜劇、宋元南戲的三國戲的基礎上又有了新的發展，尤其是生活於元明之際羅貫中《三國志通俗演義》在明代中期刊刻問世後，不僅給廣大讀者提供了喜愛的讀物，而且爲戲曲作家提供了創作三國戲的素材。據《古典戲曲存目彙考》、陳翔華《明清三國故事戲考略》記載，明代雜劇寫三國故事的有18種，今存劇本有5種：朱有燉《關雲長義勇辭金》、汪道昆《陳思王洛水生悲》、陳與郊《文姬入塞》、徐渭《狂鼓吏漁陽三弄》、無名氏《慶冬至共享太平宴》；今存殘折1種：丘汝成《諸葛平蜀》；今存劇目12種：張國籌《茅廬》、諸葛味水《女豪傑》、凌濛初《禰正平》、蔣安然《胡笳十八拍》、凌星卿《關岳交代》、鄧雲霄《竹林小紀》、無名氏《銅雀春深》《黃鶴樓》《碧蓮會》《竹林勝集》《斬貂蟬》《氣伏張飛》。明傳奇寫三國故事的32種，今存劇本7種：王濟《連環記》、鄒玉卿《青虹嘯》、無名氏《古城記》《草廬記》《七勝記》《東吳記》《三國志大全》；今存殘曲14種：無名氏《桃園記》(七齣)、《草廬記》、沈璟《十孝記》中的《徐庶見母》(一齣)、《古城記》、《連環記》、無名氏《青梅記》(一齣)、《赤壁記》、《單刀記》(一齣)、《三國記》、《四郡記》、《關雲長訓子》、《魯肅請計喬公》、《五關記》(一齣)、《興劉記》(一齣)；今存劇目14種：馬佶人《借東風》、金成初《荊州記》、長嘯山人《試劍記》、許自昌《報主記》、王異《保主記》、穆成章《雙星記》、黃粹吾《胡笳記》、彭南溟《玉珮記》、汪宗臣《續緣記》、劉藍生《雙忠孝》、孟稱舜《二橋記》、無名氏《猇亭記》《射鹿記》《試劍記》。

從現存的三國戲劇本內容和劇目可以看出，明代的三國戲又有了新的發展，不僅內容豐富，而且表現形式也有突破，出現了敷演複雜故事的多達幾十齣的傳奇，其故事情節更加曲折動人，結構更加緊湊出奇，人物形象更加生動鮮明，曲文典雅富有文采，念白通俗易懂。

二

到了清代，三國戲呈現出相當繁榮的局面，編演三國戲的不僅有雜劇、傳奇，還有花部各種地方劇種，衆多的劇目，幾乎把《三國演義》的主要人物和精彩情節都改編爲戲劇，搬上了舞臺。清代的三國戲，思想內容更加豐富，人物形象更加鮮明，藝術樣式更加多樣，觀衆更多。據《曲海總目提要》

《清代雜劇總目》《古典戲曲存目彙考》記載，清代雜劇三國戲有 22 種，其中存本 15 種：南山逸史的《中郎女》、來集之的《阮步兵鄰廁啼紅》、鄭瑜的《鸚鵡洲》、尤侗的《弔琵琶》、徐石麟的《大轉輪》、嵇永仁的《憤司馬夢裏罵閻羅》、邊汝元的《鞭督郵》、唐英的《笳騷》、楊潮觀的《諸葛亮夜祭瀘江》《窮阮籍醉罵財神》、周樂清的《定中原》(《丞相亮祚綿東漢》)、《真情種遠覓返魂香》(《波弋香》)、黃燮清的《凌波影》、無名氏的《祭瀘江》《耒陽判事》；存目 7 種：萬樹的《罵東風》、許多崙的《梅花三弄》、張維敬的《三分案》、張瘦桐的《中郎女》、無名氏的《反西涼》《文姬歸漢》《黃鶴樓》。清傳奇三國戲有 25 種，其中今存劇本有 13 種：范希哲的《補天記》、曹寅的《續琵琶》、夏綸的《南陽樂》、維安居士的《三國志》、無名氏的《錦繡圖》《平蠻圖》(中國國家圖書館藏清鈔本)、《西川圖》、《賢星聚》、《雙和合》、《世外歡》、《平蠻圖》(綏中吳氏藏鈔本)、《樊榭記》、周祥鈺的《鼎峙春秋》；今存劇目有 12 種：劉晉充《小桃園》、李玉《銅雀臺》、劉百章《七步吟》、容美田《古城記》、雲槎外史《桃園記》、鳳凰臺上吹簫人《斬五將》、顧彩《後琵琶記》、石子斐《龍鳳衫》、無名氏《八陣圖》《青鋼嘯》《三虎賺》《古城記》。

　　有一些劇作家，不滿於現實，不滿於《三國演義》三分一統於晉的結局，他們爲泄胸中之氣，翻歷史事實及小說所寫的結局，創作了一些補恨翻案戲。如周樂清的雜劇《丞相亮祚綿東漢》，范希哲的傳奇《補天記》，夏綸的傳奇《南陽樂》，漢爲正統的思想與擁劉貶曹抑孫傾向明顯加强。《丞相亮祚綿東漢》讓諸葛亮滅魏、吳統一天下，《補天記》讓曹操下阿鼻地獄受苦，《南陽樂》讓諸葛亮殺司馬師、擒司馬懿、下許昌囚曹丕、戮曹操屍、收東吳、囚孫權，劉禪禪位給北地王劉諶、諸葛亮功成辭歸南陽。

　　還有一些劇本，取三國時人名，杜撰故事，反映社會生活，抒發胸中塊壘，曲折地反映針砭時弊的情懷。如嵇永仁的雜劇《憤司馬夢裏罵閻羅》與楊潮觀的雜劇《窮阮籍醉罵財神》。

　　縱觀清代雜劇、傳奇三國戲，繼承了元明雜劇、傳奇三國戲傳統，但又有自己的特點。這些劇本大多是清初至道光間文人創作的作品，雜劇多側重抒情，表達劇作家的思想理念；傳奇則長於叙述故事，特別是情節複雜、人物衆多、跨度時間長的內容，寫成多本百餘齣甚至二百四十齣劇本。然而，清代的雜劇、傳奇僅知《鼎峙春秋》在宮廷全部連演過兩次，宮廷與民間則選演過其中的一些單齣戲，《南陽樂》及少數劇目演出過，大多未見演出的記載，實際成爲案頭戲曲文學。

上述元明清雜劇、傳奇三國戲的收錄情況，囊括了今知的全部劇本，是戲曲文學的珍貴文獻資料。

三

清初，我國戲曲除以崑腔、京腔演唱傳奇之外，又出現了許多新興的聲腔劇種，據乾隆六十年(1795)，李斗《揚州畫舫錄》載："兩淮鹽務，例蓄花雅兩部，以備大戲。雅部即崑山腔；花部爲京腔、秦腔、弋陽腔、梆子腔、羅羅腔、二簧調，統謂之亂彈。"花、雅兩部，後來演變爲對一類劇種的總稱，雅部專指崑曲，花部成爲新興的地方戲。花、雅經歷了長期的競爭，儘管宮廷官府崇尚保護崑曲，但難阻慷慨激昂、通俗易懂的花部贏得廣大民衆的喜愛，蓬勃興盛，崑曲則逐漸衰落。而傳統三國戲，亦爲花部諸腔青睞，尤其是花部諸腔以老生爲主，因而改編、創作了許多以老生、武生爲主的三國戲，使花部三國戲更爲豐富興盛。花部三國戲劇目衆多，且都是經過舞臺實踐、邊演邊改的演出本。據金登才《清代花部戲研究》"花部劇作"考查，乾隆年間三國戲有5種：《斬貂》《博望坡》《漢陽院》《龍鳳呈祥》《截江救主》；嘉慶年間三國戲有21種：《桃園結義》《四(氾)水關》《賜環》《戰宛城》《白門樓》《白逼宮》《斬顏良》《關公挑袍》《過五關》《薦諸葛》《三顧茅廬》《長坂坡》《三氣周瑜》《黃鶴樓》《單刀會》《祭江》《斬馬謖》《葫蘆峪》《五丈原》《鐵籠山》《哭祖廟》；道光年間三國戲有59種：《溫明園》《捉放曹》《虎牢關》《磐河戰》《借趙雲》《戰濮陽》《轅門射戟》《奪小沛》《鳳凰臺》《許田射獵》《聞雷失箸》《擊鼓罵曹》《臥牛山》《馬跳檀溪》《金鎖陣》《漢津口》《祭風臺》《舌戰群儒》《臨江會》《群英會》《借箭打蓋》《祭東風》《赤壁記》《華容道》《取南郡》《取桂陽》《取長沙》《戰合肥》《討荆州》《柴桑口》《斬馬騰》《反西涼》《戰渭南》《西川圖》《取雒城》《冀州城》《戰歷城》《葭萌關》《獻成都》《百壽圖》《瓦口關》《定軍山》《陽平關》《收龐德》《玉泉山》《戰山》《受禪臺》《興漢圖》《造白袍》《伐東吳》《白帝城》《英雄志》《渡瀘江》《鳳鳴關》《天水關》《罵王朗》《失街亭》《隴上麥》《葫蘆峪》，三朝共有三國戲85種，其中有一種《葫蘆峪》相重。這些劇本大多收錄在《故宮珍本叢刊》《昇平署檔案集成》《車王府藏曲本》與《楚曲十種》中。我們從中得到88種，另有5種劇目內容相重未收，而《花部戲曲研究》考查的劇目，尚有24種，而未找到劇本。從搜集到的花部三國戲劇本看，劇本都是鈔本或轉錄本，大多無標點，文字差錯較多。劇本有長有短，長者有十本九十六齣，短者一齣。其思想傾向，仍然繼承了以前雜劇傳奇的宗漢尊劉、貶曹抑孫，頌忠義仁孝智勇，斥奸佞專橫殘暴不仁不義；在藝術上突出的是"音樂慷慨動人，文詞直樸易懂"，舞臺動作性強，人物性格鮮明。

　　清乾隆五十五年(1790)，四大徽班中的三慶班首先進京，爲慶祝乾隆八十大壽演出之後，留京演出，徽班的四善班、和春班、春臺班亦相繼進京演出。徽班以唱二簧、昆腔爲主。19世紀初的嘉、道年間，湖北漢調藝人進京加入徽班，漢調以唱西皮爲主，於是出現了徽、漢合流。徽班爲了與昆曲、秦腔、京腔爭勝，在繼承徽、漢二調基礎上，廣泛吸取其他聲腔劇種之長，於道光二十年(1840)前後，逐步形成了藝術風格和表演方式相當完整的皮黃戲，即後來的京劇。同、光年間，京劇已經趨於成熟，呈現出繁榮局面。三慶班主程長庚請盧勝奎執筆，據《三國演義》和其他三國戲，編寫了連臺戲三十六本的京戲《三國志》，從劉備投荆襄起到取南郡止。遺憾的是劇本未能全部保留下來，留藏在藝人之手的尚有十九本。這些劇本，經多年舞臺實踐，邊演邊改，如今已成京劇經典作品。除此之外，四大徽班還各有自己名伶擅演的代表性三國劇目，收錄在《梨園集成》《醉白集》《繪圖京都三慶班真正京調全集》中。清末京劇改良先驅汪笑儂還改編創作了四部刺世貶時富有時代精神的三國戲：《獻西川》《受禪臺》《罵王朗》《哭祖廟》。

　　我們從上述京劇集中選錄京劇三國戲47種，這些劇本有一個非常突出的特點，是伶人編寫、演出的文本，代表了京劇形成繁榮時期的文學藝術水平，起着承前啓後的作用，既將傳統三國戲整飾加工，使其更加精彩，又針對現實創作了一些針砭時弊、喚醒民衆發奮、救亡強國的戲曲劇本。這些劇本不僅爲現代京劇和各種地方戲提供了文學劇本和創作經驗，而且有許多劇至今仍活躍在舞臺上。

　　昆曲到晚清，已呈衰落之勢，三國戲雖未出現有影響的新創劇作，但藝人們從元雜劇關漢卿的《關大王單刀會》和明傳奇王濟的《連環記》、無名氏的《古城記》等傳統劇目中，選擇一些精彩片段改編爲單齣戲，常演出於宮廷與民間戲曲舞臺。流傳下來的劇本，均係手鈔本，收錄在《故宮珍本叢刊》《昇平署檔案集成》《車王府藏曲本》等戲曲文獻中。我們從中收錄三國戲30種。雖然多是單齣折子戲，但匡扶漢室、擁劉貶曹的思想傾向突出，故事情節生動精彩，人物形象性格鮮明，言語文雅，唱腔動聽，不僅是流傳下來的藝術精品、珍貴的戲曲文獻，而且有些戲如《單刀會》《貂蟬拜月》《梳妝擲戟》《灞橋餞別》《古城相會》《徐母擊曹》等仍演出於當今舞臺。

四

　　從1919年五四運動起,到1949年中華人民共和國成立,這一時期,文學界多稱爲現代。這一時期的二三十年代,京劇名家輩出,流派紛呈,是京劇的鼎盛時期。就是在八年抗日戰爭期間,有些京劇名家爲抗日明志罷演,但京劇仍然活躍在國統區、淪陷區、敵後抗日根據地的解放區。抗日戰爭勝利之後,京劇舞臺又活躍起來。因此可以説,這一時期,京劇興盛繁榮,流布於大江南北、長城内外,被譽爲"國劇"。在舊中國日漸淪於半封建、半殖民地的境況下,長於急管繁弦、慷慨激越的京劇,在民生凋敝、國勢艱危、日寇入侵之際,承擔起"歌民病""唤民醒"的重任,湧現出許多借古諷今、切中時弊的優秀劇目,生動、深切地折射出國家政局的演變與廣大民衆的心聲。而三國故事尤爲京劇作家和藝人青睞,他們在繼承前代三國戲的基礎上,改編、移植、創作了許多三國戲。據陶君起《京劇劇目初探》著録三國戲劇目有154種,曾白融《京劇劇目辭典》著録三國戲劇目511種(其中有一些是一劇多名)。流傳下來的三國戲劇本極其豐富。從這一時期前後出版的劇本集來看,1915年的《戲考》,收録三國戲劇本77種;1933年的《戲學指南》,收録三國戲劇本23種;1948年的《戲典》,收録三國戲劇本18種;1955年的《京劇叢刊》,收録三國戲劇本20種;1957年的《京劇彙編》,收録三國戲109種;1957年的上海市《傳統劇目彙編》京劇集,收録三國戲劇本42種;1962年的《關羽戲集·李洪春演出本》,收録關羽戲27種。此外,尚有民國年間出版的《京調大觀》《戲曲大全》《舊劇集成》等京劇劇本集,也收録一些三國戲劇本。有些劇本集,雖然是中華人民共和國成立以後出版的,但收録的却是民國年間的藝人演出本。現從衆多刊印的京劇劇本集中遴選出146種。這些劇本中有許多是清代名伶編演,傳給弟子、家人或戲班,爲現代京劇名家演出所用而收藏。並且京劇名家在演出過程中,根據本人及時代情況,又進行加工修飾,使情節更加合理,結構更加緊湊,人物性格更加鮮明,語言更加曉暢易懂,且不失文采。

　　這一時期劇本創作出現了一種可喜的新情況,劇作家與藝人合作編劇,而且是一位劇作家專爲某位名伶或幾位名伶編劇。他們量體裁衣,針對某個藝術家的特點,創作出適合該藝術家演出的劇本,這不僅提高了劇本的文學性,也增强了劇本的動作性。比如劇作家齊如山,專爲梅蘭芳寫戲,爲梅蘭芳改編、創作了30多個劇目,其中有三國戲《洛神》。作者依據《洛神賦》和明雜劇《陳思王洛水生悲》、清雜劇《凌波影》進行改編,塑造了超凡脫俗、冷艷情深的宓妃,鑄造了宓妃與曹植"若有情""似無情""欲笑還顰,最斷人腸"的境界。又如劇作家金仲蓀專爲程硯秋寫戲,針對程硯秋的特點量體裁衣,特別注重立意,反映現實。1931年,金仲蓀針對蔣、馮、閻、桂軍閥開戰給民衆造成的災難,創作了《春閨夢》,描寫漢末公孫瓚與劉虞爲爭疆土開戰,強徵兵丁,迫使新婚的王恢從軍戰死。其妻張氏獨守空房,思念丈夫,憂思成夢。夢見丈夫回來,夫妻重温舊情;又夢見戰場刀光劍影、屍橫遍野,丈夫戰死沙場。劇作家借此情揭露痛訴軍閥戰爭的殘酷與罪惡,深切同情遭受苦難的民衆。1933年,金仲蓀針對"九一八"事變之後,國民政府實行不抵抗政策,東北三省很快淪入敵手的情況,根據地方戲《江油關》改編爲京劇《亡蜀鑒》,批判了蜀漢江油守將馬邈在強敵壓境之際,不思抵抗、投敵叛國的罪行;歌頌了馬妻李氏深明大義,苦苦勸夫抵抗,後得知丈夫出城投降、江油失守,悲傷欲絕、自盡而亡的民族氣節和愛國情懷,表達了對日本侵略者必須抵抗的決心,喚起民衆反對投降、寧死不做亡國奴的愛國思想,反映了當時民衆的心聲。

　　山西地方戲歷史悠久,源遠流長,從漢代到宋代,經過一千多年的孕育演變,戲曲日趨成形。北宋時晉南、晉東南的一些鄉村已出現了大戲臺專供演員演戲。元代雜劇盛行,山西的平陽(今臨汾)與大都(今北京)是並列的雜劇藝術中心,平陽的雜劇演出盛況無與倫比。

　　山西地方戲劇種,有50多種,居全國省市之首。然最著名的有四大梆子:蒲劇、中路梆子(晉劇)、北路梆子、上黨梆子。山西地方戲劇目甚多,傳本亦豐,三國戲亦然。據《山西地方戲彙編》收錄三國戲147種。另有一些劇本收藏在某劇團或藝人手中。今從《彙編》和劇團、藝人所藏中遴選三國戲64種,其中有晉劇、蒲劇、北路梆子、上黨梆子、鄜鄂、鐃鼓雜戲等。這些劇本的寫作年代不知,大多是清代、民國流傳下來的傳統的三國戲,也有新改新編和創作的三國戲,其思想傾向爲尊劉貶曹、張揚忠義,貶斥奸佞不道之行。而部分新改新編的劇本如晉劇《關公與貂蟬》《貂蟬軼事》,描寫細膩,注重心理刻畫,與傳統三國戲以叙述故事情節爲主、粗綫條表現人物有所不同。

　　中華人民共和國成立之後,我國戲曲文學在"百花齊放,推陳出新"方針和"發展現代戲,改編傳統戲,創作歷史劇"三並舉政策的指導下,前十七年出現了繁榮的喜人局面,可以説是我國戲曲發展的黄金時期。"文革"期間,我國戲曲遭受嚴重摧殘,新創作的現代戲、已經改編出新的傳統戲和新編歷史劇統統成爲"封、資、修"的東西,遭到批判和禁演。各地京劇和地方戲改編、新創的劇本極少,除八個樣板戲之外,幾乎無戲可演。粉碎"四人幫"之後,特別改革開放以來,我國戲曲又迎來陽光明媚的春天,戲曲文學呈現出百花争艷的繁榮景象。這期間儘管受到影視藝術、通俗歌曲的影响,戲曲文學仍然改編創作出一批反映生活貼近時代的優秀劇目。

三國戲隨着時代的變化,戲曲的發展,也出現了令人欣喜的繁榮景象,改編整理許多傳統三國戲,新創作一批富有時代精神的三國戲。我們從1949年中華人民共和國成立到2014年六十五年間出版的戲曲文學書刊中,遴選出18個劇種改編或創作的39部三國戲。其中改編的19部、新創的20部。無論是改編傳統三國戲,還是新創三國戲,劇作家都以現代觀念、審美理想,觀照歷史,既尊重歷史事實,又虚構歷史細節和人物,力求在思想内容、人物形象方面出新、創新,使其貼近生活,貼近時代,寓教於樂,以古鑒今,給人以新的認識和啓迪。當代這39部戲,突破了以往以蜀漢爲主的題材,改變了尊劉貶曹抑孫的思想傾向,給曹操、周瑜以公正的評價,擦掉了曹操臉上的白粉,去掉了周瑜心胸狹窄、妒賢嫉能的性格缺陷,並且塑造了許多新的女性形象。

五

綜上所述,我們從歷代三國戲中,彙集587種,其中完整劇本471種,殘曲、存目116種,編爲《三國戲曲集成》,内分八卷:《元代卷》、《明代傳奇卷》、《清代雜劇傳奇卷》(上下卷)、《清代花部卷》、《晚清昆曲京劇卷》、《現代京劇卷》(上中下卷)、《山西地方戲卷》、《當代卷》(上下卷)。縱觀《三國戲曲集成》,亮點有三:

第一,開荒創新,填補空白。我國古代長篇小説有四大名著:《三國演義》《水滸傳》《西遊記》《紅樓夢》,編演、留存戲曲劇本最多的是三國戲。然而,《水滸戲曲集》《西遊記戲曲集》《紅樓夢戲曲集》都已先後出版,唯獨《三國戲曲集》没有問世。也許因爲歷代三國戲多,版本複雜,存本分散,搜集整理難度大,工程浩繁,因而學界無人問津。如今,《三國戲曲集成》的整理出版,作爲一項拓荒創新性的工作,填補了這一領域的空白。

第二，劇本衆多，彙集完備。元代以降的三國戲曲存本、存目衆多。存目分別著錄在許多古籍、書目著作中，有的未見著錄。存本分藏全國各地，版本十分複雜，有刻本、覆刻本、鈔本、轉鈔本，其中有許多是罕見的善本、孤本。有的孤本長期深藏某地書庫，幾乎没人見過。我們從北京、上海、南京、杭州、鄭州、太原等地的圖書館、博物館，查遍記述戲曲劇目及學界研究論著，搜集劇本的各種版本。因而，該集元明清雜劇、傳奇搜集齊全，清花部、京戲、現當代戲曲甚多難以盡錄，即便如此，也是當今彙集三國戲最多、最全、最爲完備的一部文獻價值極高之書。

第三，版本較好，校勘精細。今存劇本，元雜劇有所整理，但其版本較多，校勘甚難。明清三國戲劇本刊本少，鈔本多，僅有個別劇本經過整理，絶大部分未經整理，因而，曲白異文多，錯別字多，簡寫字不規範，文字有脱落、字迹漫漶不清、錯簡缺頁，多未斷句標點。因而，我們選用較好的版本作底本，精細審慎，務求存真地進行校勘，凡屬異文、誤字、漫漶、空缺、墨丁、脱漏、衍文、倒錯、妄增、誤删等處，皆分别校正，記入校記。凡不明者，注明待考。該集可謂是一部版本較好、校勘精細、存真少誤、可讀可用的戲曲集，而且又具極高的學術價值。

我國人民群衆了解三國歷史、三國人物，並非是因爲讀過陳壽《三國志》和羅貫中《三國演義》，大多是從看三國戲而獲知的。因而，我們校勘整理《三國戲曲集成》，是一件功在當代、澤被後世的工作，將爲繼承傳統優秀文化遺產、爲廣大專家學者提供寶貴的研究文獻資料，爲全國衆多的戲曲劇團和戲曲作家提供資料創作、改編、移植、演出的劇本，爲廣大戲曲愛好者及廣大群衆提供一個完備的三國戲曲讀本，爲衆多文藝形式提供創作素材，爲繼承弘揚優秀傳統戲曲文化，促進當代戲曲振興，推動文化大發展大繁榮都有重要意義。

鑒於我們的學識水平、時間精力所限，收錄劇本或有遺珠，校勘有不妥之處，懇請學界專家學者和廣大讀者批評指正。

凡　　例

一、本書所收劇本敷演三國故事的時間自東漢靈帝中平元年(184)黄巾起義起,至晉武帝太康元年(280)吳亡三國統一于晉止。凡敷演這段歷史故事的戲,統稱三國戲。本書廣泛搜集三國戲曲資料,訂其訛誤,補其缺佚,爲廣大讀者和研究者整理出一部完整的《三國戲曲集成》。

二、本書校勘,以保留原本面貌爲主要原則,訂正文字時,既校異同,又校是非。即從諸本中選用善本作爲底本,以其他版本作爲參校本,對於確屬訛誤衍脱需要校訂改正者,均出校記。若原本有塗改之處,且不知何人所校,未睹真迹,不辨朱墨,又須採其説入校者,均稱"原校"。殘本處理情況同上。劇本若僅存孤本,無他本參校,則用本校法、理校法進行校勘。

三、校勘過程中出現的訛、脱、衍、倒等情況,採取統一格式處理。凡認爲某字爲訛字,則于正文中直接訂正;凡認爲某字脱去,則在正文中增加此字;凡認爲某字爲衍字,則删去;凡出現文字前後倒置的現象,則直接在對應處乙正,上述情況均出校記加以説明;凡是不辨正誤者,則一律注明待考。

四、劇本作者,依前人考定,一一補題。原本劇本多用簡稱,今均依題目正名改用全稱。原本未標楔子、折數、唱詞宫調曲牌名者,一仍其舊,一般不出校記。有些劇本過長,未分折、齣,今依劇情分折、分齣,出校説明。唱、白、科介或曲牌等提示,置於括弧之内。

五、區别對待異體字、通假字和通用字。全書中異體字加以統一。通假字不校不改。反映元明時期特殊用字習慣的通用字,如"們"作"每","杖"作"仗","賠"作"倍"或"陪","跟"作"根",等等,一般不作改動;若爲避免發生歧義而有所改動,則一律出校記説明。

六、關於劇中角色的唱詞、賓白和科介的次序,一般按照"××唱""曲牌名""唱詞"(或"唱詞＋賓白")的格式處理。若賓白或科介未標明所屬角色者,則需補充清楚並出校記;若遇"××唱"置於"曲牌名"之後,則在校記中注明"依例前移"。

七、本書採用通行的新式標點符號,版式爲繁體横排,曲、白分開排。曲牌用黑月牙【 】;唱詞用五號宋體,賓白用五號仿宋體;襯字一般不特別標出,與唱詞字體同,若原本已標出,則用五號仿宋體;上下場詩同唱詞,用五號宋體;唱、念、白、科介等説明性文字用五號仿宋,置於圓括弧之内。

八、曲文斷句,均以曲譜定格,間遇文義斷裂之處,酌情改從文讀。雜劇、傳奇、花部、昆曲唱詞與賓白自然分段;同一支曲,唱中有夾白不分段,换曲牌則另起一段。京劇、現代戲唱詞與賓白,則按《後六十種曲》中京劇《曹操與楊修》體例分段分行。

九、劇本按元、明、清、現、當代分卷,若一卷劇本多,則分上、下册。每卷先雜劇,後戲文、傳奇;先完本、殘本,後存目。元、明、清雜劇傳奇諸卷每卷均以作者年代先後爲序。清代花部、晚清昆曲京劇、現當代京劇及地方戲諸卷,以三國故事發生的時間先後排列。有的劇本時間跨度較長,或故事發生時間難以考定,則酌情處理。

十、每劇解題,略述劇種、作者姓名及其簡介、劇目著録情況、劇本内容、本事來源、版本情況、以何種版本作底本、參校何種版本、歷年校點情況等,力求簡明扼要。戲曲存目,則須寫明作者、年代、著録、劇情、本事、版本情況等。清代部分某些劇目聲腔不詳者,一律按花部處理。

十一、每劇均按劇名、作者、解題、正文爲序排列。作者不知姓名者,清代之前署"無名氏",現、當代署"佚名"。

十二、歷代三國人物故事畫、劇本書影,置於每卷正文之前,作爲扉畫,不作插圖,標明出處。

2015 年 7 月 31 日　校理者識

《花部卷》前言

衛紹生

清代康熙、乾隆年間花部的興起，是中國戲曲史上的一次重大變革，拉開了"花部"與"雅部"爭艷的大幕，極大地促進了傳統戲曲在民間的普及與發展。李斗《揚州畫舫錄》對乾隆年間兩淮花部和雅部的發展情況有這樣的描述："兩淮鹽務，例蓄花雅兩部，以備大戲。雅部即崑山腔，花部爲京腔、秦腔、弋陽腔、梆子腔、羅羅腔、二簧調，統謂之亂彈。"[①]被稱之爲"亂彈"的花部，是除崑山腔之外的傳統地方劇種的總稱。清代戲曲評論家焦循有言："花部者，其曲文俚質，共稱爲'亂彈'者也。"[②]後世一些研究者循李斗、焦循之例，也以"花部"代指清代的各種地方戲。花部興起於康熙、乾隆年間，興盛於嘉慶、道光年間。道光之後的同光年間，在大江南北廣爲流行，成爲百姓日常娛樂的重要藝術形式。隨着花部的興起和流行，三國戲的創作和演出也達到了空前的繁盛，成爲清代戲曲的一道靚麗風景。

一、花部三國戲的創作情況

宋元以後，由於《三分事略》《三國志平話》《三國演義》以及元雜劇三國戲的流傳和影響，三國故事在民間具有很高的知名度和影響力，成爲戲曲創作的重要素材，對清代花部創作產生了重要影響，並促成了花部三國戲的大量出現。

敷演三國故事是中國古代戲曲的傳統。從宋元開始，三國題材就受到了戲劇作家的關注，見諸記載的宋元戲文有三國戲六種。到了元代，"三國戲"在元雜劇中占了較大比重，有四十五種之多，其中寫劉關張和蜀漢故事

---

① 李斗《揚州畫舫錄》卷五《新城北錄下》。
② 焦循《花部農譚·序》。

的有三十種，占了元雜劇三國戲總數的三分之二。① 三國故事爲戲曲作家所喜愛，是中國戲曲史上不爭的事實。這種現象不僅一直延續下來，而且在清代發展到極致，出現了大量的三國戲。乾隆朝宮廷大戲《鼎峙春秋》主要就是敷演三國故事，該劇長達二百四十齣，常常是一演就是一年，從年頭到年尾，天天都是三國戲。但宮廷大戲是爲帝王將相和後宮嬪妃們演出的，尋常百姓無法一飽眼福。於是，花部三國戲繼承元代以來三國戲的傳統，把百姓喜愛的三國故事搬上舞臺，贏得了廣大觀衆的喜愛。

清代三國戲大抵可以分爲雅部和花部兩大類。據南枝《〈中國三國戲曲集〉編目（上）》記載，清代花部以外的三國戲共有二十六種，其中雜劇六種，傳奇二十種②，昆曲三十九種③。這一時期，以雜劇、傳奇和昆曲爲代表的雅部共有三國戲六十五種。而在弋陽腔基礎上發展起來的各種地方劇種，如京腔、秦腔、楚曲、梆子腔、羅羅腔、二簧調等被稱之爲"花部"或"亂彈"的地方戲，都對三國故事表現出很高的熱情，三國戲遍地開花，劇種劇目繁多，影響也頗爲深遠。據金登才《清代花部戲研究》統計，清代花部共計五百九十種④，總量不可謂不多。但這顯然還不是花部的全部。要對清代花部三國戲作出一個準確的統計是十分困難的，這不僅因爲清代花部劇種繁多，而且因爲三國戲大多是各種戲班的演出本，很多是口口傳授，有的只有一個劇情梗概或提綱，有的只有用工尺譜記載的主要唱腔唱詞，沒有完整的劇本。現今所見到的部分花部三國戲，就是十分簡單的劇本。但更多的花部三國戲有劇目而無劇本，有劇本存世者只是其中的一小部分而已。

花部劇種繁多，但其腔調主要有京腔、秦腔、吹腔、楚曲、梆子腔、弦索腔、羅羅腔、二簧調和西皮調。這些腔調後來發展成爲京劇、秦腔、楚劇、黄梅戲、豫劇等地方戲，影響遍及大江南北。每一個劇種都有一些三國戲，其中三國戲劇目較多的劇種，主要有京劇、川劇、豫劇、秦腔、湘劇、蒲劇、晉劇等。從乾隆五十五年（1790）徽班三慶班進京，至道光年間京劇正式形成，京劇三國戲多達五百十一種；其他主要劇種，如川劇有三國戲一百四十二種，湘劇九十二種，蒲劇八十八種，秦腔八十五種，豫劇七十九種⑤。如果做一

---

① 南枝《〈中國三國戲曲集〉編目（上）》，載《羅學》第二輯，社會科學文獻出版社，2012年，第182—184頁。
② 參見《〈中國三國戲曲集〉編目（上）》，《羅學》第二輯，社會科學文獻出版社，2012年。
③ 參見南枝《〈三國戲曲集〉編目（下）》，載《羅學》第四輯，社會科學文獻出版社，2015年。
④ 參加金登才《清代花部戲研究》，中國戲劇出版社，2006年。
⑤ 參見南枝《〈三國戲曲集〉編目（下）》，載《羅學》第四輯，社會科學文獻出版社，2015年。

下調查，地方戲中的三國戲將是一個非常可觀的數字。這些三國戲，大多是由一些知名戲班演出，如三慶班、四喜班、和春班、春臺班等四大徽班，宜慶、集慶、萃慶、永慶等京劇名班，祥發、聯升、福興等楚劇名班。據《春臺班戲目》記載，四大徽班之一的春臺班演出的三國戲有《溫明園》《陳宮記》《磐河戰》《賜環》《戰濮陽》《轅門射戟》《白門樓》《擊鼓罵曹》《金鎖陣》《薦諸葛》《長坂坡》《漢津口》《群英會》《赤壁記》《華容道》《黃鶴樓》《柴桑口》《斬馬騰》《反西涼》《戰渭南》《西川圖》《冀州城》《戰歷城》《葭萌關》《獻成都》《百壽圖》《瓦口關》《定軍山》《陽平關》《收龐德》《戰山》《受禪臺》《興漢圖》《造白袍》《伐東吳》《白帝城》《祭江》《英雄志》《渡瀘江》《鳳鳴關》《天水關》《罵王朗》《失街亭》《斬馬謖》《隴上麥》《葫蘆峪》等四十六種；另據《慶昇平班戲目》記載，清道光年間慶昇平班演出的三國戲有《陳宮記》《虎牢關》《磐河戰》《借趙雲》《戰濮陽》《奪小沛》《鳳凰臺》《白門樓》《許田射鹿》《聞雷失箸》《馬跳檀溪》《博望坡》《長坂坡》《舌戰群儒》《臨江會》《群英會》《借箭打蓋》《祭東風》《華容道》《取南郡》《取桂陽》《取長沙》《戰合肥》《龍鳳呈祥》《柴桑口》《反西涼》《戰渭南》《截江救主》《取雒城》《冀州城》《葭萌關》《獻成都》《瓦口關》《定軍山》《陽平關》《伐東吳》《白帝城》《英雄志》《渡瀘江》《鳳鳴關》《天水關》《失街亭》《五丈原》《鐵籠山》等四十四種①。一個戲班竟有如此之多的三國戲劇目，不難看出三國戲在當時是多麼流行，多麼深受民衆歡迎。

　　與已知三國戲劇目相比，花部三國戲存本較爲有限，但與雅部三國戲相比，其總量要大得多。僅以收錄在《故宫珍本叢刊》《清宫昇平署檔案集成》清《車王府藏曲本》中的存本三國戲而論，花部三國戲就超過了百種。如清《車王府藏曲本》收有亂彈八十一種，高腔七種；《故宫珍本叢刊》收有亂彈單齣戲三十二種。兩者相加已達一百二十種之多，幾乎是雅部三國戲的二倍，約占了花部總數的五分之一。當然，這其中有劇目相重的，也還不包括其他地方戲中衆多的三國戲。從花部三國戲的繁盛可以看出，花部不僅形成了百花齊放的局面，而且在所謂的"花雅之爭"中明顯占據上風。

二、花部三國戲的主要特色

　　與元明雜劇、傳奇中的三國戲相比較，清代花部三國戲題材更豐富，內

---

① 參見金登才《清代花部戲研究》著錄的三國戲。中國戲劇出版社，2006年。

容更廣泛,劇種更多樣,特色更鮮明。

第一,從故事内容來看,花部三國戲保持了自元代以來的以劉關張和蜀漢故事爲主的傾向。僅以清《車王府藏曲本》所收八十一種花部三國戲而論,寫劉關張和蜀漢故事的三國戲達四十七種之多,占了總數的二分之一强。金登才《清代花部戲研究》著録三國戲八十五種,其中與劉關張和蜀漢故事有關的多達五十六種,約占全部三國戲的66%①。造成這種現象的原因主要有三點。其一是受自東晉習鑿齒以來的蜀漢正統觀念的影響。陳壽是西晉人,晉承襲曹魏基業,故其所著《三國志》以曹魏爲正統;東晉習鑿齒作《漢晉春秋》,以爲蜀漢上承劉漢,於是以蜀漢爲正統。此後,曹魏正統和蜀漢正統之争一直没有間斷。到了宋代,司馬光作《資治通鑑》,遠紹陳壽之規,以曹魏爲正統;南宋朱熹所著《資治通鑑綱目》,則承襲習鑿齒之論,在漢獻帝被廢的第二年,就大書"昭烈皇帝章武元年"②,儼然以蜀漢爲正統。由於朱熹《資治通鑑綱目》深得後人推崇,蜀漢正統漸入人心。其二是《三國演義》的廣泛影響。《三國演義》問世之後,很快成爲坊間流行之書,《三國演義》尊劉抑曹,大量篇幅用於劉關張和蜀漢一方,而曹魏和孫吴則居於事實上的陪襯地位。其三是自元雜劇以來,三國戲多以演繹劉關張和蜀漢故事爲主,清代花部三國戲只是繼承了三國戲的傳統並加以保持而已。

其二,從思想傾向來看,清代花部三國戲繼承了自東晉習鑿齒以來的尊劉抑曹傳統,表明了劇作者鮮明的思想傾向和情感歸屬。從花部三國戲可以看出,只要是涉及劉關張和蜀漢政權,劇作都給予褒揚;而涉及曹魏,尤其是曹操及其屬下謀臣武將,劇作就進行貶抑。如《故宫珍本叢刊》中的《擋曹》,寫曹操赤壁大戰後敗走華容道,與埋伏在華容道的關羽相遇。曹操一上場就是長籲短嘆:"眼流淚手搥胸口怨蒼天,在中原領人馬八十三萬,實指望掃東吴要奪江南。又誰知小周郎謀略廣遠,諸葛亮那妖道詭計多端。黄公覆他把那苦肉計獻,蔣子翼引龐統來獻連環。我只説四九天東風少見,又誰知諸葛亮力能回天,燒得我衆兵將頭焦肉爛,只剩下十八騎好不慘然。"此時的曹操好似戰敗的鵪鶉鬥敗的雞,垂頭喪氣,霸氣全無。聞報華容道有兵埋伏時,曹操手下的猛將張遼、許褚都是敗軍之將不敢言戰,連説戰不得了、殺不得了,往日的英雄豪氣一掃而光。這樣一種狀態,這樣一種表現,與往

---

① 參見金登才《清代花部戲研究》,中國戲劇出版社,2006年。
② 朱熹《資治通鑑綱目》卷十四。

日的張遼、許褚判若兩人。這是作者有意識地這樣寫,以此來貶抑曹操。而對於關羽,不僅着力突出他的英雄豪氣和一身正氣,而且通過關羽之口,累數曹操罪狀,對曹操進行斥責:"非是我忘却了雲陽哀報,因爲你這奸曹罪惡難逃!在許田射鹿時把君欺了,挾天子令諸侯勢壓群僚。逼死了董貴妃其罪非小,害董承斬馬騰要奪漢朝。恨不得將奸曹剝皮揎草,向前來試一試偃月鋼刀!"不僅如此,劇本還著力表現了關羽義薄雲天的一面,他顧念當初對曹操的許諾,但又不好違背軍令,心中十分矛盾:"往日裏殺人不眨眼,鐵打心腸也未然。背地我把諸葛怨,思前想後悔是難。殺也難,放也難,實實難壞關美髯。叫三軍擺開了一字長蛇陣,簇旗吶喊放了奸曹回中原。"關羽感念曹操舊情,最終還是不顧與諸葛亮訂立的軍令狀,放了曹操。劇本通過關羽與曹操的獨唱、對白、對唱,鮮明地表現出尊劉抑曹的思想傾向。

其三,從戲曲脚色設計來看,出現在花部三國戲中的劉備一方的主要人物多是生、旦、末等正面脚色,而曹操一方的主要人物則多是净、副、丑等脚色。如《草船借箭》,旦扮周瑜,生扮孔明,末扮魯肅,外扮黃蓋,净扮曹操,丑扮曹操傳令官;《失街亭》中,生扮孔明,小生扮馬謖,净扮司馬懿,花扮張郃;《空城計》中,生扮孔明,净扮司馬懿;《西川圖》中,人物較爲複雜,曹操一方是净扮曹操,外扮楊修,小生扮曹洪,副扮徐晃,花扮李典,丑扮樂進、李華;劉備一方則是生扮孔明,老扮龐統,小生扮趙雲,劉備等人則是徑以姓稱,關羽既以姓稱,又作净扮。至於張松,入許都見曹操爲末扮,入荆州見劉備則以生扮。花部三國戲的角色設計不僅明顯地分出主次,而且突出了劉備爲代表的蜀漢政權,與傳統的尊劉抑曹思想傾向相呼應。

其四,與元明三國戲相比,花部三國戲的內容更爲豐富,幾乎涉及三國題材的方方面面,《三國演義》和《鼎峙春秋》敷演的三國故事,在花部三國戲中幾乎都有表現。如寫黃巾之亂的《前出劫》,寫劉關張桃園結義的《桃園結義》;寫諸侯之亂的《温明園》《虎牢關》《戰濮陽》《磐河戰》《轅門射戟》《神亭嶺》等;寫關羽的《辭曹》《挑袍》《過五關》《擋曹交令》等;寫諸葛亮的《三顧茅廬》《博望坡》《祭風臺》《討荆州》《柴桑記》《空城計》《斬馬謖》《葫蘆峪》《五丈原》等;寫赤壁之戰的《舌戰群儒》《群英會》《盜書》《苦肉計》《華容道》等;寫劉備伐吳的《造白袍》《伐東吳》《抱靈牌》《連營寨》《白帝城》等;值得注意的是,花部三國戲不像宮廷大戲《鼎峙春秋》那樣,對諸葛亮七擒孟獲濃墨重彩進行描繪,花部竟然未留存一個折子戲。這究竟是花部三國戲的本來面目,還是由於七擒孟獲的劇本沒有流傳下來,很值得探究。

三、花部三國戲的著録與版本

在中國古代,戲曲小説屬於不登大雅之堂的作品。同時,由於戲曲小説較爲注重描寫和表現世俗生活,其中難免會有一些不入統治者"法眼"的東西,甚至有一些所謂的"誨淫誨盜"之作,因而常常遭到禁毁。也許正是因此,歷代書目類著作在著録各種文獻時,重在著録經史子集,而很少著録戲曲小説。中國戲曲研究院編輯的《中國古典戲曲論著集成》收録古典戲曲論著四十八種,屬於曲目類的有《録鬼簿》《録鬼簿續編》《古人傳奇總目》《笠閣批評舊戲目》《重訂曲海總目》《也是園藏書古今雜劇目録》《曲目新編》等七種。此外,《太和正音譜》《傳奇彙考標目》《今樂考證》等三種也涉及戲曲曲目。但這些著作著録的劇目多是雜劇、傳奇和院本,很少著録花部劇本。

花部雖然在清初就已經出現了,但真正形成與雅部相抗衡的勢頭,則是在乾隆年間四大徽班進京之後,尤其在嘉慶和道光年間,花部發展勢頭甚猛,不僅可以與雅部分庭抗禮,而且其影響和普及程度已經超過了雅部。但是,當時的許多劇本都是演出本,有的甚至只有故事梗概和主要人物,像元雜劇和清代宮廷大戲《鼎峙春秋》那樣主要人物、各種脚色、戲曲宫調、賓白科諢、砌末道具等都一應俱全的文學劇本則十分少見。一些戲班包括當時著名的四大徽班等,只有自己的演出劇目單,或簡單的演出本,而很少留下完整的文學劇本。關於這點,可以從前面所引乾隆年間春臺班戲目單與道光年間慶升平班戲目單得到證明,不再贅述。

花部見於書目著作著録的,只有姚燮的《今樂考證》。是書"著録四"《國朝雜劇》附録有"燕京本無名氏花部劇碼"四十五種,但實際著録九十五種。據是書小字注,《烤火》以上四十四種當是所謂"燕京本無名氏花部劇碼",以下二十七種録自吴長元《燕蘭小譜》;《關王廟》《打盞飯》《廣擧》《毛把總上任》四種録自李斗《揚州畫舫録》,《雪擁藍關》以下至《請師斬妖》十五種録自《錢氏曲選》(即《綴白裘》),最後五種《三休樊梨花》《宮門挂帶》《秦瓊表功》《砍柴》《大審玉堂春》則不言出處。姚燮所録九十五種花部劇碼,只有《斬貂》一種屬於三國戲。這種情況在曲目類著作中較爲少見。

除《今樂考證》外,清代戲班的劇目單也記載了不少花部劇碼。如清乾隆三十九年(1774)春臺班戲目,記載劇目七百四十三種,其中包括老徽戲的連臺本劇目四十七種,《三國志》單齣戲劇目三十種,其他單齣、雜齣提綱戲五百六十六種，全班戲名九十六種，初排新戲四種。其中除《三國志》單齣戲三十種外，尚有前述三國戲四十六種；道光年間慶昇平班戲目單見載於周明泰《道咸以來梨園繫年小録》，收録劇碼二百七十二齣，其中三國戲四十一種①。清代學者余治《得一録》卷十一之二《永禁淫戲目單》收録《晉陽宫》《打花鼓》《翠華宫》等劇碼八十種②。此外還有一些零星散見的著録，如李斗《揚州畫舫録》著録揚州亂彈《滾樓》《抱孩子》等十二種，焦循《劇説》《花部農譚》、吴太初《燕蘭小譜》、小鐵邃道人《日下看花記》、華胥大夫《金臺殘淚記》等，也都記載了一些當時流行的花部劇目。

花部劇本大多是珍本或孤本，比較罕見。以花部三國戲而論，現今可見者，主要集中在清《車王府藏曲本》。北京首都圖書館藏清《車王府藏曲本》收録花部三國戲八十一種，高腔七種；仇江據北京孔德學校圖書館藏清《蒙古車王府曲本分類目録》、北京首都圖書館藏清《蒙古車王府藏曲本目録》、中山大學圖書館藏清《車王府曲本編目》等收録的三國戲統計，清《車王府藏曲本》共收録三國戲一百二十五種③。此外，《清宫昇平署檔案集成》《故宫珍本叢刊》《新鐫楚曲十種》和清錢德蒼輯《綴白裘》中也收録有少量花部三國戲。《新鐫楚曲十種》收録有《英雄志》和《祭風臺》二種；《綴白裘》收録梆子腔、亂彈腔、西秦腔等花部三十種，其中只有《斬貂》爲三國戲。這是現今所能見到的花部三國戲的主要作品。這些作品基本上都是原抄本與少量的刻本，很少有其他版本可以參校。即便同是清《車王府藏曲本》，又有同名不同戲、同戲不同名等情況，同時還有"總講""總本"和"全串貫"之分。同一劇目，如果有"總講""總本"和"全串貫"，那麼就實際上等於是同一劇目的不同演出本，故事情節大體相同，而唱詞、賓白甚至人物都有較大出入，不存在互參互校的問題。

鑒於上述情況，對花部三國戲的整理，只能以本校爲主。此次校勘整理，以清《車王府藏曲本》中的花部三國戲爲底本，兼及《新鐫楚曲十種》及《故宫珍本叢刊》中的花部三國戲，結合《三國志》《三國演義》和元明戲曲中的三國戲，對花部三國戲進行本校，顯係訛誤者，徑加改正；屬於當時用語用字習慣但與當下不同者，則一仍其舊，不作改動；至於其他衍奪訛舛等情況，則依校勘之例予以增删或復原。上述各種情況並出校記説明之。個别劇目

---

① 參見金登才《清代花部戲研究》之《幾份戲目單的説明》，中國戲劇出版社，2006年。
② 余治《得一録》卷十一之二。
③ 仇江《車王府曲本總目》，《中山大學學報》2000年第4期。

存有不同版本，則以其他版本作爲參校。對於存在"總講""總本"和"全串貫"等情況的花部三國戲，則通過比勘，擇其善者而收錄，而没有全部照録。個別差異較大者，則視爲另一劇目收録，如《罵曹》和《罵曹餞行》。

本卷收録現存花部三國戲八十八種，多是抄本。由於抄寫者的文化水準參差不齊，字寫得有好有壞，有的字迹模糊不清，很難辨識，這給整理校勘帶來了很大麻煩。爲了保證按時完成任務，胡世厚先生、楊波博士承擔了部分校勘工作。胡世厚校勘的部分包括《温明園》《謝冠》《陳宫記》《轅門射戟》《探營》《戰濮陽》《白門樓》《磐河戰》《戰宛城》《罵曹》《罵曹餞行》《三國志》《英雄志》《祭風臺》《六出祁山》《借雲》《神亭嶺》《小宴》《奉馬》《古城》《河梁》等二十一種；楊波校勘的部分包括《美人計》《問安説降》《取冀州》《博望坡》《黄鶴樓》《臨江會》《漢陽院》《長坂坡》《求計》《群英會》《盗書》《獻連環》《取南郡》《取桂陽》《甘露寺》《取雒城》《葭萌關》《讓成都》《討荆州》《戰合肥》《瓦口關》《定軍山》《造白袍》《伐東吴（帶）擒潘璋》《鳳鳴關》《戰北原》等二十五種；其餘四十二種由衛紹生負責校勘。最後由胡世厚先生對全書進行統稿。爲表示對各自的工作負責，特於此説明。

現存清《車王府藏曲本》所收花部三國戲編目有較大隨意性，《新鐫楚曲十種》所收《英雄志》《祭風臺》，《綴白裘》所收《斬貂》等花部三國戲，故事發生的時間有先後之別。此次整理則以《三國志》和《三國演義》的時間順序，對收録的八十八種花部三國戲重新進行編目，以表現漢末黄巾之亂的《前出劫》開篇，以寫三國魏將鄧艾偷取蜀國陰平的《度陰平》結篇。這樣既可以給讀者提供一條清晰的歷史發展綫索，方便讀者瞭解花部三國戲的劇情發展，也方便讀者比照《三國志》和《三國演義》進行閲讀。

目　　錄

前出劫　　　　　　　　　　　　　無名氏　撰　1
温明園　　　　　　　　　　　　　無名氏　撰　9
陳宫記　　　　　　　　　　　　　無名氏　撰　16
斬華雄　　　　　　　　　　　　　無名氏　撰　25
虎牢關　　　　　　　　　　　　　無名氏　撰　31
磐河戰　　　　　　　　　　　　　無名氏　撰　36
賜環　　　　　　　　　　　　　　無名氏　撰　41
獻連環　　　　　　　　　　　　　無名氏　撰　44
謝冠　　　　　　　　　　　　　　無名氏　撰　47
戰濮陽　　　　　　　　　　　　　無名氏　撰　51
借雲　　　　　　　　　　　　　　無名氏　撰　68
神亭嶺　　　　　　　　　　　　　無名氏　撰　74
鳳凰臺　　　　　　　　　　　　　無名氏　撰　80
轅門射戟　　　　　　　　　　　　無名氏　撰　85
戰宛城　　　　　　　　　　　　　無名氏　撰　90
白門樓　　　　　　　　　　　　　無名氏　撰　102
罵曹　　　　　　　　　　　　　　無名氏　撰　109
罵曹餞行　　　　　　　　　　　　無名氏　撰　116
問安説降　　　　　　　　　　　　無名氏　撰　119
小宴　　　　　　　　　　　　　　無名氏　撰　123
奉馬　　　　　　　　　　　　　　無名氏　撰　126
白馬坡　　　　　　　　　　　　　無名氏　撰　130
斬貂蟬　　　　　　　　　　　　　無名氏　撰　135
辭曹　　　　　　　　　　　　　　無名氏　撰　138
挑袍　　　　　　　　　　　　　　無名氏　撰　141
古城　　　　　　　　　　　　　　無名氏　撰　145

三國志	無名氏 撰	148
薦諸葛	無名氏 撰	241
三顧茅廬	無名氏 撰	245
博望坡	無名氏 撰	251
漢陽院	無名氏 撰	378
長坂坡	無名氏 撰	385
河梁	無名氏 撰	391
臨江會	無名氏 撰	395
群英會	無名氏 撰	402
盜書	無名氏 撰	415
祭風臺	無名氏 撰	420
擋曹	無名氏 撰	451
擋曹交令	無名氏 撰	454
取南郡	無名氏 撰	456
取四郡	無名氏 撰	495
取桂陽	無名氏 撰	503
戰合肥	無名氏 撰	517
黃鶴樓	無名氏 撰	523
甘露寺	無名氏 撰	535
美人計	無名氏 撰	545
討荊州	無名氏 撰	554
柴桑記	無名氏 撰	562
反西涼	無名氏 撰	568
戰渭南	無名氏 撰	573
西川圖	無名氏 撰	579
攔江	無名氏 撰	586
過巴州	無名氏 撰	591
取雒城	無名氏 撰	597
取冀州	無名氏 撰	608
葭萌關	無名氏 撰	622
夜戰	無名氏 撰	636
讓成都	無名氏 撰	640

求計	無名氏 撰	645
百壽圖	無名氏 撰	650
瓦口關	無名氏 撰	657
定軍山	無名氏 撰	666
水淹龐德	無名氏 撰	674
受禪臺	無名氏 撰	678
滾鼓山	無名氏 撰	686
造白袍	無名氏 撰	690
伐東吳（帶）擒潘璋	無名氏 撰	695
抱靈牌	無名氏 撰	706
連營寨	無名氏 撰	708
白帝城	無名氏 撰	715
別宮	無名氏 撰	718
祭江	無名氏 撰	722
孝節義	無名氏 撰	724
英雄志	無名氏 撰	728
安五路	無名氏 撰	754
雍凉關	無名氏 撰	766
鳳鳴關	無名氏 撰	772
天水關	無名氏 撰	776
罵王朗	無名氏 撰	782
六出祁山	無名氏 撰	785
戰北原	無名氏 撰	796
出祁山	無名氏 撰	800
葫蘆峪	無名氏 撰	808
七星燈	無名氏 撰	812
探營	無名氏 撰	816
姜維推碑	無名氏 撰	819
定中原	無名氏 撰	822
度陰平	無名氏 撰	828

前　出　劫

無名氏　撰

解　題

　　作者、劇種均不詳。不見著錄。劇寫生意人楊念劬前生有孼,已造入劫册,在數難逃。因遭遇黃巾之亂,楊念劬不顧妻兒,背負老母逃難,顯示出孝子之心。土地神看他背母逃難,尚有孝心,遂臨時赦免,使楊念劬得出劫數。故此劇名《前出劫》。版本今有清《車王府藏曲本》。首頁題《前出劫》總講。劇本借楊念劬逃難宣揚孝道,與自《鼎峙春秋》以來的三國戲主旨相一致。此劇係抄本,脚色、科白、砌末、唱詞等尚全,但唱詞無曲牌宫調、科白有漏,無標點。今以清《車王府藏曲本》爲底本,校勘整理。

（四嘍囉、付、净、賊首上）

【引】劫浪滔滔,大數難逃,到此方分曉。（白）世上惡人多,天叫用辣手,好歹不須分,看我鋼刀剁。咱老子奉天父之令,一路殺人,好生得意。吙!兄弟們,快快殺上前去。（衆應下）（小生急上,白）忽聽賊兵到,使我心如攪。我楊念劬向在鎮江城小本營生。上有老母,下有妻兒,不幸遇黃巾造反,生意全無,在家困守。倘若賊兵果真到來,我母親年老龍鍾,不能行走,如何是好?（土神暗上,向小生背插旗介）（内喊）（小生白）哎呀!不好了,賊兵來了!娘子,快快扶你婆婆出來。（旦抱小兒,扶老旦上）（旦白）婆婆看仔細。（老旦）哼哼。（旦白）甚麽大驚小怪的?（小生白）哎呀,老母親、娘子,不好了,賊兵殺來了（唱）

　　聞得賊兵已來到,地方百姓個個逃。母親年紀七十老,一家端正出城逃。

（老旦白）哎呀,兒吓,這便如何是好?（小旦白）啊呀,官人吓!（小旦唱）

一聽賊兵將近到,男男女女各自逃,夫妻本是同林鳥。哎呀,只怕從此要分拋。(哭介)(內喊介)

　　(小生白)哎呀,不好,賊兵將近了,不能再去收拾。我母親二目朦朧,待我扶了同行,你抱了孩兒跟我同走吓!母親,兒來扶了,你快快走吧。(老旦白)兒吓!(唱)

　　你們兩個皆年少,抱著孩兒快快逃。我年已老死也好,免得你們內心焦。

　　(小生白)哎呀,母親吓!(唱)

　　母親是我生身本,半生未報養育恩。今朝急難亂方寸,同生同死也該應。

　　(老旦白)兒吓,你說那裏話來?我兩眼昏花,不能行走。你若再戀著我,連你妻子性命也難保了。(外急上,白)呀,不好了!賊來了,相公那裏?(小生白)吓,楊福來了。來得正好,你快快收拾衣包銀兩,一同逃命去罷。(外)是,老太太行走不了,怎好?(小生)老太太有我在此,你不必管,你只管你的衣包銀兩,作逃難磐費,最是要緊的。(外)是了。待老奴去收拾。(內又喊介)(外白)哎呀,賊兵來了。你們快快先走。待老奴追去,取了衣包,隨後追上便了。(下)(小生白)[1]母親不能走,快快馱在孩兒背上,不必害怕。(老旦白)兒吓,這可怎生得了?(小生白)吓,娘子,快快抱了孩兒走罷。(小旦白)哎呀,天吓!(老旦白)兒吓,快快跟了婆婆同走吓!(走介)(衆殺上,白)呔!你們那裏走?快來送死!(小生、小旦急下)

　　(外背包上,白)相公在那裏?(賊白)[2]呔,老頭兒,往那裏走!(捉住介)老頭兒,可有銀子?(外白)老漢是一個逃難的窮人,那裏來的銀子?(賊打介)你到底有銀子沒有?快把衣包放下。(奪衣包)(外跪白)哎呀,大王爺饒命吓[3]!(賊推白)走你娘的路。(外白)咳,我今番没有命了。(下)(賊白)衆兄弟,前面恐有埋伏,快快收兵。(內喊介)(賊白)哎呀,不好了!官兵來了,衆兄弟,快快逃走吓!(下)(外上白)好了好了,逃禍來了!哎呀,天吓!(唱)

　　可憐我楊福年紀老,花銀百兩帶了逃,心急慌忙來跌倒。哈哈!拾了一個大衣包。(外白)吓!這是一個衣包,不知那一個難民拋落在此,待我細細看來。(看介)哈哈!這個衣包明明是我的原物吓!且住,或者逆賊只要銀子,不要衣包,所以拋棄在此的,待我打開一看。(開包取銀介)哈哈!謝天謝地,銀子原封不動,這也奇了,還是老漢的運氣。哎呀!且住,我老漢死裏

逃生,但不知相公、太太、奶奶逃到哪裏？只怕凶多吉少,不免急急趕上前去。(外唱)

我幸今朝脫虎口,一門衝散何處投？兩步行來一步走,主人不見不停留。(下)

(賊又上,白)好了,官兵去遠,你看那些逃難人來了,正好打一個先鋒。諾諾,你看那邊有多少人紛紛逃走。兄弟們急速殺上前去。(眾白)殺吓!(下)

(小生背老旦,旦抱兒急上)(小生白)吓! 母親看仔細,娘子快來吓!(老旦白)兒吓,我好口渴。(小旦白)兒吓,不必啼哭吓! 官人慢慢走,奴家行走不動。(小生白)咳,我楊念劬不幸遇此亂世,不得已背了七旬老母,妻房陳氏抱了三歲孩兒,算計逃難。今日清晨起來,已走了五十餘里,實在背負不動我母親,肚中又餓,口中又渴,如之奈何！此地有大石一塊,不免在此略坐一坐,歇息片刻,尋一碗茶來與母親解渴吓。母親,請在此坐一坐,待孩兒去乞碗茶來。娘子陪了婆婆,小心看待。(旦白)婆婆,有我在此。官人你去去就來。(小生白)是了。(下)(旦白)婆婆請放心,不必害怕,有媳婦在此。

(土神上,白)身受一方香火,常常保佑好人。今遇黃巾反亂,陰司造册甚忙。現有楊念劬,到此應劫。此人前生有孽,已造入劫册,在數難逃。但今日看他背母逃難,尚有孝心。聞得天曹舊例,死人苟有孝心,雖然在數,也需臨時赦免。且看他急迫時孝念如何,再行定奪便了。(下)(生取茶上,白)急急又忙忙,乞得茶湯奉老娘。吓! 母親,孩兒乞得一碗清茶在此,請母親解渴。(老旦取茶喫,白)哼哼,好茶吓！(內喊介)(小生驚介,白)哎呀! 不好了,那邊賊兵來了,母親快快逃命。(生背老旦)(小旦白)哎呀,官人,我抱了孩兒,寸步難行。(小生白)這便如何是好？也罷! 你把孩兒與我放在懷中便了。(小兒哭介)(生白)娘子快走了。(賊兵上,白)吶! 眾兄弟,那邊有小兒啼哭之聲,我們急速殺上前去者。(眾白)殺吓!(下)

(小生、旦急上)(老旦落下介)(小生白)哎呀,母親吓!(扶起,老旦白)兒吓,你們快快逃走,不必顧我,我自願死在此地！(小生哭,白)哎呀,母親吓,孩兒情願同死,誓不肯捨母親。我背了母親,又懷了孩兒,十分喫重,如之奈何？(旦白)官人背了婆婆要走,孩兒也是要緊。(小生背不起介)(生白)哎呀,罷了,罷了,今番顧不得了。娘子吓,我與你年紀尚輕,兒子可以再生,母親不能再得,只好棄了孩兒。你快快來幫我扶了婆婆,速速逃命。(取

小兒看介)(兒哭介)(旦哭,白)哎呀,兒吓,怎好捨得?(小生白)娘子吓!(唱)

　　我與你生來命不好,不幸今朝急難遭。如今與你且計較,性命要緊是年高。小兒只好聽天了,一路還要哭嚎啕。(旦唱)

　　小兒路旁拋棄了,絕了楊氏後根苗,只怕賊兵一時到。兒吓,馬腳底下魂膽消。

　　(內喊介)(小生扯旦介,小生白)哎呀,顧不得了!你若顧他,你我性命都不保。(取小兒拋介。土神接小兒,拔小生背後旗介)(旦白)哎呀,兒吓!(賊追上)(小生背老旦介)(小生白)哎呀,大王爺,饒命吓。(賊扯老旦)(賊白)先把這老婦人砍了。(小生捧刀,白)王爺呀!(唱)

　　但求王爺殺了我,情願替死見閻羅。(白)王爺赦了我母親,我情願代替。(伸頭介)(老旦白)哎呀,我年已七十,死也該應,你爲何如此?請王爺早早殺我,不可殺我孩兒。(小生捧老旦頸介,白)哎呀,母親吓!(唱)

　　你是孩兒生身本,一生辛苦未報恩。今朝替死算計定。王爺呀,快快殺我放娘親。

　　(賊白)咦,你這漢子情願替你母親,你倒不怕死麼?(小生白)不怕死。(賊白)當真不怕?(小生白)當真不怕!(賊白)果然不怕?(小生白)果然不怕!(賊推老旦白)也好,放你去罷。(老旦下)(賊白)把這漢子開刀。(旦急起,捧刀介)(旦白)哎呀,王爺,請殺我勿殺我丈夫。(賊白)咦哈,咦哈,好一個婦人!(賊向外白)好了,又添了一位真人,好運氣咧!(向旦白)呔,你這婦人,若肯做我真人,我便不殺你丈夫。(旦向外白)咳!我丈夫性命要緊,不如且哄他一哄。咳,王爺呀!(唱)

　　叫一聲王爺求饒命,求你放我丈夫身。那時奴家心放穩,但聽王爺號令行。(賊白)咦哈,咦哈!你肯從我麼?(旦白)願從。(賊看小生白)罷了,罷了,放了你罷。(放小生)(旦推小生)(旦白)快快背了婆婆走吓!(小生白)哎唷唷,母親那裏?(下)(旦望介)(賊白)哈哈,哈哈!好娘子,你來,你來。(旦指賊,白)呔,毛賊,我楊趙氏頭可斷,身不可辱!要殺就殺,何必多言?(賊怒白)呔,好一個潑賤的婆娘,我好好待你,你敢得罪我麼?(旦白)你既不是賊盜,爲甚麼造反?(賊恨白)罷了吓,罷了吓!殺了罷,看刀!(殺介,土神架住介)(土神救旦下)(賊看刀,白)吓,這又真奇了。(唱)

　　好好一把鋼刀快,霎時只見兩分開,細想此事真奇怪。哎呀,倒要仔細看明白。

（白）哎，又奇了，那裏去了？（望介）吓！緣何蹤影全無？兄弟們，可知道那裏去了？（衆白）没有看見。（賊白）呔，叫你們看守一個婦人，看守不牢，還要打甚麼江山？（打衆介，白）是大王中了魔啦。想必是魔鬼來給救去了，大王只好向魔鬼去説，爲甚麼錯打我們。（賊白）呔，該死的囚徒，你敢戲弄我麼？（衆白）呸！這般樣的東西，要想打江山作皇帝，只怕要驢子變了黄狗，方做得成。我們看錯了人啦，不如大家散去了罷。（衆白）好吓，還是散去的好。（下）（賊白）兄弟們回來！我錯怪了你們，是我的不是，請回來呀！（望介）咦，看他們頭也不回，竟自各各散去。哎呀，咱老子靠了人多爲王，如今單單剩了咱老子一個人，又不是八臂哪吒，還作出甚麼事來？這便怎麼好？呔，衆兄弟，可回來吓！（内喊介）逆賊，往哪裏走吓！（賊驚，白）哎呀，不好了，大兵來了。（唱）

忽聽一聲大兵到，登時嚇得魂膽消。八千子弟多散了，叫我一人何處逃？

（内又白）逆賊休走，俺來也！（賊白）哎呀呀！果然大兵到了，這便怎麼處？（生帶兵上，白）呔，逆賊還不下馬？（賊白）來將通名。（生白）哎！我吉大人帳下先鋒，豈肯與逆賊通名。（賊白）呔，無名小卒，敢來送死，看槍！（殺下）（又殺上，賊勝）哈哈，到底没用，誰敢來呀？（鬼扭刀落地）（賊白）咦？這是甚麼道理？（賊拿刀不起）（内喊）（賊白）哎呀呀，妖兵又來了，如何是好？也罷，不如早早自盡，也就罷了。（自刎，下）（外背包上，白）忽聽賊兵敗，急忙走轉來。（見賊屍，白）哎呀，這一個是殺死的逆賊。吓，待我細細看來，可有些認識。這一個死屍，好像前日要殺我、奪我衣包的吓。（看介）哈哈！果然就是，刀上還有血迹，明明是自刎的。哎呀！這叫作皇天有眼。（唱）

一見逆賊身死了，屍首抛落在荒郊。一世英雄已丢掉，作惡到底没下稍。

（白）吓，他手上黄黄的，好像是金剛箍吓。哈哈！今朝到有點財氣哩！（脱箍介，白）哈哈，果然是一對金剛箍。（再看）呀，他腰兜好像凸起，是甚麼東西？（摸取出元寶介[4]，白）哈哈，好一只大元寶，恭喜發財！咳，你這反賊，搶了多少金銀，到今朝死在此地，抛下這兩件東西，反落在我老人家之手。多謝！多謝！費心了。咳，我想起來了，你殺人放火，害了多少好人？我看你今朝可能再凶，待我來賜你一脚，出出我的氣，也是好的。（跌介）吓，你還要害人？也罷，此地是河邊，待我來推你到河裏去，叫你做一個浮屍，逛逛可好。（推屍下）（小兒哭介）吓，此地有小兒啼哭之聲，不知那一家拋棄在此。待我來行個方便，救他起來。（抱看介）哎呀，這明明是我家小相公，怎的在此？這又奇了。（想介）唔！是了，小相公，既已拋棄在此，我家相公奶奶定然性命不保了，這便如何是好？（內喊）（外白）呀，那邊官兵來了，不免抱了走罷。（下）（老旦上，白）哎呀，唬死我也！方纔賊兵殺我，幸得我兒再三求告，情願替死，放我逃命。哎呀，兒吓，你爲我死得好苦吓！（唱）

我兒爲我替死了，今朝幸得老命逃。可憐我年邁無依靠，必然餓死在荒郊。

（白）哎呀，兒吓，你死得好慘吶！（哭介）（小生上，白）死裏逃生路，猶如鳥出籠。（見老旦）（生白）呀，這明明是我的母親吓！母親，孩兒來了。（老旦看，白）呀，我兒，你怎的回來，到底沒有殺你？媳婦呢？（小生白）咳，說也傷心。孩兒自願代我母親，那賊兵正要殺我，不料媳婦再三哀告，自願替兒一死。哎呀，大概死於賊手了。（哭介）（老旦白）哎呀，好媳婦，你死得好傷心吓！（哭介）（小旦上，白）吓，婆婆，官人在那裏？（望介）呀，那邊好像是我婆婆，那男子好像是我丈夫吓！（看介）吓，婆婆、官人多在此麼？（老旦白）你是那個？（小生白）吓，娘子！母親，媳婦回來了。（老旦白）哎呀呀，好媳婦怎得回來？（小旦白）吓，婆婆說也奇怪，那反賊要媳婦從他，被媳婦大罵。那賊大怒，把刀砍我，那料雪白鋼刀折爲兩段，又見一個白髮老公公，把媳婦拉開，一刻兒就不見了。幸得婆婆在此相見，真是隔世重逢了。但是我的孩兒……（小生掩小旦口，背外，生白）吓，娘子，此事提不得。母親知道我兒拋棄，心中必生煩惱。你需瞞過婆婆方好。（旦白）知道了，奴家自能料理。（小生白）娘子吓！（唱）

娘子你且聽我道，死生有命莫心焦。嬌兒已經拋棄了，你今不必哭聲高。

（老旦白）兒吓，我們且坐下歇一歇再走！（小生白）娘子，扶了婆婆坐下。（坐介）（老旦白）兒吓，我的孫兒呢？（小生白）母親不必挂念，已寄在後面人家了。（老旦白）這還造化。（小旦白）咳，官人，你我同了婆婆逃難，有衣包銀子都在家人楊福身邊。今朝被賊衝散，他一個六十歲老人，怎能逃脫？如今我們逃難，盤費一無著落，那裏投宿？哎呀，只怕要一處餓死他鄉。（小生白）哎呀，楊福吓！（外背包抱小兒上，白）小相公，乖乖勿要哭了。（立望，白）哎呀呀，那邊好像是老太太、少爺、少奶奶吓！（追介）呀，少爺，楊福來了。老太太、少奶奶恭喜。受驚了。(老旦白)吓,你是楊福?好吓!你也來了!(小生白)吓,楊福,你抱的小兒是那一個?(外白)吓,少爺,這是小相公吓!(小生白)有這等事?(看介)哈哈,娘子,果然是我們的孩兒。(小旦白)哈哈,果然是我家的孩兒。楊福,你怎生抱得來的?(外白)少爺是老奴半路上聽見有小兒啼哭,特地抱起。那知即是我家的小相公,不知因何抛棄?(小生白)吓,娘子,今朝小兒幸遇楊福搭救,豈不是菩薩保佑,使我兒骨肉團圓麼?但不知衣包銀兩可曾失去?(外白)哈哈,非但自己銀兩未動,還得了一注大財在此。(取元寶,小生看。外白)喏喏喏,是反賊被人殺死,在他身邊搜出來的。(小生白)哈哈,楊福你好財運也!(外白)是相公的洪福。(小生白)噯!今朝死裏逃生,依舊骨肉團圓,這都是天地神明保佑。謝天謝地!吓,母親,孫兒來了,這是祖宗的靈感吓!(老旦白)罷了,好好一個孫兒,寄在人家,沒有唬壞麼?(小生白)喏喏,孩兒笑嘻嘻的在此,沒有嚇壞。(老旦白)謝天謝地。(小生白)哎呀,我楊念劬何德何能,得以感動神明,如此湊巧,恰遇楊福抱回,真是出於意外吓!娘子,你我同來拜謝天地!(旦白)官人説得有理,理當叩謝!(同拜介)(小生白)娘子,此地前面三里,我有一相識朋友,可到投宿。幸喜賊兵已遠,你抱孩兒同楊福趕緊前走,待我背上母親同走!(旦白)是了,官人馱了婆婆同走。(看兒介,旦白)哈哈,兒吓,你是再來人了。(小生白)哈哈哈,死裏逃生,他果然是再來人了。(小生向老旦白)吓,母親,賊兵遠了,勿要害怕,待兒馱了好走。(老旦白)兒吓,你把孫兒好好照看了。(小生白)是,孩兒知道。娘子,你好好抱了孩兒先走。(旦白)官人,你好好照看婆婆走吓!(旦下)(小生白)咳,我楊念劬虎口餘生,幸逃大劫,還是母親之福。可以走吓!(生、老旦下)(外白)哈哈,今朝我老頭兒抱著小相公,尋著老太太、相公、奶奶,一家五口一人也沒有分散,分明是菩薩保佑了。(唱)

我楊福今日裏事多湊巧,遇賊兵不殺我放我奔逃,一家門五口兒一人不少,豈不是天保佑大劫能逃?

(白)哈哈,是了,我家相公原來是一個孝子。今朝死裏逃生,可見得孝能感動天地,哈哈!你們大家看看,到底做孝順,兒子的好吓,哈哈!(下)
【尾聲】

校記

[1] 白:原本無,徑補。下文凡漏"白"的,均補。不另出校。

〔2〕賊白:"賊",原本作"反",今據文意改。
〔3〕大王爺饒命吓:"爺",原本作"卩",乃抄寫省筆所致。下同。
〔4〕元寶介:原本作"元介寶",係"寶介"抄寫次序顛倒所致。今改。

溫明園

無名氏　撰

解　題

皮黃。清無名氏撰。《春臺班戲目》《清昇平署曲目》著録。劇寫東漢末，西涼刺史董卓入長安誅宦官後，欲廢皇帝，立陳留王（劉協）爲帝，召公卿於溫明園宴會，威逼文武表態。荆州刺史丁建陽當衆斥責董卓，憤而離席，引兵與董卓交戰。中軍校尉袁紹怒斥董卓，辭别公卿，徑往冀州。尚書盧植激烈反對。司徒王允、驍騎校尉曹操以"酒不言公，改日再議"相拒。惟有太傅袁隗表示贊同。董卓專横，揚言"敢阻撓大議者，便以軍法從事"。衆官告辭。丁建陽引兵擺戰場，義子吕布驍勇，董卓不敵。李肅獻計，以赤兔馬、金珠贈吕布誘降。吕見利忘義，殺死義父丁建陽，歸降董卓。故事見《三國志演義》第三回"議溫明董卓叱丁原，饋金珠李肅説吕布"。今存版本僅見中國國家圖書館藏《清宫昇平署檔案集成》本。該本係清抄本，未標點，首頁題"溫明園"。今依此本爲底本，進行校勘整理。

（扮文堂大鎧李儒等引董卓上，唱）

【引】朝事荒唐，趁此定霸圖王。

（白）吾竟效周公，竟成王莽風。山河誰是主，大底掌握中。某西涼刺史、鰲鄉侯董卓，帶兵十萬，進京誅滅寵臣等。吾今人馬衆多，威權勢大，公卿側目，朝野膽寒。意欲廢天子，立陳留王協爲帝，假此以張聲勢，暗實自圖社稷，猶恐文武不服，故設溫明宴會。其事若諧，只在今日之議矣。李儒！（李儒白）有。（董卓白）可將所請各官名單，念與我聽。（李儒白）是。司徒王允。（董卓白）嘎！頭一個便是這老兒麽？（李儒白）正是。（董卓白）哏哏哏！還有何人？（李儒白）太尉楊彪。（董卓白）有名無實，不足懼也。（李儒白）尚書盧植。（董卓白）哏！這又是個討厭的。（李儒白）太傅袁隗。（董卓白)無用之物。其人雖然掘强,吾何懼哉!(李儒白)中軍校尉袁紹[1]。(董卓白)雖然四世三公,徒負虛名,不足爲慮。(李儒白)荆州刺史丁建陽。(董卓白)哏,此人到是討厭的!(李儒白)驍騎校尉曹操[2]。(董卓白)咹,無權無勢,也不怕他。李肅,你可帶領兵將,園外伺候。(李肅白)得令。(下)(董卓白)李儒,汝可緊隨吾後,就此帶馬前往溫明園去。欲做驚天動地事,(李儒白)方爲天下第一人。(下)

（吕布上,白)彎弓猿鶴憚[3],按劍斗牛寒。英雄未得志,空負時人看。俺吕布字奉先,西川人也。在荆州刺史丁建陽部下爲將。感蒙重愛,認爲義子,恩愈尋常。只爲靈帝晏駕,寵臣等作亂,大將軍何進,招取各鎮諸侯進京,以此洛陽城中,簪纓蹭蹬,戎馬翩躚,人情鼎沸,道路不安。今有西凉刺史董卓,邀請百官,與溫明園飲宴議事,其中恐有別謀。義父命俺,全身披挂伺候[4]。話言之間,父親來也!(文堂大鎧引丁建陽上,唱)

【引】已誅黄巾黨,禍又起蕭墻。

（吕布白)父師在上,吕布打參。(丁建陽白)[5]看坐!(吕布白)告坐。(丁建陽白)下官荆州刺史丁原,字建陽,奉詔來京,誅除寵臣等,來到之先,天子已出北邙。幸而回鑾,逆賊受死。今有西凉刺史董卓,相邀百官,與溫明園大宴。我看董卓豺狼之性,常有不臣之心。今日之宴,不是遷移天子,便是挾制大臣,是以我全身披鎧,以防不虞。吾兒奉先!(吕布白)在。(丁建陽白)你可知目今國家之勢?(吕布白)孩兒不知。(丁建陽白)我今一言,爾等靜聽。(唱)

【慢板西皮】高祖斬蛇在碭碣,破秦滅楚定咸陽。文帝武帝聖德廣,昇平四海樂八荒。孝平之世出王莽,謙恭下士假賢良。漢室江山險無望,幸得光武起南陽。四百餘年,【轉板】恩浩蕩,今至桓靈事可傷。内宮蹇碩與寵臣,黨錮聖人亂朝綱[6]。何進無謀應命喪,可憐少帝受愴惶。内亂不該招外將,引入董卓似貪狼。只恐又成王莽樣,必行廢立動猖狂。溫明園中我雖往,筵前之事要緊防。

（吕布白)孩兒執戟緊隨,諒保無虞。(丁建陽白)好嘎!可外罩官服。(吕布白)左右,打道溫明園。(手下同上,唱)

【點絳唇】愁鎖朝堂,鼎鼐惆悵。道難講,三公徬徨。憂國憂民兩。

（同白)某,(王允白)司徒王允。(楊彪白)太尉楊彪。(盧植白)尚書盧植。(袁隗白)太傅袁隗。(袁紹白)中軍校尉袁紹、(曹操白)驍騎校尉曹操。(王允白)請了!(衆白)請了。(王允白)董太師齊集我等,溫明園赴宴。宴無好宴,不知所爲?(衆白)且候丁刺史到來。(內白)丁刺史到。[7](丁建陽上,白)一腔忠義氣,惟有老天知。(衆白)嗄!刺史。(丁建陽白)列位公卿請了!(衆白)請坐。(丁建陽白)請。董卓相邀朝臣赴宴,列公可知何意?(衆白)我等正在計議。(丁建陽白)我觀此賊,有豺狼之性,常有不臣之心,今日之宴,不是遷移天子,便是挾制大臣,倘有其事,列公當如何行止?(王允白)何進不該招集外將,寵臣起意亂宮。董卓專權滅却此賊,纔保無慮。(丁建陽白)司徒!(唱)

我看董卓貪殘相,必圖篡逆亂朝堂。若不早除任縱放,只恐國家事可傷。

(王允白)刺史!(唱)

何進不該招外將,寵臣起意亂宮墻。董卓專權謀朝廊,滅却此賊保安康。

(袁紹白)列公!(唱)

【搖板】司徒之言行徐當,刺史不必預愴惶,且待來意看怎樣。(衆同唱)一同計議作商量。(內白)董刺史到!

(手下、董卓上,白)列公!(衆白)刺史請!(董卓白)請。(衆白)我等承蒙見召,不知今日之宴,所爲何事?(董卓白)且請三杯再敘,看酒!(衆白)我等討擾。(董卓白)看酒。(二旗牌擺酒科,楊彪、袁隗、呂布笑科,白)哈哈哈!(董卓白)列公都在此,我有一言,列公可聽否?(衆白)請教。(董卓白)吾聞天子爲萬民之主,生靈之賴,無威儀不奉宗廟,無睿鑒不安社稷[8]。今上無義無睿,懦而不仁。陳留王聰明好學,仁慈態度過人,可承大寶[9]。吾欲廢帝,而立陳留王爲君,列公以爲何如[10]?(丁建陽白)住了。汝是何人,敢發狂言?天子乃先帝嫡子,初無過失,何得妄議廢立!汝欲爲篡逆耶?(董卓白)建陽可知今日之事?順吾者生,逆吾者亡,誰敢違我!(丁建陽白)你不過西凉刺史,你唬誰來!(董卓、丁建陽對科,曹操白)住著,住著!列位大人,今日乃飲宴之處,不可談講國政,改日向都堂再議。(王允白)驍騎所言極是。(衆白)招嘎!(丁建陽白)唉!(唱)

【搖板】原來與衆官是一黨,廢立二字欺上蒼。不辭而行將馬上,(手下帶馬)領兵出城擺戰場。(下)(袁紹唱)

【搖板】怒氣不行三千丈,董卓出言喪心良。

(白)董卓,今上即位未久,並無失德,汝欲廢立,非反而何?(董卓白)天下事在吾爲之,誰不遵者先試吾劍!(袁紹白)汝劍利,吾之劍未而不利!

（對科，袁紹白）朝廷如此重待公卿，今日不能誅賊，袁紹無顏在此。別過列公，我往冀州去也。（唱）

【搖板】漢室四百年恩養，忠心羞見賊猖狂。揖別列公冀州往，有志重來拜朝堂。（下）（盧植唱）

【搖板】去得慷慨去得爽，董卓無故滅高皇。

（白）董公差矣！昔日太甲不明，伊尹放之於桐宮。昌益王登位二十七日，造惡三千餘條，顧霍光告太廟而廢之。今主上雖則年幼，聰明仁智，並無分毫過犯，公乃外郡刺史，素未參與國政。聖人云：有伊尹之志則可，無伊尹之志，則為篡奪也。（唱）

【搖板】外郡刺史何得望，無故擅敢亂朝綱。

（董卓白）唗！盧植，汝也敢前來藐視與某，看劍！（盧植白）誰敢？（王允白）且慢。盧尚書海內人望，況酒不言公，改日再議。（曹操白）是嘎！須要三思而行。（董卓白）嘎！袁太傅，別人罷了，你是朝廷太傅，今日這廢立之事，你便如何說？（袁隗白）太師之言，是是是！（董卓白）也有與某所見的。唗！眾官聽者！敢阻撓大議者，便以軍法從事。（眾白）我等告辭。（董卓白）請。（眾白）不知天意遂人意，空使群臣淚滿襟。（下）（報子上，白）丁建陽討戰。（董卓白）再探。（報子下）（董卓白）這厮竟敢造反，眾將隨某出城迎敵者。（下手下）

（上手、呂布隨丁建陽上，白）三尺青萍劍，一掃逆賊頭。可恨董卓，竟敢狂言廢立，特此帶領本部人馬，出城搦戰，誅戮此賊，以安朝廷。奉先！（呂布白）在。（丁建陽白）小心迎敵！（會陣科，董卓白）唗！丁原，爾如此行為敢要反？（丁建陽白）董卓！國家不幸，閹侍弄權，以致萬民塗炭，爾無尺寸之功，焉敢妄言廢立，欲亂朝廷！（董卓白）丁原，爾可知識時務者，呼而俊傑！（呂布白）此等逆賊，何須問之，看戟！（會陣科，呂布白）那賊大敗。（丁建陽白）不必追趕，且紮營寨。（同下）（董卓白）好殺嘎，好殺！（李肅白）主公受驚了。（董卓白）李儒，那陣上少年，頭戴束髮金冠，身穿百花戰袍，手執方天畫戟，英勇非常，他是何人？（李肅白）主公，這就是丁建陽義子，名叫呂布。（董卓白）吾看呂布，非常人也。若得此人來降，何愁天下不得。（李肅白）主公，既愛呂布，待臣前去順說，管教呂布殺了丁建陽，投與主公帳下。（董卓白）你便下何說詞？（李肅白）主公可將赤兔胭脂馬贈與呂布，外將黃金千兩[11]、玉帶一圍贈與呂布，必定歸順主公。（董卓白）李儒，此言可乎？（李儒白）到也使得。（董卓白）哈哈哈！說得是。來，速將赤兔馬帶來，取黃金一千兩、明珠數十顆、玉帶一圍過來，交與李肅。説得吕布來降，重重有賞。（青袍上，董卓白）我今盼咐你，（李肅白）怎敢誤遲延。（下）（董卓白）衆將退下。（下）（吕布上，唱）

【摇板】遭逢戎馬馳驅際，正是男兒立志時。（白）且喜昨日一陣，殺敗董卓，明日可以扶正朝廷。且待明日，出馬斬此逆賊。（唱）方天畫戟萬人敵，豈容奸賊亂朝儀。（報子上，白）啓爺，故友求見。（吕布白）既言故友求見，請他進來。（報子白）有請。（李肅上，白）轅門不覺初更盡，寶帳將軍叙舊情[12]。呵，賢弟！（吕布白）原來李肅兄，久不相見。（李肅白）賢弟請坐。（吕布白）有坐。（李肅白）少到賢弟台前問安，賢弟恕罪！（吕布白）兄長駕臨，必有所爲？（李肅白）聞聽賢弟，匡扶天下[13]，莫大之功[14]。兄有良馬一騎，名曰赤兔胭脂馬，贈與賢弟乘騎，以作虎狼之威。（吕布白）豈敢！怎好要仁兄見愛。（李肅白）賢弟請坐。小校！將馬拉進帳來。（小校帶馬上）賢弟，請看此馬！（吕布白）喂呀！果然好馬。頭高八尺，身長一丈，渾身火灰，並無半點雜毛。仁兄，果然龍駒也！（唱）奔騰千里蕩塵埃，渡水登山紫霧開。挈斷絲繮摇土轡[15]，火龍飛下九重來。

（白）多謝仁兄。（李肅白）賢弟請坐。（吕布白）請坐。（李肅白）賢弟，你我久别了。（吕布白）久别了。（李肅白）只是令尊，我們到時常相見。（吕布白）兄差矣！先父去世多年，怎得與兄長會？（李肅白）呵！我提的是丁建陽嘎！（吕布白）説也惶恐。某在丁建陽處，出於無奈。（李肅白）請問賢弟，官居何職？（吕布白）現爲執戟將軍。兄現居何職？（李肅白）兄不才，虎狼中軍之職。我看賢弟皓月當空，爲何依在立人之下？（吕布白）恨不逢其主耳！（李肅白）賢弟，良臣喫木耳，賢臣喫於耳！我看賢弟，武藝超群，蓋世英雄，若不早立功名，悔之晚矣！（吕布白）兄在朝廷，觀何人爲世之英雄？（李肅白）賢弟，我看漢室超群，木雕泥塑。只因董公賞罰分明，後來必立大業。（吕布白）某欲投之，恨無門路。（李肅白）賢弟請坐。小校，將珠寶拿進帳來。（小軍上，李肅白）賢弟請看此寶。（吕布白）好寶，好寶。此寶因何而來？（李肅白）這耳目甚衆。（吕布白）退下。（手下下，李肅白）賢弟有所不知，那赤兔胭脂馬，乃是董公所贈，黄金千兩，玉帶一圍，也是董公所贈。（吕布白）喂呀！董公如此見愛，某將何以報之？（李肅白）喲！報答只在頃刻。只恐賢弟不肯允從爾！（吕布白）吾欲殺……（李肅白）禁聲，殺甚麼？（吕布白）吾欲殺丁建陽，引兵歸董卓，如何？（李肅白）好！事不宜遲。賢弟莫大之功也。即速快行。（吕布白）夜已深沉，丁建陽想已睡，待我提劍斬之。

（李肅白）賢弟轉來！（呂布白）仁兄何事？（李肅白）付耳上來。（呂布白）英雄須在果斷。（李肅白）管叫兩下離分。（呂布下，李肅白）中我之計也。（笑科下）（丁建陽内唱）

【倒板】磐營内鼓角聲星月明朗。（大鎧丁建陽上，唱）爲國家朝朝暮暮，暮暮朝朝，兩淚汪汪，好不慘傷。董卓賊行廢立欺君罔上，溫明園衆文武似啞如盲。王司徒他不肯舉動輕妄，小袁紹奔往那冀州隱藏。曹孟德他雖有機謀志量，怎奈他無兵權各自埋藏。好一個盧尚書海内人望，斥逆賊只恐他爲國身亡[16]。多虧了呂奉先陣頭勇往，殺逆賊必須要尋一個良方。看將來朝堂中誰是將相？辜負了丁建陽一點忠腸。爲甚麼坐不安來精神不爽？連日裏憂國家未解冠裳。

（呂布上，唱）

董刺史贈良馬令人感仰，大丈夫知遇恩棄暗歸降。持寶劍悄行至中軍營帳，（小軍下）講甚麼父子義立斬建陽。（丁建陽下，呂布白）衆將聽者！（文堂上）丁原不仁，吾今殺之。爾等可隨我投順董太尉，自有好處。（手下白）似你這等忘恩負義之人，誰肯隨你！（呂布白）看劍。（手下下，李肅上，白）賢弟，他們既不願意歸順，讓他們去罷。你我投與董公去者。（呂布白）請了。（唱）此一去董刺史定有封賞，不負我萬人敵男兒豪強。（下）

（文堂大鎧引董卓上，唱）

金珠寶馬心調仗，未必呂布可願降。將身坐在中軍帳，且等李肅報端詳。

（李肅上，白）見善非爲惡，（呂布上，白）見惡如探湯。（李肅白）賢弟請少站[17]。參見主公。（董卓白）回來了。（李肅白）回來了。（董卓白）順說呂布，怎麼樣了？（李肅白）那呂布殺了丁建陽，首級在此。（小軍白）首級獻上[18]。（董卓白）丁原，丁建陽！溫明園威風何在？（小軍唔！）爲何學鬼叫？（小軍白）真乃可惡。（董卓白）爲何打他？（小軍白）打死的給活的看。（董卓白）人死不結讎。（小軍白）活人面前有死鬼。（董卓白）滾下去。（小軍白）將來你也是這一樣。（下）（董卓白）呂布何在？（李肅白）現在帳外。（董卓白）快請，快請！（李肅白）有請呂將軍！（呂布白）呂布來遲，望乞恕罪。（董卓白）哈哈哈！吾得將軍猶如旱苗逢雨，天下事不難定矣！（呂布白）公若不棄，布請拜爲義父！（李肅白）主公，他又要拜一個父親。（董卓白）這個受他一拜。（李肅白）使得的。呂將軍就此拜過了。（呂布白）爹爹請上，待孩兒一拜。（董卓白）奉先！（呂布白）父師。（董卓白）我的親兒！（呂布白）

爹爹。(董卓白)哈哈哈！好。爲父有佩劍帶在身傍,若有文武不服,拔劍斬之。(呂布白)孩兒遵命。(董卓白)後帳擺宴,與我兒奉先賀功。(同下)

校記

［1］中軍校尉袁紹："尉",原本作"衛"。今依《三國志·袁紹傳》改。下同。

［2］驍騎校尉曹操："尉",原本漏。今補。下同。

［3］彎弓猿鶴憚："彎",原本作"灣"。今改。

［4］全身披挂伺候："全",原本漏。今依文意補。

［5］丁建陽白：原本誤作"王允白"。今改。下同。

［6］黨錮聖人亂朝綱："綱",原本作"剛"。今改。下同。

［7］丁刺史到：此四字下,原本有一"下"字提示,衍。今依上下文意删。

［8］無睿鑒不安社稷："無",原本漏。今依文意補。

［9］可承大寶："可",原本無。今依文意補。

［10］列公以爲何如："以爲",原本作"已謂"。今改。

［11］外將黃金千兩："將",原本作"賜"。今依上下文意改。

［12］寶帳將軍叙舊情："寶",原本作"保"。今改。

［13］匡扶天下："扶",原本作"去"。今改。

［14］莫大之功："大",原本作"太"。今改。

［15］掣斷絲繮搖土轡："繮",原本作"江"。今改。

［16］斥逆賊只恐他爲國身亡："逆",原本誤作"送"。今依文意改。

［17］賢弟請少站："站",原本作"占"。今改。

［18］首級獻上："獻",原本作"現"。今改。

陳 宮 記

無名氏 撰

解 題

亂彈。《春臺班戲目》《慶昇平班戲目》著錄，題《捉放曹》，又名《陳宮計》。劇寫曹操與王允商議，謀殺董卓。曹操刺殺董卓未成，董卓詔告各州府縣畫影圖形，捉拿曹操。曹操逃至中牟縣，見縣役捉他，乃自言是曹操，被縣役鎖見縣令陳宮。曹操以利害説陳宮，陳宮敬曹操忠義，棄官同曹操逃走，期望成就扶漢大業。路遇曹操父的好友吕伯奢，熱情請往家住，擬殺猪宰羊沽酒款待。曹操聞有磨刀、"綑而殺之"之聲，心疑圖己，不聽陳宮勸阻，殺了吕氏全家。後知殺錯，與陳宮逃走。路遇沽酒而回的吕伯奢，曹操又將其殺死。陳宮責之，曹操謂"寧可我負天下人，不叫天下人負我"。曹、陳夜宿客店，曹操飲酒後酣睡。陳宮難以入睡，恨曹操是不仁不義之徒，欲殺之，又恐連累店家，遂題詩一首，憤然而去。曹操醒來，不見陳宮，見留詩："鼓打四更月正濃，心猿意馬歸故宗。誤殺吕家人數口，方知曹操是奸雄。"知陳宮罵己已走，大怒，發誓日後要殺陳宮。事見《三國志・魏書・武帝紀》及裴松之注引《魏略》和《世語》《雜記》，《三國演義》第四回。清傳奇嘉慶本《鼎峙春秋》有《棄官從難》《伯奢被害》二齣。版本今見《故宫珍本叢刊》《亂彈單齣戲》本，該本係手抄本，首頁題"捉放總本"；清《車王府藏曲本》本，該本是手抄本，無標點，首頁題"陳宫記全貫串"。今以《車王府藏曲本》本爲底本，參考其他本，校勘整理。

（净上，唱）指望除賊定朝歌，誰知泄漏惹風波。成王霸業空指望，星夜逃出是非窝。（白）俺曹操，乃沛國人氏。我父曹嵩在漢室爲臣。可恨董卓誤國專權，我與司徒王允定下一計，獻劍爲名，刺殺董卓，不料被他鏡内看見，是俺假稱獻劍，被我哄過一時之禍，心中害怕，連夜逃出皇城。誰知那

賊，差呂布帶兵捉拿與我。前面已是中牟縣[1]，俺不免假裝賣紬緞客人，混進城去，再作道理。天色尚早，馬上加鞭。（唱）

曹孟德在馬上痛恨董卓，挾天子令諸侯惡事頗多。實指望獻寶劍將他結果，又誰知天不佑惹下風波。（下）

（生上，白）領了一句話，千金不敢移。在下王升的便是。今有董太師敕詔，叫各州府縣畫影圖形，捉拿刺客曹操。夥計們，將圖像挂起，小心出入之人，查明來歷。（淨上，唱）

遠望見中牟縣城池一座[2]，且喜得詐窩魚逃出網羅。俺這裏忙加鞭城邊經過[3]，（衆白）拿曹操。（淨唱）耳邊廂又聽得有人聲喝。

（白）且住。耳聽城門之下，喊叫捉拿曹操，俺不是投生，反來送死，待我轉回，呀呀呸！大丈夫只有向前，那有退後，待俺闖進城去。（手下白）吥！作甚麼的？（淨白）進城去的。（手下白）進不的城。（淨白）爲何進不得？（手下白）俺家老爺領了董太師敕詔，畫影圖形捉拿刺客曹操。有人拿住者，千金賞賜，官封萬户侯。故而進不得城了。（淨白）你們捉拿曹操與我何干，俺是進城做買賣的。（手下白）作甚麼買賣的？（淨白）俺是賣紬緞的。（手下白）你既是賣紬緞的，可有腰牌？（淨白）有腰牌。（手下白）放你進城。（淨白）沒有腰牌。（手下白）帶你去見我家太爺。（淨白）你家太爺姓甚名誰？（手下白）我家太爺姓陳名宮字公臺。（淨白）少待。久聞陳宮頗有賢明，俺不免趁此機會隨他去見陳宮，用言打動與他，管叫棄職隨我而逃，會合天下諸侯，共破董卓，方隨吾願。吥！把城的兒郎，俺就是曹操。見了你家太爺，難道他有斬人劍，將我斬殺了不成。（手下白）既是曹操，要帶上刑具。（淨白）這個刑具不帶也罷。（手下白）朝廷王法，怎說不帶。（淨白）就帶何妨，拿來。（唱）實指望邀諸侯滅賊除害，好一似搶食魚自入網羅。到今日我這裏自帶鈕鎖，見陳宮晉向他自有話說。（同下）

（衆引陳宮上）【引】身居縣令，與百姓判斷冤情。（白）頭帶烏紗奉孝先，思想凱歌萬民歡[4]。家嚴有語呼兄弟，德沛汪洋水底天。下官陳宮，身居中牟縣正堂。前者奉董太師敕詔，上寫曹操行刺與他。因此行文各州府縣，畫影圖形，捉拿刺客曹操。我也曾命人四門緊守磐查，未見交籤。來。（衆白）有。（生白）伺候了。（王升上，白）捉拿曹操事，報與老爺知。老爺在上，小人叩喜。（生白）喜從何來？（王升白）小人奉命將刺客曹操拿住了。（生白）好吓，只要認得不錯，解進京去，獻與董太師，爾等俱有千金之賞。（王升白）小人不願求賞，但願老爺祿位高陞。（生白）官陞吏賞，理之當然。吩咐將曹

操押上堂來。（王升白）夥計們！將曹操押上堂來。（手下押净上，唱）

跳龍潭入虎穴起災避禍，又誰知在此地闖入網羅。怒沖沖站立在大堂以上，看陳宮他將我怎樣奈何。（生唱）

見曹操進衙來齊聲大喝，（衆喝呼，生又唱）站堂前好一似虎落山坡。我看他面帶凶並無膽怯[5]，既被擒不下跪有何話説。

（净白）住了。我身居驍騎，上參天子，下伴群臣，豈肯跪你小小的縣令。（生白）住了。豈不知王子犯法，庶民同罪。（净白）吾犯的是甚麼法？（生白）行刺董太師。（净白）是你親眼得見麼？（生白）雖不是親見，現有董太師的行文圖形在此，強辯則甚[6]。（净唱）

聽他言口問心展轉思索，聞聽這陳公臺腹隱韜略。説幾句好言語將他瞞過，管叫他棄官職把我放却。

（白）陳公臺，你可知道朝中，誰是忠良，那個奸黨？（生白）我在簾外爲官，怎知朝中之事。（净白）却又來，你只知判理民情，怎知董卓在朝奸惡乎？（唱）你在這中牟縣令堂來坐，那知道朝中事起了風波。董卓賊欺天子無端作惡，刺殺了丁建陽暗用奸謀。滿朝中文武官魂膽唬破，收吕布作螟蛉惡事頗多。衆文武被欺壓木雕泥塑，要學那王莽賊謀篡山河。我看你作事情廣有良策，不思那報君恩反相董卓。（生唱）曹孟德你對我巧言令色，董太師他也有保王治國。滅黄巾雖無功却也無過，十常待亂宫闈掃蕩群魔[7]。到今日收吕布威名鎮赫，傳一令海倒山挪。你好似撲燈蛾自來投火，你好似搶食魚自入網羅。你好比虎入川誰肯饒過，既擒虎又豈放虎歸山坡。拿住你反放你你必傷我，擒虎易放虎難自己定奪。（净唱）聽他言急得我心如刀割，怕的是見董卓難以脱却。你把我解京都擎功無過，我若是見董卓自有話説。刺太師是陳宫書信與我，那時節管叫你令受風波。（生唱）

聽他言唬得我雙眉愁鎖，這件事倒叫我無計奈何。我若是放了他歸罪與我，如不然猶恐怕令受風波。左思量右展轉心無計策，（白）咻，有了。（唱）學一個漢張良計上心窩。既被擒放不放且自由我，必須要説一個情順意合。（净唱）

陳公臺説此話一却懦弱，小縣令怎能够名標麟閣。若依我棄官職隨同一夥，約諸侯領人馬殺上朝歌。那時節滅殘臣除奸去惡，願保你換朝衣身挂紫羅。陳公臺人道你頗有王佐，作一個忠義臣萬古傳説。（生唱）

曹孟德出此言其情可賀，七品官誤了我經論飽學。我看他到後來必是貴客，扶漢室霸王業身挂紫羅。到不如棄縣令隨他一夥，奔天涯糾諸侯重正山河。下公堂與明公解却扭鎖，書役們且退下爺有發落。（衆下，院下，生唱）手挽手與明公二堂請坐，兄駕臨少奉迎望乞恕却。

（白）明公到來，書役無知冒犯，望乞恕罪。（淨白）豈敢。多蒙足下恩深義重，日後將何報之。（生白）豈敢。久聞明公獻劍之計，刺殺董卓雖無成功，此乃天意不遂。下官有意同明公奔走天涯，約會各路諸侯，共滅國賊，方遂吾平生之意。（淨白）公臺若肯同往却好，只是連累家眷，實實不便。（生白）不妨，老母妻氏現在原郡，雖有僕人使女，自然逃散，不在數內之人。（淨白）既是如此，事不宜遲，連夜逃出城去爲妙。（生白）明公請到書房，暫飲幾杯，容我安排停妥，即便同行。（淨白）如此從命。（淨下，生送，白）少刻奉陪。（生白）來。（院白）有。（生白）將印信付與右堂老爺代理執掌，你就説老爺接了上緊急公文，出署公幹，其餘錢糧倉庫等項，一概交代與他料理。（院白）老奴尊命。（生白）付耳來，如此如此。（院白）哦，是。（起更，淨上，院上帶馬，淨、生上，院下，淨、生繞場，生白）開城。（丑白）誰吓，夜静更深在此大呼小叫。（生白）本縣在此。（丑白）原來是太爺，小人叩頭。（生白）起來。（丑白）謝太爺，夜静更深，請問太爺要往那裏去？（生白）本縣下鄉暗查荒旱，將城開了。（丑白）是。（淨、生先下，丑下）

捉曹完下接放曹

（末上，引）綠水青山，奇景可觀。（白）老漢呂伯奢，乃陳留沛郡人氏，承父兄基業，頗有良田數十餘頃，一生最愛結交好朋。昨夜三更時分，偶得一夢，也不知主何吉兆。今日早飯已過，不見應驗，不免在莊前散悶一番便了。（唱）

昨夜三更夢不祥，夢見猛虎趕群羊。群羊遇虎無處往，大小俱被猛虎傷。清辰起在莊前閑遊散逛，又不知吉凶事怎樣隄防。（淨、生上，淨唱）

秋風吹送桂花香，（生唱）行人路上馬蹄忙。（淨唱）心猿意馬何處往，（生唱）見一老丈站道旁。

（末白）那厢來的敢是曹操麼？（淨白）俺不是曹操，不要錯認了。（末白）賢侄休要害怕，老漢乃呂伯奢[8]，與你父有八拜之交，難道你就忘記了麼？（淨、生下馬見禮介，淨白）原來是呂伯父，侄兒不知，多有得罪。（生白）明公，天色已晚，你我趕路纔好。（淨白）公臺兄言之有理。吓，伯父，侄兒本當到府拜見伯母，怎奈事在緊急不能擔遲，就此告辭了。（末白）賢侄説那裏話來，你乃朝中貴客，你父與我有八拜之情，天色已晚，這樣世交那有過門不入之理，一同請到寒舍一叙。（淨白）只是打擾不當。（末白）不要如此的外

道,走呵。(唱)

　　昨夜燈花結蕊放,今日喜鵲鬧門塲。我只說不甚禍事降,原來貴客臨生光。(白)來此已是莊門,家院那裏?(院上白)主人回來了。(末白)將馬拴在后槽,多加草料。(院白)是。(淨、生白)不要接鞍[9],明日早行。(院白)是。(院下,末白)二位請坐。(三人同坐,末白)此位是誰?(淨白)這位是中牟縣的縣令,姓陳名宫字公臺。(末白)原來是父母太爺,治下村野,不知老爺駕到,望乞恕罪。(生白)豈敢。老丈請上,我有一拜。(末白)不敢。我老漢也有一拜。(二人同拜,末白)未曾遠迎,望乞寬恕。(生白)好說,冒造寶莊,望乞海涵。(淨白)伯父請坐,侄兒拜見。(末白)你乃朝中貴客,老漢山野愚人,怎當受拜。(淨白)當得一拜。(拜介)久違台駕,少來問候,望乞恕罪。(末白)食君之祿,遵守儀制,豈能遠離二公,請坐。(淨、生白)有坐。(末白)請問二公,身投何處?(淨白)一言難盡。(唱)

　　董卓專權亂朝綱,欺君藐法賽虎狼。行刺不成命險喪,因此逃出是非塲。不是公臺將我放,侄兒做了瓦上霜。(末唱)伯奢聞言忙合掌,寬宏大量非比尋常。老漢撩衣跪中堂,叩謝公臺放恩光。孟德不是你釋放,他一家大小喪無常。焚香答報不爲上,粉身碎骨也該當。(生唱)多蒙老丈好言講,不識英雄非棟梁。七品縣令成何樣,同奔原爲漢家邦。(末白)哦,原來爲此。令尊大人前日到老漢舍下,是我留宿一宵[10],早辰往原郡避禍去了。(淨白)爹爹。(唱)聽罷言來兩淚汪,可憐他年邁受災殃。孩兒不能報恩養,連累爹爹奔他鄉。(末白)二公請坐片時,老漢去去就來。(淨、生同白)隨便到也罷了,不要費心。(末白)貴客臨門,豈敢輕慢,請坐。(欲下,白)正是:在家不肯敬賓客,路遥方知少上人。(下,生白)明公方纔聞聽老丈之言,令尊逃奔他鄉,忽然落淚,真乃忠孝雙全。(淨白)父子之情,人之天性,焉有不痛之理。(生白)明公吓!(唱)

　　休憂慮莫要愁腸,忠孝二字整綱常。同心協力扶君王,落一個凌烟閣上美名揚。(末上,唱)人逢喜事精神爽,月到中秋分外光。

　　(淨白)伯父,這樣時候要往那裏去?(末白)老漢家中菜蔬到有,只是無甚好酒,因此老漢要往城西,沽瓶美酒款待二公。(生白)老丈不要費心,若如此反覺不便。(末白)二公少坐片時,老漢去去就來奉陪。(唱)

　　貴客臨門喜神降,去沽美酒走慌忙。(下)(生唱)老丈親去沽瓊漿,他人禮義賽孟嘗。(淨唱)我父與他常來往,當年結拜一爐香。舉目抬頭四下望,(內白)夥計,將刀磨快些。(淨白)噯呀!(唱)又聽刀聲響叮噹。

（白）公臺，事又奇怪。（生白）爲何這等驚慌？（淨白）方纔裏邊喊叫，將刀磨快些，莫非要殺你我。（生白）明公説那裏話來，老丈一片好心款待你我，焉有殺害之理，你不要見差了。（淨白）呵，我明白了。你我轉到後面觀看動靜如何，再作道理。（生白）這却使得。（淨白）隨我來也。（唱）

將身轉過草堂望，（内白）夥計們，細好了再殺。（生白）哎呀呀！（唱）言語恍惚慢隄防。（淨白）公臺，你可聽見了裏面説道，細好了再殺，不是要殺你我，還有何人。也罷，與他個先下手爲强，你我動起手來。（生白）哎呀，明公不可莽撞，依我之見，老丈絶無歹意，你不要見差了。（淨白）呵，我明白了。（生白）明白何來？（淨白）老狗沽酒爲名，前去通知那些鄉約地保，前來捉拿你我，求個千金之賞，是吓不是。（生白）你先前言道，他與你父有八拜之交，豈肯殺害你我。等老丈回來究其真實，再動手不遲。（淨白）他此去帶了多人前來，你我料難活命，不如趁此無人動起手來。（淨唱）

可恨老賊太不良，（生唱）未必有甚歹心腸。（淨唱）明明去求千金賞，（生唱）求賞那有些風光。（淨唱）手執寶劍往裏闖，（生白）明公不要去！（淨白）你撒手。（淨下，生白）哎呀，不好了。（唱）他一家難免俱遭殃。（生下）

（淨上，唱）小鬼怎當五閻王，自作自受自遭殃。（衆上，淨唱）寶劍一舉殺神上，（衆被斬下，生上，作慌介，白）哎呀，（唱）唬得我三魂七魄忙。（淨唱）怒氣不息厨下往，（生唱）陳宮向前拉衣裳。（白）明公又要何往？（淨白）待我厨下取火將他這房屋燒了，豈不是好。（生白）哎呀明公，你將他一家殺了尚不追悔，又要燒他房屋，這事斷然不可。（淨白）他不仁休怪我不義，一不作二不休，我就殺他一個乾乾淨淨。（唱）燒他房屋焚莊院，（生唱）你殺人還要火焚房。（淨唱）手執寶劍厨下往，（生白）哎呀！（唱）見一牲口綑厨房。（白）明公吓明公！老丈一片好心，殺猪待客，你你你將他一家殺錯了。（淨白）哎呀！（唱）措手鎖足事怎好，他一家大小誤遭殃。（生白）明公吓明公，你將他一家殺了，看你悔也不悔。（淨白）俺作事從來不悔。（生白）你疑心殺人，還說不悔。老丈回來，看你何言答對。（淨白）三十六計走者爲上，你我尋找馬匹走了罷。（生白）走吓。（淨白）走。（唱）這是我疑心太魯莽，（生唱）因此連夜奔他鄉。（淨唱）扳鞍認鐙把馬上，（生白）嗏！（唱）誰知他是人面獸心腸。（生下）

放曹頭齣完

（末上唱）老漢親來沽瓊漿，滿面春風轉家鄉。（淨、生上）（淨唱）只爲作事太莽撞，（生唱）平白誤把好人傷。（淨唱）催馬加鞭向前闖，（生唱）又見老丈站道旁。

（末白）二公，這樣時候，要往那裏去？（淨白）伯父，侄男避禍事小，又恐連累伯父，多有不便，不敢久停。（末白）老漢也曾吩咐家下人等，殺牲款待二公，老漢親自沽酒。天色已晚，且轉回去，明日早行。（淨白）侄男難以久停，不敢打攪。（末白）二公若不轉回，老漢就要強留了。（生白）老丈不必如此，你我後會有期。（淨白）侄男就自拜別。（唱）

這是我無謀作事差，錯將他的滿門殺。辭別伯父把馬跨，（生唱，淨下介）陳宮心中似刀殺。多蒙老丈義氣大，好意反成惡冤家。急忙難說知心話，你休怨我陳宮只怨他。（生下）（末唱）孟德急忙把馬跨，陳宮爲何淚如麻。一時難解其中話，回到家中問根芽。（末下，淨、生上，淨唱）勒住絲韁站住馬，（生唱）他又不走事又差。（白）明公爲何不走？（淨白）公臺，你我只顧逃凶避禍，忘了一樁大事。（生白）忘了甚麼大事？（淨白）未曾囑咐他幾句好話。（生白）你放他去罷。（淨白）你不要管我閒事，伯父請轉，伯父請轉。（末上，唱）

相別未說知心話，又聽孟德把話答。

（白）賢侄莫非有轉回之意？（淨白）轉回之意却無，你那身後何人？（末白）在那裏？（淨白）招劍。（殺末下，生白）哎呀！（唱）

陳宮一見咽喉啞，珠淚點點真如麻。可憐他一家大小命俱喪，可嘆老丈染黃沙。

（生白）明公吓明公！你將他一家殺死尚且不悔，又將他殺死是何道理？（淨白）若不將他殺了，豈不留下後患。俺作事從來不悔。（生白）你誤殺好人還說不悔，真乃無義之人也。（淨白）寧可我負天下人，不叫天下人負我。（生唱）

聽他言氣得我鬚髮皆乍，心問口口問心我自己嗟芽。那呂家死的苦令人淚灑，既同行必須要解勸與他。（白）明公我有一言相勸。（淨白）多言必詐。（生唱）你那裏休道我多言必詐，你本是大義人把事作差。呂伯奢與你父相交不假，誰叫你起疑心殺他全家。他一家死劍下到還罷，出門來爲甚麼又將他殺。你殺人全不怕彌天罪大，私殺人自有那天理監查。（淨唱）陳公臺休說這懦弱之話，又何須苦苦的埋怨與咱。俺一生作事情粗心膽大，怕殺人怎能夠保護皇家。（生唱）好言語勸不醒土牛木馬，把此賊比作那井內之蛙。（淨唱）執鞭稍催動了能行坐馬，黑暗暗霧沉沉有户人家。

（淨白）這是一座客店，你我在此安宿了罷。（生白）請。（淨白）店家那裏？（丑上，白）高挂一盞燈，安歇四方人。是那位？原來是二位客官，敢是投宿的麼？（净白）正是，將馬帶進去。（丑白）知道。（净白）看好酒來。（丑白）夥計們，看好酒來。（生白）將馬多加草料，不要解鞍，明日早行，下面去罷。（丑白）是。（下）（净白）公臺請酒。（生白）馬上勞之，吞之不下。（净白）那裏是勞之，分明是見我殺了人，你心中不伏，是與不是？（生白）既是同行，説甚麽不伏，你不要多疑。（净白）俺曹操一生就是疑心太重。（唱）

逢人且説三分話，當在虎口去拔牙。沽飲幾杯安歇罷，夢裏陽臺到故家。

（净睡介，生白）明公，明公，咳！吾好悔也。（内起更介，生唱）

一輪明月照窗下，陳宫心中亂如麻。悔不該心猿共意馬，悔不該隨他人去到吕家。吕伯奢可算得義氣大，殺猪沽酒款待與他。誰知此賊的疑心太大，一煞時將他的滿門斬殺。一家人死在他寶劍下，白髮老丈命染黄沙。（内二更，生唱）耳邊廂又聽得二更鼓發，越思越想自嗟牙。悔不該將家來抛下，悔不該去職去烏紗。我只説此人義氣大，有誰知作事也奸滑。觀此賊行事多奸詐，怕的是到後來難保國家。（内三更介，生唱）觀此賊睡臥真消灑，安眠好似井底蛙。賊好比蛟龍未曾生爪，好一似狼豺狼未曾長牙。賊好比籠中虎我若不打，豈放他歸山把人抓。手執寶劍將賊來殺，（白）哎呀！（唱）險些兒我把事作差。（白）且住。吾一時的愚見，將他殺了不致緊要，等到天明驚動鄉約地保，豈不連累店家，不可如此。（抓頭介，白）也罷。桌上現有筆硯，待我留詩一首，棄他逃走，日後若遇機會再謀。（内四更介，白）鼓打四更月正濃，心猿意馬歸故宗。誤殺吕家人數口，方知曹操是奸雄。（叫介）明公，明公！哎呀！此賊睡熟，不免找尋馬匹走了罷。（唱）這是我自己作事差，不該隨他奔天涯。落花有意隨流水，流水無情戀落花。

（白）咳！吾好悔也！（下）（净醒介，唱）

一夢陽臺到故家，醒來心中亂如麻。叫聲公臺趕行罷，（白）呀！（唱）睁眼爲何不見他。（净白）陳宫因何不見，桌上有詩待我看來：鼓打四更月正濃，心猿意馬歸故宗。誤殺吕家人數口，方知曹操是奸雄。你看，陳宫留詩駡我。陳宫啊陳宫！吾不殺你誓不爲人也。店家，這有銀兩與你，俺去也。（唱）可恨陳宫作事差，爲何留詩叫駡咱。約動諸侯興人馬，除患滅賊定邦家。

（白）吾好悔也！（下）

全完

校記

［1］前面已是中牟縣:"中牟",原本作"鍾牟"。今改。
［2］中牟:原本作"種沐"。今改。下同。
［3］城邊經過:"經",原本作"競"。今改。
［4］凱歌萬民歡:"凱",原本作"愷"。今改。
［5］並無膽怯:"怯",原本作"却"。今改。
［6］强辯則甚:"辯",原本作"辦"。今改。
［7］掃蕩群魔:"群",原本作"詳"。今改。
［8］老漢乃吕伯奢:"漢",原本作"汗"。今改。下同。
［9］不要解鞍:"解",原本作"接"。今依文意改。下同。
［10］留宿一宵:"宵",原本作"霄"。"宵""霄"一義通。爲免歧義,改。

斬　華　雄

無名氏　撰

解　題

　　作者、劇種均不詳。不見著録。劇寫董卓手下大將華雄據守泗水關，連斬十八鎮諸侯手下多員猛將，盟主袁紹只好令人高挂免戰牌。時爲公孫瓚帳下馬弓手、步弓手的關羽、張飛聞訊大笑。袁紹發怒，欲斬二人。曹操見關羽器宇軒昂，勇略非凡，力保關羽出戰，並爲他把酒壯行。關羽嫌酒太熱，把酒暫時放下，毅然出戰，陣前力斬華雄。回到本軍陣時，其酒尚温。事見《三國演義》第五回"發矯詔諸鎮應曹公，破關兵三英戰吕布"中的"温酒斬華雄"。版本今有清《車王府藏曲本》。此本係清抄本，首頁題"斬華雄總講"，有脚色、科白、唱詞、砌末等，唱詞曲牌用北曲曲牌，且有分場。兹以清《車王府藏曲本》爲底本校勘整理。

頭　　場[1]

（四文堂、四大鎧站門）（華雄上）

【引】驚人才量，拔山力誰敢擋？且看俺盔甲顯昂，我精神抖擻，指日裏烟塵掃蕩。

（詩）壯志粗豪氣吐虹，單刀匹馬力無窮。烽烟四起烏合衆，指揮談笑一掃空。某華雄，乃關西人也，身長九尺，腰大十圍，扛刀能扛鼎，拔山氣吐虹霓。馬前無三合之將，旗到處即便凱歌。昔日曾爲黄巾羽黨[2]，今投董太師門下爲驍騎將軍。聞得曹操協同十八路諸侯[3]，前來攻打泗水關隘。今奉董太師將令，統領雄兵，前往討賊。衆將官，殺上前去！（排子）（唱）[4]

【甘州歌】齊心奮勇，看烟塵四起，殺氣騰騰。鞭梢指處，神鬼盡皆驚恐。三軍旗動千里震，八面威風誰能攻。旌旗颭，劍戟戎，咆哮戰騎盡無蹤，人如

虎,馬似龍,據看一戰便成功。(下)(衆同下)

校記

[1] 頭場:原本漏,今補。
[2] 昔日曾爲黃巾羽黨:"羽黨",原本作"羽擋",今改。
[3] 聞得曹操協同十八路諸侯:"八",原本作"六",今改。
[4] (【排子】)(唱):原在【甘州歌】後,依列移前。

二　場

(八旗纛、八諸侯、公孫瓚上)(唱)

【紅衲襖】俺本是鎮北平俠燕交。(袁術上,唱)後將軍南陽道。(韓馥上,唱)俺本是鎮冀州刺史超。(張超上,唱)廣陵郡威名號。(孔融上,唱)俺鎮北海爲郡守清野高。(鮑信上,唱)濟北相名佈標。(馬騰上,唱)俺鎮西凉統西夏運籌調。(陶謙上,唱)讓徐州自遜消。(衆同唱)今日個會諸侯把國賊來討,也清朝綱顯忠正凌烟標。

(同白)漢助乾坤錦繡邦,調和數載清朝綱。而今國賊長紛亂[1],義師旌旗把叛降。某北平太守公孫瓚。(二白)南陽太守袁術。(三白)冀州刺史韓馥。(四白)廣陵太守張超。(五白)北海太守孔融。(六白)濟州刺史鮑信。(七白)西凉太守馬騰。(八白)徐州刺史陶謙。(瓚白)列位請了!(衆同白)請了!(瓚白)我等蒙曹孟德檄文相請,爲因董卓弄權,目無天子,殘暴生靈。(衆同白)爲此我等齊集前來,今立渤海太守袁紹爲盟主,共討董卓。(瓚白)且待盟主陞帳,一同進見。(衆同白)請!(衆下)

校記

[1] 而今國賊長紛亂:"紛",原本作"奮",今改。

三　場

(大開門吹打,四紅文堂、四紅大鎧站門上)(曹操、袁紹上,唱)

【點絳唇】忠義心同,報君恩重。旌旗動義師討攻,把國賊黃泉送。(衆參兩邊坐)

（袁白）亂臣賊子真堪恨。（曹白）有德人人掃奸臣。（袁白）干戈早定誅奸佞。（曹白）大家共用太平春。（袁白）某渤海太守袁紹。（曹白）驍騎校尉曹操[1]。（袁白）爲因董卓弄權，目無天子，殘害生靈，我等十八路諸侯，盡起義師，會同討賊。蒙列公推我爲盟主，掌握兵權。前者命孫文臺前部先鋒，不想敗於華雄之手。今日會議兵機。列公！（衆同白）盟主！（袁白）今日此舉，須念君國恩難，協力同心，奮勇殺賊，以表青史之名也。（衆同白）盟主運籌帷幄，燮理陰陽。我等盡聽指揮，管叫指日國安滅賊也。（報子上，白）兩脚猶如千里馬，肩上橫擔令字旗。報！探子告進，探子叩頭！（袁白）所探何事？起來講！（報白）衆位爺容稟。【戰滴溜】兵戈到到到到，華雄好勇暴。車騎雲騰，統兵四哨，招展旗牌，截住要道。速點兵將能，休使他強暴。（袁白）賞兒銀牌一面，再去打探。（報白）多謝盟主！（下）（衆同白）既是華雄領兵前來，我等一同出戰。（袁白）諒此鼠輩，何勞列公出馬！請座令官傳令各營部下將官，有人敢退華雄，上帳聽令！（四將官上，同白）來也！忽聽帳上宣，前來聽令傳。盟主在上，我等願往擒拿華雄，前來獻功。（袁白）那名將官，報名上來。（頭白）北海太守麾下部將武安國。（二白）南陽太守麾下勇將俞涉[2]。（三白）北平太守麾下驍將鮑忠。（四白）冀州刺史麾下大將潘鳳。（袁白）好難得爾等奮勇當先，斬得華雄回來，論功昇賞。（衆白）得令！（四文堂領下）（袁白）我等各執器械，往陣前觀看者。（衆同白）請！

（袁唱）堪嘆數年動刀兵，黃巾滅後出亂臣。董卓專權朝綱混，共起義師把賊平。人馬撤在兩軍陣，來到軍前看分明。耳聽號炮天地震。（起鼓，內喊介）（袁唱）賊將華雄動刀兵[3]。

（四文堂、四大鎧引華雄上）（唱）

太師台前領將令，泗水關前紮大營。十八路諸侯把兵進，指日奏凱把功成。（會陣）（四文堂、華雄殺死二將）（華雄白）馬前來將，通名受死。（鮑白）大將鮑忠。（潘白）勇將潘鳳。（華白）無名賊將看刀！（殺死鮑、潘，同下）（華雄笑介）哈哈，哈哈！（唱）

堪笑諸侯動刀兵，無名小輩有何能？（下）

（報子上，白）報！啓元帥，四將被華雄斬首。（袁白）再探！（報白）得令！（下）（袁白）膽大華雄，連傷四將。衆諸侯，一齊會戰。（衆同白）得令！（會陣）（華雄元人會陣，殺衆敗下）（曹、袁同唱）

且聽號炮響連天，諸侯交兵在陣前。

（衆元人上）（袁白）勝負如何？（衆同白）敗下陣來。（袁白）啊呀！衆諸侯不能取勝，此賊如此倡狂！可惜我顏良、文醜未曾隨來，若得一人在此，擒華雄如探囊取物也。（探子上，白）華雄討戰。（衆驚介）（袁白）吩咐免戰高懸。（報白）得令！（下）（關、張兩邊上，關白）神威能憤武。（張白）儒雅更知文。（關白）丹誠心如鏡。（張白）春秋義薄雲。（關白）三弟！（張白）二哥！（關白）俺弟兄三人，隨公孫將軍義師討賊。衆諸侯被華雄戰得他大敗，不能進兵，有道好笑。（張白）二哥，這是主帥無能，累及三軍。（同笑介）哈哈，哈哈哈！（同下）（袁白）轅門以外何人發笑？查出斬首。（衆白）啊！（曹白）且慢！此人大笑，必有大用。喚進帳來。（衆白）傳發笑人進帳。（關、張同上，白）來也！（同白）參！（袁白）那部將官，報名上來。（關白）公孫將軍帳下馬弓手關。（張白）步弓手張。（袁白）唔，無名小卒，敢來發笑，藐視諸侯。念爾無知，趕出帳去！（關、張同下）（曹白）盟主，我看馬弓手氣宇軒昂[4]，品貌不俗，非尋常可比。可不令彼出戰？（袁白）驍騎，令一馬弓手出戰，恐被華雄取笑。（曹白）吾觀此人勇略非凡，況用人之際，何論出身？賜他甲冑前去，那華雄焉能知曉？（袁白）既然如此，傳他進帳。（衆白）傳馬弓手進帳。（關上，白）來也，參！（袁白）命你接戰華雄，可有此膽量？（關白）某若不勝華雄，願將首級獻上。（袁白）好！賜你半付掩心甲，請在將房披挂。（關白）多謝元帥！（唱）

　　令出山動非尋常，關某今日把名揚。未曾出陣某料想，華雄首級如探囊。（下）（袁唱）

　　丹鳳眼來臥眉蠶，五柳鬍鬚飄胸膛。觀他容貌非凡相，氣吐虹蜺世無雙。（關内唱）【倒板】曾破黃巾初起義，（一馬夫、關上，唱）河北袁紹把兵提。華雄戰將勇無比，某與他未曾見高低。半副掩心遮身體，青龍丈刀手内提。邁步且進營門裏，奉請元帥把兵提。

　　（袁白）披挂起來，倒也稱得一員上將。（衆同白）好一員虎將。（曹白）看酒來吓！將軍，我有巨觥一樽，以壯軍威。（關白）多謝驍騎。啊呀！酒太熱了，放在玉石欄杆，斬了華雄，回來再領。（術白）呔！好狂言！（關白）唔！（唱）

　　將軍不必眉皺起，關某言來你聽知。華雄雖然勇無比，未遇大將來對敵。小校帶過追風騎，回來飲酒獻首級。（下）

　　（袁白）列公各自回營，擂鼓助威。眼觀旌捷報。（衆同白）耳聽好消息。（同下）（關内唱）

　　【倒板】大鵬展翅恨天低，（擂鼓、馬夫上，舞旗引關上）（唱）豪傑怒氣貫須彌。董卓撫弄漢獻帝,惡貫滿盈有歸期。呂布華雄泰山勢,何用關某費心機。且聽戰鼓連聲起。(白)小校!(唱)關某言來聽端底。

(白)小校,戰飯可喫得飽?(小校白)喫得飽。(關白)還是膽大膽小?(小校白)膽大。(關白)膽大逞雄威,膽小失了機。(小校白)華雄是好將。二爺哪在意?(關白)好!(唱)

緊扳弓鞋忙紮衣,青龍偃月手中提。一馬闖進軍隊裏,華雄好比籠中雞。

(小校白)來在關前。(關白)前去叫關。(小校白)呔!華雄出關受死。(華內白)開關。(上,白)呔!何人關前叫罵?(關白)來將可是華雄?(華白)老爺正是。(關白)泗水關有幾個華雄?(華白)就是老爺一人。(關白)身後何人?(華白)在那裏?(關白)看刀!(華雄死,下)(關唱)

泗水關前爾第一,遇著關某失了機。一言未罷頭落地,斬華雄不費某的力。(下)

(四文堂抬屍首過一場下)(八下手兩邊上)(八諸侯兩邊上)(袁、曹上)(出隊子完,接吹打)(馬夫、報子上白)馬弓手得勝[5]。(袁白)有請!(馬夫白)有請。(關拿首級上,白)華雄首級獻上。(袁白)好將軍,力斬華雄。此功第一!滅了董卓,漢室安寧,自有封贈。(關白)謝元帥!(曹白)吓!將軍,酒尚未溫,請飲乾了。(關白)多謝驍騎。(曹白)待我言一首[6],慶賀將軍!(起鼓介)威震乾坤第一功,轅門架鼓響鼕鼕。雲長今日施英勇,酒尚溫時斬華雄。(關白)哈哈哈!承讚了!(唱)

敢蒙驍騎美言加,些小微功何足誇?大夫志在安天下,亂臣賊子豈容他?辭別驍騎把帳下,燕雀敢笑鴻鵠家。(下)(曹唱)

關雲長秀雅真瀟灑[7],斬華雄好比井底蛙[8]。(袁白)列公,今日斬了華雄,董卓銳氣已挫,吩咐大排筵宴,與劉、關、張賀功。(眾同白)言之有理。(袁白)若要天下奇男子。(眾同白)須立人間未有功。(吹打排子,同下)

校記

[1] 驍騎校尉:原本作"驍騎尉"。曹操時任驍騎校尉,據《三國志·魏書·武帝操紀》補。

[2] 俞涉:原本作"俞淂涉",今據《三國演義》第五回中出戰將領名改。

[3] 賊將華雄動刀兵:"雄"字,原本缺。今補。

[4] 馬弓手氣宇軒昂:"軒",原本作"宣",今改。

［５］馬弓手得勝："得",原本作"德",今改。下同。
［６］待我言一首："首",原本作"手",據文意改。
［７］關雲長秀雅真瀟灑："瀟",原本作"消",今改。
［８］斬華雄好比井底蛙："蛙",原本作"娃",今改。

虎牢關

無名氏　撰

解　題

亂彈。《慶昇平班戲目》著録。該劇演繹的是三國故事中的"三英戰吕布"。華雄被殺後,董卓遣吕布統率精兵,把守虎牢關。張飛與袁術打賭,願擒吕布前來獻功,並在曹操見證下立下了軍令狀。劉備、關羽得知消息,擔心張飛不敵吕布,同到虎牢關前助戰。虎牢關前,三英大戰吕布,吕布戰敗,逃進關去。事見元鄭德輝雜劇《虎牢關三戰吕布》、《三國演義》第五回"發矯詔諸鎮應曹公,破關兵三英戰吕布"。版本今有清《車王府藏曲本》,該本係清抄本,首頁題"虎牢關總講",劇分六場,除第三場劉備的一段唱詞標明腔調【二簧】外,其餘唱詞皆未標明曲牌唱腔。兹以清《車王府藏曲本》本爲底本校勘整理。

頭　場

（張飛上,笑介）哈哈哈！俺那仁義的兄,斬了華雄。元帥賜有酒肉,與俺弟兄賀功。待俺老張明日殺進關去,擒了董卓,好不快樂人也！（笑介）哈哈哈！（術暗上,白）吥！你是甚麽人,在此發笑？（張白）俺二哥斬了華雄[1],元帥賜有酒肉,與俺弟兄賀功,俺老張好快樂也。（術白）不爲某喜,反爲其憂。（張白）却是爲何？（術白）華雄死[2],吕布起兵前來,看你們怎樣抵擋？（張白）咳！可惜盟主無令,若是有令,俺老張出馬,定要生擒吕布前來獻功。（術白）好大狂言,敢與俺打賭？（張白）請！（曹暗上,白）且慢且慢！爲了何事争論？（張白）曹驍騎不知,某與這位將軍打賭,明日生擒吕布進帳獻功。（曹白）倘若敗下陣來,怎麽樣説？（張白）願將六陽魁首懸挂營門。俺若得勝回來呢？（術白）我將催糧印信付汝掌管。（曹白）口説無憑,必要

立下軍令狀。(張白)好哇!(唱)

張翼德三擊掌打賭爭鬥,表家鄉范陽鎮在那涿州。自幼兒在家中殺猪賣酒,結桃園拜金蘭同把軍投。此一戰勝呂布印信我授,倘若是敗陣回懸挂人頭。抖精神邁虎步出了帳口。(白)呂布兒吓!(唱)三爹爹擒了你纔把功收。(下)(術唱)此人敗陣必逃走。(曹白)非也!(唱)將軍有勇必有謀。(笑介)哈哈哈!(曹、術同下)

校記

[1]俺二哥斬了華雄:"哥",原本作"歌",今改。下同。
[2]華雄死:"死",原本作"乃",今改。

二場 起 布

(四白文堂、四上手、四將官、一旗纛引呂布起霸上,白)少小英雄鎮虎牢,狐群鼠輩怎脫逃。鼕鼕畫鼓催軍進,指日奏凱轉還朝。(白)某溫侯呂布,爲因前部先鋒華雄被關雲長斬於陣前,相父大怒,命俺統領精兵十萬,擋住虎牢關。相父大兵,隨後接應,共滅風烟[1]。推開龍馬勒錦轡,試看一戰表凌烟。衆將官,兵伐虎牢關。(衆白)啊!【排子】(下)

校記

[1]共滅風烟:"滅",原本作"威"。今改。

三 場

(起鼓,二小軍掌燈引站門。劉上,唱)

【二簧】金蘭人暗地悄探,滿天星斗夜生寒。悲風瑟瑟明月看,一聲孤雁好傷慘。

(白)某劉備,剿滅黃巾有功,特授平原縣令。朝中董卓弄權,同公孫將軍前來討賊。蒼天哪蒼天!可念嘆漢紀統[1],早滅消[2],清朝野,萬民樂業,某之願也[3]。(唱)

漢華夷漸頃頹使人感嘆,怎能勾誅叛臣國泰民安?(二更介)(關上,唱)

聽大哥在月下長籲短嘆,多因是恨董卓攪亂江山。

（白）大哥，爲何在此長嘆？（劉白）二弟，你還不知，只因三弟與袁術立下軍狀，要生擒呂布。倘若敗陣，如何是好？（關白）且待天明，你我弟兄二人助三弟一膀之力。（劉白）二弟言之有理。（唱）

異姓同胞共患難。（關唱）惟願得勝建功還。（同下）

校記

［１］可念嘆漢紀統："嘆"，原本作"探"，今改。
［２］早滅消："消"，原本作"宵"，今改。
［３］某之願也："某"，原本作"其"，今改。

四　　場

（張上，白）人情勢力古今殘，誰識英雄實飛凡。安得快人如翼德，盡誅世上負心男。可笑袁術與俺打賭，生擒呂布。啊！老張的丈八蛇矛在那裏瞪眉瞪眼[1]，待俺將他磨洗磨洗。槍吓槍，你明日見了呂布，將他一槍挑下馬來，咱老子就封你一個槍將軍。【風入松】半枝，【排子】）（白）咳，看天色尚早，待俺老張打睡片時。（三更介）（關、劉同上）（劉唱）

令嚴鼓角三更盡。（關唱）夜宿貔貅百萬兵。

（劉白）來此已是後營，聽他說些甚麼？（四更介）（張白）啊哈，啊哈！天哪天，你怎的不明？雞吓雞，你怎的不叫？想是呂布死時未到，待咱老張再打個盹兒。（劉白）二弟。（關白）大哥。（劉白）聽三弟之言，戰心大勝。（關白）待弟將他喚醒，天明一同出馬。（劉白）且待他歇息片時，明日好與呂布交戰，等相隨助他成功便了。（關白）有理[2]。請！（同下）（五更介，雞叫介）（張白）哈哈！好了，聽譙樓上五更雞叫，天已明瞭。呂布小兒死期到了！老張就此殺上前去。（四藍文堂兩邊上）（接半枝【風入松】）（張白）呔！呂布小兒出關受死。（四文堂、呂布上，開城介）（布白）呔，來者黑漢！（張白）呂布小兒，招鞭。（殺呂布敗下）（張追下）（呂連場上）（呂白）啊，方纔關前來一黑漢，十分猛勇，待他追來，使花槍傷他便了。（張上，白）呔，呂布那裏走？（張敗下）（呂追下）

校記

［１］在那裏瞪眉瞪眼："裏"，原本作"礼"，今改。下同。

［2］有理："理",原本作"礼",今改。下同。

五　　場

　　（劉、關上,兩邊望介）（劉白）二弟,三弟大戰呂布,爲恐有失,你催馬助戰便了。【水底魚】（張急上）（劉白）三弟！（張白）還是四弟？（關白）桃園！（張白）還是杏園？（關白）你與呂布交戰,勝敗如何？（張白）俺也不知誰勝誰敗,俺在前面走,他在後面追。（關白）敢是敗了。（張白）咳,敗了敗了！（劉關同白）你與袁術打賭一事,怎麽樣了？（張白）哎呀,大哥二哥,看在桃園結義分上。（劉白）也罷,你我三人,一馬上三馬上,一馬下三馬下,扣定連環,大戰呂布便了。（張白）好哇,隨兄弟殺上前去。（劉關同白）三弟,到了。（張白）好吓,到取虎牢關。【急三腔】（張白）到了關前。大哥二哥前去叫關、叫關。（劉、關同白）三弟叫關。（張白）呔呔！（劉、關同白）三弟高聲叫。（張白）大哥二哥,呂布那個囚囊的勇不可擋。（劉、關同白）不妨,有我二人在此。（張白）是吓！有大哥、二哥在此。呔！呂布出關受死。（呂内白）開關。（呂上,打過場）（白）我道誰[1],原來是你這敗將,又來則甚？（張白）你管老子敗不敗,再來！（三人打過場）（劉、張同下）（呂白）來將通名。（關白）老爺關雲長,看刀！（過合,對殺,劉接上）（呂白）來將通名。（劉白）劉玄德。看劍！（呂、劉對殺,張上接殺）（呂白）殺了半日,不曾問你這黑賊名姓。（張白）哈哈！呂布小兒聽者,老子姓張名飛,字翼德,范陽人也。自破黄巾以來,諸侯聞名喪膽,手執丈八蛇矛。呂布小兒,你怕是不怕？（唱）

　　張翼德威名人皆曉,我今擒你獻功勞。

　　（三人齊殺介）（張白）呂布,你敢是怯戰？（呂白）非是老爺怯戰,黑賊,可認得你呂老爺？（張白）俺認得你四姓的家奴？（劉關同白）他只有三姓。（張白）大哥二哥那裏知道,他本姓呂,投了丁建陽。殺了丁建陽,投了董卓。咱弟兄們滅了董卓,投入桃園,豈不是四姓的家奴？（呂白）好匹夫！（唱）

　　一言怒滿三千丈,膽大匹夫把我傷。（關唱）

　　泗水關斬了華雄將,無名小輩逞剛强。（劉唱）董卓殘暴把君抗,重整漢室誅賊亡。（張唱）四字家奴名節喪,留得臭名萬載揚。（呂唱）出兵會過多少將,三馬連環不見强,虛刺一槍走了罷。（呂敗下）（關、張、劉同唱）虎穴龍潭戰一場。（追下）

校記

［１］我道誰："道"，原本作"到"，今改。下同。

六　　場

（四文堂、四將官、公孫瓚上）【滴溜子】、【排子】（瓚白）俺公孫瓚，今桃園弟兄三人，會戰呂布，爲恐有失，帶領本部人馬前去助戰。衆三軍的，殺上前去！【急三腔】（四上手四將官會陣）（李肅會陣，瓚見面介）（瓚白）來將通名！（李白）大將李肅。（瓚白）看槍！（起打，李敗下，瓚追下）（衆連場，連環把子）（呂、劉、關、張三戰）（呂敗下）（劉、關、張追下）（又起打，衆人打介）（劉、關、張又三戰呂布一場下）（進關去，劉、關、張追，呂布敗進關）（張挑呂布紫金冠介）（公孫瓚元人追上，李肅元人敗進關去）（張　白）大哥二哥，呂布紫金冠被弟一槍挑下來了吓！（劉白）此乃三弟之功也。趁此兵强，殺進關去，擒拿董卓。（瓚白）且慢！敗將不可追趕[1]，恐有埋伏，就此收兵。（同下）（張回頭三笑介）哈哈，哈哈，啊哈哈哈！（下）

校記

［１］敗將不可追趕："趕"，原本作"敢"，今改。

磐 河 戰

無名氏 撰

解 題

亂彈。《春臺班戲目》《慶昇平班戲目》著錄。劇寫公孫瓚與袁紹約定：若得漢室之兵權，平分疆土。袁紹得易州，公孫瓚遣弟公孫越去見袁紹，討疆土。袁紹命部將朱一設伏，將公孫越亂箭射死。公孫瓚興兵爲弟報讎，袁紹派大將顏良、文醜、朱一迎戰，惟獨不用趙雲。趙雲請戰，被趕了出去。趙雲甚氣，怨袁紹目不識人。袁紹與眾將同公孫瓚在磐河交戰，公孫瓚大敗。趙雲拔刀相助，戰敗袁紹及諸將，救了公孫瓚。事見《三國志·魏書·公孫瓚傳》、《三國演義》第七回"袁紹磐河戰公孫"。版本今見《故宮珍本叢刊》亂彈單齣戲本，該本爲手抄本，首頁題"磐河戰總本"，未署作者；清《車王府藏曲本》本，該本爲手抄本，無標點，首頁題"磐河戰（連二）全串貫"，未署作者。今以清《車王府藏曲本》本爲底本，參考其他本，校勘整理。

（四文堂引生上）

【引】威鎮北壁，東保華夷。（白）鐵馬旌旗界帥關，令指談汗烈先班[1]。封劍斬軍爲綱紀，劍戟沖霄斗牛寒。本帥公孫瓚[2]。可恨董卓專權，眾諸侯各居一方[3]。我與袁紹有言在先，若得了漢室之兵權[4]，平分疆土[5]。今袁紹已得易州，招軍養馬，有謀朝之意。不免打發二弟前去，明分疆土，暗探他的虛實。（來介）有請二老爺。（介眾照白）（越上白）大將英雄膽，懷揣虎狼心。參見大哥。（介，生白）賢弟少禮，請坐。（介，越白）告坐。喚小弟進帳，有何軍情議論？（介，生白）只因袁紹與我有言在先，若得了漢室兵權，平分疆土。今袁紹已得易州，有謀朝之意。我命賢弟前去，明分疆土，暗探他的虛實，如何？（介，越白）小弟遵命[6]。（介，生白）好。聽愚兄一令。（唱）

公孫瓚坐寶帳忙傳令號，叫一聲二賢弟細聽根苗。此一去見本初虛言問好，暗地裏探聽他消息音豪。（介，越白）得令。（唱）在帳中領受了兄長令號，此一番到易州親走一遭。叫人來你與我忙帶虎豹[7]，（介，二旗引越下，唱）取不了漢室疆土誓不回朝。（下介，生唱）見二弟上了陽關大道，（掩門）眼巴巴盼弟回便知分曉。（下）

（四大鎧引淨上[8]）

【引】霸佔易州，心懷奸謀，計佔龍樓[9]。（白）旭日重重鼓角鳴，百萬兒郎殺氣森。江山現爲途中客，提調兒郎馬步兵。某姓袁名紹字本初。可恨董賊專權，眾諸侯各霸一方[10]。我與公孫瓚有言在先，誰人得了漢室之兵權，平分疆土。某家已得易州，又恐公孫瓚前來平分疆土。若是與他，某的大事難成。若是不允，又動干戈。事在兩難。（中軍上，白）龍虎臺前出入，貔貅帳中傳宣[11]。啟主公，今有公孫瓚差他二弟求見。（淨白）有這等事，分付陞堂。（眾、雜下，淨白）來，傳朱一。（朱上，白）末將參。（淨白）命你在磐河埋伏，公孫越到來，亂箭傷他。（朱白）得令。（下）（淨白）有請公孫越將軍。（越上，白）將軍。（淨白）將軍請坐。將軍到此，必有所爲？（越白）奉兄長之命，前來討取疆土。（淨白）我與令兄猶如生死之交[12]，焉有二意。（越白）告辭。（淨白）後堂擺宴，與二將軍接風。（同下）

（朱上，白）俺朱一，奉主公之命，磐河埋伏，等公孫越到來，亂箭傷他。來，埋伏了。（越內唱）

昔日楚漢兩爭強，（上唱）鴻門設宴害高皇。霸王不聽范增語，後來自刎在烏江[13]。催馬來至陽關上，見一賊寇擋道傍。

（朱白）來的可是公孫越？（越白）正是。（朱白）奉董府之命，前來取你首級。（越白）一派胡言。（殺介，朱下，越追下）（朱上白）那廝來得利害。來，亂箭傷他。（越上，射死下）（眾白）公孫越已滅。（朱白）回營交令。（同下）

（雜上，白）列位請了。今有朱一，假扮董府家將[14]，將二老爺射死。你我報與元帥知道。（下）

　　　　　　　　　　　　　　上完

（四文堂引生上，唱）

二弟一去不回程，到叫某家挂心中[15]。悶懨懨坐在二堂等，心驚肉跳爲何情？（旗牌上，白）啟爺，大事不好了。（介，生白）爲何這等驚慌？（介，旗白）今有袁紹命大將朱一，扮作董府家將，埋伏三岔路口，將二老爺亂箭射死了。（介，生白）怎講？（介，旗白）亂箭射死了。（介，生白）二弟，哎呀！賢

弟吓,(唱)

【倒板】聽說二弟把命喪,二弟孫越,哎呀賢弟吓!(唱)好似剛刀刺胸膛。咬定牙關罵奸黨,一腔惡氣往上揚。含悲忍淚把令降,大小兒郎聽端詳。只為二弟入羅網,亂箭攢身把命亡。本帥行動兵合將,要把賊寇一掃光。勝得回來具有賞,焚香答報決不忘。你等願往不願往?(衆白)我等情願造反。(介,生白)好吓,不由本帥喜揚揚。衆將齊把大堂上,(衆倒鎧,生唱)翻江攪海戰一場[16]。(下)

(燕上起)殺氣神鬼愁,志勇讀《春秋》。戰鼓驚天地,炮響獻王侯。俺燕剛。只因二老爺前去討取疆土,被那賊亂箭射死,元帥大怒,命俺全身披掛,與二老爺報讎,在此伺候。(衆引生上)【急三槍】(白)本帥興動兵合將,去到易州擺戰場。

(燕白)參見元帥。(生白)命你攻打頭仗。(介,燕白)得令。(上手引下)(生白)衆將官起兵前往。(排子,下)

(大鎧引淨上,白)轅門鼓角聲高[17],兩旁齊站英豪。(中軍上,白)啓主公,有公孫瓚帶領人馬前來易州。(介淨白)有這等事,分付衆將全身披掛,大堂聽點。(下,衆照白,下)

(良、文、朱、趙燕起、顏良白)[18]堂堂丈夫鎮帝基,(文醜白)身為大將挂鐵衣。(朱一白)鼕鼕戰鼓驚天地。(趙白)殺氣騰騰鳥難飛。俺顏良,俺文醜,俺朱一,俺趙雲,請了。元帥興兵,在此伺候。(發點將臺,四大鎧、四武扎、四手下、淨上,白)點將!某袁紹。可恨公孫瓚帶領人馬,攻破易州,豈能容他猖獗。顏良聽令!命你攻打頭陣。(良白)得令。(下手引下介)(淨白)文醜聽令!二對接應。(文白)得令。(四武扎引下)(淨白)朱一聽令!命你押解糧草。(介,朱一白)得令。(下)(淨白)且往。今日出兵,非比尋常,待某家親自出馬[19]。衆將官!起兵前進。(趙白)且慢。元帥出兵,滿營將官具有差遣,為何不差俺趙雲,是何理也?(淨白)想那公孫瓚乃將中魁首[20],你若出兵敗了頭陣,豈不失了軍中銳氣[21]。(趙白)元帥,想那公孫瓚能有多大本領,可賜末將三千人馬,生擒公孫瓚進帳。(淨白)你有多大本領,敢誇此大口。(趙白)元帥,末將出馬,管叫那公孫瓚卸甲丟盔,望風而逃。(淨白)你小小的年紀,豈是他人敵手。(趙白)元帥,末將情願單槍匹馬攻打頭陣。(淨白)本帥今日出兵,你在帳中絮絮叨叨,(介)來,趕出帳去。(衆上應)(趙白)氣死我也!氣死我也!這廝目中無人,將俺趕出帳來,俺不免卻了甲帽,去到磐河洗馬。若是公孫瓚敗下陣來,俺就一馬當先,救了公孫瓚,

再作道理。正是：暫息心頭恨，且自忍氣生。（笑笑氣下）（净白）衆將起兵前進。（衆應，排子，下）

（四手下引燕剛上）【水底魚】俺燕剛奉了元帥之命，攻打頭陣。來！衆將官！殺上前去。（同良殺介，良擊[22]，燕良對刀，良敗，燕剛追下打，一敗下）（良上白）這厮來得利害，不免用拖刀傷他便了。（燕上，殺死下）（衆上白）那賊已滅。（良白）殺上前去。（衆下，生上，唱）

【倒板】兩下相爭干戈動，（净、生人全上，會陣，生唱）大罵袁紹狗奸雄。空有兵權中何用，不能扶保漢江洪。我命二弟把信送，亂箭攢身為那宗[23]。今日興動人合馬，兒吓！招你的禿頭息爺的氣胸。（净唱）戰鼓不住響鼕鼕，陣前交鋒顯英雄。勸兒收兵休爭動，免得屍首血染紅。（生唱）你好比人面獸心腸，你好比鵲鳥遇彈刀。大小三軍一齊擁，（净唱）要把賊子一掃空。

（殺衆，顏下）（净殺生敗介，净追下，上手下，齊打一段下）（生上，良、文、净三人殺生，敗，三人追下）

（趙雲執槍起霸上，白）韜略滿胸在懷中，蒼天何苦困英雄。丈夫若得凌雲志，天鵬展翅上九重。俺趙雲字子龍，乃常山鎮定人也。（内喊會）那裏人馬吶喊，待俺高坡一望。（良、文殺生去盔下，良、文追下）（趙雲白）且住。前面敗的乃是公孫瓚，那後面追的乃是顏良、文醜。俺不免單槍匹馬將顏良、文醜殺敗，救了公孫瓚，方顯俺手段也。咄！顏良、文醜，俺趙雲來也。（下）（良、文殺生斷槍吊毛，上桌子）（趙雲接殺，良、文敗下，趙雲追下）（生白）好險吓，（唱）

看看我的性命八九五，閻王殿前用筆拘。從空伸出拿雲手，將我的性命暫停留。這一員小將年紀幼，手使金槍賽龍游。我回頭再看他把袁紹鬥，等候小將到來把恩酬。

（良、文、趙殺上，良、文敗下，趙接手下一場，净接趙殺，白）你是好的。（趙白）看槍。（殺净敗下，追介，生下桌子白）將軍請轉回頭。（下馬）請問將軍那裏人氏，貴姓大名，爲何救俺性命？（趙白介）哎呀，將軍：今有袁紹目不識人，將俺趕出帳外。俺姓趙名雲字子龍，乃常山鎮定人也。是俺見將軍被賊殺的大敗，俺來拔刀相助。（生白）吓，要是重用此人，我命休也。（同下，又衆上殺三場同下）

全完

校記

［1］令指談汗烈先班：此句意不明。疑爲"令指炎漢列先班"。待考。
［2］本帥公孫瓚："瓚"，原本作"贊"。今據《三國志·魏書·公孫瓚傳》改。
［3］衆諸侯："侯"，原本作"候"。今改。下同。
［4］漢室之兵權："漢"，原本作"汗"。今改。下同。
［5］平分疆土："疆"，原本作"江"。今改。下同。
［6］弟遵命："遵"，原本作"尊"。今改。下同。
［7］帶虎豹："帶"，原本作"代"。今改。下同。
［8］四大鎧引净上："鎧"，原本作"凱"。今改。
［9］佔龍樓："樓"，原本作"婁"。今改。
［10］衆諸侯各霸一方："衆"，原本作"重"，"霸"，原本作"罷"。今改。下同。
［11］貔貅帳中傳宣："貔貅"，原本作"皮休"。今改。
［12］我與令兄猶如生死之交："猶"，原本作"由"，今改。下同。
［13］自刎在烏江："自"，原本作"至"。今改。
［14］假扮董府家將："扮"，原本作"拌"。今改。下同。
［15］挂心中："挂"，原本作"罣"。今改。下同。
［16］翻江攪海戰一場："翻"，原本作"番"。今改。下同。
［17］鼓角聲音："鼓"，原本作"古"。今改。下同。
［18］顏良白："顏"，原本作"滅"；後文省作"彥"。今依《三國志·魏志·袁紹傳》改。下同。
［19］待某親自出馬："待"，原本作"帶"。今改。下同。
［20］將中魁首："魁"，原本作"奎"。今改。
［21］軍中銳氣："銳"，原本作"瑞"。今改。
［22］良擊："擊"，原本作"級"。今改。
［23］爲那宗："宗"，原本作"踪"。今改。

賜　環

無名氏　撰

解　題

　　亂彈。《春臺班戲目》著錄，題"賜環"。劇寫貂蟬原是張年的家奴，張年被董卓殺害後，司徒王允收留了貂蟬。春暖花開，貂蟬到後花園哭祭張年，以表主僕之情，不料被下朝回來的王允看見。王允問她所哭何人，貂蟬說是哭張老爺，並對殺害張年的董卓、呂布表達了怨恨之情。王允忽然心生一計，決定收貂蟬爲義女，把她明許呂布，暗獻董卓，讓貂蟬就中挑撥董卓與呂布的關係。王允把想法告訴貂蟬，貂蟬欣然答應。王允贈給貂蟬一支玉環，囑咐她千萬不可洩露機密。貂蟬慨然表示，不殺呂布，定殺董卓。事見元刊《三國志平話》、《三國演義》第八回"王司徒巧使連環計，董太師大鬧鳳儀亭"，明王濟傳奇《連環記》對王允巧使連環計的故事亦有生動描述。版本今見《故宮珍本叢刊》亂彈單齣戲本、清《車王府藏曲本》。今以《故宮珍本叢刊》亂彈單齣戲本爲底本，參考其他本校勘整理。該本係清宮抄本，首頁題"賜環總本"，正文前題"連環計"。

　　（小旦上）

　　【引】滿懷心腹事，盡在不言中。（白）奴家貂蟬[1]，在張老爺府內爲奴。不料張老爺一死，多虧王老爺將奴收留府下。今早王老爺上朝去了，奴不免去到花園哭訴幾句，以表我主僕之情。（唱）

　　【頭板】心兒伶俐性兒巧，丟下琥珀劉玉肖。王老爺看待小奴好，合府丫環另吾嬌。身穿一件紅紗罩，八幅羅裙在楊柳腰。行一步來在花園裏，耳旁又聽銅鑼敲。不用人說，我知道，我家老爺下早朝。將身躲在花棵下，等老爺他去過去，再把紙燒。

　　（生上，唱）

漢室江山四百年，出了個董卓呂奉先[2]。三六九朝期百官宴，實可嘆，張年兄命喪席前。

【倒板】王允低頭進花園。

【尖板】扭項回頭把門關。抬頭又見樹上鳥，那鳥兒不住鬧聲喧。鳥兒爲的是口食，我王允爲的漢室錦江山。這幾日未把花園進，滿園花草開放鮮。那一邊開的是老來少，這邊開的串枝蓮。芍藥花開紅似火，玉針花開似粉團。影壁墻上爬山虎，影壁後面老龍磐。老龍磐裏長流水，流水流去哨牡丹。牡丹花一死根還在，張年一死不回還。哭一聲張年兄難得相見，要相逢除非是鬼門三關。（旦唱）

哭一聲張老爺難得相見，恨只恨董卓呂奉先。（生唱）

耳旁又聽花枝亂，扭項回頭見貂蟬。

（白）貂蟬，這花園是老爺清净之所，豈是你思情散悶地方？（旦白）小奴不敢。（生白）說甚麼不敢！你老爺適纔聽見[3]，哭中有恨，恨中又哭。不知你哭的是何人？恨的是那個？（旦白）小奴哭的是張老爺，死得甚苦；恨的是董卓、呂布，在朝專權。（生白）我想董卓呂布父子，在朝專權，如狼似虎，誰人不知？那個不曉？你一女流之輩，能把他怎樣？（旦白）小女現有一計！（生白）是何妙計？（旦白）待三六九朝期之日，老爺上朝之時，小奴扮作內侍家人，身帶短刀，混進朝去，合董卓呂布殺死，好與我張老爺報讎！（生白）唔呀！你殺呂布，還有董卓，他父子留下一人，豈肯與你干休？（旦白）小女無非拔劍自刎！（生白）少不得你老爺收留你的屍首。（旦白）老爺收留不得！（生白）怎見收留不得？（旦白）怕只怕老爺在朝爲官，不得方便。（生嘆介，白）唔呀！漢室江山四百餘年，盡出在貂蟬口內。貂蟬，此處不是講話之所，你可隨老爺到花閣講話。（旦白）從命。（生唱）

【二板】夜光下見貂蟬十分美貌，恰好似天仙女降下九霄。王司徒進花閣心生計巧，貂蟬女進前來細聽根苗。

（白）貂蟬，你老爺有句話，講出口來，你從與不從，莫要煩惱。（旦白）老爺，有話請講！（生白）你老爺有意將你認作義女看待，我將你明許呂布，暗獻董卓。他父子俱是酒色之徒，合董卓呂布殺死一個，好與你張老爺報讎，你老爺好保漢室江山。（旦白）小女怎敢不從。（生白）如此，轉上，受老爺一拜！（生唱）

【頭板】王司徒提羅袍跪倒花園，貂蟬女進前來細聽根源。三六九朝期日百官宴飲，從外面進來個溫侯奉先[4]。那奸賊暗藏著三尺寶劍，可憐你張老爺命喪席前。在席前我不敢淚流滿面,怕只怕那奸賊看破機關。我有心上殿與他分辯[5],可嘆我官職小難以進前。終日裏想殺賊不得其便[6],缺少個美女子巧定機關。

（白）貂蟬,你老爺下得朝來,並無有帶得許多稀罕之物。我有雅秀玉環一支,你可好好收下。（旦白）小奴收下了。（生白）收下放好。聽爺吩咐。（唱）

【二板】恨悠悠來悶悠悠[7],細聽老爺說從頭。賜與你連環雙叩手,還要牢牢記心頭[8]。你千萬未把機關漏,你老爺丟官事小你一命休。（旦唱）

老爺不必囑咐奴[9],我不比蘇户女混亂朝歌。施一禮來把父別過,我不殺呂布定殺董卓！（旦下）（生唱）

貂蟬走動風擺柳,倒叫王允喜心頭。連環計兒雙成就,我好保漢室江山幾千秋！（下）

校記

［1］奴家貂蟬："貂",原本作"刁",今依《車王府藏曲本》（簡稱車本）改。下同。

［2］呂奉先:原本作"呂奉仙",今改。下同。

［3］你老爺適纔聽見："適",原本作"時",今改。

［4］溫侯奉先:此四字原本作"溫侯鳳仙",後三字誤。今從車本改。

［5］與他分辯："辯",原本作"便",今改。

［6］終日裏想殺賊："終",原本作"中",今改。

［7］恨悠悠來悶悠悠："悠悠",原本作"憂憂",今改。

［8］牢牢記心頭："牢牢",原本作"勞勞",今改。

［9］老爺不必囑咐奴："囑",原本作"主",今改。

獻 連 環

無名氏 撰

解 題

又名《連環計》，作者、劇種均不詳。不見著錄。另有《賜環》一劇，《春臺班戲目》有著錄，清嘉慶十五年（1810）《聽春新詠》西部"雙保"條也有記載。劇述貂蟬爲回報張文和王允之恩，主動提出要刺殺董卓，以雪讎恨。王允見其情志堅決，遂賜予貂蟬玉連環，巧設連環計，先後將其許婚董卓和呂布，以使董、呂二人反目成讎，從而使漢室江山更加穩固長久。現存清抄本，收錄在清《車王府藏曲本》中，題作"獻連環全串貫"，脚色、科白、砌末、唱詞等尚全，唱詞無曲牌，沒有標點。今以清抄本爲底本，校勘整理。

（小旦上）

【引】滿懷心腹事，盡在不言中。（白）奴乃貂蟬，在張老爺府下爲奴。可恨董卓父子在朝專權，害張老爺居家一死，多蒙王老爺救奴一命。吾有心與張老爺報讎，無有進身之路，不免前到後花園遊玩散心。（唱）

心兒靈來性兒巧[1]，撇下琥珀和玉筲[2]。王老爺待我如珠寶，一班人兒令吾姣。行一步來在花園裏，花園一内看分曉。影壁墻上爬山虎[3]，兩邊牡丹和芍藥。耳邊又聽人行走，想必是老爺他來到。將身且躲花陰下，等他來時聽分曉。（下）

（生上，唱）

哎，漢室江山四百年，從出董卓亂朝班。王允低頭進花園，扭回頭來把門關。太湖石前長松柏，養魚池内水交連。水流千遭還相見，張年兄一死永不還。抬頭來觀天色晚，烏鴉喜鵲鬧聲喧。鳥兒爲的嘴邊食，吾王允爲的是漢室江山[4]。哭一聲張年兄不能相見，張年兄不相見，要相逢除非在南柯夢間。（小旦上，唱）

哭一聲張年兄老爺死的苦，張老爺，恨只恨董卓呂奉先，呂奉先。（生唱）

耳邊又聽人言語，扭回頭來見貂蟬。

（白）啊，貂蟬，這是老爺清净花園，豈是你丫頭思情散悶之處？（旦白）不敢思情。（生白）既無思情，爲何哭聲有恨，恨中有怨？但不知你懷恨那個，怨者是誰？（旦白）奴家懷恨董卓父子在朝專權，害張老爺一死，滿朝文武並無人搭救。（生白）董卓父子在朝專權，如狼似虎，滿朝文武不敢惹他，你是個女流之輩，但能把他怎麼樣[5]？（旦白）小奴有一計。（生白）有何妙計？（旦白）是吾扮作内府家人[6]，暗藏短刀一把，清晨隨爺一到午門，董卓回步，殺死一個，老爺好保漢室江山。（生白）殺了董卓還有呂布，殺了呂布還有董卓，他父子但留一人，那時節怎與你丫頭干休？（旦白）少不得小丫環自刎一死了。（生白）少不得老爺收留你的屍首。（旦白）老爺收留不得。那賊看破機關，連累老爺不便[7]。（生背旦介，白）漢室江山四百餘年，進出在貂蟬之口。也罷，貂蟬，此地非講話所在，隨老爺一到花園。（旦白）從爺。（生唱）

星月下見貂蟬十分美貌，他好似天仙女降下九霄。吾王允進花閣心生計巧，貂蟬女近前來細聽分曉。

（白）貂蟬，我有一言與你商議[8]，你莫要煩惱[9]。（旦白）老爺有何貴言？請講，小奴無有不從。（生白）我有心將你認做女兒，明許呂布，暗獻董卓，董卓或呂布殺死一個，老爺好保漢室江山。（旦白）盡在老爺。（生白）既然如此，貂蟬轉上，受我一拜。（唱）

吾王允撩袍雙膝跪下，貂蟬女進前來細聽吾言。那一天我到了卓府飲宴，虎牢關來了個温侯奉先。董卓賊聽他言怒生滿面，可憐你張老爺命喪席前。心兒裏想殺賊未得其便[10]，無有個巧計兒保那江山。

（白）老爺進得花園，無有甚麼稀罕之物，這是亞秀玉環一雙，好好收起，聽我囑咐。（唱）

心憂憂恨憂憂，提起張文淚交流。你若去到兩府裏[11]，你把此事記心頭。怕的是你把真言漏，你老爺去官命難留。（旦唱）玉環獨挽難喜受，老爺你且放心頭。（生唱）貂蟬女你或卓或布殺一個，我保漢室幾千秋。（下）

完

校記

［1］心兒、性兒：兩個"兒"，原本作"而"。今改。下同。
［2］和玉筍："和"，原本作"何"。今改。
［3］爬山虎：原本作"扒山瑚"。今改。
［4］漢室：原本作"汗室"。今改。
［5］但能把他怎麼樣："把"，原本作"罷"。今改。
［6］扮著內府家人："扮"，原本作"辨"。今改。
［7］連累老爺不便："連累"，原本作"連類"。今改。
［8］與你商議："議"，原本作"意"。今改。
［9］你莫要煩惱："你"，原本作"從"。今依文意改。
［10］未得其便："便"，原本作"辨"。今改。
［11］去到兩府裏："兩"，原本音同作"梁"。今改。按："兩"，或改作"董"。

謝　冠

無名氏　撰

解　題

　　秦腔。作者不詳。未見著錄。劇寫王允贈呂布萬字金冠，呂布到王府謝贈金冠。王允留布宴飲。席筵間，王允假稱西府有宴，讓假作女兒的貂蟬陪伴飲酒。呂布見王女甚喜。貂蟬問呂布妻室，呂回尚未娶妻。貂蟬當面許婚，互贈聘禮，私拜天地。王允闖入見狀，責備呂布。呂布推醉謝罪。王允遂將貂蟬許配呂布，約定中秋送貂蟬至呂府。本事不見史傳。版本今見《故宮珍本叢刊》《秦腔戲》本、清《車王府藏曲本》本。《故宮珍本叢刊》《秦腔戲》本爲手抄本，首頁題"謝冠總本"。今以該本爲底本，參考其他本，校勘整理。

（上呂布，白）（對子）
　　胭脂馬兔紅光日行千里，方天戟戰敗了萬將無敵。（詩）家住九郡在五原[1]，虎牢關前戰桃園。翼德馬上一聲嘆，本公頭上掉金冠[2]。本公姓呂名布字奉先，又在丁公帳下爲將，因兵事不合，被某一戰將他刺死，後投董卓作爲義父，父子威鎮朝綱[3]。昨日酒席宴前斬了張溫老兒，文武膽懼。本公回得府來，我朝司徒王大人[4]，差人送來萬字金冠。今日無事，不免過府謝冠。（家將上）（呂布白）家將。（家將白）有。（呂布白）與爺帶馬。（家將白）哦。（帶馬下，上王允，對白）差人去送冠，不見轉回還。（上院子，白）與老叩頭。（王允白）起來，命你前去送冠，溫侯言講甚麼？（院子白）見冠歡喜，少刻過府謝冠，隨後就到。（王允白）溫侯到來，酒席宴前通報三次，就説西府請爺議事。（院子白）記下了。（王允白）伺候了。（上家將，白）裏邊那個聽事？（院子白）何事？（家將白）溫侯駕到。（院子白）伺候了。稟爺，溫侯駕到。（王允白）有請！（院子白）有請！（家將白）請爺。（呂布上，家將下，呂布白)大人在那裏？（王允白）溫侯在那裏？（呂布白）大人著個,哈哈哈！（王允白）不知溫侯駕到,未曾遠迎,多多有罪。（呂布白）豈敢。本公來的鹵莽,望大人海涵。（王允白）豈敢豈敢。溫侯到此何事？（呂布白）多蒙大人送去萬字金冠,特來過府謝冠。（王允白）來者就何勞一謝。（呂布白）那有不謝之理。撒了拜氈。（王允白）些小之物,何勞膝下之苦。（呂布白）大人免過了？（王允白）小官不敢擔。（同笑）（院子白）宴齊。（呂布白）告辭。（王允白）慢著,溫侯飲宴再去。（呂布白）來此就要討饒。（王允白）王允也是可饒之家,看酒把盞。（院子白）哦,上宴。（下）（王允白）溫侯請酒。（呂布白）大人請。（院子上,白）稟爺。（下）（王允白）嗯哼！嘎溫侯,聞得溫侯在那虎牢關大戰桃園,威風殺氣,我王允自可耳聞,未曾目睹[5],煩勞溫侯說的一遍,我王允側耳領教。（呂布白）哦,大人,要問虎牢關之事？（王允白）正是。（呂布白）是也罷,是也罷。（唱）

提起了虎牢關一場鏖戰[6],他弟兄定下了三馬連環。有一個張翼德威風八面,臨行時打掉我的金冠。

（王允白）勞體。（呂布白）見笑。（上院子,白）報,稟爺,西府等候多時了。（王允白）嗯,不知我與溫侯飲酒,宴前胡傳亂稟,該打,還不起去,豈有此理。（呂布白）嘎,大人！來人稟報何事？（王允白）溫侯非知,今有西府請我過府飲宴,我若不去,要責罰來人[7]。情知我與溫侯飲宴,胡傳亂稟,豈有此理。（呂布白）大人就該前去。（王允白）有心前去,無人陪伴溫侯。（呂布白）將獨坐何妨。（王允白）焉有此理。也罷,不免命小女陪伴溫侯,少時王允速去就回。（呂布白）將是甚等樣人,敢勞動千金姑娘陪伴飲酒,將不敢擔。（王允白）無妨。溫侯等候片時。家院！（院子白）有。（王允白）請你家姑娘。（上小旦,白）容貌天生就,何必巧梳粧。爹爹萬福。（王允白）我兒少禮。（小旦白）將兒喚出,有何訓教？（王允白）兒嘎,你望上看,上坐的就是溫侯[8]。連環之計,牢牢緊記。（小旦白）兒記下了。（王允白）廻避。（小旦白）正是：父女定連環,要害呂奉先。（王允白）退嗯呵抖,退嗯呵抖。（小旦下）（王允白）溫侯請,溫侯請。（下）（呂布白）大人請嘎！王大人,真道豈有嘎！（唱）

王大人講此話真正小臉,他把我當作了玩童一般。呂奉先在庭前閑遊閑轉,隔竹簾觀見個美貌天仙[9]。學一個柳下惠坐懷不亂,假意兒喫醉酒倒臥席前。（小旦內唱）

貂蟬女在繡閣梳粧打扮,（上唱）酒席前來了個溫侯奉先。那一日張老爺梁府飲宴,可嘆我張老爺命染黃泉。王老爺他對我細説一遍[10],因此上認父女定下連環。來只在酒席前用目觀看,在席前醉臥下呂侍奉先。如不然上前去把他呼喚,看他醒與奴家怎樣交言。(呂布唱)夢兒裏與關張一處鏖戰,(白)王大人,真乃豈有?(唱)我面前跕下個美貌天仙。正正冠悚悚帶忙把禮見,把大姐來路事細問一番。

(白)大姐請來見禮。(小旦白)還禮。(呂布白)方纔王大人言道,有一千金姑娘,莫非就是大姐?(小旦白)正是。我父言道,宴前有一溫侯,莫非就是將軍?(呂布白)豈敢。大姐到此何事?(小旦白)奉了奴父之命,陪伴溫侯飲酒[11]。(呂布白)哎呀!將是甚等之人,敢勞動大姐陪伴將飲酒,將不敢擔。(小旦白)功該。(呂布白)不敢擔。請問大姐,將這萬字金冠,可是大姐所造?(小旦白)正是。奴家造不齊,將軍莫要見……(呂布白)見甚麼?(小旦白)見笑嘎。(呂布白)哎呀,將怎敢。請問大姐叫何名字?(小旦白)奴名貂蟬。(呂布白)多大歲數?(小旦白)一十六歲。(呂布白)可曾許人?(小旦白)其不知十年代子一九古文國有詩。(呂布白)哎呀,好、好一個十年代子一九古文國有詩。關關雎鳩,在河之洲[12],窈窕淑女[13],我們君子好……(小旦白)好甚麼?(呂布白)好求嘎。(小旦白)聽將軍莫非未曾娶妻麼?(呂布白)着嘎,不錯,將未曾娶妻。(小旦白)何不在我父身傍提親。(呂布白)大人不從,也是枉然。(小旦白)我父不從,奴家情願當面許……(呂布白)許甚麼?(小旦白)許親嘎。(呂布白)哎呀,多蒙大姐當面許親,將過府未帶罕細之物,著便怎麼處?也罷,這是將分頭金簪,贈大姐,全當聘禮。(小旦白)這是奴家押繡連環,全當回贈。(呂布白)你看,四顧無人[14]。(王允暗上)你我拜把天地。(小旦白)請。賜與你一連環,全當聘禮。(呂布唱)

賜與你分頭簪,全當婚姻。(小旦唱)咱二人在席前成親眷[15]。(呂布唱)小肚兒撲搜搜,滾落胸前[16]。(王允唱)王司徒在廳前偷眼觀看,恨溫侯做此事不怕欺天。

(白)抖抖抖。(小旦下)(王允白)唔!溫侯。我命小女席前陪伴飲酒,百般調戲,真道豈有此理!(呂布白)王大人,著個,哈哈哈!王大人,將不會飲酒,多貪了幾杯,冒犯大人,焉敢欺押。大人大人,莫要見怪。(王允白)怎麼喫醉了?(呂布白)不錯,將是喫醉了。(王允白)喫醉了,也就拉倒。哎呀,且住。從前我與小女占算一卦,該許一家溫侯。莫非應在他的身上?待我話講當面。溫侯不嫌小女醜陋[17],就許溫侯如何?(呂布白)大人,可是真心?(王允白)真心。(呂布白)好,就抬令愛過府。(王允白)慢著,還得尋個好的日期。(呂布白)快快尋個日期。(王允白)今天十四。(呂布白)就是十四罷。(王允白)十四是個月忌。(呂布白)我乃武將加封,不論甚麼月忌月破。(王允白)也罷,明天就是八月中秋,與溫侯抬過府去就是。(呂布白)王大人請上,受我一拜。(唱)

拜大人這件事多有美見,謝大人在席前許下貂蟬。咱兩家結親事有緊無慢,(王允白)照嘎,有緊無慢,溫侯請起。(呂布白)大人請起。(王允白)大家同起。家將!將馬往上帶。(呂布白)大人,著算何意?(王允白)我與牽馬墜蹬。(呂布白)將是甚等樣人,怎敢勞動大人牽馬墜蹬,將不敢擔。(王允白)功該。(呂布白)將不敢擔,將馬望下帶,請。(呂布唱)

我好比遊月宮得了仙丹。(家將暗上帶馬,白)請請請。(王允唱)罵聲奴才雙瞎眼,王允豈是下賤男。若是我的親生女,豈與奴才配姻緣。(下)

校記

[1] 五原:"五",原本誤作"吳"。今依《三國志·魏書·呂布傳》改。

[2] 掉金冠:"掉",原本作"吊"。今改。下同。

[3] 威鎮朝綱:"綱",原本作"岡"。今改。

[4] 我朝司徒大人:"我",原本誤作"武"。今改。

[5] 未曾目睹:"睹",原本作"獨"。今改。

[6] 一場鏖戰:"鏖",原本作"敖"。今改。

[7] 要責罰來人:"罰",原本作"法"。今改。

[8] 就是溫侯:"是",原本漏。今補。

[9] 隔竹簾:"隔",原本作"接"。今依文意改。

[10] 細說一遍:"遍",原本作"便"。今改。

[11] 陪伴溫侯飲酒:"陪",原本作"倍"。今改。下同。

[12] 在河之洲:"洲",原本作"州"。今改。

[13] 窈窕淑女:"窈",原本誤作"姚"。今改。

[14] 四顧無人:"顧",原本作"故"。今改。

[15] 成親眷:"眷",原本作"圈"。今改。

[16] 滾落胸前:"落",原本作"洛"。今改

[17] 溫侯不嫌小女醜陋:此句原來作"溫不賺小隗陋"。今補改。

戰濮陽

無名氏　撰

解　題

亂彈。《春臺班戲目》《慶昇平班戲目》著録。劇寫吕布佔據濮陽，曹操領兵復來攻取，軍圍濮陽。吕布用陳宫計，使濮陽城富户田氏詐降曹操，告操吕布、陳宫已去黎陽，城内僅有高順緊守，願爲内應，賺曹操進城。曹操中計，被困遭火燒，幸被典韋等衆將護救出城。曹操詐稱被火燒死，設靈堂，軍營挂白旛，將士帶孝，靈前哭祭。吕布不察，又不聽陳宫勸阻，命三軍夜劫曹營。吕布果然中計，被伏兵戰敗，悔不聽陳宫之言。陳宫悔恨錯投吕布，但又無奈，帶吕布家小逃出濮陽。曹操復奪取濮陽。事見《三國志·魏志·武帝紀》及裴松之注引《獻帝春秋》。《三國演義》第十一、十二回載戰濮陽事。版本今見清《車王府藏曲本》本，《故宫珍本叢刊》《亂彈單齣戲》本。《車王府藏曲本》本爲手抄本，首頁題"戰濮陽總講"，未署作者。今以該本爲底本，參考其他本，校勘整理。

頭　場

（五將起霸上，唱）

【點绛唇】殺氣沖霄，兒郎虎豹。軍威好，地動山摇，要把狼烟掃。

（衆同白）俺。（韋白）典韋。（惇白）夏侯惇。（淵白）夏侯淵。（典白）李典。（進白）樂進。（韋白）列位將軍請。（衆同白）請了。（韋白）主公陞帳，兩廂伺候[1]。（衆同白）請。（四紅文堂、四紅大鎧站門上，曹操上）

【引】隊伍雄威氣軒昂，統領三軍奪濮陽。

（衆同白）末將參。（曹白）堂堂將才施英勇，赫赫威名鎮帝都。森森劍戟如霜雪，各個兒郎膽氣粗。（白）老夫曹操，漢室爲臣，職受平西大將軍。

可恨陶謙[2]，結連賊黨[3]，殺吾家一鱗不二天，領兵掃蕩徐州，殺得他亡魂喪膽，眼見城池旦夕必破，不道呂布小兒佔奪濮陽等處，勇不可擋。故而劉備順人情[4]，暫爲允和，領兵復奪濮陽。衆位將軍，人馬可齊？（衆同白）俱已齊備。（曹白）傳令下去，吩咐大隊人馬，兵發濮陽。（衆照白，【泣顔回】排子，領兵下）

校記

［1］兩厢伺候："厢"，原本作"相"。今改。
［2］可恨陶謙："謙"，原本作"嫌"。今改。
［3］結連賊黨："黨"，原本作"攩"。今改。
［4］故而劉備順人情："而"，原本作"兒"。今改。

二　　場

（陳宫上[1]）

【引】智謀胸藏，按機關，懷揣志量。

（詩）干戈分雲繞，四海亂離遷。龍虎鬥日，雖勝弟爲[2]。（白）下官陳宫。向爲中牟縣令，只因董卓專權[3]，吾特棄官挂印，與曹操逃走，同謀舉義[4]。誰知心懷奸毒，行事不端，我又棄他回家，安頓老母、妻子。復投呂布溫侯帳下，以爲參謀効用。前者設了一計，佔取鄄城等處。今聞曹操興兵前來復奪，今番一戰，不知誰勝誰輸。咳，事難定確也。（唱）

【二簧正板】陳公臺坐寶帳自思自嘆，想起了從前事好不心燋。只因那董卓賊橫行霸道，挾天子欺文武害民奸豪。曹孟德行刺他機關漏了，四下裏畫圖形捉拿奸曹。行至在中牟縣被我拿到，在二堂苦哀告求情恕饒。我見他有忠心把國來保，因此上棄縣令隨他奔逃。好一個呂伯奢恩情不小，誰知他起歹心全家不饒。旅店中我有心將他殺了，又恐怕人道我沒義兒曹。也是我投呂布興師征討，東西征南北勤費盡心勞。曹孟德他是個豺狼虎豹，我有心除奸佞扶保漢朝。但願得此一戰把曹退了，那時節整雄兵共滅奸曹。

（旗牌上，白）忙將軍情事，報與志謀人。啓爺，曹瞞請爺城頭會話。（陳白）哦，曹瞞請我城頭會話，沒非順說兒等[5]，將我一片說詞，若得他退兵回轉，我就好用計取東城一帶地方。正是：且憑三寸舌，打退曹瞞心。（笑介）哈哈哈！（同下）

校記

［1］陳宮上："宮"，原本作"公"。今改。下同。
［2］龍虎鬥日,雖勝弟爲：此二句,應爲五字句,漏二字。
［3］只因董卓專權："專"，原本作"榑"。今改。
［4］舉義：原本作"舉議"，今改。
［5］順説我等："順"，原本作"訓"。今依上下文改。

三　　場

（曹元人同上）（曹唱）領雄兵好一似泰山壓倒[1],劍除了呂奉先吾心安牢[2]。（白）老夫領兵奪轉濮陽,得陳宫投在吕布帳下以爲參謀。此人機深志廣,倘有故交之情,爲此著人知會在城頭會話,順説與他,若得棄布歸曹,濮陽垂手而得。來,催動人馬。（唱）

我愛他陳公臺仁義甚好,可惜他保呂布叛反兒曹。守城將你快去把信通報,你就説曹孟德要會故交。

（旗牌上,白）有請參謀。（陳内唱）

【倒板】又聽得濮陽城人嘶馬鬧,（上,唱）站城頭扶垜口往下觀瞧[3]。（曹白）公臺別久了。（陳唱）白龍馬坐的是奸雄曹操,（曹白）我合你故友相會,爲何破口相嘲吓！（陳唱）你是個没義漢有甚相交。我從前原見你忠心義表,（曹白）俺曹操正是忠心保國。（陳唱）誰知你是一個禽獸兒曹。（曹白）你言重了。（陳唱）你今日領人馬何事來到,説明了我合你再把兵交。（曹白）公臺。（唱）

你本是大義漢凌雲志浩,又何必出惡言辱駡吾曹。往日裏蒙你的恩情甚好,到今日重相會喜上眉梢。我曹操總有些行事窄小,陳公臺量寬洪休挂心巢。我愛你志謀廣神機奥妙,爲甚麽扶反賊名浮水飄。（陳唱）曹孟德你不必花言語巧,我心中似明月照你心稍。行刺那董卓賊機關漏了,四下裏畫圖形捉拿奸曹。行至在中牟縣被我拿到,在二堂哀告求我纔恕饒。我見你有忠心把國來保,因此上棄縣令同你奔逃。呂伯奢他待你恩情非小,誰叫你殺一家寸草不饒。在旅店我本當將你殺了,普天下道陳宫没義兒曹。自那日回故鄉安頓老小,投至在奉先帳共扶漢朝。你若是念故交把兵退了,我合你守疆界不犯邊壕。你若是興人馬各擺陣道,兩下裏

動干戈鬼哭神嚎。你若是不退兵也就罷了，指日間管叫你片甲難逃。（曹唱）

【二六】陳公臺説此話令人可惱[4]，講甚麽守疆界不犯邊壕。我曹操不過是替天行道，奉王命掃烟塵扶保漢朝。吕奉先他本是豺狼虎豹，你枉把忠義名負與兒曹。你若是捨吕布城池獻了，回朝去我保你玉帶紫袍。（陳唱）漢獻帝好一比嬰兒懷抱，曹孟德比王莽不差分毫[5]。除董卓霸朝綱又有曹操，你將效鹿爲馬秦國趙高[6]。（曹唱）駡一聲陳公臺説話蹊蹺，濮陽城彈丸地何在心稍。叫三軍齊努力把城圍了，少時間濮陽城化爲海潮。（陳白）呸！（唱）好言語勸奸賊將人欺藐，你把我陳公臺不在心稍。叫三軍將雷石往下傾倒，咫尺間管叫你死不回朝。（下）（曹白）啊。（唱）叫衆將勒轉馬忙回營道，奪不轉濮陽城誓不回還。（下）

校記

[1] 泰山壓倒："壓"，原本作"押"。今改。
[2] 除了吕奉先吾心安牢："奉"，原本作"鳳"；"牢"，原本作"勞"。今改。
[3] 往下觀瞧："瞧"，原本作"樵"。今改。
[4] 令人可惱："令"，原本作"另"。今改。下同。
[5] 曹孟德比王莽不差分毫："王莽"，原本誤作"玉蟒"。今改。
[6] 你將效鹿爲馬秦國趙高："效"，原本筆誤作"郊"。今改。

四　　場

（張遼、高順起霸）（張白）張弓雙箭射虎豹，高山奇謀安六韜。（高順上，白）旌旗閃閃光耀日，隊伍紛紛列槍刀[1]。（同白）俺。（張白）張遼。（高白）高順。（張白）高將軍請了。（高白）請了。（張白）温侯陞帳，你我在此伺候。（高白）請。（四白文堂、四白大鎧站門上）（吕布上，唱）

【點絳唇】[2]將士英雄，軍威壓重。兵卒勇，戰馬如龍，令出山搖動。

（張、高同白）參見温侯。（布白）站立兩厢。（張、順同白）啊！（布白）虎牢關前戰諸侯，名揚四海貫九洲。畫戟赤兔誰敢鬥，何懼曹操統貔貅。俺姓吕命布字奉先，自滅董卓之後，隨處飄遊，幸得陳宮言無不准，功戰必取，所以得了濮陽一帶等處，以做久遠之計。且喜兗州已取，只有東阿、鄄城等處[3]未能克下。今聞曹操領兵前來復奪濮陽，爲此整頓戈矛[4]，以御交鋒[5]。亦命探子前去打探，未見回報。（探子上，白）報！曹兵討戰。（布白）再探。（報白）得令。（下）（布白）啊，曹兵來得驟也。眾將官！曹兵遠來疲倦，趁此機會，殺他個措手不及，抖擻精神，奮勇當先。（排子，下）

校記

［1］列槍刀："列"字，原本作"烈"。今改。
［2］點絳唇："絳"，原本作"將"。今改。
［3］鄄城等處："鄄"，原本作"勁"。今依《三國志·魏書·武帝紀》改。
［4］整頓戈矛："整頓"，原本倒置爲"頓整"。今改。
［5］以預交鋒："預"，原本音假誤作"御"。今改。

五　　場

（四文堂、四大鎧、夏侯惇、夏侯淵同上）（典韋上，各通名字）（韋白）二位將軍請了。（惇、淵同白）請了。（韋白）你我奉令攻敵呂布，眾將官殺上前去。（呂布元人會陣上）（韋白）來將？（布白）呂，（韋白）呂甚麼。（布白）呂布。來將？（韋白）典，（布白）典甚麼？（韋白）典韋。呔！呂布兒吓！（布白）黃臉賊！（韋白）今日天兵到此，兒還不下馬歸順麼？（布白）住了。你是龍，能起多大風浪？（韋白）兒小小螳螂，焉能撼得動俺的車輪。（布白）名將會過多少？何懼你小兒曹。（布白）畫戟龍蛇動，（韋白）雙戟稱英豪。（布白）看戟。（韋白）哈哈哈！（布唱）

【倒板】搖旗呐喊馬嘶吼，殺氣森森貫斗牛。虎牢關前威風抖，誰人不知呂溫侯。（韋唱）雙戟典韋誰敢鬥，交鋒打仗鬼神愁。勸你早早來未首，傾刻取爾項上頭。（布唱）勸你休得誇海口，（韋唱）傾刻屍橫血水流。（布唱）三軍緊緊擂戰鼓，（韋唱）天慘地昏雲霧愁。

（當殺介，布白）且慢。（韋白）爾敢是怯戰？（布白）非是俺怯戰。天色已晚，你我收兵，明日再戰。（韋白）誰家先收兵？（布白）兩家一齊收兵。（韋白）來者是君子。（布白）怕戰是小人。（同白）眾將官收兵。（元人兩邊分班下）

六　場

　　（陳宮上，唱）今日裏在城頭鬥口相鬧，罵得那曹孟德羞愧難消。呂溫侯領兵將出城對討，但願得來取勝共滅奸曹。

　　【水底魚】（呂布元人凹門上）（陳白）溫侯。（布白）先生請座。（陳白）告座。溫侯今日出城交戰，勝負如何吓？（布白）不分勝敗。吾觀衆將不足解意，必須賺取曹操，方爲之功也。（陳白）陳宮有計獻上。（布白）有何妙計？（陳白）濮州城內有一家豪富田氏，叫他往曹營詐降，説溫侯殘暴不仁民大怨，同陳宮往黎陽去了[1]。城內無人，只有高順一人在內，曹必疑心。若是進兵入城，參謀自有計擒之。（布白）如此就煩先生喚來。（陳白）領命。計就擒玉兔，謀成捉金烏。（下）（布白）且住，久聞典韋之勇，今日一見，名不虛傳也。（唱）

　　久聞説雙戟將典韋名號，時纔間在戰場裏果見英豪。（陳上，白）這裏來。（唱）安排下擒猛虎牢籠計巧，賺取那曹孟德來入火巢。

　　（白）田氏人喚到。（布白）喚進來。（陳白）過來見過溫侯。（末等白）是。小人叩頭。（布白）起來。（末、丑白）是。喚小人們有何吩咐？（布白）只因曹兵十分猖狂，城池旦夕必破，命爾等詐降曹操，賺他入城，吾自有計擒之。爾等可願去否？（末、丑白）一城百姓，皆得全生，赴湯蹈火，也是情願。（布白）好，聽吾道來。（唱）

　　你就説呂溫侯不行正道，每日間與衆將大醉酕醄。幸喜得同陳宮黎陽去了，擒高順奪濮陽就在今朝。（末、丑同白）遵命。（唱）

　　呂溫侯傳將令怎敢違拗，少不得拼生死强走一遭。（下）（布唱）

　　田氏管到曹營詐降去了，請先生定巧計捉拿奸曹。

　　（陳唱）張文遠東巷內舉火爲號，休得要放走了奸雄曹操。（張遼白）遵命。（唱）

　　軍師爺定巧計果有奥妙，管叫那曹孟德插翅難逃。（下）（陳唱）

　　叫高順進前來聽吾令號，埋伏在西巷內等候奸曹。（順白）遵命。（唱）

　　西巷內放火炮一齊爲號，準備著火光裏捉拿奸曹。（下）（布唱）

　　但願得此計成揚名不小，（陳唱）滅却了奸曹操扶保漢朝。（同下）

校記

［１］同陳宮黎陽去了："黎"，原本作"梨"。今依《三國志・魏書・武帝紀》改。下同。

七　　場

（四文堂、四大鎧站門上）（曹上唱）

【西皮二六】恨呂布似虎狼將士凶豹，奪不回濮陽城晝夜心燋。陳宮助反逆賊空費才料，戰不退奉先兒誓不回朝。

（末、丑上，白）有人麼？（手下白）你們敢是奸細麼？（丑、末同白）我們乃是濮陽城內百姓，有機密事求見丞相。（曹白）搜檢明白，再進來[1]。（手下白）是。吓！可有夾帶[2]？（末、丑同白）無有。（手下白）小心了走。（丑、末同白）是。小人們叩頭。（曹白）敢是奸細，看刀。（末、丑同白）我們亦非奸細，乃濮陽城內百姓富戶田氏，前來獻機密之事。（曹白）甚麼機密之事吓？（末、丑同白）可恨呂布殘暴不仁，民心大怨，聞得到此，我等巴不剿除此賊，無有機會。今幸呂布起兵黎陽去了，城內空虛，懇求大兵進城，以救蒼生塗炭之苦，足感恩慈大德。（曹白）我且問你，呂布往黎陽去了，城內還有何人把守？（末、丑同白）只有高順把守，隄防甚緊。（曹白）此等碌碌之輩何足慮[3]，爾等速速回去準備，老夫黃昏時候進兵。甚麼為號？（末、丑同白）白旗為號。（曹白）知道了，去罷。（末、丑同白）是。（曹白）轉來。（末、丑同白）在。（曹白）陳宮可在城內？（末丑同白）陳宮與呂布同往黎陽去了。（曹白）去罷。（末丑同白）好了，如得生矣。（下）（曹白）（笑介）哈哈哈！喜得陳宮不在，此乃天助我成功也！來，吩咐眾將披挂整齊，黃昏之際隨吾入城，休得聲張，掩門。（眾同白）啊！（分班下）

校記

［１］再進來："再"，原本作"找"。今依文意改。

［２］可有夾帶："夾帶"，原本作"假代"。今改。

［３］此等碌碌之輩何足慮："碌碌"，原本作"碌"，漏一"碌"字。今補。"輩"，原本作"背"；"慮"，原本作"虛"。今改。

八　場

　　（四文堂站門上）（【水底魚】）（張遼、高順同上）（張白）俺張遼。（順白）俺高順。（張白）將軍請了。（順白）請了。（張白）你我奉令各處埋伏，等候曹兵劫殺，就此埋伏去者。（合頭，領兵下）（下場門拉城介，挂白旗號，曹內唱）

　　【倒板】統三軍一個個威風咆哮，（八手下佔門）（惇、進、典、淵、韋同上）（曹唱）今日裏奪濮陽不費心勞。呂奉先生來得粗心膽暴，一派的血氣勇無謀兒曹。有陳宫見識淺枉用計巧，指日裏濮陽城又歸吾曹。城頭上插白旗隨風飄繞，叫三軍擺隊伍擁進城壕。（同進城下）（連場上）（曹上白）啊！（唱）爲甚麼静悄悄人烟稀少，（放火介）（遼、順四手下雙抄只下）（曹白）哎呀！（唱）中了那陳宫的巧計籠牢。

　　（遼上白）呔！那裏走。（典、進擋遼追下）（起打，隨便的排）

九　場

　　（放火介）（曹上白，放火介）哎呀！（唱）

　　吾不聽劉瞱言中賊計巧[1]，（放火介）哎呀！（唱）火光裏尋不出生路那條。

　　（順上白）呔！那裏走。（惇、淵上擋，曹下）（起打，隨便排追只下）

校記

[1] 吾不聽劉瞱言中賊計巧："劉"，原本作"列"，今改。"中"，原本作"仲"。今改。

十　場

　　（曹上，白）哎呀！（唱）

　　四下裏安排了連環火炮，今日裏難逃這性命一條。

　　（布上白）呔！你可是曹操？（曹白）看前面騎黄馬的就是曹操。（布白）

去罷。(刺曹介敗下)(韋挑上,殺介,打布追下)(連場上)(三沖頭上場門)(扯械韋介)(上挑火往介)(曹元人出城下)(布元人上,追出城下)

十　一　場

(曹元人、衆扶曹操凹門上,衆同白)主公醒來。(曹唱)

【倒板】一腔惡氣心頭惱,哎呀,(唱)咬牙切齒恨難消。人欲恕我我難恕,人要饒我我難饒。若不殺陳宮合吕布,誓不收兵轉回朝。

(報子上,白)報！吕布討戰。(衆白)再探。(報白)得令。(下)(曹白)衆位將軍,殺上前去。(曹下)(吕布元人會陣,起打。韋元人敗走下)(布元人上)(衆同白)曹兵大敗。(布白)窮寇莫追,收兵回城。(衆同白)啊！(同下)

頭本(尾聲)完

頭　　場

(四紅文堂、四紅大站門,曹操上,唱)

老夫誤中賊計巧,昨日濮陽被火燒。吕布有勇無略韜,都是陳宮計籠牢。

(白)老夫昨日一時不明,誤中奸計,燒的我軍將士喪膽魂消。我想此謀吕布決不能爲,必是陳宮的詭計,若不虧衆將救回,一命休矣。我今將計就計,詐言被火燒死,吕布知之,必然前來劫營。我四下裏埋伏人馬,他總有重瞳之勇[1],也難擋十面之衆,只願陳宮不解此計,我就有取濮陽也。(唱)

將錯就錯生計巧,奪回濮陽氣方消。軍中都要來挂孝,成功就在這一遭。三軍與我傳令號,且莫洩漏這音耗。(下)

校記

[1]重瞳之勇:"重瞳"二字,原本筆誤作"腫瞳"。今改。下同。

二　　場

(韋四人同上,韋唱)

誤中賊人費神勇,(進唱)主將險喪火陣中。(惇唱)今日滿營來挂孝,(淵唱)昨日濮陽一片紅。
　　(同白)俺典韋。俺樂進。俺夏侯惇。俺夏侯淵。(韋白)列位將軍請座。(衆同白)有座。(韋白)主公一時不明,誤入網羅,若不是將軍等護持,一命休矣。(進白)此賴典將軍之勇,纔能逃出重圍也。我想此計乃陳宮施爲,呂布一勇之夫,何能有此大才。陳宮若不早除,乃主公之大害也。(淵白)主公今早傳令,吩咐我等詐傳主公被火燒死,滿營挂起白旛,衆將都要舉哀。呂布聞知,必來劫營,濮陽可得,呂布定擒矣。(韋白)主公妙計,我等依計而行。衆將將紅旗滅掩,立起白旛,大放哀聲,成功之日,都有犒賞[1]。(衆白)大家後帳改扮起來,請。(同下)

校記

[1] 都有犒賞:"犒",原本作"靠"。今改。

三　　場

　　(小吹打,衆上,拜幔帳,衆將拜哭介)哎呀主公吓!(韋唱)
　　可嘆誤託奸計中,(進唱)一但命喪在火中。(惇唱)指日呂布把兵統,(淵唱)靈柩怎得回朝庭。(韋唱)明日抬營放號炮,呂布前來一場空。
　　(衆同哭介)哎呀主公吓!(同下)

四　　場

　　(丑上,唱)
　　昨日城中火太重,曹操果然一命終。(白)俺呂溫侯帳下能行探子是也。扮作百姓模樣,打聽曹操消息,果然被火燒死。營中立起白旛舉哀,不免報與溫侯便了。(唱)急忙回營把信送,成功就在今晚中。(下)

五　　場

　　(陳宮上,唱)
　　昨日裏打一仗可爲不小,燒的那奸曹操膽喪魂消。可嘆我陳公臺命運不好,總未曾與明主枉把心操。

（白）下官陳宮。昨日設一計,燒得曹操膽喪魂飛,耐他將士凶勇救他回營。那奸賊必不干矣,定有別計施來。溫侯雖然勝了一仗,連日高歌宴樂,不理軍情。我幾次勸之,反討沒趣。咳!我陳宮好不悔也。（唱）

【二簧正板】悔只悔幼年間要爲忠孝,實指望投明主待漏隨朝。那知我時不濟官運顛倒,把一腔忠義心赴與水漂。想從前錯跟了奸雄曹操,也是那董卓賊不差分毫。我有心扶漢室把國來保,因此上投溫侯除滅奸僚。指望他是一個英雄正道,又誰知貪酒色不行正條。甚如那楚重瞳一派強暴,料不能成大事一介草茅[1]。我本待棄他走惹人嘲笑,道陳宮駔馬心兩次三遭。我機且奈時候把愁忍了,與明主方顯我志廣才高。

（家將上,白）打聽吉凶信,報與志謀人。啓爺,小人打聽曹操被火燒死,營中挂起白旛,滿營衆將哀號不止,五鼓抬營回去[2],飛報是實。（陳白）爾可打聽明白?（報白）打聽明白。（陳白）退下。（家將白）是。（下）（陳白）哎呀,且住。我想溫侯聞知,必然統兵前去,豈不中了孟德之計。我不免阻住行軍,看那曹瞞怎樣罷休。正是:曹操施奸計,陳宮早先知。（笑介）哈哈,哈哈!（下）

校記

[1] 一介草茅:"介",原本作"界";"茅"字,原本作"茆"。今改。
[2] 五鼓抬營回去:"鼓",原本作"古"。今改。下同。

六　　場

（呂布上）

【引子】指望一計除奸雄,蒼天助我成大功。

（白）氣宇軒昂一丈夫,蓋世英雄叱暗嗚。畫戟亞賽龍蛇動,赤兔猶如架風雲。俺呂布,昨日用計,一戰燒得曹操人馬十傷八九,我料孟德必然喪膽魂消。已曾命人暗探曹操的虛實,便知吉凶。且喜今日消閒,不免請夫人暢飲一回。（院子暗上,呂白）來。（院白）有。（呂白）有請二夫人出堂。（旦上）

【引子】香閨環佩響,嘆英雄血戰沙場。

（白）溫侯。（呂白）夫人請座。（旦白）有座。喚妾身出來,有何軍情?

（呂白）未得夫人少叙，今日閑暇無事，與夫人開懷暢飲幾杯[1]。（旦白）如此，丫環請嚴夫人出來[2]。（丫環白）嚴夫人身子不爽，不能出來。（呂白）不必勉强，看酒來，夫人請。（旦白）溫侯請。（呂唱）

久不曾與夫人開懷暢飲，每日裏爲干戈好不勞心。（白）夫人請。（旦白）溫侯請。（呂白）請吓！（唱）

但願得把奸曹一股掃盡，那時節同歡樂共享安寧。（旦白）溫侯吓！（唱）手捧著黄金杯歡笑奉命，（白）溫侯請。（呂白）夫人請。（旦白）乾！（呂白）乾！（笑介）哈哈哈！（唱）効舉案與齊眉同樂佳賓[3]。（白）請。（呂白）請。乾。（旦唱）惟願取與溫侯歡娱不盡，且飲到月欄杆漏永沉沉。

（院子上，白）即速忙通報，恐漏息根苗。啓溫侯，探子回報，曹操被火燒傷，回營身死。營中挂起白旛，衆將哀苦不止，今晚五鼓抬營，特來報之。（呂笑介）我料那曹瞞不能活矣。傳吾將令，吩咐衆將三更披挂，四更齊集大堂伺候。（院子白）是。（旦白）啊！溫侯，爲何黑夜動兵，有甚麼緊要軍情？（呂白）曹操被火燒死，衆將拔寨抬營，爲此悄悄出城劫他的營磐，連曹操的靈柩都以搶來，方消我恨。（旦白）妾身女流，不知軍情，溫侯務要三思而行。丫環，看大杯來。妾與溫侯飲個成功酒。（呂）哈哈哈！好一個成功酒！啊哈哈哈哈！（唱）承夫人美言語滿心歡飲，（白）夫人請。（旦白）妾身酒已厚了，溫侯自飲罷。（呂白）夫人的酒我是曉得的吓，還可以喫的幾杯。（旦白）酒已深了。（呂白）夫人不深吓！（旦白）啊！（呂白）啊哈哈哈！丫環勸夫人。（丫環跪介）請夫人再飲幾杯。（旦白）啊，溫侯。（合氣介）（呂白）夫人吓！哈哈哈！（旦白）起來罷。（丫環白）謝夫人。（旦白）溫侯請。（呂白）奉陪夫人，干！（旦白）干！（呂白）哈哈哈！（唱）

願天長合地久鴛侣交頸。

（陳宫上，白）走哇。（唱）

【快板】只見那轅門外刀槍齊整，又不曾打戰書無故動兵。（白）我陳宫。時纔有家將來報，溫侯連夜出城，必往曹營而去，定中曹賊奸計，待我親見溫侯説個明白，阻攔便了。（唱）我陳宫爲他人心血用盡，（呂白）夫人請。（旦白）溫侯請。（陳白）啊！（唱）交鋒時又何興暢飲杯尋。

（白）那位在？（丫環白）是那個？啊，原來是陳軍師。（陳白）通稟溫侯，說我要見。（丫環白）請少待。啓溫侯，陳軍師要見。（呂白）請他進來。（丫環白）溫侯有請。（陳白）參見溫侯。（呂白）有何軍情？（陳白）溫侯整頓人馬，爲了何事？（呂白）探馬報道，曹操回營身死，五鼓抬營。我這裏四更前去,與他個措手不及,一戰成功也。(陳白)溫侯,豈不知兵法云:虛虛實實,實實虛虛。曹操乃奸詐之徒,圈套甚多,休中他的機關,必須拿定實穩,再行不遲。(呂白)我自有三分主意,先生不必多慮,請自回避。(陳白)溫侯,那曹操呵!(唱)

只見他定下了白孝之計,要誆我軍將們前去偷營。且管他三日內必有準信,那時節管叫他束手被擒。今夜晚興人馬不能得勝,反中了奸雄計損將折兵。我陳宮忠言語溫侯當聽,且莫要仗血氣一理而行。到明日那曹操疑心不定,他必道軍將們猜透十分。一仍他領兵將前來討陣,有陳宮設巧計片甲不存。(呂唱)陳軍師休得要疑心太緊,一場火燒得他膽喪心驚。傍人的言合語不要聽信,想必是眾兵將怕死貪生。他總然埋伏了十面大陣,赤兔馬畫桿戟能擋千軍。陳公臺且迴避自己安靜,你何必胡言語慢我軍心[4]。

(陳白)哦。(唱)

【快板】我陳宮好言語勸他不醒,反道我胡言語有慢軍心。(白)也罷。(唱)且等他動兵時阻他前進,也免得城池破玉石火焚。(咳下)

(起更介,旦白)哎呀,夜深了,妾不能再飲,要去睡了。(呂白)如此丫環扶好了。(旦唱)

酒本是助人興樂意厚飲,入錦帳夢陽臺瞌睡沉沉。(呂唱)與夫人回房去共枕安寢,行四更披甲冑提將調兵。(旦唱)陳軍師金石言必當要聽,今夜晚興人馬仔細留神。(呂唱)賢夫人休憂慮把心放定,呂奉先戰沙場千戰千贏。

(旦白)溫侯。(呂白)夫人吓。(旦白)啊。(呂笑介)啊哈哈哈!(同笑介)(摟抱介)

校記

[1] 暢飲幾杯:"飲",原本漏。今補。
[2] 請嚴夫人出來:"嚴",原本字不清。今依《三國演義》改作"嚴"。下同。
[3] 同樂佳賓:"佳",原本作"桂"。今改。
[4] 慢我軍心:"慢",原本作"滿"。今改。

七　場

（韋、進、惇、淵同上）（二更介）（四人同唱）
主公定下巧妙計，要把呂布一股擒。
（各通名字）（韋白）列位將軍請。（眾同白）請了。（韋白）主公定下白孝之計，賺擒呂布，不知可能成功？（進白）主公妙計，無有不準，何必多慮。（惇白）呂布真有萬人無敵之勇，不亞當年重瞳之威嚇。（淵白）此計若被陳宮看破，難以成功。（韋白）不必胡疑，我等四更埋伏者。（眾白）請。（韋白）請。（同唱）
各領兵將安排定，人銜枚馬來摘鈴。（白）請。（同下）

八　場

（三更擂鼓介，眾將走過場下）

九　場

（陳宮上白）走哇。（唱）
又聽得鑾鈴響人聲轟振，想必是呂溫侯提將調兵。（白）我陳宮正在觀看兵書，聽得人聲喧沸，馬嘶咆哮，必是溫侯興兵，急急前來阻擋便了。（唱）拼生死不叫他興兵前進，我看那曹孟德怎樣還生。（同下）

十　場

（四更介）（眾將引呂布出城介）（眾下，呂不下介）（陳上，白）溫侯不要前去，休要中那曹操的奸計！不可前去。（呂白）啊！你敢阻我的軍令嗎？（下）（陳宮看呆介）哎呀！哎呀！（進城介，下）

十一場

（曹內唱）

【二簧倒板】聽軍中轉更籌銅壺滴漏，（四紅文堂站門上，各執燈籠介，曹上，唱）

【正板】設巧計要擒那呂布溫侯。可羨那陳公臺韜略廣有，可惜他投反賊枉費名流。昨日裏濮陽城險喪賊手，這都是陳公臺奸計巧謀。我營中挂白旛哭聲四透，引誘那呂奉先中吾計謀。眾將官一個個四下防守，（入內，龍套下）（曹執劍介，白）啊。（唱）怕只怕那陳宮阻他兵頭。

（眾引布上，元人上，呂唱）

早又是交過了四更時候，人銜枚馬摘鈴悄把路投。見曹操挂白旛燈光射透，（曹慢帳內哭聲介）主公吓！（呂白）呀！（唱）一派的哀哭聲好不憂愁。（曹營眾內哭介）主公吓！（曹唱）哭一聲曹將軍英雄名流，可惜你中我計身喪荒坵。可惜你為國家忠心耿耿[1]，可惜你靈柩兒不能回頭。哎呀，主公吓！（下）（呂唱）

叫三軍進帳去先搶靈柩，抵眾將還有我奉先溫侯。（遼白）且慢！（唱）曹孟德那奸雄機關難透，到不如收兵回再定良謀。（順唱）曹瞞賊若有計豈肯坐守，我眾將齊奮勇寸草不留。

（呂白）一同殺進營去。（韋、眾兩邊抄下）

校記

[1] 為國家忠心耿耿：後一"耿"字，原本作"漏"，叶韻，意不明。故改。

十二場

（八小軍引曹上）【水底魚】（曹操白）眾將官，兵抵濮陽去者。（眾元人亂下）（合頭，下）

十三場

（陳宮上，白）哎呀！（唱）

【西皮搖板】曹孟德用巧計被我猜透,恨奉先全不聽言合語投。(白)可恨溫侯,不聽我言,果中奸計。曹操人馬已到城下,溫侯也不知殺往那裏去了。家眷非我不救,竟有誰來。咳!罷。(唱)我陳宫却爲他精神用瘦,可恨他全不聽巧計良謀。我本待棄他人私自逃走,反落個臭名兒人笑不休。(白)罷。(唱)我只得聽天命與他共守,我是個大義漢豈作馬牛。

(白)走哇,走走走。(下)

十 四 場

(旦扮嚴氏、占上唱)(小鑼上)

吕溫侯黑夜裏領兵去後,天將明怎不見收兵回頭。(内喊介)(旦白)呀,(唱)又聽得連珠炮人喊馬吼,好叫我猜不透其中根由。(陳上,白)走哇。哎呀!(唱)

傾刻間玉石焚家邦難救,且逃生保性命再作計籌。(白)哎呀,二位夫人,大事不好了!(旦白)何事這等慌張?(陳白)溫侯不聽我言,中了反奸之計,也不知殺往那裏去了。如今那曹兵殺進城,如何是好。(旦白)哎呀,這便怎麽處呢?(陳白)事已如此,且逃出城,再作道理。(占、旦同白)我們改扮起來。(換衣介)(陳白)走哇。(唱)一霎時天崩坍冰山勢就,(出城介,占、旦同唱)好似那喪家犬沒有路投。

(陳白)二位夫人快走,快走。(【灑頭】)(同下,丑丫環抖扭介同下)

十 五 場

(【急急風】,曹元人站門上,曹唱)

一見城頭哈哈笑,吕布没謀小兒曹。若叫陳宫言計巧,某家焉能進城壕。三軍吶喊前引道,老夫計策比他高。(衆進城介,衆下)

十 六 場

(吕布元人上一字,吕白)呔!開城。(曹上城介,白)呔,吕布,城池被老夫又貼了哇。(笑介)哈哈,哈哈哈!(下)(吕白)哎呀!我不聽陳宫之言,中了曹賊奸計,怎的不氣殺我也。(韋、衆內白)呔,呂布那裏走哇。(呂白)衆將官,奮勇殺上前去。(會陣。韋上,殺介,衆起打)(【富貴不斷頭】)(呂布元人敗下)(衆同白)呂布大敗。(韋白)衆將官,收兵進城。(衆同白)進城[1]!(同下,尾聲)

二本完

校記

[1] 進城:"進"字,原本漏。今依文意補。

借　　雲

無名氏　撰

解　　題

　　亂彈。《慶昇平班劇目》著録，題《借趙雲》。劇寫曹操攻徐州，徐州牧陶謙求助劉備。劉備慮兵微將寡，難敵曹操，向公孫瓚借得趙雲，同回徐州。途中，二人縱談天下大事，互相傾慕，各抒己懷。張飛欺趙雲年輕。待與曹兵交戰，張飛爲典韋所困，趙雲戰敗典韋，解救張飛。張飛始拜服。事見《三國演義》第十一回。版本今見《故宫珍本叢刊》《亂彈單齣戲》本、清《車王府藏曲本》。今以《故宫珍本叢刊》《亂彈單齣戲》本爲底本，參考《車王府藏曲本》本校勘整理。該本係手抄本，首頁題"借雲總本"，並有李五、桂花、溜子演員名，當是李五、桂花、溜子等演員的演出本。

　　（四小軍引劉備上，白）（打上）千軍容易得，一將最難求。（二下）使君劉備。陶恭祖搬我弟兄[1]，獲勇徐州，打了一仗，不能取勝。聞聽北壁公孫瓚帳下[2]，兵多將廣，不免前去借將破曹。軍士們！順馬伺候。【長錘】（唱）
　　【西皮慢板】背地裏恨曹賊作事不正，欺天子滅諸侯勢壓當今。我弟兄打一仗不能取勝，（閃錘）我特的到北壁借將回營。
　　（四藍文堂、公孫瓚上，唱）（打下）（打上）
　　【引】威鎮在北壁，（二下）兒郎膽戰驚。
　　（圓場[3]）（白）（四下）轅門戰鼓響催軍，鎮守北壁四海聞。（二下）常山收來子龍將，各路諸侯膽戰驚。（四下）老夫公孫瓚。從前收來一將，姓趙名雲字子龍。也曾命他操演八門金鎖大陣，不知可曾演熟。帥字旗無風自動，必有軍情，來！伺候了。（五下）（中軍上，白）龍虎臺前出入，貔貅帳下傳宣。啓爺，劉使君到。（公孫瓚白）有請。（中軍白）有請。【吹打】（劉備上，白）公兄。（公孫瓚白）賢弟。（同笑介）請！（劉備白）請！這廂有禮。（公孫瓚白）還禮。請坐。（劉備白）有坐。（公孫瓚白）賢弟駕到，未曾遠迎，有罪。（劉備白）來得鹵莽，公兄恕罪。（公孫瓚白）豈敢。聞聽你弟兄獲勇徐州，爲何一人來到北壁？（劉備白）公兄有所不知，陶恭祖搬我弟兄獲勇徐州，打了一仗，不能取勝。聞聽公兄帳下，兵多將廣，特來借將破曹。（公孫瓚白）你只顧你徐州，難道我不顧我北壁干戈。（劉備白）破曹之後，弟親自送將回營。（公孫瓚白）須要言而有信。（劉備白）那個自然。（公孫瓚白）中軍聽令！命趙雲帶領三千人馬，隨劉使君徐州解圍。（中軍白）得令！（下）（劉備白）（五下）告辭。（公孫瓚白）且慢。備得有宴，與賢弟同飲。（劉備白）討饒。（公孫瓚白）看酒。（【閃錘】）（唱）

【西皮慢板】中軍帳擺酒宴一言奉上，尊一聲劉使君細聽端詳。久聞你弟兄們寬洪大量，勸賢弟寬懷飲敘叙衷腸。（劉備白）公兄。（【鳳點頭】）（唱）

【快二六板】陶恭祖望良將晝夜立等，那還有閑工夫來飲杯巡。施一禮辭公兄忙踏金蹬，（【長錘】）破曹後弟這裏送將回營。（【閃錘】）（下）（公孫瓚唱）

【西皮搖板】借去了三千兵虎將一員，怕只怕劉玄德有借無還。（打下）（下）

（趙雲上，起霸，白）大鵬展翅時未逢，待等春雷起蛟龍。（二下）英雄謀略孫吳志，當保明主鎮九重。（四下）俺。（一下）趙雲，常山真定人也。前者在袁紹帳下爲將，只磐河大戰[4]，滿營將官俱有差使，把俺趙雲閉口不提，是我進帳討令，可恨袁紹目不識人，藐視英雄，將俺趕出不用。我正在磐河牧馬，觀見一將被顔良、文醜殺得卸甲丟盔，命在旦夕。那是俺單槍匹馬去至陣前，殺退顔良、文醜，救了此人性命。問其情由，原來是我主公孫瓚。（三下）是我投在帳下，指望他是明主。此人性情高傲，不納忠言，咳！（一下）愧殺俺英雄也（【閃錘】）（唱）

【西皮搖板】可嘆男兒時未逢，蒼天爲何困蛟龍。俺好似（【抽頭】）伍員吹簫志，好比范增遇重瞳。

（中軍上，白）令下。（五下）趙雲聽令。（趙雲白）在。（中軍白）命你帶領三千人馬，隨劉使君前往徐州，破曹解圍，不得有誤。（趙雲白）得令！（五下）（中軍下）（趙雲白）且住。（一下）今有劉備前來借兵破曹，吾聞此人乃漢室後裔，等他到來，不免見機而行便了。（【閃錘】）（唱）

【搖板】自古英雄愛英雄，大義計謀在胸中。耳傍聽得鑾鈴動，那厢來了

玄德公。(【長錘】)(小軍引劉備上,唱)

【搖板】我適纔在帳中辭別公兄,借來了三千兵大將子龍。來至在御教場一馬抖擁,(一下)吓喲!(一下)我見了趙將軍施禮打躬。(三下)

(白)那厢敢是趙將軍?(趙雲白)來的敢是劉使君?(劉備白)趙將軍。(趙雲白)劉使君。(圓場)(同笑介,劉備白)久聞將軍英雄蓋世,今日一見,果然名不虛傳。(趙雲白)趙雲乃草莽之夫,何蒙使君如此稱讚。(劉備白)我弟兄若得將軍,一戰成功,何勞備苦戰呵。(趙雲白)俺不過家主允當,順情而去,何言成功在我。(劉備白)哦,趙將軍是順人情而去。(趙雲白)正是。(劉備白)你看天氣尚早,吩咐步下三軍緩緩而行,你我馬上叙談叙談。(趙雲白)如此,使君請傳令。(劉備白)不敢。趙將軍請!(趙雲白)請。嘟!眾將官!(長尖)將人馬緩緩而行,一路之上,不可騷擾百姓,馬踏青苗,違令者斬。帶馬。(音圓場)(趙雲上馬,劉備上馬,趙雲白)這作甚麼?(劉備白)與將軍墜鐙。(趙雲白)這就不敢。(劉備白)理當。(趙雲白)不敢。請!(劉備白)趙將軍,這作甚麼?(趙雲白)與使君墜鐙。(劉備白)益發的不敢[5]。(趙雲白)當得。(劉備白)不敢。(趙雲白)請!(長尖,四已頭絲邊一下)(劉備白)請!趙將軍,你看天下荒荒,眾諸侯刀兵齊起,日後成王霸業,但不知是誰?(趙雲白)趙雲方纔言過,乃草莽之夫,不識帝王之尊,使君請道其詳。(劉備白)哦,趙將軍!不能知道?(趙雲白)雲不知。(劉備白)請。唔,趙將軍,不能知道!哦哦哦,趙將軍。(趙雲白)劉使君。(劉備白)備想起一人。(趙雲白)那一人?(劉備白)我想河北袁紹,有顏良、文醜扶佐與他,日後成王霸業,必定是袁紹。(趙雲白)就是那袁紹……(劉備白)正是。(趙雲白)我把他好有一比。(劉備白)好比何來?(趙雲白)冢冢枯骨。(劉備白)將軍此言差矣!當世英雄,怎麼比作冢冢枯骨。(趙雲白)他倚仗顏良、文醜,藐視天下英雄,焉能成起大事。袁紹他不能。(劉備白)不錯,他不能。(趙雲白)不能。(劉備白)唔唔唔,他不能。吓!趙將軍,備又想起一家英雄來了。(趙雲白)那一家英雄?(劉備白)我想袁紹之弟,名叫袁術,人馬頗多,糧草堆積如山,日後成王霸業,一定是袁術,不消說也。(趙雲白)那袁術,我又把他好有一比。(劉備白)好比何來?(趙雲白)守户之犬。(劉備白)怎麼比作守户之犬?(趙雲白)此人心小,行事短絕,搶奪良民,無所不爲。袁術他也不能。(劉備白)袁術也不能?(趙雲白)唔,他不能。(劉備白)請!(趙雲白)請!(劉備白)唔,他不能。趙將軍,備又想起一人來了。(趙雲白)那一人?(劉備白)我想荆襄王劉表,有蔡瑁、張允扶佐與他,日後成王霸業，一定是劉表。（趙雲白）劉表？（劉備白）正是。（趙雲白）可稱明主，怎奈蔡氏不賢，重用蔡瑁、張允，日後荊襄必喪二賊之手。劉表也不能。（劉備白）不錯，他亦發不能。（趙雲白）他不能。（劉備白）趙將軍，想北壁公兄，又有趙將軍扶佐與他，日後成王霸業，一定是我公兄，不消説也。（趙雲白）我主？（劉備白）正是。（趙雲白）咳，俺趙雲到有扶主之心。怎奈他情性高傲，不納忠言，焉能成起甚麼大事。我主他不能。（劉備白）哦，他也不能。（趙雲白）他不能。（劉備白）哎呀！依將軍説將起來，這天下就無有人了。（趙雲白）眼前到有一人。（劉備白）將軍不言，備心下到也明白了。（趙雲白）明白何來？（劉備白）我想趙將軍英雄蓋世，皓月正照當空，日後成王霸業，一定是趙將軍吓！哈哈哈！（趙雲白）哎呀呀！俺趙雲但願待奉明主，努力相扶，不過是一將足矣。待我實説了罷。（劉備白）請講。（趙雲白）我看使君乃漢室後裔，名振四海，日後這天下大事，一定是使君的了。（劉備白）那個是我劉備？（笑介）趙將軍，此言差矣，想我小小平原縣令，焉能成起大事。又道是天上無雲不下雨，掌中無刀怎殺人。（【閃錘】）（唱）

【搖板】福又淺來命運薄，縣令焉能掌山河。（三下）

（白）昔日美玉於斯，韞匵而藏諸，求善賈而沽諸。趙將軍，又道是光陰似箭，（趙雲白）日月如梭。（劉備白）人生在世，（趙雲白）能有幾乎？（劉備白）沽之哉吓！沽之哉！為國江山，把一個人都急老了。（趙雲白）哎呀！（下）聽劉備之言，果有愛將之意。俺好悔也！（【閃錘】）（唱）

【搖板】低頭不語恨蒼穹[6]，（劉備唱）劉備身傍少英雄。（趙雲唱）俺好比（閃錘）孤星明月照，（【鳳點頭】）（劉備唱）現有明月照當空。

（三下）（趙雲白）請問使君志？（劉備白）那個，趙將軍問俺的志？（趙雲白）正是。（劉備白）俺膝下貧窮，有朝一日風雲齊，趙將軍吓！（【閃錘】）（唱）

【搖板】春雷一響風雲到，一日得帝掌龍朝。

（三下）（白）失言吓失言。（趙雲白）明明真言，怎説失言。（劉備白）明明失言，他講道是真言。（趙雲白）俺在磐河牧馬時節，就有此心，扶佐使君之意。（劉備白）哦，趙將軍！昔日磐河橋就有此心，扶佐我劉備，好吓！又道大將投明主，雀鳥望高飛。趙將軍，你看天氣已晚，陶恭祖望兵如火，你我催馬前行。（趙雲白）請！（【閃錘】）（劉備唱）

【搖板】明明知道故意問，未必趙雲有此心。

（白）我好恨。（一下）（趙雲白）恨者何來？（劉備唱）恨只恨足下不生

雲，（一下）（趙雲白）雲到。（同笑介，劉備唱）

【鳳點頭】聰明不過趙將軍，（一下）二人催馬往前進。【紐絲】（趙雲唱）大破曹兵顯奇能。（圓場）

（劉備白）著吓，請！（趙雲白）請！（打下）【急急風】，五下）（同下，張飛上，白）大哥去借兵，未見信合音。（長尖）（報子上，白）大將軍借兵回營。（張飛白）再探。（五下）（報子下，張飛白）三軍的，擺隊相迎。（吹打）（圓場）【長尖】（手下應，下，張飛下）（劉備、趙雲同上，劉備白）吓，趙將軍請！（趙雲白）劉使君請！（劉備白）趙將軍到此，乃是客位，只管前行。（趙雲白）如此，請！（打下）（下手下，引張飛、劉備上，張飛白）大哥。（劉備白）三弟，大兵在後。（張飛白）哦，大兵在後。（劉備白）愚兄這裏下馬。（張飛白）不消得。（劉備白）不消得，請！【急急風】（絲邊一下，下）（趙雲上，張飛上）哎。（打下）（下）（劉備、趙雲同上，張飛白）大哥，北壁搬兵，多受風霜之苦。（劉備白）爲國求賢，何言風霜二字。（張飛白）大哥借來多少兵，幾員將？（劉備白）借來三千兵，大將一員。（張飛白）三千兵小弟也曾見過，大將在那裏？（劉備白）趙將軍就是。（張飛白）就是他？（劉備白）正是。（趙雲白）此位是？（劉備白）這就是我三弟。（趙雲白）哦，三將軍。（劉備白）三弟，見過趙將軍。【絲邊】一下）（張飛白）看趙雲高不過一膝，大不過一拳，倘若典韋討戰，離不了俺老張出馬。（劉備白）趙將軍請坐，請坐。（趙雲白）哏哏哏。（報子上，白）報！【長尖】典韋討戰。（趙雲白）再探。【長尖】【叫頭】（報子下，趙雲白）使君。（五下）既是典韋討戰，待俺趙雲出馬。（劉備白）有勞將軍。（張飛白）呔！（五下）你去打了勝仗，還則罷了，（一下）倘若打了敗仗，（一下）豈不失了桃園的銳氣。（一下）你與我坐下。（一下）三軍的，（一下）馬來馬來。（下）【急急風】【亂錘】（劉備白）哈哈哈！（一下）趙將軍，想我那三弟乃是鹵勇之夫，你不要見罪與他。你若是見罪與他，如同見罪我劉備一般。我這廂陪禮。（趙雲白）豈敢。（劉備白）我這裏待陪一禮，趙將軍休得見怪。請吓！（圓場）（趙雲白）請哎！（長尖）（下，劉備白）趙將軍請，請。糟糕。（打下）【風入松】半枝）（下，典韋上，白）某。（一下）典韋。（一下）奉曹丞相之命，攻打徐州，衆將官！（一下）殺上前去。【合頭】【急急風】）（張飛上，白）典韋，（一下）三爹爹到此，還不下馬投降。（典韋白）張飛。（一下）前番饒你不死，今日又來則甚？（張飛白）一派胡言，喫咱一鞭。【急急風】）（圓場，長尖，【叫頭】）（張飛與典韋下，趙雲上，白）且住。（五下）俺指望前來建功立業，誰想張飛滅却俺的威風。俺還與他破甚麼曹，（一下）解甚麼圍！(【叫頭】)衆將官！(五下)將人馬撤回北壁。(長尖)(劉備上,白)趙將軍往那裏而去？(趙雲白)使君吓！(【閃錘】)(唱)

【快二六板】令弟他把小人諒,長他志氣滅俺強。英雄那怕天羅網,蛟龍得水奔長江。

(三下)(劉備笑介,白)趙將軍,備先前言得明白,我那三弟他乃鹵勇之夫,你不要見罪與他。你若見罪與他,如同見罪我劉備一般。我這裏下馬陪禮。(圓場)哎呀！趙將軍,(二下)你看追兵甚急,待我只得馬上待陪一禮。趙將軍休得見怪,請吓,哎。(圓場)(【叫頭】)(下,趙雲白)且住。(五下)看劉備這等仁義,這便怎麼處？(叫頭)哦哦,有了。(五下)俺不免去到陣前,觀看兩下交鋒。若張飛打了勝仗,俺將人馬撤回北壁；若是打了敗仗,俺就一馬當先,殺退典韋,滅却張飛的威風。呔！(五下)典韋休要逞強,俺來也。(【急急風】)(【長尖】)(下,劉備上,白)吓！看趙雲來在我國,一戰未交,他就要兵回北壁,是何緣故？是了,想是趙雲外實內虛,也是有之,也罷,我與典韋交戰,假意敗在他的旗下,看他是救與不救。正是：大事安排定,難解子龍心。難解子龍心。(打下)(下)(【急急風】)(【叫頭】)(又上,張飛、典韋打,劉備上,打下,趙雲殺下,張飛白)且住。(五下)看趙雲、典韋人馬,猶如林中破竹,雨打(二下)殘花。趙雲是好的,趙雲是好的。(【急急風】)(【亂錘】)(典韋、趙雲起打下,典韋上,白)且住。(五下)趙雲殺法厲害。衆將官！(一下)收兵。(【急急風】)(趙雲殺典韋下)(【急急風】)(劉備、張飛同上,劉備白)趙將軍,請吓！(下,張飛白)好的。請吓！收兵收兵。(衆同下)(【尾聲】)

完

校記

[1] 搬我兄弟："搬",原本作"頒"。今改。下同。

[2] 公孫瓚帳下："瓚",原本作"贊",今據《三國志·魏書·公孫瓚傳》改。下同。

[3] 圓場：原本作"元場"。今改。下同。

[4] 磐河大戰："磐",原本作"盤"。今據《三國志·魏書·公孫瓚傳》改。下同。

[5] 益發的不敢："益",原本作"亦",今改。

[6] 低頭不語恨蒼穹："低",原本作"底"；"穹",原本作"窮"。今均改。

神亭嶺

無名氏 撰

解題

聲腔不詳。不見著錄。劇寫孫策將傳世玉璽押給袁術，借得三千精兵征討揚州刺史劉繇。雙方在神亭嶺對峙。孫策夜夢光武帝托夢，帶領程普黃蓋等戰將，上山拜謁光武帝廟，順便查看劉繇大營。劉繇聞報孫策只是數人上山，害怕是誘敵之計，不許出兵。太史慈主動請纓，不顧阻攔，前去捉拿孫策。劉繇擔心太史慈有失，率兵隨後接應。孫策與太史慈在神亭嶺相遇，展開一場惡戰。戰至天色近晚，却是不分勝負，雙方約定次日再戰。事見《三國志·吳書·太史慈傳》和裴松之注引《吳歷》。《三國演義》第十五回"太史慈酣鬥小霸王　孫伯符大戰嚴白虎"對神亭嶺之戰也有詳細描述。版本今有清《車王府藏曲本》。該本首頁題"神亭嶺總講"。抄本，無標點，不分場。茲以清《車王府藏曲本》爲底本，校勘整理。

（四將起霸上，程普、黄蓋、韓當、周泰唱）

【點絳唇】蓋世英豪兒郎，虎豹威風飄，地動山搖，同把江山保。

（各通名字）（程白）列位將軍請了！（衆白）請了！（程白）我等自隨孫堅將軍以來，頗立功勞。不幸孫將軍去世，今少爺孫策英雄無敵。前在袁術帳下，將玉璽押借精兵三千，前來攻取揚州[1]，以開江東，未知可能成功否？（三同白）少爺雖然年輕，志氣超群，必能成功也。（程白）但願創立基業，也不枉我等辛苦一番。（三同白）正是。那邊旌旗飄繞，小主來也。（四小卒站門）（小生上）

【引子】意開江東立霸業，施展英雄[2]。

（四將同白）參見主公！（小生白）列位將軍少禮！（四將同白）謝主公！（小生白）少年逞英雄，破湖萬里風。功名到吾手，志欲吞江東。俺姓孫名策字伯符，今在袁術帳下。將玉璽押借兵將三千，前來征討揚州刺史劉繇。一路之中，收了喬玄之女大喬爲妻。又得周瑜爲將，破牛渚灘，得了邸閣糧草足，特此進兵神亭嶺。衆將官，兵伐神亭嶺去者！（排子，當場斜一字）（小生白）前道爲何不行？（衆將白）已到神亭嶺。（小生白）人馬列開。（衆分開介）（小生白）列位將軍。（四將同白）主公！（小生白）山嶺之上可有漢光武皇帝廟否？（衆將白）有一光武皇帝廟。主公問他則甚？（小生白）俺昨夜三更夢見光武神聖詔見與我，未知吉凶。俺如今到此，必要前去上香，祈禱一番。（程白）主公不可。山嶺之上，南乃劉繇大營在彼。倘有埋伏，豈不誤其大事？（小生白）咳！吾欲平吞江東，何懼劉繇伏兵！況有神靈托夢點佑，有何懼哉？我如今偏要探看劉繇大營一回。（程白）主公既要去，我等亦當相隨同往[3]。（小生白）這也使得。衆將官，俺同四位將軍拜求光武廟，探看劉繇大營，爾等在此紥營等候，小心防者。（衆將白）得令！（四小軍抄下）（小生白）四位將軍帶路。（四將同白）主公請！（小生唱[4]）

【倒板】英雄事業如虎嘯[5]，玉璽換兵挂征袍。欲取江東將賊掃，氣吞江山壯漢朝。俺今去訪神亭道，風雲萬里馬蹄遙。鞍緊絲繮踏芳草。呀，古刹無人嘆寂寥。衆將一全齊進廟，神聖果然似漢高。（白）神聖在上，會弟子孫策表懷忠義心，常思報國安民之計。如今四海分爭，英雄並起[6]。若使孫策立業江東，重整父業，必當重修廟宇，四時祭拜也。（唱）伏乞點佑得雛報，建業江東立功勞。先取荆州滅劉表，再破袁術滅奸曹。（四將同白）主公，拜把已完，請主公快下嶺去，恐中劉繇埋伏。（小生白）住了！俺還要越嶺過去，探看劉繇大營虛實，豈可空回也？（唱）趁此越嶺抄路道，豈肯空回落笑嘲。衆將何須忒膽小？（四將同白）主公，還是不可過前去。（小生白）哎！（唱）創業開基豈怕勞？（程唱）公子龍吟又虎嘯。（三將同唱）果然豪氣凌雲霄。（程唱）須當跟隨把主保。（三將同唱）此行猶如浪裏蛟。（同下）（付扮張勇上）（唱）爲探軍情藏深草，觀看孫策是英豪。（白）俺揚州刺史劉繇麾下伏路小將拼命張勇是也。今有孫策前來神亭嶺偷看大營，須速報與使君知道。（唱）軍情緊急飛馬報[7]，準備厮殺休放逃。

　　（太史慈上，起霸，白）（忠心義膽稱英豪，幾度臨風看寶刀。命不封侯嘆李廣，空爲上將挂戰袍。）俺太史慈，山東萊州人也，自解北海孔融之圍，來報揚州刺史劉繇，收爲部將。可笑那劉刺史，說俺年輕無用，迎敵孫策[8]，以至失了牛渚、邸閣地方[9]。如今兵紥在神亭嶺南，傳令衆將商議退敵之計，俺只得走遭也。（唱）

藐視英雄説年少，豈知一怒海天遥。大鵬豈是燕雀曉，看他怎生用略韜。（下）

（四將上，唱）

軍令一聲傳將校，齊至大營會同僚。（同白）俺張英。（二白）俺薛禮。（三白）俺于麽。（四白）俺樊能。（英白）列位將軍請了！（眾白）請了！（英白）方纔伏路小將來報，孫策親自探看我軍營磐。劉史君傳令，我等帳前伺候。請！（眾同白）請！（四小軍引站門上，劉繇上，唱[10]）

【引子】漢室宗枝遭亂離，空費奇謀。

（四將同白）眾將參！（劉白）眾位將軍少禮，請坐！（眾白）謝坐！（劉白）祖功宗德已難論，四百年來誰育恩？漢家世業今如此，何處功名俺淚痕。本爵揚州刺史劉繇，被袁術趕逼過江，只望佔據丹陽地方。豈知孫策兵取牛渚一戰，殺得我兵大敗，退保神亭嶺。爲此陞帳，傳令眾將，商議退兵之計。眾位將軍，可有良策？（英白）時纔伏路小將回營，有軍情回報，然後再做計議。（劉白）傳他進帳。（英白）得令。傳張勇進帳！（勇白）來也！上將無真勇，下士有奇能。報！張勇告進，使君在上，張勇叩參！（劉白）命你打聽孫策一事，如何？（勇白）小將奉令，探得孫策帶兵數騎，從光武廟而來，偷看我營，特來報知。（劉白）吓！孫策只帶數騎前來探看我營，此必誘兵之計。（四將同白）是吓！此乃誘兵之計也！（劉白）快快傳吾將令，各營將官，小心緊守營磐，不可出戰。（勇白）得令！令出，眾將聽者，使君有令，各守營磐，不許出戰。（太史慈内白）且慢！太史慈阻令！（勇白）隨令進帳！（太上，白）來也！（唱[11]）

傳令緊守令人笑，英雄焉能膽氣消？有勇要捉南山豹，有謀要拿北海蛟。（白）使臣在上，恕俺甲胄在身，不能全禮參！（劉白）將軍少禮。爲何阻令？（太白）請問史君，孫策自來送死，因何傳令，不准眾將出營捉拿，是何道理？（劉白）那孫策帶領數騎，前來探看，分明是誘兵之計[12]，豈肯中他計謀？（太白）哎呀，使君此言差矣！那孫策年幼，乃一勇之夫，那有甚麼誘兵之計？今若不擒，等待何時？（劉白）哎！即便不是誘兵之計，況那孫策，人稱小霸王，有萬夫不擋之勇，誰敢出營抵擋？將軍不必多言，快快請回保守營磐要緊。（太白）史君此話，分明小看與俺。那孫策有霸王之勇，俺也要生擒他進帳。（四將同白）將軍不可，還是保守營磐要緊。（太白）呀呀呸！我看你等俱是無用之輩。吹！大小三軍聽者，有膽的隨我出營，捉拿孫策去者！（劉白）哎！太史慈，你敢違吾軍令？（太白）哎呀，史君，非俺太史慈違令，因要擒那孫策，臺前立功。呔！有膽的快來答話。（劉白）合營之中並無一人應聲，還不自退。（太白）氣煞人也！（報子上，白）報啓史君，孫策帶領數騎，來探我營。（劉白）吩咐衆將，緊閉營門。（報白）得令！（太白）衆將官，有膽量者跟俺擒拿孫策！（衆將同白）没有人前去了。（太白）呔！合營中俱是些無用之夫，不敢應聲。待俺一人獨自出營，生擒孫策也！（唱）

叫人不應心煩惱，俱是無用小兒曹。單人獨馬出營道，定要斬那海底蛟。（劉白）吓！（唱）太史慈英雄非同小，敢與孫策比論高，坐立寶帳微微笑。（白）哈哈！哈哈！哈哈！（四將同唱）定要送却命一條。

（劉白）是嚇！還是緊守爲妙！（勇白）啊，太史慈真乃勇將也！我看你們俱是些貪生怕死之輩，不敢前去。待俺張勇跟隨太史慈，擒拿孫策也。（唱）

見他英雄膽量好，我今同他走這遭。（四將同白）無名的小將，也敢藐視我等。（劉白）吓！（唱）合營數千軍將校，何其只有二英豪？小將敢能逞强暴，某家還須用計牢。

（白）且住！我想伏路小將，也有如此膽量。本爵身居重任，掌握兵權，還不及此小將？衆將官，吩咐開營。（四將同白）哎呀，史君差矣！那孫策有霸王之勇，周瑜有范增之才。如此數騎誘敵，我兵若是出戰，必遭其害。史君自保爲妙。（劉白）我明知如此。但太史慈真乃虎將，某家不得不救。（英白）啓史君，末將有了兩全之計。（劉白）計將安出？（英白）我等保定史君上山觀看，若是太史慈戰勝了孫策，我等下山幫他拿；若是敗了，我保定史君逃走別處，豈不兩全之計？（劉白）如此，大家見機而行。衆將官，帶馬出營。（唱）

事不由己恐難保，且自出營看底高。（同下）

（四將同小生上）（唱）

斬將破敵如削草，匹馬單槍智氣豪。只見營磐旌旗繞，人馬騰騰似波濤。（四將同白）啓主公，探看營磐已畢，恐劉繇得知，人馬前來，難以抵敵。（小生白）列位將軍，我看劉繇這等營磐，好比狐群狗黨[13]，破之不難，何須退避也。（唱）

犬馬焉能敵虎豹，殺雞何用宰牛刀？

（太上，白）呔！哪裏走？（勇隨上）呔！你們那個是孫策？（小生白）爾乃何人？（太白）俺乃山東萊州太史慈是也。你們內中誰是孫策？（小生白）哦，原來你就是太史慈，俺便是孫策。你二人前來戰，俺何懼？（太白）呔！

孫策休誇大口，就是你帶領之人一齊而戰，俺太史慈何懼？（小生白）俺若用人助陣，不算好漢。衆將退下！（衆將下）（太白）好！好個有膽量的孫策，俺若用人幫助，不爲大丈夫。張勇退下！（勇下）（小生白）好個太史慈！（太白）吥！孫策，你可知俺太史慈的謀略。（小生白）無名小卒，有何謀略？（太白）聽者！（唱）

天生將才英雄貌，北海解圍義氣高。雖然我把劉繇保，丹心一點保漢朝。（小生白）住了！（唱）山河無道讓有道[14]，何況諸侯起戈矛。孫策威名誰不曉，勸你投降解戰袍。（太白）吥！（唱）人生在世全忠孝。（小生唱）自古見機是英豪。（太白）咥！（唱）見機就當將俺保。（小生白）咥！（唱）話不投機動槍刀。（殺介下）

（四文堂、四上手站門，排子，上）（周瑜白）俺周瑜，孫策將軍探看劉繇大營，恐他深入重地，爲此領兵接應。衆將官，兵伐神亭。（排子，下）（程普四人上介）（張勇上，白）吥！你們向前幫助，不爲好漢。（程四人白）我們不來幫，你也要退後。（勇白）大家站遠些，請！（同下）（太上）（唱）

孫策武藝果然妙，必須還用智謀高。（白）哎呀，且住！孫策槍法果然英勇，若要擒他下馬，又有四將在旁。也罷！我且假敗誘他，追到無人之所擒他便了。（唱）若擒猛虎生計巧。（小生上，白）哪裏走？（唱）既戰不勝何須逃？（太唱）你今遇見南山豹[15]。（小生唱）眼前定斬北海蛟。（殺介，起打，同下）（勇上）（唱）兩軍隊裏馳馬跑。（程普四人上）（唱）各爲其主要辛勞。

（勇白）你們前來則甚？（四將同白）他二人殺過坡去了，要去觀看觀看。（勇白）不許觀看！（四將同白）爾敢阻擋麼？（勇白）説過不許幫助。某家今日擋定了哇！（四將同白）好匹夫，看槍！（殺起打介，下）（太上，白）哎呀，好吓！看孫策緊緊追來，待俺擒他下馬便了。（小生上，白）吥！那裏走？（太白）來得好！（小生殺，被擒。太揪住小生掄下）（四文堂、四下手佔門上）（劉上）（唱）

老夫領兵暗防保，登高觀看將英豪。與著對頭前來到，擒住孫策立功勞。大隊人馬對山靠，看看何人武藝高。（太、小生殺介，揪打，揪下）（英白）史君，你看太史慈將孫策揪下馬來了。（劉白）果然太史慈把孫策揪下馬來。衆將官，爾等可曾看見？（衆同白）果然是真。（劉白）太史慈揪住孫策不放，正好捉拿。衆將官，與我捉拿孫策者！（當場會陣）（周瑜元人同上）（周白）吥！劉繇那裏走？（劉白）住了！汝乃何人擋住我軍？（周白）俺乃舒州周瑜，奉孫將軍之命，前來拿你！（劉白）哎呀，中了他人之計了！（周白）看槍！（殺劉介，劉敗下）（程普、四將同上，殺勇死，下）（程白）此人落馬已死，我等快快前去救主公要緊。請！（下）（周上，殺劉，下）（衆起打介，下）（太拉小生揪介）（同劉、周衆兩邊，元人兩邊上）（鳴鑼鼓介，收兵介）（劉白）住了！天色已晚，各自收兵，明日再戰！（周白）明日來者！（劉白）君子！（周白）不來者！（劉白）非爲大丈夫。（周白）衆將官，收兵！（鳴鑼鼓介）（太白）呔！孫策，爾的首級被俺取得在此！（小生白）太史慈的屍首已被俺得來了哇！（二同白）呔！（打揪住介）（周、劉同白）收兵！（太白）明日不戰。（小生白）不爲丈夫。（同白）請吶！（回頭介，三笑）（同下）【尾聲】

完

校記

[1] 揚州：原本作"陽州"，今改。

[2] 施展英雄："施"，原本作"使"。今改。

[3] 我等亦當相隨同往："等"字後原有"跟"字，當係衍文，今刪。

[4] 小生唱：原本作"小生倒板唱"，應爲"小生唱【倒板】"，故將【倒板】移作下行。

[5] 英雄事業如虎嘯："嘯"，原本作"哨"。今改。下同。

[6] 英雄並起：原本"並"後有一"無"字，當係衍文，今刪。

[7] 軍情緊急飛馬報："急"，原本作"即"，今改。

[8] 迎敵孫策：原本"迎"前有"俺"字，當係衍文，今刪。

[9] 以至失了："至"，原本作"到"，今改。

[10] 唱：此提示字原缺，據文意補。

[11] 唱："唱"字前原有"上"字，係衍文，今刪。

[12] 分明是誘兵之計："兵"字原本缺，今據文意補。

[13] 好比狐群狗黨："黨"，原本作"擋"，今改。

[14] 江山無道："無"，原本作"吾"，今改。

[15] 你今遇見南山豹："遇"，原本作"與"，今改。

鳳凰臺

無名氏 撰

解題

　　亂彈。《慶昇平班戲目》著録。劇寫孫策在父孫堅死後，退居丹陽太守母舅吳景處，因兵微將寡，被揚州太守劉繇所逼，帶領舊將投靠壽春太守袁術。然而未得重用。孫策志宏，不甘屈居人下，用朱治計，以傳國玉璽爲質，向袁術借兵，前往江東，討劉繇，救吳景，暗圖大業。袁術喜得傳國玉璽，恰合其欲稱帝之心，同意借精兵三千，馬五百匹，並命朱治、吕範同往。是時，告職歸家的漢室老臣喬玄與其二女大喬、小喬，正在鳳凰臺招募義兵，保村防盜。孫策帶領兵將前往江東，向鳳凰臺借糧。大喬聞報，帶女兵出寨迎敵。兩軍陣上，大喬看上少年英雄孫策，孫策亦看好英姿姣女大喬。二人交戰，大喬用絆馬索擒獲孫策。但告孫策舊將，雖擒孫策決不相害，暫紮營寨，聽候好音。事見《三國志・吳書・孫策傳》及裴松之注引《江表傳》、《三國演義》第十五回。版本今有《故宫珍本叢刊》中的《亂彈單齣戲》本，首題"鳳凰臺總講"。該本係清抄本，未標點。今依該本爲底本，校勘整理。

　　（四太監上，袁術草王盔香色蟒上）

　　【引】四世三公鎮東南，名高萬重。（白）一自虎牢定帝都，風雲萬里捲三吳。英雄事業英雄做，董卓原來不丈夫。某，壽春太守袁術是也。自虎牢關後，退兵此地，蓄精養銳，欲取霸業。正是：人是蓋棺方論定，莫把英雄說敗成。

　　（朱治、吕範同上，朱白）孫策今來幹父蠱，（吕範白）統軍不獨請長纓[1]。（同白）佐使朱治、吕範參。（袁術白）二位少禮。（朱白）今有長沙太守孫堅之子孫策前來[2]，帶領舊將程普、韓當、黃蓋、周泰相投[3]，轅門候見。（袁術白）哦！孫堅之子孫策前來相投？（朱、吕白）正是。（袁術白）那孫策有多大年紀了？（朱白）不過十餘歲，却是豪氣過人。（袁術白）四將外面伺候，命孫策進見。（朱白）是。有請孫公子。

（孫策上，白）氣吐虹霓三萬丈，胸懷忠孝五尺深。太守在上，小侄孫策參見。（袁術白）孫郎少禮。何處兒來？（孫白）小侄自父喪後，退居江南，在丹陽太守母舅吳景處居住[4]。只因兵微將寡，被揚州刺史劉繇所逼，小侄無所倚望，帶領舊將程普等特投麾下效策，未知明公肯收留否？（袁術白）觀你形像魁偉，英雄潑潑，將來必有大用。既來投我，且拜你為懷義校尉，帳下聽候調遣。（孫白）謝明公。咳！早知賢豪皆虛譽，何必英雄奔矮檐。（下）

（朱、呂白）吓，明公。今看此子如何？（袁白）此乃少年英雄，若老夫有子如孫策，死後何恨。（朱、呂白）明公以英雄許之，如何不甚為禮？（袁白）我與孫堅乃是同輩，故踞傲待滅其少年豪氣。且待日後，自當重用。（朱呂白）原來如此。請明公退帳。（袁白）曾聞洗足驕英布，（朱、呂白）未可嬰兒待項王。（同下）（起更，孫唱）

【倒板】聽畫角韻悠揚夜深靜悄[5]，（上唱）又只見初生月斜掛枝稍。可嘆我懷寶劍失了計較，投袁術，他好似泥塑木雕。（白）欲臥怕多愁，夜看山卸斗。昂首問青天[6]，心事可知否？天吓天！我孫策好錯也。因甚誤投此地，以致袁術待我如同小兒。想我父在日，何等英雄。追思往事，好不傷感人也。（二更，唱）

天地間古今來人人難料，也不知埋沒了多少英豪。周世衰五霸強七雄擾擾，風烟起怎不教追思漢高。三尺劍過芒碭滅秦除暴，鴻門宴險中了范增籠牢[7]。好一個張子房燒絕棧道，蕭相國薦韓信平步青霄。九里山逼霸王一身榮耀，方顯得男兒漢蓋世功勞。到如今這三傑何處去了，空留下英雄恨淚濕征袍。

（白）且住。昔日董卓燒毀洛陽之時[8]，我父曾於建章殿月下為國，我今誤投袁術，在月下為家雖然一般，心慘各別。正是：我有一片心，訴與天邊月。天吓天！月之感如此之甚也。（唱）

【西皮】對明月懷往事神情飄渺[9]，想嚴親創功業膽落魂消。扶不起大廈傾將星落早，遺留我無用才不能續紹。哭不盡功名事（三更）羞愧年少，嘆不盡衆諸侯胡行亂朝。空懸著三尺劍兩行淚吊，孫伯符做不得玉關班超。（朱治上，唱）年少郎自痛哭真正可笑，莫不是他那裏懷想風騷。

（白）吓，伯符，何故對月啼哭？尊翁在日，也曾用我朱治之謀。你今有甚麼不快之事，何不對我說之？（孫白）吓，先生！請坐。（朱白）請問公子，

何故如此,請道其詳?(孫白)吓先生!策所哭者,恨不能繼先父之志耳。(唱)

哭吾父破黄巾威名浩浩,先生,想孫策先祖業水落花飄。(朱白)吓!(四更)(唱)孫郎哭奇英雄令人可敬,何不乞求袁術前去借兵[10]。(白)吓,公子。何不前往江東,保救吳景,暗圖大業,何必在此用於人下。(孫白)感承先生指教,開我愚蒙也。(唱)深感謝金石言承蒙指教,借雄兵往江南起鳳騰蛟。(朱唱)照此行方能得鰲魚脱鈎,到長江興雲雨何等逍遥。(五更)(吕上,唱)他二人欲前往南山變豹,我何難附驥尾同上雲霄。(白)吓,二公之言,吾早已聽見了。(朱、孫白)原來是吕範先生。(吕白)吓,公子。吾手下現有精兵百人,願助伯符一馬之力。但恐袁術不肯借兵,如何是好?(孫白)吾先父留下傳國玉璽,就此送與袁術為質,必然應允。(吕白)著吓!公子將此無用之物,借他有用之兵。袁術若得此寶,必肯發兵,天已明了,可一同前往相求便了。(孫白)有勞二公。(唱)得二公是天賜機緣合巧,諒必能成大事列土分茅。(朱唱)輔公子我二人義同管鮑,(吕唱)願求個功事業凌烟閣標。(同下)

(四手下、袁術上,唱)

自昨日退帳後仔細思想,在虎牢與孫堅轉瞬時光。不憶他有此子十分異相,只怕是滅秦的西楚霸王。(朱、吕、孫上,唱)求借兵到江東假意惆悵,(朱、吕唱)撫合他創功業龍入長江。

(孫白)哭。(袁白)為何啼哭?(孫白)小侄父讎不能得報,今母舅吳景又被揚州刺史劉繇所逼[11],策之老幼俱在曲阿地方,必然被害,敢借雄兵數千,渡江救難,伏乞見允?(袁白)話雖如此,但你年幼,如何領得大兵。這却斷斷不可。(孫白)哎呀,明公。自古有志者事竟成,明公不信,策有先父遺下玉璽一顆,權為質當,懇乞收存。(袁白)哈哈,果然漢家傳國玉璽。孫郎,非吾要你此寶,不過收留在此,請起説話。(孫白)是。(袁白)吾今借你精兵三千,良馬五百匹,渡江平定之後,可速回來。你職位卑微,難掌大權。我拜你為折衝校尉、殄寇將軍,命朱治、吕範一同前去,勿得違誤。(孫白)謝明公。(唱)

拜謝了明公恩提兵調將,權在手可算得男兒自强。(朱、吕唱)但願得此一去威名浩蕩,嘆袁術他不及年少孫郎。(同下)(袁唱)

好容易傳國璽歸吾執掌,炎漢家錦社稷事有可商。(白)某久思此玉璽,不料今日到了我手,稱帝之兆有幾分穩妥了。(唱)我且去暗自裏整頓糧餉,

趁機會學王莽這又何妨[12]。（下）

（四將起霸，程上）一劍空橫幾度秋，（黃上）少年義氣許相投。（韓上）英雄慢說開疆土，（周上）智在江南八十州。[13]（同白）俺程普、韓當、黃蓋、周泰。（程白）請了。（衆白）請了。（程白）我等前隨太守爲將，被荆州劉表射死。今少爺孫策借得袁術兵馬，往江南暗圖功業，你我須當同往。（同白）言之有理。遠遠望見公子來也。（手下排子引朱、呂、孫上手）（衆白）參見公子。（孫白）衆位將軍少禮。（衆白）公子借兵如何？（孫白）託列位之福，幸得袁術借兵，看來大功有成。（衆白）公子少年英雄，所謀必遂，即請發令。（孫白）全仗列位之力，吩咐起馬。（排子下）

（四女兵、下手、旦上，點將）（白）無鹽才智西施姣[14]，輸與東吳大小喬。紛紛詞客多擱筆，個個公侯欲夢刀。奴乃大喬是也。父親漢室爲臣，因被董卓之亂，告職歸家。生我姐妹二人，名曰大喬、小喬。只因刻下諸侯僭逆，任意征伐[15]，是我與妹子小喬，布散家財，招集義兵，在這鳳凰臺畔，各立一寨，保守村莊，以防賊盜，暗訪英雄而圖終身大事。妹子同我爹爹往西莊收糧去了，衆侍女防守寨門，聽我吩咐。（唱）

自古來論紅顔多少脂粉，巾幗中數丈夫能有幾人。我今日立寨柵並非任性，真算得爲國家捕盜安民。

（報子上）啓姑娘，西北來了一支人馬，已在寨門借糧，甚是凶勇。（喬白）知道了。（報下）（喬白）哦，何人敢來我寨借糧？衆侍女，一同出寨迎敵者。（當場，孫上，會陣）（喬白）何處人馬，敢來擾亂我的村莊？（孫白）哎呀，妙吓！原來是一絶色女子，因何也會槍馬？（喬白）唗！快通姓名，免做槍頭之鬼。（孫白）聽者！吾乃長沙太守公子孫策是也。前往丹陽公幹，途中缺少糧草，乞求寶莊借糧一萬斛。事定之後，必當送還，請留名姓？（喬白）聽者！奴乃喬公之女大喬是也。在此設立寨圍，護衛村莊，防拿賊盜。你既朝廷官軍，可速退回，不然以當賊兵拿獲。（孫白）吓，借糧不借糧由你，何敢藐視少爺，看槍。（喬白）住了。我和你又無釁隙，一言之下，平白交鋒，所爲何來？（孫白）要少爺饒你，須當呈送糧草。（喬白）也罷。你若勝得姑娘這枝槍，即便奉送。（孫白）既然如此，仔細了。（喬白）請。（孫唱）

比武可見丫頭傻，知俺孫策是將家。惜乎窈窕容如畫，動人春色漏頭花。有心與你來做耍，恐你力小少槍法。相勸兩家解和罷，鳳凰臺上看彩霞。（喬白）唗！（唱）姑娘不懂猖狂話，雲龍風虎能擒拿。觀看小將多俊雅，哦，作對鴛鴦那算差。（孫唱）絲繮一抖催戰馬，（喬唱）金槍挑動起黃沙。

（孫唱）獅吼雄威走獸怕，（喬唱）何難捉你井底蛙。（孫唱）勇力千勷稱豪霸，（喬唱）幾度衝鋒不忍殺。（孫）丫頭。（唱）槍尖何必將汝嫁，（喬唱）鬥戰不鬥口頭華。（二龍出水，起打，殺下）

　　（喬上，白）且住。孫郎殺法利害，衆女兵絆馬索伺候。（孫上）那裏走[16]！（四將跟上）（喬白）衆將聽者！（四將白）講。（喬白）公子雖然被擒[17]，決無相害之理，請暫且紮營，自有好音。請！（喬下）（四將白）吓。（程白）列位將軍，公子被擒，有如此言語，諒無差錯，且紮下營磐。（同白）衆將官，紮下營寨者。【尾聲】（下）

完

校記

［1］統軍不獨請長纓："統"，原本作"終"。今改。

［2］孫堅："堅"，原本作"監"。今依《三國志・吳書・孫堅傳》改。下同。

［3］韓當："當"，原本作"党"。今依《三國志・吳書・韓當傳》改。下同。

［4］母舅吳景："舅吳"，原本漏。今依下文補。

［5］聽畫角："畫"，原本作"晝"。今改。

［6］昂首問青天："昂"，原本作"堅"，今改。

［7］中了范增計："中"，原本作"仲"。今改。

［8］董卓燒毀洛陽之時："洛"，原本作"落"。今改。

［9］對明月懷往事神情飄渺："渺"，原本作"藐"。今改。

［10］何不乞求袁術："乞"，原本作"昔"。今改。

［11］母舅吳景："舅"，原本作"舊"。今改。

［12］趁機會學王莽這又何妨："趁"，原本作"越"。今改。

［13］八十州："州"，原本作"洲"，今改。

［14］無鹽才智西施姣："無鹽"，原本誤作"顏無"。今依文意改。

［15］任意征伐："伐"，原本作"代"。今改。

［16］那裏走：此句話後，疑有漏文，應寫孫策被擒之情。待考。

［17］雖然被擒："雖"，原本作"强"。今改。

轅門射戟

無名氏 撰

解　題

　　亂彈。《春臺班戲目》著錄，題"射畫戟"。《慶昇平班戲目》著錄，題"轅門射戟"。劇寫袁術令紀靈攻劉備駐軍的小沛。紀靈送重禮給呂布，求其相助。劉備修書求救於呂布。呂布設筵，請劉備、紀靈，爲兩家解和，紀靈不從。呂布與紀靈約定，帳外樹戟爲靶，若能射中，兩家罷兵；若射不中，任兩家各自所爲。呂布彎弓搭箭，果然射中。紀靈不好覆命，呂布乃修書與袁術，讓紀靈帶回。劉備向呂布道謝，呂布讓劉備日後別忘了轅門射戟之情。事見《三國志・魏書・呂布張邈傳》、《三國演義》第十六回"呂奉先轅門射戟"。版本今見清《車王府藏曲本》本、《故宮珍本叢刊》《亂彈單齣戲》本，兩本題材、人物、主要情節相同，曲白和具體情節有異。該本爲手抄本，首頁題"轅門射戟總講"，未署作者。今以《車王府藏曲本》本爲底本，校勘整理。

　　（四白文堂、四白大鎧站門上，呂布上）
　　【引子】轅門站立三千將，統領犰狳百萬郎。
　　（詩）自幼生來蓋世雄[1]，萬馬營中逞威風。虎牢關前一場戰，戰敗桃園三弟兄。某姓呂名布字奉先[2]。乃西蜀人也。想我投在丁公帳下，那賊不仁，被俺斬首，是某二次又投奔董卓，可恨老賊霸佔貂蟬，被俺戟刺丹心而亡。是我來在徐州[3]，到也安然自在。這幾日心神不定，也不知爲了何事。來，侍候了。（衆白）吓。（丑下書人上，白）人行千里路，馬過萬重山。來此已是。門上那位在？（龍套白）甚麼人？（下書白）煩勞通稟溫侯[4]，説下書人求見。（龍套白）候著。啟溫侯，下書人求見。（呂白）傳他進來。（龍套白）下書人，溫侯傳你，要小心了。（下書人白[5]）是是。下書人與溫侯叩頭。

（吕白）罷了，起來。（下書人白）謝溫侯。（吕白）你奉何人所差？（下書人白）奉了紀將軍所差，有禮單呈上。（吕白）呈上來，下面侍候。（下書人白）吓，是。（下）（丑下書人上，白）奉了使君命[6]，前來下書文。來此已是官門。門上那位在呢？（龍套白）甚麽人？（丑下書人白）煩勞通稟一聲，説下書人求見。（龍套白）候著。啓溫侯，下書人求見。（吕白）傳他近來。（龍套白）下書人，裏面傳你，要小心了。（丑下書人白）下書人與溫侯叩頭。（吕白）罷了，起來。（丑下書人白）謝溫侯。（吕白）你奉了何人所差？（丑下書人白）奉了劉使君之命，前來下書。（吕白）呈上來，下面侍候。（丑下書人白）是。（下）（吕白）劉使君有書信前來，待我拆開一觀[7]。（排子）喊呀！原來使君請我拔刀相助，紀靈又有這分厚禮，這便怎麽處？哦，呵呵，有了。待我修下書信，請他二家到此，與他兩下解合。來，濃墨伺候。（唱）

【西皮二六板】看過了花箋紙二張，手提羊毫寫幾行。亦非是待客葡萄樣，國中大事有商量。二封請帖忙修上，（二下書人兩邊上，吕唱）明日定要候吾光。（紀下書人下，吕唱）

【二六板】回去你對使君講，叫他只管放心腸。明日清晨早早往，同到席前共商量。（劉丑下書人下，吕唱）

【快二六】戰敗疆場某心爽，衆諸候見我也心慌。丁公不仁劍下喪，槍挑董卓一命亡。虎牢關打一仗，大戰桃園劉關張。三人連環難敵擋，只殺兒郎喪疆場。方天戟挂心堂[8]，張飛將我金冠傷。氣得某家收兵將，（八手下兩邊分下，吕唱）含羞帶愧臉無光。

（笑介）吓哈哈，哈哈！（下）（四紅文堂站門上，紀靈上唱）

【二六】奉命奪沛擺戰場，好似蛟龍下長江。三軍與我往前闖，休要放走劉關張[9]。（衆領下，中軍上，白）奉了溫侯命，把守在營門。吾乃溫侯帳下中軍官是也。今當三六九日，聞報之期，只得在此伺候。（劉、關、張内同白）走吓。（三人同上，白）離了小沛地，（關、張同白）來此讎敵門。（劉）來此已是。（張白）待小弟向前。（劉白）你不要猛壯。（張白）我會講話的了。（劉白）好，三弟向前。（張白）吠！裏面有人麽？滾出一個來。（中白）甚麽人？（張白）你前去告訴那吕布娃娃知道，就説桃園弟兄到了。快去，快去！（中白）這是怎樣講話，退後些。（劉白）啊，三弟，你還是這等鹵猛，你退後些。待愚兄向前。吓，哥官請了，煩勞通稟溫侯，就説桃園弟兄求見。（中軍白）候著。（張白）快去，快去！（劉白）不要猛壯。（中軍白）咳，有請溫侯。（四白文堂、四白大鎧站門，吕布上，白）轅門鼓角聲高，兩傍站定英豪。何事？（中軍白）桃園弟兄求見。（呂白）説某出迎，有請！（中軍白）嚇，溫侯出迎有請。（劉白）吓，溫侯。（呂白）吓，使君。（笑介）吓哈哈哈！（劉笑介）哈哈哈！（呂白）使君請！（劉白）請！（呂白）吓，關將軍，哈哈哈，請！（關白）吓哈哈，溫侯請！（呂布、張飛二人亮相，張飛不服相爾）（呂白）不知使君駕到，未曾遠迎，面前恕罪。（劉白）豈敢，我弟兄來得鹵莽，溫侯恕罪。（呂白）豈敢，豈敢。（内白）紀靈到。（白四文堂、白中軍白）紀靈到。（劉白）告辭。（呂白）且慢，紀靈到此，有某擔待。來，有請！（中軍白）有請紀將軍。（四紅文堂、紀靈上白）吓，溫侯。（呂白）吓，紀將軍。（同笑介）吓哈哈哈！（呂白）請。（紀白）請那。（呂白）請。（紀白）告辭！（呂白）將軍爲何去心太急？（紀白）營中有事。（呂白）營中有事，就不該來。（紀白）溫侯敢則有擒某之意？（呂白）這非也，某無有霸王之勇，無非是與你兩家解合，不必多言，請座！（紀白）請！（呂白）不知紀將軍駕到，未曾遠迎，面前恕罪。（紀白）豈敢，來得鹵猛，溫侯恕罪。（呂白）豈敢。（紀白）溫侯，俺前者命人送來禮物，可曾收下？（呂白）這，當面謝過。（紀白）溫侯相邀，有何主見？（呂白）依本部帳中三步一步，箭中畫戟，若是不中，但憑你二家所爲。（中軍白）宴齊。（呂白）待某把盞。（紀白）擺下就是。（劉白）擺下就是。（呂白）著宴伺候。（劉白）請。（紀白）請。（呂白）請。（唱）

【西皮倒板】某家今日設瓊漿，

（劉、紀同白）溫侯請。（呂白）請。（唱）

【西皮正板】只爲合好免爭強。

（紀白怒介）咳吓！（呂唱）

【正板】怒氣不息紀靈將，

（劉）哎。（呂唱）

【正板】那一傍悶懷了劉關張。回頭我對將軍講，看某金面免動刀槍。（紀唱）

【西皮正板】坐在席前把話講，尊聲溫侯聽端詳。不看溫侯金面上，某家頃刻擺戰場。

（張白）呔！（唱）

【二六】紀靈休把大話講，把俺大哥當平常。慢説爾是無名將，分明誰勝那家強。

（紀白）吓！（張白）吓！（劉白）三弟不要猛壯。（紀白）吓！（張白）吓！（呂白）將軍休要動手。（唱）將軍休要逞剛強，

【二六板】剛強好比楚霸王。霸王剛強烏江喪,韓信強來喪未央。昔日楚漢兩征強,鴻門設宴害高皇。高祖不戰強似將,項羽自刎在烏江。征戰那有歇戰好,退後一步有何妨。

（張白）吓。（吕笑介）哈哈,哈哈!（唱）

【搖板】叫人來著這葡萄樣,紀將軍進前飲瓊漿。

（白）紀將軍前來飲酒。（紀白）某家酒已够了。（吕笑介）哈哈哈!（白）使君前來飲酒。（劉白）備的酒喫不得了。（吕白）吓,喫不得了。（劉白）喫不得了。（吕笑介,劉同笑）吓,哈哈哈!（吕唱）

那裏是腹内少酒量,分明有事在心傍。一個好似出山虎,一個好比奎木狼。他二人相争陣頭上,狼不受傷虎受傷。方天戟抬在轅門上,（二旗牌抬戟過場下）（吕唱）

【二六】看某彎弓射穿楊[10]。雕翎若中畫戟上,兩下收兵免爭強。雕翎不中畫戟上,但憑兩家擺戰場。三人挽手東路往,（衆元人同下,關、張同下）（劉、紀、吕唱）論誰弱來論誰強。（同下。吹打,二旗牌抬畫戟上,放在中場下）（吕内唱）

【西皮倒板】威風凜凜出虎帳,

（衆元人同上,劉、關、張紀同上）（吕唱）

【二六】大隊人馬歸兩傍。左邊站定紀靈將,右邊站定劉關張。一各個出心把某望,看某彎弓射穿楊。（白）弓來!（唱）開弓忙把雕翎放,（笑介）吓哈哈哈!哈哈哈!（唱）箭射畫戟世無雙。

（白）紀將軍還有何話講?（紀白）好便好,只是難以回覆我主[11]。（吕白）無妨,待某家修下書信,回覆你主便了。轉堂。（衆元人兩番頭）（吕唱）

【二六板】箭射畫戟是奸細,誰知後與我見高低。人來看過羊毫筆,手提羊毫寫端的。上寫紀靈奪小沛,請來兵權將又稀[12]。一封書信忙修起,煩勞將軍轉帶回。（紀唱）紀靈接書面帶愧,背轉身來自胸吹。向前施個分别禮,（四文堂帶馬下）奉命奪沛空走一回。（下）（吕唱）紀靈上馬面帶愧,（劉笑介）吓哈哈!（吕唱）劉備一傍笑微微。走向前使君請,某家言來聽端的。今日射戟只爲你,千萬莫忘轅門射畫戟。（劉唱）温侯多仁又多義,誰能轅門射畫戟。劉備有朝得了地,（帶馬唱）結草銜環答報你。（下）（關唱）辭别温侯跨坐騎,（帶馬下）（張白）呔!（唱）任殺任砍誰怕誰。

（帶馬下）（吕笑介）吓哈哈哈!（唱）

【二六板】張翼德說話不知禮,氣得某家怒不息。不是今日射畫戟,難免他弟兄紀靈欺[13]。吩咐兒郎歸隊裏,(白)掩門。(衆下)(呂唱)蓋世英雄某第一[14]。(笑介)啊哈哈哈,哈哈哈!(下)

完

校記

[1] 蓋世雄:"雄",原本簡作"厷"。今改。
[2] 字奉先:"先",原本作"仙"。今改。
[3] 來在徐州:"徐",原本作"許"。今改。
[4] 通禀溫侯:"溫侯",原本作"文侯"。今改。下同。
[5] 下書人白:"人"字,原本無。今補。下同。
[6] 奉了使君命:"使君",原本作"試軍"。今改。下同。
[7] 待我拆開一觀:"待",原本作"代"。今改。下同。
[8] 挂心堂:"挂",原本作"卦"。今改。
[9] 休要放走劉關張:"關",原本作"孫"。今改。下同。
[10] 射穿楊:"穿",原本作"川"。今改。下同。
[11] 回覆我主:"覆",原本作"咐"。今改。下同。
[12] 將又稀:"稀",原本作"希"。今改。下同。
[13] 難免:"免",原本作"勉",今改。
[14] 蓋世英雄某第一:"第",原本作"地",今改。下同。

戰 宛 城

無名氏 撰

解 題

　　亂彈。未見著録。劇寫曹操聞張繡有窺探許都之意，領兵征討。張繡聞曹操前來，與參謀賈詡共商破敵之策。賈詡勸張繡降曹，張繡不同意，交戰兵敗，悔未聽賈詡之言。是時，方與賈詡赴曹營投降，曹操仍讓其充宛城郡守，並以其爲侄。曹操率典韋、許褚及子侄曹昂、曹安民進宛城，大隊人馬駐紮城外。張繡部將張、雷之妻到張繡嬸母鄒氏府上打探軍情，鄒氏設宴並同到後花園賞春觀看街景。曹操與曹安民、曹昂改裝到街上閑遊。曹操見鄒氏貌美心喜，鄒氏見曹操壯貌心動。曹安民知曹操意，帶人馬搶來鄒氏。鄒氏告曹操要注意張繡暗計。曹操帶鄒氏往典韋軍營。張繡納賈詡計，宴請典韋，義結兄弟，勸醉贈馬並送馬童。馬童係張部將胡車裝扮，隨典韋回營，盜走典韋雙戟，吹響唎咧爲號。張繡帶兵殺來，典韋無戟，中箭身亡。曹昂、曹安民戰死，曹操無力保護鄒氏，兵敗逃走。鄒氏被張繡刺死。事見《三國志・魏書・武帝紀》裴松之注引《曹瞞傳》及同書《典韋傳》、《三國演義》第十六回"曹孟德兵敗淯水"。清嘉慶本《鼎峙春秋》有《起兵征繡》《賈詡勸降》《宛城慕艷》《典韋死難》四齣。版本今見《故宮珍本叢刊》《亂彈單齣戲》本。該本爲手抄本，首頁題"戰宛城總本"，未署作者。今以該本爲底本，校勘整理。

　　（夏侯惇、于禁、典韋、許褚、曹洪、曹仁、李典、樂進同起霸，唱）
　【點絳唇】（于、夏唱）將士英豪，（典、許唱）兒郎虎豹。（洪、仁唱）軍威好，（李、樂唱）地動山搖。（同唱）要把宛城掃。
　　（各通名介，白）俺，夏侯惇、于禁、典韋、許褚、曹洪、曹仁、李典、樂進。（夏侯惇白）列位將軍請了。（衆白）請了。（夏侯惇白）你我隨丞相征戰南陽

宛城,兵行在即刻,且候丞相陞帳,大家兩廂伺候。(衆白)請。(排子,四文堂、四大鎧、曹安民[1]、曹昂引曹操上,唱)

【引】勤勞王事建功勳,軍機內自才能。宛城張繡圖謀正,怎當吾將勇兵精。

(衆同白)參見丞相。(曹操白)跐立兩廂。聖駕隨使幸用都,賞功罰罪盡歸吾。宛城一戰除逆叛,方顯謀有志量足。老夫姓曹名操,字孟德,乃沛國譙郡人也[2]。昔年幼由驍騎出身,因南征北剿、東擋西除,屢建奇功[3],聖上見喜,封我爲平武侯之職,滿朝文武,無不尊敬。想吾位列三臺,威權極矣。哈哈哈!今有張繡,屯兵宛城,有窺探許都之意。趁他未曾舉動,吾今統兵先伐,攻打宛城。此番屯兵於淯水[4],有四百里程途,老夫於此進發,可近百里。怎奈時值暮春,青苗遍地,又恐擾害百姓,待老夫先傳一令。吩咐衆將,馬去鑾鈴,捲旗息鼓,從小路而行,不許搖擾百姓,馬踏青苗。但取民間一草一木,梟首號令。(夏侯惇白)得令,令出。呔!下面聽者,丞相有令,吩咐馬去鑾鈴,捲旗息鼓,從小路而行,不許搖擾百姓,馬踏青苗。但取民間一草一木,違令者斬。就此兵法宛城。(衆應)(排子)【北泣顏回】)(衆下)(曹操蕩馬介,唱)

見斑鳩我的馬停身暴跳,如同那箭離弓好似山搖。難收繮急得我心中焦燥,不隄防這將令是我自招。(白)衆將轉來。(衆上,白)丞相有何將令?(曹操白)老夫馬踏青苗。(衆白)踏者不多。(曹操白)哎呀!且住。想我傳下將令,自己到先犯軍令。罷,我自刎了罷。(衆白)丞相,春秋之義,法不加尊。奉命征討,豈可自滅。(曹操白)你等陷曹操不義乎麼?(衆白)鳥飛驚馬,與丞相何干,還請三思。(曹操白)衆位將軍請起,老夫暫記一次,將馬頭斬下。(夏侯惇白)得令。斬首已畢。(曹操白)老夫割髮一子,權當吾首,傳示號令。(夏侯惇白)丞相犯令割髮,各自小心。(曹操白)衆位將軍,某今犯令,自己割髮一子,當吾首級,今後犯者,定不寬容。(衆應白)呵。(曹操白)兵馬起行。(衆應介,下場斜門,曹操白)前道爲何不行?(衆白)來此淯水。(曹操白)人馬列開,夏侯惇聽令。(夏侯惇白)在。(曹操白)命你前去紮營,不得違誤。(夏侯惇白)得令。(下)(曹操白)于禁、許褚聽令。(于禁、許褚同白)在。(曹操白)命你二人攻打頭陣。(于禁、許褚同白)得令。(曹操白)衆將官,人馬緩緩而行。(同下)

(賈詡上)

【引】漢室運衰,恨奸佞,長挂心懷。

（白）下官賈詡。適纔探子報到，曹操兵馬已到淯水。且待主公回營，再作道理。（眾內白）回操。（四火牌、四削刀、雷靛、張先、張繡上，白）適纔操兵回來，探馬報道，曹兵已到淯水。我欲請先生商議破曹，怎生迎敵？（賈詡白）依我之愚見，宜降不宜戰。（張繡白）却是爲何？（賈詡白）今曹操統兵十五萬，戰將猛勇，若不降順，宛城決難保矣。（張繡白）先生此言差矣。我有張、雷二將，萬夫不當之勇，火牌軍、削刀手，能當千軍，何所謂不戰也。（賈詡白）賈詡真心爲主，主公還要三思而行。（雷靛、張先同白）啓主公，古來城池疆土自有爭鬥，那有善讓之理！我等願戰不願降。（張繡白）這個，著吓！二位將軍言得極是。況曹兵遠來，軍兵必然勞之，趁他未安營寨[5]，殺他個湊手不及。（賈詡白）主公即要戰，但不知命何人出馬？（張繡白）待我親自統領雄兵攻打，就煩先生看守城池，不得違誤。（賈詡白）得令。**分明指破平川路，反把忠言當逆聽。**（下）（張繡白）眾將官，開城迎敵者。

（出城介，四龍套、夏侯惇等殺介退下）（四上手、許褚、于禁等上，會陣起打，夏侯惇等敗下，張繡等追下）（曹操等上，夏侯惇、于禁、許褚同白）我等敗下陣來。（曹操白）典韋出馬。（下）（典韋當場會陣，張繡、眾上，起打，張繡敗下）（典韋白）眾將官，將宛城團團圍住。（眾應介，下）

（賈詡上，白）**耳傍聽得戰鼓振，我兵難以勝曹軍。**（張繡等上，賈詡白）主公。（張繡白）悔不聽先生之言，如今損兵折將，怎的不氣殺我也。（賈詡白）啓主公，仍在歸順，要保宛城纔是。（張繡白）再三勸我歸順，倘若不肯納降，如之奈何？（賈詡白）全憑賈詡三寸不爛之舌，管叫曹操准其納降。（張繡白）也罷，先生之言，吾當遵教。二位將軍聽令。（雷靛、張先同白）在。（張繡白）命你二人，收領殘兵，不得違誤。（雷、張同白）得令。（賈詡白）素知曹操多疑，主公必須換了便服，親到營門，帶了地理圖、戶籍、降文，方可納降[6]。（張繡白）事到如今，也只好如此了。正是：**用手捧起湘江水，**（賈詡白）**難洗今朝滿面羞。**（同下）

（鄒氏上，唱）

【慢板】暮春天日正長情懷難禁，不覺的懶梳妝缺少精神。守空房嘆寂寞慘傷瘦損，負白眉一孀孤可憐終身[7]。（白）妾乃鄒氏，先夫張濟，曾授驃騎將軍[8]，不幸早亡，已經三年，膝下無兒，只有姪兒張繡，得以相靠。雖然豐衣足食，童婢隨身，終難稱意。今見春光明媚，風暖薰人，浪蝶穿房。正所謂良辰美景奈何天，叫人怎不焦瘦也！（唱）我姪兒領兵將出城抵陣，到叫我一陣陣懸挂在心。但願得此一去旗開得勝，孀姪們無驚駭共享太平。（思春介，白）呀！（唱）霎時間春心起實實難忍。（耍鼠形介，作思春介）（丫環上，白）吓夫人！請茶。呵，這是怎麽樣吓！夫人，夫人！請用茶罷。（鄒氏白）呀！（唱）

【搖板】好一似心猿馬難追我心。（丫環白）夫人，你哪得啦啞症啦？你哪有甚麽心腹話，説個我聽一聽，我就知道了吓。（鄒氏白）春梅，我的心腹事，你是知道的。（丫環白）哎呀！你哪的心事，我怎麽會知道哪！（鄒氏白）呀！（唱）適纔間二小鼠交歡秦晉。（丫環白）夫人，若是叫他們聽見，要笑話你哪。依我勸你哪，你老人家還是撫琴罷？（鄒氏白）哎！（唱）此時間有心事懶去撫琴。（丫環白）夫人，那麽著你老人家看古書罷？（鄒氏唱）看古書也難解心頭愁悶。（丫環白）哎呀，這可怎麽好呢。（鄒氏唱）那曉得春宵夜能值千金。（丫環白）夫人，春宵夜那麽貴麽？（院子上，白）小城圍似綫，大禍急如雷。夫人，大事不好了！（鄒氏驚白）何事驚慌？（院子白）老爺領兵出城大敗而回，曹操領兵殺進城來了。（鄒氏白）哎呀，這便怎麽處。（院子白）如今老爺同賈先生前去投降去了。（鄒氏白）吓，天哪，但願他降順纔好。家院，命你前去打聽明白，速來報我。（院子應下）（鄒氏白）我前勸他不可輕敵，不聽我言，今有此敗。倘若黌夜殺來，這便怎麽處。（丫環白）老爺前去投降，也不知准與不准。（鄒氏白）那曹操是個英雄義士，豈有不准之理。（丫環白）夫人，你哪怎麽知道曹丞相吓？（鄒氏白）老爺在日説，曹操善武能文，胸藏韜略，聞名久矣。未見其人，不知丰姿如何？（丫環白）罷喲，咱們又不認識他，總有點人樣兒，也是扯淡的事吓。（鄒氏白）哎，羞殺人也。（唱）小春梅説得我口閉喉哽，怎奈何春景天動我心情。思想個俏人兒同床共枕，奴與他効比目永不離分。（下）（丫環白）看夫人這個樣兒，把我的病也惹起來了。（下）

（二小軍上，白）天差大兵到此間，一戰成功定山川。（張繡、賈詡上，張繡白）圍困城池難解救，（賈詡白）前來投降救眉燃。來此已是營門，請少站一時，待吾向前。（張繡白）小心了。（賈詡白）那位在？（二小軍白）作甚麽的？（賈詡白）相煩通稟，説宛城張繡前來投降。（二小軍白）候著，待我與你通稟。（賈詡白）有勞二位。（二小軍白）有請大將軍。（夏侯惇内白）嗯哎，（上白）彈垣在掌中，插翅難飛騰。何事？（一小軍白）今有張繡前來投降。（夏侯惇白）候著。啓稟丞相，今有張繡前來投降，要見丞相。（曹操内白）吩咐弓上弦，刀出鞘，就此開門。（衆將兩邊上，曹操上，白）夏侯惇，搜檢明白，叫他報門而進。（夏侯惇白）賈詡、張繡你二人可有夾帶？（張繡白）並無夾帶。(夏侯惇白)我要搜。(張繡白)要搜請搜。(搜介,夏侯惇白)呔!張繡,丞相有令,教你報門而進,要你小心了,你要打點了。(張繡白)報,宛城張繡。(賈詡白)參謀賈詡。(同白)告進。(張繡白)張繡,(賈詡白)賈詡,(同)參見丞相,死罪吓死罪!(曹操白)手捧何物?(張繡白)並帶地圖、户籍、印信、降文獻上。(曹操白)呈上來。(排子,白)轉堂。(吹打介,坐介,曹操白)將軍既已歸順,又是天朝貴客,班師之日[9],奏知天子,吾保舉你爲宛城郡守。(張繡白)丞相提拔。(曹操白)你且帶了印信回去。(張繡白)請丞相進城,一來使軍民瞻仰,二來繡備得酒宴,與丞相洗塵。(曹操白)二位將軍先行,老夫大兵隨後就到。(張繡白)張繡告辭先行。(同賈詡下)(衆將白)啓禀丞相,張繡多智多謀,要留心在意。(曹操白)不妨,典韋、許褚隨吾進城。餘者衆將城外紮營,就此兵進宛城。(同下)

(拉城,火牌、小刀、張、雷二將出城迎介,張繡、賈詡、典韋、許褚、曹安民、曹昂、曹操進城介下,元人上,張繡白)請丞相磐查倉庫、錢糧,繡亦好交代。(曹操白)倉庫、錢糧不必查點。久聞將軍英勇,不知城內有多少人馬?(張繡白)馬軍五千,步軍五千,昨日陣前損傷一半,火牌、削刀不在其數。(曹操白)但不知火牌、削刀何人教演的。(張繡白)乃是先叔在日,親自教演的。(曹操白)老夫要借一觀,不知將軍意下如何?(張繡白)此地離教場不遠,請丞相賜觀。(曹操白)前面料理。(張繡白)尊命。正是:**忙將勇士議,演與丞相觀**。(下)(曹操白)打道教場。(翻元場入坐,張繡暗上高臺白)下面聽者,削刀手開操。(張先領削刀手操畢下)(張繡白)火牌軍開操。(雷靛領火牌操畢下)(曹操白)張繡,火牌、削刀果然精勇也。(排子,典韋、許褚白)丞相,(典韋白)末將不才,願破削刀手。(許褚白)末將不才,願破火牌軍。(曹操白)二位將軍,看張繡的削刀、火牌甚是齊整,不可輕視。(典韋白)丞相,不可長他人志氣。(許褚白)滅俺自己的威風。(典韋、許褚同白)俺若破不了此陣,願當軍令施行。(張繡白)吓,二位將軍乃天朝虎將,何須要與螻蟻比試。(典韋、許褚同白)呔!俺偏要比試,那一個敢攔。(曹操白)二位將軍,與他比試,不可傷他一手一足。(典韋、許褚白)得令。馬來!(火牌、削刀兩邊上,衝陣下,典韋、許褚三笑介,張繡白)二位將軍真乃神勇也。(典韋、許褚白)不過頑耍而已,何足道哉。(曹操白)張將軍。(張繡白)丞相。(曹操白)吾有意借你削刀火牌軍共破呂布,你意如何?(張繡白)丞相分派,敢不從命?(曹操白)將削刀火牌撥與典韋掌管。(典韋白)得令。(曹操白)老夫今日不回大營,就在城內歇馬。(張繡白)繡備得有宴與丞相接

風。(曹操白)就此帶馬。(同下)

（張氏、雷氏上，唱）如今兵火緊相連,怎得平復滅狼烟。(雷氏白)張夫人。(張氏白)雷夫人。(雷氏白)昨日聞聽曹兵攻打城池,公議投順,未知如何,好不悶懷人也。(張氏白)你我一同問過鄒氏夫人,看是如何。(同白)請。(唱)只爲曹兵把城困,見了夫人問原因。(同下)(鄒氏上,白)干戈方安静,樂享太平春。(丫環上,白)啓夫人,張、雷二位夫人拜見。(鄒氏白)有請。(丫環白)二位夫人有請。(雷氏、張氏上,白)吓,老夫人。(鄒氏白)二位夫人請。(同白)請。(鄒氏白)請坐。(張氏、雷氏白)有坐。(鄒氏白)干戈忽起,連日憂危,今日戰攻已息,方定驚恐。(張氏、雷氏白)我二人特爲干戈一事而來,夫人台前領教。(張氏白)今早家院報道,曹操已准納降,如今滿城百姓盡皆安穩了。(丫環白)宴齊。(鄒氏白)備得有酒,與二位夫人同飲。(張氏、雷氏白)到此就要討擾了。(鄒氏白)丫環,將酒擺在後面,二位夫人請。(唱)叫丫環將酒宴後堂擺定,這纔是天保佑你我安寧。(同下)

(曹安民、曹昂、曹操上,白)終身戰殺場,怎得安心放。老夫來在宛城,以風送葉,連日張繡十分款待,已是心腹人了。今日且到街市中散步一回,待觀風俗,曹昂、曹安民引路。(唱)

【搖板】卸烏紗換紫袍改換形相,也免得士庶人看破其詳。叫子侄休喧呼街市閑蕩,休要提征伐事莫談衷腸。(同下)

(張氏、雷氏、丫環、鄒氏同上)(鄒氏唱)好清和月更長獨坐幃帳,因此上留二位叙叙衷腸。(張氏、雷氏白)告辭了。(鄒氏白)且慢。難得安静無恙。我們從花園步出[10],看看街市上還如舊否？(張氏、雷氏白)我二人奉陪。(鄒氏白)春梅,開了花園門。(丫環應介,鄒氏白)請。(唱)亦非是與夫人花園玩賞,真果是干戈息免受驚慌。叫春梅端琴兒沿街懸望,(丫環白)瞧吓,街市還是如舊熱鬧吓！(鄒氏白)好吓。(唱)看一看街市上士庶形藏。(曹操內白)帶路。(曹昂、曹安民、曹操上,唱)暮春天風清和惠風飄蕩,宛城中真華麗燕子雙雙。(丫環白)好天氣吓！(曹操白)呵,(唱)見墻頭那佳人嫦娥模樣,(丫環白)夫人,你瞧街上來來往往人多啦。(曹操笑介)哈哈哈！(唱)愁只愁此人去陶情不妨。(鄒氏唱)這人兒好一個端莊形象,俊俏眼戲奴家如蝶穿芳。怎能够作夫妻同歡同暢,風流樣似奴夫相貌堂堂。(曹操白)妙吓！(唱)説不盡這女子非凡之相,真賽過西施女昭君紅粧。霎時間引的我沉吟半晌,回館驛定一計來訪姣娘。(白)哎呀！真來的有趣。(笑介,同下)(張氏、雷氏同白)我二人告辭了。(鄒氏白)不送了。(張氏、雷氏下)

（鄒氏唱）有意人心挂念難捨難放，引得我動春心神思慌忙。悶厭厭進府廷癡迷呆想，哎，恰便似驚散了情義鴛鴦。（同下）

（曹安民、曹昂引曹操上，唱）心兒蕩一霎時沉吟半晌，我挂礙不由人枉費思量。（曹安民白）啓叔父，張繡送來供應，請叔父上席。（曹操白）將宴擺下。（曹安民白）待孩兒把盞。（曹操唱）不由人懶執觴意如飄蕩，哎，意欲想那美人共枕同床。

（白）咳。（曹安民白）叔父，再飲幾杯。（曹操白）只是無有解酒之味。（曹安民白）待侄兒說來，自然解酒。（曹操白）你且說來。（曹安民白）叔父，可是想那墻頭美人，是與不是？（曹操白）你說得到是，只是不能到手，也是枉然。（曹安民白）那個容易吓。（曹操白）怎見得？（曹安民白）侄兒不才，願領步軍五百前去搶來，以爲解酒之味如何？（曹操白）也罷！你到典韋營中，領步軍五百名，便宜行事，看你才智如何？（曹安民白）遵命。（曹操白）轉來，你要急速辦來。（同下）

（鄒氏上，唱）悶沉沉懶梳妝心神不定，今午間觀那人動我春心。

（手下引曹安上，白）這裏是了，打進去。（院子暗上，白）吓，你們作甚麼的？爲何到了我們內室來了，待我報與老爺知道。（下）（丫環暗上，白）你們幹甚麼來啦？（曹安民白）搶人來啦，不用費話，上車罷，你也同去。（丫環白）這到使得。（曹安民白）走哇。（同下）

（曹操上，唱）我只想那美人神思不定，但不知侄兒去能與不能。

（曹安民、手下、車夫、丫環、鄒氏同上，曹安民白）叔父，那美人來了。（曹操白）待我看來。（曹安民白）下車，下車！見過丞相。（曹操白）哎呀！果然是這美人。叫他們回避了。（曹安民白）你們回避了。（衆下）（丫環白）吠，你們搶我們到此幹甚麼？（曹操白）吓美人，備得有佳餚，與夫人同飲。（鄒氏白）怕我侄兒知道。（曹操白）美人誰家宅眷哪？（鄒氏白）妾乃張濟之妻，張繡之嬸母鄒氏。（曹操白）哎呀，原來是夫人，失敬了。（鄒氏白）豈敢。（曹操白）多有冒犯。請坐，請坐吓。夫人，吾久聞你的大名，方准張繡投降吓。哈哈，原爲的是你吓，哈哈哈！（鄒氏白）實感丞相大恩。（丫環白）夫人，天不早啦，回去罷。（鄒氏白）夜深了，我們回去罷。（曹操白）且慢。今日得見夫人，天之幸也。願來同衾。還朝之日，定封你爲正宮，以爲如何？（鄒氏白）多謝丞相。（丫環白）好不害羞。（曹操白）來，掌燈。（丫環白）掌燈那裏去？（曹操白）安寢。（丫環白）這像甚麼事情！（曹操白）美人吓，此婢何名？（鄒氏白）他叫春梅。（丫環白）我叫春梅。（曹操白）春梅，好生扶侍夫人，老夫重重賞你。（丫環白）賞我甚麼？（曹操白）你出去罷。（丫環白）唔，把我推出來了。如今的事難説啦，我們夫人同那鬍子鬧在一塊，可憐我也害起想思來了。（曹安民上，白）我叔父與鄒氏快活上啦，還有個小丫頭，待我去尋找尋找。（丫環白）誰吓？（曹安民白）是我，你跟我去罷。（丫環白）我不去，我怕。（曹安民白）你別説啦，走罷！丞相有令，違令者斬。（同下）（曹操白）吓，夫人，請寬衣睡罷。（鄒氏白）哦。（唱）

今夜裏同衾枕奴今從命，恐怕那外人知談論別情。（曹操唱）勸夫人把此事心中放定，倘若是外人知有我就承。（進帳子下）

（二旗牌、張繡上，白）量小非君子，無毒不丈夫。（院子上，白）走吓，那城兵方息，禍事又臨門。老爺，大事不好了。（張繡白）何事驚慌？（院子白）昨日黃昏時候，一隊軍兵闖入府中，將老夫人、丫環搶去了。（張繡白）何處的軍兵？（院子白）不像此處軍。（張繡白）搶往何方而去了？（院子白）不知去向。（張繡白）好糊塗，你先回去，吾當追捕就是。（院子應下）（張繡白）且住。我想城內人馬俱是曹丞相所派，他家的法律嚴明，因何有大膽之人。也罷，我不免去見丞相，將此事稟明，探他可來查否。來！帶馬。（唱）

家院報不由人怒氣上昇，膽大的曹營兵敢亂胡行。叫家將你與爺前把路引，見了那曹丞相細説分明。

（眾白）來此已是。（張繡白）爾等伺候，門上那位在？（一小軍上，白）辰光已到午，一夜未曾眠。原來是張將軍。（張繡白）煩勞通稟，張繡求見。（小軍白）丞相尚未起身。（張繡白）天將過午，尚未起身，事有蹊蹺吓。將軍，煩勞通稟，繡一來請安，二來有軍務大事面見丞相。（小軍白）請少待。（張繡白）有勞了。（小軍白）有請丞相。（曹操白）美人來吓！（曹操、鄒氏同上，白）何事？（小軍白）張繡有要事面見。（曹操白）哎呀，廻避了。（鄒氏下）（曹操白）有請。（小軍白）有請張將軍。（張繡白）是。丞相在上，張繡打躬。（曹操白）不敢。請坐。（張繡白）謝坐。丞相連日勞乏，昨夜安否？（曹操白）昨夜安，既蒙足下見愛，我還磐桓幾日，然後班師。（張繡白）願丞相台駕多住幾日，張繡叩光。（曹操白）足下為人這等高義，若不嫌棄，當以子姪相待。（張繡白）繡蒙丞相台愛，願酬子姪之禮。（曹操白）姪兒，別人常疑我心懷不一，那知盡忠多義，愛者英雄，敬者賢士，再無愧心待人之理。（張繡白）此乃叔父大才，久仰。（曹操白）吓，打茶來。（丫環捧茶上，見張繡跌下介，張繡愣介，曹操白）吓！賢姪，賢姪！（張繡白）吓叔父，叔父。叔父的提拔，告便。且住。這賊用言語安服與我，與我叔姪相稱，方纔又叫春梅送茶，昨夜之事，定是此賊所爲。我不殺你。（曹操白）吓賢侄。（張繡白）吓叔父，叔父，叔父。（曹操白）賢侄，恁是大才之人，凡事須要見機而行。我見賢侄沉吟，莫非心意不滿？（張繡白）繡蒙叔父的提拔，焉敢寸心不滿，告辭了。（曹操白）還請少坐細談。（張繡白）營中有事。（曹操白）既然如此，你的富貴都在老夫身上，恕不遠送了。（張繡白）告辭了。莫將神色漏，回營定計謀。（下）（曹操笑介白）哈哈哈！又添了一個心腹人，哈哈哈！（曹安民、曹昂、丫環、鄒氏上，白）丞相。（曹操白）方纔令侄到此，我教春梅送茶，看他那分光景，決無怒色。（鄒氏白）丞相，妾在屏風之後，聽得明白，此人平生多謀，防他暗計纔好。（曹操白）是吓。說得有理，你我移出城去，住在典韋營中，萬無一失。（鄒氏白）此計甚妙。（曹操白）看衣更換。（換衣介，四龍套兩邊上，車夫上，曹操上白）來，帶馬。（衆同下）

（張繡上，白）可惱吓，可惱。（唱）

【搖板】適纔間在帳中得見曹操，用言語安服我藐視英豪。前思思後想想無有計較，（賈詡、張先、雷靛、胡車上，迎介，白）吓主公。（張繡唱）見先生與衆將定計殺曹。

（賈詡白）主公爲何這等模樣？（張繡白）先生吓，方纔面見曹操，這賊用言語安服與我，與我叔侄相稱，又叫春梅送茶，昨晚之事，定是此賊所爲。這賊欺人太甚，教我有何臉面對這宛城的軍民！曹賊吓曹賊，我不殺你，誓不爲人也。（賈詡白）此讎還是報與不報？（張繡白）我與他不共戴天之讎，焉有不報之理。（賈詡白）我有一計獻上。（張繡白）有何妙計？（賈詡白）主公可備盛宴兩座，一席送到曹操營中，以爲供養，一席請典韋過營飲宴，等他到來，是我等輪流把盞將他勸醉。飲酒之時，主公必須用一心粗膽壯之人，扮作馬童模樣，席間押馬。那典韋見馬，必有愛馬之意，主公就將此馬相送與他，連馬夫也送過營去，隨他回營，盜他雙戟，除却典韋。要殺曹操，有何難哉。（張繡白）計到是好計，這樣心粗膽壯之人那裏有？（胡車白）主公，俺胡車不才，願盜他雙戟。（賈詡白）將軍有此膽量？（胡車白）有此膽量。（賈詡白）隨他回營，盜他雙戟，雙戟到手，吹唎唎爲號，不得有誤。（胡車白）得令。（下）（張繡白）來，拿我名帖，一席送至曹營，一席請典將軍過營議事。（旗牌應下）（賈詡白）張、雷二位將軍，等那典韋來到之時，你可將他帶來的軍兵一同勸醉，混入火牌隊中，耳聽唎唎聲響，一齊殺出，不得有誤。（張先、雷靛同白）得令。（同下）（旗牌上白）典將軍到。（賈詡、張繡同白）有請。（四手下、典韋上，張繡白）典將軍。（典韋白）張將軍。（同笑介，吹打，張繡白）請坐

（典韋白）有坐。（張繡白）不知將軍駕到，未曾遠迎，面前恕罪。（典韋白）豈敢。末將來得魯莽，參謀、將軍海涵。（張繡、賈詡同白）豈敢。備得有宴，典將軍同飲。（典韋白）到此就要討擾。（張繡白）看宴，待我把盞。（典韋白）且慢，擺下就是。（張繡白）將軍請。（同白）請。（胡車內白）吶，馬來。（上，過場下）（典韋白）吓，那裏有馬吼之聲？（張繡、賈詡同白）乃是馬夫押馬。（典韋白）叫他轉來。（賈詡白）吓，馬夫轉來。（胡車上，張繡白）將馬往上帶。（典韋白）見此馬高大，足下未必能行。（張繡白）此馬日行千里。（典韋白）呵，日行千里，待某家來乘騎。（典韋、胡車盪馬下，張繡白）看典韋騎在馬上，可算一員虎將。（賈詡白）真乃是虎將。（胡車、典韋上，白）好馬吓好馬！（張繡白）將軍連誇數聲好馬，敢是有愛馬之意。（典韋白）想你我身為武將，臨陣交鋒，全憑跨下之駒，這樣好馬，焉有不愛之理。（張繡白）將軍若愛此馬，就送與將軍乘騎。（典韋白）呵，送與某家，當面謝過。（賈詡白）且慢，此馬有些烈性，連馬夫都送過營去。（典韋白）呵，連馬夫都送與某家。（賈詡白）送與將軍。（典韋白）多謝參謀，告辭。（張繡白）且慢。還要飲酒。（典韋白）吓，還要飲酒。（賈詡白）有話叙談。（典韋白）有話叙談，馬童，將此馬帶至營外，少時某家還要乘騎。（胡車應下）（衆白）請。（排子，張繡白）久聞將軍萬般英勇，文武全才，將來要出將入相的了。（典韋白）想俺典韋乃一勇之夫，多蒙丞相提拔，何勞將軍誇獎。（同白）請。（張繡白）我意與將軍結為金蘭之好，料無推辭。（典韋白）想我典韋一介村夫，怎敢高攀。（賈詡白）若得將軍不棄，是我主高攀。（張繡白）是繡高攀。（典韋白）這個，某家應允就是。（同白）請。（張繡白）請問將軍年更幾何？（典韋白）某家三十六歲。（張繡白）繡纔三十二歲，如此說來是繡之兄了。（典韋白）某家這就不敢當。（同笑介，張繡白）仁兄往日飲酒，海量如何？（典韋白）往日飲酒，一醉方休。（張繡白）如此看大杯大罈伺候，繡小杯奉陪。（典韋白）拿酒來乾，拿酒來乾。（醉介，張繡白）再飲幾杯。（典韋白）酒已够了，告辭了，帶馬。（胡車上，帶馬介，張先、雷靛上搬介，典韋白）吓，這是作甚麼？（張繡白）將軍酒醉，不能騎馬，扶侍將軍乘車回營。（典韋白）有勞了。（下）（張繡白）哎呀先生吓，看典韋酒醉。（賈詡白）中我之計也。（張繡白）正是：**準備箭射空中鳥**，（賈詡白）**量他插翅也難逃**。（同下）

　　（手下、胡車、典韋上白）看衣更換，兩廂退下。（衆下，入帳介）（胡車上，白）將軍本無種，男兒當自強。奉了主公令，盜戟走一場。俺胡車。奉了主公之命，盜典韋的雙戟，就此前往。（典韋白）馬夫，看茶來。（胡車白）吓，茶到。(典韋白)打杯。(胡車白)看典韋酒醉,不免動起手來。且喜雙戟到手,待我將咧咧吹起。(吹介下)(四下手、四火牌、四削刀、雷靛、張先、張繡同上,過場下,內呐喊,典韋出帳望介白)俺的雙戟不見,我命休矣。(張繡等上,起打,典韋中箭下,內呐喊介,曹昂上白)哎呀,帳外呐喊,不知為了何事,不免報與爹爹知道。爹爹醒來,爹爹醒來。(曹操由帳子出白)何事驚慌?(曹昂白)帳外人馬喧嘩。(曹操白)你們自去查明,不必報我知道。(曹昂下,典韋帶箭上,張繡等殺下)(曹昂上,白)爹爹醒來,爹爹醒來。(曹操出帳白)何事吓?(曹昂白)後營火起。(曹操白)是他們自不小心,再若喧嘩,軍法從事。(曹昂下)(鄒氏帳內白)丞相來吓!(曹操白)來了來了。(張繡等過場下)(曹昂上,白)哎呀,爹爹醒來,爹爹醒來。(曹操白)你怎麼又來了?(曹昂白)張繡劫營來了。(曹操白)命典韋出馬。(曹安民上,白)叔父,典韋帶箭身死。(鄒氏、丫環、曹操、曹昂、曹安民同白)哎呀!(拉下)(張繡等上,挑帳子下)(曹操等上,張繡等上扎死曹安民,同追下)(于禁、許褚、夏侯惇、曹洪、曹仁、李典、樂進【急急風】過場下)(曹操眾拉上,曹操笑介,曹昂白)為何發笑?(曹操白)我笑只笑張繡小兒不會用兵,此處如有一枝人馬,焉有我父子命在。(夏侯惇等上,白)丞相醒來。(曹操羞見介,夏侯惇等同白)丞相為何這等模樣?(曹操白)你們是怎麼到了此地?(夏侯惇等白)聽得炮聲嚮嘵,我們特來保護。(曹操白)可見你們忠心也。(內喊介)(夏侯惇等白)追兵來了,請丞相上馬。(鄒氏白)哎呀丞相吓!(曹操白)哎呀美人吓!(夏侯惇白)吓,那裏來的婦人。(曹操白)這是張濟之妻,張繡的嬸母,娜娜娜,他待老夫有好處,我要帶他回去。(夏侯惇等白)哎,軍中不帶婦人,請丞相上馬。(曹操白)美人哪,我也顧不得你了。(鄒氏白)曹操,我把你個沒良心的……(張繡上衝曹兵等下)(張繡白)曹賊那裏走,好賤人,看槍。(鄒氏白)侄兒,饒了我罷。(張繡念)

【撲燈蛾】賤人敗壞我門庭,我門庭。不顧廉恥任意行,任意行。我今豈肯饒你命,一槍教你赴幽冥。

(扎死介,曹兵上,殺介,曹兵敗下,張繡白)收兵。【尾聲】(同下)

完

校記

[1] 曹安民:"民"字,原本無。今據《三國志·魏書·武帝紀》補。下同。

[2] 沛國譙郡人也:"譙郡",原本誤作"進都"。今依《三國志·魏書·武帝

紀》改。

［3］屢建奇功："建"，原本作"見"。今改。

［4］屯兵於淯水："淯"，原本作"渭"。今依《三國志・魏書・武帝紀》裴松之注引改。下同。

［5］未安營寨："安"，原本作"按"。今改。

［6］方可納降："降"，原本作"絳"。今改。

［7］負白眉一嬬孤可憐終身："嬬"，原本作"霜"。今改。

［8］曾授驃騎將軍："授驃"，原本作"受標"。今改。

［9］班師之日："班師"，原本作"頒師"，今改。

［10］從花園步出："步"，原本作"佈"。今改。

白門樓

無名氏　撰

解　題

　　亂彈。《春臺班戲目》《慶昇平班戲目》著録。劇寫曹操奉天子命與劉備率兵征剿吕布。交戰中，吕布、陳宫、張遼被擒。曹操有意收留哀求乞降的吕布，在劉備提及丁建陽、董卓往事啓示下，殺了吕布。曹操欲説陳宫降，陳宫則駡曹操是不仁不義的漢室奸賊，被殺。張遼大駡曹操，曹操要殺，關羽爲其説情，勸其歸降。張遼提出允我三件大事，可以歸降。三事是：第一將温侯屍首用棺木盛殮，送回原郡安葬；第二將陳宫老母、家小送回許都；第三要丞相親自鬆綁。曹操件件依從。張遼方降。事見《三國志・魏書・吕布傳》、元刊《三國志平話》、《三國演義》第十九回"下邳城曹操鏖兵，白門樓吕布殞命"。元雜劇《連環計》、明傳奇《連環記》、清傳奇《鼎峙春秋》均有吕布、貂蟬事。版本今見《故宫珍本叢刊》《亂彈單齣戲》本。該本爲清宫抄本，題"白門樓總本"，未署作者。今以該本爲底本，校勘整理。

　　（曹洪、典韋、李典、樂進同起霸上，唱）
　【點絳唇】[1] 殺氣沖霄，兒郎虎豹。軍威好，地動山摇。要把狼烟掃。
　　（同白）俺，（曹洪白）曹洪。（典韋白）典韋。（李典白）李典。（樂進白）樂進。（曹洪白）列位將軍請了。（李典、樂進、典韋同白）請了。（曹洪白）丞相陞帳，你我兩廂伺候。（同白）請。（歸兩邊跕）（四紅文堂、四紅大鎧、一中軍、曹操上）
　【引】運籌帷幄志天高，輔漢室協理皇朝。滅董卓已除殘暴，誅吕布令出山摇。（四將同白）參見丞相。（曹操白）兩傍候令。（四將同白）吓。（曹操白）眼見乾坤則小，勢壓天下諸侯。懷藏奇謀蓋世，徐州此日筆勾。老夫，曹操。今奉天子之命，征剿吕布。中軍！（中軍白）在。（曹操白）請劉將軍進帳。（中軍白）丞相有令，有請劉將軍進帳。（劉、關、張同上，劉備白）桃園威名重，（關張同白）低頭在曹營。參見丞相。（曹操白）請坐。（劉備白）謝坐。丞相有何將令？（曹操白）老夫奉命征剿呂布，今乃黃道吉日，將軍帶兵攻打頭陣，老夫大兵隨後。（劉備白）得令。請丞相退帳。（曹操白）掩門。（眾分下，劉備白）眾將官！起兵前往。（領下）

（二場）（呂布內白）摻扶了。（貂蟬上，呂布上，唱）

【西皮二六板】每日裏不憂愁朝朝飲酒，別金容身無事駕坐徐州。自幼兒某生來性情太悶，一騎馬一桿戟神鬼皆愁。某心中恨的是大功未就，吞天下時未至不敢出頭。恨曹賊屢次裏與某結冤，要與他憺恨才誰是對頭。貂蟬女扶爺在花亭飲酒，有一日起雄心掃盡歸某。

（白）看酒來。（大內侍暗上，貂蟬唱）

【西皮正板】聽他言不由我心中猜透，因此上配董卓又配溫侯。且等待曹丞相大兵來就，那時節擒拿他方顯女流。

（白）溫侯，請酒。（呂布飲酒介，白）請哪。（醉介，陳宮上，白）走哇。（唱）曹操帶兵奪徐州，軍情報與呂溫侯。邁步來在宮門口，見了公公說從頭。（白）吓！公公，煩勞通稟溫侯，說我陳宮有緊急軍情，面見溫侯相商。（大內侍白）待咱家與你轉奏。（陳宮白）有勞了。（大內侍白）啓娘娘，陳宮有緊急軍情，面見溫侯相商。（貂蟬白）溫侯酒醉，有本改日再奏。（大內侍白）公臺，溫侯酒醉，有本改日再奏。（陳宮白）吓！這話是那個講的？（大內侍白）乃是娘娘講的。（陳宮白）哎呀！不好了。（唱）溫侯學了前朝樣，寵受妲姬害忠良。比干丞相剖心喪，箕子微子如冰霜。罷！（唱）大著膽兒把宮門闖，（大內侍白）公臺，現有寶劍在此。（陳宮白）咳！（唱）順者昌來逆者亡。（下）

（貂蟬白）溫侯請酒。（呂布白）請哇！（排子，張遼上）哎呀！（唱）探馬不住飛來報，不由張遼無計較。將身來在宮門前，見了公公說從頭。（內侍白）張將軍，慌慌張張爲了何事？（張遼白）軍情緊急，待我面見溫侯。（內侍白）溫侯酒醉，改日再奏。（張遼白）閃開了。（進宮介，白）溫侯醒來！溫侯醒來！（呂布醒介）何事驚慌？（張遼白）啓奏溫侯，今有曹操兵圍城下，侯成盜去主公胭脂馬。（呂布白）再探。（張下）（呂布唱）

【數板】聽一言來怒氣發，不由人咬碎銀牙。盜去赤兔胭脂馬，赤手空拳怎斬殺，怎斬殺。（貂蟬唱）

【數板】溫侯不必怒氣發，妻子言來聽根芽。你的威名誰不怕，去了銀鞍换金達,换金達。

（馬童上,白）速報轅門下,曹操把兵發。（吕布白）再探。

【數板】叫槽頭换戰馬,生擒活捉把賊拿。（白）備馬。（同下）（馬童備馬、吕布上馬介、貂蟬上看介、吕布下）（貂蟬白）看温侯此去,必定被拿。温侯吓温侯！休怪妾身也。（下）（吕布上,四將上,起打,張飛下場門上,打介吕布敗,張飛追下,陳宫、張遼同上）（陳宫白）號炮連聲振,（張遼白）探馬報信音。（馬童上,白）曹營要戰。（陳宫白）再探。（馬童白）得令。（下）（陳宫白）張將軍敵擋一陣。（下）（張遼白）得令。（當場見四將、張飛五人擒張遼介,同下）（貂蟬上,兩邊望介,白）温侯,我夫,哎呀！（四將兩邊上,擒貂蟬介,下）（陳宫上,兩邊望介,四將兩邊上,擒陳宫下）（吕布上,兩邊望介,白）貂蟬,我妻,不好了！（氣介,白）哎呀！（唱）

適纔與曹來交戰,（白）哎呀！（唱）擒去我妻名貂蟬。心中有事無心戰,腹内好似亂箭穿。無奈何二次跨雕鞍,單人獨騎戰曹瞞。（當場見曹四將起打介,張飛五人擒吕布介,衆押吕布下）

（大吹打,四紅文堂、四紅大鎧、曹操上,入坐,曹四將、張飛、劉備同上）（劉備白）吕布、貂蟬被擒。（曹操白）劉使君請坐。（劉備白）請坐。（曹操白）衆將後帳休息。（張飛等四將同白）謝丞相。（兩邊下）（曹操白）將貂蟬鬆綁,帶上來。（中軍白）將貂蟬帶上來。（四紅文堂押貂蟬上,唱）

可嘆王允早亡故,蓋世忠良無下落。可恨董卓奸太惡,想謀漢室錦山河。老賊一死雖快樂,又配温侯巧計多。進得寶帳忙跪落,謝丞相不斬却爲何？

（曹操白）下跪何人？（貂蟬白）貂蟬。（曹操白）抬起頭來。（貂蟬白）有罪不敢抬頭。（曹操白）恕你無罪。（貂蟬白）謝丞相。（曹操白）呀！（唱）

王司徒爲忠良機謀不錯,將此女許奉先又配董卓。大英雄難誅滅董吕二個,你一女送二命去見閻羅。奏天子送她在養老宫坐,帶至在潔净處暫時安樂。（貂蟬唱）叩罷頭來忙謝過,養老宫中且快樂。

（吕布、陳宫暗上,看介,吕布白）招回來。（唱）

【二六】某一見貂蟬女心如烈火,罵一聲狗淫婦膽大賤婆。你本是那王允許配與我,爲甚麽背地裏暗配董卓。那一天我打算從鳳儀亭過,你不該見了我變臉變模。某只説你那裏真心待我,又誰知狗淫婦裹應外合。我爲你被董卓追殺與我,某叫你使得俺父子不和。恨不得這一足將兒結果。

（貂蟬怕,陳宫攔介,貂蟬急下,陳宫白）温侯。（唱）

陳公臺向前去把話來說，那貂蟬是假意我早已禀過，你反道我陳宮疑心太多。到今日我君臣遭此大禍，你纔知貂蟬女裏應外合。

（呂布白）陳公臺你不必埋怨與我，大丈夫總死在陰人手自刎頭割。（同下）（曹操白）劉使君，與老夫傳令，順者昌，逆者亡。傳鼓陞堂。（曹、衆分下）（劉白）哎呀！曹操傳將令，順者昌，逆者亡，有心收下呂布。哎！若收下呂布，我桃園弟兄，豈不白幹一場功業。二弟、三弟快來。（張、關上，白）大哥何事？（劉備白）時纔曹操傳令，順者昌，逆者亡，有意收下呂布。若是收下呂布，你我豈不白幹了一場事業。（唱）

曹操傳令在寶帳，順者昌來逆者亡。有意收下呂布將，你我弟兄空一場。（關、張同白）大哥啊！（關公唱）大哥不必心著慌，（張飛唱）小弟言來聽端詳。（關白）少時曹操陞寶帳，（張飛唱）提起當年丁建陽。

（劉備白）嗜，嗜，嗜！（關、張下）（吹打、四文堂、四大鎧、一中軍、曹操上，入坐）（備白）恭喜丞相，賀喜丞相。（曹操白）何喜之有？（劉備白）今日擒了呂布，與民除害，豈不是喜。（曹操白）此乃天子洪福，老夫何喜之有。（劉備白）雖然天子洪福，還是丞相虎威。（曹操白）怎麽講？（劉備白）丞相虎威。（曹操白）哈哈哈！中軍，傳老夫將令，凡有呂布餘黨，盡行斬首示衆。（中軍白）得令。下面聽者，丞相有令，凡有呂布餘黨，盡行斬首示衆。（曹操白）將陳宮帶上來。（中軍白）將陳宮帶上來。（四文堂押陳宮上，唱）

水流下邳失了計，好似猛虎把山離。曹操要命我不惜，只捨屍骨化爲泥。（白）老夫陳宮。今被曹操所擒，此番進帳，作個罵賊而亡便了。（唱）

到今日顧不得性命爲貴，作一個忠良臣萬古名垂。大丈夫作事錯豈肯反悔，這也是命運低埋怨與誰[2]。曹孟德好一似群鳥之輩，呂温侯大英雄將中首魁。可恨他貪酒好色朝歡暮醉，不操兵不演將不整軍威。失機謀也是他將星該墜，似蛟龍困沙灘缺少雲催。進帳去見曹操惡言相對，生何歡死何懼任他施爲。

（曹操白）下跪何人？（陳宮白）老夫陳宮，難道你還不認識我麽！（曹操白）公臺，當日隨老夫之時，老夫待你不薄，爲何不辭而去，反投呂布帳下，是何理也？（陳宮白）奸賊吓奸賊！想那董卓專權之時，你心不服，帶劍刺殺董卓，被他看破。你心中害怕，黑夜逃走，來至我任上。我見你是條英雄，爲此棄官與你同行，行至呂伯奢家中借宿。那人見你，以禮相待，誰知你這奸賊，疑心太大，將他全家殺死。見你無恩無義之徒，爲此別投呂布帳下，難道不如你這奸賊！（曹操白）那呂布，乃三姓家奴，怎比老夫身居相位。（陳宮

白）咦！（唱）

你雖然居相位官高爵大，挾天子滅諸侯把君欺壓。獻帝爺坐江山任你道寡，將兵權付與賊任爾斬殺。你好比王莽賊謀害主駕，用藥酒毒平帝吞謀邦家。到後來在蟒臺凌剮碎剮[3]，你就是王莽賊一點不差。（曹操唱）我勸你休得要高聲叫罵，早降順也免得將你斬殺。（陳宮唱）你那裏要斬我我也不怕，忠良臣豈肯做喪國拋家。（曹操白）今日之事，當如何呢？（陳宮白）俺今日，不過一死而已。（曹操白）公言雖是。怎奈公之老母妻子何在？（陳宮白）吾聞聖人云：以孝而治天下者，不害人之親；施仁政於天下者，不絕人之嗣。老母妻子之存亡，意在於公耳！吾身既已被擒，就請誅戮，並無挂念。（曹操白）吓！公臺，還是歸降的好。（陳宮白）吾乃大丈夫，豈降你這無恩無義之徒。（曹操白）吓！（唱）這等的為忠義世上少有，不願生只願死願捨人頭。撩蟒袍端玉帶忙下帳口，（衆手下白）哦！（哭介，曹操白）咳！（唱）見衆將一個個珠淚交流。（白）左右！（衆白）有。（曹操白）即將公臺老母妻子，送回許都養老，怠慢者斬。（衆白）阿！（曹操白）吓！公臺。老夫好言相勸，執意不降，是何意也？（陳宮笑介，白）哈哈哈！忠義文武將，韜略腹內藏。辱罵奸曹相，不惜身命亡。（曹操白）哈哈哈！推出斬了。（衆白）呵！（陳宮笑介，白）哈哈哈！不想我陳宮，喪在曹操之手，豈不令人好笑。哈哈哈！哈哈哈！（三笑，衆押下）（衆上，白）斬首已畢。（曹操白）起過。咳咳！（哭介，白）以棺槨盛其屍首，送回許都安葬。（衆白）呵！（曹操白）將呂布綁上來。（衆白）呵！（四文堂押張遼、呂布上，唱）

今日裏在下邳大敗一場，似猛虎離山岡又落平陽。想當初大戰那虎牢關上，某遇見桃園弟兄劉備關張。那時節是何等威風浩蕩，這纔是大丈夫無有下場。某好比順水魚自投羅網，某好比孔夫子在陳絕糧。某好比楚霸王烏江自喪，某好比漢高祖兵敗咸陽。到今日被賊擒身受綑綁，悔不該貪色酒不聽忠良。無奈何進帳去哀告丞相。

（張遼白）溫侯，進帳還是叫罵的是。（呂布白）哀求的是。（張遼白）叫罵的好。（呂布白）哀告的是。（張遼白）咳！懦弱之人。（呂布白）咳！某不願刀頭死情願歸降。（跪介，曹操白）下跪何人？（呂布白）呂布。（曹操白）怎不抬頭？（呂布白）有罪不敢抬頭。（曹操白）恕你無罪。（呂布白）謝丞相。（曹操白）呂布，當日英雄何在？（呂布白）這個，天下英雄，怎比丞相！（曹操笑介）哈哈哈！也難比老夫。（呂布白）這個，使君威嚴之下，方便一二。（劉備白）是是是。你自己哀求去罷！（呂布白）丞相開恩。（曹操白）劉使君,將呂布收在你帳下,以爲副將如何?(呂布白)謝丞相。(劉備白)吓!丞相,不記得丁建陽、董卓之故耳?(曹操白)著吓!呂布,老夫本待將你受爲副將,恐你學了丁、董之故耳!(呂布白)呀呀,大耳賊!(唱)

【二六】大耳賊不記得轅門射戟,有術差紀靈將你來逼。那時節是某家馬在隊里,一桿戟殺退了河北英嘶。到今日你不把恩情來記,在一旁巧言語將我命逼。(劉備白)這是丞相金言,與我何干。(呂布唱)無奈何二次進帳哀告,(跪介,劉加白)哈哈,你不該殺了丁建陽,又投董卓吓!(曹操白)推去斬了。(呂布白)哎!(唱)某死後漢室內英雄有誰。(張遼白)溫侯!(呂布白)將軍!(哭介,眾押呂布下,眾白)首級到。(張遼白)哎呀!(唱)溫侯命喪我落淚,不由張遼痛傷悲。首級打在寶帳內,怒氣不息罵奸賊。若得某家領軍隊,定把奸賊狗命追。(曹操白)下跕何人?(張遼白)大將張遼。曾記得在濮陽,那一把火,你就忘懷了麼!(曹操白)些須小事,提他則甚。(張遼白)可惜吓可惜!(曹操白)可惜甚麼?(張遼白)可惜那一把火,未曾將你燒死。(曹操白)螢火之光,怎比老夫正午紅日。(張遼白)奸賊吓!(唱)

恨不得上前去雙目挖掉[4],食兒肉割兒骨方趁我心。(曹操白)呀!(唱)到今日提起了濮陽城下,不由人一陣陣冷汗如麻。怒沖沖忍不住心頭火發,執寶劍斬兒頭誰敢稽查。(關公白)呵!丞相。張將軍乃仁義之將,必須收伏與他。(曹操白)老夫知道,他是仁義之將,特爲戲耳。(關公白)待末將勸來。呵!張將軍,還是歸降丞相爲是。倘若不降,丞相將你斬首,你那妻兒老小,依靠何人。再思再想。(張遼白)哦!(唱)溫侯哀求來斬首,張遼叫罵不計讎。無奈只得跪帳口,忽然一事上心頭。(白)要我歸降,却也不難,依我三件大事。(關公白)那三大事?(張遼白)第一,將溫侯屍首用棺木盛殮,送回原郡安葬;第二,將陳宮老母、家小送回許都;第三,要丞相親自鬆綁。(關公白)丞相,張將軍言講,要他歸降,却也不難,依他三件大事。第一將呂布屍首盛殮,送回原郡安葬;第二將陳宮老母家小送回許都;第三要丞相親自鬆綁。(曹操白)老夫件件依從,待老夫親自鬆綁。(張遼白)謝丞相。(曹操白)老夫備得酒宴,與張將軍壓驚[5]。(張遼同白)請。【尾聲】(同下)

完

校記

[1]點絳唇:"唇"字,原本無。今補。

[2]埋怨與誰:"埋",原本作"瞞"。今改。

［3］凌遲碎剮:"凌遲",原本作"零剮"。今改。
［4］雙目挖掉:"掉",原本作"吊"。今改。
［5］與將軍壓驚:"壓",原本作"押"。今改。

罵　曹

無名氏　撰

解　題

亂彈。《春臺班戲目》和《花天塵夢録》著録，題"擊鼓罵曹"又名《罵曹》，未署作者。劇寫孔融薦禰衡於曹操。曹操以禰衡禮貌不周，視爲狂士，故示輕慢。禰衡見情，知曹操並非人言禮賢下士，乃借機貶斥曹操的文臣武將。曹操大怒，使禰衡充當鼓吏，於其大宴群臣時，令禰衡在廊下擂鼓助酒，借此羞辱他。禰衡悔來投書。席筵間，禰衡脱去衣衫，赤身露體，擊鼓罵曹。張遼拔劍欲殺禰衡，曹操礙於朝野議論，用借刀殺人之計，遣禰衡持信前往荆州，説降劉表。禰衡欣然受命前往。事見《後漢書・禰衡傳》、《三國志・魏書・荀彧傳》裴松之注引《文士傳》。《三國演義》第二十三回"禰正平裸衣罵賊"，明徐渭《狂鼓吏漁陽三弄》雜劇寫擊鼓罵曹事。版本今見清《車王府藏曲本》本、《故宫珍本叢刊》《亂彈單齣戲》本。清《車王府藏曲本》本爲手抄本，首頁題"罵曹總講"，未署作者。今以該本爲底本，參考其他本，校勘整理。

頭　場

（禰衡上）【引】天寬地闊海無邊，成敗興亡夢裏眠。（詩）口似懸河語似流，舌上風雲用機謀。男兒須有擎天手，自然談笑覓封侯。（白）卑人姓禰名衡字正平[1]，乃平原人氏，自幼專學經文，深通戰策。少遊北海，偶遇孔融，他將我薦與曹公名下効用[2]。我想曹操名爲漢相，實爲漢賊，焉能敬賢禮士。我此番去至相府，必須要見機而行。正是：未逢真明主，辜負棟梁才。（唱）

【西皮正板】平生志氣運未通，好似沙灘困蛟龍。有朝一日春雷動，際會

風雲上九重。自幼窗前學孔孟,少遊北海遇孔融。他將我薦與曹府用,願學孫臏下雲蒙[3]。(下)

校記

[1] 禰衡:"禰"字,原本作"彌"。今改。下同。
[2] 他將我薦與曹公名下:"我"字,原本漏。今依下面曲文補。
[3] 願學孫臏下雲蒙:"臏",原本誤作"賓"。今依《史記·魏世家》改。

二　　場

(四藍文堂站門上,曹操上,唱)

【西皮搖板】三國紛紛刀兵鬧,晝夜思想計千條。但願狼烟一齊掃,一統山河樂唐堯。(張遼上,唱)腰間懸挂無價寶,誰人不識我張遼。

(白)參見丞相。(曹白)少禮,請坐。(張白)謝坐。(曹白)張將軍,書信可曾修起?(張白)齊備多時,不知丞相命何人前往?(曹白)命孔融呼喚禰衡,為何還不見到來?(孔融上,唱)禰衡先生我薦到,見了丞相說根苗。(白)參見丞相。(曹白)孔大夫少禮,請坐。(孔白)謝坐。啊,張將軍。(張白)孔大夫。(曹白)那禰衡小兒,可曾喚到?(孔白)現在府外。(曹白)命他進來。(孔白)是。有請禰先生。(禰內白)來也。(上,唱)

【二六】相府門前煞氣高,密密層層擺槍刀。畫閣雕梁雙鳳邈,雅賽過天子九龍朝。(白)參見丞相。(曹白)下面站立何人?(孔白)禰衡先生。(禰白)卑人姓禰名衡字正平,乃平原人氏。(曹白)難道老夫不知他是禰衡,見了老夫,大模大樣,施一長禮。(禰白)唔呀!人言道曹操敬賢禮士,據我看來却是目下無人[1]。我進得相府,與他深施一禮,他坐在上面,昂然不動。到也罷了,反責我禮貌不周。哎,孔大夫!你將我錯薦了。(唱)人言曹操多奸巧,果然亞賽秦趙高[2]。欺君罔上非臣道,全憑勢力壓當朝。站立丹墀微微笑[3],那怕虎穴與龍牢。(笑介)哈哈哈!(曹白)你為何發笑?(禰白)我笑這天寬地闊,並無一人也。(曹白)老夫帳下文能安邦,武能定國,何言無人?(禰白)你道你帳下文能安邦,武能定國,但不知文有誰能,武有誰高?卑某但聽一二。(曹白)你且聽道,文有荀攸、荀彧、郭嘉、程昱,論胸中機謀,比當初張良、陳平不可及也。武有許褚、張遼、李典、樂進,比昔日姚期、馬武不可及也。夏侯惇乃蓋世之勇將[4],曹子建乃天下之奇才,老夫興兵,戰無不勝攻無不取,何言無人也!(禰笑介)哈哈哈!(曹白)你又爲何發笑?(禰白)你道你帳下俱是英雄上將,據卑某看來俱是些酒囊飯袋,無用之輩耳。(曹白)怎見得?(禰白)你且聽了。荀攸、荀彧可使弔喪問病,郭嘉、程昱可使看墳守墓,樂進、李典可使牧羊放馬,許褚、張遼可使擊鼓鳴鐘,夏侯惇稱爲完體將軍,曹子建呼爲要錢太守,其餘之人,盡都是衣架、飯囊、酒桶、肉袋,碌碌之輩何足道哉。(曹白)你有何能,敢出此狂言大話。(禰白)某雖不才,自幼專學經文,熟讀戰策,天文地理之書無一不讀,三教九流之事,無一不曉。上可以致君爲堯舜,下可以配得與孔顏[5]。丞相,你且聽了,(唱)自幼窗前習管鮑,兵書戰策日夜瞧。我太堂堂一秀表,豈與犬馬共同槽。(張白)呔!(唱)三尺青鋒出了鞘,管叫你一命付陰曹。(孔唱)孔融一見事不好,將軍息怒慢開刀。(白)吓,將軍,此人有些瘋癲疾病,看在下官。(張白)唔。(曹白)張將軍,休要污穢老夫的寶劍。(張白)是。不看大人面上,將你一刀兩段。(禰白)唔,諒你也不敢。(曹白)禰衡,老夫明日大宴群僚,帳下缺一鼓吏,命你先當此職,你可願否?(禰白)這個……哼,願當鼓吏。(曹白)明日呼喚,若是來遲,定按軍法處治,出帳去罷。(禰白)謝丞相。(唱)丞相待我恩非小[6],區區鼓吏怎能辭勞[7]。背轉身來微微笑,孔融作事也不高。明知曹操眼量小,沙灘無水怎藏蛟。罷罷罷!暫且忍耐了,自有良謀罵奸曹。(下)(孔唱)禰衡先生性太傲,些險項上受一刀。(張唱)丞相果然志量好,可算一品在當朝。(曹唱)禰衡小兒真強暴,平地無水起波濤。袖內機關他難曉,殺雞何用宰牛刀。(同下)

校記

［1］却是目下無人:"却",原本作"欲"。今改。
［2］亞賽秦趙高:"亞",原本作"雅"。今改。
［3］站立丹墀微微笑:"站",原本作"占"。今改。
［4］夏侯惇:"惇",原本作"敦"。今改。下同。
［5］孔顏:"顏",原本作"彥"。今改。
［6］丞相待我恩非小:"待",原本作"代"。今改。
［7］區區鼓吏:"區",原本作"嘔"。今改。

三　　場

（襧上，唱）時纔與曹一夕話，氣得正平亂如蔴。（白）正是：酒逢知己千杯少，話不投機半句多。時纔進得相府與他深施一禮，他坐在上面，昂然不動，到也罷了，反責我禮貌不周，又命我充當鼓吏。他明日大宴群臣，必然當著滿朝文武羞辱與我，我乃天下名士，難道被他污穢不成。我不免去至席前，毀罵與他，總然死在九泉之下，也落得青史名標。正是：明知山有虎，偏向虎口行。（唱）

【西皮正板】昔日韓信受跨下，終飽食漂母家。後來登臺把帥挂，興漢滅楚保中華。我比韓信無上下，時運未至不如他。明日席前將賊罵，他定然將我用刀殺。總然將我頭割下，落一個罵賊的名兒揚天涯。（下）

四　　場

（四文堂站門，曹操上，白）老夫曹操，奉天子之命，大宴群臣。張將軍，列位大人可曾到齊？（張白）未曾到齊。（曹白）列位大人到來，速報我知。（張白）是。（同下）

五　　場

（四朝臣同上一字，王白）老夫王子服。（鍾白）老夫鍾節。（賢白）下官賢藍。（吉白）下官吉平。（王白）列位請了。（衆同白）請了。（王白）丞相有帖相詔，不知有何鈞諭。（衆同白）一同進見。（王白）來。（四文堂兩邊上，王白）開道。（小元場，文堂白）來此相府。（衆同白）前去通報。（文堂白）是。門上有人麽？（張上，白）甚麼人？（文堂白）列位大人到。（張白）候著，有請丞相。（四文堂、二旗牌站門上，曹操上，白）春爲一歲首，梅佔百花魁。（張白）列位大人到。（曹白）老夫出迎，動樂，有請。（小吹打，衆朝臣同白）丞相在上，我等見禮。（曹白）不敢。衆位請坐。（衆同白）謝坐。（曹白）不知列位到此，有失遠迎，望乞恕罪[1]。（衆同白）豈敢。丞相詔有何見諭？（曹白）老夫今日慶賀天子，特備酒宴與列位共飲。（衆同白）我等遵命[2]。（二旗牌同白）啓丞相，宴齊。（曹白）擺在亭上。（小吹打，八字斜桌歸坐介，曹白）列位請。（衆同白）丞相請。（【風入松】牌子完，曹白）列位大人。（衆同白）丞相。（曹白）老夫昨日收得一名鼓吏，命他廊下擂鼓，你我暢飲一回。（衆同白）我等遵命。（曹白）來，傳鼓吏進帳。（二旗牌同白）呵，丞相有令，傳鼓吏進帳。（禰內白）來也。（內唱）

【西皮倒板】讒臣擋道謀漢朝，（上唱）【西皮正板】楚漢相爭動槍刀[3]。項羽無謀落圈套，九里山韓信計謀高。敗陣失志烏江道，蓋世英雄無下梢。高祖爺在咸陽登大寶，一統山河勝似唐堯。四百年間國運了，獻帝皇上坐九朝。後來出了個奸曹操，上欺天子下壓群僚。我有心替主把賊掃，手中却少殺人刀。小席坐定奸曹操，上席文武衆群僚。狗奸賊傳令如山倒，捨死忘生在今朝。元旦日期不吉兆，假裝瘋邪罵奸曹。我將青衣來脫掉，（脫衣介，唱）破衣爛衫大擺搖。耀武揚威往上跑，（二旗牌同白）咳，今日丞相慶賀天子，大宴群臣，你破衣爛衫成何體統。（禰唱）他帳下兒郎鬧吵吵。（二旗牌笑介）哈哈哈！（禰唱）列位不必哈哈笑，有輩古人聽根苗。昔日太公曾垂釣，張良賣履走荒郊。爲人受得苦中苦，脫却爛衫換紫袍。（二旗牌同白）你怎比得古人。（禰唱）你那裏把話講差了[4]，休把猛虎當狸貓。有朝一日時運到，拔劍要斬海底蛟。（二旗牌同白）青天白日在此説夢話[5]。（禰白）咳咳咳。（唱）他道我白日夢顛倒，登時就要上青霄。身上破衣俱脫衣，（脫衣介，唱）赤身露體擺擺搖。怒氣不息，（二旗牌同白）嗐，你赤身露體，倘若丞相見罪，我們那個承招。（禰唱）你丞相見罪我承招。（白）閃開了。（唱）將身去至東廊道，我看奸賊怎開消。（二旗牌同白）鼓吏到。（曹白）命他擂鼓三咚。（二旗牌同白）是，鼓吏，命你擂鼓三咚。（禰唱）啊！擂鼓三咚介完，曹白）列位，看鼓吏擂鼓，尤如金聲玉振一般，你我暢飲三杯。（衆朝臣同白）丞相請。（曹白）列位請。（唱）鼓打三咚響如雷，文武百官飲三杯。昨日禰衡講話對，他與老夫論高低。張遼一傍牙咬碎，孔融帶怒轉回歸。老夫抬頭觀鼓吏。（禰打鼓，排子，【夜深沉】完，曹唱）一見怒從心上起，走向前來問端底。（白）禰衡。（禰白）曹操。（曹白）你是甚等之人，敢叫老夫官諱。（禰白）你叫得禰衡，我便叫得你曹操。（曹白）老夫全不計較與你，今日老夫大宴群臣，命你廊下擂鼓，你赤身露體成何體統，何太無禮。（禰白）我赤身露體，以顯我是清潔君子，何爲無禮。（曹白）你是清潔君子，誰是渾濁小人？（禰白）爾就是渾濁小人。（曹白）老夫官居首相，何言渾濁二字。（禰白）你且聽道，你雖丞相，不識賢儒眼濁也，不讀詩書口濁也，不納忠言耳濁也，常懷篡逆心濁也，我乃天下名士，將我用爲鼓吏，如陽貨害仲尼、滅今毀孟子，輕賢慢士,曹操呵曹操,你乃匹夫之輩。(唱)豪杰怒氣三千丈,曹操聽我説端詳。昔日姬昌訪吕望,親臨渭水請棟梁。臣坐車輦君轡往,爲國求賢禮所當。我爲天下真名士,欺我如同小兒郎。狗奸賊朝中爲首相,全然不知臭合香。(曹唱)禰衡小兒太猖狂,惡言惡語把我傷。計謀難比姜吕望,豈容無知小兒郎。(禰白)呀呀呸!(唱)犬槽怎養獅共象,魚池怎把蛟龍藏。鼓發一鎚天地黄,鼓發二鎚國安康。鼓發三鎚消奸黨,鼓發四鎚振朝綱。鼓發一陣連聲響,(擂鼓介,唱)管叫你奸賊死無下場。(曹怒介)唔。(衆朝臣同白)吓。(唱)下得位來把話講,丞相因何坐一傍。(白)吓,丞相,因何怒坐一傍。(曹白)時纔與鼓吏交談幾句,故爾如此。(衆朝臣同白)待我等問來。(曹白)請。(衆朝臣同白)呵,鼓吏,丞相今日慶賀天子,命你廊下擂鼓,你爲何赤身露體?(禰白)嗐,列位公卿吓!(唱)未曾開言心頭恨,尊一聲列公卿細聽分明。(衆朝臣同白)家住在那裏?(禰唱)家住平原仁義村。(衆朝臣同白)尊姓大名?(禰唱)姓禰名衡字正平,我胸中常懷安邦論,曾與孔融作幕賓。他將我薦與曹奸佞,有眼不識寶合珍。我能作忠良門下客,豈作奸賊帳下人。

(曹怒白)此乃是舌辨之徒。(禰唱)

【二六】你道我舌辨之徒,舌辯之徒有張蘇。蘇秦六國封爲丞相,全憑舌尖用計謀。有朝搭上崑崙手,要把奸賊一筆勾。

(曹白)此乃井底之蛙,你能有多大風波。(禰唱)

【二六】休道我是井底蛙,井底之蛙有鉄爪。有朝一日雲梯上,要把奸賊一把抓。(曹白)列位大人,他道老夫是奸黨,老夫奸在何處?(衆朝臣同白)是吓,丞相奸在何處?(禰白)你且聽了。(唱)狗奸賊出言巧故意問我,尊一聲衆公卿細聽根苗。自幼兒舉孝廉官職卑小,他本是夏侯子過繼姓曹[6]。(衆朝臣同白)唔。(禰唱)到今日作高官忘了宗考,全不怕落駡名萬古名標。(張白)咦!(唱)聽一言來心頭惱,毁駡丞相罪千條。三尺青鋒出了鞘,管叫你三魂七魄消。(衆朝臣同白)張將軍且慢。(禰白)大丈夫生而何歡,死而何懼,來來來,要殺便殺。(曹白)張遼,不要污穢了老夫的寶劍。(張白)哼。(禰白)諒你也不敢。(曹白)禰衡,非是老夫不重用與你,我有書信一封,你可去到荆州,順説劉表來降,回來老夫保你在朝爲官。(禰白)呀呀呸!(唱)要往荆州不能够,豈肯與賊作馬牛。(曹怒介,衆朝臣同白)吓!(唱)丞相暫息雷霆怒,管叫禰衡下荆州[7]。(白)呵,禰先生,丞相有書信一封,命你去到荆州,順説劉表來降,回來保你在朝爲官,你若不去,身在相府,如籠中之鳥,網内之魚。倘若丞相一怒,將你斬首,你乃天下名士,豈不作了刀頭之鬼,禰先生你要再思吓再想。(禰白)嗐。(唱)列位公卿好言齊勸我,如醉方醒夢南柯。常言道責人先責自己過,手摸胸膛自揣摩,罷罷罷,暫且忍下我的心頭火。(穿衣介)(曹白)列位大人。(衆朝臣同白)丞相。(曹白)他說老夫奸在那裏。(衆朝臣同白)丞相不奸,丞相是大大的忠臣。(曹笑介)哈哈哈!(禰唱)走向前來忙告錯,休怪時纔言語多。你將書信交與我,願効犬馬不推託。(曹唱)

【二六】千錯萬錯先生錯,話不投機半句多。順說劉表歸順我,老夫保你在朝歌。(禰唱)

【二六】丞相且在府中坐,披星戴月奔山河[8]。順說劉表若不妥,願死他鄉作鬼魔。(下)(曹唱)禰衡小兒真可惡,當著文武他說我。元旦佳節休空過,重正筵宴賀朝歌。(衆朝臣同白)我等告退。(曹白)老夫相送。(衆朝臣同白)不敢。(分下)

完

校記

[1]望乞恕罪:"乞",原本作"豈"。今改。
[2]我等遵命:"遵",原本作"尊"。今改。
[3]楚漢相爭動槍刀:"槍刀"二字,原本倒置爲"刀槍",失韻。今改。
[4]把話講差了:"差",原本作"插"。今改。
[5]在此説夢話:"話",原本作"説"。今改。
[6]夏侯子過繼姓曹:"侯",原本作"候"。今改。
[7]管叫禰衡下荆州:"管",原本作"受"。今改。
[8]披星戴月:"戴",原本作"代"。今改。

罵曹餞行

無名氏 撰

解　題

　　亂彈。未見著録。劇寫禰衡擊鼓罵曹，曹操令禰衡前往荆州説降劉表，命荀彧等衆謀士在長亭爲其餞行。衆謀士商議，要輕慢禰衡。禰衡以禮相見，衆謀士端坐不起，慢不爲禮。禰衡借衆謀士敬飲餞行酒之機，責罵羞辱衆謀士，然後跨馬揚鞭而去。該劇本是《罵曹》後一折，可連輟一起。事見前《罵曹》解題。版本今見清《車王府藏曲本》本。該本爲抄本，首頁題"罵曹餞行總講"，未署作者。今以該本爲底本，校勘整理。

　　（禰唱）丞相寬限小寧坐[1]，披星戴月渡江河。招安降若不妥，死在他鄉作鬼魔。（下）（曹唱）禰衡説話真果惡，舌尖由如刺人戈。（衆同白）丞相，禰衡放肆[2]，反命荆州爲吏，何故。（曹白）若將斬首，天下人道老夫不能容物，命他荆州爲吏，借劉表殺之，豈不爲美哉。（衆同白）丞相明鑒不差[3]，告辭。（曹白）恕不遠送。（衆同白）不敢當了。（下，尾聲）
　　（曹白）張將軍，長亭備宴，命府下衆謀士與禰衡薦行。（張白）遵命。（曹白）禰衡，管叫你有路去，無路回。（尾聲下）
　　（上，末白）下官荀彧。（小生白）下官荀攸。（付上，白）下官程煜。（占上，白）下官郭嘉。（彧白）列位請了。（衆同白）請了。（彧白）我等領了丞相之命，備酒與禰衡餞行。來，打道。（衆同白）請。（彧白）列位大人，禰衡到此，你我都不用起身，看他與何嘮便。（衆同白）遠遠望見禰衡來也。（禰上，唱）
　　禰衡馬上自嗟嘆，古今來是顛倒顛。高祖曾赴鴻門宴，兩漢相争四百年[4]。曹操中原須扶漢，一心想謀漢江山。孔融無謀將我薦，曹蠻肉眼不識賢。催馬來在長亭看，裏面坐定文武官。荀彧荀攸志謀淺，郭嘉程煜非等閑。必是與我把行餞[5]，停鞭忙下馬雕鞍。（白）來此長亭之上，裏面坐的盡都是曹操謀士，須要以禮相待。列位先生請了。（衆同白）我等不得遠迎。（禰白）少待。俺日前進府，與曹操深施一禮，他昂然不動。今日長亭，連他衆謀士也是這等大模大樣，他們輕慢與我，但取笑一番。他有來言，我有去語吓！（唱）四海相逢初見面，人生須得禮爲先。長亭假裝把淚展，問我一聲回一言。（衆同白）禰衡，見了我等，爲何啼哭？（禰唱）非是禰衡淚不乾，我今有言聽心間。指望來在古陽關[6]，誰知來在靈棺前。（衆同白）膽大狂徒，我等死屍，你乃無頭狂鬼，尚不知恥。（禰白）俺來大丈夫漢朝之臣，不作曹操之黨[7]，某怎得無頭。（衆同白）俺丞相福大量寬[8]，不與你計較。荆州劉表性如烈火，你若出言不遜，將你一刀分爲兩段，豈不是無頭狂鬼。（禰白）俺禰衡能做他鄉之鬼，不做賊佞之臣，豈你等插災赴勢，只圖眼前富貴，那知臭名萬載，無恥之輩，不足與吾談論。（衆同白）你乃無恥之輩，胸中有甚麼策議，出此狂言。（禰白）要問我胸中策論，展開你們驢耳，聽俺道來。（唱）

你道俺胸中無策論，《戰國》《春秋》日夜精。上能治國如堯舜[9]，下能安邦保黎民。安排擺兵如佈陣，可比韓信賽陳平。有日大展經綸手，要把賊子一筆傾。（彧唱）膽大狂徒亂舌根，自詡才高誇己能[10]。三軍滿斟葡萄酒，丞相之命敢不遵。你今領吾一杯酒[11]，好去他鄉做鬼魂。（禰唱）用手接過酒一樽，將酒不飲奠埃塵。非是禰衡酒不飲，先奠荀彧死屍靈。（攸唱）手捧葡萄酒一樽，我與禰衡來餞行。你今飲吾一杯酒，但願此去早歸陰。（禰唱）荀攸須爲漢朝臣，今做曹操帳下賓，將酒奠在塵埃地，管叫你千年萬載落駡名。（煜唱）陽關餞行酒一樽，一腔惡氣往上噴。若不奉了丞相命，豈肯敬酒與狂生。（禰唱）臣報君恩子奉親，你本不忠不孝人。將酒奠在塵埃地，天雷霹死兒當身。（嘉唱）郭嘉奉酒淚淋淋，手捧葡萄餞亡魂。你今飲乾吾的酒，但願早死早脫生。（禰唱）郭嘉不必兩淚淋，短命年少小姣生。吾去荆州有不倖，兒是披麻戴孝人。將酒奠在塵埃地，有事關心少留停。手搬雕鞍足踏蹬，還有一事少叮嚀。回頭我對群臣論，賊子狗黨仔細聽。我本天上東斗星，亦非凡間等閑人。只因有事犯了罪，將俺謫貶下凡塵。賜我一口青龍劍，殺却朝中狗殘臣。你等回覆曹奸佞，寬心穩坐聽信音。若得劉表來歸順，禰衡當朝坐公卿。我今去後無音信，却是孝子與賢孫。在此不與你談論，跨馬揚鞭走一程。（笑介下）（衆同唱）長亭去了禰正平，去時有路回無門。

（彧白）列位先生，禰衡言語狂詐，荆州吉凶難料，你我回覆丞相[12]。

（衆同白）左右帶馬回府，交令去者。（衆領下）

完

校記

［1］小寧坐："小"，原本作"肖"。今改。
［2］禰衡放肆："肆"，原本作"事"。今改。
［3］丞相明鑒不差："明鑒"，原本作"名見"，今改。
［4］兩漢相争四百年："兩"，原本作"西"。今改。
［5］與我把行餞："餞"，原本作"薦"。今改。下同。
［6］指望來在古陽關："陽"，原本作"揚"。今改。
［7］不做曹操之黨："黨"，原本作"攩"。今改。
［8］俺丞相福大量寬："量"，原本作"亮"。今改。
［9］上能治國如堯舜："上"，原本作"可"；"治"字，原本作"志"。今改。
［10］自詡才高誇已能："詡"，原本作"賊"，今改。
［11］你今飲我一杯酒："飲"，原本作"領"。今依文意及下文改。
［12］你等回覆曹奸佞："覆"，原本作"付"。今改。

問安説降

無名氏 撰

解 題

　　高腔。不見著録。劇寫曹操率領五路大軍直奔徐州討伐劉備，劉備與張飛欲趁曹軍立足未穩半夜劫寨，被早有準備的曹軍殺得大敗而逃。劉備的兩位夫人留守在下邳城，正爲劉備張飛偷襲曹營是否能够成功而擔心，關羽前去給兩位皇嫂問安。這時報子前來傳信，言説劉備和張飛戰死，二位夫人催促關羽爲桃園結義時的諾言去爲劉張報讎。關羽經過慎重考慮，又找報子詳細了解偷營失敗的情況，認爲劉備和張飛應該没有生命危險，所以去而復返，來安慰兩位夫人。與此同時，曹操求賢若渴，派手下大將張遼去勸降關羽。張遼以劉備張飛未曾戰死爲由，勸説關羽暫且歸順曹操，保全皇嫂，以圖久遠之計。關羽則以"到許昌一宅分兩院"，"二位皇夫人不食曹營俸禄"，"主存則歸，主亡則輔"三件大事爲約，暫降曹操。事見《三國演義》第二十五回"屯土山關公約三事，救白馬曹操解重圍"。現存清抄本，收録在清《車王府藏曲本》中，題作"問安説降全串貫"，未署作者，脚色、科白、砌末、唱詞等尚全，唱詞有曲牌，隨文有註音，無標點。今以清抄本爲底本，校勘整理。

（二旦上，同唱）

【桂枝香】人生在世，光陰有幾？終日裏鏖戰相持，何日得民安盜息。教人愁，急急急。我與你生在亂世，不能安置，細思之，愁只愁三兄弟，兵疏將寡微，兵疏將寡微。

（正白）樹頭樹底覓殘紅，（貼白）一片西來一片東。（正白）自是桃花堪結子，（貼白）教人却恨五更風。（正白）妹妹。（貼白）姐姐。（正白）玄德公與三叔出營劫寨，使我放心不下。（貼白）姐姐但請放心，吉人自有天相。

（將引净上，净白）匹馬單刀下三關，怒提寶劍塞心寒。太平原是將軍定，好把兵書仔細觀。通報。（將白）啊，裏面那位公公在此？（侍白）甚麽人？（將白）二爺過府問安。（侍白）少待。稟上二位主母，二爺過府問安。（二旦同白）道有請。（內侍、將官俱說道有請。）

（净進介，白）尊嫂在上，關某有禮。（二旦同白）二叔少禮，看座。（净白）告坐。（二旦同白）二叔，玄德公與三叔出營劫寨，不知勝負如何，使我姐妹們放心不下。（净白）大哥、三弟此去必然全勝而歸，尊嫂不必過慮。（二旦同白）雖然如此，也該差人打聽吉凶纔是。（净白）尊嫂。（唱）

【端正好】若提起吉和凶[1]，好教俺心如醉。（二旦同唱）都只爲當今天下荒荒，强者的爲尊。弟兄們雖然英勇，兵不能夠滿千，將不能夠滿百，終日裏殺來殺去呵，何日得寧靜歸期，寧靜歸期？愁只愁弟兄們兩三人，只落得將寡兵微，排兵佈陣擔驚畏，何日得安存際？

（內鼓響介，净白）呀。（唱）

【倘秀才】常則是搖動征鼙[2]，這的是君王欠主威，黎民受慘凄。幾時得旗收刀棄，旗收刀棄。那時節國整家齊。（內烏叫介）哇哇哇。（净白）呀。（唱）忽聽得鴉鳴雀噪連聲吠，莫不是虎鬥龍爭雲外飛？好教俺仔細猜疑。

（丑上，白）報報報，大爺、三爺俱被曹兵殺了。（二旦同白）呀。（同唱）

聞説失兵機，不由人魄散與魂飛。蕭墻禍起，恨曹瞞設下了牢籠計。二叔當初桃園結義，一在三在，一亡三亡，今日弟兄二人都被曹兵傷了，你還在此挨遲怎的，挨遲怎的？二叔，還望你聽咨啓快作商量，莫等曹兵至，嗟咨，眼睁睁一旦分離，一旦分離。（净鼓中白）帶馬。（净、將同下）（二旦同唱）二叔去如飛，倘若有差池，閃得我姐妹們難存際。

（將引净上，净白）且住。作大將的不可一怒而行。想俺大哥，乃中山靖王之後，豈肯落他人之手？想是報子報差了。喚報子。（將白）報子，報子。（丑白）有，有。（净白）大爺、三爺怎麽被曹兵傷了？（丑白）這個？大爺、三爺一進曹營，就定了一計，名爲蜘蛛破網之計。三爺説："你我一進曹營，你也別叫我三弟，我也別叫你大哥，你叫我老張，我叫你老劉，一更無事，二更悄然，三更時分，放了個燎漿大屁。"（將白）炮哇。（丑白）炮哇，藥了箍兒咧，只聽得叱抽喀叱叱抽喀叱[3]，殺起來咧，殺之殺之，只聽得這吧啦老張啊老張，就張殺了一個；那吧啦老劉口窩老劉，又劉殺了一個，張的張殺咧，劉的劉殺咧。（净白）可是你親眼見的？（丑白）聽見他們告訴我來之。（净白）咦，險些誤了大事回。（回介）（二旦同白）二叔爲何去而復返？（净白）大哥、

三弟軍中失散情真,未必有損。(二旦同白)我想曹兵百萬,戰將千員,生則難保,死則有準了?(淨白)尊嫂。(唱)

【前腔】勸尊嫂不必恁傷悲,容關某一言咨啓。想是他偷營劫寨,弟兄們兵多將少失了機,被曹瞞殺散東西。無端曹賊,平地裏設下瞞天計。俺這裏思之就裏,頓教人默默心悒怏,眼睜睜一旦分離。

(報又上,白)報,殺了來咧,殺了來咧。(將白)報哇,多少人馬?(丑白)你猜?(將白)幾百?(丑白)多多多。(將白)幾千幾萬?(丑白)多。(將白)幾百萬?(丑白)連人帶馬,只得一個。(將白)文來武來?(丑白)文來。(將白)穿之甚麼,帶之甚麼?(丑白)穿之紗帽,帶之圓領。(將白)倒講咧叫甚麼名字?(丑白)叫張毛。(將白)張遼。口窩,再去打探。(丑白)得令。(報下)(淨白)尊嫂請回。(二旦同白)正是:烏鴉喜鵲同巢,吉凶事全然未保。(二旦同下)(淨白)張遼到此,必有緣故。軍校。(將白)有。(淨白)將營門大開,張遼到此,不許攔阻。(將白)啊。(坐介)

(生上,白)準備蘇張舌,來說漢雲長。若肯相允諾,交情永不忘[4]。你看雲長公好大膽,將營門大開,不免竟入。仁兄那里?仁兄那里?哈哈,仁兄請了。(淨白)哦。(念)草頭寇。(唱)

【前腔】興兵將,逞烏合,亂舉刀槍。無能戰,埋伏下兵和將,激得俺弟兄們奮勇爭強,奮勇爭強,不期間在兩下分張。都是你設下了無良巧計,惱得俺臉皮紅,心間惱,(念)臉皮紅、心間惱。(生白)小弟特來商議。(淨白)少說。(唱)誰許你喜孜孜假意兒說些甚麼商量?

(白)張遼,只教你撞得俺(唱)殺臉門王。(白)張遼到此,敢是擒某?(生白)又無霸王之勇,焉敢來擒?(淨白)敢是助某?(生白)又無韓信之機,焉敢來助?(淨白)敢是說某?(生白)又無蒯通之舌,焉敢來說?(淨白)三事俱無,到此何事?(生白)特來與仁兄報喜。(淨白)喜從何來?(生白)令兄令弟軍中失散情真,並無有損。(淨白)軍校,報與二位皇夫人知道,"大爺、三爺軍中失散情真,並無有損"。(將白)啊。(生白)小弟告辭。(淨白)到此一言不發,為何告辭?(生白)仁兄連問三事,小弟無言可對,只得告辭。(淨白)賢弟請坐。(生白)有座。仁兄請上,小弟有一禮。(淨白)禮從何來?(生白)禮下於人,必有所求[5]。(淨白)寶劍無情,且勿開言。(坐介,生白)啊,仁兄,如今曹兵百萬,戰將千員,圍住淮水,猶如鐵桶一般,仁兄何以解之?(淨白)待某家整頓刀馬,與曹兵決一死戰。曹勝某必敗,某勝曹必亡。生死只在旦夕,存亡只在頃刻。(生白)若論仁兄一人,手持大刀,殺條血路,誰人敢擋？爭奈二位皇夫人在堂，只恐仁兄一人，遮前而不能顧後。若依小弟愚見，不如暫順曹營，以爲養軍之策，慢慢打聽令兄令弟在於何處，那時仍歸故主，再叙桃園。能弱能强千員將，有勇無謀一旦亡。俺主公那裏有百萬兵，千員將。（净白）賢弟。（唱）

【前腔】那怕他百萬兵，何懼伊千員將，俺則是一人一驥敢攔擋。怒時節渾身似鐵解齏粉，展開時擋不過明熀熀三停偃月鋼。（白）賢弟少待。倒是張遼這厮講得有理。若論某家手持大刀，殺條血路，誰人敢擋？爭奈二位皇夫人在堂，俺關某一人遮前而不能顧後。老天老天。（唱）非是俺無能怯戰將身降，恁教俺二房主母，二房主母亂軍中何處潛藏？（白）也罷是也罷。（唱）倒不如朦朧且自降曹。（生白）仁兄爲何道"朦朧"二字？（净念）久已後弟兄相逢，再作商量。（白）賢弟，要某降曹，依某三件。（生白）那三件？（净白）一到許昌，一宅分爲兩院。（生白）二？（净白）二位皇夫人不食曹營俸禄。（生白）三？（净白）主存則歸，主亡則輔。（生白）且慢說三件，就是三十件，小弟可也擔當得起。（净白）三事俱依某便降，（生白）仁兄何必挂心腸。（净白）明日親臨丞相府，（生白）管許仁兄作棟梁。請！（分下）

全完

校記

［1］提起：原本作"題起"，今改。下同。吉和凶：原本作"吉合凶"。今改。下同。

［2］擂動征鼙："鼙"，原本作"皮"，今改。

［3］只聽得：原本作"自聽得"，今改。下同。

［4］永不忘："忘"，原本作"亡"，今改。

［5］必有所求："所求"，原本作"所救"，今改。

小　　宴

無名氏　撰

解　　題

　　高腔。《車王府曲本提要》著録，題"小宴全串貫"，未署作者。劇寫張遼奉丞相命宴請關羽，贈黄金、美女、袍帶、印信。關羽見印信上書"壽亭侯"，拒之。張遼知缺一"漢"字，乃説發到尚寶司重鎸刻一"漢"字送來，關羽收緑袍、金帶，黄金留下作軍糧；美女歌罷賞銀十兩，發回丞相府。關羽感曹操厚恩，允諾建功報答。事見《三國演義》第二十五回、明傳奇《古城記》第十三齣《却印》。版本今見《車王府藏曲本》本。今以該本爲底本，校勘整理。

　　（四卒喝道上，生上，白）奉領明公命，筵宴關雲長。可欽全大節，立義整綱常。下官張文遠。今當小宴之期，奉主公之命，筵宴雲長。左右！（四卒同白）有！（生白）黄金、美女、袍帶、印信等可曾齊備？（四卒同白）齊備多時。（生白）關爺開門，禀我知道。（四卒同白）啊！（生白）正是：千軍容易得，一將最難求。（同下）（起吹，四將喝道上。住吹。净上，唱）

　　【點絳唇】國祚延長，國祚延長，須要忠臣良將。憑智勇協力扶匡，久以後圖像凌烟上。

　　【混江龍】都只爲獻君軟弱，四下裏亂舉刀槍。纔誅了强梁董卓，又遇著權奸曹相。（念）好叫俺費盡思量，費盡思量！

　　（起吹，四卒同上，卒請生上）（卒白）啓爺：已到！（生白）通報！（卒白）啊，門上有人麽？（將白）甚麽人？（卒白）文遠張爺來拜、（將白）少待。禀爺：文遠張爺來拜。（净白）道有請！（將白）啊，道有請！（卒白）道有請！（生白）仁兄請了！（净白）賢弟請了！（住吹）（生白）今當小宴之期，小弟奉主公之命，特來奉陪。（净白）有勞賢弟。（生白）好説。捧印信過來！（卒白）吓！（生白）俺主公奏聞獻帝，封仁兄壽亭侯之職，請仁兄受了印信。（净白）關某所降之日，有言在先，賢弟莫非忘懷了？（生白）哦，是了。仁兄不受此印，小弟想起來了，莫非上面缺（少也可）一"漢"字[1]？（淨白）然。（生白）這有何難。待小弟回去，稟明主公（丞相也可），發到尚寶司，重鐫一"漢"字，再與仁兄送過新府。（淨白）足見相知！（生白）好說。俺主公念仁兄客旅孤單，今具綠（說路）袍、金帶、黃金、美女，望仁兄笑納。（淨白）人來！（將白）有！（淨白）收了袍帶！（將白）啊！（生白）啊，仁兄為何只（自也可）收袍帶？（淨白）念關某有何德能，敢勞丞相如此厚待？（生白）俺主公非待仁兄一人如此，他待上將猶如手足，覷士卒如同骨肉（說入）；三軍未食，自不言餐；三軍未睡，自不歸帳。正是：朝中宰相握乾綱，天下英雄都領袖。（淨白）賢弟！（唱）

【倘秀才】想曹公養士呵他將賊寇擒攘，想曹公盡忠呵便扶皇定邦。想曹公盡節呵整三綱並五常，怎道俺為甚的丹衷將美人辭，緣何把黃金攘？（白）借賢弟美言，回去拜上丞相，道關某感荷大恩，增光極矣！（唱）這的是感曹公寵愛增光，寵愛增光。

（生白）喚美女們伺候！（卒白）吓！美女們走動！（四旦上）（四旦同唱）

【傍妝臺】憶綢繆，終朝賣俏逞風流。紅裙舞動翩翻袖，迎新送舊幾時休。客來往，不斷頭，全憑簫管度春秋，全憑簫管度春秋。

（同白）（添老爺在上也可）美女們叩頭！（生白）起去，看酒來！（四旦同白）曉得。（起吹，生安座介）（淨白）看酒來！（生攔介。歸座。住吹介）（四旦同白）請老爺上酒！（四旦同唱）

【梨花調】打一回雙陸下一回棋，又何須苦推辭。功名二字天排定，遇酒飲三杯。青春不再回，光陰能有幾，遇酒不喫笑伊癡，不喫笑伊癡。要解愁煩，除非是酒，常將美酒解離愁。醒時節，醉時節，還依舊，離恨愁。酒在心頭，事在心頭，事在心頭。

（小吹）（淨白）吩咐住樂！（將白）住樂！（小吹住）（淨唱）

【寄生草】列羅綺，排佳宴，擁笙歌，到畫堂。新醅醱酉義玻璃盞，滿斟玉斝（音架）葡萄釀，高擎琥珀珍珠漾。俺本是飄零孤館客（唱楷）中人，何用你珊珊竹葉在樽前唱，樽前唱！（白）賢弟，關某今不勝酒意，請收拾了罷！（生白）仁兄海量，寬飲幾杯！（淨白）賢弟！（唱）又何須苦相央，俺和你故友情，你與我（唱你我也可）也好商量。（生白）今日飲酒，並無別事商議。哦，也罷，待小弟出席，奉敬仁兄十大杯（說受此，淨有說"既如此，某與你出席立飲三杯就散"，生說"要敬仁兄十大杯"也可）！（淨白）三杯。（生白）十杯。看酒來！（四旦同白）曉得！（起吹。净飲三杯完介）（生白）看大杯來！（住吹）（净白）住了。有言在先，三杯就散。苦苦勸某飲酒，莫非又是一計？（生白）小弟愛敬之心，並無別計可使。（净白）你見丞相送得美女在此，將酒灌得某家沉醉，醉後納了這些美女，你到丞相跟前逞你一技之能，道關某貪酒好……（說號）（添色也可）（生笑介，白）小弟怎敢！（净唱）只待俺痛飲皇封，醉倚紅妝。恁（唱印）調（唱條）著三寸舌尖兒伎俩，絮叨叨賣弄你數黑論黃。酒後休重讓，醉後免張狂。（生鼓中白）看銀瓶伺候！（净唱）休只管指點銀瓶、銀瓶，篩酒觴。（白）賢弟，關某所降之日，有言在先，不與丞相建立功業。今蒙丞相待某甚厚，悔却前言，日後倘有險隘（說崖）之處，略建些小微功，以報丞相！（生白）仁兄莫非酒後戲言耳？（净白）大丈夫焉有戲言！（唱）俺這裏祈煩伊，多多拜上曹丞相。（生白）看黃金過來！（卒白）啊！（生白）俺主公送與仁兄，以爲帑內之用。（净白）關某月俸自足，要此黃金何用？（唱）又何須黃金滿箱！（生鼓中白）啓過了！（卒白）啊！（生白）美女們過來！（四旦同白）有！（生白）好生用心侍奉關爺！（四旦同白）曉得！（净白）賢弟！（唱）俺本是客（唱楷）中情況，休想與他匹配鸞凰，匹配鸞凰！（白）人來！（將白）有！（净白）取銀十兩（十兩銀子也可），賞他們去罷！（將白）啊！（生白）既是關爺不用（納也可），你們各自去罷。（四旦同白）謝（多謝也可）老爺賞！自古紅顏多薄命，始信嬋娟解誤人。（同下）（生白）啊，仁兄，黃金、美女俱各不受，小弟回去，如何（怎生也可）回覆丞相？（净白）也罷，美女發回丞相府。（生白）黃金？（净唱）黃金留下作軍糧。（生鼓中白）啊！（净白）賢弟轉讓，受關某一禮！（生白）此禮爲何？（净白）此禮非拜賢弟。（生白）拜著那個？（净唱）多多拜上曹丞相，他日相逢荷你恩義長。（分下）

全完

校記

[1] 莫非上面缺（少也可）一"漢"字："少也可"，是"缺"字還可用"少"的小字注。爲保持劇本原貌，今錄其置於括號以內。下同。

奉　馬

無名氏　撰

解　題

　　高腔。《車王府曲本提要》著録，題"奉馬全串貫"，未署作者。劇寫張遼小宴贈關羽黃金、美女、袍帶、印信之情向曹操回禀，曹操命重鑄漢壽亭侯印。報子上報軍情：袁紹遣大將顏良、文醜前來討戰，要與關羽比刀、比力、要關羽回去。曹操讓報子待關羽來時重報，將"回去"改爲"首級"。關羽到曹操府答謝，言説馬瘦弱來遲。曹操贈赤兔馬。探子遵曹操意來報，激怒關羽，主動請求出戰。事見《三國演義》第二十五回、明傳奇《古城記》第十五齣《贈馬》。版本今見清《車王府藏曲本》。今以該本爲底本，校勘整理。

　　（曹上，唱）【引】開宴出紅粧，相待紫金梁。（白）兩朵金花按日月，一雙袍袖整乾坤。天下本是皇王管，半由天子半由臣。老夫曹孟德。已曾差張遼前去筵宴雲長，怎的不見到來。（生上，唱）【引】奉命宴雲長，可羨他赤膽忠良。（進參曹介，曹白）張遼，你回來了？（生白）是，回來了。（曹白）我命你前去筵宴雲長怎麼樣了？（生白）諸禮俱已收下，惟有印信不受（發回也可）[1]。（曹白）却是爲何？（生白）他道上面少（缺也可）一"漢"字。（曹白）這等，吩咐尚寶司重加一"漢"字，送過新府。（報子上，白）報！（曹白）那裏來的（的也可）軍情，慢慢報來。（報子嗽介）報報報兵來到，今有河北袁紹（添薊州也可）王駕下欽差兩員大將，一名顏良，二名文醜，生得身高丈二，頭如麥斗，眼似鑾鈴，鬚似鋼針，牙似鋼鑽，每人各使大刀一把，重有一百二十餘斤。聞得我主新收一員大將，名喚雲長，跕在疆場，一來一往，一衝一撞，聲聲只要雲長出馬，一來比刀，二來比力，三來要請雲長公回去。（曹白）張遼，老夫與袁紹王素無讎恨，爲何發兵前來？（生白）啓上主公，想是玄德（説元）公投在袁紹王那裏，差人請他回去，也未見得。（曹白）計將安在（用計上來也可）？（生白）張遼有計。（曹白）有何計？（生白）少時，雲長公前來謝宴，著報子照前而報，前面一樣報過，後面更（說京也可）改二字。（曹白）那二字？（生白）"回去"，改爲"首級"二字。（曹白）吩咐下去。（生白）報子過來，少時雲長公前來謝宴，你照前面一樣報過，後面更改二字。（報白）那二字？（生白）"回去"，改爲"首級"二字。（報白）小人不敢。（曹白）有老夫在此。（生白）有主公在此。（報下）（曹白）張遼，雲長公到來禀我知道。（生白）是。（同下）

（馬童跳上引净上，净唱）

【一江風】宴罷歸來人意懶，爲仁兄阻（唱竹）隔關山。弟兄們徐州失散，算將來整整半年。俺與他相會少見面難，提起心酸不由人不淚漣，因此上意遲遲跨著雕鞍。

（馬童下）（生上，白）仁兄請了。（净白）賢弟請了。賢弟，關某前來謝宴。（生白）仁兄，請少待。主公有請！（曹上，白）作甚麼？（生白）雲長公前來謝宴。（曹白）怎生相待？（生白）用軍之際，賓客相待。（曹白）吩咐啓中門。（生白）啓中門，主公出迎！（曹白）賢侯請了。（净白）恩相請了。（曹白）賢侯，請甬道而行。（净白）某乃敗軍之將，焉敢從恩相甬道而行。（曹白）賢侯説那裏話來，你乃漢朝一將，我乃漢朝一相，將相皆同。（净白）名爵不等。（曹白）敬公之德耳！（净白）請進。（介，净白）恩相請上，受關某一禮。（曹白）賢侯到此是客，只行常禮，看坐。（净白）告坐。（坐介，曹白）賢侯爲何臉（說減）帶淚痕？（净白）非關某臉（說減）帶淚痕。今早過府問安，二位皇嫂夜得一夢，夢見俺仁兄身落土坑（說輕），故此關某臉（說減）帶淚痕。（曹白）這等，張遼圓夢上來。（生白）是。請問仁兄，令兄是甚麼命？（净白）木命。（生白）木命，我想木逢土而必旺，馬逢土而必衰。想是令兄、令弟得了那座城池，此乃大吉之夢。（净白）多謝吉言。（生白）好説。（曹白）怪道人人稱（獻帝封也可）賢侯美髯公，果然好美髯哪。（净白）微鬚不堪。（曹白）可有尺寸？（净白）一尺八寸。（曹白）數目？（净白）數百餘根。（曹白）逢秋？（净白）凋落（説澇）幾根。（曹白）逢春？（净白）依舊而長。（曹白）上陣掄刀不便。（净白）用鬚囊囊之。（曹白）借鬚囊一觀。（净白）陣頭失落了。（曹白）陣頭失落了。張遼，看綵緞十端，送與賢侯（添送過新府也可）作鬚囊（添用也可）。（净白）多謝恩相。（曹白）好説。老夫所贈的粗袍（此至仁義之將也有不説的）爲何不穿？（净白）著在裏面。（曹白）想是不堪。（净白）非是不堪，恩相有所不知，此舊袍乃某仁兄所賜，故此著在外面，早晚見此舊袍,如見某仁兄一般。日後別了恩相,將此新袍著在外面,早晚見此新袍,如見恩相一般。(曹白)好,真乃仁德之將也。張遼道賢侯早來謝宴,爲何來遲?(淨白)非關某來遲,馬瘦力微(添微軀頗重也可)故此來遲。(曹白)這樣一員大將,豈無一匹好坐騎。老夫馬厩之中,有幾匹賤畜,任憑賢侯挑選。(淨白)借馬厩一觀。(曹白)張遼,打道馬厩。(行介,淨白)這金赤膊(説地字白)?(曹白)聖上的。(淨白)銀赤膊?(曹白)老夫的。(淨白)獅子青?(曹白)張遼的。(生白)小弟的。(淨白)兔兒花(黃也可)?(曹白)許褚的。(馬叫介,淨白)那柳蔭之下,有一匹紅沙劣馬,爲何不用?(曹白)賢侯,可曾識認此馬?(淨白)莫非吕布之跨?(曹白)真乃神目也!(淨白)爲何不用?(曹白)此馬性……(生白)軍中馬多,輪他不著。(淨白)賢弟特能言了。(生白)小弟怎敢。(淨白)恩相,某有一馬童能降此馬,降來與恩相過目。(曹白)好,就命他降來。(淨白)馬童!(馬童上,白)有。(淨白)那柳蔭之下有一匹紅沙劣馬,擒來見某(要添老白問我全知)。(童應,拿馬介,白)馬到。(淨白)看此馬身長一丈,項高八尺,全身猶如火炭一般(背上紅絨一片氈也可),可惜失落原鞍。(曹白)原鞍尚在。(淨白)帶下去備來。(童備完介,淨白)看此馬備上原鞍,益發雄壯了。那裏出得轡(試他一轡也可)?(曹白)張遼,那裏出得轡?(生白)沙灘。(淨白)帶往沙灘。(行介,淨白)恩相請。(曹白)老夫不能。(淨白)賢弟請。(生白)小弟益發不能了。(淨白)如此,關某出馬,無人陪伴恩相。(曹白)有張遼在此。(淨白)如此請。(淨下,曹白)張遼你看雲長公騎在馬上,猶如天神一般。(生白)且看他回馬如何?(淨上,白)好馬!好馬!果然好馬!(曹白)賢侯連誇數聲好馬,莫非有愛馬之意?(淨白)君子不奪人之所好。(曹白)賢侯若不棄嫌,老夫連鞍相贈。(淨白)可是實言?(曹白)那有戲言。(淨白)馬童,將馬帶回新府。恩相請上,受關某一全禮。(曹白)賢侯,你好輕人重畜!(淨白)何爲輕人重畜?(曹白)賢侯一下許昌,三日一小宴,五日一大宴,美女十人,官封壽亭侯之職,也不曾下一全禮,今日爲此賤畜下一全禮,可不是輕人重畜。(淨白)非關某輕人重畜。此馬日行千里,夜走八百,聞俺仁兄數百之外,早間別了恩相,晚間得遇仁兄,晚間別了仁兄,早間得遇恩相,一舉兩得,豈不下一全禮。(曹白)真乃仁義之將也。(生白)軍中議事。(曹白)有何事?(生白)啓上主公,此馬不可贈與雲長。(曹白)却是爲何?(生白)雲長公得了此馬,猶如蛟龍得水,縱虎歸山,早晚就留他不住了(他就去了也可)。(曹白)老夫一言既出。(淨白)馬童,將馬帶回。(曹白)賢侯,爲何將馬帶回?(淨白)恩相在背地裏沉吟，莫非有回馬之意？（曹白）老夫失信於天下。（净白）不肯失信於關某。（報上，白）報！（曹白）那裏來的軍情？慢慢報來。（報嗽唱）報報報兵來到，今有河北袁紹王駕下欽差兩員大將，一名顔良，二名文醜，生得身高丈二，頭如麥斗，眼似鑾鈴，鬚似鋼針，牙似鋼鑽，每人各使大刀一把，重有一百二十餘斤。聞得我主新收一員大將，名喚雲長，赴在疆場，一來一往，一衝一撞，聲聲只要雲長出馬，一來比刀，二來比力，三來要取雲長公首級。（曹白）唔（怒意），拿去砍了（不説此句也可）。（净白）唔（怒意）。啊，恩相，此報子可是常用的？（曹白）正是老夫常用的。（净白）若不是恩相常用的，一定不饒。（報下）（曹白）張遼，打開盔甲庫，待老夫親自出馬。（净白）恩相且慢，些小微功讓與末將。（曹白）賢侯到此是客，焉敢勞動。（净白）恩相怎麼説個勞字。（唱）

【一江風】老丞相你且從容（唱雍）少待免心焦，料顔良這些個（唱告）小事兒，又何勞恩相費尊勞。三朝五日醉酕醄，擺列著美酒佳餚。又賜俺上馬金下馬銀，美女十人錦征袍。又封俺壽亭侯，壽亭侯爵禄官高。赤兔胭脂馬添臕，此恩何日將來報。（通兒）（净望介，唱）俺親見顔良統領著兵來到，不由人笑顔開喜上眉稍。待某家披（唱呸）挂錦征袍，手提青龍偃月刀。跨上追風騎，威風透九霄，斬顔良銜環結草，斬顔良銜環結草。（净下，曹白）軍中空有千員將，要似雲長半個無。（同下）

全完

校記

[1] 不受（發回也可）："發回也可"，係原本"不受"傍的小字注。説明"不受"改用"發回"亦可。爲保持原本原貌，今録加括號以區別正文。下同。

白　馬　坡

無名氏　撰

解　題

　　亂彈。不見著録。劇寫袁紹命大將顔良爲先鋒，統領十萬人馬來取白馬坡。曹操命原呂布麾下猛將宋憲、魏續迎敵，先後被殺。大將徐晃、許褚接連出戰，亦皆戰敗而回。危急之中，程昱保舉關羽出戰。曹操擔心關羽立功之後離去，不願遣關羽迎戰。無奈衆將難以抵敵，只好令關羽出馬迎戰。關羽馬到成功，力斬顔良首級。曹操於是保舉關羽爲漢壽亭侯。事見《三國演義》第二十五回、明傳奇《古城記》第十六齣"斬將"。版本今有清《車王府藏曲本》，該本係清抄本，無標點，首頁題"白馬坡總講"，未署作者。劇中人物直言姓名，以姓代替角色，所以整個劇目不分生旦净末丑，人物脚色難以分辨。全劇除【點絳唇】【倒板】有標示外，其他唱段都没有標示曲牌板式。今以清《車王府藏曲本》爲底本，校勘整理。

　　（四紅大鎧、劉備上）
　　【引子】青梅煮酒憶奸曹，炎漢家社稷傾倒。
　　（詩）東馳西走路匆匆，時不遇兮嘆困龍。獨對雲山思祖德，老夫何不遂英雄？孤窮劉玄德，自徐州弟兄失散，家小不知存亡。我幸逃脱，投在河北袁紹之處，借兵破曹。今袁紹用大將顔良爲先鋒，進取白馬地方，特來城外把盞送行。正是：借人檐下易，舉頭世上難。（孫乾上）（白）待等時來到，風雲天地寬。啓主公，顔良將軍人馬來了！（劉白）吩咐伺候酒盞。（移坐於左邊，下前介，大吹打介）
　　（四藍文堂、四下手、四將官同上。一對一擺隊穿下）（大纛旗上寫"先鋒顔良"）（四藍文堂、四下手、四將官隨擁上）（顔良上）（劉白）顔將軍，劉玄德在此，把盞賀行。（良白）有勞使君了。（劉白）看酒。（孫白）酒在。（劉白）

將軍請飲此酒，但願馬到成功，立斬曹操之頭，以安天下。（良白）非俺顏良誇口，此去白馬坡，必斬曹操之頭，以作溺器，方算英雄。（笑介）哈哈！（飲酒介）（劉白）將軍此言真乃威壯也！（良白）哈哈！使君！（劉白）將軍！（良白）俺只恨沮受，在袁公面前説俺勇而無謀，不可獨任先鋒。今日幸有使君，識俺是個英雄，可謂有了知己。此去便是一死，也得瞑目。（劉驚介，白）吓！將軍有勇無謀，為何出此不利之言？（良白）大丈夫臨陣，不能即傷，有何懼哉！請了。（唱）

英雄臨陣生還少，只要功名萬古遙。（衆元人領顏良下）（劉白）哎呀！顏良性情浮躁，臨行出此不利之言。袁紹此番起兵，恐成畫餅也。（唱）

只望河北泰山靠，借他勢力興漢朝。顏良此行多浮躁，雄兵十萬恐徒勞。天意不絕賊曹操，先鋒用了假英豪。且回營寨再計較，埋昧英雄恨難消。（衆分班，劉同下）

（探子上）（【水底魚】）（白）走哇！俺曹丞相麾下探事軍官是也！探聽得袁紹命大將顏良以為先鋒，統兵十萬來取白馬坡，速速報與丞相便了。（下）（大吹打）（四大鎧、四文堂、四上手、張遼、夏侯惇、宋憲、朱靈、荀彧、許褚、徐晃、魏續、路昭、程昱站門，衆上）（曹操上，唱）

【點絳唇】武略文韜，輔相漢朝。比周召，謀奸計巧，滅群雄如削草。

（詩）朝朝虎帳盡談兵，宇宙紛紛何日平？宰相若然隨畫諾，安能霖雨救蒼生。某曹操，聞得袁紹起兵來犯許昌，特此統領兵將，前來白馬坡地方紮營，以觀動靜。曾命探子哨探，未見回報。（報子上，白）走哇！盟主爭世業，猛將繞貔貅。報！探子告進，丞相在上，探子叩頭。（曹白）探聽袁紹人馬如何？（報白）袁紹命大將顏良為先鋒，統兵十萬來犯白馬坡，特此報知！（曹白）賞爾軍糧，再去打探！（報白）得令！（下）（曹白）吩咐隨營將官聽點！（荀同白、程同白）隨營將官聽點！（衆同白）吓！（荀、程同白）張遼、徐晃、夏侯惇、許褚、宋憲、魏續、朱靈、路昭！（衆應介）（曹白）衆將官，顏良乃河北名將，驍勇非常，今為先鋒前來，休得視為小敵。聽吾號令！（【玉芙蓉】排子）（報子上）（白）報！顏良討戰！（曹白）吩咐營外伺候。（報白）吓！（下）（曹白）顏良討戰，何人敢去對敵？（宋、魏同白）末將願往。（曹白）你二人前去，須要小心。（宋魏同白）得令！（下）（曹白）我想宋憲、魏續乃呂布麾下猛將，今日出戰，必能斬得顏良矣。（衆同白）正是！（內擂鼓三咚介）（曹衆元人驚介）（報子上，白）報稟丞相，宋憲、魏續被顏良斬了！（衆驚怔介）吓！（曹白）哦！二將俱被顏良斬了？（報白）被顏良斬了。（曹白）知道了！（報白）吓！

（下）（曹白）啊！宋憲、魏續乃有名勇將，竟被顏良所砍，這帳前還有誰敢擋敵？（徐白）徐晃願往！（曹白）須要小心！（徐白）得令！（四上手引下）（曹白）喂呀！顏良果然英勇，真是名不虛傳。且聽徐晃出戰勝敗。（內擂鼓喊介）（曹眾將驚介）（報子上，白）報稟丞相，徐晃將軍被顏良砍傷左膊，敗陣回營來了！（曹白）快些抬往後營，好好的醫治。（報白）吓！（下）（四上手抬徐晃上，穿場下）（眾將驚看）（白）哎呀！幸喜傷在左膊，不致喪命。（曹白）哎呀！顏良如此威勇，這便如何是好？（程白）稟丞相，末將保舉一人可敵顏良。（曹白）所舉何人？（程白）非關公不可！（曹白）我也知非關公不可，但恐他立功便辭去耳。（程白）此正是使他不能辭去之計。（曹白）怎能使他不去？（程白）想劉玄德若在，必投袁紹。今若使關公斬了顏良，袁紹必疑劉玄德而殺之矣。玄德既死，關公又何所往乎？此乃留他之絕計也。（曹笑介）哈哈哈！這是故借關公之手，以殺玄德也。程昱之計，亦算奇妙。張遼聽令！你可即速去請關公前來，退敵顏良。（張白）得令！（下）（許白）啓丞相，俺營中豈無敢戰顏良之人，何必去請關公？俺許褚情願出營，大戰顏良。（曹白）許褚既要出戰顏良，我當帶領眾將在土山之上觀陣，以助將軍之威。須要小心在意！（許白）丞相但放寬心，俺必斬顏良之頭獻與帳前。告辭去也！（下）（曹白）許褚雖然英勇，恐亦不勝顏良。眾將官！（眾應介）啊！（曹白）隨我到白馬坡上，觀看許褚大戰顏良去者！（唱）

英雄雖然非袁紹，地廣兵強將也驍。許褚此去須防保，不可大意要心勞。（同下）

（四文堂、四下手、四將官、一大纛、旗夫，良上）（唱）

連斬二將血染草，徐晃左膊中寶刀。顏良今日如虎嘯。（四文堂、四上手、許上會陣接一句）吠！（唱）來了許褚將英豪。（白）吠！你可是顏良麼？（良白）然也！（許白）你可知俺許褚的威勇？（良白）無名小卒，道也不知。（許白）爾且聽了！（唱）曾挑二牛爾可曉？（良白）哈哈！哈哈！（唱）村夫蠢子漢一條。（許白）吠！（唱）河北反寇敢來到！（良白）唯！（唱）要拿曹操試寶刀。（許白）吠！（二人對刀，許敗，良追下）

（四大鎧、朱靈、路昭、夏侯惇、荀彧、程昱眾上）（曹上）（唱）

殺氣連天紅日淡，金鼓聲敲心膽寒。統領眾將土山看，但願許褚斬將還。（許良二人又上，打一場）（許敗下）（曹白）啊！（唱）只見許褚刀法亂，怕的失機身傷殘。（白）哎呀！不好！許褚刀法亂了，夏侯惇快些出馬救護！（夏白）得令！（唱）

提槍催馬去助戰，好似蛟龍浪裏翻。（下）（關內唱）

【倒板】金勒馬嘶催雕鞍，（小校提刀，一大纛旗上寫"漢偏將軍關"）（張遼先上）

（關上）（唱）正氣沖霄日先寒。弟兄三人徐州散，爲保皇嫂順曹蠻。身在曹營心在漢，未知皇叔駕可安？孟德請某去出戰，正好立功報效還，旌旗一邊黃河岸。（張白）關公來了！（曹下山迎介）（曹唱）迎接將軍上土山。（關白）丞相！（曹白）將軍，請上土山。（關白）丞相請！（曹白）請！（細吹打介，上山坐介）（關白）丞相喚某，不知有何軍令？（曹白）只因顏良連斬宋憲、魏續二將，徐晃又被刀傷左膊，此人勇不可擋，特請將軍商議。（關白）容某觀看便知分曉。（內喊介）（曹白）那廂顏良同許褚殺來也，請將軍觀看！（許、良殺上，起打。許敗下，良追下）（先打上下手一段，後戰）（顏良、許褚、夏侯惇三人三見面）（許、夏敗下，良追下）（曹白）河北人馬如此雄壯，怎生是好？（關白）依吾觀之，如同土瓦雞犬耳。（唱）

土瓦雞犬兵十萬，有名無實何足觀？馬到成功即刻散，丞相盡可放心寬。（許、夏敗上）（白）走哇！禀丞相，顏良猛勇非常，末將等不可取勝。（曹白）站過一旁！朱靈、路昭聽令，快去敵住顏良，不許衝動土山人馬。（朱、路同白）得令！（下）（一大纛，旗夫、良上）（唱）

人似天神刀光閃，嚇壞曹營衆將官。鞭梢一指風雲暗。（四文堂、四下手、四將官同衆上）（走陣式介）（良唱）大罵曹賊敢下山！（白）呔！曹操，你敢下山與俺交戰三合，便算好漢。衆將官！人馬擺開，緩緩歇息，伺候搶山。（曹白）哎呀！將軍，看那麾蓋之下，顏良繡袍金甲，手持大刀，真乃天神也！（關白）吾看顏良，猶如插標賣首耳。（唱）

分明魯莽死蠢漢[1]，插標賣首鬼一般，若遇英雄即被斬。（曹白）將軍吶！（唱）只恐將士心膽寒。

（良白）衆將官，殺上山去！（衆抄下）（朱、路上，白）呔！顏良休來！（良殺介）（殺死朱靈、路昭死介，下）（良三笑介，下）（曹白）哎呀！可惜二將又死於顏良之手！無人出敵，如何是好？（關白）丞相休驚！某雖不才，願去萬軍之中，取顏良首級，來獻麾下。（張白）吓！軍中無戲言，關公不可忽略。（關白）文遠，你好小視某家！只今別了丞相，看某立斬此人首級。（曹白）將軍不可戲言！（關白）丞相！（唱）

非是關某敢斗膽[2]，熟讀《春秋》志不凡。精神貫耳扶炎漢，氣吞群小社稷安。（白）馬來！（卸袍介）（唱）辭別丞相上雕鞍，鋤奸去惡有何難！（下）

（四將、良上）（唱）

　　曹兵被俺殺破膽，放心勒馬再停驂。若要殺我誰個敢？（笑介）哈哈！誰敢來？誰敢來！（唱）氣度昂昂似泰山。

（小校、關上，白）某家來也！（上，斬顏良介，良死，下）（關又砍四將介）（小校割良首級呈跪介）（關唱）

　　赤兔追風快如閃，青龍偃月血飽餐。顏良已斬兵將散，報效曹公第一番。（下）（曹白）哎呀！（唱）

　　遙見刀光只一閃，顏良如何落雕鞍？（白）眾將官，你們可曾看見關公斬了顏良麼？（眾同白）我等俱已看見。（曹白）看得是真？（眾同白）明明白白看見，手起刀落，斬了顏良。（曹笑介）哈哈！哈哈！我好喜也！顏良已死，袁紹你今休矣！（唱）

　　這等神勇世上罕，馬去刀落人頭翻。奉酒下山迎好漢。（下山介）（小校、關上）（唱）

　　丞相虎威得勝還，插標賣首請觀看！（小校白）顏良首級獻上。（眾驚怕介）（曹白）哎呀！（唱）鬚髮亂動眼上翻。（白）拿去懸示軍前。將軍真乃神人也，請飲此酒以賀大功！（關白）有勞丞相！（飲酒介）（白）某何足道哉！吾弟張翼德，於百萬軍中取上將之頭，如探囊取物耳。（眾驚怕介）吓！（曹白）哎呀！眾將官，今後若遇張翼德，不可輕敵！恐怕忘記，快取墨筆來寫於衣袍襟底以忌之。（程白）筆墨在此！（曹白）各將官，俱要快些的寫了！（眾同白）吓！（【急三腔】）（眾寫介完）（曹白）顏良已斬，河北兵將敗走。我今保奏關將軍進爵漢壽亭侯之職，請到大營，設擺筵宴賀功。（關白）丞相請！（曹白）關將軍請！（眾同下）（【尾聲】）

完

校記

［１］分明魯莽死蠢漢："莽"，原本作"蟒"，今改。

［２］非是關某敢斗膽："斗"，原本作"抖"，今改。

斬貂蟬

無名氏　撰

解　題

　　聲腔不詳。不見著錄。劇寫曹操水淹下邳、誅殺呂布之後，張飛把呂布的遺孀貂蟬送給關羽。關羽夜讀《春秋》，見其中有奸佞謀位、妖女喪邦的記載，以爲奸佞謀位則外生變，妖女喪邦則內生患。關羽認爲妖女喪邦，定是貂蟬，遂把貂蟬喚至帳內詢問，問周三傑、漢三傑和當時英雄。貂蟬不慌不忙，應答如流。關羽認定貂蟬是喪邦的妖女，拔劍斬之，却被貂蟬用讓刀之法躲過。關羽假稱燭光不亮，讓貂蟬剪去燈花，乘機殺了貂蟬。事見於元雜劇《關大王月下斬貂蟬》，但在《三國演義》中，下邳之戰後，貂蟬下落不明，没有關羽斬貂蟬這一情節。版本今有清《車王府藏曲本》。此本首頁題"斬貂蟬全串貫"，抄本，無標點。今以清《車王府藏曲本》爲底本，校勘整理。

　　（付扮關公上）
　　【引】志氣貫斗牛，三國保江山[1]。赤膽忠心貫日月，義氣凌雲透九霄。（白）轅門戰鼓響催軍，十八諸侯膽戰驚。水淹下邳誅呂布，桃園結義到如今。某漢室關，自與玄德兄、翼德弟結義桃園，誓同生死，這也不須言他。只因水淹下邳，誅了呂布，三弟將貂蟬擒來送與某家帳下，鋪床叠被。某想貂蟬乃治世之才女，王司徒獻連環計與董卓，鳳儀亭勾私情於呂布。若將他收在帳下，豈不學奉先之故也。軍校！（介白）有！（付白）今晚有月無月？（介白）啓爺，有月。（付白）如此，將紗窗推開。（介白）哦！（付唱）
　　見明月照山川華光閃閃，觀看了天宫内星稀朗朗。細思量三國中名虎上將，有誰能比呂布蓋世無雙？提蟒袍端玉帶忙上公案，燈光下觀《春秋》仔細參詳。（白）某觀《春秋傳》内，奸佞謀位，妖女喪邦。某想，奸佞謀位則外生變，妖女喪邦則内生患。細思奸佞，定是曹、董二賊。妖女喪邦，定是貂蟬無疑也。（唱）提起了貂蟬女令人可惱，今夜晚喚進帳細問根由。

（白）軍校！（介白）有！（付白）喚貂蟬進帳！（介白）哦！大王喚貂蟬。（貼上唱）

輕移蓮步出繡房，叫奴今晚好淒涼。被他驚散鴛鴦夢，好不教人兩淚汪。

（白）奴家貂蟬女便是。只因水淹下邳，誅了兒夫呂布，三將軍將奴擒來，送與二大王帳下鋪床疊被。適纔後帳打睡，聽得大王呼喚，須當捧茶伺候。（唱）

十指尖尖捧茶湯，獻與帳前二大王。

（付白）下跪何人？（貼白）貂蟬女。（付白）爲何不抬頭？（貼白）有罪不敢抬頭。（付白）恕你無罪，抬起頭來！（貼白）謝大王！（付白）呀！（唱）

燈光下見貂蟬花容月貌，好一似嫦娥女降下凡塵。怪不得呂奉先父子爭鬥，父殺子子殺父敗壞人倫。（白）貂蟬！（貼白）有！（付白）你乃司徒之女，溫侯之妻，可知前朝後漢？（貼白）不知。（付白）古今興廢？（貼白）不曉。（付白）可知三光？（貼白）日月星辰。（付白）可知三傑？（貼白）但不知周三傑，漢三傑哩？（付白）周……（貼白）周公、召公、太公。（付）漢……（貼白）蕭何、張良、韓信。（付白）你可全記得，緩緩講來。（貼白）小女子才疏學淺，恐有一字差錯，承罪不起。（付白）恕你無罪。（貼白）謝大王！（付白）起來講！（貼唱[2]）

貂蟬女跪帳前告過了罪，把古今興廢事細說詳情。前三皇後五帝年深日久，有堯舜夏商湯四代明君。商紂王重妲姬民心大亂，滿朝中文共武命喪冤枉。周文王夜得夢飛熊入帳，渭水河收子牙定國安邦。十八國伍子胥明府上將，臨潼山曾鬥寶萬古名揚。十五國又出了女將吳艷[3]，他本是胃宿星降下凡塵。前七國有孫龐兩下結勾，後七國有王翦反亂朝綱。貂蟬女訴不盡前朝後漢，一朝君一朝臣直到如今。（付唱）

貂蟬女訴前朝如同目見，果算得才學女亞賽前賢。漢關某皺雙眉無計可使，再問你三國中誰弱誰強？（貼驚介）（唱）

貂蟬女聞此言心驚膽戰，心問口口問心有話難言。三國中論英雄男兒呂布。（付白）唔！（貼唱）虎牢關一騎馬力戰三人，我只得說好話隨風倒舵，大王爺坐上面細聽詳情。三國中三將軍名虎上將。

（付白）還要算呂奉先？（貼唱）

他若是英雄將，爲何身命不全？

（付白）你在那裏看見某的三弟？（貼唱）

那一日只聽得催軍鼓響。（付白）便怎麼樣？（貼唱）霎時間擺開了殺人戰場。（付白）你見他頭戴甚麼？（貼唱）頭戴著烏油盔明光閃閃。（付白）身穿甚麼？（貼唱）身穿著烏油鎧亞賽秋霜[4]。（付白）他在陣前威風如何？（貼唱）在陣前唬一聲如同雷響。（付白）好比何來？（貼唱）好一似黑煞神降下凡塵。（付白）哇！（唱）

某一聲喝住了貂蟬的口，大不該滅却了英雄溫侯。三國中論英雄名虎上將，虎牢關挂帥印文武雙全[5]。提蟒袍端玉帶忙下公案，五綹鬚風擺動面如紅棗，劍出鞘且看他如何主張。（劍響介）

（貼白）大王，此乃甚麼響？（付白）劍響。（貼白）主何吉兆？（付白）主人頭落地。（貼白）此劍出於何處？（付白）出於周文王時。但有不明之事。劍在匣內自響。（貼白）響過幾次？（付白）響過二次。（貼白）頭一次。（付白）斬顏良。（貼白）二次。（付白）誅文醜。（貼白）三次。（付白）莫非應在貂蟬頭上。（貼白）呀！你日間斬我算好漢，夜間斬我不算能。（付白）呀！（唱）

七星鞘內取寶貝，管教你紅粉一命亡。（殺介）（白）呀！爲何斬他不著？是了，想是他在呂奉先帳下，習有讓刀之法，故而斬他不著。且自由他，自有道理。貂蟬。（貼白）大王！（付白）你道某家斬你，還是真斬，還是假斬？（貼白）大王，只有真斬，那有假意。（付白）某乃試你讓刀之法。（貼白）既然如此，請劍歸鞘。（付白）唔！掌燈進帳。（貼白）是！（付白）燈光爲何不明？（貼白）上有燭花未剪。（付白）將燭花剪去。（貼白）呀！（唱）

奴剪燭花心驚跳，今晚有命也難逃。

（付白）貂蟬。（貼白）大王。（付白）上是甚麼？（貼白）天上圓月影。（付白）照見水底。（貼白）水底月影圓。（付白）滿懷心腹事，今晚斬貂蟬。（斬介，下）

校記

[1] 三國保江山："三國"前原本有一"汗"字，或係衍文，今刪。

[2] 唱：原本作"白"。今改。

[3] 十五國又出了女將吳艷："國"，原本作"個"，今改。

[4] 亞賽秋霜："亞"，原本作"押"，今改。

[5] 虎牢關挂帥印文武雙全："挂"，原本作"卦"，今改。

辭曹

無名氏 撰

解題

聲腔不詳。未見著録。劇寫關羽歸投曹操之後，斬顔良，誅文醜，得知劉備在河北招兵聚將，決意辭曹，多次辭行不得相見，於是留下書信，挂印封金，保護二位皇嫂，一同離開許昌。事見《三國演義》第二十六回"關雲長挂印封金"、明雜劇《關雲長義勇辭金》、明傳奇《古城記》。版本今有清《車王府藏曲本》。該本係清抄本，無標點，首頁題"辭曹全串貫"。全劇以唱爲主，所有唱詞以十字句爲主，没有標示曲牌宫調和唱腔。脚色比較簡單，僅有生（關羽）、正旦、旦三人。故而應是以唱功爲主的折子戲。今以清《車王府藏曲本》爲底本，校勘整理。

（正生上）
【引】心中思想結拜情，不知何日得相逢。
（白）曾記當年結桃園，弟兄相會在范陽。黃土崗上俺獨擋，張遼税説進朝堂。某漢室關，在范陽鎮上結拜三姓，桃園殺白馬祭天，宰烏牛祭地，大破黄巾，安享江山一統。不料徐州失散，兄南弟北。某保皇嫂屯兵土山，張遼税説歸投曹操。多蒙丞相待俺甚是異衆。昨日營前斬顔良、文醜，盔内得了書信一封。大哥現在河北招兵聚將。辭曹三次，不容相見。今晚坐在書房，思兄想弟，不得相會，好不凄慘人也。（唱）
漢關某坐書房思兄想弟，我大哥和三弟不得相逢。俺三人初相會范陽鎮上，殺白馬宰烏牛答拜天地。發下了洪誓願共死同生，在桃園我三人結拜賓朋。俺大哥他本是漢家後代，頭一次立功勞大破黄巾。有董卓一心要謀朝篡位，收吕布爲義子蓋世英雄。曹孟德一時間邀兵聚將，搬動了十八處各路興兵。有吕布攔擋在虎牢關上，殺敗了十八路衆將心驚。俺關某心煩惱提刀上馬，酒未冷青龍刀立斬華雄。虎牢關弟兄們三戰呂布，勇三弟挑他紫金盔纓。王司徒進貂蟬連環用計，纔滅了賊董卓保定江山。到如今曹孟德招兵聚將，挾天子令諸侯執掌乾坤。白門樓雖斬了溫侯呂布[1]，却待我弟兄們甚是同胞。花園內論英雄青梅煮酒，我大哥心中怕討令出征。徐州城殺了他心愛上將，惹得他領人馬前來相爭。沛州城不過是兵多將廣，把城池圍困著水泄不通。只殺得弟兄們各自分離，眾兒郎一個個各奔東西。保皇嫂流落在土山之上，張遼弟稅說我進了曹營，封我爲壽亭侯官高祿位，上馬金下馬銀美女十名。曹丞相待關某恩深義重，忘不了我弟兄桃園之情。前日裏監振官轅門報到，有顏良和文醜前來討征。俺關某一時間心頭火起，青龍刀提在手要定輸贏。那二將去到了白馬坡內，舉鋼刀人頭落命喪殘生。頭盔內偶得有書信一封，纔知道在河北興兵聚將。想起了我三弟今在何方。且找著見大哥再去跟尋。這幾日連辭了曹公三次，怎奈他不容見難說分明。那樵樓不覺得更鼓已盡。

（末上，白）啟爺，二位皇娘駕到。（生唱）

忽聽得馬童稟皇娘駕到，漢關某心兒裏著了一驚。叫馬童上前來細聽分明。書房中擺兩張紅漆交椅，正當中再設過龍鳳圍屏。叫兒郎一個個兩旁站定，同議論機密事又恐人聽。忙移步出書房一聲高請，二尊嫂上堂來議論何情？

（正旦、旦上，唱）

姊妹們來至在書房門外。（生唱）有關某打一躬往外相迎，稱尊嫂抬頭看月上更深，這時候到中堂有何事情？（正旦唱）姊妹們在後房提悲掉淚，痛煞了淚珠傾滴濕衣襟。想弟兄前日裏一陣失散，不知道你大哥何處安身？二皇叔你保我姊妹在此，怎曉得終日裏何曾放心。二皇叔三皇弟英雄好漢，你大哥劉玄德懦弱之人。你兄長倘若是有個差錯，丟下我姊妹們所靠何人？（生唱）

漢關某聽此言心如刀割，丹鳳眼不住淚灑胸膛。叫尊嫂你不必焦心自悲，前日裏得著了大哥信封。斬顏良誅文醜偶得書信，我大哥在河北聚將招兵。（旦唱）

姊妹們聽此言喜氣生容，我會見我夫君答謝神明。既然是在河北招兵聚將，不知道何日裏纔得相逢？（生唱）

請皇嫂回房去改換衣容，願保你過五關千里找兄。（正旦唱）二皇叔你細想大事難成，一匹馬一口刀怎出曹營？（生唱）出許昌無人擋倒也罷了，有

人擋青龍刀立下無情。（正旦、旦唱）姊妹們聽此言喜氣揚生。（下）（生唱）

漢關某請尊嫂改換衣巾。叫馬童取過了文房四寶，臨行時寫詩句辭別曹公。

（白）雲長頓首拜：恩相細推詳，感伊情義重，不忍早分離。自斬顏良將，得兄書信傳。連辭不容見，只好日後情。（唱）

上寫著曹丞相恩深義重，住許昌賜戰馬未曾感情。黃金印懸挂在高梁之上，寶庫内取玉鎖鎖上加封。我這裏思想那曹公義好，挨又挨無事兒到挂有事牌，單刀匹馬再不來。（白，寫詩）曹相是恩主，不忍別故交。若得來相會，趕至霸陵橋。（唱）

有詩句寫在粉墻上，等待曹公看端詳。馬童帶過赤兔馬，小校抬上偃月刀。吩咐軍士催車輦，速速趕上霸陵橋。今日保定二皇嫂，千里尋兄不憚勞。（下）（全完）

校記

[1] 溫侯：原本作"諸侯"，今改。

挑　　袍

無名氏　撰

解　　題

　　亂彈。未見著錄。劇寫關羽辭曹之後，驅車來到霸陵橋。曹操帶領張遼、許褚等將領，趕到霸陵橋餞行，並贈送關羽絳紅袍。關羽恐曹操有詐，用刀挑過贈袍，並用刀奉刀獻的方式接過餞行酒，答謝天地，然後揚長而去。許褚等欲追殺關羽，被曹操勸住。事見《三國志·蜀書·關羽傳》、《三國演義》第二十七回"美髯公千里走單騎"、明雜劇《關雲長義勇辭金》、明傳奇《古城記》。版本今見清《車王府藏曲本》。該本係清抄本，無標點，首頁題"挑袍全串貫"，未署作者，角色、科介、賓白、唱詞俱全。唱詞除開場標示唱腔爲【倒板】外，其餘皆没有標明板式。今依清《車王府藏曲本》爲底本，校勘整理。

　　（净內白）馬童。（卒白）有！（净上，白）車輪催趕行。（净唱）

　　【倒板】凉時節到秋風起，折郊外催趕，把車輪慢拽。那怕千軍並萬馬，曹操弄巧反成拙。來清去白慷慨志，挂印封金把相府別[1]。遥望一派巧雲遮，彤雲霞氣山叠叠。（二旦同白）二叔，前面紅紅緑緑，那是甚麽？（净白）此乃暮秋天氣，萬物凋零。（二旦同白）那旁呢？（净白）那旁呵。（唱）

　　秋桂飄蕊人堪羨，一陣馨香噴鼻遮。聞兄河北心歡悦，千里尋兄意切切。（白）小校，前面有碑牌，掃去灰塵，待爺看來。（行介）（净白）左往汝南，右往翼州。車輪耗轉。（唱）光耀閃閃雲霞照，激霄碧碧波浪飄。聽得孤鴻哀哀叫，他知我找兄辭了曹。（旦唱）

　　二叔心事秉正道，身名四海一英豪。不愛權臣孝義好，清史萬載姓名標。（净唱）

　　遥望數間茅草庵，向前稍歇好飽餐。忙催車輪往前趕，勒住玉轡下雕鞍。

　　（旦白）二叔，孤軍不可離鞍。（凈白）二位皇嫂一路而行，多虧何來？（旦白）多虧二叔。（凈白）非也！多虧此馬。（旦白）怎麼多虧此馬？（凈白）此馬呵！（唱）

　　赤兔胭脂人企羨[2]，董卓賜與呂奉先。侯成盜馬獻曹操，曹操賜與關美髯。是物有主來輔助，今朝纔得到北關。某家何曾卸甲冑，赤兔那能離雕鞍。俺爲仁兄馬爲主，人馬兼併怎得閑。（旦白）小校，紅日當空，正好過午。（凈白）前去問來，可有羊肉水飯？（介白）你們這裏可有羊肉水飯？（內白）沒有羊肉水飯，只有鍋盔麵食饃饃[3]，油炸鬼條。（介白）稟二爺，他們這裏沒有羊肉水飯，只有麵食鍋盔饃饃。（凈白）會下一串錢兌對來。（介白）下一實錢來兌來，請二位皇夫人過午。（旦白）苧糧糍樵用他不慣。（介白）稟二爺，二位皇夫人說，苧糧糍樵用他不慣。（凈白）散與衆軍。（介白）衆軍領賞。（凈白）二位皇嫂，爲叔有言在先，在外不比在許昌呵。（唱）

　　在家只說在家好，出外方知路途難。說甚麼苧糧糍樵風味少，那有美味共佳餚？有日得見仁兄面，自有羊羔美香醪。（旦唱）

　　曹操待你恩義好。（凈唱）

　　哎！猛然想起奸曹操，不由某家惱眉梢。上馬金全不要，美女十人絳紅袍。壽亭侯爵難買我，挂印封金辭奸曹。難忘恩兄仁義好，怎能抛却了生死交。海誓山盟全忠孝，爲國忘家豈憚勞？（行介）（內喊白）（凈唱）只聽得人馬聲聲鬧。（白）下面爲甚麼喧嚷？（內白）陽關送故交。（介白）啓爺，陽關送故交。（凈白）哎！（唱）

　　那裏陽關送故交，挂印封金辭過了曹，文憑不與任我逃。五關約我我參透，這個術咱早知覺。他弱我強剛劍剖，舌劍脣槍怎相饒！狹路相逢冤家到，罷罷罷！定一個雌雄兩開交。（旦白）二叔吓！（唱）

　　二叔聽嫂說正道，不要煩惱事緩調。曹操待你恩義好，須要提防那張遼。（凈白）哎！（唱）

　　尊嫂不必細叨叨，穩坐車輪莫心焦。那怕九牛許褚到[4]，樂進李典詭張遼。管叫他謀不成、計不就，方命圮族回故交。莫圈套，真好笑，纔算爲叔老謀高！小校忙催車輪往前趕，速趕過霸陵橋。過霸陵橋展虎豹，看某一人獨退奸曹。縱有美酒羊羔，特來送故交，餞行酒到，趕至霸陵橋右。（凈白）恩相請了。（外白）君侯請了！（凈白）恕末將不下馬了。（外白）恕老夫不下轎了。（凈白）文遠、仲康請了。（二同白）仁兄請了！（凈白）某家來得清？（同白)來得清。(淨白)去得明？(同白)去得明。(淨白)既來得清去得明,趕來則甚？(同白)主公不忍將軍前來,命我等造有紫絨冠、絳紅袍、皂靴、魯酒一樽,特來作餞。(淨白)只是前恩未報,新恩又來,承賜了！(同白)好說。(淨唱)

餞行酒恩義好,紫絨冠絳紅袍。多承你大德真難報,難捨難分到霸橋。(白)此乃甚麼時候？(同白)八月將盡九月初。(淨白)好吓！(唱)八月將盡九月初,時逢霜降又到秋。丞相贈我的玉勒子,紫絨金冠黑貂裘,義重恩深難領受。(同白)丞相菲薄之意。(淨唱)多承君子意贈關某。文遠仲康聽分剖,某家言來訴原由。嫦娥要去月難留,留俺在此結冤讎。千方百計難留咱,人在曹府心向劉。(同白)君乃春秋戰。(淨唱)好義兄提起戰春秋,各爲其主建勳猷。豈可只貪富貴[5],惹得後人罵不休。滿滿斟上餞行酒,關某飲他五六甌。(旦唱)

小校,叫二叔興兵莫飲酒,恐怕酒後無運籌。(介白)啓爺,二位皇夫人說興兵莫飲酒。(淨白)附耳來[6]。(唱)

俺的機關早已就,勸嫂何必心擔憂？你看那車前並車後,曹府人馬也甚多。機關莫使人參透,叔嫂同言禮不周。多多拜上二皇嫂,穩坐車輪不須愁。自有降龍伏虎計,臨機應變志廣謀。再若細細叨叨語,惹得曹兵笑不休。

(同白)請仁兄下馬穿袍飲酒。(淨白)馬上願領。若是下馬,某這裏勒轡即去。(同白)恭敬不如從命,看酒！刀奉刀獻。(淨白)此酒氣味不同,待某答謝天地。(同白)此乃皇封御酒,非比許昌之酒。(淨白)難道某還大似天地？(同白)天地須大,相敬意非小。(淨白)不必多言！皇天在上,俺關某尋故向主,多蒙曹丞相賜酒,趕至霸橋作餞。此酒若有歹意,刀上分明。(唱)

主刀叱咤火焰飄,惱得某家心內焦。汝的詭計參透了,安排藥酒害英豪。俺本是仁義真君子,怎比你奸詐小兒曹？造藥酒,說圈套,狹路相逢實難饒！今日不看丞相面,拿起寶刀把頭找。(同白)念弟恩,請仁兄三次。(淨唱)

三請雲長不下馬,將刀挑起絳紅袍。文遠仲康暗巧計,好個羊羔美酒醪。不是關某見得高,五臟崩裂把命抛。多多拜上奸曹操,你說俺漢亭侯,不受他的節制,雲長去了。(同叫白)雲長頭也不回,竟自去了。有請丞相！(外上,白)霸橋作餞觀成敗,假意繾綣他怎猜？雲長呃？(同白)機關已泄,他竟自揚長去了。（外白）他竟自去了？（同白）這厮好生無禮，待我趕上前去。（外白）不可。彼一人一騎，吾數十人，安得不疑？吾不與他文憑，五關之險，諒他插翅難逃。（唱）

美酒羊羔，特來送故交；餞行酒到，趕至霸陵橋。（同下）

全完

校記

［1］挂印封金把相府別："金"，原本作"侯"，今改。

［2］赤兔胭脂人企羨："企羨"，原本作"欺羨"，今改。

［3］鍋盔麵食饃饃："盔"，原本作"虧"，今改。下同。

［4］許褚：原本作"許杆"，"杆"字誤，今改。

［5］豈可只貪富貴："只"，原本作"兄"。今改。

［6］附耳來："附"，原本作"付"，今改。

古　城

無名氏　撰

解　題

　　高腔。《車王府曲本》著録，題"古城全串貫"，未署作者。劇寫張飛在古城外得罪關羽，無顔相見，求劉備爲其講情。劉備讓其跪在丹墀請罪。張飛擺隊迎接關羽進城，自跪丹墀，關羽見而不睬。關羽講述徐州失散，爲保護二皇嫂，暫降曹操；到許昌，曹操厚待，贈金銀、美女、錦袍、赤兔馬、封侯，然而不忘桃園，不貪富貴，千里尋兄而來。關羽原諒張飛，桃園兄弟和好。事見《三國演義》第二十八回、明傳奇《古城記》第二十九《團圓》。版本今見《車王府藏曲本》本。今以該本爲底本，校勘整理。

　　（四卒引付上，付唱）【引】當初只道無情漢，今日方知義勇男。（白）只因一著錯，滿磐俱是空。俺張飛，昨日在古城外面，得罪了二哥，今日進城，無臉去見（説減）[1]他（相見也可）。這便怎（説雜）處（説杵）？哦，有了，不免請出大哥來，與我討個分上。大哥有請！（生上）【引】孤窮命蹇失居巢，何日得把冤讎報。（付鼓中白）大哥在上，小弟有禮。（生白）三弟唤劣兄出來，有何話説？（付白）無事也不敢驚動你老人家，昨日在古城外面得罪了二哥，今日進城無臉（説減）相見，請出你老人家來，與俺討個分上。（生白）這有何難，待你二哥進城時節，你頭頂氈笠，跪在丹墀，那時劣兄自有道理。（付白）如此多謝大哥。請！（生白）請！（生下）（付白）哎，將校的，少時你二爺進城，要你們擺齊隊伍，迎接你二爺進城，小心哪呀小心哪！（付、卒同下）

　　（四將引净上，净白）息鋒罷戰起塵埃，千里尋兄到此來。今日兄弟重相會，（唱）【走馬新水令】征夫塞（唱賽）滿太平街，卸連環换上了蟒袍玉帶。（内喊介，净白）軍校。（將白）有。（净白）那裏喧嚷？（將白）待小人問來。呀！那裏喧嚷？（內白）蔡陽殘兵未散。（將白）住著。（內應）吓！（將白）啓爺，蔡陽殘兵未散。（淨白）傳出令去，願意投降，隨某進城；不願意投降，叫他們各自散去。（將白）啊呀！蔡陽（不説蔡陽也可）殘兵聽者！（內應）吓！（將白）二爺（爺爺也可）有令，願意投降隨爺進城，不願意投降叫你們各自散。（內白）俱願投降。（將白）住著。（內應）吓！（將白）啓爺，俱願投降。（淨白）再傳令。（唱）您（唱寧）叫他把旌旗在營外捲，戈甲不須排。拂盡塵埃，烏呵似孤鴻在碧天雲外。（白）昨日在古城外面好一場鏖戰（厮殺也可）也。（唱）

【駐馬聽】只殺得滿面塵埃，滿面塵埃。宵夜無眠，到此來也是俺忠心不改（添一點也可），忠心不改。（白）那壁（説被）廂跪著好像（乃是也可）三弟，俺一路而來，那個不説俺真順曹營（昨日古城外面也可），這也難怪三弟喫惱。（唱）大哥心下犯疑猜，且作個（唱告）朦朧不睬，作個朦朧不睬。（將鼓中白）大爺有請！（生上見介，淨唱）

【雁兒落】見哥哥跪在埃，參兄長躬身拜。（生、淨合唱）徐州失散遇兵災，東西南北兩分開。今日在古城中，你我依然在，哀哉。嗟（唱絶）嘆殺無聊懶傷懷，止不住盈盈淚滿腮。（淨白）大哥！（生白）二弟！（淨白）徐州失散，多有受驚了。（生白）好説。二弟，一路鞍馬勞頓，多有辛苦了。（淨白）好説。大哥，今日弟兄相會，爲何不見三弟？（付白）哎，他明明見俺跪在這裏，故意的粧剛咧。（生白）三弟昨日古城外面，得罪與二弟，今日跪在丹墀，等二弟前去發放。（淨白）這等，待小弟將（把也可）降曹一事説明，免得弟兄日後挂懷。（生白）正當如此。（淨白）借了。（生白）請。（淨白）丹墀（下面也可）下跪者何人？（付白）小弟莽張飛。（淨白）好，好一個莽張飛。（付白）好甚麽，光惹的你老人家生氣。（淨白）三弟（不説三弟也可），名不虛傳。你可記得，當初徐州失散的故事，有人來報説曹兵百（説擺）萬戰將千員，圍住淮水猶如鐵桶一般，彼（説北）時你就要出馬，俺道三弟不可莽撞，須當用計而行，你就用了個蜘蛛網之計。你與大哥前去偷營，不想被曹兵殺散東西。報子來報，説大爺三爺俱被曹兵傷了，某一聞此言，彼（説北）時就要出馬，若論你二哥手持大刀殺條血路，誰人敢擋。爭奈二位皇夫人在堂，俺（關某也可）一人遮前而不能顧後。正在兩難之際，曹操差（曹營遣也可）張遼前來説（説睢）某降曹，是俺將機就計，假（暫也可）順曹營，一爲養軍之策（説廂），二來打聽弟兄下落。一下（到也可）許昌，曹操待某甚厚（將大恩相待也可），上馬金下馬銀，三日一小宴，五日一大宴，美女十人，官封（封俺也可）壽亭侯之職。你二哥受此大恩還思想回來，若是你張飛，且慢説一個，就便十個也不

思想回來了。你二哥是甚等之人，豈肯貪一時之富貴而壞萬載之綱常。三弟！（唱）

【得勝令】俺本是英雄猛烈棟梁材，俺豈肯把桃園情義改。誰似你狼心肺惡心腸没見識將咱怪，不想到蔡陽的兵趕來趕來。你把城門緊閉不放開，也是俺施英勇展奇才。把那蔡陽的頭兒咕嚕嚕斬在埃，這場鏖戰好一似天差，好一似天差。他不念弟兄情，也須念桃園結義恩還在。（白）大哥，小弟將（把也可）降曹一事説明，不惱三弟了，叫他起來罷。（生白）這便纔是啊！三弟，你二哥説過不惱你了，叫你起來罷。（付白）哎，俺得罪了二哥，又不曾得罪於你，你叫我起去，我可偏要跪著。（生白）還是這樣莽贛。（付白）哎（叫意）！大哥還是叫他來呀，哎（順意，好個大莽人哪也可），好不在行啊。（生白）是，我曉得，二弟。（净白）大哥！（生白）二弟！説道得罪於二弟（你也可），不曾得罪了劣兄（我也可），還是二弟（你也可）去發放。（净白）這等，小弟有僭了。（生白）請。（净白）三弟！你二哥不惱你了，起來罷。（付白）怎麽，二哥不惱小弟了？這纔敢起來，這纔是俺仁義的哥哥。二哥一路鞍馬勞頓，你老人家多有辛苦了。（净白）好説。三弟！（付白）二哥！（净白）昨日古城外面，你的槍法益發熟練了（好槍法也可）。（付白）哎（煩意），説過不惱又是（提也可）甚麽槍刀，你還是惱在那裏，俺還跪在這裏。二哥你不念桃園結義了，哇喔喔喔（哭意）！（净白）且住。想俺三弟，上不跪天下不跪地（甚等之人也可），今日跪在丹墀，由得某説，由得某講呀！（唱）三兄弟請起來，二哥哥躬身拜。（三人合唱）桃園結義遇兵災，東西南北兩分開。今日在古城中你我依然在哀哉，嗟（唱絶）嘆殺無聊懶傷懷，止不住盈盈淚滿腮。（同下）

全完

校記

[1] 無臉去見（説減）：“説減，”是原本之小字注。爲保劇本原貌，今録其文置於括號之内。下同。

三　國　志

無名氏　撰

解　題

亂彈。未見著録。劇寫劉備兵敗，投奔劉表。劉備奉劉表命，討平江夏造反的張武、陳孫。劉表聽信其妻蔡氏讒言，令劉備駐守新野。蔡氏與其兄蔡瑁欲殺劉備。蔡瑁設計在襄陽會上埋伏兵擒殺劉備。劉備得伊籍告信，離席闖出西門，乘的盧躍過檀溪，經牧童指引，往見水鏡先生。水鏡先生告備，鳳雛、卧龍得一，可安天下，並讓夜晚來投宿的徐庶投奔劉備。劉備得單福（即徐庶），拜爲軍師，在單福指揮下，擊敗曹軍，奪取樊城。曹操知輔助劉備的單福即徐庶，用程昱計賺徐母至許昌，逼徐母寫信招徐庶來許昌。徐母知兒佐劉備心喜，拒不寫信，並怒罵曹操，以石硯擊之。曹操從程昱計，善待徐母，套取筆迹，修家書賺徐庶來許昌。徐庶接母信，痛而不辨真僞，辭劉赴許昌救母。劉備在長亭爲庶餞行，感動了徐庶。他走而復轉，向劉備推薦諸葛，恐諸葛相拒，又親自往見諸葛亮。徐庶到許昌見母。徐母怒斥徐庶，後堂自縊。水鏡向劉備再薦諸葛。劉備立即往隆中訪諸葛亮，未遇。隆冬，劉備頂風冒雪二訪諸葛亮，又未遇，但遇亮弟諸葛均。劉備留書信給諸葛亮。次年開春，劉備三顧茅廬，諸葛與劉備相見，談論天下三分大勢。劉備再三懇請諸葛亮出山相助，直至哭告無助，諸葛亮見其心誠，方允出山。劉表年老多病，欲讓劉備執掌荆州，劉備不忍乘人之危拒之。劉琦見劉備，請教免遭繼母蔡氏相害之策。劉備讓劉琦向諸葛亮請教自保之計。劉琦三次向諸葛亮懇求自保之計，諸葛亮無奈，讓其討兵鎮守江夏，遠離荆州以避禍。諸葛亮拜軍師掌兵權，招募兵馬，操演陣式，登臺拜印。事見《三國演義》第三十四至第三十七回。版本今見清《车王府藏曲本》本。該本共十本九十六场，手抄本，未标点。首页题"三国志投荆襄頭本"。今以該本为底本，校勘整理。

投荊襄　頭本

頭　場

（四紅文堂、四紅大鎧、糜竺、糜芳、簡雍、孫乾、□□豐[1]、趙子龍、張翼德、關公、劉備上唱）

【西皮搖板】大家見面甚僥倖，（白）哎，（唱）不由一陣好傷情。（嘆氣介）哎！（張白）大哥，你老人家爲何這樣長嘆？（劉白）三弟，曹兵雖然不趕，但只一件。（張白）那一件？（劉白）劉、龔二家太守俱個喪命，實爲可嘆。人馬折盡，糧草被劫，無處可歸，如何是好？（關白）兄長，爲人生死皆有定數，龔都、劉辟造定的無常大限難逃，失去的糧草何是爲罕。（劉白）賢弟，兄有一言，你且聽了。（唱）

【正板西皮】爲漢業把你我心血用盡[2]，爲江山使碎了大家之心。走東西算來時二十年整，苦爭持經了些惡戰交兵。天不佑志大才短終無用，命福簿強争鬥事業不成。到如今四海飄無家安穩，身半世依然是作爲浮萍。因此上愚兄的心實不忍，耽誤了衆英雄愧在兄心。（關唱）

【西皮正板】口内連將兄長尊，小弟愚言兄長聽。萬般之事有數定，有時有泰有敗興。桃園芬芳於春勝，黃菊九月纔吐金。却是一樣根有本，開早發遲自不同。人之興敗有命運，莫恢當初一片心。小弟相勸兄忍性，無志之言休出唇。先尋個栖身心安穩，只可商量定計行。

（白）大哥，如今正在個顛沛流離之際，若不拿定了主意，豈不把前功盡費？此時只可尋個栖身之地，暫時耐守，再圖進取立業，纔是正理。像那些失志之言[3]，再休出口。丈夫之量能屈能伸，蛟龍之志可勝可隱，何必把丕泰成敗放在心中。（衆同白）言得極是[4]，皇叔當從。（劉白）賢弟此論雖然近理，奈你我此時無栖身之地，這却如何是好吓！（孫乾白）皇叔，現在荆州不遠，如今景升劉表他鎮守荆州九郡，共四十二處吓。（唱）

【二六】孫乾向前把話禀，皇叔在上請聽真：劉表荆州轄九郡，四十二處州縣城。馬步精壯威風凛，糧草如山争强存。主公漢家同宗姓，具是支派一脉親。往而投之他必准，勝如別處求傍人。再者景升爲首領，他也聞知主公名。（劉唱）

【二六】先生講的甚聰明，你的言詞孤照行。但有一件事要緊，雖是同宗

未相逢。投去倘若不應允,那時反費慇懃心[5]。(孫乾唱)

【二六】劉表雖然挑九郡,他是身在敵國心。東連吳地南海近,西是蜀地不安寧。荆州正是用武振,靠他未必有才能。主公同衆去投奔,視如天神敬上賓。主公即速修書信,待臣荆州走一程。(劉笑介)哈哈哈!(白)文房四寶伺侯[6]。(唱)先生之言孤僥倖,即忙就寫信一封。勞動先生把書送,一路之上莫消停。先生此去要謹慎,着意留神加小心。見了劉表多恭敬,亦要周全好言明。(孫乾白)臣遵命。(唱)皇叔不必細叮嚀,爲臣有言主公聽。爲臣去後安排定,(白)主公。(唱)必須同衆隨後行。(上馬介下,劉笑介)哈哈哈!(唱)好個孫乾真忠正,再三相勸投景升。二弟三弟安排定,大家同奔荆州城。後帳擺宴大家飲,開懷暢飲飲劉伶。(同下)

校記

[1]□□豐:"豐"前有二字,不識。待考。
[2]把你我心血用盡:"把",原本作"罷"。今改。下同。
[3]像那些矢志之言:"像",原本作"相"。今改。下同。
[4]言得極是:"極",原本作"及"。今改。
[5]反費慇懃心:"費",原本作"廢"。今改。
[6]文房四寶:"房",原本作"方"。今改。下同。

二　　場

(孫乾上,唱)

【西皮二六】孫乾遵奉皇叔命,催馬加鞭往前行。離城不遠朝前進,催馬進了荆州城。(笑介)哈哈哈!(下)

三　　場

(四藍文堂、四藍大鎧、四將官、蔡瑁、張允、劉表上,唱)

【西皮正板】孤王威鎮荆州郡,兵强將勇貫戰征。何懼曹操兵將勇,那怕東吳百萬兵。熟練水軍蔡張允,將士各個韜略精。操練兵卒軍令謹,水軍都督有才能。

(一門官紅官表中紗蒼滿上,白)啟主公,外面來了一人,名叫孫乾,口稱求見主公。（表白）哦，久聞此人跟隨我族弟玄德。今日到此荆州，是何原故？其中必有別事。（蔡瑁白）[1]主公，何不將此人喚進府來，當面一問，便知明白。（表白）來！有請孫先生進府。（門官白）[2]主公有請孫先生。（孫乾上，白）全憑三寸舌，説透内中情。臣孫乾恭見主公千歲。（表白）先生少禮，請起。（乾白）謝千歲。（表白）先生請坐。（乾白）謝坐。（表白）久聞先生隨吾族弟，今日到此必有所爲？（乾白）千歲容禀。（唱）

【西皮正板】孫乾欠身多恭敬，尊聲千歲在上聽。下官跟隨玄德主，算來到有十二春。南征北戰多勞頓，奈因無將大事成。前在汝南身未穩，多虧劉辟應借兵。不料曹操去會陣，交鋒未能見輸贏。汝南被曹攻得緊，可嘆劉襲喪殘生。劉皇叔兵微難取勝，欲投孫權奔江東。結連仲謀扶漢鼎，上報君王下安民。皇叔主意心已定，下官攔阻主人公。要除國患滅奸佞，除非宗親方可行。須上荆州求救應，提起千歲是宗親[3]。背親投疏非禮論，外人聞知落笑聲。再者荆州招賢正，廣收四海衆英雄。因此奉了皇叔命，先到荆州見將軍。現有我主書合信，請千歲須要看個清。（表白）待我展開觀看。上寫："族弟備字奉族兄臺啓，弟總鄙陋無才，却長存扶漢之心。現今賊臣擋道，天下庶民塗炭[4]，諸侯各霸一方，九省之中背逆者多半。漢室哀微，先遭張角之殃，後遭董卓篡亂，此二賊剛自遭誅，又有曹操秉政專權，更爲可惡。弟欲除奸剪霸，匡扶社稷。聞兄在荆州，威鎮朝野，納賢憐軍，故弟不投江東，望兄念共族之誼，容備栖身，實爲萬幸。"（看完介，嘆氣介）咳，孫先生，你主與我乃同宗骨肉，序家譜年齒吾兄他弟，雖各居兩地，彼此都知行爲。久聞吾弟玄德仁義，遠鎮宇宙，是個機廣謀高之人，吾常想念。今天從人願，孫先生至此[5]，那有不容之理？不知吾弟今在何處，我好前去接待。（蔡瑁白）主公，不可中孫乾之計。他們叫曹操殺個上天無路，入地無門，連存身之地也是無有。如今來投荆州，希圖存身，他等若要久住，必有圖謀荆州之意，正所謂"養虎傷人爲害不淺"也。（唱）

【二六】蔡瑁向前忙告禀，此事休得來依從。留下曹操聞知信，一定起意動刀兵。再者劉備素不正，有始無終負義人。先投吕布心未穩，後來又轉曹公勳。近投袁紹還未定，三處俱個無信行。荆州若要留他等，曹相必然來戰征。保國安民是正論，爲何煩惱自己尋。（孫乾笑介）哈哈哈！（唱）

【二六】帶笑開言往下問，公是何人來阻承。擅攔明公理不正，請問尊公是何人。（蔡瑁唱）蔡瑁是俺名合姓，現爲都督掌水軍。（乾唱）都督有所不知情，待我説與尊公聽。劉使君三處俱未穩，無奈之何暫栖身。吕布弑父人人恨,曹操眼空太欺君。曹吕二賊行奸佞,袁紹亦忘漢室恩。雞犬鼠輩何足論,怎與我主魚伴龍。

(白)都督,吾主赤心報國,忠孝雙全,焉能屈於俗子之下,自然待之不久。今聞劉公乃當世豪傑,況與我主同宗共祖,故此纔得千里相投,豈有外意? 你是一片嫉賢誤國之心,明知我主的同伴[6],關公、翼、德子龍這些人物一到荆州,那時那裏還顯着你這宗癡才。故此你當廳閑言離間他同宗的骨肉,使明公落不義之名,只怕耽誤了大事吓。(蔡瑁獃介,白)這個。(唱)

孫乾一派言語論,叫某有口也難云。站在一傍心煩悶,氣壞蔡瑁怒生嗔。(白)哎。(表唱)

【二六】都督不必心急性,凡事須要三思忖。玄德之事吾應允,焉能追悔有二心。(蔡瑁白)啊,(唱)腑内自己暗沉吟,若留劉備我怎爲人。

(表白)先生,(唱)

【西皮搖板】蔡瑁説話欠聰明,先生休要記在心。回去公對玄德論,我急出城將他迎。(乾唱)

【搖板】明公分派乾遵命,辭别千歲出府門。施罷一禮足踏蹬,(衆帶馬介,乾唱)明公之言我禀明。(笑介)哈哈哈!(下,表笑介)哈哈哈!(唱)

【搖板】好個能言孫乾先生,看他到是爲國臣。人來齊把雕鞍整,(衆同白)啊,(表唱)隨孤迎接同宗人。(衆同領下)

校記

[1] 蔡瑁白:"瑁",原本作"冒"。今依前文改。
[2] 門官白:"門",原本作"問"。今改。
[3] 提起千歲是宗親:"提",原本作"題"。今改。
[4] 天下庶民塗炭:"炭"字,原本無。今依文意補。
[5] 孫先生至此:"孫",原本作"某"。今依前文改。
[6] 明知我主的同伴:"知",原本作"之"。今改。

四　　場

(劉備原人同上,劉唱)

【二六】只爲漢室除奸佞,爲國無處去存身。孫乾去把荆州奔,但願宗兄他應承。心中煩悶寶帳進,等候先生信合音。(孫乾上,唱)全憑寸舌一派論,急忙回營見主君。來在營門下能行,(下馬介,唱)進帳奏與主公聽。

(白)參見主公。(劉白)先生辛苦了,請坐[1]。(乾白)謝坐。啊,衆位將軍。(衆同白)先生請坐。(乾白)請坐。(劉白)先生去往荆州,那劉表心意如何?(乾白)臣奉命下書,景升一見書信,看罷之後,十分歡悦,諸事應允。不想蔡瑁一傍到有阻擋之意,被臣一片言語激回。那景升少時親自出城,迎接主公。(劉白)好,全仗先生智謀。(乾白)臣當得效勞。(劉白)二弟三弟四弟,隨吾一同即奔荆州,去見劉公。(三同白)好,我等一同前往。衆將官!帶馬往荆州去者。(衆同白)啊。(劉唱)三位賢弟聽兄論,大傢俱是爲國心。久聞蔡瑁人不正,身入荆州要留神。防犯此賊嫉妒恨,見他須要假意慇懃。但願此去得安穩,重整漢室錦乾坤。三軍與我帶能行,(衆同下,劉唱)催馬奔往荆州城。(下)

校記

[1]請坐:"坐",原本作"了"。今依前後文意改。

五　　場

(劉表原人同上,表唱)

人馬紛紛出荆城,孤去迎接同宗人。遠望族弟荆州奔,弟兄見面叙寒溫。(劉備原人同上,甘、麋二位夫人,二車夫,劉唱)

【二六】坐立雕鞍來觀定,不覺來到荆州城。兩傍將士威風凛,精壯水軍兩邊分。觀見宗兄下金蹬,即忙向前跪埃塵。眼望宗兄心酸痛,恕備來遲望寬容。(表唱)族弟免禮且站定,賢弟落淚兄傷心。(劉唱)小弟一生多薄命,四海無家來安身。可嘆我自創數年整,未能耀祖世業成。斷綫飄蓬無定准,到作楊花浮水萍。高祖斬蛇人欽敬,創成漢室四百零(春也可)。傳到獻帝承天運,反落奸曹掌權衡。漢家之人空望定,不能夠除奸社稷寧。(哭介,表唱)

【搖板】賢弟免禮止悲聲,漢家興旺今相逢。(白)賢弟,(劉白)宗兄。(表唱)一同上馬把城進,(劉上馬介,表唱)請入荆州叙舊情。(原人領只下)

(連場上,原人進城介下)(連場上,原人凹門上歸坐八字,表白)賢弟駕到,兄未曾遠迎,面前恕罪。(劉白)豈敢。弟少來問安,宗兄海涵。(表白)豈敢。(劉白)哎。(表白)弟兄同宗,天湊奇緣,真乃三生有幸。(劉白)哎呀族兄！想高祖自泗水亭長起首，創成了一統的天下，那知後輩的兒孫這樣軟弱。小弟有心匡扶山河，奈不稱其時，未得其志呀。（哭介，表哭介）哎呀賢弟，你我二人原係一脉傳。聞人說賢弟之名，遍於四海，只因身居兩地，未能聚首。今日天使其然，賢弟至此，我把那爲國憂民的心到減去一半。賢弟不必憂思，除奸有日呀。（唱）

【西皮正板】賢弟請坐細耳聽，且聽愚兄說分明。百般之事有數定，自可憑天任蒼穹。漢家你我從此幸，何愁曹操那奸雄。除奸滅佞國安靜，只可身穩享太平。荆州糧草甚厚重，所轄四十二座城。文官武將秉忠正，我的軍令誰不遵。步隊軍卒各個勇，盡是年壯精銳兵。戰船到有七千整，水軍交鋒有奇能。水寨戰船能取勝，善於水戰數萬人。再者荆州居安穩，愚兄年邁暮景春。早有此心賢弟請，有了膀背整乾坤。慢說你我同宗姓，陌路之人還容情。賢弟荆州身安靜，魚水相幫度光陰。總要耐性寧心等，自然有日趁其心。（劉唱）仁兄之言禮義信，眼望關張把話云。三位賢弟過來，拜見我同宗人。（關、張、趙同白）遵命。（唱）走向前來身躬定，我等拜見劉主君。（表白）哎呀不敢當了，請少禮呀。（唱）

【二六】關公異相非凡品，令人一見膽戰驚。翼德子龍威風凛，猶如天神下凡塵。（劉白）糜竺、糜芳、簡雍，你三人過來見過劉主。（三同白）我等參見劉主。（表白）三位將軍少禮。（三同白）謝劉主。（表笑介）哈哈哈！（唱）大家且自把坐請。（衆同白）謝劉主吓。（表唱）

【二六】再與族弟將話明。似此虎將威名鎮，世間希少天下聞。（白）曾聞"降漢不降曹"之言，實爲亘古少有。這個名望天下傳揚。吾弟有此兄弟，真像似芝蘭共聚。（望將介）異姓同胞，讓你昆仲。（關、張同白）劉主誇獎了吓。（表望趙介，白）好一位英雄的猛將。（劉白）此乃真定常山的子龍趙雲。（表白）久仰了。（雲白）豈敢。（劉白）小弟在顛沛之間，多虧關張二位兄弟與趙將軍扶持，難得難得呀！（笑介）哈哈哈！（表白）中軍即忙掃公館，須要乾净，諸般預備[1]，好叫二位夫人安身歇息。（中軍白）遵命。（下，衆將同白）啓主公，酒宴齊備[2]。（表白）看宴伺候。（衆將同白）是。（表白）現有酒宴，兄要擺盞[3]。（劉白）弟不敢當了，擺下就是。（表白）三位將軍、孫先生一同共飲。（衆同白）遵命。（表白）將宴擺。（吹打介，安席入坐中間表、劉同坐介，劉大邊、表小邊、兩邊兩張桌子，關、張大邊坐，趙、孫小邊坐，表白）賢弟，衆位將軍請。（劉白）宗兄請。（衆同白）劉主請。（排子，表唱）

【西皮倒板】劉表玄德多親近，

（衆同白）請哪！（表唱）

【正板】弟兄共坐細談心。賢弟肺腑對兄論，兄在弟前吐平生。桃園結義真僥倖，怎樣招兵破黃巾。張角怎樣來平定，累次大功世間聞。弟作徐州爲縣令，吉平事發怎樣行。白門樓呂布他命盡，那位將軍立奇功。種菜澆園爲根本，青梅煮酒論英雄。徐州城曹操兵圍困，弟兄怎樣失散分。聞聽賢弟各逃奔，古城如何又相逢。曹操爲何刀兵動，袁紹因甚無始終。那個不是兄請問，那個無情誰有情。

（衆同白）請哪！（飲酒介，劉唱）

【原板】以往之事聽弟稟[4]，聽弟從頭表說情。大破黃巾說不盡，種菜澆園巧計生。呂布弒父人人恨，曹操眼空太欺君。曹呂二家行奸佞，袁紹亦忘漢室恩。因此棄走各投奔，指望徐州久安身。曹操聞知把兵領，嫉妒圍困徐州城。也是桃園有緣分，弟兄古城又相逢。弟兄共談把酒飲，千幸萬苦柱勞神。（表唱）也是賢弟好命運，可算賢弟帶福星。增福延壽創業定，纔能消禍不成凶。弟兄哀傷敘不盡，且自開懷飲劉伶。

（報子上，白）報，啓主公，小人探聽張武、陳孫在江夏作反，霸住了四郡，擄獲黎民，招聚英雄，積草屯糧，不久兵犯荊襄，特來稟報。（表白）再探再報。（報白）得令。（下）（表白）陳孫、張武二賊，在江夏作反，若不早去除之，只恐爲害不小。（劉笑介）哈哈哈！兄長不必憂慮，小弟至此，蒙兄長收留，這番的恩待實出望外，無可以報。小弟情願領一支人馬，擒拿二賊，掃平江夏。（表白）賢弟到此是客，豈敢有勞貴體。（劉白）些小之事，何勞之有，仁兄何說此謙詞。再者弟代兄勞，乃分所當然之事。（表白）兄久聞賢弟智勇雙全，機謀廣有，既是願替愚兄，無有不勝[5]。中軍官！（中軍白）有。（表白）命你速挑精銳兵馬五萬，預備吾弟去征江夏。（中軍白）得令。（下）（劉白）兵貴神速，又道攻其不備，弟欲急行方好。（表白）賢弟言之有理。但不知賢弟幾時起程？（劉白）弟明日就要教場祭旗伐兵，吉時起程吓！（表白）待愚兄親到教場與弟踐行，吃幾杯得勝酒，再開兵也不遲。（劉白）軍情緊急，兄長等候弟掃滅二賊得勝回來，必須痛飲。弟告辭，回至館駟，整理行裝要緊。（表白）兄就遵奉賢弟之命，但願此去旗開得勝，馬到成功[6]。（劉白）借兄長吉言，告辭了。（同笑介）啊哈哈哈！（唱）

仁兄不必挂愁腸，些須小事弟承當。那怕二賊兵強壯，霜雪焉能見太陽。小弟此去賊掃蕩，定把逆賊一掃光。辭別宗兄出府往，聽候好音轉回鄉。（白）請哪。（元人同劉下，表笑介）哈哈哈！賢弟請。（唱）

我看玄德有志量,文韜武略腹內藏。何懼二賊天神樣,現有玄德劉關張。桃園弟兄領兵將,旗開得勝轉荊襄。(笑介,衆同下)

校記

［1］諸般預備:"諸",原本作"請",依上下文意改。

［2］酒宴齊備:"宴",原本作"晏"。今改。下同。按:"宴""晏"二字一義相同,但非此義。

［3］兄要把盞:"把",原本作"擺"。今改。

［4］以往之事聽弟稟:"以",原本作"一"。今改。

［5］既是願替愚兄無有不勝:"無有",原本作"再"。今依文意改。

［6］馬到成功:"到",原本作"道"。今改。

六　　場

(四藍文堂、四藍大鎧、四大將、四下手、張武、陳孫上,唱)

【點絳唇】蓋世英豪,兒郎虎豹。威風好,殺氣天高,要把荊襄掃。(上高臺,詩,張白)威風凜凜貌堂堂,(陳白)虎背雄腰誰敢當。(張白)弟兄操演兵合將,(陳白)一心只要取荊襄。(同白)某,(張白)大將張武是也。(陳白)大將陳孫是也。(張白)賢弟。(陳白)兄長。(張白)你我自佔江夏[1],屯聚糧草,招聚英雄,兵強馬壯,並不見荊州劉表動靜[2],想必有懼怕之意。早晚統領雄師,奪取荊州九郡四十二處州縣,俱歸你我之手。好不僥倖也。(報子上,白)報,今有荊州劉表發來人馬[3],離江夏十里安營下寨。(張、陳同白)再探。(報白)得令。(下,陳白)兄長。(張白)賢弟。(陳白)可惱那劉表膽大,擅自帶兵前來,看他兵行百里,不戰自乏。你我今晚前去偷營,劫殺他個瓦卸冰消,叫那劉表以後不敢來征江夏。(張白)賢弟既然領軍爲戰,豈有不講兵法[4],倘然不能成功,反被他人恥笑,趁他紮營未穩,你我殺他個湊手不及,必然得勝。(陳白)兄長言之有理。哎,衆將官!就此出城迎敵去者。(同下)

校記

［1］自佔江夏:"佔",原本作"站"。今改。下同。

［2］劉表動靜:"靜",原本作"净"。今改。

［3］發來人馬："發",原本作"伐"。今改。下同。
［4］不講兵法："講",原本作"將"。今改。

七　場　上

（四紅文堂、四紅大鎧、四上手、四將官、關、張、趙、劉上,唱）

桃園弟兄志氣昂,統領雄師離荆襄。此番共義賊掃蕩,方顯弟兄武藝强。逆賊難敵子龍將,誰不聞名天揚。我把賊寇來小量,料他難敵劉關張。離城十里紮營帳,且聽探馬報端詳。

（報子上,白）報,啟使君,今有江夏賊將,領兵殺奔大營而來。（劉白）再探。（報白）得令。（下,劉白）三位賢弟,你我紮營未穩,賊人殺奔大營。你我一同出營,會會那賊。（張白）大哥言之有禮。哎,衆將官！響炮出營,殺上前去。（出營會陣,張武、陳孫原人上,會陣上二龍出水,劉唱）

惱恨賊寇太狂妄,紮營未穩來逞强。想必賊子志謀廣,我今親自到疆場。大家一同出營往,（掃頭,唱）只見賊兵旌旗揚。（會陣起打,劉唱）勒住絲繮用目望,二賊打扮似秋霜。黃盔黃甲英雄樣,坐下一匹好絲繮。坐立雕鞍對賊講,叫聲二賊聽端詳。勸你早早歸降往,痴迷不醒陣前亡。（張武白）住口。（唱）休把大話來壓量,你把某家當平常。槍下不死無名將,通上名來見高强。（劉唱）桃園弟兄人尊仰,賊將聞知喪無常。（張、陳同唱）張武陳孫有名將,何懼桃園劉關張。（劉唱）子龍休把二賊放,殺他個血水與汪洋。（衆攢烟同下）

（趙與張陳三見面起打,隨便排套子,末場起殺,子龍殺死張武介,得白龍馬,掠馬即下。陳孫使刀與張飛戰介,丈八矛挑陳孫死介,張三笑介,下。關殺一將,殺四下手介。劉備原人同上,趙拉馬上,劉白）梟了二賊首級。（衆同白）啊。（趙白）張武被我搶挑落馬,搶回賊將坐驥。主公請看。（劉看介,笑介）哈哈哈！喂呀,好俊一匹戰馬,真是千里龍駒。哈哈哈！此乃四弟之功。（張白）大哥,陳孫被小弟槍挑落馬。（劉白）三弟大功非小。（關白）大哥,賊兵賊將被某殺得血水汪洋。（劉白）二弟大功非淺,挂榜安民,招降賊兵。衆將官,收揀賊將軍器,兵進江夏,磐查倉庫,歇兵三日,犒賞三軍。擇選黃道吉日,大兵回轉荆州。擺隊進城。（衆同白）啊。（同下）【尾聲】

頭本完

征江夏 二本

頭　　場

（四文堂、四太監、四將、蔡瑁、張允、劉表上，唱）

【二六】玄德賢弟領兵將，替孤掃滅賊強梁。軍中探馬來報講，滅了二賊趁心涼。孤也曾把那旨意降，預備酒宴與瓊漿。且聽回荆信合往，孤王迎接出荆襄。（大太監上，白）啓主公，劉關張得勝而回，離荆州十里安營。（表白）吩咐擺隊出城迎接。（大太監白）擺隊出城迎接。（下，衆元人擺隊，衆下）

二　　場

（劉備原人同上，劉、關、張、四將官、劉備上，内唱）

【西皮倒板】自從荆州領兵將，（原人站門上，備唱）

【西皮二六】掃滅二賊姓名揚。一路之上威風降，隊伍齊整兵將強。衆軍齊把凱歌唱，衆將各個喜非常。喜得是鞭敲金蹬響，馬到成功回荆襄。十里長亭扎營帳，整理軍務回朝堂。

（報子上，白）報啓使君，荆襄劉主公帶領文武出城迎接，已到十里長亭。（備白）擺隊相迎。（衆擺隊下）

三　　場

（拉城，劉表原人出城，吹打介，同下）

四　　場

（劉備原人由下場門上，劉備看介，吹打介，劉表原人同上，表下馬介，備看介，表白）啊！賢弟。（備白）啊！宗兄。（同笑介）啊哈哈哈！（表白）左右看酒來，我與劉族弟接風，慶賀得勝酒。（唱）

【西皮二六】人來看過御宴漿，尊聲賢弟聽端詳。全仗賢弟去掃蕩，滅却

二賊顯名揚。非是愚兄美言講，交鋒還是劉關張。愚兄捧酒來尊仰，仗酒略表兄心腸。（備唱）

【二六】謝過宗兄恩海量，交鋒對壘古之常。仁兄洪福齊天相[1]，好比皓月照萬方。也是賊子該命喪，多謝迎接出襄陽。（表唱）

【二六】人來看過葡萄釀，回頭再敬趙關張。三位可稱上員將，感謝交鋒血戰場。手捧御宴來奉上，多謝三位受風霜。（關唱）劉主恩待我兄長，理應效勞到疆場。（子龍唱）

【搖板】劉公待主恩德廣，感謝欽賜御宴漿。（張唱）

【搖板】劉主待兄山海樣，老張最喜飲瓊漿。來來來將酒滿斟上。

（表白）看大斗伺候。（斟酒介，張唱）

【搖板】多吃幾杯有何妨。吃得老張精神爽，得勝酒吃個喜心腸禮之所當。（備曰）你就是好飲哪。（表笑介）哈哈哈！（張白）哈哈哈。（表唱）好個猛勇翼德張，亞賽當年楚霸王。（白）賢弟。（備白）仁兄。（表唱）此處焉能細談論，你我進城敘衷腸。（備白）好哇。（唱）宗兄一同雕鞍上，（表唱）回頭再叫眾兒郎。欽賜御宴俱陞賞，自有旨意姓名揚。滿營將士擺隊往，（眾領下，表唱）炮響三聲進襄陽。（同下）

校記

[1] 仁兄洪福齊天相："齊"，原本作"欺"。今改。

五　場

（拉城介，上寫"荊州"大字，大吹打介，眾進城擺隊下，趙、關、張進城下，表、備進城下。）（連場上，眾原人凹門上，原人歸兩邊站介，吹打介，歸坐，表白）賢弟剿滅賊寇，受盡風霜，兄心不忍。（備白）弟為國勤勞，何言"風霜"二字。（中軍白）啓主公，宴齊。（表白）看宴。待我在諸公面，每人敬酒三杯。（備白）宗兄只行常飲。（表白）表乃一番敬意。（備白）宗兄奉敬一杯也就是了。（表白）兄遵弟之命，表躲速了。哇哈哈哈！（各敬一杯介，關、張、趙同白）我等不敢當了，劉主請入坐位，大家暢飲一番。（表白）告坐了。賢弟，眾位將軍，請哪！（眾同白）請哪！（排子，表白）賢弟。（備白）仁兄。（表白）兄有許多心事，賢弟聽了。（備白）宗兄請講。（表唱）

【西皮倒板】各路諸侯起戰征，

（白）賢弟請。（備白）仁兄請。（表唱）

【西皮正板】民遭塗炭甚苦情。愚兄雖居荆州郡，內有大事在心中。南越時常犯邊境，漢中張魯要取州城。江東有意來吞併，曹操久已要交兵。愚兄以此常憂悶，怎能擋住保安寧。（備笑介）哈哈哈！（唱）

【西皮正板】劉備席前笑盈盈，解勸仁兄免愁容。此事不難何足論，這幾處無事在談笑中。二弟關公威風凛，三弟翼德能貫征。子龍破過金鎖陣[1]，萬馬營中有威名。各去分開各州鎮，暗中抵擋各路兵。三弟南越把兵領，二弟威鎮在漢中。三江口總要須防緊，再派四弟趙子龍。各處要路安排准，那怕各路起戰征。宗兄自己要思忖，仁兄奪呼酌量行。（表唱）

【西皮原板】此計保守荆州郡，何愁軍民享太平。賢弟安排我應允，果然才能韜略精。（同笑介）哈哈哈！賢弟，這一調動，荆州九郡可以無憂矣。哈哈哈！（備白）弟要告辭了。（表白）賢弟再飲幾杯。（備白）弟酒已够了，改日再飲，告辭了。（表白）賢弟一路鞍馬勞頓，理應歇息，請哪。（備唱）

【二六】宗兄從此休愁悶，總有慣征弟擔承，何懼張魯來要陣，就是孫曹那在心。辭別宗兄出府門，（衆、關、張、趙、四文堂先領下，備唱）閑暇你我再談心。（笑介）哈哈哈！請哪。（下，表白）請哪。（笑介）哈哈哈！（唱）

【二六】看來是我真僥倖，掃滅二賊伏同宗。孤王即忙傳將令，犒賞衆將飲劉伶。衆軍回避宿安靜，總有玄德永安寧。（下）

校記

[1] 金鎖陣："鎖"，原本作"瑣"。今改。

六　　場

（四宮女、蔡氏上，唱）

【西皮正板】時繞宮娥報一信，玄德班師回州城。從此刀兵俱安靜，全仗桃園享太平。將身宮廳來坐定，候主回宮問分明。

（蔡瑁上，白）走哇。（唱）

【西皮搖板】急忙且把內室進，見了賢妹說其情。

（白）啊，賢妹。（蔡氏白）啊，兄長來了。請坐。（瑁白）告坐。（蔡氏白）兄長不在前廳，進內必有緊要之事吓？（瑁白）賢妹，今有我妹丈聽從劉備之言，將關、張、子龍三人，威鎮漢中、南越、三江夏口。我想日後恐有變亂。

（蔡氏白）兄長，劉玄德遣將巡邊，乃是好意。（瑁白）賢妹有所不知。劉備他若久居荆州，各處串通，將來必爲大患；叫他三將巡邊，必得給他兵權。再者劉備爲人，心術不正，乃是見利忘義之徒，焉能同守荆州，以心腹相待？怎奈妹夫不聽良言，將來必遭其害也。（唱）

【二六】口尊賢妹聽兄論，莫把劉備當好人。若不早早安排定，久後遺害與外甥。玄德若是身安穩，定成大患起禍根。關張猶如兩隻虎，劉備好似混江龍。常山趙雲多驍勇，渾膽將軍誰不知。只怕難保九州郡，有朝一日必變心。妹夫忠厚少學問，久後難防大禍生。（蔡氏白）呀！（唱）

【西皮二六】聽兄講得是實情，叫我此時心着急。若依兄長你所論，有何妙計保安寧。（瑁白）依兄之見，除非將這劉備離了荆州，此後亦無憂矣。（蔡氏白）好，就依兄長之言。少時你妹夫來時，我與他商議，一定攆了劉備就是了。（瑁白）兄告辭了。（唱）兄妹二人把計定，料那劉備難知聞。攆走劉備消我恨，不該眼空貌視人。（下）（蔡氏唱）

【搖板】兄長之言爲州郡，焉能袖手不盡心。（四小太監、表上，唱）內侍引路進宮廳，（蔡氏迎接介，表笑介）哈哈哈！（唱）夫妻對坐說前情。（白）請坐。（蔡白）告坐。主公，妾身聞得一件事情，我若是知而不言，有缺夫妻恩愛之義。（表白）有何事情，快些講來。（蔡氏白）因爲何故把劉備留在荆州居住，又將他的三將調往巡邊，主何意見？

（表白）哎呀賢妻吓！（唱）

【二六】劉備與我同宗姓，他今非此外姓人。留他在此孤安穩，保守荆州得安寧。

（蔡氏唱）

【二六】主公且聽妾身論，莫把劉備當好人。若不早早安排定，久後遺害與姣生。我説此話你不信，久後防他起禍根。見利忘義莫面定，遣他別處把身存。

（表白）我是怎樣攆他，快些講來。（蔡氏白）若留劉備荆州居住，將來必爲大患也。遣他別處安身，方保無憂。（表白）我看劉備乃仁德之人。（蔡氏白）人心難測，須當防備。總是一潭難住二蛟，要緊要緊。（表白）待等明日下操之期，在演武廳我與他暗暗調停就是了。官娥，看酒宴伺候。（唱）賢妻一言來提醒，提醒南柯夢中人。回言我對妻來論，攆走劉備怎樣行。賢妻隨我一同飲，開懷共暢閑談心。（笑介）啊哈哈哈！賢妻來呀！（同下）

七　　場

（四文堂、四大鎧、四上手、四弓箭手、四藤牌手、四烏槍手、四將官待操演，蔡瑁、張允同上，白）統領貔貅數萬兵，轄管荆州衆水軍。俺水軍都督蔡瑁。俺水軍都督張允。奉了主公之命兼管步軍人馬。今當三六九大操之期，主公親到演武廳，相請劉備一同觀看演操步軍。衆將官！人馬出城，往演武廳去者。（衆同白）啊！（領只下，連場出城介，排子，同下）

八　　場

（四御林軍、四小太監、二大太監、劉表騎馬上，排子，拉城介，出城介，下）（一謀士、蒯越同上）

九　　場

（蔡瑁原人凹門上，排子，衆同白）來此演武廳。（蔡瑁白）排齊隊伍候主公來到，一同接駕。（内白）主公駕到。（衆同白）主公駕到。（蔡瑁同白）一同接駕。（大吹打，劉表原人上，排子，衆同白）臣等接駕。（表白）衆卿平身。（蔡、張、衆同白）謝主公。（表入坐位，蔡、衆同白）臣等參見主公千歲！（表白）二位都督、衆將免禮，站立兩廂。（蔡、衆同白）謝千歲！（表白）二位都督，人馬可曾齊備？（蔡、張同白）俱已齊備。（表白）候劉使君駕到，一同操演同觀，須要隊伍整齊。聽孤令下。（排子，蔡、張同白）得令。（内白）劉使君到。（蔡、張同白）劉使君。（表白）待孤出廳迎接。

（吹打介，四文堂、關、張、趙同上，騎馬介，劉騎張武騎上介，表白）啊，賢弟！（備下馬介，四文堂凹門介，備白）啊，宗兄！（同笑介）啊，哈哈哈！（騎馬介下，白）請。（表白）請。（表白）三位將軍。（關、張、趙同白）請。（表白）賢弟同來上坐。（備白）此乃軍務大事，備怎敢上坐。（表白）賢弟太謙了。（備白）如此備有罪了哇。（同笑介）啊，哈哈哈！（吹打介，入坐中場，備大邊坐，表小邊坐，表白）賢弟，今日隊伍不整，休得恥笑。（備白）豈敢，豈敢。備要瞻仰瞻仰。（表白）來，看宴伺候。（吹打介入坐，表白）賢弟，請哪！（備白）宗兄請！（排子，表白）二位都督，吩咐操演上來。（蔡白）操演上來。（一將官拿大纛旗[1]，領四弓箭手操演介，完，表白）各歸隊伍。（一將官領四弓箭手下）（第二將官大纛旗，領四烏槍手操演完，表白）各歸隊伍。（第二將官領四烏槍手下）（第三將官領四長槍手上操演完，表白）各歸隊伍。（第三將官領四長槍手下）（第四將官大纛旗，領四藤牌手操演完，表白）各歸隊伍。（四將官領四藤牌手下，表白）二位都督，吩咐眾將，一齊合操上來。（蔡、張同白）眾將一齊合操上來。（四將各領一隊兩邊上，歸中間一排，表白）合操上來。（四將領四隊走四塊如意，吹打，【將軍令】，操演完，四將同白）合操已畢。（表白）各歸隊伍。（眾分下，表白）賢弟，你看隊伍如何？（備白）真乃兵精將勇，隊伍齊整。（表白）賢弟誇獎了。（排子）請飲酒。（備白）宗兄請。（表白）賢弟。（備白）仁兄。（表白）我看賢弟今日所騎之馬，並非往常那匹坐騎，與眾不同，但不知此馬如何得來？（備白）仁兄，這匹坐騎，乃是在江夏交鋒，得那賊首張武之馬。（表白）到是一匹好馬。賢弟乘騎一趟愚兄觀看觀看[2]。（備白）是。來，帶我坐驥上來。（張飛帶馬介，備白）備獻醜了。（表白）豈敢豈敢。（備上馬介，走過場下。人上，下馬介，白）仁兄，你看這馬腳程怎樣？（表白）兄看此馬，真似渴馬奔泉、惡虎出林之狀，恰似山轉城移倒將下來一般，真乃一俊好馬。（備白）仁兄既愛此馬，小弟自當奉送。（表白）如此愚兄多謝了。（備白）自己弟兄，何出此言。（表白）操演已畢，你我進城，回府一敘。（備白）小弟遵命。仁兄就此乘騎此馬，看看脚下快慢如何。（表白）兄愧領了。（備白）豈敢豈敢。（表白）眾將官，人馬回府。（眾同白）啊。（蔡白）人馬擺隊回府。（表、備上馬，關、張、趙上馬，同下。）連場上，進城下。又連場凹門上介，表白）蔡都督！吩咐眾兵將，各回家歇息。（蔡白）主公有令，眾兵將各回家歇。（眾兵將同白）啊。（同下，表白）賢弟，三位將軍請坐。（備白）仁兄請坐。（關、張、趙同白）謝劉主。（表白）來，看宴伺候。（蔡白）啊，看宴伺候。（同白）請。（表白）兄有一言，你且請聽。（備白）仁兄請講。（表唱）

【西皮倒板】飲酒中間閑談論，

（白）賢弟、三位將軍請。（眾同白）請。（表唱）

【西皮正板】尊聲賢弟聽分明。賢弟久居荊州郡，猶恐廢武事軍情。兄有一事安排定，賢弟威鎮新野城。離此八十里路徑，鎮守那里兄放心。錢糧頗多官署整，本城的錢糧赴弟身。但有欠缺文武支應，但不知賢弟可願行？（備唱）

【原板】兄言此事甚爲本，口尊仁兄弟領情。若有要事急通信，小弟即至荆州城。弟兄今日把酒飲,小弟明朝早起程。

（表白）賢弟再飲幾巡[3]。（備白）小弟酒已够了,我今告辭,明日携眷奔往新野城,到也安静。弟這裏多謝,備告辭了。（唱）

【西皮摇板】弟兄分手實難忍,再與仁兄把話云。你我俱是同宗姓,總有不到莫記心。辭別仁兄足踏鐙,（關、張、趙同先下,備唱）改日弟來問安寧。（下,表白）哎呀!（唱）玄德上馬我泪淋,實實難忍骨肉情。進府廳前來坐定,再與衆謀把話云。（蒯越唱）

【二六】眼望主公聽臣禀,爲臣有言奏分明。吾兄蒯良知馬性,善識坐驥認能行。劉備送主這坐驥,看他能行快如風。日行千里言有准,寅卯出門酉回程。（白）啓主公,但是此馬眼有泪,離尾角之上生有白點,其名叫的盧[4],最妨主人。（唱）

【二六】前番張武陣喪命,此馬妨得遭横凶。勸主休騎這坐驥,送還劉備免知情。（表唱）

【摇板】卿家言之孤方信,你弟兄識馬尚是真。明日卿將馬送去,還給劉備這能行。（蒯唱）

【摇板】爲臣領了主公命,將馬送與公館中。（下）（表唱）

【西皮摇板】蔡氏言語催得緊,猶恐玄德起變心。暗移劉備事已定,且進内室説分明。（同下）

校記

[1] 一將官拿大纛旗:"纛"字,原本作"毒"。今改。下同。
[2] 賢弟乘騎一趟愚兄觀看觀看:"趟",原本作"盪"。今改。
[3] 再飲幾巡:"巡",原本作"尋"。今改。
[4] 其名叫的盧:"的盧",原本作"滴蘆"。今改。

十　　場

（四文堂、四將官、蔡瑁、張允排子上,蔡白）本督蔡瑁。（張白）本督張允。（蔡白）賢弟請了。（張白）請了。（蔡白）你我奉了主公之命,備宴伺候主公親送玄德出城,長亭餞行。衆將官!長亭去者。（同下）

十一場

（備內唱）

【西皮倒板】人馬紛紛出荊襄，（簡雍、孫乾、糜竺、糜芳保甘、糜二夫人，二車夫先出城，過場下。四文堂、四御林軍、四小太監站門介，下）（二謀士、蒯越先生、伊籍、關、張、趙同上，劉備、劉表車四門同上，備唱）

【西皮正板】弟兄並馬敘哀腸。回頭我對仁兄講，小弟有言聽端詳[1]。兄休怕張魯興兵將，何懼黃雀與螳螂。倘若三處興兵往，自有桃園劉關張。（表唱）

【原板】賢弟說話兄心爽，全仗賢弟你承當。自有桃園威風長，何人敢來犯邊疆。催馬來至長亭上，（衆凹門衆下馬介，四文堂、蔡瑁元人兩邊上，表唱）

【原板】又見衆將列兩傍[2]。（白）酒來。（唱）

【搖板】人來看過御宴漿，（唱）

【二六】敬酒與弟表哀腸。到了新野民敬仰[3]，賢弟必然有義方。但願賢弟身無恙，大家俱都永安康。（備唱）

【二六】弟謝仁兄恩浩蕩，親送長亭賜御漿。回頭我對宗兄講，小弟言來聽端詳。願兄壽同山岳樣，願兄福共海天長。弟兄灑淚分別往，（表先元人衆下，表唱）又見玄德淚兩行。含悲忍淚把馬上，哎呀，（備哭介）哎呀！（表唱）到叫我心中痛心腸。（下）（伊籍唱）

【搖板】皇叔且要慢行往，伊籍向前話商量。

（白）啓皇叔，此馬不可騎也。（備白）先生何言此馬不可騎也？（伊白）昨日蒯越見府君此，言講馬有不好的去處。（備白）有甚麼原故？（伊白）皇叔，昨日謀士蒯越言說此馬名曰的盧，妨主，言說張武乘騎，遭此不幸，因此將馬送回。皇叔須要三思。（備白）多蒙先生指教。（唱）

【搖板】生死只可由命闖，吉凶之事怎提防。

（伊白）下官失言了，失言了。告辭了。（唱）

【搖板】皇叔言語甚高強，令人聽知快心腸。辭別皇叔雕鞍上，伊籍冒言回荊襄。（下）（備唱）

【搖板】伊籍忠正好言講，到叫劉備自思量。大家隨即趕車輛，揚鞭打馬馬蹄忙。（同下）

校記

[1]小弟有言聽端詳:"端詳",原本作"斷強"。今改。
[2]衆將列兩傍:"列",原本作"烈"。今改。
[3]民敬仰:"敬",原本作"教"。今改。

十 二 場

(劉表原人上,表唱)

【西皮二六】弟兄分別珠淚降,二人難捨痛心腸。流淚眼觀流淚望,玄德一傍暗悲傷。因此上馬回府往,叫我一陣好凄涼。一路懶觀好景曠,旌旗飄蕩回荊襄。(同下)

十 三 場

(四文堂、糜竺、糜芳、簡雍、孫乾、甘糜二夫人、二車夫、關、張、趙同上,備上,唱)

【二六】離了荊州奔新野,兄弟分手灑淚別。指望恢復創基業,難以輔保漢金闕。眼望天晚空皓月,早到新野鞍馬歇。(同下)

十 四 場

(報子上,白)馬來。身揹擔子旗[1],探事馬如飛。(白)我乃新野探子是也。今有曹操領兵去征袁紹,聞聽劉皇叔威鎮新野,不免前去報與使君知便了。就此馬上加鞭。(同頭下)哦,馬來。(下)

校記

[1]身揹擔子旗:"揹",原本作"楷"。今改。

十 五 場

(二家丁上,劉上唱)

【西皮正板】自到新野數日整，弟兄講文細談心。安撫軍民行仁政，每逢朔望勸化民。合城之人俱感敬，在新野減稅免重刑。只因夫人得一夢，白天北斗產姣生。取名阿斗他名姓，有了墳前拜孝根。名揚新野紛紛論，各個稱我人聖明。將身二堂來坐定，思念重整漢乾坤。（簡雍上，白）探馬報得緊，禀知志謀人。啓主公，今有遠探來報軍情。（備白）傳他進來。（簡白）是。（報子暗上介，簡白）使君傳你進見，要小心了。（報白）是。報，探子告進。使君在上，探子叩頭。（備白）探聽那路軍情，一一報來。（報白）是。啓使君，今有曹操領兵去征袁紹，特來禀報。（備白）再探。（報白）得令。（下）（備白）且住。今有曹操領兵去征袁紹，許昌城中空虛，並無兵將，我不免去往荊州，與宗兄商議發兵攻取，一定成功。來，將馬備好，隨我往荊州走走。（家丁同白）啊。（備唱）

【搖板】離新野奔往荊州郡，我與那景升定計行。叫人來帶過馬銀蹤，趁空虛帶兵奪許城。（二家丁領劉備同下）

十 六 場

（四小太監上，劉表上，唱）

【二六】自從那日離長亭，回轉荊州悶在心。每日弟兄閑談論，將今比古講詩文。時常開懷多暢飲，異姓共樂同宗人。

（大太監上，白）啓主公，新野劉使君已到府門。（表白）待我親自出迎。（大太監白）主公親自出迎。（二家丁上，劉備上，白）啊，宗兄。（表白）啊，賢弟。（同笑介）啊，哈哈哈！請。（劉白）請。（表白）賢弟請坐。（備白）仁兄請坐。（表白）賢弟駕到，兄未曾遠迎，面前恕罪。（備白）豈敢，少來問安，仁兄海涵。（表白）豈敢。賢弟自離荊州，一向安否？（備白）勞仁兄動問，弟與仁兄分別到了新野，弟時刻挂心。（表白）有勞賢弟挂念。（備白）豈敢。（表白）賢弟！今日至此，有何事體？（備白）小弟蒙兄之恩，分手住居新野，感之不盡。今日一來望看仁兄、仁嫂，二來有要緊之事，前來與仁兄商議。（表白）有何緊要之事，賢弟請講？（備白）仁兄吓！（唱）

【西皮正板】仁兄有所不知情，小弟有言兄長聽。有件要事軍情緊，弟今至此來禀明。曹操不在許昌郡，去征袁紹動刀兵。趁此機會把兵領，發兵攻取許昌城。兄長若肯來應允，即發兵將莫消停。管取一陣必得勝，趁虛而入把功成。（表唱）【西皮正板】聽弟之言笑盈盈，內有一件却難應。現今荊州

方安穩,不敢妄想動刀兵。人不征我爲僥倖,我不征人兩太平。(備唱)

【原板】仁兄説話欠思論,不圖大事爲何因。兄想荆州多安定,只恐孫曹要來征。(表唱)

【原板】劉表心中自沉吟,内侍忙擺酒劉伶。我與賢弟共同飲,談心細講飲杯巡。(備白)仁兄請。(表白)賢弟請哪。(唱)飲酒之間眼發怔,(白)哎,(唱)心中有事帶憂容。(白)咳。(備白)仁兄爲何咳聲嘆氣?只管對小弟言來,倘有用我之處,弟萬死不辭。(表白)咳,賢弟,我有一件天大的心事,不能自决。(備白)仁兄到底甚麽心事,只管對弟言來,我與兄長分憂解悶。(表摇頭介)咳咳咳!(備白)[1]如此,仁兄請。(表白)請。(備唱)

【二六】仁兄只是憂愁悶,好叫小弟難在心。弟要回轉新野郡[2],(二家丁暗上,帶馬介,家丁下,表白)賢弟請。(備白)請。(唱)改日再來叙寒温。(下)(表白)咳。(唱)飲酒忽然心不順,大事難已對他云。思想蔡氏心自恨,只爲二子難在心。荆州將久無人整,看來也就赴水流。(衆分下)(表白)咳。(下)【尾聲】

二本完

校記

[1] 備白:此二字後還有"備白"二字,係衍文。今删。
[2] 弟要回轉新野郡:"回"字,原本無,今依上下文意補。

跳檀溪[1] 三本

頭　　場

(劉備上,唱)

【西皮正板】光陰似箭催團聚,分别不覺整一春。玄德每日自思論,只愁漢業一旦傾[2]。怎能除却曹奸佞,蒼穹何日把眼睁。劉備但得一步穩,必整漢室錦乾坤。心中不悦添憂悶,難壞玄德智謀人。(二家丁上,白)啓主公,荆州前來有書信,主公請看。(備白)仁兄有書到來,待我拆開觀看。(排子)哦,原來請我議事。來,對下書人言講,説我隨後就到。(家丁白)是。(下)(備白)來,備隨我往荆州而去。(家丁白)是。(又家丁上,白)啓主公,小人吩咐下書人,回往荆州去了。(備白)好。你二人隨我往荆州去者。(唱)

【西皮二六】仁兄來下書合信,必有軍務大事情。家丁與爺帶能行,去往荊州走一程。(同下)

校記

[1]檀溪:"檀",原本作"潭",今依《三國演義》改。下同。
[2]一旦傾:"旦",原本作"但"。今改。下同。

二　　場

(四小太監上,劉表上,唱)

【二六】且喜干戈俱寧静,難解心中肺腑情。命人去把玄德請,心腹堪可對他明。咳!

(一大太監上,白)啓主公,劉使君到。(表白)哦!(唱)

【搖板】聽説玄德到來臨,連忙出府往外迎。(二家丁上,劉備上,白)啊,宗兄!這一向可好?(表白)有勞賢弟承問,賢弟請。(備白)請。(同笑介)哈哈哈!(表唱)弟兄挽手府門進,(白)請坐。(備白)請哪。(表唱)許久未見兄挂心。人來將宴忙擺定,(備白)弟又要討擾了哇,哈哈哈!(表唱)賢弟説遠了,哈哈哈!賢弟請哪。(備白)兄長請。(表唱)待兄親自把酒斟。(備白)弟不敢當了,哈哈哈!(表白)賢弟請。(唱)手擎酒杯把話論,方顯賢弟智謀人。去歲勸兄攻許郡[1],曹操不在去破城。金石良言兄未允,失却機會難以尋。袁紹被曹俱滅盡,招降數萬精壯兵。青冀幽通俱歸順,班師回朝顯奇能。又差曹仁把兵領,命他前來鎮樊城。必然把荊州來吞併,請弟商議怎樣行。(備唱)

【原板】機會錯過須再等,遲早不同自有因。(表哭介)哎呀。(備唱)

【原板】兄長如何這光景,爲難之事向弟云。(表唱)

【原板】賢弟既然將兄問,弟聽愚兄細言明。兄有家務對弟論,關乎國家大事情。荊妻陳氏身故命,至今留下一條根。長子劉琦温柔性,辦理國事怕不能。自從續娶你嫂嫂,所生一子叫劉琮。看他智慧多聰敏,出來言語大人行。意欲立他爲國政,恐礙人心不公平。倘若衆將心不忿,一朝天子一朝臣。(蔡氏暗上,聽介,表唱)欲代立長按本禮,(蔡氏暗恨咬牙介,表唱)内有事情多難心。將佐兵丁甚齊整,執掌都是蔡家人。掌管軍務權衡重,要想削除決不能。(哭介,備白)兄長,自古廢長立幼,取亂之道,若憂蔡氏權重,可

除削之,不可溺愛幼子而立少子。(表沉音介,備哭介)哎呀。(表白)賢弟呀!(唱)

【二六】我國二子心不定,不能決斷故傷心。賢弟因何珠淚滾,話語望弟要説明。(備唱)兄長聽弟訴其情,口内連連兄長稱。心中不爽添憂悶,只爲漢業一旦傾。怎能除却奸黨佞,無人整理漢江洪。身不離鞍心未定,老將至矣功未成。(表唱)【西皮原板】賢弟當初多僥倖,你在許昌兄知聞。青梅煮酒英雄論,言語可還記得真。能大能小亦能隱,大則吐霧普興雲。小則形身藏形迹,升在此間會騰飛。隱則潛伏波浪滾,須要等待似春深。就如同人得安穩,縱橫四海顯奇能。(白)那曹操讓賢弟猜一猜[2]天下英雄是誰?賢弟答言"淮南袁術",曹操説他"冢中枯骨"。賢弟又言"河北袁紹[3]",曹操説"色厲薄義,無謀寡斷,幹大事而偕身,見小利而忘命",非英雄也。又言愚兄劉表、江東孫百符、益州劉季玉、張繡、張魯、韓遂等如何,曹操彼時回言,這些人皆算不了英雄,獨言"天下英雄惟使君與操耳"。以曹操之權力,猶不敢居吾弟之先,何愁功業不建乎!(笑介)哈哈哈!(備白)仁兄,恨小弟如今無栖身之處,若有基業,天下碌碌之輩,誠不足慮也。(唱)

【二六】君子之心能容忍,大丈夫能伸志要存。小弟若能有天運,平生整理舊乾坤。現無居址空忘奔,碌碌庸人胡逞能。龍逢淺水遭了困,虎落平山怎能行。有日大展擎天頂,烈烈轟轟顯威名。(表笑介)哈哈哈!(備白)啊!(醉介,唱)言多語失不敢論,默默無言自思忖。告辭回館弟安寢,(表唱)兄送賢弟到府門。(二家丁上介,備唱)告別兄長跨金鐙,弟要回歸館馹中。(白)請。(二家丁領備下,表唱)天下英雄獨使君,腹内自己暗沉吟。骨肉相逢嘆不盡,爭教寰宇不三分。多貪劉伶心亂性,言詞顯着太失神。將身且把内室進,(二宫娥、蔡下場門上,蔡氏唱)即忙把主來相迎。主公請進同坐定,有語開言尊主君。(怒氣介,蔡氏白)主君,我想皇叔不過漢室宗派,他自進荆州[4],相待如同親弟兄一班。(表白)哎。(蔡白)素向常聽人言講"仁義過天,四海聞名",原來傳言不真。方纔妾在屏風後面聽了半晌,那個人敢則不明禮義,不思感恩報德,反講些大話的言語。(唱)

【西皮正板】帶笑開言尊主君,妾身拙言主公聽。當言不言缺恩愛,没了你我夫婦情。主待皇叔情義重,可惜辜負主好心。他説他乃同宗姓,異姓共祖骨肉親。方纔狂語太欺甚,自知有己目無人。要對傍人方可論,不該與夫大話云。英雄之氣他怎稱,未必他心似我心[5]。相勸主君細思忖,莫把皇叔當好人。若不早早主意定,難免爲患不非輕。

（表白）哎，這是那裏說起？（搖頭怒介，急介下）（蔡氏白）呀！（唱）越思越想心不忿，（白）來！（唱）快請蔡瑁進內廳。（宮娥白）有請蔡都督進內。（蔡瑁上，白）要去心頭恨，拔却眼中釘。（白）啊，賢妹。（蔡氏白）兄長，請坐。（瑁白）告坐。賢妹，喚兄有何吩咐？（蔡白）我想劉備雖然鎮守新野，此人奸詐太甚，若不早除，將來荆州九郡付與他人[6]。劉備現在館駙，須要早定良計，害了玄德，荆襄可保。（瑁白）待我暗派五百精壯兵丁，今夜圍困，那怕劉備飛上天去。（蔡白）就依兄之言，急速行事。（瑁白）遵命。（蔡白）兄妹定下計牢籠[7]，（瑁白）劉備難逃掌握中。（下）

校記

[1] 去歲：原本作"歲去"，今改。
[2] 那曹操讓賢弟猜一猜："讓"字，原本無，今依文意補。
[3] 賢弟又言河北袁紹："河北"，原本作"何"，今改。
[4] 自進荆州："進"，原本作"近"。今改，下同。
[5] 未必他心似我心："未必"，原本倒置爲"必未"，今改。
[6] 付與他人："付"，原本作"赴"，今改。
[7] 兄妹定下計牢籠："籠"，原本作"龍"，今改。

三　　場

（劉備內唱）

【二簧倒板】館駙中打罷了初更時分，（二家丁上，備唱）

【二簧正板】因何故心不安坐卧不寧。白晝間言語失自悔自恨，酒醉得漏出了腹內真情。想必是宗兄他心中懷定，怕的是那蔡氏暗中竊聽。那景升若聽信蔡氏講論，嫉妒婦搬是非波浪自生。秉燈燭心煩悶難以安寢，到天明別仁兄即早登程[1]。（伊籍上，白）走哇！（唱）

【二簧搖板】時纔間衆兵丁紛紛議論，那蔡瑁設巧計起下毒心。即忙忙到館駙前來送信，洩機關早叫那玄德逃生。（白）皇叔，快些開門來。（備白）哦！（唱）

【二簧搖板】耳聽得有人聲將門叩定，（開門介，看介，白）啊！（唱）原來是伊先生大駕光臨。

（白）啊先生，夤夜來至館駙何事？（伊白）哎呀皇叔！大事不好了！（備白)何事驚慌？（伊白）今有蔡瑁派兵五百，要圍館馹，欲害皇叔。是我黃夜前來送信。皇叔急速起身，若是遲慢，大禍臨身。（備白）待我辭別景升。（伊白）皇叔若是辭別，必遭蔡瑁之害。（備白）多謝先生救命之恩，就此拜謝。來！快些備馬。（家丁白）啊。（備白）哎呀。（唱）

【二簧搖板】好似玉籠飛彩鳳，擊斷金鎖走蛟龍。（同下）（伊白）惱恨蔡瑁賊奸佞，為何要害智謀人。（下）

校記

［1］到天明別仁兄即早登程："登程"，原本作"程途"，失韻，意不明。今依文意韻譜改。

四　場

（四文堂、四上手、四將官、蔡上，白）俺蔡瑁。我與賢妹定下穩莊之計，去到館馹捉拿劉備。天已四更，眾將官，去到館馹者。（小圓場，眾同白）來到館馹。（瑁白）眾將官！人馬圍住館馹。一半人馬進館馹，打進館。（眾同白）啊。（凹門介，蔡瑁白）上房搜來。（眾同白）啊。（搜介，眾同白）上房無有。（瑁白）四下搜來。（眾白）啊。（一翻兩翻，眾白）并無劉備。（蔡瑁白）起過了。啊，想必走漏風聲，連夜逃出城去。也罷，待我替他牆上寫反詩一首。（寫介，排子）等到天明，奏與主公知道。眾將官，兵至府前伺候。（眾同白）啊。（排子下）

五　場

（四小太監白，劉表上，唱）

【二六】孤王有道荊州掌，民安國泰樂安康。掃滅二賊凱歌唱，全仗桃園劉關張。何懼孫曹齊反上[1]，怎擋荊襄水軍強。桃園威鎮多興旺，張魯焉敢犯邊疆。玄德足智韜略廣，子龍關張顯名揚。

（四文堂、四上手、四將官、蔡瑁上，唱）

【西皮搖板】玄德逃出天羅網，縱放猛虎上山崗。

（同白）臣等參見主公！（表白）二位都督，有何軍情議論。（瑁白）啟主公，劉備有叛反之意，在館馹牆壁之上，題了反詩四句，不辭而去。（表白）孤王不信。(瑁白)主公不信，即請主公親到館馹觀看，便知真假。(表白)好，孤親去觀看。內侍，擺駕館馹去者。(當場，凹門進館馹內，瑁白)墻上現有詩句，主公請看。(表白)待孤看來。喂呀！(詩句)數年徒守困，空對舊山川。龍豈池中物，乘雷欲上天。(怒介，氣介)咳，誓殺無義之徒。(悟省介，想介，白)哎呀，我與玄德相處，不曾見他作詩。(背介，白)哎呀，此必外人離間之計。哎，(拔劍介)待孤用劍尖削去此詩。(瑁白)啓主公，軍士俱已點齊，即往新野去擒玄德。(表白)哎呀慢來，不可不可，慢慢商議。內侍帶馬回府。(原人領下)(瑁白)且住。看主公遲疑不決[2]，回府去了。哦，呵呵，有了。待吾早晚與妹子商議，定計害那劉備。定下三條妙計：頭一計策，暗中派軍五百，埋伏兩廊正廳設宴，其名襄陽會宴，慶賀公卿；席間另用二計，他若席前暗中逃走，這二條計策，東、北、南三門俱有軍卒五百把守，只有西門以外有一道溪河阻路，料他插翅難以飛過檀溪。正是我與妹子計議定好，然後奏知主公，設襄陽會宴便了。要去心頭恨，會宴把賊擒。衆將官，帶馬回府。(衆領下)

校記

［1］何懼孫曹："懼"，原本誤作"垻"。今改，
［2］看主公遲疑不決："遲疑"，原本作"持凝"。今改。

六　　場

(四小太監站門上，劉表上，唱)

【二六】玄德與我同宗姓，焉能題寫反詩文。不辭而去新野奔，半信半疑是何心。此事叫孤心慮悶，哦，(唱)離間之計久自聞。(蔡瑁上，唱)

【西皮搖板】昨日與妹把計定，今早奏明見主公。臣蔡瑁參見主公千歲！(表白)都督平身。(瑁白)千千歲！(表白)都督有何本奏？(瑁白)臣啓主公，自玄德征剿江夏回郡，未曾慶賀功臣，皆因連年豐收，理當賞宴文武，襄陽設宴，主公陪奉，以示撫勸，分所當行。(表白)孤氣疾作痛，實實難忍，坐卧不寧，怎能筵宴群臣，可令劉琦、劉琮陪宴[1]，如孤一樣。(瑁白)啓主公，公子年幼，恐失於禮節。(表白)這，言之有理。也罷，可往新野請玄德爲主待客。(瑁白)這，臣領旨。臣差人去往新野，相請玄德公，已到荊州，請駕回宮。(表白)退班[2]。(衆下)(瑁白)哈哈哈！正中某家之計也。(唱)

【二六】即速差人玄德請,料他難逃計牢籠。劉備中計迷不醒,叫他還在魂夢中。(笑介)哈哈哈!(下)

校記

[1] 劉琮陪宴:"陪宴",原本作"倍晏"。今改。
[2] 退班:原本作"一班",意不明。今依文意改。

七　　場

(備上,唱)

【西皮正板】多虧伊籍來相告,險些中了計籠牢。自知失言語顛倒,纔有館馹起風濤。心中惱恨賊蔡瑁,要害玄德爲那條。僥倖未中賊圈套,細想此事甚蹊蹺。未得辭別兄劉表,星夜乘馬新野逃。景升一定心着惱,且聽荊州信音毫。

(家丁上,白)啓主公,荊州差人前來,相請主公去赴襄陽會宴。(孫乾白)昨日臣見主公匆匆星夜而回[1],意甚不樂。愚意度之,主公在荊州必有事故。今請赴會,不可輕往。(備白)先生,我在荊州與景升飲宴,酒後自知失言,那想蔡瑁心中記恨,帶兵圍困,幸喜先有伊籍先生前來洩機,是孤貪夜乘馬逃回新野。今日請我赴會,定是蔡瑁暗設巧計,也未可知。(關白)兄長自己疑心語失,劉荊州並無嗔怪之意,外人之言,不可輕信也。(唱)

【二六】口尊兄長臉帶笑,弟有一言聽根苗。若論荊州兄劉表,相待兄長義同胞。兄長自疑失言道,莫把傍人挂心梢。表向光景兄不曉,襄陽離此路不遙。若是不往反着惱,赴會焉有禍根苗。(備唱)

【搖板】二弟講的兄方信,所言不差句句真。(張白)大哥呀,(唱)

【西皮搖板】大哥休聽二哥論,常言知面不知心。雖然劉表同宗姓,只恐傍人巧計生。

(白)大哥,豈不知宴無好宴,會無好會,總是不去妙。(備白)三弟,愚兄若是不去,豈不叫他看兄無有膽量?(張白)這個?(趙白)主公,俺子龍願帶領三百步兵,保護主公前去,管保一路無事。(備白)賢弟之言極是。既然如此,不可遲挨,急速前往荊州赴會。賢弟即刻派兵,你一人保我前去。(趙白)遵命。即選兵合將,保主赴襄陽。(下)(備白)三弟、二弟,你們後面飲酒[2]。兄同子龍前往荊襄,你們安排不策[3]。(關、張同白)大哥請哪。(備

白）請哪。（同下）

校記

[1] 忽忽星夜而回："忽忽"，原本誤作"怱怱"。今改。
[2] 你們後面飲酒："你們"，原本作"你我"，誤。今依文意改。下同。
[3] 安排不策："不策"，意不明。試可改爲"對策"，或"不測"。

八　場

（四文堂、四大鎧、四下手、四將官、四文官、蔡瑁、張允、伊籍、蒯越、劉琦、劉琮同上，白）整齊御宴漿，文武赴襄陽。（大太監上，白）報啓二位公子！新野劉使君到。（琦白）哦，劉皇叔到了，衆文武一同出迎。（衆同白，吹打介，四文堂、四上手，趙雲扎硬靠，劉備上介）（琦、琮同白）啊，皇叔。（備白）啊，二位公子。（琦、琮同白）皇叔請。（備白）二位賢侄請。（琦、琮同白）皇叔請上，侄男參拜。（備白）二位賢侄少禮，請坐。（琦、琮同白）侄男告坐。（備白）二位賢侄，爲何不見你父王？（琦、琮同白）我皇父氣疾發作，不能行動，特請皇叔待客[1]，撫勸各處守政之見。（備白）吾本不敢當此重任，既有兄命，不敢不從。（蔡瑁白）啓使君、二位公子，九郡四十二處文武官員俱已到齊。（琦白）看酒宴伺候。（衆同白）啊。（琦白）皇叔請來上坐。（備白）備斗膽了，哇哈哈哈！（琦、琮兩邊坐，備坐中間，文武官兩邊八字坐）（琦、琮同白）皇叔請。（備白）二位賢侄請。（排子，文聘、王威同上，白）我二人相請趙將軍外廳赴席。（趙白）俺趙某此來，焉敢擅去飲酒。（備白）將軍只管前去，不必猜疑心思[2]。我宗兄相待恩重，大料並無別情。（趙白）是。臣曉得，遵命。（文聘、王威同白）將軍隨我二人來呀，哈哈哈！（同趙下）（琦白）皇叔請。（琮白）衆卿請哪。（排子，衆同白）請。（蔡白）啓皇叔，我主吩咐，今日會集文武，我等特備有一人善舞雙鎚，席前獻藝，爲的以是勸衆飲宴。（備白）很好，叫他席前演習演習。（蔡白）是，遵命。吉成席前舞鎚。（吉成上，武生扮白綾軟扎巾白鍛箭袖上，雙手抱鎚上介，白）小人吉成叩頭。奉主之命，席前獻藝。（蔡瑁白）快些舞鎚。（備白）下面演來。（吉成白）小人遵命。（舞鎚介，唱）

【西皮搖板】小人即忙身站定，席前舞鎚門路分。先拉四門慢慢舞，次後鎚法緊又精。上三路鎚撒花蓋頂，下三路鎚枯樹把根尋。前三鎚烏龍探爪舞,後三鎚黃龍三轉身。越耍越近步步緊,相離主席數步零。耍着眼色心意狠,手輪雙鎚下絕情。

（備驚介,備拉住劉琮一擋介,白）賢侄休怕,有叔父在此。（蔡看眼色介,白）哎,舞鎚人退下。（吉成眼色下,伊籍隨後跟下,衆文武分下）（蔡恨介）（白）哎呀！即下）

校記

[1]皇叔:"叔"字,原本漏,今補。
[2]不必猜疑心思:"猜",原本作"精",今改。

九　　場

（備拉劉琮同上介,備白）公子在此等候,愚叔小解就回。（琮白）叔父要快些來呀。（下）（備圓場,伊籍上白,低聲介）皇叔吓！蔡瑁設計害君,城外東南北門三處,皆有軍馬把守,只有西門可走。公要急速逃去罷！我伊籍去也。（下）（備白）哎呀！（唱）鰲魚脫去金鈎釣,擺尾搖頭潛身逃。（下）（連場上,小圓場,拉城介,二兵丁上介,備上,白）咦,馬來！（唱）

【西皮搖板】劉備逃出天羅網,猶如蛟龍下長江。催馬且把西門闖,（二兵白）玄德公要往那裏去？（備唱）並不答言抖絲繮。（出城介,下）（二兵白）伙計,今有劉皇叔闖出西門,必有原故。你我緊急報與蔡都督知道便了。（二同白）如此走哇。（同下）

十　　場

（四文堂、四大鎧、四下手、四正官、蔡瑁上,【急急令】,二兵丁上,白）報,啓上水軍都督,今有劉皇叔匹馬單人闖出西門,我等攔擋不住,特來報知,候都督令下。（蔡白）知道了,與爾等無干,待我追趕擒拿,料他插翅難飛。衆將官！往西門而趕。（蔡瑁唱）

闖出西門想逃生,料他插翅難飛騰[1]。不該鎚下喪了命,要想過溪萬不能。衆將與我朝前勇,追趕劉備快如風。（衆下）

校記

［１］料他插翅難飛騰："騰"，原本作"滕"，今改。

十 一 場

（備騎馬上，唱）

【西皮搖板】鎚下險些遭不幸，多虧伊籍洩牢籠。弟相勸孤孤不信，果中蔡瑁巧計生。四弟保駕甚親重，不該支開趙子龍。勒住絲繮來觀定，（白）啊，哎呀！（唱）一道大溪把路橫。寬有半箭水勢涌，波浪滾滾令人驚。襄陽會上逃出命，（白）蒼天哪蒼天！（唱）無有歸途怎樣行。

（白）且住，無有擺渡船隻，又無橋梁可過，俺意欲要蹚過去[1]，不知水有多深？（內喊介，回頭看介，白）哎呀，看城內塵土飛空，隱隱露出數追兵，堪堪追上。哎呀，此乃是天絕我也。蒼天蒼天！我劉備倘若日後恢復舊業，重整江山，今日馬跳檀溪，得命逃生過去，果然絕地。只是死在水中，焉肯落賊人之手也。（唱）

【西皮搖板】此時叫我心忙亂，好似剛刀把心剜。溪河水勢多凶險，令人觀睄心膽寒。襄陽邀請來赴宴，誰知設下巧機關。指望同心共扶漢，心如日月義同天。越思越想心好慘，活活拆散我桃園。縱馬下溪催走戰，（三打鞭子介，唱）波浪濤濤往上翻。（白）哎呀！果應伊籍所說，此馬妨主，不可騎也。（唱）此話今日方應驗，只恐性命難保全。馬跳檀溪身縱獻，恰似雲霧一樣般。（打馬三鞭子介，唱）飛身一縱過西岸，（三笑介）哈哈，哈哈，啊哈哈哈！（唱）躍過了潭溪回頭觀。（看介，蔡瑁原人上，蔡瑁白）啊，使君，請公作陪，撫勸群臣，何故不辭逃席，豈不辜負我主待公一片好心？（備白）將軍哪！（唱）

【二六】蔡將軍不必假慇懃，你自己作事自己知。我與你無仇又無恨，兩次三番害我身。你主待我多親近，我備並無生異心。將軍仔細要思忖，誰是誰非誰不仁。不是逃席是逃命，險些水內喪殘生。請回不必多言論，後會相逢再補情。（白）備失陪了哇！（笑介）哈哈哈！（下，蔡唱）

【西皮搖板】只見劉備他逃奔，眾將撥馬進西門。本督馬上傳將令，回去捉拿將趙雲。（眾原人領只下）

校記

[1] 俺意欲要蹚過去:"蹚",原本作"湯",今改。

十二場 上

（四文堂、四上手、趙雲上,白）馬來。（唱）適纔外廳把酒飲,只聽一陣喊殺聲。保駕前來暗防定,不敢貪杯加小心。（白）且住。果然蔡瑁內有奸計,忽然自亂,尋找主公不見,聽說主公乘馬向西門逃走,蔡瑁帶兵追趕,因此隨後緊緊奔往西門去者。（唱）

手提戰桿上白龍,前去保駕怎消停。尋主緊趕無蹤影,奔往西門外面行。（內喊介,白）呼嚕呼嚕[1]。（趙唱）又聽對面殺聲重,（蔡瑁原人上介,雲白）呀,（唱）蔡瑁帶來許多兵。（白）呔！蔡瑁看槍。（蔡架住介,白）將軍休要動手,有話請講。（趙白）蔡瑁,我主公那裏去了？（蔡白）使君逃席而去。（趙白）呔！蔡瑁,我且問你,請我主公赴宴,何故引着軍馬追來？（蔡白）將軍,我奉我主公之命,請皇叔作陪。原來二位公子不知事務,恐於禮有失,故此特請皇叔主席,款待文武,撫勸公卿,不知何故,逃席而走。將軍問我引着軍馬追趕,聽我細細言講。（唱）

【二六】相請皇叔奉主命,主席撫勸武共文。將軍休要胡思論,蔡瑁並無別的心。我是水軍爲頭領,上將之中我爲尊。四十二州人烟盛,帶兵來壓是非生。（趙唱）蔡瑁不必胡講論,誰問你這閒事情。我主那裏身安定,快快對我早說明。（蔡唱）時纔我把將來問,你主乘馬出西門。及至隨後趕來緊,至此不見你主君。（趙白）呀。（唱）聽一言來吃一驚,好叫趙雲難在心。爲何到此無蹤影,衆軍與爺四下尋。（蔡原人即介同下,衆抄同白）並無蹤迹。（趙白）衆將官！蔡瑁那裏去了？（衆同白）亦然進城。（趙白）帶門軍上來。（衆門軍上,跪介,趙白）我主皇叔今在何處,還是在城,還是已出了城呢？（門軍白）我們不敢撒謊,果然見皇叔出了西門,然後我家的水軍都督趕出城去了,句句實言。（趙白）饒了你等去罷。（二門軍同下,趙白）衆將官,追趕蔡瑁去者。（同下,【尾聲】）

三本完

校記

[1] 呼嚕呼嚕:"呼",原本作"吻"。今改。

遇水鏡　四本

頭　　場

（劉備上，唱）

【西皮倒板】馬跳檀溪受危困，（上唱）

【西皮正板】緊抖絲繮往前行。似醉如癡心思忖，恰似浪裏又復生。過溪猶如在春夢，這樣瀾闊過溪濱。今日不虧這匹馬，難免遭擒入網籠。

（白）孤劉備跳過檀溪，單人匹馬，此乃是天意。我劉備命不該絕，纔有此瀾溪馬跳一躍而過。但一時不能奔回新野，如何是好？咳，少不的信馬而行，奔南漳策馬而行。哎，看天色將晚，堪堪日已西沉。（看介）哎呀！遠遠望見一小小牧童跨牛背之上，口吹短笛而來。（牧牛童上，吹笛介，備嘆氣介，白）咳！我劉某東奔西馳，反不如這牧童他逍遥快樂，待我勒馬觀之。（牧童也不走也不吹笛介，看介，觀看介，白）啊，啊！將軍莫非是大破黃巾的玄德公麽？（備驚介，白）哎呀！莫非我又逢絶地也？

（唱）定是蔡瑁安排定，此處又有埋伏兵。不然怎知我名姓，令人難猜好不明。（白）也罷。（唱）待我向前將他問，便知其中就裏情。勒馬近前把話論，聞言叫聲小牧童。小小年紀在村野，怎麽知道我姓名？（牧童唱）

【二六】將軍不必心着慌，且聽牧童說端詳。常聽師父對我講，大破黃巾姓名揚。相貌生來君王相，身高七尺精神強。當今皇叔人尊仰，漢室宗親四海揚。今看將軍這模樣，想起當初事一樁。（備白）請問令師姓甚名誰？（牧童白）吾師父姓司馬名徽字德操，道號水鏡先生，潁州人氏。（備白）哦，令師與何人爲友？（牧童白）我師父與襄陽龐德公、龐統爲友。（備白）龐德公是龐統何人？（牧童白）乃是叔姪。龐德公字山民，長俺師父十歲。龐統字士元，小俺師父五歲。那一日我師父在樹上採桑，偶遇龐統前來相訪，坐在樹下，共相議論，終日不倦。吾師甚愛龐統，呼之爲弟。（備笑介）啊哈哈哈！請問牧童，令師今在何處？（牧童白）將軍，你看前面那座樹林，林中那一莊院,就是我師父居住所在。(備白)你可引我前去,我要拜訪。(牧白)如此,將軍隨我來呀。(唱)待我牽牛把路引,(備唱)玄德今要訪高人。(小圓場,牧唱)尊聲將軍且站定,(內撫琴介,備白)啊,(唱)忽聽裏面有琴音。(水鏡先生上,笑介)哈哈哈!(唱)琴韻清幽音中起,(笑介)哈哈哈!(唱)必有英雄暗竊聽。出得門來用目睜,(看介,牧童白)吾師父來了。(唱)吾師水鏡到來臨。(備白)哦。(唱)

【二六】我見此人非凡品,松形鶴骨有仙根。走向前來禮恭敬,(水鏡笑介)哈哈哈,公吓!(唱)今日大難已脫身。(備白)啊,(唱)

【二六】聽他言來眼發怔,怎知我的腹內情。(白)水鏡先生,備這裏奉揖了。(水鏡白)我這裏頂禮相還。尊公今日得免大難,皆賴生驥之功。(備白)這?(想介)我經大難,他何以知之?(童白)這位將軍就是師父素日常提的劉皇叔。(水鏡白)哦,如此有失迎接,多有得罪,請駕屈入寒舍吃杯茶,敘一敘素日渴想之思。(備白)多承先生見愛。(水鏡白)尊公請。(備白)先生請。(備白)請。(水鏡白)尊公請坐。(備白)先生請坐。(童獻茶介,水白)尊公請茶。(備白)先生請。(水白)請。(備白)仙長,我劉備偶至貴地,多承令徒指教。今朝見面,真乃是三生有幸。(水鏡笑介)哈哈哈!尊公特意至此,公今朝災消難滿,從今以後步步登高,重整事業,總稱其心。(備白)仙長果然高明,我襄陽赴會,蔡瑁暗設機關害我,多虧伊籍先生洩機,纔得馬跳檀溪,險些喪於水內。巧遇令徒,前來拜訪。(水鏡白)皇叔被難,我一一盡知。公但不知今居何職?(備白)仙長吓!(唱)

【西皮搖板】現在新野來威鎮,宜城亭侯左將軍[1]。(水鏡唱)

【搖板】久已聞名少親近,縣宰之職何稱心[2]。因何不立存身穩,奔走流落主何情。(備唱)仙長聽我細言稟,聽我劉備細說分明。命小福簿難稱意,運未通來怎能行。(水唱)尊公說話欠聰明,有個緣故在其中。皆因無有人輔佐,焉能創立事業興。(備唱)手下之人却甚重,又有孫乾同簡雍。糜竺糜芳人忠正,趙雲可稱將英雄。關張二人是異姓,桃園結義二弟兄。

(白)仙長,這些人傾心吐膽輔佐,奈因我命運不通。(水白)明公,不是這等言講,關、張、趙雲雖有萬之敵,却非權變之才,孫乾簡雍不過白面書生,章句小儒,豈是經綸濟世成王霸業之士人哉。(備白)呀,備欲求高賢,奈因未遇其人耳[3]!(水白)儒生小才,可不識當時之時務,古之識時務者,纔爲俊傑[4]。(備白)請問仙長何等人物不是俊傑,我劉備到要領教領教。(水白)明公,若俊人物古今皆有哇。(唱)

【西皮正板】這俊傑與人物古今親敬，却與那世業的大不相同。周朝的姜呂望湯室伊尹，齊國的名管仲大有才能。越國的名范蠡楚國范增，這都是前朝的韜略精通。漢高祖駕下有治國朝政，張子房小韓信蕭何漢卿。光武爺駕前的軍師鄧禹，這些人可稱得爲傑俊英。這人物得一位可爲僥倖，成事業表千秋留得美名。（備唱）

【西皮搖板】此前朝俊人物那裏去請，怎能够扶我備也趁其心。（水唱）

【原板】這十室興之邑必有忠信，天下人到處有奇才高明。（備唱）

【原板】最可恨備肉眼不曾識認，未曉得當世傑俊是何人。備惟願領領教將我指引，頓開了備茅塞感你深恩。（水唱）

【原板】我這裏聞此言滿腮笑盈，尊一聲玄德公貴耳細聽。近來時荆襄的劉表不正，聽後妻廢長子却欠聰明。嘆景升壽不久却歸海境，這天命必然是歸於明公。這如今世奇才到有兩位，有一位名鳳雛一位臥龍。玄德公若要得親自聘請，我管保漢基業復又重興。（備唱）

【原板】這鳳雛與臥龍身居何隱，望仙長快快的將備指明。（水唱）

【原板】此時間日墜落黃昏時分，到不如暫安歇明日再行。（備唱）

【搖板】備今晚多打擾這裏從命，（水唱）叫小童擺酒同飲劉伶。玄德公請相隨客廳坐定，（備白）請。（水唱）莫性急自有我與你調停。（同笑介）啊哈哈哈！（水白）明公請哪。（備白）請。（同下）

校記

［１］宜城亭侯左將軍："侯"，原本作"嚴"，今改。

［２］縣宰之識何稱心："縣"，原本作"果"，今改。

［３］未遇其人耳："遇"，原本作"過"，今改。

［４］識時務：原本作"知識務"，今依文意改。

二　　場

（三更介，童兒上，打掃書房介，小吹打介，備上，唱）

【二簧正板】（童兒挑燈籠同上）聽莊中打罷了三更時分，漢劉備左思想坐卧不寧。那水鏡半吐言又不指引，有鳳雛和臥龍又不説明。想起了趙雲的吉凶未定，新野縣二兄弟不知信音。夜靜深好叫我心中煩悶，（童兒出門介，倒帶門介，下，備唱）今夜晚守孤燈甚爲慘情。（當場桌子睡困介）（徐庶

上[1]，白）走哇。（唱）

【二簧搖板】可笑那劉景升太也愚蠢，他道我乃草芥無有才能。因此上連夜裏即趕路經，不覺得來到了司馬家門。

（白）水鏡開門來，水鏡開門來！（童上白）來了。是那一位？（徐白）是我來了。（童白）哦，待我開門。（開門介）請進。（徐白）你師父可曾安歇？（童白）未曾安歇哪。（徐白）請你師父前來，説我來了。（童白）是，有請師父。（水鏡上，白）哦，原來是元直。這夜靜更深，從何而來？（徐白）小弟從荆州而來。（水白）你到那裏有何公幹？（徐白）只爲"功名"二字，小弟始終不得回心，我纔往荆州而去。（唱）

【西皮二六】只爲功名我心勝，投奔荆州劉景升。敬賢理事選才用，竟往投之爲功名。藐視小弟如草芥，留一小束不辭行。許久未見兄之面，特來到此會尊容。一來借宿把教領，爲的叙談與仁兄。（水唱）

【二六】賢弟行事太急性，元直你好太愚蒙。高明之事非俗論，投主不辨假和真[2]。如今漢室要重整，龍蛇混雜不安寧。賢弟之才懷忠義，待時而方是俊英。景升雖然承天運，蔡瑁專權是小人。豈肯容你把身穩，真明傑俊眼下存。（徐唱）仁兄之言弟遵命，承蒙指教我知聞。（水唱）賢弟隨兄去安寢，許久未見共談心。（笑介）哈哈哈！（同下）（備聽介，白）呀。（唱）此人出口甚高明，不是鳳雛是卧龍。（白）哎，真高人也。有那個元直，却又是誰呢？哦，非卧龍則鳳雛吓？（唱）思想起來心不定，安眠且等到天明。（睡介，亮更介，童兒上，白）玄德公醒來！（備唱）

【西皮倒板】一夜未得睡朦朧，心中有事怎安寧。哎呀（困介）（水上，唱）元直共談安排定，與他假意不知情。（童白）我師父出來。（備白）仙長請坐。（水白）玄德公請坐。（童獻茶介，水白）玄德公請茶。（備白）仙長請哪。（水白）請。（備白）先生，昨晚借宿的那位貴客，却是何人？（水白）無知小人，今早已往他方去了。（備白）往那裏去了？（水白）不知去向。（備白）先生，那卧龍鳳雛的名姓呢？（水白）哎好好，這個……（院子上，白）啓爺，莊外來了一支人馬，想必是荆州的軍兵趕到此處。（備白）哎呀。（唱）聽一言來吃一驚，好叫我備無計行。（水唱）玄德休要帶驚恐，來者定是自己兵。大家出去來觀定。（四文堂、四上手、大纛旗、趙雲上，唱）恕臣護駕罪深重。來了常山趙子龍，身該萬死罪非輕。（備白）請起。（唱）來了四弟常山勝，不由滿面笑顏生。今見將軍免驚恐，四弟怎出荆州城？（趙唱）趕主西門無蹤影，觀了檀溪水勢凶。打諒主公回新野，趕主不想落了空。雖然主公多饒倖，救護來遲有罪名。（備唱）賢弟休要這等論，你却無罪有功臣。如何知道我在此？（趙唱）途中得了信和音。（備唱）少時等我辭水鏡，備要告辭即登程。（水唱）玄德即速上馬請，（童拉馬上介，備白）搔擾了哇，哈哈哈！（同笑介）哈哈哈！（水白）豈敢。（備唱）想起鳳雛與卧龍。（白）仙長，我備至此，多承先生相留指教，我何以爲報？再請問先生，卧龍鳳雛到底是何人也？我求先生把他姓名説與劉備。（水白）哎，好好好，二人得一位大事成矣。（備白）告辭了。（唱）先生不肯説名姓，無奈之何告辭行。辭別先生足踏鐙，（趙雲原人下）（備唱）改日再來問安寧。（笑介下）（水唱）玄德執意問名姓，被我遮掩混涵中。大事自有天助定，叫他難解其中情。閑來撫琴多安静，不染紅塵苦修行。（同下）

校記

[１] 徐庶上："徐庶"，原本作"鳳雛"，誤。今依下文"原來是元直"改。下同。
[２] 不辨假和真："辨"，原本作"變"，今改。

三　　場

（四文堂、四上手、大纛旗、趙子龍、劉備上，唱）

【二六】牧童引我遇水鏡，指引鳳雛與卧龍。因何不説名合姓，此事教我解不明。只見旌旗空飄定，迎面來了一支兵。（四越虎旗上，關公上，唱）聽得子龍報一信，弟兄分兵將兄尋。（白）大哥受驚了。（備白）二弟也來了哇，哈哈哈哈！（關白）大哥從何處而來？（備白）二弟，那蔡瑁果有埋伏，多虧伊籍先生洩機，愚兄牽馬闖出西門，馬跳檀溪，險遭不測，多虧此馬之功。巧遇牧童指引，恰遇水鏡先生，在他莊中安宿一宵。清早四弟至此，我辭水鏡先生，一同四弟轉回新野。（關白）真乃兄之幸也。我與三弟分兵尋找兄長，想必少時就到。（備白）哦，遠望旌旗招展，想是三弟人馬來也。（四文藍堂、張上，白）啊，大哥！你老人家受驚了。哇哈哈哈。你老人家無事還則罷了，倘有一點不好，俺與二哥還要這兩條命麽？來呀，回轉新野城中去者。（領只下，連場上，拉城，衆進城下）（連場，原人四門上，吹打，備白）大家請坐。（簡雍、孫乾、糜竺、糜芳同白）主公受驚了。（備白）請坐。（四同白）謝坐。（張白）大哥，你是怎樣逃出虎穴龍潭？（備白）哎呀三弟，不出你所料，那荆州内果有蔡瑁暗計，多虧伊籍先生洩機，愚兄闖出西門，馬跳檀溪，巧遇水鏡先

生,在他家中安宿一宵。你四弟中途得信,相請愚兄轉回新野,路上又遇見你二哥,大家一同纔得回來。(張白)哇呀呀!(唱)

【搖板】聽一言來心頭惱,蔡瑁敢設計籠牢。誆俺大哥入圈套,害我兄長爲那條。兵伐荆州拿蔡瑁,要滅劉表恨方消。

(備白)蔡瑁乃族兄的妻兄,如何擅便殺得?(孫乾白)若依三將軍之言,太急速些。(備白)先生便有何計?(孫白)若依臣之見,先講禮義。必須主公修書一封,答知景升,把這一往的情節分解明白,再看景升動作,千萬莫失了同宗之禮,再者別辜負了他收留之義。(唱)

【二六】勸主休得心急躁[1],主公列位聽根苗。收留之義情非小,休得半途費心勞。寄信書中方爲妙,皂白分明兩開消。(備笑介)哈哈哈!(唱)

【搖板】孤王聞言哈哈笑,這番談論巧妙高。人來看過文房寶,(寫介,唱)一往之事寫分毫。一封書信忙寫好,煩勞先生走這遭。(孫白)臣遵命。(唱)食王爵祿當報効,爲臣當得効馬勞。辭別主公登路道,爲臣那怕路途遙。(下)(備白)哈哈哈!(唱)孫乾忠義最可表,不辭路遠與山遙。後面備宴安排好,大家一同飲醖醄。(同笑介)啊哈哈哈!(同下)

校記

[1] 勸主休得心急躁:"急躁",原本作"急燥"。今改。

四　　場

(孫乾騎馬上,唱)

【二六】新野奉了主公命,去往荆州下書文。到了荆州將城進,來至府前棄鞍心。(白)來此已是,門上那位在?(門官上,白)甚麼人?(孫白)煩勞通稟劉主,就說孫乾奉了玄德之命,前來求見劉主。(門官白)候着,有請主公。(表唱)

【西皮倒板】玄德陪宴私逃遁[1],(四小太監上,表唱)

【二六】相請撫勸武共文。半席而逃因何故?豈不辜負一片心。將身大廳來坐定,(門官唱)爲臣有事來禀明。

(白)啓主公,今有孫乾奉了玄德公之命,前來求見主公。(表白)將他帶進府來。(門官白)孫先生,我主請你進府。(孫白)有勞了。劉主在上,孫乾參見千歲!(表白)先生平身。(孫白)千千歲!(表白)先生請坐。(孫白)謝坐吓。（表白）孤王請你主陪宴，撫恤州縣四十二城文武，爲何逃席，不辭而去，所爲何故？（孫白）劉主有所不知。我主是今早方歸，還不知夜宿何處。若提起昨日之事，內中有段隱情。如今有我主的書信一封，劉主一看，自然明白其中的就裏[2]。（表白）既有族弟之書，拿來我看。（孫取書信介，白）劉主請看。（表白）"族兄景升台啓"，待我拆開觀看。"族弟備自奉仁兄臺覽，自弟投至荆州，承愛收留，奈廢長立幼一事，蔡瑁偏向外甥兒，欲相害。昨日在設宴處[3]暗允埋伏，被弟識破，故而半席而走。"（唱）

廢長立幼這件事，蔡瑁自然不趁心。暗起癡妒也未定，謀害玄德設牢籠。小弟識破其中故，半席而逃出了城。蔡瑁提兵追趕緊，檀溪阻路無處行。馬跳檀溪險喪命，蒼穹保佑得了生。蔡瑁害我兄必曉，施恩自掃主何情。修書辯明其中事，小弟意欲另投人。孤王看罷書和信，不由一陣動無名。罵聲蔡瑁賊奸佞，害我族弟爲何情。忙將蔡瑁上了綁，立刻開刀問斬刑。（四武士手上押蔡瑁上，唱）爲臣犯了何條令，開刀問斬要説明。（表唱）孤王聞言心頭恨，罵聲蔡瑁奸佞臣。心服口服休再問，死在黃泉反怨人。（白）我且問你，劉玄德因何而走？你爲何帶兵追趕？（瑁白）玄德因德力不勝，半席而走，末將追之是真也，怕主公嗔怪。主公不信，有西門的門軍可證。（表怒介，白）我弟是何等人物，焉有半席而逃之理？西門外的檀溪水深不測，他若不到至急爲難之處，焉肯捨命跳水？左右，把賊推出，速斬首來見。（武士手白）啊。（衆推蔡瑁介下）（蔡氏上，白）刀下留人。（唱）急急忙忙上大廳，妾身有言主開恩。蔡瑁雖然身死罪，望主開恩暫且免刑。（表唱）蔡瑁行事太毒狠，反到殺我同宗人。你今講情孤不准，可嘆吾情一律行。（蔡氏白）我今求情主不准，可嘆吾兄喪殘生。含悲忍淚內室進，實實難救同胞人。（哭介）喂呀！（下）（孫唱）

【二六】劉主暫息雷庭振，請主還要三思行。斬了蔡瑁不要緊，我主再來無面存。望乞開恩情准定，我主來往好盡心。（表唱）

【二六】先生請情孤應允，看大夫饒他命殘生。孤今赦却蔡瑁命，赦轉回來解去繩。（孫白）解下椿來。（蔡瑁上，白）謝主公不斬之恩。（表白）若不看孫先生之面，定斬不饒。下去。（蔡白）哎呀！慚愧呀慚愧。哎，罷了。（下）（表白）來，把大公子請出來。（衆同白）有請大公子。（劉琦上，白）忽聽父王宣[4]，忙步到廳前。孩兒參拜父王。（表白）罷了。（琦白）喚兒臣有何訓教？（表白）我兒，你同孫乾先生去到新野，見你叔父玄德，説我有病，尚未痊愈，不能親往，差你前去，與叔父請罪。（琦白）孩兒遵命。（表白）吾兒，備宴與先生廳前共飲,歇息一夜,明日跟隨先生奔往新野,不可遲誤。(孫白)謝劉主。請駕歇息。(表白)請。(下)(琦白)先生,你我廳前飲酒。(孫白)請。(同下)

校記

［１］玄德陪宴私逃遁：此句原本作"玄德信晏思逃頓","信晏""思""頓"四字誤。今依文意改。
［２］其中的就裏："就",原本作"舊"。今改。
［３］設宴處："設",原本作"投",今改。
［４］忽聽父王宣："忽",原本作"呼",今改。

五　　場

(四文堂、四大鎧、簡雍、糜竺、糜芳、關平、周倉、趙雲、張飛、關公、劉備上,唱)

【二六】我命孫乾下書信,訴說劉備腹內情。雖然與我同宗姓,看他動作怎樣行。孫乾去了一日整,此時未見信合音。將身二堂來坐定,等候孫乾轉回程。(坐介,孫乾上,唱)

【西皮搖板】劉表動作比堯舜,看來他是有道君。

(白)參見主公。(備白)先生少禮請坐。(孫白)謝坐,眾位將軍。(眾同白)先生請坐。(孫白)有坐。(備白)先生去往荊州,那劉景升看書動作如何?(孫白)那劉景升看罷書信,十分動怒,立刻就要將蔡瑁斬首,蔡氏講情,未能講下;是下官講情繞得赦却蔡瑁。劉景升又差公子劉琦來到新野,面見主公,替父前來賠罪。(備白)哦,那公子劉琦今在何處吓?(孫白)公子劉琦現在衙外。(備白)待我出迎,哈哈哈!(唱)聽說劉琦到來臨,不由玄德面帶春。出得衙來來接迎,(劉琦上,白)啊,叔父。(備白)賢侄請起。(琦唱)叔父一向可安寧。(備唱)賢侄隨我把衙進,見禮已畢把話云。(琦白)叔父請上,待侄男參拜。(備白)賢侄只行常禮罷,哈哈哈!(琦白)謝叔父。啊,眾位叔父,侄男參拜吓!(眾同白)公子遠路而來,少禮請坐。(琦白)告坐。(備白)賢侄,你父這幾日病體好些?(琦白)照常一樣。叔父,我父命小侄前來陪罪來了。(唱)

【西皮正板】叔父請聽侄男稟,幾句言詞俱是真。現今我父身有病,荊襄所靠叔父親。焉敢相懷不良義，盡是蔡瑁癡妒心。那日小侄全不曉，叔父逃席不知聞。後來方知這些事，蔡瑁定下巧計生。昨日書到事獻定，要將蔡瑁問斬刑。繼母講情父不准，孫先生講情我父聽。特差小侄把罪請，望叔父須看同宗情。（備唱）

【西皮正板】些須小事焉記恨，擺宴叔侄細談心。（白）擺宴伺候，大家請哪。（琦白）叔父吓。（愁容介）哎。（備唱）

【西皮正板】賢侄因何愁容帶，對叔父須要說心懷。（琦唱）

【原板】此事把侄心難壞[1]，且聽侄男說明白。小侄猶恐繼母害，防守不到喪陽臺。（備唱）

【原板】總要存心行存在，繼母教訓也應該。總有禍事叔擔待[2]，叔父與你計安排。賢侄寬心杯酒賽[3]，免去愁容福自來。（白）看天色已晚，我同賢侄書房安歇，本當留住幾日，由恐你父盼望。明日賢侄且回荊州，待為叔親自送行。（琦白）謝叔父。（備唱）書房之內把宴擺，再與賢侄勸開懷。繼母跟前多忍耐[4]，人無煩惱又無災。（同下，【尾聲】）

四本完

校記

[1] 此事把侄心難壞："壞"，原本作"懷"，今據文意改。
[2] 總有禍事叔擔待："擔待"，原本作"耽代"，今改。
[3] 賢侄寬心杯酒賽："酒"字，原本無。此句應為七字句，今依文意試補一字。
[4] 繼母跟前多忍耐："耐"，原本作"奈"，今改。

取樊城　五本

頭　場

（四文堂、二青袍抬酒筵上）（孫乾上，白，【水底魚】）俺孫乾奉了主公之命，長亭備宴，與公子劉琦錢行。來，打道長亭。（眾白）啊。（同下）

二　　場

　　（四文堂、四大鎧、四上手、簡雍、糜竺、糜芳、關平、周倉、關公、張飛、備唱）

　　【西皮倒板】叔侄同出新野城，（衆原人同上站門，衆各騎馬介，備上，唱）

　　【西皮正板】爲叔與侄親送行。（車四門，唱）

　　【原板】並馬同行把話論，恨只恨蔡瑁癡妒心。席前暗把刀兵隱[1]，爲叔看破巧計生。這匹的盧快的很，跳檀溪多虧馬走龍。（琦唱）

　　【原板】到是叔父有福命，方得此馬有救星。又道邪不能來侵正，吉人天相話是真。（備唱）

　　【原板】來在長亭下金鐙，（下馬介，白）酒來。（孫乾原人兩邊上，孫遞酒介，備唱）

　　【二六】我與賢侄來餞行。但願你父身無病，永壽長春多康寧。相勸賢侄多勤慎，繼母台前加慇懃。早晚之間多孝順，免叫你父兩難心。賢侄請要把酒飲，賢侄即速轉回程。（琦唱）

　　【二六】謝過叔父多恭敬，感念待侄厚恩情。辭別叔父上能行，（四文堂帶馬下，琦唱）叔侄在此把路分。（下，備唱）

　　【二六】劉琦上馬心難忍，席前對我叙傷情。蔡氏心毒意又狠，只恐劉琦喪殘生。大事次子來掌定，難免孫曹動刀兵。大家一齊雕鞍整，（衆上馬介，備唱）人馬紛紛進東門。（大圓場，進城介，同下）

校記

[1] 席前暗把刀兵隱："隱"，原本作"穩"，今改。

三　　場

　　（徐庶上，白）走哇。（唱）

　　【西皮搖板】日前水鏡來指引，即速投奔新野城。（白）俺姓徐名庶表字元直，乃潁州人氏[1]。只因打抱不平，傷害人命，是用粉塗面被髮而逃。改名單福，流落他鄉，遍訪名師，結交良友，講天論地，説王講霸，雖無移山倒海之能，實有經天緯地之手。只因那一日在水鏡先生他家借宿，那司馬德操指實與我,特來新野,欲投劉備。恰巧遠遠望見玄德公人馬來也。待我在此吟歌,説與他聽便了。(唱)將身站立把他等,吟歌説與他人聽。(劉備原人上,徐白歌詞)天地反覆人類欲阻,大廈將崩一木難扶。四海有賢要投明主,聖明孔賢却不知吾。(大笑介)哈哈哈!(劉備聽介,點頭介,想介,白)呀!(備唱)

【二六】勒住絲韁來觀定,不由心中自沉音。看這道人非凡品,忽然想起大事情。水鏡先生對我論,鳳雛臥龍二賢臣。鳳雛臥龍並相請,保漢基業又重興。霸掌圖王事有准,歌語清奇品貌尊。他二人莫非來一位,不是鳳雛是臥龍。棄鐙離鞍下能行,走向前來禮相迎。方纔歌詞妙得緊,可見台駕甚高明。光臨新野三生幸,不才眼內少識人。我備前來台駕請,春林粗茗表寸心。

(徐白)哎呀,不敢當。(唱)

【二六】萍水相逢怎相肯[2],我乃是個白衣人。既承呼喚我遵命,與駕高攀現醜行。(備唱)你我挽手衙署進,衆位將軍隨後跟。來到縣衙仙長請,(衆凹門介,備小邊徐大邊,備唱)復又見禮各分賓。左右快把茶來敬,(兵丁獻茶介,備白)仙長請。(徐白)請。(備唱)帶笑開言把話云。請問仙鄉居何静,尊姓高名備願聞。(徐唱)

【二六】若問貧道名合姓,祖籍原是潁州人。姓單名福元直號,皆因久聞使君名[3]。(白)貧道久聞使君招賢納士,特來相訪,未敢輕自造次,披行狂歌於市。幸遇明公不棄,實遂我平生之願也,不枉淺學一場。(備想介)哦,是了。告便。喂呀,那晚在水鏡先生家,來了一人借宿。是我竊聽水鏡先生把那人以"元直"稱之,原來却是此人。想來是位大賢也。哈哈哈!請坐。(徐白)哈哈哈!使君,方纔愚下見明公所騎之馬,望乞明公賜在下一觀,不知可肯?(備白)這有何妨。左右,把馬揭去鞍轡,拉了上來,與那單先生觀看。(衆同白)啊。(拉馬上介,徐看介,白)明公,此馬名為的盧,定是趕走能行,有千里的脚程,但只一件,(備白)那一件?(徐白)這匹馬定妨騎坐的主人,未知此話是與不是?(備白)此馬應驗過了。先生之言却是。得此馬乃征江夏逆叛張武坐騎,張武死於陣前。日前馬跳檀溪,全仗此馬。(徐白)張武是他妨死,越檀算是他功。日後此馬,還要妨主。我有一方法。能騎永無妨礙。(備白)公有何法,懇求指教。(徐白)此法輕易不傳與人。將此馬送與相好的朋友,他騎妨死了他,明公再騎,永久安穩。(備笑介)哈哈哈!看茶來,別誤了這客還要走路。看此位定有公幹,此處地方窄小,也不敢相留

尊駕,看誤了途程。(徐笑介)哈哈哈,明公吓!(唱)

【二六】帶笑開言自誇獎,尊聲明公聽端詳。素聞使君寬宏量,招賢禮士果非常[4]。不遠千里來投往,如此輕慢爲那樁。因爲何故請言講,莫非愚下語顛狂。

(備白)備不才,雖不敢言招賢納士,知也識人。並非面輕尊駕,皆因你言行不正。汝初到新野,禮該教我行好事作好人纔是正禮,反叫我損人利己。吾若要用非言,壞我一世之聲名。觀你不良,故爾相棄。你非我同類之人,我這裏不用。請。(徐笑介)哈哈哈,哈哈哈!哎呀!怪不得人人都説明公廣行仁德,是我不肯深信,故爾用此言相試,果然如此,可見得話不虛傳。明公有如此海量,何愁霸業難成。吾願盡力扶持,共成大事,是吾平生之志,亦不負我昔日之學。這就是水鏡先生那樣言講了。(唱)

【西皮搖板】腹中暗想讚水鏡,所説之言都是真。(備唱)

【搖板】品貌不俗多端正,水鏡先生識認人。鸞鳳展翅飛騰起,人魁賢良智略深。爲何又提馬的事,哦,是了。(唱)想必試探我的心。聽他歌詞口氣大,記問之學愚共矇。先生此話果真應,禍福共之永不分。

(白)我劉備就拜你爲師,執掌新野大兵。(白)來,看宴伺候。(吹打介,備白)先生請。(徐白)明公請。衆位將軍請。(排子,報子上,白)報,啓主公,樊城發兵前來,離城不遠。(備白)再探。(報白)得令。(下,備白)哎呀,先生吓!(唱)

【二六】前者探馬來報禀,曹操遣將鎮樊城。要圖荆襄兩城郡,虎視湖廣安歹心。今日發兵來犯境,定是先去新野城[5]。(徐唱)

【二六】兵來將擋古之論,既來回去却不能。明公我要傳將令,安撫新野衆黎民。

(備白)但憑元帥。(徐白)遵命。(唱)

【搖板】張將軍近前聽密令,速去挑選一千兵。離城百里埋伏隱,曹兵來時休戰征。待等曹兵敗了陣,奮勇殺賊立大功。(張白)得令。(唱)先生命我把兵領,曹兵敗陣照此行。(下)(徐唱)急忙再傳二支令,尊聲常山趙將軍。挑選精兵一千整,攻打頭陣起戰征。(趙白)得令。(唱)

【搖板】遵奉軍令擋頭陣,奮勇殺賊退敵人。(徐唱)

【搖板】安排兵將新野鎮,攔擋樊城衆曹兵。(備唱)

【搖板】保護城池防範緊,且聽探馬報信音。先生到此備饒倖,全仗你智謀韜略精。(同笑介)啊哈哈哈!(衆同下)

校記

[1] 潁州人氏:"潁",原本作"穎",今改。下同。
[2] 萍水相逢怎相背:"萍",原本作"平"。今改。
[3] 使君名:"君",原本作"軍"。今改。
[4] 招賢禮士果非常:"士果"二字,原本倒置,今改。
[5] 定是先去新野城:"城",原本作"京",今改。

四　場

（四文堂、四大鎧、四下手、四將官、呂曠、呂翔同上,白）奉了統領犰狳將,怎擋我軍各個強。俺呂曠。俺呂翔。（曠白）賢弟請了。（翔白）兄長請了。（曠白）你我奉了曹仁將令攻取新野,離城三十餘里。看前面來了一支人馬,必是新野兵將,你我迎上前去。（翔白）言之有理。眾將官！殺！（四白文堂、四白大鎧、四上手、趙子龍上,會陣。曠白）呔！爾是何人？敢攔某家去路。（趙白）爾且聽了,吾乃常山趙子龍是也。二賊留名。（曠白）吾乃曹營大將呂曠是也。（翔白）吾乃曹營大將呂翔是也。呔,趙雲休走,看槍。（趙雲笑介）哈哈哈,哈哈哈！爾無名之將,敢與某家交戰,若容爾走兩個回合,是不爲英雄也。（曠白）一派胡言,放馬過去。（起打,隨便打的排,呂曠被趙雲槍刺死介,下）（呂翔上,起打翔敗下,趙元追只下）

五　場

（四文堂、四下手、呂翔敗上,翔白）且住。俺兄長被趙雲槍挑落馬,那賊十分驍勇。眾將官,兵敗樊城。（下）

六　場

（四藍文堂、四藍大鎧、【急急風】,上介）（張飛白）眾領起會。（呂翔元人上,會陣,翔白）呔,何處人馬擋住某家去路。（張白）呔！爾且聽了。俺乃桃園弟兄張翼德,來將通名。（翔白）俺曹營大將呂翔是也。（張白）呔,呂翔,我勸你早些下馬投降,少若遲延,蛇矛之鬼。（翔白）休得胡言,馬上坐穩。

（起打殺介，張挑呂翔死介，趙子龍原人全上，張白）這厮呂翔，被我丈八蛇矛刺於馬前。（趙白）好哇，你看曹兵敗走，你我轉回新野交令。（張白）好哇，衆兵丁，人馬轉回新野。（同下）

七　　場

（四文堂、四大鎧、糜竺、糜芳、簡雍、關平、周倉、孫乾、關公上）（徐庶、劉備上，唱）

【二六】先生果然韜略廣，論兵機妙策強。何懼曹營兵合將，貫戰能征翼德張。渾膽將軍無人掃，他的威風賽虎狼。將身且坐一堂上，且聽探馬報端詳。（家丁上，白）三將軍、趙將軍得勝回衙。（備白）有請。（二家丁白）有請三將軍、趙將軍。（張、趙元人全上，張、趙同上，白）先生、主公，我二人交令。（備白）二位賢弟，怎樣與曹將交戰？（趙白）小弟頭一陣，槍挑曹營名將叫呂曠落馬，曹兵大敗。（張白）小弟候曹兵敗回，小弟劫殺一陣，殺兵無數，那呂翔被我蛇矛挑死，命喪疆場。我二人回來，在大哥、先生台前交令。（備白）好，全仗先生妙算。二位賢弟大功，後面擺宴與先生、二位賢弟賀功。（張白）大哥請。（雲白）主公請。（備唱）

【二六】殺敗曹兵魂膽喪，先生從此美名揚。果然運籌如反掌，仗你重整漢家邦。兵丁各個有陞賞，大家慶賀飲瓊漿。（同下）

八　　場

（四文堂、四大鎧、四下手、四正將、李典上）（曹仁上，唱）交鋒好似龍虎鬥，一來一往統貔貅。呂曠呂翔領兵走，要把新野化烏有[1]。將身且坐寶帳口，且聽探馬報從頭。

（報子上，白）報，呂曠呂翔落馬。（仁白）再探。（報白）得令。（下）（仁白）可惱，可惱。（唱）

聽一言來冲斗牛，不由某家皺眉頭。新野竟敢威風有，可嘆二呂喪荒丘。人來與爺帶走獸，不殺大耳事不休。

（李典白）且慢。（唱）

【搖板】元帥暫息雷霆吼[2]，凡事還要用機謀。（白）元帥，那劉備非比尋常，他桃園弟兄久戰沙場。急速差人，奔往許昌，報與丞相，另想別計，共取新野。(仁白)此戰何用驚動丞相,本帥帶兵,管取一戰成功。(李典白)元帥攻取新野,末將在此保守樊城。(仁白)啊,聽你之言,莫非有降劉備之意?(李典白)末將焉有此心?如此,就同元帥一同攻取。(仁白)諒你也不敢。眾將官!兵發新野,與二將報仇。(眾同白)啊。(仁白)殺上前去。(唱)

【搖板】本帥今把威風抖,要殺新野血水流。劉備逃脫怎能夠,要取大耳項上頭。(同下)

校記

［1］要把新野化烏有:"烏有",原本作"烏油"。今改。
［2］元帥暫息雷霆吼:"息",原本作"且";"霆",原本作"庭"。今改。

九　　場

(四文堂、四大鎧站門,周倉、關平、孫乾、糜竺、糜芳、簡雍、張飛、關公、趙子龍、徐庶、劉備上,唱)

【二六】那日投宿與水鏡,暗聽先生果高明。我問先生名合姓,水鏡隱瞞不說明。先生作歌暗自省,誰知相逢新野城。安排兵將就得勝,先生可稱智謀人。大家二堂同議論,樊城必然發來兵。

(報子上,白)報啟主公、先生,今有曹仁統領大兵,來伐新野。(備白)再探。(報子白)得令。(下,備白)先生,曹仁來伐新野,何計安哉?(徐白)恭喜主公,賀喜主公!(備白)先生此言差矣。如今曹兵前來,這新野兵微將寡,難以力敵。那裏還有喜事?(徐笑介)哈哈哈,哈哈哈!(備白)吾乃癡愚之人,望先生明言其意。(徐白)主公若問,聽我言來,主公自然明白。(唱)

【西皮二六】主公不必心急性,細聽元直說分明。曹仁來把新野取,却是雙手送樊城。(備唱)先生怎把戲言論,到要明言與我聽。(徐唱)

【搖板】曹仁親來把兵領,樊城之中一定空。待等交鋒得了勝,那時對主再言明。要點人馬四千整,迎着曹仁去戰爭。

(白)啟主公,城中留下孫、簡二位,還有糜家弟兄保守城池,餘者眾位將軍一齊出戰。(備白)好。眾將官!兵出新野,迎敵曹仁去者。(四文堂、四大鎧、四上手、眾兩邊上,介)(徐庶、劉備、眾原人出城領只下)

十　　場

（曹仁、衆原人，排子上，斜一字上，仁白）前道爲何不行。（衆同白）來此雀尾坡前。（仁白）安營下寨。（衆同白）啊。（排子下）

十　一　場

（劉備原人上）（衆凹門上，報子上，白）啓主公、先生，曹仁在雀尾坡前屯兵紮營。（備白）再探。（報白）得令。（下）（備白）先生，怎樣安排吓？（徐白）我兵暫歇雀尾坡後面，馬步不可前行。主公同衆位將軍，大家登高遥望。（備白）大家觀望。（徐白）主公請哪。（大衆登高遥望，徐、備在桌子中間，衆兩邊觀望介，徐唱）

【二六】主公留神細觀望，樊城兵勇將士強。密雜紮下中軍帳，密嚴劍戟與刀槍。曹仁大寨陣羅網，主公何曾知細詳？（備白）備却不曉。請問此陣何名？（徐白）皇叔乃蓋世之明公，焉有不識此陣，此是太謙。（備白）備實然不知，先生到要請講。（徐白）啓主公，此陣名爲八門金鎖，按休生傷杜景死驚開，從生門景門而入則吉，若從傷門杜門而進則凶，若打死門休門進去大凶。曹將雖然今擺此陣，可惜中間少一桿大纛旗，即如衆兵無眼。吾平生以列陣爲本，他今日在此賣弄此陣，正是班門弄斧[1]。若從景門殺入，在開門殺出，付入景門，六陣亂矣。（備笑介）哈哈，哈哈！誰敢打陣。（趙雲白）末將願往。（徐白）好，如此就命將軍可帶兵一千速去，休誤。（子龍白）得令。（下）（徐白）主公同關、張二位將軍各領精兵一千，但看陣中一亂，三面相攻，一起殺賊，管叫曹兵魂飛膽喪。（劉、關、張同白）遵命。（四文堂、四上手領同劉、關、張同下）（徐白）衆軍卒聽我傳令。（唱）

【二六】大小三軍山坡下，爾等聽令莫喧嘩。馬摘鸞鈴雕鞍跨，奮勇當先把賊殺。（衆領只下）

校記

[1] 正是班門弄斧："班"，原本作"搬"，今改。

十 二 場

（曹仁原人上凹門，眾走陣式介，起鼓介）（四大纛旗八門、四白文堂、四白大鎧、趙雲上，看介，白）眾將官殺呀！（眾進陣出開門，殺介）（子龍與曹仁殺介，挑曹仁盔，頭漏甩髮，起打亂介，隨便排打的，曹仁敗下）

十 三 場

（四越虎旗、四文堂、四大鎧站門【急急風】上）（劉、關、張、眾上，會陣與曹仁原人上，會陣起打，隨便排）（曹仁原人敗下，劉備元人同上介，眾白）曹仁大敗。（備白）鳴金收兵。（同下）

十 四 場

（曹仁、眾原人凹門敗上，李典同上介，仁白）且住。桃園弟兄十分驍勇，傷了我兵無數，將某殺得大敗，且喜後面無有追兵。眾將官，安下營寨。（眾原人兩邊抄介，曹仁入坐位，李典傍坐介，仁白）李典將軍。（典白）元帥。（仁白）吾擺八門金鎖陣式，劉備使人從景門進入，開門殺出，總然迎敵，他不交戰。吾親引兵截攔，敵人一怒，槍挑頭盔，我失機敗陣。他又不敢殺西南北，又有劉關張三面來殺。他軍中必有高人。（李典白）想是如此。我只慮樊城空虛，倘有失閃，豈不前後兩定，那時怎了？（仁白）劉備今日得勝，一定驕傲，不妨你我今晚先去偷營劫寨，必然成功。勝敗趁勢攻取新野，倘若不勝再歸樊城。（李典白）那劉備雖然在城外紮營，他那營中必有高人，焉有不防偷營劫寨，倘然有失，如何是好？（仁白）咳，像你這等疑就難以用兵了。嘟，眾將官！一更會齊，二更喂馬，三更飽餐戰飯，隨我前去偷營劫寨。（眾同白）啊。（仁白）聽俺吩咐。（排子）掩門。（眾下，李典嘆氣介，下）

十 五 場

（劉備、眾原人全上，徐庶也在內上，備白）眾將官，就在城外紮營。（眾同白）啊。（兩抄介，備白）今日之戰，乃是先生調遣，眾位將軍之功，擺宴與先生衆位將軍賀功。(徐同衆白)謝主公。(備白)看宴伺候吓。(吹打介,備白)先生、衆位將軍請。(徐、衆同白)主公請。(排子,風擺風纛旗介,備白)先生,看此風來的不祥,定有原故。(徐白)主公,又是一場喜。(備白)還有何喜。(徐白)此風就是取樊城的警驗。(備白)此話何以講知?(徐白)今晚曹營必然前來偷營劫寨。(備白)先生怎樣敵擋,必須得勝纔好?(徐白)主公且請放心,吾自有調度。啓關二將軍,尊公帶兵一千,同關、周二位偏將離新野,暗繞山路,奔往樊城,憑將軍虎威,智取樊城,垂手而得[1]。(關公白)遵命。(四越虎旗、關平、周倉同關公下,徐白)子龍、翼德二位將軍各帶兵一千,設立空營一座,埋伏左右,候曹仁劫寨兩邊殺出,不得違誤。(張、趙同白)遵命。(同下,徐白)主公吓!(唱)

【二六】新野城中安排定,聖賢帶兵取樊城。我同主公把兵領,前邊一帶設空營。何懼曹仁兵將勇,殺他個片甲血染紅。(衆帶馬同下,徐、備同下)

校記

[1]垂手可得:"垂",原本作"重",今改。

十 六 場

(曹仁内唱)

【西皮倒板】威風凛凛離虎帳,(四文堂、四大鎧、四下手、四將官、李典上,仁上,唱)

【二六】馬摘鸞鈴整絲繮。坐立馬上把令降,大小兒郎聽端詳。偷營劫寨把功搶,鞍前馬後要隄防。向前俱把功來賞,退後人頭挂營房。(報子上,白)啓元帥,劉備營中燈火全無,更鼓錯亂。(仁白)再探。(報白)得令。(下,仁白)啊,那劉備勝了某一陣,心高氣傲,藐視與我,你那裏還想的到[1],某家今晚前來偷營劫寨。這一陣殺你個瓦解兵消、將死兵亡也。(唱)

【二六】探馬報道精神爽,劉備必然得意揚。今晚叫你全忠喪,殺個血水與汪洋。大隊人馬營中闖,(大圓場進營介,仁白)哎呀,(唱)中了他的計良行。不見敵人來打仗,好叫某家心着慌。衆軍回兵出營往,(掃一句)(内喊介,張飛、趙雲上,原人會陣,張原人上,各執燈籠火把上,張、趙白)呔,曹仁!張翼德、趙子龍在此。你竟敢暗來偷營劫寨,我家軍師早已算就施謀,派將設下空營,你們入了圈套,休想活命。(仁白)呔!張飛、趙雲,休攔去路,看槍。(殺介,李典、趙雲、張飛、曹仁連環,衆人起大打。張飛破李典刀落地介,李典敗下。仁接上,起打仁,敗走介下,衆原人全上,衆同白)曹仁敗走。(張白)敗兵不可追趕,人馬轉回新野。(元人同下)

校記

[1] 還想的到:"到",原本作"道"。今改。

十七場

(四越虎旗、四大鎧站門,關平、周倉、關公上領起斜一字,關白)前道爲何不行?(衆白)來此樊城之下。(關白)人馬列開。(衆白)啊。(關白)關平前去叫關,就說本帥曹仁回關,叫他們快些開城。(關平白)本帥曹仁回關,快些開城。(旗牌白)啊,元帥回來了,開城。(關公白)關平,進關改換關某旗號。(關平白)啊。(衆原人進城介下)

十八場

(曹仁原人敗上介,李典白)元帥不聽吾言,方遭此大敗,軍卒傷了大半。你我轉回樊城,保護城池要緊。(仁白)你我只好回轉樊城。衆將官,兵敗樊城。(圓場,衆同白)來此城下。(仁白)待我叫城。吱,開關,本帥曹仁在此,快些開關。(關平內白)開關。(四越旗、四大鎧、關平、周倉各扎硬靠,關公上,中間站介,仁白)吱,何人擋住本帥去路?(關白)關某在此。(仁、李怕介,白)哎呀。(衆敗下,關白)敗兵不可追趕。關平、周倉!(關、周同白)在。(關白)命你二人奔往新野,報與主公知道,就說某家威鎮樊城,敵擋曹兵,攻取城關。(關、周同白)遵命。(同下,關白)衆將官!緊守城池。曹兵至此,報與我知道,安撫樊城黎民軍卒。掩門。(同下)

十九場

(曹仁、李典、衆原人敗上,李典白)元帥,樊城被關公佔去,如何是好?(仁白)將軍不必驚慌,你我回轉許昌,報與丞相,再討兵將,二次攻敵。(李典白)事到如今,只可回轉許昌。嘟!衆將官,兵敗許昌。(衆同白)啊。(同

下,【尾聲】)

五本完

徐母罵曹 六本

頭　　場

（四文堂、四紅大鎧、曹洪、許諸、張郃、夏侯惇、夏侯淵、于禁、樂進、張遼、程昱、曹操上,唱）

【西皮二六】老夫興兵誰敢擋,威震諸侯姓名揚。且喜兵強衆將勇,掃滅烟塵各一方。滅却袁紹報主上,安撫軍民回許昌。將身坐在蓮花帳,細聽探馬報端詳。

（曹仁、李典同上,仁唱）

【搖板】敗陣而回見丞相,(典唱)含羞帶愧臉無光。(同白)參見丞相。我二人死罪死罪！(曹白)二位將軍請起。(仁典同白)謝丞相。(曹白)二位將軍,為何這等狼狽而歸？(仁白)啓丞相,我二人奉令鎮守樊城,擋住桃園。末將令吕曠、吕翔兄弟攻取新野,俱喪桃園之手；末將帶兵黑夜偷營劫寨,不料中了他人空營之計；末將敗回,樊城竟被關公佔去,末將失守樊城。我二人回至許昌,丞相台前請罪。(曹白)軍家勝敗,古之常理,何罪之有？請起。(仁、典同白)謝丞相。(曹白)喂呀！但不知劉備近日又得了何人相助？(仁白)末將亦曾差人覓訪,他有個軍師單福,智謀廣遠,韜略精通。丞相須要隄防此人。(曹白)哦！這單福他的根本,你可知曉？(仁白)末將不知他的來歷。(程昱白)啓丞相,這單福乃是更名之人。他的根本,下官一一盡曉。(曹白)先生請講。(程昱白)此人只因傷害人命,他用粉塗面,披髮而逃,改姓更名,流落他鄉,拜訪尋師,結交良友,談天論地,乃潁州人氏,姓徐名庶,表字元直,單福乃是他的別名。看此人真算天下第一名士也。(曹白)哦！但不知比先生如何？(程白)丞相吓！(唱)

【二六】丞相不必來動問,人比程昱強十分。下官如何將他比,天地相隔幾萬層。(曹白)呀！(唱)

聽罷言來當頭振,劉備得到智謀人。玄德素日心不正,要想滅曹整乾坤。關公張飛趙雲等,各個武藝將超群。越思越想心煩悶,要想掃除萬不

能。(程唱)

【二六】下官倒有一條計,叫徐庶來歸許昌城。(曹唱)

【搖板】聞言便把先生問,有何良計請言明?

(程白)丞相聽禀。(唱)

【西皮正板】單福家住在潁州,其中備細有根由。表字元直徐門後,單名徐庶有名頭。擊劍走馬正年幼,曾替別人報冤仇。披髮塗面街市走,却被官人把他俘[1]。中途遇着同伴救[2],更名單福四海遊。遍訪名師與道友,六略三韜記心頭。司馬德操爲契友,卧龍鳳雛最相熟。如今落在劉備手,丞相興兵把神留。(曹唱)

【搖板】徐庶雖有擎天手,難敵仲德用機謀。(程昱唱)

【搖板】丞相不知元直的手,達變通權鬼神愁。程昱比他差八九,丞相憐才早設謀。(曹唱)

【搖板】既與玄德爲好友,要想收他無計求。(白)這等大才之人,既與劉備相投,叫孤無處下手。惜哉,惜哉呀!(程白)丞相要用此人,却也不難。(曹白)怎見得?(程白)徐庶年幼喪父,只有老母在堂。彼弟徐康現亦亡故,徐母正在無人侍養。丞相差心腹之人,將徐母賺在許昌,令其修書他子。元直至孝,諒無不來之理。(曹白)先生此計甚妙!待孤差心腹之人,將徐母接來,再作道理。來!預酒宴與曹仁、李典二位將軍接風。(仁、典同白)謝丞相。(曹白)來,喚曹用進見。(衆同白)曹用進見!(曹用、家將上,白)來也。參見丞相,有何吩咐?(曹白)命你帶領二十名兵丁,去到潁州,去誆徐庶老母。須要見機而行,不得違誤!(用白)遵命。(曹白)我今吩咐你,(用白)怎敢誤挨遲。(下)(曹白)後堂擺宴,與先生、衆位將軍痛飲!(程、衆同白)丞相請!(曹白)請哪!(同下)

校記

[1] 却被官人把他俘:"俘",原本作"浮",今改。
[2] 中途遇着同伴救:"遇",原本作"與",今改。下同。

二　　場

(四文堂、家將、曹用上)(白)俺曹用,奉了丞相之命,去往潁州,假意誆請徐母。大家趲行者!(衆同下)

三　　場

（徐母上）

【引子】悶坐草堂自淒涼，好不慘傷。

（詩）大兒四海訪良朋，次子一命赴幽冥。可嘆老身缺侍奉，淒涼孤苦在家中。老身徐庶之母，所生兩個孩兒，長子徐庶，在外尋朋訪道，久未歸來；次子徐康，身得重病，一命身亡，撇下老身零丁孤苦，獨守家中。思想起來，好不感傷人也！（唱）

【二簧正板】老身生來命不強，不幸中年居了孀[1]。長子在外賓朋訪，次子徐康一命亡。不盼徐庶歸家往，但盼我兒早把名揚。哎呀，兒吓！（下）

校記

[1] 不幸中年居了孀："孀"，原本作"霜"，今改。

四　　場

（四文堂、家將、用上）（唱）

【二簧搖板】丞相差我穎州往，迎接徐母進許昌。

（白）俺曹府家將曹用是也[1]。奉了丞相之命，迎接徐母進京。此番前去，必須相機而言。前離穎州不遠，只得馬上加鞭。（唱）

【二簧搖板】鞭鞭打馬朝前闖，抬頭來到一村莊。

（白）列位請了。（內白）請了。（用白）借問一聲，此處有位徐老太太，他住在那裏？（內白）那位徐老太太？（用白）徐庶、徐康之母徐老太太。（內白）前面黑漆門樓那便就是。（用白）多謝，多謝吓！徐老太太開門來！（徐母上，唱）

門外有人把話講，莫非徐庶轉還鄉？

（白）外面擊戶之人，那裏來的？（開門介）（用白）京都來的。（徐母白）到此作甚？（用白）迎接徐老太太進京。（徐白）你可認識徐老太太？（用白）小人不認識徐老太太。（徐白）老身正是。（用白）原來是徐老太太。小人叩頭！（徐白）不消[2]。起來，裏面講話。（用白）是。你們隨我進來。大家見過，這是徐老太太。（眾同白）參見徐老太太。（徐母白）罷了，起來。（眾同白）謝過徐老太太。（徐母白）你們都是甚等之人？（用白）他們都是一路上伺候老太太的。（徐母白）好！大家坐下。（衆白）謝座。（徐母白）你奉了何人所差？（用白）小人奉家主程大老爺與徐庶徐大老爺所差。（徐母白）程大老爺，他是何人？（用白）我家老爺姓程名昱，與徐老爺同殿爲官，結拜兄弟。（徐母白）他二人身居何職？（用白）俱是議郎之職。（徐母白）我兒官居議郎？待老身謝天謝地。（用白）當謝天地。（徐母白）他二人因何接我進京？（用白）二位老爺聞聽徐二老爺現已亡故。（徐母哭介，白）兒吓！（用白）恐怕老太太無人奉養，特差小人前來迎接太太進京，同享榮華。（徐母白）可有書信？（用白）這個……並無書信。（徐母白）爲何並無書信？（用白）二位老爺官差縈繞，修書不及。（徐母白）既然如此，老身後面收拾收拾，你去預備車輛。（用白）小人們遵命。（衆下）（徐母白）哎，好了呀！（唱）

【二簧搖板】我兒在京官議郎，迎接老身進許昌。母子們會面天喜降，可嘆徐康一命亡。哎呀，兒吓！（下）

校記

［1］俺曹操家將："俺"，原本作"掩"，今改。

［2］不消："消"，原本作"肖"。今改。

五　　場

（四文堂、家將、曹用上[1]，唱）

【二簧搖板】門前備下車一輛，有請太太赴京堂。

（白）太太，有請。（徐母上，拿一袍襖，白）來了。（唱）

【二簧搖板】安排行李皆停當，母子們相逢夢一場。家將引路將車上，（一車夫，徐母唱）想起徐康兒好心傷。

（白[2]）哎呀，兒吓！你大哥接爲娘進京同享榮華，你是怎的不來？怎的不往？徐康吾兒，我那苦命的兒吓！（哭介）也罷！（同下）

校記

［1］曹用：原本無"用"字，據文意補。

［2］白：此字原本在"哎呀"後，依例移前。

六　　場

（四文堂、四大鎧、四朝臣、八大將官，曹操，唱）

【西皮倒板】漢業衰微天地蕩，各路烟塵起四方。東吳孫權聲勢壯，西蜀有個小劉璋。劉備新野招兵將，景升坐鎮在襄陽。呂布白門樓下喪，袁氏兄弟自殘傷。眾諸侯不在我心上放，單防劉備與孫郎。老夫時刻把名士訪，搜羅天下衆賢良。程昱曾把徐庶講，賽過當年的張子房。因此差人潁州往，迎接徐母進許昌。撩袍端帶二堂上，這就是我爲國求賢日夜忙。（家將、曹用上，唱）

【西皮搖板】相府門外住車輛，見了丞相説端詳。

（白）丞相在上，小人叩頭。（曹白）曹用回來了？（用白）回來了。（曹白）迎接徐母，可曾接到？（用白）現已接到。（曹白）你同衆位將軍迎接。（八將軍同白）得令。（同下）（徐母內唱）

【西皮倒板】來在府門下車輛，

（八將軍同上）（徐母上）（衆將同白）太夫人一路安泰。（徐母白）老身安泰。（唱）

【西皮正板】衆位官員列兩旁。

（衆將同白）我等奉丞相鈞旨，前來迎接。（徐母白）有勞了。（唱）

【西皮正板】丞相與我無來往，

（衆將同白）丞相與徐老爺同殿爲官。（徐母唱）

【原板】迎接老身爲那樁？

（衆將同白）丞相有大事相商。（徐母唱）

【原板】就裏根由難猜想，

（衆將同白）太夫人，見了丞相便知。（徐母唱）

【原板】我兒徐庶在那廂？

（衆將同白）往新野公幹未回。（徐母唱）

【原板】邁步且把二堂上，

（衆將同白）徐太夫人，到了。（曹白）有請。（衆將同白）丞相有請！（徐母唱）見了丞相問端詳。

（白）丞相在上，老身萬福！（曹白）太夫人，少禮。請坐。（徐母白）謝座。（曹白）太夫人一路風塵，身體可好？（徐母白）承問。請問丞相，我兒徐庶他往那裏去了？（曹白）太夫人有所不知，元直現在新野。請太夫人修書一封，招他回來。（徐母白）未知我兒在新野依附何人？（曹白）現在新野幫助逆臣劉備，正如美玉陷於淤泥，明珠埋於塵垢。太夫人將他招回來，孤家奏知天子，必有封贈也。（唱）

元直本是一英豪，幫助劉備爲那條？美玉埋没淤泥泡，一顆明珠在清濠。太夫人作書將他招，管保列位在群僚。人來看過文房寶，（手下捧文房四寶放徐母面前）（徐母接唱）

【搖板】這事其中有蹊蹺。

（白）請問丞相，老身聞聽家將言道，我兒現在京都，官居議郎。如今丞相又命我修書保他官職，是何道理？（曹白）孤差家將奉請，恐怕太夫人不肯前來，託言元直在京爲官，以安太夫人之心。（徐母白）原來是爾等鬼計！曹丞相，你可知劉備他是何等人物？（曹白）他乃涿郡小輩，妄稱皇叔，全無信義，外君子而內小人者也。（唱）

【西皮二六】劉備家住在樓桑，結拜弟兄關與張。共滅董卓隨軍往，袁術與他似參商[1]。孤家暗把美言講，送他斗酒表心腸。到如今與孤無來往，反把恩人當禍殃。（徐母唱）

【搖板】聽他言來怒滿腔，纔知就裏兒行藏。

（白）曹丞相，此言差矣！（曹白）怎見得？（徐母白）老身聞劉關張乃是中山靖王之後，孝景皇帝玄孫，屈身下士，恭己待人，義意傳於四方，仁聲著於天下，雖牧子樵夫、黃童白叟[2]，誰不稱他爲仁人君子？真乃當世英雄超群的豪傑！吾兒若果輔之，正是如魚得水，際遇賢良[3]，我徐門宗親千萬之幸！汝雖託名漢相，實爲漢賊。內懷謀朝篡位之心，外送縣主專權之技；新都移駕，致使百姓流離；許田打圍，衆官無不切齒；辱禰衡爲鼓吏，名士心寒；殺太醫於市朝，忠臣皆裂；甚而貴妃斬於宮掖，甄氏霸爲兒婦。煌煌逆謀彰明著[4]，世之三尺童子，未有不想殺爾之頭，食爾之肉，割爾之心，碎爾之骨！今又欲離間吾兒的知遇，拆散劉備的股肱。曹操哇曹操！你乃名教中的罪人，衣冠中之禽獸也！（唱）

【二六】劉備本是英雄將，義氣仁聲著四方。吾兒輔他如臂膀，英明之主遇賢良。爾與曹嵩是抱養，夏侯族中拋棄的郎。明在朝中爲宰相，內懷篡逆亂朝綱。許田打獵欺主上，無故遷都赴許昌。借刀殺人禰衡喪，可嘆吉平刑下亡。帶劍常把宮闈闖，勒死貴妃實可傷。爾比當年賊王莽，爾比董卓更猖狂。無故差人吾家往，誆騙老身來許昌。欲使吾兒歸你掌，除非是日起在西

方!(曹唱)

【二六】我本堂堂朝中相,惡言惡語將我傷。相府如同虎口樣,你命若懸絲敢逞強?(徐母唱)

【二六】聽他言來氣上撞[5],大罵曹操聽端詳。老身既來不思往,休將虎口嚇老娘!我有心替主擒奸黨,手中缺少刀與槍。文房四寶桌上放,擊死奸賊赴無常。硯臺就是你對頭樣,送你一命見閻王。(徐母用硯臺打介)(曹白)反了哇反了!(曹唱)

人來與我上了綁,推出斬首在雲陽。

(武士手上)(曹白)膽大的惡婦,竟敢用硯擊打孤家!武士手,推出斬了!(眾押徐母下)(程昱上,白)刀下留人!(唱)

【西皮搖板】聽說徐母上了綁,程昱慌忙上二堂。

(白)丞相因何要斬徐母?(曹白)這惡婦百般辱罵,又用硯臺擊打孤家,故而斬首。(程白)丞相,如今正當用人之際,斬了徐母,恐與丞相大事不利。(曹白)怎見得?(程白)徐母觸犯丞相,正是欲求一死,以全名節。若果殺之,丞相招不義之名,反成徐母之德。況徐母既死,徐庶必然盡心竭力幫助玄德,藉報殺母之恨。卑人愚見,不如赦回徐母,使徐庶心懸兩地。縱然幫助劉備,斷不能盡心竭力也。(唱)

【西皮二六】丞相將他來斬首,不義名兒天下留。徐庶本是經綸手,藉幫劉備報冤仇。赦却徐母休放走,卑人自有巧機謀。

(白)丞相赦回徐母,養之別室。昱自有妙計,將徐庶賺來,以輔丞相。不知丞相意下如何?(曹白)先生有何妙計?(程白)卑人詐稱與徐庶有八拜之交,日往徐母問候,待將他筆迹套出來,仿其字體[6],詐修家信一封[7],差你心腹之人,持書前往新野,選投單福行幕[8]。那徐庶乃大孝之人,見了家信,必然星夜前來。丞相得一謀臣,何惜赦一徐母?望丞相詳細思之。(曹白)先生之言,正合孤意。來,將徐母赦回。(眾將同白)將徐母赦回。(徐母上)(唱)

【西皮搖板】欲借曹賊帳下刀,全吾半世美名標。忽然堂上傳赦詔,到叫老身心內焦。

(白)曹賊!你要斬開刀,為何又把老身解下?真真豈有哇豈有!(曹白)非是孤家不斬於你,程先生言道,他與你子有八拜之交,斬你如同斬他母,故爾赦回。(徐母白)吓!程先生,你好多事吓!(唱)

【二六】先生只顧將我保,吾兒在新野住不牢[9]。(程昱白)伯母。(唱)

侄與元直曾交好,怎忍伯母吃一刀?

（曹白）程先生,將徐老太太安置別室,小心侍奉。那個如敢輕慢,照軍法從事。（程白）遵命。伯母請。（徐母白）哎呀,兒吓！（程白）伯母,來呀！（笑介）哈哈哈！（同下）（曹白）正是：只爲單福心錦繡,甘受徐娘腦心頭。（笑介）哈哈哈！真真的豈有此理！咳！（【尾聲】,下）

校記

［1］袁術與他似參商:"參",原本作"申",今改。

［2］黄童白叟:"叟",原本作"搜",今改。

［3］際遇賢良:"際",原本作"漈",今改。

［4］煌煌逆謀彰明著:"煌煌逆謀",原本作"楻楻送謀"。今改。

［5］氣上撞:"撞",原本作"壯",今改。

［6］仿其字體:"仿",原本作"放",今改。

［7］詐修家信一封:"修",原本作"休",今改。

［8］選投單福行幕:"幕",原本作"募",今改。

［9］吾兒:"吾",原本作"五",今改。

走馬薦諸葛　七本

頭　場

（四白文堂、家將、曹用、徐母、一旗牌下場門上介,徐母上,唱）

【西皮搖板】惱恨曹操行奸狡,離間之計設籠牢。老身指望命喪了,落個節烈把名標。（用白）旗牌,喚你再來,下面歇息。（旗牌白）是。（下）（程昱上[1],唱）

【西皮搖板】我與丞相來計較,假意慇懃奉年高。人來與我忙通報,說我前來話根苗。

（用白）是。啓徐老太太,今有程昱謀士來到館駰,求見老太太。（徐母白）哎呀,說我有請。（用白）徐老太太有請,先生進見。（程白）有勞了,參見伯母。（徐母白）程謀士請坐。（程白）告坐。（徐母白）適纔蒙你救護,老身這裏致謝[2]。（程白）豈敢。晚生來見伯母,所因寬慰,暫且忍耐數日。小侄得便在丞相面前婉轉相諫,老伯母早早回家,母子團圓,方顯小侄與令郎同盟之義。伯母休得憂思。(徐母白)如此全仗你了。(程白)理所當然。(徐母白)但不知先生在許昌官居何職?(程白)晚生在曹公麾下充為諫言謀士。(徐母白)老身已歸地府,蒙先生相救,只等我母子見面之時,再與先生面謝。(程白)伯母説遠了。我與徐元直同盟結義,伯母何出此言。本當將伯母請到我家住上幾日,猶恐丞相聞知見疑,暫且屈委伯母幾天,就可回轉潁州。少時自有我家使女丫環等,他們前來伺候伯母,再者所用之物鋪蓋,俱有家人送到。(徐母白)哎,先生吓!(唱)

多謝先生你承敬,公是元直好賓朋。不是先生險喪命,我母子日後感恩情。(程白)小侄怎敢?晚生告辭。(徐母白)先生請回。(程白)是,爾等好好伺候徐老太太。(用白)是。(程白)小侄去也。(徐母白)請哪,老身不送了。(程唱)伯母在此多安靜,少時使女到館中。(下)(徐母笑介)哈哈哈!(唱)好個程昱多忠正,他與老身禮貌恭。

(二院子、二丫環四人同上,抬禮物盒子,同白)奉了老爺命,送禮到館中。來此已是,裏面有人麼?(用白)甚麼人?(院子白)我們奉了我家程老爺之命,前來與徐老太太送食盒禮物,都來伺候。(用白)少待。啓徐老太太,程老爺命家下人、使女、丫環等送來食盒禮物,都來伺候。(徐母白)好,叫他們進來。(用白)叫你們進來,小心了。(院子、丫環同白)奴婢們與徐老太太叩頭。(徐母白)罷了,你們都起來。(眾同白)多謝老夫人。(徐母白)你們可都是程老爺家的人麼?(眾同白)是。我們奉了我家老爺之命,前來伺候老夫人來了。(徐母白)好,看文房四寶,待我與程老爺寫收禮單,回去拜帖。(用白)是,遵命。(徐母寫拜帖介,排子,白)這些兵丁與曹用,你們回去歇息去罷。現有使女丫環,到也安靜。眾位請回罷。(家兵丁、用同白)是。遵命,多謝老太太。(同下)(徐母白)二位家院,老身這裏現有收禮拜帖,即速回去,多多替我拜上你家老爺,説我愧領了哇。哈哈哈!(院白)是,遵命。(同下)(徐母白)你倆個叫甚名字?(大丫環白)我叫春蘭。(徐母白)你呢?(二丫環白)我叫梅香。(徐母白)好,你倆早晚多辛苦了。(同白)禮當,老太夫人。(徐母笑介)哈哈哈!(唱)

心中只恨賊奸佞,誆哄老身設牢籠。反間之計我自省,曹賊癡迷魂夢中。(下)

校記

［１］程昱上："昱",原本作"煜"。今改。
［２］這裏致謝："裏",原本作"礼"。今改。下同。

二　　場

（四紅文堂、四紅大鎧站門上,曹操上,唱）

【二六】徐母年邁情性暴,辱罵老夫賽如刀。我與程昱安排好,套寫筆迹設計條。（程昱上,笑介）哈哈哈！（唱）徐母入了我圈套,套寫筆迹記心梢。（白）參見丞相。（曹白）先生少禮,請坐。（程白）謝坐。（曹白）先生套寫筆迹,怎麼樣了？（程白）下官這幾日時常命人與徐母送去禮物,已有收禮拜帖,是我留心套寫筆迹,亦然套好。我今要即寫一封書信誆那徐庶,定入圈套之中。（曹白）好,濃墨伺候,先生寫來。（程白）遵命吓。（寫書信介,排子）下官帶來收禮拜帖,丞相請看,與下官寫的筆迹如何？（曹白）待老夫對來。（拜帖與書信筆迹對介,排子,白）喂呀！這拜帖與先生寫的這封信分毫不差,老夫即差家將曹用前往新野下書。（程白）即速命人前去。（曹白）來,曹用進見。（衆同白）曹用進見。（曹用上,白）來也。參見丞相,有何吩咐？（曹白）老夫有書信一封,命你去往新野劉玄德那裏投遞。就説奉徐母所差,由許昌而來,與求元直開拆。諸事留心,不可洩漏誆取徐母之事,記下了。（用白）遵命。（曹白）信去人也去,（用白）書回人也回。（下,曹白）請哪。（笑介）哈哈哈！（唱）套寫筆迹已然就,何愁徐庶不上鈎。你我府中且等候,曹用回來再計謀。（笑介）哈哈哈！（同下）

三　　場

（徐庶上）【引】袖内陰陽,乾坤如反掌。

（詩）自幼生來情性剛,因爲不平將人傷。逃出在外投劉主,思想老母在高堂。（白）山人姓徐名庶字元直。只因在家爲不平之事,將人傷壞,是我逃出在外,改名單福,輔保劉皇叔,佔了新野,樊城地界。我想曹仁勢不干休,不免進帳與主公商議隄防之計。哎！思想起來家中老母,好不傷感人也。（唱）

【二簧正板】自幼兒在家中將人打壞，因此上別老母逃出外來。多蒙了劉皇叔仁義相待，收留我在帳中治國安排。大丈夫建奇功名揚四海，方顯得頗有這將相大才。願只願我老母康寧體泰，滿爐內焚信香答謝天臺。（嘆氣介，下）

四　　場

（四紅文堂站門，劉備上）【引】桃園結義聚英雄，江山一統。（詩）大樹樓桑是我家，不同松竹也同花。曾破黃巾兵百萬，滅却孫曹定中華。（白）孤窮劉備，桃園結義以來，馬跳檀溪之後，得來單福先生，賴他設計奪取樊城[1]。曹仁失利[2]，曹操必不干休，不免請先生、三位將軍進帳，商議破曹之事。來，有請先生、三位將軍進帳。（衆手下同白）有請先生、三位將軍進帳。（徐、孫、張、趙同上，徐白）執掌絲綸起鳳毛，（孫白）胸中廣有計略韜。（張白）曾破黃巾兵百萬，（趙白）東滅孫權北戰曹。（四人同白）參見主公。（劉白）先生、三位將軍少禮，請坐。（四人同白）謝坐。傳臣等進帳，有何軍情議論？（劉白）只因奪取樊城，曹仁失利，曹操必不干休，請先生、三位將軍進帳，商議破曹之事。（徐白）主公但放寬心，倘若曹操興兵前來，待山人略用小計，管叫他不戰而退。（劉白）全仗先生。（家丁上，白）啓先生、主公，許昌有人到此下書，特來回禀。（劉白）呈上來。（家丁白）是。（劉白）不孝男徐庶開拆。吓！（徐白）啓主公，乃是臣的家書到了。（劉白）先生請看。（徐白）主公、衆位將軍請看。（衆同白）還是先生請看。（徐白）老母在上，恕孩兒不孝之罪了。（唱）

【正板二簧】對曹營施一禮拆書觀望，徐庶兒見書信仔細參詳。自從兒在家中將人打喪，撇下了爲娘的那在心傍。多虧了徐康兒將娘奉養，朝夕間侍爲娘不離高堂。可惜這行孝子一命早喪，一命早喪，兄弟呀！（唱）丟爲娘孤一人好不慘傷。好一個仁義主曹公丞相，接爲娘到他營樂享安康。娘爲兒每日間茶飯不想，娘爲兒晝夜裏哭斷肝腸。娘爲兒向南方傍門懸望，娘爲兒得下了疾病在床。我的兒早來到還有話講，遲來時母子們空望一場。看罷了書和信心中暗想，這件事到叫我無有主張。我本當辭劉主把母看望，劉主爺待我的情義難當。若本當在此間不把母望，落下了不孝怎萬古流芳[3]。左也難右也難無計爲上，（白）有了。（唱）我只得口不言悶坐一傍。（哭介）

（劉白）先生爲何兩眼落淚？（徐白）啓主公，曹操聞之山人在主公帳下，將臣老母接至曹營,逼母修書前來,叫臣回去。臣本當回去救母,怎奈作了短幸之人也。(劉白)先生,書信上面寫定徐庶,備却不明?(徐白)臣本姓徐名庶字元直,只因在家爲不平之事,將人打壞,逃出在外,改名單福。(劉白)既是伯母有難,本當前去搭救。怎奈樊城、新野就是他人的了。(徐白)主公但放寬心,臣回去救了老母,再來侍奉主公,豈不忠孝雙全?(劉白)先生真乃忠孝雙全。(徐白)主公誇獎。(劉白)四弟聽令。(趙白)在。(劉白)長亭備宴,與先生餞行。(趙白)遵命。(徐白)老母修書實慘傷,(劉白)幸遇高人不久長。(孫、趙同白)江山赴與夏侯讓,(張白)準備人馬破荆襄。(同下)

校記

[1] 賴他設計奪取樊城:"設計",原本作"社稷",今改。
[2] 曹仁失利:"失利",原本作"勢力",今改。下同。
[3] 落下了不孝怎萬古流芳:"怎"字,原本無。該句應爲十字句,今依文意補。

五　場

(四白文堂上,趙雲上,白)俺趙雲奉了主公之命,備宴與先生餞行。左右,打道長亭。(小圓場凹門,衆同白)來此長亭。(趙白)主公到來,報我知道。(衆兩邊下)

六　場

(劉內唱)

【西皮倒板】送先生出新野珠淚滾滾,

(四文堂、張飛、孫乾、徐庶、劉備同上,劉唱)

叫人難捨又難分。(徐唱)實指望保主公大事安定,我徐庶到作了短幸之人。(劉唱)這是我漢劉備身淺福分,眼見得新野城付與他人。(徐唱)勸主公你把那寬心放定,不久的就要得遇高人。(趙雲暗上,劉唱)

縱有那能人終何用,要比先生萬不能。(趙白)主公,酒宴齊備。(劉唱)

叫四弟看過了酒一樽,我與先生來餞行。此番見了伯母面,你就説桃園弟兄問安寧。長亭無有別的敬,一杯水酒來餞行。(徐唱)

謝過主公酒一樽,吾主恩情似海深。日後必要成大業,我徐庶知情必報

恩。(乾白)酒來。(唱)

人來看過酒一樽,我與先生來餞行。但願此去多安靜,但願此去享太平。今日長亭把酒敬,略表孫乾一點心。(徐唱)孫乾敬酒不敢飲,我將此酒謝神明。他的恭敬我謝定,知你情義感你恩。

(張白)酒來。(唱)

人來看過酒一樽,張翼德撩衣跪埃塵。上跪天下跪地,跪父跪母不跪別人。今日跪在先生面,爲的大哥錦乾坤。先生到了曹營地,莫把真心獻他人。倘若先生回營轉,老張頭頂香磐迎接先生,一步一步進大營。(徐唱)

三將軍説的肺腑情,你本是粗中有細人。只要老母見一面,豈肯設計與他人。(趙唱)

不敬酒來不餞行,趙雲帶過馬走龍。請上馬來足踏鐙,先生即速奔曹營。

(徐白)喂呀!(唱)

山人在帳下有何能,怎敢勞動四將軍。(白)來,將馬帶過去。(唱)向前來辭別仁義主,轉面再謝衆將軍。悲悲切切踏金鐙,要相逢除非是赤壁鏖兵。(曹用暗上,徐同下,劉唱)一見先生把馬跨,只見樹木不見他。人來將樹齊伐下,(衆手下砍樹介,劉唱)霎時遍地起黃沙。(徐上,唱)勒住絲繮帶轉馬,只見劉主站山凹[1]。翻鞍離鐙把馬下,(劉唱)先生因何不歸家?(徐唱)非是山人不歸家,主公爲何將樹伐。(劉唱)弟兄們望不見先生駕,砍倒樹本望卿家。(徐唱)劉主這樣仁義大,兩個謀士獻與他。君臣一同站山凹,細聽爲臣説根芽。此去不過數十里,卧龍崗上一道家。復姓諸葛名字亮,道號孔明長帶髮。年紀不過二十多大,看來還是娃娃家。還有一人龐鳳雛,他比諸葛也不差。二人陰陽按八卦,扭天換日把乾抓。若得一人安天下,興漢滅曹離不了他。(劉白)哦。(唱)馬跳檀溪走天涯,水鏡先生言過他。卧龍先生孤去訪,但不知鳳雛往那家。(徐唱)龐鳳雛住在襄陽地,主公慢慢去訪他。臣本待同主一路訪,老母望兒淚如麻。(白)罷!(唱)辭別主公把馬跨,兩淚汪汪走天涯。(下)(劉唱)一見先生他去了,不由孤王心內燸。孫乾三弟一聲叫,四弟子龍聽根苗。他説道諸葛才學好,弟兄們一同上山高。爭來江山孤不要,你們享福我代勞。准備鞍馬過律道,請來了諸葛保漢朝。(同下)

校記

[1]只見劉主站山凹:"站",原本作"見",今據上下文意改。

七　場

（曹用、徐庶上，白）馬來。（唱）玄德待我恩義厚，留戀之情反加愁。

（白）山人徐庶。指望輔佐劉皇叔，恢復漢室基業，不想老母書信前來，玄德戀戀不捨。是我指引相請臥龍先生，猶恐他不允，路過臥龍崗，待我奔往他家，見了孔明細説一遍。（唱）

緊緊加鞭催馬走，見了諸葛説根由。（同下）

八　場

（一童兒上，孔明上，唱）

【二簧正板】嘆漢室四百年國運將盡，又誰知出了這孟德奸臣。挾天子令諸侯欺君太甚，在許田行圍獵目中無君。今有那劉玄德國運氣正，在隆中算就了鼎足三分[1]。他必然到茅廬御駕三請，出隆中輔保了漢室乾坤。看將來把我的心血用盡，重整那漢基業掃滅烟塵。今有那徐元直暗來探問，用言語激怒他去見娘親。

（曹用、徐庶同上，徐唱）

【搖板】過龍崗走了些崎嶇路徑，不覺得來到了諸葛門庭。

（白）曹管家，你在那邊樹下略等片刻，我在這裏看個朋友，少時你我即速同行。（用白）你要快着些，不可耽誤路程。（下）（徐白）是，我知道。啊，門上那位在？（童白）甚麼人？（徐白）是我。（童白）哦，原來是徐元直。（徐白）正是。臥龍先生可在隆中？（童白）現在隆中。（徐白）煩勞通禀，説我元直特來拜望。（童白）不必通禀，我家主人早知元直今日必來，尊公隨我來相見。（孔白）啊，外面來的，莫非是元直兄弟至此？（徐白）啊，兄長。（孔白）啊，賢弟。（徐白）仁兄。（孔白）賢弟一向可好？（徐白）好，有勞仁兄挂懷。仁兄可安否？（孔白）承問承問。賢弟請。（徐白）兄長請。（孔白）賢弟請坐。（徐白）請坐。（孔白）元直此來必有緣故？（徐白）是。小弟近來輔佐玄德，因老母被曹所困，持書相喚[2]，只得捨主。臨行將兄長薦與玄德，望兄勿推，展平生之大才，不負昔日所學也。弟特到此處，給先生兄長留住。哈哈哈！（孔白）哎，賢弟這些言詞差矣。（唱）

【二六】雖然輔佐玄德正，中了孟德巧計行。令堂誆入許昌郡，喚你之書假非真。又言把我薦劉姓,烹杞之牲比孔明。(白)賢弟。(唱)見母之事須當緊,恕兄不能送出門。後會有期再叙論,(笑介下)(徐白)啊。(唱)自覺無言往外行。(白)哎。(用上介,帶馬介,徐唱)含羞帶愧足踏鐙,元直馬上自思忖。想來是我錯談論,卧龍高明果是真。薦與玄德是好意,(白)哎!(唱)孔明比我高萬分。越思越想心納悶,恨不得踏近許昌城。催馬加鞭往前進,但願早見老娘親。【尾聲】,同下〉

七本完

校記

[1] 算就了鼎足三分:"鼎",原本作"頂",今改。
[2] 持書相唤:"唤",原本作"换",今改。下同。

一請諸葛　八本

頭　場

(四文堂、四大鎧、張郃、許褚、張遼、曹洪、夏侯淵、夏侯惇、李典、樂進、于禁、曹仁、二中軍、曹操上)

【引子】執掌威權,收天下文武英賢。(詩)漢室江山氣運終,四方群起各爭鋒。孤家坐鎮許昌地,搜羅天下衆英雄。孤曹操,在漢帝駕下爲臣,官居首相,一切内外軍國大事[1],皆由孤家一人作主,天子不敢聞問。這且不言。只因曹仁、李典失守樊城,孤聞劉備軍中有一徐庶,此人必有奇才。亦曾與程昱套寫筆迹,假意修書,命曹用去往新野,誆那徐庶到來扶孤。去了許久,還未回信。站堂軍!伺候了。(衆同白)啊。(曹用上,白)忙將徐庶事,報與相爺知。叩見相爺,小人交差。(曹白)起來。(用白)謝相爺。(曹白)命你誆那徐庶,怎麽樣了?(用白)徐庶誆到,亦在府外。(曹白)站立一傍。(用白)是。(曹白)衆位將軍,隨孤出府迎接。(吹打介,衆白)啊,有請徐先生。(徐庶上,白)啊,丞相。(曹白)啊,元直。(同笑介)啊哈哈哈!(同白)請哪。(徐白)丞相在上,徐庶參拜。(曹白)元直少禮,請坐。(徐白)謝丞相。(曹白)久聞先生高明,傳於四海,才志貫滿宇宙,幾次相會奈無由,將令堂自潁州請入許昌,討得華翰,纔把先生請至此處,實隨我平生之願也。來,看茶。

（用暗上，託獻茶介，曹白）元直請茶。（徐白）丞相、衆位將軍請。（曹、衆將同白）請。（同白）請。（徐白）老母多蒙丞相款待，庶感恩非淺。（曹白）理所當然。（徐白）愚下歸順來遲，望丞相休得見罪。（曹白）豈敢。（徐白）丞相容徐庶拜見過家母，少時在與丞相相談。（曹白）先生真孝子人也。來，曹用將徐先生領到館中，見徐老太夫人。（用白）是。（徐白）謝丞相，暫時別。（曹白）少刻奉請。（徐白）請。（用白）先生隨我來呀。（同下）（曹白）左右預備酒宴，少時與徐先生接風。掩門。（衆分下，曹下）

校記

[1] 一切内外軍國大事："軍"，原本作"君"，今改。

二　　場

（二丫環、老旦上，唱）

【二簧正板】嘆兒夫一旦間去世甚早，撇下了我母子無有下梢。我長子名徐庶向外去了，徐康兒壽命短命赴陰曹[1]。思想起慘凄凄無倚無靠，不由我年邁人珠淚嚎咷[2]。惱恨這奸曹操設下圈套，每日裏在館中好不心燥。（坐介，曹用上，白）啓老太夫人，徐先生由新野星夜而來，現在館外。（老旦白怒介）哦，叫他進來。（用白）太夫人喚徐先生進去。（徐上，白）有勞了。（用白）隨我來。（進門介，徐庶進門介，曹用暗介下，徐跪介，哭介，二丫環暗下介）哎呀母親哪！（唱）

【二簧搖板】一見老娘淚跪倒，點點淚痕往下抛。孩兒速把娘親叫，恕兒來遲望母饒。恕兒深重該萬死[3]，連累老娘受熬煎。（老旦哭介）兒吓！（唱）兒在新野却然好，就該忠心扶漢朝。爲娘在此兒怎曉，來在許昌爲那條？

（徐白）哎呀！（唱）

【二簧搖板】娘親言道有蹊蹺，中了奸相計籠牢。老母發書兒來到，因此星夜見年高[4]。（徐母怒介）奴才！（唱）

【二簧搖板】聽兒之言娘心惱，兒果心中少略韜。兒來許昌事非小，一定輔保奸曹操。

（白）儒子，你飄蕩江湖數載有餘，近來聞你輔保玄德，所爲得其主也，老身心中甚是歡喜。指望身得榮耀，改換門庭，你今憑一紙之字[5]，不辨虛實，捨其真而投其假,自己取私名,這麼一點機關參解不透,你還要扶佐真明興霸?以後來你還有甚麼面目,在人前講文論武?你這個冤家,跪在這裏,不許自起,等老身回來發落於汝。哎呀,兒吓!(哭介,恨介下)(徐哭介,唱)

　　【二簧搖板】如今自知入圈套,來見老母枉徒勞。老娘怒恨來訓教,進退兩難在今朝。

　　(二丫環上,白)哎呀,徐先生!大事不好了!(徐白)啊,何驚慌?(丫環白)老太夫人在後房中懸梁自盡了。(曹用暗上,聽介,白)待我報與丞相知道。(下)(徐白)哎呀,現在那裏?(丫環白)隨我們來呀。(同下)(連場上)

　　(進門介,徐、丫環上介,徐白哭介)哎呀,娘吓!(唱)

　　【二簧搖板】一見老娘命喪了,(三哭介)老娘母親哎呀,娘吓!(唱)

　　【二簧搖板】不由徐庶珠淚拋。(哭介,唱)

　　【哭板】我哭哭一聲老娘親,我叫叫一聲兒的娘吓,啊啊啊,兒的娘吓!(唱)連累老母赴陰曹。(哭介)哎呀!(程昱上,唱,曹用上,引)只聽得曹用一聲報,伯母自盡爲那條。曹用帶路館馹道,見了元直說根苗。(白)先生吓!(唱)且免悲傷休淚掉,安葬伯母要酬勞。(徐哭介)哎呀,娘吓!(哭介,程白)先生請坐。(徐白)程先生請坐。(程白)元直,伯母今日已死,也是他老人家陽壽已滿,須要置辦棺槨,預備壽衣,停放入殮要緊。稟明丞相,文武吊發,擇選黃道發引。先生隨我一同去見丞相。(徐白)先生先行,我庶隨後就到。(程白)先生你要來呀!(笑介)哈哈哈!(下,徐白哭介)哎呀,娘吓!(唱)

　　【二簧搖板】心中暗把奸曹恨,逼勒太娘喪殘生。從今住在許昌郡,一計不獻與曹營。人前不講韜與略[6],(白)哎,(唱)只念玄德情意深。(哭介)哎呀,娘吓!(下)

校記

[1] 徐康兒壽命短命赴陰曹:"康",原本作"庶",今改。

[2] 不由我年邁人珠淚嚎咷:"嚎咷",原本作"濠洮",今改。

[3] 恕兒深重該萬死:"恕兒",原本作"恕要",今改。

[4] 因此星夜見年高:"星夜",原本倒置爲"夜星",今改。

[5] 一紙之字:"紙"原本作"指",今改。

[6] 人前不講韜與略:原本作"與韜略",今改。

三　　場

（曹操衆原人、衆將同上）（曹唱）

【二六】適纔曹用報一信，徐母一命歸了陰。假意慇懃言語順，邀買元直扶乾坤[1]。將身大廳來坐定，等候程昱信和音。

（程、徐同上，白）走哇。（程唱）

【搖板】二人同把府門進，見了丞相説其情。

（徐白）參見丞相。（曹白）元直少禮，請坐。（徐白）謝坐。（哭介）呀呀，娘吓！（曹白）元直且免悲傷，伯母已死，也是伯母陽壽已滿。程謀士就在館馹，高搭席棚，與徐老伯母即速預備壽衣，停放，置辦棺槨，吉時裝殮。元直披麻戴孝，相請高僧高道超度亡魂，與伯母免罪。（程白）下官遵命。（徐白）謝丞相。啓丞相，我母一死，我徐庶要在老母墳前守孝百日，孝滿同心扶保丞相，重整漢室基業。（曹白）慢説百日，就是周年半載亦待何妨？辦理喪事要緊。程謀士預備祭禮，老夫一日三祭，文武隨同行禮。擇選黃道吉日，與伯母安葬發引。（程白）下官遵命。（徐白）多謝丞相。（曹白）掩門。（衆分班下）

校記

[1] 邀買元直扶乾坤："買"，原本作"賣"。今改。

四　　場

（四文堂、糜竺、糜芳、簡雍、張飛同上，劉備上，唱）

【西皮正板】自從徐庶分別後，猶如浪裏失落舟。只望扶孤多長久，誰知半途不到頭。實指望扶孤功成就，重整漢室永無憂。每日思念眉頭皺，悶悶不樂孤憂愁。

（家將上，白）啓主公，今有二將軍由樊城回轉新野。（備白）啊，有請。（四越虎旗、關公上）（家將上，白）有請。（關白）啊，兄長。（備白）賢弟請哪。（關白）請哪，參見兄長。（備白）賢弟少禮，請坐。（張白）二哥一向可好哇！小弟有禮。（關白）三弟少禮，請坐。（張白）告坐。（備白）前者二弟奪取樊城，多有辛苦。（關白）些須小事[1]，兄長何必挂齒。這幾日不見兄長，小弟時常挂念。（備白）有勞二弟挂心。奪取樊城乃賢弟大功。（關白）樊城糧草甚厚，亦曾命關平、周倉把守城池，略無妨礙。（孫乾上，白）啟主公，外面有一老翁口說求見，自稱水鏡先生。（備白）啊，水鏡先生到了，待孤親自迎接。（出門介，水鏡上介，備白）啊，水鏡先生。（水白）啊，明公。（同笑介）啊哈哈哈！（備白）先生請。（水白）明公請。（備白）前者多承先生指教，未得拜見，今幸鶴駕光臨，恕我劉備失於遠迎，面前恕罪。（水白）豈敢。吾乃山野愚民，幸蒙明公優待，足見皇叔敬賢之義了。哈哈哈！（唱）

【西皮正板】聞聽明公多饒倖，元直在此伴明公。特來與他來相會，那就是舍下借宿人。蓋世奇才好人品，胸中韜略果然精。皇叔得他相扶助，數年之間整乾坤。（備唱）

【西皮原板】水鏡聽我一言稟，司馬先生請聽明。提起元直有調動，數日之間取樊城。誰知劉備淺福分，曹操誆去他母親。他母修來書合音，喚去元直奔許城。相送長亭心難忍，得而失之好傷心。劉備意欲相攔定，缺其孝道我虧心。（水唱）【西皮原板】徐庶不去母命殞，若到許城命難存。（備唱）

【原板】我備不明把教領，此事叫我好不明。（水唱）

【原板】世之大賢比孟母，再不肯發書喚親生。母子若要見了面，羞見山己兒命難存。（備唱）

【原板】開言便把先生問，還有一事請教清。元直臨行對我論，有一位諸葛臥龍先生，他叫我親身去聘請，未知可肯掙功名。

（水白）咳。（唱）

【二六】明公何必細究問，惹人出來染紅塵。嘔血之時誰相顧，那時節怨悔難脫身。事不宜遲去相聘，速往茅廬請孔明。

（備白）先生，但不知這位臥龍先生，比徐元直的才學何如？（水白）皇叔，將相之才，不屈於穎州之內。（備白）請問先生，有多少賢士？此地真乃秀氣之土也？（水白）昔日此處出了一位大賢，這人名叫鮑旭，善觀天文，深知地理。見群星聚於穎州之地，他對人常說此處必聚賢士。別人還自由可，若要說這個諸葛，有經綸濟世之才，包羅乾坤之秀，臍隱鬼神莫測之機，腹藏百萬帶甲之將。身居隆中樂自天，直勝似管仲樂毅。（關公白）先生之言差矣。（水白）何差呢？（關白）某觀看《春秋》，管仲糾令諸侯以匡天下，乃春秋蓋世之杰。孔明何等人也？也竟敢比前輩先生，豈不妄談？甚為謬矣！（水冷笑介）哈哈哈！將軍，公與諸人不同，休將孔明以俗夫相比。他可以比得八百年間周望，開四百載漢業的子房。當以禮聘之，休得輕視。吾要回去了。（備白）難得先生至此談言，磐桓幾日，我劉備多要領教。（水白）聘請孔

明之事要緊，公可速往。我徽懶於在繁華之地，告別明公，吾今去也。（備白）待備親送。（水唱）

【西皮搖板】臥龍雖然得其主，在等虎龍會風雲。（白）請。哈哈哈！（下）（備白）請。哈哈哈！（唱）世外之人高明重，天然與衆不相同。（白）二位賢弟，看天色已晚，待兄沐浴，明日你我弟兄三人，一同去往臥龍崗相請諸葛先生。（關、張同白）我弟兄同大哥一同前去就是。（備白）來，爾等備辦禮物，隨我去到臥龍崗相請高人，記下了。（衆同白）是。（備白）二位賢弟，隨兄後面飲酒。（關、張同白）我弟兄奉陪兄長。（備笑介）哈哈哈！（唱）

【西皮二六】水鏡他人來指引，命我即速請孔明。可能整重掃奸佞，恢復漢業錦乾坤。（笑介）哈哈哈！（同下）

校記

［1］些須小事："事"，原本作"弟"，今改。

五　　場

（四個耕種農夫同上，白）走哇。（大白）務農種田，（二白）勝似坐官。（三白）不怕下雨，（四白）就怕天旱。（衆同白）咳，總不天旱。（大白）列位請了。（衆同白）請了。（大白）你我吃了早飯，莊家甚忙，大家須要多累，好吃靠落。（二白）作了這半天活拉，你我就在崗上歇息歇息，高樂唱個曲兒歌詞，省得困倦。（三、四同白）言之有理呀。（同唱）（隨便唱只下，隨意唱，愛唱甚麽）

六　　場

（四家丁、四兵丁、劉關張三人同上，白）馬來。（備唱）

【西皮正板】弟兄出了新野城，坐立雕鞍自沉音。細想萬事由天定，人力而行却不能。馬跳檀溪險不幸，巧遇水鏡指教明。回轉新野得徐庶，堪笑一陣取樊城。偏與他母發書信，治世高賢又離分。昨日水鏡對我論，命我茅廬請孔明。但願諸葛他依允，扶助劉備大事成。勒住絲繮來觀定，山明水秀果幽清。（關唱）

【二六】兄長休得心急性，小弟言來兄長聽。徐庶走馬曾講論，隆中茅廬

隱臥龍。此處水秀青山景,弟兄同來訪高明。水鏡言説即相請,一定重整漢室興。(張白)仁兄吓!(唱)

【西皮二六】兄長求賢敬意正,一片精誠請卧龍。大家催馬朝前擁。(小圓場歸上場門介,四農夫上,唱)蒼天如傘蓋,陸地似棋屬。世人黑白分,往來争榮辱。榮有自匆匆,辱者有碌碌。南陽有隱居,高眠睡不足。(同笑介)哈哈哈!好爽快也。(劉、關、張、衆聽介,張白)呀!(唱)又聽農夫歌唱聲,(劉衆下馬介,備白)好俊數向清高之詞。啊,那位作歌,非是卧龍先生否?(農夫大白)我等叢中無有卧龍先生,我們所念之歌,是卧龍先生親自所作。(備白)哦。(唱)卧龍先生居何處?(農夫大唱)西南一代草茅廬。(備唱)有勞衆位指引路,(農夫同唱)尊公上馬奔前途。(同白)咱們回去罷。(衆同下,備唱)弟兄一同上坐驥,催馬加鞭馬如飛。高士隱居非俗地,卧龍崗上甚堪奇。清幽徵雅真有趣,(小圓場歸上場門一字,備唱)掩門未開半柴扉。

(小童上,白)啊哈!(白)掃地不傷螻蟻命,一片真心好修行。(開門介,手拿掃帚介,看介)(童兒扮相,頭撓髮髻,身穿青衫,俊扮)(備笑介)哈哈哈!啊,仙童,在下有數言相告。我姓劉名備字玄德,乃漢家皇叔宜亭侯領豫州牧事,現在新野居住。久聞卧龍先生名如皓月,今日特來拜訪,乞求通禀。(童白)哎,我那裏記得許多,你剪絶説罷。(備白)如此,你只説新野的劉備特來拜訪先生。(童白)哎呀!你來晚了。我家主人今早出門去了。(唱)

【二六】你今來得不凑巧,一早出門去逍遙。改日再會到正好,算你白來這一遭。(備唱)

【二六】一番恭敬臉帶笑,尊聲仙童聽根苗。幾時纔回你可曉,(童唱)未定歸期無信毫。不是玩景去訪道,不然携琴訪故交。不是講道談玄妙,不然飲酒樂漁樵。吟詩作賦心性傲,一生着棋最爲高。留下姓名我禀告,那有閑時叙叨叨。(白)請回罷。(笑介)哈哈哈!(關門介,下)(備白)哎呀呀!(唱)指望聘請來領教,未曾會面心内燦。一同上馬山路繞,(衆領起歸下場門原人,劉唱)到底玄德福分薄。來到平川曠野道,(看介,白)啊,(唱)來了一人甚風飄。

(下馬介,崔周平上,白)走哇。(唱)

【西皮摇板】曾訪諸葛甚交好,款步逍遙樂滔滔。(備白)呀,(唱)

【二六】觀看此人多英俊,舉止動作甚斯文。頭戴儒巾端又正,皁鬐青衫緊着身。綠絨絲縧腰中繫,足登雲履不染塵。(備扶揖介,白)啊!先生可是卧龍否？（崔白）啊！尊駕貴姓？（備白）吾乃新野劉備，特來拜訪卧龍先生。（崔白）吾非孔明，乃卧龍之友也。姓崔名周平，乃博陵人氏。（備白）久聞先生高明，可肯見教？若是慨允，席地一坐，足見告情。（崔白）豈敢豈敢。既是明公不棄與我，咱二人相坐一叙。（張白）哎！（唱）

【二六】二哥，大哥如今心太勝，他想孔明迷了心。不論是誰全恭敬，難道卧龍他是天外人。你我弟兄威遠振，誰不知桃園三弟兄。（關唱）三弟休得語高聲，大哥聽見怒氣噴。兄長定然有高論，你我只可一傍聽。

（崔白）這裏有許多石塊，大家坐下叙談叙談。（備白）先生請坐。（崔白）大家請坐。（關、張同白）請坐。（崔笑介）哈哈哈！（唱）

【西皮正板】明公要見諸葛亮，不知所爲那一樁？（備唱）

【西皮正板】目今漢室均軟弱，權臣擋道起干戈。義欲扶君除奸惡，無有謀士保山河。水鏡徐庶曾言過，命我南陽請諸葛。當世的高人真不錯，聘請前去好治國。（崔唱）

【原板】聞聽公言笑哈哈，尊聲明公請聽着。治亂之道公由可，（備唱）

【原板】領教先生醒破説。（崔唱）

【原板】自古來治君王坐，亂極生治果然多。猶如陰陽消長落，寒暑往來兩相合。除却強秦漢業樂，高祖斬蛇人難學。二百年平君起下禍，出了王莽來篡奪。光武中興莽除却，全仗鄧禹定干戈。今請孔明扶漢佐，他的那奇才能治國。（備唱）

【原板】先生今往何處落？（崔唱）

【原板】我也前來拜諸葛。（白）明公，你今就把孔明請出茅廬，他不能扭捏乾坤，也不能治此大亂。扭捏乾坤、奪回天地的劫運，徒勞無益，他也不能。韜略兵機，神通妙策，却然不錯，只是怕他不允。（備白）我到茅廬，小童説道並無在家，不知往何方去了？（崔白）既是如此，我也就不去了。（備白）先生同到新野，不知尊意如何？（崔白）吾乃山野愚民，命小福薄，難作今世之官。"功名"二字，久不想矣。他日再會罷。哈哈哈！請哪。哈哈哈！（下）（關白）仁兄，方纔崔周平所言深淺？（備白）亂邦不居，危邦不入，有道則顯，無道則隱，乃必然之理。但如今漢室將傾，民有倒懸之苦，軍有塗炭之災，愚兄焉忍坐視？晝夜懸思，自想着匡扶社稷，整理山河，奈力不能，好叫我神魂不定。（關白）仁兄之義，念宗祖之脈，亦當如此。（備白）二弟，實兄之肺腑也。一同上馬，回轉新野。（衆上馬介，備唱）

【二六】兄弟馬上閑談論，遠遠望見新野城。不見諸葛心燥性，看來由命

不由人。(同下)

八本完

三顧茅廬　九本

頭　場

（四文堂、四家丁抬禮物同上，劉、關、張各騎馬上，備唱）

【西皮二六】天氣炎寒雲露長，迎面朔風甚淒凉。霎時稠雲金光掃，緊抖絲繮馬蹄忙。鵝毛大片從天降，（張唱）弟兄共議作商量。（白）兄長這還去麼，要依小弟説來，孔明也不過村魯山野，誆哄那些無知愚民。今乃寒冬臘月，仇敵尚且正兵不戰，何必衝風冒雪來訪這無益村夫，不如回轉新野，弟兄三人蒙雪飲酒，何等不樂。（備白）哎，求賢之心，無所不至。三弟，你既怕冷，請先回去罷。（張白）哎！大哥，咱翼德死還不怕，豈有怕冷。既是兄長要去，那有小弟回去之理。就只怕孔明捏決咱弟兄不是，白走一趟，枉費神思，空勞氣力。（備白）閑話少講，隨愚兄同往。（張白）是。（備唱）

【二六】加急加鞭嫌馬慢，弟兄一同去求賢。看看茅廬路不遠，大雪紛紛遮青天。（同下）

二　場

（石廣元、孟公威二人文生扮相，石、孟同上，唱）

曾子云讀詩書吾日三省，閑無事撫瑤琴共悦談心。有餘暇游野景酒肆沽飲[1]，也不願貪富貴榮耀功名[2]。

（白）卑人石廣元，潁州人也。（孟白）卑人孟公威，祖居乃汝南人也。（石白）賢弟請了。（孟白）請了。（石白）今日你我遊玩山景，到也清爽。且到酒肆之中沽飲幾杯，再回家下用飯。（孟白）請哪。（唱）

【西皮搖板】看世人奔勞碌癡人愚蠢，（孟唱）看破了紅塵路拋却功名。（石唱）來到了酒肆中酒保喚定，（白）酒保酒保！（酒上）來了來了。（唱）尊二位敢麼是來飲杯尋。（白）二位要甚麼酒，趕緊分派？（石白）將狀元紅盪上一瓶。（孟白）將梅塵盪上一瓶。（石白）將酒菜隨便拿來。（酒白）哦，狀元紅、梅塵灔各要一瓶呵！（內白）哦。（酒白）酒到。（石白）喚你再來。（酒白）是。（下）（石白）賢弟請哪。（孟白）兄長請哪。（同笑介，飲酒介，石白）賢弟你看外面下起雪來，觀看山景甚是清雅，你我各吟詩一首。（孟白）但不知以何爲題[3]？（石白）外面大雪，就以雪爲題。（孟白）好。小弟願聞。（石白）賢弟聽了。（詩）梅雪爭春未肯降，騷人閣筆費評章。梅須遜雪三分白，雪却輸梅一段香。（孟白）兄長高才，真真妙哉。（石白）賢弟也吟一首。（孟白）小弟獻醜了。（石白）太謙了哇。（同笑介）哈哈哈！（孟白）小弟也以雪爲題。（石白）愚兄願聞。（孟白）兄長聽了。（詩）有梅無雪不精神，有雪無詩俗了人。日暮詩成天又雪，與梅共作十分春。（石白）妙哉，妙哉。賢弟奇才也。（孟白）兄長請酒哇。（同笑介）哈哈哈！（石白）賢弟請哪。（喫酒介，孟白）飲哪。哈哈哈哈！（劉備、衆原人同上，備唱）

【二六】朔風吹得雪滿面，梨花剪碎一樣般。勒住絲繮用目看，有座酒肆在面前。（石白）賢弟真乃高才也。（孟白）兄長詩句可稱奇才也。（同笑介）哈哈哈！（石唱）

【西皮正板】可嘆前輩英雄漢，都是盡爲功名貪。東海老叟怎不見，想起周朝八百年。孟津那樣威風縣，誰不聞知心膽寒。興周滅紂功勞占[4]，不過留名在世間。（孟白）飲酒吓。（唱）

【西皮正板】又不見高陽女蟬娟，長椅山內隆安然。入關馳騁誰雄辦，世人如他却也難。二女濯足重相見，不過美名萬古傳。高祖斬蛇曾興漢，四百年來漢江山。（石唱）到如今奸雄把國亂，各路諸侯起狼烟。（孟唱）興漢之事且莫管，賞雪觀梅自心寬。（備白）哦。（唱）

【二六】一派高傲真罕見，定有臥龍在裏邊。甩鐙離鞍下走站，走入酒肆閃目觀。

（看介，笑介，拱手介）啊，二位之中可有臥龍否？（二人拿杯介，石白）啊，這位將軍要尋臥龍，但不知有何貴幹？（備白）我乃左將軍兼豫州牧官城亭侯，現在新野屯兵，姓劉名備，到此爲訪臥龍先生，此是兩次了。久聞臥龍先生高明遠振，特來拜訪。（石唱）

【搖板】我等不是諸葛孔明，（孟唱）却是連心好賓朋。（石唱）愚下祖居潁州住，姓石廣元我的名。（孟唱）我是祖居汝南郡，姓孟公威讀詩文。隱居在此圖清静，看見名利到傷情。（備唱）

【搖板】敢煩臺駕把我領，同到茅廬見孔明。（石唱）我等俱是無大用，濟世安民全不通。（孟唱）尊駕要去即速請，今日諸葛在家中。（備白）多謝，告辭了。(石、孟同白)請。(備唱)出得酒肆上絲韁,坐立馬上自思量。怪不得水鏡他言講,棟梁全在這一方。高明隱士語全讓,強似諸人非尋常。大家奔至茅廬往,(眾領下,備唱)以禮相求訪棟梁。(下)

(石白)酒家,將酒錢放在桌上。(酒保上介,同白)我們也要回去了。(酒白)二位請罷。(下)(石唱)

玄德來訪諸葛亮,(孟唱)請他必爲漢家邦。(石唱)得歡暢來且歡暢,(孟唱)那有散淡樂心腸。(笑介,同下)

校記

[1] 酒肆沽飲:"沽",原本作"枯",今改。
[2] 也不願貪富貴榮耀功名:"願"字,原本無,今據上下文意補。
[3] 以何爲題:"以",原本作"已"。今改。
[4] 功勞占:"占",原本作"站",今改。

三　場

(小童兒上,掃雪介,小吹打介,諸葛均上,唱)

【西皮正板】弟兄隱居臥龍崗,務農爲業到安康。大哥東吳爲官長,二哥撫琴散心腸。閑暇往日去遊蕩,廣讀詩書禮儀長。如今曹操多興旺,誤國專權霸朝綱。奉君爲官我不想,心無大才保家邦。只可務農稱心上,春種秋收度時光。今日正好雪玩賞,吟詩作賦飲酒漿。(童兒出門掃雪介白,均桌子內場坐介)好大雪呀!(劉備元人同上,關、張、備唱)

路上懶觀山景曠,一心只爲訪棟梁。勒住絲韁用目望,小童掃雪好淒涼。下得馬來把話講,(白)仙童!(唱)你主人今天在家鄉?(童白)玄德公,今日來得正好,我家主人在書房之中觀書呢。(備白)好。二位賢弟,在此略等片刻,愚兄見了孔明,自然有人來請進內。(關、張同白)曉得。(眾、原人同下,童白)玄德公,隨我來呀。(備唱)走入茅廬舉目望,果然清雅異非常。真無一點俗家樣,恰似蓬萊如天堂。石子慢地有數丈,蒼松潘龍在兩傍。(看詩對聯介,白)萬物靜觀皆自得佳,四時興與人同。自隱茅廬。(看屋內介,均白詩句)丹鳳朝翔飛萬里,栖身須得樹梧桐。吾困一方未爲罕,可依之主待明君。自耕隴畝居山野,笑傲琴棋書畫中。有朝一日逢明主,開創基業救生靈。到處平滅功成後,揣袖而歸抛利名。(備白)呀。(唱)

【二六】劉備這裏暗沉音,治國安邦志略深。掀簾且把房門進,上坐一人品貌清。走向前來禮恭敬,(扶揖介,唱)先生一向可安寧。(白)久慕先生之名,無緣拜會,前者徐元直指引,我備來到仙莊,不遇空回。今日冲風冒雪,實義而來,得觀尊顏,實爲萬幸。(均還禮介,白)哦,尊駕莫非玄德公麽?(備白)正是,不敢。(均白)將軍要見家兄,今朝不在。(備白)哦!(想介)先生原來是臥龍之令弟?(均白)然也。(備白)請問昆仲幾位?(均白)孔明乃吾二家兄。大家兄乃江東幕賓諸葛瑾,現今扶佐孫權;二家兄諸葛亮於此地同某耕種;吾乃孔明之弟諸葛均也,我弟兄三個。(備白)哦。臥龍先生今日往何方去了?(均白)前日崔周平邀去,已經五日了。(備白)但不知崔周平把令兄邀去,所因何事?(均白)蹤迹可不定準,或是駕舟游於江湖之中,不然就是去訪僧道奔於名山之上,再者或尋良友於山壁之間,或者樂琴棋書畫於洞府之中,來往莫測不定。(備白)哦,是了。(關、張暗上介,張怒介白)二哥。(關白)三弟。(張白)大哥聽信了徐庶之言,説了個甚麽臥龍在世的神仙,你我來訪到此二次。今日冒雪冲風前來,這等半晌時候,還不出來,想必是見了諸葛談心,小弟進去討個示下,好回新野。(關白)賢弟進入,仔細講話,不可莽撞[1]。(張白)小弟知道。(關白)小心了。(下,張白)哎!(唱)[2]將軍急忙往裏奔,草堂以外把身存。(備白)哎!(唱)

【搖板】自恨我備無緣分,到此不得遇高明。(張進門,白)大哥,既然先生不在家中,你我弟兄只可回去。(備白)哎呀,賢弟呀!(唱)

【二六】你我既然到此處,必然要見諸孔明。先生無在當留信,叫那臥龍知吾心。(白)先生!(唱)

【二六】善曉兵略韜略論,暗隱雄獅百萬兵。想來令兄也知曉,何不指示我愚蒙。

(均白)玄德公,這些閒事我一概不知。我只知耕田耙隴農田之事,韜略兵機,我竟不曉是甚麽事體。(張暗怒介)咳。(想介)哎,大哥,他是個魯夫,合他講的甚麽兵機韜略?看此光景,他的兄長也不過如此。這如今外面雪越發大了,風越發緊了,不如即早回去,到是正理,再等一時,雪大道路難行了。(均笑介)哈哈哈!(備白)三弟休得胡言,你不曉得甚麽,內有奧妙玄機,你如何知道?(均白)家兄不在,不敢久留,請駕回轉,改日再會。(唱)

【二六】容日山民再回敬,明公暫恕禮不恭。(備白)不敢勞駕呵。(唱)數日之內再拜定,又要怪來造府門。求借筆硯我使用,草字相留與令兄。(均白)童兒,看文房四寶過來。(童白)是,待我濃墨。(備白)不敢當了。

（唱）

【西皮】上寫拜定多拜定，拜上先生臥龍公。漢左將軍豫州牧，連來二次未相逢。空回神魂皆不定，事在關心奈無能。切思備乃漢支派，漢室苗裔非外人。荷蒙皇恩封極品，義秉丹心盡其忠。目今朝綱干戈動，奸雄擋道掌權衡。我備憂思肝膽重，匡扶社稷奈無能。久聞先生慈惻隱，素懷忠義寬而行。伏乞先生施仁義，才高子房勝姜公。早賜高尚爲輔佐，聘請臥龍漢重興。他日沐浴備來請，再拜尊顏在隆中。萬勿棄却實爲幸[3]，親筆書拜老先生。

（白）啊，煩勞先生將此字呈與令兄觀覽，我備另日再來拜訪，今朝暫且告辭。（均白）如此待我送至莊村以外。（備白）先生請回。（均白）恕不遠送了。（笑介）哈哈哈！請哪。（關、張原人同上，關白）兄長相請臥龍先生，怎麼樣了？（備白）臥龍不在家内。他三弟諸葛均，此人却也恭敬，愚兄現借文房四寶寫下字具，留在他家。時纔相送莊外就是臥龍先生三弟。臨行言道，改日再來拜訪。（關白）如此，兄長你我一同上馬，回轉新野，改日再來。（備白）啊。（唱）

【二六】弟兄正要上能行，雪地來了兩個人。一個騎驢抄着手，後有小童隨後跟。頭戴浩然巾一頂，茶色道服緊着身。絲絛一根腰中緊，足下雲鞋不染塵。驢上橫擔青黎棍，鶴髮童顏鬚似銀。我看此人多品正，今朝到底見孔明。毛驢已把小橋過，他口内吟詩語高聲。（黃承彥上[4]，騎驢介，一小童同上介，黃吟詩高聲介）（詩）一夜北風寒，萬里彤雲厚。長空雪亂飄，改近山川舟。仰面觀水虛，疑是玉龍鬥。紛紛鱗甲飛，傾刻遍宇宙。白髮老衰翁，深感皇天厚。騎驢過小橋，獨嘆桃花瘦。（笑介）哈哈哈！（備白）啊，（唱）

【二六】聽他吟詩喜氣勝，此人定是臥龍公。孔背施禮身躬定，冲風冒雪訪先生。（扶揖介，黃下驢介，均白）明公，此非家兄，乃家兄之岳山翁也，姓黃名承彥。（備白）失敬了。（黃白）豈敢豈敢。（備白）方纔吾聞尊公所吟之句，但不知何人所作？（黃白）老漢在女婿家，記得這一首雪景之歌，偶見雪壓梅花，故此誦之。（備白）公之令婿何人？（均白）就是二家兄。（備白）如此備要告辭。（均白）請哪。（備唱）

奸雄擋道權衡掌，劉備意欲扶家邦。不顧風寒茅廬訪，漢室衰微亂朝綱[5]。未遇空回遙觀望[6]，雪昭乾坤迷路傍。辭別先生把馬上，（均白）請哪。（備唱）萬里江山白似霜。（同下）（均白）老人家，請至家中一叙。（黃白）請哪，哈哈哈哈！（均白）一天風雪訪賢良，不遇空回義感傷。凍冷溪橋山石滑,寒侵鞍馬路途長[7]。（黃詩白）當顯片片梨花落,撲面紛紛柳絮狂。回手停鞭指望處,爛銀堆滿臥龍崗。（均白）老人家請哪。（黃白）請。（同笑介,下）

校記

[1] 不可莽撞："撞",原本作"壯"。今改。
[2] 唱：原本"唱"之前作"哎！唱哎！唱","唱哎"二字係衍文。今删。
[3] 黃承彥：原本作"黃丞顏",今依下文改。下同。
[4] 萬勿棄却："勿",原本作"物",今改。
[5] 漢室衰微："微",原本作"徵",今改。
[6] 未遇空回："遇",原本作"與",今改。下同。
[7] 寒侵鞍馬路途長："鞍",原本作"安",今改。

四　場

（四文堂、四家丁、劉、關、張同上,備上唱）

【西皮正板】光陰似箭催得緊,殘冬已過交新春。上元過了數日整,忽然想起諸孔明。一心無二去相聘,請來扶保整乾坤。

（白）二位賢弟。（關、張同白）大哥。（備白）殘冬已過,兄意欲要往茅廬相請臥龍先生,不知二位賢弟可願同往。（張白）大哥,爲何三番兩次受此辛苦？（關白）兄長。（唱）

【二六】兄長常禮太恭敬,傍人聞知恐笑聲。某想臥龍欺人甚,大諒不過是虛名。腹內并無真學問,二次不見爲何情。仁兄爲國理當政,來往奔馳受辛勤。冲風冒雪弟難忍,仁兄只想諸他人。今日又想去相聘,弟同兄長一路行。（備唱）

滿臉帶笑把語論,二弟素日最高明。今日爲何出此語,不曉春秋齊桓公。弟兄同把茅廬奔,三請諸葛見孔明。

（白）二弟難道不知春秋的齊桓公見廊東野人之事？齊桓公一路諸侯,要見野人三次,不遇空回,直至五次方見。何況諸葛孔明乃大賢也。（關笑介）兄長如此敬賢,不亞如文王見太公了。（張白）大哥,你老人家言之差矣。咱弟兄三人縱橫天下,何必將山野的村夫認作大賢？今日個到了那裏,等小弟替哥哥請他。他要拿捏作勢,只用一把火堵門子一燒,那怕他不出來見你我弟兄三人?(備白)三弟休得胡言,你不曉得文王請太公的時節,磻溪臺子牙釣魚[1],端然正坐,明知文王來訪,他連眼不瞧,裝不曉得。文王侍立到天晚,尚且不肯回歸,一心無二。子牙見文王如此敬賢,這纔與文王答話。文王捧軟推輪把子牙請入城中,戊午日兵臨孟水,甲子年血濺朝歌,這纔興周滅紂,開創八百年的基業。愚兄今日去聘孔明,雖不敢比高古文王,孔明可能似周室的呂望。賢弟不要多言,你若懶去,只管在這新野等候,到是正禮,別誤了愚兄正事。我同你二哥前去,務必要見着孔明,我纔趁其心願呵!(張白)大哥呀!(唱)

【二六】並非小弟心不順,未見其實誆哄人。兄既誠心將他請,小弟焉敢不隨行。(備唱)

【二六】賢弟你要同兄去,千萬不可胡亂云。(張唱)兄長囑咐弟遵命,何必叮嚀請放心。(備唱)

【搖板】預備禮物帶能行,(四文堂帶馬,四家丁抬禮物,備唱)弟兄三人奔途程。忙出新野往前進,(衆領只下,備唱)三顧茅廬顯威名。(同下)

校記

[1] 磻溪臺子牙釣魚:"磻",原本作"磕",今改。

五　場

(二童兒上)(孔明上,唱)

【二簧正板】魏蜀吳爭漢鼎俱由天定,號三國乞兩晉累動刀兵。漢高祖斬過蛇創業承運,只落得終於獻懦弱之君[1]。曹孟德專權勢欺君太甚,挾天子目無君要篡乾坤。劉玄德爲漢室御駕三請,我亦曾算就了漢室三分。(劉備原人上,關、張、備唱)

【二六】弟兄同出新野城,沿路上之共談心。心急加鞭奔路徑,臥龍崗不遠面前存。勒住絲繮來觀定,(諸葛均暗上介,書童暗上)門前站立諸葛均。甩鐙離鞍下金鐙,走向前來尊先生。

(白)先生,今日令兄可在家中否?(均白)昨日方得回來,如今在草堂之內,明公請到裏面見我家兄。恕我不能相陪,還有事在身。書童引路,一同明公進入,少陪了。(備白)先生請。(同笑介)哈哈哈哈!(均白)請哪。(備白)有勞引路,二位賢弟隨我進去,你等外面伺候。(童白)玄德公隨我來。

（備唱）

【搖板】今朝來得真僥倖，臥龍先生在家中。（童唱）但則安寢還未醒，屈駕略等片刻功。（進門介，劉、關、張往屋內看介，孔仲備一人進門介，關、張在窗外站介，手醒介，孔又睡介，張想介，白）二哥，你老人家看見了，這村夫好生無禮，這樣輕慢人也。咱大哥在一傍侍立，他反到睡在那停屍床上，這般大樣，竟高臥不起，小弟實在放心不過吓！（關白）賢弟休要造次。（張白）啊。（孔醒介，困介，念詩一首）大夢誰先覺，平生我自知。草堂春睡定，窗外日遲遲。（童白）啓主人，今有那新野的皇叔，今又來到。（孔白）哦。（童白）來了却有兩個時辰，皆因主人安寢，劉皇叔不叫驚動。（孔明下床介，怒介，孔白）唔，好畜牲！爲何不早些通報？啊，劉皇叔在那裏？（備白）臥龍公。（同笑介）啊哈哈哈！（備白）備有禮了哇。（孔白）還禮了。玄德公請坐。（備白）請坐。（孔白）不知玄德連來三次，有失遠迎，面前恕罪吓。（備白）豈敢。久聞先生大名，如雷灌耳，前者兩造仙莊，已留賤名[2]，未曉先生可曾見否？（孔白）吾乃南陽農夫[3]，屢蒙臺駕降臨荒莊，吾田夫不勝感激。前者觀尊駕之華翰，足見皇叔愛民憂國之心。但恨我亮年幼才疏，不堪治政，有誤國家正事。（備白）先生何必過謙。水鏡先生之言，徐元直之語，豈有虛謬之理？望先生不棄鄙賤，屈賜見教，吾之幸也。（孔白）徐庶、司馬德操他二人乃今之名士，我亮乃一村夫，焉敢談天下之事？望明公另訪高明，可興漢業。聘請我亮，只怕到耽誤了大事。（備白）先生此數語，盡是託外道。我備今見先生之面，真乃三生有幸，猶如撥雲見日。（孔白）呀！（唱）

【二六】敬賢之心實慇懃，聽他所言果是真。要問愚下休見笑，少不得獻醜浪平生。（備白）備先謝過。（孔唱）尊駕先問那件事？（備唱）

【二六】只爲漢室不太平。獻帝蒙朧實軟弱，只恨曹操太欺君。曹賊心懷篡逆義，掃佞除奸國患清。第一無人相扶助，我時運未通強不能。滿心猶疑未决奉，計議說出對備云。（孔唱）

【搖板】明公請坐愚講論，聽我粗言自然明。

（白）如今這時，曹操專權秉政，勢大爵高，挾天子而令諸侯，華夷他倒佔去五停，此時中原有雄獅百萬，將有百員，威勢正盛，先不與他爭橫就是。孫權踞住江東已是三代了，那個人深爲有心人，天下的賢能聚重於彼，時所有州城八十一座，勢派不小，他那裏也須緩緩而圖，目今也不是爭橫的時候。皇叔你現無栖身穩地，新野城能有多少糧草，幾名兵將？怎能勾匡扶社稷？除却奸黨必須先立根本，後圖別事，進可能攻，退可能守，纔是立業之道。

（備白）呀！（唱）

【二六】根本怎能栖身穩，再求先生指教明。（孔唱）惟有荊襄鎮九郡，此地容易到手中。北拒漢馮南海近，東連吳地怎安寧。用武之國却無用，久後難免有人爭。若非英明俊傑士，九郡山海保不能。帶着明公有天命，還有東西兩川中。益州險寨要保重，九省華夷大事成。劉璋昏弱難拒勝，將來必定屬他人。東川張魯無濟世，不得人心有怨聲。先佔荊州爲根本，再圖兩川可安身。外結孫權内修政，數載霸業漢復興。

（白）來，將圖挂起。（童兒挂圖介，孔唱）

【二六】明公近前細觀定，東西兩川在圖中。一共五十零四處，各郡州城似此同。北邊天時曹操佔，地利孫權佔江東[4]。（白）明公！（唱）你佔守人和休錯過，荊州九郡把身存。再取西川連國重，待時而行順天公。（笑介）哈哈哈！

（白）明公請看，這是西川五十四州之地也。欲要成其大事，須曉天時地利人和，後取西川建立基業，以成鼎足三分之勢，然後再圖中原，恢復舊業。（備白）先生之言説，我備今朝領教，頓開茅塞。但荊州劉表、益州劉璋皆漢室宗枝，安忍奪其基業？（孔白）亮夜觀天象，劉表不久於人世。那劉璋非是興業之主，久後必歸於明公之手。（備白）多謝先生指教。愚下敢請，先生如不棄嫌我備薄德名微鄙淺，出山相助，恭聽明訓，感仰不盡矣。（孔白）我乃山野之人，自知耕田耙隴，懶於應世，實不能從命。（備急介，白）哎呀，先生若不肯出山相助，我備也不過空勞心力，大事不能成矣。（哭介，淚灑介，孔看介，白）公方纔言道，既然不棄嫌山野村夫，亮願効犬馬之勞也。（唱）

【西皮正板】我本不願去出世[5]，漢室衰微出奸奇。忠良之輩扶社稷，專理國政保華夷。目今可嘆漢獻帝，竟被曹操把君欺。總然赤膽有忠義，大廈將傾難扶持。群雄齊把刀兵起，傳遺千古朽名題。不因君至誠感意，諸葛焉能把山離。既是尊公不嫌棄，願効馬犬保社稷。（備唱）

【二六】劉備聞言心歡喜，多謝先生大情義。實爲萬幸圖謀事，二弟三弟聽端的。拜見卧龍忙見禮，（關、張進門介，唱）兄長分派怎挨遲。走向前來行禮義，（孔唱）怎敢勞動二英奇。（備唱）三弟獻上金帛禮，（張白）啊。（四家丁上，抬禮物上，備唱）帶笑開言把話題。望容收納許薄意，（孔唱）怎敢尊公費心思。君侯如此怎收起，（備唱）先生恕備莫心疑。

（白）哈哈哈！先生多疑了。我備再不敢以傍人相看，此非聘大賢之禮，但表我備寸心而已。且勿過想。（孔笑介）哈哈哈！若是這等言來，到是顯我亮不識敬意,若是不受,反辜負其心。亮當面謝過。(備白)豈敢豈敢。(孔白)來,將這些禮物檯下去收好。(二童兒白)是,遵命。(衆抬禮物下)(院子上白)啓二主人,三主人回莊。(孔白)命他進來。(院白)有請三主人。(諸葛均上,白)爲人行禮義,此是古人風。參見兄長。(孔白)賢弟,見過桃園弟兄。(均白)是,均參見三位明公。(劉、關、張同白)還禮,先生請坐。(均白)兄長在此,均不敢坐。(備白)有話叙談,焉有不坐之理。(孔白)賢弟,坐下講話。(均白)告坐。(孔白)賢弟,我今受劉皇叔三顧之情,實難推却。汝可躬耕於此,可別荒廢田畝。待我功成之日,急當歸隱。(均白)兄之言,弟謹尊。(孔白)看天色已晚,三位明公就在荒莊中安宿,亮明日同劉皇叔奔往新野。軍情緊急,亮不敢遲誤。(備白)如此打擾了。(孔白)豈敢。家中現有薄酒,大家同飲一番。(備白)先生請哪。(唱)

敬重先生真致義,一心整理漢華夷。(孔唱)兵强將勇用智取,扶漢忠心永不徙[6]。(同笑介)啊哈哈哈!(同下,【尾聲】)

九本完

校記

[1] 懦弱之君:"懦",原本作"諾",今改。
[2] 已留賤名:"賤",原本作"濺",今改。
[3] 吾乃南陽農夫:"吾乃",原本作"吳平",今改。
[4] 地利孫權佔江東:"地"字,原本作"北",今改。
[5] 我本不願去出世:原本無"不",今據文意補。
[6] 扶漢忠心永不徙:"徙",原本作"徒",今改。

三求計　十本

頭　場

(四文堂、四家丁、關、張同上,備内唱)

【西皮倒板】[1]弟兄離了卧龍崗,(衆原人上站門上,孔明同上介,備唱)【西皮正板】我與先生叙衷腸。想起高祖把業創,楚漢相争動刀槍。先到咸陽爲皇上,後到咸陽保朝堂。多虧韓信韜略廣,還有軍師漢張良。項羽英勇無人擋,韓信用計喪烏江。二百年出了賊王莽,毒死平帝實慘傷。光武白水興兵將,掃除莽賊喪無常。四百年獻帝朝綱掌,又出奸曹似虎狼。因此纔把臥龍訪,重整漢室舊家邦。勒住絲繮用目望,又見新野旌旗揚。人來與爺朝前闖,(大圍場,下場門拉城介,八手下執標旗上介,出城迎接介,糜竺、糜芳、孫乾、簡雍迎接介,趙子龍同上,衆跪介,迎接,備唱)衆卿免禮站兩傍。坐立馬上把話講,四弟進前聽端詳。頭前引路城內往,(衆五人上馬介,備白)先生。(孔白)明公。(備唱)並馬同行共商量。(同進城下,連場,原人凹門上,備白)先生請來上坐。(孔白)山人怎敢,主公請上坐。(備白)備斗膽了。衆位賢弟,大家請坐。(衆同白)謝坐。(備白)今得先生扶孤,乃備之幸也。(家丁上,白)啓主公,今有荊州差人到此,請主公前去面見議事。來人外面等吩咐回音。(備白)叫他即速回去,說我隨後就到。(家丁白)是,遵命。(下)(備白)先生,今有劉表差人來請,商議何事?望乞先生指教還是去與不去。(孔白)主公,他既然差人相請,再無不去之理。此事必因江東破了黃祖,故此來請主公前去商議報仇。等我諸葛亮與主公一同新野前去,只好隨機應變,見景生情。(備白)先生所言有理。商議已定。二弟。(關白)大哥。(備白)你同衆位護守新野,三弟帶領五百人馬一同前往荊州。(關、張同白)遵命。(備白)先生,我如今到了荊州,若見了景升,我與他怎樣言講?(孔白)主公不必為難,此去見了劉表,先拜謝襄陽之事。他若令主公去征江東,切不可應允,只說我等回歸新野,整頓人馬,再作商議。他若另有別言,看我眼色行事。(備白)備謹記。三弟,吩咐外面備馬伺候。大家飲宴之後,一同往荊州去只。先生請。(衆同白)主公請。(同下)

校記

[1] 四文堂四家丁關張同上備內唱西皮倒板:此17字,原本作"備內倒板西皮唱四文堂四家丁關張同上備倒板唱西皮",此23字,語序混亂重複。今依例改。

二　　場

(四小太監站門上,劉表上,唱)

【西皮二六】孫權興兵攻江東,可嘆黃祖染黃沙。程普甘寧威風大,要把荊州一馬踏。怎奈兵微將又寡,難以興兵抵擋他。差人去請族弟駕,一同商議把兵發。（家丁上，白）啓主公，劉皇叔到。（表白）待孤迎接。（家丁白）主公出迎皇叔。（四文堂、四大鎧、孔明、張飛、劉備上，吹打介，表白）啊，賢弟。（備白）仁兄。（同笑介）啊哈哈哈！（表白）賢弟請。（備白）仁兄請。（表白）賢弟請坐。（備白）仁兄請坐。（表白）賢弟駕到，未曾遠迎，面前恕罪。（備白）豈敢豈敢。前者小弟酒後失言，望乞仁兄海涵。（表白）豈敢。愚兄已知賢弟被害之事，即欲斬蔡瑁首級以獻賢弟，因衆將苦苦哀求討情，方肯饒恕。都是愚兄失察之過，幸勿見怪吓。（備白）豈敢豈敢。此非蔡將軍之錯，皆下人所作。（表白）賢弟，同來此位却是何人？（備白）此乃徐元直走馬舉薦的臥龍先生，小弟聘請前來相助。（表白）哦。（備白）先生見過劉主。（孔白）山人參見劉主。（表白）先生少禮。（孔白）謝劉主。（表白）久仰先生的大名，如轟雷貫耳，恨不能早會尊顔，今得相見，三生有幸。（孔白）不敢不敢。我乃山村愚人，何勞明公過獎。（表白）先生請坐。（孔白）謝坐。（備白）三弟，見過我宗兄。（張白）參見劉主。（表白）三將軍少禮，請坐。（張白）謝坐。（備白）仁兄呼喚小弟前來，有何事議？（家丁獻茶介，表白）賢弟請用茶，兄再講。（備白）仁兄請。（表白）先生、三將軍請。（孔、張同白）請哪。（吃茶介，備白）仁兄，到底爲了何事？（表白）哎，賢弟呀！（唱）

【西皮正板】只爲東吳犯邊境，甘寧帶兵取夏城。只恐難保荊州郡，程普東門紮大營。黃祖奮勇把兵領，他與甘寧來戰征。甘寧一人難取勝，詐敗佯輸用計行[1]。程普帶兵去助陣，甘寧暗中放雕翎。可嘆黃祖身喪命，猶恐來奪荊州城。差人去把賢弟請，商議破吳可安寧。（備唱）

【西皮原板】黃祖失計身喪命，性暴疆場喪殘生[2]。今若興兵破吳境，又叫何人保守城。（表唱）

【原板】愚兄年邁少血性，多病難以兄無能。只求賢弟來助陣，執掌荊州大事情。（孔使眼色介與備介，表白）賢弟，愚兄精神恍惚，不能理事。我死之後，賢弟你便執掌爲荊州之主。（孔暗喜介，備白）仁兄何出此言？小弟安敢當此重任。小弟告辭回歸館駟，只好再作商議。（表白）愚兄相送。（備白）仁兄請回罷。（衆原領只備、張、孔下，表白）哎，（唱）

【西皮搖板】賢弟執意不應允，叫我心中無計行。此時兩難無計論，只恐荊州付他人。（衆分下，表下）

校記

[1] 詐敗佯輸用計行："佯輸"，原本作"羊屬"，今改。

［２］性暴疆場喪殘生："疆"，原本作"江"，今改。

三　　場

（劉玄德元人、張、孔回館馴，孔唱）

【西皮搖板】主公因何不應允，好叫諸葛解不明。早定良謀且佔定，只恐荆州付傍人。

（白）方纔景升欲以將荆州歸付主公，主公爲何反到推却不受？我亮實然不明。（備白）先生有所不知。非我推却不受，皆因有個原故。景升待我恩義甚重，一旦之間，安忍乘危而奪之，豈不遺笑於人？（孔白）主公真乃仁慈之主也！（唱）

【搖板】我主可稱仁義主，天下第一世間無。就便與他來相顧，累斷肝腸親也疏。

（家丁上，白）啓主公，公子劉琦前來求見。（備白）快快有請。（家丁白）有請公子。（劉琦上，白）啊，叔父。（備白）豈敢，賢侄。（同笑介）啊哈哈哈！（逛門介，琦白）叔父在上，侄男大禮參拜。（備白）賢侄少禮。（琦白）謝叔父。（備白）賢侄見過，這就是卧龍先生。（琦白）啊先生，劉琦有禮。（孔白）公子少禮，請坐。（琦白）先生請坐。（備白）賢侄見我，爲了何事？（琦白）哎呀叔父吓！（哭介，唱）

【西皮倒板】未曾開言淚雙淋，（備白）有話慢慢的講來。（琦唱）

【西皮正板】尊聲叔父聽分明。我父年邁身多病，堪堪不久赴幽冥。荆州現有各州郡，小侄無能掌權衡。繼母時常心懷恨，心中有些氣不平。一心要害侄男命，怎能停妥保穩成。

（白）稟告叔父，繼母偏向劉琮，只恐劉琦擎受荆州事業，暗地商議，要害侄男。小侄今日前來面見叔父，我劉琦情願不圖事業，懇求叔父救了侄男的性命。（哭介，備想介，白）賢侄，此乃你家務之事，難以管理。你今前來問我，實無主意相救。（孔笑介）哈哈哈！（備白）先生發笑，有何妙計？何不救一救我侄兒的性命？（孔白）主公言之差矣。此乃劉姓家務之事，主公尚然不能所管，我亮焉能料理？（唱）

【二六】滿面堆歡腮帶笑，尊聲主公聽根苗。家務之事臣怎料，叫他另去想妙高。荆州事業事非小，關呼性命豈躭勞。快請高明去領教，尋個妙計出穴巢。（琦白）呀。（唱）我今看此這光景，心中明白就裏情。皇叔心中必有計，故此他纔這等行。站起身形把話論，告辭叔父與先生。（孔唱）恕我不能多遠送，望乞公子多寬容。（琦白）先生請回罷。（唱）急忙撩衣出大廳，（備後跟介，琦唱）故意慢慢且自行。（備白）賢侄慢走哇。（琦白）叔父。（備白）賢侄附耳上來。（交耳介，琦白）是是是。（備白）必須如此如此，包管他有計策救你呀。（唱）

【二六】賢侄休得心急性，孔明救你命殘生。打發孔明到家內，囑咐言語定有成。（琦白）謝叔父，哈哈哈！（唱）

【搖板】聽罷言來笑盈盈，滿面含春長笑容。但願獻計多僥倖，多謝叔父指教情。

（備白）公子請回罷。（琦白）是，哈哈哈。（下）（備白）先生，公子劉琦前來拜望，必須回拜纔是。我今有些心中不爽，煩勞先生替我過府拜望，未知先生可肯去否？（孔白）主公！（唱）

【二六】主公何必禮太遜，小事休得這樣云。過府回拜禮當正，赴湯投火臣敢應。吩咐外面帶能行，（四文堂與孔帶馬下，孔唱）臣替主公走一程。（下）（備唱）一見先生跨金鐙，竟坐館駟聽信音。（笑介）啊哈哈哈！（下）

四　　場

（四文堂、孔明上，唱）

穿街過巷催馬緊，不覺來到大府門。

（白）來，前去說道，諸葛先生前來回拜公子。（手下白）是，門上那位在？（門官上，白）甚麼人？（手下白）今有諸葛先生，前來回拜公子。（門官白）請少待。有請公子。（劉琦上，白）有事在心頭，終日眉頭皺。何事？（門官白）今有諸葛先生，前來回拜公子。（琦白）哦，待我出迎。（出門介，看介，白）啊，先生。（孔白）啊，公子。（同笑介）啊哈哈哈！（琦白）先生請。（孔白）公子請哪。（琦白）先生，請來上坐。（孔白）告坐。我奉主公皇叔之命，因昨日公子到館駟相拜，今日特來回拜公子。（琦白）不敢不敢。我與皇叔乃長幼之分，反勞先生的大駕至此，我劉琦實然擔當不起。（揖介，孔白）公子多禮了哇！哈哈哈！（門官獻茶介，琦白）先生請茶。（孔白）公子請。（琦白）請。先生，琦這裏有禮。（孔白）方纔已經見過禮了，此禮為何？（琦白）哎，先生吓！（唱）

【西皮正板】先生既然將我問，請坐聽我說原因。皆因繼母心太狠，苦苦害我命殘生。懇求先生施惻隱，想個妙計救我身。（孔唱）

【原板】你的身事非國政,公子你好欠聰明。我不過寄居把身穩,暫在新野是客情。皇叔不能來料理,外人誰敢亂調停。倘若洩漏風聲緊,反害公子怎僦承。(琦唱)既承光臨甚爲倖,杯酒不聞就要行。皇叔定然嗔怪我,輕客之罪我不能。先生隨我密室進,家丁與我設杯尋。(家丁白)遵命。(提酒介)(孔白)討擾了。哇哈哈哈。(琦白)不成敬意。先生請。(孔白)公子請。(琦白)爾等迴避了。(衆家丁分下)(琦白)請。(孔白)請。(琦唱)

【西皮正板】我與先生把話論,致意恭敬斟酒伶。走上前來忙跪定,口中不住尊先生。此處密室人肅靜,跪求有計快言明。只求繼母少毒狠,劉琦一世感大恩。(孔怒介,白)哎!(唱)公子行事太欺心,我無計策對你云。怒氣不息出房門,(琦拉孔介,琦唱)先生休要動無名[1]。有部古書先生看,請駕上樓看個清。(孔唱)有勞引路一同請,(小圓場上樓介,琦撤樓梯子介,跪介,唱)還是求計與先生。(孔唱)公子太疏我無計,就是纏繞我不能。(琦白)哎!(唱)先生執意不應允,(白)也罷!(唱)不如自刎命歸陰。(拔劍介,孔白)且慢,(唱)恐有洩漏我不肯,三番兩次難我心。(琦白)哎呀先生,你看這樓中,上不至天,下不在地,出君之口,入琦之耳,還有何人知曉?正可以先生賜教矣。(孔白)公子!你可知疏不間親?我亮何敢爲你公子獻計?(琦白)今求先生已至三次了,料先生計議已定矣,實意不肯指教我劉琦,此乃琦之不幸,天之命也。我今死於先生面前,強如喪在別人之手,不如還是自刎了罷。(孔雙手抱琦手介,白)公子休得如此,我與你想計就是了。(唱)事已至此我應允,有甚風波我去侵。公子請起心放定,(琦唱)劉琦隨即謝先生。(孔唱)有一個典故聽我論,晉國重耳誰不聞。申生宮內身喪命,重耳在外得安寧。你在荊州命不穩,早離此地可逃生。現有機會到也正,討兵護守夏口存。遠禍全身免其害[2],再也不生嫉妒心。江夏若是你威鎮,江東征討好擋迎。這條計策命保准,若依此計你就行。(琦笑介)哈哈哈!先生的此計大好。若是如此而行,我劉琦可得生矣!多謝先生指教之恩。(孔白)豈敢。亮要告辭,回歸館駟之中。(琦白)來,將樓梯取過來。(四家丁上,抬樓梯子介,琦白)琦送先生下樓。(孔白)請。(琦白)請。(下樓介)(孔白)告別了。哇哈哈哈!(唱)囑咐之言牢牢記[3],莫要走漏這消息。(笑介)哈哈哈!(出門介,四文堂上,帶馬,孔騎馬介,孔白)請。(琦唱)怪不得叔父臥龍請,胸中奇才果高明。(同下)

校記

［１］先生休要動無名："無",原本作"冥",今改。
［２］遠禍全身免其害："遠",原本作"近",文意不通,今改。
［３］囑咐之言牢牢記："牢牢",原本作"勞勞",今改。

五　場

（四文堂、四大鎧、張飛上,備上,唱）

【二六】諸葛過府去回拜,先生必然有安排。袖內機關人難解,方顯臥龍有奇才。（孔上,唱）暗救劉琦免其害,主公大事趁心懷。

（白）參見主公。（備白）先生少禮,請坐。（孔白）告坐。（備白）先生回拜公子,劉琦他講些甚麼吓？（孔白）啓主公,那公子劉琦求計三次,是我再三不與他獻計,劉琦要自刎死,是臣暗用巧計,叫他在他父王駕前討下人馬,威鎮江夏,以免其他繼母陷害。（備白）多謝先生。（家丁上,白）啓主公,劉主差人請主公過府議事。（備白）哦,先生、三弟在館馹等候,我過府議事,不久就回。（孔、張同白）主公、大哥請。（備白）來,帶馬過府。（衆同白）啊。（四文堂、四家丁帶馬領只下,張、孔暗下）

六　場

（四小太監、二大太監、劉琦同上,表上,唱）

【二六】劉琦請兵鎮江夏,孤王猶疑自嗟呀。久病憂思心牽挂,一陣昏迷眼又花。劉琦總把繼母怕,只恐設計暗害他。東吳若再興人馬,劉琦怎能動殺法。（門官上,白）啓主公,皇叔駕到。（表白）待我出迎。（劉備原人同上,一字凹門,備看介,白）啊,仁兄。（表白）啊,賢弟。（同笑介）啊哈哈哈！（同白）請哪。（門官獻茶,表白）賢弟請茶。（備白）兄長請茶。（表白）請哪。（備白）兄長喚弟,又議何事？（表白）賢弟呀！（唱）

【西皮正板】相請不爲別的事,江夏無人掌權奇。劉琦請兵他要去,愚兄爲他心猶疑。賢弟總有高妙計,你替愚兄再尋思。（備唱）

【原板】兄長不必憂思慮,小弟有言聽端的。江夏雖然重要地,別人只怕難扶持。仁兄休得心二意,命公子即去莫延遲。（表唱）

【原板】近聞曹操把兵起，探馬不住報端的。有意來把荊州取，無人與曹去對敵。分兵要把東吳洗，就是愚兄要防知。賢弟新野多得意，得了臥龍英名提。每日操練兵將齊，夏侯惇一心氣不息。愚兄將微難抵敵，要與荊州見高低。（白）賢弟，倘若曹操興兵前來，如何是好？亦當防之纔是。（備白）仁兄只管放心。東南之事，交與仁兄父子自擋；西北之事，自有我桃園弟兄三個迎敵，料也無防。小弟告辭，要回轉新野。（表白）待愚兄擺宴，你我寬飲幾杯。（備白）小弟要回轉新野安排兵馬，隄防曹兵攻打。（表白）軍情緊急，兄就不能相留。（備白）仁兄，早些打發公子劉琦帶兵威鎮江夏要緊。（表白）愚兄隨後就命他前往江夏，帶兵威鎮。（備白）東吳曹兵若有動靜，小弟候信便了。（唱）

【二六】仁兄但把寬心放，些須小事弟承當。那怕兩處兵馬壯，自有桃園劉關張。辭別仁兄把馬上，（四文堂帶馬下，備唱）翻江鬧海戰一場。（白）請。（下）

（表笑介）哈哈哈！劉琦。（琦白）父王。（表白）就命你帶領三千人馬，前去鎮守江夏，不得違誤。（琦白）兒臣遵命。（下）（表白）哎，兒吓！（唱）

【西皮搖板】父子未說知心話，好叫我兩眼淚如麻。兒行百里父牽挂，心中好似滾油炸。（眾分下）

七　場

（孔明上，唱）

【西皮正板】玄德公三請我纔把山下，憑陰陽如反掌恢復漢家。算就了曹孟德必興人馬，我把他比作那井底之蛙。奸曹操詿徐庶多有奸詐，最可嘆老徐母命染黃沙。賊指望徐元直志謀廣大，又誰知隱曹營一計不發。每日裏閒談論虛情是假，恨孟德暗地間詿哄與他。我孔明扶漢室空月浩大，秉忠心用妙計定保中華。

（四文堂、劉備上，張飛下場門上，看介，張白）大哥回來了。（備唱）

【西皮搖板】別景升到館馹忙下戰馬，（張白）大哥。（備白）三弟。（張白）大哥請。（備白）三弟請。（唱）

【搖板】我見了臥龍公細說根芽。（進門介，眾凹門介，孔白）啊，主公回來了，請坐。（備白）先生、三弟請坐。（孔、張同白）請主公那劉景升動作如何？（備白）景升請我，只爲公子劉琦鎮守江夏之事，已然命公子前往江夏去了。我那仁兄猶恐孫曹興兵，攻取荊州，我言俱有桃園抵擋。（孔白）主公度此曹操如何？（備白）却也不知。（孔白）主公之軍，不過數千人馬，萬一曹兵至此，何以迎敵？（備白）我正愁此事，無有良策。（唱）

【西皮正板】正躊躇曹操的兵勢甚重，兵將精戰將勇數萬餘零[1]。我這裏一萬人焉能取勝，兵又少將又微怎能戰爭。有崔琰與毛玠文可調動，夏侯惇他真有萬敵之能。司馬懿鎭潁州終有大用，知天文曉地理韜略精通。徐元直在曹營時常講論，說先生胸藏奧妙鬼神驚。夏侯惇他若是把兵來領，必得要加防範怎樣計行？（孔唱）

【原板】勸主公免憂慮寬心放定，爲臣的有妙計把賊來平。全憑著諸葛亮一支將令，管叫他瓦洩冰消血染江紅。（白）啓主公，可速回轉新野，招募民兵，亮自教之，可以迎敵。（備白）啊，但則一件，現招幕民兵，一時只怕難以訓練，怎去敵擋？（孔笑介）哈哈哈！主公可知，當初孫武子操練女兵，尚然不難，何況這些民兵俱是男子，焉有不能之理。（備白）就依臥龍之言。（孔白）請主公即回新野，爲臣自有安治。外面備馬伺候。（唱）孫武子用兵鬼神驚，胸中韜略顯奇能。主公上馬足踏蹬，爲臣自然有調停。（同下）

校記

[1] 兵將精：原本作"兵精將"，今據上下文改。

八　場

（四文堂、糜竺、糜芳、簡雍、孫乾同上，唱）

【西皮搖板】在新野遵奉了關公之命，往中途迎主公怎得消停。（各通名字，孫乾白）列位請了。（衆同白）請了。（孫乾白）你我奉了關公將令，迎接主公回轉新野。大家馬上加鞭。（唱）

【西皮搖板】遠望着旌旗飄空中擺定，一定是主公回人馬蜂擁。忙加鞭在路傍下馬立等，人馬到向前去把駕來迎。（四文堂、四家丁、張飛、孔明同上，孫四人同下馬下場門站介，備上，唱）

【西皮搖板】一路上共談論孤心方穩，臥龍公猶如那皓月之明。（四同白）臣等迎接主公。（備白）衆位將軍先生少禮，一同上馬回轉新野。（孫四同白）遵命。（衆上馬介，備唱）

【搖板】軍情急回新野臥龍拜印，張挂榜曉軍民招募民兵。衆將官前引路新野城進，(大圓場領起，下場門拉城，四越虎旗、四大鎧、趙子龍、關公上，出城迎接介，備看介，唱)見二弟與子龍親身相迎。(關、趙同白)迎接大哥、主公。(備唱)

【搖板】尊二弟與子龍雕鞍來整，同進城兄還有緊急軍情。(關、趙同白)遵命。(眾原人全進城介，同下，連場上，劉備原人凹門吹打介，眾上歸兩邊介，眾同白)參見主公。(關白)參見大哥。(備白)大家免禮請坐。(眾同白)謝坐。(關白)大哥去往荊州，那景升怎樣動作？(備白)賢弟，那荊州劉琦向臥龍先生三求計呵[1]！(排子，關白)原來如此。(備白)那景升命他長子鎮守江夏。愚兄與先生議論，猶恐曹操帶兵攻取新野，曹兵勢重，你我兵微，難以抵擋，先生要招募民兵，操演軍卒，與曹對敵。臥龍公！就此分派。(孔白)啓主公，即令書吏張挂榜文，曉諭軍民，知悉招募民兵。若有願意入隊伍者，賞錢糧一分，山人朝夕教演陣法。糜竺、糜芳，你二人聽我吩咐，拿此畫圖一軸，照式操練，就在東門以外高搭蘆棚一座，內設公案、令旗、五色印劍、文房四寶。完備之時，速速前來回我。(竺、芳同白)遵命。(接圖同下)(備白)明日乃是良辰黃道吉日，就請先生登臺拜過軍師大印，眾文武也好叩拜軍師，料理軍務。(孔白)我諸葛學疏才淺，不敢承當重任，還是主公料理軍務，爲臣幫助。(備白)先生不必太謙。趁此明日，正好良辰授印。(孔白)哈哈哈！是。主公吩咐，亮敢不遵命。待等糜竺、糜芳軍卒熟練，觀看陣式之後，臣再登臺拜印，也還不遲。(備白)先生言之有理。後面備宴，大家同飲。(眾同白)主公請。(備白)先生請。(孔白)主公、眾位將軍請。(眾同白)先生請。(同笑介)啊哈哈哈！(車斜門下)

校記

[1] 向臥龍先生三求計呵："向"，原本作"在"，今依文意改。

九　　場

(四文堂、糜竺、糜芳同上，白)俺糜竺，俺糜芳，(竺白)賢弟請了。(芳白)請了。(竺白)你我奉了諸葛先生之命，招募民兵，且喜招了一萬有餘。先生賜你我畫圖一軸，照圖操演軍卒，陣式練了數日，俱已練熟，不免報與先生知道。就此前往。(同下)

十　　場

（劉備原人、四文堂、四大鎧、簡雍、孫乾、趙子龍、張飛、關公上，孔明、劉上，唱）

【二六】威鎮新野招兵將，熟練軍卒似虎狼。全仗先生韜略廣，運籌帷幄世無雙。但願早滅賊奸黨，重整漢室錦家邦。

（四文堂、糜竺、糜芳同上，同白）參見主公、先生。（備、孔同白）二位將軍少禮。（竺、芳同白）謝主公、先生。（備白）先生命你二人熟練軍卒、招募民兵一事如何？（竺、芳同白）我等招募民兵共有一萬有餘，奉命照圖操演軍卒。陣練熟，特來回稟主公、先生，將圖原物呈與先生。（孔白）好，你二人傳與外面的眾民兵，叫他們都在東門以外，到蘆棚前伺候演習陣式，不得違誤。（竺、芳同白）遵命。（同下）（孔白）就請主公同到東門以外，觀看民兵陣式如何？（備白）左右帶馬，往東門外觀看陣式去者。（同下，龍、關、雍、乾同下）

十 一 場

（四文堂、四大鎧、四弓箭手、四長槍手、四火槍手、四藤牌手、四將官站門上，排子，竺、芳同白）爾等可曾到齊？（眾同白）俱已到齊。（竺、芳同白）少時主公、先生到來，爾等須要精心演習陣式，聽我吩咐。（排子，竺白）話言未了，主公人馬來也。大家小心伺候。（劉備眾原人上，排子，凹門上，孔上坐高臺，劉備傍坐矮坐位，關、張、簡、乾眾兩傍站介，竺、芳同白）參見主公、先生。（備、孔同白）二位將軍少禮。（竺、芳同白）謝主公、先生。（孔白）你二人吩咐下去，眾民兵操演上來。（竺、芳同白）眾民兵操演上來。（內白）啊。（孔拿一支黃旗擺介，一將官執大纛旗帶四藤牌手上，走大圓場歸中場一排站介。孔擺黃旗搖介，眾分兩邊站介；孔搖黃旗介，四藤牌操演介完；孔搖黃旗，一將領眾由上場門下；孔又搖黃旗，第二將官手執大纛旗，由下場門帶四弓箭手大圓場歸中場一排站介；孔搖黃旗介[1]，眾分兩邊站介；孔又搖黃旗介，四弓箭手操演完站介；孔搖黃旗，第二將領眾人由下場門下；孔又搖黃旗介，第三將官由上場門手執大纛旗，帶四長槍手大圓場歸中場一排站介；孔又搖黃旗介，眾分兩邊站介；孔又搖黃旗介，眾操演長槍完歸中場一排；孔又搖黃旗介，第三將官帶四長槍手由上場門下；孔又搖黃旗介，第四將官由下場門上手執大纛旗帶四火槍手上大圓場歸中場一排;孔搖黃旗介,衆分兩邊站介;孔又搖黃旗介,四火槍手操演完歸中場一排站介;孔又搖黃旗介,第四將官帶四火槍手由下場門下。(孔白)你二人吩咐,叫他們先擺八卦陣,後擺長蛇一字陣。(竺芳同白)下面聽者,先擺八卦陣式,後擺一字長蛇大陣,即速演來。(吹【將軍令】,排子,四將各領一對,四隊全上,走大圓場歸中場一排站介。孔手執擺五色旗,衆原人走四塊如意,吹【將軍令】走陣介,完歸中場一排站介。孔又搖五色旗,四隊人馬雙抄只【急急風】下,備白)看軍卒演陣好威嚴也[2]。(排子)(備白)請問先生,隊伍齊整,此陣何名?(孔白)啓主公,總而言之,看黃旗操演五色旗,擺各樣陣式,爲的是好困敵人,這也不過是九宮八卦七星六定五方四門三才二龍,九宮顛倒陣式,先是從頭至尾,後是一字長蛇大陣。(備白)從東門而進西門出去,越走越緊,這是甚麼原故呢?(孔白)啓主公,總瞧那一桿黃旗,擺的慢走的慢,擺的快走的快如風,此乃軍令森嚴。(備白)難得數日功夫,熟練不露生疏,擺的陣式,先生費了許多心力。今乃黃道吉日,就請先生登臺拜印。(孔白)臣遵命。(大吹打介,孔明拜印介,備手捧印介,孔拜完、備拜介完,備白)衆位將軍齊赴臺前,參拜軍師。(衆原人同參拜介)(孔白)衆位將軍,少禮吓!(衆同白)謝軍師。(孔白)衆位將軍站立兩傍,聽我令下。(衆同白)啊。(孔白)一朝得老起風雲,統領雄獅掃烟塵。恢復漢室社稷整,未出隆中定三分。山人諸葛亮。蒙主公親到茅廬,御駕三請,纔下山林,輔保主公,恢復漢室基業。衆將官!明日仍在此處按册點名,如有一名不到者,定按軍法治罪,法不寬容也。(排子,衆同白)遵命。(備白)軍師,軍務已畢。看天色已晚,即請軍師回轉城中,殺猪宰羊,廳前大擺筵宴,慶賀軍師。(孔白)臣謝主公。嘟,衆將官,明日隊伍俱要齊整,旌旗鮮明。山人賞罰公平,休得違誤。(衆同白)得令。(孔白)人馬擺隊進城。(備白)就請軍師上馬。(孔白)主公請哪。(四隊衆人馬兩邊上領只下。【尾聲】(完)

十本　終

校記

[1] 孔搖黃旗介:"旗"之下,原本有一"搖"字,係衍文。今刪。
[2] 看軍卒演陣好威嚴也:"嚴",原本作"顏",今改。

薦諸葛

無名氏　撰

解　題

亂彈。清《春臺班戲目》著錄。劇寫徐庶化名單福，輔佐劉備取了新野、樊城一帶地方。曹營派人來新野投書，張飛剛好撞見，得到徐母的書信（實是程昱模仿徐母筆迹），交於劉備。原來曹操得知徐庶輔佐劉備，把徐母抓了起來，要徐庶回許昌，否則就要殺了徐母。徐庶思母心切，向劉備辭行。劉備在十里長亭擺宴，爲徐庶餞行。徐庶依依不捨，辭行後又折返，向劉備舉薦了諸葛亮和龐統，然後纔離開新野，趕赴許昌。事見《三國演義》第三十六回"玄德用計襲樊城，元直走馬薦諸葛"。版本今見清《車王府藏曲本》，該本係清抄本，無標點，首頁題"薦諸葛全串貫"，未署作者。今以刻本爲底本，校勘整理。

（劉上）
【引】桃園結義聚英雄，怎得江山歸一統。
（白）大樹樓桑是我家，不同宗枝也同花。馬跳澶溪訪名士，虎牢關前定邦家。孤劉備，字玄德，乃漢室帝苗。只因帳下得一謀士，名喚單福先生，取來樊城、新野一帶地方。曹仁失利，望風而逃。曹操知道，必定起兵前來，不免請先生同三位將軍商議。內使！（介白）有！（劉白）請先生同三位將軍進帳。（介白）哦！主公傳旨，有請先生同三位將軍進帳！（徐白）執掌絲綸起鳳毛。（關白）全憑三略共六韜。（張白）曾破黃巾兵百萬。（趙白）東滅孫權北滅曹。（同白）主公呼喚，一同進帳。（關、張、趙同白）先生請！（徐白）列位將軍請！（同白）主公在上，衆臣參駕！（劉白）兩旁坐下。（同白）告坐！（徐白）主公宣臣等進帳，有何國事議論？（劉白）多蒙先生妙策，取了樊城、新野一帶地方。曹操知道，必定起兵前來，故請先生商定破曹之策。（徐白）

主公放心，曹兵來了，山人自有妙策退之。（劉白）全仗先生。三弟聽令！（張白）何令？（劉白）命你巡營吊哨，須要小心。（張白）得令！

（丑白）離了曹營地，來到新野城。呀！來得不凑巧，遇著這黑臉爺爺在此，這便怎處？哦？有了，不免將書子藏在帽內，做一個金蟬脱殼便了。三千歲在上，小人叩頭！（張白）那裏來的？（丑白）曹（張白）拿住了！啓大哥，小弟拿住了曹營奸細。（劉白）在那裏？（張白）呀！被這囚囊的走去了。三軍，這帽子賞了你罷。（介白）謝千歲。啓三千歲，帽內有書信一封。（張白）呈上來。啓大哥，有書信一封。（劉白）呈上來。"不孝男徐庶開拆。"二弟，營中可有姓徐之人？（關白）没有。（徐白）啓主公，想是臣的家書。（劉白）既是先生家書，請自開拆。（徐白）謝過主公！"不孝男徐庶開拆。"呀！想我徐庶在家，路見不平，將人殺壞，逃出在外二十餘年，今日方見老母手書。老母在上，恕兒不孝之罪！（唱）

整禮頓首拆書簡，字字行行寫得清。上寫著：八旬老母親筆迹，交與徐庶不孝男。自從你在家把人來殺壞，逃出在外二十有餘年。多虧徐康兒行孝道，早晚侍奉娘跟前。遭不幸次子壽命短。哎！兄弟吓！別下了爲娘受煎熬。曹操奸賊拿住我，哎！好賊吓！他説道，兒在新野起禍端，立刻就命武士將娘斬。哎！老娘吓！多虧程昱救娘一命還。兒吓！早來三日重會面，遲來三日不團圓。看罷了書信兩淚漣，好似箭穿肺腑刀割肝。本待辭主去救母，劉皇叔待我恩如山。本待保主不救母，這不孝的名兒天下傳。左難右難難壞我，含悲住淚慢開言。

（劉白）先生看罷書信，雙目流淚，却是爲何？（徐白）啓上主公得知，臣非單福，爲臣乃是潁州人氏，姓徐名庶字元直，只因在家路見不平將人殺壞，臣逃出在外二十餘年，不想曹操奸賊將臣老母哄至曹營。老母修書前來，所以心中煩悶。（劉白）既是伯母有難，理該前去搭救。（徐白）怎奈爲主江山，豈不做了短幸之人？（劉白）這都是孤的福分淺薄。（徐白）主公不必憂慮。臣去到曹營救了老母，再來保主江山。（劉白）先生可算得忠孝兩全。四弟聽令！（趙白）何令？（劉白）命你長亭擺宴，與先生作餞。（趙白）得令！奉了大哥命，擺宴到長亭。（徐白）老母修書實慘傷。（劉白）得遇先生不久長。（關白）相送十里長亭上。（張白）不久起兵破襄陽。（同下）

（趙上，白）小將生來膽氣雄，百萬軍中逞威風。那怕曹賊兵百萬，難敵常山趙子龍。俺趙雲是也！奉了大哥之令，在十里長亭擺宴，與先生作餞。左右。（介白）有！（趙白）起道長亭。（介白）呵呵呵！（排子）啓爺，來此長

亭。(趙白)將酒宴擺開。主公到了，即來通報。(介白)是！(劉唱)

【倒板】手攬手兒到長亭，難捨先生共事人。(徐唱)俺指望保主成大事，又誰知做了短幸人。(劉唱)皆因是劉備福分淺，眼見得新野一帶平。(徐唱)主公不久成大事，帳下扶助有能人。(劉唱)縱有能人中何用，要比先生萬不能。

叫四弟！(趙白)有！(劉唱)

與孤斟上了皇封御酒，孤的命舛不怨他人。馬跳澶溪孤有難，中途路上遇先生。孤愛你八卦查得準，勞心費力取樊城。老伯母修來書合信，必須要做全忠全孝人。到了曹營得見伯母面，你只說劉備欠問他安寧。這一杯水酒何為敬？一來恭喜二餞行。悲悲切切兩難分。(徐唱)

用手接過酒一巡，謝天謝地謝神明。實指望保主把江山定，誰知道君臣一旦離分。(關唱)

含悲住淚奉先生，共謀大事有數春。兄弟桃園三結義，只願同死不同生。大哥江山多虧你，有勞先生定乾坤。(徐唱)

山人接酒心不定，他的威名天下聞。到後來福自歸神位，俺徐庶要比他萬不能。

(張白)酒來！(唱)

叫四弟斟上酒一杯，俺翼德撩袍跪長亭。上跪天來下跪地，跪父跪母不跪人。今日跪在先生面，為的是大哥錦乾坤。先生若到曹營去，切莫與奸曹用計謀。(徐唱)

三千歲不必苦叮嚀，山人言來你且聽。此去救母出牢苦，永不設計在曹營。

(趙白)馬來！(唱)

不敬酒來不餞行，用手帶過馬韁繩。先生說話言有信，請上馬來早登程。(徐唱)

山人在帳有何能，怎敢有勞四將軍？(白)人來！(介白)有！(徐白)帶馬下去。(介白)是！(徐唱)得勝將軍就是你，一人能當百萬兵。在長亭辭別仁義主，回身再辭眾位將軍。眼望三軍情難捨，一心心跨馬向曹營。(劉唱)

見先生打馬過山凹，只見樹木不見他。叫三軍與我將樹木齊伐下，一霎時遍地起黃沙。(徐唱)

勒住絲韁帶轉馬，只見主公站山凹。扳鞍離鐙下了馬，見了主公問根芽。

　　(劉白)先生去而復返,莫非有保孤之意。(徐白)非也!微臣去得好好,爲何將樹木一齊伐下?(劉白)只因桃園兄弟盼望先生不見,因此將樹木一齊伐下了。(徐白)主公這等仁義,不免將兩位謀士獻上。臣啓主公,有兩位謀士獻上。(劉白)那兩位謀士?(徐白)南陽諸葛,北地鳳雛。(劉白)諸葛比先生如何?(徐白)勝臣十倍。(劉白)鳳雛先生如何?(徐白)比臣要欠三分。(劉白)他二人現在那裏,乞道其詳。(徐白)主公!(唱)

　　主公休要把臣誇,細聽山人奏根芽。離此不過二十里,臥龍山下小村凹[1]。複姓諸葛單名亮,道號孔明就是他。年紀未滿三十歲,知天識地算無差。主公吓!興劉滅曹要去訪他。(劉唱)

　　水鏡先生曾言過他,得一高人安天下,保定孤穹坐中華。諸葛先生孤去訪,但不知鳳雛先生住在那家?(徐唱)

　　龐統住在真陽地,主公慢慢去訪他。本待與主同去訪,母在曹營望眼巴。辭別我主上了馬,臣的言語記心下。(劉唱)

　　見先生登了陽關道,怎敢孤心内不焦。漢室江山帶去了,眼見新野一旦抛。二弟三弟一聲叫,四弟子龍聽根苗。一不學伊尹保太甲,二不學子牙佐周朝,漢室江山孤不要,只要曹操頸上頭。(同下)

校記

[1] 小村凹:"凹",原本作"四",今改。

三顧茅廬

無名氏 撰

解 題

聲腔不詳。清《慶昇平班戲目》著録。劇寫劉備思賢心切,於初春時節携關羽、張飛赴卧龍崗請諸葛亮出山相助。孰料諸葛亮雲遊在外,歸期未定,劉備只得怏怏而返。劉備打聽得諸葛亮回到了卧龍崗,與關羽、張飛一道,第二次前往相請。恰逢天降大雪,劉備等冒雪來到卧龍崗,遇到諸葛亮之弟諸葛均,知卧龍先生仍在外雲遊。二次拜訪又没有見到諸葛亮,劉備留下一封書信而回,路遇石廣元、孟公威,邀請二人出山,二人却是無意功名。劉備第三次相請,終於見到了諸葛亮。諸葛亮爲其三顧茅廬的誠意所感動,答應出山相助,在草廬中分析天下大勢,給劉備規劃未來,並囑咐劉備三件事,劉備欣然應允,諸葛亮這纔答應出山。該劇角色、科介、賓白、唱詞等俱全,出場人物較多。全劇有唱詞而没有標示唱詞曲牌唱腔,但在叙述中却有【畫眉序】曲牌,或係摻入。事見《三國演義》第三十七回"劉玄德三顧茅廬"、明傳奇《草廬記》。版本今見清《車王府藏曲本》。該本係清抄本,無標點,首頁題"三顧茅廬"。今以該本爲底本,校勘整理。

(末上,白)去年花裏分别語,今見花開又一年。(付上,白)世事茫茫難自料。(花上,白)春愁默默獨自眠。(末白)二位賢弟,徐先生臨别之時曾薦南陽諸葛,今乃吉日,正好訪賢。(付、花同白)大哥向前,吾等隨後。(末白)備馬來!(唱)

徐先生臨别時把賢引薦,心切切到隆中去聘高賢。(付唱)但願得求賢士早早來見。(花唱)[1]保大哥興漢室一統山川。(同下)(外、生同上)(外唱)甘清净别富貴一塵不染。(生唱)學一個赤松子散蕩神仙。

(外白)貧道汝南孟公威。(生白)貧道潁州石廣元。(外白)道兄,你我

高卧荒山。今乃春光明媚,同往卧龍崗上游玩一回。(生白)請吓!(外唱)

現世事如棋局玄機天變。(生唱)只落得隱深山自在清閑。(同下)

(末、付、花上)(末唱)

離新野往南陽虔心一片,登高崗枕流水霧窟雲根。(付唱)遠望見那隆中柴扉半掩。(花唱)深谷中時花放別是一天。

(外白)來此卧龍崗山,一同下馬投莊。三弟向前叩門。(花白)是。內面童兒有麼?(丑上,白)階前瑞氣繞,後院春色臨。那裏來?(花白)大哥,乃是漢左將軍宜城侯,當今劉皇叔,特來拜謁卧龍先生。(丑白)我也記不得許多名字。(末白)只說劉備拜訪。(丑白)人生得古怪,説話也古怪。(末白)言語衝撞,休怪。(丑白)我也不怪。他到此來何事?(末白)特來拜謁卧龍先生。(丑白)先生早雲遊去了。(末白)幾時回來?(丑白)歸期難定。(末白)二位賢弟,你我空涉迢遥。(付、花同白)先生既不在莊,來日看人探聽。(末白)先生回來,致言上達。(丑白)知道,休怪客臨荒疏待,山居不比世情濃。(下)(末白)我等回去罷。(唱)

周文王夜得夢飛熊撲面,渭水溪得遇了子牙先生。(付唱)昔高祖聘張良三請不現。(花唱)弟兄們求賢士空走一遭。(同下)

(末上,白)歷盡難辛訪名士,怎奈機緣不遇時。日前聘請卧龍,不期空返。今日探人回報,卧龍回山,只得二次親臨。來!(介白)有!(末白)有請關、張將軍!(介白)哦!有請二位將軍!(付、花同上)(付白)蛟龍遭久困。(花白)何日會風雲?(同白)大哥何事?(末白)適纔探人回報,卧龍回山。你我備馬再往隆中。(花白)哎!大哥,量一村夫,何必這等勞心?使人喚他來就是。(末白)孟子有云,欲見賢人而不以其道。孔明乃當世大賢,豈可招來?(付白)大哥既往,弟等焉有不從?(末白)備馬!(唱)

終日裏爲求賢誠心難滅,都只爲四百載炎漢基業。(付唱)卧龍崗請賢士二次拜謁!(花唱)是這等殷勤心不畏勞涉。(同下)

(小生上,唱)

喜春光柳絮明花紅一色,看林前鵲鳥啼聲調簧舌。

(白)在下諸葛均,仲兄説道今日有當世豪傑到莊,命我在家代迎。在此少坐,不免取出古書誦讀一遍。(唱)

前朝中古史記細細覽閱,一個個爲忠心捨身報國。

(末、付、花上)(末唱)

撲紛紛降鵝毛寒威凜冽,滿世界粉銀裝萬里空白。(付唱)舉袍袖擋不住霏霏白雪,禁不得朔風寒陣陣吹刮。(花唱)長空裏好一似梨花散雨,風凛凛冷得人兩眼昏黑。

　　(末白)來此臥龍崗下,叩門。(花白)臥龍先生在家否?(小生白)何方貴客?(末白)孤乃漢冑劉備,久慕先生隆名,特來拜謁。隱者想是臥龍先生?(小生白)臥龍先生乃是二家兄。(末白)令兄可在寶莊?(小生白)出外雲遊去了。(末白)可知雲遊所在?(小生白)家兄出外,或至山谷遊於洞府,或駕小舟遊於江湖,去向未定。(付、花同白)先生既不在家,天色寒冷,你我回去罷。(末白)爲國求賢,休得無禮!先生,劉備二次過訪未遇,真乃無緣!(小生白)家兄不在莊上,不敢乞留,來日回禮。(末白)豈敢!乞借四寶,留書上達令兄。(小生白)現有在此!(末白)劉備致書拜。【畫眉序】此書相煩收下代呈。(小生白)勞涉空迢途,慢客主人慚。(下)(末白)你我再往山谷尋訪。(付、花同白)一同蹬鞍。(末唱)

　　果然是隱逸者玄機莫測,連二次訪不著孤真無德。(付唱)俺大哥爲求賢不分晝夜。(花唱)勞碌碌空迢迢枉費周折。(同下)

　　(外、生同上)(外唱)

　　登名山玩仙景真個暢悦。(生唱)[2]聽高峰鳥啼猿聲悲切。

　　(白)道兄,你我雲遊隆中,臥龍不知何往?(外白)你看前面松竹茂盛,那裏下棋消遣。(生白)請!(外唱)

　　那日裏玩山泉延度歲月。(生唱)斷不去惹紅塵自圖清潔。

　　(白)有一頑石平坦,正好下棋。(生唱)

　　朝臣待漏五更霜。(外唱)鐵甲將軍夜渡關。(生唱)富貴功名不久長。(外唱)算來名利不如閑。

　　(末、付、花上)(末唱)

　　雲飛風寒氣逼,遍地玉簇粉銀妝。(外唱)長空萬里雲飄蕩。(花唱)冷得老張逼膽寒。

　　(末白)二位賢弟,你看松竹之下,有二道下棋,想是伏龍、鳳雛。一同下馬問來!(付、花同白)是!(末白)動問二公,可是伏龍、鳳雛?(外、生同白)足下何人?(末白)吾乃漢冑劉備,欲求先生濟世安民。(外、生同白)原來當今皇叔,失敬了!(末白)不敢!(外、生同白)吾等非是伏龍、鳳雛。(末白)請問二公尊名?(外白)山人汝南孟公威。(生白)山人穎川石廣元。(末白)久聞大名,今日相逢,邂逅有幸。(外、生同白)[3]得遇皇叔,平生願也!(末白)乞留席地,少坐請教一言。(外、生同白)一同坐下。(末、付白)請!(外白)皇叔欲見孔明，何事？（末白）方今天下大亂，欲求孔明治國安邦。（外白）豈不聞順天者逸，（生白）逆天者勞？（外白）自古治亂無常。高祖斬蛇起，誅無道秦。（生白）至哀帝二百年[4]，太平日久，干戈四起，不能猝定，枉費心力耳。（末白）二位先生所言，誠爲高見。劉備身爲漢胄，合當匡扶，何敢委之以命？（外、生同白）山野之人，不足以論天下，有辱明問。（末白）欲請二公扶漢室。（外、生同白）愚等頗樂閒散，無意功名，容日再見。告別了！（外唱）

　　急訪名賢把業創。（生唱）三分鼎足佔中央。（同下）
　　（外上，唱）
　　【引】孤出中山，本是帝皇家。
　　（白）少小胸藏百萬兵，青梅煮酒論英雄。仁心一片安黎庶，要效興劉第一人。孤家姓劉名備，字玄德，柴桑人氏，係出中山靖王之後。自幼飽讀詩書，熟練韜略。幸得在桃園與關雲長、張飛結義，誓同生死，同扶漢室。又蒙聖上當殿查明，認爲皇叔，特授宜城亭侯之職[5]，這也不在話下。日落馬跳潭溪路，遇水鏡先生，說道南陽臥龍乃蓋世奇人。今又得徐先生之薦落，已登山請過二次，不遇而回。今日雲後晴明，不免與二位兄弟一同前去，聘請前來，同扶漢室，吾之幸也！過來。（雜白）有！（外白）請二位將軍上帳。（雜白）是！主公有旨，請二位將軍進帳。（生上，唱）
　　【引】蠶眉鳳眼綠龍袍，護國安民偃月刀。（净上，唱）豹頭環眼英雄將，要把威名震漢朝。
　　（生白）某家關。（净白）咱張飛。（同白）正在桃園議論軍機，忽聽大哥呼喚，須速上帳。請大哥在上，兄弟等參！（外白）二位賢弟少禮，一旁坐下！（生、净同白）謝坐！不知大哥呼喚弟等，有何見教？（外白）只因曹操專權，嘔死董貴妃，殺害忠良。漢室宗支，豈肯被他敗亂。故請二位賢弟，今日三顧茅廬，聘請孔明下山，同保漢室，以滅曹奸[6]。（净白）大哥，如今人有名無實者多，說一牛鼻子村夫，有何能處？不勞大哥御駕，要他來這也不難，只要咱張飛前去一把抓來就是。（外白）唔！三弟，此言非是爲國求賢的道理。待愚兄同二弟前去便了。（净白）二哥前去，小弟也前去走走。（外白）如此須要小心。（净白）就是。（外白）來！（雜白）有！（外白）帶馬！（雜白）是！（外唱）

　　都只爲奸曹把朝綱亂，因此上請先生不憚煩勞。撫黎民全憑著仁德天道，用三軍又必須虎略龍韜。（生唱）讀《春秋》明大義忠心日耀，捨黃金却美女挂印辭曹。顔良誅文醜英雄年少,保皇嫂過五關匹馬單刀。(净唱)破黄巾滅吕布群雄盡掃,猛張飛逞雄威天下名標。俺大哥起義兵替天行道,行仁德除奸佞一統漢朝。(外唱)

催龍騎行過了村橋小道,早來到卧龍崗鐵筆難描。那花松和古柏玉龍磐繞,竹葉兒好似碎剪鵝毛。(同唱)山歌一聲聲村童父老,茅廬外雪花壓倒梅梢。

(雜白)啓主公,來此已是茅廬。(外白)前去叩門!(雜白)是!裏面有人麽?(貼上,白)山中無客到,惟有白雲來。是那個?(雜白)是宜城侯劉皇叔到此拜望。(貼白)先生正在午睡。(净白)這等時候還在睡覺,待老張在房後放他娘的一把火,看他睡還不睡?(外白)三弟休粗魯,且同二弟在莊前閑步片時。(生、净同白)是!(同下)

(末上,唱)

【引】袖内演八卦,爐中煉金丹。(白)山人複姓諸葛名亮,字孔明,道號卧龍,世爲漢仕。只因朝中奸佞專權,是以退歸林下。前有劉皇叔前來聘請二次,今當又至。吾本當不仕,怎奈來者心誠。童兒!(貼白)有!(生白)劉皇叔到來,急忙通報。(貼白)是。(外、生、净同上)(外白)有勞仙童通報。(貼白)是!裏面裏策之聲,想必師爺出堂來也!(外白)備當恭候!(末上,唱)

欲投漢室三分鼎,且練先天八卦圖。

(白)童兒,何人在此?(貼白)劉皇叔拜望!(末白)有請!(貼白)是!有請皇叔!先生請上。(外白[7])待劉備拜見!(末白)豈敢。山人也有一拜!(外白)久聞奇才蓋世,今日得見仙容,綸巾道服,有古人之風,真乃國家梁才。(末白)一介疏愚下士,無才守拙爲農,何勞往駕草廬中,敢受明公稱頌?請坐!(外白)謝坐!(末白)屢蒙明公駕臨,山人未得遠迎,明公恕罪。(外白)豈敢!不才輕造寶山,望先生海涵。(末白)好説。不知明公駕臨,有何貴幹?(外白)不才因曹操專權篡逆,我奉漢主血詔,欲舉義兵征討。怎奈劉備不才,欲請先生下山,大展經綸,重興漢室。備有一言奉告。(末白)請教!(外唱)

爲漢主衣帶中一封血詔,不由人貫忠心怒氣沖霄。恨不得舉義兵將賊盡掃,奈劉備回荊州兵少將微。有徐庶與高明一同交好,臨行時薦先生智廣謀高。望先生將大事一一指教,展奇才吐神機同保漢朝。

(末白)亮乃山野村夫,年幼才疏,怎敢議論天下大事?既蒙皇叔下問,

亮有一言奉告。(外白)願聞高論。(末唱)

自初朝漢高祖斬蛇當道,多虧得衆賢臣立下漢朝。有董卓霸漢綱橫行無道,王司徒連環計董卓首梟。有孟德搶吕布義破袁紹,因此上稱丞相意滿心懷。挾天子令諸侯奸用計巧,兵盡多將又廣根本難搖。倒不如守荆州依著劉表,下西川立報基此計甚高。與江東小孫權兩下和好,那時節伐中原纔見功勞。

(白)明公,亮有西川圖一軸,帶回府一觀,便知明白。此乃曹操佔天時[8],東吴孫權佔地利,明公可佔人和。亮有幾句言詞,明公謹記!(外白)願。(生唱)

第一要愛黎民如珍似寶,第二要招軍馬廣聚英豪,第三要求賢士山林父老,君臣們鳳凰臺纔把名標。

(外白)先生之言,三分天下,如在掌握,真乃古人不及也。劉備不才,敢不遵命。就請先生下山!(末白)亮久樂山林,不能奉命。(外白)先生休得過謹。將禮物呈上。(生上,白)爲國求賢士。(净上,白)高山聘卧龍。(同白)先生在上,末將等拜揖!(末白)二位將軍少禮。山人有何德能,敢勞二位將軍押禮前來?(同白)俺大哥爲國求賢,些須薄禮,望乞先生收下,以表存心。但不知先生幾時起駕?(末白)既蒙相約,當效犬馬之勞。明日下山,請二位後堂小宴。(同白)多謝先生!(同白)請!(同下)

全完

校記

[1] 花唱:原本作"白"。應爲"唱"。下同。

[2] 生唱:原本作"聽",應爲"唱"。下同。

[3] 外、生同白:原本作"介",今改。

[4] 至哀帝二百年:原本作"十",今改。此句原本作"哀十二百年",不通。應爲"哀帝二百年"。自漢高祖建立漢朝,至漢哀帝剛好二百年。

[5] 特授宜城亭侯之職:"宜",原本作"宣",今改。下同。

[6] 以滅曹奸:"曹奸",原本無,據文意補。

[7] 外白:二字原本缺,據文意補。

[8] 曹操佔天時:"佔"字,原本缺,據文意補。

博望坡

無名氏 撰

解題

皮黃。《慶昇平班戲目》著録。明代山西潞城縣堪輿家曹占標家藏《迎神賽社禮節傳簿四十曲宫調》記載有《火燒新野縣》戲目。清代李調元《新搜神記》卷九亦有相關記載。此劇共十四本，每本六場至十六場不等，間或標某場小標題，篇幅較長，結構宏大。劇寫諸葛亮初出茅廬，輔助劉備暫踞新野，在博望屯設下伏兵，巧誘曹兵深入險地，縱火燒之，大敗曹操麾下曹仁、曹洪、張遼、張郃、夏侯淵等人率領的十萬大軍，而寸功未立的猛將張飛對諸葛亮的神機妙算從不屑一顧到心悦誠服。頭本從劉備霸踞新野，三請諸葛亮出山輔佐，夏侯惇在博望坡前大敗而回，丞相曹操大怒，要發兵掃平新野寫起，寫到孔融勸諫被殺、曹操帶領五十萬人馬攻伐荆襄、劉備荆州探望病重劉表、劉表未立遺囑留下禍根、劉琮母子誤聽蔡瑁張允讒言，準備投降曹操。二本講述諸葛亮得知劉琮母子投降曹操的決定后，建議劉備帶領新野百姓逃往樊城，并部署奇兵火燒新野，水淹曹軍，曹兵大敗而歸。三本寫曹操大敗之後怒氣沖天，發誓要擒拿諸葛亮，踏平荆襄城，將五十萬大軍分作八路，一起進攻樊城，同時聽從許褚建議，命徐庶去勸降劉備；劉備帶領百姓逃到荆州避難，因遭到蔡瑁張允等人的拒絶而無法入城，打算投奔長沙太守韓玄，路途之上拜祭劉表墓碑，恰逢曹操大兵追趕將至，只好讓諸葛亮到江夏向劉琦借兵解圍；劉琮母子在蔡瑁張允極力攛掇下，將荆襄九郡獻降於曹操，大將王威打算趁機刺殺曹操而被殺殉身，劉琮母子也落個受辱身死的下場。四本寫劉備帶兵逃至當陽時，曹操帶人連夜追趕，劉備無奈只好命趙雲保護家眷。趙雲護着家眷，先後遇到文聘、張郃等人的追殺，亂軍之中兩位皇夫人失散，趙雲得到徐庶的暗中保護和張飛的有力援助，在曹營七進七出，最終將甘夫人和阿斗救出，但糜夫人因傷勢過重投枯井而亡。五本至十四本，主要寫劉備兵敗當陽后，諸葛亮運籌帷幄并找劉琦搬來救兵之事，最終贏得這場大戰。事見元雜劇《諸葛亮博望燒屯》和《三國演義》第三十九回"荊州城公子三求,計博望坡軍師初用兵"至第五十回"諸葛亮智算華容,關雲長義釋曹操",故事情節與《三國志》記載有所不同。版本現有清《車王府藏曲本》,題作"博望坡總講",未署作者,係抄本,劇中腳色、科白、砌末、唱詞等比較齊全,科白間有遺漏。今以清《車王府藏曲本》爲底本,進行校勘整理。

頭　本

頭　場

　　(八將起霸,八大纛旗,曹仁、曹洪、張遼、張郃、夏侯惇、夏侯淵、于禁、李典,唱)[1]

　　【點絳唇】將士英豪,威風飄繞。狼烟掃,地動山摇,同心扶漢朝。(各通名字)

　　(仁白)列位將軍,請了。(餘同白)請了。(仁白)只因劉玄德霸踞新野,請諸葛亮爲軍師,前者夏侯惇在博望坡前失機而回,丞相大怒,點動雄兵,掃平新野,須索教場伺候。(同白)請。(仁白)吠,帶馬。(排子)(領下)

校記

［1］唱:"唱"字,原本在曲牌【點絳唇】之後,今依例置前。下同。

二　場

　　(孔融上)

　　【引子】北海人豪,承聖裔世傳忠表。(詩)簪纓績世代,豪氣貫長虹。坐上客常滿,樽中酒不空。下官大中大夫孔融是也。今日曹丞相起兵,征討劉玄德。我想劉玄德乃大漢皇叔,仁德爲心,忠義馳名。咳,新野彈丸之地,怎擋虎狼之兵。我今不救,他必難保,不免去到教場諫阻丞相,保全新野,以報知己便了。(唱)

【西皮正板】想國家遭離亂感嘆不盡,曹丞相行奸詐釣譽沽名。扶天子令諸侯行爲奸佞,命禰衡説劉表借刀殺人。今又要取新野傷害百姓,可憐那劉皇叔漢室宗親。我豈可坐看他忠義喪命,去教場諫阻這殘暴之兵。(笑介)哈哈哈。(下)

三　　場

(大吹打、四文堂、四大鎧搭大帳子,鄧慮、蔣幹、一傘夫上)(曹上)

【引子】補天裕日建奇勳,四海仰德政,獨力扶乾坤,用兵機權曹必勝。(詩)舟眉細眼性昂藏,曾秉丹心日月光。可嘆漢家氣數盡,功名欲學周文王。孤曹操,自董卓誅戮之後,心耽漢室社稷之憂,身任天下要危之重。今因劉玄德佔住新野,夏侯惇被諸葛亮火攻所敗,故此大起三軍以取荆州。蔣幹。(蔣白)有。(曹白)傳衆將上帳聽點。(蔣白)得令。衆將上帳聽點。(八將兩邊上,白)來也。參見丞相。(曹白)站立兩傍,伺候點名。(衆同白)啊。(曹白)鄧慮。(鄧白)在。(曹白)喝名。(鄧白)起鼓。啊。曹仁、曹洪、張遼、張郃、夏侯惇、夏侯淵、于禁、許褚。(衆應介)在。(鄧白)許褚。(衆同白)未到。(八將同白)吓,許褚乃軍中大將,因何未到?唔,必有緣故。(許褚上,白)許褚來也。許褚參見丞相。(曹白)啊。爲何來遲?(褚白)因爲收拾盔甲鞍馬,磨洗鋼刀,故爾來遲。(曹白)唔,盔甲馬刀乃爲隨身之物,何待出兵方纔磨洗?若不念你曾有功勞,必當斬首號令。(許白)丞相開恩。(曹白)唔,今用你爲前部先鋒,引兵三千,前去新野捉拿玄德。將功折罪去罷。(許白)得令。(下)

(曹白)衆將官。(八將同白)丞相。(曹白)孤今親統大兵,踏平新野,直取荆州而下江南,不知爾等以爲如何?(八將同白)丞相天威,攻無不取,戰無不勝,何況小小新野?(曹白)哈哈哈,此皆天子洪福,衆將威風。但是孤今出師非從前,平定天下,在此一舉。爾等聽孤吩咐。(唱)

【西皮正板】自董卓離亂後山河倒影,秉忠心爲國家能有幾人。非是我曹孟德自誇本領,挾天子剿滅了四路烟塵。只剩下劉玄德梟雄可恨,誓必要擒捉他掃除禍根。未出師先傳下賞罰號令,人要强馬要壯盔甲鮮明。聞聽那諸葛亮鬼蜮情性,用的是鬼伎倆鬼怪之兵。夏侯惇中鬼計是不謹慎,此番去各自裏須必小心。若擒了劉玄德荆州六郡,下江東又何難天下太平。那時節享爵禄大家安穩,多贈些美田園留與子孫。倘有那不服管違犯將令,論軍法必斬首不順人情。自古説令如山爾等當信，智勇嚴要學個王者之兵。今乃是黃道日出兵必勝。（孔融上，唱）爲忠義特來禀丞相知聞。

（白）孔融參見丞相。（曹白）吓，大夫何事到此？（孔白）禀丞相，今日出師欲討何人？（曹白）孔大夫難道不知？是征剿那劉玄德。（孔白）劉玄德同劉表乃是漢室宗親，何故征伐？（曹白）劉表霸佔荆州，劉玄德梟雄佔了新野，今若不除，將來國家大害。孤今先取荆州，後下江南，以安天下，混一寰宇，大夫何必多言？（孔白）非下官多言。那孫權虎踞六郡，且有大江之險，亦易取也。（唱）

至不仁伐至仁理有一定，又何況逞暴虐勉强横行。此一去數十萬兵將性命，望丞相還須要三思而行。（曹白）唉！（唱）孤今日伏天盛明正言順，（白）又下去。（同白）啊。出去。（曹白）犯軍法暫饒你明正典刑。（孔白）哈哈哈哈。（唱）是這等逞强暴良言不信，只恐怕出兵去難以回程。（下）

（鄧慮白）禀丞相，孔融慢迨軍心，何以不斬？（曹白）此人乃當今名士，殺之恐人議論。（鄧白）丞相差矣。孔融平白欺侮丞相，不一而足，又與禰衡相善，禰衡稱贊孔融"仲尼不死"，孔融稱贊禰衡。打鼓辱罵丞相，乃是孔融使之也，今又對衆將道丞相不仁，悔慢軍心，若不斬之，將來人人皆罵得丞相。（曹白）唉，可惱吓可恨。（唱）

提起來禰衡事令人可恨，不由孤怒冲冠陡起殺心。（白）來，將孔融抓了轉來。（鄧白）是。吹，丞相有令，將孔大夫抓了轉來。（孔上，唱）既來此已拼着聽天由命，再見他又何妨故意消停。步昂藏且從容含怨而進，問丞相喚回轉有何話云。（曹白）唉。（唱）衆將前岐兵機欺孤忒甚，這行爲分明是第二禰衡。孤今日按兵法不能容忍，（白）綁了。（四大鎧兩邊綁孔介）（八將暗驚怕介）（曹唱）斬首在轅門外號令施行。（孔白）住了。（唱）大丈夫一死何足爲恨，有一言要説與文武共聽。（白）大衆聽者，我孔融忠義在朝，清白傳家，今日之死，千載之下，自有公論。但是曹操名爲漢相，實爲漢賊。（曹白）不要聽他的。（孔白）欺天子許田射鹿，殺貴妃帶劍逼宫。董永吉平良善要害，劉備馬騰將士遭殃。曹賊吓曹賊。（唱）你本是夏侯子冒名曹姓，自幼爾欺叔父便無天倫[1]，長大來爲國賊殺生害命，（白）曹賊吓，（唱）我今死必然要追你之魂。（曹白）呀呀呸。（唱上句）快快推出轅門斬號令，（孔笑介）哈哈哈。（唱下句）孔文舉罵曹賊死得有名。（下）（四大鎧押孔下）

（内吹號介）（大鎧提刀上，白）斬訖已畢。哦。（曹白）可惜吓，可惜吓。（八將嘆介）（八將同白）孔融已明軍正法，末將等懇求丞相，俯念其愚屍，免其號令。(曹白)唔,免其號令。(鄧白)請住。稟丞相,春秋之時,屠岸賈不殺趙氏孤兒,以致趙武長成,滅了屠岸賈滿門。今孔融二子少年聰明,若不斬除後根,必爲後患。(曹白)必爲後患?未必有此。(鄧白)丞相著諒。(曹白)唔哼哼,鄧大人。(鄧白)丞相。(曹白)你好主意吓!(鄧白)下官總是用心把結丞相。(曹白)也罷,孤家命你去捉拿孔融二子並全家老幼,斬首不貸。(八將驚怕介)(鄧白)得令。爲人狂大終有禍,孔融吓孔融,哈哈哈,暗送無常死不知[2]。(曹白)衆將官。(八將白)丞相。(曹白)孔融斬得心服否?(八將共白)軍法應當。(曹白)曹仁、曹洪聽令。(仁、洪同白)在。(曹白)你二人帶兵十萬,作爲頭隊,攻取新野。(仁、洪同白)得令。(曹白)張遼、張郃聽令。(郃、遼同白)在。(曹白)你二人帶兵十萬,以爲二隊,攻取荆州。(郃、遼同白)得令。(曹白)夏侯惇、夏侯淵聽令。(惇、淵同白)在。(曹白)你二人帶兵十萬,以爲三隊,前後接應。(惇、淵同白)得令。(曹白)于禁、李典聽令,帶兵十萬,以爲四隊,兼理糧餉。(于、李同白)得令。(曹白)孤家統領大兵十萬,以爲五隊,督押衆將而行吓。(衆同白)啊。(曹白)逆臣已斬。號令:今人馬已齊,吩咐就此起馬。(八將同白)得令。嘟,衆將官兵伐荆裏,就此起馬。(衆同白)啊。(【五馬江兒水】)(排子)(領下)

校記

[1] 自幼爾欺叔父便無天倫:"天倫",原本作"天論",今改。下同。
[2] 暗送無常死不知:"無常",原本作"巫常",今改。

四　　場

(報子上,【風入松】,白)俺乃劉皇叔帳下探事官是也。今聞曹操帶領五十萬人馬,殺奔而來,只得飛馬報與諸葛亮先生知道。嘟,馬來。(活頭,下)

五　　場

(二旗牌上)(劉備上)
【引子】漢室宗親,恨無力能扶九鼎。
(詩)黃巾破後亂中華,四海飄零那是家。莫道英雄無用武,功名遲早難嗟呀。孤窮劉玄德,自徐州失散,古城聚會,來投荆州,借居新野。今因宗兄劉表患病沉重，差人接我來到荊州，囑託後事。我只得將印信付與孔明先生，同關、張等把守新野，親自帶了子龍，匹馬前來面見劉表。左右，帶路進府。（唱）

【西皮正板】人生在天地間全憑忠孝，結桃園共生死義廣情高。實指望秉忠心漢室同保，又誰知董卓後復出奸曹。挾天子令諸候四路征剿，必要把漢室親絶根斷苗。我此去到荊州面見劉表，商量個保全計輔弼漢朝。（同下）

六　　場

（四内侍上劉表上[1]，唱）

【西皮】嘆漢家氣運衰宗室蹭蹬，我劉表守荊州晝夜憂心。一旦間事不測身染重病。這都是天絶漢曹操當興。（白）孤劉表，鎮守荊州，幸有劉玄德前來相投，正好同心破曹。忽然一病不起，我也差人前去新野，請他到此囑託後事，怎麼還未見到來？（蔡瑁、張允同上）（蔡白）幛幄中大將，（張白）荊襄内小人。（同白）蔡瑁、張允參見主公。（表白）蔡、張二位將軍，那劉玄德可曾請到？（蔡、張同白）已在府堂内來了。（表白）好，快請進來相見。（蔡、張同白）是。有請皇叔進内相見。

（劉備上，唱）

【搖板】荊州堂見一派淒涼形影，只覺得陰慘慘教人斷魂。入寢門見我兄果然患病，（哭介）兄長吓！（表白）賢弟吓！（哭介）哎呀！（劉唱）劉玄德少問安其罪非輕。（表哭介，白）喂呀。（唱）見賢弟不由我珠淚難忍，快請坐有多少衷腸話云。

（白）賢弟，快請坐下。（劉白）告坐。（表白）賢弟。（劉白）兄長。（表白）我今病入膏盲，不久死矣，特請前來，託派賢弟。我子無才，只恐不能承守父業。我死之後，賢弟吓！（劉白）兄長。（表白）可自領荊州。（劉白）後頭話白，喂呀，兄長放心，弟敢不盡心竭力，以輔賢侄，安有他意？（表白）蔡允。（看介）唔，你二人暫且退下，我弟兄還有話説。（蔡白）是。莫道直中直，（張白）須防人不仁。（分下）（表白）我方纔乃心腹之言，賢弟休得推辭。（劉白）喂呀，兄長放心，弟不盡心竭力以輔賢侄，安有他意？（表白）咳，賢弟，豈不知我長子劉琦雖然仁厚，只是懦弱無能，今在江夏鎮守；次子劉琮，乃繼室蔡氏所生[2]，雖然伶俐，却是年輕，難任大事。所以要賢弟替領荊州

者,此之謂也。(表唱)

立劉琦怕的是蔡瑁張允,立劉琮怕的是他又年輕,因此上託賢弟自己任領,也免得荆州郡付與別人。(蔡、張暗上,聽介,眼色介)(劉白)兄長吓。(唱)

自古來子承父業乃是正應,弟與兄雖同宗並無才能。想袁紹在河北根深土穩,棄長子扶幼兒溺愛不明。把一個好基業鬧成齏粉[3],曹孟德趁機會滅他滿門。這都是前事鑒兄長當信,又豈肯自糊塗照他而行。趁此時叫劉琦前來接印,(表唱)只恐怕他二人巧計來生。(劉唱)若説是防備那蔡瑁張允,有愚弟自然會驅逐此人。(蔡、張恨介,下)(表唱)聽賢弟金石言焉有不信,我便當寫遺囑照此而行。(劉唱)勸兄長早把這大事議論,若遲疑只恐怕禍患內生。

(蔡、張同上)(蔡唱)

府堂前趙子龍火速報信,(張唱)説曹操發來了百萬雄兵。(蔡、張同白)蔡瑁、張允稟知主公,趙子龍飛馬來説,曹操親統領大兵數十餘萬,來取荆州,請皇叔即回新野,料理迎敵。(表、劉同介,驚介,同白)啊。曹操親統大兵來取荆州?(蔡、張同白)正是。(表昏倒介)哎呀。(劉白)兄長醒來,兄長醒來。(表唱)

【倒板】聽此言只覺得心如雷震,(二叩頭)賢弟呀。(唱)只恐怕這荆襄保守不成。(劉唱)勸仁兄休憂慮好生養病,弟今要去新野敵擋曹兵。(白)喂呀,事已急矣,仁兄好生保重身體,調養病症。愚弟趕回新野,敵擋曹兵,以保襄陽便了。(唱)事緊急顧不得家事議論,望兄長保身體切莫傷神。施一禮辭仁兄我心不忍,(表白)哎呀。(哭介,昏介)(劉唱)此一別但不知相會可能。(白)仁兄。(唱)大煩事須要把主意拿定,切莫要聽讒言惹火燒身。悲切切我怕見這般光景,(三叫頭)仁兄景升,哎呀,罷了。(唱)可嘆他空負了一世英名。(下)

(蔡氏夫人、劉琮同上)(夫人唱)

【西皮搖板】劉玄德之言語令人可恨,(琮唱下句)父病重勸母親且莫生嗔。(白)爹爹甦醒。(夫人唱)老爺醒來。(表唱)

【倒板】憂國家哭得我神魂不定,(白)玄德。(琮白)叔父往新野去了。(表白,哭介)劉琮兒吓。(琮白)爹爹呀。(表唱)父子情只恐怕傾刻離分。(白)哎呀兒吓,爲父今已病重沉危,你兄長劉琦却在江夏鎮守,一時不能得到,如何是好?(琮白)爹爹放心,聞聽兄長已經起身來了。(表白)哦,你兄長劉琦已經起身來了。(琮白)是。(表白)咳，兒吓，非是爲父不疼於你，你劉叔父言道"家有長子，國有大臣"，故此荊州與他執掌。(夫人白)住了。老爺此言差矣。國家無事則主長，國家有事則主賢。劉琦懦弱無能兒，我劉琮聰明仁智，正好爲荊州之主，豈可聽信劉玄德之言，誤我國家大事。(蔡、張同白)是吓，夫人之言，甚是有理，並非違君之命。(表叫頭，白)蒼天哪蒼天！(唱)

這是我誤弱他報養成性，悔不聽玄德言早除禍根。只急得兩眼花心中煩悶，(灑頭介)哎呀，(唱)這大恨應該我一命回陰。(昏倒死介)(琮白)哎呀，爹爹呀。(唱)見父親撒手去終天抱恨，爲子者到此時悲切斷魂。可憐這荊州城空無保應，(夫人白)此時你又哭些甚麼吓，準你備辦爲荊州之主，坐享榮華便了。(琮白)哎呀，母親吓。(唱)還有兄長在江夏如何自尊。(白)母親，父親雖故，兄長劉琦現在江夏，父親遺言，不可違命。(夫人白)呸，你敢瘋了麼？還不閉口。蔡瑁、張允二位將軍，快將主公屍首抬進內庭。(蔡、張同白)是。(抬屍首下)(劉琦上，唱)

今聞得我父親身染重病，從江夏那得消停。心急迫意慌張忙將宮進，(蔡、張兩邊上，同白)吓，怎麼來了吓？(琮躲介，夫人急介)(琦唱)爲父病特的來拜問安寧。(夫人白)住了。主公有命，劉琦不在江夏，擅離駐地，無故來此，該當何罪？還不快去。(蔡、張同白)還不快去。(琦白)是是是。(唱)

聽此言好叫我信是不信，那有個父子們不敘天倫。此一時退難退進又難進，(灑頭介)爹爹呀。(唱)不由我心如醉亂箭穿心。(蔡、張同白)大公子，你好喪氣。主公好好坐在府中，你怎麼這樣啼哭，豈不惹厭？(琦唱)

【倒板】我哭一聲老天爺何不憐憫，我哭一聲老天爺何太無情。父子們隔一墻不能親近，兒做了天地間不孝之人。(夫人白)唗，劉琦不走，敢莫要行刺主公麼？(蔡單念白)不遵父命，家法皆斬。(拔刀介)(張白)且住，殺不得他。那劉玄德却在新野。(蔡白)大公子還不快回江夏，倘若失守汛地，真乃不孝。(琦白)哎呀呀。(唱)

是這般言和語令人可恨，猜不透內中情是假是真。我只得向寢門叩首爲敬，(蔡、張同白)公子快走。(琦白)罷。(唱)回江夏但不知再見可能。(哭介)哎呀，爹爹呀，罷了吓。(哭介，下)(三叫頭)

(蔡、張同白，笑介)哈哈哈，稟夫人，公子劉琦已回江夏去了。(夫人白)就煩二位將軍假寫遺囑，輔立劉琮以爲荊州之主。(蔡、張同白)是，遵命。且請夫人、公子去到二堂辦理大事。(夫人白)帶路。(唱)我的兒領荊襄該

當有分,(白)兒吓。(唱)這也是爲娘的福分才能。(同下)(琮哭介)喂呀。(后下)

校記

[1] 內侍上:"侍",原本作"待"。今改。
[2] 乃繼室蔡氏所生:"繼",原本作"斷"。今改。
[3] 把一個好基業鬧成齏粉:"齏",原本作"儿"。今改。

七　場

(琮、懦、李珪上)(唱)(四文堂同上)
嚇壞了襄陽界多少百姓,說曹操發來了無數雄兵。
(白)下官荊州暮官李珪是也。奉命巡察邊境,聞得曹操起兵百萬,殺奔而來,只得趕回,報與主公知道。(唱)
顧不得勤與勞飛馬報信,只恐怕襄陽城難以太平。叫人來快與爺忙把路引,軍情急報主知早作計行。(同下)

八　場

(傅巽、蒯越、王粲、宋忠上,四朝臣抬轎上,每人一句)(傅巽白)自來豪氣貫情虛,(王粲白)少小才名山斗齊。(蒯越白)輔住荊襄稱人駿,(宋忠白)中原不管任流離。(傅白)下官傅巽,(王白)下官王粲,(蒯白)下官蒯越,(宋白)下官宋忠。(傅白)列位請了。(衆同白)請了。(傅白)主公病故,遺囑命次子劉琮統領荊州。我等伺候陞堂參拜,然後備哀。(衆同白)請看鼓樂聲起,幼主來也。

(小細吹打,四太監上,蔡、張同上,劉琮上)

【引子】飲恨泣血,欺兄叔承受基業。

(四朝官參介)(琮白)金風吹面面生寒,珠淚偷彈彈不乾。正是人生憫恨處,居然高坐又何安。孤劉琮,吾父棄世,我兄現在江夏,更有叔父劉玄德住守新野,衆卿立我爲荊州之主,倘兄長與叔父興兵問罪,如何解釋?(蔡瑁白)主公且請放心,大公子與劉玄德倘有異言,有臣等保駕,有何懼焉?(琮白)哎,孤之性命,全仗衆卿之力。

（李珪上，白）終天無限恨，勸他却成憂。李珪參見主公。（琮白）先生平身。（李白）謝主公。（琮白）吓，李珪先生回來了？（李白）臣回來了。先公晏駕，臣未哭臨。今主公受業，臣朝賀之中，並有大事相報。（琮白）先生有何大事？（李白）今有曹操起兵五十萬，作五隊而來，攻取荊襄。如何是好？（衆搖頭不語介）（李白）依臣之見，不如即發訃聞，送之江夏，請大公子前來，以爲荊州之主；就命劉玄德一同料理，南可以拒孫權，北可以敵曹操。此乃萬全之策也。（琮白）好，先生之言，正合吾意。（蔡瑁白）唉！李珪何敢亂言，以違先遺公命。（李白）唉！蔡瑁，你內外朋謀，假稱遺命，廢長立幼，眼見荊州九郡送與你蔡氏之手了，故主有靈，必然追你之魂。（蔡怒介，白）哼哼。（四武士手兩邊上介）吠，你攪亂荊州，豈不遵奉遺命？左右綁了，快推出去，即行斬首，以安衆心。（李白）咳。（唱）

我今日拚一死何足要緊，（蔡白）押下去。（李唱）可惜了荊州地白送他人。（怒介，冷笑）哈哈哈。（下）

（琮白）哎呀。（唱）

殺李珪只恐怕亦難保穩，是何人却能擋曹操大兵。

（白）今殺李珪，請問衆將可能退得曹兵否？（傅白）臣傅巽啓主公：不特曹操可憂，現今大公子在江夏，劉玄德在新野，我等皆來報喪，若彼興兵問罪，則荊州內患矣。（琮白）是吓，依先生之見，必有良謀，可安荊襄九郡之地。（傅白）依臣之見，不如將荊襄九郡獻與曹操，必然重待主公也。（琮白）吓，傅巽此何言也。孤受先君之基業，坐立未穩，豈可棄與他人？（越白）臣蒯越啓主公：傅公悌之言是也，主公何須生怒。（琮白）你怎麼也說言之是也。（越白）自古逆順有大體，強弱有定勢，今曹操南征北討，以朝庭爲名，主公新立，內外不要，豈能抵敵曹兵。（琮白）諸公善言，非我不從，只是先君之基業一旦赴與他人，恐貽笑於天下矣。（王白）主公既不肯降曹，請問自比曹操如何？（琮白）孤幼無知，如何能比曹操？是不如也。（王白）曹公兵強將勇，足智多謀，擒呂布，破袁紹，討烏桓，威振天下，人民其知主公？若不早降，必致後悔。（蔡、張同白）好哇，降曹乃爲上策。（琮白）王先生見教極是，但須要稟告母親，方敢行事。（夫人內白）我來也。（四朝官、衆同白）好，夫人出堂來了。

（夫人上，白）方纔我在屏風之後聽得明白，既是傅巽、蒯越、王粲三位先生所見相同，必然不錯，何必報我知之。（琮白）兒恐曹操奸毒不容，又恐失却先君基業，心中憂疑不定。（夫人白）若不降曹，那劉琦、玄德豈肯甘心，爲娘與眾人知見豈不如你？（琮白）是。（夫人白）為娘作主，快快寫下降表，前往曹營投降，不必遲誤。（琮白）是，兒遵命。哎，先君吓。【風入松】（排子）降書一封，就命宋忠前往曹營投降。（忠白）領命。咳，可憐荊州郡，獻與奸雄人。（下）（琮白）喂呀。（夫人白）宋忠此去，曹公必然允許。眾位先生，可擇吉日安葬先君歸土，以盡為子之孝道。（四眾同白）今日就是黃道吉日，請先君安葬於襄陽城外。（夫人白）聽憑諸公作主，墨依送葬。（眾同白）遵命。（夫人白）我兒。（琮白）母親。（夫人白）我兒不必悲傷，就此前去安葬你父親之靈柩。（琮白）是。（夫人白）寡母孤兒無主張，荊州不得不歸降。（琮白）諸公誤我恨非小，（眾同白）自有傍人道短長。（琮哭介）（眾同下）（夫人白）兒吓，來呀。（同下）

九　　場

　　（張老福上，白）啊哈哈哈！運去銀能化作土，時來鐵也變成金。小老兒張福，乃是荊州一個地方有名杠房頭兒。這幾年做易淡薄，因為總沒有出殯的，望年望月，今日望得荊州牧劉表身故，傳下示諭要杠送棺柩出城。這纔是宗好出息，不免喚夥計李老壽出來商議行事。喂，李老壽快些走出來。

　　（李老壽上，唱歌）山中也有千年樹，世上那有百歲人。生前總比石崇富，死後何曾帶一文。（張白）老壽，我告訴你，有一椿大財喜到來。（李白）吓，甚麼大財喜？（張白）就是荊州牧劉表大人出殯。（李白）誰死了吓？（張白）荊州牧劉表死了。（李白）哎呀！（張白）老壽老壽醒來。（李白）喂呀，痛殺我也。（唱）

　　一聽此言魂飄蕩，（灑頭介）哎呀，（唱）這宗財喜比天高。（張白）吓吓，你是怎麼這樣？一時昏倒了，嚇我這們一跳。（李白）哎呀，老三，我是窮急了的，一聽此言買賣來了，要賺錢發財，我這裏一大樂，樂大發了，就昏了過去了。（張白）呸，你是聽見有買賣樂昏了，我只說你哭劉表哭昏了。（李白）我為甚麼要哭他？他那老婆無用的人。（張白）既這裏，則咱們快去料理執事傢伙。（李白）走哇。（張白）走又怎麼則？（李白）走哇。（張白）走哇。（李白）我想又要賺錢拉，哈哈哈。（張白）走哇。（同下）

十　　場

（接辦喪事，吹打，出殯同）送殯執事，隨便排，衆送殯。（完）

十　一　場

（四文堂、四大鎧、四下手上）（蔣幹上）（曹上，唱）

統雄兵數十萬威風浩蕩，一怒間滅劉表來平荆襄。誓必要擒玄德安排羅網，五路兵紮營磐結連長江。（許褚上，唱）做先鋒報機密忙進虎帳，禀丞相荆州有人來投降。（曹白）傳他進來。（許白）是。丞相有令，傳荆州投降人進帳。（宋忠上，白）只見干戈耀日月，果然威武振乾坤。報：荆州投降人宋忠告進。丞相在上，宋忠叩頭。（曹白）你叫宋忠？兵臨城下，莫非有詐。（忠白）不敢。自因我主劉表以死，少子劉琮承立，懼怕丞相天威，故遣小將呈遞降書，望乞鈞鑒。（曹白）將書呈上。（忠白）是。（曹白）"承襲荆州牧劉琮書呈大丞相麾下"，哈哈哈哈，唔，好個承襲荆州牧，唔，待孤看來："蓋聞識時務者呼爲俊傑，慕丞相威加四海，德沛蒼生，今辱師遠來，敢不驅塵迎接？可有荆州九郡惟命施行，劉玄德現居新野，余兄劉琦尚在江夏，後久有不臣之心，乞惟討補謹獻降，不勝待命之至。"哈哈哈哈，劉琮真乃可兒也。吓，宋忠。（宋忠）有。（曹白）你辛苦遠來，今暫時封你爲關內侯。（忠白）謝丞相。（曹白）即速回去，上覆劉琮，叫他放心，只管出來迎接，我便保他永爲荆州之主，決不失言。（忠白）謝丞相。（曹白）快去快去。（忠白）是。哎呀，曹丞相真乃天人也。（曹白）哈哈哈，劉琮小兒死活不知，却還遣人投降，劉景升無德，養此豚犬無用之子，可惜吓可惜。（蔣白）丞相爲何還許他爲荆州之主？（曹白）此乃假話哄騙小兒。哈哈哈。許褚聽令。（許白）在。（曹白）速即帶領三千人馬，捉拿劉玄德，不得遲誤。（許白）得令。（下）（曹白）蔣幹，劉琮既降，玄德勢孤，孔明焉能攬擋我大兵，此乃天意助孤成功。哈哈哈。（唱）

天遣下小劉琮自己作喪，使孔明會用兵也難提防。衆將官且休急暫退營帳，準備着弓與箭好擒虎狼。（衆分班下）

頭本完

二 本

頭　　場

（四藍大鎧、關夫子、周將軍，夫子改爲關少爺，關平上）

【引子】浩氣凌雲，扶炎漢正大光明。

（詩）神威能奮武，儒雅更知文。天日心如鏡，春秋義薄雲。某漢關平，壽亭侯關，奉軍師將令，巡查河北。左右。（衆同白）有。（關白）小心查看。（衆同白）啊。（關白）青山穩穩，河水茫茫，英雄未老，功名無成，好不感嘆人也。（關唱）

憶昔當年走范陽，桃園結義劉關張。誓輔漢室除奸黨，初破黃巾姓名香。三戰呂布在虎牢上，白馬坡前斬顏良。五關曾斬六員將，古城邊下斬蔡陽。忠肝義膽雲臺上，丹心點點日月光。奉令查河須密防，來往奸細緊要防。（宋忠上，唱）

催馬行至河北上，喂呀，（唱）狹路相逢難影藏[1]。（白）哎呀，關公在此，只得下馬相見。啊。關君侯在此查河，末將宋忠見禮了。（關白）呵，將軍何處而來，這等驚慌？（忠白）奉主公之命，四路探訪軍情。（關白）唔，胡說。看你形影鬼密，必有背反逃走之意。若不實言者，青龍刀梟你之頭。（周將軍恨介）（忠白）君侯請息怒，容我直講。（關白）快講。（忠白）只因荊州劉主病故，蔡瑁、張允密不報喪，立次子劉琮爲主，因怕劉皇叔與大公子問罪，所以差末將前往曹操軍營投降，獻那荊襄九郡，那曹操許允，故此回轉覆信。不料遇見君侯，此乃實言。（關白）荊襄劉景升已故，次子劉琮將基業獻與曹操了？（忠白）是。（關白）唔，左右，將宋忠押了，去見皇叔、軍師。（唱）

劉琮年幼何足講，宋忠大膽獻荊襄。去見軍師諸葛亮，准備刁奴刀下亡。（同下）

校記

[1]狹路相逢難影藏："狹路"，原本作"峽路"，今改。下同。

二　　場

（四旗牌、孔明、劉備上）（劉唱）

自徐州離亂後世事顛倒，看大局天下事盡付奸曹。實指望到荆州依託劉表，又誰知賊蔡瑁暗害英豪。這新野彈丸地如何得了，望軍師早設下巧計籠牢。（孔唱）

勸主公且休要空自煩惱，諸葛亮自有那三略六韜。曹奸賊只要我略施計巧，管叫他燒不死割鬚棄袍。（關少爺夫子上，唱）

拿宋忠飛馬回新野通報，見大哥與軍師細説根苗。

（白）愚弟參見主公。（劉白）二弟回來了？（關白）軍師有禮。（孔白）請坐。（關白）巡查河北，捉覆宋忠，言道劉表已死，蔡氏母子將荆襄獻與曹操去了。（劉白）吓吓吓，有這等事？宋忠今在何處？（關白）已帶到此來了。（劉白）快叫他見我。（關白）是。將宋忠押上來。（周將軍押上介，周白）宋忠到。（劉白）宋忠。（忠白）皇叔。（劉白）快快將荆州之事照直説來。（忠白）皇叔容稟。（【風入松】）（劉白）哎呀，兄長景升，哎呀，罷了呵。（唱）

劉景升守荆襄賢名非小，講道德仗人義反無下稍。爲甚麽聽妻言失了計較，滅長子寵幼兒起禍根苗。平白裏把荆襄獻與曹操，可惜了好基業辜負漢朝。劉玄德不能够明輔暗保，黄泉下對仁兄空自嚎啕。

（張飛上，唱）呔，聽此不由俺三屍暴跳，（白）呔。（要殺宋忠介，忠倒介）（張唱）殺此賊斬劉琮然後破曹。（關白）三弟且休浮燥。（張白）大哥，事已如此，先斬宋忠，奪了荆襄，殺除蔡氏、劉琮，然後再與曹操交戰。（劉白）三弟，你且住口，快與子龍收拾人馬，聽候軍師調遣，不可遲誤。（張白）是。呔，咳，殺了此賊，令人消恨，豈不是好？（劉白）快走。（張白）呔，好了，你這狗才去了。（唱）俺暫且忍耐些去把兵調，（白）宋忠，（唱）再會見俺老張兒性命難逃。咳。（下）

（劉白）宋忠，（唱）

你既知如此事何不早報，我今日施仁義暫且恕饒。（白）我今斬你無益，免兒一死去罷。（忠白）哎呀，叩謝皇叔。哎呀呀呀，唬殺我也，今後再也不遞降書了。（下）

（報子上，白）報！稟皇叔，曹操大兵已到新野不遠了。（劉白）再探。（報白）得令。（下）（劉白）軍師，曹操大兵已至新野，先生何計安之？（孔白）

主公但放寬心,前番一把火燒夏侯惇大半人馬,今番曹操又來,必然叫他中條毒計。(劉白)如此甚好,就請軍師發令。(孔白)關公聽令:新野小地,難以安身,君可到縣前曉諭居民,去問老少男女,隨從者即於今日跟隨主公前往樊城暫避,不可有誤。(關白)是。(孔白)一面領兵一千,去往河北上流埋伏,用口袋堵住上流,來日三更時分,只聽下流人喊馬嘶,取布袋放水,淹殁曹軍,順水殺下接應,不得遲誤。(關白)得令。吒,馬來。(下)(孔白)傳糜竺將軍上堂。(衆照白)(糜竺上白)風雲觀變幻,起伏見英雄。糜竺參見軍師。(孔白)你快去吩咐翼德、子龍、糜芳、劉封等,各自帶兵埋伏,附耳上來。(糜白)是是。(孔白)如此照計而行,不得有誤。(糜白)得令。(下)(孔白)請主公同亮出城登高瞭望,只候捷音便了。(劉白)軍師請。(孔白)安排打虎牢籠計,(劉白)擒捉驚天動地人。(同下)

三場敗曹

(四紅文堂、四下手上,排子,上)(許褚、一大纛旗同上)(許白)俺許褚奉丞相之命,帶領鐵騎三千名開路,來取新野。衆將官奮勇上前。(活頭)(四藍文堂、劉封上,即下)(許白)方纔這鵲尾坡前一隊人馬,盡打青旗跑過。左右,即速迎上前去。(活頭介)(四紅大鎧、糜芳即下)(許白)吓吓,這山下怎麼又出一隊人馬,盡打紅旗。唔唔唔,不妥不妥,莫非又是諸葛亮之計?衆將官。(衆同白)有。(許白)紮住人馬,且候元帥大兵前來,再作計較。(衆同白)啊。(曹報子上,白)報!稟先鋒,劉玄德與孔明在那高山之中飲酒消遣。(許白)再探。(報白)得令。(下)(許白)衆將官上前攻打吓。(內白)丞相來也。(許白)衆將官且住,丞相來也。

(曹仁、曹洪[1]、張遼、傘夫、曹操上)(許白)許褚參見丞相。(曹白)兵馬因何在此?(許白)只因劉玄德在那高山之中飲酒作樂,本待上前攻打吓。(曹白)且慢,此乃孔明詭計,孤豈肯入他牢籠?趁此大兵,搶入新野城內歇馬,再定良謀。(許白)得令。嘟,衆將官,人馬搶入新野城去者。(衆同白)啊。(同下)

校記

[1] 曹洪:原本作"曹紅",今改。下同。

四　　場

（四上手上、張老爺上）（唱）

安排水火在博望，軍師妙計賽張良。（白）俺老張奉軍師將令，埋伏博望渡口，候曹操兵敗到來，乘勢追殺。衆將官。（衆同白）有。（張白）好生埋伏者。（唱）奉將令去埋伏須當勇往，此一去好似那猛虎吞羊。（下）

五　　場

（出，趙子龍上，唱，扫二句）又出軍師造飯。（白）起兵。（下）
（曹兵等上殺，子龍敗下）（曹操進城介）（同下）

六　　場

（二小軍、丑上，白）誰是好漢，埋鍋造飯，巴結真是扯淡。（大白）俺乃曹丞相麾下軍士，喜得奪了新野城池，搶佔民房，埋鍋造飯，喫了好去捉拿諸葛亮。（二白）是了。你且先把米淘出來[1]，我好安頓柴火燒灶。（大白）好兄弟，你辛苦些罷，我實在走乏了，俺要歇息一時。（二白）吓，大家喫飯，怎麼你該歇息，我該作飯呢？（大白）好兄弟，你不曉得作哥哥的一肚子心事嗎？（二白）請教你有甚麼心事？（大哭介）我出門之時，你嫂子扯住衣服説道："夫啊，罷戰沙場月色藍，雨風灑灑怯衣寒。可憐最是深閨婦，盼望提昔何日還。"（哭）請想，你叫我怎麼放割得下？（二白）哈哈哈，我只得你想功名心盛，原來你是思念老婆着急。虧了曹丞相在銅雀臺上那些絶色美女，他要與你這樣色迷，豈不誤了大事？（大白）呸，你還不知道，曹丞相乃是個色鬼。（二白）啊，他怎麼是色鬼？（大白）下邳破呂布收納貂蟬，在宛城奸張繡之嬸，在冀州愛上袁紹之妻，到處姦淫作樂，全不寂寞。（二白怒介）咳，好忘八旦，原來是奸臣小人。（大白）可不是。（二白）咳，老子不跟隨他了。（大白急介）啊。好兄弟，不要動氣，不要動氣。他是丞相，現統兵權，咱們惹得起他嗎？（二白）咳，不是我動氣，我是一個直性子人，聽不得這樣話。（大白）兄弟，你把這脾氣大要改改[2]。如今直道難行，總要學曹丞相行爲，纔好處世爲人。（二白）承蒙指教，我今後也學壞了啊。（大白）閑話少説，喫飯要緊。你好燒鍋去罷。(二白)咳,説不來了。三人上路,小的喫虧。我就去燒鍋啊。(大白)小心柴火。(二白)哈哈哈,你好小心,我又不是夏侯惇在博望坡,這是新野城裏做飯喫,難道也還怕孔明甚麽火攻詭計麽吓?(衆同)哎呀不好,火吓,怎……(二白)着了。(大白)啊,甚麽着了?(二白)柴火着了。(大白)快,放水下鍋。(二白)唔,這柴火有硫黄氣味。(大白)想必火大柴幹。(二白)咳,再聞哪。(曹洪上,白)呔,好不小心,快快撲滅。(大白)不好,着了。(大白)撲不滅了。(介内炮聲响介,火起,紅白)哎呀,滿屋火起,不免報與丞相知道。哇,快快救火。(下)

校記

[1] 你且先把米淘出來:"淘",原本作"掏",今改。
[2] 你把這脾氣大要改改:"脾氣",原本作"皮氣",今改。

七　場

(趙子龍上)(内唱)

　　三軍奮勇如虎嘯,(四軍士、趙上,唱)軍師妙計捉奸曹。賊兵入城衆計巧,准備新野一火燒。(白)俺趙雲,奉軍師將令埋伏新野城外,只等曹兵入城,黄昏時候狂風火起,即便各去四門放火,只留東門放他外走,然後追殺。此刻已是黄昏時候,果然狂風火起。衆將官。(衆白)有。(趙白)快向城中施放火槍火箭。(衆同白)啊。(射介,衆射介,下)(退介)

八　場

(四手下、許褚上,白)哎呀呀呀!城中四面火起,不免報與丞相知道。喂呀。(下)

九　場

(曹仁、張郃、曹洪、張遼上,曹操同上)(曹白)外面何故火光四起,喊殺連天?(衆同白)啊,看來。(許褚上白)丞相,中了孔明之計了。城内四面俱是火光,只有東門無火。請丞相快快逃走。(曹白)哎呀,衆將官好生保護,

殺出東門去者。(本場收城放火留東門,曹兵本場出城介)

(四軍士、趙上殺介)(曹兵大敗,下)(趙追下)

十　　場

(四將官、關夫子上,唱)

【急急風】孔明軍師多計巧,新野城中一火燒。曹兵好似傷弓鳥,焦頭爛額哭嚎啕。狂風之後明星照,白河下流旌旗飄。趁此機會施計巧,決堤開河水滔滔。快將布袋放開了。【戰鼓令】(白)啊。(唱)可嘆人馬落波濤,眾將且回將令繳。(眾同白)啊。(關唱)拜伏師爺智謀高。(下)

十 一 場

(水聲,人喊淹介)(許褚、曹洪、張遼、曹仁、張郃、曹同上)(曹唱)

我曹操性命真可險,火燒不死又水淹。此番用兵乃是天遣,三軍埋怨口難言。眾將尋路休偃蹇。(四上手上)(張老爺上,白)吠。(唱)張爺等兒渡口邊。(白)吠,俺張飛在此曹賊快來納命。(曹白)哎呀。(唱)我看他好一雙眼,豹頭虎鬚氣沖天。眾將仔細須打點,捨命奮勇齊上前[1]。(眾殺介)(曹兵先下)(眾同白)曹兵大敗。(張白)回營交令。(眾同白)啊。【翻脫靴】(張三笑介,白)吠,走哇。(下,【尾聲】)

二本完

校記

[1] 捨命奮勇齊上前:"奮勇",原本作"憤勇",今據文意改。

三 本

頭　　場

(四文堂上,許褚、曹仁、曹洪、張遼、張郃、蔣幹、程昱同上)(曹操上,唱)

這一陣殺的我魂飛魄蕩,思量起又叫我怒滿胸膛。叫眾將今暫且紮下營帳，(衆同白)啊。(曹唱)必要捉諸葛亮踏平荆襄。(衆將同白)丞相受驚了，皆我等之罪吓。(曹白)可惱吓可惱！諸葛亮村夫如此可惡。咳，許褚聽令。(許白)在。(曹白)傳齊五營四哨馬步兵，將五十萬分作八路，一齊攻取樊城，不得有誤。(許白)得令。嘟，下面聽者：丞相有令，五營四哨兵將五十萬，分作八路，一齊攻取樊城，不得違令。(衆內白)啊。(許白)傳令已畢。(程昱白)程昱禀丞相：初至襄陽，必須先買人心。今劉玄德今遷新野，百姓逃走樊城，丞相八路大兵一齊攻進兩縣，百姓踏爲粉齏矣。(曹白)依你之見？(昱白)不如先差人前去招降劉玄德，若不降順，亦可見丞相愛民之心；如其來降，則荆州之地可不戰而得也。(曹白)你言亦是，但是誰人可去？(昱白)徐庶與劉玄德相厚，現在軍中，何不命他前往？(曹白)只恐徐庶一去不回。(昱白)徐庶之母墳在許昌，他若不來，貽笑於人。丞相只管放心勿疑。(曹白)如此，傳他進帳。(昱白)是。丞相有令，請徐元直先生進帳。

(徐庶上，白)常懷國家恨，心存仁義心。徐庶參見丞相。(曹白)先生少禮，請坐。(徐白)謝坐。傳山人進帳，不知所爲何事？(曹白)我今本欲踏平樊城，無奈數萬百姓之命。先生可往說與劉玄德知道，如肯來降，免罪賜爵；倘若執迷不誤，玉石俱焚。我知先生忠義，特煩前往，願勿相負。(徐白)丞相之命，焉敢違抗。但是那劉玄德英雄蓋世，諸葛亮謀略超群，未肯一說而降。丞相此言，只好邀買民心，庶可一行也。(唱)

劉琮既獻荆州郡，百姓焉肯便歸心。智謀之士皆怨恨，何況劉玄德漢宗親。寬仁厚德扶百姓，再加軍師是孔明。龍飛鳳舞扶漢鼎，酌變南山起風雲。正是英雄得志境，低頭豈肯拜順人。徐庶不違丞相命，只恐此去空一行。(曹唱)先生難道不聰敏，此行買動百姓心。望乞早行休遲頓，聽你回音好發兵。(徐唱)施禮辭別謹遵命，一派虛假却當真。久別劉主必不忍，借此機會見孔明。(下)

(曹唱)徐庶此行爲畫餅，須當安排虎狼兵。(白)徐庶此去，劉玄德必不肯歸降。衆將官，准備八路大兵，填平白河，奪取樊城。(唱)孤自幼用兵神鬼敬，今日豈敢怕孔明。衆將只管顯本領，管教一戰大成功。(分下)

二　場

(四文堂上、孔明、劉備上，劉唱)

火燒新野唬曹操，收兵渡河血水飄。四萬百姓相隨繞，樊城之中衆英

豪。此處城低池又小,我兵焉能敵奸曹。煩勞軍師想計妙,安排絲綸釣金鰲。(孔唱)

樊城之地不可保,投奔荊襄計爲高。收兵且候衆將到,打點起鳳與騰蛟。

(周將軍、關平、糜竺、劉封、趙子龍、張飛同上)(衆同白)我等交令:曹兵大敗,賀喜主公、軍師。(孔白)衆位將軍辛苦,坐立說話。(衆同白)謝軍師。(劉報子上,白)稟告主公、軍師:徐庶渡江而來,轅門要見。(劉白)啊。徐元直駕到,吩咐快請。(大吹打介)(徐庶上,白)皇叔。(劉白)軍師。(徐白)孔明。(孔白)元直。(衆同白)哎呀,好難相會也。(衆同白)正在思想舊友到,最難離亂故人來。(劉白)先生請坐。(徐白)告坐。(關、衆同白)徐軍師有禮。(徐白)衆位少禮,請坐。(劉白)自長亭一別,思想先生,年夜不安,不料今日降臨,實爲萬幸。(徐白)徐庶前者感蒙皇叔厚恩,言之難盡。曹操使我來招降皇叔者,乃假買民心也。今彼八路大兵,填平白河,來取樊城,此地恐不可守,即宜速行,乃爲上策。(劉白)如此,感蒙先生指示。備欲留先生同扶漢土,共敘衷腸,未知肯否?(徐白)我老母已喪,抱恨終天[1],身雖在彼,誓不爲設一謀一計。況且我若不還,恐惹人笑。皇叔今有臥龍輔助,何愁大事不成?哎!徐庶自愧緣分淺薄也。(哭唱)

自愧無能福分小,不能相隨立功勞。本待在此恐人笑,終天之恨實難消。(劉白)先生吓。(唱)

自從新野將我保,曹操聞名膽魂消。賊請老母奸計巧[2],先生入他賊籠牢。可憐伯母歸天了,這是玄德禍所招。連累先生受煩惱,我今思想淚如潮。今日相逢却正好,同心合力破奸曹。又恐先生惹人笑,反覆不常非英豪。大勢難留如何好,不忍分別淚又拋。先生何以將我教,傷心慘目哭嚎啕。(哭介)(徐唱)

皇叔不知珠淚掉,徐庶一言聽心稍。人生好似浮萍草,時離時散水上漂[3]。君有臥龍先生保,何愁功業似唐堯。此別再會人難料,(白)皇叔,孔明,衆位將軍,(唱)不知相逢那一朝。(下)(劉唱)人生最怕離別惱,知心知己一旦拋。(孔唱)主公不必生煩惱,(衆、關唱)打點機謀好敵曹。

(孔白)[4]徐元直真乃孝子也。其母雖死,墳墓却在許昌,故此不敢辭絕曹操,主公何必過於傷感?(劉白)忽又分離,教人不能不感傷懷。(孔白)大事要緊,須爲計策。(劉白)請軍師調度。(孔白)惟今之計,速棄樊城,趕往襄陽,再作計較。(劉白)奈百姓相隨,安忍棄之?(孔白)可令人遍告百姓,有願隨行者同去,不願者聽憑自留。(劉白)子龍,可傳此令。(趙白)是。衆百姓聽者:曹操大兵不日便到樊城,小城難以抵敵,皇叔今要趕赴襄陽歇馬,你們新野、樊城兩縣百姓,有願者一同行走,不願者聽憑自留。(百姓内白)我等隨死,亦願同皇叔隨往,不肯歸附曹操[5]。(趙白)禀主公:兩縣百姓俱願一齊同行。(劉白)如此,劉封、糜竺可去江岸准備船隻,好載百姓渡江。(封、竺同白)得令。(下)(孔白)張翼德統兵斷後,以防退兵。(張白)得令。(下)(孔白)請主公帶領百姓就此前行。(劉白)哎,兩縣百姓,數萬生靈,遭此塗炭,皆因我二人,不如一死,以消此過。(孔白)哎呀,主公休得如此,還念國家大事要緊。(百姓内白,喊介)皇叔爲我們悲傷,兩縣之民快快過河,雖難報大恩也。(哭介)(渡河上,走過場,下)(孔白)百姓俱已過河來了,請主公上馬而行。(劉白)蒼天吓。(劉唱)

【倒板】搬鞍上馬雙眉縱,哎,真是國亂於民愁。(百姓走過場,下)(劉唱)百姓們好比風中鄉,拖泥帶水走荒丘。見幾多扶老並携幼,見幾多肩挑與手鈎,見幾多男子張着口,見幾多婦女蓬着頭。可憐他年邁難行走,可憐他家産一旦丢,可憐他凄凉雙眉皺,可憐傷慘哭不休。見此景我慚愧心問口,見此景誰是禍根由,見此景衣衿淚濕透,見此景魂魄皆憂愁。莫不是炎亂天造就,莫不是我命應休,莫不是曹賊當着有,莫不是漢朝氣運休。怎能得破曹將民救,怎能得賣力買耕牛,怎能得田地仍歸舊,怎能得太平樂悠悠。哭不盡眼前事難救,淚灑灑西風化血流。

(設襄陽城,下場門介)(孔唱)

袖裏機關早算就,天意不絶該興劉。數萬百姓慢行走,(衆同白)啊。(孔唱)呀。(唱)只見旌旗插城頭。(白)啓主公:來此已是襄陽城了,快請叫城。(劉叫介,白)劉琮賢侄聽者:我今欲保百姓,快快開城。(蔡瑁、張允上城介,白)呔,劉玄德聽者:我主劉琮今已降了曹丞相,你今休想進此襄陽城了。看箭。(劉白)喂呀。(唱)

只望來襄陽保守,數萬百姓可相留。蔡瑁公然成賊寇,(魏延上白)呔。(唱)賣國之人敢出頭。(延白)呔,你可認得魏延麽?(瑁白)魏延匹夫,你今爲何?(延白)因劉皇叔乃仁德之人,今爲救民而來,何不開城?(瑁白)魏延匹夫,焉敢多言,看箭。(延白)皇叔快快進城,看俺殺賊。(殺介,下)

(内喊,二陣介)(劉白)哎呀,軍師,我本欲保民,今反害民了,吾不願入襄陽城矣。(孔白)既不願進襄陽,那江陵乃荆州要地,不如先取江陵爲家,再作道理。(劉白)軍師之言,正合我意。衆將好生帶了百姓,往江陵去者。

（劉唱）

萬事有天難拿透，眼看襄陽難回頭。帶領百姓江陵走，（衆同人領下）（劉唱）顛倒行爲不自由。（下）

（魏延開城上介，白）呔，皇叔那裏走？皇叔那裏？快進城來。（文聘上，白）呔，魏延焉敢造亂，認得我大將文聘麽？（延白）好國賊，看槍。（殺介）（蔡瑁、張允上）（殺四殺介）（延敗下）（瑁白）玄德已去，魏延敗走，不必追趕，收兵進城伺候，迎接曹丞相便了。（聘、允同白）遵命。（撤城介，下）

校記

［１］抱恨終天："抱"，原本作"報"。今改。

［２］奸計巧："計"，原本作"請"。今改。

［３］時離時散："離"，原本作"梨"。今改。

［４］孔白：原本作"孔唱"。今改。

［５］不肯歸附曹操："歸附"，原本作"歸赴"。今改。

三　　場

（魏上，白）可惱吓可惱，殺出城來，怎麽不見皇叔？這便怎好？（叫頭）也罷，不免去投長沙太守韓玄，再作計較。（下）

四場　拜　墓

（四文堂上、孔明、劉玄德上）（劉唱）

山河破碎干戈影，耳邊到處是無聲。人嘶馬喊向前進，（糜夫人、甘夫人、二車夫、簡雍、糜竺、子龍上，保下）（劉唱）保護家眷有趙雲。（哭介，唱）回頭又見衆百姓，紛紛逃亂一群群。人生怕見此光景，（衆百姓上，哭，男男女女閑話下）（一丑桓下）（劉唱）鐵石人見也傷心。男女老小同逃奔，此時貴賤也難分。傷心慘目淚難忍，（四上手、張上，白）呔，趲行。（下設碑）（劉唱）三弟押後防曹兵。啊。（唱）松林一帶雲霧影，華長石碑立墓門。催馬向前仔細認，（白）"大漢荆州劉公諱表之墓"。哎呀，（唱）不由珠淚落紛紛。翻鞍下馬來拜敬，撮土焚香奠陰靈。（劉唱）

【滾數板】我哭兄兄不應，我叫兄兄不聽。可惜錦繡荆州郡，可惜仁慈劉使君。寬仁厚德稱人駿,禮賢下士有賢名。記得弟來那光景,滿面賠笑禮相迎。手挽手兒相問訊,義氣由如同胞親。家務之事不瞞隱,敘說衷腸珠淚淋。待我情至與義盡,只望相依過幾春。誰知一旦兄抱病,大限來時便離分。負兄託孤不大緊,失了荆州罪非輕。望兄陰靈救百姓,好歹保護荆州城。殺除蔡瑁與張允,保佑劉琮早回心。重將舊日城池整,展土開疆除奸臣。悲悲切切哭不盡,我的兄長吓,叫啞咽喉不應聲。眼看基業成畫餅,兄長吓,務必要保護我的好黎民。(孔唱)勸主公休要過悲哽,待時便要禍臨身。

(報子上,白)報!稟主公、軍師:曹操大兵已屯樊城,收拾渡江船隻,即日趕來也。(劉、孔同白)再探。(報子白)得令。(下)

(劉白)哎呀,軍師,曹操追趕,不久便至,如何是好?(孔白)江陵要地,可足拒守。今百姓數萬相隨,日行十餘里地,如此蹭蹬,幾時纔到江陵?不如暫棄百姓,先行爲上。(劉白)舉大事者,必以人爲根本。今民心歸我,奈何棄之?(孔白)主公既不忍百姓,必須安排救應。關公江夏借兵,不知如何?(劉白)敢煩軍師親自前去,那劉琦感公昔日之教,今若見公親去,必然發兵相救。(孔白)軍務緊急,亮敢不行?只是主公若行至當陽縣,須要小心,若遇曹兵追來,可向漢津逃奔,自有救應。(劉白)[1](孔白)主公好生保重,亮即去也。(唱)

事之成敗早已定,暫別江夏走一程。主公仁德救百姓,行至當陽要小心。(下)(劉唱)世事如棋著的緊,萬般無奈差孔明。兵將好生把路引,保護百姓緩緩行。(同下)

校記

[1]劉白:後疑有缺文。

五場 獻 降

(四文堂、四將官、仁、洪、郃、遼、同上)(蔣幹、曹操上,曹唱)

統領雄兵如虎哨,戰馬馳驅山動搖。樊城紮營等回報,(徐庶上,唱)再辭漢劉又歸曹。

(徐白)徐庶參見丞相。(曹白)先生回來了,請坐。(徐白)告坐。(曹白)劉玄德投降否?(徐白)劉玄德心高氣傲,諸葛亮智氣超群,不但不肯降順,而且口出大言,要與丞相鏖戰一場。(曹白)如此,先生請退歇息,孤自有道理。(徐白)遵命。用我腹刀與舌劍,叫他虎鬥與龍争。(笑介,下)(曹白)哈哈哈,好個諸葛亮,竟敢抵擋我兵,若不擒捉此人,也非漢大丞相也。

(張遼上,白)威名振宇宙,豪氣奪荆襄。張遼稟丞相:劉琮差蔡瑁、張允前來迎接。(曹白)傳他二人進見。(遼白)是。丞相傳蔡瑁、張允二位將軍進見。(蔡、張同上)(蔡白)獻降無假意,(允白)求榮是真心。(同白)叩見丞相。(曹白)吓,蔡瑁、張允。(蔡、允同白)有。(曹白)唔,這兩個名字倒也耳熱。你二人在荆州官居何職?(蔡、允同白)不才乃水軍都督,因敬丞相威名,故勸劉琮投降。迎接來遲,死罪死罪。(曹白)吓,荆州水軍都督就是你二人。哈哈哈,久仰久仰,快快請起說話。(蔡、允同白)謝丞相。(曹白)二位將軍深知時務,棄暗投明實可敬。老夫保奏蔡瑁將軍爲鎮南侯水軍正都督,張允將軍爲助順侯水軍副都督。(蔡、允同白)叩謝丞相。(曹白)回去說與劉琮知道,叫他只管前來見我,必然奉他永爲荆州之主,決不失言。(蔡、允同白)謝丞相天恩。(曹白)左右,快取黄金二錠,送與二位將軍,以酬勤勞。(蔡、允同白)丞相如此大恩,感戴非淺[1]。(曹白)趁此,速回告知劉琮,早來見我。(蔡、允同白)遵命。(蔡白)真是恩惠遍地,(允白)果然仁德如天。(同下)

(蔣白)稟丞相:蔡瑁、張允乃賣國求榮之人,如何討此大官顯爵[2]?(曹白)我豈不知人也?你且不知,初至不知水戰,今暫借此二人爲水軍都督,事之後自有主意裁奪。(蔣白)呵,原來如此。(曹白)哈哈哈。天遣蔡瑁、張允前來迎降,吩咐衆將官[3],人馬望襄陽而去。(衆白)啊。(曹唱)

劉琮孺子真可笑,無智無謀來降曹。事平之後斬蔡瑁,我替世人把恨消。(同下)

校記

[1]感戴非淺:"感"字,原本作"威"。今改。
[2]如何討此大官顯爵:原本作"如此討此大官顯爵",今改。
[3]吩咐衆將官:"吩咐",原本作"吩謝",今改。

六場　威　諫

(蔡夫人上,唱)

夫死子幼無倚靠,只得思量投降曹。看來荆州自難保,(琮唱)(叫板)母親。(唱)怕的奸雄計籠牢。(蔡、允同上)(蔡唱)人説奸雄是曹操,(允唱)原來仁德比天高。

(同白)蔡瑁、張允參見主公。(琮白)起來。(蔡、允同白)夫人。(蔡氏白)二公少禮。(蔡、允同白)謝夫人。(琮白)那曹丞相爲人如何?(蔡、允同白)那曹丞相謙恭下士,寬厚仁德,見了我等呵。【風入松】(夫人白)曹丞相既保我兒永爲荊州之主,真乃萬幸也。我兒,同爲娘迎接丞相進城。(琮白)母親,事雖如此,但其中有變,悔之晚矣。(夫人白)唔,你舅父蔡瑁做事,焉有錯誤,何必遲疑?(琮白)母親吓!(唱)

自古奸雄多計巧,笑裏殺人不用刀。怕的入了他圈套,那時後悔他也難饒。(夫人唱)哎,你今世事全不曉,舅父骨肉枉勤勞。再若違命是不孝,(白)兒吓。(唱)爲娘見識比你高。(蔡允白)是。哎,外面聽者,夫人、主公有令,吩咐衆將隨同出城,迎接曹丞相去者。(王威上,白)俺來了。(唱)

聞聽此言心驚跳,荊州平白一旦抛。借此機會生計巧,準備剛刀殺奸曹。

(白)末將王威,參見夫人、主公。(夫人白)將軍進府,有何計較?(威白)曹操託名漢相,實爲漢賊。今統兵來此,納降荊州。乘其不備,主公用計出奇,伏兵攻之,必擒曹操。既擒曹賊,中原可傳而定。圖王定霸,在此一舉,乃是難遇之機,乞主公行之。(蔡瑁白)哎!王威,你好不識天命。曹丞相威望,素著四海之心,他今永許公子爲荊州之主,這等好處,你敢多言,擾亂主公大事麼?(威白)哎,蔡瑁,你這賣國之賊,何以對故主在天之靈也。(唱)

荊襄九郡非地小,何以無故獻奸曹。賣國求榮賊強盜[1],碎骨分屍恨難消。(蔡白)哎。(唱)快將此賊綑綁了,(允唱)轅門斬首定不饒。(琮白)住了。(唱)

爾等不必胡囉嗦,事不由主爲那條[2]。(白)王威,你且退下,不必爭執。(威白)遵命。咳,蒼天哪,蒼天哪。(唱)眼看荊襄難以保,錦繡基業無下稍。悲悲切切恨允瑁,罷,准備英雄血染刀。(下)(夫人白)兒吓。(唱)外人不及親戚好,多事不如無事高。趁且前去討封誥,永保荊州樂逍遙。(琮白)母親吓。(唱)非是孩兒不曾教,若遇他人命難逃。(蔡白)哎!吠,不要説這喪氣話。(夫人白)爲娘保你斷不誤事。(琮唱)母親難爲如何好,(蔡白)衆將官,就此出城引道,迎接曹丞相去者。(衆先下)(夫人白)兒吓。(唱)富貴終天在今朝。(下)

校記

［１］賣國求榮賊強盜："求"，原本作"救"，今改。
［２］事不由主爲那條："條"字，原本漏。今依文意曲韻補。

七場　封　琮

（張遼、于禁同上）（張白）劍氣凌霄漢，（禁白）戎馬奪荊襄。（各通名字）（張白）探馬來報，劉琮母子前來迎接丞相，吩咐紮營相見，只得轅門伺候。（禁白）請。

（大吹打）（四文堂、四將官、蔣幹、曹上）（曹唱）

【點絳唇】將士豪強，威武雄壯。兵將廣，奔往荊襄，孤家暗隄防。（詩）奸賊自許守中原，九月南征漢山川[1]。惱恨孔明多詭計，幾回搔首向青天[2]。（張遼白，暗介）稟丞相：劉琮母子前來投降，轅門伺候進見。（曹白）吩咐帶他們見我。（遼白）大開轅門，傳劉琮母子進見。（蔡瑁、張允、劉琮母子同上，跪倒介）（蔡白）稟丞相，荊州牧劉表之妻蔡氏同子劉琮，舉奉印授、兵符，前來投見，望丞相天恩，俯准收降。（曹白）既是公子能知天命，尊敬朝庭，孤當奉聞天子，重加恩賞。（夫人、琮同白）謝丞相。（曹白）夫人同公子既降，請起講話。（夫人、琮同白）謝丞相。（曹白）孤聞劉景升在荊州招納劉玄德，背反朝庭，故爾親征；今既已故，夫人、公子見機投降，甚爲可嘉。即引孤進城，撫軍安民，再加重賞。（夫人、琮同白）遵命。（曹白）蔡瑁、張允，可即引道進城。（蔡、允同白）遵命。（曹白）張遼、于禁保護前行。（蔡白）請丞相法駕。（大吹打）（大鎧、文堂、將官一對對上，下）（衆請曹操、遼、禁護下）

校記

［１］九月南征漢山川："山"字，原本無。今依文意補。
［２］幾回搔首向青天："搔首"，原本作"搔乎"。今改。

八　場

（蔡、允同上介）（蔡、允同白）呔，襄陽軍百姓人等，快快迎接曹丞相，遲誤者斬。（下）

九　場

　　（蒯越、王粲、傅巽、王威上）（越白）人趁八駿守荆襄，（粲白）今日荆襄事可傷。（巽白）曹相雄才興事業，（威白）恨無智勇復封疆。（各通名字）（越白）蔡瑁、張允有令前來，令我等迎接曹丞相，須當小心伺候。（威白）住了，可嘆劉荆州數十年基業，一旦送與奸賊之手，今日我等背主忘恩，北面降曹，豈不可恨？（越白）王將軍此言非也。曹丞相奉天子之命，收復群雄，劉荆州已死，其年幼無知，不歸朝廷，欲待何妨？（巽、粲同白）二公不必爭論，鼓角聲吹，曹丞相已經來也。（蔡瑁、張允跑上）唉，曹丞相駕到，文武百官小心迎接。

　　【大吹打】（文堂、大鎧、將軍同引曹操上）（蔡夫人、劉琮上）（衆叩頭介）（遼白）衆將官報名。（四各報名介）（曹笑介）哈哈哈哈。孤今不喜得荆州，而喜得蒯、巽、度等三人也。（四同白）丞相誇獎天恩。（曹白）孤今暫封蒯越爲江陵太守、樊城侯。（越白）謝丞相。（曹白）傅巽、王粲二人爲關内侯。（巽、粲同白）謝丞相。（曹白）王威爲右將軍。（威白）王威不能匡扶荆襄，無智無能，不敢受職，情願跟隨舊主，以盡臣節。（曹白）青州鄰近帝都，故此叫你前去隨朝爲官，免在荆州被人謀害。（琮白）哎呀，丞相先前許我爲荆州之牧，此刻如何改變？（曹白）哈哈哈，你好無知！荆襄乃朝廷疆土，豈有讓你父子相傳之理？孤今封你爲青州牧，也是一樣。去罷，不必多言。（琮白）哎呀，罷了啊罷了。（唱）

　　此言如雷來擊醒，（白）母親，（唱）孩兒今朝誤了身。有智也難圖上進，（夫人唱）兒啊，事到如今悔不行。千差萬錯只怨命，（威唱）王威一言稟夫人。（白）王威稟夫人、公子：先前忠言逆耳，此刻悔已無及，不如且往青州，再作計較。（夫人、琮同白）將軍之言亦是，但是長途無人送護，如何是好？（威白）小將感先公之恩，情願護送夫人、公子起程。（夫人、琮同白）如此，有勞將軍了。（蔡、允同冷白）丞相天恩，青州乃是好處，還不快走。（夫人白）咳。（唱）

　　思前想後悔不盡，衆將無能誤我身。此行無奈淚暗忍，（琮唱）悲悲切切離朝廷。（威同下）

　　（曹白）哈哈哈哈。（唱）

　　劉琮母子生來蠢，蜉蝣不知死與生。（白）于禁聽令。（于白）在。（曹白）你可帶領輕騎一千名，附耳上來。（于白）扎扎扎。（曹白）殺之以絕後患，不得違令。（于白）得令。（下）（曹白）張遼聽令。（遼白）在。（曹白）命你可帶領一千人馬，即往隆中，捉拿孔明妻小家眷，不得違誤。（遼白）得令。（下）（曹白）衆將官。（衆同白）有。（曹白）荆州大將文聘爲何不見？（蔡、允同白）此人現在府門，不肯迎接丞相。（曹白）快傳將令，叫他前來見我。（蔡、允同白）哦，丞相有令，傳文聘進見。（文上，白）來也。（聘上，唱）

自愧不能得亂定，只覺慚愧在於心。丞相傳見只得進，含淚低頭在埃塵。（曹白）文聘何來遲也？（文白）爲人臣者，而不能使其主保全境土，心是悲慚，無顔早見，故爾來遲。（曹白）哎呀，文聘真乃忠臣也。孤今封你爲江夏太守，賜關内侯，統領本部人馬，開道先行，追趕玄德，不可有誤。（文白）謝丞相，得令。（唱）

封侯受賞丞相令，帶領兵馬作先行。（下）（曹唱）

荆州之人算文聘，可惜誤歸劉景升。（白）衆將官。（衆同白）有。（曹白）我想劉玄德今乃奎中之莫，諒難逃走。大軍星夜追趕，有遲誤者，斬首不貸。（曹唱）（衆隨介）玄德反復實可恨，今日必要將他擒。衆將速即顯本領，在此一舉成功名。（同下）

十場　斬　妒

（四小軍、劉琮、行李、車夫、王威、蔡夫人、二丫環上）（夫人唱）

【倒板】慘凄凄悲切切心中暗想，（衆同上）（夫人上，唱）不由我一陣陣淚灑胸膛。恨蔡瑁與張允入了羅網，平白裏起毒意暗送荆襄。（琮白）母親吓。（唱）

失基業事還小今又別往，怕的是起風波命不久長。但願得母子們落有終養，修葬墓祭祖先與父争光。（威唱）勸夫人與公子閑話少講，那奸曹施巧計須要謹防。（四文堂、四將官、于禁、旗纛上）（于白）呔，劉琮休走。（威白）于禁何來？（于白）俺奉丞相將令，來斬取劉琮母子首級。（夫人、琮白）喂呀。（威白）胡說。（威唱）分明曹賊非人樣，承竟强盜之心腸。王威今日殺奸黨，（殺介）（于白）呔。（唱）無名小卒敢猖狂。（殺介）（威白）呔。（唱）

俺本劉表麾下將，忠義之名震荆襄。也曾爲民作保障，也曾爲主守封疆。豈是爾等鬼伎倆，跟隨曹賊喪天良。奸詐貪毒滿口謊，窮凶極惡欺君王。平空起兵來掃蕩，欺孤滅寡逞豪强。（于唱）

誰聽胡言與混講，寶劍之下叫你亡。（殺介）（衆將殺威死介）（夫人、琮灑介）（于白）呔，劉琮母子，快快割下首級，免得衆將動手。（夫人白）兒吓！我好悔也。（唱）

悔不該顛倒子幼長，以至劉琦走外方。悔不該屏風後望，忌妒玄德失荊襄。悔不該聽信蔡瑁講，捧印信就把那曹降。到今日只落得全家喪，老爺吓，死後相逢臉無光。（琮哭介，唱）

這也是誤聽曹丞相，這也是自己失主張。這也是母子皆命喪，這也是蔡瑁起禍殃。既到無有別的想，望將軍饒恕我親娘。（于白）呔。（唱）

要想活命你休想，這也是自己送巫常。（于白）劉夫人聽了：當初在屏風背後，竊聽你丈夫劉表、玄德說話，你便忌妒起心，要害他長子劉琦，聽信蔡瑁、張允之言，將荊襄獻與曹丞相，因此丞相大怒，命我前來取你首級，一則與劉表、劉琦消恨，二則與天下做晚母驚戒。我今說明，叫你死而無怨。還不快快自刎。

（夫人白）哎呀，且住。我想曹操那賊到處害人，先前山東呂布之妻嚴氏，袁紹之妻劉氏，宛城張繡之嬸，俱被欺佔，我今幸得一死，到也乾淨。（唱）

雖然忌妒失名望，保了死後身猶香，（白）兒吓。（唱）只因赴幽冥休感傷。（灑頭介，自刎介）（于白）衆將官，提了首級，回營稟覆丞相。（衆同白）啊。

【尾聲】（同下）

三本完

四　本

頭　　場

（八將起霸上）（張郃、張遼、于禁、李典、曹仁、許褚、文聘、樂進上，衆同唱）

【點絳唇】蓋世英豪，兒郎虎豹軍威好。地動山搖，要把狼烟掃。（各通名字）（郃白）列位將軍請了。（衆同白）請了。（郃白）丞相起兵追趕劉備，我等整甲伺候。（衆同白）請。

（四紅四文堂、四紅大鎧站門上）（曹上）

【引子】令出山搖動，軍容逞威風。炎漢社稷掌握中，掃豺狼征滅群雄。

（眾將同白）眾將參。（曹白）站立兩廂。（眾將白）啊。（曹白）令出關外山搖動，權傾朝內文武公。吾言諸侯皆心服，乾坤只在掌握中。老夫魏王曹，恨桃園弟兄異相多志，實難剿除。為此親統大兵，不分晝夜追趕，以滅後患。聞得劉備盡起新野、樊城百姓，扶老攜幼，日行數十餘里，眼見生擒定矣。張郃、曹仁聽令。（郃、仁同白）在。（曹白）命你二人帶領飛虎三千，星夜追趕劉備，吾大兵隨後接應。（郃、仁同白）得令。馬來。（四下手帶馬，領下）（曹白）眾將官，起兵前往。（排子）（下）

二　　場

（劉備上，內唱）

【西皮倒板】堪嘆萬般都是命，（四小軍、簡雍、糜竺、糜芳、糜夫人、甘夫人、二車夫、趙子龍上）（劉備上，唱）

【西皮正板】算來由命不由人。桃園結義秉忠信，保國安民破黃巾。虎牢關前威風凜，三讓徐州保功名。只望治亂國家定，誰知奸曹做權臣。許田射鹿違聖命，衣帶血詔殺董承。我幸脫身荊州郡，劉表待我情義深。徐庶別去嘆不盡，三顧茅廬訪孔明。商量同心扶漢鼎，豈知兵敗走樊城。世事如此拿不定，可嘆英雄功不成，連累荊州好百姓。十數餘萬相隨跟，不覺心酸淚難忍，（大風神過場，下）（劉白）呀。（唱）狂風刮起馬前塵。

（劉白）喂呀，簡雍。（簡白）主公。（劉白）你看馬前這陣大風，不知主何吉凶？（雍扶指算介，白）哎呀呀，啟主公，此乃不祥之兆也，應在今夜，主公快棄百姓而走。（劉白）簡雍之言差矣。百姓們從新野相隨至此，我安忍棄之？（簡白）非是臣多言，主公若不棄百姓逃走，曹兵追來，禍不遠矣。啊。（劉白）我且問你，前面甚麼所在？（簡白）前面已是當陽縣景山地方。（劉白）也罷。且教趕到當山下住紮，再作計較。（簡白）是。（劉唱）拋棄百姓心不忍，且到當陽作思尋。大家小心向前進，（大元場，凹開介）（眾百姓老少數十人內喊介）哎呀，哎呀。（同上）（張飛上，白）（眾過場下）嘟，眾百姓趲行者。（同下）（劉白）哎呀。（唱）不由人不淚沾襟。（簡白）已到山下了。（劉白）天色已晚，吩咐眾百姓，好生歇息一宵，明日早行。（簡白）是。百姓聽者，皇叔諭下，爾等在此山下歇息一宵，明日再行。（內應介）啊。

（起更介）（百姓哭介）（劉白）咳，子龍，你看這是秋末冬初，涼風透骨，黃昏將近，哭聲遍野，好不傷感人也。（趙白）主公，且免愁腸，保重身體要緊。（劉白）大家暫且席地而坐，待天明便了。（眾同白）是。（糜夫人白）呀。（唱）

【西皮正板】夜涼只覺透骨冷，點點霜露濕衣衿。阿斗也覺睡不穩，默求蒼天保太平。（甘夫人白）呀。（唱）

【西皮正板】（二更介）悲風瑟瑟夜已靜，四面隱隱俱哭聲。今晚至此無限恨，不是愁人也斷魂。（劉唱）

【元板】（三更介）未曾朦朧先已醒，心驚肉顫爲何情。莫非是我氣數盡，今宵怎能到天明。（睡介）（内喊介）（眾驚介）（張上白）走哇。（唱）

【西皮搖板】只聽西北殺聲近，（白）大哥吓。（唱）曹賊連夜發追兵。（劉唱）子龍保護家眷定，我與翼德擋曹兵。耳傍又聽殺聲陣，（掃一句，唱）雍雍而來眾賊兵。

（曹元人手下眾衝散，下）（雙抄只，下）（曹八將同上，亂跑介）

三　　場

（趙雲見四將八將，亦可以打一場下）（趙追下）

四　　場

（甘、糜二夫人上，同白）哎呀天吓。（甘夫人唱）

【西皮搖板】人鬧馬嘶追趕急，（糜夫人唱）保駕將軍無消息。（甘唱）生死存亡誰周濟，（糜夫人唱）好似孤雁各東西。（眾曹兵沖散介，哭介，下）

五　　場

（四馬、四文堂上）（文聘上，白）俺文聘，蒙曹丞相以爲前部先行，追拿玄德。天色已明，眾將迎上前去。（活頭）（劉備上介）（文白）吥，劉玄德休走，俺文聘在此，奉了曹丞相將令，前來拿你。還不快些下馬受死。（劉白）哎，文聘，你好無臉恥厚也。（劉唱）

【西皮二六】你本是荊州一小將，劉主公待你恩德長。忠義二字全不想，背主求榮把曹降。劉琮母子俱命喪，逆賊一群獻荆襄。吾兄陰靈豈肯放，必有報應叫你亡。大罵文聘無話講，何顔敢來見殺場。羞恥全無非人樣，爾怎對日月與三光。（文白）哎。（劉白）文聘哪。（文白）哎呀。（唱）文聘良心未全喪，趁此逃奔向東方。（白）哎。（下）

（曹四將、張郃等上）（郃白）呔，玄德，快快下馬受降。（劉白）哎呀。（唱）

曹兵四面如羅網，口口只要我歸降。奮勇催馬向前聞，（殺介）（張飛上，白）呔。（唱）張爺在此少猖狂。（劉備下）（張與衆起打，曹兵追下）

六　　場

（趙雲上，與張郃、曹仁、許褚、張遼起打，四人敗下）（趙白）一戰而敗，何爲好上將也。（唱）

【二六快板】金槍一出龍蛇動，兒郎鼠竄走如風。趙雲一槍一騎馬，勝似當年楚重瞳。（白）且喜曹兵已退，不免請二位皇嫂趲行。（白）車夫趲行，車夫趲行。哎呀。（唱）亂軍之中人奮勇，不知皇嫂向西東。此時失散二主母，咳，罷了罷了，（唱）趙雲保駕一場空。（小圓場）

（張飛上，白）趙將軍。（趙白）三將軍。（張白）子龍，方纔有人來説，你投曹營了，又來則甚？（趙白）何出此言？趙雲爲尋主母，故爾落後，怎麽説俺投奔曹營去呢。（張白）二位皇嫂安在？（趙白）哎呀，三將軍啊，時纔亂軍之際失散了。（張白）哈哈哈哈，呔，没用的將官，散失二位皇嫂，就該死在軍前，還過橋則甚？好無用的將官。（三笑介，下）

（趙白）啊。

【二六快板】一腔怒氣往上沖，羞得豪傑臉帶紅。抖擻精神施英勇，二次再把曹營衝。（下）

七　　場

（糜竺上，唱）

只見曹兵如潮湧，殺得百姓血水紅。任你兵將百萬重，糜竺拼死殺奸雄。（曹大將上，擒竺下）

八　　場

（衆百姓、甘夫人同上）咳，哎呀，蒼天哪蒼天。（唱）
群雄鼾腫遭羅網，好似犬羊臥虎傍。不知東西南北向，四將軍吓，罷了。（唱）難免今朝赴黃梁。哎呀苦哇。（同下）

九　　場

（趙雲上，唱）
遍地曹兵如潮湧，金槍一擺似蛇龍，寶駒蹄縱如風送。
（一將死命死介，下）（接四下手，趲下）（趙唱）兒郎鼠竄影無蹤。
（甘夫人、衆百姓同上）（雲白）呔，衆百姓內可有甘、糜二位夫人麽？啊。（百姓內）有甘夫人在此。（甘夫人白）趙將軍快來救我。哎呀，四將軍啊。（趙白）原來是甘夫人在此，恕趙雲不能保護之罪。（甘夫人白）四將軍請起。吾被亂軍衝散，幾乎生死，今得見將軍之面，我有命也。（趙白）糜夫人安在？（甘夫人白）失散之際，不知去向。
（曹將綁竺上）（趙白）呔。（殺曹將）（竺白）多虧將軍搭救了。（趙白）可知糜夫人蹤迹？（竺白）我也四下找尋，不想遇見曹兵，不是將軍搭救，焉能得生？（趙白）這有亡賊的馬匹騎了，保護甘夫人去見主公，說俺趙雲上天入地，定要尋找糜夫人與幼主，方能回來。（竺白）夫人請上馬。（同下）（趙白）俺不免三進曹營，殺他個片甲雪飛，方顯趙雲本領也。（唱）
【快板二六】豪傑橫身都是膽，鐵羅漢見俺也心寒。虎穴龍潭吾敢探，那怕劍嶺並刀山。（下）

十　　場

（四下手上）（張郃、糜夫人上，帶箭介）（趙雲上，起打，下）（糜夫人白）哎呀。（唱）
賊兵潮湧飛來奔，不想中了箭雕翎。傷痕疼痛實難忍，咬定牙關往前行。（哭介）喂呀。（下）

十 一 場

（夏侯恩上，白）咦，馬來。（趙馬上，唱）

帳中奉了丞相令，去到陣前擒趙雲。（白）俺大將夏侯恩是也。丞相統領大兵追趕劉備，不想被穿白的小將殺了個七進七出，我不免前去敵擋一陣。（唱）兩軍對陣山搖動，將士征袍血染紅。（趙上，白）那裏走？（殺介）來將通名。（夏白）大將夏侯恩。（趙白）看槍。（恩死，丟劍介，下）（趙白）啊。那邊暗暗金光是何原故，待俺下馬看來。青釭劍，哦，久聞曹賊有寶劍二口，一名青釭，一名倚天，削鐵如泥，待俺試他一試。哎呀，真寶劍也。俺如今得了此劍，遠者槍刺，近者劍砍，可比之勇將也。（掃頭介，下）

十 二 場

（糜夫人上，唱）

傷痕一陣疼一陣，只恐難逃命殘生。土墻之內身藏定，隱住身形避賊兵。

（趙上，唱）

三次不見娘娘面，（糜內白）苦哇。（趙白）呀。（唱）又聽悲聲近耳邊。（白）墻內啼哭可是糜夫人吓？（糜夫人白）外面可是趙將軍？（趙白）正是。（糜夫人白）哎呀，將軍吓。（唱）幸賴蒼天有感應，未結劉氏後代根。

（趙白）恕趙雲不能保駕之罪，望夫人恩恕。（糜夫人白）我今得見將軍，阿斗有生矣。（趙白）夫人受此苦難，雲之罪也。皇嫂速請上馬，趙雲保護前行。（糜夫人白）將軍身系重任，豈可無馬？我與草木同腐，何須慮及。（哭介）（趙白）夫人言重了。趙雲忠心保主，一賴上蒼扶持。速請上馬，趙雲步行，可透重圍。（糜夫人白）將軍雖是一片好心，奈我身帶重傷，不能乘騎，如何是好？（趙白）這便如何處？（內喊介）（趙白）哎呀，夫人吓。追兵甚急，至忍上馬，過了當陽橋，再作道理。（糜夫人白）將軍啊，劉氏一脉，全賴將軍保護，念他父親飄蕩半世，只有這點骨血，保得宗嗣存留，我死黃泉[1]，哎呀，亦得瞑目也[2]。（趙白）夫人還是請上馬趕行。（糜夫人唱）

劉氏一脉你保重，我死黃泉謝蒼穹。生離死別心膽痛，（哭介）皇叔吓。我的兒吓。（白）四將軍。（趙白）夫人。（糜夫人唱）相見除非在夢中。（白）

將軍,你看曹兵來也。(趙白)在那裏?(糜夫人哭介)阿斗我兒,(放地阿斗介)哎呀,罷。(跳井介,下)(趙白)哎呀,夫人吓。(唱)

頂天立地女英雄,愧殺厄盾枉立功。推墻覆上屍掩定,(掩井下)(抱阿斗介,上馬唱)拼死忘生保幼龍。(下)

校記

[1]我死黃泉:"黃",原本作"皇",今改。
[2]亦得瞑目也:"瞑",原本作"冥",今改。

十 三 場

(四文堂、四大鎧上,徐庶、曹上,唱)

【二六】號炮連天山搖動,鑼鳴鼓炸响咚咚。旗幡遮滿紅日影,沙場血罩馬蹄紅。(邵八將戰趙雲,起打,趙追衆下)(曹白)哦。(唱)這員將軍真驍勇,不亞當年楚重瞳。(白)先生,此白袍小將英勇非常,他人是誰?(庶白)這就是劉備四弟常山趙子龍,昔日破丞相八門金鎖陣就是他。(曹白)哦,他就是常山趙雲麽?(庶白)正是他。(曹白)好將吓好將。(庶白)若得子龍歸順,劉備可擒矣。(曹白)子龍英勇無敵,何以擒之?(庶白)徐庶不才,有計獻上。(曹白)有何妙計使彼歸順?(庶白)丞相傳下將令,衆將不許暗放冷箭,只要活趙雲,不要死子龍,誤傷者即行斬首,必定生擒也。(曹白)先生自進曹營以來,未設一謀,今獻此計[1],正合我心,就命先生傳令衆軍知道,催動人馬。(唱)

吾營將官各個勇,不及常山趙子龍。人來帶過馬能行,收復趙雲保朝庭。(衆下)(庶白)曹營大小將官聽者:丞相有令,我軍不許暗放冷箭,要生擒活趙雲,不要死子龍,有誤軍令,八十三萬人馬與他一人償命吓。(笑介)哈哈哈,山人暗設巧妙計,將軍得生留美名。哈哈哈!(下)

校記

[1]獻:原本作"現",今改。下文亦有將"現"用作"獻"之處,徑改。下同。

十 四 場

（趙雲上，白）曹操傳將令，三軍誰不遵。不要死子龍，只要活趙雲。（笑介）哈哈哈哈哈。（戰八將，落坑，現形爾）（衆抄只下）（雲即介，下）（衆追下）

十 五 場

（趙雲上，白）哈哈哈，七進曹營疾如風，征袍血染透甲紅。若非幼主洪福大，連人帶馬似騰空。呔，曹營將官，誰敢再來啊？（一大將持斧上，白）俺來也。（上介）（趙派草人八將上，丟介）（八將敗下）（趙白）呔，鼠竄之輩，何足英雄也。（排子）哎呀，殺了半日，不知幼主如何，待俺看來。哦喲，原來睡熟在此。聖天子百靈相助，大將軍八面威風。（三笑介）哈哈，哈哈，哈哈！長坂坡前，這有俺趙雲威風也。呔，曹營將官聽者，誰有膽量，只管前來，不來趙老爺就要去了。（排子）（大圓場）（張上橋介，白）四弟，糜夫人安在？（趙白）糜夫人身帶重傷，不能乘騎，再三請行，夫人性烈，損命投枯井而亡，保得幼主在此。（張白）好四弟，真英雄也。（趙白）後面曹兵急至，如何處之？（張白）四弟過來橋，曹兵有我擋之。（趙雲過橋介，下）

（張白）啊，看曹兵猶如潮湧而來，俺這二十名小卒，何以擋之？哦呵，有了。三軍的，爾等將柳枝摘下，拴在馬尾之上，沖起烟塵，以爲伏兵之計。【急三腔】（曹元人、衆將同上）（張看介，白）呔。（曹白）將軍看看何處人馬？（曹將丑白）呔，橋上何人，大膽攔住俺大兵？好好放吾軍過去，若是遲延，叫你死在我手。（張白）呔，咱老子張翼德在此。（丑白）哎呀我的親媽呀。（死介，下）（曹白）哎呀，橋後烟塵遮天，必有埋伏。來啊。衆將官人馬退回。（衆敗下）（衆同白）曹賊大敗。（張三笑介）哈哈，哈哈，啊哈哈哈哈！哇呀呀，好哇，曹兵已退，三軍的，折斷橋梁收兵。（衆分下）

十 六 場

（曹元人敗上，凹門）（曹白）哎呀，衆將看看衣襟衣下，張翼德可在？（衆同白）在。（曹白）哎呀，昔日關公言道，"張飛在萬馬營中取上將首級，如探囊取物一般"，今日大吼一聲，唬死我數員上將，果算是虎將，名不虛傳也。

（郃白）啓丞相：張飛折斷橋梁，請令定奪。（曹白）哦，張飛折毀梁橋，必無伏兵。衆將官，即速搭起浮橋，追趕劉備去者。（衆將白）啊。

【尾聲】（同下）

四本完

五　本

頭　　場

（四校刀手、關少爺上）

【引子】威鎮乾坤，扶漢室一點丹誠。

（詩）忠義一腔貫古今，補天祿日志平生。英雄幾見稱夫子，豪傑如斯乃聖人。某家漢室關壽亭侯之子平。可恨曹操，誆哄孺子劉琮獻了荆襄，及遭其害。劉皇叔棄了新野，欲取荆州。曹兵百萬，追趕甚緊。因此孔明軍師令某父子前來江夏，向大公子劉琦借兵救應，無奈他連日染病未痊，不能發兵，某父子在此，心懸兩地，好不心焦也。（關唱）

想國家氣運衰令人悲悼，嘆不盡創業難英武雄高。我伯父帝室後欲將國保，時不至空使人慮心焦勞。（二家將上）（劉琦上，唱）

這幾日染病痾今覺略好，特來見壽亭侯發兵破曹。（白）關世兄。（關白）大公子。（琦白）劉琦病有失奉陪，遲誤國家大事，有罪。（關白）公子貴恙既已痊癒，可即發兵與某，前去救應皇叔，懸望之至。（琦白）叔父之事，急如星火。適纔我發傳示，大小將校府堂伺候。（關白）即請點將發兵。（報子上，白）禀告公子，孔明軍師到。（琦、關同白）吓，孔明軍師如何來此？快快請上。（報子白）是，有請孔明軍師。（下）

（大吹打介）（孔明上介）（關、琦同白）軍師有禮。（孔白）請。（入中場介）（琦白）請坐。（孔白）此刻閑言不及叙了。主公兵敗當陽而去，久望關公救兵不到，故此山人親自前來，望公子念昔日之情，即速發兵救應。（琦白）劉琦一聞叔父兵敗之信，恨不能插翅飛去接應，無奈患病數日，有誤大事，此刻正待發兵，不意軍師到來。（孔白）如此，可快快點齊兵將。（琦白）是。衆將上堂聽令。（四文堂、四大鎧、四大將兩邊分上）（衆同白）末將等參見軍師。（孔白）列位少禮，兩傍聽調。（衆同白）啊。（琦白）就請軍師發令。（孔

白)有僭了。關公子可引兵一萬,從漢津陸地前往當陽,接應主公,不得遲誤吓。(關白)得令。(關唱)

某正在心懸急軍師駕到,好一似風雲會波浪騰蛟。府堂上領雄兵諭令軍校,斬曹賊准備某偃月鋼刀。(四文堂、四校刀領下)(孔唱)壽亭侯此一去赫然曹操,還須得劉公子水路相邀。(白)公子,你可領兵一萬,從荊州水路接應,我自當夏口料理,亦來會合。舟船之上,須要小心。(琦白)得令。(琦唱)感謝得軍師到將兵提調[1],去水路接皇叔架槳加橈。(四文堂、二家將領下)(孔唱)這二路安排定諒來可保,該因是時未至故爾奔勞。(白)關公子、劉琦水陸二路已去,諒可無慮。我今去夏口收拾舊日軍馬,前去會合。左右,隨我夏口去者。(唱)曾學得黃石翁兵機玄妙,秉忠心保皇叔輔佐漢朝。(同下)

校記

[1] 軍師到:原本作"軍到",據文意增一"師"字。

二場　扯　彎

(八文堂、四大鎧上)(曹操冠簪吊落纛旗倒上,曹內唱)

【倒板】張翼德長坂橋天神模樣,(衆凹門,敗上)(曹白)哎呀。(唱)唬壞了曹丞相馬蹄慌忙。怕的他吼一聲猶如雷响,怕的他多勇力丈八鋼槍,怕的他萬軍中斬取上將,怕的他諸葛亮埋伏橋傍。逃性命那顧得人馬瞎創,哎,(唱)任他去劉玄德為帝為王。

(許褚、張郃、于禁、曹仁、張遼、夏侯惇、夏侯淵同上,唱)

又不曾打敗陣丞相何往,飛馬來扶玉鞍挽住絲繮。(扯彎介)(許白)丞相休驚,諒那張飛一人,何足爲懼?今我軍急速回軍殺去,劉玄德可擒也。

(曹白)吓咳。(唱)

提玄德這二字切莫休講,怕定了豹子頭環眼老張。(衆冷白)何至如此。(曹唱)幸喜得我首級還在項上,且退兵息爭戰免了恓惶。

(衆將白)丞相放心,我等俱以在此,何懼之有?(曹白)爾等俱逃回來了麼?(衆白)我等回來了。(曹白)唬然我也。那張飛没有殺來麼?(衆白)何曾殺來?不知丞相爲何如此驚奔逃走?(曹白)衆將不知,非是孤不戰而自退,只因昔日關公曾於我言"張翼德在萬馬軍中,能取上將首級,如探囊取

物",孤今若是大意,又恐衆將有傷,故爾逃走。(衆同白)吓,若如丞相之言,我等俱皆無用之人矣。(衆唱)

自幼兒隨丞相無人敢擋,(遼唱)長坂橋見張飛未見弱強。(仁唱)今日裏見本領分個上下,(衆同唱)捉玄德保丞相駕坐朝綱。

(曹白)住了。你等俱要去戰張飛,待我差人打聽長坂橋消息,再戰不遲。(衆同白)是。(曹白)張遼、許褚聽令。(遼、許同白)在。(曹白)你二人前去長坂橋探聽張飛如何,速急回報。(唱)

你二人探消息小心前往,遇張飛急跑回遲誤有傷。(遼白)哎。(唱)說一派喪氣語混亂胡講,(許)咳。(唱)且去看真合假便知端詳。(下)(曹唱)我本是驚弓鳥知道尚檔,他二人初生犢不畏虎狼[1]。(白)衆將。(衆同白)丞相。(曹白)爾等休逞血氣之勇,藐視張飛,我說與你們知。(唱)

只看他眼與髮那等異像,便可知戰呂布天下名揚。我合你有性命豈可猛浪,何況他還有個刀劈顏良。(許褚上,唱)可知他缺兵計回覆丞相,(遼上,唱)霎時間影無蹤拆斷橋梁。

(白)曹丞相,張飛已拆斷橋梁而去。(曹白)啊,拆斷橋梁而去?(許、遼同白)是。(曹白)啊哈,哈哈哈!(曹唱)

聽此言不由我大笑拍掌,張飛他也怕我兵之强。(許白)啊。(唱)時纔間欲退兵多少惆悵,(遼唱)問丞相爲何事喜氣洋洋?

(衆將白)請問丞相,爲何發此大笑?(曹白)哈哈哈,我不笑別人,只笑張翼德真怕了我也,拆橋而去。衆將!傳令速搭浮橋而過,今夜必要將劉玄德擒拿。(李典白)且住。李典稟丞相,只恐怕是諸葛亮之詭計,我兵不可輕進。(曹白)哎呀,李典,你好膽小。豈不知張飛一勇之夫,那有詐謀?我們搭橋,只恐傳令不齊。衆將各取大石一塊,填平溪河。違令者斬。(衆白)啊。(曹唱)

又有兵又有將何以不往,只用石便可填平了長江。捉玄德釜中魚豈可輕放,再遇着張翼德有我莫慌。(衆同下)

校記

[1] 不畏虎狼:"畏",原本作"喂",今改。

三場 摔 子

(四小軍、簡雍、甘夫人、糜竺、劉備上)(劉唱)

敗當陽過長橋夏口而奔,猛回首望不見襄陽舊城。只可嘆十數萬百姓生命,留荆州失襄陽難害子民。

(劉白)想我劉玄德好生命苦。只望困守新野,緩圖功業,誰知兵敗當陽,(衆哭白)(劉連白)心事竟成畫餅。子龍雖然救得甘夫人到此,麋夫人與阿斗尚無着落,三弟又接應未知吉凶,使我好不放心也。(簡、竺同白)主公且放寬心,子龍、翼德必保阿斗小主無慮也。(劉白)咳,縱然救得阿斗,其奈新野數十萬百姓遭此大劫,好不傷心人也。(唱)

自桃園結義起扶保漢鼎,同關張投公孫大破黃巾。在安喜鞭督郵棄了信印,仗大義救孔融陶謙讓城。收呂布却反被呂布兼并,飲曹操青梅酒喫盡虛驚。失徐州投河北袁紹不信,弟兄們遭失敬相會古城。好容易得新野稍爲安頓,又誰知依然是奔波漂零。(簡哭唱)看起來功業事無有憑準,(竺哭唱)不由人傷心處淚濕衣襟。

(趙子龍上,白)走哇。(唱)

血染了棄白袍銀甲紅映,甲帶血彩,亂軍中救不出麋氏夫人。見主公忙下馬惶愧不定,哎呀,主公,(哭,跪唱)失家屬恕趙雲萬死猶輕。(劉白)哎呀,子龍喫苦了。(扶唱)呀呀呀,可憐你血染袍勇力用盡,因何事反這般涕淚傷心。

(趙白)哎呀,主公,子龍之罪,萬死猶輕吓。(劉白)此何言也?(趙白)哎呀,主公,麋夫人身帶重傷,不肯上馬,投井而死。(甘哭白)哎呀,姐姐呀!(趙白)俺只得推倒土墙,將井掩埋。(劉白)吓吓吓。(趙白)雲便懷抱太子,身突重圍,賴主公洪福,幸而得脫。時纔公子尚在懷內啼哭,此一會不見動靜,多則是不能保了。(甘驚哭介,白)兒吓。(劉白)吓吓吓。(趙白)待某解甲看來。(解甲介)喂呀,妙哇,原來公子睡着未醒,料然無恙,真乃萬幸。主公抱着。(劉接,白)阿斗啊,唉,爲汝孺子,幾損我一員大將也。(灑摔地,斗哭介)(趙抱起,白)喂呀,公子不用哭。(甘哭介)(劉唱)

説不得年半百兒乃根本,説不得漢宗枝兒是皇孫。爲孺子麋氏投井自盡,爲孺子險傷我股肱之人。思想起好叫我珠淚滾滾,思想起爲功名化爲灰塵。今日裏事已敗要你作甚,(欲斬介)(趙白)哎呀,主公豈可如此?(劉唱)【叫板】子龍,我豈學那袁紹溺愛不明。(甘哭介)喂呀。(甘唱)【叫板】叔吓。(唱)

趙子龍行忠勇幸無傷損,小阿斗也算是死裏逃生。到此間正所謂行險僥倖,望垂憐乞恕他無知無聞。(趙白)主公吓。(唱)

論爭戰說勞苦雲之本等，豈可要將公子摔在埃塵。是這般愛將意德爲堯舜，感動我知己情又覺傷心。（趙哭介，白）蒙主公如此之恩，雲雖肝腦塗地，不能相報萬一也。（劉白）子龍忠義格天，英勇才論，險爲孺子所誤，怎叫我不恨也。（趙白）哎呀，主公。（趙唱）蒙大德待趙雲如此之盛，縱然是碎肝腦亦難報恩。（劉唱）我和你如手足患難相應，又何必說報恩彼此之分。（抱阿斗與甘夫人手）（甘接，唱）

　　可憐我小姣兒有福分，只辜負殉節的糜氏母親。（同哭）糜夫人吓！（張老爺上，唱）長坂橋只一喝曹兵退盡，柳林下說與我大哥知聞。

　　（白）大哥，俺退了曹兵了。（劉白）吓。三弟退了曹兵，是怎麼退去？（張白）曹操見俺獨立橋頭，戰又不戰，退又不退。是俺大喝一聲，"吠，燕人張翼德在此，誰敢決一死戰"，這一聲只驚嚇得曹操兵將落馬，蜂擁而退。是俺把橋梁拆斷，想那曹兵是不能過來了。（劉白）咳，吾弟勇則勇矣，惜乎失了計較。（張白）吓。怎麼失了計較？（劉白）想那曹操奸計多謀，你不該拆斷橋梁，他今必要來追矣。（張白）他被俺一喝，倒退數里，如何還敢來？（劉白）咳，他非怕你喝喊，見你獨立橋頭，恐有誘兵之計，故爾唬退。你不拆橋，他必疑你有埋伏，不敢進兵；你今拆斷橋梁，彼料我無軍而怯，必要來追趕。他有百萬衆，雖江漢可填而過，豈懼一橋？即少刻必有追兵至矣。（張呆介）哦呀。（劉唱）

　　勸賢弟你且莫自誇本領，弄乖巧反成拙惹他追兵。（張想介，白）呀呸，俺好錯也。（唱）我只說拆橋梁又巧又狠，想不到他有兵還可填平。尊大哥柳林下暫且略等，（劉白）那裏去？（張唱）我再去搭起橋曹兵必驚。（劉白）咳，住了。（唱）笑三弟說此話好生痴蠢，那曹操又不是三歲童身。此刻間只收拾夏口安頓，免被他再追來戰費傷神。（曹兵內喊介）（趙雲唱）塵土起烏雲合遙見旗影，震山谷聽一派喊殺之聲。翼德，拆橋梁兵又到你且自問，（張唱）說不得請上馬準備戰爭[1]。（趙白）哎呀，後面塵土大起，曹兵追來，可即上馬前走。（劉白）三弟開路，子龍押後，向漢而去。（衆白）得令。（劉唱）

　　受不盡惱險苦鋒前白刃，戰不退奸雄賊亂國曹兵。車和馬向夏口風捲雲奔，但願得有船支渡過漢津。（同下）

校記

[1] 說不得請上馬準備戰爭："準備"，原本作"備準"，今據文意前後乙正。

四場　填　橋

（四文堂、四下手、八員將等、大纛旂、曹操上，唱）

追桃園兵將勇龍吟虎嘯，此一番衆將勇個個英豪。似旋風轉雲時小山過了[1]，望平原一派的旌旂飄搖。（許褚白）禀丞相，張飛拆斷橋梁了。（曹白）衆將官運石，填成地而過。（衆同白）得令。（馬小軍填介）（曹唱）

每一人抱石塊不分大小，填起了小溪河也算功勞。頃刻間水橫流成了路道，哈哈哈，（唱）又何必要費工搭甚溪橋。（許衆白）禀丞相，橋已填成了路。（曹白）衆將聽者：今劉備釜中之魚，牢中之虎，若不就此擒他，如同放魚入海，縱虎歸山，你等須速勢力向前，不可遲誤。（衆同白）啊。（曹唱）

釜中魚牢之虎容易擒倒，放他人入大海歸山脫逃。拿獲者萬户侯凌烟閣表，要功成催快馬就在今朝。（同下）

校記

[1]似旋風轉雲時小山過了："雲"字，原本無，據文意及上下文字句增補。

五場　破　曹

（四文堂、四校刀手上、關少爺上，内唱）

【倒板】青龍偃月威風凛，（上唱）赤兔胭脂起風雲。提起曹操沖天恨，許田射鹿藐視君。弄權意在奪漢鼎，猶如王莽之後身。桃園弟兄秉忠政，誓必扶持天日傾。衆軍當陽何足論[1]，借兵江夏堵漢津。英雄此時當效命，除奸扶漢震乾坤。（同下）

校記

[1]衆軍當陽何足論："當陽"，原本作"擋陽"，今改。下同。

六　場

（四老軍、張爺、糜竺、簡雍、甘夫人、車夫、趙爺、劉上，唱）

曹兵百萬誓難擋，衆將好比似虎狼。前行不走舉目望，喂呀，汪洋一派盡長江。(白)哎呀,行至此地,前有汪洋之隔,後有追兵,這便怎了?(張白)怕些甚麽?曹兵到來,待俺決一死戰。(劉白)咳,人縱不怕,馬也渡乏,如何争戰?(唱)

　　此時已難稱强壯,須要留意各緊防。大家催鞭向前往,生死二字在上蒼。(喊介)

　　(四文堂、四下手、八員將、大纛旂、曹操上)(衆喊介,兩邊上,劉元人等下)(曹上桌,指介,白)哎,衆將聽者,軍中有一騎白者,乃劉玄德,休得放走。有人生擒者,官封萬户侯。(衆曹兵追劉上,殺介)(劉内唱)

　　【倒板】耳邊一派金鼓响,(衆兵將上)(劉上,唱)

　　【二六】眼看四面俱刀槍。曹操站立高崗上,指揮如意任猖狂。

　　(白)天吓天,不想我劉玄德命喪今日也。四面曹軍聽者,我今若有一言,消除胸中怨恨,死亦瞑目。(衆同白)有話快講。(劉白)你等聽了。(劉唱)

　　自從董卓亂朝堂,各國諸侯自稱强。國家倚仗曹丞相,誰知賊曹似虎狼。許田射鹿欺君上,衣帶詔下罪昭彰。拷打國醫命身喪,勒死貴妃董承亡。如此行爲勝王莽,欺天滅地污三光。我今被困理難講,爾等試看誰忠良。

　　(衆軍白)此言句句是真。(曹白)喂呀,衆軍官不要聽他混説,此人是放不得的吓。(四校刀引關少爺上,白)呔,曹操,你休得稱强,關少爺來也。(衝圍介)(張爺、趙爺上殺介)(曹白)不好了,又中諸葛亮計策也。(跌驚下,起打介,衆將敗下)

七　　場

　　(甘夫人、車上,元人同上)(關上,白)小侄來遲,伯父受驚。(劉白)不得賢侄到來,必遭毒手。(關白)吓,二伯母爲何不見?(劉白)咳,在當陽亂軍投井了。(關白)吓,投井了?咳。(哭)伯母吓,哎,可憐可敬。想當日許田射鹿之時,若從我父之意,殺了曹操,可無今日之患矣。(劉白)我於那時亦恐投鼠忌器耳。今曹兵已退,還恐復來,即往江岸尋船過渡再説。(衆同白)此言正是。(劉白)快快前行。(劉唱)

　　催馬向前舉目望,蘆荻一派江岸傍。生死二字憑天闖,(衆同唱)拿穩主意又何妨。(同下)

八　　場

（衆文堂上，一將捧相冠，八將上，一將捧玉帶上）（曹上，白）哎呀。（唱）

孔明真是詭得緊，此地偏都用伏兵。心驚膽戰頭發暈，渾身却是冷如冰。（曹白）哎呀呀呀，唬殺我也。老夫原說拆斷橋梁是張飛之計策，爾等必要追趕，果然關公埋伏在此，不是我跑得快，定遭毒手。（衆將同白）丞相忒也小心，我兵百萬，縱有埋伏，有何懼哉？（曹白）怕是不怕，只說關公力急馬快，倘如白馬坡前，斬顏良並文醜俱伏馬快，百萬軍前能取老夫首級，却待如何？（衆將同白）那也不必，請丞相上好冠帶。（曹白）冠帶袍吊，你們撿著了。（衆將白）請帶好了。（曹白）我自故鞭馬性，競跑落了冠帶了。來來來，與老夫冠帶了。（衆同白）啊。（曹唱）

非是懼他逃性命，馬蹄忒快落冠纓。按轡重行威風整，孔明到底少才能。

（曹白）哈哈哈哈。（衆將白）丞相又發笑起來。（曹白）我笑漢陽破呂布，火燒不死；又馬超箭射不死；今日追趕玄德也，跑着不死。這三不死，只恐孤到後來大立功業，掃淨四海，禄福未可限量也。哈哈哈！（衆將白）丞相洪福，必然如願。（曹白）劉玄德逃走，只恐他水路奔往江陵，迅速來吳，則爲禍不小矣。你們有何計較？（遼白）丞相且屯兵荆漢，遣使馳檄江東，請孫權會獵於江夏，共擒劉玄德，同分荆州之地，孫權必然驚而來也。（曹想，白）唔，此言說得極是。傳檄孫權，同擒玄德，倘若不從，吾便百萬之兵，借勢大下江南，以取東吳。就是這個主意。衆將官兵屯漢江，傳檄江南去者。（衆將白）啊。（曹唱）

已取襄陽六州郡，錢糧廣聚在江陵。大兵屯紮傳書信，孫權必然來投誠。（同領下）（排子）

九場　重　聚

（四文堂、劉琦、船夫上）（琦上，唱）

失却荆州恨非小，辜負前人汗馬勞。咬牙切齒恨曹操，吞謀讎怨何日消。（白）吾劉琦，奉孔明軍師將令，自江夏乘船，前來應接叔父。（衆白）禀少爺，對着岸邊似有人馬前來。（琦白）想是皇叔人馬，速搖槳向前迎接。

（唱）諸葛軍師神機妙,接應皇叔保國朝。眾將上前船速掉,（轉介）果然新野旗幟飄。

（眾引老軍、劉、關、張、趙、簡、竺、甘夫人、車夫同上）（劉唱）

勝負兵機難測料,三弟不該拆坂橋。長江前路……（琦喊白）叔父。（劉唱）啊,戰船一帶人如彪。（琦白）叔父,侄在此,請即上船。（劉白）原來賢侄在此,眾將快上船者。（眾同白）吓。（劉唱）天幸賢侄接應到,不然喪殘無下稍。（琦白）小侄接應來遲,死罪死罪。（劉白）咳,不想蔡瑁、張允二賊如此不仁,失落荊州,以致遭此離亂。（琦白）此乃家門不幸也。叔父且請駕至江夏,再議良謀。（劉白）正是。吩咐搖槳速行。（琦白）捎水架槳行。（眾同白）啊。（劉白）咳,波浪滾滾,人生碌碌,漢室傾頹[1],功名不就,好不傷心也。（唱）

長江滾滾如淚吊,漢室社稷似波濤。英雄到此心慘了,（眾同唱）有志才能學漢高。（內鼓聲介）（趙雲白）稟主公,江面江南上戰船無數而來。（劉白）哎呀,這是何處人馬？（琦白）江夏之兵,小侄已盡起在此矣。今日戰船無數攔江而來,非是曹賊之軍,即江東人馬。如之奈何？（張、關同白）且待近前看之。（劉白）須要小心防備了。（劉唱）船到江心難回掉,又遇敵兵事蹊蹺。大家小心防備保,（四軍士、孔明、稍水上）（孔唱）困龍得水氣凌霄。

（孔白）主公休慌,諸葛在此。（張、關、趙同白）原來是軍師之船。（劉白）快請過船。（孔白）主公受驚了。（劉白）軍師如何在此？（孔白）亮自江夏先令關公子漢津陸地救應,劉琦公子從水路迎接,我自江夏盡起前軍前來相助,故此在地。（劉白）哎呀妙哇,我軍不缺眾將重黎,可為萬幸。只是今將何往？（孔白）夏口城險,頗有錢糧,可以久守。公子回江夏整頓軍馬,以為犄角之勢,打聽江南消息,共圖破曹可也。（琦白）軍師之言甚善。但願欲請叔父暫至江夏一敘[2],再回夏口不遲。（劉白）賢侄之言亦是。就請軍師同往江夏。（孔白）可也。吩咐船行江夏。（眾同白）啊。呔,船行江夏。（眾唱）

【尾聲】將佐重圓兵不少,古城之後又今朝,大英雄顛沛波離智愈豪。（同下）

五本完

校記

[1]漢室傾頹:"傾頹",原本作"傾賴",今改。

［２］暫至江夏一叙："江夏"，原本作"夏江"，誤。今依前後文乙正。

六　本

頭場　獻　荆

（四文堂、鄧義、劉先同上）（義白）漢室衰微奈若何，無辜丞相弄干戈。（先白）可憐最是荆襄郡，幼子妒妻遺恨多。（義白）下官荆州治中鄧義。（先白）下官荆州別駕劉先。（義白）可嘆劉琮孺子，聽信蔡瑁、張允二賊之言，將荆襄九郡獻與曹操，反送性命。今聞劉玄德逃走，曹操大兵直奔而來，你我勢不能敵，莫若開城迎降，以救百萬生靈，保全性命。（先白）此言亦是。且待探馬報來，即便出降。（衆同白）啊。（報子上，白）禀報二位大人，曹操大兵已抵荆州城了。（先、義同白）即速吩咐百姓們，不可驚慌，焚香出城迎降。（衆應下）（報白）得令。（下）嘟，下面聽者：二位大人有令，曹操大兵到來，軍民人等不可驚慌，焚香出城迎降。（内應介，下）（大吹打）（先、義出城接介）（當場拉城介）（四紅文堂、四紅大鎧、四上手、荀俊、蔣幹、傘夫、曹操上介）（四文堂舉上迎接）（此場拉城介）（先、義同上）（衆進城）（同下）

（連場上）（曹衆元凹門上）（先、義同上介，先、義參叩頭介）（吹打）（曹白）百萬雄師出許州，笑他諸葛更無謀。漢家天下三分業，千里荆州定取收[1]。鄧義、劉先能知大義，開城迎接，忠心可嘉，你二人官封原職，聽候重用。（先、義同白）謝丞相。（曹白）孤聞韓嵩被劉表囚禁，情實可恨，加封鴻臚，你二人即去放出監禁，不可遲誤。（義、先同白）遵命。（義白）感懷今日曹丞相，（先白）暫爲當年劉景升。（下）（曹白）衆將官各有封賞，聽候頒賜。（衆同白）謝丞相。（曹白）衆將官聽者。（衆同白）啊。（曹白）今劉玄德已投江夏劉琦，只恐接連東吳，爲害非小。何計破之？（荀攸白）荀攸禀丞相：我今席捲荆襄，威聲大振，只須差人傳檄江東，請孫權會獵於江夏，共擒劉玄德，平分荆州之城，永結盟好，孫權必然驚疑而來投降，則大事可成。（曹白）此言亦是，待孤修書。（【園林好】）（曹白）張遼聽令。（遼白）在。（曹白）命你傳檄江東，説降孫權，不得有誤。（遼白）得令。要知平傑士，傳檄下江東。（同下）（曹白）此檄傳到江東，諒必孫權驚疑。投降衆將官，馬步水兵共有多少？（衆將白）合計大軍八十三萬。（曹白）啊，八十三萬？（笑介）哈哈哈，可爲盛矣。如今詐稱百萬，水陸並進，舟船雙兵梨三江口，以待捉拿劉玄德。（衆將同白）得令。（曹白）吩咐先與衆將賀功。（衆將白）謝丞相。（曹白）百萬雄兵下三江，料得孫權必遞降。但願太平歸帝里，（衆將同白）功垂宇宙周文王。（同下）

校記

［１］千里荊州定取收：“定”字，原本無。此句應爲七字句，今據上下文意試補。

二　　場

（二旗牌、魯肅上）

【引子】忠心爲臣，處世道厚德爲人。

（詩）濟困雖然指囷付，微名何足勝東吳。焉能天下無寒士，不枉人間大丈夫。下官魯肅，字子敬，江東人也。向與周瑜好友，引薦吳侯麾下，官居諫議大夫。今聞曹操平了荊襄，劉玄德兵敗夏口，只恐乘此機會冒犯我朝，不免進府商議禦守之策。（左右引道，上）（魯唱）

漢家天下有天命，曹操如何罔欺君。我今進府商議定，要與國家定太平。（下場）

（四小太監上、孫權上，唱）

碧眼紫鬚有天命，崇文宣武以守城。坐鎮八十一州郡，全在父兄之陰靈。（白）孤孫權，字仲謀，承襲父兄基業，坐鎮江東。今曹操破了劉表，軍聲大振，恐其侵犯江南，須得傳謀臣商議。左右，宣子敬大夫進府。（衆照白）（魯上，白）不是圖謀爭漢鼎，忠心報國除奸臣。魯肅參見主公。（孫白）大夫少禮，賜坐。（魯白）謝坐。（孫白）孤聞曹操破了劉表，已奪荊襄，只恐兵下江南，特請子敬商議守禦之策。（魯白）荊州與國接鄰，江山險固，士民富足。我若據而有之，此帝王之本也。劉表新亡，劉玄德新敗。肅請奉命往江夏弔喪，因說劉備，使撫劉表，衆將同心一意，共破曹操。劉玄德若喜而從命，則我大事可定矣。（孫白）子敬之言，甚合孤意。就煩齎了弔禮，前往江夏，與劉表弔喪，以說劉玄德同心破曹。（魯白）遵命。（魯唱）

天下之事未可定，曹操奸賊志謀深。我借弔喪去探信，孫劉同心破曹兵。（下）（孫唱）

人說志誠魯子敬，豈知內藏忠義心。孤且安息以待等，但願此去計合

成。(同下)

三　　場

（劉琦上，唱）

時纔探馬來報信，曹操三江口紮兵。

（白）我劉琦，自請叔父因孔明車輛來此江口，商議破曹之計。方纔探馬報説，曹操兵屯江夏，軍聲浩大。特此入内，説與叔父、軍師得知。軍師、叔父有請。

（劉備、孔明上）（劉白）南征北敵非容易，（孔白）中嘯龍吟不太平。（琦白）叔父、軍師有禮。（劉、孔同白）賢侄，公子，少禮。請坐。（琦白）有坐。小侄方纔出聽探馬回報，説曹操兵屯江夏，軍聲浩大。特此入内，稟知叔父、軍師，早定良謀。（劉白）喂呀，曹操得了荆襄，不回許昌，屯兵江口，勢必前來爭戰，如何抵敵？（孔白）曹操勢大，急且難以迎敵，不如投往東吳孫權，以爲應援，使南北相持，我等於中取利，有何不可？（劉白）此計甚是。但江東人物極多[1]，必有遠謀，安肯相容我等？（孔白）哈哈哈。今曹操引百萬之衆，虎踞江南，東吳安得不使人來探聽虚實。若有人到此，諸葛亮借一帆風直往江東，憑三寸之舌，説南北兩軍互相吞併。若南軍勝，共誅曹賊，以取荆州之地；若北軍勝，則我乘以取江東可也[2]。（劉白）此論甚是。但願江東有人到此。（子龍上，白）退兵人難去，隔江人到來。稟主公，江東孫權差魯肅前來吊喪，船已傍岸了。（孔白）哈哈哈，大事濟矣。吩咐外厢伺候。（趙白）是。（下）（劉白）江東竟有人前來吊孝。（孔白）請問公子，往日孫策亡時，襄陽可曾遣人去吊孝否？（琦白）江東與我家有殺父之讎，安得有通吊慶之理？（孔白）然則魯肅此來，非爲吊喪之理，方是探聽軍情也。（劉白）如此，軍師計得安出？（孔白）主公與公子接見魯肅，若問曹操動静，只推不知；他再三問時，只説可問諸葛亮。（劉白）如此，賢侄準備迎接，我與軍師隨後相見便了。（琦白）遵命。（唱）

軍師妙計商量定，去接東吳吊喪人。（下）（孔唱）

主公江東素未通，吊慶魯肅必有因。且待相見話勾引，不愁他不跟我行。（劉唱）

江東自來人物盛，我亦久聞魯肅名。忠厚誠實能濟困，他與周瑜是知音。今日此來非閑等，言語之間要留心。倘若識破他不允，你我如何擋曹

兵。(孔唱)

主公不必忒謹慎,見機行事有孔明。而今且到後堂等,管叫魯肅上絲論。(劉白)是。(孔白)請哪。(笑介)(同下)

校記

[1]但江東人物極多:"極多",原本作"急多"。今改。下同。
[2]則我乘以取江東可也:"東"字,原本漏。今依文意補。

四　　場

(細吹打介,設"故公荆州牧劉公諱表之靈位",四旗、劉琦上,叩介)(四軍士、魯肅捧祭吊上,拈香拜)(琦叩謝介,白)先父不幸爲國身亡,有勞大夫遠來吊唁,實深感謝。(魯白)魯肅奉孫將軍之命,前來敬奠先公,再三致意公子。(琦白)大夫請臺上,容琦拜謝。(魯白)公子少禮。(琦白)自愧變亂失荆襄,多感吳侯禮義長。(魯白)只要同心與合意,國家大事共商量。(琦白)是。(魯白)請問公子,令同宗劉豫州可在此否?(琦白)家叔現在敝地。(魯白)可請來相見。(琦白)遵命。來。(眾旗白)有。(琦白)有請皇叔。(旗牌白)皇叔有請。

(劉上,白)虛心會使客,誠意結知交。(琦白)東吳魯子敬大夫前來吊唁,請叔父相見。(劉白)吓。魯大夫。(魯白)皇叔。(劉白)(同笑介)啊哈哈哈。(魯白)久聞皇叔大名,無緣拜會。今幸得見尊顏,實爲欣慰。請上,容魯肅一拜。(劉白)豈敢豈敢。備久仰大夫賢名,今喜相逢,三生之幸。既遇知音,兩免俗禮,請坐談話。(魯白)如此遵命。(劉白)請坐。(魯白)請。(琦白)請。(魯白)近聞皇叔與曹操合戰,必知彼中虛實。敢問曹軍約有幾何?(劉白)備兵微將寡,一聞曹操兵至即走,竟不知彼中虛實多少?(魯白)啊。肅聞皇叔用諸葛孔明之謀,兩場火燒得曹操魂亡膽落,何言不知哪?(劉白)此事除非問孔明,便知其詳。(魯白)孔明先生安在?願請來一見。(劉白)請孔明先生。(旗白)是。軍師有請。(孔明上,白)欲求南北相爭計,借用東吳老實人。(劉白)軍師,魯大夫在此。(魯白)啊。臥龍先生有禮。(孔白)有禮。(劉白)請坐談。(魯白)向慕先生才能,未能拜晤。今幸相逢,願目今安之事?(孔白)大夫遠來,且飲三杯再叙。(琦白)看宴。(旗白)(【細吹打】,安席入坐)(孔白)大夫欲問曹操虛實,其中奸詐,亮已盡知,但恨

力未及，故且避之。（唱）

　　曹本是漢賊又奸黨，假仁假義害忠良。威挾天子害名將，惟有諸葛一本詳。

　　（魯白）曹操既已得了荊襄，皇叔今將止於此乎？（孔白）皇叔與蒼梧太守吳臣有舊，將往投之。（魯白）吳臣糧少兵微，自不能保，焉能容人。（孔白）吳臣處雖不能久居，今且暫往，別有良圖。（魯白）孫將軍處踞六郡，兵精糧足，又急敬賢禮士，江表英雄多歸付之。今爲君計，莫若遣心腹之人，往結東吳，共圖大事。（孔白）劉使君與孫將軍自來無舊，虛費相説，且又別無心腹之人可使。（魯白）這有何難？先生之兄，現爲江東參謀，日望先生相見。魯肅不才，同與先生會過孫將軍，共議大事。（劉白）不可。孔明是我之師，頃刻不可相離，安可去遠？（魯白）此乃大事，孔明一去便回。（劉白）大夫要與孔明同往江東，我但不放行也。（劉唱）

　　自古成敗有天命，一言説與大夫聽。桃園結義扶漢鼎，同心立業破黃巾。屢得屢失無足準，散而後聚又飄零。多承徐庶來薦引，方得卧龍先生明。帶雪披霜去三請，茅廬書房見孔明。慢説才可比伊尹，博望顯出軍師能。你要他同行我不肯，免勞大夫費全心。（魯唱）

　　皇叔之言理不順，孔明又非孩童身。軍師大事須要緊，何不放他東吳行。（劉唱）

　　人言忠厚魯子敬，爲何今日不公平。孔明本是我恭請，相依頃刻不離分。看來你暗計來勾引，要使孤窮難存身。説破機關大夫請，你此計只好騙他人。（魯白）喂呀，好言重也。（孔唱）

　　主公莫要過直性，大夫你且休認真。既是兩家憂國政，再三何必彼此分。亮雖不才願效命，前去東吳走一巡。（魯白）先生真乃妙人也。（唱）

　　昔日之交結廉藺，魯肅今朝遇孔明。（白）皇叔吓。（唱）此去萬事我承認，皇叔只管放寬心。（劉唱）

　　軍師既然心應允，孤窮難以阻此行。但去早回是要緊，大事一旦在先生。（孔唱）

　　吩咐之言高謹領，若見吳侯必起兵，公子準備大兵等。（琦白）遵命，軍師須要早回。（唱）

　　大夫遠來無以敬，接風未罷又送行。回見吳侯煩轉稟，代我道謝感盛情。（魯白）是。（劉白）酒來。（唱）

　　頃蓋之交古來語，今日子敬與孔明。情投意合去已定，我也難乎以爲

情。相煩大夫好照應，撤我擎天柱一根。此刻一言難以盡，水酒一杯表備心。（魯唱）

人言皇叔有德行，今日方知果是真。這杯酒可對天命，魯肅必然保孔明。（劉白）酒來。（唱）

自從臥龍來三請，我與軍師未離分。此別皆因魯子敬，杯酒相送早回程。（孔唱）

孫劉彼此是事緊，鼎足勢在此一行。辭別皇叔大夫請，（魯唱）皇叔安穩聽好音。（同下）（劉白）賢侄吓。（唱）

本要意欲東吳奔，誰想東吳先來臨。這番做作落笑柄，子敬實在老實人。借他出力拿得準，於中取利有孔明。我同賢侄且聽信，必然周瑜統雄兵。（同下）

五場 覆信

（大吹打介）（四將官、四文堂、四大鎧、一大纛旂暗上，一中軍、周瑜上）

【引子】少小稱英豪，討送如管鮑。知遇早定江東，竭力報效。

（白）憶自桓靈起戰場，如今誰念漢世皇。書生志在開疆土，氣奪山河日月長。

本帥姓周名瑜，字公瑾，廬江舒城人也。吳侯駕前官拜水軍都督，駐紮鄱陽湖，操練水軍。近聞曹操統領百萬，欲下江南，因此連夜撤回，面見吳侯，相請迎敵。衆將軍聽我吩咐。（衆同白）啊。（周唱）

炎漢家錦山河龍争虎鬥，恨曹操挾天子威令諸侯。得天時占中原兵將廣有，嘆劉琮無知識獻了荊州。我江東文武備可戰可守，大丈夫豈肯跪降低頭。俺本督秉丹心入朝起奏，（衆白）哦。（鼓聲介）（衆上馬介）（周唱）破曹操要殺他血水橫流。

【泣顏回】排子）（下）

六 場

（馹丞官上，白）寧可爲娼妓，切莫作驛丞。一頂破紗帽，往來迎送人。小官江東驛丞官便是。方纔有人說，魯大夫請了諸葛孔明，來到馹館中暫歇，只得門前伺候。

（四青袍、一童兒、旂牌、魯肅、孔明上）（魯白）（排子）（【六幺令】）先生一路船上辛苦，請在館馹暫住，容肅禀知孫將軍。（孔白）大夫請便。（魯白）還有一事相商。（孔白）請教。（魯白）先生，見了孫將軍，且不可實言曹操兵多將廣。（孔白）吓。這是何故？（魯白）誠恐他孫將軍懼怕曹兵勢大，起意迎降。（孔白）這不須子敬叮嚀，亮自有對答之言。（魯白）如此千萬拜託了。（魯唱）

　　吾主雖是英雄性，才非創業可守成[1]。説出曹操兵將勝，恐他陡起迎降心。一拜辭別好答應，（孔白）不須囑咐。（魯唱）少刻相請要留神。（下）（孔唱）

　　好個老實魯子敬，如此機關不知情。我且安居以待等，孔明學個那蘇秦。（下）

校記

［1］才非創業可守成："創業"，原本作"搶業"，今改。

七　場

（四太監持文上）（孫權上，唱）

　　魯肅一去無音信，曹操差人下檄文。使孤心中難安穩，文武將士亂紛紛。（入坐介）（魯笑介）哈哈哈。（唱）

　　東吳此時真僥倖，被誆來了諸孔明。

（白）魯肅參見主公。（權白）子敬回來了。探聽虛實如何？（魯白）已知其略，尚容徐禀。（權白）曹操差人傳遞檄文到此，發遣來使去了。今會衆商議，行止未定。你可細看如何？（魯白）待臣看來："孤近承帝命，奉詞代罪，旄麾南指。劉琮束手，荊襄之民望歸順。今統兵百萬，上將千員，欲與將軍會獵於江，共伐劉玄德，同分土地，永結盟好。幸勿觀望回音。"哎，狗屁胡説。請問主公之意如何吓？（權白）張昭等言，曹操擁百萬之衆，借天之名，以正四方，拒之不順。況荊州上游長之險被曹操所佔，不如納降，乃爲萬安之策。（魯白）衆謀士如何議論？（權白）衆謀士皆言："降則東吳民安，江南六郡可保。"（魯白）豈有此理。衆人之言，深誤將軍矣。（權白）何也？（魯白）衆人皆言降曹，惟特將軍不可降曹。（權白）何以言之？（魯白）如魯肅降曹，當以肅還鄉累官，不失荊郡也；若主公降曹，安所歸乎？位不封侯，車不過乘,騎不過匹,從不過數人,豈能得南面稱者哉?(權白)唔,唔,况且劉琮降曹,自己性命不保,這就是前車之鑒。(魯白)主公參詳。(權白)喂呀,此言提醒孤家也吓。(唱)

　　子敬一言來提醒,劉琮降曹反斬身。若是迎降又送命,(魯白)主公吓,(唱)低頭二字且莫行。

　　(魯白)眾人勸之意,各自為己,不可聽也。將軍宜早定計退敵,方是正理。(權白)張昭等議論,大失孤望。子敬開說大計,正合我意,此天以子敬賜我也。但曹操勢大,難以抵敵,如何是好?(魯白)肅至江夏,引得諸葛瑾之弟諸葛亮在此,主公可問他,便知虛實。(權白)卧龍先生在此麼?(魯白)被我説來,現在館驛中。(權白)今日已晚,未能相見,來日聚文武於帳下,先教見我江東英俊,然後陞堂理事。(魯白)領命。(唱)

　　堪顯江東人物勝,那知諸葛計謀深。(下)(權唱)
　　合意孫同劉扶保,漢有諸葛來破曹。(同下)

八場　舌　戰

　　(張昭、陸績、嚴畯、步騭、程德樞、虞翻、薛綜[1]、呂範八人上)(諸葛瑾上,白)下官諸葛瑾,在東吳輔助孫將軍以參謀。方纔聞得舍弟孔明,自江夏前來東吳,孫將軍傳諭眾官府堂相見。弟兄之間,不便接談,理應回避。我不免且自閃開,事後相見便了。(唱)

　　弟兄之情深悲想,嫌疑不得不緊防。(下)

校記

[1]薛綜:原本作"薛徐",今改。下同。

九　　場

　　(八人上)(昭、翻同白)萬卷詩書笑開口,(騭、綜同白)幾番功業列三台。(績、畯同白)安邦自是文章手,(范、樞同白)治國猶須錦繡才。(各通名字)(昭白)魯子敬從江夏引來諸葛亮,主公命我等接見。聞此人半神飄灑,器宇軒昂,你我言語之間,須當難說,勿失東吳氣象[1]。(眾同白)此言極是。魯子敬引孔明來也。

（孔明、魯肅同上）（魯唱）未謁東吳英名主，（孔唱）已知江左豪中華。

（孔白）列公請了。（昭、衆同白）請了。子敬，此位莫非臥龍先生？（魯白）正是。（昭衆白）先生遠來是客，請上坐談。（孔白）諸公不棄，只得有僭。（昭衆白）請。（吹打坐介）（昭衆白）先生高明，下臨敬地，有失遠迎。（孔白）豈敢。請教諸公台字，以慰景傾。（昭白）張昭。（衆各通名字）（孔白）久聞江東吳侯，今日得睹豐標，深爲幸矣。（昭衆白）先生過譽。（昭白）昭乃江東微末之士，久聞先生高臥隆中[2]，自比管仲、樂毅，此語可有之乎？（孔白）此亮平生小可之比也。（昭白）昭聞管仲相桓公，霸諸侯，一匡天下；樂毅扶持危弱之燕，下齊城七十餘座，此二人眞乃濟世奇才也。前聞劉豫州三請先生於草蘆之中，如魚得水，思欲席捲荆襄，奠安天下，今忽一旦敗於曹操，未審是何故也？（孔白）公江東第一謀士，大豈不知世務道理？我觀取漢上之地，易如反掌。無奈我主劉豫州躬行仁義，不忍奪同宗之基業，以致劉琮孺子[3]，將荆州九郡暗自獻曹，致使國賊得以猖狂。我主兵屯江夏，別有良圖，此非等閒可知也。（昭白）若此，是先生言相遠也。先生自比管樂，劉豫州今得先生，反不如初，上不能報劉表以安庶民，下不能撫孤子而據疆土，乃棄新野，走樊城，敗當陽，奔夏口，區區無容身之地，管仲、樂毅果如是乎？愚直之言，幸勿見怪。（孔白，笑介）哈哈哈哈，鵬飛萬里，其志豈群鳥能識哉？（唱）

鵬鵠志豈群鳥所能識量，養人和待天時別圖章陽。論兵法我也曾火燒博望，統雄師其奈何不取荆襄。

（翻白）愚翻請教先生：今曹兵屯百萬，將列千員，龍襄虎視，平吞江夏，公以爲何？（孔白）曹操收袁紹蟻聚之兵，劫列袁烏合之衆，雖數百萬不足懼也。（翻笑介）哈哈哈哈！（白）兵敗當陽，計窮夏口，猶言不懼，此乃大欺人也。（孔白）劉豫州以數千仁義之師，安能敵百萬殘暴之衆？退守江夏，以待天時。今江東兵精將足，欲使其主屈膝降賊，不顧下恥笑。由此論之，劉豫州眞不懼賊者矣。（翻愧介，白）哎。（騭白）步騭請問先生：今欲效張儀之舌，遊說東吳耳？（孔白）步子山以蘇秦、張儀爲辯士，不知蘇秦、張儀乃是豪傑也。（孔唱）

那蘇秦連合計六國丞相，那張儀乃秦國智謀高強。是公等東吳地兵多將廣，却如何避刀箭畏懼欲降。

（騭羞介）（薛白）薛綜請教：孔明以曹操如何人也？（孔白）曹操乃漢賊也，又何必問。（徐白）公言差矣。漢傳至今，天數已定。今曹公已有天下三分之二，衆心服意。劉豫州不識天時，強欲與争，正如以卵擊石[4]，安得不敗乎?(孔白)吓,薛敬文安得出此無父無君之言?人生天地之間,忠孝爲主身之本分。公乃漢臣,見有不臣之人,當共誅之應,生爲臣之道。今曹操祖宗切食漢禄,不以恩報國家,反懷篡逆之心,天下之所共恨。公今乃以天數歸之,真無父無君,不足與言。請勿多口。(綜羞介)哎。(續白)陸續請教先生:曹操雖挾天子令諸侯,猶是相國曹參之後,却無稽考。眼前是織席販履之徒[5],何足與曹操抗衡哉?(孔白)公非袁術座間懷橘之陸郎乎?請安坐聽我一言。(唱)

曹孟德爲漢賊勝如王莽,怎及得劉皇叔金殿考詳。公此言如小兒魑魅魍魎,辜負你懷橘名空自德芳。

(續慚介)哎。(晙白)嚴晙聞孔明所言皆强詞奪理,均非正論,且請問先生治何經典?(孔白)尋章摘句,世之腐儒也,何能興邦定國?且古之耕莘、伊尹、釣渭子牙、張良之流,陳平、鄧禹、耿弇之輩,皆有匡扶宇宙之才,未審治何經典也?(德樞白)程德樞請教:公好大言語,未必真有賢孝,恐爲儒者所笑。(孔白)有儒君子、小人之别。(唱)

論者必得要道德寬廣,並非是弄筆墨雕虫文樣。(衆驚失色,范言又止介)(黄蓋上,唱)

在窗外聽一派言語良相,自家人又何必口舌成塲。(白)非是俺黄蓋多言,孔明先生乃是當世奇才,諸公以辱舌相難,深非敬客之禮。曹操大兵臨境,不思退敵之策,乃徒鬥口,豈不可笑?(衆起白)偶爾閒談,不足介意。(羞介)愚聞多言伶利不如默而無言,先生何不將金石之論,向我主決之,乃與衆辯論,何也?(孔白)諸君不知世務,故相問難,豈不答爾?(衆同白)我等偶爾談笑,多有得罪,乞勿見責。(孔白)豈敢。(蓋白)魯子敬,可請見主公。(魯白)先生請。(孔唱)

舌戰群儒非本意,(衆羞介)(蓋同白)哎。(唱)氣吞漢土待如何。(同下)

校記

[1]勿失東吳氣象:"勿失",原本作"失勿",文意不通,依文意乙正。
[2]久聞先生高卧隆中:"隆中",原本作"龍中"。今改。
[3]以致劉琮孺子:"子",原本無。今依文意補。
[4]以卵擊石:原本作"似卵擊石",今改。
[5]眼前是織席販履之徒:"前"字,原本無。今依文意試補。

十場 激 孫

（四小太監上、孫權、細吹打、八文臣暗上，恭介）（孫權上）

【引】虎踞龍蟠畏曹瞞，午夜難安。（白）亘居何人是丈夫，紫髯碧眼貌魁梧。漢家天下雖無分，欲向江東問帝都。

（魯上，白）天馬已往騰彩霧，卧龍於此聽春雷。啓主公：諸葛孔明已在府門。（權白）有請。（魯白）有請諸葛先生。（孔上，白）全憑陸甲隨何口，激動圖王定霸人。（權出迎介）（魯白）先生，先前所囑之言，不可有誤。（孔白）我自知道。（權白）吓，卧龍先生。（孔白）將軍請上，孔明參拜。（權白）豈敢。先生遠來，可行常禮。（孔白）將軍垂愛，如此遵命了。（權白）看坐。（孔白）謝坐。劉皇叔囑亮多多致候將軍。（權白）多謝皇叔盛情。魯子敬談足下高才，今幸相見，敢求教益。（孔白）不才無學，有辱名問。（權白）足下近在新野輔佐劉豫州，前與曹操決戰，必然深知彼軍虛實。（孔白）劉豫州兵微將寡，更兼新野城小，無糧缺草，安能與曹操相持？（權白）請問曹操共有多少兵將？（魯目視介）（孔白）馬步水軍約有一百餘萬。（魯驚介，權白）莫非詐乎？（孔白）非詐也。曹操克黨州，已有青軍二十萬；平了袁紹，又得五六十萬；中原新招之兵，三四十萬；今又得荆州之兵二、三十萬，以此計議，不下一百五十萬。亮以百萬之言，恐驚江東之士也。（魯驚目視介）（孔白）唔。（權白）曹操部下，謀士、戰將還有多少？（孔白）足智多謀之士，能征慣戰之將，何止二千人。（權白）曹操平了荆州，復有遠圖之意乎？（孔白）即今沿江下寨，准備戰船，不取江東，待取何地？（權白）若彼有吞併之意，戰與不戰，請足下爲我一決。（孔白）亮有一言，但恐將軍不肯從聽。（權白）願聞高論。（孔白）向者宇宙大亂，故將軍得以鎮守江東，劉豫州取衆漢南，並爭天下。今曹操新破荆州，威振海内，總有英雄無用武之地，願將軍量力而處之。若能以吳越之衆與中原抗衡，則早決戰策；若其不能，何不從謀之議，北面降曹；如若猶移不斷，禍至無日矣。（權白）誠如足下之言，劉豫州何不降曹？（孔白）昔日田橫，齊之壯士，猶守義不辱，況劉豫州帝室之胄，英才蓋世，安肯屈膝國賊？（權白）嗨，足下請退。（下）（八文官大笑介）哈哈哈哈，好個能言軍師。（分下）（魯白）孔明先生好無知也。你雖是請來客，忒也大膽，却因何欺吾主，沒有遮攔，幸喜得孫將軍含蓄不亂，遇他人你必要受責一番。（孔白）哈哈哈哈。（唱）

可惜他志量淺毫無肝膽，破曹計我豈肯輕易言傳。（魯白）吓，先生果有良謀，肅當請吾主求教。（孔白）吾視曹操百萬之衆如同螻蟻，我舉手則爲齏粉。他不問我，我故不言啊。（魯白）喂呀呀，如此請先生客所少坐，待肅請吾主相見。（孔白）大夫請。（孔唱）

可笑他江東主志量淺佞，那知我胸藏兵別有絲綸。（下）（魯唱）

觀舉動看氣宇此言當信，身施禮謝主公快出分庭。

（四太監站門上）（權上，唱）

諸葛亮一番言欺孤太甚，魯子敬又請孤有何話云。（白）可惱哇可惱，孔明之言，欺孤太甚。（魯白）肅亦以此看之。孔明既笑主公不能容物，破曹之策孔明不肯輕言，主公何不求之？（孫笑介）哈哈哈哈，喂呀，原來孔明已有良謀，故以言詞激我，我一時淺見，幾誤大事。大夫，快請相見叙話。（魯白）是。（權唱）這却是孤量淺一時任性，（魯唱）已省悟到客所再請孔明。（白）先生有請。（孔上，唱）我故意慢步行成莫已定，（權白）先生。（唱）時纔間多搪突望乞原情。

（權白）適纔冒瀆威嚴，幸勿見罪。（孔白）亮言語冒犯，望將軍恕罪。（權白）豈敢。先生請坐。（孔白）告坐。（權白）曹操平生所惡者，呂布、劉表、袁紹、袁術、豫州與孤耳。今數雄已滅，獨豫州與孤尚存。孤不能以全我之地，受制於人。我計決矣，非豫州莫與檔曹操者。然豫州新敗之後，安然抗此難乎？（孔白）豫州雖新敗，關公猶率精兵萬人，劉琦領江夏戰將，亦有萬人。曹操遠來，北方之人不習水土，荆州士民迫於勢耳，非本心也。今將軍與豫州，協同心破曹必矣。成敗之機，在於今日，難將軍裁之。（權白）哈哈哈，先生之言，頓開茅塞。吾意決，略無他意，有煩先生幫助成功。（孔白）當效微勞。（權白）子敬暫陪館驛居住，容再叙教。（魯白）遵命。（權唱）

孤今日得先生一言提醒，破曹瞞全仗着協力同心。（孔唱）

成敗機在於此立志要緊，暫辭別到館驛聽候好音。（同魯下）（權唱）

此乃是東吳福破曹必定，天遣來臥龍崗諸葛先生。

（白）內侍，傳諭文武將官，即日起兵，共破曹操。（太監白）是，領旨。（照白）

（張昭等八人上，昭唱）在廊下猛聽得發兵之信，（衆同唱）此計爾中了他遣害借兵。（昭白）張昭等聞主公起兵，與曹操征戰，主公自思比袁紹若何？曹操向日兵微將寡，尚無一鼓而克袁紹，何況今日數百萬之衆，豈可輕敵？（昭唱）曹丞相百萬衆兵將強狠，豈可去動干戈自取敗傾。（翻唱）何況這諸葛亮已經不勝,用巧計來説我江吴之兵。(白)劉玄德因爲曹操所敗,孔明故欲借我東吴之兵以拒之,主公奈何爲其所用?願張子布之言,納降爲是。(權白)孤已得令起兵。(衆同唱)若聽信孔明言必有傷損,今當要斷此人早除禍根。(權唱)這件事却把孤主意不定,(魯上,唱)聞聽得勸降事心着一驚。(魯白)魯肅時纔聞張子布等勸降,休動干戈,勸主降意,此皆全身軀妻子之臣,願主公切勿聽也。(唱)自古道創業難抛棄何忍,誤國事帝臣言萬不可聽。(昭白)住了。(唱)兵家事非等閑豈可任性,(衆同唱)若妄動只恐怕東吴禍根。(昭白)主公若聽孔明同魯子敬之言,妄動甲兵,真是負薪救火也。(衆白)請主公先斬孔明,好定獻曹之策。(權白)此時文武去見國太,議論行正纔是。(昭白)主公去見國太,知降爲是。(權白)不必多言,隨孤進見國太。(同下)

【尾聲】

六本 完

七　本

頭場　祭　風　臺

(四官娥站門上,吴國太上)

【引】婺星飛彩,享榮善福自天來。

(詩)轉瞬光陰去水悠,人生看破不須愁。無夫深愧吕知事,有子當如孫仲謀。

(白)老身吴氏。自夫孫堅去世,長子孫策,得定江東,不幸早亡;次子孫權,承領基業,頗稱蠱幹。正是:一門忠孝稱神武,三代英雄作藩王。

(四太監、八朝臣、魯肅、孫權上)(孫唱)

曹操兵多將又廣,若向東吴勢難當。内堂來向國太講,(張昭同唱)若要安寧不如降。

(孫白)國太,孩兒拜揖。(太后白)罷了。(孫白)謝母后。(昭、衆同白)臣等參見,國太安好。(太后白)衆位將軍少禮。(昭、衆同白)謝國太。

(孫白)只因曹操破了劉表,奪取荆襄,立欲要吞併江東,前來要孩兒去江夏會獵,共破劉玄德。(昭、衆同白)啊。(太后白)哦。(孫白)文臣張昭等商議欲降，魯肅却執意不肯納降，勸我迎敬迎敵，故此主意不定，進內稟知國太，以爲如何？（太后白）請問魯子敬，迎敵可能保全？（魯白）啓太后：江東已立三世，根深本固，兵精糧足，何懼曹操之有？（太后白）張子布欲降，是何意也？（昭白）曹操挾天子令諸侯，名爲正順，兵強將勇，天下莫敵，降之可保安穩。（太后白）子布之是而非也。（太后唱）

我本婦道無智量，曾記夫君稱豪強。長子伯符心雄壯，江東人稱小霸王。傳流之世德澤廣，也非容易創家邦。子布無謀良心喪，如何竟自説投降。（昭唱）

此事張昭已細想，無奈曹操勢力強。迎敵太山倒壓像，（衆將同唱，接一句）只恐身家俱敗亡。（魯唱）

此等言詞多休講，保守身軀誤家邦。迎敵之計最爲上，（孫接一句唱）孫權有言奉高堂。

（白）稟國太，衆臣議論紛紛，人心不一，恐非國家祥兆。孩兒寢食不安[1]，猶疑不定，如何是好？（太后白）你不記吾祖遺言云？伯符臨終有言，"內事不決問張昭，外事不決問周瑜"，今何不請公瑾問之？（孫白）喂呀，若非國太此言，幾乎忘了大事。先兄遺言："內事不決問張昭，外事不決問周瑜。"公瑾現在鄱陽訓練水軍[2]，今煩魯子敬即速宣召到來，切勿遲誤。（魯白）臣聞周公瑾已離鄱陽，向柴桑郡來了。（孫白）如此甚好。就煩子敬前去迎接，速來見孤。（魯白）遵命。（唱）

公瑾前來興國旺，奉命當先接棟梁。（下）（太后唱）仲謀不必心驚慌，帶領衆官快出堂。（孫白）是。（孫唱）衆臣今且隨我往，（衆同唱）會見公瑾再商量。（同下）（太后唱）

八十一州地土廣，糧草充足兵馬強。可笑張昭無智量，開口就是説投降。內事辦理已可想，庸臣誤國實可傷[3]。我且內堂去安享，周瑜自有好主張。（同下）

校記

[1] 寢食不安："食"字，原本無。今依文意補。

[2] 公瑾："公瑾"二字，原本無。今依文意補。鄱陽：原本作"翻陽"，今改。下同。

[3] 庸臣誤國實可傷："可傷"，原本作"可商"，今改。

二場 激 瑜

（四白文堂、四白大鎧、四下手、一纛旂上，【六幺令】凹門上）（周上，白）兵將外面安歇。（衆分只下）（中軍上）（周白）身爲都督號周郎，練訓水軍於鄱陽。聞得曹操兵至上，入朝星夜到柴桑。（旂牌上，白）禀都督，魯子敬大夫拜見。（周白）有請。（旂白）有請魯大夫。（大吹打）（魯上，白）都督。（周白）大夫。（同笑介）哈哈哈。（周白）請。（魯白）請。都督來得正好，主公命肅迎接。（周白）有勞大夫駕至，請坐談話。（魯白）請。（周白）大夫請講。（魯白）曹操破了荆襄，屯兵漢上，欲下江東。張子布之言，立勸主公納降。是我在江夏，請得劉皇叔軍師諸葛亮，來此商議同心破曹。無奈主公聽信子布之言，猶疑不決，江東三世基業豈不休矣。（周白）子敬休得憂慮。瑜見主公，自有主張。你可速去請諸葛孔明相見[1]。（魯白）如此暫且告别，少刻邀孔明就到。（周白）請。（魯白）告辭。（【吹打】介）（下）

（旗牌上，白）禀都督，謀士張昭等拜見。（周白）請。（旂白）有請。（大吹打）（昭等四人上，白）啊，都督。（周白）啊，衆位大人請。（衆同白）請。（周白）請坐。（昭白）都督可知江東之利害否？（周白）未知也。（昭白）曹操擁百萬之衆，兵屯漢上，傳檄文至此[2]，欲請主公會獵於江夏。昭等勸主公暫且降順，免江東之禍；不想魯子敬從江夏帶了劉玄德軍師諸葛亮至此，彼因自欲雪憤，特下説詞以激我主[3]；子敬執迷不悟，正欲待都督一決。（周白）公等之見皆同否？（衆同白）我等所議皆同。（周白）吾亦久欲降曹，公等請回，明日早朝見主，自有定妥。請。（衆同白）全仗都督，我等告辭。（周笑介，白）請哪。（衆同白）請。（同下）

（旗牌上，白）武將程普、黄蓋拜見。（周白）有請。（旂白）有請。（下）（【大吹打】）（程普、黄蓋、太史慈、韓當同上白）都督在上，我等參見。（周白）列公少禮，請坐。（程同白）告坐。（程白）都督可知江東早晚屬他人否吓？（周白）未知也。（程白）我等自隨孫將軍開基創業，大小數百戰場，方纔得六郡城池。今主公聽謀士之言，欲降曹操，此事真可耻可惜之事。吾等寧死不辱。望都督勸主公決計興兵，吾等願效死戰。（周白）將軍等所見皆同否？（程白）吾等皆同。（黄白）吾願頭可斷[4]，誓不降曹。（韓、太同白）我等都不願降。（周白）吾正欲與曹操決戰，安肯投降？將軍等請回，瑜見主公，自有定議。（程同衆白）如此暫爲告别。（【吹打】介）（同下）

（旂牌上，白）禀都督：文官諸葛瑾、吕範等拜見。（周白）請。（旂白）有請。（下）【吹打】介）（諸葛瑾、吕範、張温、陸續同上，同白）都督。（周白）諸葛先生請。（諸白）都督駕回，未曾遠接，多多有罪。（周白）豈敢。請坐。（諸白）有坐。（周白）孔明先生可否？（諸白）舍弟諸葛亮自漢上來，言劉豫州欲結東吴，共伐曹操，文官衆人商議未定。舍弟爲使，不敢多言，專候都督來此言。（周白）以公論之若何？（諸白）降者易安，戰者難保啊。（周白）先生之言，分明是文官欲保身，武將不惜死。（諸白）正是此意。（周白）先生請回。瑜自有準計策，來日同至府下商議。（諸同白）如此告别。（周白）奉送。（吹打）（同下）

（周白）好一班文官衆臣也。（唱）

嚇殺文官無膽量，却教武將氣軒昂。本督心中暗思想，且待孔明觀形藏。（魯唱）

時纔已對諸葛講，面見都督要緊防。

（魯白）孔明已經請到。（周白）有請。（魯白）有請卧龍先生。（孔上）（大吹打介）（魯白）此乃我家都督。（孔白）啊，都督。（周白）先生。（同笑介）啊哈哈哈。（周白）請。（孔白）請。（周白）久仰先生大德，今日得見，實爲萬幸。（孔白）亮亦聞都督威望，今識尊顏[5]，實慰平生。（周白）先生請坐。（孔白）都督請坐。（周白）大夫請坐。（魯白）告坐。此刻温寒不叙。今曹操南侵，興兵二字，主公不能決定，听於都督之意如何？（周白）曹操倚天子爲名，其師不拒[6]，且其勢大難敵，戰則必敗，降則意安。吾意已決，來日去見主公，便當遣使納降。（魯驚介）吓吓吓，君言差矣。江東基業已歷三世，豈可一旦棄於他人。伯符遺言外事託付都督，奈何從懦夫之議哪？（唱）

外事託付都督掌，便是國家之棟梁。曹操勢大乃虛謊，豈可無謀俯首降。

（周白）子敬之言雖是，無奈江東六郡生靈若惟兵軍之禍，必有歸怨於我，故決計請降耳吓。（魯白）不然。以都督之英雄，東吴之險固，曹操未必便能得志也。（孔冷笑介）哈哈哈。（周白）先生何故哂笑？（孔白）亮不笑别人，笑子敬不識時務耳。（魯白）先生譏笑我不識時務[7]？（孔白）公瑾主意降曹，甚爲合理。（周白）好哇，孔明乃識時務之士，心與吾有同心。（魯白）孔明，你也如何説此[8]？（孔白）曹操極善用兵，天下莫敵。只有劉豫州不識時務，强與爭衡，今孤身江夏，存亡未保。公瑾決計降曹，可以保妻子，可以全富貴，國祚遷移[9]，付之天命促足。惜哉。（魯白）哇，汝教我主屈膝受辱

國賊乎？（唱）

孔明之言全不像，貪生怕死不忠良。（孔唱）大夫不必動兔□[10]，我有一計定家邦。（周白）請教先生有何妙計？（孔白）此計不勞牽羊擔酒禍土獻即，只須遣一介之使，扁舟送兩個人到江上，曹操得此二人，必大喜而去。（魯白）莫非要送我同張昭前去？（孔白）非也。（周白）果用何二人，曹便退兵？（孔白）亮居隆中之時，即聞曹操於漳河新造一臺[11]，名曰銅雀臺，極其壯麗，廣選天下美女，以實其中。（周白）哦？（孔白）曹操本是好色之徒，久聞江東喬公二女……（周白）啊？（孔白）長曰大喬，次曰小喬，有沉魚落雁之容，閉月羞花之貌。（魯作色介，周視止介，孔白）吓，子敬怎？（周白）先生請講。（孔白）曹操曾發誓曰：我一願掃平四海，以成帝業；一願得江東二喬，置之銅雀臺，以樂晚年，雖死無恨。（周白）哦。（孔白）今雖引百萬之衆，虎視江南，其實如此二女也。都督何去尋喬公，以千斤買此二女，差人送與曹操。曹操一得此女，必然班師去矣。此乃范蠡獻西施女之計，都督何不即速爲之？（周白）哦，曹操欲得二喬，有何憑證？（孔白）曹操幼子曹植，字子建，筆下成文，操命其作賦，名曰《銅雀臺賦》。賦中之意，單遺他家合爲天子，誓取二喬[12]。（周氣介，白）此賦公能記得否？（孔白）吾愛其文筆美，嘗竊記之。（周白）如此，請煩先生試誦一遍[13]。（孔白）公瑾請聽。（排子）（周起介，白）哎，哎呀，欺吾太甚也。（孔怔介）（周白）吓。（唱）老賊行爲忒狂妄，不由怒氣滿胸膛。（孔白）吓吓，公瑾且休生怒。昔單于屢浸疆界，漢天子許以公主和親，今何惜民間二女也。（周白）公有所不知，大喬乃孫伯符將軍主婦。（孔白）哦。（周白）小喬乃瑜之妻也。（孔白）哎呀，惶愧惶愧，亮不知失口亂言，死罪死罪。（周白）吾與曹賊，勢不兩立[14]。（孔白）事當三思，免得後悔。（周白）吾受伯符寄託，安有屈身降曹之理？適纔所言，故爾試也[15]。（魯白）呵，原來是假意相識我等。（周白）吾自鄱陽湖便有北伐之心，雖刀斧加頭不易其志也，望孔明助我一臂之力，同破曹賊。（孔白）若蒙不棄，願效犬馬之勞，早晚拱聽驅策。（周白）如此甚好。有煩子敬送臥龍先生館駙暫住，容再領教。（魯白）遵命。（孔白）告別。（周白）奉送。（孔唱）暫別公瑾館駙往，準備謀略到戰場。銅雀臺故扯二喬譃，非此不能激周郎。（魯白）哦。（同下）（周唱）人言孔明多志量，今日一見也平常。吩咐開道府堂上，（四白文堂分只上）（周唱）去請吳侯干戈揚。（同下）

校記

［1］請諸葛孔明相見：“請”，原本漏。今依文意補。
［2］傳檄文至此：“檄文”，原本作“邀文”，今改。
［3］以激我主：原本作“以檄我主”，今改。
［4］吾願頭可斷：“頭”字，原本無。今依文意試補。
［5］今識尊顔：“尊顔”，原本作“尊言”，今改。
［6］其師不拒：原本作“其師不不拒”，衍一“不”字，今删。
［7］先生譏笑我不識時務：“譏”字，原本作“及”。今依文意改。
［8］如何説此：“何”，原本作“可”。今依文意改。
［9］國祚遷移：“祚”，原本作“祥”。今改。“遷移”，原本“遷”後衍一“遷”字，文意不通，今删。
［10］大夫不必動免□：此句後一字原本模糊不識，今以□代。待考。
［11］曹操於漳河新造一臺：“漳”，原本作“章”。今據《三國志演義》改。
［12］誓取二喬：原本作“誓最二喬”，今改。
［13］試誦一遍：“誦”，原本作“通”。今改。
［14］勢不兩立：原本作“實不兩刀”，今改。
［15］故爾試也：原本作“故耳識也”，今改。下同。

三場　賜　劍

（十六將上）（張慮鄱、步騭、薛踪、陸績、嚴畯、程德樞、程普、黄蓋、韓當、周泰、太史慈、甘寧、徐盛、丁奉同上[1]）（點絳唇）排子）（昭白）吴侯陞堂議事，一同伺候。（衆同白）請。（四太監、權上）

【引】吊膽提心憂社稷，宵衣旰食保江南。（衆參介）（孫白）近敵恨無力，獻降事可傷。再同文武議，何計保家邦。

（魯肅、周瑜同上，周白）要之兵勝敗，必得忠良臣。周瑜參見主公。（孫白）公瑾平身。（周白）謝主公。（魯白）魯肅參見主公。（孫白）大夫少禮。（魯白）謝主公。（周白）近聞曹操兵屯漢上，馳書會獵，主公之意如何？（孫白）連日等議此事，有勸我降者，有我戰者，吾意未定，故候公瑾一决。（周白）誰勸主公獻降？（孫白）張昭等皆主其意。（周白）願聞先生高見。降者何意？（昭白）曹操挾天子而征四方，動以朝庭爲名，近又得荆州之衆，其勢浩大，不如且降，更圖後計。（周白）此迂儒之論。（魯白）駡得好。（周白）江東自開國以來，今歷三世，安忍一旦廢棄？（孫白）若此，計將安出？（周白）曹操託名漢相，實爲漢賊。主公以神武雄才，仗父兄基業，兵精糧足，正當橫行天下，爲國除害，焉能降賊？（魯白）張子布，公瑾此言，你有何説？（昭白）只恐曹操士馬强勝，難以迎敵。（周白）曹操此來，多犯兵家禁忌。（孫白）何也？（周白）北土未平，馬騰、韓遂爲其後患，操來南征，此一忌也。（魯白）是啊。（周白）北軍不習水戰，操舍鞍馬而仗舟楫，與東吳争衡，二忌也。（魯白）不錯。妙論妙論。（周白）時值隆冬盛寒，馬無蒿草，此乃三忌也。（魯白）是是是。（周白）驅中原士卒遠涉江湖，不服水土，多生疾病，此四忌也。（魯白）妙論之至。（周白）曹操之兵犯此四忌，戰則必敗。將軍擒曹，正在今日。（魯白）好志氣。（周白）瑜請兵數千，進屯夏口，必爲將軍破之。（孫起，怕白）老賊欲廢漢自立久矣，所懼袁紹、袁術、吕布、劉表與孤耳，今數雄已滅，惟孤尚存，孤與老賊勢不兩立也。（孫唱）提起兵機心頭恨，威挾天子敢橫行。今日之争議已定，孤與老賊不同生。（魯白）主公，如今可拿定主意破曹了？（孫白）公瑾言戰，甚合孤意。此天以卿授我也。（周白）臣爲都督，決一血戰，萬死不辭，只恐將軍狐疑不定。（昭白）此事須當三思，未可妄動。（孫白）住了。（拔劍介）諸公再若有説降曹者，與此案同。（怒氣介）（昭羞介）（魯白）好主公，真有决斷。（孫白）此劍賜與公瑾，封爲大都督。（周白）謝主公。（孫白）程普爲副都督。（程白）謝主公。（孫白）魯子敬爲贊軍校尉。（魯白）謝主公。（孫白）文武將官有不聽號令者，用此劍誅之。（周白）遵命。衆官聽者：吾奉主公之命，率衆破曹，諸將官吏，來日俱於江畔行營聽令，如遲誤者，依七禁令、五十四斬施行。（衆同白）遵命。（孫白）公瑾暫退歇息，明日起兵。（周白）起駕。（孫白）今朝堂上封良將，（周白）明日江下起義兵。（衆分只下）

校記

［1］周泰：原本作"周太"，今改。下同。

四　　場

（二童兒、孔明上，白）哈哈哈。（唱）

可笑周郎假聰敏，銅雀臺賦認了真。我今求他恐不應，他反求我笑煞人。(魯上,唱)適纔奉了都督令,軍機大事問孔明。(孔白)啊,子敬來了。(魯白)先生請坐。(孔白)請。(魯白)今日府下公議已定,即日起兵。我奉公瑾之命請教先生,願求破曹之策。(孔白)此時孫將軍心尚未穩,不可決策也。(魯白)吾主已拔劍砍案,立意破曹,何謂心有不穩?(孔白)非有別故,心怯曹兵之多,懷寡不敵衆之意。公瑾若能與曹軍之數開解,使其了然無疑忌,方可用兵。(魯白)先生此言甚善。待我回覆公瑾。(孔白)請。(魯白)告辭。(魯唱)先生言語定有准,回覆都督見主君。(下)(孔唱)

忠厚要算魯子敬,機關全然不知情。計巧雖然周公瑾,行爲焉能瞞孔明。隨風就浪我意穩,借他將帥好用兵。(笑介)哈哈哈。(下)

五　　場

(四白文堂、二旂牌、周瑜上,唱)

破曹之計心已定,良謀妙計方能贏。已命子敬去探信,看那孔明怎樣云。(魯上,唱)主公出兵意必穩,孔明之言未必眞。(魯白)孔明言道,主公心怯曹兵之多,懷寡不敵衆之意,都督必要將曹操軍數開解,其了然無猶疑,然後方可用兵。(周白)哎呀,是吓,孔明之言是也。他竟早已料看吳侯之心,其計畫機謀高一頭,久必爲我江東之患,不如殺之,以絶後患。(魯白)不可。今看曹賊未破,先殺賢士,乃自去其幫助也。(周白)此人輔助劉玄德,必爲江東之患。(魯白)諸葛瑾乃孔明胞兄,可令招他同事東吳,豈不妙哉?(周白)此言亦是。快請諸葛瑾先生。(旂照白)(諸葛瑾上,白)只因手足義,又時嫌疑分。都督在上,諸葛瑾參見。(周白)先生少禮,請坐。(瑾白)謝坐。(周白)令弟孔明有王佐之才,如何去得?今幸至江東,欲煩先生不惜齒牙餘論,説令弟身歸東吳,主公既得良輔,而先生弟兄又得相聚,豈不美哉?(瑾白)瑾至江東,未立寸功。都督有令,敢不效力。(周白)如此甚好,即速一行。(瑾白)告辭。去將美言語,好説同胞人。(下)(周白)諸葛瑾此去,未必孔明肯歸順東吳。(魯白)何以見得?(周白)劉玄德三顧孔明於茅廬之中,情同魚水,義重桃園,諸葛亮定不從其兄。(周唱)三顧茅廬恩義盛,何況相持如水情。子瑜此去必不允,(魯唱)暫且奈忍聽好音。(瑾上,唱)我去説他反被問,教我無辭難以云。(白)都督在上,諸葛瑾有罪之至。(周白)先生去説令弟如何?(瑾白)我以伯夷叔齊之事説他同來東吳,他却以漢臣之義説我同事劉皇叔,致難開口,故此空回。(周白)令弟之言,公意如何?(瑾白)吾受孫將軍厚恩,安肯相背。(周白)公記忠心事主,不必多言,請退,吾自有伏孔明之計。(瑾白)謝都督。(瑾唱)一母同胞言不信,慚愧東吳參謀人。(下)(周白)孔明吓孔明。(唱)既到虎口難救應,你要想逃萬不能。(魯白)孔明不降東吳,何不殺之?(周白)子敬休言,吾自有別計。吩咐衆將,帶兵披挂伺候。(下)(魯白)哎呀,孔明性命休矣。唗,都督吩咐,衆將披挂帶兵,行營伺候。(下)

六　場

(四黃文堂、黃蓋、韓當、蔣欽、周泰上,【風入松】,各通名字)(蓋白)都督有令,帶兵行營伺候,你我一同前往。(衆同白)請哪。(排子)(同領下)

七　場

(四黃大鎧、凌統、潘章、太史慈、呂蒙上,【急三腔】,各通名字)(凌白)都督有令,帶兵行營伺候。(衆同白)請。(同下)

八　場

(四藍文堂、陸遜、董襲、呂範、朱治上,各通名字)(陸白)都督令下,行營發兵,一同前往。(衆同白)請。(活頭,下)

九　場

(四藍大鎧、程普上,【急三腔】,通名字,白)前以周瑜年輕懦弱,爵居我上,欺三世老臣,是以心中不服;昨見議論風生,動止有法,真將才也。今我心敬,只索行營謝罪。左右催馬,速往行者。(衆同白)哦。(排子)(下)

十　場

(四白文堂、四白大鎧、四上手、一中軍上)(魯肅、周瑜上)(周唱)
【點絳唇】奉命點將,將勇兵強。中軍帳,擺烈刀槍,要把賊掃蕩。

（詩）昨夜斗傍武曲明，今朝江畔發雄兵。旌旂搖指山河動，席捲曹營報太平。中軍，傳衆將進帳。（中白）得令。都督有令，衆將進帳。（黃蓋、韓當、朱治、呂範上）（蔣欽、潘章、徐盛、周泰、凌統、丁奉各分上）（同白）衆將官參見都督。（周白）兩傍聽令。（衆同白）啊。（周白）方今曹操弄權，甚於董卓，囚天子於許昌，屯暴兵於境上。吾今奉命討賊，諸君幸皆努力向前，大軍到處，不得擾害黎民，殘踏田墓。上法無私，犯者不貸。【風入松】（衆將同白）都督將令，我等敢不凜遵。（周白）黃蓋、韓當聽令。（蓋、韓同白）在。（周白）命你二人爲前部先鋒，帶領戰船前至三江口下寨，別聽將令。（黃、韓同白）得令。（周白）蔣欽、周泰聽令。（蔣、太同白）在。（周白）命你二人帶戰船作爲二隊。（蔣、太同白）得令。（周白）凌統、潘章第三隊。（凌、潘同白）得令。（周白）陸遜、董襲爲四隊。（陸、董同白）得令。（周白）朱治、呂範爲四方巡警，催督六郡官水陸並進，克期取齊，不得遲誤。（呂、朱同白）得令。（周白）子敬，請孔明議事。（魯白）是。有請孔明先生進帳議事。（孔上）【吹打】介（孔白）都督。（周白）先生請坐。（孔白）請坐。（周白）昔日曹操兵少，袁紹兵多，而曹操及朦袁紹者，因用許攸之謀，先斷烏巢之糧也。今曹操兵八十三萬，我兵只有五六萬人，安能拒之？戀須先斷曹操之糧道，然後可殺。（孔白）是是。此一用兵之法。（周白）我已探知曹軍糧草屯於聚鐵山。先生久居漢上，熟知地理，敢煩與關、張、子龍輩，我亦助兵千人，星夜往聚鐵山，斷曹操糧道。此各爲主人之事，幸勿推調。（孔白）此乃公事。都督委令，敢不前往。（周笑介）哈哈哈。好，孔明先生真乃妙人也。就此即請一行，成功再謝。（孔白）都督放心，亮今告辭去。（周白）請。（孔唱）劫糧之計事本應，告別都督就此行。（周白）請。（孔唱）出得營來暗自哂，（笑介）哈哈哈。（唱）借刀焉能殺孔明。（下）（魯白）吓。（唱）看他出營有行經，都督要他爲何情。（白）公使都督劫糧，是何意見？（周白）我欲殺孔明，恐人笑話，故借曹操之手，以絕後患耳。（魯白）原來如此。（周白）子敬可去催他，即速起行。（魯白）遵命。（魯唱）烏巢劫糧計毒狠，孔明乃是糊塗人。可惜空來送性命，我還去作催死人。（下）（周唱）借刀之計他不省，從此斬草除後根。（白）衆將官。（衆同白）有。（周白）就此即速起馬，兵屯三江口。（衆同白）啊。（同下）

【尾聲】

七本完

八　本

頭場　破　計

（四紅文堂上）（劉上）

【引】顛沛流離麽，不忠又之氣。（詩）劉表無能失荊襄，空留遺言（恨也可）嘆興亡。漢家天下今如此，爲有孔明似子房。（白）孤窮劉玄德。自孔明前去東吳，連和孫權同心破曹，今日遥往江南，旂幡隱隱，戈戰重重，料是東吳已動兵矣。但是軍師一去，杳無音信，不知事體如何。不免喚糜竺前去探信虛實。左右，請糜竺進帳。（文堂白）有請糜竺。（糜竺上，白）誠心能避火，正意敢親君。（竺白）參見主公。（劉白）子仲少禮。（竺白）謝主公。（劉白）只因孔明前去東吳，未見音信。今見江南起兵屯紮，有煩子仲携帶羊酒禮物，前往犒賞軍卒，就便探聽虛實，不得有誤。（竺白）得令。携帶犒軍禮，去爲探事人。（下）（劉白）糜竺此去，必有准信。不免去與二弟、三弟、子龍等料理軍馬，屯紮樊口，以備調用。正是：養銳而成氣，畜精以待人。（分只下）

二　場

（二童兒[1]、孔上，唱）

可嘆周郎見識淺，心懷毒害難容賢。命我劫糧計真險，豈知臥龍能飛天。故意起兵假檢點。

（魯上，白）滿腹心事與誰言。（白）吓，孔明先生何其匆忙。（孔白）都督命我聚鐵山劫糧，因此即行。（魯怔介，白）哦，先生此去，可能成功否？（孔白）哈哈哈，吾水戰、步戰、車戰各盡其妙，何愁功勞不成？非此江東公與周郎止一能也。（魯白）我與公瑾何爲一能？（孔白）吾聞江南小兒謠言云："伏路把關饒子敬，臨機水戰有周郎。"公等於陸地但能伏路把關，周公瑾但堪水戰，不能陸戰耳。（魯白）哈哈哈，孔明藐視我等也。告別了。（唱）

先生此去既情願，我又何必苦躊躇[2]。今且告別主相見，性命相關要保全。（下）

（孔笑介）哈哈哈。（唱）

江東人才俱奸險，魯肅老實真可憐。此來一往但受騙，多口多舌又當先。此去此話傳一遍，周郎聽了怒沖天。定然要將武藝顯，我又没事樂安然。

（魯持令上，唱）

都督怒發有令箭，不用孔明自上前。（白）哈哈哈，恭喜先生，賀喜先生。（孔白）啊，喜從何來呢？（魯白）我將先生之話直言告訴，公瑾大怒，說先生欺他不成陸戰，命我持令前來，不用先生前去，他自引一萬馬軍去往聚鐵山，斷曹操糧道。先生免了驚險，又得安閑，如何不賀？（孔白）哈哈哈，子敬不知呀。（魯白）我怎麼不知？（孔白）公瑾今命我劫糧者，實欲使曹操殺我耳，我故以凡言戲之，公瑾便容納不下。今日之際，只願吳侯與皇叔同心，則功可成；如各相謀，大事休矣。（魯白）是是，此乃是正言。待我說與公瑾，止其忌害之謀。（孔白）況且曹操多謀，他平所慣斷人糧道，今如何不以重兵提防？公瑾若去，必爲所擒。（魯白）喂呀呀，此乃金石良言。待我告之，平其好勝之心。（孔白）子敬，今當決水戰，挫動北軍銳氣，別尋妙計破之。望子敬善言告知公瑾，幸勿見怪。（魯白）是我極知也。（唱）

本是公瑾見識淺，孔明的確是忠良言。我今再會細相勸，莫非機關當等閑。（下）（孔唱）

兵行詭道不行險，周郎之計忒左焉。他心害我難止念，準備謀略自保全。（下）

校記

[1] 二童兒："兒"字，原本作"尔"。今改。下同。
[2] 我又何必苦躊躇："躊躇"，原本作"週族"，今改。

三　　場

（周瑜上，唱）

孔明之言實可恨，欺我陸地戰不精。我今點兵自前進，（魯上，接一句唱）飛速來向都督云。（白）都督休要發兵。（周白）怎麼吓？（魯白）孔明言道："公瑾令吾劫糧，是借曹操之手殺害[1]，因今用人之際，只願兩家同心，則功可成；如各相謀害，大事休矣。"（周白）吓，還有何說？（魯白）他說："曹操多謀，平生所慣斷人糧道，今如何不以重兵防備？公瑾若去，必爲所擒。"（周白)哦,這是他講的?(魯白)是。他又説:"今當先决水戰,挫動北軍鋭氣,别尋妙計破之,乃爲上策。"叫我再三上覆都督,不可任性。(周白)哎呀。(摇頭頓足介)唔,此人朦十倍,今日不殺此人,必爲國家後患也。(唱)

此人心地果聰敏,如若不殺是禍根。自己思尋心煩悶,(魯白)都督。(唱)此事緩圖暫消停。(白)方今用人之際,望以國家爲重,且待破曹之後,圖之未晚。(周白)子敬之言亦是,但機密不可洩漏[2]。(魯白)這却自然。(中軍上,白)禀都督:劉玄德差糜竺賫送羊酒禮物,前來犒軍。(周白)傳他進見。(中白)有請糜竺先生進帳。(下)(糜上,白)小舟順水而下,大兵威武可觀。都督在上,糜竺拜見。(周白)先生少禮,何去而來?(竺白)奉皇叔之命,特賫羊酒禮物前來犒軍,再三致意都督,有禮單呈上。(周白)多謝皇叔厚恩。有勞先生遠來,請坐。(竺白)告坐。(魯白)糜兄。(竺白)大夫。(竺白)啓都督:孔明在此已久,今願與同回。(周白)孔明方與我同謀,豈可别去?(竺白)無奈皇叔盼往。(周白)我亦欲見皇叔,共議良策,無奈身統大軍,不可暫離。若皇叔肯打駕來臨,深慰所望。煩子仲忒爲啓請。(竺白)如此某暫告辭。(周白)子敬代送。(大吹打)(竺下)(魯白)請問都督,欲見皇叔,有何計策?(周白)劉玄德世之梟雄,不可不除。吾今誆他到來,趁機殺之[3]。(魯白)哦。(周白)實爲國家除一後患。(魯白)吓吓吓,這却如何使得?現在兩家連和,同心破曹,豈可殺害?此事斷然不可。(周白)智者見機而作,免致後患。不必多言,吾自有主意也。(周唱)

智者見機當要緊,豈可養魚在山林。衆將上帳聽將令,(八將分兩邊上,唱)都督有何將令行。(周白)吾今去請劉玄德到此,爾等預備刀斧手五十名,藏於壁底之中,看吾擲杯爲號,便出下手擒拿,不得有誤。(下)(八將同白)得令。(魯白)列位將軍,方今孫劉兩家同心破曹,都督要殺劉玄德,豈不自誤。(八將同白)都督之言,敢不遵令。大夫所説無益,請各行事。(下)(魯白)哎呀,此事好難爲情也。(唱)

當初是我魯子敬,前往江夏誆孔明。今日要害玄德命,只恐遺笑天下人。左右爲難心不忍,(白)咳。(唱)只好聽他由命行。(下)

校記

[1]是借曹操之手殺害:"借"字,原本無。今依文意補。
[2]但機密不可洩漏:"可"字,原本無。今依文意補。
[3]趁機殺之:"趁"字,原本無。今依文意補。

四場 赴會

（四藍文堂、劉備上，唱）

孔明不回無音耗，糜竺探信路途遥。事之好歹難預料[1]，悶悶懨懨豫無聊。

（糜上，白）只爲探信去，依舊扁舟回[2]。主公在上，糜竺參見。（劉白）糜子仲探信回來了，事體如何？（竺白）三江口乃周瑜統兵，並未見孔明。周郎收了禮物，欲望主公到彼面會，商議良謀。（劉白）吓，周瑜安接我到彼商議良謀？（竺白）正是。（劉白）如此，吩咐收拾快船一支，今日便行。（竺白）是。哎，主公吩咐：收拾快船一支，坐往三江口，去會東吳周瑜。（下）（内應介）哦。

（張上，白）相請會江口，恐是宴鴻門。大哥，方纔二哥道，周瑜多謀之士，又没孔明書信，其中有詐，不可輕去。（劉白）我今結好東吳，共破曹操。周郎欲我，我若不去，非同盟之意，兩請猜忌，事不諧矣。（張白）兄長若執意要去，二哥叫弟相隨同往。（劉白）也罷，你同我前去，掉二弟、子龍把守寨。（張白）如此待俺吩咐。哎，大哥有令，命俺張飛相隨臨江赴會，掉換二哥、子龍把守營寨[3]。（内白）啊。（張白）吩咐已畢，請大哥上船。（劉白）隨我收拾前往。（唱）

孫劉兩家來結盟，相邀豈不一行同。上得舟船須安静，莫非東吳看浮雲。（同下）

校記

［1］事之好歹難預料："預料"，原本作"送料"，今改。
［2］依舊扁舟回："扁舟"，原本作"遍舟"，今改。
［3］掉換：原本作"掉唤"，今改。

五　場

（細吹打，稍婆上，四水手、四短甲、張飛、劉備上船介）（劉白）開船。（張白）哎，開船。（劉白）上得舟中，見一派江景也。（唱）

漢陽江上烟波渺[1]，可嘆興亡隱前朝。荆州之地本劉表，誰知蔡瑁反降曹。我合東吳固然好,聞聽周郎智謀高。船到江心思計較,防個未他細推敲。(劉白)三弟。(張白)大哥。(劉白)我想周郎請我合會,孔明在彼,緣何無有音信[2],此中必有巧計。(張白)昔日藺相如獨保趙王秦國赴會,後又完璧歸趙,名重千古。如今二哥命俺替他相隨兄長臨江赴會,倘有不測,俺便一人拼命,管叫他萬夫難當也。(張唱)

臨江會上將兄保,豈懼周郎小兒曹。做出龍來方現爪,何必江心細叨叨。(水手白)船已近岸。(劉白)用一伶俐軍校,報與周郎知道。【風入松】,下)

校記

[1] 漢陽江上烟波渺:"渺",原本作"藐",今改。
[2] 緣何無有音信:"緣何",原本作"原何",今改。下同。

六　　場

(四白文堂上)(周瑜上,白)計就月中擒玉兔,謀成海底捉金鰲。(中軍上,白)劉玄德到。(周白)隨帶多少人馬?(中白)快船一支,隨帶二十餘人。(周白)哈哈哈,此人命合休矣。吩咐刀斧手,後帳埋伏,只聽金鐘三响,便出下手。(中白)得令。(下)(周白)擺隊相迎。【大吹打】,下)(擺隊下)

(劉元人過場,下)(張衝上,撞中軍介,下)(周元人上)(劉元人上)(周、劉謙恭介,同下)(連場上)

(周、劉兩元人、凹門上)(周白)久仰皇叔大名,今幸相見,請上臺坐,容周瑜一拜。(劉白)豈敢。都督名傳天下,備無才無德,何煩都督重禮。(周白)皇叔如此謙遜。(劉白)啊哈哈哈。(周白)只得從命。(揖介)請坐。(劉白)請。(周白)皇叔降臨,未曾遠迎,多多有罪。(劉白)豈敢。都督相邀,必有見教,故此輕造,以求教益。(周白)東吳多蒙皇叔,杯酒表情,談議軍務。(劉白)多承美意。(周白)看宴。【大吹打】,安席介)(中軍跪介,白)上宴舉杯告乾。(劉白)都督,備有何德能,當此大禮。(周白)皇叔威德,理當跪敬。(劉白)不敢,請起。(周白)謝過皇叔。(中白)啊。(劉白)酒席筵前,緣何不見孔明先生?(周白)因有公務去了。皇叔請酒。(劉白)哦,請。(【園林好】,排子)(周白)來問皇叔,帶來多少兵將?(中白)吓,請問皇叔,帶來多少兵將?(武士白)一軍十卒。(中白)不穀我手下料理的,哪一軍十卒?(周白)酒肉犒賞。(中白)吓,抬酒肉來。(四軍卒抬上介)(中白)吓,朋友,都督犒賞你們酒肉。（武士白）禀三爺，都督賞小人們酒肉。（張白）肉拿去，酒放下。（中白）吓，酒爲甚麼不抬下去？（武士白）有人好杯。（中白）那個好杯？（武士白）啊？（張白）俺好杯。（中白）你好杯，來來來。（張白）尅上罷，酒來酒來。（中白）哎，十個人的酒，你一人喝了，還叫酒來。唔，真是個酒囊飯袋。（張白）唔，兒好小器也。（唱）

英雄肚量兒豈曉，不是東吳小兒曹。俺且忍耐假醉倒，（白）啊。（唱）只見周郎殺氣高。（白）且住。俺看大哥面帶喜容，周郎面帶殺氣，兩傍懸挂壁隱，其中必有埋伏。俺且裝呆，緊隨大哥身後，看他怎生下手。（唱）好比樊噲膽如豹，鴻門宴上保漢高。金鍾响亮有圈套，管叫周郎膽魂消。（周白）皇叔請。（劉白）都督請。哈哈哈。（周唱）胸藏機謀臉帶笑，皇叔仁義比天高。（白）酒來。（唱）推杯換盞將情表，（白）啊。（唱）他身後站立一英豪。（周白）請問皇叔，身後何人？（劉白）三弟張飛。（周白）莫非虎牢關戰呂布，鞭督郵官，喝坂橋張翼德麽？（劉白）正是。些須小事，何足挂齒。（周白）吓！皇叔請坐。喂呀，我聞張翼德百萬軍中取上將首級，如探囊取物，我若動手，豈不反遭其害？（灑頭介）哎，本都督錯用計也。也罷，不如放過，再作計較。啊，三將軍既來敝營，何不入席？（張白）俺兄長在此，多有不便。（周白）這却何妨？（張白）如此叨擾了。（張唱）張飛不會假圈套，既是入直飲瓊醪。（入坐）（孔上，唱）適纔江邊童子報，皇叔到來有蹊蹺。輕步進帳心驚跳[1]，（魯上，唱）先生何故鎖眉稍[2]。（孔白）大夫，帳內筵宴何人？（魯白）聞聽是劉皇叔。（孔白）亮欲帳外一看。（魯白）使得，請。（孔唱）筵無好筵必有巧，皇叔何故入虎巢。邁步進帳觀容貌，（白）喂呀。（唱）周郎竟是暗藏刀。（白）哎呀，周郎面帶殺氣，兩壁暗有埋伏，我主公滿面笑容，全無不曉，這便怎好？（張白）唔。（孔白）喂呀，妙吓，幸有張翼德在此，主公無憂矣。吓，大夫。（魯白）先生。（孔白）亮已看了，告辭。（唱）辭別假意裝不曉，（下）（魯白）吓。（唱）只恐玄德一命拋。（下）（劉白）請。（唱）相逢寒溫叙不了，請問都督將英豪。（白）請問都督，兵馬多少，何計破曹？（周白）兵機不能洩漏。依瑜看來，只要旌旂一指，即可破曹。（張白）說得如此容易，俺們在此無益，不如回營聽信。（劉白）正是。備今日相擾，容日再謝。告辭。（周白）瑜亦不敢從命久留，奉送。（劉唱）臨江會上備已擾，（周唱）破曹之日再相邀[3]。（張白）吪。（唱）鰲魚脫去金鈎釣，你今錯用計籠牢。（同下）

（周白）哎呀。（唱）畫虎不成反見笑，絲綸無力走金鰲。回想不覺羞又惱，（白）哎。（唱）不殺此人怎開交。（魯上，唱）謀成計就誑來到，如何放走撲天鵰。邁步進帳來請教，（白）啊。（唱）都督怒鎖兩眉梢。（魯白）都督用計已就，誆請劉玄德到來，如何不殺放他回去，是何緣故？（周白）張翼德乃當世之虎將，緊緊相隨劉玄德，若是動手，他豈不先惱我麼？（魯白）喂呀，險之極矣，幸而未曾動手。（周白）不必多言，你且坐下。（魯白）是是是。（中軍上白）稟都督，曹營有下書人求見。（周白）帶他進來。（中白）是。傳下書人。（二下書上，白）下書真大膽，好似入龍潭。曹營下書人叩見都督。（周白）呈上書來。（下書白）是。（周看介，白）漢大丞相，漢大丞相。（唱）呀呀呸，曹賊敢把東吳藐，見書不由怒沖霄。喝令兩傍衆軍校，（四刀手上）（周唱）斬一來人放一逃。押下。（魯白）哎呀，兩國相征，不斬來使人，爲甚麼殺一個，卻是何意？（周白）大夫，我殺曹操來人，以振軍威，問些甚麼？中軍聽令。（中白）在。（周白）吩咐甘寧、蔣欽、韓當、周泰，來日三江口挑戰，違誤者斬。（中白）得令。（下）

（周白）曹賊啊曹賊。（唱）敢把東吳來欺藐，誓當要將賊首梟。（下）（魯白）咳。（唱）公瑾向來志謀好，如何統兵便傲驕。誆了劉備前來到，白賠酒席又折腰。此事真被孔明笑，我且暗裏再觀梢[4]。（笑介）哈哈哈。（下）

校記

[1] 輕步進帳心驚跳："輕"，原本作"情"，今改。
[2] 鎖眉梢：原本作"所眉梢"，今改。
[3] 破曹之日：原本作"破曹之汝"，今改。
[4] 我且暗裏再觀梢："觀梢"，原本作"觀哨"。意爲"盯梢"，今改。

七　　場

（四水手、二童兒、孔明上，唱）

周郎之計成畫餅，幸得虎將緊隨身。我且來到江邊等，（水梢上，白）哎呀，軍師來了，請上船。（孔唱）一爲相見二送行。

（四武士、張飛、劉上，唱）

周瑜爲人妙得緊，如飲醉醪來。果是真相別，覺手心不忍。（孔白）主公，亮已在此吓。（張白）軍師在船上。（劉笑介）哈哈哈。（唱）喜見軍師得寶珍。（孔白）主公知今日之危乎？（劉白）若無翼德相隨，（孔白）主公幾如周郎所害之。（劉怕介）喂呀，險哪。（張白）哎，好個豹頭去了，若是早知，俺便取他首級。（劉白）幸得無事，便請軍師同回樊城。（孔白）亮雖居虎口，安如泰山。今主公但要收拾船隻兵馬候用，以十一月二十甲子日後爲期，可令趙子龍駕一小舟，東南岸邊等候，切勿有誤。（劉白）軍師吩咐，令子龍駕一小舟前來，自然緊記，但是軍師到底幾時可歸？（孔白）但看東風起，亮必還矣。（劉白）呵。（孔唱）

子龍駕舟南岸等，東風起時是歸程。此時不可來談論，鰲魚開勾快開行。（下）（劉唱）

無心觀看江岸景，去到樊城整雄兵。（笑介）哈哈哈。（同下）

八場　試　敵

（大吹打，四大將、八曹將、張遼、蔣幹、曹操上）

【引】魏武千秋壯，功名一世雄。有如伊尹意，不是王莽風。（白）孤曹操，破了荊州，直下江南，可恨周瑜小兒，斬孤下書之人。吩咐蔡瑁、張允衆將等進帳。（蔡瑁、張允、文聘、蔡壎分兩邊上，同白）來也。末將等參見曹丞相。（曹白）可恨周瑜斬孤下書之人，必當起兵誅戮。爾等可即調兵，撥戰船迎江決戰，務要生擒周瑜。（衆同白）得令。（下）（曹白）衆將官伺候，隨孤登高觀戰者。（衆同白）啊。（同下）

九　　場

（甘寧起霸上，白）長江滾滾水東流，（韓當起霸上，白）戰士乘風駕小舟。（蔣欽起霸上，白）立志破曹除國害，（周泰起霸上，白）雲臺畫像報吳侯。（同白）俺。（各通名字）（甘白）列位將軍請了。（衆同白）請了。（甘白）都督將令發兵破曹，我等須當奮勇當先。（衆同白）嘟，衆將官。（四白文堂、四白大鎧、四小將、四水稍、四纛旂兩邊上）（甘白）預備戰船迎戰者。（衆同白）啊。（甘白）請。（【風入松】排子）（同下）

十　　場

（周瑜內唱）

【倒板】催督將士發號令，（四白文堂、四白大鎧、四下手、周上，唱）要學吴起顯奇能[1]。樓船之上戰鼓緊,(鼓聲介,上棹介,坐唱)臨江一戰定輸贏。(甘寧原人同上[2],甘唱)奮勇當先如孟賁,(白)呔。(唱)大喝一聲曹賊聽。(白)呔,曹軍聽者,吾乃東吴大將甘興霸是也,誰敢來與俺決戰?(蔡瑁内白)俺來也。(上,唱)俺與黃祖報讎恨,奮勇當先斬甘寧。(甘唱)呔,無名之將敢出陣,(白)看箭。(蔡瑁接介,唱)老爺豈無接箭能。(蔡瑁白)呔,甘寧,你乃劫江之賊,何敢與俺對敵?(甘白)呔,老爺劫江,乃是忠義好漢,改邪歸正,扶保東吴,不是爾等辜負劉表,背反降曹,何顏出頭露面,還不下水藏身。(蔡瑁白)呔,甘寧休得胡言。你自稱好漢,可敢跳過我船[3]?(甘白)有何不敢。看刀。(跳介)(蔡瑁白)來得好。(水戰介)(起打介)(兩船同介)(周白)甘寧跳過蔡瑁、張允之船,殺往上流去了。嘟,韓當、周泰、蔣欽,即速上前接應。

(韓當、蔣欽、周泰、船夫上)(蔡瑁、張允、文聘、衆水手兩邊上)(大水戰介)(衆分下)

(周白)大江茫茫,好場惡戰也。(唱)

三江夏口水流緊,戰將威風氣接雲。看來東吴必得勝,斬將奪旂有甘寧。

(甘寧、蔡瑁、水旂上,砍稍奪旂,兩來砍旂介,甘跳自船,衆下)

(蔡瑁、張允、文聘、韓當、蔣欽、周泰會陣,殺介)(甘寧上,助殺介,蔡瑁敗下)(周白)嘟,衆將官,不必船支追趕,凱歌回船。(同下)

【尾聲】

八本完

校記

[1]吴起:原本作"吴啓",誤,今改。
[2]甘寧原人同上:"上"字,原本漏。今補。
[3]跳過我船:"過",原本作"通"。今依文意改。

九 本

頭場　演水操

(四藍文堂、四藍大鎧站門上)(張遼、曹操上,白)雄兵百萬下長江,惱恨孫權竟不降。今日水軍若失利，焉能威懾漢家邦。孤曹操，兵屯三江口，昨日水軍出戰，被東吳甘寧射死蔡勳，傷孤銳氣。來，傳蔡瑁、張允上帳。（衆同白）蔡瑁、張允上帳。

（蔡瑁上，白）本爲荆州降將，（張允上，白）今作曹操營督。（同白）蔡瑁、張允參見丞相。（曹白）咳，東吳兵少，反爲所敗，分明你等畏縮之過。（蔡白）曹丞相，荆州兵將久不操練，青徐之兵又未演習，因此水戰故而致敗。（張白）今當立定水寨。今青徐之兵在中，荆州之軍在外，每日教習精熟，方可征戰。（曹白）你二人既爲水軍都督，可便宜行事，何來稟我？（蔡白）是。（允白）只恐我等才力不及，還求丞相指示。（曹白）大凡水戰與陸戰不同，船要輕穩，寨要周密[1]，多備弓箭，廣添帆槳，乘風破浪，揚波斬敵，此萬緊要也。（【風入松】排子）（允白）丞相指教，深得水軍之妙，末將等佩服之至。（曹白）言雖如此，你二人久居荆州，素習水戰，如此調用，還在爾之裁處。（蔡白）末將竟見沿江一帶立定火寨，公出二十四座水門，以大船居於外面，可爲城廓；小船居於内面，可而能通往來。（允白）進可以戰，退可以守。不知丞相尊意如何？（曹白）好，就照此論，即速安排。（蔡、允同白）得令。（蔡唱）討明兵法謝丞相，（允唱）操練水軍破周郎。（同下）（曹唱）蔡瑁張允雖降將，水軍都督此人強。（白）孤想水軍都督，北來諸將皆不可爲。此二人才能爾用，不得不以好言安慰。且待破吳之後，自有區別。（曹將上，白）報！稟丞相：蔡瑁、張允設立水寨，被周瑜江上偷看，我兵前往捉拿，吳船逃走，追趕不及。特來報知。（曹白）再探。（曹將白）得令。（下）

（曹白）可惱可恨。昨日交戰，喪了蔡勳，敗了一陣；今日設立水寨，又被周瑜偷看而去。傳令衆將，誰領兵前往破吳擒周瑜？（遼照白介）（蔣幹上）（内白）幕賓蔣幹請令[2]。（遼白）隨令入帳。（上白）士乃人中傑，儒爲虎上珍。幕賓蔣幹參見丞相。（曹白）子翼進帳，有何良謀？（蔣白）幹自幼與周瑜同窗交契，願憑三寸不爛之舌，説江東此人來降丞相。（曹白）吓。子翼與公瑾相厚麼？（蔣白）同窗密友。（曹白）好，先生今去江東，聽需何物？（蔣白）禮物全然不要，只須一童隨往，二僕駕一小舟，必然成功。（曹笑介）哈哈哈。先生可謂妙也，事成必當重謝。（蔣白）爲國效力何言謝，事在必行。就此告別。（曹白）如此，有勞先生即便收拾前往。（蔣白）遵命。全憑三寸舌，欲強十萬兵。（下）（曹白）暫息雷霆怒，且聽捷好音。我想蔣幹此去江東，諒必周郎聽從歸降，孤且聽待好音便了。（唱）

東吳人物雖然廣，英雄志氣等周郎。蔣幹此去本爲上，坐聽好音必歸

降。(分下)

校記

[１]寨要周密:"寨",原本作"賽"。今改。
[２]幕賓蔣幹請令:"幕",原本作"暮"。今改。下同。

二　　場

　　(黃蓋起霸上,白)二十年前擺戰場,好似猛虎趕群羊。光陰似箭催人老,豪傑兩鬢白如霜。(甘寧起霸上,白)東吳大將是甘寧,上陣能擋百萬兵。曹營聞名皆喪膽,萬馬營中逞威風。(黃白)俺姓黃名蓋,字公覆[１]。(甘白)俺姓甘名寧,字興霸。(黃白)甘將軍請了。(甘白)請了。(黃白)都督陞帳,你我兩廂伺候。(甘白)請。
　　(四白文堂、四白大鎧站門上)(周瑜上,唱)
　　【點絳唇】手按兵提,觀擋要路。施英武,虎視吞吳,誰敢關前抵。(黃、甘同白)參見都督。(周白)轅門候令。(黃、甘同白)得令。(分下)(周詩四句)勒馬停驃白玉鞍,手捧軍令與登壇。斬將擒王扶社稷,保主江山錦連環。(白)本都督姓周名瑜,字公瑾,在吳侯駕前爲臣,官拜水軍都督、天下都招討兵馬大元帥之職。今有曹賊統領傾國人馬,併吞江南,是我命大夫去請諸葛先生到來,共議破曹。來。(眾同白)有。(周白)傳魯大夫進帳。(眾同白)魯大夫進帳。
　　(魯上,白)劍氣沖霄漢,文光射斗牛。參見都督。(周白)大夫少禮。(魯白)謝都督。(周白)大夫,命你去請孔明先生,怎麼樣了?(魯白)現在帳外。(周白)有請。(魯白)有請諸葛先生。
　　(孔明上,白)不惜一身探虎穴,志高那怕入龍潭。【吹打】介)(周白)啊,先生。(孔白)啊,都督。(同笑介)啊哈哈哈哈。(周白)先生請。(孔白)都督請。(周白)先生請坐。(孔白)都督請坐。(周白)不知先生駕到,有失遠迎,多有得罪。(孔白)都督,豈敢。山人輕造寶帳,望乞海涵。(周白)豈敢。動問先生,就知地理,意欲相煩先生帶領五百人馬,前去烏巢劫掠糧草,不知先生可去否?(孔白)都督,兩國相爭,各爲其主。山人願往。(周白)如此請令。(孔白)得令。明知周郎借刀計,佯裝假作不知情。(下)
　　(魯白)都督命孔明前去,是何道理?(周白)大夫,我若殺他恐人恥笑,

故而借曹兵殺他，以免後患。你可到館馹，聽他說些甚麼，速報我知。（魯白）得令。（下）

（周白）孔明此去，必中我之計也。（唱）

諸葛亮此一去性命難保，這是我暗殺人不用鋼刀。（魯上，唱）諸葛亮出大話將人恥笑，進帳去與都督細說根苗。（白）魯肅交令。（周白）那孔明講些甚麼？（魯白）他說陸戰、馬步戰，各練其精，怎比都督只習一戰。（周白）大夫，原令追回。（魯白）得令。（下）（周白）孔明吓孔明，我不殺你，誓不爲人也。（周唱）

我只說借刀計將他瞞過，命他去烏巢橫把糧來奪。又誰知出大言談笑與我，必須要用妙計將他殺却。（魯上，白）原令追回。（周白）你可知曹營水軍頭目是誰？（魯白）乃是荊州降將蔡瑁、張允二賊。（周白）哦，想此二賊，慣習水戰，難破他二人都立水寨，叫本何日成功也。（唱）

此二賊習水戰難敵難破，恨蔡瑁和張允逼強作惡。把荊州獻曹操是他人之過，除非是殺二賊方息干戈。

（甘寧上，白）啓都督，曹營蔣幹過江來了。（周白）知道了，下去。（甘白）吓。（下）（周白）哈哈哈哈，啊哈哈哈。（魯白）都督爲何發笑？（周白）大夫，你那裏知道？那蔣幹過江，必定是與曹操作說客耳。我略施小計，叫曹操自殺水軍。來，看文房四寶伺候。大夫附耳上來。（魯白）是，遵命。（【急三腔】，寫書信介）（周白）大夫聽令：將此書信放在後帳，有請蔣先生。（魯白）有請蔣先生。（下）

（【吹打】介）（蔣幹上）（周白）啊。仁兄（賢弟）。（蔣白）啊。賢弟。（同笑介）哈哈哈。（周白）仁兄請。（蔣白）賢弟請。（周白）仁兄請坐。（蔣白）賢弟請坐。賢弟別來無恙？（周白）仁兄過江，莫非是與曹操作說客耳麼？（蔣白）兄告辭了。（周白）仁兄爲何去心太急呀？（蔣白）不是呀，賢弟，你的疑心特重了哇。（周白）弟乃是一句戲言。（蔣白）戲言？啊哈哈哈。請坐。聞聽賢弟挂了水軍帥印，兄特來恭賀。（周白）我雖不及師曠之聰，亦聞弦歌之雅誼。（蔣白）賢弟大才，必有大用。（周白）故友重相會，（蔣白）他鄉與故知。（周白）來，傳衆將進帳。（中軍上，白）衆將進帳。（黃蓋、甘寧、太史慈同上，白）來也。參見都督。（周白）見過蔣先生。（黃衆同白）啊，蔣先生。（蔣白）衆位將軍。（黃衆同白）吠，你敢是與曹操作說客麼？（蔣白）啊。賢弟。（周白）衆位將軍，蔣先生與本都乃同窗好友，亦非是與曹操作說客。公等休得多疑。（黃衆同白）既是都督好友，待我等屈膝把盞。（中軍白）宴齊。

（周白）看宴,待我等把盞。（蔣白）賢弟,擺下就是。（【吹打】介）（黃眾站兩邊介）（蔣白）這位老將軍上姓吓？（黃白）姓黃名蓋,字公覆。（蔣白）啊,原來是黃老將軍。（蔣看介）（笑介）哈哈哈。（黃白）蔣先生。（周白）仁兄請坐。（蔣白）賢弟請坐。（周白）仁兄請。（蔣白）賢弟請。（排子）（周白）太史慈聽令。（太白）在。（周白）本督今日與故友相逢,此宴名曰群英大會,賜你寶劍一口,坐於首席,筵前有人提起孫曹之事,命你斬首,不得違誤。（太白）得令。（三笑介）（周白）啊,仁兄請。（蔣白）啊啊,賢弟賢弟。（周白）仁兄請。（蔣白）賢弟請。（【園林好】排子）（周白）仁兄,你看我這兩傍將士可雄壯否？（蔣白）真乃如狼似虎。（周白）這後營糧草,堆積如山。（蔣白）真是兵精糧足,兵精糧足。哈哈哈。（周白）哈哈哈。仁兄。（蔣白）賢弟。（周白）想大丈夫處世,得遇知己之主,外託君臣之意,內結骨肉之情,言聽計從,禍福共之。假使當年蘇秦、張儀、陸賈、隨和輩復出,口似懸河,舌如利刃,何足動我之心哉呀。（笑介）啊哈哈哈。（蔣白）賢弟大才。（周白）仁兄。（蔣白）賢弟。（周白）今日之宴,名曰群英會。（蔣白）群英會,妙得緊。（周白）今日飲宴,必須一醉方休,以表當時之盛世也。（周唱）

此宴名曰群英會,蓋世英雄弟爲魁。對子儀施一禮且復位,知已相逢暢飲一回。（白）仁兄。（蔣白）賢弟吓。（周白）今日你我必須一醉方休。（蔣白）一醉方休。（周白）一百斛[2]。（蔣白）哎呀呀,賢弟你乃滄海之量,兄乃狗曲耳,只可三斛罷。（周白）三斛？（蔣白）三斛。（周白）如此,看大斛伺候。（蔣白）請。（周白）請。（周唱）富貴窮通由天造,（蔣白）賢弟,你我乃是同窗好友。（周白）啊哈哈哈。（唱）眼看中原酒自消。（蔣白）賢弟,這酒有些性暴吓。（周唱）酒暴難擋三江口,（蔣白）賢弟順説而下,醉的快吓。（周白）啊。（唱）順説而下東風飄。（周醉介）吻嚕吻嚕。（蔣白）賢弟醉了。（周白）小弟醉了吓。（蔣白）哎呀,我也八達了。（周白）小弟與仁兄久未相會,今日要與仁兄抵足而眠。來,攙扶蔣先生到我房中安歇。（眾扶蔣下）

（太白）交令。（周白）收令。甘寧聽令。（甘白）在。（周白）今晚不閉營門,蔣幹逃走,不許攔阻。（甘白）得令。（下）（周白）黃公覆聽令。（黃白）在。（周白）今晚三更時分,命你密報軍情。（黃白）報甚麼？（周白）附耳上來。（黃白）得令。（下）（周白）掩門。（眾分班下）

校記

[1] 字公覆："覆",原本作"輔"。今依《三國志·魏書·黃蓋傳》改。

〔2〕一百斛："斛"，原本作"觸"。今改。下同。

三　　場

（二白文堂攙扶蔣幹，醉介，進帳子）（二白文堂攙周瑜上介）
（起更介）（周白）仁兄，子翼，子翼？竟自睡著了。（唱）
我意欲防害他營門不鎖，轉眼看蔣子翼早已睡着。假意佯裝醉和衣而卧，朦朧眼且看他行事如何。（困介）啊。（睡介）

（二更介）（蔣白）賢弟，公瑾，公瑾。他竟自睡著了。咳，想我蔣幹，身入龍潭虎穴，怎得脫身回去吓。（蔣唱）
離曹營到東吳身耽福禍，坐不安睡不寧兩眼難合。兄說是念故友相待與我，又誰知掌兵權賽過閻羅。（白）左右睡不著，你看棹上現有兵書，待我看來。吓？唔，喂呀，原來是封小束，取出看看。（看介）蔡，啊，賢弟，公瑾，且喜睡着了，待我仔細看來："蔡瑁張允拜上周都督麾下：我等降曹，實非不意，以待北軍困入水寨。倘得其便，七日之內，必取曹操首級，前來獻功。早晚聞報，勿得見疑。"哎呀，曹丞相吓曹丞相，若不是我蔣幹過江，你命必喪二賊之手。（唱）
曹丞相洪福大安然穩坐，他怎知蔡張賊內應外合。不是我過江來機關識破，七日內取首級休想命活。（白）且住。我不免將此書帶回曹營，獻與丞相觀看，豈不是一場大大功勞？咳咳。（周白）仁兄，你看我數日之內，必取曹操首級。（蔣白）你是怎麼取法？（周白）仁兄不要管，我自有取法。

（三更介）（黃蓋上，白）轅門鼓角三更靜，夜宿貔貅百萬兵。都督醒來。（周白）老將軍至此何事？（黃白）啟都督：今有蔡……（周白）禁聲，蔡甚麼？（黃白）今有蔡瑁、張允有書信前來，刺殺曹操，不用七日，只用三日，管叫曹操首級來獻。（周白）住口。帳內現有曹營貴客在此，倘若被他聽見，豈不洩了本督的軍情大事？還不與我出帳下去。（黃白）啊啊啊。（周白）敕敕敕。（進帳子）

（四更介）（蔣白）喂呀，譙樓鼓打四更高，倘若天明走漏消息，如何是好？我就此逃走了罷。（唱）倘若是到天明機關洩漏，恨不能生雙翅飛過江河。（魯上，白）啊，蔣先生。（蔣白）啊，大夫。啊啊哈哈哈。（下）

（魯笑介）啊哈哈哈，都督醒來。（周白）大夫進帳何事？（魯笑介）哈哈哈，蔣幹逃走了。（周笑介）啊哈哈哈！（魯笑介）啊哈哈哈！（周白）蔣幹此去,必中我計也。(周唱)曹孟德中我計千差萬錯,(魯唱)周都督胸腹中果有才學。(周唱)這條計天下人被我瞞過,(笑介)哈哈哈。(下)(魯唱)怕只怕瞞不了南陽諸葛。(下)

四　　場

(四紅文堂站門上)(曹上,唱)

每日裏飲瓊漿醺醺大醉,我心中想不出一條計策。自造那銅雀臺缺少二美,一心要滅東吳天意不遂[1]。

(蔣上,白)走哇。(唱)

過江去得書信實指多美,進帳去見丞相獨佔首魁。(蔣白)參見丞相。(曹白)先生少禮,請坐。(蔣白)謝丞相。(曹白)命你順說周郎,降意如何?(蔣白)那周郎執意不降,末將探聽一樁機密大事。(曹白)甚麼機密大事?(眾同白)哦。(蔣白)這個……耳目甚重。(曹白)兩廂退下。(眾下)(蔣白)現有一封小束,丞相請看。(曹白)呈上來。【風入松】排子)(白)啊,這還了得?來,擊鼓陞堂。(蔣白)擊鼓陞堂。

(四紅文堂兩邊上)(曹白)來,傳蔡瑁、張允進帳。(眾同白)蔡瑁、張允進帳。(蔡瑁、張允兩邊上,同白)參見丞相。(曹白)老夫命你二人熟練水軍,可曾練熟?(蔡、張同白)水軍未曾練熟,丞相不可進兵。(曹白)住了。待等你二人練熟,老夫性命定喪你二人之手。來,推出斬了。(四大鎧兩邊上,押蔡、張同下)(曹想介,白)哎,不,錯來,招回來,招回來。(四大鎧上白)斬首已畢。(曹白)哈哈哈。(唱)

誤中了小周郎借刀之計,殺蔡瑁和張允悔之不及。(曹白)來,將水軍頭目換毛玠、于禁掌管[2],傳蔡中、蔡和進帳。(手下白)蔡中、蔡和進帳。(蔡中、蔡和同上,白)來也。慣使長槍戰,能開寶雕弓。參見丞相。(曹白)老夫誤殺你二人兄長,可有怒恨?(中、和同白)自犯軍令,斬者無憤。(曹白)好。老夫命你二人去往東吳,詐降那周郎,你們可有二意?(中、和同白)我二人家眷俱在荊州,焉有二意?(曹白)好,詐降回來,另有陞賞。(中、和同白)得令。扶助曹丞相,詐降小周郎。(同下)

(蔣白)啊,丞相,這場大功勞,多虧了我蔣幹。(曹白)啊?(蔣白)多虧了我蔣幹哪。(曹白)呀呸。(唱)書呆子誤殺我二員上將,去了我左右膀反助周郎。你那裏盜書信自不着量,(白)掩門。(眾分下)(曹白)哎,(唱)看起

來你是他追命閻王。（下）

（蔣白）哎。（唱）這一場大功勞不加陞賞，爲甚麼當衆將羞辱一場。（白）哎哎，這曹營中的事，有些難辦狠哪哎哎。（下）

校記

［１］天意不遂："遂"，原本作"逐"，今改。
［２］毛玠：原本作"毛介"，今改。下同。

五　　場

（周上，唱）
爲江山激得我心中繚亂，爲社稷晝夜裏坐臥不安。
（魯上，唱）
曹孟德誤殺了蔡瑁張允[1]，進帳去與都督細說分明。
（魯笑介）哈哈哈。（周白）大夫爲何發笑？（魯白）時纔小軍報導，曹操殺了蔡瑁、張允，水軍頭目換了毛玠、于禁掌管。（周白）哦，此計孔明可知否？（魯白）料也不知。（周白）有請諸葛先生。（魯白）有請諸葛先生。（孔上，唱）
昨夜晚觀天相早已算定，曹孟德中巧計自殺水軍。（白）啊，都督。（周白）先生請坐。（孔白）都督請坐。恭喜都督，賀喜都督。（周白）曹兵未破，喜從何來？（孔白）那曹操殺了蔡瑁、張允，水軍頭目換了毛玠、于禁掌管，那些水軍性命一旦喪與二人之手，豈不二喜？（周白）哦，啊，先生，我觀看曹營戰舟十分齊整，意欲一計，不知可能成功吓？（孔白）不要說破，各寫一字，看對與不對？（周白）請。（孔白）請。（同白）大夫請看。（魯白）你二人手上俱是"火"字。（周白）先生所見，與本督相同。但不知水面交鋒，何物當先？（孔白）弓箭當先。（魯白）弓箭是要用的[2]。（周白）營中缺少雕翎，意欲相煩先生造取十萬狼牙，不知可允否？（孔白）都督委用，敢不效勞，但不知限多少日期？（魯白）少不得一年？（周白）咳，一月方可。（孔白）多了。（周白）半月。（孔白）曹操殺來，豈不誤了大事？（周白）十日之內？（魯白）吓。都督，日限太少了。（周白）你曉得甚麼？先生自定日期。（孔白）三日交箭。（周白）三日無箭？（孔白）以軍令行事吓。（周白）先生，有道"軍無戲言"。（孔白）立下軍令狀。（周白）請。（排子）（孔白）大夫，三日內命小軍江邊搬箭。山人告辭。(周白)奉送先生。(孔白)曹營借雕翎,盡在霧中尋。(下)(魯白)啊。都督,孔明限三日交箭,莫非有詐?(周白)大夫,你可吩咐匠工人等,故意遲延,以軍令斬他便了。(魯白)得令。

(黃上,白)候着。啓都督,今有蔡中、蔡和轅門投降。(周白)傳他二人進帳。(黃白)都督有令,有請二位將軍進帳。(中、和同上,白)來也。離了曹營地,來此是東吳。都督在上,末將參。(周白)你二人既已降曹,爲何又降東吳?(中、和同白)那曹操誤殺我二人兄長,今投帳下,日後殺賊報讎。(周白)二位將軍棄暗投明,可稱豪傑。來,傳甘寧進帳。(黃白)甘將軍進帳。(甘上,白)來也。東吳甘寧將,威風誰敢當。參見都督,有何差遣?(周白)你把二位將軍收在帳下,本督日後還有大用。(甘白)得令。二位將軍隨我來。(同下)(魯白)吓,都督,他二人乃是詐降,不可收留。(周白)咳,你曉得甚麼,還不下去。(魯白)哎哎,分明點破平川路,反把忠言當惡言。哎,這又是我魯肅的不是。(下)

(周白)哎,分明實降,怎說是詐降?(黃白)咳,呵。(周白)啊。老將軍還在。(黃白)伺候都督。(周白)老將軍,你看他二人降意如何?(黃白)這他二人麼,乃是詐降。(周白)怎見得?(黃白)不帶家眷,就爲詐降。(周白)哎,是吓,不帶家眷,就爲詐降。哎,可惜曹操就有人詐降我東吳,我東吳就無人詐降那曹操。(黃白)哦呵呵,都督,俺黃蓋不才,願詐降那曹操。(周白)老將軍願去,只是年邁,只恐難受苦刑。(黃白)哦呵呵,都督,俺黃蓋受東吳三世厚恩,慢説身受苦刑,就是粉身碎骨,決不怨恨。(周白)老將軍果有此心?(黃白)果有此心。(周白)好,如此請上,受本督一拜。(黃白)末將也有一拜。(周唱)

苦肉計瞞衆將全要你忍,怕只怕年高邁難以受刑。(黃唱)

周都督休得要下禮謙遜,俺黃蓋受吳侯三世大恩。俺雖然年紀邁忠心耿耿,學一個奇男子詐降曹營。(下)(周唱)

好一個黃公覆忠心秉正[3],我諒他此一去大功必成。(下)

校記

[1] 曹孟德誤殺了蔡瑁張允:"誤",原本作"勿",今改。

[2] 弓箭是要用的:"用",原本作"周",今改。

[3] 黃公覆:原本"公覆"二字倒置,誤。今乙正。

六　　場

（孔明上，唱）

周公瑾命魯肅行監坐守，好叫我暗地裏冷笑不休。他那裏要殺我怎得能够[1]，一樁樁一件件在我心頭。

（魯上，唱）

限三日去交箭不多時候，爲甚麼在一傍不睬不瞅。（孔白）大夫，甚麼事？（魯白）先生，先生哎。（唱）昨日裏在帳中夸下海口，這件事好叫我替你耽憂。（孔白）吓，大夫甚麼事替我耽憂吓。（魯白）啊。哎呀呀呀，你昨日在帳中與都督立下軍令狀，限三日交箭吓。這箭全無一支，你還一傍不睬不瞅，是何原故？（孔白）哎，不是大夫提起，我倒忘了懷了哇。（魯白）哎呀呀，他道忘懷了。（孔白）吓昨日？（魯白）昨日？（孔白）今朝？（魯白）今朝？（孔白）明天？（魯白）明天拿來。（孔白）拿甚麼來？（魯白）拿箭來。（孔白）吓。大夫，你要救我吓。（魯白）你要我救你？也罷，你可駕一小舟，逃回江夏去罷。（孔白）啊，大夫，同心破曹，此番回去，怎見得主公？走不得。（魯白）哎，走不得。（孔白）走不得。（魯白）哎，你不如投江死了罷，到還落得個全屍。（孔白）大夫此言差矣。螻蟻尚且貪生，爲人豈不惜命？死也死不得。（魯白）叫你走你又不走，叫你死你又不肯死，好叫我魯肅爲難啊。（孔白）哎，大夫吓。（魯白）大夫吓，大夫不會治病。（孔唱）

魯大夫往日裏他待我恩厚，你說道保我來身無禍憂。周都督要殺我你不搭救，看起來你算不了我的朋友。（魯白）咳。（唱）

這樁事都是你自作自受，到今日反怨我不是朋友。（白）我到不是朋友。（孔白）大夫，你要救我一救。（魯白）我難救你。（孔白）大夫既難救我，山人要借幾件東西可有？（魯白）早已與你預備下了。（孔白）預備甚麼？（魯白）壽衣壽帽壽靴，大大一口棺木。（孔白）要他何用？（魯白）盛殮你的屍首[2]。（孔白）不要取笑。（魯白）要借甚麼東西。（孔白）戰舟二十支。（魯白）有的。（孔白）軍卒二百名。（魯白）有的。（孔白）青布幔帳塞草百石。（魯白）有的。（孔白）鑼鼓全分。（魯白）有的。（孔白）還要酒席一桌。（魯白）哎呀，要酒席何用？（孔白）我與大夫舟中飲酒取樂。（魯白）限三日交箭，半支全無、有，明日去見都督，我看你作樂不作樂吓？（孔白）哎。（魯白）哎。（唱）

十萬箭這一晚如何造就，明日裏進帳去難保人頭。（下）（孔笑介）哈哈

哈。(唱)

這樁事我料他難以猜透,他怎知我腹中另有良謀。要借箭等到了四更時候,大霧中到曹營去把箭收。

(魯上,唱)

一樁樁一件件安排已就[3],請先生到江邊即速登舟。(孔白)大夫,你走哇。(魯白)那裏去?(孔白)舟中飲酒作樂。(魯白)我不去,我有公事在身,實不能相陪。(孔白)要去要去。(魯白)我不去。(孔白)大夫,你要來呀。(魯白)哎哎哎,我不去。(孔白)走哇。(魯白)哎呀呀。(同拉只下)

【尾聲】

九本完

校記

[1] 他那裏要殺我怎得能够:"能够",原本作"能殺",今改。
[2] 盛殮你的屍首:"盛",原本作"成"。今改。
[3] 一樁樁一件件安排已就:"已就",原本作"已久",今改。

十　本

頭　場

(二船夫、稍水上,一童兒、孔明、魯肅同上)(孔白)大夫,來,走走走。(魯白)哎呀,我有事吓。(拉上船)(孔白)看酒。(魯白)哎呀。(孔白)大夫請酒。(船夫白)啓爺:滿江大霧,觀不見江景。(孔白)將舟往北而進。(魯白)慢着慢着,先生不要去。(孔白)飲酒。(魯白)我就死在你手。(孔唱)

一霎時白茫茫滿江霧露,頃刻間看不見在岸在舟。是這等巧機關世間少有,似軒轅造字册另有良謀。(船夫白)啓爺,離曹營不遠。(孔白)往曹營進發。(魯白)慢着慢着,我要上岸。(孔白)船至江心,不能攏岸。(魯白)依你之見?(孔白)舟中飲酒取樂。(魯白)哎,破着我魯肅這頭,交你這個朋友。飲酒。(魯唱)

魯子敬在舟中渾身戰抖,把性命當兒戲全不耽憂[1]。這時候那還有心腸飲酒,此一番到曹營一命罷休。(孔唱)

勸大夫放寬心一同飲酒，我和你慢搖櫓浪裏行遊。要得箭得等到四更時候，魯大夫爲甚麽這樣耽憂？（船夫白）啓爺，離曹營一箭之地。（孔白）吩咐鳴鑼擂鼓。（魯白）不要擺鼓，不要擂鼓。（孔白）不妨事[2]。

（蔣幹上，白）大霧迷漫[3]，那有人馬呐喊？有請丞相。（曹上，白）何事？（蔣白）大霧迷漫，那有人馬呐喊。（曹白）想是周郎前來偷營，吩咐衆將放箭。（蔣白）衆將官一齊放箭。（【風入松】排子）

（船夫白）啓爺，戰船陳墜不起。（孔白）爾等高聲説道："孔明先生多謝曹丞相送箭。"（船夫白）呔，曹營聽者，孔明先生多謝曹丞相送箭。（同下）

校記

[1] 把性命當兒戲全不耽憂："兒"，原本作"而"。今改。
[2] 不妨事："妨"，原本作"防"，今改。下同。
[3] 大霧迷漫："迷漫"，原本作"迷瞞"，今改。下同。

二　　場

（蔣幹、曹操上，曹白）我道周郎前來偷營，原來孔明先生借箭。來，駕一小舟前去追趕。（蔣白）順風順水，追趕不上。（曹白）哎。正是：事事防計巧，（蔣白）招招讓人高。（曹白）丟去十萬箭，（蔣白）明日再來造。（曹白）啊？（蔣白）啊，明日再來造。（曹白）呸，我想此事又壞在你的身上哇。（蔣白）下次不中他的計就是了。（曹白）哎。（蔣白）哎呀，這曹營的事情，有些個難辦得狠哪。哎呀呀。（同下）

三　　場

（童兒、孔明、魯肅同上）（魯笑介）哈哈哈。（孔白）爲何發笑？（魯白）好先生吓好先生，你怎麽知道今晚有此大霧？（孔白）大夫，爲將官不測天機，不識地理，不按陰陽，不曉奇門六甲，庸才也。山人早已算定，今晚必有大霧，故而定下此計。（魯白）先生真乃神人也。（孔白）來，查看有多少雕翎？（童白）哦。啓爺：除去損傷壞，十萬有餘。（孔白）大夫，這十萬有餘，可以交得令了？（魯白）交令哪，有我呀。（孔白）請。（魯白）先生轉來。（孔白）何事？（魯白）先生，我實實服了你了。（孔白）服山人何來？（魯白）服你好神機,好妙算。(孔白)山人也服了你了。(魯白)你服我何來?(孔白)我服你在舟中是這樣,哦哆哆哆。(魯白)哎呀,取笑了。請一同進帳交令。(孔白)大夫請。(魯白)先生請。(同笑介)哈哈哈。(排子)(同下)

四　　場

　　(四白文堂站門,一文官、周上,白)轅門鼓角聲高,兩傍站定英豪。(白)本都督周瑜,孔明限定交箭,我以軍令斬他。來,傳魯大夫進帳。(一文官白)魯大夫進帳。(魯上,白)來也。忙將奇異事,回覆智謀人。參見都督。(周白)大夫,孔明限三日交箭,可曾造齊?(魯白)造齊了。(周白)啊?他是怎樣造法?(魯白)那孔明他一天也不慌,二日也不忙,到了第三日,那孔明用戰船二十支,軍卒二百名,青布幔帳,乾草千石,等到四更時侯,鳴鑼擂鼓叫喊,前至曹營,取箭十萬狼牙有餘,特來交令。(周白)啊。(魯白)一天也不短。(周白)孔明吓,真乃神人也。(魯白)算得過一個活神仙。(周白)來,有請諸葛先生。(魯白)有請活神仙。

　　(孔上,白)狼牙已造就,盡在霧中收。啊,都督。(周白)啊,先生。(同笑介)哈哈哈。(周白)先生請坐。(孔白)都督請坐。(周白)先生如此妙算,真乃敬服也。(孔白)些須小計,何足道哉。(周白)本都督備得有酒宴,與先生賀功。(孔白)如此叨擾了。(周白)看宴。先生請。(孔白)都督請哪。【六幺令】排子)(周白)黃公覆聽令。(黃白)在。(周白)命你準備三月糧草,本都督即日破曹。(黃白)且慢。(周白)爲何阻令?(黃白)慢說三月糧草,就是三年,也是不能成功。(周白)依你之見?(黃白)依末將之見,到不如丟盔卸甲,北面降曹。(周白)你待怎講?(黃白)北面降曹。(周白)咦[1],本督曹兵未破,你敢違我的將令,那裏容得來?推出斬。(衆叩頭求情介)(周白)也罷,看在衆將講情,將他招回來。(魯白)謝都督。黃蓋解下椿來。(黃上,白)謝都督不斬之恩。(周白)非是本都督不斬與你,看在衆將講情,死罪已免,活罪難饒。來,重責四十軍棍。(衆打介)(黃白)謝都督的責。(周白)本督打得你可公?(黃白)公。(周白)打得可是?(黃白)打得是。(周白)諒也不差。本督帳中有你不多,無你不少。來,將他插出去。(黃回頭看介)哎呀。(下)(一文官扶下)(周作身段介,白)衆將官掩門。(衆分下)

　　(魯白)咳,我又不服你了。(孔白)大夫怎麼又不服山人了?(魯白)先生,你到了東吳,乃是一客位,都督怒打黃蓋,你連個人情也不講,是何道理?

（孔白）吓，大夫，他一個願打，一個願挨，與我甚麼相干？（魯白）哎呀呀，一個願打，一個願挨，我打你幾下，你疼不疼哪？（孔白）吓。都督用的苦肉計，焉能瞞我。（魯白）哦，是計麼？（孔白）大夫吓。（孔唱）

周都督定下了苦肉之計，（魯白）收蔡中、蔡和呢。（孔唱）收蔡中與蔡和暗通消息。（魯白）怒責黃公覆。（孔唱）黃公覆受苦刑都是假意，進帳去且莫說我已早知。（魯白）哎呀。（唱）

這等的巧機關叫人難解，我實實服了他妙算神機。（笑介）哈哈哈。（同下）

校記

[1] 唖：原本作"走"，今改。

五場　修　書

（闞澤扶黃蓋上，闞白）老將軍好生了。（黃唱）

大丈夫既不能龍吟虎嘯，生亂世就該當隱點爲高。爲甚麼中軍帳自惹煩惱，（白）咳，（唱）使海枯與石爛此恨難消。（闞唱）

這件事不由我心中猜料，老將軍受此苦却爲那條。（闞白）將軍莫非與都督有鬨？（黃白）非也。（闞白）然則公受責，莫非苦肉計乎？（黃白）吓，何以知之？（闞白）某看公瑾舉動，已料八九分了。（黃白）公與我交好至厚，不敢相瞞。某受吳侯三世厚恩，無以爲報，於獻此計，以破曹操。今雖受苦，亦無所恨，只是軍中無一人可爲心腹，惟公素有忠義之心，敢以實言相告。（闞白）公之告我，無非要獻詐書耳。（黃白）實有此意。未知公肯行否？（闞白）大丈夫世不能立功建業，豈不與草木同朽。公既捐軀報主，澤又何惜微生？（黃白）先生如此忠義，請上受我一拜。（黃唱）

我知公有才辯肝膽非小，這件事竟肯行義氣凌霄。（闞唱）

既如是知己交話休圈套，寫降書我即行就在今朝。（黃白）遵命。（闞澤墨介）（黃唱）

拿書紙忙提筆先寫簡要，俺黃蓋受東吳恩義難逃。都只因小周瑜情實可惱，報丞相建功業恥雪讎消。（闞唱）

這封書却寫的機密甚好，我便去裝漁翁過江投曹。（下）（黃唱）

闞德潤似陸賈能說會道，假拱人巧機謀他去說曹。我且去醫棒瘡準備

藥料，定要將曹孟德一火焚燒。（下）

六場　獻　書

（四紅文堂、蔣幹、曹上，唱）

統大兵下江東不能取勝，該因他諸葛亮周瑜同心。有蔡中同蔡和詐降無信，（白）咳。（唱）可惜了白送了十萬雕翎。（張遼上，唱）

適纔間巡江的將校報信，拿住了一漁翁東吳奸人。（白）禀丞相：適纔巡江將士拿獲一漁翁，自稱是東吳參謀闞澤，有機密事來見丞相。（曹白）必是東吳奸細。傳令刀斧手伺候，引他進見。（遼白）是。刀斧手進帳伺候。（四刀斧手兩邊上，同白）參見丞相。（曹白）兩邊候令。（遼白）帶東吳闞澤進帳。

（四大鎧押闞澤上，唱）

爲朋友顧不得波濤險怪，入中軍見丞相好把書呈。

（曹白）既是東吳參謀，來此何干？（闞白）吓，人言曹丞相求賢若渴，今觀此問，甚不相合。黃公覆，你又錯尋思了也。（曹白）我與東吳旦夕交兵，你怎麼到此，如何不問？（闞白）黃公覆乃東吳三世老臣，今被周瑜於衆將之前無端毒打，不勝忿恨，因欲投降丞相。爲報雠之計，特謀之與我。我與黃公覆情同骨肉，所以徑來代獻密書，未知丞相肯納否？（曹白）書在何處？（闞白）現在懷中，請丞相看。（曹白）待孤看來。哦，"黃蓋受孫氏三世厚恩，本不當意懷二心"，唔，"然以今日事勢論之，用江東六郡之卒，當中國百萬之師，衆寡不敵，海内所共見也"。（笑介）哈哈哈。（幹白）此乃實言。（曹白）"東吳將士無有愚[1]，皆知不可。周瑜小子自負其能，輒欲以仰敵名"。唔，"兼之擅作威福。蓋係舊臣，無端爲難，哎，辱心恨之。聞丞相誠心待物，虛懷納士，蓋願率衆歸降，以圖建功雪恨，糧草軍仗隨船獻納。泣血拜白，萬勿見疑。（再看介，幹作意色介）（曹白）唔，哇！黃蓋用苦肉之計，令你來下詐書，就軍中取事，却敢來戲侮我麼？左右。（衆同白）有。（曹白）推出斬之。（幹白）你二人機謀被丞相看破，拜服之至。（闞仰面大笑介）哈哈哈。（曹白）將他牽轉來。（衆同白）啊。（曹白）闞澤，孤已識破奸巧，你因何發笑？（闞白）我不笑你，我笑黃公覆不識人耳。（曹白）何不識人？（闞白）要殺便殺，何必多問。（曹白）吾自幼熟讀兵書，深知奸僞之道。你這奸計只好瞞哄别人，如何瞞得我過？（闞白）你且説書中那件是奸計？（曹白）我且説出，教你死而無怨。你既是真心獻降，如何不的約幾時，這便是破綻。你今有何分説？（闞白）哈哈哈，虧你自不惶恐，敢夸熟讀兵書，還不即早收兵回去，倘若交戰，必被周瑜所擒。無學之輩，可惜我屈死你手。（曹白）咦，分明道破奸謀，何反講我無學？（闞白）你不識機謀，不明道理，豈非無學？（曹白）你且説我那幾見不是據？（闞白）汝無待賢之理，吾何必言講？但有一死而已，（曹白）你若講得有理，我自敬服也。（曹唱）

孤素來最喜講不耻下問，你且説情意通自然奉承。（闞白）丞相。（唱）

我本是抱屈死不必多論，（白）也罷。（唱）我且説也教你學個聰明。（白）你身爲丞相，口説兵書，豈不聞"背主作竊，不可定期"？倘今日約定日期，急切下手，不得這裏，及來接應，事必洩漏。（曹白）哦。（闞白）但可使而行，不能預期定。你不明此理，今屈殺好人，真乃無學之輩也。（曹白）喂呀，此言提醒孤也。（幹白）是吓，此話分辨得有理吓。（曹唱）

聽此言不由我心中起敬，疑感間險些兒誤殺好人。忙出位施一禮恕乞愚蠢，這是謀不到處得罪先生。（闞唱）

這也是那黃蓋應要消恨，却不枉我闞澤到此一行。（曹白）某見識不明，誤犯尊顏，幸勿挂懷。（闞白）我與黃公覆傾心投降，如嬰兒之往父母，豈詐乎吓？（曹白）若先生與黃公覆能建大功，他日受爵在諸人以上。（闞白）某等非爲爵禄而來，實係應天順人，以救江東百姓。（闞唱）

既是不疑惑誠意相信，有一言再告禀丞相請聽。江東的文武官六郡百姓，俱皆要早投降安享太平。可恨那小周郎自逞聰敏，多智謀還有個諸葛先生。他二人商量着詭計不正，及毒打黃公覆三世舊臣。今獻降幸得是丞相准允，周瑜在三江口不久灰塵。（白）哎。（曹唱）

黃公覆與先生去邪歸正，破江東殺周郎先生功成。蔣子翼快備酒一同暢飲，（幹白）酒宴現成。（曹唱）後帳中再賠罪過細談心。（同笑介）哈哈哈哈哈。（闞白）謝丞相。（幹白）先生請。（闞白）丞相請。（曹白）請。（同下）

【尾聲】

十本完

校記

[1] 東吳將士無有愚："士"，原本作"史"，今改。

十一本

頭場 問統

（二童兒上，龐統上）

【引】遯世無聞，向江東野鶴閑雲。（詩）歲月消除劍與槊，幾人功業嘆淮陰。張良避穀非無意，孫武隱居別有心。某姓龐名統，字士元，道號鳳雛，襄陽人也。只因劉表失了荊州，故爾隱居江南。昨日魯肅前來拜訪，意欲引薦周瑜。我想周郎局偏淺，不能容物，故爾推辭，未曾應允。他今必來問計，我當有以教之。正是：安分以待時，知命而達天。哎。

（四文堂、魯肅同上，一字上白）慕名新結友，爲國求訪賢。退下。（衆文堂下）（魯白）啊，鳳雛先生何在？（龐白）大夫。（魯白）先生請坐。（龐白）請坐吓。（魯白）周公瑾致意：因軍務事忙，未及拜訪，特命魯肅前來請教。（龐白）統因避亂寄寓江東，並非別有所求，不知公瑾有何見諭？（魯白）現在曹操大兵屯紮江北，請先生何計破之？（龐白）曹操與我無讎無怨，此非我所知之也[1]。（魯白）先生差矣。操乃漢賊，人人得而誅之。先生乃明之士，豈可不助一謀乎？（魯唱）

我魯肅一言先生請，那曹操罪惡滿盈。在許田射鹿不要緊，逼死了貴妃罪非輕。分明是權國賊人人痛恨，挾天子令諸侯欺壓功臣。既得了那劉琮荊州郡，却不該害他的母子命。是這等妒忌輩枉爲國政，他又比老董卓要勝幾分。龐先生現居在江東地境，魯仲達難道的不是人。（龐唱）

魯大夫言語本當應，這內中還有欠分明。那曹操固然專漢鼎，你東吳未見是絕臣。小霸王逞強佔六郡，那王朗劉繇險喪身。楚苞茅不貢又責問，何況你江東自稱尊。看起來孫曹一樣病，却叫我左右難爲情。（曹白）哎呀，先生。（唱）比春秋大義來責問，說得我心中冷如冰。但此事不可一概論，孫仲謀未曾欺漢君。稱吳侯還是奉朝命，並不學袁術有反情。劉皇叔現在也投奔，可見得不是鄭寤生。久仰你高才非閑等，却緣何不知重事輕。（龐白）富雄才抱負有公瑾[2]，顯韜略機謀是孔明。破曹事何必將我問，正所謂問道有眠睛。（魯唱）

老先生此言太謙遜，豈不要好問三人。此時刻若不將計定，只恐怕辜負你學問[3]。（龐笑介）哈哈哈。（唱）

好一個能言魯子敬,我被你說動一片心。(魯白)哈哈哈,先生賜教,江東之幸。請問是何妙策?(龐白)這條妙計,公瑾、孔明必然知道,先有同心矣。(魯白)是何良策?(龐白)欲破曹兵,須用火攻。(魯白)唔,不錯。(龐白)但大江面上一船着火,餘船四散,除非獻連環之計,教他將船釘作一處,然後方可成功也。(魯白)妙,妙極矣。待我回去,問說公瑾來請先生,照計而行。(龐白)大夫,豈不知那公瑾忌賢妒能,屢次要害孔明,他又豈能容我?這不過是大夫如此下問,我只得以直言相告,各行其智可也。(魯白)先生此言過是。日後倘有相求,務當助我一臂之力也。(唱)

自古來交友推廉藺,我魯肅今日結知音。從此後事求教問,必要做同朝一殿臣。施一禮暫別先生請,(龐白)送過大夫。(魯唱)向公瑾保舉有才人。(四文堂領只,同下)(龐白)

到江東此事先料定,也不過行爲似孔明。(笑介)哈哈哈。(下)

校記

[1] 我所知之:原本作"我知所之",今改。
[2] 富雄才抱負有公瑾:"富"原本作"福",今改。
[3] 只恐怕辜負你學問:"問",原本作"文",今改。

二場　宴　澤

(四文堂、四大鎧、闞澤、蔣幹、曹上,唱)

可喜黃蓋歸正道,又服先生膽量高。後帳設宴同歡好,(一入席,唱)請教江東誰英豪。(澤唱)

若論東吳人不少,惟有周郎性蹊蹺。所以黃蓋心懊惱,要投丞相立功勞。

(張遼上,白)蔡中傳書簡,張遼報軍情。稟丞相。(耳語介)(曹白)書在何處?(遼白)在此。(曹白)遞我看來。哈哈哈,你去重賞來人。(遼白)是。(下)

(曹白)事已無疑,煩先生再回江東,與黃公覆約定,必須先通消息過江,吾好以兵接應。(澤白)某已離江東,不可復還,望丞相別遣機密人去可也。(曹白)若遣他人前去,事恐洩漏,必得先生辛苦一行。(闞白)丞相若必要某回去,則不敢久停,便當告辭。(曹白)來,着金帛酬謝先生。(澤白)請住。

闞澤之來,原是應天順人,與黃公覆立功消恨;若受丞相金帛,則是勢利小人[1],此賜決不敢受。(曹白)先生真乃義士也。事成之後,再當重謝。(澤白)丞相坐聽佳音,闞澤拜辭去也。(曹白)請。(澤唱)

　　既蒙委用回須早,去約公覆來降曹。(下)(曹唱)

　　闞澤虛實難以料,此中消息費推敲。

　　(白)我想江左黃蓋被周瑜所責,蔡中、蔡和密書又言甘寧被辱亦有反意,今闞澤前來納降,俱是未可深信,我又不得不允,誰敢直入周郎寨中,探聽虛實方好?(蔣白)稟丞相,我蔣幹前日空往東吳,未得成功,深懷慚愧;今願捨身再往,務得實信回報。(曹白)唔,你上次渡江,斷送了我兩個水軍都督,今番又去,還想送脫我八十三萬大軍麼?(蔣白)丞相差矣。澤替黃蓋來獻降書,真假難憑;我蔣幹不面見周瑜,曹營誰敢探聽虛實?(曹白)蔣子翼,你這回前去,切不可盜他假書。(蔣白)這回必要討個實信。(曹白)如此即請速行。(蔣白)就此告辭,小舟前往。(蔣唱)

　　前番盜書不討好,這回必要立功勞。八十三萬我敢保,事成就在這一遭。(下)(曹唱)咳,孔明周瑜多奸巧,聞聽用兵有略韜。且待蔣幹回來報,准備擒捉海底鰲。(下)

校記

[1]則是勢利小人:"勢利",原本作"勢力",今改。

三　　場

(黃蓋上,唱)

　　苦肉計雖然獻含羞忍痛,闞澤去見曹操未知吉凶。好叫我心疑惑行坐懶動[1],(闞上,唱)駕一葉扁舟去又向江東。

　　(黃白)闞德潤回來了?(澤白)哎呀,僥倖回來了。(黃白)事體如何?(澤白)曹操見事,反復看了數次,忽然拍案大怒,喝道:"用苦肉計你來獻詐書,只好瞞得別人,焉敢欺吾。推出斬之。"(黃白)先生怎麼分辯?(澤白)我便哈哈大笑,又笑他不識學問,誤害好人也。(黃白)吓吓。(澤白)那曹操言道:"既來投降,書中為何不明?"(黃白)吓。你便怎麼說?(澤白)我說道:"你豈不知,背主作竊,不可定期?不明此理,屈殺好人,真乃無學之輩。"(黃白)哦。(澤白)那曹操聽我此言,改容下坐,邀入後帳,以酒相待。今又煩我

回來，相約公覆，定妥日期，先通消息，以兵接應。（黃白）哎呀呀，若非公能舌辯，則蓋枉受此苦矣。（黃唱）

　　幸得有闞先生言語誆哄，曹孟德也中了黃蓋牢籠。（澤白）哎。（唱）

　　這也是老將軍一點英勇，保江東六郡地造化號穹。（澤白）計雖已成，我今且去甘寧寨中，探聽蔡中、蔡和消息，便好行事。（黃白）此言亦是，就請速行。（澤白）請。（澤唱）我且去探聽那蔡中、蔡和，（下）（黃唱）准備着船與箭渡江大攻。（下）

校記

［１］好叫我心疑惑行坐懶動：＂惑＂字，原本缺，今據文意試補。

<h2 style="text-align:center">四　　場</h2>

　　（蔡中、蔡和同上）（中唱）假投降幸喜得周瑜已允，（和唱）傳消息暗地裏報效曹公。（中白）俺蔡中。（和白）俺蔡和。（中白）你我弟兄二人，蒙曹丞相恩典，使令詐降東吳，幸得周瑜相信，撥在甘寧寨中，用爲前部。已將黃蓋受辱之事，密書報與丞相，想必已經得知了。（和白）我想曹操亦非好人，平白斬我兄蔡瑁同張允二人，却又用我二人做詐降奸細，情理亦覺可恨。（中白）賢弟此言亦是。吾兄長蔡瑁之報應，並非曹操之過。（和白）怎麼是報應？（中白）你請想：吾兄蔡瑁乃荆州牧劉表之妻舅，劉表在日，挑唆要害劉玄德；劉表死後，慫恿其妹蔡氏，將荆州九郡投降曹操，賣主求榮還是小事，帶累劉琮母子被害慘死，這等行爲，如何不叫曹操疑心殺他？（和白）此言雖是，這樣說來，我等也是荆州劉表手下之人，如何投降曹操，只恐也有報應。（中白）哎呀，天地陰陽有窮禁忌，士遇知己守死不二。蔡瑁乃劉表骨肉之親，却又手握兵權，身擔重任，所以决不可生外心。你我雖食其祿，不與其政[1]，隨風倒舵，亦受大害[2]。（和白）只恐未必。（內甘寧嗽介）（中白）喂呀，不要言語，甘寧來也。

　　（甘寧上，白）劍光奪漢津，江水最無情。冷眼誰知己，唔，愁心恨不平。（唱）

　　空懸着三尺劍不能大用，枉稱了錦帆將東吳先鋒。恨不得投江死免使惶悚，（澤上，唱）又只見甘興霸怒氣冲冲。（澤白）將軍前日爲救黃公覆，被周公瑾所辱，吾甚不平，所以今日特來相看。（甘白）周公瑾自持其能，全不以我等爲念,吾今被辱,羞見江左諸人,恨實可恨。(拍案介,怒氣介)哎。(澤白)將軍不必生氣,我有一言。(附耳介)(甘點頭不應,長嘆數聲介)(中、和暗做意介)(中白)將軍何故煩惱?(和白)先生有何不平?(澤白)吾等腹中之苦,難以告人。(和白)二公莫非有背吳投曹之意麼?(澤失色,白)啊?(甘撥劍,白)哎呀,吾事已漏,不可不殺之以滅口。(中、和驚白)二公勿憂,俺弟兄亦當以腹中之事相告。(甘白)可速言之。(中白)我二人乃曹丞相使來詐降者,二公若有歸順之心,吾當引進。(甘、澤同白)此言可真?(和白)皇天在上,安敢欺哄。(甘白)若真如此,天賜其便也。(澤白)甘將軍,他二人之言,不可深信。(中白)啊,先生切莫疑,我們等是不打自招。(和白)這裏要做事,要有說謊者,便是……。(隨便念介,白)(澤白)哎呀呀,不要發誓,我們相信定了。(中白)黃公覆與將軍被辱之事,吾已報知丞相矣。(澤白)告敘你們,我已替黃公覆獻書與丞相,今特來見興霸,相約同降。(中、和同白)哈哈哈,先生,你也是雷不打自招。(澤白)大丈夫既遇明主,自當相投。(中、和同白)即將你我四人相商之事,報與丞相得知便了。(澤白)一同後帳修書。(甘白)後帳有酒,一同暢飲。(甘唱)我四人從今後心腹相共,(澤、和、中三人同唱)誓必要殺周郎報效曹公。(同笑介)請。(同下)

校記

［1］不與其政:"與",原本作"于",今改。
［2］亦受大害:"受",原本作"手",今改。

五場　詿　幹

(四白文堂、四白大鎧、周瑜上,唱)

這幾日軍情費思想,苦肉計黃蓋可慘傷。事雖行不能平空往,破曹兵還要細思量。(坐介)(魯肅上,唱)

龐士元計謀見識廣,見都督將此說端詳。(周白)大夫來了?(魯白)稟都督:魯肅前去拜訪龐統,求其破曹之計,他言道"欲破曹兵,須用火攻"。(周白)吓。他也說用火攻?(魯白)正是。(周白)識者所見略同。(魯白)他又說"一船着火,餘船皆散"。(周白)哦?(魯白)除非獻連環之計,教他釘在一處,方可成功也。(周白)哎呀,鳳雛先生名不虛傳,又是孔明一流人物也。(唱)

戰船散屯在江上,一船着火四分張。連環之計妙可想,鳳雛智謀又高強。（白）子敬，我想欲行此計，非士元先生不可。（魯白）我往求他，料必肯行。奈曹操奸滑，龐統獨自前去，如何肯信？（周白）此言亦是，必要尋個機會方好。（韓當上，白）扁舟一葉至，故人又重來。韓當禀都督，蔣幹又來水寨邊求見。（周白）哈哈哈，蔣幹又來了。吾今成功，就在此人身上。（魯白）是何計也？（周白）你且教他快去請龐士元，到西山庵中，為我行此機謀。（附耳語介）（魯白）哈哈哈，妙極妙極，來得湊巧，這蔣幹功勞大大的小小也，待我去會龐士元。哈哈哈，真好蔣幹。（下）

（周白）來，請子翼先生。（韓白）啊，有請蔣先生。（蔣上，白）因何公瑾不迎接，使我心中疑慮多。啊，賢弟。（周怒白）子翼欺我太甚。（蔣笑介）吾想舊日與你同窗兄弟，特來談吐心腹之事，何言相欺？（周白）你要說我降曹，除非海枯石爛。前番吾念舊日交情，請你一飲痛醉，留你共榻，你却盜吾私書，不辭而去，歸報曹操，殺了蔡瑁、張允，使我大事不成，情理可恨。（蔣白）咳，此事正該謝我，怎麼反說不是不當人了？（周白）你今日無故又來，必然不懷好事，心生外意。不念舊日之情，一刀兩斷。（蔣白）說也可憐。（周白）本當送你過江，怎奈一二之間，便要破曹。（蔣白）哦？（周白）欲待留你在軍中，又恐漏洩機密。（蔣白）啊啊啊。（周白）也罷，我今送你去西山庵中歇息，待我破了曹操，那時送你渡江未遲。（蔣白）哎呀呀，我來本是好意，怎麼如此多疑？（周白）不用多言，韓將軍，快送子翼前去西山庵中居住。（周郎分下，蔣幹呆介）（韓白）吓，先生，我都督久已入後帳去了，快請上馬，往西山庵安歇去罷。（蔣白）咳，將軍，我好委曲也。（唱）同學故交全不想，哎，（韓白）哇，撥二名小軍送來。（二小軍上，白）叩見將軍。（韓白）服侍蔣先生往西山庵中安歇。（蔣唱）無情無義是周郎。（軍白）請先生上馬。（蔣唱）我也只得將馬上，（韓唱）先生休要多驚慌。都督之話已明講，破曹之後送過江。（蔣白）咳。（唱）我算自己來上當，（韓白）先生。（唱）已到西山小庵傍。

（韓白）已到西山庵了，扶先生下馬入內[1]。（蔣白）有勞將軍，請問上姓尊名。（韓白）吾乃韓當。（蔣白）哦呀呀，久仰久仰。今日幸遇得面，三生之幸也。（韓白）先生忘了前番群英會，吾不才，也在其坐，（蔣白）人多眼拙，真真失照，恕罪恕罪。（韓白）不必套言。小軍們，爾等在此好生伺候蔣先生。（二同白）是。（韓白）蔣先生，我要回覆軍令去也。（蔣白）韓將軍請。（韓白）請。爲因國政重，豈待故人輕。（下）（蔣白）這個人好生硬幫，竟自去了。正是：身將入虎穴，有話向誰云。

（起更介）（二軍白）天色黃昏，請先生安歇。（蔣白）你們辛苦，只管各自睡去,我還看看星月。(軍白)如此小人們只得先睡了。(蔣白)只管睡去。(軍同白)遵命。(難禁連日苦,落得一宵眠。)(同下)(初更介)(蔣白)想我蔣幹,也算聰敏過度之人,怎麼竟説周瑜不得?今日被送居此庵中,似覺憂悶,看這星露滿天,教我如何安睡?也罷,不免庵門外獨步一回,以作消遣也。(唱)

　　前番盜書上了當,今日只望説他降。誰知不由我分請,送到西山小庵堂。獨步無聊四外望,(看介)(龐統內吟,白)兵可百年而不用,不可一日兩無備。(蔣唱)只聽書生在那廂。(白)吓,只聽讀書之聲,不免信步尋去,看是何等之人,如此苦攻。(唱)夜静讀書聲名朗,必有高賢隱山崗。(下)

校記

[1]扶先生下馬入內:"扶",原本作"伏",今改。

六　　場

(龐拔劍設燈上,唱)

　　魯肅前來向我講,要哄蔣幹請過江。連環計見曹丞相,火攻戰船助周郎。故意讀書聲音放,勾引那人是假裝。

(蔣上,唱)

　　信步尋來好拜訪,只見茅屋射燈光。(白)原來是草屋内有人讀書,待我空中窺探何等人物?(龐念云介)云者,危道也。上智攻心,下智攻城。(蔣白)燈光之下,一人挂劍,讀誦《孫吳兵書》,必異人也。待我扣門請見。啊,先生開門。(龐白)何人夜静扣門,待我看來。啊,是何人夜静至此?(蔣白)小可特來拜訪,請問高姓大名?(龐白)姓龐名統,字士元。(蔣白)吓,莫非是鳳雛先生麼?(龐白)然也。(蔣白)久聞大名,今何避居此地?(龐白)周瑜自恃奇才[1],不能容物,我故隱居於此。公乃何人?(蔣白)我九江蔣幹是也。(龐白)聞名久矣,今幸相逢,請到草舍敘談。(蔣白)請。(龐白)請坐。(蔣白)請坐。以公之才,何往不利?如肯歸曹,幹當引進。(龐白)吾亦欲離江東久矣。公既有引進之心,即今便當速行。如若遲延,周瑜得知,必然見害。(蔣白)是是,先生高見,就請連夜下山,找尋船支飛渡江。先生請。(龐白)請。(龐唱)

　　英雄作事當豪爽,見機而行須早忙。連夜下山走為上,(蔣唱)請。這件功勞比人強。(同笑介)啊哈哈哈,請哪。(同下)

校記

［1］周瑜自恃奇才："自恃"，原本作"自持"，今改。下同。

七場　引　鳳

（四紅文堂、四紅大鎧站門上）（曹上，唱）

闞澤前來蔣幹往，甘寧內應黃蓋降。虛虛實實心惆悵，（蔣上，唱）這件功勞非尋常。

（蔣白）稟丞相，蔣幹回來了。（曹白）子翼探聽虛實，必有好音。（蔣白）真乃好音也。我到江東，誰料周郎怕我洩漏機密，將我送到西山庵中。因與公瑾念爲同窗之情，居住庵中，至夜煩悶，信步出了庵門。豈知遇見襄陽龐統避亂，亦居西山庵中，因與不合，閉門讀書，被我再三勸說，帶來引見丞相。（曹白）龐鳳雛先生來了麼？（蔣白）費了多少心機，方得引來。（曹白）好，這件事却虧了你。吩咐大開營門，有請。（蔣白）是。大開營門，有請龐先生。

（【大吹打】，曹出迎介）（龐上介）（蔣白）鳳雛先生，這便是我家丞相。（龐白）啊，丞相。（曹白）啊，先生。（同笑介）啊哈哈，哈哈哈，請哪。（龐白）久仰威儀，今幸得瞻巍。（曹白）豈敢。渴慕鴻才，相逢足慰懷想。先生請坐。（龐白）請坐。（曹白）周瑜年幼恃才，不能容人。操久聞大名，今得思顧，乞求不吝教訓。（龐白）某亦素聞丞相用兵有法，今願一觀軍容。（曹白）正當請教。吩咐備馬，先觀旱寨。（蔣白）是。哎，軍校們，丞相與鳳雛先生觀看旱寨營磐，快快備馬伺候。

（中軍上，執令旗，二馬夫帶馬介，上馬介）（龐白）請。（唱）

用兵之道難虛講，必要親眼看端詳。按轡登高舉目望，（高臺，曹上，唱）令旗一招干戈揚。

（四文堂、四大鎧、八將官、八纛旂、連環引上，走陣介，下）（龐唱）旱寨軍容果雄壯，（曹唱）還求指教莫攏荒。（龐白）依山傍林，前後顧盼，出入有門，進退得法，雖孫武再生，穰苴復出，不過如此矣。（曹白）先生勿得過譽，尚望指教水寨。（龐白）待俺看來。（曹白）吩咐水軍，戰船分布。（蔣白）得令。哎，水軍都督，將船分布。

（四文堂、四大鎧、八將官、八水手、八纛旂走陣，下）（龐白）艨艟戰船，列爲城郭，中藏小船，往來有庵伏成舉。丞相用兵如此，名不虛傳。（曹白）先生過譽。（龐白）非過譽也。（指介）周郎周郎，克日必亡。（曹白）哈哈哈。

先生真乃妙人也。請回中軍帳內,置酒細談。(龐白)請哪。(曹唱)鳳雛大名如雷响,想相果然勝張良。飲酒同回中軍帳,(龐唱)知音相遇話更長。(曹白)看宴。【大吹打】,安席對坐介)請。(曹唱)不才枉爲丞相,怎及先生學問長。還求指教休謙讓,(龐唱)惟有一事要緊防。(白)敢問軍中可有良醫否?(曹白)請教要良醫何用?(龐白)水軍多病,須用良醫治之。(曹白)吓,衆軍現在不服水土,俱生嘔吐之疾,多有死者,操正慮此事,敢求先生良方。(龐白)丞相,教練水軍之法甚妙,但是可惜不全。(曹白)還求指教是幸吓。(龐白)某有一策,傳大小水軍,並無疾病,安穩成功。(蔣白)非先生之計不可。(曹白)請問先生妙策?(龐白)大江之中,潮生潮落,風浪水息,北兵不慣乘舟,受此顛番,便生疾病。(曹白)正是如此。(龐白)若是大船小船皆可配搭[1],或三十爲一排,或五十爲一排,首尾用鐵連環鎖,上鋪闊板,休言人可渡,馬亦可走矣。此而行,任他風浪潮水上下,復何懼矣。(曹白)哦。(出揖介)喂呀,非先生良謀,安能破得東吳也。(曹唱)

神機妙策真得當,先生高似張子房。(龐冷白)愚淺之見,丞相自才爲妙。(曹唱)這是天遣鳳雛降,(蔣白)也得虧我引薦。(曹唱)用此良謀免損傷。(曹白)中軍聽令。(中白)在。(曹白)即速傳知水軍都督,快將大小戰船,俱用鐵連環鎖成排,不得遲延。(中照白)(內應介)(曹白)先生果然成此大功,操請奏聞天子,封爲三公之列。(龐白)某非富貴而來,但欲救民耳。丞相渡江,慎勿殺害生靈。(曹白)吾替天行道,安忍殺戮人民。(龐白)如還嚴,拜求榜文以安族。(曹白)先生家屬現居何處?必當出榜招安。(龐白)只在江邊,若得榜文,自可保全。(曹白)蔣子翼快快寫榜文,交與先生。(蔣白)遵命。(【風入松】,寫榜介,白)先生,榜文收好。(龐白)有勞了。就此告辭。(曹白)奉送先生。(龐白)告別。丞相可速進兵,休待周郎之覺。(曹白)這是自然。謹遵台教。(龐白)請。啊哈哈哈。(下)(大吹打,送龐介)

(八大將分上,同白)稟丞相:戰船鐵連環鑄好[2],穩如平地,大小軍士,無不踴躍,歡騰跳舞,喜誦丞相信用鳳雛先生之計。(曹白)哈哈哈,此乃蔣幹引薦之功也。(蔣滿意思介,白)區區微勞,何足挂齒。(曹白)衆將官。(衆同白)有。(曹白)爾等伺候,明日戮着水寨,看宴文武同樂。(衆同白)得令。(尾聲)(同下)

十一本完

校記

［1］大船小船皆可配搭："搭"，原本作"答"。今改。
［2］戰船鐵連環鑄好："鑄"，原本作"住"，今改。

十二本

頭場聽謠

（徐庶上，唱）

自從新野歸曹後，終天之恨幾休。（白）山人徐庶，字元直。只因在劉皇叔帳下為軍師，被曹操命程昱假寫母書，誆到許昌，坑陷老母，今又派令隨征，方纔聞得龐士元到來，獻出連環鎖之計，大軍一破，玉石俱焚。我且等他至此，用言語嚇他一嚇，那時好求脫身之計便了。（唱）此事不得不多口，暗藏江邊等鳳雛。

（龐統上，唱）

辭曹回歸計已就，任上江岸尋舟遊。（徐白）住了，你好大膽。黃蓋用苦肉之計，闞澤下詐降書信，你又來獻連環計，只恐燒不盡絕，你們把出這等毒手來，只好瞞曹操，也須瞞我不得。（龐回頭四望介，白）喂呀，嚇殺我也，原來徐元直。幸喜此言無人聽見，你若說破我計，可惜江南八十一州百姓，皆是你送了也。（徐白）哈哈哈，此間八十三萬人馬，性命如何？（龐白）吓，元直真要破計策麼？（徐白）吾感劉皇叔厚恩[1]，未嘗忘報；曹操送死吾母，我已說過，終身不設一謀，今安肯破兄良策？只是我亦隨軍在此，兵敗之後，玉石不分，豈能免難？公當教我脫身之計[2]，我便緘口遠避矣。（龐白）元直如此高見遠識，諒此有何難哉？（徐白）願求指教。（龐白）曹操南征，心中所慮，西涼馬騰、韓遂耳。公可布謠言，說馬騰謀反，殺奔許昌來了。曹操聞知，必然驚慌。公可請令，帶兵前去散關把守，便可脫身矣。（徐白）多謝先生指教。（唱）

昔年襄陽同詩酒，今朝分散各運籌。將計就計脫身走，人生天地嘆蜉蝣。（作揖介，下）（龐白）咳。（唱）

徐元直真乃是鬼寶，嚇我一跳在江舟。可惜今日又分手，從不相見免人

愁。(笑介)哈哈哈。(下)

校記

［1］吾感劉皇叔厚恩："感",原本作"敢",今改。
［2］教我脫身之計："教"原本作"交",今改。

二　　場

(張遼上,唱)

軍中謠言傳破口,西凉馬騰起貔貅。報知丞相忙慌走,(白)丞相有請[1]。(曹上,唱)張遼何事像沐猴。(遼白)哎呀,丞相,軍中三軍各個交頭接耳,傳言西凉馬騰、韓遂殺奔許昌而來。(曹白)啊。吾引兵南征,心中所慮者,韓遂、馬遂耳。軍卒謠言,未定虛實,然而不可不防。(遼白)必得一大將領兵,前去防堵,方保無慮。(曹白)馬騰、韓遂又非尋常可比,軍中戰將恐難應敵。你可傳諭衆謀士之中,可有人敢領兵,前去防堵馬騰、韓遂。(遼白)得令。嘟,丞相有令,衆謀士之中可,有人敢領兵前去防堵馬騰、韓遂?(徐庶上,唱)(二句四句可)(白)[2]徐庶來也。(唱四兩句可)(遼白)徐元直應令。(徐白)丞相在上。徐庶蒙收録,恨無寸功報效。請得三千人馬,星夜前往散關,把守隘口,如有急緊,再行中報吓。(曹白)妙哇,若得元直前去,我無憂矣。散關之上,亦有軍兵。公可統目下撥三千馬步軍,命臧霸爲先鋒,同先生星夜前去,事不宜遲。(徐白)得令。(徐唱)

奉令散關去把守,好似鰲魚脱金鉤。快帶三千人馬走,這是火星不上頭。(下)(曹唱)

張遼禀我汗嚇透,幸得徐庶有計謀。此時方解心中扣,(毛玠、于禁同上,唱)水軍安排已無憂。(同白)毛玠、于禁禀丞相:大小戰船俱已連環牌鎖住,上鋪闊板,人馬歡騰,備辦酒筵,會同文武,請丞相上船觀賞。(曹白)伺候了。(唱)

徐庶此去能保守,龐統連環穩無憂。水軍放心可飲酒,指日破吳又何愁。(同下)

校記

［1］丞相有請:"有",原本作"又",今改。

〔2〕白：原本無，今據劇情補。

四　場　題　詩[1]

　　（程昱、荀攸、劉馥、蔣幹同上）（程白）滔滔江水古今愁，（荀白）丞相南征顯壯謀。（劉白）安得凱歌清宇宙，（蔣白）功勞要算我爲頭。（各道名字）（程白）今乃建安十二年冬十一月十三日，天氣晴明，風平浪靜[2]，丞相觀看水軍，大宴文武，一同伺候。（衆同白）請哪。（同下）

校記

〔1〕四場：原稿如此，無三場，特此說明。
〔2〕風平浪靜：原本作"平風浪冬"，今據文意改。

五　場

　　（毛玠、于禁、許褚、張遼、張郃、文聘、焦觸、張南上，唱）
　　【點絳唇】將士英雄，軍威壓衆強將勇。戰馬如龍，要把東吳平。（各通名字）（毛白）鐵鎖連舟，丞相今夕賞月大宴，一同伺候。（衆同白）請。（毛白）看旌旗招展，丞相來也。
　　（四紅文堂、紅大鎧、曹操上）
　　【引子】手持兵符，統雄師平荊滅吳；擎天玉柱，輔漢家不負於孤。
　　（衆參介）（曹白）船在波濤險又凶，運籌無策破江東。若非龐統連環計，將帥安能立大功。衆將官聽者。（衆同白）啊。（曹白）吾自起義兵以來，與國家除凶除害，誓願掃清四海[1]，削平天下，所未得者江南也。今我有百萬雄師，更賴諸公用命，何患不成功名？收服江南之後，天下無事，與諸公共享富貴，以樂太平。（衆同白）願得早奏凱歌，我等終身皆賴丞相福蔭。（曹白）看這東山，月上皎皎，如同白晝，長江一帶，似橫鎖練，正好與諸君共飲，預備賀功。（衆同白）多謝丞相厚恩。（曹白）看宴。文武衆官依次而坐。（大吹打，坐介）（曹白）妙呀。東視柴桑之境，西觀夏口之江，南望樊山，北覷烏林，回顧空闊，江南如畫，好瀟洒人也。（衆同白）丞相請飲。【風入松】排子）
　　（曹白）哈哈哈哈，周瑜、魯肅不識天時，阻我大兵，今幸有那投降之人，爲彼心腹之患，此天助我也。（荀白）丞相勿言，恐有洩漏。（曹白）哈哈哈，坐上諸公與近侍左右,皆我心腹之人也,言之何疑[2]?(衆同白)是。(曹白)劉玄德、諸葛亮,汝不料螻蟻之力,欲撼泰山,何其愚耶。(曹唱)

孫劉二家不自諒,螢火之爭日月光。(白)吾今行年五十四歲矣,如得江南,竊有所喜。(衆同白)請問何喜?(曹白)昔日喬公與我主契,吾知其二女,名曰大喬、小喬,皆有國色,後不料爲孫策、周瑜所娶。吾今新構銅臺於漳水之上,如得江南,當娶二喬,置之臺上,以娛暮年,吾願足矣。哈哈哈。(衆同白)但願如是。(鴉鳴介)(曹白)啊,此鴉緣何夜鳴?(衆白)鴉見月明,疑是天曉,故離梅而鳴也。(曹白)哈哈哈哈,取我槊來,看酒伺候吓。

(曹起船,題文詩,酌酒莫介,白)吾持此槊破黃巾,擒呂布,滅袁紹,收袁術,深入塞北[3],直抵遼東,縱橫天下,頗不負大丈夫之志也。(衆同白)丞相威震四海,欽服。(曹白)今對此景,甚有慷慨,吾當作歌,汝等知之。(衆同白)是。(曹白)對酒當歌,人生幾何。譬若朝露,去日無多。(【泣顔回】)(曹白)哈哈哈。(劉馥白)大軍相敵之際,將士用命之時,丞相何故出此不吉之言?(曹白)吾言有何不吉?(劉白)"月朗星稀,烏鵲南飛。繞樹三匝[4],無枝可棲",此乃不吉之言也。(曹白)唉,汝安敢敗吾之興?去罷。(槊刺死,劉倒介)(遼驚介,白)稟丞相,劉馥氣絕了。(衆驚介)(曹白)哎呀,(灑頭介)我一時酒醉,誤傷賢士,(哭介)恨悔莫及。(哭)臨江飲酒,橫槊賦詩,忽然刺死名士,大殺風景,真是不吉之兆。左右。(衆同白)有。(曹白)將劉刺史屍首抬下,以三公厚禮裝殮,撥軍士二百名,護送靈柩回原籍安葬。(四大鎧抬屍下)(同白)咳,可惜吓。(曹白)可恨周瑜、魯肅,我不殺你,誓不回軍。(唱)

橫槊賦詩賢士喪,削恨必要殺周郎。(衆同白)丞相不必煩惱,我軍如此齊整,何愁周郎不滅。(曹白)你等不知,若非天命助我,安得鳳雛先生妙計,鐵索連舟,果然渡江如履平地。(程白)程昱稟丞相:船皆連鎖固然平穩,倘彼若用火攻,難以回避,不可不防。(衆怔介)(曹白)哈哈哈哈,程仲德雖有遠慮,却還有見不到。(荀白)仲德之言甚是,丞相何故笑之?(曹白)凡用火攻,必借風力。今隆冬之際,但有西北之風,安有東風南風耶?我兵居於西北之上,彼兵皆江南岸,彼用火攻,是燒自己之兵也,吾何懼哉。若十二月小春之時,吾早已提防矣。(衆拜伏,白)丞相高見,我等不及。(曹白)青徐若代之士[5],不慣乘船。今非連環之計,安能涉此大江之險。(蔣白)真好鳳雛先生。(焦觸、張南同白)丞相休長他人志氣。小將等雖是幽燕之人,亦能乘船,今願借巡船二十支,直至江口,斬將奪旗而還,亦顯我北軍有人亦能乘舟也。(曹白)汝等長北方銳氣,恐乘不便;江南之兵往來水上,習練精熟,汝等勿輕以性命爲兒戲也。（焦、南同白）某等若不取勝，甘受軍法。（曹白）戰船盡以鎖連，惟有小舟，只恐未便接應。（焦、南同白）若用大船，何足爲奇？乞付小舟二十支，必然殺賊立功。（曹白）也罷。吾與你小舟二十支，精兵五百人馬，來日天明，出寨破敵。（焦、南同白）得令。（焦唱）水寨之中謝丞相，（南唱）要破江東逞豪強。（下）（曹唱）焦觸張南雖勇將，水戰難保無損傷。（白）張郃、文聘聽令：你二人去領巡船二十支，軍士五百名，前去接應，不得有誤。（文、郃同白）得令。（郃唱）英雄出兵須勇往，（文唱）北人水寨要緊防。（下）（曹唱）分遣已畢心自想，不該怒刺賢士亡。衆將且各回營帳，（衆分下）（曹唱）待聽捷報下長江。（笑介）哈哈哈。（嘆氣，下）

校記

[1] 誓願掃清四海："誓願"，原本作"哲原"，今改。
[2] 言之何疑："疑"，原本作"凝"，今改。
[3] 深入塞北："塞"，原本作"寨"，今改。
[4] 繞樹三匝：原本作"達樹三迎"，今改。
[5] 青徐若代之士："士"，原本作"時"，誤，今改。

六場　交　令

　　（臧霸上[1]，起霸，白）丞相南征日日憂，馬騰韓遂起干茅。中軍請令徐元直，正似鰲魚脫釣鉤。俺臧霸奉丞相將令，帶領三千人馬以爲先鋒，跟隨徐元直先生把守散關，防堵馬騰等，因此披挂上前。旌旂招展，徐元直兵馬來也。

　　（四文堂、四大鎧、徐庶、纛旂上）

　　【引子】不爲懼水厄，只欲脫身災。（霸白）臧霸參見先生。（庶白）將軍少禮。（霸白）謝先生。（庶白）丞相命你我去守散關，以防西涼馬騰。軍情緊急，須速起馬。（霸白）得令。嘟，衆將官，即速起馬，往散關去者。

　　（【泣顏回】）（水鏡內白）山非會故友，離亂見知音。吓，元直。（上介）（庶白）吓，原來是水鏡先生。違別已久，何處而來？（水白）只因襄陽離亂，抛棄山莊，雲遊到此，聞知元直領兵，特來一會。（庶白）先生高人，雲遊至樂。徐庶風塵之中，如何是了？（水白）當初元直在我水鏡莊上，要投劉玄德，我先言過"你有老母尚在原籍，恐爲曹操所得，不能善終"，你反復而不信,後果應吾言。今又隨同南征,幸得龐統指教此計,脫身免禍。這番景況,皆是自己纏繞,無所含怨也。(庶白)先生之言,責備甚是。惟今之計,何以教我?(水白)咳,元直,你今到也罷了,你還引出諸葛亮來,叫他日後吐血而亡,是你之過耳。(唱)

　　漢朝氣數已將盡,明哲須當自保身。相勸之言你不信,必要輔保劉使君,以致喪了老母命,還要走馬薦諸葛孔明。如今更要將兵領[2],孟德豈是好心人。倘若差參請自省,孔融首級挂城門。此話說來本不應,無奈你我是故人。(庶白)哎呀。(唱)

　　先生一言提我醒,慚愧做了不肖人。既難遇族扶漢鼎,何必奔馳幹功名。甚麼叫做軍師印,甚麼叫做國公卿。亂世不知肥隱遁,難怪當年嚴子陵。看破機關早當隱,我要披髮入山林。(水唱)

　　元直休說入山林,還有一言講你聽。你被曹操計軟困[3],許昌現埋老母墳。倘有不測心何忍,此事須當要留神。必得出來算乾凈,那時方纔好脫身。(庶白)是吓。(唱)

　　難怪先生稱水鏡,照得天下事事清。且到散關再告禀,緩緩而退見機行。(水白)唔。(唱)

　　如此方得保守領,不枉素日有學文。我去東海慢相等,(白)元直,(唱)此會一別有緣音。(下)(庶白)哎呀呀。(唱)

　　司馬德操妙得緊,風鑑智謀有如神。今日忽然來指引,不枉前番相與情。他去東海先待等,我到散關後脫身。從今以後心死定,富貴與我如爲浮雲。(衆同領只下)

校記

[1] 臧霸:原本作"藏霸",今改。下同。
[2] 如今更要將兵領:"更要",原本作"攻要",今改。
[3] 你被曹操:原本作"你破曹操",今改。

七場　回　信

(四小軍、魯肅上,唱)

　　行坐不安離營帳,心念故友自思量。(白)下官魯肅,相請龐統誆了蔣幹引見曹操,去獻連環戰船之計[1],未見回音,使我心中不安,故特來水寨觀望,以探消息。正是:我於營中盼客信,烟江之上使人愁。(唱)蔣幹二次來上當,引去龐統獻妙方。鐵鎖連舟智謀廣,怕的曹操費商量。因此特來江邊望,(龐上,唱)(稍水上,下)一葉扁舟到岸傍。

(魯白)妙哇。(唱)

鳳雛回來我心放,躬身施禮問端詳。可曾誆倒曹丞相,連環之計不空亡。

(龐唱)

大夫休急聽我講,曹瞞相見喜洋洋。水陸二寨軍容壯,酒席筵前我假裝。醉裏問醫談波浪,叫他向我求良方。這纔説出計謀謊,鐵鎖連舟在長江。後又求他安民榜,脱身之計我回鄉。

(魯白)哈哈哈哈。(唱)

言聽計從各乃望,真是駕海紫金梁。去見都督討封賞,魯肅面上也有光。

(龐唱)

相請卧龍有三訪,鳳雛豈肯見周郎。煩你替我多拜上,貧而無諂並非狂。隱居不仁爲高尚,待時而動有何妨。(笑介,下)

(魯白)咳。(唱)

到底高人不露相,功名富貴似風狂。我且去進中軍帳,(闞澤上,唱)要見都督密商量。

(澤白)大夫。(魯白)啊,嚴德潤行走何其匆忙。(澤白)適纔在甘寧寨中,蔡中、蔡和飲酒叙話,有機密大事,來稟都督。(魯白)如此一同進帳。請。(澤白)請。(魯唱)你我機密事一樣,(澤唱)大家同行步履忙。(魯唱)有請都督出虎帳,(周瑜上,唱)大夫參謀一人雙。

(周白)公何事?(魯白)肅有密稟。(周白)請近前來説話。(魯白)是。(附耳介)(周白)哈哈哈。我説此人不可,且待成功之後,再行聘禮請他便了。(魯白)正應如此。(澤白)闞澤也有密稟。(周白)請上來説。(附耳介)(周白)哈哈哈。如此甚好,先生真乃膽略人也,必當重謝。(澤白)公所故然,焉敢言謝。(報子上,白)報!稟都督:江北有小船數十支,鼓樂殺來了。(周白)再探。(報白)得令。(下)(周白)快傳韓當、周泰上帳。(魯白)都督有令,傳韓當、周泰進帳。(韓、周同上,白)來也。參見都督,有何將令?(周白)曹軍有人前來,你二人快去迎敵。(韓、周同白)得令。(下)(周白)大夫、參謀,隨我觀看韓當、周泰二人破敵去者。(周唱)

曹操多謀却孟浪[2]，水戰如何能逞強。二公一同登高望，視看破敵有韓當。（同下）

校記

［1］去獻連環戰船之計："獻"，原本作"現"，今改。

［2］曹操多謀却孟浪："孟"，原本作"夢"，今改。

八場　覘　戰

（四水卒、四下手各駕一船，焦觸、船稍、蠹旆、張南走陣，下）（連場上）（四文堂、闞澤、魯肅上）（周瑜內唱）

【倒板】戰鼓連天聲聲緊，（眾上介，周唱）下馬登高看分明。江水茫茫波浪滾，小舟來了是曹兵。（魯唱）都督，鐵鎖連舟多齊整，威嚴猶如泗州城。旌旆招展水中影，紅日高照干戈明。曹操驕淫不要緊，可惜八十三萬兵。小船交鋒站不穩，眼看我兵顯能能。

（四水手、四上手、韓當、周泰、船夫、蠹旆隨各人上）（韓當唱）

手挽滕牌衝頭陣，（周泰唱）慣勇當先斬將擒。

（四水卒、四稍手，焦觸、稍水、旆蠹，張南、稍水、旆蠹上，射介，下）（周白）南北交鋒，好場水戰也。（唱）

北船不及南船穩，南軍水戰勝北軍。即看此來已得勝，（魯、澤同唱）又見曹兵船出迎。

（上下手、水軍各殺下）（焦觸上，水戰介，韓當砍死焦觸介）（周泰、張南同上，水戰，周泰跳過船，殺死張南介，下）（張郃、文聘、二稍水上，接殺，水戰，郃、文敗下，韓、周追下）

（周白）曹兵十分齊整，韓當、周泰追趕前去，恐其深入重圍，吩咐鳴金收兵。（魯白）鳴金收兵。（闞搖旆介）

（四上手、韓當、周泰同上，稍船上岸介）（韓、周同白）正好追趕，都督為何鳴金收兵？（周白）恐其深入重地耳。（風聲介）（魯白）喂呀，狂風陡起，遠看曹軍寨內，中央黃旆被風吹折，飄入江中了。（周白）此乃不祥之兆也。曹操吓曹操，管叫克日被擒也。（大風吹旆，飄拂介，周面上過介，周大聲白）喂呀。（唱）

風吹旗角拂面冷，觸起一事膽魂驚。費盡機謀成畫餅，（瀝頭，吐血介,昏介,倒介)(衆同白)哎呀,都督甦醒。(魯、澤同白)哎呀。(唱)平空得病爲何情。(衆同白)哎呀,都督何故昏迷不省,這便怎好?(魯白)列公好生伏侍都督回寨,待我先去孔明舟中,求請良方便了。(韓同白)如此快請。(魯唱)

正要破曹一時病,即將此事問孔明。(下)(澤白)衆位將軍,好生扶了都督,保護回寨。(同下)

【尾聲】

十二本完

十三本

頭場 信 兆

(四紅文堂、四紅大鎧、蔣幹、曹操上)(曹唱)

橫槊賦詩忒高興,誤傷賢士悔在心。今日江上又敗陣,風吹黃旄落水心。

(曹白)可惱可恨,焦觸、張南冒失匹夫,必要小船出戰,却被東吳韓當、周泰所殺,喪我銳氣。幸得張郃、文聘守住水寨,周瑜收兵,不然幾乎失事。(蔣白)這却還好,現在水寨中央黃旄被大風吹折,飄入江心去了,恐非吉兆。(曹白)唉,胡說,此乃破敵之兆也。快傳衆將進帳。(蔣白)是。傳衆將進帳。(毛玠、張遼、張郃、于禁、許褚、文聘上,白)參見丞相。(曹白)站立兩傍。(衆同白)啊。(曹白)風吹中央黃旄,此乃破敵之兆。吾今命毛玠、于禁重整水軍中央黃旄,伺候出戰。(毛、于同白)得令。(同下)(曹白)張遼、許褚爲左右護軍,不得有誤。(遼、許同白)得令。(下)(曹白)張郃、文聘各駕小船一支,往來巡查接應。(郃、文同白)得令。(下)(曹白)蔣子翼,我想黃蓋納降,甘寧內應,闞澤下書,龐統獻連環之計,此皆先生之功也。(蔣白)些小微勞。(曹白)破吳之後,你的封賞也就不小。(蔣白)全靠丞相福蔭。(曹白)哈哈哈,就只蔡瑁、張允,死得有些委屈。(蔣白)八十三萬大兵保全無事,蔡瑁、張允一兩人委屈,何妨?(曹白)哈哈哈,仗託先生高才,請同後帳飲酒談心。(蔣白)丞相請。(唱)

丞相待我是一等,我待丞相也十分。(曹唱)

大事全仗你報信[1],保我八十三萬兵。(笑介)(同下)

校記

[1]大事全仗你報信:"你"字,原本無。今依文意補。

二場 探 病

(二童兒、孔明上,唱)

適纔已知周郎病,爲的東風那事情。魯肅必然來求問,機關就計顯奇能。

(魯上,唱)

心忙意亂含愁悶,扁舟之上見先生。(魯白)吓。孔明先生請了。(孔白)大夫匆匆而來,必有見教。(魯白)說也奇怪,周公瑾登高觀戰,狂風陡過,忽然大叫,嘔吐鮮血,昏迷不醒。故此我來求先生,是何故也?(孔白)公以爲何如?(魯白)此乃曹操之福,江東之禍也。(孔白)未必如此。公瑾之病,亮亦能醫。(魯白)誠如此言,國家之幸。便請先生同去看視。(孔白)大夫請行。(魯白)先生請。(魯唱)

先生又會醫病症,可算天下一等人。若能治好周公瑾,江東方可保萬民。(孔唱)此刻好歹亦未定,中軍帳內見分明。(同下)

三 場

(四軍士、周瑜上,唱)

心中憂愁無人曉,連環之計枉徒勞。軍士扶我且坐好,喂呀,(唱)似覺昏迷面體燒。(魯上,唱)拋棄愁腸臉帶笑,孔明前來將病消。

(魯白)請問都督病勢如何?(周白)心腹攪痛,時加昏迷。(魯白)曾服何藥?(周白)心中嘔迷,不能下藥。(魯白)適來去望孔明,他言能醫此病,現在帳外,煩求醫治若何?(周白)且請進帳。(魯白)是。孔明先生請進。

(孔上,白)要知己事亦人事,不爲良相爲良醫。(魯白)先生請進。(孔白)連日不晤君顏,何期貴體不安。(周白)人有旦夕禍福,豈能自保?(孔笑介)哈哈哈。天有不測風雲,人又豈能料乎?(周驚,呻吟介)哎喲哎喲。(孔白)都督心中,似覺煩悶否?(周白)然也。(孔白)必須服涼藥以解之。(周白)已服涼藥,全然無效。(孔白)須先理其氣,若氣順,則呼吸之間自然全愈。(周白)吓。請教先生,若得氣順,當服何藥?(孔白)哈哈哈,亮有一方,便教都督氣順。(周白)先生賜教。(孔白)大夫可取紙筆來。(魯白)快取紙筆。(孔白)左右且退。(魯白)左右快退,先生請寫。(孔白)待我寫與都督。(外寫介)(魯白)也不知他寫些甚麼藥方?(孔白)都督請看,此乃都督病源也。(周白)"欲破曹公,宜用火攻;萬事已備,只欠東風。"哎呀,孔明真乃神人也,早已知吾心事,只索以實情告知。(笑介)哈哈哈。吓,先生神見,既已知吾病源,將用何藥治之?事在危急,望即賜教。(孔白)亮雖不才,曾遇異人,傳授八門遁甲天書,可以呼風喚雨。(周白)哦,何不呼下東風?(孔白)都督若要東風,可於南屏山建一臺,名曰七星壇,高可九尺,用一百二十人執旌幡[1],亮於臺上作法,借三日三夜東南風,助都督用兵,如何?(周白)休道三日三夜,只要一夜大風,大事成可也。只是事在日前,不可遲緩。(孔白)十一月二十日甲子祭風,至二十二日丙寅風息,如何?(周白)哎呀,(起介)先生真乃神人也。(周唱)

聽言不覺開懷抱,一片愁腸去九霄。離榻拜謝病覺好,(孔白)何敢當此。(周白)大夫,(唱)快去築壇莫辭勞。(魯白)遵令。(魯唱)

築壇祭風古今少,服了先生件件高。吾去挑兵遣將校,築臺伺候把風招。(下)(孔唱)

事不宜遲去當早,指點方位把土挑。揖別都督將風禱,准備火攻好破曹[2]。(下)(魯唱)

萬種愁憂一時好,孔明事事比吾高。若果東風有靈效,(白)哈哈哈,(唱)諒你插翅也難逃。(下)

校記

[1]一百二十人:"百",原本作"伯",今改。
[2]准備火攻好破曹:"備",原本作"被",今改。

四場　祭　風

(趙子龍、梢水上,唱)

只為軍師諸葛亮,扁舟一葉下長江。(白)俺趙雲奉了主公之命,駕舟前往江東,於十一月二十日甲子在三江口南屏山,等候軍師回轉江夏。今乃十

一月十九日也,須索即行。稍水將船順風而下。(唱)

吾今虎穴龍潭往,東風一起要緊防。(下)

五　　場

(四水軍上)(【水底魚】)(老軍白)我等奉大夫之命,在南屏山下取土築臺,必要即日成功,也不知爲了何事。(衆同白)想必是盼望家鄉之意。(老軍白)不必多言,大家動手。(【急三槍】)(四文堂、魯上,白)壇可築成?(衆同白)已築成了。(魯白)小心伺候。

(【大吹打】,二童兒、孔上介,白)只因破国賊,不是扭天心。(魯白)先生來了。(孔白)臺可照依式样築成?(魯白)按就先生所畫九宮八卦方位築成,旂幡亦按五行造就,請先生祭令施行。(孔白)明日甲子吉辰,亮自登臺作法,子敬自往軍中,相助公瑾調兵。倘亮所祈無應,不可有怪。(魯白)如此肅當告別,靜聽先生佳音。(孔白)請。(魯白)先生,你知我魯肅是個老實之人,今日我却説句老實話與先生聽。(孔白)請教。(魯白)先生請聽。(唱)

自從桓靈失德政,漢家天下人人争。曹操奸雄有天命,劉表失了荆襄城。皇叔兵敗當陽郡,區區無路可安身。維我魯肅來薦引,方得吳侯肯發兵。聰明莫過周公瑾,可惜有些妒忌心。屢次必要害你命,幸喜你有借箭能。只爲東風他生病,良醫又要煩先生。兩家公事休記恨,祭風必須要虔誠。這回若是有靈應,下臺你可要留神。逃回夏口休得等,我又全了朋友情。這番言語須當信,魯肅不是薄情人。一禮辭別淚難忍,(白)先生,(唱)人生世上如浮雲。(下)(孔唱)

老實忠厚魯子敬,可算江東第一人。我且祭臺發號令,一言曉諭衆將聽。

(白)衆將聽者:天機莫測,人事難定,爾等奉令守壇,不許擅離方位。(衆同白)啊。(孔白)不許交頭接耳。(衆同白)啊。(孔白)不許失口亂言。(衆白)啊。(孔白)不許大驚小怪。(衆同白)啊。(孔白)如違令者斬。(衆同白)啊。(孔白)爾等且安歇息,更替飲食,天明伺候,一日三次上壇祭祀,不得違誤。(衆同白)啊。(分下)

(孔白)正是:三分事業今朝定,萬古聲名此日傳。(下)

六場　命　將

（黃蓋、呂蒙、韓當、周泰、凌統、潘璋、甘興霸、太史慈、徐盛、丁奉起霸上）（唱）

【點絳唇】將士英豪，威風飄繞。狼烟掃，都逞勇巢，同心共滅曹。

（黃白）列位將軍請了。（眾同白）請了。（黃白）都督傳令，聚將發兵破曹，我你等到中軍帳兩廂伺候。（眾同白）請。

（大吹打）（四白文堂、四白大鎧上，魯肅、程普、周瑜上）

【引子】壯氣凌霄，候東吳即刻破曹。

（眾將同白）參見都督。（周白）站立兩廂。（眾將同白）啊。（周白）破曹實懷憂，孔明幸多謀。東風如有意，曹賊定無頭。黃公覆聽令：準備戰船千支，船頭密佈大釘，船內裝載蘆葦、乾柴，灌以魚坤，上鋪硫黃、焰硝引火之物，各用青布遮，上插青龍牙旂，只等今夜東南風起，即便開船，直報曹操水寨，放火燒殺，不得有誤。（黃白）得令。（下）（周白）甘寧聽令。（甘白）在。（周白）你可帶了蔡中並降卒，沿南岸而走，只打曹軍旂號，直取烏林曹操屯糧之所，舉火爲號，自有接應。留下蔡和，我有用處。（甘白）得令。（下）（周白）太史慈聽令。（太白）在。（周白）帶領精兵三千，直奔黃州地界，斷絕曹操合肥接應之兵，不得有誤。（太白）得令。（下）（周白）呂蒙帶兵三千，前去烏林接應甘寧，焚燒曹寨。潘璋帶兵三千，殺往漢陽，焚燒曹操，不可有違。（呂、潘同白）得令。（下）（周白）程德瑾，可即前去傳諭各寨將士，俱各收拾船隻、軍器，號令一出，時刻不得有違。倘有違誤，即按軍法。（程白）得令。（下）（周白）此幾路破曹之兵，必當先發。（眾同白）日已西沉天色暗，微風不動，如何是好？（周白）大夫，孔明之言謬矣。隆冬之時，怎得東南風乎？（魯白）吾料孔明必不謬談。（眾同白）萬一無風，其地奈何？（風神上介，過一場，下）（魯白）哎呀，帳外好似風吹旂動之聲。（周白）待我出帳看來。呀。（周唱）

只說孔明有虛謊，風吹旂動响聲揚。一同視看出營帳，（魯白）哈哈哈。（唱）旌旂競飄西北方。東南風起漸漸長，（白）都督。（唱）孔明勝過張子房。（笑介）哈哈哈。（周白）哎呀。（唱）旌旂熾風一片响，諸葛才能競難量。（白）哎呀，孔明有奪天造生之法，鬼神不測之術，若留此人，乃東吳禍根也，必須即早殺却，免生他日之憂。徐盛、丁奉聽令。（徐、丁同白）在。（周白）

各帶百人,徐盛從江内中,丁奉從旱路去,都到南屏山七星臺前,休問長短,拿住孔明,便行殺之,將首級回來請功,不得遲誤。(徐、丁同白)得令。(下)(魯白)吓,都督,已起東風,未調破曹之兵,因何先發二將去殺孔明?(周白)孔明一人重於曹操八十三萬大兵也。你知些甚麼呢?(魯白)東風是孔明祭來,吾如何不知道?(周白)原因如此,殺他以除後患。眾將官。(眾同白)(周白)即刻收拾進兵。(周唱)

並非俺殺諸葛亮[1],恐留東吳之禍殃。我今情願任怨謗[2],古人先下手爲强。(下)

校記

[1]並非俺殺諸葛亮:"俺",原本作"安",今改。
[2]我今情願任怨謗:"情",原本作"請",今改。

七　　場

(四軍丁、四上手、徐盛上)(【風入松】)(下)

八　　場

(四軍卒、丁奉上,活頭介,下)

九　　場

(四文堂、二童兒上)(孔明上,唱)

三日祭風風已起,孔明拜謝叩神儀。七星壇上再行禮,爲破曹兵洩天機。(白)七星壇上臥龍登,一夜東風江水紅。不是此番施妙策,周郎安能逞才能。(【排子】)(風神過場,下)(白)眾將官,東風已起,爾等須當小心把守壇臺,不可離壇。(眾同白)啊。(孔白)我今暫且下壇,用飯去也。(眾同白)是。(孔唱)

孫劉和假假已知,借箭祭風事已畢。只把周郎當兒戲,不辭而行遠別離。(下)

(四軍士、丁奉提劍上,唱)

鞭走如飛,如飛到壇裏,東風吹展皂刁旗。(白)哎,孔明先生何在?(軍、童同白)哎呀,好大風。(丁白)呸,問孔明軍師何在?(軍、童同白)恰纔下壇去了。(四軍卒、徐盛、稍水上)(徐上,白)孔明可曾拿住?(丁白)守壇將言道,下壇去了。(徐白)這還了得麼?衆兵四處搜尋。(衆兵分抄,下)(丁白)吓,孔明難道曉得都督殺他,自躲了不成?(徐白)就躲了也不能走遠。(衆軍將上,白)四處找尋,並無蹤影。(徐、丁同白)這也奇了。(報子上,白)報,昨夜有一快船,停前面漢口,適纔披髮之人上船,那船向上流去了。(下)(丁白)喂呀,徐將軍,快快從水路追趕,我從旱路邀截便了。(徐白)衆將士,船拉起滿帆,追趕去者。(下)(丁白)哎呀,哎,衆軍士,從旱路沿江追趕去者。(下)(軍白)喂,朋友吓,周都督真是狠心之人,纔借得東風,便要殺借風之人,實在刻薄。(衆同白)孔明先生風尚然能借[1],殺豈可不逃?你我在此站立無益,不如各自回去,另謀別業。(軍白)言之有理,走哇。(分下)

校記

[1]先生:原本作"生先",據文意乙正。

十　　場

(船稍水上)(趙雲上,唱)

東風吹起寒江浪,一葉扁舟路岸傍。站立船頭舉目望,(白)妙哇,軍師來也。(孔上,唱)鴻鵠展翅任飛揚。(趙白)趙雲在此,候請軍師上船。(孔接唱)離却羅網將船上,(趙白)軍師小心了,不要忙。(孔唱)有勞子龍受奔忙。即速開船快蕩槳,(四軍、四船稍水、徐上,唱)軍師何故去匆忙。

(徐白)軍師休走,都督有請。(孔白)哈哈哈哈。上覆都督:好好用兵,諸葛亮暫回夏口,異日再容相見。(徐白)請少住,有要緊話說。(孔白)吾已料定都督不能相容,必來加害,預先叫趙子龍前來接我。將軍不必追趕。(徐白)吓,看前船無蓬,只顧追趕。(趙白)哎,吾乃常山趙子龍是也。奉令特來迎接軍師,你如何追趕?本待一箭射死與你,顯得兩家失了和氣。也罷,教你知我手段,請看此箭,射斷你船上蓬索便了。(射介)(徐船嚷喊介)(趙白)哎,將俺船扯起滿蓬。(孔白)哈哈哈。(徐船退旂介)(孔唱)

海闊天寬諸葛亮,雞腸狗肚小周郎。(下)(徐白)哎呀。(唱)

蓬滿難追風又順,(丁元人上,丁唱)人馬如飛問孔明。(徐白)孔明早約趙子龍乘船迎接,被他射斷蓬索,追趕不上孔明。孔明搣起滿帆,乘順如飛而去。(丁白)諸葛亮神機妙算,人不可及,更兼趙雲有萬夫不擋之勇,你可知他當陽長坂坡之事否？吾等只索回報都督便了。(徐白)丁將軍之言亦是,你我各回繳令便了。(丁白)請哪。

(徐唱)神機妙算逃網羅,(丁唱)回營繳令報端詳。(同下)

十　一　場

(魯上,唱)

魯肅站立中軍帳,仔細從頭自思量。好好一個諸葛亮,是我哀求過長江。吳侯到也寬洪量,惟有周郎窄心腸。妒忌孔明智謀廣,教他烏巢去劫糧。草船借箭無封賞,又祭東風助我邦。如此功勞不旌獎,反要殺害情可傷。徐盛丁奉乃勇將,七星壇前命必亡。三魂七魄今何往,(白)孔明,(唱)辜負朋友兩淚汪。(周瑜上,唱)東風陣陣旗飄响,將士人人持刀槍。只待黃昏雲霧上,管教曹操大兵亡。(徐、丁同上)(徐唱)飛步報入中軍帳,(丁唱)走了擎天一棟梁。

(同白)禀啓都督：孔明逃走了。(周白)呀,怎麽逃走了？(徐白)孔明預先約定,趙雲駕船迎接去了。末將追趕,被他射斷蓬索,船支橫流。(丁白)孔明之船拉起滿蓬,順風而去。(魯白)哈哈哈哈,先生竟是隨風而[去],妙極妙極。(周白)啊,孔明預先約定,趙雲乘船迎接去了？(徐、丁同白)正是。(周白)哎呀。(三次灑頭介)吓,此人如此多謀,使吾曉夜不安矣。(魯白)此刻用兵要緊,且待破曹之後,却再圖之未遲。(周白)唔,此言亦是。傳令衆將上帳。(魯白)哎,衆將上帳。(四文堂分上)(周白)傳蔡和進帳。(魯白)蔡和進帳。(蔡和上,白)只見各營兵馬動,不知兩下虛實情。末將參。(周白)將他綁了。(徐、丁同白)啊,(和白)末將無罪,如何綑綁？(周白)你乃何等之人,敢來詐降？吾今缺少福物祭旂,借你首級一用。(和白)你家闞澤、甘寧亦曾同謀。(周白)哈哈哈哈,此乃吾之所使也。(和白)哎呀,曹丞相,你害死我也。(周白)押去皂纛旂下,奠酒燒紙,斬首開船。(徐、丁同白)得令。(大纛旂上,奠酒燒紙斬介)(周白)祭旂已畢,傳令先鋒黃蓋,即速悄悄開船。(內白)得令。(魯白)傳令過了。(周白)文官守寨,武將隨我督戰去者。(衆同白)得令。(周唱)

文官一概守營帳，武將必須逞豪强。乘此東風去破浪，水將俱要放火光。（同下）

十 二 場

（四文堂、劉琦、劉備上，唱）

前者軍師已約定，東風一起便歸程。子龍一去無音信，使我行坐不安寧。

（琦白）叔父且休煩惱，遠看樊口川上，一帆風送扁舟來到，必是軍師回來也。（劉白）喂呀，果然一帆風送扁舟來到，必是軍師回來也。（衆同白）啊。（劉唱）

軍師歸來當有準，同往江岸去相迎。一帆風送扁舟近，（看介，唱）船尾站立是趙雲。（子龍、孔明、二稍水上，孔唱）好在船輕風又順，傾刻已到夏口城。（劉笑介）哈哈哈。軍師。（唱）今日得回備僥倖，笑在眉頭喜在心。（孔唱）請上敵樓再談論，（劉白）請。（孔唱）此刻不及叙別情。（白）且無閑暇告許別情，前者所言軍馬戰船，皆已辦齊否？（劉白）收拾久矣，只候軍師調用。（孔白）如此請主公一同陞堂。（劉白）軍師請。（大吹打，坐介）

（孔白）子龍聽令：可帶三千軍馬渡江，取烏林小路棟樹木蘆葦密處埋伏。今夜四更已後，曹操必然從這條路來，等他軍馬過時，就半中間放火，雖然不殺他盡絕，也欲殺他一半。（趙白）烏林有兩條路，一條通南郡，一條去荆州，不知那曹操從那路而來？（孔白）南郡勢迫，曹賊不敢往投，必來荆州，然後大軍回轉許昌。你只向荆州那條道路埋伏。（趙白）得令。（下）（孔白）傳翼德上帳。（軍白）有請三將軍。（張飛上，白）**壯氣凌霄漢，智力破孫曹。**軍師，張飛參見。（孔白）三將軍少禮。（張白）謝軍師，有何將令？（孔白）你可領兵三千渡江，截斷彝陵道路，前去葫蘆谷口埋伏。來日雨過，必然來埋鍋造飯，只看烟起，便就山邊放起火來，雖然捉不得曹操，這場功勞翼德不小。（張白）得令。哈哈，哈哈哈，好軍師，先就算定明日要下雨之後捉拿，哈哈哈！（下）（孔白）糜竺、糜芳、劉封、關平上帳聽令。（衆照白）（糜竺、糜芳、劉封、關平上，同白）參見軍師。（孔白）命你四人各駕船支[1]，繞江巢捕敗軍，再取器械。（衆同白）得令。（同下）（孔站白）公子聽者，武昌一望之地，最爲要緊，公子便請即回，率領本部之兵，陳於岸口。曹操一敗，必有逃來者，就而擒之，却不可輕離城郭。（琦白）得令。叔父在上，孩兒告辭去也。（唱）

武昌之地爲要緊,姪兒只得奉令行。(下)(劉唱)劉琦之別情難忍,(孔唱)差遣已畢好談心。

(孔白)主公可於樊口屯兵憑高望,坐看周郎今夜成大功也。(劉白)但願周瑜成功,兩家之幸。(周倉上,白)俺周倉來也。稟軍師,二君侯言道:"關某自從兄長征戰多年,未曾落後。今逢大敵,軍師却不委用,此是何意?"(孔笑介)哈哈哈。(白)你主人休得見怪,我本欲煩他去把守一個最要隘口,怎奈有些違礙,不敢教去。(倉白)有何違礙?請軍師見諭。(孔白)昔日曹操待你主人甚好,你主人曾言"異日相逢,有以報之"。今日曹操兵敗,必走華容小道而去。若令你主人去,必然放走,因此不敢教去。(周倉白)軍師好多心也。當日曹操果然待俺主人情重,聞得我主人已斬顏良、文醜,解白馬之圍,報過他了。今日撞見,豈肯放過?(孔白)倘若放過,却待如何?(倉白)這麼?周倉替代主人,願依軍法。(孔白)如此可敢替你主公立下軍狀?(倉白)周倉情願寫來。(【風入松】)(周倉白)請問軍師先生,若曹操不從那條路來?(孔白)我亦與你軍狀。(倉白)如此甚好。(活頭)(孔白)我兩人俱立軍狀,你可教你主人,可於華容小道高山之處,堆集柴草,放起火烟,引曹操到來。(倉白)吓,曹操望見火烟,知有埋伏,如何肯來?(孔白)哈哈哈,豈不聞兵法虛虛實實之論?曹操雖用兵,只此可以瞞過他也。他見烟起,將未虛張聲勢,必然投這路來。教你主人休得容情,要留忠義驚天動地,去擋奸雄方顯姓名。(周倉白)得令。(笑介,下)(劉白)吾弟義氣深重,若曹操果然投華容道去,只恐端的放了。(孔白)亮夜觀象乾,曹賊未合身亡,留這人情,教關公做了,亦是美事。(劉白)先生神算,世人罕及。(孔白)便請主公往樊口看周瑜用兵去者。(劉白)軍師請。(劉唱)

替我擋禍周公瑾,神機妙算有先生。但願三江一戰勝,(孔白)主公。(唱)打算收復荊襄城。(同笑介)(同下)

校記

[1]各駕船支:"船"字,原本無。今依文意補。

十 三 場

(四軍士、四水稍,各船,黄蓋、纛旂同黄、勝上)(黄唱)

准備大船在江上,趁着東風詐投降。(白)俺黄蓋奉了都督將令,乘坐火船，去燒曹操水寨。黃勝聽令：書信一封，飛速去往曹操寨投遞，就說今夜三更準來投降。不得有誤。（勝白）得令。（下）（蓋白）衆將官，收拾火種，黃昏時分，殺往曹寨。（唱）

衆將奮勇膽力壯，火燒曹寨保家邦。（下）

十 四 場

（四文堂、四大鎧、程昱、張遼、曹操上，唱）

大寨中只等候黃蓋之信，商量個奇謀計方可進兵。可笑這小周郎該要倒運，恃才能逼反他内裏之人。（風神上，過場，下）（程昱）喂呀，今日如何東南風起？丞相宜預提防火攻。（曹白）哈哈哈。冬至一陽生，來復之時，安得無東南風，何足爲怪。（文聘上，白）夜半東風起，江上扁舟來。文聘禀丞相：江東黃蓋差一小軍，來下密書。（曹白）喚他進來。（文白）是。唗，黃蓋差人進見。（黃勝上，白）丞相在上，黃勝叩見。家主黃蓋有密書呈上。（曹白）呈上看來。（勝白）是。（曹白）黃蓋書呈丞相座上：現在周瑜關防謹密，因此無計脱身。今有鄱陽湖新運糧米到來，周瑜差蓋巡哨，已有方便，好歹殺江東名將首級來降。只在今晚二更時分，船上插青龍旂者，即是蓋來相投也。先此報知，俯乞垂照。（笑介）哈哈哈。來。（衆白）有。（曹白）重賞來人。回去拜上黃公覆，説我專候。（勝白）謝丞相授銀厚賞[1]。（下）

（曹白）張遼聽令：即速傳令水軍都督，伺候孤同衆將水寨觀看黃蓋來降。（遼白）得令。（下）（曹白）衆將官，引道水寨去者。（曹唱）

最難得黃公覆裏合外應，但見得江東地要化灰塵。衆將官隨同去水寨待等，成與敗就在這今夜二更。（笑介）哈哈哈。（同下）

校記

[1] 謝丞相授銀厚賞："授"，原本作"收"，今改。

十 五 場

（毛玠、于禁、張郃、夏侯淵、許褚、張遼、曹洪、夏侯惇起霸上）（唱）

【點絳唇】將勇兵强，威武雄壯中軍帳。擺列刀槍，要把擒周郎。（各通名字）（搭船戰船介）（毛白）丞相傳令，齊到水寨觀看江東黃蓋來降，一同伺候。(衆同白)看旌旂招展,丞相來也。

(大吹打)(四紅文堂、四紅大鎧、程昱上)(曹上,白)臨風高坐望波瀾,連環妙計水軍安。萬道金光從浪起,一輪明光照江寒。哈哈哈!隔江看月照江水,有如萬道舞蛇翻波戰浪。頃刻黃公覆到來,管叫周郎膽落魂消也。(排子)哦。(唱)

好一個黃公覆達知天命,擒周郎他要立蓋世之功名。舉目望長江中波浪滾滾,東南上乘飛船來似飛行。

(四軍將、大纛旂、稍水、黃蓋上介,下)

(文聘上,白)稟丞相,江南隱隱一簇帆,慢使風而來,船上皆插青龍旂,內有一大旗,上寫先鋒黃公覆名字。(曹白)哈哈哈,公覆此來,真乃天助我也。(程昱白)程昱稟丞相,來船必有奸詐,且休叫他進寨。(曹白)吓,何以知是詐謀?(程白)糧在船中,必然穩重。今見來船輕而且浮,更兼今夜東南風甚緊,倘有詐謀,何以當之?(曹白)喂呀,德謀之言甚是也。誰敢前去止之?(文白)末將文聘,水上頗熟,願一往。(曹白)速去勿遲。(文白)得令。吠,駕一小舟過來。(一船夫上介)(文白)將船靠近。(唱)

駕小舟顧不得東南風緊,出寨去阻住他隄防火星。(本場跳介)

(黃蓋、衆原人上)(文白)吠,丞相鈞旨,南船且休近寨,就在江心拋住,快快下蓬。(黃白)咦,看箭。(文聘倒介,下)(黃白)吠,放火。(曹軍嚷介)哎呀。(嚷介,開分逃介,下)(張遼扶曹操上舟即下)

(蓋放火,轉介,下)(烟火介,火彩介)(下)

十三本完

十四本

頭場　救　蓋

(稍水、韓當上)【急三腔】(白)俺韓當,奉周都督令箭接黃公覆,只見曹操水寨火光沖天,衆將官趁風縱火,殺上前去。(活頭,下)

(張遼、稍水上)(曹內唱)

【倒板】上得小舟四觀望,(上唱)三江面上盡火光。船被連環難鬆放,怎奈火猛風又狂。衆慌精勇衆兵將,焦頭爛額落水亡。(四軍稍水內喊介)(黃蓋歸,白)呔,曹操休走,俺黄蓋在此。(曹白)哎呀。(唱)此時殺我何所往,(遼白)快將船搖往北岸。(黄蓋、船稍軍等上)(黄上,白)黄蓋來也。(唱)捉拿曹操須緊忙。(遼白)看箭。(射蓋,下)(砍黄船人,船下)(韓當、稍水上,槍刺曹,遼架曹船下)

（黄內喊,白）義公救我[1]。(軍白)禀將軍,稍船上一人高叫將軍表字。(韓白)誰在水中?(黄白)義公救我。(韓白)哎呀,黄公覆也,快快回船撈救。(黄蓋、韓當扶起上)(韓白)原來黄公覆中箭落水。(黄白)教得義公相救,得以不死。(韓白)衆將官且送老將軍回寨醫治。(黄白)住了。大將臨陣,不死帶傷,何足爲惜。一同前往殺賊吓。(韓白)不可。老將軍先前苦肉計曾受重傷,如今又中箭落水,肩窩損壞,性命要緊,豈可衝鋒破敵？務須回寨醫治。(蓋白)義公此言,甚是誤我也。大丈夫爲國立功,豈懼死乎？呔,衆將官催船上前。(蓋唱)

趁此去將曹操綁,不可貪生怕死傷。(下)

校記

[1] 義公：原本作"公義",韓當字義公,據文意乙正。下同。

二　　場

（蔣幹、夏侯惇、張郃、夏侯淵、程昱、李典、許褚上）(郃白)列位將軍,火船乃黄蓋所放,我軍水寨盡被火燒,幸得逃上岸來,不知丞相却在何處？(衆同白)先前看見張遼獨駕小舟,保着丞相上北岸走了。(郃白)如此一同四路找尋。(衆同白)請哪。(衆下)

三　　場

（四軍兵、甘寧、蔡中同上）(唱)

破曹却中蔡中引,北軍旂號到烏林。(白)蔡中,你可知道俺甘寧帶你到烏林,所爲何事？(中白)此乃周瑜將令,要你到烏林劫奪曹軍糧草,趁此機會,好往大營報見曹相。(甘白)哈哈哈,蔡中,你乃蠢奴也。周都督久已知道你弟兄詐降,所以今日命你引我到此,放火燒焚曹賊旱寨。(中白)哎呀,俺中計也。(甘白)斬你祭旂,看刀。(殺中,下)(甘白)衆將官,放起火號。

（放火介）（丁奉、呂蒙、蔣欽、周泰、甘寧等同下）

四　　場

（四小軍引張遼、曹操上，白）哎呀。（唱）

向來作事我聰敏，如何今日錯用兵。黃蓋苦肉計便信，龐統連環也認真。又加東南風幾陣，火燒八十三萬軍。兵敗瓦消消又恨，（內喊介）（衆同白）哎呀，四圍兵馬殺來了。（曹白）哎呀。（唱）火光沖天燒殺人。

（蔣幹上，白）（喊介）哎呀，好大火呀。（哭介，下）

（丁奉、呂蒙、蔣欽、周泰、遼擋曹介，下）（連場上）

（張郃、李典、夏侯惇、夏侯淵、許褚，架殺上，擋戰吳四將，破曹兵火介，下）（吳將追介）

（黃蓋、韓當、甘寧同上介）（黃白）曹兵何在？（泰白）曹操逃走，水旱大寨兵馬，俱皆燒毀無存。（黃白）大衆回營，報與都督知道。（衆同白）請鄉。（同下）

五場　埋　林

（四文堂、大纛旂、趙雲上）（唱）

夏口奉了軍師令，埋伏烏林破曹兵。（白）俺趙雲奉令埋伏烏林之西，捉拿曹操。衆將官，小心埋伏者。（唱）安頓柴草以待等，曹兵到來一火焚。（暗下）

（四小軍、郃八將、蔣幹、張遼上）

（程昱、曹上，唱）

催馬加鞭如飛奔，幸喜逃出烈火林。舉目回望心放定，可笑東風是送行。（白）此乃何處？（遼白）烏林之西，宜都之地。（曹笑介）哈哈哈哈。（衆將同白）丞相何故大笑？（曹白）此處樹木叢雜，山川險峻，吾不笑別人，單笑周瑜無謀，諸葛亮少智。若是我用兵之時，預先在這裏埋伏一支人馬，那時教我如之奈何？

（四文堂、火炮、可纛旂、趙雲上，衆放火介，火彩，白）曹操聽着，我乃常山趙子龍，奉諸葛軍師將令，在此等候多時了。（曹白）哎呀，衆將官齊心抵擋。（曹先下）（曹衆將一個各與趙雲戰介，退溜下）（蔣幹混科，念，下跑走

介)(衆同白)曹將逃走。(趙白)不必追趕,回營繳令。(同下)

六場　襲　口

　　(四文堂、四下手、纛旂、張飛上,白)(【風入松】)(張白)俺張翼德奉軍師將令,埋伏葫蘆口[1],擒拿曹操。衆將官,小心埋伏去者。(活頭,下)

校記

[1]葫蘆口:原本作"芦蘆口",今改。

七　　場

　　(四小軍、曹衆將等上)(曹唱)

　　敗了一陣又一陣,只見前路無火星。兵將四散逃性命,棄甲抛戈滿垓塵。飛沙一陣東風緊,(蔣冷白)雨來了。先前是火,此刻是水,真是水火既濟。(四云童、風婆、雨上介,過一場,下)(曹唱)忽然大雨似傾盆。(衆將同白)衣甲濕透,人馬饑渴,如何是好?(曹唱)果然饑餓實難忍,暫且歇息再前行。(衆將同白)幸得軍士馬上帶有鑼鍋者也。有村中掠劫糧米,可就這山邊乾燥之處,埋鍋造飯,喫了再走。(曹白)此言亦是,便就埋鍋造飯。(衆將白)衆將,就此埋鍋造飯。(曹坐地白)咳,看此光景,回思橫槊賦詩之時,真所謂昨日今朝大不同也。爾等可知此地何名?(遼白)南陵之東,地名葫蘆口。(曹白)哈哈哈哈哈。(衆將白)適纔丞相笑周郎、諸葛亮,引惹趙子龍來,又折了許多人馬,如今爲何又笑?(曹白)吾笑諸葛亮、周瑜畢竟智謀不及。若我用兵時,就這去處,也埋伏一彪軍馬,以逸待勢。我等縱然得脱性命,也不免重傷矣。彼見不到此,我是以笑之吓。(衆將白)依丞相説來,笑之是也。(張飛內喊介)吙。(衆將白)哎呀呀,不好了,丞相又笑出埋伏來了。(曹白)快快保護。

　　(四文堂、四下手、纛旂、張上,白)吙,曹操我的兒,休走,燕人張翼德在此。(曹白)哎呀,活祖宗嚇殺我也。(許褚、張遼上前,八將一齊戰,曹溜下,一個各溜敗下)(蔣拽科,下)(張白)吙,這些狗頭,一個個溜的溜了,等我老子追上前去。(下)

　　(曹元人上,曹白)哎呀,碰着翼德,真個險哪。曾記白馬城前言,心膽皆

寒發軟。（內喊介）哎呀。（唱）脫離虎口求蒼天。（下）

（曹八將上，張追上，戰介，八將逃下）（張元人眾兩邊上）（眾同白）曹操逃走。（張白）好了，這賊子大敗，暫且收兵。（倒脫靴介，同下）

八場　擋　曹

（曹上，唱）

心慌意亂如飛奔，回頭不見有追兵。我且勒馬路傍等，咳，（唱）眾將不知可隨行。

（程昱、蔣幹跑上，八將、二小軍上）（眾將白）哎呀，丞相在此了。（曹白）吓，你們怎麼都逃脫虎口了？（眾將白）託丞相之福，俱皆得命。（曹白）妙吓，幸得眾將無傷，且回荊州，再作復讎之計。（眾將白）前面有兩條路，請問丞相，從那條路而去？（曹白）遠近如何？（遼白）大路稍平，遠五十里；那華容道却近五十里，只是地窄路險，坑坎難行。（曹白）你且上高坡一望，有無動靜？（遼白）遵命。（上椅子看介，白）稟丞相，小路山邊有數處烟起，大路並無動靜。（曹白）如此可向華容小道而行。（蔣幹、褚白）吓，丞相不向大路無火處走，反向小路有烟處行，想是燒得不快活麼？（眾同白）是啊，烽烟起處必有軍馬，何故反走這條道路？（曹白）咳，你們豈不知兵書有云："虛則實之，實則虛之。"諸葛多謀，故使人與山僻小路燒烟，使我軍不敢從這條路走，他却伏兵在大路等。吾已料定，偏不教中他之計。（眾將白）丞相妙算，人不可及。（曹白）主意已定，即向華容道去者。（蔣白）快走小路。（曹唱）

周瑜計謀不要緊，我總有些怕孔明。虛虛實實我料定，偏偏不中計謀行。眾將即速向前進，（小軍白）哎呀，道路窄狹，坑坎難行，如何是好？（曹白）哦。（唱）行軍如何有哭聲？（白）死生由命，何哭之有？再哭者立斬。（眾同白）啊。（曹白）眾將砍伐竹林，搬運土石，填平坑坎，即速趕行。（眾同白）啊。（曹唱）自古生死有命定，豈可耽延不肯行。填平坑坎休遲遁，（眾同白）哎呀，馬走不動了。（曹白）吓。（唱）人馬爲何慢慢騰騰？（遼白）稟丞相，人困馬乏，實難行走，只好歇息歇息再行。（曹白）相隨可有多少人馬？（遼白）不到三百騎，並無衣甲器械吓。（曹白）咳，八十三萬大軍，怎麼只剩得三百餘騎？又衣甲器械。（褚白）赤壁火燒戰船，還有許多軍馬相隨，如今被丞相兩番大笑，送得乾乾净净。（曹白）不必多言，且趕到荊州城將息不遲。（褚白）是。（曹唱）

此間不可閑談論，務要趕到荊州城。路途崎嶇樹木隱，急急催馬往前行。(同下)

九　　場

(四文堂、周倉、關上)

【引子】頭帶金盔鳳翅飄，鳳眼蠶眉綠戰袍。一片忠心扶漢室，上陣全憑偃月刀。(白)某漢室關，奉軍師將令把守華容小道，捉拿奸曹。小校帶馬。(唱)

【西皮倒板】暗地里笑諸葛兵機顛倒，出大言欺負某藐視吾曹。自幼兒讀春秋韜略頗曉，爲不平斬强掠力誅土豪。多蒙母賜青泉改換容貌，遇劉張纔結下生死之交。起首兒破黃巾功勞不小，酒未冷斬華雄泗水稱豪。過五關斬六將保定皇嫂，在古城斬蔡陽匹馬單刀。奉軍令謹把守華容小道，今日里一心要捉拿奸曹。(衆同白)啓爺，來至華容小道。(關白)就此埋伏者。(上高臺，坐斜場，月虎旌擋介)

(許褚、張遼上)(曹上，唱)

【二六西皮】曹孟德在雕鞍長籲短嘆，手搥胸眼含泪口怨蒼天。在中原領人馬八十三萬，一心要滅孫權奪取江南。誰知道周公瑾謀高廣遠，諸葛亮那妖道詭計多端。運糧舟藏硝磺恨毒非淺，赤壁中一把火地覆天翻。燒得我衆文武額焦肉爛，只剩下十八騎俱是傷殘。來此地不由我笑容滿面，(笑介呵)哈哈哈哈。(張遼、許褚接一句，唱)丞相發笑爲那般？(曹唱)可笑周郎見識淺，諸葛用兵少機關。此處埋伏人和馬，你我性命難保全。(內喊介)(曹白)啊。(唱)一言未盡人呐喊，想是此地有阻攔。(白)許褚、張遼，看看甚麼旂號？(許、張同白)啊。(看介，白)漢壽侯的旗號。(曹白)好。君侯在許昌許我三不死，難道一次也不饒麼？待我上前相求，必然放你我性命。(許白)丞相須要小心。(曹白)不妨，你等下面歇息歇息去罷。(許、張同白)小心了。(下)(曹唱)

【二六】聽説來了關美髯，不由孟德喜心間。走向前來把禮見，許昌一別有數年。(衆同白)啓爺，曹操到。(關唱)

【西皮倒板】耳邊厢又聽得人聲喧鬧，(唱)

【西皮正板】縱蠶眉睁鳳眼細細觀睄。狹路上莫非是讎人來到，(曹白)君侯，你我故友相交，何言讎人二字？(關唱)奉軍令誰認你故友相交[1]。漢朝中論奸雄須讓曹操,(曹白)想我曹操,奸在那裏?(關唱)他那裏假殷切勤笑里藏刀。(曹白)君侯,你言重了。(關唱)俺今日用武時何須發笑,(曹白)君侯全身披挂,與何人爭戰?(關唱)擋華容捉拿你誤國奸曹。(曹白)君侯啊。(唱)

曹孟德聽此言高聲大叫,尊一聲漢君侯細聽根苗。下江南八十三萬人馬不少,實指望掃東吳得勝回朝,只剩下十八騎殘兵來到,望君侯釋放我性命一條。(關白)小校查來。(衆同白)啊。一五一十五,一二三,啓爺,一十八騎。(關笑介)哈哈哈,軍師你只算得,不能料得,慢説一十八騎殘兵,就是一十八支猛虎,何足道哉。(唱)看着他好一似鰲魚吞鈎傷弓鳥,縱然插翅也難飛逃。(曹唱)

想當年(初也可)待你的情高義好,上馬金下馬銀美女香醪。官封你亭侯爵官職不小,你本是大義人空忘故交。(關唱)

你雖然待我的情高義好,我亦曾還過你許多功勞。斬顔良誅文醜立功報效,將印信懸高梁封簡辭朝。(曹唱)

我亦曾差人送文憑來到,臨行時送君侯美酒紅袍。(關唱)

提起了送文憑令人可惱,誅孔秀刺孟坦黃巾破梟。過黃河斬秦琪文憑來到[2],謝丞相空人情不在心稍。(曹唱)

在霸橋曾許我三件相報,大義人休失信望乞恕饒。(關唱)

非是我忘却了三件相報,却是你這奸賊罪惡難逃。在許田射鹿時把君欺倒,挾天子令諸侯勢壓群僚。逼死了董貴妃其罪非小,殺董承害馬騰欲奪漢朝。今日裏在此地閑言休道,快向前領受我偃月鋼刀。(曹唱)

曹孟德在馬上淚連連,尊一聲君侯聽我言。往日恩情無半點,今日相求亦枉然。叫吾曹操無的願,留你美名天下傳。(關唱)

想起昔年許他言,不由一陣心不安。俺關某豈作無義漢,寧可一死喪黃泉。叫三軍擺開一字長蛇戰,義放奸曹回中原。(許褚、張遼暗上)(曹白)許褚,你看看甚麽陣式?(許白)此乃一字長蛇大陣。(曹白)關公有放我逃走之意,不免逃走了罷。(唱)上天若遂我的願,再滅劉備與孫權。(衆下)(同白)啓爺:曹操逃走了。(關白)回營交令。(唱)

悔不該當初來交好,今日順情犯律條。從今後再不能南北討,這汗馬功勞一旦抛。(同下)

【尾聲】

十四本　完

校記

［１］誰認你故友相交："認"，原本作"忍"，今改。
［２］秦琪："琪"原本作"棋"，今改。

漢陽院

無名氏　撰

解　題

乱彈。未見著録。據金登才《清代花部戲研究》"漢陽院"條考證，清乾隆年間山西晉城西上庄一民間戲班題壁上有《寒陽院》，疑即爲《漢陽院》一劇。劇寫劉備和諸葛亮君臣在漢陽院議論時局，曹操命徐庶到蜀營下書，邀請劉備共同對付孫權，事成之後按四六分成。徐庶感劉備待自己情深意重，將曹操背後另藏心機的情況説破，與諸葛亮，縱論天下大事，并暗示他早尋脱身之計。諸葛亮聽從徐庶的建議，奏請劉備派關羽去江南劉琦處搬兵，派趙雲保護劉備的三百家眷，將營中之事託付師爺簡雍，囑咐他勸説劉備早離漢陽院，自己則不顧張飛的阻攔，執意前往江夏復催救兵，從而躲過長坂坡前的一場劫難。事見《三國演義》第四十一回"劉玄德携民渡江，趙子龍單騎救主"，但内容情節又有不同。現存兩個清抄本：第一個版本收録在《故宫珍本叢刊》《乱彈單齣戲》中，題作"漢陽院"，未署作者。此本字迹工整，行格疏朗，内容詳細，情節曲折，簡稱故宫珍本叢刊本。第二個版本收録在清《車王府藏曲本》中，題作"漢陽院總講"，不標曲牌唱腔。此本情節與故宫珍本叢刊本相類似，但内容較爲簡略，只有劇情梗概，簡稱車本。今以故宫珍本叢刊本爲底本，參之以車本，校勘整理，擇善而從。

（八文堂引劉備、孔明上）（劉唱）

三國不合刀馬乱，（孔明唱）殺來戰去多不安。（劉備唱）孫權是孤心頭患，（孔明唱）實不服曹瞞戰中原。（劉備唱）何日江山一統連，（孔明唱）滿爐焚香謝蒼天。（劉備唱）君臣同坐漢陽院，（孔明白）御軍們。（唱）帳門外有事往内傳。

（童兒引徐庶上，唱）

漢　陽　院　　379

　　徐元直催馬正加鞭，心兒里思念三桃園。在馬上抬頭看，漢陽院不遠在目前。搬鞍離蹬下了馬，吩咐童兒往内傳。（童白）裏邊那個聽事？（手下白）何事？（童白）徐先生到。（手下白）禀爺，徐先生到。（劉備白）先生，元直到此爲何？（孔明白）前來下書。（劉備白）下的何書？（孔明白）只因荆襄劉表王去世，蔡氏夫人軟弱無剛，將荆州九郡一旦讓與曹瞞執掌。東吳周郎心中不悦，打去連環戰表，約就八月中秋與曹交鋒對壘。曹相見事着慌，搬咱君臣[1]，二兵合一，大戰東吳。（劉備白）孤可曾見的他？（孔明白）見的。何言見不的？（劉備白）先生你？（孔明白）亮藏在屏風後邊，聽他與主公言講甚麽？（劉備）哎，先生。（唱）

　　孤待元直恩情重，有何話必不瞞孤家。（孔明唱）曹阿瞞罔把機關用，他那裏未來亮早明。（劉唱）先生藏在屏風後，聽元直與孤講其情。（孔明唱）身施一禮别主公，聽一聽元直其内情。（下）（徐元直唱）諸葛亮藏在屏風後，想瞞哄元直萬不能。（劉備唱）傳三軍近前聽，快請元直徐先生。（手下白）請先生。（徐唱）忽聽皇叔一聲請，他那裏論的故交情。低下頭來進漢營，（劉備唱）漢劉備打躬往内迎。孤好比漢光武相交嚴子陵，孤與你論的故交情。（徐唱）皇叔轉上容臣拜，（拜介）（劉備唱）忙挽起好好徐先生。問聲徐母好不好，（徐庶唱）臣的母命喪曹營中。（劉備唱）漢陽院孤與親穩坐，忙安撫好好徐先生。（徐唱）在主公上邊討了坐，（劉唱）把來路之事對孤學。（同坐介）（徐白）主公駕安？（劉備白）罷了。你來徐母可好？（徐白）咳，臣母命喪在曹營了。（劉備白）哎，難見得徐母哇。（哭介）先生不在曹營，侍奉曹丞相，來在漢陽院爲何？（徐白）臣奉曹丞相之命，與主公下的一封小書。（劉備白）孤有心拆書觀看，只是無人奉陪先生。（徐白）臣獨坐何妨？（劉備白）如此慢待了。（徐白）不敢當。（劉備唱）慢待先生莫見怪，吩咐御軍打坐來。（外坐介，唱）打開書信抽出帶，字字行行觀明白："曹丞相修書頓首拜，（白）先生，曹丞相與孤修書，怎麽還寫"頓首"這二字？（徐白）他乃一臣，主乃一君，臣與君稍書，理應寫"頓首"這二字。（劉白）抬愛孤了。（徐白）理應。（劉白）抬愛。（唱）拜上皇叔親手開。東吳周郎把表帶，約孤在八月中秋把兵排。劉皇叔見書早來快，得江山孤和你四六分開[2]。"觀罷書信好奇怪，再把先生問開懷。

　　（白）先生，孤將書信看了一遍，一句不懂。先生講一明白。（徐先生白）主公當真不知？（徐白）聽臣道來：只因荆襄劉表王宴駕，蔡氏夫人軟弱無剛，將荆襄九郡一旦讓與曹相執掌。東吳周郎心中不悦，打來連環戰表，約就八月中秋與曹交鋒對壘。曹丞相見事着慌,命臣搬皇叔貴弟兄三人拔刀相助,若得江山,四六均分。(劉白)先生前邊行走,孤在後邊急發人馬。(徐白)臣告辭。(孔明內白)慢着。(敕介)(徐庶白)屏風後邊甚麼人答曰?(劉白)孔明先生。(徐白)就該命我弟兄見過。(劉白)來,請你師爺。(手下白)有請師爺。(孔明上)這個,哈哈哈。(唱)

屏風後聽言語微微冷笑,可笑那曹阿瞞見識不高。他那裏入深山要擒虎豹,怎知我用鋼鎖將虎拴牢。(孔白)師兄到了?(徐白)師弟。(孔明白)師兄請坐。(徐庶白)有坐。(同坐)(孔明白)師兄前來,徐母可好?(徐白)咳,兄母命喪曹營了。(孔明白)咳,難見得徐母哇。(徐庶白)請問師弟,你向日納福?(孔明白)弟謝問。師兄不在曹營侍奉曹丞相,來到漢陽院爲何?(徐白)兄奉曹丞相嚴命,與主公下得一封小書。(孔明白)我看你今天下書,未必是真。(徐白)何常是假?(孔明白)未必是真。(徐白)何常有假?(孔唱)

他那裏修書信差你來到,可笑那曹阿瞞見識不高。他那裏挖深坑要把魚釣[3],我豈肯將主公誤入籠牢[4]。(徐白)曹有慘殺,你如何得知?(孔明白)爲弟上知天文,下曉地理,些小計謀,還來瞞哄爲弟?(徐白)把爲兄成了小小計謀了。(孔明白)師兄,你看來在甚麼地方?(徐白)此乃漢陽院,高祖墳塋之地。(孔明白)却進有來。既知來在漢陽院,高祖墳塋之地,旁人莫要説起,但説我那三千歲性如烈火,若還將你拿住[5],一刀兩段殺壞,豈不與曹賊做了墊刀背之人[6]?(徐白)哎呀不好。(唱)

聽他言唬的我三魂渺渺,(劉備白)先生,曹有慘殺,你就不該來。(徐庶白)臣來者錯了。(唱)嚇的我徐元直身似水澆。諸葛亮用大話嚇唬與我,我只得提曹兵詐唬孔明。(白)師弟,你將爲兄殺壞,那也算不了奇能。我且問你,如今曹相有多少人馬?(孔明白)八十三萬。(徐白)又得了荆襄九郡。(孔明白)二十八萬。(徐白)却進有來,如今曹相有得一百一十一萬人馬,聞聽將兄殺壞,必然沖沖大怒,帶領人馬,鋪天蓋地而來[7]。那時皇叔貴弟兄有槍有馬,能以交戰,你乃是文字官員,一槍一刀不會,若還將你拿住,一刀兩斷殺壞,豈不與爲兄做了墊刀背之人[8]?(孔明唱)聽一言唬的我無言答語。(劉備白)先生你從八卦上查看,莫要失却八卦陰陽。(徐、孔同白)主公請在下邊。(劉下)(孔唱)倒叫我諸葛亮無有主意。前思想後思想無計可使。(介)吓。(白)師兄。(唱)轉面來把師兄再問端底。(孔白)師兄就該搭救爲弟纔是[9]。(徐白)是你方纔言道"上知天文,下曉地理",你還問我不成？（孔明白）豈不知"聰明一世，懵懂一時"[10]。（徐白）好一個"聰明一世，懵懂一時"！爲兄也不合你一般見識，這裏有封錦囊，拿去看過。（孔明看介）"漢室至今四百零，建安登基屬三雄。天下諸侯刀馬動，三分馬下諸孔明。將子龍，馬的盧，長坂前，獻真龍。携青龍，逃卧龍，遠走高飛逃性命。"（介白）好一徐元直，將我君臣兵敗當陽，都造在錦囊上邊，就命他在此自拆自解，拆開還則罷了，若還拆他不開，師兄師兄，插翅難飛漢陽院。（介白）爲弟將錦囊看了一遍，一句不懂。（徐白）你是當真不知，伴裝不曉？（孔明白）爲弟當真不知。（徐白）既然不知，將坐往前移移，穩坐漢營，聽兄道來。（徐唱）和師弟同坐在漢營[11]，錦囊之事説分明。漢室至今四百零，（孔明白）師兄，何爲四百零？（徐白）漢室登基，至今算來，也不過四百餘載。（唱）建安登基屬三雄[12]。（孔明白）何爲三雄？（徐白）若問英雄，就是孫權；若問奸雄，就是曹操；若問梟雄，就是劉主。（唱）天下諸侯刀馬動，三分天下諸孔明。（孔明白）爲弟扶保劉主，心想一統，你怎樣道下三分？（徐庶白）爲弟早以算就，你扶保劉主，只能三分，不能一統。（孔明白）心想一統。（徐白）你不能。（徐唱）將子龍來馬的盧，（孔明白）子龍乃是四千歲，的盧他是那個？（孔明白）那是主公跨下之駒，人到難處，能以携鞍救主，那就是的盧。（唱）在長坂坡前獻其龍。（孔明白）爲着扶保劉主就是真龍，那裏還有真龍？（徐白）你説劉主，不過殺來砍去一位馬上皇帝[13]。日後麋夫人已在長坂坡前產生阿斗，太子後來有他四十二年天下，那纔爲只真龍。（叫唱）携青龍，逃卧龍。（孔明白）卧龍乃是爲弟，青龍是何人？（徐白）青龍乃是二主關爺，不可據名，長坂坡前此人有一難。（孔明白）有你我弟兄在此，何不與二千歲尋一脱身之計？（徐白）不妨。但等爲弟走後，你啓奏劉主，就説江南劉琦那裏有得四十五萬鐵甲雄兵，命二爺江夏搬兵，豈不將這一難就過了。（孔明白）還有爲弟。（徐庶白）哎呀，不是師弟説起，險些誤却大事。爲弟走後，你啓奏劉主，就説二爺江夏搬兵有慢無緊，你假意復催兵將，師弟你走者爲妙也。（唱）你遠走高飛逃性命。

（劉備上，坐介）（徐白）請問主公之馬，一天能行多少路徑？（劉白）多有五七十里，少者三二十里。（徐白）爲何不能多行？（劉白）被新野、樊城兩縣的百姓將孤戀待住了。喂呀，左有徐庶，右有孔明，何愁孤江山不能一統？（徐白）臣母命喪曹營，臣還要回上曹營交令。（劉白）先生既要回上曹營，孤把當年創業以來講得一遍，先生可曾愛聽？（徐白）主公請講。（劉白）先生那。（唱）君臣同坐漢陽院，聽孤窮與你表當年。漢劉備生來命孤單，與關張結義在桃園。大破黃巾威名顯,我弟兄三戰虎牢關。曹丞相領孤去引見,漢天子龍位去封官。天子認孤爲皇叔,許田射鹿起禍端。曹賊設下青梅宴[14],要害我弟兄三桃園。乍雷一響汗滿面[15],漢劉備逃去了虎穴龍潭。有處來來無處去,在新野小縣把身安。奔上荊州把病探,劉表王染病在床邊。蔡氏嫂嫂多不賢,看劉備如同他眼中簽[16]。無故他把長子貶,把荊州九郡讓曹瞞。我有心領兵與賊戰,兵不夠滿千將數員。創業之事講一遍,你看孤可憐不可憐。(徐唱)劉皇叔講罷好悽慘,(孔明唱)諸葛亮一旁淚不乾。(徐庶唱)[17]出茅廬把他算就了,(孔明唱)我君臣兵敗在長坂。(白)師兄。(唱)用幾句好話將主勸,(徐唱)再叫主公聽心間。光武天子不得地,奔走南陽十二年[18]。別主公出蜀營[19],(劉唱)[20]忙拉住好好徐先生。攔住先生莫要走,(徐唱)臣的母命喪曹營中。(劉唱)漢劉備只哭得如酒醉,(孔明唱)痛煞了南陽諸孔明。(徐唱)他君臣哭的悲哀痛,鐵石人聞也傷情。別主公離漢營,(介)(孔明白)師兄,你我今日離別,何日纔能相逢?(徐庶白)師弟呀。(唱)要相逢除非是東南風。(徐庶下)(孔明唱)觀見師兄離漢營,回頭啓奏劉主公。(白)禀主公:江南劉琦那裏有得四十五萬雄兵,命二爺江夏搬兵,豈不將這一難脫過了?(劉備白)來,命你二千歲江夏搬兵,莫誤。(手下應)(劉白)家眷何人保守?(孔明白)託與四千歲保守。(劉白)來,請你四千歲。(手下白)有請四千歲。

(趙雲內白)來也。(上唱)

人似猛虎馬似龍,咱與吾主保繡成。邁步且把漢營進,主公上邊問安寧。(白)參見主公。(劉白)見過先生。(趙雲白)參見先生。(孔明白)四千歲到了,請坐。(趙白)有坐。(同坐介)(趙雲白)主公駕安?(劉白)罷了。四弟可好?(趙白)臣謝問。宣臣進帳,有何軍情大事?(劉白)候先生差遣。(趙雲白)先生有何差遣?(孔明白)主公三百口家眷,託你照管,心意如何?(趙雲白)情願保守家眷。(孔明白)穩坐寶帳,聽山人囑託。(唱)四千歲穩坐在帳前,聽山人把話對你言。三百口家眷你照管,莫當閒言過耳邊。(趙雲唱)軍師莫要託千萬,敢許敢應敢承擔。身施一禮出帳前,三百口家眷我照管。(下)

(孔明唱)

四千歲應許出帳前,啓奏主公聽臣言。(白)我家二千歲江夏搬兵,有慢無緊,山人要復催兵將。(張飛內白)慢慢着。【急急風】(上笑)哇呀哇呀,哦呵,先生,老張在屏風後邊,聽見你離別我大哥,你要向何往?(孔明白)二千歲江夏搬兵，有慢無緊，山人我要復催兵將。（張飛白）先生你那是復催兵將？你見曹兵鋪天蓋地而來，你心想脫逃，是也不是？（孔明白）山人那有此心？（張白）也罷，要走你就走，將我大哥三百口家眷與俺老張留下。桃園不死，還有相逢之日。你與我走，你與我走。（怒下）（孔明白）喂呀，人說張飛有勇有謀，到今一見，纔是粗中有細之人。日後用兵，還要提防此人一二。（介白）山人定要復催兵將。（劉備白）營中之事託與何人。（孔明白）託與簡雍先生。（劉白）來，請你簡師爺。（手下白）有請簡師爺。（丑上，唱）

上打二來下打三，學會陰陽打算磐。不是孔明壓住我，漢室江山顛倒顛。（白）參見主公。（劉白）見過先生。（丑）孔明兄，請來見禮。（孔明白）還禮。簡雍兄請坐。（同坐介）（丑白）主公駕安？（劉白）罷了。先生可安？（丑白）臣謝問。宣臣進帳，有何軍情？（劉白）候先生差遣。（丑白）孔明兄，有何差遣？（孔明白）山人復催兵將，營中大事託你照管。（丑白）你那是復催兵將，你見曹兵鋪天蓋地而來，你心想逃？（介孔明介白）逃甚麼？（丑白）你心想脫逃之計，是也不是？（孔明白）爲弟心想脫逃，你如何得知？（簡雍白）爲弟有個小小算磐，早已算就你今年今月今日今時該你逃走。（孔明介白）哎，簡雍兄。（唱）簡雍兄低言莫高聲，你莫要驚嚇着劉主公。我走後啓奏劉主爺，你教他早早離漢營。漢陽院不是停站地，那曹賊不久發來兵。別主公來簡雍兄，逃脫了南陽諸孔明。（下）（丑唱）[21]

觀見師兄出漢營，回頭啓奏劉主公。（白）漢陽院不是停站之地，主公速快起了身罷。（劉備白）好，看香案伺候。（唱）

簡雍與孤講一遍[22]，背過身來心自慘。忙吩咐衆將看香案，（衆兩邊上）（張飛、趙雲、二夫人、車夫、原人同上，跪介）（劉備唱）

漢劉備跪倒祝告天。保佑保佑多保佑，保佑我君臣過長坂。叩罷頭來抽身跕，要與四弟託家眷。叫四弟轉上兄拜見。（劉跪介）（趙雲、張飛、原人同跪）（劉唱）爲兄還有囑託言。三百口家眷你照管，（張飛白）四弟，我大哥三百口家眷託你照管，你可保的了？（趙白）保的了。（張飛白）保的，你是個好得。（劉備唱）莫當閑言過耳邊。叩罷頭來託千萬，滿爐焚香謝蒼天。在漢陽院裏把衣換，（換衣介，同上馬介，叫唱）耀武揚威過長坂坡。（同下）

完

校記

[１] 搬咱君臣："搬"，原本作"頒"。今改。

［2］得江山孤和你四六分開："四六",原本作"四路",與"肆陸",今改。
［3］挖深坑要把魚釣："深",原本作"探"。今改。
［4］我豈肯將主公誤入籠牢："豈",原本作"其"。今改。
［5］拿住："住"之下,原本還有一"住",係衍文。今刪。
［6］墊刀背之人："墊",原本作"斬"。今從車本改。
［7］鋪天蓋地："鋪",原本作"撲"。今改。下同。
［8］墊刀背之人："墊",原本作"展"。今改。
［9］師兄就該搭救："搭",原本作"答"。今改。
［10］懵懂一時："懵",原本作"朦"。今改。下同。
［11］和師弟同坐在漢營："和",原本作"何"。今改。
［12］建安：原本作"建平"。今改。
［13］殺來砍去："砍去",原本作"吹走"。今依文意改。
［14］青梅宴："宴",原本作"晏"。據車本改之。
［15］乍雷一響汗滿面："汗",原本作"濮"。今改。
［16］看劉備如同他眼中簽："簽",原本作"千"。今改。
［17］徐庶唱："唱",原本作"白"。今從車本改。
［18］光武天子不得地,奔走南陽十二年：此兩句原本作"光武天子不帝,奔南陽十二年"。今從車本改。
［19］別主公出蜀營："蜀營",原本作"徐營"。今改。
［20］劉唱：原本作"劉白"。今依上下文意改。
［21］丑唱：原本作"丑白"。今依上下文意改。
［22］講一遍："遍",原本作"便"。今改。

長 坂 坡

無名氏　撰

解　題

　　亂彈。《禮節傳簿》《春臺班戲目》《慶昇平班戲目》均有著録。劇述東漢建安年間，劉備君臣兵敗樊城，曹操大軍緊緊追趕，十萬百姓相隨奔逃，劉備衆人陷入被曹軍圍困的境地。趙雲臨危受命，負責保護劉備的家眷。他七進七出曹營，先後救回失散的甘夫人、糜芳和劉禪。身受重傷的糜夫人，將幼主阿斗托付給趙雲投井自盡。趙雲懷抱阿斗與曹軍大戰，斬殺夏侯恩，獲得青釭劍，奮力突出重圍，行至當陽橋，幸遇張飛橫矛立馬，怒喝斷後，成功回到蜀漢營中。事見《三國演義》第四十一回"劉玄德携民渡江，趙子龍單騎救主"和第四十二回"張翼德大鬧長坂橋，劉豫州敗走漢津口"。現存兩個清抄本。一個收録在《故宮珍本叢刊》的《亂彈單齣戲》中，題作"長坂坡總本"，唱詞有曲牌唱腔。此本字迹工整，行格疏朗，但内容有殘缺，以劉備衆人逃亡始，主要叙述趙雲在亂軍中的英勇事迹，簡稱故宮珍本叢刊本。另一個收録在清《車王府藏曲本》中，題作"長坂坡總講"，亦有曲牌唱腔，劇中脚色、科白、砌末、唱詞齊全，内容較爲詳細，簡稱車本。今以車本爲底本，參之故宮珍本叢刊本，校勘整理，擇善而從。

　　（八將起霸上）

　　【點絳唇】[1]蓋世英豪，兒郎虎豹。軍威好，地動山搖，要把狼烟掃。（八將各通名字）（八身硬靠扮相上）（張郃、曹仁、許褚、張遼、文聘、于禁、李典、樂進上）（郃白）列位將軍請了。（衆白）請了。（郃白）丞相起兵，追趕劉備[2]，我等整甲伺候。（吹打，手下四堂、曹上）

　　【引】令出山搖動，軍容逞威風。炎漢社稷掌握中，掃豺狼征滅群雄。（衆白）衆將參。（曹白）站立兩厢。（衆白）吓。（曹白）令出闕外山搖動，權傾朝内文武公。吾言諸侯皆心服,乾坤只在掌握中。老夫魏王曹,恨桃園弟兄異相多志,寶難剿除。爲此親統大兵,不分晝夜追趕,以滅後患。聞得劉備盡起新野、樊城百姓,扶老携幼,日行十數餘里,眼見生擒定耳。張郃、曹仁聽令。(郃、仁同應介)(曹白)命你二人帶領飛虎軍三千,星夜追趕劉備,吾大兵隨後接應。(郃、仁同白)得令。馬來。(手下帶馬下)(曹白)衆將官,起兵前往。(排子,下)

(劉備内唱)

【倒板】露濕征衣出荆南,(甘、糜二夫人、趙雲、張飛、車夫、百姓同上)(劉唱)黎民倒懸實傷殘。棄却樊城當陽縣[3],殘兵敗卒達陽關。(白)憂國憂黎民,痛殺我蒼生。(雲白)行取多勞頓,(張白)咳,無端受苦辛。(劉白)吓,三弟,勝敗軍家之常事,何故如此長嘆?(張白)大哥,咱弟兄征戰多年[4],那能容人之常勝。今日無故帶這些百姓,扶老携幼攬男抱女而隨,縱然一座好戰場,弄得來七零八落。好燥殺俺老張也。(雲白)三將軍何須如此忿急?任他曹兵猖勝,憑着你我掌中槍、跨下馬,何懼彼哉!(張白)四弟你也是這等講?恁那曹兵有泰山之勢,你我也要殺他個落花流水,只是二位皇嫂無人保護,何以安之?(雲白)三將軍但請放寬心,二位皇嫂趙雲應保。(張白)四弟有此膽量?(雲白)有此膽量。(張白)好吓,候二哥、先生借得兵來,何懼曹兵之衆?(劉白)咳,好慚愧也。(唱)

【慢轉搖板】劉備沉吟自嗟嘆,時遭顛沛受艱難。孤窮馬上把言散,兩縣百姓聽吾言。蔡瑁張允把國篡[5],荆襄九郡獻曹瞞[6]。劉琮母子受刀斬[7],奸賊與我結讎冤。連累爾等受災難,縱然黄泉心不安。百姓速速把路趕,早脱虎穴與龍潭。(雲唱)征塵冲透天昏暗,(曹兵同上,抄介)(劉唱)一似潮湧如水山。四弟快把威風展,(下)(張白)四弟。(唱)當陽橋前望汝還。(雲唱)人夫速把車輛趕,(二車夫携夫人下)(雲唱)血流成河屍如山。

(四下手攢起打,郃、仁衆上)(雲下)(衆追下)

(甘、糜夫人上)哎呀,天吓。(甘唱)

人鬧馬嘶追趕急,(糜唱)保駕將軍無消息。(甘唱)生死存亡誰周濟,(糜唱)好似孤雁各東西。(哭介,下)

(八手下衝下,雲上,殺,郃、仁敗下)(雲白)一戰而敗,何爲上好將也。(唱)

【快板】金槍一出龍蛇動,兒郎鼠竄走如風。趙雲一槍一騎馬,勝似當年楚重瞳[8]。(白)且喜曹兵已退,不免請二位皇嫂趲行。吱,車夫趲行,車夫趲行。哎呀。(唱)亂軍之中人奮勇,不知皇嫂向西東。此時失散二主母,咳,罷了,罷了,(唱)趙雲保駕一場空。

(走過場,白)吓,三將軍。(張上,白)子龍,方纔有人來,說你投曹營,又來則甚?(雲白)何出此言?趙雲為尋主母,故而落後,怎麼說俺投曹營去呢?(張白)二位皇嫂安在?(雲白)哎呀,三將軍吓,時纔亂軍之際失散了。(張)哈哈哈,呔,没用的將官。失散二位皇嫂,就該死在軍前,還過橋則甚?好無用的將官。哈哈。(笑下)(雲快唱)

一腔怒氣往上沖,羞得豪傑臉帶紅。抖擻精神與賊戰[9],二次再把曹營衝。(下)

(竺上,唱)這見曹兵如潮湧,殺得百姓血水紅。吓。(唱)任你兵將百萬衆,糜竺拼死殺奸雄。(盡殺大攢)(曹將上,擒竺下)

(百姓、甘夫人同上)咳,哎呀,蒼天蒼天。(甘唱)

群雄鼾睡遭羅網,好似羊犬卧虎傍。不知東西南北向,四將軍吓,罷了。(唱)難免今朝赴黃梁。哎呀,苦吓。(下)

(雲上,唱)

遍地曹兵如潮湧,金槍一擺似蛇龍。寶駒蹄縱如風送,(一將上,送命,下)(四下手攢介,下)(雲唱)兒郎鼠竄影無蹤。

(甘夫人、衆百姓同上)(雲白)呔,衆百姓内可有甘、糜二夫人麼?(衆白)有甘夫人在此。(甘白)趙雲,快來救我。哎呀,四將軍啊。(雲白)原來是甘夫人在此,恕趙雲不能保護之罪。(甘白)四將軍請起。吾被亂軍衝散,幾乎生死,今得見將軍之面,我有命也。(雲白)糜夫人安在?(甘白)失散之際,不知去向。

(一曹將綁竺上)(雲白)呔。(殺曹將下)(竺白)多虧將軍搭救了。(雲白)可知糜夫人蹤迹?(竺白)我也四下找尋,不想遇見曹兵,不是將軍搭救,焉能得生。(雲白)這有亡賊的馬匹騎了,保護甘夫人去見主公,說俺趙雲上天入地,定要尋找糜夫人與幼主,方能回來。(竺白)夫人請上馬。(同下)

(雲白)俺不免三進曹營,殺他個片甲雪飛,方顯趙雲本領也。(唱)

【快板】豪傑橫身都是膽,鐵羅漢見俺也心寒。虎穴龍潭吾敢探,那怕劍嶺並刀山。(下)

(夏侯恩上)俺大將夏侯恩是也。丞相統領大兵,追趕劉備,不想被穿白的小將殺了個七進七出。我不免前去敵擋一陣。(唱)

兩軍對陣山搖動,將士征袍血染紅。(雲上,白)那裏走!(殺介)來將通名。(夏白)大將夏侯恩。(雲白)看槍罷。(恩死,拔劍下)(雲白)啊,那邊暗暗金光,是何原故?待俺下馬看來。青釭劍?哦,久聞曹賊有寶劍二口,一名青釭,一名倚天,削鐵如泥,待俺試他一試。哎呀,果然真寶劍也。俺如今得了此劍,遠者槍刺,近者劍砍,可比之勇將也。(雲唱)三次不見娘娘面,(糜內白)苦吓。(雲白)呀。(唱)又聽悲聲近耳邊。(糜上,唱)幸賴蒼天來護佑,未絕劉氏後代傳[10]。(雲白)墙內啼哭可是糜夫人吓?(糜白)可是趙將軍?(雲白)正是。(糜白)哎呀,將軍吓。(雲白)恕趙雲不能保護之罪,望夫人恩恕。(糜白)我今得見將軍,阿斗有生矣。(雲白)夫人這次苦難,雲之罪也。皇嫂速請上馬,趙雲保護前行。(糜白)將軍身繫重任,豈可無馬?妾與草木同腐,何須慮及。(哭介)(雲白)夫人言重了。趙雲忠心保主,一賴上蒼扶持。速請上馬,趙雲步行,可透重圍。(糜白)將軍雖是一片好心,奈我身帶重傷,不能乘騎,如何是好?(雲白)這便怎麽處?(內喊介)(雲白)哎呀,夫人吓,追兵甚即至,忍上馬,過了當陽橋,再作道理。(糜白)將軍啊,劉氏一脉,全賴將軍保護,念他父親,飄蕩半世,只有這點骨血,保得宗嗣存留,我死黃泉,哎呀,亦得瞑目也。(雲白)夫人,還是請上馬趲行。(糜唱)

　　劉氏一脉你保重,我死黃泉謝蒼穹。生離死別心膽痛,(哭介)皇叔,我兒,四將軍。(雲白)夫人。(糜唱)相見除非在夢中。(白)將軍,你看曹兵來了。(雲白)在那裏?(糜白)阿斗我兒。(放地介)哎呀,罷。(跳井介,下)

　　(雲白)哎呀,夫人吓。(唱)

　　頂天立地女英雄,愧殺鬚眉枉立功[11]。推墙覆土把井掩,(掩口介,抱阿斗介,上馬唱)拼死忘生保幼龍。(下)

　　(八手下、徐庶、曹上,唱)

　　號炮連天,搖動鑼鳴,鼓炸響咚咚。旌幡遮滿日光暗,沙場血罩馬蹄紅。(邰、仁八將戰雲,四下手單對連攢)(雲白)來也。(下)(曹白)哦。(唱)這員將官真驍勇,不亞當年楚重瞳[12]。(白)先生,此白袍小將英勇非常,他是何人?(庶白)這就是劉備四弟常山趙子龍,昔日破丞相八門金鎖陣就是他。(曹白)他就是常山趙雲?(庶白)正是他。(曹白)好將啊好將。(庶白)若得子龍歸順,劉備擒矣。(曹白)子龍英勇無敵,何以擒之?(庶白)徐庶不才,有計獻上。(曹白)有何妙計,使彼歸順[13]。(庶白)丞相傳令衆將,不許暗放冷箭,只要活趙雲,不要死子龍,誤傷者即行斬首,必定生擒也。(曹白)先生自進營來未設一謀,今獻此計,正合我心。就命先生傳令衆軍知道,催動人馬。(曹唱)吾營將官個各勇,不及常山趙子龍。(衆領曹下)(庶白)曹營大小將官聽者,丞相有令:我軍不許暗放冷箭,要生擒活趙雲,不要死子龍,有誤軍令,八十三萬人馬與他一人償命吓[14]!(笑介)哈哈。山人暗設巧妙計,將軍得生留美名。(下)

(雲上,白)曹操傳將令,三軍誰不遵。不要死子龍,只要活趙雲。哈哈哈。(戰八將落坑現龍,衆抄雲下)(衆追下)

(雲上)哈哈哈,七進曹營疾如風,征袍血染透甲紅。若非幼主洪福大,連人帶馬似騰空[15]。吠,曹營將官,誰敢再來?(一大將持斧)俺來也。(上介)(雲抓草人)(八將上,云云介,八將敗下)(雲白)吠,鼠竄之輩,何足英雄也。(排子)哎呀,殺了半日,不知幼主如何?待俺來看。哦喲,原來睡熟在此。聖天子百靈相助,大將軍八面威風。哈哈。長坂坡前,這有俺趙雲威風也。吠,曹營將官聽者,誰有膽量的只管前來,不來,趙老爺就要去也。(排子)(張上,白)四弟,糜夫人安在?(雲白)糜夫人身帶重傷,不能乘騎,再三請行,夫人性烈捐命,投枯井而亡。保得幼主在此。(張白)好四弟,真英雄也。(雲白)後面曹兵即至,如何處之?(張白)四弟過橋去,曹兵有我擋之。(雲過橋,下)

(張白)吓,來,看曹兵如潮水而來,俺這二十名小卒,何以擋之?哦,有了。三軍的,爾等將那柳枝摘下,拴在馬尾之上,衝起烟塵,以爲伏兵之計。(【急三腔】)(曹元人、元將同上)(張看介)吠。(曹白)夏將軍看看何處人馬?(丑白)吠,橋上何人大膽,攔住俺大兵?好好放吾軍過去,若是遲捱[16],叫你死在我手。(張白)吠,咱老子張翼德在此。(丑白)哎呀,我的親媽呀。(死介,下)

(曹白)哎呀,後橋烟塵遮天,必有埋伏。來呀,衆將官人馬退回。(衆下)(衆同白)曹賊大敗。(張三笑介)哈哈哈哈!哇呀呀呀!好哇,曹兵已退,三軍的拆斷橋梁,收兵。(衆領下)

(曹兵將同上)(曹上,白)哎呀,衆將看看衣襟底下,張翼德可在?(衆白)在。(曹白)哎呀,昔日關羽言,張飛在萬馬營中取上將首級,如探囊取物。今日大吼一聲,嘁死我數員上將,果算是之虎將,名不虛傳也。(邰白)啓丞相,張飛拆斷橋梁,請令定奪。(曹白)哦,張飛拆毁橋梁,必無伏兵。衆將官即速搭起浮橋,追趕劉備去者。

【尾聲】(下)

完

校記

［１］點絳唇："唇"字,原本漏。今補。
［２］追趕劉備："趕",原本作"敢",今改。
［３］當陽縣："當",原本作"擋"。今改。下同。
［４］征戰多年："戰"字,原本漏。今依文意補。
［５］蔡瑁："瑁"字,原本作"冒"。今依《三國志·魏書·劉表傳》改。
［６］獻曹瞞："獻"字,原本作"現"。今改。
［７］劉琮母子："琮"字,原本作"宗"。今依《三國志·魏書·劉表傳》改。
［８］楚重瞳："重"字,原本作"腫"。今改。下同。
［９］抖擻精神與賊戰："擻"字,原本作"搜"。今改。
［10］未絕劉氏後代傳："絕",原本作"結",今改。下同。
［11］愧殺鬚眉枉立功："鬚",原本作"額"。今改。
［12］不亞當年楚重瞳："亞",原本作"壓"。今改。
［13］使彼歸順："彼",原本作"被"。今改。
［14］與他一人償命："命",原本作"介"。今改。
［15］連人帶馬似騰空："騰",原本作"滕"。今改。
［16］若是遲捱："捱",原本作"涯"。今改。

河　梁

無名氏　撰

解　題

　　高腔。作者不詳。《慶昇平班劇目》著録，題"河梁全串貫"。《車王府曲本提要》著録，題"河梁總串貫"，未署作者。劇寫周瑜命甘寧請劉備河梁赴宴，預設伏兵，擒殺劉備。關羽扮馬頭軍保護劉備過江赴宴。筵席上，關羽聽到金鐘二鳴，看到吳兵驚慌，疑有詐，抓住甘寧，審出周瑜埋有伏兵，欲害劉備。關羽怒闖筵席，亮出身份，鎮住周瑜，讓周瑜送劉備登船返回。關羽要殺周瑜，劉備説留下以後抗曹。事見《三國演義》第四十五回。京劇《臨江會》亦有此情節。版本今見《車王府藏曲本》本。今以該本爲底本，校勘整理。

　　（周瑜上）【引】腰懸（金冠也可）[1]寶帶緊束腰（紫羅袍也可），大戰江東荷聖朝。（白）三尺龍泉萬卷書，老天生我意何如。山東宰相山西將，彼（説北）丈夫兮（欺也可）我丈夫。下官周瑜。已曾差甘寧去請劉皇叔，這樣時候不見到來。（丑嗽上，白）去時一身汗，回來兩脚塵。都督在上，甘寧打躬。（周白）甘寧，我命你請得劉皇叔怎樣了？（丑白）請下了，少時就到。（周白）帶領多少人馬？（丑白）只帶得四十名馬頭軍。（周白）這等，聽我吩咐，前堂排筵宴，後寨設伏兵（藏甲兵或甲兵藏俱可）。金鐘三下響，要擒姓劉人（漢劉皇也可）。（同下）（吹介。四水卒引生、净同上，住吹介，生唱）

　　【風入松】河梁設宴緊相邀慢搖船，（四卒鼓中應白）啊！（生唱）兄與弟商量計較。（净白）大哥。（生白）二弟。（净白）有話不在軍中商議，來此半江之中商量甚的而來？（生白）二弟，我想周瑜七歲攻書，九歲學法，一十三歲拜爲水軍都督元帥。（唱）料此去宴無好宴，會無好會了。二弟！（净唱中白）大哥！（生唱，連着前句）怕只怕周郎巧計，周郎巧計。（净唱）

　　【前腔】將在謀而不在勇，兵在精而那用多，自古道一人拼（唱判）命萬夫難攩了。大哥！（生唱中白）二弟！（净唱連着前句）說甚麽周郎計巧，憑着俺挺身前去，那怕他百萬英豪。筵前無事干休罷了，倘有些動静差池（行藏也可）詭計多端，怎攩（唱噹）俺劍下無情（重句也可），衣袂囊中取出一把鞘裏刀。兄合弟走這遭，河梁會上逞英豪。

（起吹，一水卒吹中白）有人麽？（丑上答白）甚麽人？（卒白）劉皇叔到來。（丑白）少待。都督有請。（周上白）作甚麽？（丑白）劉皇叔到了。（周白）道有請。（丑見卒，卒見生俱說道："有請"。卒、净下，住吹）（周白）不知皇叔到來，未曾遠迎，多有得罪。（生白）好說。輕造虎寨（水府也可），多有得罪。（周白）皇叔請上，下官有（受下官也可）一拜。（生白）孤窮也有一拜。（周白）百萬曹兵下大江，要吞江左定荆襄[2]。（生白）都督（東吴也可）若聽軍師語，管叫曹瞞拱手降。（周白）甘寧，看酒來。（丑白）擺下了。（卒上，同白）馬頭軍叩頭。（周白）甘寧，問他們多少名？（丑白）噯（叫意），你們多少名啊？（卒白）四十名。（周白）賞他們猪首饅頭一罈酒。（丑白）朋友們，都督賞你們的，拿了一邊兒吃去（話白隨意）。（卒白）謝爺賞。（卒起介，净上白）甚麽東西？（卒白）猪首饅頭一罈酒。（净白）猪首饅頭（别者也可）拿去，將酒留下。（卒應介下，丑白）哎（叫意），朋友們，拉了酒去咧。（净白）他們不會吃酒，咱家會飲。（丑白）怎麽者，他們不會吃酒，你哪會飲？我瞧你哪這麽紅撲撲兒的（往下丑俱流口白），到像個會喝酒兒的，待我取個大大的傢伙兒，來敬你哪。（取鑼介白）你哪，瞧這個傢伙兒如何？（净白）斟來。（丑白）哦，斟來。打去泥頭，澄澄澄（說頓），請啊，你哪。（净白）我且問你，昨日到俺那裏請宴，可是那個去來（的也可）？（丑白）就是我去的你哪。（净白）俺那裏事忙，不曾款待與你（不説此句也可），今日借你家的酒咱家的手，來來來（不説此三字也可），先敬你一杯。（丑白）我不會喝。你哪，哎喲哎喲！說了不會喝，掐着（說只）脖子硬灌。（净白）斟來。（丑白）哦，斟來。澄澄澄，該你哪咧！（净飲，丑白）慢些飲。（净白）再斟來。（丑白）哦，再斟來。澄澄澄（此至大量减去也可），請啊你哪。（净又飲完介，白）再斟來。（丑白）喲，還（說孩）斟？好大量。澄，哎，朋友，四十人的酒你哪一個人兒都（說兜）喝咧。還（說孩）斟，朋友，你好口頭饞哪！（净白）唔（怒意），（念）

【川撥棹】你道俺口頭饞，（唱）心胸朗天生成，大肚皮（唱培也可）虎食狼餐。（丑鼓中白）你是個酒囊。（净唱）恁（唱印）道俺是酒囊？（丑鼓中白）你是個飯囊（不説此句也可）。（净唱）又道俺是飯囊[3]，傾百（唱瓣合音）斗爛醉何妨。非是俺大膽言狂，（白）覷着你河梁會上的酒，（唱）不够俺充飢充飢飯一餐。（丑白）怎麼着（説只），河梁會上的酒，不够你充飢飯一餐。且慢説河梁會上的酒，就是那些鹹雞臘鴨子給了你吃，不給你水喝，渴也就渴殺你咧。（净唱）俺若是渴時節，鯨吞了江流海淵，鯨吞了江流海淵。（净下）（周白）筵前有酒，無令不成歡，請皇叔發一令，大家暢飲。（生白）孤寡不能，還是都督請（都督請主令也可）。（周白）要一個相鬥智，知誰是，兩相持，單得利，不許重言。（生白）道得來？（周白）門面杯。（生白）道不來？（周白）罰一角觴。（生白）誰先誰後？（周白）皇叔先，下官落後。（生白）借了。（周白）請。（生白）秦楚二家相鬥智，秦强楚弱知誰是？任他秦亡楚也亡，我祖高皇單得利。（周白）誰不知令祖是高皇，太誇獎了。甘寧敬酒！（打盪介。净上，白）金鐘一響，其中必有埋伏，待某上去見（看也可）個動静。（周白）甘寧，甚麽人？（丑白）劉爺的馬頭軍。（周白）着（叫也可）他下去。（丑白）哎，朋友。上頭怪下來咧，下去！你不下去，我就推咧！我説推，我可就推，我推，唔！推不動。我揉（説揣也可）我説揉，我可就揉，我揉，唔喲（用力意、罕然意）！推又推不動，揉又揉不動，莫非你哪底下扎住根咧（尖音）。（净念）恁（念印）那裏儘着力，（唱）將俺揉，俺本是抬不起扛不動的金剛樣。（丑白）哎，朋友。你這個話説錯咧，我家爺好意請你家爺吃酒，你吃的這麼醉醺醺兒的（話白隨意改），玷在席前，金剛咧羅漢咧，你家爺去後，我家爺豈不難爲與我？有朝一日，你家爺請我家爺吃酒，我也吃的這麼醉醺醺兒的，我不能金剛羅漢，我鬧個判官小鬼兒不？咱家爺去後，你家爺豈不難爲你？將心比心都（説兜）是一理（個樣也可）。哎，朋友你想想。（净白）陪個笑臉（説減），俺便下去。（丑白）我殺個雞兒你哪吃，口根口根口根（尖音兒）。（净白）閃開。（唱）且作個（唱告）粧啞（唱軋）獸（唱崖）獸獸立下廊，（通兒）冷眼兒覷着他有甚麽别勾當。（白）周郎啊周郎！（唱）

【雁兒落】你待要鴻門宴困高皇，怎知俺大將樊噲立在邊廂。這壁厢擺列下先鋒將，玳瑁（唱妹）筵前假列（扮也可）着紅粉粧。看戈甲旗槍，看戈甲旗槍，擺列在中軍帳。俺這裏識破機關（他的機關也可）看破行藏（他的行藏也可），等待（只他俱可）要擊金鐘下手强。

（净下）（生白）令到都督了。（周白）曹劉二家相鬥智，曹强劉弱知誰是？任他雀（説却）蚌兩相持，我作漁人單得利[4]。（生白）好個單得利。（周白）説過不許重言，又重言了。甘寧敬酒。（鐘又響，净上，白）金鐘二響，待某假裝見風，拿他個小軍，問個明白便了。（丑白）喲，朋友！你怎麽又上來咧？（净白）俺要見風。（丑白）怎麽者，你要見風來？跟（活白）了我來你哪，瞧這個地方兒,敞亮不敞亮?(净白)我且問你,你家爺請俺家爺吃酒,可是好意還是歹意?(丑白)將酒敬人並無惡意呀!我的太爺。(净白)既是好意,你看!(唱)

【得勝令】將士紛紛爲甚慌,一個個交頭接耳睜睛望。莫(莫俱唱冒)不是面帶春風腹內有霜,莫不是杯中飲鴆將人喪。莫不是排兵佈陣生奸黨,既不是用詭呵有甚麼別勾當?(白)説了好。(丑白)没(説煤)甚麼説的你哪。(净白)咦(説偷)!(唱)快説端詳,試説其詳,不説時劍下亡,劍下亡。(丑白)不用慌不用忙,埋伏在中堂。金鐘三下響,要擒漢劉皇。(净唱)聽説罷怒氣昂昂,救我主闖入在中軍帳。小周郎你休慌休慌,非是俺酒席筵前將伊搶(劈面搶也可)。只爲你心狠要害俺劉皇,俺特地來護駕緊隄防。(周白)你是甚麼人?(净白)提起俺的名兒,唬破你的膽。大哥,擒住這廝。(脱衣介,唱)除却氈笠頓開錦囊,風飄出美髯長。俺亦非小可無名將,俺呵,壽亭侯大將漢雲長。也曾刺顏良誅文丑鬧殺場,灞陵橋上許褚慌。唬(唱下)張遼心膽寒,五關上威光,斬六(唱路)將身亡。伏廖化周倉,馬到處(馬到處馬到俱可)威風有誰敢攩。抓鼓(先打一句)三通斬蔡陽血染在沙場,這聲名四海揚那聲名四海揚。恁空(空也可)設宴害劉皇,俺單(單也可)保駕赴河梁。空(任你也可)擺下殺人場,俺似猛虎攩(湯也可)群羊。先將你一命亡,先將你一命亡。(白)來來來!(唱)好好送俺過長江。

(白)可有埋伏?(周白)並無害主之意。(净白)既無害主之意,爲何將船練住?(周白)風大(江中風大也可)恐飄去船隻。甘寧,取鑰(鎖也可)匙(音持)來。(净白)不消,待俺斬斷。大哥,廢了這厮罷?(生白)二弟,留此人日後破曹。(净白)如此,岸上接人,都督受驚了。(唱)

【尾聲】非是俺將伊挺撞(河梁會上也可)逞豪强,這的是爲臣救駕理所(唱朔和音)當。(念)俺合你空鬧了這一場,望都督海涵,恕却俺漢雲長。(分下)

全完

校記

[1]腰懸(金冠也可):"金冠也可",係原本"腰懸"旁的小字注。爲保持劇本原貌,今錄其置於括號內。下同。

[2]要吞江左定荆襄:"左",原本作"所",不解,今依文意改。

[3]又道俺是飯囊:"囊",原本漏,今補。

[4]我作漁人單得利:"利",原本作"力",今改。

臨 江 會

無名氏　撰

解　題

　　聲腔不詳。《慶昇平班戲目》著錄。劇述劉備以忠義自況,慨嘆劉表去世之後,荊州被劉琮獻給曹操,空留許多遺恨。他深爲去東吳連和抗曹的諸葛亮杳無音信而就心,遂派糜竺以犒軍爲名,前往東吳探聽虛實。東吳大都督周瑜對吳主忠心耿耿,怕諸葛亮成爲東吳以後的禍根,不顧大夫魯肅的反復勸告,千方百計要殺諸葛亮;後來又擔憂劉備乃世之梟雄,將他也誆騙至東吳,并於酒宴之上設伏,以金鍾爲號,趁機殺害劉備,後因畏懼過五關斬六將赫赫威名的關羽,不敢付諸行動,劉備在關羽的護衛下平安返回。此劇不分齣,事見《三國演義》第四十五回"三江口曹操折兵,群英會蔣幹中計"。現存兩個清代版本:第一個版本收錄在《故宮珍本叢刊·亂彈單齣戲》中,題作"臨江會總本",以劉備登場憂慮時局開始,以周瑜命人準備在三江口大戰曹操作結,無作者或演員演出情況,簡稱故宮珍本叢刊本;第二個版本收錄在清《車王府藏曲本》,題作"臨江會總講",以劉備帶着關羽在漢陽江上乘船赴會開始,以周瑜命人追殺劉備作結,簡稱車王府藏曲本。兩個版本的脚色、科白、砌末、唱詞等較爲齊全,但情節稍有區別,如《故宮珍本叢刊》本唱詞無曲牌宮調,結尾處是魯肅與周瑜的對話,清《車王府藏曲本》的唱詞間有曲牌宮調,結尾處是甘寧與周瑜的對話。今以《故宮珍本叢刊》本爲底本,參考清《車王府藏曲本》本,進行校勘整理。

（四文堂引劉備上）
【引】顛沛流離,磨不盡忠義之氣。
　　（詩）劉表無謀失荊襄,空留遺恨嘆興亡。漢家天下今如此,惟有孔明似子房。孤劉備,字玄德。自孔明前往東吳連和孫權,同心破曹,今日遥望江南,旗幡隱隱,戈戟重重,料是東吴已動兵矣。但是軍師一去,杳無音信,不知事體如何?不免喚糜竺前去探聽虛實。左右,請糜竺進帳。(文堂白)有請糜竺進帳。

(糜竺上,白)誠心能避火,正意敢親君。糜竺參見主公。(劉備白)子仲少禮。(糜竺白)謝主公。喚我進帳,主公有何吩咐?(劉備白)只因孔明前往東吴,未見音信。今見江南起兵屯禁,有煩子仲携羊酒禮物,前往犒軍,就便探聽虛實,不得有誤。(糜竺白)遵命。携帶犒軍禮,去爲探事人。(下)(劉備白)糜竺此去,必有準信。不免去與二弟、三弟、子龍等料理軍馬,屯禁夏口,以備調用。正是:養銳而成氣,蓄精以待人。(下)

(二童兒引孔明上,唱)

可笑周郎見識淺,心懷毒害難容賢。命我劫糧計真險,豈知卧龍能知天。故意起兵假檢點[1],(魯肅上,唱)滿懷心事向誰言。

(白)吓,孔明先生何其匆忙?(孔明白)都督命我聚鐵山劫糧,因此即行。(魯肅白)哦,先生此去,可能成功否?(孔明白)哈哈哈,吾水戰步戰車戰各盡其妙,何愁功勞不成?非比江東公與周郎,止一能耳。(魯肅白)我與公瑾,何爲一能?(孔明白)吾聞江南小兒謠言云:"伏路把關魯子敬,臨舟水戰有周郎。"公等於陸地但能伏路把關,周公瑾但能水戰,不能陸戰耳。(魯肅白)哈哈哈。孔明藐視我等,告辭了。(唱)

先生此去既情願,我又何必苦周旋。今且告別主相見,性命相關要保全。(下)(孔明白)哈哈哈。(唱)

江東人才俱奸險,魯肅老實真可憐。此來一往但受騙,多口多舌又當先。此去將話傳一遍,周郎聽了怒冲天。定然要將武藝顯,我又無事樂安然。

(魯肅執令箭上,唱)

都督怒發有令箭,不用孔明自上前。(白)哈哈哈,恭喜先生,賀喜先生。(孔明白)啊,喜從何來呢?(魯肅白)我將先生之語直言告訴公瑾,公瑾大怒,說先生欺他不能陸戰,命我持令前來,不用先生前去,他自引一萬馬軍,去往聚鐵山,斷曹操糧道。先生免了驚險,又得安然,如何不賀?(孔明白)哈哈哈,子敬不知吓。(魯肅白)我怎麼不知?(孔明白)公瑾今命我劫糧者,欲使曹操殺我耳,故以片言戲之,公瑾便容納不下。只願吳侯與皇叔同心,則功可成;如各想謀害,大事休矣。(魯肅白)是是是,此乃正言。待我説與公瑾,止其忌害之謀。(孔明白)況且曹操他平日慣斷人糧道,今如何不重兵隄防？公瑾若去，必爲所擒。（魯肅白）哎呀呀，此乃金石良言，待我告之，平其好勝之心。（孔明白）子敬，而今當決水戰，挫動北軍銳氣，別尋妙計破之。望子敬善言告之，公瑾幸勿見怪。（魯肅白）是，我即告之也。（唱）

本是公瑾見識淺，孔明的確是忠言。我今再會細相勸，莫把機關當等閑。（下）（孔明唱）

兵行詭道不行險，周郎之計忒左焉。他心害我難止念，准備謀略自保全。（下）

（四文堂、周瑜上，唱）

孔明之言實可恨，欺我陸地戰不精。我今點兵自前進，（魯肅上，唱）急速來向都督云。

（白）都督休要發兵。（周瑜白）怎麼啊？（魯肅白）孔明言道："公瑾令吾劫糧，是借曹操之手殺害。因今用人之際，只願兩家同心，則功可成；若各想謀害，大事休矣。"（周瑜白）吓，他還有何説？（魯肅白）他説："曹操多謀，平生所慣斷人糧道，今如何不以重兵防備？公瑾若去，必爲所擒。"（周瑜白）哦，這是他講的麼？（魯肅白）是他又説"今當決水戰，挫動北軍銳氣，別尋妙計破之，乃上策"，叫我再三上覆都督，不可任性。（周瑜白）哎呀。（搖頭頓足介）唔，此人勝我十倍，今不殺之，久必爲國家之患也。（唱）

此人心地果聰敏，如若不殺是禍根。尋思多時心煩悶，（魯肅白）都督[2]。（唱）此事緩圖暫消停。

（白）方今用人之際，望以國家爲重，且待破曹之後，圖之未晚。（周瑜白）子敬之言亦是，但機密不可洩漏。（魯肅白）這個自然。

（中軍上，白）禀都督，劉玄德差糜竺貢送羊酒禮物，前來犒軍。（周瑜白）傳他進帳。（中軍白）有請糜竺先生進帳。（下）（糜竺上，白）小舟順水而下，大兵威武可觀。都督在上，糜竺參見。（周瑜白）先生少禮。何處而來？（糜竺白）奉皇叔之命，特賫羊酒禮物，前來犒軍，再三致意都督。有禮單呈上。（周瑜白）多謝皇叔厚恩。有勞先生遠來，請坐。（糜竺白）告坐。（魯肅白）糜兄。（糜竺白）大夫。啓都督：孔明在此已久，今願與我同回。（周瑜白）孔明方與我同謀，豈可別去？（糜竺白）無奈皇叔盼望。（周瑜白）我意欲見皇叔，共議良策，無奈身統大兵，不可暫離。若皇叔肯台駕來臨，深慰所望。煩子仲特爲啓請。（糜竺白）如此某暫告辭。（周瑜白）子敬代送。（吹打，糜竺下）

（魯肅白）請問都督，欲見皇叔，有何計策？（周瑜白）劉玄德世之梟雄，不可不除。吾今誆他到來,見機殺之。(魯肅白)哦。(周瑜白)實爲國家除一後患。(魯肅白)吓吓吓,這却如何使得?現在兩家連和,同心破曹,豈可殺害?此事斷然不可。(周瑜白)智者見機而作,免致後患。不必多言,我自有主意也。(唱)

　　智者見機當要緊,豈可縱虎在山林。衆將上帳聽將令,(甘寧、蔣欽、韓當、周泰兩邊上,同唱)都督有何將令行。

　　(周瑜白)吾今去請劉玄德到此,爾等預備刀斧手五十名,藏於壁底之中,看我擲杯爲號,便出下手擒拿,不得違令。(周瑜下)(衆白)得令。(魯肅白)哦,列位將軍,方今孫劉兩家同心破曹,都督要殺劉玄德,豈不自誤?(衆白)都督之言,敢不遵令?大夫所說無益,請各行事。(衆下)

　　(魯肅白)哎呀!此事好難爲情也。(唱)

　　當初是我魯子敬,前往江夏誆孔明。今日要害玄德命,只恐遺笑天下人。左右爲難心不忍,咳,只好聽他由命行。咳。(下)

　　(四文堂、劉備上,唱)

　　孔明不回無信耗,糜竺探信路途遙。事之好歹難預料,悶悶慨慨豫無聊。(糜竺上,白)只爲探信去,依舊扁舟回[3]。主公在上,糜竺參見。(劉備白)糜子仲,探聽回來了?事體如何?(糜竺白)三江口乃周瑜統兵,並未見孔明。周郎收了禮物,欲請主公到彼面會,商議良謀。(劉備白)吓,周瑜接我到彼,商議良謀?(糜竺白)正是。(劉備白)如此吩咐收拾快船一隻,今日便行。(糜竺白)是。嘟,下面聽者:主公吩咐,收拾快船一隻,坐往三江口,去會東吳周郎。(下)(內白)啊。

　　(關公白)走哇。相請會江口,恐是宴鴻門。大哥,小弟有禮。(劉備白)二弟少禮,請坐。(關公白)謝坐。大哥欲往三江口赴會,那周瑜足智多謀,又無孔明書信,看來其中有詐,不可輕去。(劉備白)我今結好東吳,共破曹操。周郎請我,我若不去,非同盟之意。兩下猜忌,事不諧矣。(關公白)兄長若執意要去,小弟相隨同往。(劉備白)也罷,你同我前去,調換三弟、子龍把守山寨。(關公白)如此待俺吩咐。嘟,大哥有令,命俺相隨臨江赴會,調換三弟、子龍把守營寨。(內白)啊。(關公白)吩咐已畢,請大哥上船。(劉備白)隨我收拾前往。(唱)

　　孫劉兩家來結盟,相邀豈不一同行。上得舟船須安静,莫被東吳看浮雲。(同下)

　　(四文堂、二水手、關公、劉備上船介[4])(劉備白)開船。(關公白)嘟,開

臨江會

船。（劉備白）上得舟中，見一派江景也。（唱）

漢陽江上烟波邈[5]，可嘆興亡憶前朝。荆州之地本劉表，誰知蔡瑁反降曹。我今往東吳固然好，聞聽周郎智謀高。船到江心思計較，防備預他細推敲。（白）二弟。（關公白）大哥。（劉備白）我想周郎請我赴會，孔明在彼，緣何無有音信？其中必有巧計。（關公白）昔日藺相如獨保趙王秦國赴會，後又完璧歸趙，名垂千古；如今小弟相隨兄長臨江赴會，倘有不測，俺便一人拼命，管叫他萬夫難當也。（唱）

臨江會上將兄保，豈懼周郎小兒曹。做出龍來方現爪，何必江心絮叨叨。（水手白）船已進岸。（劉備白）用一伶俐軍校，報與周郎知道。（【風入松】排子）（衆白）啊。（關公白）將船攏岸。（同下）

（四白文堂、四大鎧、周瑜上）

【引】計就月中擒玉兔，謀成海底捉金鰲。（中軍上，白）啓都督，劉玄德到。（周瑜白）隨帶多少人馬？（中軍白）快船一隻，隨帶二十餘人。（周瑜白）哈哈哈，此人命該休矣。吩咐刀斧手，後帳埋伏，只聽金鐘三响，便出下手。（中軍白）得令。（周瑜白）擺隊相迎。（【吹打】，擺隊下）

（劉備、關公等過場，下）

（關公衝上，撞中軍介）（關公三笑介，中軍怕介，下）

（周瑜等原人、劉備原人同上）（周瑜看介，白）啊，皇叔。（劉備白）都督。（同笑介）哈哈哈。（周瑜白）皇叔請。（劉備白）都督請。（周瑜白）皇叔到此是客，還是皇叔請。（劉備白）備怎敢？還是都督請。（周瑜白）如此挽手而行。（同下）（又同上）（周瑜白）久仰皇叔大名，今幸相見，請上臺坐，容周瑜一拜。（劉備白）豈敢。都督名揚天下，備無才無德，何煩都督重禮。（周瑜白）皇叔如此謙遜。（劉備白）啊哈哈哈。（周瑜白）只得從命。（揖介，白）請坐。（劉備白）有坐。（周瑜白）皇叔降臨，未曾遠迎，多多有罪。（劉備白）豈敢。都督相邀，必有見教，故此輕造，以求教益。（周瑜白）東吳多蒙皇叔同心破曹，瑜故此請皇叔杯酒表情，談議軍務。（劉備白）多承美意。（周瑜白）看宴。

（【大吹打】，安席）（中軍白）上宴。舉杯，告乾。（劉備白）都督，備有何德能，當此大禮。（周瑜白）皇叔威德，理當跪敬。（劉備白）不敢，請起。（周瑜白）謝過皇叔。（中軍白）啊。（劉備白）酒席筵前，緣何不見孔明先生？（周瑜白）因有公幹去了。皇叔請酒。（劉備白）都督請。（【園林好】排子）（周瑜白）來，問皇叔，帶來多少兵將？（手下白）一軍十卒。（中軍白）不夠我手下料理的。哪一軍十卒？（周瑜白）酒肉犒賞。（中軍白）吓，抬酒肉上來。（手下抬酒肉上）（中軍白）吓，朋友，都督犒賞你們酒肉。（手下白）稟二爺，都督賞小的們酒肉。（關公白）肉拿去，酒放下。（中軍白）吓，酒為何不抬下去？（手下白）有人好杯。（中軍白）那個好杯？（關公白）俺好杯。（中軍白）你好杯？來來來。（關公白）來，斟上。（中軍斟酒介，關公飲介，白）酒來酒來。（中軍白）哎，十個人的酒，你一人喝了，還叫酒來。唔，真是個酒囊飯袋。（關公白）唔，兒好小器也。（唱）

　　英雄肚量爾豈曉，不比東吳小兒曹。俺且忍耐假醉倒，啊，只見周郎殺氣高。（白）且住。俺看大哥面帶喜容，周郎面帶殺氣，兩旁懸挂壁隱，其中必有埋伏。俺且裝呆，緊隨大哥身後，看他怎生下手。（唱）

　　好比樊噲膽如豹，鴻門宴上保漢高。金鐘响亮有圈套，管叫周郎膽魂消。

　　（周瑜白）皇叔請。（劉備白）都督請。（周瑜唱）

　　胸藏機謀面帶笑，皇叔仁義比天高。酒來。推杯換盞將情表，啊，他身後站立一英豪。請問皇叔，身後何人？（劉備白）二弟雲長。（周瑜白）莫非虎牢關戰呂布、過五關斬六將關雲長麼？（劉備白）正是。些須小事，何足挂齒。（周瑜白）啊，皇叔請坐。哎呀，且住，我想關雲長百萬軍中取上將首級，如探囊取物，我若動手，豈不反遭其害？（洒頭介）哎，本督錯用計也。也罷，不如放過，再作計較。啊，二將軍既來敝營，何不入席？（關公白）俺兄長在此，多有不便。（周瑜白）這却何妨。（關公白）如此叨擾了。（唱）

　　關某不會假圈套，既然直入飲瑤醪。（入坐，吃酒介）

　　（孔明上，唱）

　　時纔江邊童子報，皇叔到來有蹊蹺。邁步進帳心驚跳，（魯肅上，唱）先生何故鎖眉梢。（孔明白）大夫，帳內飲筵何人？（魯肅白）聞聽是劉皇叔。（孔明白）亮欲帳外一看。（魯肅白）使得。請看。（孔明唱）

　　筵無好筵必有巧，皇叔何故入虎巢。邁步進帳觀容貌，哎呀，周郎竟是暗藏刀。（白）哎呀，周郎面帶殺氣，兩壁暗有埋伏，我主公滿面笑容，全然不曉，這便怎麼好？（關公白）唔。（孔明白）哎呀妙吓！幸有關雲長在此，主公無憂矣。啊，大夫。（魯肅白）先生。（孔明白）亮已看了，告辭。（唱）辭別假意裝不曉，（下）（魯肅白）咳。（唱）只恐玄德一命拋。（下）

　　（劉備白）請。（唱）

　　相逢寒溫叙不盡，請問都督將英豪。（白）請問都督，兵馬多少，何計破曹？（周瑜白）兵機不能洩漏。依瑜看來，只要旌旂一指，即可破曹。（關公白）說得如此容易，俺們在此無益，不如回營聽信。（劉備白）正是。這備今日相擾，容日再謝，告辭。（周瑜白）瑜亦不敢久留，奉送。（劉備白）請。（唱）臨江會上備已擾，（周瑜唱）破曹之後再相邀。（關公白）呔。（唱）鰲魚脫去金鈎釣，你今錯用計籠牢。（同下）

（周瑜白）哎呀。（唱）

畫虎不成反見笑，絲綸無力走金鰲。回想不覺羞又惱，哎，不殺此人怎開交。（魯肅上，唱）

謀成計就誰來到，如何放走撲天鵰。邁步進帳來請教，啊，都督怒鎖兩眉梢。（白）都督用計，已就誰請劉玄德到來，如何不殺，放他回去，是何緣故？（周瑜白）關雲長乃世之虎將，緊緊相隨劉玄德，若是動手，他豈不加害於我麼？（魯白）哎呀，險之極矣，幸而未曾動手。（周瑜白）不必多言，你且坐下。（魯肅白）是。

（中軍上，白）禀都督，曹營有下書人求見。（周瑜白）帶他進來。（中軍白）是。傳下書人。（二下書人上，白）下書真大膽，好似入龍潭。曹營下書人叩見都督。（周瑜白）呈書上來。（二下書人白）是。（周瑜看介，白）"漢大丞相"，漢大丞相，呀呀呸。（唱）

曹賊敢把東吳藐[6]，見書不由怒沖霄。喝令兩傍衆軍校，（四刀斧手兩邊上）（周瑜唱）斬一來人放一逃。（衆押下）

（魯肅上，白）哎呀，兩國相争，不斬來使。爲甚麼殺一個，放一個，却是何意？（周瑜白）大夫，我殺曹操來人，以振軍威，問些甚麼？中軍聽令。（中軍白）在。（周瑜白）吩咐甘寧、蔣欽、韓當、周泰，來日三江挑戰，違誤者斬。（中軍白）得令。（同下）

完

校記

[1] 故意起兵假檢點："檢"，原本音同誤作"撿"，今改。
[2] 都督：原本作"督都"，據文意前後乙正。
[3] 依舊扁舟回："扁舟"，原本作"遍走"。今改。
[4] 上船介："船"，原本作"般"。今改。
[5] 漢陽江上烟波邈："邈"，原本作"貌"，徑改。
[6] 曹賊敢把東吳藐："藐"，原本作"貌"，今改。

群 英 會

無名氏 撰

解 題

亂彈。又名《蔣幹中計》《諸葛借箭》。《春臺班戲目》《慶昇平班戲目》著錄。劇述曹操的謀士蔣幹與周瑜爲同窗故交,請求過江勸降。周瑜將計就計,盛會隆重宴請諸將和摯友,號稱"群英會"。席間歌舞歡慶,相邀蔣幹共眠,旋即詳裝酒醉,暗將僞造蔡瑁、張允投降書信置於案頭。蔣幹勸降不果,萬般無奈,趁周瑜"熟睡"之際,翻閱此信,大爲驚恐,連夜返回江北,告知曹操。曹操即刻斬了蔡、張兩人。周瑜暗喜曹操中計,除去了諳熟水戰的將領。此劇共九齣,事見《三國演義》第四十五回"三江口曹操折兵,群英會蔣幹中計"。現存兩個清代版本,均收錄在《故宮珍本叢刊·亂彈單齣戲》。第一個版本題作"群英會",分爲九場,無作者或演員演出情況,簡稱《故宮珍本叢刊》甲本;第二個版本題作"群英會總本",不分場次,題目左標"叫天、孫一囉、楞仙",分別爲京劇名家譚志道、孫菊仙、王棱仙的藝號、外號、別號,且孫菊仙、王棱仙曾爲清朝"內廷供奉",當爲內廷演出的脚本,簡稱《故宮珍本叢刊》乙本。這兩個版本故事情節、人物唱詞、賓白等同中有異,當分屬不同的版本來源。今以《故宮珍本叢刊》甲本爲底本,參以《故宮珍本叢刊》乙本,校勘整理,擇善而從。

頭 場

(黃蓋起霸上,白)二十年前擺戰場,好似猛虎趕群羊。光陰似箭催人老,豪傑兩鬢白如霜。(甘寧起霸上,白)東吳大將是甘寧,上陣能擋百萬兵。曹營聞名皆喪胆,萬馬營中逞威風。(黃白)俺姓黃名蓋,字公輔。(甘白)俺姓甘名寧,字興霸。(黃白)甘將軍請了。(甘白)請了。(黃白)都督陞帳,你我兩廂伺候。(甘白)請。

(四白文堂、四白大鎧、周瑜上,唱)

【點絳唇】手按兵提,觀擋要路。施英武,虎視吞吳,誰敢關前抵。(黃、甘同白)參見都督。(周白)轅門候令。(黃甘同白)得令。(兩邊下)(周詩四句)勒馬停驃白玉鞍,手捧軍令與登壇。斬將擒王扶社稷,保主江山錦連環。本督姓周名瑜,字公瑾,在吳侯駕前為臣,官拜水軍都督、天下都招討、兵馬大元帥之職。今有曹操,統領傾國人馬,並吞江南。是我命大夫去請諸葛先生到來,共議破曹。來。(眾白)有。(周白)傳魯大夫進帳。(手下,白)魯大夫進帳。

(魯上,白)劍氣沖霄漢,文光射斗牛。參見都督。(周白)大夫少禮。(魯白)謝都督。(周白)大夫,命你去請孔明先生,怎麼樣了?(魯白)現在帳外。(周白)有請。(魯白)有請諸葛先生。

(孔明上,白)不惜一身探虎穴,志高那怕入龍潭。(【吹打】介)(周白)啊,先生。(孔白)啊,都督。(同笑介)啊哈哈哈。(周白)先生請。(孔白)都督請。(周白)先生請坐。(孔白)都督請坐。(周白)不知先生駕到,有失遠迎,多有得罪。(孔白)豈敢。山人輕造寶帳,望乞海涵。(周白)豈敢。動問先生,就知地理。意欲相煩先生,帶領五百人馬,前去烏巢劫掠糧草,不知先生可去否?(孔白)都督,兩國相爭,各為其主。山人願往。(周白)如此,請令。(孔白)得令。明知周郎借刀計,佯裝假作不知情。(下)

(魯白)都督命孔明前去,是何道理?(周白)大夫,我若殺他,恐人恥笑,故而借曹兵殺他,以免後患。你可到館驛,聽他說些甚麼,速報我知。(魯白)得令。(下)(周白)孔明此去,必中我之計也。(唱)

諸葛亮此一去性命難保,這是我暗殺人不用鋼刀。

(魯上,唱)

諸葛亮出大話將人恥笑,進帳去與都督細說根苗。(白)魯肅交令。(周白)那孔明講些甚麼?(魯白)他說陸戰、馬步戰,各練其精,怎比都督,只習一戰。(周白)大夫,原令追回。(魯白)得令。(下)

(周白)孔明吓孔明,我不殺你,誓不為人也。(唱)

我只說借刀計將他瞞過,命他去烏巢橫把糧來奪。又誰知出大言談笑與我,必須要用妙計將他殺却。(魯上,白)原令追回。(周白)你可知曹營水軍頭目是誰?(魯白)乃是荊州降將蔡瑁、張允二賊。(周白)哦,想此二賊,貫習水戰,難敵難破。他二人都立水寨,叫本督何日成功也?(唱)

此二賊習水戰難敵難破[1]，恨蔡瑁合張允逼張作惡。把荆州獻曹操是他人之過，除非是殺二賊方息干戈。

（甘寧上，白）啓都督，曹營蔣幹過江來了。（甘白）是。（周白）知道了。下去。（甘白）啊。（下）（周三笑介）（魯白）都督爲何發笑？（周白）大夫，你那裏知道？那蔣幹過江，必定是與曹操作説客耳，我略施一計，叫曹操自殺水軍。來，看文房四寶伺候。大夫附耳上來。（魯白）是，遵命。【急三槍】（寫書信介，白）大夫聽令：將此書信放在後帳，有請蔣先生。（魯白）有請蔣先生。（下）

（【吹打】介）（蔣幹上介）（周白）啊，仁兄。（蔣白）啊，賢弟。（同笑介）啊哈哈哈。（周白）仁兄請。（蔣白）賢弟請。（周白）仁兄請坐。（蔣白）賢弟請坐。賢弟別來無恙？（周白）仁兄過江，莫非是與曹操作説客耳麽？（蔣白）兄告辭了。（周白）仁兄爲何去心太急呀？（蔣白）不是呀。賢弟，你的疑心特甚了哇。（周白）弟乃是一句戲言。（蔣白）戲言？啊哈哈哈，請坐。聞聽賢弟挂了水軍帥印，兄特恭賀吓。（周白）我雖不及師曠之聰，亦聞弦歌之雅誼。（蔣白）賢弟大才，必有大用。（周白）故友重相會，（蔣白）他鄉遇故知。（周白）來，傳衆將進帳。（中軍暗上，白）衆將進帳。

（黄蓋、甘寧、太史慈、吕蒙四上，白）來也。參見都督。（周白）見過蔣先生。（黄衆白）啊，蔣先生。（蔣白）衆位將軍。（黄、衆白）吪，你敢是與曹操作説客麽？（蔣白）啊，賢弟。（周白）衆位將軍，蔣先生與本都督乃同窗好友，亦非與曹操作説客，公等休得多疑。（黄衆同白）既是都督好友，待我等屈膝把盞。（中白）宴齊。（周白）看宴，待我把盞。（蔣白）賢弟，擺下就是。（吹打介）（黄衆站兩邊介）（蔣白）這位老將軍上姓啊？（黄白）姓黄名蓋，字公覆[2]。（蔣白）原來是黄老將軍。久仰了哇。（黄白）豈敢。（周白）仁兄請坐。（蔣白）賢弟請坐。（周白）仁兄請。（蔣白）賢弟請。（排子，周白）太史慈聽令。（太白）在。（周白）本督今日與故友相逢，此宴名曰群英大會，賜你寶劍一口，坐於首席筵前，有人提起孫曹之事，命你斬首，不得違誤。（太白）得令。（三笑介）（周白）啊，仁兄請。（蔣白）啊，賢弟賢弟。（周白）仁兄請。（蔣白）賢弟請。【園林好】排子）（周白）仁兄，你看我這兩旁將士可雄壯否？（蔣白）真乃如狼似虎。（周白）這後營糧草，堆積如山。（蔣白）真是兵精糧足，兵精糧足。哈哈哈。（周白，笑介）仁兄。（蔣白）賢弟。（周白）想大夫處世，得遇知己之主，外託君臣之意，内結骨肉之情，言聽計從，禍福共之。假使當年蘇秦、張儀、陸賈、隨和輩後出，口似懸河，舌如利刃，何足動我之心哉?呀。(笑介)哈哈哈。(蔣白)哈哈哈,賢弟大才。(周白)仁兄。(蔣白)賢弟。(周白)今日之宴,名曰群英會。(蔣白)群英會,妙得緊。(周白)今日飲宴,必須一醉方休,以表當時之盛世也。(唱)

　　此宴名曰群英會,蓋世英雄弟爲魁。對子翼施一禮且復位,知己相逢暢飲一回。(白)仁兄。(蔣白)賢弟吓。(周白)今日你我必須一醉方休。(蔣白)一醉方休。(周白)一百觥[3]。(蔣白)哎呀呀,賢弟,你乃滄海之量,兄乃狗曲耳,只可三觥罷。(周白)三觥?(蔣白)三觥。(周白)如此,看大觥伺候。(蔣白)請。(周白)請。(唱)

　　富貴窮通由天造,(蔣白)賢弟,你我乃是同窗好友。(周白)啊,哈哈哈。(唱)眼看中原酒自消。(蔣白)賢弟,這酒有些性暴吓。(周唱)酒暴難擋三江口,(蔣白)賢弟,順流而下,醉的快呀。(周白)啊,(唱)順流而下東海飄。(醉介)吻嘈,吻嘈,吻嘈。(蔣白)啊,賢弟醉了。(周白)小弟醉了吓。(蔣白)哎呀,我也八達了。(周白)小弟與仁兄久未相會,今日要與仁兄抵足而眠。來,攙扶蔣先生,到我帳中安歇。(衆扶蔣下)

　　(太白)交令。(周白)收令。甘寧聽令。(甘白)在。(周白)今晚不閉營門,蔣幹逃走,不許攔阻。(甘白)得令。(下)(周白)黄公覆聽令。(黄白)在。(周白)今晚三更時分,命你密報軍情。(黄白)報甚麼?(周白)附耳上來。(黄白)得令。(下)(周白)掩門。(衆分下)

校記

[1] 此二賊習水戰:原本作"此二賊習水成",今據上文周瑜之言"想此二賊,貫習水戰,難敵難破"改。
[2] 字公覆:"覆",原本作"輔",今據《三國志·吳書·黄蓋傳》改。下同。
[3] 觥:此處指一種酒器,原本作"觸",今改。下同。

二　　場

　　(二白文堂攙扶蔣幹,醉介,進帳子)(二白文堂扶周上)
　　(起更介)(周白)仁兄,子翼,子翼,竟自睡著了。(唱)
　　我意欲防害他營門不鎖,轉眼看蔣子翼早已睡着。假意兒伴裝醉合衣而卧[1],朦朧眼且看他行事如何。(周介)啊。(睡介)
　　(二更介)(蔣白)賢弟,公瑾,公瑾,他竟自睡著了。咳,想我蔣幹,身入

龍潭虎穴,怎得脫身回去吓?(唱)

離曹營到東吳身耽福禍,坐不安睡不寧兩眼難合。只說是念故友相待與我,又誰知掌兵權賽過閻羅。(白)左右睡不著,你看桌上現有兵書,待我看來。唔,喂呀,原來是封小柬,取出看看。(看介)蔡,啊,賢弟,公瑾。且喜睡着了,待我仔細看來:"蔡瑁張允拜上周都督麾下:我等降曹,實非不意,以待北軍困入水寨。倘得其便,七日之內,必取曹操首級,前來獻功。早晚開報,勿得見疑。"哎呀,曹丞相吓曹丞相,若不是我蔣幹過江,你命必喪二賊之手。(唱)

曹丞相洪福大安然穩坐,他怎知蔡張賊內應外合。不是我過江來機關識破,七日內取首級休想命活。(白)且住。我不免將此書帶回曹營,獻與丞相觀看,豈不是大大一場功勞。咳,咳。(周白)仁兄,你看我數日之內,必取曹操首級。(蔣白)你是怎麼取法?(周白)仁兄不要管,我自有取法。

(三更介)(黃蓋上,白)轅門鼓交三更靜,夜宿貔貅百萬兵。都督醒來。(周白)老將軍到此何事?(黃白)啟都督,今有蔡……(周白)禁聲!蔡甚麼?(黃白)今有蔡瑁、張允有書信前來,刺殺曹操,不用七日,只用三日,管叫曹操首級來獻。(周白)住口。帳內現有曹營貴客在此,倘若被他聽見,豈不洩了本督的軍情大事?還不與我出帳下去。(黃白)啊啊啊。(下)(周白)敕敕敕。(進帳)

(交四更介)(蔣白)喂呀,看他營中已打四更,倘若天明走漏消息,如何是好?我就此逃走了罷。(唱)

倘若是到天明機關洩漏,恨不能生雙翅飛過江河。(魯上,白)啊,蔣先生。(蔣白)啊,大夫啊,啊哈哈哈。(下)

(魯白)啊哈哈哈,都督醒來。(周白)大夫進帳何事?(魯笑介)哈哈哈,蔣幹逃走了。(周笑介)啊,哈哈哈。(魯笑介)哈哈哈。(周白)蔣幹此去,必中我計也。(唱)

曹孟德中我計千差萬錯,(魯唱)周都督胸腹中果有才學。(周唱)這條計天下人被我瞞過,(笑介)哈哈哈。(下)(魯唱)怕只怕瞞不了南陽諸葛。(下)

校記

[1]假意兒佯裝醉合衣而臥:"佯裝",原本作"佯粧",今改。

三　　場

（四紅文堂上，站門，曹上，唱）

每日裏飲瑤漿醺醺大醉，我心中想不出一條計策。自造那銅雀臺缺少二美，一心要滅東吳天意不遂。（蔣上，白）走哇。（唱）過江去得書實實指多美，進帳去見丞相獨佔首魁。（白）參見丞相。（曹白）先生少禮，請坐。（蔣白）謝坐。（曹白）命你順說周郎，降意如何？（蔣白）那周郎執意不降，末將探聽一椿機密大事。（曹白）甚麼機密大事？（衆同白）哦。（蔣白）這個，耳甚重。（曹白）兩厢退下。（蔣白）現有一封小柬，丞相請看。（曹白）呈上來。（【風入松】排子）啊，這還了得，擊鼓陞帳。（蔣白）擊鼓陞帳。（兩邊上四紅文堂）（曹白）來，傳蔡瑁、張允進帳。（衆白）蔡瑁、張允進帳。（蔡瑁、張允兩邊上，同白）參見丞相。（曹白）老夫命你二人熟練水軍，可曾練熟？（蔡、張同白）水軍未曾練熟，丞相不可進兵。（曹白）住了。待等你二人練熟，老夫性命定喪你二人之手。來，推出斬了。（四大鎧押蔡、張同下）（曹想介）哎呀，只怕這封書信是假的，怕只中了那周郎的鬼計。哎，哎，不錯。來，招回來，招回來。（四大鎧上，白）斬首已畢。（曹白）啊，啊。（唱）誤中了小周郎借刀之計，殺蔡瑁合張允悔之不及。（白）來，將水軍頭目喚毛玠、于禁掌管，傳蔡中、蔡和進帳。（手下白）蔡中、蔡和進帳。（中、和同上，白）來也。慣使長槍戰，能開寶雕弓。參見丞相。（曹白）老夫誤殺你二人兄長，可有怨恨？（中、和同白）自犯軍令，斬者無憾。（曹白）好，老夫命你二人去往東吳詐降周郎，你們可有二意？（中、和同白）我二人家眷，俱在荆州，焉有二意？（曹白）好，詐降回來，另有陞賞。（中、和同白）得令。扶助曹丞相，詐降小周郎。（同下）（蔣白）啊，丞相，這場大功勞，多虧了我蔣幹。（曹白）啊？（蔣白）多虧了我蔣幹哪。（曹白）呀呸。（唱）

書呆子誤殺我二員上將，去了我左右膀反助周郎。你那裏盜書信自不着量，（白）掩門。（衆分下）（曹唱）看起來你是他追命閻王。（下）

（蔣白）哎。（唱）

這一場大功勞不加陞賞，爲甚麼當衆將羞辱一場。（白）哎呀呀，這曹營中的事，有些難辦的狠哪。哎呀呀。（下）

四　　場

（周上，唱）

爲江山激得我心中繚亂[1]，爲社稷晝夜裏坐卧不安。（魯上，唱）

曹孟德誤殺了蔡瑁張允，進帳去與都督細説分明。（笑介）哈哈哈。（周白）大夫爲何發笑？（魯白）時纔小軍報道，曹營殺了蔡瑁、張允[2]，水軍頭目换了毛玠、于禁掌管。（周白）哦，此計孔明可知否？（魯白）料他不知。（周白）有請諸葛先生。（魯白）有請諸葛先生。（孔上，唱）

昨夜晚觀天相早已算定，曹孟德中巧計自殺水軍。（白）啊，都督。（周白）先生請坐。（孔白）都督請坐。恭喜都督，賀喜都督。（周白）曹兵未破，喜從何來？（孔白）那曹操殺了蔡瑁、張允，水軍頭目换了毛玠、于禁掌管。那些水軍性命，一旦喪於二人之手[3]，豈不二喜？（魯加白）他怎麽知道了？（周白）哦？啊，先生，我觀看曹營戰船，十分齊整，意欲一計，不知可能成功吓？（孔白）不要説破，各寫一字，看對與不對？（周白）請。（孔白）請。（同白）大夫請看。（魯白）你二人手上俱是"火"字吓。（周白）先生所見，與本督相同。但不知水面交鋒，何物當先？（孔白）弓箭當先。（魯白）弓箭是要用的。（周白）營中缺少雕翎，意欲相煩先生，造取十萬狼牙，不知可允否？（孔白）都督委用，敢不效勞？但不知限多少日期？（魯白）少不得一年。（周白）咳，一月方可。（孔白）多了。（周白）半月。（孔白）曹操殺來，豈不誤了大事？（周白）十日之内。（魯白）啊，都督，日限太少了。（周白）你曉得甚麽？先生自定日期。（孔白）三日交箭。（周白）三日無箭？（孔白）以軍令行事。（周白）先生，有道"軍無戲言"。（孔白）立下軍令狀。（周白）請。（排子）（孔白）大夫，三日内命小軍江邊搬箭。山人告辭。（周白）奉送先生。（孔白）曹營借雕翎，盡在霧中尋。（下）（魯白）啊，都督，孔明限三日交箭，莫非有詐？（周白）大夫，你可吩咐匠工人等，故意遲延，以軍令斬他便了。（魯白）都督高才。

（黄上，白）候着，啓都督，今日有蔡中、蔡和轅門投降。（周白）傳他二人進帳。（黄白）都督有令，有請二位將軍進帳。（中、和同白，同上）來也。離了曹營地，來此是東吴。都督在上，末將參。周白，你二人既已降曹，爲何又降東吴？（中、和同白）[4]那曹操誤殺我二人兄長，今投帳下，日後殺賊報仇。（周白）二位將軍棄暗投明，可稱豪傑。來，傳甘興霸進帳。（黄白）甘將軍進帳。（甘上白）來也。東吴甘寧將，威風誰敢當。參見都督，有何差遣？（周

白）你把二位將軍收在帳下，本督日後還有大用。（甘白）得令。二位將軍隨我來。（同下）

　　（魯白）啊，都督，他二人乃是詐降，不可收留。（周白）咳，你曉得甚麼？還不下去。（魯白）哎哎，分明點破平川路，反把忠言當惡言。哎，這又是我魯肅的不是。（下）（周白）哎，分明實降，怎説是詐降？（黃白）咳呵。（周白）啊，老將軍還在？（黃白）伺候都督。（周白）老將軍，你看他二人降意如何？（黃白）這……他二人乃是詐降。（周白）怎見得？（黃白）不帶家眷就爲詐降。（周白）哎，是吓，不帶家眷就爲詐降。哎，可惜曹操就有人詐降，我東吳，我東吳就無人詐降那曹操。（黃白）哦呵呵，都督，黃蓋不才，願詐降那曹操。（周白）老將軍願去，只是年邁，只恐難受苦刑。（黃）哦呵呵，都督，俺黃蓋受東吳三世厚恩，慢説身受苦刑，就是粉身碎骨，決無怨恨。（周白）老將軍果有此心？（黃白）果有此心。（周白）好，如此請上，受本督一拜。（黃白）末將也有一拜。（周唱）

　　苦肉計瞞衆將全要你忍，怕只怕年高邁難以受刑[5]。（黃唱）

　　周都督休得要下禮謙遜，俺黃蓋受吳侯三世大恩。俺雖然年紀邁忠心耿耿，學一個奇男子詐降曹營。（下）（周唱）

　　好一個黃公覆忠心秉正，我諒他此一去大功必成。（笑介，下）

校記

[1] 爲江山激得我心中繚亂："繚亂"，原本作"僚亂"，今改。下同。
[2] 張允：原本筆誤作"王允"。今改。
[3] 一旦喪於：原本作"一但喪與"，今改。下同。
[4] 中、和同白：原本作"衆、和同白"，今改。
[5] 怕只怕：原本作"怕只怕怕"，第三個"怕"字爲衍字，徑刪。

五　　場

　　（孔上，唱）

　　周公瑾命魯肅行監坐守，好叫我背地裏冷笑不休。他那裏要殺我怎得能够，一樁樁一件件在我心頭。（魯上，唱）限三日去交箭不多時候，爲甚麼在一旁不睬不愁[1]。（孔白）大夫，甚麼事？（魯白）先生，先生。（哎，唱）昨日裏在帳中誇下海口，這件事好叫我替你就憂。

（孔白）吓，大夫，甚麽事替我就憂？（魯白）哎呀呀呀，你昨日在帳中，與都督立下軍令狀，限三日交箭。這箭全無一支，你還在一傍不睬不愁，是何原故？（孔白）哎，不是大夫提起，我倒忘懷了哇。（魯白）哎呀呀，他倒忘懷了。（孔白）吓，昨日？（魯白）昨日。（孔白）今朝？（魯白）今朝。（孔白）明天？（魯白）明天拿來。（孔白）拿甚麽來？（魯白）拿箭來。（孔白）吓，大夫，你要救我吓？（魯白）你要我救你[2]？也罷，你可駕一支小舟，逃回江夏去罷[3]。（孔白）吓，大夫同心破曹，此番回去，怎見得主公？走不得。（魯白）哎，走不得？（孔白）走不得。（魯白）哎，你不如投江死了罷？到還落得個全屍。（孔白）大夫此言差矣。螻蟻尚且貪生，爲人豈不惜命？死也死不得。（魯白）叫你走你也不走，叫你死你又不肯死，好叫我魯肅爲難哪。（孔白）哎，大夫啊吓。（魯白）大夫吓，大夫不會治病。（孔唱）

魯大夫往日裏待我恩厚，你說道你我來身無禍憂。周都督要殺我你不搭救，看起來你算不了我的朋友。（魯白）咳。（唱）這樁事都是你自作自受，到今日反怨我不是朋友[4]。

（白）我到不是朋友。（孔白）大夫，你叫救我一救。（魯白）我難救你。（孔白）大夫，你難救我，山人要借幾件東西可有？（魯白）早已預備下了。（孔白）預備甚麽？（魯白）壽衣壽帽壽靴，大大一口棺木。（孔白）要他何用？（魯白）盛殮你的屍首[5]。（孔白）不要取笑。（魯白）要借甚麽東西？（孔白）戰船二十隻。（魯白）有的。（孔白）軍卒二百名。（魯白）有的。（孔白）[6]青布帳幔塞草千石。（魯白）有的。（孔白）鑼鼓全分。（魯白）有的。（孔白）還要酒席一桌。（魯白）哎呀，要酒席何用？（孔白）我與大夫舟中飲酒作樂。（魯白）限三日交箭，半隻全然無有，明日去見都督，我看你作樂不作樂吓？（孔白）哎。（魯白）哎。（唱）

十萬箭這一晚如何造就，明日裏進帳去難保人頭。（下）（孔笑介）哈哈哈。

這樁事我料他難以猜透，他怎知我腹內另有良謀。要借箭等到了四更時候，大霧中到曹營去把箭收[7]。（魯上，唱）一樁樁一件件安排已久，請先生到江邊即速登舟。

（孔白）大夫，你走哇。（魯白）那裏去？（孔白）舟中飲酒作樂。（魯白）我不去。我有公事在身，實不能相陪。（孔白）要去，要去。（魯白）我不去。（孔白）大夫，你要來呀。（魯白）哎呀呀，我不去。（孔白）走哇。（魯白）哎呀呀。（孔拉下）

校記

[1] 不睬不愁：原本作"不彩不愁"，今改。下同。
[2] 你要我救你："救"，原本作"就"，今改。
[3] 逃回江夏去罷："江夏"，原本作"江西"。今改。
[4] 到今日反怨我不是朋友："怨"，原本作"恕"。今改。
[5] 盛殮你的屍首："盛"，原本作"成"。今改。
[6] (孔白)：原本無，據文意增之。
[7] 曹營：原本作"操營"，今改。劇中"曹營""操營"混用，下文統一爲"曹營"，不一一出校。

六　　場

(二船夫上介)哦哦哦。(一童兒、孔明、魯肅同上)(孔白)大夫來，走走走。(魯白)哎呀呀，我有事吓。(上船介)(孔白)看酒。(魯白)哎。(孔白)大夫請酒。(船夫白)啓爺：滿江大霧，觀不見江景。(孔白)將船往北而進。(魯白)慢着慢着，先生不要去。(孔白)飲酒。(魯白)哎，我就死在你手。(孔笑介)哈哈哈。(孔唱)

一霎時白茫茫滿江霧露，頃刻間看不見在岸在舟。是這等巧機關世間少有，似軒轅造字册另有良謀。(船夫白)啓爺[1]，離曹營不遠。(孔白)往曹營進發。(魯白)慢着慢着，我要上岸。(孔白)船至江心，不能攏岸。(魯白)依你之見？(孔白)舟中飲酒取樂。(魯白)哎，破着我魯肅這頭，交你這個朋友。飲酒。(魯唱)

魯子敬在舟中渾身戰抖，把性命當兒戲全不擔憂，這時候那還有心腸飲酒，此一番到曹營一命罷休。(孔唱)

勸大夫放寬心一同飲酒，我命你慢搖櫓浪裏行遊。要得箭待等到四更時候，魯大夫爲甚麼這樣擔憂。(船夫白)啓爺，離曹營一箭之地。(孔白)吩咐鳴鑼擂鼓。(魯白)不要擂鼓，不要擂鼓。(孔白)不妨事。(喊殺介)

(蔣幹上，白)大霧迷漫，那有人馬吶喊。有請丞相。(曹上，白)何事？(蔣白)大霧迷漫，那有人馬吶喊。(曹白)想是周郎前來偷營，吩咐衆將放箭。(蔣白)衆將官一齊放箭。(四紅文堂射箭介，【風入松】排文)

(船夫白)啓爺，戰舟陳墜不起。(孔白)爾等高聲説道："孔明先生

多謝曹丞相送箭。"（船夫白）呔！曹營聽者：孔明先生多謝曹丞相送箭。（同下）

校記

[1]啓爺："爺"，原本誤作"離"。今依上下文意改。

七　　場

（曹、蔣同上，曹白）我道周郎前來偷營，原來孔明先生借箭。來，駕一小舟前去追趕。（蔣白）順風順水，追趕不上。（曹白）哎，正是：是事防計巧，（蔣白）着着讓人高。（曹白）丟去十萬箭，（蔣白）明日再來造。（曹白）啊？（蔣白）明日再來造。（曹白）呸！我想此事又壞在你的身上了哇。（蔣白）下次不中他的計就是了。（曹白）哎。（下）（蔣白）哎呀，這曹營的事情，有些難辦，難辦得狠哪。哎呀呀。（下）

八　　場

（童兒、孔明、魯肅同上）（魯笑介）哈哈哈。（孔白）大夫爲何發笑？（魯白）好先生吓好先生！你怎麼知道今晚有此大霧？（孔白）大夫，爲將官不測天機，不知地理，不按陰陽，不曉奇門遁甲，庸才也。山人早已算定，今晚必有大霧，故爾定下此計。（魯白）先生真乃神人也。（孔白）來，查看有多少雕翎？（童白）哦。啓爺，除去損破傷壞，十萬有餘。（孔白）大夫，這十萬有餘，可以交得令了？（魯白）交令吓有我。（孔白）請。（魯白）先生轉來。（孔白）何事？（魯白）先生，我實實服了你了。（孔白）服山人何來？（魯白）服你好神機、好妙算。（孔白）山人也服了你了。（魯白）你服我何來？（孔白）我服你在舟中，是這樣"哦哆哆哆"。（魯白）哎呀，取笑了。請一同進帳交令。（孔白）大夫請。（笑介）哈哈哈。先生請。（【排子】，三同下）

九　　場

（四白文堂、四白大鎧站門上，闞澤同上）（周瑜上，白）轅門鼓角聲高，兩旁站定英豪。本督周瑜。孔明限定三日交箭,我以軍令斬他。來,傳魯大夫進帳。(手下白)魯大夫進帳。(魯上,白)忙將奇異事,回覆智謀人。參見都督。(周白)大夫,孔明限三日交箭,可曾造齊?(魯白)造齊了。(周白)啊?他是怎樣造法?(魯白)那孔明他一天也不慌,二日也不忙,到了三日,那孔明用戰船二十隻,軍卒二百名,青布幔帳,乾草千石,等到四更時候,鳴鑼擂鼓,叫喊前至曹營取箭,十萬狼牙有餘,特來交令。(周白)啊?(魯白)一隻也不短。(周白)孔明吓,真乃神人也。(魯白)算得過一個活神仙。(周白)來,有請諸葛先生。(魯白)有請活神仙。

(孔上,白)狼牙已造就,盡在霧中收。啊,都督。(周白)啊,先生。(同笑介)哈哈哈。(周白)先生請坐。(孔白)都督請坐。(周白)先生如此妙算,真乃敬服也。(孔白)些須小計,何足道哉。(周白)本督備得有酒,要與先生賀功。(孔白)如此叨擾了。(周白)看宴。先生請。(孔白)都督請哪。

【六幺令】(排文)(周白)黃公覆聽令。(黃白)在。(周白)命你準備三月糧草,本督即日破曹。(黃白)且慢。(周白)爲何阻令?(黃白)慢說三月糧草,就是三年也是不能成功。(周白)依你之見?(黃白)依末將之見,到不如丟盔卸甲,北面降曹。(周白)你待怎講?(黃白)北面降曹。(周白)哇,本督曹兵未破,你敢違我的將令,那裏容得?來,推出斬。(衆叩頭介,求情)(周白)也罷。看在衆將稱情,將他招回來。(魯白)謝都督。將黃蓋解下椿來。(黃上白)謝都督不斬之恩。(周白)非是本督不斬與你,看在衆將講情,死罪已免,活罪難饒。來,重責四十軍棍。(衆打介)(黃白)(二牢文手打)謝都督的責。(周白)本督打得你可公?(黃白)公。(周白)打得可是?(黃白)打得是。(周白)諒也不差。本督帳中有你不多,無你不少。來,將他叱出去。(黃回頭看介,白)哎呀。(闞澤扶黃下)(周作身假介,白)衆將官掩門。(下)

(魯白)咳,我又不服你了。(孔白)大夫怎麼又不服山人了?(魯白)先生,你到了東吳,乃是一客。都督怒打黃蓋,你連個人情也不講,是何道理?(孔白)吓,大夫,他一個願打,一個願挨,與我甚麼相干?(魯白)哎呀呀,"一個願打,一個願挨",我打你幾下,你疼不疼哪?(孔白)吓,都督用的苦肉之計,焉能瞞我?(魯白)哦,是計麼?(孔白)大夫吓。(唱)

周都督定下了苦肉之計,(魯白)收蔡中、蔡和呢?(孔唱)收蔡中與蔡和暗通消息。(魯白)怒責黃公覆?(孔唱)[1]

黃公覆受苦刑都是假意,進帳去且莫說我已早知。(魯白)哎呀呀。

（唱）這等的巧機關叫人難解，我實實服了他妙算神機。（笑介）哈哈哈。（下）（完）

校記

［1］（孔唱）：原本作"（孔白）"。今改。

盜　書

無名氏　撰

解　題

亂彈。又名《蔣幹中計》。《春台班戲目》《慶昇平班戲目》有著錄。劇述周瑜收到曹操差人所下書信，約其共滅劉備兄弟。周瑜嫉妒諸葛亮神機妙算，未卜先知，定計將諸葛亮聘請到東吳，意圖借機將其除去。適逢曹操謀士蔣幹過江勸降，周瑜將計就計，歌舞飲宴之餘，邀請蔣幹抵足共眠，故意任由蔣幹將僞造的蔡瑁、張允投降書信盜走。曹操一見假造書信，盛怒之下斬了蔡、張兩人。魏蜀吳三方鬥智鬥勇，中間穿插了諸葛亮草船借箭、周瑜與黃蓋合演苦肉計、周瑜打黃蓋、闞澤去曹營獻降書等情節。事見《三國演義》第四十五回"三江口曹操折兵，群英會蔣幹中計"。現存兩個清代版本：第一個版本收錄在《故宮珍本叢刊》的《亂彈單齣戲》中，題作"盜書全本"，未署作者，沒有標點。此本不分齣，分列《盜書》《借箭》《苦肉計打黃蓋》等小節，內容較完本《群英會》簡略，簡稱故宮珍本叢刊本。第二個版本收錄在清《車王府藏曲本》中，題作"盜書全串貫"，未署作者，沒有標點。此本僅錄《盜書》一節，情節、唱詞、賓白等與《故宮珍本叢刊》本基本一致，當爲同一版本來源，簡稱車王府藏曲本。今以《故宮珍本叢刊》本爲底本，參之以清《車王府藏曲本》，校勘整理，擇善而從。

盜　書

（四卒、四白文童、一中軍、四白大鎧同上，喝白）哦。（小生上）

【引】轅門設立三千將，統領貔貅百萬郞。

（衆白）哦。（小生《坐場詩》）少小英雄膽氣豪，黃公三略呂望韜。爲將欲圖名萬古，不惜陣前血染刀。（白）本帥姓周名瑜，字公瑾。只因南陽孔明詭計多端，本帥興兵有敗無勝。前日曹營差人前來下書，約同本帥共滅桃園。我想諸葛孔明慣能神機妙算，未卜先知，焉能得滅？因此定下一計，將孔明聘請到此，尋策將他除却，然後再滅桃園，易如反掌。且候探子報來，再作道理。

（報上，白）報啓元帥，將西蜀諸葛孔明請到。（小生白）命衆將三軍擺隊相迎。（衆應介）（吹大開門，排子）（孔明上）（同見介）（見禮介）（小生白）先生遠路風塵，本帥不知先生駕到，未曾遠迎，望乞恕罪。（孔白）豈敢。山人來得魯莽，望都督海涵。（小生白）豈敢。來。（卒白）有。（小生白）調桌擺宴，請先生後帳一敘。（同白）請。（同下）

（丑上，白）設定捉虎擒龍計，定叫他人無處逃。某蔣幹，奉丞相將令，到此暗探他人的消息。不免暫且等候，少時再作道理。（下）

（小生上，唱）

某有韜略腹内藏，就是諸葛也難防。三軍與我把銀燈掌，（卒上，執燈介，放桌上介）（小生接唱）修書大破漢劉王。（寫書介，唱）看過花箋紙一張，字字行行寫端詳。孔明中計被俺誆，定叫他人喪無常。漢室紛紛三雄掌，劉備獨自佔荆襄。共同計破桃園喪[1]，一統山河歸帝邦。寫畢書信忙封上，且等明日作商量。

（白）來。（卒白）有。（小生白）請蔣大夫。（卒應介，白）有請蔣大夫。（丑上，唱）

邁步撩衣進寶帳，見了都督問端詳。（白）都督在上，蔣某參見。（小生白）大夫免禮，請坐。（丑白）如此告坐。哈，都督喚蔣某，有何事議論？（小生白）只因孔明中計前來，待本帥明日在酒席筵前，自有駁治。（丑白）全仗都督威權，大展才能。（小生白）天色已晚，請大夫一同歸帳歇息。（丑白）從命。（同白）請。

（小生、丑同入帳，假睡介）（小生白）蔣大夫睡着了？（小生出帳看書介，又偷看介）（丑掀帳望看介，入帳假睡介）（小生入帳睡介）（丑白）周都督睡着了，周都督睡着了。（小生呼介）（丑白）哈哈哈。（出帳介，唱）

暗暗出離中軍帳，桌案一上看端詳。（白）哈，原來是一本兵書，待我看來。（丑翻書看介，白）第一策。（又翻書介，白）第二策。（又翻書介，白）第三策。（周掀帳看丑介）（丑白）哈。（周又掀帳看丑介）（丑笑介）哈哈哈。書中還有一封字柬，却是給與曹營的書信。且住，想我蔣幹奉令前來，探聽他人消息，幸巧得了這封書信，不免暗暗盜回營去，豈不是一件功勞？（袖書介,白)周都督睡着了。(周假呼介)(丑笑介)哈哈哈。(唱)這封書信真湊巧,老天助我成功勞。趁着都督他未曉,不辭而行奔途遥。(丑下介)(小生出帳看,笑介)哈哈哈。(唱)

書信算定蔣幹盜,怎知周某韜略高。將機就計放他走,再定連環破奸曹。(下)

完

(接《借箭》《苦肉計》《打黄蓋》)

校記

[1]共同計破桃園喪:"共",原本作"恭"。今改。

苦肉計　打黄蓋

(丑、末同上)(末白)風捲白旗江心水,(丑白)三千鐵甲擁車輪。黃將軍請。(末白)請。(同白)都督陞帳,在此伺候。(起吹介)(引小生上)(小生

【引】轅門鼓角聲高,兩旁列虎英豪。(歸坐介,住吹,小生白)本帥周瑜。孔明限三日交箭,我以軍令斬他。人來。(應介)(小生白)傳魯肅進帳。(應介,照前白)(外上,白)忙將奇異事,回覆智謀人。魯肅參。(小生白)大夫,孔明限三日交箭,可曾造起?(外白)孔明十萬狼牙箭,現在營門。末將特來交令。(小生白)大夫,孔明十萬狼牙箭,三日怎生造起?(外白)那孔明用戰船二十支,軍士二百名,青布帳幔塞草百擔[1],四更時候鳴鑼擂鼓叫喊,前至曹營取箭,特來交令。(小生白)孔明真乃神人也。有請。(外白)有請先生。(生上)

【引】狼牙已造就,盡在霧中收。(起吹,見介,住吹)(小生白)先生如此妙算,使人敬服。(生白)些須小事,何足道哉。(小生白)備有酒宴,與先生賀功。(生白)山人叨擾了。(小生白)看宴。(應介)(小生白)先生請。(生白)請。(起吹,歸坐介,住吹)(小生白)黄公覆聽令。(黄白)得令。(小生白)命你准備三月糧草[2],本帥即日破曹。(黄白)啓都督:慢說三月糧草,就是三年糧草,也不濟事。(小生白)依你怎麼樣?(黄白)依末將之見,到不如棄甲倒戈,北面降曹。(小生白)你等怎講?(黄白)北面降曹。(小生怒)唗,本帥曹兵未破,你敢違我軍令。人來。(衆應介)(小生白)推下斬首。(應介,推黄下)(丑白)候着。(應介)(丑白)啓都督:黄蓋冒犯軍令,理應取

斬,念他東吳老臣,正在用人之際,望都督將他饒恕。(小生白)你也敢慢我軍令?人來。(應介)(小生白)打出帳去。(衆應,打丑介,白)吥,出去。(推下,衆押下)

(外扯生介,生不理介)(衆將上,同外白)啓都督:念黃蓋東吳老臣,冒犯軍令,理該斬首,奈在用人之際,望都督饒恕。(小生白)你等敢是與黃蓋講情麽?(衆同白)前來乞恩。(小生白)看在衆將講情,將他饒恕。(外、衆白)謝過都督。下面聽者。(內應介)(外同白)將黃蓋解下椿來。(衆內應,押黃上,白)謝都督不斬之恩。(小生怒白)啊,雖不斬你[3],看在衆將講情,死罪以免,活罪難逃,差下重責八十軍棍。(外扯生介,生不理介,外急介)(衆應,打黃介)一軍報數,一十、二十、三十、四十。(外白)住着。啓都督:黃蓋年邁,難以受刑,望都督開恩。(小生白)下去。(外白)謝過都督。(小生白)將他放起。(衆應,扶黃起介)(黃白)謝過都督。(小生怒介,白)哇,雖不笞你,候本帥破曹回來,再取你的首級。你要打點,你要仔細。呀呀。(怒下)(衆扶黃下)

(外白)哎呀,先生,我實實服了你。(生白)大夫服我何來?(外白)你到東吳,乃是一客。都督怒責黃公覆,我扯你衣,叫你說個人情,你坐着昂然不動,一傍只是飲酒。(生白)啊,大夫,他一個願打,那一個願挨,與你我甚麽相干?(外白)哎哎,怎麽是一個願打,一個願挨?(生白)這是你都督用的苦肉計,何必又來瞞我。(外白)哦,是苦肉計。(生白)大夫吓。(唱)

周都督定下了苦肉之計,收蔡中與張郃暗通消息。黃公覆受苦刑都是假意,進帳去切不要說我先知。(下)(外白)哎哎哎。(唱)這等的巧機關叫人難解,我實實服了他妙算神機。(下)

(衆扶黃、付上)(黃唱)

周都督傳將令如同山倒,責打我四十棍罪不輕饒。實指望破曹兵立功報效,作一個奇男子青史名標。(付白)老將軍受屈了。(蓋白)有勞大夫掛心。(付白)老將軍敢則與都督有冤?(黃白)無冤。(付白)有仇?(黃白)無仇。(付白)既無冤仇,哦,敢則是苦肉計。(黃白)啊,大夫何以知之?(付白)下官見其動靜,早解一半。(黃白)大夫既知,不敢相瞞。俺黃蓋受吳侯三世大恩,未嘗報一,故而與都督定下此計,怎奈無人前去下詐降書。(付白)闞澤不才,願獻詐降之書。(黃白)大夫果有此心?(付白)實有此心。(黃白)好,請上,受我一禮。(黃唱)

闞大夫請在上受我一禮,受吳侯三世恩未曾報一。你此去獻降書非同

兒戲,到曹營切不可走漏消息。(付唱)

　　老將軍你既肯捨身報國,我闞澤縱一死何足爲惜[4]。我和你假降曹心無二意,管叫你成大功只在指日。(同下)

校記

[1] 青布帳幔塞草百擔:"擔",原本作"兩"。今依上文改。
[2] 命你准備三月糧草:"准",原本作"佳"。今改。
[3] 雖不斬你:"雖",原本作"誰"。今改。下同。
[4] 何足爲惜:"惜",原本作"司"。今改。

祭風臺

無名氏 撰

解題

楚曲,又名漢調。清無名氏撰。未見著錄。今見清漢口文陞堂刊印的《楚曲十種》,題"祭風臺"。全劇四卷二十八齣,寫三國時赤壁之戰故事,起至魯肅過江邀請諸葛亮至東吳聯合抗曹,詳叙舌戰群儒、群英會、蔣幹盜書、周瑜孔明對火字、草船借箭、周瑜打黃蓋、闞澤下書、龐統獻連環計、周瑜觀風得病、孔明祭東風、火燒戰船、趙雲取南郡、張飛取荆州、關羽華容釋曹、負荆請罪、奪取襄陽,最後劉備設宴慶功。事見《三國演義》第四十三回"諸葛亮舌戰群儒,魯子敬力排衆議"至第五十回"諸葛亮智算華容,關雲長義釋曹操"及明傳奇《草廬記》。版本今存清漢口文陞堂刊印的《楚曲十種》(今存五種)本、《續修四庫全書》據文陞堂刊印的《祭風臺》影印本,另有孟繁樹、周傳家編校的《明清戲曲珍本輯選》排印本,該本以文陞堂本排印,對其中錯訛文字,作了一些校正,但未出校記。今依《續修四庫全書》影印的《祭風臺》爲底本,參考《明清戲曲珍本輯選》排印本(簡稱排印本)進行點校整理。

小引

英雄所爭者才智。曹兵大至,周郎猶有戒心,自孔明視之蔑如也,二人之高下見矣。然則赤壁之功,實孔明祭風之力,佔得荆襄諸郡,不爲過分。嗚呼!周郎亦才智兼擅之人,但爲卧龍所壓,生瑜生亮之嘆,英風固凜凜千古也。

報場

(末上,白)漢室英賢,孔明過江激孫權。周公瑾鄱湖水戰,諸葛亮舌戰群賢。蔣幹過江中計,曹操自殺水軍,孔明曹營借箭,徐庶兵逃潼關。黃蓋苦肉把糧送,龐統巧計獻連環。祭風臺告星禳斗,華容道釋放曹瞞。孔明一氣周公瑾,保劉備駕坐荊裏。來者劉玄德!(下)

登　場

(末上)

【引】漢室宗裔,炎凉託天庇,汪洋如濟,泰山稱眉。鷗鵬翅,欲整皇圖業基。

(白)涿郡生英俊,超然自不群。創業心猶重,敬賢自殷勤。孤窮劉備,字玄德,乃大樹樓桑人氏。只因當初兵敗汝南,投奔劉表,不幸景升晏駕。弱子劉琮,聽母之言,將荊襄九郡獻與曹操,使孤窮棄新野、走樊城、敗當陽、奔夏口,無有容身之地,只得退歸江夏容身。正是:發芽伏爪潛海底,等待春風起卧龍。(丑上,白)曉日貔貅帳,春風虎豹營。啟主公!東吳魯肅過江。(末白)站過!(丑白)是。(末白)吓!我想魯肅與孤素無相識,今日過江,未知何事?來有。(末白)請上先生!(丑白)有請先生!(生上,白)談天論地古今無,人稱南陽美丈夫。山人參駕!(末白)先生少禮,請坐!(生白)告坐!主公,喚山人進帳,有何軍情?(末白)東吳魯肅過江,所爲何事?(生白)啟主公!那曹操統領八十三萬人馬,兵抵赤壁,欲奪江南。他差人前來探聽虛實。只是此番來得正合吾意。(末白)怎見得?(生白)待山人憑三寸不爛之舌,去往東吳,激動孫權,與曹操南北相爭[2],待山人於中取事,佔得漢室諸土,以爲久遠之計。(末白)如此却好。來!(丑白)有。(末白)有請魯大夫!(丑白)大夫有請!(外上,白)荊州少時坐,江上一帆風。(【吹打】,見禮)(生白)大夫請!(外白)先生請!皇叔台坐,待魯肅參拜!(末白)大夫過江,乃是貴客,須行常禮!(外白)遵命!(生白)看坐!(外白)皇叔在此,魯肅焉敢望坐?(末白)那有不坐之理?(外白)告坐。先生請!(生白)請!(外白)久仰皇叔,無緣拜識,今日一見,三生有幸!(末白)大夫駕臨,蓬蓽生光,實辱高名[3]。(外白)豈敢!久聞先生才高北斗,如皓月當空,今日一見,話不虛傳。(生白)才疏學少,有辱明問。(外白)豈敢!請問皇叔,小末過江,特來領教,不知皇叔與曹操爭戰,勝負如何?(末白)備兵微將寡,聞曹兵一到,喪膽失魄,一時奔走不迭,虛實不知,此事要知細述,須問先生。(外白)吓!先生!小末特領今日之教,曹操虛實如何?(生白)大夫,那曹操虛實,山人盡知。只是寡不能敵衆,只得耐守,以待天時。(外白)先生!想我東吳,兵精糧足,先生何不同小末過江,見了吳侯,協力破曹?(生白)我主與你主素不相識,又恐枉費唇舌耳。(外白)先生!令兄現在我國參謀,就此一同前往。(末白)先生乃我國軍師,豈可遠離?(生白)主公,事既至此,山人只得前去走走。(末白)先生既要前去,須要早去早回。(生白)山人知道!

(末唱)孤與你朝夕間不離左右,到東吳必須要及早回朝。曹孟德兵紮在三江夏口,兵又多將又廣孤實耽憂。

(外唱[4])孫仲謀平日裏待人寬厚,敬賢才禮下士最有所求。況東吳文武輩兵精糧足,管教你報昔日當陽之仇。(下)

(生唱)我君臣敗當陽計窮夏口,天賜我魯子敬湊我機謀。此一番倘若得大功成就,那時節保主公駕坐荆州。(白)山人去也。(下)

(末唱)恨曹瞞逼孤窮正常束手,天賜我諸葛亮恢復漢冑[5]。(下)

校記

[1]未知何事?來:此句排印本作"未知何事來?",非是。
[2]與曹操南北相争:"争"字,原本殘,排印本已補。今從。
[3]實辱高名:"辱",原本作"原",今從排印本改。
[4]外唱:"外"字,原本誤作"生",排印本未改,今改。
[5]恢復漢冑:"冑"字,原本殘,排印本作"□",今補。

二場　回　朝

(八手下、中軍、正旦上)

【引】六輔三略定江山,要把中原一掃平。

(白)鐵甲將軍賽虎威,執掌元戎習水軍。掃盡中原稱上國,方顯英雄志量深。本帥周瑜,字公瑾,乃懷寧人氏,在吳侯駕下爲臣,官拜水軍都督之職。奉了吳侯旨諭,鄱湖操練人馬。今有曹操統領八十三萬人馬,兵抵赤壁,大下江南。吳侯有旨,宣本帥回朝,定計破曹。中軍!(介白)有!(正旦白)吩咐班師回朝!(介白[1])班師回朝!(八風)(下)

校記

[1]介白:"介"字,原本誤作"允",排印本未改,今改。

三　場　舌　戰

（末、副、丑、小生同上）（末白）談天論地口舌開，（副白）珠璣錦繡絕塵埃。（丑白）安邦全憑文章貴，（小生白）治國還要棟梁才。（末白）老夫姓張，名昭，字子布。（副白）下官姓呂，名範，字仲祥。（丑白）下官姓薛，名琮，字敬文。（小生白）下官姓陸，名績，字公範。（末白）列位請！（衆白）請！（末白）你我奉了主公之命，與諸葛對答。聞孔明飄飄然有出世之才，昂昂然有凌雲之志，你我對答，須要准備，不枉東吳俊傑。（衆白）言之有理。（外上，白）未謁東吳英俊主，（生上，白）先來蓬下會群英。（吹打）（衆白）來者莫非孔明先生？（生白）然也。（衆白）先生是客，請上坐！（生白）有佔了。（坐介）（衆白）我等未知先生駕到，未得遠迎，多多有罪。（生白）山人來得衝撞，望列位海涵。（衆白）豈敢！（末白）久聞先生隱居隆中，每比管樂，此語果否？（生白）此乃山人平日樂敬之處，何足道哉！（末白）昭聞管仲相桓公，一匡天下。樂毅扶危燕，下齊城七十二座。皇叔未得先生之時，倒有荊襄之分，今得先生，荊襄一旦歸於曹操，是何理也？（生白）吾主不忍奪同宗基業，那弱子劉琮聽母之言，將荊襄九郡獻與曹操。我君臣苦守夏口，自有良謀，非等閑可知也。

（唱）荊襄王晏了駕兵權歸蔡，那劉琮他本是弱子嬰孩。恨蔡瑁和張允把國盜賣[1]，我要取那荊襄有何難哉？

（副白）先生！古者言之不出，耻躬之不逮也。當初皇叔未得先生，橫行天下，霸佔四海；今既得先生，反棄新野、走樊城、敗當陽、奔夏口，不如當初，是何故也？（生白）豈不聞勝負乃軍較常事？勿以勝敗而論英雄。當初項羽百戰百勝，一敗而失；吾王高祖百戰百敗，一勝而得天下。出此狂言，真乃無知之輩也。

（唱）吾高祖在咸陽百戰百敗[2]，九里山十埋伏大顯英才。大丈夫失堤防何爲犯礙，你本是無知輩勿把口開。

（丑白）[3]先生！那曹操統領八十三萬人馬，兵抵赤壁，戰將謀士無數，先生何以敵之？（生白）那曹操雖有百萬之衆，乃是劉表烏合之兵；又得袁紹沃野之衆，吾何懼哉[4]？（丑白）皇叔棄新野、走樊城、敗當陽、奔夏口，無容身之地，兼有燃眉之急，求救於人，反言不懼，真個是掩耳盜鈴也。（生白）吓！足下何出此言？想吾主論兵不滿數千，論將不過關、張、趙雲等，況且苦守夏口，以待天時。想你東吳兵精糧足，又有長江之險，你等反勸主公北面降曹,苟圖富貴,屈膝於人,你真乃無恥之徒也!

(唱)你東吳長江險兵精糧足,我君臣守夏口以待時來。誰叫你勸主公向人下拜,你本是無恥徒怎對高才?

(小生白)先生!那曹兵百萬,戰將千員,皇叔雖是皇親,無蹤查察,終是織席販履之人,豈能與曹操爭衡乎?(生白)吓!足下可是懷桔之陸郎乎?(小生白)然也。(生白)久聞足下乃是大孝之人,今日出此不利之言。吾主乃中山靖王之後,漢景帝閣下玄孫,荊州劉表之堂弟,當今獻帝之皇叔,何言無蹤查察?那曹操名為漢相,實為漢賊。亂臣賊子,人人得而誅之。足下出此不義之言,真乃無父無君之人也!

(唱)吾主公他本是漢室後代,獻帝爺宗譜上龍目查來。曹孟德臭名兒留傳萬代,大丈夫好和歹聽天安排。

(外白)諸公!先生到此,乃是客位,你我用唇口相難,非為敬客之禮。待先生見了主公,自有定奪。(眾白)言之有理,一同轉過朝房。(吹打)(眾白)適纔有言得罪,休得見怪!(生白)豈敢!(眾白)請!(外白)先生見了吳侯,且不可言曹操兵多將廣。(生白)山人緊記,咳咳!(同下)

校記

[1] 張允:"允",原本作"元",排印本改。今從。
[2] 吾高祖在咸陽百戰百敗:"咸",原本作"沿",今改。
[3] 丑白:"丑",原本不清,排印本漏。今補。
[4] 吾何懼哉:"懼",原本作"慎",排印本改。今從。

四場　計　議

(四監、淨上)

【引】雄踞四方起戰爭,論英雄誰個比能!

(白)碧眼紫鬚貌魁梧,獨霸江東立帝都。掃盡中原稱上國,方是人中大丈夫。孤姓孫,名權,字仲謀。承父兄基業,霸佔江東九郡八十一州。可恨曹操統領八十三萬人馬,兵抵赤壁,欲奪江南。我國文官要降,武將怕戰,孤窮意尚未為也。曾命魯肅過江探聽虛實,未見交旨。(外上,白)探聽江夏事,回覆吳侯知。

臣魯肅見駕,願主公千歲!(淨白)平身。(外白)千千歲!(淨白)命你探聽江夏虛實如何？（外白）臣往江夏探聽，訪得一人，足智多謀，帶來見主公。（淨白）他是何人？（外白）乃我國諸葛瑾之弟諸葛亮也。（淨白）敢是臥龍先生嗎？（外白）正是。（淨白）有請相見！（外白）先生有請！（生上）

（白）全憑三寸不爛舌[1]，打動圖王霸業人。山人參駕！（淨白）先生少禮，看坐！（生白）有坐。（淨白）子敬誇先生之才，今日一見，話不虛傳。（生白）無學少才，敢當虛名？（淨白）聞先生扶佐劉皇叔，與曹操爭戰，勝負如何？（生白）吾主身居新野小縣，兵微將寡，只得苦守，豈與曹操爭戰乎？（淨白）那曹操兵有幾何，將有誰能？（生白）能征慣戰之將，何止數萬[2]？足智多謀之士，車載斗量。（淨白）可有下江南之意乎？（生白）那曹操沿江安排戰船，不取江南，而取何處？（淨白）我國文官要降，武官怕戰，孤心意未決，先生有何良策？（生白）想東吳兵精糧足，又有長江之險，吳侯若選良將挂帥，破曹有何難哉？（淨白）孤也曾命人前去鄱湖，宣周瑜回朝，計議破曹。煩先生助孤一臂之力。（生白）山人願爲參謀效用。（淨白）先生真乃金石之言，請至迎賓館，子敬奉陪。（外白）領旨。（生白）獨自一身到虎穴，志高那怕入龍潭？（下）（內白）周瑜要見！（外白）候着！啓主公，周瑜回朝。（淨白）宣見！（外白）領旨！主公有旨，宣都督上殿！（正旦上，白）領旨！胸中參透三分策[3]，要與曹操定雌雄。臣周瑜見駕！願主公千歲！（淨白）平身！（正旦白）千千歲！（淨白）賜坐！（正旦白）謝坐！啓主公，那曹操統領八十三萬人馬，兵抵赤壁，大下江南，主公計將安出？（淨白）我國文官要降，武將怕戰，故耳宣都督回朝，一同計議。（正旦白）啓主公，若用良將挂帥，曹必破矣！（淨白）卿家奏之有理，就命都督挂帥，統領傾國人馬破曹。（正旦白）臣不敢獨立此事。（眾白）哦！都督爲何推本？（正旦白）內有一事不明，臣不敢領任。（淨白）何事不明？奏與孤知。（正旦白）容奏！

（唱）臣領命破曹瞞不分晝夜，恐主公聽文武意欲未決。怕的是衆謀臣降文早寫，那時節小微臣枉費周折。漫說是曹孟德烏合沃野，就是那天兵到有何懼怯？

（淨唱）聽卿言不由孤滿心歡悅，周都督果算得蓋世豪傑。孤與那曹孟德老不休歇，金殿上孤賜你黃金斧鉞。

（白）孤心已定，不必再奏。加陞卿家都督大元帥之職，賜尚方寶劍一口。文武不服，先斬後奏。（正旦白）領旨！（淨白）賜卿三尺**無情鐵**，營中賞罰須要決[4]。（下）（正旦白）蒼天湊我三分力，心生妙計將曹滅。子敬，孔明現在何處？（生白）現在館馹。（正旦白）他可曉得些甚麽？（外白）他知我主內懷心憂,外意未決。(正旦白)吓!孔明能知我主心事,必定比我高三分。此人若不早除,必是東吳之後患。(外白)都督,曹兵未破,先斬賢士,恐人談論。(正旦白)大夫,不要你管,自有妙計殺他。此時若不除後患,日後方知悔是遲。(下)(外白)周郎無知鬥閑氣,只恐諸葛早先知。(下)

校記

[1]憑三寸不爛舌:"憑",原本作"溥",排印本改。今從。
[2]何止數萬:"止",原本誤作"正",排印本改。今從。
[3]透三分策:"透",原本作"逗",排印本改,今從。
[4]營中賞罰須要決:"賞",原本作"官",排印本改。今從。

五場 改 陣

(雜上,白)三尺龍泉蛇上斑,平生志氣斬樓蘭[1]。(丑上)(白)百萬雄兵干戈起,看看指日定江南。(雜白)下官姓張名遼,字文遠。(丑白)下官姓蔣名干,字子翼[2]。(雜白)請!(丑白)請!(同白)丞相陞帳,在此伺候。(四手下,淨上)

【引】志氣如天高,水動旌旗搖。丹書鐵券擁旌旄,指日東吳平掃。

(白)蓋世乾坤易破,一心想佔山河。斬殺不由獻帝,兵權俱在掌握。老夫姓曹,名操,字孟德,乃沛國譙郡人氏[3],在漢王駕下為臣。幼年不第,官居驍騎,誅董卓,滅呂布,東征劉表,北剿二袁,要稱漢室丞相,詐言天子之命,統領八十三萬人馬,大下江南。可恨劉備結連孫權,戰又不戰,降又不降,其情可惱。(雜、丑同白)丞相息怒,待等文聘回朝,便知分曉。(淨白)二公言之有理。傳水軍頭目進帳!(丑白)得令!丞相有令,傳水軍頭目進帳!(生上,白)來了!青龍擺尾橫江勢,(副上,白)白虎搖頭竟有威。(生白)俺蔡瑁!(副白)俺張允!(生白)丞相呼喚,須速進帳!丞相在上,末將參!(淨白)免!你二人,誰在左誰在右?(生白)蔡瑁在左。(副白)張允在右。(淨白)將左邊陣勢講來!(生白)容稟:奉了丞相將令[4],安排戰船已齊。火炮連天四起,亞賽當空霹靂[5]。烏鴉不敢望空飛,敵人一見心膽碎,□□擺尾即如飛。擺下青龍陣勢。(淨白)唔!那青龍行走,降耳穿腮,焉能取勝?聽老夫改過。【風入松】(生白)得令!(淨白)唔,將右邊陣勢講來!(副白)容稟:奉命擺下陣勢,安排首尾高低。迎鋒對壘急如飛,四邊盡插紅旗。金鑼二面作陣眼,旌旗猶如翅飛。長槍幾根當鬍鬚,擺下白虎陣勢。(净白)唔!那白虎乃戰中之王,虎落平陽而受欺[6],焉能成功?聽老夫改過!(【風入松】)(副白)得令!(生白)張兄,丞相不識水性,你我如何調度?(副白)且自由他。(生白)正是,站在矮檐下,(下)(副白)怎敢不低頭?(下)

(夫上,白)去是雕翎箭[7],回來抹地風。丞相在上,文聘交令!(净白)打聽江東降意如何?(夫白)丞相容稟:奉了丞相將令,飛船急奔江東。孫權聞聽心動,只慮城內虛空。文官降文早寫,武將俱要爭功,降文早寫意皆同,內有周瑜不從。(净白)哦!周瑜小兒十分可惡!來!(夫白)有!(净白)傳令八十三萬人馬,殺往江東,雞犬不留。(夫白)得令!(丑白)住著!(夫白)哦!(丑白)啓丞相!那周瑜與我同鄉,同學攻書,相交甚厚,待末將前去,憑三寸不爛之舌頭,說周瑜來降,江東豈不垂手而得?(净白)你與周郎相交甚厚,此去一定成功。但不知你要多少人馬?(丑白)只用一童跟隨,餘不用。(净白)好吓!後帳設宴,與先生餞行[8]。(丑白)多謝丞相!(净白)掩門!(吹打,同下)

校記

[1] 平生志氣斬樓蘭:"樓蘭",原本作"蘆藍",排印本未改,今依文意改。

[2] 字子翼:"翼",原本作"異",排印本未改,今依《三國演義》和後文改。

[3] 乃沛國譙郡人氏:"沛",原本作"浦",排印本未改,今改。

[4] 奉了丞相將令:"令",原本作"今",排印本改。今從。

[5] 亞賽當空霹靂:"亞",原本作"壓"。排印本改。今從。下同。

[6] 虎落平陽而受欺:"虎",原本作"笆",排印本未改。今依文意改。

[7] 去是雕翎箭:"雕翎",原本作"調凌",排印本改。今從。

[8] 與先生餞行:"餞",原本誤作"薦"。排印本已改。今從。

六場　借刀計

(末上,白)數十年前擺戰場,曾驅虎豹遇群羊。自恨光陰催人老,不覺兩鬢白如霜。俺黃蓋,字公覆。都督陞帳,在此伺候。(外上,白)東吳大將是甘寧[1],一人能掌百萬兵。任他四處干戈起,迎鋒對壘把功爭。俺甘寧,字興霸。都督陞帳,在此伺候。(四手下、正旦上)(【點絳唇】)(正旦白)本督周瑜,奉命破曹,今日陞帳理事。來!(手下白)有!(正旦白)傳魯大夫進帳！（手下白）都督有令，傳魯大夫進帳！（外上，白）都督在上，魯肅參見！（正旦白）免！有請孔明先生！（外白）先生有請！

（生上）（吹打，見禮，坐介）（正旦白）不知先生駕到，有失迎候，多有得罪！（生白）言重！山人輕造寶帳，望乞海涵。（正旦白）豈敢！動問先生熟知地理，意欲相煩先生，帶領五百人馬，前去烏巢劫掠糧草，不知先生可肯去否？（生白）兩國相爭，各爲其主，山人願往。（正旦白）如此請令！（生白）得令！明知周郎借刀計，佯裝假做不知情。（下）（外白）吓！都督命孔明前去，是何理也？（正旦白）大夫，我若殺他，恐人耻笑，故借曹兵殺之，以免後慮。你可到館馹，聽他説些甚麼。速報吾知。（外白）得令！（下）（正旦白）孔明此去，必中我之計也。

（唱）諸葛亮此一去性命難保，這是我暗殺他何用鋼刀？（外上，唱）

諸葛亮出大言將人譏笑，進帳内與都督細説根苗。

（白）魯肅交令！（正旦白）那孔明説些甚麼？（外白）他説陸戰、馬戰、步戰各練其精，怎比都督只習一戰？（正旦白）哦！他説我不能陸戰，就不用他前去，將令趕轉！（外白）得令！（下）（正旦白）諸葛亮吓孔明，我不殺你，誓不爲人也[2]！

（唱）我只説借刀計將他瞞過，故命他去烏巢横把糧奪。又誰知出大言譏笑於我，必須要用妙計將他害却。

（外上，白）孔明趕轉！（正旦白）大夫，你可知曹營水軍頭目是誰？（外白）是這個……乃是荆州降將蔡瑁、張允，二賊作惡。（正旦白）吓！我想此二賊慣習水戰，難敵難破。他二人都立水寨，叫本督何日成功也？（唱）

此二賊習水戰難敵難破，恨蔡瑁和張允逞強作惡[3]。把荆州獻曹操是他之過，除非是殺二賊方息干戈。

（末上，白）啓都督，曹營蔣幹過江。（正旦白）下去！（末白）是！（下）（正旦笑介）哈哈哈！（外白）都督爲何發笑？（正旦白）蔣幹過江，必定爲曹營作説客，待本督略施小計，叫曹操自殺水軍。（寫介，封書）（正旦白）大夫聽令！（外白）何令？（正旦白）將此書放在後帳，有請蔣先生！（外白）得令！有請蔣先生！（下）【吹打】，丑上，見禮介）（正旦白）仁兄請！（丑白）賢弟請！（正旦白）不知仁兄駕到，有失遠迎，休怪！（丑白）好説，輕造寶帳，望乞海涵。（正旦白）豈敢！仁兄駕到，敢莫是與曹操作説客乎？（丑白）久别足下，特來問候。（正旦白）我雖不及師曠之聰，亦聞弦歌之雅韻[4]。（丑白）足下待故人，如此見疑，告辭！（正旦白）慢著！我乃是戲言。備有酒宴，與仁兄一敘！（丑白）又來叨擾了。（正旦白）見過！（笛子，安席介，正旦白）傳衆將進帳！（手下白）傳衆將進帳！（末、淨、雜、外同上）末將參！

（正旦白）看酒！見過了蔣先生！（衆白）蔣先生！我等有禮！（丑白）列位將軍少禮，請坐！（衆白）都督無令，不敢奉陪。（正旦白）列位將軍！蔣先生與本督同鄉故里，共學攻書，亦非是與曹操作說客而來，你等勿疑！坐下！（衆白）告坐！（正旦白）太史慈聽令！（淨白）何令？（正旦白）本督今日與故人相逢，此宴名曰群英宴，賜你寶劍一口，坐於首席筵前，有人提起孫曹一事者，命你斬首！（淨白）得令！（正旦白）仁兄請！（丑白）請！【山花子】（正旦白）仁兄，你看兩傍衆將，如狼似虎，後營糧草，塔積如山，數日之內，曹必破矣！（丑白）賢弟大才，必有大用，告便！（正旦白）請！（丑白）列位將軍！請！（衆白）請！（丑白）咳！我好悔也。（唱）

悔不該在曹營誇口太過，實指望過江來將他說合。

（淨白）唔咳！（丑唱）

太史慈執寶劍一旁怒坐，若提起孫曹事便把頭割。

（白）咳咳咳！（正旦白）仁兄可還飲酒？（丑白）酒已厚了。（正旦白）久不曾與仁兄同宿，今晚抵足而眠，來！（手下白）有！（正旦白）摻扶蔣先生後帳歇息。（手下白）哦！（扶丑下）（正旦白）魯肅聽令！（外白）何令？（正旦白）蔣幹逃走，不必攔阻。（外白）得令！（下）（正旦白）黃公覆聽令！（末白）何令？（正旦白）三更時分來報。（末白）報甚麼？（正旦白）附耳上來！如此如此，怎般怎般！（末白）是。（下）（淨白）交令！（下）（正旦白）掩門！【吹打】，同下）

校記

[1] 東吳大將是甘寧："吳"，原本作"門"，排印本未改。今改。
[2] 誓不爲人也："誓"，原本作"世"。排印本已改。今從。
[3] 恨蔡瑁和張允逞強作惡："作惡"，原本作"要作"，今從排印本改。
[4] 亦聞弦歌之雅韻："韻"，原本不清，排印本改作"龍"，非是。今依文意和原本字迹作"韻"。

七場　夜　逃

（笛子吹，手下扶丑上，桌上睡介，正旦上）（初更介）（白）仁兄！仁兄！

子翼！子翼！吓,他竟自睡着了。(唱)

我有意防害他營門不鎖,轉眼看蔣子翼早已睡着。假意兒伴裝醉和衣而臥,朦朧眼且看他行事如何?

(睡介,二更,丑白)賢弟！公瑾！他竟自睡着了！咳！想我蔣幹,身入虎穴龍潭,怎得脫身回去吓?(唱)

離曹營到東吳身耽禍福,坐不寧睡不安兩眼不合。只說是念故交相待與我,又誰知掌兵權亞賽閻羅。

(白)左右睡不着,你看桌上現有兵書,待我看來。吾咳呀！原來是一封小束,取出看看！(住口介)賢弟,賢弟,公瑾！且喜睡着了。待我仔細看來！"蔡瑁、張允書拜周都督麾下:我等降曹,實非本意,以待北軍,困入水寨。倘得其便,七日之內,必取曹操首級,前來獻上,又勿見疑。"哎呀,曹丞相！若不是我蔣幹過江,你命必喪二賊之手了。(唱)

曹丞相若不是洪福大安然穩坐,他怎知蔡瑁、張允二賊內應外合?不是我過江來機關識破,七日內取首級休想命活。

(白)且住！我不免將書信帶回曹營,獻與丞相觀看,豈不是我一場大大功勞?咳咳咳！(正旦作伴)有,仁兄,你看我數日之內,必取曹操首級。(丑白)你是怎樣取法?(正旦白)仁兄不要你管,我自我取法。(三更,末上)(白)

轅門鼓角三更靜,夜宿貔貅百萬兵。都督醒來,蔡瑁、張允着人前來,說只在三日之內取曹操首級前來投降[1]。(正旦白)本督知道了。不要驚醒了蔣先生,下去！(末白)是！(下)(四更,丑白)吓,譙樓鼓打四更[2],倘若天明走漏消息,不當穩當,就此逃過去。(唱)倘若是到天明豈肯容我?恨不得插翅兒飛過江河。(下)(外上,白)哎,都督醒來！(正旦白)所報何事?(外白)蔣幹逃走！(正旦白)蔣幹此去,必中我之計也。(唱)

曹孟德中我之計,也是他千差萬錯,(天明五鼓)(外唱)

周都督胸腹中果有才學。(正旦唱)

這條計天下人被我瞞過,(笑介)哈哈哈！(外唱)

怕只怕瞞不得南陽諸葛。(下)

校記

[1] 說只在三日之內取曹操首級前來投降:原本"只在三日之內取曹操"九字,已被後人用墨筆改作"不要五日,只要三日將曹操"。排印本不取。

今從。

[2] 譙樓鼓打四更："譙",原本作"瞧"。排印本改作"醮",非是。今改。

八場 中 計

（二手下、淨上，唱）

每日裏飲瓊漿醺醺大醉，我心中想不出一條計策。自造過銅雀臺缺少二美,掃東吳怎奈是天機不隨？

（丑上,白）子翼參！（淨白）回來了？（丑白）回來了！（淨白）周郎降意如何？（丑白）周郎執意不降。末將探得一椿機密大事。（淨白）甚麼大事？（丑白）這個……耳目甚衆。（淨白）退下！（手下白）哦！（丑白）拾得小束一封,請丞相觀看！（淨白）呈上來！【風入松】吓！這還了得！傳衆將進營！（丑白）傳衆將進營！（手下,刀斧手同上）（淨白）傳水軍頭目進營！（生、副同上,白）丞相在上,水軍頭目參！（淨白）老夫即日進兵,你等水軍可曾練熟？（生、副同白）啓丞相,水軍未曾練熟,不可進兵。（淨白）住了！等你水軍練熟,老夫人頭送與他人之手！來！（刀斧手白）有！（淨白）推去斬了！（推生、副下,殺介）（淨白）住著！又恐周郎小兒鬼計,只怕斬不得！來！（手下白）有！（淨白）解下椿來！（刀斧手提頭上,白）斬訖了。（淨白）哎,哈哈哈！（唱）

誤中了周公瑾借刀之計,斬蔡瑁和張允悔之不及。

（白）來！（丑白）有！（淨白）傳令下去！水軍頭目付與毛玠、于禁掌管。（丑白）下面聽著！水軍頭目付與毛玠、于禁掌管。（淨白）傳蔡中、蔡和進帳！（丑白）傳蔡中、蔡和進帳。（小旦、占同上）（白）來也！（小旦白）會使長槍戰,（占白）善開寶雕弓。（同白）蔡中、蔡和參見丞相！（淨白）老夫適纔不明,誤斬你兄。你二人可有怨言？（同白）豈敢埋怨丞相？（淨白）好吓！老夫要用二位前往東吳詐降,暗通消息,恐你二人心有二意！（同白）我等家眷俱在荆州,豈有二意？（淨白）好吓！事成之日,另有爵賞,速去！（同白）得令！（小旦白）扶助曹丞相,（下）（占白）一心滅東吳。（下）（丑白）丞相！這場大大功勞,多虧了我蔣幹吓！（淨白）呀呸！（唱）

書呆子誤斬我兩員上將,去了我左右手反助周郎。（下）（丑白）哎？（唱）

這一椿大功勞不加昇賞,爲甚麼當衆將罵我一場？（下）

九場 二 用 借 刀

（二手下、正旦上，唱）

爲江山激得我心中繚亂，爲社稷晝夜裏坐卧不安。

（外上，唱）

曹孟德果殺了蔡瑁張允，進帳去與都督細説分明。

（正旦白）大夫進帳何事？（外白）適纔小軍報導，曹操殺了蔡瑁、張允，水軍頭目换了毛玠、于禁掌管。（正旦白）此計孔明可知否？（外白）這都是都督定下之計，他怎麽知道？（正旦白）本督諒他不知[1]，有請！（外白）有請孔明先生！（生上，唱）

昨夜晚觀天象早已算定，曹孟德中巧計自殺水軍。

（白）恭喜都督！賀喜都督！（正旦白）曹兵未破，喜從何來？（生白）那曹操殺了蔡瑁、張允，水軍頭目换了毛玠、于禁，那些水軍性命，一旦喪於二人之手，豈不是一喜？（正旦白）先生，我觀曹營戰船，十分齊整，意欲一計，不知可能成功？（生白）不要説破，各寫一字，看對與不對？（手上寫介）（生白）大夫請看！（外白）吓！二人手上俱是"火"字！（正旦白）先生所見，與本督相同。但不知水面交鋒，何物爲先？（生白）弓箭當先。（正旦白）營中缺雕翎，意欲相煩先生，造取十萬狼牙箭，不知可允否？（生白）都督委用，敢不效勞。但不知限多少日期？（正旦白）一月方可。（生白）多了。（正旦白）半月？（生白）曹操殺來豈不誤了大事！（正旦白）十日之内？（外白）吓！都督少了。（正旦白）你曉得甚麽？先生自許日期罷。（生白）三日交箭。（正旦白）三日無箭？（生白）以軍令行事！（正旦白）先生，又道軍中無戲言？（生白）立下軍令狀！（正旦白）請！【風入松】（生白）大夫收下了，三日内，命水軍江邊搬箭。山人告辭！（正旦白）奉送先生！（生白）曹營借雕翎，盡在霧中尋。（下）（外白）吓！都督，孔明限三日交箭，莫非有詐？（正旦白）大夫！你可吩咐匠工人等，故意遲延，我以軍令斬盡下了！（外白）得令！（末上白）候着！啓都督，蔡中、蔡和轅門投降！（正旦白）傳他進來！（末白）傳二位將軍進帳！（小旦、占同上，白）來了！都督在上，末將參！（正旦白）你二人既已降曹，爲何又降東吳？（同白）曹操無故殺我兄長，今投帳下，殺賊報仇。（正旦白）二位去暗投明，可稱豪傑。來！（末白）有！（正旦白）傳甘寧進帳！（末白）傳甘寧進帳！（雜上，白）東吳甘寧將，威風誰敢當？都督有何差遣？（正旦白）你可把二位將軍收在帳下，本督日後自有大用。（雜白）得令！二位將軍隨我來！（下）（外白）吓！他二人乃是詐降，不可收留！（正旦白）你曉得甚麼？還不下去！（外白）是！分明道破平川路，反把忠言當惡言。（下）（正旦白）黃將軍，你可知他二人降意嗎？（末白）依末將之見，乃是詐降。（正旦白）怎見得？（末白）不帶家眷，豈不是詐降？（正旦白）是吓！曹操就有人詐降，我東吳就無人詐降曹操！（末白）黃蓋不才，願獻詐降之計。（正旦白）老將軍願去，只是要用苦刑。若不用些苦刑，那曹操焉得肯信？（末白）俺黃蓋受吳侯三世大恩，未嘗報一。漫說身受苦刑，就是粉身碎骨，也願前往。（正旦白）老將軍果有此心？（末白）果有此心！（正旦白）實有此意？（末白）實有此意！（正旦白）好！請上受本督一禮！（唱）

　　苦肉計瞞衆將全要你忍，怕只怕年高邁難以受刑。（末唱）

　　周都督休得要下禮謙遜，俺黃蓋受吳侯三世大恩。我雖然年高邁忠心還在，做一個奇男子去破曹兵。（下）（正旦唱）

　　好一個黃公覆忠心耿耿，我諒他此一去大功必成！（下）

校記

[1] 本督諒他不知："督"，原本作"帥"，後人在前面用墨筆改作督，而此處未改。排印本改。今從。下同。

十場　裝獃獻計

（生上，唱）

　　周公瑾命魯肅行監坐守，好叫我背地裏冷笑不休。他那裏要殺我不能得夠，一椿椿一件件在我心頭。（正上，唱）

　　限三日去交箭不多時候，爲甚麼在一旁不睬不瞅？

　　（生白）大夫，甚麼事吓？（外唱）

　　昨日裏在帳中誇下海口，這件事好叫我替你耽憂。

　　（生白）大夫甚麼事替我耽憂？（外白）哎哎哎，你昨日在帳中與都督立下軍令狀，限三日交箭。昨日過了一天，今朝又是一天，只有明日一天，鋼箭全無半枝，你還在一旁不瞅不睬。（生白）吓，大夫，昨日？（外白）昨日！（生白）今朝？（外白）今朝！（生白）明天？（外白）明天！吓！（生白）哎吓，大夫要來救我一救吓！（外白）你要我救你，也罷！你可駕一小舟，逃回江夏去吧！（生白）吓！大夫,此番回去,怎麽見得我的主公吓？走不得的！（外白）不如投江死了吧,倒還得了全屍。（生白）大夫！此言差矣！螻蟻尚且貪生,爲人豈不惜命？死也死不得吓！（外白）叫你走你又不肯去,叫你死你又不肯行,好叫我爲難吓！（生白）哎,大夫吓！（唱）

　　哎！大夫平日裏待人寬厚,你原説保我來身無禍憂。周都督要殺我你不搭救,看起來算不得甚麼朋友。

　　（外白）哎！（唱）

　　這椿事都是你自作自受,到今日反怨我不是朋友。

　　（生白）大夫,果然救我不得？（外白）難吓！難吓！（生白）大夫既救我不得,山人要借幾件東西用用！（外白）甚麼東西？（生白）戰船二十隻。（外白）有的。（生白）軍士二百名。（外白）有的。（生白）青布帳幔,塞草百擔。（外白）有的。（生白）還要酒席一桌。（外白）哎哎,要酒席何用？（生白）我與大夫舟中飲酒作樂。（外白）哎,限三日交箭,雕箭全無半枝。明日去見都督,我看你作樂不作樂吓！（唱）

　　千萬箭這一晚如何造就,明日裏進帳去難保人頭。（下）（生白）吓！（唱）

　　這椿事料魯肅猜不透,他怎知我腹中另有良謀？要借箭待等到四更時候,大霧中到曹營去把箭收。（外上,唱）一椿椿一件件安排已就[1],等先生到江邊速速登舟。

　　（生白）大夫,諸事可曾齊備否？（外白）俱已齊備,請先生登舟。（生白）大夫,一同前去。（外白）哪裏去？（生白）舟中飲酒作樂。（外白）我不去。（生白）要去！要去！大夫吓！（扯外同下）

校記

[1]一椿椿一件件安排已就:"就",原本作"久",排印本改。今從。

十一場　草船借箭[1]

　　（占童子捧酒上,雜夫稍水、二手下、生扯外上,白）

　　大夫來吓！（外白）哎！（生白）看酒！（外白）哎哎哎！（生白）大夫請酒！（外白）吓哎！（雜夫白）啓爺,大霧茫茫,看不見江景。（生白）將船往北而進！（雜白）哦！（兩邊搖介）（生唱）

一霎時白茫茫滿江霧露，頃刻間看不見在岸在舟。是這等巧機關世間少有，賽軒轅造紙策去收蜂蠆。

（雜夫白）啟爺，船離曹營不遠。（生白）將船慢慢往曹營而進。（雜夫白）哦！（生白）大夫請酒。（外白）哎哎！（唱）魯子敬在舟中渾身膽戰，把性命當兒戲全不躭憂。（生唱）戲大夫且放懷寬心飲酒，我和你慢搖櫓浪裏行遊。要借箭待等到四更時候，魯大夫爲甚麼這等躭憂？（外唱）這時候哪還有心性飲酒，此一番到曹營一命甘休。

（雜夫白）船離曹營一箭之地。（生白）吩咐鳴鑼擂鼓！（雜夫鑼鼓）（丑上桌，白）大霧迷漫，哪有人馬吶喊？有請丞相！（淨上，白）所爲何事？（丑白）大霧濛迷，那有人馬吶喊？（淨白）想是周瑜偷營，吩咐放箭！（丑白）衆將官！（四弓手上，白）有！（丑白）一齊放箭！（弓手白）哦！（放箭介）【風入松】（雜夫白）啟爺，戰船盛墜不起了！（生白）你等高叫一聲：孔明先生多謝丞相送箭！（雜夫白）吠！曹營聽者，孔明先生多謝丞相送箭吓！（鑼鼓、雜夫搖、衆同下）（淨白）吓！我道周瑜偷營，原來孔明借箭，吩咐衆將趕上！（丑白）風順水流，趕上不及了！（淨白）便宜他去吧！事事防奸巧，（丑白）著著讓人高。（淨白）去了十萬箭，（丑白）明日又來造。（淨白）子翼，又中他一計。（丑白）丞相，下一次不中他這條計就是了[2]。（下）（雜夫搖手下）（生、外同生）（【聲聲慢】）（外白）哎哎，好先生吓，好先生！你是怎麼知道今晚有此大霧，就用下此險計？（生白）大夫！爲將者不測天機，不識地理，不按陰陽，不曉奇門六甲，庸才也！山人早已算就今晚必有大霧，故而定下此計。（外白）先生真乃神人也！（生白）來！（手下白）有！（生白）查看有幾多雕翎？（手下白）啟爺，除破損翎花，還有十萬零一枝狼牙箭[3]。（外白）多有一枝！（生白）煩你來進帳交令！（外白）先生一同進帳！（生白）大夫請！（外白）先生請！（【風入松】）（同下）

校記

[1] 草船借箭：原本無此四字場題。排印本補。今從。

[2] 下一次不中他這條計就是了："一"，原本作"二"，非是。今依文意改。

[3] 還有十萬零一枝狼牙箭："零一枝"，原本無。排印本補。今從。

十二場　獻苦肉

（末上，白）風卷白旗江心水，（卒白）三千鐵甲擁車輪[1]。黃將軍請！（末白）請！都督陞帳，在此伺候。（手下、正旦上）

【引】轅門鼓角聲高，兩旁烈虎英豪。

本督周瑜。孔明限三日交箭，我以軍令斬他。來！傳魯肅進帳！（外上，白）忙將奇異事，回覆智謀人。魯肅參！（正旦白）大夫，孔明限三日交箭，可曾造起？（外白）孔明十萬狼牙箭現在營門，末將特來交令。（正旦白）大夫，孔明十萬狼牙箭，三日怎麼造起？（外白）那孔明用戰船二十隻，軍士二百名，青布帳幔，塞草百擔，四更時候，鳴鑼擂鼓叫喊，前至曹營取箭，特來交令！（正旦白）孔明真乃神人也。有請！（外白）有請先生！（生上，白）狼牙已造就，盡在霧中收。（吹打，見禮介）（正旦白）先生如此妙算，使人敬服！（生白）些須小事，何足道哉！（正旦白）備有酒宴與先生賀功。（生白）山人叨擾了。（正旦白）看宴！先生請！（生白）請！（【六幺令[2]】）（正旦白）黃公覆聽令！（末白）何令？（正旦白）命你准備三月糧草，本督即日破曹。（末白）啓都督！慢說三月糧草，就是三年糧草，也不濟事。（正旦白）依你怎麼？（末白）依末將之見，倒不如棄甲倒戈，北面降曹。（正旦白）你在怎講？（末白）北面降曹。（正旦折）咦！本督曹兵未破，你敢謾我軍令？人來！（手下白）有！（正旦白）推出斬首！（雜白）候着！啓都督，黃蓋冒犯軍令，理當取斬，念他東吳老臣，正在用人之際，望都督將他饒恕。（正旦白）你也敢謾我軍令？來！打出帳去！（手下白）呔！出去！（雜下）（老生、外同上）（白）啓都督，念黃蓋東吳老臣，冒犯軍令，理該斬首，奈在用人之際，望都督饒恕[3]！（正旦白）你等敢是與黃蓋講情？（老生、外同的）前來求恩。（正旦白）看在眾將講情，將他饒恕。（老生、外同白）謝過都督，下面聽者！將黃蓋解下椿來。（末白）謝都督不斬之恩！（正旦白）雖不斬你[4]，看在眾將講情，死罪已免，活罪難逃。差下重責八十軍棍！（外扯生衣肉，手下打介）一十，二十，三十，四十！（外白）住著！啓都督，黃蓋年邁難以受刑，望都督開恩。（正旦白）下去！（外白）謝過都督！（正旦白）將他放起。（手下白）哦！（末白）謝過都督！（正旦白）咦！雖不答你，俟本督破曹回來，再取你的首級。你要打點，你要仔細呀！呀！（怒下）（末下）（外白）咳，先生，我實實服了你。（外白）大夫服我何來？（外白）你到東吳，乃是一客，都督怒責黃公覆，我扯你衣,叫你説個人情,你坐着昂然不動,一再只是飲酒。(生白)吓!大夫,他一個願打,一個願挨,與你我甚麼相干?(外白)哎!哎!怎麼是一個願打,一個願挨?(生白)這是你都督用的苦肉計,何必又來瞞我?(外白)哦!是苦肉計?(生白)大夫吓!(唱)

周都督定下了苦肉之計,收蔡中與張和暗通消息。黄公覆受苦刑都是假意,進帳去切不要説我先知。(下)(外白)哎哎哎!(唱)

這等的巧機關叫人難解,我實實服了他妙算神機。(下)

校記

[1]三千鐵甲擁車輪:"車",原本作"卓"。排印本未改。今依文意改。
[2]六幺令:原本作"六毛令"。排印本未改。今依曲譜改。下同。
[3]望都督饒恕:"饒",原本作"不"。排印本改。今從。
[4]雖不斬你:"雖",原本作"誰"。排印本未改。今依文意改。下同。

十三場　詐　　降

(老生扶末上,唱)

周都督傳將令如同山倒,責打我四十棍罪不輕饒。實只望破曹兵立功報效,做一個奇男子青史名標。

(老生白)老將軍受屈了!(末白)有勞大夫挂心!(老生白)老將軍,敢莫與周都督有冤?(末白)無冤。(老生白)有仇?(末白)無仇。(老生白)既無冤仇,哦,敢莫是苦肉之計?(末白)呀!大夫,何以知之?(老生白)下官見其動靜,早解一半。(末白)大夫既知,不敢相瞞,俺黄蓋受吴侯三世大恩,未嘗報一,故耳與都督定下一計,怎奈無人前去下詐降書。(老生白)闞澤不才,願獻詐降之書。(末白)大夫果有此心?(老生白)實有此心。(末白)好!請上受我一禮。(唱)

闞大夫請在上受我一禮,受吴侯三世恩未曾報一[1]。你此去獻降書非同兒戲,到曹營切不可走漏消息。(老生唱)

老將軍你既肯捨身報國,俺闞澤縱一死何足爲奇?我和你假降曹心無二意,管叫你成大功只在指日。(同下)

校記

［1］受吳侯三世恩未曾報一："吳",原本作"候"。排印本改。今從。

十四場　下　書[1]

（衆手下、净上,唱）
諸葛亮好大膽前來借箭,便宜他逃脱了虎穴龍潭。（丑上,唱）
爲獻計殺害了蔡瑁張允,因此上曹丞相坐卧不寧。
（白）子翼參！（净白）進帳何事？（丑白）適纔江上水軍拿獲一漁翁,口稱闞澤,要見丞相[2]。（净白）押上來！（丑白）將闞澤押上！（手下推老生上,净白）你是東吴奸細麽？（老生白）有書在懷,不能呈上。（净白）鬆綁！（老生白）書信呈上。（净白）待老夫一觀。（【風入松】）吓！這還了得,推出去斬首！（老生笑介）哈哈哈！（净白）你用下苦肉計,被老夫識破,將你斬首,你爲何發笑？（老生白）我笑那黄蓋不識人耳！（净白）難道那黄蓋不及於你？（老生白）要殺便殺,何必多言？（净白）推出斬了！（末上,白）報,啓丞相！蔡……（净白）哎！禁聲！押下去！（手下推老生下）（末白）蔡中、張和有書信呈上！（净白）呈上來！（末白）是！（下）（净白）周瑜性暴,怒責黄公覆,打甘寧,衆將生心,不久降曹。將闞澤押上！（衆手下押上）（净白）鬆綁！（老生白）謝過丞相！（净白）老夫一時不明,誤綁大夫,休得見怪。（老生白）我與黄蓋真心來降,豈有詐乎？（净白）若得真心來降,異日得位,必在人之上[3]（老生白）我與黄説願獻糧船二十隻,上插青龍旗爲號。告辭！（净白）爲何去性太急？（老生白）在此久停,周郎生疑。（净白）回營多多拜上黄將軍。（老生白）異日詳降成,東吴值千金。（下）（净白）路遥知馬力,事久見人心。子翼,黄蓋降意如何？（丑白）待卑末二次過江探聽。（净白）此去若不成功,必被他耻笑。（丑白）若不成功,願使軍令。（净白）好吓。眼前旋鍼起,（丑白）打聽好消息。（同下）

校記

［1］下書：原本無。排印本作"□□"。今依本場闞澤下書情節,補"下書"作場名。

［2］要見丞相："丞相",原本無。排印本補。今從。

［3］必在人之上："之"後面原本還有一"之"字，衍，排印本刪。今從。

十五場　押　　蔣

　　（四手下、正旦上，白）本帥周瑜。闞澤下書，必成功也。（夫上白）啓都督，蔣幹二次過江。（正旦白）下去！（夫白）哦！（下）（正旦白）來！有請龐先生！（手下白）龐先生有請！（副上，白）身藏襟萬仗，天地盡包涵。山人見禮！（正旦白）先生少禮，看坐！（副白）有坐！傳山人進帳，有何軍情？（正旦白）蔣幹二次過江，先生計將安出？（副白）蔣幹到此？附耳上來，必須如此如此，恁般恁般。（正旦白）好計，照計而行便了。（副白）遵命！安排香餌計，准備釣鰲魚。（下）（正旦白）來！（手下白）有！（正旦白）蔣幹到此，叫他報名而進。（丑上，白）離了曹營地，翻身又過江。營門哪位？（手下白）是哪個？（丑白）相煩通報，蔣幹要見。（手下白）都督叫你報名而進！（丑白）吓！想我到此，乃是一客，他不來迎接與我，反叫我報名而進，且自由他。報！蔣幹進！賢弟請了。（正旦白）唉！前番盜我書信，使我大功難成，來！推去斬首！（丑白）呀！賢弟！念在同鄉故里，饒了罷！（正旦白）唔，若不念在同鄉故里，定要斬首！衆將！（手下白）有！（正旦白）將他押在西山後，待本督破曹之日，再來發放！（下）

　　（丑唱）喝一聲推出帳威風凜凜，唬得我戰兢兢膽散魂飛。曹丞相未命我過江探聽，這都是我自己惹禍上身。（下）

十六場　薦　　龐

（副上，唱）

　　在帳中特領了都督將令，今夜晚生巧計要進曹營。

（丑上，唱）

　　周公瑾命小軍押定與我，全不念同鄉里結拜之情。遠望見茅庵内燈光亮彩，聽書聲透窗外必是高人。

　　（白）你看茅庵之内燈光亮彩，一人獨坐窗下，看取兵書。待我叫門。開門！（副白）是哪個？原來是位先生，請坐。（丑白）有坐。（副白）請問先生上姓？（丑白）在下曹營蔣幹。（副白）原來蔣大夫，失敬了。（丑白）豈敢。敢問先生上姓尊名？（副白）在下姓龐名統字士元。（丑白）敢是鳳雛先生？

（副白）不敢！（丑白）先生爲何隱居在此山林？（副白）只因周郎輕賢慢士，故而隱居在此。（丑白）先生有此大才，何不降曹？（副白）久有此意，奈無引薦。（丑白）先生不棄，卑末願爲引薦。事不宜遲，就此同往。（副白）大夫請！（丑白）先生請！（唱）

　　曹丞相爲求賢朝思暮想，得先生比高祖聘請子房。（副唱）
　　蔣子翼休得要言語誇奬，自恨我才學淺不及棟梁。（同下）

十七場　獻連環

（二手下、淨上，唱）即日裏掃東吳盡歸吾掌，殺劉備與孫權報答漢王。
（丑上，唱）昨夜晚在西山得了一將，此功勞贖前罪又待何妨。
（白）子翼參！（淨白）探聽黃蓋降意如何？（丑白）小末帶來一將，投降丞相。（淨白）他是何人？（丑白）姓龐名統，字士元。（淨白）敢是鳳雛先生？（丑白）正是。（淨白）有請！（丑白）有請龐先生！（副上，吹打，見禮，坐介）（淨白）先生，兩國相爭，爲何隱居山林？（副白）豈不聞"邦有道而入，無道而退"？（淨白）果然股肱之臣，自恨相見晚矣。（副白）久聞丞相用兵如神，山人欲借一觀，不知允否？（淨白）從命！子翼引道將臺！（丑白）哦！（吹打，同上桌介）（淨白）吩咐衆將，將陣勢擺開。（丑白）丞相有令，將陣勢擺開。（鑼鼓擺陣過場）（下）（淨白）轉回營磐！（吹打，下桌介）（淨白）老夫備有酒宴，與先生同飲。（副白）叨擾了！（淨白）看宴！（吹打）先生請！（副白）丞相請！（【泣顏回】）（淨白）先生！我營中軍士，多有嘔吐之病，先生有何良策？（副白）山人倒有一計。（淨白）先生有何妙計？（副白）丞相吩咐，打造鐵連環，將戰船或二十爲連，或三十爲一連，上用蒲席黃土遮蓋，謾説人行，就是車馬也能來往。（淨白）先生果然好計，老夫把盞三杯。（【畫眉序】）（副白）山人告辭！（淨白）爲何去性太急？（副白）在此久停，恐周郎見疑。（淨白）奉送！多蒙先生助吾窮，（下）（丑白）指日興兵破江東。（下）（副白）連環巧計無人識，（老生上、白）呔！盡在山人掌握中。前番燒不死，又來獻連環。（副白）先生何人也？（老生白）山人徐庶，字元直。（副白）莫非單福先生？（老生白）不敢。（副白）先生若還洩漏機關，東吳九郡八十一州黎民百姓俱送在先生之手。（老生白）你只顧江東九郡八十一州黎民百姓，難道曹營八十三萬人馬就不是性命？（副白）先生還要留情！（老生白）先生不必驚慌，吾受劉皇叔大恩[1]，雖在曹營，終身不設一謀。只是南兵一至，玉石俱焚，將置我於何地？（副白）我想曹操怕的是西凉馬超。先生附耳上來，必須如此如此，恁般恁般。（老生白）承教了。（副白）曹營南征日日憂，詐言馬超重興兵。（下）（老生白）蒙君一言開兩路，好似鰲魚脱金鈎。（下）

校記

[1] 吾受劉皇叔大恩："恩"，原本誤作"息"。排印本改。今從。

十八場　裝　病

（二手下，正旦上，唱）龐鳳雛獻連環未知成否，使本督在營中坐卧不寧。（副上，唱）在曹營獻連環世間無有[1]，進帳來與都督細説從頭。

（白）啓都督，大事已成，請都督進兵。（正旦白）先生請至後帳。（副白）暫隱西山下，青眼看勁兵。（下）（正旦白）引道將臺！（手下白）哦！

（正旦唱）龐鳳雛獻連環世間少有，料想那曹孟德難解其謀。行至在將臺上舉目觀看，見曹營大小船首尾相連。破曹營須用下火弓火箭，看只看八十萬命喪目前。是這等十一月東風少欠，哎呀！要成功怕只怕萬萬不能。（裝病，衆扶下）

校記

[1] 在曹營獻連環世間無有："無"，原本作"望"，排印本改，今從。

十九場　逃潼關

（四手下，老生上，白）遇周求賢不在蓬，臨期何别兩擒龍。暗言好似春雷動，能使南陽請卧龍。山人徐庶，字元直。多蒙龐統先生指教與我，在營中詐言西凉馬超犯境。曹操果信其言，命我帶領三千人馬，鎮守潼關。衆將！（手下白）有！（老生白）兵發潼關。（【二凡】）（下）

二十場　看　病

（外上，唱）周都督患疾病心繚意亂[1]，倘若是有差遲誰敵風波？（生上，唱）周公瑾假裝病難瞞以我，這樁事離不得南陽諸葛。

（白）吓！大夫爲何這等憂愁？（外白）先生有所不知，只因都督身沾疾病，倘若曹操殺來，如之奈何？（生白）大夫，都督之病，山人會醫。（外白）吓！先生病也會醫？（生白）會醫。（外白）如此請先生一同前往。（生白）請叩。

（外唱）周都督得的是甚麼病症？（生唱）

他害的心上病不用服藥。（同下）（二手下、扶正旦上，唱）

爲江山憂壞了保國良將，爲社稷染重病晝夜不安。

（外上，白）吓！都督病體若何？（正旦白）心中嘔吐，不能取藥。（外白）都督之病，孔明會醫。（正旦白）哦！他會醫？（外白）會醫。（正旦白）好！有請！（外白）先生有請！（生上，白）

他害心上病，還要心上藥。吓，都督爲何身染重病？（正旦白）豈不聞人有旦夕之禍福，誰保無事？（生白）是吓！天有不測之風雲，豈能料乎？（正旦白）子敬說先生會醫，當用何方？（生白）都督之病要理其氣，氣順風即生，一呼一吸自然痊癒。（正旦白）若要順氣，當用何藥？（生白）都督之病，不用服藥，山人有一十六字，拿去一看，大病全愈。（正旦白）待我看來："智破曹公，須用火攻。萬事俱備，缺欠東風"。呀！

（唱）諸葛亮是神仙從空降下，我害的心上病被他猜着。沒奈何去病疴忙忙拜禱，望先生助本督協力破曹。

（生白）這又何難？都督傳下將令，命軍士前去到南屏山下，高搭一臺，名曰七星祭風臺，命七七四十九名軍士，手執五色旗幡，待山人祈星禳斗，借取三日三晚東風，助你成功！（正旦白）幾時起風？（生白）甲子日起風，丙寅日風止。（正旦白）先生努力。（生白）山人告辭。（正旦白）奉送！（生白）南屏高搭七星臺，一晚東風吹送來。（下）（正旦白）吓！你看孔明能奪天地之造化，有鬼神不測之機。此人若不早殺，必是東吳之大患。傳丁奉進帳！（手下白）傳丁奉進帳！（夫上白）都督有何差遣？（正旦白）命你帶領人馬，埋伏南屏山下，候東風一起，趕上壇臺，取孔明首級，前來見我。（夫白）得令！（正旦白）孔明吓孔明！任你縱有孫武志，難逃吾計鬼神驚。（下）

校記

［1］周都督患疾病心繚意亂："患疾病"，原本作"得患病"，今改。"繚"，原本作"療"，排印本未改，今依文意改。

二十一場　祭　風

（四手下、道士、生上）（【點絳唇】）（生白）身登壇臺祭東風，披髮綸巾笑談中。一陣燒破曹瞞膽，初出茅廬第一功。山人諸葛亮，與周郎合志破曹，許他三日三晚東風。今仍甲子日期，山人沐浴齋戒，登壇禳斗。眾軍士！（眾白）有！（生白）站立兩旁，聽我吩咐！執五色旗幡，各按一方，左按青龍之勢，右按白虎之威，前按朱雀之狀，後按玄武之形。一不許交頭接耳，二不許語笑喧嘩，如不遵者，立時斬首！（眾白）哦！（生白）正是：一朝權在手，且把令來行。（【泣顏回】）（夫走一場下）（生白）吓！方纔東風一起，猛然一陣殺氣湧上壇臺，是何故也？哦，是了，想是周瑜差人前來刺殺與我。趁此機會，不免逃回江夏去吧！來！（道士白）有！（生白）吩咐眾軍士一個個閉目躬身[1]，待山人畫符拜斗。（道士白）眾軍士一個個閉目躬身！（眾白）哦！（【哭相思】）（生下）（夫上，白）吥！孔明哪裏去了！（道士白）在上面畫符吓！（夫白）不見了。（道士白）不見了，想是走了！（夫白）待我趕上！（下）（道士白）呀呸！你們在此做甚麼？（眾白）閉目躬身！（道士白）你們來看，東風也起了，軍士也去了，我們肚裏也餓了，要回家吃飯了，看你們怎麼得了？

校記

[1] 眾軍士："眾"，原本無，排印本增。今從。

二十二場　過　江

（四手下、小生上，白）英雄生來志量高，萬馬營中逞英豪。非是主上洪福大，還是將軍定皇朝。俺趙子龍，乃常山真定人也。軍師留下錦囊，是我軍臣開看，軍師正月二十日有難，命我駕小舟江邊搭救。來！（手下白）有！（小生白）將人馬扯至江邊！（【六幺令】）（下）（生上）（【六幺令】）（四手下搖舟上）[1]（【六幺令】）（下）（手下夫上）（【六幺令】）（小生、正生上）（【排子】）（夫上）（【排子】）（白）那旁敢莫是先生？（生白）然也！（夫白）都督有令，命末將請先生轉去，有大事相商。（生白）你可回去多拜上都督，叫他好生用兵，我在江夏助他成功。（夫白）先生若不轉去，末將難回軍令！（生白）哎，若不念合志破曹，定要傷你狗命！趙雲！（小生白）有！（生白）將他篷索射斷！（小生

白）呔！招箭！（小生、正生同下）（夫白）回營交令！（手下白）哦！（同下）

校記

［1］四手下搖舟上：原本"四手下"的"四"字，字迹難辨。排印本改作"園手上"，非是。今依上下文意改。

二十三場　點　將

（副、小生、占、外上，白）橫矛倒目眼睜圓，長坂坡前殺氣生。吶喊一聲如雷震，獨擋曹瞞百萬兵。俺張翼德，軍師點將，在此伺候。（小生上，白）金龍困體萃紅生，戰馬衝開百萬兵。三進曹營無人擋，正是英雄逞威風。俺趙雲，軍師點將，在此伺候。（占上，白）小將威名蓋世雄，迎鋒對壘佔頭功。交鋒爭殺誰敢比？血戰沙場透甲浸。俺劉封，軍師點將，在此伺候。（外上，白）憶昔當年遇英雄，爲殺貪官出蒲東。堂堂漢室忠良將，四海人稱美髯公。某漢室關，軍師點將，在此伺候。（吹打，四手下）（生上，白）昔日隱居在山林，三顧茅廬聖主尋。提兵調將軍師孔，保國常懷忠義心。山人諸葛亮，自東吳而回，點動人馬，於中取事，佔得漢室諸土，以爲久遠之計。趙雲聽令！（小生白）有！（生白）命你帶領三千人馬，埋伏烏陵。曹操到此，他有數十萬兵，雖然不能擒他，也要傷他一半人馬！然後帶兵攻取南郡[1]，不得有誤。（小生白）得令，馬來！（下）（生白）劉封聽令！（占白）有！（生白）命你帶領五百戰船，接殺搶奪盔甲槍馬，不得違令！（占白）得令，馬來！（下）（生白）張飛聽令！（副白）有！（生白）命你帶領三千人馬，埋伏五株林葫蘆口。曹操到此，你便殺出，然後分兵攻打荊州，不得有誤！（副白）得令，馬來！（下）（外白）吓！這又奇了。軍師今日點將，俱有差遣，獨不差某，是何故也？待某進帳問個明白。軍師在上，某家參！（生白）二將軍，進帳何事？（外白）師爺今日點將，俱有差遣，某隨大哥征戰以來，屢屢有功，今日逢此大敵，全不以某家效用，是何道理也？（生白）山人有個要緊的所在，意欲命二將軍把守，只是有些妨礙。（外白）有甚麼妨礙？當得領教。（生白）當日二將軍在許昌，曹操待公甚厚。今日曹操只剩得一十八騎殘兵敗將，走華容道。山人意欲命二將軍前去把守，又恐二將軍順情釋放，故而不敢相煩。（外白）師爺說話差矣！某昔日在許昌，曹操待某雖厚，某也曾斬顏良誅文丑報答與他。今日狹路相逢，豈肯順情釋放？只怕他不走華容道上而來。（生白）他若不走華容道上而來，山人願輸一件。（外白）哪一件？（生白）軍師印信，付與執掌。（外白）某若順情釋放，願獻項上人頭。（生白）二將軍，又道軍中無戲言。（外白）立下軍令狀！（生白）請！（外白）（【一秋序】）師爺收過了！馬來！（下）（生白）你看東風大作，周郎一定成功也。衆將！（手下白）有！（生白）兵抵樊口！（手下白）哦！（【一江風】）（下）

校記

[1]然後帶兵攻取南郡："郡"，原本作"那"，排印本改，今從。

二十四場　發　　兵

（正旦上，白）三國茅土争戰平，兩國不和動刀兵。（夫上，白）啓都督，孔明逃往江夏去了。（正旦白）便宜他了。下去！（夫白）是！（下）（正旦白）黄公覆聽令！（末白）何令！（正旦白）命你駕糧船二十隻，上插青龍旗爲號，内裝硫黄、火炮，逼近曹營。（末白）得令！（正旦白）甘寧聽令！（雜白）有！（正旦白）將蔡中、蔡和綁至校場[1]，候本督祭旗！（雜白）得令！（正旦白）人馬扯往校場！（衆下白）哦！（吹打，圓場，雜綁二蔡兩邊跪介，祭旗香案拜介，正旦白）天地神明，日月山川，社稷旗旌尊神！本督周瑜奉旨破曹，先斬二賊祭旗。（雜斬二蔡介，正旦白）但願旗開得勝，馬到成功。（吹打）（正旦拜白）衆將殺上前去！（【二凡】）（末白）吙，曹營聽者，黄蓋同甘寧獻糧船二十隻，前來投降！（丑上桌白）候着！啓禀丞相！（净上桌白）所禀何事？（丑白）黄蓋獻糧船二十隻，前來投降。（净白）待我看來，船内輕浮，想必有詐。不許入寨！（丑白）吙，黄蓋聽者，丞相吩咐，糧船不許入寨。（正旦白）衆將放火！（衆白）哦！（烟火爆竹，生同雜殺生敗下，雜追上又下）（丑同末殺，丑敗下，末追上又下）（四手下、小生上，白）（【水底魚】）俺趙雲奉了軍師將令，帶領三千人馬埋伏烏陵，衆將！人馬扯往烏陵！（【水底魚】）（雜、丑、净白）殺敗了，殺敗了！來此甚麽所在？（雜白）來此烏陵。（净笑）哈哈哈！（雜白）丞相爲何發笑？（净白）若是老夫用兵，此處要埋伏一枝人馬。（小生上，白）吙！俺趙雲在此！（殺介）（净、雜、丑敗下）（小生白）曹兵大敗，攻打南郡！（【水底魚】）（下）（四手下，副上，白）俺張飛領了軍師將令，把守葫蘆口。（【水底魚】）（雜、丑、净同上，白）殺敗了，殺敗了！來此甚麽所在？（雜、丑同白）來此葫蘆口。（净笑）哈哈哈！（雜、丑同白）丞相爲何發笑？（净白）我想周郎少志,孔明無才,若是此處埋伏一枝人馬,殺得你我無有葬身之地。(副白)呔!張爺爺在此!(殺介)(雜、丑敗同净下,衆白)曹兵大敗!(副白)攻打荆州!【水底魚】(下)(四手下、占上,白)俺劉封奉了軍師將令,準備帶領五百戰船,沿江殺搶曹操盔甲器械,衆將!殺上前去!【水底魚】(下)(雜、丑、净同上,白)好大雨,好大雨!(雜、丑同白)渾身衣甲,俱已濕了。(净白)你等脱下晾曬晾曬。

　　(占上,白)呔,往哪裏走?(雜、丑、净下,衆白)曹兵大敗,有無數盔甲在此。(占白)回營交令!【水底魚】(下)(雜、丑、净同上,白)殺敗了,殺敗了!來!查看還有多少人馬?(丑白)哦!一五,一十,十五,一、二、三、十八騎!(净白)不多?(丑白)不多!(净白)不少?(雜白)不少!(净白)還是走荆州,還是走襄陽?(雜白)走荆州路近,走襄陽路遠。(净白)還是走大路,還是走小路?(雜、丑同白)大路有烟燉[2],小路有埋伏。(净白)豈不聞兵書上有云:"以實爲虛,以虛爲實。"(雜、丑同白)營中無糧。(净白)叫軍士們下鄉掠搶!(雜、丑同白)雨大泥爛,衆將難以行走!(净白)不依者,你與我斬吓!【水底魚】(同下)

校記

[1] 將蔡中蔡和綁至校場:"校",原本作"較",排印本改。今從。下同。
[2] 大路有烟燉:"烟",原本作"師",排印本改。今從。

二十五場　擋　　曹

(外上)

【引】軍師令下誰敢攔,捉拿曹操繳令還。

(白)漢雲長威烈性剛[1],看春秋暗習陰陽。使儂月上將命喪,三國中蓋世無雙。俺漢室關,奉了軍師將令,捉拿曹操。小校!(介白)有!(外白)馬來!(介白)哦!(外唱)

【倒板】楚漢相争數十載,王莽起意篡龍臺。光武中興國號改,五百年前結下來。弟兄桃園三結拜,猶如同胞共母胎。東吳孫權反過界,此地曹操領兵來。我國軍師挂了帥,滿營將官俱有差。不差關某心不受,因此打賭怒滿懷。緑袍罩定黄金鎧[2],耀武揚威到土臺。叫小校將人馬安營下寨,但不知曹操來而不來。

（介白）啓爺，來此華容小道。（外白）大路埋伏烟燉，小路埋伏火炮，曹操一到，速報爺知。（介白）哦！（淨上，唱）

【倒板】曹孟德在馬上長吁短嘆，手搥胸眼流淚口怨蒼天。在中原領人馬八十三萬，一心心滅劉備欲奪江南。又誰知周公瑾謀略廣大，諸葛亮那妖道詭計多端。黃公覆曾把那苦肉計獻，蔣子翼引龐統又獻連環。我只說數九天東風少欠，又誰知諸葛亮力可回天。燒得我兵和將唇焦額爛[3]，只剩得十八騎好不慘然。曹孟德在馬上笑開懷，呵哈哈哈！（丑唱）丞相發笑爲何來？（淨唱）笑只笑周郎做事呆，孔明胸中無大才。此地埋伏十騎馬，殺得你我無地理。這一言未盡人吶喊，想必此地有安排。

（白）前去看來，甚麼旗號？（丑白）關字旗號。（淨白）有救了！（丑白）戰不得了！（淨白）下面歇息，待老夫打馬近前！（唱）聽說來了關美髯，愁人臉上改笑顏。走近前來把禮見，君侯許昌一別有數年。

（介白）啓爺，曹操到！（外白）呵！（唱）

【倒板】耳邊裏又聽得馬嘶人鬧，縱蠶眉睜鳳眼用目觀照。狹路上莫不是冤家來到？（淨白）君侯，你我故人相見，怎說"冤家"二字？（外唱）奉軍令誰念你舊日故交。（淨白）君侯豈不知子濯孺子之事乎？（外唱）三國中論奸雄還算曹操，（淨白）老夫不過替天行道。（外唱）一派的假殷勤笑裏藏刀。（淨白）言重吓言重！（外唱）某如今用武時何須發笑，奉軍令活捉你怎肯輕饒？（淨唱）曹孟德在馬上一言哀告，尊一聲漢君侯細聽根苗[4]。在中原領人馬八十三萬，實指望滅東吳收兵回朝。又誰知小周郎多端計巧，燒得我兵和將四路奔逃。只剩得十八騎殘兵來到，望君侯念故交放我回朝。

（外白）小校前去查來！（介白）是！一五，一十，十五，一、二、三，啓爺，一十八騎殘兵敗將。（外白）呀！先生呀先生，你只知所算不能所諒，漫道一十八騎殘兵敗將，就是一十八只猛虎，俺何足道哉！（唱）

要捉他好一比鰲魚吞釣，傷箭鳥縱有翅也難飛逃。（淨唱）在許昌待君侯恩高義好，上馬金下馬銀美酒酕醄[5]。官封你壽亭侯爵祿非小，你本是大大夫豈忘故交？（外唱）你雖然待某的恩高義好，某也曾還却了你的功勞。斬顏良誅文丑立功報效，將印信懸高梁封金辭朝。（淨唱）我也曾差人送文憑來到，臨別時贈君侯美酒紅袍。（外唱）休提起送文憑令人可惱，東嶺關斬孔秀王室頗曉。斬秦琪過黃河文憑纔到，謝丞相空人情某倒心焦。（淨唱）在霸橋曾許我永遠相報，看起來大義人忘了故交。（外唱）非是某忘却了永遠相報，皆因是你奸曹罪惡難逃。在許昌射鹿時曾把君藐，挾天子令諸侯勢壓群僚。逼死了董貴妃其罪非小,殺董承並馬騰罪犯千條[6]。恨不得拿奸曹剥皮懸革,曹操近前來試一試偃月鋼刀。(净唱)曹孟德在馬上淚漣漣,尊一聲君侯聽我言。往日恩情無半點,萬般哀告也枉然。殺曹操不過一席地,君侯留得美名萬古傳。(外白)呀!(唱)往日殺人不轉眼,鐵打心腸軟如綿。背地只把先生恨,左恩右想也枉然。漢關某豈做無義漢,任割人頭挂高竿。罷!叫小校擺下一字長蛇陣,釋放奸曹回中原。

(净白)前去看看甚麼陣勢?(雜、丑同白)乃是一字長蛇陣。(净白)關公有釋放之心,逃走了吧!(唱)

心中只把周郎恨,可恨孔明巧計多。頭一陣借我十萬箭,祭起東風破曹瞞。黄蓋苦肉猶自可[7],恨的是龐統獻連環。火燒我曹兵八十三萬,只落得屍骸堆成山。幸喜遇着仁義漢,放我君臣回中原。此番若得中原到,我不死還要下江南。(下)

(介白)啓爺!曹操逃走了。(外白)回營交令!(唱)

悔當初許他永遠相報,到今日放奸曹有犯律條。叫小校轅門去通報,你直說漢關某釋放奸曹。七星劍下把頭找,一腔鮮血染戰袍。半世英雄今負了,汗馬功勞一旦抛。

(介白)哦!呵呵呵!(同下)

校記

[1] 漢雲長威烈性剛:此句,排印本删去"威"字,作"漢雲長,烈性剛"。非是。今仍其舊。

[2] 緑袍罩定黄金鎧:"鎧",原本誤作"凱"。排印本已改。今從。

[3] 燒得我兵和將脣焦額爛:"脣",原本作"反",排印本改。今從。

[4] 尊一聲漢君侯細聽根苗:"一",原本作"二",今改。

[5] 酕醄:"酕",原本誤作"吒",排印本未改,今依文意改。

[6] 殺董承並馬騰罪犯千條:"承",原本作"丞",排印本未改。今依《三國志》改。

[7] 黄蓋苦肉猶自可:"苦",原本形近誤作"若"。排印本改。今從。

二十六場 請 罪

(四手下,生、末同上,白)

鷸蚌相持兩兵鬥,(生白)我作漁翁把利收。(末白)先生請坐!(生白)有坐!(末白)先生,但不知衆將可能成功否?(生白)衆將俱已成功,只是二將軍不能成功。(末白)倘若二弟有失,先生還要諒情。(生白)明知有失,故留人情與他做。(介白)報啟師爺,二將軍回營。(生白)退下!(介白)哦!(下)(外上,白)負荊請軍罪,稽首叩轅門。(唱)

漢關某到轅門如同酒醉,到今日犯律條把令相違。沒奈何背荊杖轅門下跪,可惜了漢關某半世雄威[1]。(生白)二將軍,莫非怪山人迎接來遲嗎?(外唱)聽他言羞得我兩臉惶愧,背地裏咬銀牙愁鎖雙眉。(生白)二千歲可曾去華容道?(外唱)奉軍令到華容伏兵埋勢,實指望拿奸曹化骨揚灰[2]。(生白)那曹操有多少人馬?(外唱)剩殘兵十八騎有頭無尾,(生白)想是內中沒有曹操?(外唱)正午時華容道來了孟德。(生白)爲甚麽不將他拿下?(外唱)是關某順人情前來乞罪,望師爺海量寬饒恕這遭。(生白)咦!(唱)昔日裏曾把丁公斬,你今朝放曹操怎肯輕饒。

(白)來!推出斬首!(手下推外下,末白)刀下留人!先生請見一禮!(生白)主公此禮爲何?(末白)二弟冒犯,望先生念孤窮與他桃園結拜,還要赦却。(生白)看在主公金面。(末白)解下椿來!(外上白)謝師爺不斬之恩。(生白)雖不斬你,看主公金面將你饒恕,命你帶領三千人馬,攻取襄陽,將功贖罪。(外白)得令!馬來!(生白)請主公挂榜安民。(末白)擺駕!(【尾聲】)(下)

校記

[1] 可惜了漢關某半世雄威:"惜",原本作"怡",排印本改作"誤",今依文意改作"惜"。

[2] 實指望拿奸曹化骨揚灰:"揚",原本作"煬"。排印本改。今從。

二十七場 佔城

(四手下,小生上,白)

(【水底魚】)俺趙雲奉令攻取南郡,衆將!(手下白)有!(小生白)兵抵南郡城樓!(【水底魚】)(四手下,正旦上)(【水底魚】)(小生上桌介,正旦上,白)呔!南郡開城!(小生白)趙雲奉令佔了南郡,都督休怪!(下)(正旦白)衆將!(手下白)有!(正旦白)攻打荊州!(下)(淨白)[1]哦!(【水底魚】)

(下)

　　(四手下,副上,白)俺張飛奉令攻取荆州,來！將人馬扯往荆州。(【水底魚】)(副上桌介,四手下、正旦上,白)(【水底魚】)呔！荆州軍士開城！(副白)俺張飛奉令佔了荆州,都督休怪！(下)(正旦白)攻打襄陽！【水底魚】(下)(四手下,外上,白)

　　(【水底魚】)某關羽奉令取了襄陽,來！(手下白)有！(外白)轉過城樓！【水底魚】(四手下,正旦上,白)【水底魚】呔,襄陽軍士開門！(外白)某家在此,佔了襄陽,都督休怪！(下)(正旦白)吓！想我東吳去了多少錢糧,損了無數人馬,反被孔明這村夫不用張弓枝箭,佔去幾多城池,叫我有何臉面去見吳侯？也罷,不免將人馬且至柴桑關,整頓人馬[2],再來報仇！衆將！(手下白)有！(正旦白)人馬扯往柴桑關！(【尾聲】)(同下)

校記

[1]（下）（净白）：排印本作"净下白",非是,今依劇情改。
[2]整頓人馬："頓",原本作"蝪",排印本未改,今依文意改。

二十八場　團　　圓

　　(副、外、小生同生上)(生白)請！(衆白)請！(生白)主公駕坐襄陽,你我分班伺候！(同白)請！(四太監、末上)

　　【引】海晏河清,干戈又得寧靜。
　　(白)一火能燒百萬兵,孤窮纔得成大功。周郎枉用千般計,神機妙算孔明深。孤窮劉備,多蒙先生機謀,又得衆將之勇,力佔漢室諸土。先生！(生白)主公！(末白)倘若曹操再統大兵,如何是好？(生白)主公且放寬心,那曹操若再領兵前來,待山人略施小計,破却曹兵,有何難哉？(末白)若得如此,孤窮無憂矣！(衆白)臣等備有酒宴,慶賀主公！(末白)君臣同飲！(衆白)臣等把盞！(【畫眉序】)請駕回宮！(末白)擺駕！(【尾聲】)(同下)

擋　曹

無名氏　撰

解　題

亂彈。未見著録。劇寫關羽立下軍令狀,把守華容道,捉拿曹操。曹操帶領十八騎殘兵敗將逃至華容道,被關羽率兵攔住。衆人都以爲必死無疑,曹操見是關羽把守要道,忽然看到了生還的希望,對關羽苦苦哀求。關羽起初還記得與軍師訂立的軍令狀,義正言辭,怒斥曹操。但他忘不了霸陵橋辭行時對曹操的許諾,於是置軍令狀於不顧,放曹操一行人一條生路。曹操敗走華容道。事見《三國志・魏書・武帝紀》裴松之注引《山陽公載記》,但言辭甚簡略,且不言關羽華容道截擊曹操事。《三國演義》第五十回"諸葛亮智算華容,關雲長義釋曹操",對此故事有生動描述。版本今見《故宮珍本叢刊》《亂彈單齣戲》本。該本爲清抄本,未標點,首頁題"擋曹"。未署作者。今以《故宮珍本叢刊》的《亂彈單齣戲》本爲底本,校勘整理。

（四緑文堂、緑大鎧、周倉、關平、二馬童、一纛引關公上）

【引】亘古英雄,扶漢室錦繡江洪。

（白）今奉將令守華容,惱得某家怒氣冲。孔明不識英雄輩,欺壓吾曹蓋世雄。某漢室關某,與軍師爲賭頭爭印,去至華容道,捉拿曹操。小校,帶馬！（唱）

【倒板】暗地裏笑諸葛兵機顛倒,出大言取笑我渺視吾曹。自幼兒觀《春秋》韜略略曉[1],爲不平斬熊虎怒誅土豪。蒙聖母賜清泉改換容貌,走范陽纔結拜生死故交。初起義破黃巾功勞不小[2],酒未寒斬華雄青龍寶刀。過五關斬六將定保皇嫂,古城下斬蔡陽匹馬單刀。奉軍令把守在華容小道,今日裏一心心捉拿奸曹。（小校白）來此華容小道。（關公白）大路安下烟墩,小路設下埋伏。曹操到此,稟爺知道。（同下）（曹操内唱）

【倒板】曹孟德在馬上長籲短嘆。(紅文堂,許褚、張遼、李典、曹洪引曹操一傘夫上,白)哎!(唱)眼流手搥胸口怨蒼天,在中原領人馬八十三萬。實指望掃東吳要奪江南,又誰知小周郎謀略廣遠。諸葛亮那妖道詭計多端,黄公覆他把那苦肉計獻,蔣子義引龐統來獻連環。我只說四九天東風少見,又誰知諸葛亮力能回天。燒得我衆兵將頭焦肉爛,只剩下十八騎好不慘然。曹孟德在馬上喜笑開懷,

(笑介)(張遼、許褚白)哎,丞相發笑爲何來?(曹操唱)笑只笑小周郎見識淺孔明心中無大才。此地安下人和馬,殺得你我無處埋。(内喊介)(唱)吓!一言未盡人馬喊,想是此地有安排。(白)來,前去看看,甚麽旗號?(張遼、許褚白)吓!"關"字旗號。(曹操白)好,謝天謝地!(張遼、許褚白)事到如今,還謝甚麽天地?(曹操白)當日雲長許我三不死,難道今日一死也不饒?(張遼、許褚白)我們戰不得了!(曹操白)不要你們戰!(張遼、許褚白)殺不得了!(曹操白)不要你們殺。下面歇息歇息。(張遼、許褚白)小心了!(曹操白)那我知道。(唱)

聽說來了關美髯,猛然一計上眉頭。走上前來把禮見,亭侯吓!許昌一別有數年。(小校白)啓爺,曹操到!(關公内白)吓!(唱)

【倒板】耳旁厢又聽人喧馬鬧,(上高臺)皺雙眉丹鳳眼仔細觀瞧。(曹操白)君侯!(關公唱)夾路上莫不是冤家來到?(曹操白)故友相交,怎說冤家二字?(關公唱)奉軍令誰認你舊日故交?(曹操白)君侯既讀《春秋》,豈不聞嫂公之事?追子捉如子乎?(關公唱)三國中論奸雄還算曹操。(曹操白)曹操不過替天行道,何用爲奸?言重吓,言重!(關公唱)他一派假殷勤袖内藏刀,今日裏用武時何等反笑[3]?奉軍令捉拿你怎肯輕饒?(曹操唱)

曹孟德在馬上滿臉陪笑,尊一聲漢君侯細聽根苗。下江南八十萬人馬不少,實指望掃東吳得勝回朝。只落得十八騎殘兵來到,望君侯釋放我性命一條[4]。

(關公白)周倉,查看曹操多少人馬!(周倉白)吓!曹操人馬站定了!(曹操白)站定了!(周倉白)一五、一十、十五、一二三。啓爺,連曹操在內,還有一十八騎殘兵。(關公白)哈哈!哈哈!吓吓!軍師,你既能所算,就不能所諒?慢說一十八騎殘兵[5],就是一十八只猛虎,俺關某何足懼哉?(唱)

諸葛亮他那裏將人取笑,算定了十八騎不差分毫。我觀他好一似鰲魚吞鈎傷爲鳥,縱有翅也難飛逃。(曹操唱)想當初待君侯恩高義好,上馬金下馬銀美酒紅袍。官封你壽亭侯爵禄不小[6],望君侯念舊情放我走逃。(關公

唱）你雖然待我的恩高義好，我也曾還過你汗馬功勞。斬顏良誅文醜立功報效，將印信挂高梁封金酬曹。（曹操唱）我也曾送文憑差人來到，臨行時贈君侯美酒紅袍。（關公唱）休提起送文憑令人可惱！誅孔秀刺孟坦王值被梟。過黃河斬秦琪文憑來到，謝丞相空人情不在心梢。（曹操唱）在灞橋原許我雲陽哀報，你本是大義人其望故交。（關公唱）非是我忘却了雲陽哀報，因爲你這奸曹罪惡難逃！在許田射鹿時把君欺了，挾天子令諸侯勢壓群僚。逼死了董貴妃其罪非小，害董承斬馬騰要奪漢朝。恨不得將奸曹剝皮揎草，向前來試一試偃月鋼刀！（周倉白）看刀！（曹操白）吓！（唱）

曹孟德在馬上淚珠連，尊聲君侯聽我言。往日恩情無半點，百般哀告也枉然。殺曹操只用一綫地，君侯！留得美名萬古傳。（關公唱）

往日裏殺人不眨眼，鐵打心腸也未然。背地我把諸葛怨，思前想後悔是難。殺也難，放也難，實實難壞關美髯。叫三軍擺開了一字長蛇陣，旌旗吶喊收了奸曹回中原。

（曹操白）來看甚麽陣勢？（張遼、許褚白）一字長蛇陣。（曹操白）一字長蛇陣？想必放你逃走。你我走了罷。（張遼、許褚白）走了吧。（下）（曹操唱）

哎！好一個仁義關美髯！釋放曹操回中原。心中只把孔明怨，勾引周郎詭計端。頭一次借我十萬箭，又祭東風燒戰船。黃蓋前來把糧獻，龐統用計獻連環。火燒兵將八十萬，可憐屍首堆如山。事不成反被旁人怨，心不死領人馬再下江南！（下，小校白）曹操逃走了！（關公白）回營交令！（唱）

悔當初錯許他雲陽哀報，到今日犯軍令有犯律條。叫小校你與我轅門去報，就説是你二爺釋放奸曹。七星劍把頭找，一場熱血染戰袍。蓋世英雄故未了，汗馬功勞一旦抛。（下）

校記

［1］韜略略曉："韜略"，原本作"韜額"，不通，今改。
［2］破黃巾功勞不小："小"，原本作"曉"，今改。
［3］用武時何等反笑："武"，原本作"午"，今改。
［4］釋放我性命一條："釋"，原本作"失"，今改。下同。
［5］慢説一十八騎殘兵："説"字，原本無，今據文意補。
［6］官封你壽亭侯爵禄不小："壽亭"，原本作"受庭"，今改。

擋曹交令

無名氏 撰

解 題

聲腔不詳。不見著錄。赤壁之戰中,諸葛亮令關羽在華容道阻擊曹操,並立下軍令狀。但是,關羽却礙於曹操對他的舊恩,放走了曹操。劇寫關羽戰因放走曹操,回營交令,負荊請罪之事。版本今有清《車王府藏曲本》。該本係清抄本,無標點,首頁題"擋曹交令全串貫"。事見《三國演義》,其情節與《三國演義》第五十回"諸葛亮智算華容,關雲長義釋曹操"相似,但在人物形象塑造比小說更爲細膩,關羽的形象也更爲豐富。今以清《車王府藏曲本》爲底本,校勘整理。

(正生上,白)孫曹領兵兩相威,(老生上,白)我做漁翁把釣垂。(白)主公!(正白)先生,但不知二弟此去,也能得勝?(老白)主公但放寬心,二千歲帶領人馬殺的曹操大敗而回,候報便知。(卒上,白)報!(正白)所報何事?(卒白)只因二千歲帶領人馬殺的曹操大敗而回,二千歲轅門候令!(正白)有請二千歲進帳!(卒白)師爺有請二千歲進帳!(生白)得令!(唱)

中軍帳爭頭印牙關咬碎,今日裏放曹操把令來違。沒奈何負荊杖轅門請罪,這是我施仁義性命有虧。未上前行幾步先往後退,漢關某失却了蓋世雄威。邁步兒進寶帳雙膝叠跪,頭磕下滿面紅愁鎖雙眉。

(老白)恭喜二將軍!(生唱)聽他言恥得我滿面羞愧,(老白)子龍,將印取過。(生唱)到如今兩手空印交與誰?(老白)曹操多少人馬?(生唱)只剩得十八騎有頭無尾,(老白)曹操可在內?(生唱)日正午華容到曹美[1]。

(老白)可曾拿下?(生唱)都只爲失徐州夜却消廢,漢關某困土山四面共圍。又恐怕二皇嫂程中悲淚,張文遠他勸某去把曹歸。進曹營他待某長施恩惠,上馬金下馬銀美女相隨。奏天子封侯爵壽亭侯位[2],贈紅袍賜赤兔飲酒奉盃。分手時他那裏難捨落淚,追趕到霸陵橋餞行親送。過黃河斬秦琪文憑繳到,過五關斬六將全不以罪,古城下斬蔡陽弟兄相會。因此上誣怪他雲陽相報,念末將無能用猛勇之輩,念末將結桃園生死相隨,念末將失徐州哥弟悲淚,念末將雖降曹不蔑兄威,念末將不貪他金銀爵美,念末將想思兄朝夕淚垂,念末將扶皇叔心無二悔,念末將一心必要把漢歸,念末將受辛苦千山萬水,念末將三辭曹保嫂回歸。非是我放曹操把令來違,怎奈他待某的恩義難推。今日裏負荊枝帳前請罪,望先生開宏量暫恕初回。(老唱)

見雲長負荊枝雙膝叠跪,假意兒放下臉怒發如雷。叫三軍!(卒白)有!(老接唱)推出帳斬首問罪,今日裏犯軍令任你是誰?

(正白)刀下留人!(唱)

聽一言不由孤滿眼流淚,只難得為王的魄散魂飛。違軍令這都是孤家帶累,望先生看孤面將他赦回。

(白)先生!(老白)主公!(正白)二弟犯罪理當處斬,看孤面將他放回。(老白)如此,皇叔說情。人來!(卒白)有!(老白)將二千歲放回。(卒白)師爺有令,二千歲放回。(卒白)得令!(生唱)[3]

中軍帳傳將令魄散魂飛,鬆綁時好一似放虎而歸。上前來施一禮雙膝下跪,蒙先生施大恩把禮來賠。(老白)非是山人不斬於你,怎奈皇叔說情。今日你帶領三千人馬,取荊州將功贖罪。(生白)得令!(唱)中軍帳接令箭如虎揚威,也是我知仁義性命有虧。但願得取荊州將功折罪,衆三軍齊得勝唱歌而回。(老生笑介,唱)

二千歲接令箭心中自愧,他情願放曹操把令來違。(白)主公!(正生白)先生!(老生唱)非是我特意兒將他難為,(正生白)此話怎講?(老生唱)可喜他美名兒萬古不沒。(讀沒)(唱煤)(正生唱)

蒙先生下東吳火攻相對,八十萬雄兵將盡皆成灰。但願得衆三軍伸手而取,我二弟早得勝同唱而回。

(老生白)主公請!(正生白)先生請!(同下)

全完

校記

[1]本段唱詞皆是10字句,此句唱詞僅8字,當有缺字。
[2]壽亭侯位:"亭",原本作"廷"。今改。
[3]生唱:生字原缺,今依文意改。

取 南 郡

無名氏 撰

解 題

　　皮黃。又名《二氣周瑜》，作者不詳。《慶昇平班戲目》著錄。劇寫赤壁之戰後，周瑜和魯肅同到劉備營中致謝，席間與劉備就由誰來奪取南郡之事進行了辯論。諸葛亮未卜先知，提前囑咐劉備在席間用言語刺激周瑜，雙方議定由東吳先攻取南郡，如果不成功，則任由劉備方面繼續攻伐，諸葛亮、魯肅爲雙方證人。周瑜命蔣欽攻取南郡，蔣欽敗回；命甘寧攻取彝陵，却又被困彝陵；周瑜親自往彝陵救下甘寧後，決定立即遠攻南郡，中途遇到曹仁的軍隊，又在混亂中身中毒箭。周瑜將計就計，假稱毒發身亡，誘使曹仁劫寨，曹軍果然大敗。當周瑜與曹仁打得難分高下、人困馬乏時，諸葛亮派趙雲悄悄襲取了南郡，并巧用南郡兵符調兵遣將，不費一兵一卒，得到南郡、荊州、襄陽三處城池。周瑜因在這幾次戰役中勞而無功，氣得口吐鮮血，悵然而歸。事見《三國演義》第七十三回"玄德進位漢中王，雲長攻拔襄陽郡"。現存兩個版本：第一個版本收錄在清《車王府藏曲本》中，題作"取南郡總講"，未署作者，共分四大本，每本若干場，劇中脚色、科白、砌末、唱詞標明西皮正板、倒板等，當爲皮黃，簡稱車王府藏曲本。第二個版本收錄在《故宮珍本叢刊》的《亂彈本戲》中，題作《取南郡》，共分四卷，唱詞標出曲牌宮調唱腔，簡稱故宮珍本叢刊本。今以清《車王府藏曲本》本爲底本，參考《故宮珍本叢刊》本，校勘整理，擇善而從。

頭　本[1]

頭　場

（四文堂、孔明、劉備上，唱）

甲子東風早算定，軍師千古第一人。大江之中用火勝，莫非漢室重當興。（孔白）主公。（唱）兵家勝敗原難定，到底周郎善用兵。孫劉結交非廉藺，只恐登時是非生。（孫乾上，唱）送禮江東得回信，報與軍師得知聞。

（白）孫乾參見主公、軍師。（劉白）孫乾回來了，送禮周郎，動靜如何？（乾白）周瑜收了禮單，言道："多承皇叔厚意，必當親自前來相謝。"（劉白）辛苦你了。你且下面歇息。（乾白）多謝主公。（下）（劉白）請問軍師，周郎來意如何？（孔笑介，白）哈哈哈，那裏爲這些小薄禮肯來面謝，不過是爲南郡而來，借此行事。（劉白）喂呀，既爲南郡，他若提兵而來，何以對之[2]？（孔白）他若來時，主公只管接待[3]。（附耳云介）如此應答，便可支吾。（劉白）先生言之有理，俱聽先生指教而行便了。（孫乾白）人馬多威武，旌旗見然機。啓禀主公：周郎帶兵已到油江岸口。（孔白）傳令下去，趙子龍進帳。（乾白）得令。傳子龍進帳。（下）（趙子龍上，白）來也。志與國家滅漢賊，氣吞吳會貌周郎。趙雲參見主公、軍師。（劉、孔同白）將軍、四弟少禮。（趙白）謝軍師。軍師傳末將進帳，有何將令？（孔白）周瑜統兵前來，不是好意[4]。你可帶領驍將數人，前去江口迎接，以顯我軍威武。（趙白）得令。（下）（孔白）子龍前去迎接，足使周瑜膽寒。亮同主公營門接待便了。（劉白）先生。（孔白）主公。（劉白）周瑜統兵前來，倘若殺個措手不及，如何是好？（孔白）臨江會上，主公在他營中尚且穩如泰山，何況今來我地？現有諸葛在此，管保主公無事。（劉白）先生吓。（唱）

非是孤懼怕周公瑾，將孤兵微難戰爭。一但失却荊襄郡，終日難對劉景升。曹操雖敗事未定[5]，周郎不是等閑人。此來好歹意難定，機關變動在先生。（孔唱）正好借他取南郡，主公照我言語行。一同去到轅門等，（劉唱）全仗軍師可放心。（同下）

校記

［1］頭本：原本在此本劇尾，今移此。其它幾本均如此移。
［2］何以對之："對"，原本作"時"，今依文意改。
［3］主公只管接待："待"，原本作"時"，今從《故宮珍本叢刊》本改。
［4］不是好意："意"字，原本不清，今從珍本改。
［5］曹操雖敗事未定："雖敗"，原本作"誰敗"，今從珍本改。

二　場

（四文堂、四大鎧、四大將、徐、甘、丁、蔣四大將上，魯肅、周瑜同上，周唱）

旌旗招展龍蛇影，人馬馳驅虎豹心。細想玄德悔又恨[1]，將來東吳之禍根。借此除害保國本，只是心頭懼孔明。（白）魯大夫。（魯白）都督。（周白）我想破曹操容易，殺除劉玄德實難。今日去到油江口相會，玄德好便好，如若半字不遜，俺便在彼殺之，以除後患。眾將須當奮勇。（眾白）是。（魯白）都督此計雖好，但有一件不妥。（周白）那一件不妥？（魯白）他還有個詭怪孔明在他身傍，只恐難以下手。（周怔介）啊。（魯唱）

都督妙計比韓信，無奈諸葛似鬼神。舌戰群儒見本領，激發吳侯起雄兵。用計說他不歸順，聚鐵山劫糧獨力行[2]。被他識破成畫餅，反笑你我無才能。（周唱）

人言老實魯子敬，今日之言果然真。自古兩雄不相並，今日豈可損自身。兵將放膽向前進，准備龍泉斬孔明。（同下）

校記

［1］細想玄德悔又恨："細想"，原本作"細詳"，今從珍本改。
［2］聚鐵山劫糧獨力行："劫"，原本作"却"，今從珍本改。

三　場

（四將官、四上手站門上，趙雲上，唱）

帶領驍騎軍師令，油江岸口顯威名。

（白）俺趙雲。奉軍師將令，江口迎接周瑜。只見旌旗招展，周郎來也。衆將官，人馬擺開者。

（四文堂、四大鎧、四大將、魯肅、周瑜一旗纛上，周唱）

一路行來心想恨，啊，（唱）只見江岸有雄兵。（趙白）呔，何處人馬敢來到此處？（吳將白）東吳周都督。（趙白）趙雲請見。（蔣白）稟都督，趙雲請見。（周白）衆將閃開。（衆白）啊。（周白）趙子龍何在？（趙白）果然是周都督。奉皇叔同諸葛軍師之命，特來迎接都督。（周白）如此有勞將軍了。（趙白）都督請。（周白）請。啊，大夫。（唱）玄德知禮有恭敬，（魯白）都督，（唱）諸葛面前要留神。（擁兵介）

四　　場

（張飛上，白）營門鳴鼓角，戰士起雄心。（白）俺張翼德。方纔二哥向我言道，周瑜前來拜會，恐非好意，故此命俺帶劍營門，以防不測。鼓角聲起，大哥同軍師來也。

【大吹打】，四文堂、孔明、劉備上）（劉白）啊，三弟緣何披挂帶劍，站立營門？（張白）二哥言道，周瑜小兒臨江會上意欲陷害兄長，幸而未成；今日之來，必然不懷好意，叫我帶劍營門，隄防不測。（劉白）三弟，你好多心也。孫劉兩家同心破曹，周瑜焉肯害我？此來必是商議收取南郡之事，千萬不可造次失禮。（張白）唔，大哥總以好心待人，只恐那周瑜却無好待你。（劉白）是吓。（孔白）周郎縱有歹心，此地諒他也難下手，翼德只管放心。（張白）軍師，自古有文事者必有武備，聖人尚且防患，何況你我。（孔白）哈哈哈，翼德之言亦是。如此可帶領衆將暗藏營前，不可生事。（張白）遵命。周瑜吓周瑜！縱有鯨吞志，豈無捉虎能。（下）

（趙上，白）已來豪傑士，奉報英雄人。啟主公、軍師，周瑜已到。（孔白）一同迎接。【大吹打】，四文堂、四大將、四大鎧、魯、周同介，旗纛、四文堂、瑜見）（劉白）都督，大夫。（周白）皇叔。（孔白）都督，子敬。（周、魯同白）啊，先生。（劉白）請。（周、魯同白，同笑介）哈哈哈。請哪。（當場座）（劉白）臨江一別，實深羨慕，今幸降臨，足慰鄙懷。（周白）前者一睹尊顏，不勝敬服之至，今又多蒙厚賜，特來拜謝吓。（劉白）豈敢。赤壁鏖兵，幸得都督威勇，一戰成功，而使曹賊之膽[1]，不敢輕視天下。（周白）此皆皇叔神威，將士功勞，瑜何敢當。（主白）都督下顧，實爲萬幸。來！（衆同白）有。（主白）

看宴，與都督賀功[2]。（周白）如此叨擾皇叔。（安席，【吹打】介）（周、四大將參席）（衆同白）東吳衆將參。（張、趙、劉、關、衆上，阻介，白）免。（東吳將白）啊。（主白）今日之宴，與都督賀功議話[3]，並非鴻門可比，衆位將軍休懷異念，俱請帳外犒勞。（東吳將同白）[4]都督在此，我等應當值席伺候。（周白）皇叔盛情，別無外意，爾等帳外歇息可也。（東吳將同白）得令。（下）（主白）我與都督飲酒談心，爾等亦出帳外，款待衆將。（張、衆同白）得令。（同下）（周怔介，魯怔介）（主白）都督請。（周白）皇叔請。（排子）敢問皇叔，移兵在此，莫非有取南郡之意否？（主白）聞都督欲取南郡，故來相助，若都督不取，備必取之。（周白）哈哈哈，我東吳久以欲吞併漢江，今南郡已在掌握之中，瑜如何不取？（周唱）

吳侯志量原非小，蓄兵養銳今破曹。前者已欲取劉表，要取南郡在今朝。（主白）都督啊。（唱）勝負之事未可料，曹仁也是將英豪。

（白）都督欲取南郡，豈不知曹操臨歸之時，諭令曹仁把守荆襄南郡，必有奇謀遺計。況且曹仁勇不可當，但恐都督難以功取，反落笑談。（周大聲白）啊，也罷。吾若取不得南郡，那時任從皇叔去取。（主白）好哇。

（東吳四將同上，張、趙、封、平同上，兩邊上介）（周、主同白）啊，爾等何爲？（東吳將白）聞聽都督要讓南郡不取，故此上帳諫阻。（周白）本都自有公論，爾等不必多言。暫且退下。（東吳將白）遵命。（劉白）你等亦快快退下。（張、衆同白）啊。（分下）（主白）方纔都督之言，子敬、孔明在此爲證，都督休得失悔吓。（魯怔介，白）這個？（周白）是麽"那個""這個"，大丈夫一言既出，何悔之有？（主白）着哇，大丈夫一言既出，何悔之有？（魯白）是是。不知孔明先生以爲何如？（孔白）大夫，你好糊塗。都督此言，甚是公論。先讓東吳去取，若取不下，我主公前往取之，有何不可？（周白）到底孔明先生説話明白，深知我心。（魯白）都督此言差矣。（周白）本都何差呢？（魯白）我東吳費了多少兵馬錢糧，方能破曹，到今日怎能應許皇叔去取南郡？我魯肅是個直心之人，只得説直話，皇叔與孔明休怪。此事似乎難行也。（魯唱）

非是魯肅行奸巧，智謀那有孔明高。凡事必須言公道，豈可横强失舊交。東吳耗費已非小，千萬百計纔破曹。收取南郡所必要，皇叔何必費心勞。（孔白）哈哈哈！（唱）子敬此言見識小，氣量不及公瑾高[5]。（魯白）怎麽我的見識小？（孔白）荆襄九郡本是劉景升故土，我主乃景升之弟，理當收復舊業。今讓都督先取南郡者，乃是同心破曹之好，不肯爭競；若都督不能攻取，自然我主公要去收復，難道還讓了曹操不成？（魯白）着哇，還讓了曹操不成？（周白）哎，子敬，依你之見，小而又小。（孔白）如何及得都督智量宏大？（魯忟介）啊。（主白）是是，孔明此言，正合道理。都督言出如箭，必無改悔。（周白）周瑜豈是言行不顧之人？皇叔放心，我今領兵前去攻取南郡，如若不得，聽從公取便了。（主白）是是。（周白）話不多言，就此告辭去也。（主白）不敢久留，奉送[6]。（周唱）孫劉兩家既結好，周瑜焉敢殫勤勞。一禮辭別去征討，（周原人兩邊上，歸大邊；張、趙、封、平分上，歸小邊介）（張白）呔！周瑜。（周白）啊！（張白）你可認得老張？（周白）俺怎麼不知你張翼德吓。（張白）好哇，啊啊啊！（周白）呔，張翼德！（唱）你醉失徐州也不高。（張愧羞介，白）哎，你休提起吓。（主白）請哪，都督。（周白）請哪，哈哈哈！（下）（主唱）周郎本無詭計較，三弟何其太酕醄[7]。（張白）哎，那周郎怎的無有詭計？（主白）三弟你太酕醄。（孔白）主公。（唱）翼德如此却也好，管叫周郎殺氣消。（白）主公不必瞞怨，翼德如此冒失，却也消去周郎一股銳氣。（張白）唔，好了這狗頭去了。（主白）這雖不甚要緊，却纔先生叫我向周瑜如此回答，雖然一時說了出口，展轉尋思，於理未然。我今孤窮一身，並無置足之地，欲得南郡，權且容身。若先叫周瑜取了城池，我等何處安身？（孔白）哈哈哈，當初亮勸主公佔取荆州，主公不聽，今日却又想耶？（主白）前為景升之弟，故不忍取；今為曹操之地，理合取之。（張白）既是當取，如何又讓周瑜？先生豈不是自誤自去？（主白）此乃軍師教我所言。（張白）唔。（孔白）主公不必憂慮，盡着周瑜前去厮殺，早晚教主公南郡城中高坐便了。（主白）請教計將安出？（孔白）此時難以妄言。翼德聽令。（張白）在。（孔白）附耳上來。（張白）扎扎扎。（孔白）照此而行，不得有誤。（張三笑介）好軍師，好軍師，真乃妙計。大哥。（主白）三弟。（張白）俺今領兵去也。（張唱）軍師之言真玄妙，（笑介）哈哈哈！（唱）氣殺周郎小兒曹。（笑介）哈哈哈！（孔唱）回頭再將子龍叫，（趙白）在。（孔白）准備金鈎釣海鰲，屯兵江口須安好。（趙白）是。（孔白）主公。（唱）但放寬心少焦勞。一同後帳暗理料，（主唱）難猜先生妙六韜。（同下，同笑介）

校記

[1] 使曹賊："使"，原本作"便"。今改。
[2] 都督：原本倒置作"督都"，今乙正。
[3] 與都督賀功議話："賀"，原本作"加"，今從珍本改。
[4] 東吳將同白："將同"，原本倒置，今乙正。

［５］氣量不及公瑾高："氣"，原本作"羍"，今改。

［６］不敢久留奉送："奉"之下至"送"之間，原本錯漏二頁。今據珍本改正。

［７］三弟何其太酕醄："酕醄"，原本作"毛匋"。今改。

五　　場[1]

（四文堂、四大鎧、四大將、魯肅、周瑜、旗纛【急急風】上，紮營介）（周唱）殺之不成羞又惱，一腔怒氣實難消。三軍紮營再計較，（眾同白）啊。（分下）（周坐）（魯唱下句）魯肅心中似火燒。不殺玄德事還小，奪取荊襄在今朝。如何許他去征討，東吳豈不白費勞。況且孔明多計巧，關張趙雲俱英豪。未必甘心不爭鬧，怕的終久有蹊蹺。只恐都督入圈套，（周唱）那裏這些話勞叨。

（白）吾取南郡，猶如反掌，落得虛作人情，你又何必多心。（魯白）唔，我怕未必。（周白）你且看了。眾將官！（眾同白，眾兩邊上）有！（周白）誰敢領兵先取南郡？（蔣白）末將蔣欽願往。（周白）好，汝為先鋒，徐盛、丁奉為副將，帶兵五千攻取南郡，本都大兵隨後前去接應，不得違誤。（蔣、徐、丁同白）得令。（同下）（魯白）咳。（周白）啊，子敬，何故你又長嘆？（魯白）非是魯肅長嘆，我看攻取南郡之事，覺乎有些費力呀。（周白）呵，此何謂也？（魯白）哎呀，都督，你聽我容稟。（唱）

荊襄九郡本劉表，玄德是他親枝苗。兵屯油江是詭道，必有良謀懷內包。都督豈是真不曉[2]，許他攻取為那條。（周冷介白）請教你如何看得透？（魯白）哎呀都督。（唱）只看孔明微微笑，便知其中有利刀。倘若我兵失計較，南郡荊襄白送交。（周笑介）哈哈哈。（唱）聽罷言來令人笑，子敬真是小兒曹。

（白）魯大夫何其如此膽小！孔明亦乃一人，何懼之有？你且放心隨定本都，看我攻取南郡，坐得荊襄。（魯白）但願如是。（周白）眾將官，大隊人馬往南郡而行，接應蔣欽去者。（唱）

漢江一戰趕曹操，破竹之勢何用刀。席捲荊襄兵將少，子敬何須膽魂消。（同領下）

校記

［１］五場：原本無，據上下文意增補。下同。

［２］都督豈是真不曉："曉"，原本作"小"，今改。

六　　場

　　（牛金起霸上，白）丞相南征氣慨雄，樓船遮滿大江東。周郎偏與東風便，赤壁不防一火攻。俺牛金奉了丞相鈞令，隨同曹仁將帥鎮守南郡。今聞周瑜領兵來攻取，是以嚴裝整齊，準備迎敵。話言之間，只見曹洪將軍來也。（曹洪起霸上，白）身經百戰逞英雄，豈料周郎善火攻。敗轉難敵失銳氣，還思竭力破江東。（白）俺曹洪。（牛白）將軍請了。（洪白）請了。（牛白）元帥陞帳，你我兩廂伺候。（洪白）請。（歸兩邊站介）
　　（四文堂、四大鎧、四下手、曹仁上，唱）
　　【點絳唇】將士豪强，威武雄壯。領兵將，鎮守荊襄，忠心保家邦。（牛、洪同白）參見元帥。（仁白）二位將軍少禮。（牛、洪同白）謝元帥。（仁白）南荊雖執掌，所重在荊襄。丞相留機密，周瑜指日亡。本帥曹仁。丞相臨行許昌，將南郡與俺鎮守，適纔探子報道，吳兵已渡漢江，特此陞帳議事。左右。（衆同白）有。（仁白）有請陳矯大夫。（衆同白）有請陳矯大夫。（陳矯上，白）手握兵符印，心懷漢家臣。元帥在上，陳矯參見元帥。（仁白）先生少禮，請坐。（陳白）告坐。喚陳矯進帳，有何話諭？（仁白）只因周瑜領兵已渡漢江，來取荊襄，特請先生商議退敵之策。（陳白）襄陽有夏侯惇把守[1]，荊州亦有夏侯尚鎮守，俱有兵符在此，諒也不敢擅動。只有彝陵空虛，元帥當命曹洪前去守之，以爲犄角之勢。何懼周郎之有？（仁白）先生之言甚是。曹洪聽令。（洪白）在。（仁白）命你帶兵五千，鎮守彝陵，以防吳寇，不得遲誤。（洪白）得令。（四下手領只下）
　　（報子上，白）報！禀元帥：周瑜命大將蔣欽爲先鋒，徐盛、丁奉以爲副將，領兵五千，前來攻取南郡。（仁白）再探。（報白）得令。（下）（仁白）牛金聽令。（牛白）在。（仁白）傳令下去：命衆將堅守城池，勿戰爲上，候他糧草已盡，再開城迎敵。（牛白）且慢。（仁白）將軍因何阻令？（牛白）啓元帥：兵臨城下而不出戰，是懼怯也。況丞相新敗，理應重振銳氣，豈可閉關不出？（仁白）非也。蔣欽乃東吳有名大將，徐盛、丁奉勇不可擋，未可輕敵。（牛白）俺願帶領精兵五百，出城與他決一死戰，斷不肯失此志氣。（仁白）也罷。你既如此忠勇，出城須要小心。（牛白）得令。蔣欽哪蔣欽，俺若不勝你，也非驍將了。（笑介）哈哈哈哈。（下）（陳白）牛金雖勇[2]，恐其失事。元帥帶

兵出城掠陣,以助其威勢可也。(仁白)領教了。眾將官,隨本帥出城掠陣去者。(唱)

牛金雖勇韜略少,必須掠陣保英豪。(眾將領只下)

校記

[1]夏侯惇:"惇",原本作"墩",今依《三國志·魏書·夏侯惇傳》改。
[2]牛金:"牛",原本字殘。今補。

七　　場

(四文堂、四上手、四大鎧、徐盛、丁奉、蔣欽、一大纛旗【風入松】上)(蔣白)俺蔣欽,奉了周都督將令,同徐盛、丁奉二將統兵攻取南郡,來此離城不遠,二位將軍上前攻打。(丁白)南郡城池堅固,必須引誘敵人出城困住,得勝之後,方可攻城。(徐白)丁將軍此言甚是。(蔣白)如此丁將軍上前誘敵,徐將軍在後接應,俺領兵圍困來將便了。(徐、丁同白)請。(蔣白)請。(合頭,抄只下)

八　　場

(四文堂、四下手、牛金上,會陣,二龍出水)(丁奉原人上,四文堂、四大鎧上)(牛白)吹,俺牛金在此,來將通名受死。(丁白)俺乃東吳大將丁奉是也,特來收取南郡,快叫曹仁出城投降[1]。(牛白)吹,好吳賊,滿口胡言,看刀。(丁白)來得好。(殺介,丁敗,牛追下)

校記

[1]出城投降:"城",原本作"地"。今改。

九　　場

(四上手、徐盛上,白)丁奉詐敗而來,眾將官上前接應。(丁奉、牛金殺上,同殺介,徐、丁敗下,牛追下)

十　　場

　　（四文堂、四大鎧、蔣欽、纛旂上，蔣白）牛金十分驍勇，徐盛、丁奉俱敗下陣來，衆將官，即速上前，四面圍困，休得放走。（徐盛、丁奉、牛金殺上，蔣接戰介，四上手圍困，擁下）

十 一 場

　　（四文堂、四下手、陳矯、曹仁、纛旂上，站門，仁唱）
　　遠看牛金被圍困，東吳之兵果然能。（白）先生遠看，牛金身入衆圍，不能得出，如何是好？（陳白）元帥即速親往救之，我去城頭照應便了。（仁白）請。（陳唱）我去城頭遠接應，（四文堂領下）（仁唱）三軍奮勇救牛金。（下）

十 二 場

　　（牛金上，唱）
　　匹馬單刀陷敵陣，吠，擋吾者死避我生。（丁奉、徐盛、蔣欽、四上手上，殺介，四下手、曹仁上，殺介，救牛金出陣介，蔣、徐、丁敗下，牛白）蔣欽等敗走。（仁白）不必追趕，收兵進城。（下）

十 三 場

　　（四文堂、四大鎧、程普、甘寧、魯肅、周瑜上，唱）
　　蔣欽奮勇取南郡，只恐難以勝曹仁。特此隨後來接應，（魯白）都督。（唱）但望紅旗報好音。
　　（蔣、丁、徐同上，白）稟都督，末將等請罪。（周白）何罪之有？（蔣白）攻取南郡，已困牛金，却被曹仁衝圍救出，我軍敗損，特此求兵助戰。（魯白）如何？（周白）你好無用也。（周唱）
　　爲將之道當謹愼，如何無謀又無能。失我銳氣頭一陣，軍法當斬難容情。喝令武士即速綑，（四上手兩邊上，綁蔣、徐、丁介，周唱）轅門之外快施行。（程同衆白）刀下留人。（程唱）若斬大將乃自損，（甘唱）還要將功抵罪名。

　　(程、甘同白)蔣欽等罪固當斬,念在破曹有功,還求都督饒恕。(周白)軍令不嚴,何以服衆。吾今看在衆將面上,暫饒一死,扠了下去。(蔣、徐、丁同白)咳。(同下)(魯呆介)(周白)吓,大夫爲何發呆?(魯白)我何曾發呆?(周白)我要斬蔣欽等,衆將俱都討情,大夫鉗口無言,呆坐一旁,是何故也?(魯白)我在此想起一件心事。(周白)何事?(魯白)都督先前怒打黃蓋[1],我等不知真假,十分着急。孔明一旁明知其故,獨不言語,可見其高。及至我去探他,還又叫我瞞過都督。今日又斬蔣欽,所以我想起前事,實服了孔明先生之才智也。(周白)吓,子敬,你怎麼時時刻刻把個孔明放在心中,這是如何用兵行事?(魯白)都督請聽。(唱)

　　都督你暫且將氣平,容我魯肅逐細云。非是無故閑思論,無奈心中懼孔明。高卧隆中令人敬,不求聞達聖賢人。玄德檀溪遇水鏡,三請方纔出山林。火燒博望夏侯遁,要比管略勝十分。到我江東助行陣,扁舟一葉能安身。便是孫武難決勝,神出鬼没會用兵[2]。怕的一朝結仇恨,都督只恐未必贏。故此我常心愁悶,荆襄只恐得不成。(周白)哎。(唱)凡事不可先自損,周瑜亦非無用人。

　　(白)子敬如是懼怕孔明,難道不取荆襄麼?(魯白)取是要取,只是孔明詭計多端,難以隄防,必得小心謹慎,方無後悔。(周白)不必多言,我自有主意。(魯白)是了。(周白)衆將官。(衆白)有。(周白)前往攻取南郡。(甘寧白)且慢。(周白)將軍因何阻令[3]?(甘白)都督未可造次。今曹仁命曹洪鎮守彝陵,爲犄角之勢,難以攻取。某願帶精兵三千,徑取彝陵,都督然後可取南郡。(周白)好,甘興霸所言甚是。即選精兵三千,前去攻打彝陵。(甘白)得令。(下)(周白)衆將官,甘寧前去攻打彝陵,勝負難憑,必得屯兵衝要之地,以爲接應。(衆同白)是。(周唱)

　　本是到此取南郡,大事當先攻彝陵。兵紮衝要待捷信,准備剛刀斬曹仁。(衆領下)

校記

[1] 都督先前怒打黃蓋:"怒",原本作"恕",今改。

[2] 神出鬼没:"出",原本字殘;"没"原本作"歿",今改。

[3] 將軍因何阻令:"阻",原本作"懼",今改。

十 四 場

（四文堂、牛金、陳矯、曹仁上，唱）

好在吳兵敗頭陣，赤壁之仇報得成。（陳白）元帥。（唱）周郎服輸未必肯，（牛白）哎。（唱）來時必要把他擒。

（曹純上，白）報！禀元帥，周瑜命甘寧前去攻打彝陵。（陳白）彝陵有失，南郡亦不可守，元帥即速救之。（仁白）如此，牛金、曹純聽令。（牛、純白）在。（仁白）即速前往救應。（陳白）且慢。甘寧東吳大將，必須計取。（仁白）先生有何妙計，早要安排。（陳白）曹純先去報知曹洪，叫他出城與甘寧交戰，詐敗而走，讓甘寧奪取彝陵空城，然後會同牛金，四面圍困，方可擒得甘寧。（仁白）妙吓，爾等照計而行。（牛、純同白）得令。（純唱）奉令走馬去報信，（下）（牛唱）要顯威勇捉甘寧。（下）（陳唱）計策雖然如此定，還須隄防要留神。（白）牛金、曹純恐非周瑜敵手，元帥還須提兵，隨後往來接應。（仁白）也罷。南郡城池兵符、印信一併交與先生掌管，本帥自帶兵將出城助戰去也。（陳白）遵命。（仁唱）犄角之勢最要緊，接應必須親自行。（四文堂領只下）（陳唱）緊守兵符與印信，隄防吳兵閉四門。（下）

十 五 場

（設彝陵城介，四文堂、四下手、曹洪上，唱）

適纔巡城探馬報，甘寧兵馬似山魈[1]。站立城頭心煩惱，（曹純上，唱）飛馬前來會英豪。（純白）曹洪兄長請了。（洪白）吓，曹純賢弟何來？（純白）奉元帥之令，前來叫兄長與甘寧交戰，只可詐敗，讓他奪取空城，然後我兵四面圍困，必擒此人。兄長務必遵行，兄弟去也。（下）（洪白）妙哉，此必陳矯之計。衆將官。（內白）有。（洪白）安排空城之計者。（內白）啊。

（四文堂、四上手、甘寧、纛旂上，甘白）吶，彝陵城上站者可是曹洪？（洪白）然也。爾乃何人？（甘白）東吳大將甘寧，特來收取此城，爾等快快歸降，免遭誅戮。（洪白）吶，好吳賊，休誇大口，曹洪老爺出城取爾狗命。（出城會戰，起打，洪敗下）（甘白）哈哈哈，曹洪原來有名無實之人，戰不過數合，便自棄城逃走。衆將官，不必追趕，搶進城去。（衆進城下）

校記

［1］山魈："魈"，原本字不辨。今從珍本改。

十　六　場

（四文堂、四大鎧、曹純、牛金、曹洪、一蠹旂凹門上）（洪笑介）哈哈哈，好計也。（唱）陳矯之計果然妙，甘寧中了計籠牢。（白）甘寧啊，甘寧啊，你今入了彝陵城中，好似籠中之鳥，井底之魚，休想活命。衆將官，四面圍困者。（唱）衆位將軍一聲叫，捉拿甘寧在今朝。四面圍困休放跑[1]，再捉周瑜顯功勞。（同下）【尾聲】

校記

［1］休放跑："跑"，原本作"炮"，今改。

頭本完

二　本

頭　　場

（呂蒙上）（【急三腔】）（呂白）俺東吳大將呂蒙是也。奉周都督將令，四路查探軍情。聞得甘寧被曹洪誆進彝陵城中，圍困不能得出，理合飛馬回營，報與都督起兵救援。馬上加鞭。（活頭下，上）（四文堂站門上，魯肅、周瑜上，周唱）

【引子】士馬奔騰，運神機爭取南郡。（詩）眼底敗曹操，心中笑孔明。（魯忹，望介，周接詩白）要知周瑜在，必取荊襄城。（魯白）吓吓，都督如何心中也有孔明，却放不下，失口便言。（周白）我……子敬心中常懼孔明，故此發笑。（魯白）都督，我魯肅，你可笑也？（周白）我笑孔明，空憑一張利口，借我江東兵馬，解他當陽災難，如今却還想收取南郡，真乃自不量力，豈不可笑？（魯白）咳，都督，你説那孔明一張利口，借我江東之兵，解他當陽之難，固然是也；無奈此人赤手空拳，善於用借，不但魯肅不及，便是都督，實難奈何與他。(周白)何以見得善於用借?(魯白)破曹操北軍者,既借江東之兵;而助江東者,即借北軍之箭,是借於東又借於北也。(周白)咳。(魯白)臨江取箭,既借我魯肅之草船而疑於曹操者,後借一江大霧而取十萬枝箭,是借於人又借於天也。(周白)啊。(魯白)借江東之兵築祭風臺,借東風而燒曹軍,脫都督之害;又借東風,扁舟一葉,以回夏口。(周白)哦?(魯白)請想,兵可借?(周白)兵可借。(魯白)箭可借[1]?(周白)啊,箭可借。(魯白)霧可借?(周白)哦,霧可借。(魯白)風可借?(周白)風可借。(魯白)唔!(周白)唔!(魯白)唔,只怕荆州後來他也借哩。(周白,怔介)哎呀。(魯白)哎呀。(周白)如此説來,此人竟是個空心把勢了吓。(魯白)唔,所以我心中總有些隄防他要借貸。(周白)哏,此人不死,真乃江東之患也。(魯白)哎,阿彌陀佛,如何得他死?(周白)咳。(唱)

孔明真乃脱空手,怕的暗裏取荆州。當思妙計以防後,(魯白)啊,都督是要防他吓?(周白)哎。(唱)不殺此人勢不休。(魯白)哎,都督。(唱)都督不必雙眉皺,細聽魯肅説從頭。初見不該懷忌妒,口是心非兩對頭。使他劫糧偏不走,反借戰箭助吳侯。屢次害他先猜透,全無憂。破曹之功他本有,得好休時且好休。殺他只恐終難搆,孫劉不可結冤仇。

(周白)咳,也罷。(唱)事已至此暫將就,曹操之後再破劉。拿定主意坐帳口,(吕蒙上,唱)只恐甘寧命已休。(吕白)哎呀,都督,大事不好了。(周白)吓,何事如此?(魯白)想必孔明攻取南郡。(吕白)非也。甘寧被曹洪詐敗,誆進彝陵城中,圍困不能得出。(周白)哎呀,甘興霸好不小心也。(魯白)此事可急分兵往救。(周白)此地正當衝要之處,若分兵去救,倘若曹仁引兵來襲,焉能保全?(吕白)哎呀,都督,甘興霸乃東吳大將,豈可不救?(周白)如此吾欲自往救之,傳令凌統在此鎮守,不可怠慢。(吕白)得令。嘟,下面聽真。(內白)啊。(吕白)都督有令,分兵去救甘寧;此地留凌統帶兵鎮守,不可怠慢。(內白)啊。(吕白)都督,傳過令了。(周白)大夫隨我一同前往。(魯白)遵命。(周白)吩咐眾將,兵伐彝陵[2]。(魯白)眾將官,起兵攻取彝陵城去者。

校記

[1]箭可借:"借",原本作"箭",今改。下同。

[2]兵發彝陵:"發",原本作"伐"。今改。

二　　場

（四白文堂、四白大鎧兩邊上，領下）

（程普、周泰、四大鎧、四上手、大纛旗分上）（【泣顏回】）（排子）（眾同白）前面已離彝陵城池不遠。（周白）紮住人馬。（眾同白）啊。（周白）眾將官。（眾同白）有。（周白）誰敢突圍而入彝陵，以送甘寧之信？（泰白）末將周泰願往。（周白）非將軍不可，須要小心。（泰白）得令。馬來。（下）（周白）周泰單刀匹馬，他衝入曹洪軍中去了。眾將官。（眾同白）有。（周白）可向高處暫且紮營，飽餐戰飯，准備接應。（眾同白）得令。（排子）（眾領只同下）

三　　場

（內喊殺聲介，設彝陵城介）（四上手、甘寧上城，甘唱）

誤中奸謀被圍困，兵將難出彝陵城。只得堅守待接應，（內喊殺介）（甘白）啊！（唱）只聽一派喊殺聲。（周泰上，唱）殺透重圍威風凜，（白）吠，開城。（甘白）喂呀。（唱）原來周泰到來臨。（白）周泰將軍來了，快快開城。（泰白）俺進城。（下）（甘唱）救兵已是僥倖，轉過城頭來相迎。

（泰上，白）甘將軍請了。（甘白）周將軍辛苦了。（泰白）某奉都督將令，先來報知將軍，都督親統大兵前來救援，即便殺出城去，裏應外合，以破曹洪。（甘白）如此甚好。眾將官。（眾同白）有。（甘白）放起號炮，殺出城去。（眾領只下，炮響介）

四　　場

（四白文堂、四白大鎧、四上手、程普、呂蒙、魯肅、周瑜、一旗纛上，【風入松】，四門上，周白）彝陵城已經炮響，眾將官，即速殺上前去，裏外合攻。（會陣介，鑼鼓）

（四文堂、四下手、四將官、牛金、曹純、曹洪、一旗纛上）（洪白）吠，來者可是周瑜？老爺曹洪在此，還不下馬歸降！（周白）火燒不盡曹賊，呂蒙與吾擒之。（蒙架住，眾攢烟同下，呂蒙當牛金、曹純、曹洪殺介，甘寧、周泰出城，上助殺介，等同戰，洪元人敗，追下）

五　場

（上下手打一場，下）（可打不可打，隨便）

六　場

（四文堂、四大鎧、四上手上，周瑜、魯肅、一旗纛上，衆將上，甘寧白）曹洪敗走，彝陵城池已得。有勞都督救援，末將請罪。（周白）此非將軍之過也。即速進城歇馬。（魯白）且慢。（周白）大夫爲何阻令？（魯白）我兵俱進彝陵城中歇馬，倘若曹洪敗去，會合曹仁統兵前來，豈不又是甘寧之舊轍也？（周白）哎呀，子敬此言，深合用兵之道。依公之見如何？（魯白）彝陵孤城難守，曹洪敗走，必回南郡，趁此得勝銳氣，移兵南郡，以破曹仁，乃爲上策。（周白）喲，子敬有此韜略，並無老實，真乃吾友也。衆將官！（衆同白）有。（周白）就此攻取南郡去者。（周唱）趁此兵威取南郡，（魯唱）協理軍機要隨行。（領只下）

七　場

（四文堂、四下手、曹仁、纛旗上，外場坐，仁唱）

陳矯之見亦有准，本帥帶兵護牛金。（白）本帥曹仁，因與陳矯商議，帶兵前來接應牛金。方纔探馬飛報，周瑜已破彝陵城池，曹洪、牛金兵馬敗回，本帥只得住紮此地，以待曹洪[1]。

（牛、曹洪、純同上，白）元帥在此，末將等失了彝陵，敗回請罪。（仁白）兵家勝敗，古之常有。（曹報子上，白）報，周瑜人馬追殺來了。（仁白）再探。（報子白）得令。（仁白）周瑜既來，衆將官。（衆同白）有。（仁白）奮勇迎敵。

（四白文堂、四白大鎧、四上手、程普、呂蒙、甘寧、周泰、魯肅、周瑜、一纛旗上，會陣，周瑜、魯肅、程普隱暗下，周小邊、仁大邊站介，仁白）呔，周瑜何在？可知俺曹將軍利害？快出投降，免被誅戮。（呂白）呔，俺家都督已經分兵取爾南郡去了，曹賊可即下馬受死。（仁白）哎呀，好吳賊，看刀。（殺介，呂蒙等敗下）（仁白）衆將官，不必追趕，即回保守南郡要緊。（衆領只下）

校記

［1］以待曹洪：“待”，原本作“得”。今改。

八　　場

（四文堂站門上，陳矯站設南郡城介，陳唱）

適纔探馬來報信，曹洪已經失彝陵。周郎帶兵追趕緊，我守南郡要小心。兵將上城去巡警，（四白文堂、程普、魯肅、周瑜同上，周唱）分兵來取南郡城。（魯白）都督啊。（唱）看他旌旗不嚴整，便知曹仁無才能。拿住陳矯將城進，若遲一步怕孔明。

（周白）子敬此言甚是。（魯白）是。（周白）呔，南郡城上站者何人？（陳白）丞相參軍大夫陳矯。爾乃何人？（周白）陳矯原來是你？（陳白）然。（周白）吾乃東吳大都督周瑜。你可快獻南郡城池，同享富貴功名。（陳白）公瑾，我久仰你名，乃江東名士，願曲周郎。若論用兵之道，你却不如諸葛孔明。（周白）啊。（魯白）哈哈哈。奇了，你是何以見得我都督用兵不如孔明？（陳白）你是何人？相貌非凡，倒也品格出眾。（魯白）不敢。東吳大夫魯肅，字子敬。（陳白）原來是個老實無用之人。（魯怔介，白）這是甚麼說話吓？（周白）呔，你何以見得我魯大夫是老實無用之人？（陳白）我知你乃江東一富戶耳。周瑜路過缺糧，向你借貸，你指一囷米糧相借，何為厚道濟困之人，因此周瑜薦你為官。（周白）這是魯子敬平生厚道好處，何為老實無用？（陳白）你且聽了：劉玄德兵敗當陽，奔屯夏口，孔明本要欲往江東求救，以敵曹操，却不得其門而入；恰巧魯肅却去夏口，到反懇求孔明以助江東。哈哈，此乃第一老實無用也。（魯怔介）（陳白）啊，周郎欲殺孔明以除後患，是英雄之心也。固使孔明烏巢劫糧，是要借曹操之刀殺除後患。哈哈哈哈，先生要去探信，到被孔明言語嘲戲，殺之不成。此又是先生第二次老實無用也。（魯白）果然我之過也。（陳白）周郎使孔明造戰箭，是以軍法殺之，無所逃矣。先生替孔明耽憂，借給草船，以私情救之，留此禍患。此非先生之老實到底，無用已極之人乎？（周怔，看介）啊？（魯白）哎呀，陳矯你好欺吾也。（陳白）哈哈，老實之言，非欺兄也。（笑介）哈哈哈哈。（魯唱）

陳大夫你不必巧笑盈盈，（陳白）先生請講。（魯唱）有一言說與這兩軍靜聽。人生在世間上全憑忠信，豈不知老實乃道德之根。那曹操幼奸巧大來奸佞，在家庭欺叔父在朝欺君。挾天子令諸侯欲謀漢鼎，三尺童閨中女盡都皆聞。你祖父食漢禄也非平等，却原何隨逆賊看守城門。忘家國這是你無用之本，焉能够在軍前耻笑别人。趁此時開城降保全性命，我老實你無用打伙一群。

（周笑介）哈哈哈哈。（陳白）哎。（唱）此乃是争戰地兩軍行陣，又何須論口舌摇動人心？（周白）陳矯。（唱）你既知情理虧開城降順，周都督必饒你狗命殘生。（白）陳矯若降順，本都饒你不死。（陳白）要我開城，除非你等歸順曹丞相可也。（周白）哇，好胡言。（唱）好言相勸你不聽，管叫狗命刀下傾。程普向前打頭陣，（鑼鼓介，上場門上介、四文堂、四下手、曹純、牛金、曹洪、曹仁上，程架介，仁唱）周瑜何敢攻吾城。

（周白）呔，曹仁匹夫，快快下馬歸降。（仁白）看刀。（程架周、魯下，戰程敗介，下）（仁白）衆將官。（衆同白）有。（仁白）不必追趕，快快進城。（進城，下）（撤城介，鑼鼓）

九　　場

（四文堂凹門上，周瑜、魯肅上，周唱）

正好破城曹仁到，（魯唱）刀馬威風果英豪。（周唱）暫且離城作計較，（魯白）都督。（唱）只恐須用火攻燒。（程普上，白）都督因何退走？（周白）曹仁英勇，放他進城，再作計議。（甘寧、吕蒙、周泰同上，同白）末將等正戰曹仁，都督爲何先退？（周白）我欲分兵，乘空來取南郡城池，那知曹仁退回，放他進城，再作計較吓。（魯白）進退爲難之時，即速定計施行。（周白）大夫言之有理。嘟，衆將官。（衆同白）有。（周白）暫退十里紮營，歇息人馬，明日早來攻城。（衆同白）得令。（周唱）兵將紮營十里道，（衆同白，衆領只下）啊。（周唱）收取南郡在明朝。（衆先領只下）

十　　場

（四文堂、四下手、陳矯、牛金、曹純、曹洪、曹仁、衆凹門上，仁唱）

人馬入城可保守，失却彝陵實爲憂。（白）曹洪、牛金何其無能，失了彝陵，如何是好？（洪、牛同白）非我等之罪，無奈周瑜兵多將廣，内外夾攻，勢難抵敵。（陳白）事已至此，何不拆開丞相所遺錦囊觀看，以解此危？（仁白）此言正合我意。錦囊在此，請先生拆開觀之。（拆書介，陳白）哈哈，原來如此妙計。（仁白）是何良謀？（陳附仁耳介，云之介，仁白）哈哈，妙吓。（仁白）就照此計而行。衆將官。（衆同白）有。（仁白）吩咐衆兵，各自備辦行裝，束縛包裹，准備明日出戰。若其不勝，則回許昌。（衆同白，內應介）啊。（仁白）牛金聽令。（牛白）在。（仁白）命你帶兵五百名，埋伏城門之內。（耳介）只候周瑜落馬，即便殺出，斬取其頭，不得有誤。（牛白）得令。（下）（仁白）曹純聽令。（純白）在。（仁白）城上遍插旌旗，虛張聲勢，暗地埋伏，不得有誤。（統白）得令。（下）（仁白）就煩先生帶領弓弩手，埋伏城樓，以射周瑜。（陳白）遵命。哈哈，丞相真乃妙用也。（下）（仁白）曹洪隨本帥，明日早晨分兵三門而出，以誘周瑜。（洪白）得令。（仁白）衆將官。（衆同白）有。（仁白）各自歇息，准備明日出城，大戰周瑜。（衆同白）啊。（仁白）正是：安排打虎屠龍計，捉拿驚天動地人。（分下）

十 一 場

（孔之探子上，【急三腔】，上白）俺乃劉皇叔駕下能行探子是也。奉了孔明軍師將令，打探孫曹兩家用兵之事。須索小心，馬上加鞭去也。（活頭介，下）

十 二 場

（設高桌臺介，四上手、甘寧上，【水底魚】）（甘白）俺甘寧。周都督昨日退兵十里紮營，命俺在當道用土築一將臺[1]，以便觀望南郡城池。適纔築砌已畢，只見都督來也。爾等遠遠伺候。（上手分下）（四白文堂、魯肅、周瑜同上，周唱）

昨日停兵把戰鬥，今朝築臺觀敵樓。子敬一同下馬走，（上臺，唱）只見曙光照城頭。（魯白）都督。（唱）三楚之地古所有，乃是長安之咽喉。細看南郡地脉透，山高水長路悠悠。可惜劉琮不能守，蔡瑁空自喪刀頭。曹操得來又敗走，眼見荆襄歸吳侯。都督妙用雖料就，咳，我總怕孔明有機謀。（周白）吓。（唱）每到臨陣你先掣肘，孔明也只一顆頭。請你回營去坐守，我自會取城用良謀。（魯白）都督吓。（唱）

我是直心又快口,知己知彼方無憂。既不聽我言語陋,回營再去看春秋。(白)哎。(下)

(周笑介)哈哈哈。(唱)

子敬真是老實叟,處處讓人幾時休。欲看城池再回首,(白)啊。(唱)遍插旌旗乃虛浮。曹仁莫非要逃走,(白)哦。(唱)兵將包裹非久留。眾將臺前快伺候,(程普、周泰、呂蒙、甘寧、徐盛、丁奉兩邊上,同白)參見都督。(周唱)今日定將南郡收。

(白)方纔我看南郡城上,遍插旌旗,虛張聲勢,兵將腰束包裹,曹仁必先准備逃走。爾等可分左右兩軍,前去攻城,如若得勝,只顧向前追趕,直待鳴金,方許退步。本都親自引軍取城,爾等不得違誤。(眾將同白)得令。(周報子上,白)報,曹仁大開三門,兵將紛紛。(周白)眾將官。(眾同白)有。(周白)即速殺上前去。(唱)

奮勇休放曹仁走,(程、周、呂、甘四將先下,周唱)本都親自把城搜。(徐、丁隨下)

校記

[1] 用土築一將臺:"道",原本作"通",今改。

十 三 場

(設南郡城,曹仁、曹洪出城介,四文堂、四大鎧、曹仁、曹洪上,出城撤城介,四白文堂、呂蒙、程普、甘寧、周泰同上,碰頭、會陣,仁白)呔,吳賊聽者:曹仁在此,誰敢來戰?(周泰白)呔,俺周泰來也。(殺介,起打,程普幫殺介,曹洪白)呔,俺曹洪來也。(呂白)哇,我呂蒙在此。(殺介,起打,甘白)呔,俺甘寧來也。(眾起打,仁、洪敗走,下。程等原人追下)

十 四 場

(四下手拿弓箭,陳矯上,設南郡城,大開門介,【急三腔】,陳矯上城介,陳白)妙吓,丞相妙策如神,曹仁假敗,東吳之兵追趕過去,只見周瑜親自前來攻城。弓弩手。(四下手白)有。(陳白)周瑜馬到甕城之中,只聽梆子一響,弓弩齊發,不得違誤。(四下手白)啊。(伏城上介)

（四上手站門上，徐盛、丁奉、周瑜、一旗纛上，周唱）

前軍爭戰已得勝，(笑介)哈哈。(唱)只見南郡大開門。(白)妙吓。南郡城門大開，城上無人，正好奪取。衆將官。(衆同白)有。(周白)隨我取城。(唱)揚鞭催馬將城進[1]，(四上手進城，先下，陳白)放箭。(衆謝介)(周白)哎呀。(唱)腰間已中箭雕翎。(落馬介。四下手、牛金衝出、白)吥，周瑜休想逃命。(徐、丁救架下，牛金追兵只下。陳笑介)哈哈哈哈，周瑜身中毒箭，縱然逃走，也活不遠。衆將官。(衆同白)有。(陳白)爾等小心，緊守城池。(閉門撒城介，下)

校記

[1]揚鞭催馬將城進："城"，原本作"前"，今從珍本改。

十　五　場

（曹仁、衆元人上，跑一過場，下）

（程普、呂蒙、周泰、甘寧同上，程白)列位將軍，你我只顧追趕曹仁，後面喊殺連天，快快退回救應。(衆同白)言之有理。請。(下)

十　六　場

（徐盛、丁奉、周瑜同上，灑頭介。四上手、牛金上，殺介，起打。程普、呂蒙、周泰、甘寧同上，接殺，救出介。徐、丁、周先下。連場。四下手、曹仁、曹洪上，同戰，東吳四將敗，下）

（牛金上，白)周瑜中箭逃走。(仁白)不必追趕，進城歇息，明日再去罵戰。(笑介)啊哈哈哈！周瑜，你今休想活命也。哈哈哈！(同下)【尾聲】

三　本

頭　場

（四藍文堂、四藍大鎧、張飛站門上，旗纛上，【急急風】，張白)兵馬渡江村，披星戴月奔。軍師多妙用，密計取荊門。俺張翼德，奉了軍師密令，帶兵埋伏南郡。左右，待曹仁出城，趁勢奪取。嘟，衆將官。（衆同白）有。（張白）人馬悄悄的速行吓。（衆同白）啊。（活頭，領下）

二　　場

（四白文堂、大鎧、旗蠹上，【急三腔】，趙雲衆凹上，趙白）俺趙子龍，奉了軍師將令，密取南郡。因恐張翼德放走陳矯，不能得取兵符印信，難取荊襄，因此命俺暗地前來襲取。衆將官。（衆白）有。（趙白）小心前往。（活頭，下）

三　　場

（程普、呂蒙、甘寧、周泰同上，程白）赤壁塵兵走是真，（呂白）不防南郡假誆人。（甘白）軍家勝敗原難定，（泰白）安得奇謀斬曹仁。（各通名字。程白）列位將軍請座。（衆同白）請座。（程白）都督被曹仁哄誘，縱馬入城，身受箭傷，十分沉重，雖然拔出箭頭，疼不可當，飯食俱廢，如何是好？（呂白）醫者說此箭有毒，急切不能痊好，若遇怒氣衝激，必然瘡口難治。（甘白）現在牛金常來罵戰，亦須抵禦。（泰白）此事不可稟知都督，恐其生氣。（程白）不如且請魯大夫出來，商議退兵之策。（衆同白）正是。（程白）話言未了，恰好魯大夫出帳來也。（魯肅上，白）雖然毒箭傷公瑾，到底提心防孔明。（程、衆同白）大夫出帳來了？（魯白）衆位將軍，聚談何事？（程白）都督受傷，只可安兵不動，無奈牛金時來營門罵戰，故此聚議，請煩大夫高才定奪。（魯白）此時公等意欲如何？（程白）意欲暫且退兵，回見吳侯，再作理會。（魯白）公等且坐，聽我一言。（程、衆同白）大夫請坐。（魯白）請。東吳之兵到此亦非容易。都督雖然受傷，未必便肯輕退。（程、衆同白）豈奈牛金罵戰，在此紮營，豈可忍辱不出？（魯白）公等請聽吓。（唱）

【西皮正板】退兵之事且休動，都督行爲在我心中。毒箭之傷固然重，豈懼曹仁與曹洪。惟有一事懷驚恐，（程、衆冷白）何事？（魯唱）兵屯油江有臥龍。此人才略勝龐統，未必甘心做愚蒙。倘若乘機有捉弄，我等辛苦一場空。（程冷白）這却未必。（魯唱）公等不信是自哄，且待後來看下風。那時方知我有用，（內曹兵喊殺介，內白）呔，周瑜小子，快快出營受死。（程、衆驚介，衆同白）哎呀。（魯衆同唱）營門罵戰曹兵轟。

（報子上，白）報，啓稟衆位將軍，曹兵駡戰不休。（程白）吩咐緊守寨門，不許出戰。（報白）得令。（下）（程衆白）哎呀，大夫，這便如之奈何？（魯白）大家一同去見都督，見景説話。（程同白）請。（唱）曹兵駡寨何足勇，（程衆同唱）去見都督再交鋒。（同下）

四　　場

（四白文堂、四白大鎧站門上，周瑜上，唱）

箭傷雖然身疼痛，自有機關在心胸。耳邊只聽人聲閧，（內喊殺介）（周白）啊。（唱）快傳衆將進帳中。（文堂、衆白）衆將進帳。（魯、程、甘、呂同上，白）來也。（魯唱）營前戰將俱惶恐，（程、衆同唱）一聲令傳進帳中。（同白）都督箭傷可覺好些？（周白）似覺略好。（程、衆同白）都督傳我等進帳，有何軍令？（內喊介）（周白）何處鼓噪呐喊？（程白）這個？（周白）講。（程、衆同白）乃是軍中教演士卒。（周白）唗！（程同白）是。（周白）何欺我也。吾已知曹兵常來寨前辱駡，程德謀既然同掌兵權，何故坐視？（程白）我等見都督病瘡甚重，醫者言過，勿觸怒氣，故曹兵搦戰，不敢報知。（周白）[1]公等不戰，主意若何？（魯白）衆將意欲收兵，暫回江東，待公箭瘡平復，再作區處。（周怒白）住了。（魯、衆同怕介）是。（周白）大夫既食君祿，當死戰場，馬革裹屍，乃爲幸也，豈可爲我一人而廢國家大事？傳令衆兵出營吓。（魯白）吓，都督，養傷要緊，不可妄動。（周白）哎，大夫，你好糊塗也。（唱）

傷不致死未爲重，豈可因我而誤公。披挂上馬當奮勇，（四上手、旗纛分上，魯白）衆將保護都督，須要小心。（衆同白）啊。（周唱）誓擒曹仁斬曹洪。（衆領只下）

校記

[1] 周白：“周”，原本墨丁，今依文意補。

五　　場

（四紅文堂、四紅大鎧、四下手、曹純、牛金、曹洪、旂纛、曹仁上，唱）

周瑜中箭病必狠，百般叫駡不出營。（白）可笑周瑜被我毒箭所傷，駡戰三日，不敢出營。眾將官。（眾同白）有。（仁白）隨我結實大罵吓。（唱）眾將高聲再罵陣，吓！吶！周瑜小子是畜生，既然怕戰快降順。（周瑜原人上，周隱在旗纛後，程普上前架介，白）吶，曹賊休得倡狂。（仁白）啊。（唱）敗軍之將敢出營。（白）吶，爾等敗軍之將，何敢迎敵？周瑜小子中我之箭，料必橫死，今後不敢正覷我兵也。哈哈哈！（周白）哇！吶，曹仁匹夫，看見周郎否？（仁怔介，白）啊，他竟不知眾將高聲大罵？來。（曹洪、牛金、曹純同白）吶，周瑜匹夫却有何能？赤壁塵兵，若不得孔明祭借東風，江南二喬[1]早被丞相納於銅雀臺去了。（周白）吶，周泰出馬，擒此逆賊。（泰白）吶，曹仁看刀。（仁白）住了。吶，周瑜，看你死也不遠，何不趁此獻出二喬於丞相，兩家和好。（周白）哎呀，好不氣煞我也。（灑倒介，昏，程、呂、甘眾扶周瑜敗下。周泰擋介，敗下。仁白）哈哈哈，周瑜聽罵，怒氣冲起，箭瘡迸發，諒難久活。眾將官，收兵進城歇息，明日再來攻營破寨。（眾同白）啊。（領只下）

校記

[1] 江南二喬："喬"，原本作"矯"，今改。

六　　場

（魯上，白）營外喊殺連聲，軍中勝負難定。（四白文堂、四白大鎧、四上，程普、呂蒙、周瑜、甘寧、周泰、眾凹門敗下，分下。魯、程、眾同白）吓，都督貴體如何吓？（周笑介，着介）哈哈哈，我有何病？此吾計也呀。（魯、眾同白）哦，原來是計，嚇煞我等。請教都督，計將安出？（周白）我身本無甚痛處，所以為此者，欲令曹兵知我病危，必然欺敵。（魯、眾同白）都督有何高計？（周白）如今可使心腹軍士，去到南郡城中詐降，説我已死，今夜曹仁必來劫寨，我却四下埋伏，里應外合，可擒曹仁也。（程、眾同白）好哇，此計大妙。（魯白）唔，不妙。都督好好身體，忽然裝死，恐乃不祥之兆也。（程、眾同白）是吓，是吓。（周白）哎，兵家變化，那有忌諱？不必多言。趁此舉哀，以瞞三軍耳目。（程眾同白）是。哎哀。（周白）你們要哭都督。（程眾同白）是，要哭都督。哎呀。（哭介）都督哇。（魯白）哎呀，完了，大不吉祥。（周白）哎呀，大夫，你不哭，此計不成，快快高聲痛哭，三軍方信。（魯白）我不哭。（周白）你不哭，不成計，快快的哭哇。（魯白）哎。（哭介）（周白）快哭。（魯白）哎，哭哇。（周白）快些哭哇。（魯白）哎，我也説不了。哎呀，都督。（程哭介，眾

同哭)哎呀呀呀。(魯叫頭)公瑾,都督,你你你死得好苦也。(周怔介,衆哭介)哎呀。(魯唱)

我哭哭一聲周公瑾,我叫叫一聲周都督之魂靈。(程衆哭介)哎呀。(魯唱)想從前我和你相交刎頸,(周叫,點頭作嚇憒意思介。魯唱)舉薦我爲大夫同領雄兵。在赤壁燒曹賊一戰得勝,乘銳氣取漢水可奪荆門。你心中勢必要先取南郡,我心中總隄防諸葛孔明。(周怔望,惱介。魯唱)誰知道你中箭在此命喪,(程、衆哭介)哎呀!(魯哭介,白)都督,公瑾!(唱)要相逢除非是夢裏來生。(眞哭介)哎呀!都督。(程、衆同勸,白)大夫,人死不能復生,不必哭了。(魯唱)哎,我哭不盡傷心事珠淚難忍,(周也哭介,白)啊,子敬,散了罷,不必哭了哇。(魯白)哎呀,都督哇!(唱)我哭到了此地位眞是傷心。(搥胸跌足大哭介)哎呀,都督哇!程、衆怔介。魯唱)失却了好朋友却不要緊,東吳的國家事交託何人。想至此我也死不要性命,(程衆將同白)大夫,不要哭了哇。(周白)哎。(唱)他哭到這等樣叫我吃驚[1]。(揖介)咳。(唱)勸子敬且休哭暫時耐忍,此刻間我還要調遣雄兵。

(白)好子敬兄,這是用計,不必哭了。容我安排兵將,好捉曹仁。(程、衆同白)大夫,這是都督用計,事不傷心則已,哭到此際,竟像都督真死了。(周白)着哇。(程、衆將白)實爲悲慘。(周白)天地陰陽,百無禁忌。(程、衆將白)着哇,百無禁忌。(周白)程普等聽令。(程衆白)在。(周白)命你四人各帶兵馬,四面埋伏,兵候曹兵前來劫營,號炮一響,四面殺出,捉拿曹仁,不得有誤。(程普、泰同白)得令。(下)(周白)傳兩名能言心腹軍士上帳。(魯白)都督有令,傳能言心腹軍士二名上帳。(張富、李貴同上,同白)來也。張富、李貴叩見。(魯白)都督在上面。(張、李同白)哎呀,都督尚在無恙,我等叩頭。(周白)命你二人可去南郡城中,假降曹仁,説我在陣前箭瘡碎裂,歸寨即死。衆將俱以挂孝舉哀,因受程普之辱,故來投降[2]。報知此信成功之後,必有重賞。(張、李同白)遵命。(張白)全憑三寸舌,(李白)謀害千萬兵。(同下)(周白)大夫,傳令命徐盛、丁奉,設立空城營一座,虛插旌旗,人馬俱往左右埋伏,堵截曹仁奪取南郡。(魯白)得令。嘟,都督留下遣言,命徐盛、丁奉聽者:設立空營一座,虛插旌旗,人馬俱往左右埋伏,堵截曹仁奪取南郡。(內應介)(四白文堂、四白大鎧、四上手兩邊分上,旗纛、徐、丁同白,看介)參見都督。(周白)二位將軍少禮。(徐、丁同白)謝都督。(周白)子敬,今日奪取南郡,已在掌握之中,你可同我前往。(魯白)相隨都督。(周笑介)哈哈哈哈,衆將官。(衆同白)有。(周白)爾等努力當先,奪取南郡。與我帶

馬。(唱)

費盡了千般力今得南郡,魯大夫到此時你可放心。(笑介。衆領下)

校記

[1] 他哭到這等樣叫我吃驚:"我",原本作"他",今依文意改。
[2] 故來投降:"投",原本作"报",今改。下同。

七　場

(四紅文堂、四大鎧、四下手、牛金、曹洪站門上)(曹仁上,唱)

料想周瑜難活命,落馬必然今夜傾。(曹純上,白)啓稟元帥:城外來了東吳二軍卒,要見元帥,有機密事相報。(仁白)帶上來。(純白)呔,投降東吳軍士,進見元帥。(張富、李貴同上,同白)張富、李貴叩見元帥。(仁白)你二人到此,有何機密之事?(張白)小人等本是中原人氏,流落吳地,相隨出兵。今日周瑜因在陣前被罵氣憤,金瘡碎裂,回營即死。衆將挂孝舉哀,程普代印,責罰我等巡營懶惰,故此投降元帥。報知此信,以求收錄。(仁白)爾等此言可真?(張、李同白)焉敢有謊。(仁白)曹純。(純白)在。(仁白)將他二人帶在營外歇息,另有重用。(純白)得令。(張、李同白)多謝元帥。(同下)

(仁白)來,有請陳矯大夫。(衆照白)有請陳大夫。(陳矯上,白)兵符在手,略韜藏心。參見元帥。(仁白)先生少禮。請坐。(陳白)謝坐。元帥傳喚,有何將令?(仁白)方纔有周瑜營中軍士投降,報說周瑜箭瘡迸裂,回營已死。(陳白)哦。(仁白)我欲今晚前去劫寨,奪取周瑜之屍,斬其首級,送赴許昌,以削赤壁之恨,故請先生商議而行。(陳白)妙哉。此計速行,不可違誤。(仁白)如此,兵符、印信先生好生收掌,我同衆將領兵出城,乘夜劫寨便了[1]。(陳白)兵符、印信有我收掌,元帥放心,只管帶兵速去。(仁白)牛金聽令。(牛白)在。(仁白)命你以爲先鋒。(牛白)得令。(仁白)本帥自爲中軍,曹洪、曹純爲合後,只留陳矯大夫帶領些少年軍士守城,其餘兵將盡行出城,前去劫寨去者。(衆同白)啊。(仁唱)

奮勇只在此一陣,趁夜劫寨悄悄行。三軍與爺帶能行,(衆領下)(仁唱)定要奪取死屍靈。(下)(陳唱)兵符印信乃要緊,坐聽元帥報好音。(笑介,下)

校記

［1］乘夜劫寨便了："乘",原本作"未"。今依珍本改。

八　　場

（四文堂、四大鎧站門上,關平、劉封、孔明、劉備上,唱）

離江口走了些崎嶇路徑,白日間閑縶住夜晚起行。又只見水迢迢青山隱隱,想起了劉景升無限傷情。

（白）先生,自離油江口,一路行而來,見此山水風土,想起吾兄劉表,生子不才,失落荆州,令人可嘆。（孔白）今取南郡在即[1],主公可以不必悲嘆。（劉白）聞得周瑜被曹仁藥箭所傷,勝敗尚在未定,只恐南郡城池,一時難以襲取。（孔白）亮已料定,就在今夜,可得此城,所以先遣翼德、子龍二人前去在左近埋伏,襲取南郡,管保可得。（劉白）但願如是,乃我劉玄德之幸也。（孔白）衆將官,人馬緩緩而行。（衆同白）（孔唱）

取荆襄之機謀早已算定,那周郎空費力枉自勞神。這條計對不住老實子敬,（衆領下）（孔白）主公。（劉白）先生。（孔唱）必説我借他力有些欺人。（孔同劉笑介）哈哈哈。（同下）

校記

［1］今取南郡在即："在即",原本作"在迹",今改。

九　　場

（四文堂站門上,牛金上,白）（【急三腔】）呵,來此已是周瑜營寨,如何這樣靜悄悄的無人？莫非逃走了？待我四面尋看。

（四文堂、四下手、曹仁上,牛白）元帥來了。（仁白）呵,牛金爲何不肯攻營？（牛白）營中遍插旌旗,並無一人,乃是空營一座。（仁白）哎呀,不好,中計了,快快退回。

（炮響介,四文堂、四上手、程普、吕蒙、甘寧、周泰同上,同白）吥,曹仁中了吾都督之計也。（殺介,起打。曹洪、曹純上,救曹仁下。程、衆追下）

（上下手起把子,衆上戰,仁等敗下）（程上,白）都督有令,曹仁敗走,盡

力追趕。（眾追下）

十　　場

（上，設南郡城介。四文堂、四大鎧出門，到脫靴，歸小邊一字）

（張飛上，白）(【急三腔】)呔，開城。（陳矯上城，白）呔，黑夜之間，誰人叫城？（張白）這狗頭，連本帥都不認識了。眾將官上前答話。（大鎧白）呔，乃是元帥得勝回營，快快開城。（陳白）果然是元帥得勝而回，黑夜之間休得見怪。軍士們，開城。（張原人進城介，下）（陳白）哎呀，不好了，看這光景不是元帥，必然周瑜人馬。我不免懷抱兵符、印信，趁此機會逃出城，尋找元帥。（唱）

手握兵符懷抱印信，趁此機會逃出城。心忙意亂向前奔，（出城介。四文堂、四白大鎧、趙子龍上，白）呔，（唱）陳矯今欲何處行？（白）嘟，眾將收陳矯，與我押了進城。（眾同白）呵。呔，走哇。（陳白）哎呀。（眾進城介，下）（撤城介）

十　一　場

（張飛即上介，白）哎呀。（唱）四面搜拿無蹤影，陳矯難道會騰雲。此事如何繳將令，（白）啊，哎呀，這個陳矯球狐的，也不知他往那裏去了？咳，這便怎麼好呢？（四白大鎧上，趙上，白）呔。（唱）翼德為何無精神。（白）翼德緣何發呆？（張白）你也來了？軍師命我詐取南郡城池，囑咐千萬不可放走陳矯[1]，好取他的兵符印信，誆調荊襄曹兵。不知這狗頭偏偏躲藏不見了，教咱如何繳令？（趙白）翼德，你好大意！此乃要緊之事，如何被他走了哇？（張白）咳，先前明明看見那廝在城上答話，俺進城來捉他，卻只不見了。這豈不是俺的喪氣，真是他娘的晦氣[2]。（報子上，白）報，軍師同主公進城來了。（張、趙同白）小心迎接。（報白）啊。（拉城介）

（四紅文堂、四紅大鎧、關平、劉封同上，孔明、劉備、眾進城，同下。連場，原人，四門上，吹打，同上，孔白）翼德，拿的陳矯何在？（張白）咳。（趙白）已綁在外，（孔白）快將陳矯押上來。（趙白）啊。嘟，陳矯押上來。（四文堂押陳矯）（張白）呔，子龍何故奪我之功？（趙白）俺的功勞。（孔白）咦！住了。此非爭功之時。（趙、張同白）啊啊啊。（孔白）陳矯，可將兵符、印信呈出，饒你性命，還加重用。（陳白）兵符、印信在此，軍師請收。（孔看介，白）翼德聽令。（張白）在。（孔白）命你拿此兵符，先差人假扮曹仁差官，星夜去往荊州，調取守城軍馬，來救南郡。待他人馬出城，你便乘空奪取荊州城，不得遲誤。（張白）得令。（下）（孔白）關平聽令。（關白）在。（孔白）你可持此兵符，着人假扮曹仁將官，前去襄陽，詐稱求救南郡，誆誘夏侯惇引兵出城，你便乘空奪取襄陽城，不得遲誤。（關白）得令。（下）（孔白）趙子龍聽令。（趙白）在。（孔白）命你鎮守南郡，少刻周郎必來襲取，你可緊守此城，不可大意。（趙白）得令。（孔白）主公，翼德去取荊州，恐其誤事，必須主公同亮前去料理。（劉白）軍師之言正是。（孔白）陳大夫。（陳白）在。（孔白）隨我同往荊州，自有陞賞。（陳白）謝軍師。（孔白）眾將官，帶馬同往荊州去者。（眾同白）啊。（孔唱）

得南郡取荊襄大事已定，今日裏纔慰了主公之心。（劉笑介）哈哈哈。（唱）這也是劉玄德三生有幸，多虧了我軍師奇才妙能。（同笑介，領兵下）（趙唱）

俺今日奉將令坐守南郡，也不枉大丈夫志氣平生[3]。（下）

校記

［1］千萬不可放走陳矯："不可"，原本漏，今依珍本補。
［2］真是他娘的晦氣："晦氣"，原本作"冒氣"，今改。
［3］也不枉大丈夫志氣平生："志"，原本作"知"，今改。

十 二 場

（四白文堂、四白大鎧、四上手、徐盛、丁奉、魯肅、周瑜、旗纛站門介，上，周唱）

安排妙計勝韓信，一戰成功敗曹仁。帶兵埋伏要路等，（歸下場門介）（曹仁帶眾原人上，上場門一字站，仁白）哎呀。（唱）誰知落了計空營。（徐、丁同白）吥，曹仁休走，周都督在此。（仁白）眾將向前。（殺介）（程、呂、泰、甘上，殺介，仁原人敗下）（周、原人上，周白）眾將官。（眾同白）有。（周白）不必追趕曹仁，奪取南郡城池去者。（眾同白）啊。（周唱）此時安穩取南郡，（笑介）哈哈哈。（唱）方見用兵有才能。眾將隨我衝城進，（設南郡城，閉門介）（周原領起上場門一字站，紮隊介。四大鎧、弓箭手、趙子龍上城，站介，趙唱）須知城頭有趙雲。（趙白）啊，都督，俺在此久等了哇。（周白）啊，你乃何人[1]？（趙白）俺乃常山趙子龍，奉了諸葛軍師將令，已取南郡城池了。（周怔介）嚕。（魯白）都督，如何也？（周白）哎！諸葛村夫，何敢欺我太甚！眾將官，與我攻城。（趙白）如此，有罪了。眾將官，與我放箭。（眾同白）啊。（魯白）啊，趙將軍，不要放箭。（趙白）慢些放箭。（魯白）啊，都督。（周白）大夫。（魯白）今孔明已得城池，一時也難攻取，不如且退人馬，再作良圖。（趙白）着哇。（周白）啊。（趙白）魯大夫之言，足見高明。都督退兵，趙雲也不出戰，免得兩家傷了和氣。眾將官不必放箭，爾等小心緊守城池。（暗下介）

（周怔介）呵。（望介，白）哎呀，諸葛村夫如此可惡[2]！（魯白）豈敢，不但可惡[3]，啊，都督，他而且可怕[4]。（周白）唔。（程白）都督暫且退兵，命人先取荊州、襄陽之後，再來攻取南郡不遲[5]。（魯作搖頭勢介）（呂、泰、甘介白）程德謀言之有理，請都督即早施行。（周白）眾將官。（眾同白）有。（周白）暫且退紥營磐。（眾同白）哦。（周白）哎！孔明吓孔明，我不殺你，誓不爲人也。（灑頭介。魯作搖頭介。眾到脫靴，同下）【尾聲】

三本完

校記

[1] 你乃何人："乃"，原本筆誤作"万"。今改。
[2] 如此可惡："惡"，原本字跡不清，今依珍本改。
[3] 不但可惡："但"，原本作"當"，今從珍本改。
[4] 而且可怕："可"，原本漏，今從珍本補。
[5] 不遲："不"，原本作"還"。今改。

四　本

頭　場

（四文堂、四下手站門上，曹洪、牛金、曹仁上，唱）

欲劫周瑜反中計，失却南郡甚蹊蹺。咳，俺曹仁何其如此冒失也。本欲劫奪周瑜屍棺，誰料反中其計，失却南郡，這便怎麽好？（洪白）依俺曹洪之見,趁此趕回荊州,再作道理。(仁白)此言亦是。牛金。(牛白)在。(仁白)即速奔往荊州去者。(金白)啊。(仁唱)一同奔往荊州去,(四文堂、夏侯尚上,唱)人馬救援走如飛。(仁白)吓,來者何處人馬?(尚白)吓,元帥如何在此?(仁白)吓,夏侯尚,你怎麼不把守荊州城池,帶兵出來何往?(尚白)喲,都督差人賫了兵符,調取荊州城池守兵將,往救南郡,末將故此領兵前來。(仁白)呸。(尚白)啊?(仁白)我何曾差人用兵符來調荊州守城兵將,這豈不是詐?(尚白)啊。(洪白)哦,是了,想必陳矯先前差人調兵救援。(仁白)哎,南郡已失,從何可救?即速回往荊州去者。

(設荊州城介)(仁唱)

此事心中多疑慮,怕的暗裏有機密。人馬飛奔荊州地,(領小圓場,仁白)啊。(唱)旗幟全無人馬稀。

(尚白)呔,開城。(旗上纛上城介,看白)呔!誰敢叫城?(尚白)哇,我國曹仁元帥回來,快快開城。(張飛上城看介)呔,好狗頭,睜開狗眼,看看老爺是誰?(仁白)吓,你却是誰?(張白)哇!曹仁匹夫,燕人張翼德,奉孔明軍師將令,今已收復荊州城了。(仁白)啊。(張白)呔,曹仁,咱老張勸爾好好回去,說與曹操,教他小心待死。(仁白)哎呀,怎的不氣殺我也。(唱)

竊我兵符似鬼魅[1],襲取荊州俺豈依。眾將攻城如虎兒,(張白)呔。(唱)老爺威名豈不知。

(白)嘟,眾將官。(眾同白)啊。(張白)開城殺賊。

(四文堂、四上手、旂纛、張飛出城介,張白)呔,曹仁。(仁白)張飛。(張白)爾快獻首級吓。(仁白)呔,看槍。(殺介,起打,上下手起打、要打則打隨便,仁敗下。張上看介。四文堂、劉封、關平、孔明、劉備上,阻張飛介。張白)呔,曹仁,爾休走哇。(劉白)啊,三弟。(張白)大哥來了哇。(劉白)三弟,不必追趕,進城要緊啊。(張白)大哥同軍師來了,咱也不追他了。(孔白)一同進城。(張白)得令。便宜了。(同下)

校記

[1] 似鬼魅:"似"字,原本漏,今從珍本補。

二　　場

(曹仁原人四門敗上,仁白)哎呀。(唱)人馬大半俱散盡,失了荊州愧無能。(白)哎,罷了哇罷了!荆州又被張翼德襲取,這便如何是好?(牛、洪同白)啓元帥,還有襄陽可守,即速前往。(仁白)言之有理。衆將官,人馬往襄陽去者。(衆同白)啊。(仁唱)輸了一陣又一陣,除了周郎又孔明。催馬襄陽去投奔[1],(衆原人領起,歸上場門一字,四文堂、夏侯惇上,唱)只見元帥到來臨。(白)哦,元帥休走,夏侯惇在此。(仁白)啊,夏侯將軍,因何離了襄陽而來,到此何事?(惇白)元帥差人賫來兵符,調我領兵去救南郡。(仁白)啊?(惇白)末將故此領兵而來。(仁白)哎呀不好,快快退兵回去。(惇白)是,得令。(報子上,白)報,襄陽城池已被關公襲奪去了。(仁白)再探。(報白)得令。(下)(仁、惇衆人灑頭介)(仁白)哎呀,這便怎生計較?(惇白)元帥既已前來,爲何又用兵符調俺離却襄陽,去救南郡,是何故也[2]?(仁白)呸,我何曾有兵符調你?(洪白)此乃周瑜、孔明之計。(惇白)兵符如何是真的?(仁白)必是陳矯所生啊。(惇白)好不氣殺人也。【急三鎗】排子,仁白)南郡、荆、襄三城已失,在此無益,不如回去許昌請罪,求丞相發兵報讎。(惇、洪同白)也只好如此。走哇。(仁白)走哇。(活頭灑介,下)

校記

[1]催馬襄陽去投奔:"陽",原本漏,今從珍本補。
[2]是何故也:"是",原本作"事"。今從珍本補。

三　　場

　　(四白文堂、四白大鎧四門上,周泰、甘寧、程普、吕蒙、魯肅、周瑜上,怒介,周白)哎。(唱)趙雲暗將南郡搶,不由怒氣滿胸堂。三軍暫且紮營帳,哎。(衆原人分班下。周唱)再與衆將作商量。(怒氣介,魯愁眉介,周白)哎,子敬愁眉不展,莫非還是記念着孔明麽?(魯白)哎,非也。南郡已被襲取去了,還惦記此甚麽?我在此細想一件故事[1],故爾失儀。(周白)你且坐下,請講是何故事?(魯白)都督休得見怪。(周白)誰來怪你,只管說出。(魯白)是。都督之失南郡,不當怨孔明,還當怨自己用計之疏失耳。(周白)吓,何以見得我用兵之疏失?(魯白)昔日趙人空壁逐韓信,而韓信先使人立赤幟於趙城。今都督當在曹仁劫寨之時,預伏一軍於南郡城傍,何致被趙子龍所取?(周白)哦?啊。(魯白)始之中箭,是都督輕進於前。(周白)啊,輕進於前。(魯白)繼之失地,是都督遲發於後[2]。(周白)哦,遲發於後,有理。

（魯白）計出韓信之下，謀在孔明算中，所以我心內惆悵者[3]，此之謂也。（周白）哎。（灑頭介，衆嚇介）（魯白）哎呀，都督，我先告過，乞恕失言之罪。（周白）大夫，誰來罪你？你此言深中我之病源也。（魯白）不敢，不敢。（周白）哎。（唱）此言提醒我自想，疏失之過我承當。後事不可同前樣，必須即早取荆襄。

（周白）甘寧聽令。（甘白）在。（周白）命你帶兵五千，去取襄陽，小心在意。（甘白）得令。（下）（周白）周泰聽令。（泰白）在。（周白）命你帶兵五千，去取荆州，須防埋伏。（泰白）得令。（下）（周白）大夫。（魯白）都督。（周白）你休着急，只候得了荆襄，再取南郡，只在頃刻之間耳。（魯白）魯肅難道不願如此，只恐事難料也。（唱）

参軍機非魯肅無有膽量，爭戰事如棋局着着要强。周都督用兵法孫武一樣，那孔明好一比興漢張良。我東吳現在是兵多將廣，劉玄德他只有趙雲關張。論勢力我江東本來在上，無奈那諸葛亮詭計非常。到我營好一似魚兒進網，要殺他偏能够跳出長江。祭風臺忙壞了徐丁二將，殺不着反落得笑話一場。這件事自那日便知伎倆，所以我到如今心中不忘。今日裏失南郡不足論講，怕的是有機謀難得荆襄。

（甘寧上，白）報啓都督：末將正要領兵起兵，探馬來報，孔明用兵符詐調荆州守城軍馬去救南郡，却教張翼德襲了荆州。（周白）吓，孔明令張翼德襲了荆州？（甘白）正是。（魯白）如何，如何，我心中竟先猜着了。（周白）哎呀。（灑頭介）（周泰上，白）報！啓都督：末將點兵出營，探馬來報，夏侯惇在襄陽被孔明差人賫了兵符，詐稱曹仁求救，誘詆夏侯惇引兵出城，却叫關公襲了襄陽。（周白）啊。（發怔介，灑頭）（魯白）啊哈，二處地池，全不費力，皆屬劉皇叔矣。（周白）吓，諸葛亮，諸葛亮吓，你是怎生得此兵符？（魯白）他得了南郡，拿住陳矯，兵符、印信自然全得之矣。（周白）哎呀，氣殺我也。（昏介）（衆白）都督，都督，好生保重了。啊，都督甦醒。（魯冷白）咳，幾處城池無我分，一場辛苦為誰忙。（周唱）

【倒板西皮】一時怒惱心惚恍，（程、吕同白）都督甦醒轉了。（周白）哎呀。（唱）氣堵咽喉裂金瘡。哎喲哎喲。（唱）萬惡滔天諸葛亮，（魯冷白）真是萬惡滔天。（周唱）此人不除是禍殃。（魯白）好。（衆驚看介）（魯白）都督力戰而任其勞苦，孔明安坐而享其利益，請想如何叫都督不氣呀？（周白）哎呀，氣殺我也。（程、吕同白）哎呀，魯大夫，此刻你少說一句，不要教都督生氣方好。（魯白）咳，我是個心直口快之人，肚內有話，舌頭便言。事已如此，還望都督寬解，再作良圖。（周白）我若不殺諸葛村夫，怎能消我胸中之氣？程德謀。（程白）在。（周白）你同衆將務必助我與劉玄德、諸葛亮共決雌雄，復奪荆襄。（程、衆白）敢不效命。（周白）如此即便起兵，先攻南郡去者。（魯白）且慢。（周白）大夫因何阻令？（魯白）都督此舉，斷斷不可。（周白）啊，何也？（魯白）都督請安坐，聽我一言。（周白）請講。（魯白）如今孫劉同謀，與曹相持，尚未大分成敗。吳侯現攻合肥不下，如今豈可互相吞併？（周白）哦。（魯白）倘若曹操乘虛而來，我兵其勢危矣。（周白）哦。（程、衆同白）大夫此言亦是。（魯白）況且劉玄德舊日曾與曹操相厚，若是逼得緊急，獻了城池，一同攻打東吳，那時如之奈何？（衆驚介，衆、程同白）是啊，都督還須商量計較而行。（周白）我等用計策，損兵馬，費錢糧，勞氣力，他圖現成，豈不可恨？（魯白）都督暫且忍耐，待我去親見劉玄德，將情理説他，若説不通，那時動兵未遲。（程白）好吓，子敬之言甚善。（周白）也罷，你且先去説來，他若不通情理，我必用兵殺之。（魯白）是。（周白）子敬即去即回。（魯白）如此告辭了，魯肅去也。（周白）請。（魯唱）

却難得孫與劉兩家結好，同心意合氣力方可破曹。今日事我當去以理取討，（周白）子敬，早些而回。（魯白）哎。（唱）説不得爲國家奔馳辛勞。（笑介）哈哈哈。（下）（周唱）咳。（唱）

【西皮搖板】魯子敬一派的行爲厚道，這三郡諸葛亮未必肯交。衆將官且歇息等待音耗，（程、衆將同白）啊。（周唱）免不得兩相爭要見低高[4]。（分下）

校記

[1] 細想一件故事："想"，原本作"詳"，今改。
[2] 都督遲發於後："後"，原本作"前"，今改。
[3] 所以我心内惆悵者："悵"，原本作"處"，今改。
[4] 免不得兩相爭要見低高："低高"，原本作"高低"，今從珍本改。

四　　場

（張飛、趙雲雙起霸上，張白）堪笑周郎做馬牛，（趙白）難爲諸葛用貔貅。（張白）而今不用刀兵力，（趙白）現在荆襄取次收。（各通名字）（張白）俺大哥已得荆州，二哥取了襄陽，子龍在南郡，今已調回，吾兄陞帳拜印，理合伺

候。(趙白)請。(張白)請。(分下)

（孫乾、糜竺、糜芳、簡雍同上，孫白)辛苦幾多年，(簡白)勤勞有萬千。(竺白)今朝幸得地，(芳白)封官不待言。(各通名字)(孫白)主公新得荆襄，人心未定。伊籍先生言道：荆襄地方，馬氏弟子，並有才能。幼者名曰馬謖，字幼常，頗知兵法；其最賢者，眉有白毛，名曰馬良，字季常。鄉里謠歌曰："馬氏五常，白眉最良。"故此主公優禮相請出仕，少刻即來，我等須當恭敬待之。(簡等白)自古敬賢乃自然之理。主公陞帳拜印，此四人前來伺候。(孫白)請。(三同白)請。(分下)

五　　場

（伊籍、馬良白眉、馬謖白郎同上)

【點絳唇】忠心朗朗，扶保劉王。皇恩蕩，恢復漢邦，且喜得荆襄。(各通名字)(伊白)列公請了。(眾同白)請了。(伊白)主公陞堂拜印，大家前來伺候。(眾同白)請。(孫乾、簡雍、竺芳兩邊分上)(孫白)列位先生請了。(眾白)請了。(孫白)主公陞帳拜印，一同站班伺候。(伊同白)請了。(分下)

六　　場

（大吹打，四紅文堂、四紅大鎧、四小太監站門，開門刀，四樣槍)

（孔明、劉備上，劉白)如魚得水今爲真，(孔白)前臥龍此日飛騰。(劉拜印介，吹打。張飛、趙雲兩邊上，八文官兩邊上，參禮介。劉白)幾載奔馳汗馬勞，相隨文武智全消。如今已得荆襄郡，(孔白)不亞沛城小漢高。(劉白)孤窮得軍師之計，列公之力，得有荆襄，須思久遠之計。(伊白)伊籍啓主公：若問久遠之計，非馬良不可。(劉白)啊，馬季常，請教公意見如何？(馬良白)荆襄四面受敵之地，恐不可久守，當請公子劉琦奉養於此，招諭舊人以守之，庶乎可耳。(劉白)公子劉琦，我早已差人去往江夏接來，現在後堂養病。先生還有何良策？(馬良白)就表奏公子爲荆州刺史，以安民心。(劉白)就依卿家。(馬良白)然後南征武陵、長沙、桂陽、零陵四郡，收積錢糧，以爲根本。此乃久遠之計也。(劉白)妙哇，此言甚是。不知收取何郡爲先？(馬良白)湘江之西，零陵最近，可先取之。(孔白)馬良之言極是。准備即日起兵。

（報子上，白）報！稟主公，東吳魯肅城外求見。（孔白）知道了。（報白）呵。（下）（劉白）吓，先生，魯肅前來，必有事故。（孔白）必爲荆襄之事而來，這到要開城相見。翼德、子龍聽令。（張、趙同白）在。（孔白）你二人多帶兵馬，擺列旌旂，大開城門，迎接魯肅，以示威武。（張、趙同白）得令。（下）（孔白）衆文武，一同隨主公轅門迎接。（衆白）遵命。（劉白）纔得城池説客至，（孔、衆同白）原非風雨故人來。（同下）

七　　場

（四文堂上，魯肅上，唱）

魯子敬在馬上前思後想，口問心心問口自己商量。我不怕別人的長槍短棒，怕孔明一張口抵我十張。此一見提荆州言語不讓，酒筵前對衆人如何下場。這是我老實人自惹魔障，必須要定一個妙計良方。（白）哦，有了。（唱）初見面不待他開口先講，我只把大道理盡着宣揚。那時節顯我的理直氣壯，回頭來見公瑾我的臉也有光。（笑介）哈哈哈。（下）

八　　場

（四藍文堂、四白文堂、四下手、四上手、二大纛同上）

（張、趙同上，設荆州城，下場門介）（張内白）呔，大開城門。（衆引上，出城介，【風入松】，倒脱靴，站介）（趙白）遠遠望見魯子敬來也。（張白）衆將官，擺開隊伍。（衆同白）哦。（胡同抵城門，站介）（四文堂上）（魯上，唱）

馬前一派熊虎將，只見旌旂日耀光。干戈整齊軍威壯，令我驚怯意傍徨。實實服了諸葛亮，用兵設計非尋常。大着膽兒向里闖，（張、趙同白）呔，魯大夫。（魯驚介，怕介）（張、趙同白）張翼德，趙子龍，奉了軍師將令，前來迎接子敬。（魯白）哎呀，哎呀，有勞了。（唱）我欲見皇叔馬蹄慌忙。（笑介）哈哈哈。（張、趙、魯同進城介，下）

九　　場

（大吹打，八文官衆站門，劉、孔同上）

（張、趙同上，白）魯大夫到。（劉白）有請。（張、趙同白）有請魯大夫。（魯上，白）啊，皇叔。（劉白）大夫。（孔白）子敬。（魯白）孔明先生。（同笑介）哈哈哈。（劉白）請。（魯白）請。（魯白）大夫請坐。（魯白）皇叔在此，肅焉敢有坐。（劉白）大夫到此是客，豈有不坐之理？（魯白）告坐了。（劉白）請。（魯白）我主吳侯與都督周公瑾，教魯肅再三致意皇叔。（劉白）有勞台駕。（魯白）豈敢。前者曹操引百萬之眾，名下江南，實欲來圖皇叔。（孔冷笑介）哈哈，亦是實話。（魯白）幸得東吳殺退曹兵，救了皇叔之難[1]，所有荊襄九郡，合當歸於東吳。今皇叔用詭計佔奪荊襄[2]，使江東空費軍馬錢糧，而皇叔安受其利，於情未順，於理未然，故命魯肅前來請教。（劉發怔介）（孔白）這不扯淡。（魯白）何爲"扯淡"？（孔白）子敬乃高明之士，何亦出此"扯淡"之言？（魯白）孔明先生，我怎麼是扯淡之言？（孔白）常言道："物必歸主。"荊襄九郡原非東吳之地，乃劉景升之基業。我主乃景升之弟，景升雖死，其子劉琦尚在[3]，以叔輔侄而取荊州，這是周公輔成王故事，有何不可？子敬之言，豈不扯淡？（劉哭介）咳，景升兄吓。（魯怔介，白）且住。若果是公子劉琦佔據，尚有可解；今公子却在江夏，如何推得過去？（孔白）吓，子敬欲見公子乎？左右。（眾同白）有。（孔白）請公子出來。（眾同白）有請公子。

（二太監扶劉琦上，唱）只因勞碌抱病恙，聞請只得出大堂。（白）魯大夫吓。（魯白）啊公子。（琦白）劉琦病軀，不能施禮，子敬幸勿見罪。（魯白）豈敢。公子有恙在身，不敢攀談，且請進內安歇。（琦白）告辭了。（唱）病體難將大印掌，自有叔父做主張。（二太監扶琦下）

（孔白）子敬如何默默無言？（魯白）請教皇叔，倘若公子不在，那便如何？（孔白）吓吓，豈有此理？子敬怎麼一見公子，便指望他死吓，是何道理？（魯白）我看公子病入膏肓，只恐不久人世，故此相問。（孔白）公子在一日，守一日。（魯白）若是不在呢？（孔白）別有商議。（魯白）倘若公子不在，須將城池還我東吳。（孔笑介，白）哈哈哈，子敬之言是也。（魯白）一言已定。肅當面告辭。（劉白）吓，大夫到來，那有不設宴相待之理？來。（眾同白）有。（劉白）看宴伺候，眾官同陪。（眾同白）啊。（【吹打】，設席，上一桌子。魯、劉、孔三人中間座，左右兩張桌子十人坐介）（劉、孔同白）大夫請。（魯白）皇叔，眾位先生請。（【排子】）（劉唱）

【西皮倒板】荊州堂設酒宴大夫請飲，（【急急風】）（文堂、手下兩邊上，文堂、大鎧、上下手、眾同白）我等與魯大夫參席。（魯發怔介，白）不敢當不敢當,快請撤退。(孔白)免。(衆同白)哦。(衆分下)(魯白)孔明先生,你的好做作吓。(孔白)子敬,你的好膽量。(劉、魯、孔同笑介)哈哈哈,請哪。(劉唱)到此時只想着兄長景升。(魯白)請。(劉、孔同白)請。(劉唱)這都是舊基業滿眼遺恨,(哭介)哎呀。(唱)説不出心中事暗裏傷情。

（魯白）咳,皇叔吓,(唱)

見皇叔想劉表感嘆不盡,果然是仁德主仗義之君。輔劉琦守荆襄理上原應,但只是苦了我魯肅一人。奉命來説不出長篇大論,要争奪想用武我又不能。也只得好將就些舉杯痛飲,(孔冷笑介,白)哈哈哈,子敬真乃妙人也。(劉白)大夫請。(魯白)請。(唱)妙不妙你心中自然分明。(孔白)哦。(魯唱)蒙厚意美筵宴我已愧領,當告別好軍師就此起身。(孔白)子敬吓。(唱)

好容易相逢見知已暢飲,却如何推杯盞便要起行。(魯白)先生,你如今是安心樂意,高枕没憂之,自然能喫能喝,我魯肅空費兵馬錢糧,身擔重任,羞見江東父老,如何能够奉陪？告辭了。(孔白)大夫你執意要行,我也不敢久留,吩咐衆將官上堂。(張白)嘟,衆將官上堂伺候。(衆原人同上,分站介)(魯白)吓,這又何故吓？(孔白)衆將官！(衆同白)有！(孔白)魯大夫出城,擺隊相送。(衆同白)哦。(魯白)這不多理,難道我不會走麽。(孔白)送客之禮,不可缺也。(魯白)吓,孔明,你好利害也。(劉、孔同笑介)哈哈哈！(魯笑介)哈哈哈！(唱)

我久已知道你又乖又恨,輔皇叔魚得水龍今得雲。借荆州也有我往日勞奔,今雖好怕的是後之禍根。好朋友説明了我不癡蠢,又何必要他們兵將送行。施一禮方纔言須要有信,(劉、孔同白)不能失信於大夫。(四大堂兩邊上,與魯帶馬,領只下)(劉、魯、孔同笑介)哈哈哈！(劉、孔同白)如此,恕不遠送了。哈哈哈！(魯白)請。(唱)暫多謝圖後會再叙平生。(笑介)哈哈哈,請！（下）

(孔笑介)哈哈哈！(唱)世間上最難得老實子敬,(劉唱)被軍師一席話快快出城。

(孔白)魯肅出城,荆州已定,有煩伊籍、馬良諸公緊守荆州。(衆白)遵命。(孔白)衆將官。(衆白)有。(孔白)大隊人馬就此攻取零陵郡去者。【泣顔回】(排子)(衆領只下)【尾聲】

四本完

終

校記

［1］救了皇叔之難："皇叔",原本漏。今補。
［2］佔奪荊襄："佔",原本作"戰"。今從珍本改。
［3］劉琦尚在："琦",原本筆誤作"璋",今從珍本改。下同。

取 四 郡

無名氏　撰

解　題

　　聲腔不詳。不見著録。劇寫赤壁之戰後諸葛亮乘勢收取武陵、長沙、桂陽、零陵四郡，關羽奉命攻取長沙。長沙太守韓玄聞關羽前來攻取長沙，命老將黃忠出城迎敵。二人一場惡戰，不分勝負，約定次日再戰。關羽夜讀《春秋》，睡夢中有白猿傳授刀法。次日再戰，關羽用白猿傳授的刀法，戰敗黃忠。黃忠因馬失前蹄跌落馬下，關羽放過黃忠。第三日再戰，爲感謝關羽不殺之恩，黃忠箭射關羽盔纓。韓玄怒責黃忠，要把黃忠斬首。魏延催糧草回來，爲黃忠求情，韓玄不準，被魏延殺死。魏延、黃忠商議，獻出長沙，投降劉備。孔明入城，以魏延叛主，要斬魏延，被劉備、關羽勸住。孔明饒了魏延，要他以後小心行事。事見《三國演義》第五十二回、五十三回。版本今有清《車王府藏曲本》。該本爲清抄本，首頁題"取四郡全串貫"。該劇是車王府藏曲本中爲數不多的分齣劇本，共分三齣，皆在每一齣結束後標出，如"頭齣完""二齣完""全完"。兹依例將齣目移前，按順序標出。今以清《車王府藏曲本》爲底本，校勘整理。

頭　齣

（四卒引關上，關）

　　【引】三國紀綱，要與吾主定家邦。（白）赤人赤馬赤面心，青龍偃月破黃巾。兩手擎天扶漢室，保定大哥錦乾坤。某漢室關，奉軍師將令，奪取長沙。三軍！（卒白）有！（關白）帶馬伺候！（卒應介）（關唱[1]）

　　【倒板】有關某奉軍令把兵將帶，梟刀手勇戰兵前邊擺開。三弟領兵烏林界，四弟桂陽把兵排，大哥要取長沙界，關某日夜挂心懷。綠袍罩定黃金鎧，揚威耀武逞將才。叫三軍與爺把馬帶！（卒白）哦！（關唱）關某興兵誰敢來？

（卒白）呵呵呵！（同下）

（黃上，白）老年邁又高，胸中藏略韜。長沙爲虎將，協力保漢朝。俺黃忠。元帥陞帳，在此伺候！（站介）（淨上，白）大將生來勢莫擋，全憑武藝逞豪強。上陣全憑烏返馬，保定吾主錦家邦。俺魏延。元帥陞帳，在此伺候！（黃、淨同白）請！（同下）（軍卒引末上，卒白）呵呵呵！（末）

【引】爲國忠良，丹心扶保家邦。（詩）一片丹心震長沙，扶保吾主坐中華。帳下三軍齊威武，號令嚴明誰不誇。本帥韓玄，奉命鎮守長沙一帶等處。聞聽得關公興兵前來，不免傳黃、魏二將前來商議。三軍！（卒白）有！（末白）宣黃、魏二將進帳！（卒白）哦！元帥有令，命黃、魏二將軍進帳。（黃、淨同上，白）得令！元帥在上，末將打躬！（末白）少禮，看座！（黃、末同白）謝座！元帥傳末將進帳，有何差遣？（末白）二位將軍有所不知，只因長沙乃咽喉之地，今有關公興兵前來，故請二位將軍商議破敵之策。（黃、淨同白）元帥但請放心，待等關公到來，憑着末將手中刀、胯下馬，自能退敵。（報上，白）報！關公要戰！（末白）再探！（報白）得令！（下）（末白）關公討戰，那位將軍出馬？（黃白）末將願往！（淨白）且慢！俺聞關公乃是一員上將，老將軍年邁，怎麼是敵手？（黃白）吓！俺老只老項上髭鬚，未曾老了胸中的韜略。俺手中刀、胯下的馬尚還不老！（淨白）老將軍，可知五關斬將之事麼？（黃白）哎！魏將軍吓[2]！（唱）

魏將軍錯把話來講，長他威風滅吾強。昔日有個姜呂望，八十二歲遇文王。燕邦晉國及年長，也曾赴會到湘江。老夫雖然七十上，六略三韜腹內藏。（淨唱）

老將軍息怒三千丈，心中休怪話不良。非是俺把他人長，關公武藝比人強。五關之上斬六將，擂鼓三通斬蔡陽。將軍要去我不擋，交鋒對敵謹提防。（末唱）

魏延錯把話來講，長他志氣滅吾強。黃忠年邁精神爽，何怕他人刀馬強？你今亂言就該綁。（淨白）哎！（末唱）不用你出馬站一旁。（淨白）唔！（末唱）黃忠上帳聽將令，急速披掛出營門。（黃白）得令！（唱）

黃忠接令離寶帳，帶領長勝衆兒郎。魏延他本無志量，怕死貪生道他強。那怕關公英雄將，我與他刀對刀來槍對槍。叫三軍一個一個齊擁上，（卒白）呵呵！（黃唱）會一會蒲州關聖王。（同下）（末唱）

魏延上帳聽我講,命你四路去催糧。三日將糧來呈上,倘若遲延刀下亡。(净白)得令!(唱)

我魏延領命出寶帳,轉過身來自思量。黃忠未必勝來將,三日之內聽端詳。叫三軍把馬來帶上,(卒白)哦!(净唱)俺到各路去催糧。(同下)(末唱)

黃忠魏延二虎將,一個到比一個強。叫三軍與我齊進帳,(卒白)呵呵!(末唱)等候探子報端詳。(同下)

校記

[1] 關唱:"唱",原本作"叹",今改。下同。
[2] 魏將軍吓:"魏",原本作"老",今改。老將軍指黃忠,此又爲黃忠唱,故其實白應是指魏延。

第 二 齣

(四卒引黃上)(黃白)俺黃忠奉了元帥將令,大戰關公。衆三軍!(卒白)有!(黃白)殺上前去!(卒白)哦!(四卒引關上,撞見,黃見關介)(黃白)來將通名!(關白)某家壽亭侯。來將是誰?(黃白)黃忠!(關、黃同白)且住!人説。(黃忠、關公)乃是一員大將,今日一見,話不虛傳。(黃白)關公,你弟兄有多大本領,敢來奪我長沙?(關白)黃忠,你且聽了。(唱)

勒馬停蹄站疆場,黃忠老兒聽端詳。我大哥堂堂帝王相,當今皇叔四海揚。三弟翼德真虎將,大喝一聲斷橋梁。四弟常山子龍將,百步軍中救過小王。還有軍師諸葛亮,神機妙算世無雙。俺關某過五關來斬六將,擂鼓三通斬蔡陽。溫酒又把華雄綁,顏良文醜喪疆場。勸爾早早把長沙讓,少若遲挨在爺的刀下亡。

(黃白)住口!(唱)

站立疆場觀來將,威風打扮不非常。胯下赤兔胭脂馬,斬將大刀賽秋霜。走上前來把話講,關公側耳聽端詳。

(白)關公,今日天色已晚,明日再戰。(關白)可是實言?(黃白)豈肯失信於汝?三軍!(卒白)有!(黃白)收兵!(黃卒同下)(關白)哎呀!且住!黃忠雖然年邁,刀法精通,只可智取不可勇敵。黃忠吓黃忠,來日陣上只叫你仔細了。(唱)

兩下交兵戰鼓催，黃忠老兒逞雄威。兩下齊把刀來對，果然算將中第一魁。殺得紅日西山墜，各自收兵轉回歸。不能取勝面帶愧，恐惹韓玄笑微微。叫三軍與我暫且退，（卒下）（關唱）必須還要用計爲。

（內起更介。關坐介，白）且住！軍師言道，要擒黃忠，須看《春秋》。不免在燈下把《春秋》細覽一番。（唱）

【倒板】有關某獨坐在蓮花寶帳，展開了《春秋傳》細觀端詳。十二國伍子胥鬥寶在臨潼會上，十四國鍾無艷威震各邦。隨五帝他本是金梁玉項，平六國顯其能天下名揚。觀《春秋》看得我心爽意暢，不能得奪長沙志氣昂昂。

（睡介，出白猿介。關醒介。白猿耍刀介，下。關白）是何異物教我刀法？哎呀！且住！要擒住黃忠，就在此刀。衆三軍！（衆應上介）（關白）就此興兵！（衆白）得令！（過場，黃衆上，撞關戰介）（黃跌介，下馬介）（關白）黃忠爲何不戰？（黃白）馬失前蹄。（關白）某家從來不斬馬下之人。上馬再戰！（黃上馬介，戰介）（黃敗下，關返下）（末上，唱）

黃忠交戰未回見，不由本帥挂心間。坐在寶帳用目看，等候黃忠入帳前。（黃上，唱）

中了拖刀回營走，不由黃忠臉帶羞。將身來在營門口，見了元帥說根由。

（白）元帥在上，末將交令！（末白）勝敗如何？（黃白）天色已晚，兩下一齊收兵，來日定勝關公。（末白）你若勝得關公，其功非小。（唱）

你勝關公功不小，凌烟閣上把名標。不勝休把令交到，三尺青鋒斬不饒。（下）

（黃白）哦！（唱）

元帥傳令如山倒，不由黃忠心內焦。關公把刀使得好，百步穿楊射幾條。我到陣前把恩報，不學忘恩小兒曹。且歸寶帳聽軍報，來日再去把兵交。（下）（關上，唱）

黃忠老兒失了機，不忍殺他歸故里。將身坐在寶帳裏，等候探子報端的。

（報上，白）報！黃忠討戰。（關白）再探！（報白）得令！（下）（關唱）

我把老兒好一比，敗陣綿羊把頭低。叫三軍與爺帶過赤兔驥，等候黃忠好對敵。

（卒上，帶馬介）（關上馬介，過場）（黃上）（關白）黃忠，前日未曾殺你，今日又來則甚？（黃白）今日要決一死戰！（關白）好！放馬過來！（戰介）（黃

敗下)(關返介,繞場下)

（末上,唱）

黃忠二次上疆場,不由本帥挂心旁。將身且把城樓上,(上桌介)(唱)且看他如何把兵揚。(同下[1])

校記

[1]同下:此二字原無,據文意補。

第 三 齣

(黃上,白)你看關公殺法厲害,他不進前便罷,他若追來時,用百步穿楊射他便了。吓!且住!他前日未曾殺我,我今日又豈肯傷害與他?不免將箭頭咬出,只中盔纓不中咽喉,以報前日不殺之恩也。(唱)

老夫自幼習雕翎,報他前日不殺情。滿滿搭箭往外送,(關上)(黃白)哆!看箭!(唱)對准關公盔上纓。(關唱)

老賊放箭中盔纓,倒把關某吃一驚。明知猛虎離山近,關某豈懼往前行?

(戰介,黃敗介,下。末暗下。關白)收兵!(卒白)哦!(關白)哎呀!且住!我想黃忠百步穿楊,百發百中,爲甚不中咽喉,只中盔纓,待我看來。呀!却是一支無頭箭。細思黃忠必有歸順之心,且自由他。衆將官!(卒白)有!(關白)收兵!(同下)(末上)

【引】兩國相爭,這干戈何日寧静?

(怒白)哎吓!罷了!我想黃忠百步穿楊,百發百中,爲甚麼不中咽喉,只中盔纓?這老賊竟有賣國之心!軍卒!(卒白)有!(末白)傳黃忠進帳!(卒白)吓!元帥有令,傳黃忠進帳!(黃上,白)得令!(唱)

方纔陣前大交戰,元帥傳令收兵還。低頭無語帳前站,(末怒介,白)吓呀!奸賊吓!(黃唱)元帥發怒暗爲難。

(末白)黃忠,我且問你,你自幼百步穿楊,百發百中,爲甚麼只中盔纓,不中咽喉?是何道理?(黃白)元帥容稟!(末白)講!(黃白)昨日陣前中了關公拖刀之計,他按刀不殺我,豈肯將他射中?若是將他射中,長沙百姓豈不道我無仁無義?(末白)你只顧你仁義,就不顧本帥的性命了?(黃白)事到如今,但憑元帥。(末白)住了!(唱)

聽一言來怒氣生,罵聲老賊做人情。叫聲兩旁刀斧手,(衆白)有!(末唱)推出轅門向典刑。

(黃白)哎!罷了吓,罷了!(唱)

元帥做事太不仁,並無憐兵惜將心。我今一死何足恨?嚇壞了長沙衆庶民。(下)

(末白)衆三軍!(卒白)有!(末白)魏延一到,速來通報。(卒白)[1]哦!(末白)掩門!(卒白)呵!(同下)

(淨上,白)俺魏延奉了元帥之命,四路催糧。且喜糧草已齊,不免回營交令。(刀斧手押黃上,黃唱)

人生在世草逢春,那個忠良有後成。捨不得長沙山川景,捨不得黎民兩淚淋。將身來至法場進,(坐介)(唱)穩坐土臺等時辰。(四卒、魏上)(唱)

三軍趲路朝前進,將軍問斬主何因?(黃唱)

將軍有所不知情,末將言來聽分明。自那日領兵長沙陣,陣前遇見美髯公。受了他人拖刀計,不肯傷害釋回營。二次與他來會陣,百步穿楊射盔纓。末將回營來交令,他道我黃忠有反心。元帥寶帳傳將令,法度森嚴怎容情?(末唱)

將軍且把心放定,末將進帳請人情。三軍帶路催糧進,但願元帥開了恩[2]。(四卒、魏同下。黃唱)

魏延進帳講人情,那元帥未必有愛將心。怕只怕難保長沙陣,生死二字豈挂在心?(刀斧手押黃下)(四卒引末上[3],唱)

鵲雀不住叫喳喳,叫得本帥亂如麻。莫不是關公興人馬?莫不是有人尋找咱?將身坐在中軍下,魏延回來問根芽。(淨上,唱)

一步來在寶帳口,見了元帥說從頭。

(白)元帥在上,末將交令!(末白)魏延,你回來了?(淨白)回來了。(末白)糧草可曾催齊?(淨白)俱已催齊。請問元帥,黃忠犯了何罪,為何將他綁赴法場?(末白)黃忠有賣國之心,故爾將他斬首。(淨白)斬了黃忠,何人出馬?(末白)心懷二意,不正軍法,難以服衆。(淨白)你在怎講?(末白)難以服衆。(淨白)住口!(末恨白)哦,反了!(淨唱)

手指老賊高聲罵,魏某言來聽根芽。赦了黃忠倒還罷,(末白)不赦,你便怎樣?(淨唱)只恐魏延犯王法。(末白)敢是造反?(淨唱)魏延反來誰敢擋,管叫老賊一命亡。

(末白)唗!(唱)

聽一言來怒生嗔，罵聲魏延你是聽。叫聲兩旁刀斧手，推出轅門問典刑。（淨白）住手！（唱）回言便把老賊罵，你把魏延當娃娃。手執寶刀朝上砍，（殺末，下）（淨唱）看你赦他不赦他？（下）（手下押黃上，黃唱）

魏延上帳把恩求，但不知元帥可情留？（淨上，唱）

邁步來在法場上，惱得魏延逞豪強。手提鋼刀只管砍，殺却軍人救忠良。開言又把將軍叫，將軍醒來說端詳。（黃唱）

走上前來雙膝跪，多蒙將軍赦命恩。（白）魏將軍，元帥可曾依允否？（淨白）那老賊怎肯依從？是俺手持鋼刀，將他殺了。（黃白）我却不信。（淨白）現有首級在此。（黃白）在那裏？（淨白）在這裏。（黃白）哎呀！元帥吓！（唱）誰叫你不仁喪幽冥，刀頭喪命伏軍心。我將人頭交與你，

（淨白）哪裏去？（黃唱）

後帳收殮他屍身。（淨白）吓！老賊不仁，與他收甚麼屍靈？還要將他全家殺了，方消吾恨！（黃白）老賊不仁，與他全家甚麼相干？（淨白）斬草不除根，萌芽依然發。斬草除了根，萌芽永不發。（黃白）虧你下得這恨心。（淨白）我這恨心為的是那個？（黃白）倘若曹兵前來，那時怎了？（淨白）現有印信在此，何不歸順桃園？（黃白）元帥血迹未乾，不做短幸之事。我却不去。（淨白）你不去，我就殺。（黃白）吓！魏將軍吶！（唱）

魏延提刀把我逼，不由黃忠心內急。

（白）哎呀！我的元帥呀！（淨白）不許哭。（黃白）哎！這是那裏說起吓！（同下）

（卒引孔明上，孔唱）

黃忠老兒不可擋，忽聽鳴金回營房。將身坐在蓮花帳，等候探子報端詳。

（報上，白）報！啓爺，黃忠、魏延前來投降。（孔白）吩咐刀上弦，刀出鞘，命他二人進帳。（衆白）哦！有請二位將軍！（黃、淨同上，黃唱）

一聲將令往下傳，（淨唱）來了黃忠和魏延。（黃唱）站立營門抬頭看，（淨唱）刀出鞘來弓上弦。（黃唱）思想起來走了罷，（淨白）哎！（唱）大丈夫做事要向前。（黃唱）無奈何跪在塵埃地，（淨唱）將身跪在寶帳前。（孔唱）

虎目圓睁往下觀[4]，帳下跪定將二員。為甚麼停兵不交戰？你把來由對某言。（黃唱）

韓玄老賊無仁義，（淨唱）二人情願歸桃園。（黃唱）軍師若還不肯信，（淨唱）現有首級獻帳前。

（孔白）呈上來。（應介，遞介）（孔白）呀！（唱）

一見人頭好淒凉，山人心中氣滿腔。三軍與我將他綁，快快斬首無義郎。

（關同白）先生爲何將魏延斬首？（孔白）此人食其禄，殺其主，獻其地，腦後有三根反骨，故爾將他斬首。（外白）我弟兄以仁義待他，焉有造反之理？（關白）斬了魏延，不至緊要，長沙百姓反道我弟兄無仁無義。先生還要三思。（孔白）看在主公、二千歲份上，將他解下椿來。（介白）哦！（净白）謝過先生！（孔白）嗨！從今以後，在我帳下，不許離我左右。須要打點，小心行事。（净白）是！（關白）大哥，愚弟備有酒宴，與主公、先生一同慶賀。（外白）二弟請！（同下）（衆下白）哦！（下）

全完

校記

［1］卒白："卒"字，原本作"介"，今改。

［2］但願元帥開了恩："願"，原本作"怨"，今改。

［3］末：原本作"净"，係誤。韓玄爲末扮，魏延爲净扮。此處唱詞爲韓玄語，故當爲末。

［4］虎目圓睁往下觀："睁"，原本作"争"，今改。

取桂陽

無名氏　撰

解　題

聲腔不詳。《慶昇平班戲目》有著録。劇寫諸葛亮命趙雲率領軍隊攻打桂陽，桂陽太守趙範願意歸降，與趙雲結拜爲同姓兄弟，在家中設宴款待趙雲，并打算將寡嫂樊氏許配趙雲。趙雲聞聽趙範的想法，勃然大怒，憤而離席。趙範怕趙雲報復，急忙派其部將陳應、鮑龍詐降趙雲，趙雲識破其陰謀，將計就計，殺掉陳應、鮑龍，并令其部下假裝事成，賺開桂陽城門，生擒趙範。與此同時，張飛也帶兵攻下武陵，蜀漢集團接連取得勝利。事見《三國演義》第五十二回"諸葛亮智辭魯肅，趙子龍計取桂陽"，此後劇情與《美人計》相互連貫。現存清抄本，共十七場，收録在清《車王府藏曲本》中，題作"取桂陽總講"，不標曲牌唱腔。今以清《車王府藏曲本》本爲底本，校勘整理。

頭　場

（張翼德、趙子龍兩邊上，同起霸[1]，二纛旗）（張白）古來征戰奪頭功，轉瞬荆襄便不同。（趙白）折戟沉沙思往事，野花滿地嘆英雄。（各通名字）（張白）子龍賢弟，可笑曹兵八十餘萬，俱被赤壁一陣燒了個乾净。周郎真是妙人。（趙白）不得諸葛軍師祭借東風，焉能如此。（張白）着哇！虧了俺的軍師，如今大哥得了荆襄，周瑜氣走。孔明陞帳理事，一同伺候。（同白）請。

（四紅文堂、四紅大鎧、馬良、簡雍、孔明、劉備同上，唱）

【點絳唇】龍卧漢陽，虎踞荆襄。民瞻仰，氣吐眉揚。（笑介）哈哈哈！（唱）孫曹在指掌。

（劉白）孫曹争鬥比雌雄，赤壁樓船一掃空。（孔白）借得荆州扶我主，周郎難言與東風。（劉白）孤劉玄德，屢遭蹉跎，今日幸得荆襄，請問先生，有何良策？（孔白）若要久遠平賊計，須求良謀馬季常。（馬良白）馬良稟主公，荆襄四面受敵之地，恐不可守，必須招撫舊人，廣施德惠，以伏民心；然後再取武陵、長沙、桂陽、零陵四郡，收積錢糧，以爲根本，此乃久遠之計也。（馬唱）

自古殘暴不可想，仁義二字得久長。先與民心計爲上，後取四郡足軍糧。（劉白）此言是吓。啊，軍師，若取四郡，何處爲先？（孔白）湘潭之西，零陵最近，亮與主公前往取之。荆襄之東桂陽，何人敢取？（趙白）趙雲願往。（張白）張飛願往。（孔白）子龍先應，只命子龍去。（張白）先生，你好欺負人也，你所見張飛便去不行？（張唱）

先生休欺俺魯莽，胸中也有韜略藏。前曾活捉劉岱將，（白）大哥。（唱）別人不知你怎忘。（趙白）非也。（唱）

常言理直便氣壯，答應在先謀所當。翼德何須强爭往，誰是將軍誰是郎。（張白）不能。（孔白）你二人不必爭執，我有令箭，兩個鬮兒，拈不着便不取。（張、趙同白）好先生，主意到也不差。（孔白）待我號來。（唱）

攻城掠地在指掌，遣將不如激將方。去否二字號明朗，你二人拈下免參商。

（張白）請了。（唱）

凡到功名請旨讓，若要出兵鬧一場。（趙白）住了。（唱）同爲主公把基業創，拈鬮何必氣蹌忙。（張白）俺要先占。（趙白）就讓你先占。（張白）請啊。待俺看來。（趙白）去？（張白）不去。呀，啊，子龍不要使巧。啊，大哥，先生，我不要人相幫，只領三千人馬前去，穩取桂陽城池。（唱）爲人休把良心喪，偏偏弄巧欺老張。不用參謀不用將，三千軍馬取桂陽。（趙白）啓稟主公，先生，某也只領三千人馬前去，如取不得桂陽[2]，願受軍令。（唱）非是趙雲誇膽量，披堅執鋭是所長。銀蹤馬到城開放，鞭稍一指太守降。（孔白）我命四將軍帶領三千軍馬，攻取桂陽，不得有誤。（張白）哎呀。（怒介）（趙白）得令。（唱）

一聲令下出虎帳，大將敗陣臉無光。小將牽馬營紮上，（笑介）哈哈哈。（領下）（趙唱）三軍踴躍喜氣揚。（下）

（張白）呀呀呸。（唱）

怒氣不息三千丈，自羞自惱自思量。不是眼紅是手癢，軍師端端偏心腸。（白）大哥，兄弟幾時是不中用的[3]？今日軍師這般欺我吓，軍師這般欺我。（劉白）子龍答應在先，何爲欺你？不必爭執。（張白）不能。愚弟今日偏要前去。（劉唱）興兵先後軍師掌，你敢多言自發狂。子龍此去是一樣，難道不如你剛强。(張白)咳。(唱)大哥也是這樣講,俺豈不如子龍强。都把老張吃閑飯,咳,(唱)委曲悶氣滿胸膛。

(孔白)主公。(唱)

趁此機會拔營帳,安排軍民轉荆襄。(劉唱)曹操託名爲漢相,孫權東吳有周郎。荆襄九郡難誇獎,(孔白)主公。(唱)現有卧龍保無防。(同笑介)哈哈哈。(下)

校記

[1]同起霸:"霸",原本作"拔",今改。下同。
[2]如取不得桂陽:"得",原本作"行"。今改。
[3]兄弟幾時是不中用的:"中",原本作"終",今改。

二場 思 春

(二丫環、錢氏上)

【引】滿城看桃柳,苔苔階前,盈盈芝蘭秀。(詩)繡閣深沉無是非,畫簾不捲掩睛暉。小鬟或解東風意,引得遊蜂疑疑飛。奴家錢氏,乃桂陽太守趙範之妻。可謂舉案齊眉,頗稱夫唱婦隨。只有一寡嫂樊氏,雖不傾國傾城,却也閉月羞花。幾番勸其再醮,他却滿賦《柏舟》。今日老爺出堂理事去了,我不免到嫂嫂處該叙叙。啊,丫環,好生看守房門。(唱)

花柳媚鳥鵲喧良辰美景,屈富貴享安樂無限閑情。嘆寡嫂好似禪心未定,我且去問安好妯娌相親。(下)

三 場

(二丫環、樊氏上,唱)

嘆光陰去不歸紅顏薄命,説甚麽賦《柏舟》九烈三貞。想人家夫和婦鴛鴦交頭,好叫奴悶憪憪珠淚暗淋。

(白)退下。(丫環下介)(樊氏白)奴家樊氏,先夫趙廉去世三載,奴家矢志守貞,相隨叔叔趙範度日。嘆每常見他夫妻和好,令奴見景生悲。今日天清氣爽,花柳爭交,好不叫奴傷感也。(唱)

世間上最苦是寒衾孤枕,羞見這一對對紫燕黄鶯。昔日裏卓文君風流

私奔，免却了受凄凉愁嘆不寧。（錢氏笑介）哈哈哈。（唱）

懷凄愁不提防花間人聽，真果是害相思空自傷情。啊，嫂嫂，你方纔之言，我俱已聽見了。（樊白）啊，我没説些甚麼，却有你聽見何言？（錢氏白）哎呀，嫂嫂你休瞞我，你在此好一番思量也。（唱）

嘆春光怕春愁又想春景，幾乎被那情火焚了此身。却幸得卓文君走來救應，好嫂嫂你還是月白風清。（樊白）嬸嬸住口。我是寡居，這般言語，傍人聽見，成何雅道？（錢白）這怕甚麼？妯娌戲言，又無别事，誰來笑話呢？（樊白）胡説。（錢白）哎，嫂嫂，莫怪我説你青春年少，終非了局。莫若聽我相勸之言，擇個門當户對，鼓瑟鼓琴，免致誤了終身。（樊白）啊，你敢是不容我居守麽？欺我夫已死，令人如此輕視。哎呀，夫啊，我好命苦也。（錢白）嫂嫂，你休要見錯了我的好心。請想光陰似箭，日月如梭，紅顏易老，青春年少難再得。古來韓憑之妻死節，墳頭堂出連理枝，如今樹在那裏？反不及卓文君放蕩風流，改嫁司馬，如今千古傳好佳話。你想還是嫁人的好哇，守節的好？嫂嫂，我是真心疼你愛你。你方纔説的話，你自己想想，我説的是不是？（樊白）呀。（唱）

聽此言好叫我主意難定，守悽惶怕的是誤了終身。到不如依他言胭粉重整，且落個温柔鄉半世德人。

（樊白）啊，弟妹，先前是我見錯了，你休要見怪。（錢白）好哇。嫂嫂想開了，可見我是好人。（樊白）改嫁原可，只是依我三件事。（錢白）請聽那三件事？（樊白）第一件，要文武雙全，名聞天下之人。（錢白）哦哦，這樣人也有。二件呢？（樊白）要相貌堂堂，威儀出衆。（錢白）這也可矣。第三件呢？（樊白）第三件嗎，那人也要姓趙。（錢白）啊？也要姓趙。（樊白）依我如此三件都全，我方纔聽你之言。（錢白）嘻嘻嘻，嫂嫂，好，這也不是我的甚麼事，你真惑難了些？（樊白）若不依我三件，誓不改嫁。（錢白）也罷。嫂嫂放心，我對你叔叔説知，叫他盡心尋訪便了。（樊白）咳，易求無價事，難得有才身。（錢白）哎，天下無難事，只怕有心人。

（梅香上，白）筵前紫燕迎人語，廉外春鶯報好聲。（衆）夫人，老爺退堂在内花廳，請大夫人同夫人過去賞花。（錢白）如此，請嫂嫂同去。（樊白）你請自己去罷，我還有針指未定，不得相陪。正是：春來意日不成裝，一任花枝過短墻。（下）（錢白）咳。莫倚瓊筵歌玉樹，東風吹散繡裙香。（下）

四　　場

　　(趙範上，白)清書功業與才長，浩敕彌叨日月光。照軾朱輪誇五馬，自思無事負皇堂。下官趙範，奉曹丞相之命，身爲桂陽太守。適纔辦事退堂，庭前花飛鳥語，皆可賞玩。已命丫環請嫂嫂同夫人前來宴樂。啊，丫環，夫人前來否？(內白)來了。

　　(二丫環、錢氏上，白)翠鈿過處迷花柳，玉韻聲清響佩環。老爺萬福。(範白)夫人少禮，請坐。嫂嫂因何不來？(錢白)説起嫂嫂，一場笑話。(範白)啊，嫂嫂是説笑話來了麽？(錢白)哎，不是別的笑話。我時纔到他房中去問他好，見他正在思春。(範白)哎，這還了得？你便怎麽樣？(錢白)我見他如此光景，只好勸他改嫁。(範白)改嫁？唔，他便怎麽説？(錢白)他説改嫁，可是要依從三件事。(範白)那三件事？(錢白)第一件，文武雙全，聞名天下之人。(範白)難啊。第二件？(錢白)要相貌堂堂威儀出衆。(範白)哎呀，第一件要文武雙全，聞名天下之人，二件又要相貌堂堂威儀出衆，這樣看來，莫非他相着曹操，那是奸蛋？使不的啊。(錢白)他不是相曹操。你聽我説，第三件毛病吓？(範白)除了曹操，別人那有這樣十全？你且説他第三件毛病。(錢白)第三件越發可笑，也要姓趙。(範白)哈哈哈，這樣説了，一萬年也改嫁不成了，天下那有這樣合適的人？(錢白)說是如此説，他已心動，還須盡心纔是。(範白)這也只好難之而已。不必閑叙，且暫開懷。來，擺宴賞花。

　　(內擊鼓介)(範白)啊，何事堂鼓咚咚，吩咐問來。(丫白)何事擊鼓？(院上，白)軍報來也。明書城好玉將軍馬上禀老爺：今有劉皇叔，借了荆州地方，又差趙子龍前來攻取桂陽，離城不遠了。(範白)啊啊，那趙子龍來取桂陽。哎呀，你快傳管軍校尉陳應、鮑龍大堂議事[1]。(院白)是。英雄勢力威難抵，校尉馳驅何者能。(下)(範白)啊，夫人請退。正是：忽然太守悲曹過[2]，(錢白)驚破芳筵不太平。(下)

校記

[1] 陳應、鮑龍大堂議事："議事"，原本作"儀事"，今改。

[2] 忽然太守悲曹過："忽然"，原本作"唬然"，今改。

五場 輸降

（陳應、鮑龍上，起霸，陳白）四海分爭國計空，將軍杖節聚群雄。（鮑白）龍泉光放腰中劍，鵲血新調手內弓。（陳白）俺桂陽郡管軍左營校尉陳應。（鮑白）俺右營校尉鮑龍。（陳白）將軍請了。（鮑白）請了。（陳白）太守傳請論事，理合你我兩廂伺候。（鮑白）請。

（四文堂、四下手站門上，趙範上，白）既是勇虎名夫門，須將妙計息狼烟。（陳、鮑同白）末將等參。（範白）二位將軍少禮。（陳、鮑同白）謝太守。（範白）陳鮑二位將軍，今有趙子龍攻取桂陽，如何是好？（陳、鮑同白）太守但放寬心，某二人情願領兵出戰，生擒趙雲。（範白）非也。我聞劉玄德乃大漢皇叔，又有孔明足智多謀，關張能征慣戰，子龍在當陽長坂坡百萬軍中如入無人之境。我桂陽能有多少兵馬？如何擋敵？看來不如投降爲妙。（陳白）啊，太守何故重抬趙雲，輕視我等？俺陳應善使飛插，能保桂陽全郡。（鮑白）哈哈哈，是啊，俺鮑龍曾殺雙虎，何況趙雲一人？（陳白）戰如不勝，再憑太守投降不遲。（陳唱）

堂堂桂陽一太守，投降二字恐人羞。（鮑唱）非是我等誇海口，馬到能斬趙雲頭。（範白）你二人既逞其勇，或能抵敵勝，也未可定。且帶三千人馬出戰，好生注意去罷。（陳、鮑同白）得令。（陳唱）脫去冠袍換甲胄，豪傑凌雲似貔貅。（鮑唱）生擒趙雲名不朽，不封將軍也封侯。（同下）

（範白）喂呀，他二人奮勇逞強，非是趙雲敵手，且等敗回，再作計較。正是：並非舉鼎拔山勇，怎敵驚天動地人。（掩門，下）

六場

（趙子龍起霸上，白）破袁紹八門金鎖陣，戰曹瞞百萬雄兵。長坂坡威名蓋世，常山郡智勇超群。俺趙雲，奉命攻取桂陽。吆，衆將官。（四文堂、四上手兩邊上）（趙白）攻取桂陽城池去者。（排子）（衆領會陣，大邊）

（四文堂、四下手、陳應、鮑同上，小邊站介，陳白）吆，來將敢是趙雲麼？（趙白）吓，既知老爺威名，就請下馬投降。（鮑白）吆，趙雲，我且問你，竟敢犯我邊界麼？（趙白）吾主劉皇叔乃劉景升之弟[1]，今輔公子劉琦，同領荆州，特來撫民。汝何敢抗敵？（陳白）住了。我等只服曹丞相，豈順劉玄德？

（趙白）咄，無知鼠輩，聽某者也。（唱）

漢室天下誰去分，荊州本是姓劉人。奉命前來收四郡，恕爾無知敢出兵。（陳白）哎。（唱）老爺校尉名陳應，荊襄九郡誰不聞。三股飛叉凶又狠，勸爾早早降俺們。（鮑白）呔。（唱）一言說來信不信，曾打雙虎顯奇能。睜開雙眼認一認，俺比霸王強九分。（趙白）哈哈哈。（唱）聽罷言來真可恨，村夫愚子敢胡云。銀槍略使三分勁，馬前焉能狗命存。（殺介，擒下馬介）呔，諒你鼠輩安敢敵我？暫饒兒不死，回去說與趙範，叫他早早投降。（唱）暫免一死饒性命，說與趙範早開城。（陳白）哎呀。（唱）

抛叉不成扭了頭，（下）（鮑白）咳。（唱）馬蹄剔破脚後跟。（下）（趙唱）

此輩殺之何所損，放他更覺顯威名。三軍且將城圍定，等時然後報信音。（衆領下）

校記

［1］劉景升之弟："升"字，原本漏，今補。

七　場

（四文堂站門，趙範上，白）爲將不知己，出兵難勝人。（陳應、鮑龍同上，陳白）走吓。（唱）

是你害我險喪命，（鮑白）哎。（唱）誰叫抛叉不小心。

（陳、鮑同白）末將等交令。（範白）可曾擒住趙雲？（陳、鮑同白）末將等被趙雲活捉下馬，然不殺害，輕輕放回。（範白）哎呀，險那，難得你二人能够輕輕回來了，還算能幹。那趙雲現在那裏？（陳、鮑同白）趙雲現在城外，只叫說與太守，早早獻城投降[1]。（範白）如此說來，還求二位奮勇當先，生擒趙雲，方保無事。（陳、鮑同白）哎呀，末將知道利害了，求太守早早投降罷。（範白）咳，我先前本要投降，汝等强要迎戰，以致如此殘暴，還不站開些。左右吩咐，扯起降旌，看印，隨我速速出城投降者。正是：見機行事當須早，決斷不明悔後遲。（下）（陳白）好鮑兄啊，從今不敢威風逞[2]，（鮑白）哎，不怕不怕，還可鄉間欺好人。（陳白）哎。（鮑白）哎。（下）

校記

［1］早早獻城投降："獻"，原本作"現"，今改。下同。

[2]不敢威風逞:"敢",原本作"感"。今改。

八　　場

　　(吹打,拉城,四文堂、趙範出城迎接介。四文堂、四上手、趙子龍上介,趙範白)桂陽太守趙範賞奉,即速前來投降將軍。(趙白)太守請起。(範白)請將軍進城,安撫軍民。(趙白)太守請。(範白)請。擺隊進城。(同下)(連場)(原人凹門上)(吹打)
　　(四文堂、趙範、趙子龍同上,參介,範白)是,馬兵一千,步軍三千,糧草三萬石。(趙白)吩咐安營,聽候皇叔到來。(範白)是。範有一言,斗膽奉告。(趙白)有何高論?(範白)將軍姓趙,某也姓趙,五百年前全是一家;將軍乃是真定之人,某也真定人氏,又是同鄉;借行不價,結爲兄弟,實爲萬幸。(趙白)啊,從承美意。某雖牽虧,請問萬慶幾何?(範白)甲子年八月十五日生辰。(趙白)某甲子年四月十五日生辰。(範白)如此長範四個月矣。啊,啊,兄長請上,待弟一拜。(趙白)某也有一拜。(範白)干戈罷息保全城,久慕同宗幸結盟。(趙白)天使相逢真義氣,英雄意和樂昇平。(範白)盟兄長請至後堂設宴,請仁兄暢飲,以叙衷腸。(趙白)當得叩領。(範白)衆將官內堂伺候。(趙白)捱心見辭爲忠良,(範白)義合情投巧致識。(白)請那。(趙白)請哪!(同笑介)哈哈哈。(同下)

九場　恕　親

　　(錢氏上,唱)
　　人間奇事夢難想,天上紅鸞報吉祥。(白)方纔我家老爺差人來說,要將樊氏嫂嫂許給趙雲,叫他即速梳裝,好去相見。哈哈哈。我今往他房中去報喜去也。(唱)去扮神女陽臺上,雲雨准備整在房。(下)

十　　場

　　(細吹打,二院子、侍女同上,收拾擺桌介。趙雲、趙範、同上,安席介,範白)兄長請。(趙白)請。(唱)誼切同宗桑梓好,何處平生是故交。筵前更加景物好,麗日花影射征袍。(範白)來,後簾請樊氏夫人。(丫環白)是,有請樊氏夫人。(範白)兄長請。(樊氏上,唱)自愧素質天然悄,爲動琴心下藍橋。隔簾看見將軍貌,果然英雄美名標。(範白)啊,快請過來叙將軍的酒。(樊氏唱)銀瓶淺斟玉手招,眼光落盞臉紅潮。(趙白)啊,此是何人吓?(範白)家嫂嫂樊氏,特來把盞。(趙白)啊啊,喂呀,不敢。(唱)

奉酒何敢煩嫂嫂,飲之有愧情忒高。(範白)嫂嫂請坐,好陪將軍多飲一盞。(樊白)是,吓吓。(趙白)吓吓,賢弟,愚兄不勝酒量,請嫂嫂快快進去。(範白)必要文進一盞纔是。(趙白)吓吓,這決不敢。(範白)既然如此,嫂嫂再斟一盞,進内去罷。(樊白)將軍請。(唱)事從心數飲何少,(趙白)嫂嫂請便。(樊白)唔。(唱)務色聰容醉瓊瑶。臨行襝衽回聯笑,幾度柏舟付英豪。(下)(趙白)啊。(唱)閨閣覿面不難道,賢弟恭敬感蹊蹺。

(白)啊,賢弟,你我相飲甚歡,爲何煩尊嫂奉盞?(範白)哈哈哈,中間有一段原故,請兄飲一大盞再説。(趙白)請,有甚麽緣故?(範白)此事説來,兄勿推阻。只因家兄去世三載,家嫂寡居,終非了局,弟婦勸其改嫁。(趙白)啊,如此説來,想是要與兄作媒,我從不會作這件勾當。(範白)非也,非也。弟婦勸其改嫁,家嫂言道,若行三件並全之人,方可再醮。啊,兄長你道是那三件?(趙白)誰知道那三件事?(範白)頭一件,要文武雙全名聞天下之人;這第二件,要相貌堂堂威儀出衆;這第三件,要與家兄同姓。你道天下那有這般湊巧的人啊?今日定是吾兄,堂堂儀表[1],名鎮四海,又與家兄同姓,正合家嫂所言。兄若不棄嫌家嫂貌醜,隨意陪嫁,與將軍爲妻,結累世姻親,如何?(趙白)啊,趙範你好胡言!吾與你結爲兄弟,汝嫂即吾嫂也,豈可作此亂倫之事?(範白)這怕甚麽?俗言説的"有好叔就有好嫂",況且你我是結拜假的。(趙白)啊。(唱)

出言不怕人恥笑,社結同宗似同胞。你自家不能保親嫂,禮義廉恥無英豪。冲冲怒氣如雷暴,(打介)(唱)手足依然似槍刀。(下)

(範白)哦,可笑啊可笑,原來此人是個草包。來,快傳陳、鮑二將進内。(院照白)陳、鮑二位將軍進内。(丫環上)(範白)你們進去。(衆白)是。(下)(陳、鮑同上,白)來也。(陳唱)太守傳令左右哨,(鮑唱)必是飲酒賞功勞。(陳、鮑同白)明輔傳唤我等,有何見諭?(範白)我方纔請趙雲飲酒,我好意將嫂嫂改嫁與他,誰知他不識好歹,打我一拳,發怒去了,只要他厮殺。(陳白)咳,他没有出生這等福分,快快點兵出城厮殺[2]。(範白)我是殺他不贏?(鮑白)殺他不贏,難道就罷了不成。(陳白)我倒有個妙計主意在此。(範白)有何妙計?(陳白)我兩個詐降到他營中,太守引兵來搦戰[3],我二人在陣上擒他。(鮑白)計到妙處,須多帶人馬。(陳白)五百足矣。(範白)好,就是這個主意。打點快行,我去收拾,接應你們便了。(下)(陳、鮑同白)遵命。(陳唱)

滿江撒下鰲魚釣,任他逞巧也難逃。(鮑唱)我的妙計略將好,怕的痛肉又加刀。(同下)

校記

[1] 堂堂儀表:"儀",原本作"倫",今改。
[2] 快快點兵:"點",原本作"典",今改。
[3] 引兵來搦戰:"搦",原本作"惱"字。今改。

十 一 場

(四文堂、四上手站門,趙子龍上,唱)

世事莫測笑趙範,全無廉恥不羞慚。心上大變心頭患,可見功業立三難。

(白)咳,可恨如此無禮,幸得出城回營,今晚歇息一霄,明早攻取城池便了。

(報子上,白)報,啓禀將軍,陳應、鮑龍帶兵前來投降。(趙白)啊,陳應、鮑龍此來,定有詐也。唔,我自有道理。來,備辦蒙汗藥酒一瓶聽用。傳請陳鮑二位將軍進帳共飲,軍士營中候賞。(報白)啊,有請陳鮑二位將軍進帳共飲,軍士營後候賞。(下)

(陳、鮑同上,白)來也。(陳唱)

未進營來先打顫,(鮑唱)豪傑只覺兩腿酸。(陳唱)不怕有我放大膽,(鮑唱)進帳叩頭跪平川。(同白)末將等參見將軍。(趙白)二位將軍少禮。(陳、鮑同白)趙範先用美人計賺將軍[1],只等醉了,便行殺害,將頭去獻曹操請功。如此不仁,令將軍怒走。我二人恐遭連累,因此帶領本部人馬,前來投降。(趙白)哈哈哈,果然二位知事。某當與二位結爲心腹之好[2],共擒此賊。(陳、鮑同白)多謝將軍。(趙白)看酒。某與二位將軍賀功。(陳、鮑同白)多謝將軍。(坐席介)(趙白)請。(唱)

軍校看酒俱斟滿,相與今日盡君歡。(陳唱)躬身施禮謝玉盞,(鮑唱)腿疼頭疼坐不安。(趙冷白)二位將軍,真乃好人情。(陳唱)趙範真是橫扯讚,

（白）好酒啊。（鮑唱）美人之計後悔難。（白）請乾。（趙冷白）哈哈哈，難得好酒量，你我英雄相逢，必須盡歡。請。（陳唱）今日陳應敢斗膽，（鮑白）啊，你只怕吃醉了。啊，將軍如要？（接唱）殺上中原擒曹蠻。（陳冷白）啊，我的口呢？（白）咳。（唱）舌頭不見心慌亂，（鮑白）我說你吃不得酒。哎呀，我呢？（唱）天轉地轉爲那般。（醉倒介）（趙白）哈哈哈。（唱）趙某敢把英雄膽，此醉一去幾時還？（白）左右，將他二人綁了。（衆同白）啊。（綁介）（趙白）喚他隨來將士進帳。（衆照白）（四下手上，白）我等叩頭。（趙白）你等可知某家在當陽長坂坡，在百萬軍中如入無人之境？今日爾等敢隨二賊前來殺害於我？今陳應、鮑龍已被拿了，爾等從實説來，免其一死。（下手白）這即是陳應、鮑龍商量趙範，前來詐降，就中殺害，實不與我等之事。（趙白）原來害我者陳鮑二賊，不干爾等之事。爾等可聽吾計而行？（下手白）願聽指揮。（趙白）爾等退回桂陽，言我已被害，叫開城門，皆有重賞。（下手白）我等遵命。（趙白）來，將陳、鮑二賊斬了。衆軍士，連夜進取桂陽城池，爾等須要叫城。（衆白）啊。（排子）（下）

校記

［１］先用美人計："先"，原本作"失"，今改。

［２］某當與二位結爲心腹之好："心腹"，原本作"心服"，今改。

十 二 場

（四文堂站門上）（趙範上，白）棋高難對酌，謀低怕城空。陳應、鮑龍去無消息，我等親自上城，以重防守。（左右上城，設城下場門）

（四文堂、四上手、四下手、趙子龍上介，排子，下手白）呔，城上聽者：陳鮑二位將軍已殺了趙子龍回來，快快開城。（範上，白）黑夜之中，未知真假，點起火把照看。（手下白）果然自家人馬。（範白）吩咐開城。（領趙衆進城）（衝下）（連場）

（衆原人綁趙範凹門上）（趙子龍上，白）呔，好匹夫，怎敢誆我，左右，將他暫且監守，候令定奪。（衆押趙範下）

（趙雲白）衆將官，吩咐衆軍，不許驚動百姓，聽候申報，皇叔到來，自有升賞。（下）

十 三 場

（四文堂、中軍站門上，金旋上）

【引子】呂伯甘棠[1]，反風滅火民須揚。（詩）旌旗如明月，隊伍動風雷。太守施民惠，黎民頌口碑。下官武陵太守金旋是也。今聞趙子龍攻破桂陽，劉玄德必然前來取我武陵，不免請從事官鞏志商議戰守之策。左右，請鞏從事。（衆同白）啊。請鞏從事。

（鞏志上，白）武陵花似錦，從事人如雲。參見太守。（金白）罷了。今聞桂陽已失，倘孔明兵來攻城，如何是好？（鞏志白）劉玄德乃大漢皇叔，仁義布於天下，又有關張趙雲勇敵萬人，豈能抵敵？不如納降爲上。（金白）咦！你與孔明通連，胡言亂我軍心，左右推出斬首。（文堂白）啓太守：未曾出軍，先斬家人，與軍不利。求太守寬恩。（金白）衆軍講情，看在衆軍之面，暫時饒不死。來呀，插了出去。（鞏白）哎呀，犬丞豈能共虎鬥，魚蝦猶想與龍爭。（下）

（金白）衆將官，那孔明興兵前來，務要努力迎敵者。（下）

校記

[1] 呂伯甘棠："棠"，原本作"甞"。今依《詩經·召南·甘棠》改。

十 四 場

（四紅文堂、四紅大鎧站門上，張翼德、孔明、劉玄德上，排子，劉白）時纔探馬報到，子龍已得桂陽。特此領兵，前往安撫百姓。衆將官馬上加鞭。（合頭，領下）

十 五 場

（四上手、趙子龍上，白）諸葛今日稱知已，翼德必然攻取武陵。（報上，白）報，皇叔到。（趙白）吩咐迎接。（衆擺隊下，連場，拉城，吹打，劉元人進城，下）（四上手、趙雲迎接上介）（張衝上，進城，同下）（連場）（衆原人凹門上，歸坐介）（張白）恭喜恭喜，開了城池。（劉白）子龍辛勞，得立大功。（趙白)主公洪福,軍師威令,趙雲何功之有啊。(劉白)趙範何在?(趙白)呔,將趙範帶上來。(四上手押趙範跪介)(劉白)你可歸降否?(範白)啓皇叔:趙範早已投降,而且將寡嫂樊氏許嫁子龍,誰知他大發其怒,反將我擒下。伏乞皇叔、軍師願情宥恕。(劉白)你且請起。(範白)謝主公。(孔白)婚姻乃是美事[1],子龍如何固執[2]?(趙白)趙範先與我結爲兄弟,若要娶其嫂,惹人唾罵,一也;其嫂再醮,使失大節,二也;趙範初降,其心難測,三也。主公新定江漢,枕席未安,趙雲焉敢以一婦人,而耽主公大事?(孔白)今日是吓。(劉白)今日大事已定,與你娶之如何?(趙白)天下女子不少,但恐名譽不立[3],大丈夫何愁妻子乎?(劉白)難吓難,子龍真乃大丈夫也。(孔白)哈哈哈哈。趙範你主婚不成,我主公爲媒又不應允,此乃尊嫂嫂危數也,另爲調停罷了。(範白)是。(劉白)趙範,我今仍拜你爲桂陽太守,好撫此郡,勿誤我也。(範白)拜謝主公。(孔白)花廳設宴[4],與子龍賀功。

（張白)啊,大哥、軍師,偏是子龍幹的功勞,咱老張就是無用之人麽。如今只撥三千人馬與俺,去取武陵,活捉太守金旋來獻,如何?(孔白)你既要去取武陵,可立下軍令狀來。(張白)哎,俺便寫來。(排子)啊,軍師發令,俺便去了。(孔白)賜你三千人馬,奪取武陵,須要小心。(張白)得令。馬來。(下)(孔白)三將軍此去取武陵,必然成功。請主公花廳飲宴。(劉白)請。(下)

校記

[1] 乃是美事:"事"字,原本無,今依文意補。
[2] 子龍如何固執:"固執",原本作"古執",今改。
[3] 名譽不立:"譽",原本作"與",今改。
[4] 花廳設宴:"廳",原本作"聽",今改。

十六場

(二丫環、樊氏上,唱)

　　堪嘆命運多偃蹇,白使心機空留連。(二丫環、錢上,唱)一件好事風雲變,難怪嫂嫂泪不乾。(白)啊,嫂嫂。(趙範上,唱)

　　半羞半怯半遮面,全仁全義婚難全。哎呀,嫂嫂,事已如此,不必啼哭,凡事有我。(擦眼泪介)(錢白)哎,怎麽你給嫂嫂擦起眼泪來了,成甚麽規矩?(範白)咳,孟子曰:"嫂溺一援,是禽獸也。"(錢白)哎,男女到底授受不親。(範白)叔嫂是一家人,怕甚麼呢?(錢白)不要混拉了,如今到底是怎麼樣了?(範白)劉皇叔作媒,趙雲也是不從。嫂嫂不如……(錢白)不如甚麼?(範白)哎,不如胡招人罷。(樊白)呔,趙範你不要胡言。如再逼我,拼着一死,呵呀,以了此身吓。(範白)哎呀,嫂嫂若果真心守節,我們弟孀奉養你。老天在上,別無一心。(樊白)如此,多謝叔孀。(錢白)請嫂嫂後堂用膳。(樊白)茫茫苦海嘆無邊,(錢白)骨肉依然幸保全。(範白)看破世情都是夢,從今但求子孫賢。(下)

十 七 場

(四文堂、四上手、張翼德【急急風】衝上,白)忠心在漢,臨氣吞雲。每到爭名處,(三笑介)哈哈哈,諸葛懼三分。呔,老張到底領兵,今日攻取武陵。呔,眾將官!可隨俺鞭槍,奮勇攻城者。(排子)(會陣)

(金旋、四文堂會陣,衝上)(金白)呔,張飛,吾奉曹丞相之命,鎮守此郡。汝何敢前來犯境?(張白)呔,放你娘的屁。(起打,殺死金旋介)

(鞏志捧印上介,白)武陵從事官鞏志捧印投降。(張白)好啊,快快進城。(三笑介)哈哈哈。(扯門,下)

完

戰　合　肥

無名氏　撰

解　題

　　聲腔不詳。《慶昇平班戲目》著錄。劇寫東吳孫權在濡須兵敗於魏將張遼，再次率兵攻打合肥。時值曹操率軍掃蕩張魯，取得東川之勝，聞聽此訊，便撤軍去接應合肥守將張遼，雙方在合肥展開戰爭。孫權先派薛悌帶兵三千，與張遼對決，大敗而歸；後又派甘寧帶領百名勇士，夜間偷襲曹軍營寨成功。事見《三國演義》第五十三回"關雲長義釋黃漢升孫仲謀大戰張文遠"，內容相對簡略，與他本中張遼大敗太史慈的情節迥然不同。現有清《車王府藏曲本》本，係抄本，題作"戰合肥總講"，腳色、科白、砌末、唱詞等尚全，唱詞未標明曲牌、聲腔，但有板式。科白有漏，無標點。今以清《車王府藏曲本》爲底本，校勘整理。

　　（四人起霸上）（夏白）紅日照盔纓，（徐白）英雄膽氣橫。（合白）雙眉斜插鬢，（洪白）閫外大將軍。（夏白）俺夏侯淵。（徐白）俺徐晃。（邰白）俺張邰。（洪白）俺曹洪。（夏白）列位將軍請了。（衆同白）請了。（夏白）丞相陞帳，兩廂伺侯。（衆白）請。（歸兩邊）
　　（四文堂、四大鎧引曹上）
　　【引子】志滿定乾坤，擁鐵鉞，虎衛振。匡扶社稷，秉丹心。錕铻驅逐麈麋。
　　（衆白）衆將參。（曹白）列位將軍少禮。（衆白）謝丞相。（曹白）櫛風沐雨已有年，掃蕩英雄寰宇監。仗天威福隨人願，轉戈躍馬整歸鞭。老夫曹操，奉主之命，統領雄師，掃蕩張魯，日前奪了陽平關，且喜已得東川。正是：雖到驅魯得重地，心患蛟龍掃江南。
　　（薛悌上，白）心懷報國志，來報霸業人。報，薛悌告進[1]。丞相在上，薛悌叩頭。（曹白）罷了。聞聽孫權兵抵宛城，直取合肥，張遼如何抵敵？（薛白）只因攻破宛城，朱將軍命喪陣前，張將軍爲失宛城，又恐合肥有失，只得堅守。孫權帶兵又攻合肥，却被張將軍等一戰，孫權兵敗濡須口去了。（曹白）孫權奪去了宛平，不日就歸，吾不恕之。朱光命喪陣前，老夫奏知天子，自有旌獎。（薛白）聞知丞相得了東川，張將軍差小將問丞相，可取西川否？（曹白）老夫猶疑未决啊，先生當何以進兵？（劉暉白）啓丞相：蜀中稍定，已有防備，不可急也。莫若撤兵，去救合肥，以定江南。（曹白）先生之言，正合吾意。夏侯淵聽令。（夏白）在。（曹白）命你鎮守定軍山隘口等處，不得有誤。（夏白）得令。（曹白）徐晃聽令。（徐白）在。（曹白）命你鎮守蒙頭砦隘口等處，不得有誤。（徐白）得令。（曹白）其餘將士隨我去救合肥，聽吾號令。（唱）

蓮花寶帳把令委，列位將軍聽指揮。各守關口須防備，休叫賊寇逞雄威。虛設旗幟扎營壘，莫待臨時燃鬚眉[2]。令出如山休違背，（衆領下）（衆白）送丞相。（曹唱）必須小心凱歌回。（下）

（夏白）徐將軍，你我各守關隘，須要小心汛地。呋，衆位將軍，就此分兵各處去者。（衆白）請。（排子，同下）

（四文堂、四下手、張遼上）

【引】職任藩籬鎮雄關，（李典、樂進上，接）【引】未思干戈把凶蠻。（張白）腹內藏經史，（樂白）三千猛兒漢。（二同）【引】同鎮合肥城[3]。（張白）俺張遼。（李白）俺李典。（樂白）俺樂近。（張白）請坐。（二同白）請坐。（張白）啊，二位將軍，你我奉命鎮守合肥，不想朱光失去宛城，吳兵乘勢攻打合肥逍遥。前者一戰，若非二位之勇，吾兵焉能全勝也。（李、樂同白）此乃將軍虎威，末將何功之有。只是朱光命喪陣中，失去宛城，某等有不克之罪，焉何見得丞相矣。（張白）我想丞相豁達大度，必不降罪。聞聽也得東川，曾命薛悌去請丞相收伏西川之事，待他回來，便知分曉。（李、樂同白）將軍所見不差。（張白）軍校們，伺候了。

（薛上，白）雲掩旌旗晴，風吹刁斗寒[4]。末將參。（三同白）將軍少禮。啊。（薛白）丞相大兵已到。（張白）哦，丞相大兵到了，吩咐擺隊相迎。（薛白）啊，擺隊相迎。（衆同下）

（曹操原人過場下）（張原人上，接曹操原人上，同下）（曹原人連場凹門上）（張、李、樂同白）丞相在上，末將參。（曹白）列位將軍少禮。（三同白）謝丞相。丞相領兵遠來，受盡風霜之苦。（曹白）此乃老夫分内之事。列位威鎮敵國,老夫不勝之喜。(三同白)皆賴丞相虎威,只是朱將軍失去宛城,命喪陣前,末將等特此請罪。(曹白)孫權聞吾兵入漢中,不得首尾相顧,乘勝而取,與公等何罪?(同白)謝丞相。聞知已得東川,何不乘勝奪取西蜀?(曹白)公等不知,既得隴何必望蜀,士卒遠途跋涉,暫存後帳歇息。吩咐擺宴,與公等賀功。(三同白)多謝丞相。(曹白)掩門。(眾同分下)

(四小太監站門,孫權上,唱)

旌旗蔽日虎帳號,巍巍劍氣透九霄。逍遙津中擺戰道[5],張遼算得將英豪。馬跳橋南兵敗了,軍回濡須重整袍。(白)孤家孫仲謀,日前奪了宛城,直取合肥,被張遼一戰,兵敗濡須,整頓船支,以待水陸近兵。已曾命人回頭搬取人馬,一去許久,未見到來。內侍,伺候了。

(張昭上,唱)

曹操領兵把戰道,見了主公奏根苗。(白)臣張昭見駕,主公千歲。(孫白)平身。賜座。(昭白)謝座。時纔探士報來,曹操自漢中領統大兵救護合肥,請旨定奪。(孫白)曹操領兵來攻合肥,先生何計安哉?(昭白)曹操領兵遠來,爲失宛城之患。我軍必挫其銳氣,曹賊必罷兵矣。(孫白)此言不差。內侍,宣眾將進帳。(內昭白)眾將進見哪。(程普上,白)四海九州多蠻更,(甘寧、董襲上,白)常將戰業嘆錦彭。(徐盛、凌統上,白)何年卸甲天河洗,(五人同白)一解干戈見太平。(各通名字)(陳白)主公相招,一同進見。(眾白)請。(陳同白)臣等見駕,主公千歲。(孫白)平身。(五人同白)千千歲。宣臣等進帳,有何軍情?(孫白)今有曹操自漢中統兵前來,我兵先當挫其銳氣。誰敢破敵?(凌白)啓主公,俺凌統願往。(孫白)將軍願往,要帶多少人馬?(凌白)只要三千人馬,可以破敵張遼。(甘白)咹,甘寧只要百騎人馬,可能破敵曹兵,何須三千人馬?(凌白)呔,甘寧,你好無禮。(唱)

凌統怒髮三千丈[6],旌旗對對擺刀槍。走近前來把話講,叫聲甘寧聽端詳。軍家勝敗古人講,講止還須自主張。患難之中若此往,大丈夫一死又何妨。(甘白)咳。(唱)

凌統休得發狂言,甘寧言來聽心間。你我英雄人曾見,難比張遼一勇賢。非是甘寧誇口獻,百騎人馬得勝還。(孫白)二位將軍。(唱)二卿不必來爭論,赤心爲孤錦乾坤。曹操勢大兵將勇,不可輕視比他人。凌統近前聽孤命,帶兵三千破曹軍。(凌白)得令。(唱)主公駕前領將令,不由豪傑喜盈盈。辭別主公上能行,大破曹兵顯奇能。(下)(孫唱)

凌統威武出營門,叫聲徐盛聽令行。帶領人馬暗接應,他若有失便回營。（徐白）得令。（唱）帳中領了主公令，暗地接應加小心。（下）（孫唱）後帳擺宴君臣飲，柔能克剛記在心。（白）請。（同下）

（四文堂、四大鎧、四下手、張遼等眾將站門上）（曹上，唱）

常懷赤膽秉忠政，英雄韜略立功勳。滿腹珠璣戰策論，鎮定四方掃群雄。凌烟閣上標名姓，食君爵祿報主恩。（報子上，白）報，凌統討戰。（曹白）再探。（報白）得令。（下）（曹白）凌統討戰，何人出馬？（張遼白）末將願往。（曹白）好，听我一令。（唱）

將令一出山搖動，張遼將軍聽詳情。三千人馬你帶領，濡須塢口暗埋存。等那凌統兵馬至，殺他片甲不回營。（張白）得令。（唱）中軍帳內領將令，生擒凌統立頭功。（四文堂領下）（曹唱）張遼韜略似管仲，好比樂毅不差分。各歸隊伍旌旗整，且聽探馬報軍情。（分班眾下）

（四下手、凌上，唱）

時纔帳內領將令，不由豪傑咬牙根。（白）俺凌統，可恨甘寧，在主公面前要佔我的頭功，為此誇口，大戰張遼。吥，眾將官聽我一令。（唱）

坐立雕鞍傳將令，大小兒郎聽詳情。刀槍劍戈要齊整，盔甲各個要鮮明。奮勇上前有賞贈，退後軍法不容情。三軍隊隊往前進，要與張遼定雌雄。（同下）

（張遼內唱）

【倒板】號炮一響如雷震，（四大鎧、四上手、張遼上，唱）戈甲層層將紛紛。旌旗飄繞搖日影，刀槍閃閃電光熒。豪傑威風冲霄恨，天昏地暗殺氣生。勒住絲繮傳一令，大小三軍聽分明。自古軍令如山重，奮勇當先抖精神。衝鋒對壘休恤命，冒犯矢石忘其身。人馬紮住塢塵領，等候吳兵定輸贏。

（凌統、眾原人上，凌統唱）

提槍勒馬戰場道，兩眼睜睜把他瞧。堂堂一表非凡貌，真是將中一英豪。衝馬來將通名號，通上名姓把兵交。（張唱）盜賊休得逞強暴，老爺張遼將英豪。潑膽擎天誰不曉，敢向軍前藐吾曹。叫聲來將把名報，某家擒你至今朝。（凌白）吥。（唱）大將凌統誰不曉，頃刻擒你獻功勞。（張白）住了。（唱）憑你南山一虎豹，憑你北海浪裏蛟，某家今日領兵到，管叫爾人頭血染刀。（殺介，凌敗下）（眾同白）凌統大敗。（張白）列開旂門。（唱）

撒焰光使寶刀轟聲倒下，明亮亮刀槍勇風飄雪花。逞威風勒住了跨下戰馬，看旌旗耀光日掩暗雲霞。這一個好一似泰山倒下，殺得他君臣們血染

黃沙。(衆下)

（四太監、四值殿、甘寧、董襲、孫權上，唱）

戰鼓咚咚連聲響，探馬不住報端詳。爲王且坐蓮花帳，未知誰弱是誰強。(徐盛上，唱)張遼英雄難抵擋，(凌上，唱)敗陣回營臉無光。

(孫白)軍家勝敗，古之常理，何必如此。平身。(徐、凌同白)謝主公。(甘白)啓主公，末將只要一百人馬，今晚去劫曹營，若損折一人，情願軍法從事。(孫白)啊，將軍有剛毅。喏，這滿營將士，憑你調遣一百人馬，今晚去劫曹營。孤賜百人酒食，與將軍立功，孤遣大兵在後。(甘白)得令。(笑介)哈哈哈。(下)(孫白)凌統、徐盛、董襲、陳普四人聽令：見曹營火起，齊勇殺出，聽我吩咐。(唱)

降旨一道衆將曉，孤王言來聽根苗。此番出兵非關小，將士必須立功勞。曉諭已畢歸營道，走馬成功興吾朝。(衆同下)

（四文堂、四上手、甘上，唱）

帳中誇口領將令，百騎人馬劫曹營。暫時擺擒王破敵陣，甘寧今日顯技能。三軍擺酒且同飲，你我要舉樂毅能。(白)列位坐下。(衆白)我等不敢。(甘白)請哪。(甘白)啊，列位，俺今奉命帶爾等百人，今晚三更時分去劫曹營，吾主賜賞酒食，爾等各自歡飲一場，努力爭先，以報國家三勞。(衆白)啊呀將軍，我想曹兵百萬之衆，我們百人，焉能劫得曹營，只恐難哪。(甘白)唔，爲大將者，豈可貪生惜命？爾等何敢遲疑？如不進者，立刻斬之。(衆白)是是是。將軍如此忠勇，我等願出死戰，以報國家。(甘白)好哇！爾等既然協力，不枉食君之祿。有酒來，列位請。(衆白)請。(甘白)列位，今晚三更時分，頭插白鵝翎爲號，各執器械，去劫曹營，不負你我凌烟閣上標名也。(唱)

一令說與列公曉，養軍千日用一朝。你我須當齊報效，凌烟閣上把名標。廉頗戰霸功勞好，他的名姓揚九朝。(同下)

（起更，曹唱）

【倒板】營門外起初更提鈴發號，(四文堂、四旌牌手、四長槍手、四大鎧、張郃、李典、樂進、張遼、曹上，唱)擺旌旗列門道觀看六韜。有前營擺朱雀威風號炮，後營隊擺玄武志略廣韜。左青龍右白虎層層飄渺，虎金槍白玉罩馱鼓聲高。衆將官靠山峰安下營道，(起鼓安營介，內喊聲介)(曹接唱)防奸細必須要緊記心牢。爲大將食君祿當全忠孝，執兵權威鎮主要立功勞。(二更介)(曹唱)猛聽得大營內二更已到，朦朧睡心勞碌龍上九霄。

（介，二更夫上，白）咳，伙計，留點神，小心火燭，防備奸細。走。（下）

（甘寧原人衆上，【急急風】，衆過場下）

（二更夫上，白）伙計，留點神，小心火燭，奸細！（甘原人同上，殺更夫死介）（曹原人衝上，曹兵敗下，甘原人追下）（内喊介）

（張遼上，白）哎呀，不好了，前營爲何有了火了？三營又有喊殺之聲，却是爲何？（報上，白）啓將軍，吳兵已劫前營，堪堪殺進大營來了。（張白）再探。（報白）得令。（下）（張白）哎呀，丞相，不好了，吳兵已劫前營，要殺進大營來了。（曹白）快快命衆將迎上前去。（衆原人兩邊上，衆將同上介）（張白）迎上前去。（甘原人上，會陣，起打，下）（曹原人敗，張敗下，甘原人急追下）

（八手下【急急風】上）（凌統、徐盛、董襲、陳普衆白）衆將官迎上前去。（下）

（甘元人衆上，張遼元人、凌統衆元人，會大陣，起打，曹元人衆敗下）

（四監引孫權上，排子）（甘衆元上，同上）（孫白）哎呀，將軍如此奮勇一戰，曹兵敗去，此功非小。人馬回營。（同下，【尾聲】）

完

校記

[1] 薛悌告進："薛悌"，原本作"薛弟"，今據《三國演義》改。下同。"告進"，原本作"告近"。今改。下同。

[2] 莫待臨時燃鬚眉："臨"，原本作"監"，今改。

[3] 同鎮合肥城："合"字，原本漏，今補。

[4] 風吹刁斗寒："刁"，原本作"刀"；"寒"，原本作"岁"。今依文意改。

[5] 逍遥津中擺戰道："津"，原本作"肆"。今改。

[6] 凌統怒髮三千丈："怒"，原本作"恕"。今改。

黃　鶴　樓

無名氏　撰

解　題

聲腔不詳。《春臺班戲目》著録,甘肅靖遠現存清嘉慶古鐘上有鑄目,《都門紀略》記載此目。劇述東吴大都督周瑜爲討還荆州,在黄鶴樓設宴伏兵,假託吴國太之命請劉備過江赴宴,意在逼迫劉備寫下歸還荆州的文契。諸葛亮將計就計,安排趙雲陪同劉備赴宴,臨行前交付趙雲一支竹節,以備危急之時開啓,最終保護劉備從黃鶴樓順利回到西蜀營寨,周瑜的計謀未能得逞。事見元雜劇《劉玄德醉走黃鶴樓》、元刊《三國志平話》。現存三個版本:一是國家圖書館所藏《清宫昇平署檔案集成》本,封面題作"黃鶴樓（劉備）,張安福",不分場次,内容爲劉備一人的唱詞和念白,似係專供扮演劉備的演員自己使用的本子,簡稱清宫昇平署本;二是清《車王府藏曲本》本,共四齣,題作"黃鶴樓全串貫";三是《故宫珍本叢刊》《亂彈單齣戲》本,題作"黃鶴樓總本,龍長勝、棱仙",當係龍長勝、棱仙演出本。各本均爲抄本,脚色、科白、唱詞等尚全,但版本來源不同,唱詞、科白等異文較多。今以清《車王府藏曲本》本爲底本,參之以其他版本与文獻材料,整理校勘。

頭　齣

（四監上,喝咦介）（劉上,唱）

【引】地得人和[1],滅孫曹,孤心逍遥。（白）日月重明照英雄,仰仗卧龍建奇功[2]。雖得地土觀王化[3],未能遂意際會風。孤劉備,字玄德,乃涿郡人氏。與關張桃園結義,攻破黃巾,創業天下;三顧茅廬,請來諸葛先生,安扶社稷;坐鎮荆襄,與東吴未分明白,是孤常常憂悶。蒼天隨人意,中興漢帝基。（關平上,白）爲將當逞勇,臨陣襲父風[4]。啓皇伯:江東差甘寧下書。

（劉白）呈上來。（平白）領旨。（劉白）退班。（平白）退班。（下）

（劉念白）"大漢皇叔賢婿劉玄德親拆。"哦，是東吳太后信，待孤細觀。（唱）

自別賢婿我心怏，思兒盼婿朝慘傷。早來免我倚門望，另有國事做商量。黃鶴樓上賜宴賞，書到即來休推詳。（白）呀。（唱）看罷書信心忽恍，孔明先生知陰陽。（白）內臣，請孔明先生。（監白）千歲有請孔明先生。（孔應上，笑介，唱）東吳又擺殺人場，狸貓焉能捉虎狼。

（孔白）主公千歲。（劉白）先生少禮，請坐。（孔白）謝坐。宣山人有何國事議論？（劉白）只因東吳太后思念孤家，憂思成病，命甘寧下書，要孤過江，在黃鶴樓上備宴接風，然後進宮朝見。有書在此，先生請看。（孔白）山人早已知道，不必看書。山人即刻送主公過江，已竟打發甘寧回去稟知太后去了。（劉白）他已就去了？（孔白）是。（劉白）哎，先生，此事還是好意呢，還是奸計？（孔白）周郎小兒詭計多端，還有甚麽好意？自然奸計了。（劉白）啊啊啊，既知是奸計，爲何對甘寧說孤家即刻過江？哎，孤不去，不去。（孔白）主公，大命託天，豈在人料？若是不去，他人豈不恥笑？（劉白）先生既然要孤家前去，速點人馬，多差大將同行，孤王纔得放心。（孔白）是。有請四將軍。

（趙雲上，白）來也。憶昔長坂建奇功，衝鋒破敵氣滿雄膽，誰人不知趙子龍。主公、千歲。（劉白）四弟平身。（趙白）謝坐。主公宣臣，有何國事議論？（劉白）先生有話吩咐。（趙白）先生有何差遣？（孔白）東吳有書，接主公在黃鶴樓上飲宴，命你保駕同往。（趙白）先生賜俺多少人馬？（孔白）就是你君臣。（劉白）哎，孤不去，不去。前次過江，孤的性命險喪江邊；今又過江，怎能有命回來？我不去，不去。（孔白）主公不去，荆州定是他人的了。（劉白）哎，不要害我。（孔白）主公啊。（唱）

古言吉人有天相，主公不必加愁腸。不記河梁赴會場，二主保駕轉回鄉。美人計來將主誆，四將軍獨騎保過江。甘露寺內觀主像，龍鳳相配錦非常。賠了夫人損兵將，險些氣死小周郎。黃鶴樓上又宴賞，山人袖內早提防。任他兵多將又廣，四將軍同去料無妨。（劉唱）

先生八卦如呂望，周郎年少鬼計強。美人之計孤險喪，太后主婚配尚香。孤非韓信非自獎，何必送我入未央。（白）孤王不去，不去。（孔白）啊。（唱）算定將机就計往，主公不肯離荆襄。將言氣發常山將，君臣禍福要同當。袖手旁觀無話講，莫非你也怕周郎。（趙白）先生。（唱）百萬軍中曾獨闖，當陽救主姓名揚。曹營出入無人擋，渾膽將軍天下揚。桃園英雄人尊仰，東吳焉敢欺吾皇。主公且把寬心放，爲臣保主渡吳江。（劉白）哎。（唱）四弟言語也一樣，孤王腹内無主張。生死由命人難量，那處無有死屍場。（白）先生。（唱）我屍若在東吳葬，招我魂靈入廟堂。

　　（劉白）先生，孤王願去，只是也要帶些人馬。（孔白）不用人馬。（劉白）哎，還是不用人馬，難道說一人也不要帶去麽？（孔白）自有機謀跟隨。（趙白）先生不許俺帶人馬，倘若東吳暗有埋伏，難道俺拳打脚踢不成？（孔白）要退將兵，何難之有？這有竹筒一個，你帶在身旁。若是東吳伏兵皆起，竹筒打開，能退百萬兵將。（劉白）四弟，打開竹筒，觀看裏面有甚麼？（孔白）哎，看過不靈了。（劉白）啊，看過不靈？四弟，先生怕我死在江東，叫你將竹筒劈開，當作引魂幡。（孔白）主公啊。（唱）

　　竹節無有三尺長，内藏兵馬人難防。將軍今學樊噲將，他比能言張子房。急難之時竹節放，内有兵將退周郎。（趙白）得令。（唱）先生從不虛誇講，定有神機諳陰陽。願主洪福齊天降，逢凶化吉轉呈祥。江南不能久安享，不知何日轉荆襄。（孔白）於本月十六日，吾差人在江邊迎接主公[5]。（劉白）嗐，你差人接我的魂靈罷。（孔白）何出此言？請主公更衣。（劉白）哎，害了我。（唱）

　　孫劉之仇屢爭壤（可恨軍師諸葛亮也可），勒逼孤王即過江。只望創業把國掌（龍潭虎穴孤去闖也可），（孔白）山人送駕。（劉白）啊。（唱）諸葛亮你送我去見閻王。（白）嗐，害死我了。（監同劉下）（趙白）俺去也。（唱）總是長坂坡一樣，單槍能保主還鄉。（趙下）（孔笑介，唱）周郎奸計總是誆，我主壽命如天長。要想瞞我諸葛亮，再世投胎爲棟梁。

　　（二童唱上）（孔白）關平、周倉進帳。（平、倉上白）來也。（平唱）漢國三分劉爲上，（倉唱）收伏孫曹拱手降。（平、倉同白）參見先生。（孔白）少禮。（平、倉同白）有何差遣？（孔白）主公今往黃鶴樓上飲宴去了，命你二人帶兵埋伏在江岸，於本月十六日接主公回朝。（平、倉同白）周郎水戰慣熟，我兵恐難取勝。（孔白）若是敗陣，山人自有安置。（平、倉同白）得令。（平唱）先生吩咐怎敢抗，（倉唱）令出貔貅將必忙。（各下）

　　（孔白）魏延進帳。（魏延上，白）來也。（唱）

　　昔鎮長沙性鹵莽，韓玄有義投劉皇。（白）先生何事吩咐？（孔白）主公黃鶴樓飲宴，命你帶兵埋伏土崗子，本月十六日迎戰周郎，不得有誤。（延白）得令。（唱）先向土崗下鐵網，等候無知小周郎。（下）

（内白）走哇。（張飛上，唱）

瞽目無情諸葛亮，有事不與咱商量。東吳計害謀兄長，過江難免命必亡。（張白）可惱哇可惱。（孔白）三將軍，爲何怒氣不息？（張白）先生，俺大哥今到黃鶴樓飲宴，怎不教俺我老張知道？（孔白）叫你知道也要去，不叫你知道也要去。（張白）帶多少兵將保駕？（孔白）並無兵將，只是四將軍一人。（張白）就是四弟一人？（孔白）正是，（張白）我去趕回來。（孔白）就是趕回來，主公也是要去。（張白）老張同去如何？（孔白）此時用不着你，出帳去罷。（張白）先生，我弟兄誓同生死，三顧茅廬請你來，指望恢復漢室，如今一事無成，坐立未穩，如何將我大哥送入東吳？先生啊先生，你好狠心也。（孔大笑介）（張唱）

古人之交刎頸項，桃園結義世無雙。異姓如同一母養，烏牛白馬祭上蒼。一在三在天恩壯，一人要喪三人亡。東吳今擺殺人場，你送我兄祭刀槍。手摸胸膛想一想，人不平心如獸腸。（孔笑介，唱）

周郎請主擺宴賞，將軍何須帶愁腸。東吳縱然兵將廣，我有妙計在内藏。子龍能擋千員將，誰敢大膽害我王。接君兵將安停當，本月十六主還鄉。陰陽八卦無虛謊，（張白）若是不准呢？（孔白）我的首級送至你營房。（張白）你算定我大哥十六日回來？（孔白）十六日。（張白）若是不回？（孔白）取我首級。（張白）好哇。（唱）

陰陽有准我心爽，休怪老張發顛狂。望求寬洪滄海量，莫講閒言鎖愁腸。躬身施禮出寶帳，嗟，想起某兄兩泪汪。周瑜若殺我兄長，統領人馬下長江。東吳一國俱掃蕩，宰殺周瑜當猪羊。（張下）（孔笑介，唱）

計害吾主自損將，孫權屢次討荆襄。漢家基業漢家掌，你只好冷眼嘆一場。（同下）

頭齣完

校記

[1] 地得人和：原本作"義德人和"，今據清宫昇平署本改。

[2] 仰仗卧龍建奇功："建"，原本作"設"，今從故宫珍本叢刊改。

[3] 雖得地土觀王化："雖得"原本和清宫昇平署本均作"强得"，今據故宫珍本叢刊本改。

[4] 臨陣襲父風："陣"字，原本漏，今依文意補。

[5] 主公：原本作"公主"，今據故宫珍本叢刊本乙正。

二　齣

　　(水手、文童同劉、趙上，坐介，劉白)惱恨諸葛亮，中計逼孤王。害我江東喪，魂靈難返鄉。四弟。(趙白)主公。(劉白)孤高祖劉邦曾赴鴻門，隨帶張良、樊噲；孤王今到黃鶴樓上飲宴，只有四弟跟隨，若是周郎埋伏兵將，孤命休矣。(趙白)主公放心，曹兵百萬俺尚不懼，何況周郎小兒？就是鴻門一樣，臣託我主洪福，聖天子百靈，相助俺大將軍八面威風。(趙唱)

　　吾主本是帝王相，洪福齊天興漢邦。曹操奸雄何足講，孫權虎踞佔東江。屢設計謀將主誆，禍中得福招東床。今將周郎比楚項，鴻門設宴害吾皇。他人將多俺獨擋，保主安康轉荊襄。(劉笑介，唱)展去愁眉心膽放，四弟威名在當陽。順水催舟朝前往，劉備大膽赴會場。(同下)

　　(甘寧引周瑜上，周唱)

　　水軍衝破長江浪，兒郎對對武藝強。功高掙來王恩賞，一呼百諾文武忙。劉備中計命必喪，奪回荊州取襄陽。(甘寧上，唱)輕船催迫無阻擋，閃目不知水路長。(白)啟都督，劉備到了。(周白)劉備來了？(甘白)是。(周白)帶有多少兵將？(甘白)幾名軍士，趙子龍一人保護。(周白)就是子龍一人？(甘白)是。離岸不遠。(周白)快去備船，本帥登舟迎接。(甘應下)(周笑白)劉備啊劉備，你中我計也。(唱)

　　按下金鈎芽魚上，傷箭之鳥入籠藏。劉備今上我的當，孔明何曾知陰陽。黃鶴樓上灑鐵網，兒郎准備刀和槍。齊心竭力把功搶，生擒劉備見吾皇。(白)備船迎接。(眾應，吹打)

　　(劉上，走一場，下)(眾戰鬥，周執槍，眾戰介，桌椅介)

　　(周、劉同上)(周白)皇叔。(劉白)都督。(周白)請駕過船。(劉白)請。(過船介)(趙上介)(甘白)吔，不用過船。(趙白)誰敢阻攔？(劉、眾過介)(甘白)就此靠岸灣舟。(眾應介)(趙、眾下)(周白)未知皇叔駕到，未曾遠迎，望乞恕罪。(劉白)好說。未曾問都督金安。(周白)豈敢。(劉白)怎麼不見太后？(周白)太后染病在床，吳侯不離左右，命瑜奉陪皇叔。(劉白)有勞都督。(卒白)宴齊。(周白)擺在黃鶴樓上，命魯大人先上樓伺候。(卒白)是。(周白)皇叔請。(劉白)請。(周白)重逢花上錦，(劉白)知己叙衷情。(同下)

　　(魯肅上，白)劉備已中計，縱死也無益。下官魯肅。可恨劉備借我國荊州不還,周都督設下一計,請劉備過江赴宴,逼寫騰國文約,若是不寫,伏兵齊動,刺殺劉備,荊州穩得到手,命我擺宴伺候。有請都督。(周、劉同上,周白)皇叔請。(劉白)都督請。(趙雲暗上。魯白)皇叔。(劉白)魯大人。(魯白)恕未遠迎。(劉白)豈敢。(魯白)請上樓。(劉白)請。(周白)大人料理軍務去罷。(魯肅白)是。少陪皇叔。(劉白)大人請便。(魯白)是。(唱)黃鶴樓上酒一席,(白)劉備啊劉備。(唱)死在頃刻還不知。(大笑介,白)量你今日死得成了。(魯下)(周白)皇叔請。(劉白)請。(周白)想當初大破曹兵,爭得荊州,皇叔借去屯兵養馬,爲何久借不還,是何意也?(劉白)這這這,唔。(周白)爲何不還我國荊州?(劉笑介,唱)

　　劉備出世無根本,東逃西奔少地存。借你荊州承應允,要求奉還等几春。候得西川多安穩,依然還你荊州城。(周白)此言差矣。(劉白)是差是差。(周唱)

　　出言怎不口問心,三推四遜朦哄人。赤壁鏖兵俺帶領,你國何曾擋曹兵。東吳陪糧兵傷損,文官武將費精神。竭力挣來荊州郡,久借不還有何能。關張威名何足論,孔明舌尖起風雲。早退荊州免讎恨,不然玉石盡皆焚。

　　(劉白)啊啊啊。(趙白)住口。(劉白)哎,都督說話,你講甚麼?(趙白)哎。(唱)

　　古言理當正言順,何事欺壓我君臣。曹兵百萬如蜂擁,掃盡你國滅江東。講你吳郡全無用,個個喪胆怕出征。家家婦女出閨闈,男子無處去逃生。魯肅恐征荊州郡,百般哀告請卧龍。諸葛先生陰陽准,南屏山下借東風。燒得曹瞞心膽痛,捲旗息鼓敗華容[1]。江東失魂反得勝,知恩不報反逞雄。劉漢江山是一統,孫權佔郡有何能。強詞奪理不中用,恐怕怒惱俺趙子龍。

　　(周氣昏介)(劉白)都督息怒,息怒。(周唱)

　　英雄怒氣山搖動,子龍埋吾蓋世功。曹操興兵百萬衆,乘風破浪下江東。黃蓋苦肉把糧送,龐統連環計無窮。三日東風上天贈,吾主洪福有感靈。孔明若能把漢室整,爲何到處無安奉。借我荊州身安穩,無恥無羞不爲能。本帥今日奉主命,設宴就是計牢籠。君臣若不開懵懂,你要插翅難飛騰。(趙白)唔?(劉白)哎,都督啊。(唱)

　　孤四弟性傲言癡蠢,劉備禮下尊將軍。我有劉璋兵馬勝,不日要往投同宗。寬限日期求義重,取得西川必奉承。(趙白)住了。(唱)

　　主公休要學堯舜,漢家江山誰敢争。四百年來承天命,周郎何敢把乾坤争?(周唱)樓下伏兵齊圍困,快快還我荆州城。(趙唱)猛虎豈懼羊犬獺,你今還我東風來。(周唱)來將之言惹人恨,(趙唱)子龍將軍膽包身。(周唱)不遜之言惹人恨,荆州不還難逃生。(趙唱)要退荆州某應允,你東吳送還幾美人。(周白)哎呀。(氣介)(劉白)唔,胡說胡說。劉備陪禮。(周唱)聽一言來心煩悶,(立介)(劉白)都督那裏去了?(周白)哎。(唱)下樓曉諭衆三軍。(白)衆將官。(將白)有。(周白)高叫"劉備速寫騰國文約,退還荆州",有本帥令箭方可放他下樓,無有令箭休放他君臣,違令者斬首,吩咐下去。(衆應介,白)吠,劉備快寫騰國文約,還退荆州。(趙白)主公,主公。(劉呆望,白)諸葛孔明,你害死我也。(唱)逼勒孤王把宴飲,黃鶴樓上命難存。周郎今日要孤命,(白)諸葛亮,孔明吓。(唱)屈死黃泉目不瞑。(白)哎,四弟,周郎要寫騰國文約,退還荆州,這便怎樣?(趙白)啊,主公但放寬心,長坂坡百萬之衆,臣殺個、臣殺個七進七出,今日何懼周郎小兒。(唱)長坂坡前由出進,殺退曹瞞百萬兵。周瑜縱然有本領,爲臣獨自擋賊兵。(劉白)你在長坂坡槍馬俱在,今日你在黃鶴樓上,是拳打脚踢不成?(趙白)有哇。主公臨行之時,先生有竹筒一個,若是急難之時,竹筒能擋萬兵。(劉白)嗜,那是諸葛謠言。(趙白)主公啊。(唱)先生之言豈失信,八卦陰陽果有靈。急難之時打開看,主公還要依理行。(劉白)先生要我君臣一死,竹節作爲引魂幡。(趙唱)先生差了暗指引,急難必然現真形。君臣管能出陷阱,(白)竹節竹節哎,(唱)教我内外看不明。劈破竹節看風景,(作笑介,唱)有此令箭勝萬兵。(白)主公,咱君臣有了脱身之計。(劉白)有了何計?(趙白)爲臣劈開竹筒,内有周瑜令箭一枝。(劉白)待孤觀看。阿彌陀佛,真是救王菩薩(這纔是好先生也可)。即忙下樓去罷[2]。(趙白)隨臣來。(唱)天子有靈扶漢鼎,令箭一支退萬兵。(二將上,白)你君臣莫非逃走麽?(趙白)周都督有令,我君臣下樓,即回荆州。(衆白)令箭呢?(趙白)你來看,這是令箭。拿去。(衆白)果然都督令箭。(趙白)你們讓開甬道。(唱)今日暫且饒你命,(劉唱)龍奔滄海虎歸林。(劉、趙同下)

　　(衆白)有請都督。(周、魯同上)(周白)趙雲勢死應吾料,(魯白)劉備君臣難脱逃。(周白)劉備可寫騰國文約?(衆白)劉備君臣走了。(周白)爾等爲何放他逃走?(衆白)都督有令,放他走的。(周白)我未曾有令。(衆白)令箭在此。(周氣介,白)哎呀!(魯白)都督醒來。(周唱)屢取荆州成畫餅,諸葛果有先見明。吉凶禍福他早定,(白)羞死我也。(唱)一番辛苦枉費心。(魯白)臊死我也。都督,劉備君臣已竟放走,不必怒氣。(周白)我何曾放他逃走？（魯白）既無放他逃走，這令箭從何而來？（周白）這是當日赤壁之時，我與諸葛令箭，南屏山上祭東風，怎麼今日還在？諸葛亮，孔明，我與你誓不兩立。（唱）南屏祭風尊我令，妖道拐去影無蹤。劉備逃走多僥氣，恨不能再去殺孔明。（白）氣死我也。（魯白）都督，令箭還了，劉備走了，荆州還是不能取討，就是氣死也是枉然。都督身體要緊。（周白）嗐。（唱）劉備本是英雄併，周瑜無謀用不中。思量必要除國害，（魯白）都督，再獻美人計是不行了，太后只有一位公主。（周唱）但能入山把虎尋。（白）衆將官，傳令下，命韓當、甘寧、徐盛、丁奉、蔣欽、周泰並太史慈等，整頓人馬，隨我駕船追殺劉備去者。（衆應，傳介）（周唱）

扶主當把竭力盡，將閣凌烟垂美名。（衆下）

（魯白）不要失了令箭。[3]（唱）

有勇無謀周公瑾，屢設巧計永不行。爲是荆州結秦晉，陪了夫人又折兵。又誆劉備把宴飲，淺水何能困蛟龍。屢討荆州枉費心，終朝定計總是空。任你心機都用盡，韜略焉能比孔明。

（白）嗐，又是一計了。（魯下）

二齣完

校記

[1]捲旗息鼓敗華容："華"，原本作"莘"，今改。
[2]"即忙下樓去罷"一段：清宮昇平署本有異文，且全劇到此結束。
[3]"不要失了令箭"一段：故宮珍本叢刊本有異文，且全劇到此結束。

三　　齣

（張飛內白）走哇。（上，唱）

長思大哥心惆悵，（黃忠上，唱）先生定計主還鄉。（張唱）見兄一面心纔放，（黃唱）軍師袖內知陰陽。（張唱）虎步且把軍帳闖，（白）先生啊先生。（唱）還我兄長再較量。（孔明上，唱）有理之言何須莽，（張白）先生。（唱）我桃園義氣實難忘。（黃唱）東吳結仇起爭壤，怕的奸意起禍殃。（孔唱）東吳百萬兵結黨，主公福大禍成祥。（張白）依先生之見，俺大哥幾時回來？（孔白）山人早已言過，主公十六日還朝。（張、黃同白）先生先見之明。（孔白）八卦陰陽算定，豈能有錯？東吳太后也在黃鶴樓下，還要差人送主公回來。

(張白)怎見得?(孔白)主公有信回來,二公請看。(張白)等某一觀。(唱)孤王中計命險喪,先生妙計竹節藏。太后仁慈恩德廣,差人送孤回荊襄。三弟休要倚門望,定期十六日接孤王。(白)果然太后送某大哥回來,好先生好先生。(唱)諸事難瞞諸葛亮,胸中韜略賽子房。徐庶薦你言不謊[1],三次求賢入虎崗。大哥回來必顯賞,(孔白)三將軍。(唱)吩咐殺猪宰牛羊。(張唱)軍師且坐首席上,請罰老張鬧魯莽。(孔笑介,白)豈敢。(張白)好先生,好先生。(黃白)先生,東吳太后送主公回來,周瑜豈肯干休?(張白)着着着,吾料周郎必然發兵追趕。(張、黃同白)還得派兵抵擋周郎。(孔白)山人早已派定人馬,在那裏伺候。(張、黃同白)先生差的那幾員將官?(孔白)臨陣自然明白。(張白)可有老張的差使?(孔白)二公俱有差遣,聽吾令下。(張白)差俺一差。(孔唱)

　　接應兵將早停當,二公分營謹埋藏。三將軍休要打勝仗,敗下陣來將他誆。(白)三千歲。(唱)臨陣要將周郎放,(張白)俺恨不能將他一槍刺死,豈肯放他?(孔白)三千歲。(唱)他的陽壽未盡不該亡。東吳又起風波浪,山人教他見無常。(張白)是是是。(黃白)得令。(唱)奉命調遣本部將,(下)(張唱)我伏先生好陰陽。神機妙算賽呂望,黃公三略似張良。(笑白)好先生,好先生。(下)(孔唱)周郎自作自商量,失機敗陣臉無光。(孔下)

　　(衆水手、趙、劉上,劉唱)

　　太后仁慈把旨降,差人護送過長江。(白)四弟,咱君臣不虧竹節合太后旨,准死黃鶴上。惟恐周瑜追趕,快催舟前往。(衆應)(劉唱)輕船送水緊搖槳,恐後追兵是周郎。(趙唱)爲臣獨力能抵擋,怕是吾主駕受傷。能行湧開千層浪,(劉唱)虎將威風天輝煌[2]。(同下)

三齣完

校記

[1]徐庶薦你言不謊:"謊",原本作"慌"。今改。
[2]虎將威風天輝煌:"煌",原本作"黃"。今改。

四　　齣

　　(衆引太史慈上,唱)

　　都督令下不敢抗,追趕劉備討荊襄。(白)某太史慈,奉了都督將令,緊

緊催舟。（唱）吞鈎之魚出了網，被他脫逃殺人場。（同下）

（衆引關平、周倉同上）（關唱）凜凜豪氣三千丈，（倉唱）威威英風輔劉王[1]。（平白）俺關平。（倉白）俺周倉。（平白）你我奉了軍師之令，埋伏江邊，接主公回朝。順水去者。（唱）大將征功求封賞，（倉唱）古今幾人名姓揚。（同下）

（衆又同劉、趙上）（劉唱）逃出鴻門宴會場，（內吶喊介）（趙白）哎呀。（唱）周瑜追兵早提防。（劉白）四弟，前有埋伏，後有追兵，孤命休矣。（趙白）待臣觀看。（唱）觀軍不像東吳樣，（平、倉上，繞場下）（趙白）哎，好了。（唱）關平同來將周倉。（平、倉上白）關平、周倉接駕。（劉白）何人教你們來的？（平、倉同白）先生所差。（劉白）好先生。快擋吳兵。（平白）龍舟請前行。（劉、趙同白）小心了。（平、倉同白）領旨。（劉、趙同下）（平唱）長風三萬學李廣，（倉唱）東吳齊來又何妨。

（太、衆上，平、倉水戰介，太白）劉備船已前行，又有關平、周倉阻擋。也罷，順水轉回，迎上都督，同來追趕。（唱）兵少休要自逞強，怕臨災禍起蕭墻。（兩軍分下）

（劉、趙又上，劉唱）此時一半眉展放，放中有救逃還鄉。（同下）

（周瑜同追上，周唱）續討荊州東吳掌，中計反又放虎狼。捉獲劉備休輕放，過他千刀快人場。（同下）

（劉封上，唱）乘駕小舟擋吳將，混濁不分他提防。（白）你看周瑜順風而來，不免將他蓬繩射斷，誆他旱戰。（唱）父王洪福齊天降，借仗神力興漢邦。（下）

（周、衆上，周唱）耳聽好似雕翎響，舟向水流俺心慌。（白）遠望一箭將蓬繩射斷，船不能行，衆將官，起旱追趕。（唱）灣舟帶兵旱路往，破釜沉舟有何妨？（劉封上，唱）計誆周瑜投羅網，（周唱）那怕鐵壁與銅墻。（會陣對殺介）（封笑，唱）未殺三合退兵將，何敢臨陣對刀槍。衆將齊湧把功創，（周唱）順俺者存來逆俺的亡。（殺介，同下）

（糜竺上，唱）[2]今學韓侯滅楚項，（周衝上，唱）十里埋伏何逞強。（周、糜殺介，糜敗下）（周笑，唱）旌旗招展如飛漾，刀槍劍戟似秋霜。踏破漢室吳侯掌，劉備若死曹必降。（同下）

（魏延上，唱）軍師將令調兵擋，（周衝上，唱）殺了劉備回三軍。（對殺下）

（周上，唱）魏延武藝不虛謊，本帥陣上帶了傷。緊緊追趕不鬆放，（延又

上，白）呔。（唱）取你首級見劉王[3]。（殺介，同下）

（黃忠、衆上，忠唱）鶴髮童顏精神爽，老將年邁氣剛強。（白）老將黃忠奉了軍師將令，埋伏江口，教我射周瑜一箭，不要傷他性命。衆將官，埋伏江口。（衆應介）（忠唱）臨陣交鋒教某讓，失了黃忠姓名揚。周郎今日不該喪，箭射留情小兒郎。（周衝上，唱）停舟旱戰打勝仗，本帥來在黃土崗。（忠白）着箭。（周白）哎呀，黃忠射我一箭，幸喜未傷性命。衆將，兵回三江口。（衆應介）（周唱）孔明神機意難量，（同下）（忠唱）四路各有兵埋藏。（衆下）

（張飛、衆上，張唱）大吼一聲霹靂响，咱的威名在當陽。（周、衆衝上，張唱）殺氣衝開三千丈，（殺介）（張唱）勒住絲韁叫周郎。寸土俱是劉業掌，爲何倒還你荆襄。手摸胸膛想一想，咱的大哥可是你父王。（周白）唔。（唱）過去之事休狂妄，乾坤事業有推詳。大漢江山如風浪，破曹東吳費盡糧。爭來荆州你受享，（殺介）（同唱）俺與你不見輸贏不散場。（殺介）（張擒介，白）衆將官。（衆白）有。（張白）綁了。（衆應綁介）（張白）小周郎，你今已被擒，還不與你三老子叩頭求情？（周白）你都督作大將，今日已是被擒，要殺要剮，任憑與你；要想你都督哀告，萬也不能。（張白）你不求情，待咱家取首級。且住，有軍師將令囑咐於俺。（唱）擒來勿傷須應放，（白）如今已擒住小兒郎，白白的放他？哈，有了，不免羞臊他一場。（唱）回頭來叫一聲小周郎。（白）小娃娃，小娃娃，我今有心要取你首級。（周白）哦。（張白）争奈怕的是髒了我的？（比介）（周白）哦？（張白）你三老子有心留下你，怎奈不如我一小軍。（周白）哦？（張白）衆將官。（衆白）有。（張白）將他鬆綁，放他去罷，饒你不死。（衆應，鬆介）（周白）哎呀。（唱）諸葛孔明妙計强，本帥枉用心機藏。兩次三番損兵將，思量氣死小周郎。（白）哎呀，氣死吾也。（死介）（周卒上，搶屍下）（張笑介，唱）先生妙計賽吕望，一計氣死小周郎。（同下）

（孔衆、劉衆分上）（孔白）山人迎接主公。主公受驚了。（劉笑介，白）多虧先生妙計，不然孤命休矣。（張衆同衆將等各上）（張笑介，白）好先生，好先生，老張今日纔寳服你了，真正好先生。（衆將同白）先生在上，末將等交令。（孔笑介，白）衆位將軍辛苦了，立此大功勞，等主公回宫，重重有賞。（衆白）先生說那裏話來？仗主公洪福，先生妙計，立此功勞。（孔笑介，白）是，站下了。（衆應，排兩邊介）（劉唱）

小周郎詭計多端將孤誆[4]，過黃鶴樓上擺戰場。多虧軍師韜略廣，纔得四弟保孤還了鄉。（笑唱）孤王後帳與衆將把慶賞，犒宴爾功卿姓字香。（衆躬謝介）（孔唱）小周郎枉用這心腸，那知山人早提防。賠了宴賞損兵將，活

活氣死小周郎。(劉、孔笑介,同下)

四齣全完

校記

[1] 英風輔劉王:"英",原本作"莫",今改。

[2] 糜竺上:"竺",原本筆誤作"坐"。今改。

[3] (延又上,白)呔(唱)取你首級見劉王:"你",原本作"我"。今依前後文,此句是魏延唱的,非周瑜所唱,故改。

[4] 將孤誆:"孤誆",原本倒置爲"誆孤"。今乙正。

甘　露　寺

無名氏　撰

解　題

　　亂彈，又名《龍鳳呈祥》。《慶昇平班戲目》著録。清乾隆年間的"百本張"抄本《高腔戲目録》中載有《錦囊記》，與此本内容相類。劇寫周瑜與孫權設下美人計，假稱要將孫權之妹孫尚香許配給劉備，誆騙劉備過江成親，亦奪回荆州的歸屬權。不想諸葛亮識破東吴之計，力勸劉備過江成親，并派趙雲全程陪護，提醒劉備結好東吴重臣喬玄，進而説動孫母吴國太，最終與孫尚香成就一椿好姻緣。事見《三國演義》第五十四回"吴国太佛寺看新郎，刘皇叔洞房续佳偶"，此後劇情與《美人計》相互連貫。現存兩個清抄本：第一個版本收録在《故宫珍本叢刊》的《亂彈單齣戲》中，題作"甘露寺總本"，劇中脚色、科白、砌末、唱詞等比較齊全，但唱詞無西皮等板式，内容詳細，情節曲折，已有標點，簡稱故宫珍本叢刊本。第二個版本收録在清《車王府藏曲本》中，題作"甘露寺總講"。此本情節與《故宫珍本叢刊》本相類似，但唱詞、賓白多有異文，簡稱《車王府藏曲本》。今以《故宫珍本叢刊》本爲底本，參之以《車王府藏曲本》，校勘整理。

　　（軍士引劉備上，白）上得船來，江湧波濤，水天一色，好一派江景也。（排子）
　　（吕範、賈華上，劉備白）煩二位大夫，先見吴主。（賈華白）領旨。輕身投虎穴，（下）（吕範白）香餌釣金鰲。（下）
　　（趙雲上，白）啓主公：先生送駕江邊，有錦囊請主公開看。（劉備白）呈上來。"好姻緣，歹姻緣，莫把姻緣當等閑。君臣别了南徐地，須當先去謁喬玄。"（趙雲白）喬玄是誰？（劉備白）喬玄乃是大喬小喬之父，孫策周郎之岳丈。先生叫我前去拜他，必有照應。（趙雲白）軍師之言，必有應驗。（劉備白）吩咐隨幾名軍士[1]，一半館驛伺候，一半在外採買花酒禮物，傳言孫劉二家結親，使他不敢悔口。（趙雲白）衆將館驛伺候。（同下）

（喬玄上，唱）

【引】身居臺閣，鼎鼐元臣。兩柱石轉，佐經賈經綸。（白）鸞刀剖開玉麒麟，天子元年重老臣。但願九重新雨露，洗除千載舊灰塵。老夫喬玄，表字松山，乃江南合肥人氏。東吳爲臣，官居十二臺閣，兩朝砥柱。夫人蔣氏。老夫膝下無子，所生二女，長女大喬，配與孫策，次女小喬，許配周郎。這且不言。老夫今早下朝回來，只聽府中男男女女，交頭接耳，唧唧噥噥，但不知他們説些甚麽。蒼頭，蒼頭。（蒼頭上，白）嗄。（喬玄白）相爺問你的話。（蒼頭白）哦，相爺要吃茶？（喬玄白）問你的話。（蒼頭白）相爺要吃甚麽茶？（喬玄白）附耳過來[2]。（蒼頭白）哦哦，説耷話。（喬玄白）老夫今日下朝，只見府中男男女女，一個個交頭接耳，唧唧噥噥，但不知他們説些甚麽？（蒼頭白）相爺要問説的話？（喬玄白）正是。（蒼頭白）他們説的孫劉二家結親話。（喬玄白）孫劉二家結親？老夫一些兒不曉。（蒼頭白）相爺還不知道，劉皇叔已經過江來了，現在館驛，已經住下了。（喬玄白）既是劉皇叔過江來了，也該前來拜一拜老夫纔是。蒼頭。（蒼頭白）嗄。（喬玄白）府門伺候。劉皇叔一到，即來通報。（蒼頭白）哦。

（趙雲上，白）未去朝天子，先來謁相台。府上那位在？（蒼頭白）那裏來的？（趙雲白）荆州劉皇叔有拜帖。（蒼頭白）請候一時。啓爺：荆州劉皇叔有帖拜。（喬玄白）有請。（蒼頭白）有請。（趙雲白）主公，有請。（劉備上）（喬玄白）嗄，劉皇叔。（劉備白）太尉太尉。（同笑白）請。（喬玄白）劉皇叔駕到，老朽失迎，多有得罪。（劉備白）拜謁來遲，太尉海涵。（喬玄白）豈敢。（劉備白）四弟看禮物過來。劉備帶有幾色薄禮，望太尉笑納，笑納。（喬玄白）皇叔過江，頂當不起，還敢受此厚禮？（劉備白）敢莫輕微了。（喬玄白）這個不敢。（劉備白）一定要收下。（喬玄白）實實不敢。（蒼頭白）收下了罷。（喬玄白）哏，老夫未曾開口，你這狗才把劉皇叔禮物收下了。（蒼頭白）相爺，他好意前來送禮，你老人家不受他的，他就不歡喜了。（喬玄白）哏，大膽放肆。嗄，皇叔，老朽這裏愧領了。（劉備白）太尉請上，劉備一拜。（喬玄白）老朽也有一拜。（劉備白）四弟過來，拜見太尉。（趙雲白）太尉在上，末將參見。（喬玄白）此位是誰？（劉備白）就是四弟趙雲。（喬玄白）可是那長坂坡前救阿斗的子龍將軍？（劉備白）是他昔年之功，太尉何必挂齒。（喬玄白）老朽久聞威名，如雷貫耳，今日一見，名不虛傳。（劉備白）太尉誇獎了。

劉備告辭。（喬玄白）爲何去性太急？（劉備白）還有各位大人那裏未曾拜謁。（喬玄白）唔，就是，那裏前去走走，只是老朽未曾領教。（劉備白）改日再叙。（喬玄白）好一個改日再叙。（劉備、趙雲同下）

（喬玄白）好將軍嘎好將軍。（蒼頭白）好將軍，好將軍。（喬玄白）哎，你這狗才。老夫未曾開口，你竟大膽把劉皇叔的禮物收下了。（蒼頭白）他好意前來送禮，你老人家不受他的，還說嫌他的輕微。（喬玄白）自古道"無功不敢受祿"。（蒼頭白）受祿便有功。（喬玄白）老夫的功在那裏？（蒼頭白）相爺官居十二臺閣，兩世椒房，只要你老人家到太后面上方便方便，挽轉挽轉，就有功了。（喬玄笑科，白）到是你言得還中聽。（蒼頭白）不中聽的話，我也不講。（喬玄白）哏，大膽。吩咐外厢起道進宮。（蒼頭白）外厢開道進宮。（衆應科，同下）

（青袍太監、宮娥引吳國母上，唱）

【引】桑榆暮景，喜吾兒獨霸爲尊。（白）夫喪子亡最可傷，半夕光陰半身陽。吾兒執掌江東地，只求賜福與安康。老身吳氏，配夫孫堅早年亡故，所生二子，長子孫策，次子孫權。孫策中道謝世，次子執掌江東九郡八十一州之主，幼女尚香未曾婚配。正是：長將兒女事，時刻挂心間。

（喬玄上，白）玉柳隨金鎖，仙桃繞建章。臣喬玄見駕，太后千歲。（吳國母白）太尉平身。（喬玄白）千千歲。（吳國母白）賜坐。（喬玄白）謝坐。恭喜太后，賀喜太后。（吳國母白）喜從何來？（喬玄白）孫劉二家結親，喜酒也不與老臣喫一杯。（吳國母白）孫劉二家結親？老身一些不知。（喬玄白）太后不知，誰敢做主？（吳國母白）莫非又是二千歲主意？（喬玄白）一定是他詭計。（吳國母白）宣他進宮。（喬玄白）領旨。太后有旨，宣二千歲進宮。

（孫權上，白）忽聽母后宣，忙步進宮院。兒臣見駕，母后千歲。（吳國母白）皇兒平身。（孫權白）千千歲。（吳國母白）賜坐。（孫權白）謝坐。母后宣兒臣進宮，有何國事議論？（吳國母白）孫劉結親，可是你的主意？（孫權白）兒臣不知。（吳國母白）唔，還敢欺瞞麼？（孫權白）母后既知，兒臣不敢隱瞞。只是劉備借我國荆州屯兵養馬，久借不還，是兒臣定下一計，假結婚姻，將劉備誆過江來，老死東吳，荆州豈不唾手而得[3]？（吳國母白）既爲荆州一事，他那裏出兵，你這裏調將，奪得荆州回來，豈不名揚天下？怎麽把胞妹做個美人之計？縱然取得荆州回來，豈不被天下耻笑？你這等傷風敗俗，好不氣殺我也。（唱）

【西皮倒板】深宮院氣壞了吳太后[4]，（喬玄白）主公多少好計不行，怎麽把胞妹做個美人之計？縱然取得荆州回來，也被萬人耻笑。（孫權白）要問此計，問你令婿周郎。（喬玄白）哦，又是周郎詭計。多少好人不去聽，怎麼你到聽他？他也不知害了多少好人，不止害了你一個。（孫權白）饒舌。（喬玄白）主公。你欠通嗄欠通。（孫權白）多嘴。（喬玄白）太后清醒。（孫權白）母后醒來。（吳國母唱）大罵畜生少計謀。既爲荆州彈丸土，該興文武作良謀。出兵調將與他鬥，怎把胞妹作計籌。（孫權白）此乃周郎之計，休怪兒臣。（吳國母唱）

【快二六板】恨周郎咬碎腮邊肉，坑陷吾女怎罷休。（孫權唱）母后訓兒兒當受，對面不敢強抬頭。兒殺劉備心已久，千方百計爲荆州。孫權面上雙眉皺，哎，不殺劉備是不休。（喬玄唱）千歲爺把殺字休開口，細聽爲臣奏從頭。那劉備本是靖王後，景帝玄孫一脉流。你殺劉備活不久，他人未必肯干休。倘若是荆州發人馬，東吳那個是對頭。扭轉頭來奏太后，將計就計結鳳儔。

（喬玄白）啓太后：依臣愚見，就將郡主招他爲婿，中原曹操不敢侵犯東吳，豈不兩全其美？（孫權白）住口。劉備鬚髮皆蒼，怎稱得東吳佳婿？（喬玄白）太后，劉備乃人中之龍，可以稱得東吳佳婿。（孫權白）稱不得。（喬玄白）稱得。（吳國母白）你二人不必爭鬥，明日打掃甘露寺，面相招親。（孫權白）相得上？（吳國母白）招他爲婿。（孫權白）相不上？（吳國母白）但憑與你。（孫權白）兒臣告退。（笑科，白）哈哈哈。（下）

（喬玄白）太后，劉備乃人中之龍，不必相得。（吳國母白）老身心事已定，不必再奏。打掃甘露寺，面相劉貴人。（下）（喬玄白）正是：青龍白虎同行，吉凶事全然未料。開道回府。（排子）（下）

（太監同孫權上，白）恨小非君子，無毒不丈夫。孤孫權。母后傳下一道旨意，明日甘露寺面相劉備，相不上到還則可，相得上豈不弄假成真？這便怎處？有了，不免宣吕範上殿，一同計議。內侍。（太監白）有。（孫權白）宣吕範上殿。（太監白）千歲有旨，宣吕範上殿。（吕範上，白）蘇秦張儀口，韓信蒯通言。吕範見駕，主公千歲。（孫權白）平身。（吕範白）千千歲。（孫權白）賜坐。（吕範白）臣謝坐。宣臣上殿，有何計議？（孫權白）只因太后傳下一道旨意，明日甘露寺面相劉備。相不上到還則可，相得上豈不弄假成真？宣你上殿定下一計，殺了劉備纔好。（吕範白）主公但放寬心，明日命賈華帶領五百刀斧手，埋伏甘露寺外，酒席筵前，殺他個措手不及。（孫權白）果然妙計。隨孤後軒再叙。（吕範白）領旨。（孫權白）計就月中擒玉兔，（吕範

白)謀成日裏捉金烏。(同下)

　　(喬玄上,白)回避了。(衆白)嗄。(下)(喬玄白)哎呀,罷了嗄罷了。(蒼頭白)相爺回來了?(喬玄白)方纔太后傳旨,明日甘露寺面相招親。想劉皇叔鬚髮蒼髯,怎麽相得上?哎,別人閒事,不要管他,與我何干。(蒼頭白)嗄嗄,這是甚麽話?受了人家禮物,別人事你就不管。豈有此理!(喬玄白)啊,我説不要受他的禮,你這老狗才受下禮物了,事到如今怎麽得了?(蒼頭白)還要使個良策纔好。(喬玄白)事到如今,有甚麽主意?大家想來。(蒼頭白)大家想想。(喬玄白)哦,蒼頭過來,我有烏鬚藥一包,命你送到館驛,拜上劉皇叔,連夜染黑髮鬚,明日甘露寺也好面相。(蒼頭白)哦。(喬玄白)轉來。(蒼頭白)有。(喬玄白)叫那保駕臣子內穿甲冑,外穿袍服,酒席筵前,做個防而不備。(蒼頭白)曉得。(下)(喬玄白)想老夫受了人家禮物,費了多少心機,從今後再不貪小利。(下)

　　(劉備上,白)眼觀旌鉞起,(趙雲上,白)耳聽好消息。(劉備白)趙雲,君臣自到南郡,謁過喬公,蒙他十分光顧,不知吉凶如何。外面伺候。(趙雲白)是。

　　(蒼頭上,白)領了一句話,千金不敢移。門上那位在?(趙雲白)那裏來的?(蒼頭白)喬府蒼頭求見。(趙雲白)喬府蒼頭求見。(劉備白)傳見。(趙雲白)傳見。(蒼頭白)皇叔在上,喬府家人叩見。(劉備白)到此何事?(蒼頭白)我家相爺有烏髮藥一包,連夜染黑鬚髮,也好明日甘露寺相面,一相就上。(劉備白)有勞太尉挂心來。(趙雲白)有。(劉備白)看賞。(趙雲白)哦。(蒼頭白)叩謝皇叔的賞。(劉備白)罷了。(蒼頭笑科,白)真正是荆州來的人大方,説了幾句話就是一錠[5]。待我轉去。(劉備白)爲何又轉來?(蒼頭白)相爺説,"命保駕人外穿袍服,內穿甲冑,酒席筵前做個防而不備,備而不防"。(劉備白)有勞重步。再看賞。(蒼頭白)叩謝皇叔賞。(劉備白)罷了。(蒼頭白)是在大地方來的,又是一錠。那位保駕將軍,奉承他幾句,少不得又是一錠。這位保駕將軍,我家相爺説道,明日保駕酒席筵前,猶恐有詐,叫你外穿袍服,內穿甲冑,做個"防而不備,備而不防"。(趙雲白)知道。(蒼頭白)防而不備。(趙雲白)曉得。(蒼頭白)這個備而不防。(趙雲白)哦,在此多講。(蒼頭白)這個不是荆州來的,不大方,空説一場。(下)(劉備白)趙雲,太尉之言,甚是美意,明日保駕須要小心。(唱)

　　【搖板】多感太尉恩高大,此恩何日報答他。甘露寺內相真假,叫我連夜染鬚髮。酒席筵前恐有詐,君臣必須防備他。(趙雲唱)

【快二六板】主公休説懦弱話,長他人志氣滅了咱。趙雲全憑跨下馬,匹馬單槍取長沙。長坂坡前救過幼主駕,願保主公轉中華。(同下)

(喬玄、吳國母同上,吳國母唱)

【引】天作良緣成佳偶,(喬玄唱)【引】甘露寺內駕鵲橋。(吳國母白)太尉。(喬玄白)太后。(吳國母白)皇叔可曾來否?(喬玄白)催帖已去,想必來也。

(趙雲上,白)心雄探虎穴,膽大入龍潭[6]。那位在?(內白)甚麽人?(趙雲白)劉皇叔到。(內白)太尉,皇叔到。(喬玄白)太后,皇叔到。(吳國母白)太尉代迎。(喬玄白)有請。(內白)有請。(趙雲白)主公,有請。

(劉備上,白)太尉。(喬玄白)皇叔亦發茂年了。(劉備白)有勞太尉費心,(喬玄白)上面就是太后,見了就拜。(劉備白)那個自然。太后在上,容劉備參拜。(吳國母白)你乃當今皇叔,老身怎敢受拜?(喬玄白)太后,新女婿過門,一定要拜的。皇叔多拜幾拜。(吳國母白)常禮,請坐。(劉備白)告坐。(吳國母白)皇叔駕到,少失迎接。(劉備白)參見來遲,多多有罪。(吳國母白)太尉,吳侯可在佛殿外?(喬玄白)現在外面。(吳國母白)宣他進佛殿。(喬玄白)領旨。太后有旨,宣二千歲進佛殿。

(孫權上,白)設下香餌計,金鈎釣鯨鰲。兒臣拜揖。(吳國母白)平身。見過皇叔。(孫權白)皇叔,孫權有一拜。(劉備白)劉備也有一拜。(喬玄白)請坐。(孫權白)一同坐下。(吳國母白)久聞皇叔漢室苗裔,老身請教一遍。(劉備白)太后不惜耳煩,容劉備告稟。(劉唱)

太后吳主坐佛殿,細聽劉備表家園。吾皇高祖興炎漢,(喬玄白)太后,你道皇叔甚等樣人?(吳國母白)倒也不知。(喬玄白)劉皇叔乃中山靖王之後,漢景帝閣下玄孫劉表之堂弟,當今獻帝之皇叔。龍眉鳳目,日月天子,果真是帝王根本。(孫權白)帝王根本?(喬玄白)本是帝王根本啊。(劉備唱)弟兄們結拜在桃園。只因黃巾作了亂,償志投軍到燕山[7]。結拜二弟關美髯,(喬玄白)太后可知道皇叔結拜二弟?此人乃蒲州解梁人氏,是那位將軍辭歸漢室,挂印封金,過五關,斬六將,千里獨行,破壁爲光,秉燭待旦,後來在古城相會的時節。太后、主公,那位將軍好義氣啊。(孫權白)你看見?(喬玄白)本是好義氣。(孫權白)何不養養神罷。(劉備唱)

【慢板】范陽翼德居爲三。

(喬玄白)張翼德太后可知?(吳國母白)老身不知道。(喬玄白)就是皇叔結拜第三個兄弟,姓張名飛,字翼德,乃涿州范陽人氏,生得豹頭環眼,手執丈八矛戈。當陽河邊大吼一聲,唬得曹操兵,收了青龍傘,跌死夏侯傑,獨退曹兵百萬。太后,主公那位將軍好威風。(孫權白)甚麼好威風?(喬玄白)本是好威風。(孫權白)饒舌。(喬玄白)不爲饒舌。(劉備唱)

【慢板】水淹夏口擒呂布,曹丞相帶我到中原。(轉)

【二六板】獻帝皇上金鑾殿,把我歷代宗譜觀。我本是景帝玄孫後,爵稱皇叔掌兵權。在南陽三請諸葛亮,(喬玄白)太后,請諸葛亮可知道否?(吳國母白)也不知道。(喬玄白)那位先生復姓諸葛,名亮,字孔明,道號臥龍。初出茅廬,火燒博望,水淹新野,祭起三日三夜東風,燒死曹兵百萬,赤壁沉將,火燒戰船。那位先生好燒吓。(孫權白)燒得你胡説。(喬玄白)本是好火。(孫權白)虧你記得許多。(喬玄白)記不得我也不講。(劉備唱)

【慢板】那位先生非等閑,火燒博望人少見。祭起東風破曹蠻,趙子龍一身都是膽。

(喬玄白)太后,趙子龍一定是知道的。(吳國母白)不知。(喬玄白)乃是皇叔拜的四弟,姓趙名雲字子龍,乃常山真定人氏。在長坂坡前救阿斗時節,在曹營殺了七進七出。(孫權白)那趙雲三進曹營。(喬玄白)七進七出。(孫權白)罷罷罷,就是七進七出。(喬玄白)本是七進七出。(劉備唱)

【慢板】長坂坡前救主還,我本是漢室宗親後,現有歷代宗譜傳。

(呂範上,白)啓主公:柴桑周郎有本章到,請主公標發。(孫權白)啓母后:柴桑周瑜有本章到,兒臣前去標發。(吳國母白)皇叔在此,何人把盞?(喬玄白)老臣把盞。(吳國母白)你去標發本章。(孫權白)領旨。彈弓未動弦先斷,暗算無常死不知。(同下)(吳國母白)太尉,這將軍是誰?(喬玄白)方纔説的趙子龍將軍。(吳國母白)好將軍,賜宴一席。(趙雲白)謝過太后。(喬玄白)皇叔請。(劉備白)太尉請。(吳國母唱)

【慢板西皮】甘露寺內擺酒席,觀看劉備貌整齊。龍眉鳳目帝王體,兩耳垂肩手過膝。(轉)

【二六板】他本是上蒼紫微帝,執掌山河立社稷。看來本是我門婿,叫一聲太尉你聽知。月老冰人就是你,選擇吉日會佳期。(喬玄白)老臣領旨。(孫權上,唱)

【倒板】將人馬紮住甘露寺,(賈華上,孫權唱)

【慢板】槍刀劍戟擺得齊。安排打虎牢籠計,准備香餌釣鼇魚。站立寺門抬頭看,(轉)

【二六板】大耳劉備那坐席。一傍坐的喬太尉,母后一傍笑嘻嘻。本待持劍殺進去,又恐母后他不依。保駕將軍不離體,又恐有人走消息。叫賈華暫到一席地,少時殺他也不遲。(孫權、賈華同下)(趙雲唱)

【快二六板】趙雲抬頭往外觀,刀槍劍戟擺得齊。回轉頭來一聲啓,甘露寺外有奸細。(劉備唱)聞聽言來心膽碎,唬得劉備跪丹墀。甘露寺外干戈起,不殺劉備殺的誰。(吳國母唱)聞言怒從心上起,那一個大膽把我愛婿欺。

(喬玄白)太后,這又是二千歲的主見。(吳國母白)宣他上佛殿。(喬玄白)太后有旨,宣二千歲上佛殿。

(孫權上,白)母后傳宣召,忙步進寺門。兒臣拜揖。(吳國母白)甘露寺外埋伏,可是你的主見?(孫權白)這個兒臣不知。(吳國母白)唔,又來欺爲娘的。(孫權白)此事須問呂範。(吳國母白)宣他上佛殿。(孫權白)領旨。太后有旨,宣呂範上佛殿。(呂範上,白)定下狼虎陷,與主保江山。(孫權白)哎呀。(下)(呂範白)呂範見駕,太后千歲。(吳國母白)甘露寺外埋伏甲兵,可是你的主見?(呂範白)太后要問此事,須問賈華。(喬玄白)太后,我朝有一人,名叫賈華。(吳國母白)宣賈華進佛殿。(呂範白)宣賈華上佛殿。(賈華上,白)俺來也。武藝堪誇,渾身披甲。(呂範白)此事太后知道了,放下兵器。(下)(喬玄白)宣賈華。(賈華白)莫忙放下盔,着賈華叩見太后。(吳國母白)甘露寺外埋伏,可是你的主見?(賈華白)這個我不知道。(喬玄白)咦,你全身披挂,還說不知道麼?(賈華白)我全身披挂,又不曉得。(吳國母白)武士,推出斬首。(武士白)哦。(同賈華下)(劉備白)刀下留人。啓太后:斬了此人,猶恐花燭不利。(吳國母白)他們設計害你,你還與他講情。(喬玄白)太后,新女婿講情,是要准的。(吳國母白)看在皇叔金面,將他解下法標。(喬玄白)武士手,將賈華解下椿來。(賈華白)叩謝太后不斬之恩。(吳國母白)誰不斬你?看在皇叔面上,饒你不死。趕出去。(賈華白)叩謝太后。謝過皇叔。多謝太尉。(喬玄白)你自己爬了出去。(賈華白)可笑東吳人定計,今日要殺劉備,明日要殺劉備。劉皇叔是個好人,不是劉皇叔講情,吃飯的傢伙就不在了。再有人提起,我就這一刀。(趙雲白)吠。(賈華白)罷罷,保駕將軍利害。(下)(劉備白)告辭太后。(吳國母白)太尉代送。(喬玄白)老臣代送。皇叔受驚了。(劉備白)有勞太尉。(下)(喬玄白)太后,臣的眼力不差。(吳國母白)選擇吉日,送入東閣樓,成其百年佳偶。(喬玄白)領旨。請駕回宫。(吳國母白)擺駕。(同下)

(孫尚香上,唱)

【引】笙歌迭奏，孔雀屏開時候。（白）緯武經綸女裙釵，簪纓束修逞英才。妝臺冷落胭脂面，志劍驚天帝王皆。奴乃孫氏，小字尚香。自幼不習女工，愛習兵戈，常列武士爲樂。吾兄孫權，霸佔江東九郡八十一州之主。這也不言。昨日母后將奴許配劉皇叔爲偶，今乃良辰之日，只見笙歌節奏，刀槍森嚴，好不壯觀人也[8]。（唱）

【西皮慢板】昔日里梁鴻孟光，今朝仙女會襄王。暗地堪笑我兄長，安排虎計害劉王。月老本是喬國丈，縱有大事料無妨。耳傍內聽得笙歌亮，（武士上，孫尚香唱）只見刀槍列兩傍。

（劉備、趙雲同上，劉備唱）

【快二六板】人逢喜事精神爽，月到十五分外光。多虧軍師諸葛亮，他的八卦非尋常。我好比魚過千層網，受了風波着了忙。馬跳潭溪遭凶險，趙雲保駕回荊襄。來在宮門抬頭看，刀槍列列擺兩行。回頭我對趙雲講，孤王言來聽端詳。東吳招親休妄想[9]，速速保孤過長江。（趙雲唱）

【快二六板】這樁喜事從天降，主公何必着慌忙。今日東吳招親事，好比玉龍配鳳凰。（劉備唱）

【快二六板】明明擺的殺人場，反把好言寬心腸。不願東吳爲嬌婿，但願歸故樂平安。（趙雲唱）昔日項羽漢劉邦，鴻門設宴害高皇。臣比當年樊噲將，願保主公脫禍殃。（劉備唱）你道比得樊噲將，孤窮難比漢高皇。叫聲四弟隨孤往，你保爲王入洞房。（趙雲唱）臣見君妻命該喪，怕的韓信進未央[10]。（劉備唱）趙雲把話來錯講，孤不罪你有何妨。（趙雲唱）送駕來至宮門上，候過年終轉襄陽。（下）

（劉備白）趙雲轉來。哎呀！（唱）

人說趙雲忠良將，孤王看來是奸狂。一步來至宮門上，宮娥彩女站兩傍。武士好比殺人樣，宮門坐的孫尚香。是是是來明白了，兄妹設計害孤王。大着膽兒往內闖，要向龍潭擾一場。（宮娥白）迎接貴人。（劉備白）罷了。宮中爲何擺列刀槍？（宮娥白）郡主娘娘愛觀武士，宮中時常擺列刀槍爲樂。（劉備白）前去對公主說，宮中擺列武士，嬌客心中不安。（宮娥白）啓公主：貴人說道，"常列武士，貴人心下不安"。（孫尚香白）厮殺半生，何懼武士？吩咐退下。有請太后。（宮娥白）是，武士退下。（衆應科，下）（宮娥白）有請太后。

（吳國母上，白）面相佳婿堪羨，正配吾門阿嬌。皇叔，吾女雖然裙釵，志勝男子，得配皇叔爲偶，正謂淑女而配君子。（劉備白）念劉備失落天涯，四海無家,得配門婿,實切萬幸。(吳國母白)良辰吉日已到,請皇叔插花合巹。(劉備白)自愧無緣以享福,(吳國母白)且喜佳節兩成龍。(劉備白)今日東吳來配鳳,(下)(吳國母白)天合奇緣古今聞。來,傳鴻臚寺。(內白)哦。傳鴻臚寺進宮。(贊禮官上,白)供學周家三分禮,且效孟子五侯家。鴻臚寺叩頭。(吳國母白)好生贊禮。(贊禮官白)伏羲!吉慶圖中翠花園,麒麟閣上鬧金鞭。夫妻一對乾坤笑,紅羅帳內鳳鸞顛。(劉備、孫尚香同拜堂科,同下)(吳國母白)且喜有緣,成了老身一樁心事。(笑科)【尾聲】(下)

校記

[1] 吩咐隨幾名軍士:"幾名",原本作"機名",今改。

[2] 附耳過來:"附耳",原本作"付耳",今改。下同。

[3] 荊州豈不唾手而得:"唾手",原本作"妥手",今改。

[4] 宮院:原本倒置,今乙正。

[5] 說了幾句話就是一錠:"錠",原本作"定"。今改。下同。

[6] 膽大人龍潭:"潭",原本作"灘",今改。

[7] 債志投軍到燕山:"債",原本作"暮",今從《車王府藏曲本》改。

[8] 好不壯觀人也:"壯",原本作"伏"。今改。

[9] 休妄想:"妄",原本作"忘"。今改。

[10] 怕的韓信進未央:"央",原本作"陽",今改。

美 人 計

無名氏　撰

解　題

亂彈。又名《回荆州》《龍鳳呈祥》。未見著録。内容與《甘露寺》相連貫，後者在《慶昇平班戲目》有著録。清乾隆年間的"百本張"抄本《高腔戲目録》中載有《錦囊記》。劇寫周瑜與孫權爲奪回荆州，設計假稱要將孫權之妹孫尚香許配給劉備，誆騙劉備過江成親，想把劉備當作换取荆州的人質。不想諸葛亮識破東吴之計，勸劉備主動結好周瑜岳父喬玄，並通過喬玄打動孫母吴國太，使劉備與孫尚香的婚事弄假成真。周瑜見一計不成，又生一計，使劉備沉溺於温柔鄉中，樂不思蜀。諸葛亮神機妙算，命趙雲護送劉備東吴招親之時，送給其三個錦囊，最終在趙雲的反復催促和孫尚香、吴國太的鼎力幫助下，劉備帶領身邊人馬，成功返回荆州，周瑜也因自己的計謀屢遭失敗而氣憤不已。事見《三國演義》第五十五回"玄德智激孫夫人，孔明二氣周公瑾"。現存清抄本，收録在《故宫珍本叢刊》的《亂彈單齣戲》中。劇中脚色、科白、砌末、唱詞等比較齊全，但唱詞無曲牌宫調，科白間有遺漏，無標点。今以《故宫珍本叢刊》本爲底本，校勘整理。

（四藍文堂、張爺上）
【引】異姓如同胞，輔漢室收伏孫曹。
（外坐，白）英雄秉性剛，威名在當陽。三國無敵將，一聲斷橋梁。某張翼德，弟兄桃園結義，黄巾剿誅，輔助炎漢，坐鎮荆州。只因孫權定下美人之計，誆哄大哥過江招親，且喜婚姻已成。先生有言在先，年終之日，大哥駕回荆州。日期已近，並無音信。今請先生查算吉凶，免俺老張挂心。來，打道。
（唱）
當陽獨把曹兵擋，義結弟兄劉關張。天下烟塵俱掃蕩，炎漢吊到永遐

昌。(領下)

(二童上，站門)(孔明上，唱)

桓靈無道寵張讓，董卓亂朝焚臍亡。蔡邕哭屍法場上，可憐才子命不長。王允連環有智量，一計害死二貪狼。漢室三雄非一樣，俱想霸業獨稱皇。曹得天時官拜相，孫權倚仗兵馬強。吾主仁和義全掌[1]，恰似蛟龍雲霧藏。主在東吳心安享，龍鳳相配入洞房。他心不把荆州想，山人豈可失陰陽。(坐白)山人諸葛亮。主公東吳招親，看看將近年終，安排兵將，迎接主駕。童兒，拿我令箭，傳黃忠、魏延、糜竺、糜芳前來。童兒，拿令吓。(下)(明)周郎，你枉用計謀了。(唱)叫你損兵又折將，羞愧難以回柴桑。

(童領糜竺、糜芳、黃忠、魏延同上，【水底魚】，凹門)參見師爺。(明)衆位將軍請坐。(忠等同上)謝坐。師爺有何差遣？(明)主公東吳招親，喜得龍鳳相配。山人已許年終接駕，看看日已將近，吾已號了戰船，你等各帶大兵一千，沿江埋伏，迎敵周郎。聽我令下。(唱)

戰船我已安停當，各帶兵馬下長江。程途休紮軍營帳，悄悄埋伏在船艙。追殺兵來休魯莽，我有妙計退周郎。(忠、延、竺、芳同白)得令。(同唱)奉令各帶兵合將，兩岸先排殺人場。(同下)(明唱)只爲荆州兵結黨，千方百計枉思量。

(張爺、原人上，一排，站凹門)(張唱)

【引】夢昧憂思某兄長，年終不見回荆襄。先生陰陽豈虛恍，(孔撫琴)(衆)三千歲到。(張唱)琴聲急愁某張惶。未曾傳報不敢闖，(衆、明)吓，三千歲。(張)先生請。(明)請。(張)先生。(唱)你快樂逍遥駕安康。(明)仗托將軍之福。(張)吓。(唱)我兄之事他不講，罷，暫將惡氣抛一旁。(明坐，白)三千歲駕到，必有所爲。(張)你許某大哥何時回來？(明)年終駕回。(張)今是甚麽日期？(明)臘月之中吓。(張)某大哥呢？(明)在東吳吓。(張)怎不回來？(明)日期未到。(張)吓，先生。(唱)

三雄併力刀兵攘，天下黎民俱淒涼。徐庶道你如子况，故請先生出龍崗。初次火攻燒博望，曹兵一半受災殃。江東九郡孫權掌，美人之計將主誆。看看年終無影響，龍駕爲何不回鄉。

(明)三千歲吓。(唱)

古今良緣月老掌，主公跨鳳已呈祥。夫行自有妻同往，古言好事何在忙。

(張白)先生算定我嫂嫂一路回來？(明)一路同行。(張)先生吓。(唱)

只爲荆州屢不讓，計誆龍駕落平陽。主回荆州龍出網，鎮江之險路途長。周郎帳下兵將廣，未必善放我兄王。（明唱）

你道周瑜能調將，我笑無智小兒郎。曹兵百萬不敢擋，驚唬一病倒卧床。一十六字他神爽，我在南平祭風狂。救活江東人未喪[2]，得食狸猫冲虎狼。他的性命在吾掌，臨死方知我陰陽。

（張白）吓，先生，某大哥回得荆州？（明）平安而回。（張）無人阻擋？（明）兵將雖有，難阻龍駕。（張白）既有先見之明，還要調遣兵將，沿江接駕。（明）已差黄忠、魏延、糜竺、糜芳各帶大兵一千，吾已早備戰船，三千歲也乘一舟同往。（張）得令。（唱）

跨甲乘舟兵雄壯，鋼鞭蛇矛帶身旁。吴兵追殺我兄長，（白）馬來。（文堂領下）（張）先生。（唱）某殺他蛟海並翻江。請了。（下）

（明）請。（唱）

臨期我扮漁夫樣，算定吴兵不隄防。非我諸葛自誇獎，炎漢三分錦腹藏。（童隨下）

（子龍上）[3]

【引】光陰易過，請主公早離東吴。（坐白）虎威常山將，英名非自狂。保駕臨險地，赤膽輔劉王。俺趙子龍，奉軍師之命，保主東吴招親。先生言道，年終請主駕回荆州。洛陽雖美，不是久住之家。（唱）昔在袁紹軍帳下，後歸北平掌生殺。八門金鎖人驚怕，渾膽將軍誰不誇。（下）（劉備上）哈哈。（唱）深宫無處不飛花，年老又配女姣娃。朝歡夕樂無牽挂，每聽笙歌鬧喧嘩。（坐）（子龍上，唱）宫廷不敢跨戰馬[4]，君臣之禮豈能差。

（白）吓，宫門有人麼？（一老太監）吓，甚麽人？原來四將軍。（龍）相煩通報。（監）候着。四將軍到。（備）命他進宫。（監照白）（龍）主公平安。（備）吓，四弟，還不曾去麼？（監暗下）（龍）主公不曾吩咐，叫臣那裏去？（備）你回荆州吓。（龍）特來請駕同行[5]。（備）吓吓，孤王在此，太后待我恩重，郡主賢德。你回去告訴我二弟，對先生説，孤王在此好好好。（龍）主公不回去，荆州大事，何人料理？（備）有先生料理。難道吃糧不當差麽？你回去好快樂也。（龍）還是回荆州好。（備）再若催我回去，孤就不耐煩了，孤就不耐煩了。（龍）咳。（備）想你一人孤栖冷淡，幸這宫娥們多會歌舞，你聽鑼鼓叫他們打一套，聽唱叫他們唱一回，好不好？哈哈哈。（龍唱）

特地進宫請龍駕，（備白）哎哎哎，你叫他們唱與你聽，怎麽你自己唱起來了？（龍）主公吓。（唱）迷戀不肯回長沙。落在溪險無害怕，禍到臨頭不知差。

（白）吓，主公不想回去，這便怎麽處？哦，先生送駕江邊，暗贈某錦囊一封，待我拆開觀看："主到東吳地，迷戀不還鄉。進宮報一信，曹兵出許昌。"曹兵出許昌？哎呀，主公，大事不好了。（備）孤王在此，怎説不好？（龍）只因曹操要報赤壁之仇，前來奪取荆州。（備）吓，曹操人馬攻打荆州？（龍）要報赤壁之仇。（備）當真？果然？哎，不要頑笑。（龍）主公，這是先生差人來報，微臣不敢誑駕。（備）吓，怎麽不報孤王知道？（龍）軍情緊急，不敢進宮。（備）這等説來，荆州要付曹操了。（龍）請主起行。（備）哎呀。（哭唱）

曹操許昌興人馬，攻破荆州把孤拿。子龍之言亦非假，哎呀，四弟吓。（唱）桃園弟兄無存紮。

（白）這便怎麽處？（龍）主公悄悄出城，爲臣備下船支，逃回荆州。（備）孤王難捨郡主吓。（龍）郡主知道，走不成了。（備）四弟，你且在外聽其動静，孤自有道理。（龍）臣去准備。（下）（備）哎呀，郡主吓，我劉備要偷跑了。（唱）

本待在此閑瀟洒，失去荆州那是家。潛逃我心常牽挂，難捨郡主新結髮。不捨太后恩義大，不捨喬公美意加。

（四宫女隨尚香上，左右聽）（備唱）見郡主難説離別話，（白）郡主尚香。哎呀，我的妻吓。（唱）千言萬語瞞了他。

（尚香白）吓，貴人。（備）吓，郡主來了，請座。（香）貴人爲何兩眼落淚？（備）這，哎呀，郡主吓，孤王雖然在此安樂，先祖墳墓俱在北地，無人祭掃，故爾落淚。（香）適纔趙雲進宮何事？（備）吓，郡主，你來得早？（香）來得早。（備）聽得明。（香）聽得明。（備）哎呀，郡主，劉備不敢隱瞞。趙雲適纔進宫，他道軍師差人來報，曹操興兵攻奪荆州，倘若有失，桃園弟兄無有安身之地。悄悄潛逃，實實難捨郡主吓。（哭）（香）哎呀，貴人吓，那裏甚麽曹操興兵，分明你要回荆州。自古言：嫁一夫，隨一主，夫唱婦隨，人之大禮。歸心似箭，奴即進宮辭別母后，與你同行。（備）哎呀，郡主吓，可是真心？（香）焉有假意？（備）好，受我一拜。（香）貴人請起。（備唱）

令兄若是逞强霸，郡主好言回覆他。（香）貴人吓。（唱）男已完婚女已嫁，兄有言來我有答。且將愁眉暫放下，登山涉水走天涯。（宫女領下）（備唱）根深不怕狂風打，樹正何懼日影斜。（下）

（四宫女上，站門）（太后上）（唱）

堪嘆光陰難回轉，眼見春秋數十年。夫君爲國逢大限，長子孫策命如顏。孫權九郡俱霸佔,馬放南山樂安然。幼女招夫隨我願,養老宮中樂清閑。(四宮引尚香內白)擺駕[6]。腮邊有淚奴暗展,低頭見母話難言。跌跪塵埃袖遮臉,(后攙起香,白)兒吓。(唱)貴人我婿可安然。

(香坐白)貴人請候母安。(后)兒進宮何事?(香)今已年終,貴人要到江邊,望空祭奠劉氏先祖,女兒同行,特來辭別母后。(后)江邊祭奠,不過一時一刻,何須辭我?(香)謝母后。(哭)(后)轉來。(香)辭別母后。(后)既是祭奠,兒為何兩眼落淚?(香)孩兒不曾吓。(后)兒吓,有甚事情,該稟為娘知道,何須隱瞞吓?(香)哎呀,母后吓。趙雲報道,曹操興動人馬,攻奪荊州。孩兒辭別母后,要同貴人回去。(后)吓,兒伴貴人同回荊州?(香)是。(后)兒吓,男兒四海為家,女子三從四德,在家從父母,出嫁從丈夫。既是貴人要回荊州,理當隨行。今辭為娘,是兒孝道。兒是出嫁之女,娘也不敢管你。你去罷。(香)孩兒難捨母后。(哭)(后)我兒難捨為娘,總有分離之日。你,你同貴人即速起行,若是你兄王知道,你夫妻就難脫身了。(香)可要貴人見母一面?(后)兒吓,歸心似箭,還來見娘則甚?你走吓。(香)母后。(后)尚香。(香)哎呀,妙吓。(跪唱)

幼年喪父兒命蹇,養女不能奉慈嚴。今日別母何時見,(白)母后,哎呀娘吓。(唱)青山不見水有源。荊州東吳路雖遠,(后)哎呀,尚香兒。(唱)一紙書策把信傳。(香)

【倒板】兒似風箏今斷綫,(白)母后呀,娘吓。(唱)梨花滿地子不全。兒行百步娘挂念,孩兒與娘各一天。蘇武傳書能託雁,兒是深閨女紅顏。終身匹配娘恩典,(白)母后,哎呀娘吓。(唱)生離死別最可憐。(后)尚香,哎呀兒吓。(唱)

只為荊州結仇怨,誆哄劉備配良緣。兒婿本是娘擇選,媒妁江東老喬玄。當今皇叔配嬋娟,這是美玉歸藍田。去心有如弦上箭,(香)難捨母后一老年。(后唱)為娘年老身康健,壽命二字總由天。兒吓。(唱)你兄聞知事有變,(香)哎,吓,禍事臨身咫尺間。哎呀,罷。(唱)

含悲別母出宮院,(后白)吓,兒轉來。(香)呵。(唱)母后有何教兒言。(白)有何教訓?(后)兒吓,此去柴桑關,乃是周瑜鎮守,豈能容你夫妻過去?為娘賜你寶劍,有人攔阻,斬他首級,有娘作主。(香)謝母后。(唱)軍令不勝三尺劍,兒命無有母命嚴。(白)母后。(后)兒吓。(香)孩兒去了吓。(后)去罷。(香)哎呀,罷。(下)

(后)尚香。(四宮女白)郡主。(后)兒吓。(唱)

閉目之間兒不見，無女誰人奉膝前。但願上蒼相憐念，（白）尚香，哎呀兒吓。（唱）夫妻齊眉永安然。（白）尚香兒吓，想殺爲娘吓。（哭重）太后，不必哭了。（下）

（子龍、劉備內穿箭衣上，唱）

郡主進宮辭太后，爲何許久不回頭。四弟備馬緊環扣，今是鰲魚脫鈎鈎。（原官女領尚香，凹門，香唱）

龍離沙灘鳳隨走，（龍）郡主。（香）哎呀，貴人吓。（唱）展開愁眉免憂愁。（備）郡主，太后是何言？（香）太后贈有寶劍，若是柴桑關有人阻擋，任憑我夫妻斬殺。（備）哎呀，太后賢德。郡主改換衣裝，四弟快快備馬。（龍）吓。（下）

（香）宮娥，奴回荊州，你們要殷勤侍奉太后。（宮女）是。（備）速改。（宮女替香穿箭衣、馬褂、劍、風帽、斗蓬）（備）好了，賢德郡主吓。（唱）

憂心一片已無有，逃去只怕孫仲謀。柴桑阻險劍斬首，大海蛟龍恁閑遊。悄悄出宮無人曉，（龍帶馬，備接香上馬，龍再帶備馬，龍自上馬）（龍唱）先生錦囊虧俺留。（下）（宮女送）哎呀，郡主吓。（上場，下）

（四白文堂、一中軍、周瑜上）

【點絳唇】幼拜元戎，屢奪戰功。強兵勇，虎將秉忠，令出山搖動。（內案坐白）黃金印國寶，爲將須英豪。休笑青年貌，勢壓劉與曹。本帥姓周名瑜，字公瑾，舒城人也。幼拜都督，統領水軍，威鎮柴桑等處。可恨劉備，久假借荊州不還。我同吳主定一美人之計，誆哄玄德江東招親，誰知弄假成真，太后作主，竟將郡主招贅。是我又生一計，宮園廣種花木，教妓歌舞，使劉備不回荊州，老死東吳，荊襄一帶，垂手而得。劉備劉備，你中我之計也。（報）啓都督，劉備帶領郡主逃回荊州。（瑜）吓，他逃回荊州？再探。（報）得令。（下）

（瑜）中軍，奉我令箭，傳徐盛、丁奉、蔣欽、周泰進帳。（軍）得令。（下）（瑜）劉備吓劉備，你是雀鳥，也難飛過柴桑。（中軍領徐盛、丁奉、蔣欽、周泰同上）（【水底魚】）（同白）都督有何將令？（瑜）大耳劉備帶領郡主逃往荊州，命你四人將他趕回。（同）得令。（魯肅內白）住着。（上，唱）

明明知道劉備走，都督苦苦作對頭。處事若不早料透，過後方知失計謀。（白）吓，都督，劉備、郡主同回荊州，乃是正理，爲何反要趕回，是何意也？（瑜）將他趕回，囚死東吳。（肅）哎呀，使不得，使不得。（瑜）怎麼使不得？（肅）他是嬌客。（瑜）甚麼嬌客？（肅）難爲你獻這美人之計，太后將郡主招贅,劉備乃是江東一國的姑爺,豈不是嬌客?(瑜)哎,大夫,我好容易將劉備誆過江東[7],難道就輕輕將他放走麼?(肅)吓,都督,只要多備美人,慢說誆哄劉備,就是誆張飛,也是願意來的呵。(瑜)我定要將他囚死東吳。(肅)太后未必依你吓。(瑜)吳侯作主。(肅)荊州興兵前來呵?(瑜)本帥抵擋。(肅)哎呀,孔明的計利害吓。(瑜)他主被我誆下江東,不能接回荊州,還有甚麼計?甚麼計?(肅)吓,都督不記得赤壁鏖兵?他在南屏祭風,都督差了丁奉前去刺殺,孔明乘舟而逃,你即帶兵追趕,驚動關、張、趙雲,殺你大敗,險些氣死。那不是孔明的計麼?(瑜)哎!(肅)都督此時不必動氣,咳,受氣的日期,還在後吓。(瑜)吓,魯大夫。(肅)周都督。(瑜)你少管閒事呵。(肅)咳,我那裏願管閒事,這也是無法了,只得勸你幾句呵。(瑜)咳,老兄。(肅)哈哈哈,魯肅大膽了。咳,少弟。(瑜)你是個老實人吓。(肅)老實人纔說老實話吓。(瑜)魯大夫吃醉了,中軍快快送他回去。(肅)哈哈,此時不聽我言語,中計敗陣悔後遲。咳,我是個老實人,呵哈哈。(下)

(瑜)四將聽令,追趕劉備回來,不可放走。(四將同)得令。(下)

(中軍又上,瑜白)[8]哎呀,劉備身傍有子龍保駕,四將不是他人對手,此時說不得本帥出馬。中軍,本奏吳侯,本帥親自追趕。眾將伺候。(四大鎧、四上手、文堂、大刀換大旗,瑜白)追趕劉備。(【風入松】下)

(劉備、子龍、尚香同上,備唱)

加鞭催趲休遲慢,怕的東吳追趕還。(徐盛等四人上,尚香白)徐盛、丁奉、蔣欽、周泰,趕來則甚?(盛同白)奉都督將令,追趕皇叔、郡主回去。(香)奴奉母命,同貴人轉回荊州,誰敢攔阻?趙雲,奉我母命,寶劍斬他們首級。(龍接香劍,龍白)看劍。(眾軍、盛等原歸,上場,下)(龍白)吙,誰敢來吓。(唱)

英雄雖多不敢戰,猛虎何怕犬遮攔。主公龍駕慢催趲,老爺要走誰敢攔。(同下)

(徐盛等同周瑜上,跑一場)

(劉備、香、龍上,唱)宮中歡樂塵途慘,眼觀綠水與青山。(瑜原人上,朝回站,香白)周瑜趕來則甚?(瑜)奉主公之命,請皇叔、郡主轉去。(香)子龍,捧劍斬之。(龍)領懿旨。(唱)

【倒板】子龍將軍渾身膽,英雄祖籍在常山。昔破黃巾除國患,結義凌雲鐵心丹。北平曾輔公孫瓚[9],八門金鎖破曹瞞。長坂獨擋兵百萬,血流成河紅水翻[10]。七進曹營兵遭難,畫戟槍尖血不乾。捲旗息鼓收兵返,老爺留

你活命還。不惜性命強爭戰，俺效某兄闖五關。（瑜）

趙雲不必言太盛，要想過關萬不能。（香）哎。（唱）捧我寶劍將他斬，以免郡主心愁煩。（龍白）看劍。（眾軍、備、香下。龍白）誰敢來？來，哈哈哈。（下）

（瑜、眾歸正門，瑜白）吓，我今讓他逃走，吳侯豈不歸罪於我？這便怎麼處？哎，就是太后寶劍，也難斬某人頭。眾將官，緊緊追趕。（眾領下）

（四藍文堂、四大鎧、四上手、糜竺、糜芳、黃忠、魏延、張爺排上，凹門，張白）眾位將軍。（忠等同白）三千歲。（張白）先生吩咐，叫我等帶兵江邊接駕。眾將官，催動人馬。（合頭，下）

（劉、香、龍同上，劉唱）

緊緊追來如風勇，（內喊）吓。（唱）插翅難飛到九重。（白）四弟，前是大江，後有追兵，這便怎麼處？（龍）先生有錦囊一封，待臣看來："君臣無路奔，遇水即登舟。"（劉）又無船渡，如何是好？（龍）待臣看來。（孔內白）打魚呵。（龍）主公，那厢有漁船來了。（劉）快快叫他提上來。（龍）漁夫，將船擺過來。（孔白）來了。（唱）

黃巾造反刀兵動，天地人和漢三雄。稱王霸業想成統，引出南陽一臥龍。（劉白）快擺過來，賊兵來了。（孔）請上船來。（龍齊下馬，上船）（孔白）諸葛亮接駕。（劉）哎呀，先生，幹的好險吓。（孔）險中有吉。（張眾下場，上）吓，大哥回來了。哈哈哈，恭喜新郎官，恭喜新郎官。（內喊）（劉）哎呀，周瑜追殺來了。（孔）不妨。眾將官，周瑜追兵趕來，你等一路出山[11]，高聲喊叫："周郎妙計安天下，失了夫人又折兵。"（眾）吓。（下）（劉）先生，快快開船。（孔）主公吓。（唱）

周郎奸計見識淺，誆哄我主配結緣。龍鳳相配駕回轉，羞殺無知狂少年。（龍白）開船。（下）

（周原人同上）（眾白）劉備乘船過江，已經上岸了。（周）吓，劉備過江，今已登岸了？眾將官，上岸追趕。（合頭，下）

（張原人、排子上）（舊）眾將官，周郎追趕，我兵悄悄埋伏，待老張氣死那囚囊的。（眾抄下）

（正場山）（周眾上，抵下場門）（張白）周郎妙計安天下，失了夫人又折兵。（周又坻上，內原白）（周正場）（張佔山，白）周郎，我的兒吓，大哥多謝你的美人計，哈哈哈。（下）（周）哎呀，羞煞我也。眾將官，拿住劉備，不可輕放。追。（張眾上，會陣殺，周被張追下）（打一套，下）（十將連環下）（二套

下)(十將總攢下)(打三套,下)(張、周敗下,張追下)(周上,白)哎呀,俺周瑜屢計不成,氣死我也。衆將官收兵。(氣下)

(張衆抵,下場)(衆白)周瑜敗走。(張)收兵。哈哈哈。【尾聲】(下）

完

校記

［1］仁和義全掌：原本作"仁和全義掌",今據文意乙正。
［2］救活江東人未喪："江東",原本作"將東",今改。
［3］子龍：原本誤作"蛟龍",今改。
［4］宮廷不敢跨戰馬："跨",原本作"誇",今改。
［5］特來請駕同行："駕",原本作"架",今改。
［6］擺駕：原本作"排架",今改。
［7］誆過江東："誆",原本作"哇",今改。下同。
［8］(瑜白)：原本無,據上下文意增補。
［9］公孫瓚：原本作"公孫贊",今改。
［10］血流成河紅水翻："翻",原本作"潘",今改。
［11］你等一路出山："一"字,原本無,今補。

討荆州

無名氏 撰

解題

聲腔不詳。不見著録。清道光三十年(1850)吹腔劇本《摘錦録》中收入此劇。京劇、晉劇、豫劇、河北吹腔等劇中均有相關題材的劇目。劇述赤壁之戰後,劉備采用諸葛亮之計襲取荆州。大夫魯肅奉命前往蜀營索討荆州,劉備忽然掩面而泣,魯肅不知其故,於是詢問諸葛亮内中情由。諸葛亮爲保持孫、劉聯合抗曹的穩定局面,以借用荆州爲託辭,聲稱等劉備取得西川之後即當奉還荆州,請求魯肅從中擔保,并立約以爲憑。忠厚老實的魯肅以爲吃了顆定心丸,哪知諸葛亮明修棧道,暗渡陳倉,實則誘使魯肅將荆州賣給劉備。周瑜得知魯肅失算,再次命魯肅前往蜀營,欲行假途滅虢之計,結果再次無功而返,周瑜也因此箭創崩裂,氣絶身亡。事見《三國演義》第五十六回"曹操大宴銅雀臺,孔明三气周公瑾"。現存三個清代抄本:第一個版本收録在《故宫珍本叢刊》的《亂彈單齣戲》中,題作"討荆州總本",有標點,不分場次,唱詞未標明曲牌及聲腔,内容主要寫魯肅首次討要荆州的場景,簡稱故宫珍本叢刊本。第二個版本收録在清《車王府藏曲本》中,題作"討荆州全串貫",没有標點,唱詞、曲牌、宫調等齊全。此本篇幅短小,主要講述孫權爲如何收回荆州而向大臣問計,簡稱車王府藏曲本。第三個版本係清抄本,亦收録在清《車王府藏曲本》中,題作"討荆州",共分兩本,每本收有五齣戲,唱詞未標明曲牌及聲腔,主要内容以孫權宣召魯肅去蜀營討要荆州爲始,以周瑜得知假途滅國之計被諸葛亮識破後氣絶身亡作結,情節較其他版本更爲曲折,簡稱清抄本。今以《故宫珍本叢刊》本爲底本,参之以其他兩個版本,校勘整理。

(孫權上)

【引】籠廉紗罩，玉帶隨腰。

（張昭、魯肅上，同白）臣，（張昭白）張昭，（魯肅白）魯肅，（張昭、魯肅同白）參見主公。（孫權白）平身。（張昭、魯肅同白）遵旨。（孫權白）天子威威坐朝堂，日月高懸照萬方。海清河晏民安樂，一人有福壽無疆[1]。孤王孫權，執掌江南一角之地，當年赤壁鏖兵，火燒戰船，征來荆州，備借去養馬，日久年深，未曾交還。衆卿。（張昭、魯肅同白）臣在。（孫權白）有何妙計？（張昭白）臣張昭有本奏上。（孫權白）上奏。（張昭白）我主出下旨意，打到柴桑，說與臣周都督調兵力戰，那怕大功不成。（魯肅白）且慢，臣魯肅有本奏上。（孫權白）上奏。（魯白）調兵力戰，又費軍力。當年借荆州，那是臣魯肅保。待臣過江，說討荆州，萬無一失[2]。（張昭白）大夫，你若討回荆州，軍師大印讓你執掌。（魯肅白）也罷。我若討不回荆州，情願輸我項上首級。（張昭白）敢與我立令？（魯肅白）立令何妨。（張昭、魯肅同白）來者。（孫權白）且慢，二卿爲孤江山，不要失了和氣。平身。（張昭、魯肅同白）遵旨。（孫權白）就命魯大夫過江，說討荆州，不得有誤。（魯肅白）臣遵旨。（孫權白）這已過江說討荆州，又是一趟苦差。長隨，看酒伺候。（張昭、魯肅同白）謝宴。（孫權唱）

吩咐長隨看酒宴，我與二卿來餞陽關。赤壁鏖兵火燒戰，費盡錢糧有萬千。征下荆州劉備佔，借去荆州無交還。倘若討回荆州轉，擺鸞駕迎接午門前。

（張白）大夫。（唱）

魯大夫莫要賣狼烟，聽我表表三桃園。劉備能使雙龍劍，關二爺提刀過五關。張翼德三聲橋唬斷，趙子龍一杆槍大戰長板。孔明能掐又會算，燒死了騰甲兵十萬八千。此去討不回荆州轉，閃的你馬入夾道進退兩難。

（魯肅白）張先生。（唱）

張先生莫要笑了俺，你爲何滅咱主誇講桃園。你說劉備是好漢，周都督韜略比他寬。此去討回荆州轉，軍師大印我照管。倘若討不回荆州轉，我死在江心不回還。（張昭白）敢與我立令？（魯肅白）立令何妨。（張昭、魯肅同白）來者。（孫權白）且慢。（唱）

叫聲二卿莫開言，個個爲的孤江山。袍袖一擺下金殿，養老宮中去問安。（張昭、魯肅同白）送駕。（張昭白）哼。（同下）

（老旦上，白）十字街前冰雪冷，（大喬、孫尚香上，同白）風吹花燭古來香。參見母后。（老旦白）少禮，賜坐。（大喬、孫尚香同白）兒們謝坐。（老旦白）老身孫門吳氏，所生雙子，長子孫策，次子孫權。長子吐血而亡，次子孫權執掌江南九郡八十一州，昨夜晚上偶得一夢，不知是何吉凶。二皇兒。（大喬、孫尚香同白）母后。（老旦白）與老身圓夢上來。（大喬、孫尚香同白）母后，兒們未讀夢書，不曉夢經。將主公喚來，與母后圓夢。（老旦白）長隨。（長隨白）有。（老旦白）宣你主公進宮。（長隨白）有請主公。（孫權內，白）領旨。（上白）議論荆州事，又聽母詔宣。皇太在上，兒臣孫權參見母后。（老旦白）平身。（孫權白）遵旨。（老旦白）見過你皇嫂。（孫權白）參見皇嫂。（大喬白）主公少禮。（孫尚香白）皇兄。（孫權白）御妹請坐。（大喬、尚香同白）有坐。（孫權白）皇太駕安。（老旦白）罷了。（孫權白）宣兒臣進宮，有何事議？（老旦白）昨夜晚上，偶得一夢，不知是何吉凶。（孫權白）長隨看過夢書。皇太夢見何來，講來兒臣圓夢。（老旦白）老身睡夢朧，鼓打正三更。遇見小青龍，摘去牡丹星。（唱）

昨夜晚得一夢甚是凶險，夢見了小青龍摘去牡丹。有爲娘掌寶劍往下所砍，小青龍駕火光直奔東南。夢醒來唬的娘渾身是汗，或是凶或是吉快把夢圓。

（孫權白）三更時分，偶得一夢，夢見小青龍進的宮來，摘去牡丹，皇太手使寶劍往下所砍，小青龍駕火起光，直奔東南。青龍人間主，牡丹花中王。劍砍爲刀，日出爲卯，卯金刀是大寫一個劉字。此夢應在御妹身上！我妹不久要配與皇帝了。皇太，恭喜了。（唱）

三更時在宮院偶得一夢，夢見了小青龍闖進深宮。龍國太掌寶劍往下擲砍，小青龍銜牡丹直奔東南。我御妹不久的要出宮院，必有那姓劉人來在宮前。（孫尚香唱）

見長兄在宮院細講一遍，倒叫我二八女滿臉羞慚[3]。我這裏施一禮急忙告便，我到那後宮院描鳳畫鸞。（老旦白）回宮去罷。（大喬白）皇太，恭喜了。（老旦白）落坐。（大喬唱）

周文王也夢見飛熊繞殿，渭水河請子牙保了江山。姜子牙坐車輦文王拉牽，到後來保江山八百八年。（老旦唱）

見女兒回宮院容顏改變，到叫我爲娘的常挂心間。叫媳婦回宮院不可怠慢，等候了姓劉人到在宮前。（白）孫權。（孫權白）兒臣在。（老旦白）若有姓劉之人到來，稟娘知道。（孫權白）兒遵命。（老旦白）女兒出嫁萬事妥，（孫權白）孩兒一人掌山河。（大喬白）萬兩黃金非爲貴，（老旦白）居家安樂值錢多。（同下）

（張飛上，白）海水浪浪往東流，孫劉兩家結冤仇。有朝我把愁眉展，滅却東吳纔罷休。漢將張飛，奉了大哥軍令，賜我一哨人馬，打探軍情之事。且住，上哨飄下一隻小舟，上打魯肅旗號。這是軍國大事，衆將帶馬伺候。（下）

（劉備上）

【引】弟兄結義在桃園，烏牛祭地馬祭天。（白）家住大樹在樓桑，桃園結義劉關張。二弟擎天白玉柱，三弟駕海紫金梁。孤窮劉備，差去三弟江邊打探，爲何不見到來。（張飛內白）馬來。（上白）打探江邊事，報與大哥知。大哥在上，弟參見。（劉備白）少禮，賜坐。（張飛白）謝坐。（劉備白）命你江邊打探，有甚麼動靜？（張飛白）命弟江邊打探，上哨飄下一隻小舟，上打魯肅旗號，不知爲了何事。（劉備白）魯肅過江，等先生到來，一問便知。（張飛白）作甚麼的先生？（劉白）御林軍，有請先生。（御林軍白）有請先生。（孔明內白）嗯哼。（上白）袖吞乾坤大，懷揣日月山。山人諸葛亮，主公有喚，上前去見。參見主公。（劉備白）見過三千歲。（孔明白）三千歲。（張飛白）先生到了，請吓。（孔明白）宣臣到來，有何軍情議論。（劉備白）我三弟江邊打探，言說魯肅過江，爲了何事？（孔明白）魯肅過江，必爲荆州而來。（劉備白）吓。（張飛白）着哇！魯肅過江，必爲荆州而來。我老張目下倒有一計。（孔明白）有何妙計？（張飛白）待我換了靴衣小帽，暗藏蘆花蕩口，魯肅到來，是這等一刀兩斷，將他殺死，屍首扔在長江，給他個死無招對。（孔明白）那如何使得？（張飛白）使不得？你們再議。（孔明白）寶帳用你不着，出帳去罷。（張飛白）哦呀，不聽老張語，暫且回帳中。（下）

（劉備白）先生，魯肅過的江來，不提荆州還得罷了，提起荆州，叫孤何言答對？（孔白）魯肅過江來，還要我主寬言相待，酒席宴前痛哭三次。（劉備白）哭者爲何？（孔明白）臣自有妙用。（劉備白）御林軍帳門聽事。（旗牌上，白）裏邊那位在？（御林軍白）講甚麼？（旗牌白）魯大夫過江。（御林軍白）魯大夫過江。（劉備白）有請。先生去迎。（孔明白）遵旨。子敬兄在那裏？（魯肅白）孔明兄在那裏？（孔明白）子敬兄。（同笑介）（孔明白）子敬兄。（魯肅白）請。（孔明白）子敬兄弟，弟從前過的江去，多有打攪。（魯肅白）弟不成敬意。（同笑介）這，哈哈。（魯肅白）皇叔。（孔明白）臺坐。（魯肅白）皇叔在上，臣魯肅參拜。（劉備白）大夫到了？平身。（魯肅白）遵旨。（劉備白）先生，與大夫看坐。（孔明白）有坐。（魯肅白）且慢。主公在此，無臣足站之地，焉敢落坐。（孔明白）子敬兄，我主賜坐當坐。（魯肅白）臣上面謝坐。(孔明白)請坐。(魯肅白)請皇叔駕安。(劉備白)大夫承問。你來時,你主吳侯可好?(魯肅白)我主吳侯問候皇叔安泰。(劉備白)望念孤窮了。(魯肅白)恭謙[4]。(旗牌上,白)宴齊。(劉備白)先生把盞。(孔明白)酒來。(魯肅白)孔明兄,要酒何用?(孔明白)我與子敬兄安杯。(魯肅白)弟不敢當[5]。(同笑介)(旗牌白)上宴。(劉備白)大夫請酒。(魯肅白)皇叔,孔明兄請。(同白)乾。(同笑介)(劉備白)大夫過江,有的何事?(魯肅白)這個?(劉備白)甚麼?(魯肅白)臣告便。(劉備白)請。(孔明白)弟奉陪。(魯肅白)不敢當,請坐。(孔明白)請。(魯肅白)吓,我奉我主吳侯旨意,過江說討荊州。皇叔寬恩厚待,這話叫我如何講出口來?但說是這這這,咳咳咳,豈不呆了你了。你與張昭打賭擊掌,過江說討荊州[6],這一時你怎麼纔講不出口來?話講當面。嗯哏。(孔明白)子敬兄請坐。(魯白)孔明兄請。皇叔,臣魯肅過得江來,有幾句不知進退之言,可容講否?(劉備白)大夫有何貴言,請講。(魯肅白)皇叔恩寬。曾記得當年赤壁鏖兵,火燒戰船,費盡我主糧草,征下荊州九郡四十二州,皇叔借來屯軍養馬,日久年深,未曾交還。我想當年借荊州,是臣魯肅作保,借來荊州九載,未曾交還,承恐照理有礙[7]。(劉備白)這個?(魯肅白)甚麼?(孔明啖嗽介)嗯哏。(魯肅白)甚麼?(劉備哭介)哎哎哎。(孔明白)子敬兄請酒。(魯肅白)孔明兄請。(同白)乾。(同笑介)哈哈哈。(劉備唱)

　　手端着紫金杯淚如泉湧,只問的孤窮我難已應聲。想當初借荊州是我所用,到如今想不還理上不通。

　　(黃忠上,唱)

　　在教場演兵回未曾交令,(劉備哭介)(黃忠唱)又聽的劉主公大放悲聲。見先生在一旁搖頭送目,到叫我黃漢升難解其情。(白)老夫黃忠,在教場操兵回來,有心上前交令,觀見先生在一旁,搖頭送目,想是用我不着,暫且回營。正是:假裝癡呆漢,且作夢中人。擺馬回營。(下)

　　(魯肅白)適纔在此外邊,金盔金甲那位老將軍,他是何人?(孔明白)那就是黃老將軍。(魯肅白)哈,敢是黃漢升黃老將軍麼?(孔明白)正是。(魯肅白)何不請進帳來一處飲酒。(孔明白)嗯哏,我主在此。(魯肅白)弟失言了,請坐。吓,皇叔,咱還是這荊州的話頭,或還或是不還,早早與臣信息,我好回朝交旨啊。(劉備白)哈,這個……(魯肅白)甚麼?(孔明沒嗽)嗯哏。(劉備哭介)吓吓吓。(魯白)又哭起來了,甚麼這個那個?(孔明白)子敬兄請酒。(魯肅白)請。(孔明白)乾。(魯肅白)半乾,乾。(孔明白)我與你滿

上。（劉備唱）

聽一言不由人淚如悲痛，諸葛亮在一旁他不應聲。但不知哭三次是何用，他不言活活的悶死孤窮。

（張飛內白）哪咳。（上，唱）

張翼德在後帳坐臥不定，（劉備哭介）哎哎哎。（張飛笑介）哇呀呀呀。（唱）又聽得我大哥大放悲聲。見先生在一旁坐臥不動，倒叫我張翼德惱在心中。（白）且住。我大哥痛哭不止，先生一旁悶坐，其情爲何？但説是這這，哪哈，有了，觀見先生一旁搖頭送目，想是叫我老張進的帳去，將那魯肅殺死，這有何難哉。呔，老張進帳來了，呔，少走，看刀。（魯肅白）怎麼説？（孔明白）嗯哏。（張飛白）吓哈。（笑介）吓吓哈哈，哇呀呀。（魯肅白）孔明兄請來，孔明兄請來。（孔明白）子敬兄慌張爲何？（魯肅白）適纔那位穿皂甲的將軍，豹頭環眼，滿臉扎須，他是何人哪？（孔明白）那就是我家三千歲，燕人翼德。（魯肅白）這般時候，他老人家作甚麼來了？（孔明白）見你我弟兄飲酒不樂，前來歌舞勸杯，磐槍舞劍來了。（魯肅白）哎呀呀，弟不敢當，快快將他支回罷。（孔明白）叫他少耍上幾路。（魯肅白）實實的不敢當，快快的支回罷。（孔明白）早已支回了。（魯肅白）哼，早已支回了。（孔明白）正是。（魯肅白）弟當面謝過。（孔明白）好説。請坐。（魯肅白）請。（孔明白）嗯哏。（魯肅白）吓哏。（孔明白）小膽之人。（魯肅白）孔明兄你又來了，請坐請坐。嗯哏，皇叔，咱還是這荊州的話頭，還與不還，我好稟報我主吳侯得知。（劉備白）哈，這個。（魯白）甚麼。（孔明白）嗯哏。（劉備白）大夫，吓吓。（魯肅白）你看，又哭起來了。（孔明白）子敬兄請酒。（魯肅白）請。（孔明白）乾。（魯肅白）你乾我不乾。過的江來，我竟吃你幾杯水酒來了。（孔明笑介）哈哈哈。（魯肅白）呱呱，你樂我不樂。（劉備唱）

魯大夫你不必怒氣生，聽孤窮把話説心中。將荊州暫借三五載，到後來再還荊州城。（魯肅唱）

我這裏提荊州（劉備哭介）（魯白）哎哎。（唱）皇叔悲痛，（白）呵呵，我今天提起荊州，其情爲何？哈哈，是了。（唱）諸葛亮在一旁他不應聲。走上前我這裏合禮來奉，孔明兄進前來細聽分明。（白）孔明兄請來。（孔明白）子敬兄講説甚麼？（魯肅白）我今天提起荊州，皇叔只是痛哭，其情爲何？（孔明白）弟情知，不便説。（魯肅白）哎，弟當罰你。（孔明白）罰弟何來？（魯肅白）孫劉兩家交好，你怎麼有話不便説？（孔明白）怎説？弟説的了。（魯肅白）説的了。（孔明白）主公請回，臣要議論軍情之事了。（劉備下）

（孔明白）請坐。（魯肅白）請坐。（孔明白）你問我主痛哭的來意？（魯肅白）着哇，痛哭爲何？（孔明白）我主痛哭，爲的是荆州。（魯肅白）是，咱們今天但提這荆州。（孔明白）當年借來荆州，屯軍養馬，日久年深，未曾交還。若要還去荆州，我君臣未有存身之地；若要不還，當年借荆州時，是子敬兄你的保人。（魯肅白）着啊，那是我的保人。（孔明白）因此上我主爲了難。（魯肅白）你行個不難的方法纔是[8]。（孔明白）弟看起來，有些不難。（魯肅白）怎樣不難？（孔明白）還要子敬兄留情。（魯肅白）留情自然留情，你與弟何禮？（孔明白）你要留情，我就與你個合禮。（魯肅白）怎樣合禮，你與我說。（孔明白）我主不久發大兵，要取西川。取回西川，荆州交還；取不了西川……（魯肅白）怎麽樣吓？（孔明白）也要交還。（魯肅白）總要交還的纔是。（孔明白）子敬兄，你看如何？（魯肅白）好便好，如今的人心哪，哎哎，難平難量。（孔明白）若其不然，教我主與你立下文約一張，子敬兄帶過江去，你主吳侯一見，必然是莫大之功。（魯肅白）立下文約，爲弟纔得放心。（孔明白）與你個大大的放心。請坐。

（劉備上）（孔明白）我主請來發筆。（劉備白）替孤代勞。（孔明白）子敬兄請來發筆。（魯肅白）還是孔明兄。（孔明白）弟佔先了。（魯肅白）你把字兒寫的大大的，行兒放的寬寬的，寫個明明白白，清清楚楚。（孔明白）立"立字人大漢宗親劉，當年借來荆州，屯軍養馬，到此未還。孤窮要發大兵，去取西川。取了西川，荆州交還；取不了西川……"（魯肅白）怎麽說？（孔明白）也要交還。（魯肅白）着吓，總是要還的。（孔明白）"終久不還。江南十三年六月二十四日立。"但說這今天保人的話，魯肅、諸葛亮。（魯肅白）慢着慢着，借荆州是弟的保人，還荆州你的保，弟保不的。（孔明白）子敬兄，你看這荆州事大了，你不保，弟不保，再往下來，量他們那個敢保？（魯肅白）可也是吓。荆州事大了，我不保，兄不保，再往下來，打量着他們那家敢保。啊，保，說弟保得？（孔明白）保得。（魯肅白）保得你就把弟寫上。（孔明白）保人魯肅、諸葛亮。（魯白）哎，膽大又落個保人。（孔明白）上邊現有桌金桌銀，我主請來畫押。（劉備白）替孤代勞。（孔明白）臣替主代勞，子敬兄請來畫押。（魯肅白）哼，我畫上一道道子，哏哏。（孔明白）子敬兄收起。（魯肅白）待弟收起。（孔明白）搭桌金桌銀上來。（二旗牌白）桌金桌銀取到。（孔明白）我主送客。（劉備白）大夫將他收起。（魯肅白）這，皇叔，這算何意？（孔明白）子敬兄，我主見你過的江來，一路辛苦，賜你茶資費用，你就該收下。（魯肅白）吓，怎說爲弟過的江來，一路辛苦，皇叔賜我茶資費用。（孔明白）正是。

（魯肅白）你説弟收得？（孔明白）收得。（魯肅白）領得？（孔明白）領得。（魯白）收得領得，搭過江去。（孔明白）搭過江去。（魯肅白）皇叔，孔明兄。（劉備、孔明同白）大夫。（魯肅白）臣告辭了。（劉備、孔明同白）奉送。（同笑介）吓哈哈。（魯肅唱）

忙謝過劉皇叔寬恩厚敬，從今後孫劉好免動刀兵。（孔明白）哎，弟當罰你。（魯肅白）罰弟何來？（孔明白）孫劉兩家交好，你怎麼纔提起"刀兵"二字來了。（魯肅白）弟失言了。（唱）我這裏施一禮急忙告奉，（孔明白）送子敬兄。（魯肅白）請在。（唱）諸葛亮爲朋友寔在老成。（笑介）這，哈哈，好朋友。（下）（劉備唱）

魯大夫出帳去喜笑不定，轉眼來我這裏問聲先生。酒席前哭三次是何妙用，快快的對孤窮細説分明。（孔明唱）

酒席前哭三次是臣妙用，魯子敬把荆州賣與主公。（劉備白）吓，怎説把荆州賣與孤窮了？（孔明白）正是。（劉備白）此話當真？（孔明白）當真。（劉備白）果然。（孔明白）果然。（劉備笑介，白）這，吓哈哈。（唱）

聽一言不由人喜笑不定，魯子敬把荆州賣與孤窮。（孔明唱）我的主你莫要喜笑不定，魯子敬他必然二過江東。（劉備白）怎説他還要來呀？（孔明白）定要前來。（劉備白）此事不妥罷。（孔明白）後帳擺宴。（同下）

完

校記

［1］一人有福壽無疆："壽"，原本作"受"。今改。
［2］萬無一失："一"，原本作"以"。今改。
［3］倒叫我二八女滿臉羞慚："慚"，原本作"慘"。今改。
［4］恭謙："謙"，原本字難識，今依文意試改。
［5］弟不敢當：原本作"不敢耽"，今改。下同。
［6］過江説討荆州："州"字，原本漏。今補。
［7］承恐照理有礙："照理"，原本作"趙禮"，今改。下同。
［8］你行個不難的方法纔是："方法"，原本作"方方"，今依文意改。

柴 桑 記

無名氏 撰

解 題

　　亂彈。《春臺班戲目》與《慶昇平班戲目》著錄，題《柴桑口》，又名《諸葛弔孝》。劇寫周瑜以取西川爲名，准備偷襲荆州，却被諸葛亮識破。一氣之下，箭瘡迸裂，死於非命，停柩柴桑。諸葛亮爲孫劉聯盟大計，帶領趙雲等過江東赴柴桑弔孝。諸葛亮在周瑜靈柩前，念誦祭文，施禮祭奠，失聲痛哭，感動了東吳的許多將領。周瑜之子周循得知諸葛亮來到柴桑，不顧衆人阻攔，定要爲父報讎。魯肅阻攔不住，任由衆將而行。追至江邊，周循要爲父報讎，却被張飛殺死。事見《三國演義》第五十七回"柴桑口臥龍弔孝，耒陽縣鳳雛理事"。明傳奇《草廬記》有此情節。版本今有清《車王府藏曲本》。該本係清抄本，未標點，首頁題"柴桑記全串貫"。另有《故宮珍本叢刊》的《亂彈單齣戲》本，該本首頁題"柴桑口總本"，清抄本，無標點。二本均敷衍此故事，但賓白、唱詞出入頗大。今以清《車王府藏曲本》爲底本，校勘整理。

　　（四小軍、劉封、糜竺上，劉白）黑暗暗烏雲遮日，（糜白）鬧嚷嚷殺氣連天。請了！你我奉了軍師將令，帶領人馬在江邊埋伏，不許周郎過江。你聽，喊殺連天，想必周郎來也！衆將官！埋伏者！（同下）（周唱）

　　【倒板】機謀不成反折兵。（吳兵同上）殺敗了！殺敗了！（周唱）咬牙切齒恨孔明。我的心血俱用盡，（吐介）失志敗陣又勞神。

　　（白）想我周瑜幾番用計，俱被孔明解破。孔明吓，孔明！你道我不能取川，俺定要奪取西川與你看看。不免將人馬撤回南徐，與吳侯商議，同領大兵，定要活捉孔明，以消我恨。衆將官！人馬撤回江邊，上船去者！（小軍、糜竺、劉封上，同白）呔！周瑜！我們奉軍師將令，在此等候多時，還不下馬受綁。（周白）哎吓！你看孔明這賊，使人擋住我的去路。衆將官！一齊上船！（劉、糜同白）衆將，與我放箭！（飛、平、延、雲同上，同白）周瑜那裏走？！（殺，周下）（張白）衆位將軍請了！軍師將令，且不可放他回去。你我就在江邊埋伏，軍師自有令下。（同下）（周上，白）哎吓！俺本待回轉南徐，可恨孔明擋住去路，不容俺回郡，這便怎麽處？衆將官，前面是甚麽地方？（衆白）巴丘。（周白）將人馬撤回巴丘。（下）（甘上，白）啓都督，末將打聽孔明與劉備在山頭飲酒取樂。（周白）孔明，你好妙計吓！咳！周瑜你好無志量。（唱）

屢次興兵龍虎鬥，損兵折將帶含羞。諸葛比俺才高妙，枉費徒勞統貔貅。

（甘白）啓都督，差下書人至此！（周白）將書拿來，待我開拆一看。漢軍師中郎將諸葛致書與都督公瑾先生麾下：亮自柴桑一別，至今念之不忘。聞足下意欲取川，亮竊以爲不可。益州民強地險，劉璋軟弱，足以自守。今勞師遠征，轉運萬里，欲收全軍功，雖吳起不能定其規，孫武不能善其後。曹操失利於赤壁，未須臾忘報仇。今足下興兵遠征[1]，倘曹操乘虛而至，江南虀粉矣。亮不忍坐視，特此告知，幸垂照鑒。哎呀！氣死我也！（唱）

氣滿胸膛阻咽喉。（吐介）紅光不住湧出頭。大罵孔明詭計誘，這封書好似冤鬼勾。

（衆白）吓！都督息怒，保全身體要緊！（周白）衆位將軍，我周瑜今番性命休矣！我這裏寄書回見吳侯，説瑜不能復生，可將兵權，印信付與魯肅執掌。衆將協力報效，不失封妻蔭子之日，共成大業。就煩甘將軍與我代書，叩見吳侯。（甘白）末將願往！（周白）磨墨伺候！（唱）

上書周瑜三叩首，誠惶誠恐奏吳侯[2]。微臣光陰不長久，空食爵祿數十秋。倘若微臣身死後，魯肅可以統貔貅。周瑜修書頓首叩，甘寧轉達奏龍樓。（甘唱）

辭別都督出貔貅，披星戴月不停留。（下）（周唱）

紅光難忍湧出口。（吐介）不由虎目血淚流，本督性命不長久。（吐介，白）列位將軍！（唱）我有一事要懇求。

（衆白）都督有何言語吩咐，末將等敢不盡心？（周白）咳！列位將軍，想我料難復生。我死之後，你們擒住孔明，將他碎屍萬段。我在九泉之下，也感衆位將軍之恩。（唱）

對著衆將雙膝跪，拿住孔明報冤讎。對著衆將忙叩首，拜謝主恩謝吳侯。五臟崩裂湧出血。（吐介，白）蒼天吓！蒼天！（唱）既生瑜而莫生亮。

哎吓！無常到了萬事休,氣絕咽喉。(死介)

(衆白)哎吓！都督吓！(唱)

氣絕咽喉陰曹走,可嘆英雄萬事休。

(衆白)衆位將軍,都督已死,你我好好看守,等吳侯旨意到來,便知明白。(衆白)有理,請！衆將官,緊守營門。(衆應,抬屍下)(劉上,唱)

周瑜無故起干戈,未知狼烟幾時息。(孔上,唱)

攔江灑下青絲網,何愁魚兒不上鉤。

(孔白)[3]主公！(劉白)先生,請坐吓！先生陰陽能奉天下,周郎詭計,調遣衆將四路埋伏,不知勝負,先生又命下書,是何緣故？(孔白)主公不知,昨晚山人仰觀天象,見將星墜落西巴[4],周郎必故。山人纔這封書,乃是閻王邀帖。(劉白)先生又來了。他正用謀之時,先生何須定人生死吓！先生,此事恍惚。(孔白)主公不信,少待便知明白。(報上)奉命下書到吳營,貔貅帳內報軍情。啓主公、軍師,小人奉命下書與周郎,周郎見書氣嘔身亡,回來稟明先生知道。(孔白)主公,如何？(劉白)先生所料不差,使孤敬服。(報白)[5]報啓軍師,三千歲與衆俱去巴丘,候軍師令下！(孔白)你先去,少時自有令下！(報下)(劉白)吓！先生,周瑜亡故,東吳誰人領兵？(孔白)周瑜亡故,並無一人可領,只有魯肅爲人忠厚,挂印必是他執掌。(劉白)既是魯肅執掌,我兵如何安之？(孔白)主公不曉,亮觀天象,將星聚於東方,我此番要到吳營,假意吊孝爲由,去往江東,去請賢士扶保主公。(劉白)吓！先生,東吳將士恨你太甚,又去探喪,豈不羊落虎口？不可前去！(孔白)不妨,周郎在世,亮都不懼他。今已死,又何患乎？山人從巴丘經過,帶趙雲前去,料然無事。(劉白)吓！先生吓！(唱)

先生休得自逞強,東吳人人似虎狼。你今去把吳營闖,怕的是失機難提防。(孔唱)

主公但把寬心放,山人言來聽端詳。任他東吳人馬壯,自有妙計巧提防。辭別主公出寶帳,何懼東吳百萬郎。(下)(劉唱)

先生此去心難放,好叫孤家自思量。但願此去平風浪,吓！趙雲跟隨料無妨。(下)

(吳將上,唱)

被困巴丘等旨降,滿營官兵都挂喪。

(衆白)衆位將軍請了！(衆白)請了！只因都督終命,甘興霸寄書回往江下,奏知吳侯,怎麼還不見到來？(衆白)待等報到,便知明白！(報上)啓衆位將軍！吳侯有旨，命魯大夫挂印，隨後有旨。將元帥屍首收斂，然後抬於柴桑候旨。（衆白）知道了！（內白）都督到！（吹打，魯上）（衆白）迎接都督！（魯白）吓！衆位將軍！（衆白）恭喜都督，賀喜都督！（魯白）衆位將軍，吳侯命我執掌軍機重任，如有不周之處，還望衆位將軍指教！（衆白）豈敢！（魯白）元帥屍首可曾收斂？（衆白）俱已收斂了！（報上）啓都督，諸葛先生吊孝至此！（魯白）吓！帶多少人馬？（衆白）帶了一名小卒。（魯白）知道了！（報下）（衆白）吓！都督，孔明將元帥氣死，他今前來吊祭，何不將他拿住，活祭元帥，以息我等之恨。（魯白）哎吓！衆位將軍，孔明用兵如神，他今前來吊祭，必有能將跟隨。你們不可造次，少時到來，必須以客相待。（衆白）是！我等遵命！（魯白）哎吓！先生吓！你好大膽量！你我乃敵國，衆將俱在切齒之時，你又前來吊祭。若不是我再三阻攔，你命休矣！吓！衆位將軍，少時孔明到此，看我眼色行事。來！動樂迎接！（吹打）（孔上，白）吓！都督！（魯白）[6]先生請坐！（孔白）請！（魯白）先生駕到，未曾遠迎，望乞恕罪！（孔白）豈敢！今日一來恭賀都督，二來吊祭先帥，以表我心。（魯白）何當先生駕臨！來！祭禮設擺靈前。（小吹打下，又上）（趙雲讀祭介）（白）嗚呼公瑾，不幸夭亡！休短在天，人豈不傷？我心實痛，將酒一觴。君其有靈，受享我承祭吊。從此天下，更無知音！嗚呼痛哉！伏維尚饗！（孔白）吓！哎吓！都督吓！（白）諸葛站靈前，死君聽我言。不幸身亡故，使我淚不乾。（唱）

【悲調】漢軍師諸葛亮站立孝堂，哭一聲周公瑾細聽哀腸。自幼兒學習了文武才廣，可算得擎天柱架海金梁。三國中論英雄公賽項莊[7]，孫吳蓋破收治定國安邦。可嘆你有鴻才貔貅執掌，可嘆你連霸業割據南方，可嘆你似孟嘗高才雅量，可嘆你披肝膽報效國王[8]，可嘆你燒赤壁曹賊膽喪，可嘆你用機謀以弱爲強，可嘆你似皓月英雄氣爽，可嘆你命大夫二下荊襄，可嘆你要取川人馬浩蕩，可嘆你美人計誆我劉王，可嘆你調南郡太守執掌，可嘆你使巧計孔明難防，可嘆你祭東風妙計爲上，可嘆你苦肉計毒狠心腸，可嘆你在三國也算上將，可嘆你討荊州爲國身亡。在九泉休懷恨我諸葛亮，這也是各爲主圖報國王。恨蒼天不死我諸葛亮（哭介）吓！都督吓！（衆哭介）（孔唱）願只願我命休你再還陽。（吹打）化紙拈香奉酒一觴，君其有靈望受享。（化紙介，白）哎吓！都督吓！只望你我設計破曹。哎吓！痛煞我也！（唱）諸葛亮不願你把命來喪，願只願你在世共扶家邦。周公瑾你一死去了左膀，漢江山有他在他是開國兒郎。魯子敬在帳內呆子一樣，那知道我腹內另有主張。對衆將哭嚎啕悲聲大放，吓！都督吓！這叫我用機謀誰能抵擋？（魯唱）呀！見孔明只哭得甚是悲傷，又只見衆將官珠淚兩行。我這裏勸先生休把淚放，也是那周都督壽終無常。

（白）先生不必啼哭，還須保全身體。（孔白）咳！大夫，我與公瑾行事，惟有他知我心腹。他今已死，叫我怎不傷心？（哭介）（魯白）先生且免悲傷。（衆白）這都是都督行事不周，冤屈先生。今見先生如此傷感，我等無有不敬服。先生看起來真是個好人吓！（孔白）非也！此乃都督各爲其主。衆位將軍須要協力同心，共扶霸業。若得漢家寧静，再來恭賀。告辭了！（魯白）後帳擺宴，與先生洗塵。（孔白）不消。告辭了！（唱）

辭別了魯子敬忙出寶帳，改日裏再過來閑叙衷腸。（下）（魯唱）

有這等孔先生前來吊喪，嘆壞了東吳的大小英豪。

（報上）啓都督，周公子到！（魯白）伺候了！（周上，唱）

聽報言我的父喪在疆場，因此上奉母命前來探喪。（吹打）哎吓！爹爹吓！（唱）見靈柩不由我兩淚汪汪，父只爲争荆州爲國身亡。不由兒肝腸碎血淚蒼茫，抛下了母子們無有下場。（衆唱）

上前來勸公子休要悲傷，（魯唱）你的父登仙界難次過陽。

（衆白）吓！公子，都督去世，不能復生，不必悲傷。（周白）衆位將軍，我父一死，都是諸葛亮詭計，氣嘔我爹爹身亡。望衆位將軍擒住孔明，與我爹爹雪恨！（衆白）吓！公子，那孔明是個好人。（周白）怎見得？（衆白）那孔明先生帶了祭禮，祭了又哭，哭了又祭，故此是個好人。（周白）幾時去的？（衆白）方纔去的。（周白）哎吓！都督吓！方纔孔明到此，爲何不將擒住，活祭靈前，與我父雪恨？（魯白）哎吓！公子，那孔明用兵如神，又有趙雲跟隨，若是動手，猶恐生變[9]。（周白）請都督發兵，追趕孔明回來。如若不然，我就拼死此地！（衆白）既如此，就請都督發兵。（魯白）這個……但憑衆位將軍。（下）（白）衆將官，追趕孔明去着！（下）（孔上）哈哈！哈哈！（唱）

可笑他東吳將嬰孩一樣[10]，怎知我諸葛亮腹内陰陽。望一排白茫茫旌旗招展，

（鳳雛上）那裏走？（唱）

縱有波天膽難逃吾手。

（白）好吓！你將我國周瑜氣死，又來靈前假來吊孝，明欺我東吳無人！來、來、來！我與你分個上下！（孔白）吓！來的敢是鳳雛？你敢來出此壯言，難道亮懼你不成？（鳳笑）哈哈哈！我乃戲言，何得失色？（孔笑）哈哈

哈！吓！鳳雛，我料你計謀不能虛用，足下何不投一明君，不負平生所願？（鳳白）我意欲投一明君，無有引見之人。（孔白）現今劉皇叔在荆州，此人愛賢禮士，你若前去，我有書一封，皇叔見你必然重用。（鳳白）多蒙先生舉薦，我當依行。（內喊）哎吓！後面塵土冲起，東吳追殺先生來也！（孔白）不妨，自有敵他之兵。久後再叙，告辭了！（孔唱）

龐鳳雛休得要失信不往，（鳳唱）改日裏到荆州共扶家邦。（下）（孔唱）遠望着東吳的刀槍明亮，（飛上，唱）張翼德領人馬擋住兒郎。

（白）參見先生！（孔白）三千歲奮勇當先。（周、魯同上）呔。（孔白）吓！都督趕來作甚？（魯白[11]）這個……（孔白）身後何人？（魯白）先帥之子。（孔白）周郎之子，名喚周循麽？（周白）然也！（孔白）敢是爲父謝孝而來！（魯白）正是！（周白）請先生回去，有話相商。（孔白）爲父謝孝而來，爲何手持寶劍[12]？若不念你父身喪，不然叫你小命休矣！（魯）吓！周公子，不必多説了！（周白）呔！俺帶領人馬前來捉你，與我父報仇。看槍！（張白）呔！逆子看劍[13]！（殺下，又上，循死）（張白）呔！我把你這奴才，父孝不謝，反來追趕莫客，是你不忠不孝。衆將官，與我搶他靈柩！（殺張吳）哈哈！（殺吳下）（四手下，魯作神氣，同下）

校記

[1] 今足下興兵遠征：今字前原有"我"字，當係衍文，删。

[2] 誠惶誠恐：此四字原本作"臣惶臣恐"，今改。

[3] 孔白：此二字原缺，據文意補。

[4] 見將星墜落西巴："巴"，原本作"把"，今改。

[5] 報白：此二字原缺，據文意補。

[6] 白：此字原缺，據文意補。下同

[7] 公賽項莊："項莊"，原本作"壙壯"，今改。

[8] 披肝膽報效國王：披字，原本缺，今據文意補。

[9] 猶恐生變：此句原本作"由孔他便"，語義不通，今改。

[10] 可笑他東吳將嬰孩一樣："一樣"二字原本無，今據文意補。

[11] 白：此字原缺，依文意補。此後賓白之有人物之姓，而無"白"字，皆據文意補。

[12] 爲何手持寶劍："持"，原本作"獻"，與文意不符，今改。

[13] 逆子看劍："看劍"，原本作"送箭"，不可解，今改。

反西涼

無名氏 撰

解 題

　　皮黃。《春臺班戲目》《慶昇平班戲目》著錄。劇寫馬騰奉旨進京,行至石門之地,被曹操派來的刺客殺害。其子馬岱逃回西涼,把父親被曹操殺害之事報告兄長馬超。馬超爲報父仇,盡起西涼兵馬,討伐曹操。一路所向披靡,直至潼關。潼關守將徐晃遵從曹操之命,堅守不出。曹洪不聽將令,強行出戰。被馬超殺敗而逃。馬超乘勢奪取潼關,一路掩殺。曹操前來督戰,正巧遇到徐晃、曹洪兵敗,被追殺得無處藏身。爲保性命,棄袍割鬚,十分狼狽。危急時刻,曹洪、許褚救曹操上船,一人撐船,一人接戰,逃到渭水對岸,纔算撿回了一條命。事見《三國志·蜀書·馬超傳》、《魏書·許褚傳》、元刊《三國志平話》、《三國演義》第五十八回"馬孟起興兵雪恨,曹阿瞞割鬚棄袍"。版本今有清《車王府藏曲本》。該本係清抄本,未標點,首頁題"反西涼總講",唱西皮調不同板式,當爲皮黃。今以清《車王府藏曲本》爲底本,校勘整理。

（四白龍套站門上,馬騰、馬岱上）

　　【引子】鎮守西涼,禀忠心扶保朝堂。（詩）執掌黃金印,專管滕路兵。三軍各驍勇,將令誰不遵。老夫馬騰,奉主之命,鎮守西涼一帶等處。今當三六九日,大操之期。馬岱聽令!（岱白）在!（騰白）傳令下去,吩咐大小將官,全身披挂,校場操演。（內白）聖旨下!（岱白）吓!啓禀爹爹,聖旨下!（騰白）香案接旨!（岱照白）嚇!香案接旨。（四青袍、夏上,夏侯惇丑行[1]）（白）聖旨下!跪!（騰、岱同白）萬歲!（夏白）聽宣讀。詔曰:聖上念馬騰鎮守西涼,多受風霜之苦,調進京去,另加爵賞。旨已讀罷[2],望詔謝恩!（騰、岱同白）萬萬歲!（騰白）香案供奉。（岱白）遵命!（騰白）有勞將軍奉旨前來,後賬有宴。(夏白)且慢!朝命在身,不敢久停。帶馬!(四青袍帶馬,夏侯惇下)(騰白)嘟!衆將官回朝去者!(白龍套領下)(四上,手【急急風】,凹門、董平上,領下)(騰原人、凹門、排子上)(董平原人、衆凹門上)(四上手殺介,騰死,馬岱逃走)(一過,兩過,合下)(岱上白)且住!我父子行至中途[3],不想遭曹賊暗差人前來,將我父殺死。不免回至西涼,報與兄長知道。馬上加鞭。【水底魚】排子,下)(馬超上)

【引子】幼習兵機,論韜略蓋世無敵。(詩)千里風沙撒馬幹,一生常笑虎狼判。男兒有志威名顯,難得姓名表凌烟。俺,姓馬名超,字孟起。我父馬騰在漢室爲臣,鎮守西涼一帶等處。聖上有旨意到來,調我父進京。不知爲了何事?是俺放心不下,命馬岱跟隨前去,未見回信。等他到來,便知分曉。(岱上,白)馬岱,參見兄長!(超白)賢弟回來了。(岱白)回來了!(超白)你爲何這等驚慌?(岱白)哎呀!兄長。小弟與天倫行至石門,不想那曹賊暗差董平前來,將天倫斬首了。(超白)你待怎講[4]?(岱白)被那賊斬首了。(超白)起過了!(三叫頭)爹爹,我父!哎呀!(岱白)兄長醒來!(超唱)

【倒板西皮】聽説我父喪了命。(三叫頭)天倫,爹爹,哎呀!(唱)點點珠淚往下淋。我父身犯何條令,爲何斬首在石門?

(白)馬岱聽令!(岱白)在!(超白)傳令下去,命龐德全身披挂,大堂伺候!(岱白)得令!(超回頭,三哭介)爹爹,我父,哎呀!(下)(岱白)嘟!下面聽着,俺兄長有令,命龐德全身披挂,大堂伺候!(岱完白,急下)

(龐德上,起霸,白)大將生來膽氣豪,腰橫秋水雁翎刀。只爲點兵把仇報,烈烈轟轟鬧漢朝[5]。俺龐德,元帥與父報仇,不免全身披挂,在此伺候!(四上手、四龍套站門)【急急風】)(馬岱、馬超上白)我父把命喪,令人痛心腸。(龐白)參見元帥!(超白)站立一旁!(詩)斬盡奸佞報怨仇,胸中怨恨一世休。人馬撤至中原地,不殺奸佞不回頭。俺馬超,今日興兵與父報仇!我想人馬未動,糧草先行。馬岱聽令!(岱白)在!(超白)命你解押糧草,軍前聽用,不得違誤[6]。(岱白)得令。馬來!(岱騎馬下)(超白)龐德聽令!(龐白)在!(超白)攻打頭陣。(龐白)得令。馬來!(四上手領龐下)(超白)哦呵!爹爹,天倫,孩兒今日興兵與你報仇,望你在陰曹感應,暗地扶兒。嘟!衆將官,起兵前往!(四白龍套領馬下)(董平四下手拿騰牌凹門上)(四上手、龐德上)(上場門、一字,起鼓,起打)(龐白)嘟!看刀!(董、龐雙架住上,下手會陣,衆下)(龐董對刀,董敗下,龐追下上)(上下手打一齣,龐上,殺死董平,四上手兩邊上)(衆白)那賊落馬。(龐白)回營交令!(衆下)

（四紅套站門，徐晃上，唱）

【點絳唇】殺氣沖霄，兒郎虎豹。軍威好，地動山搖，要把狼烟掃。

（詩）戰鼓響驚天地動，殺氣騰烏不敢飛。帳下英雄兵千驥，將令去誰敢不離！老夫本帥徐晃，奉魏王之命，把守潼關一帶等處。此潼關乃咽喉之徑，因此每日操演人馬，緊守城池。也曾命探子打探各路軍情，未見回報。（報子上，白）報！馬超到反西凉。（徐白）再探！（報白）得令！（報子下）（徐白）今有馬超到反西凉，無人抵擋。來！免戰高懸！（龍套白）免戰高懸！（曹洪內白[7]）啊哈！（上，白）赤面紅髮膽氣粗，二目睜紅兩眼烏。站在陣前人皆怕，三國之中也算某。俺曹洪，忽聽馬超到反西凉，元帥免戰高懸。不免進賬問個明白。報！曹洪告進，參見元帥！（徐白）將軍少禮，請坐！（洪白）謝坐！（徐白）將軍進賬何事？（洪白）今有馬超到反西凉，元帥因何免戰高懸？（徐白）馬超十分驍勇，故而免戰高懸。（洪白）元帥傳下將令，待某將單人獨騎，生擒馬超入帳。（徐白）將軍此去，恐不是他人的敵手。（洪白）元帥，你好小量也！（唱）

【西皮搖板】元帥把話講錯了，末將有言聽根苗。少時馬超興兵到，雪見太陽也化消。

（報子（下手代）上，白，）報！馬超討戰！（洪白）再探！（報金門）得令！（洪白）元帥，馬超討戰，快快發動人馬[8]！（徐白）等候魏王大兵已到，再發動人馬不遲。（洪白）元帥，快些發動人馬！（徐白）發不得人馬。（洪白）哎呀！哎呀！呔！（拿令旗遞龍套領下，又上）（曹洪拿刀，一奪、二奪、三奪介，曹洪急下）（徐白）且住！看曹洪這等性急，俺不免報與魏王知道。來！帶馬！（四龍套領下）（曹洪、龐德兩邊會陣，起打，曹洪殺敗龐德，曹洪追下）（超內唱）

【西皮倒板】豪傑興兵誰敢擋。（四白龍套上）（斜胡同）（超上，唱）惱恨孟德起禍殃。（四白龍套一番）（超唱）無故屈害忠良將。（四白龍套一番正場）（超唱）拿住曹操把命償。

（龐德上，白）參見元帥！（超白）勝負如何？（龐白）大敗而歸。（超白）唉！無用之將，敗我頭陣。來，將他插出去！（龍套白）呔！出去！（龐白）走吓！（龍套白）呔！走吓！（龐德白）走吓。（龍套白）走！（龐白）咳咳！（下）（超白）眾將官，殺上前去。（當場見曹洪，龍套正場一字）（超白）呔！來將通名！（洪白）大將曹洪！（超白）看槍！（壓住曹洪大刀）【亂鑼鼓】（洪白）哎呀！哎呀！哎呀！（超白）看槍！（洪敗下）（超白）眾將官，追！（眾追下）（四

紅龍套站門上)(曹操唱)

【引子】智量如天高。(四下手,【急急風】,抬轎上,許褚上)(曹唱)咕咚咚旌旗飄渺。

老夫曹操,只因前者殺了馬騰,我想他長子馬超必然興兵前來。老夫命徐晃把守潼關,等老夫大兵已到,方可開關對敵。許褚,催駒!(許白)吓!(曹唱)

老夫興兵無人擋!(車門唱)赫赫威名天下揚。(車二門唱)大隊人馬往前闖。(車上場門,斜胡同,唱)前道不行爲那樁?(徐內白)那裏人馬?(龍套白)魏王人馬。(徐內白)徐晃要見!(龍套白)徐晃要見!(曹白)傳!(龍套白)吓!傳!(徐上白)參見魏王!死罪死罪!(曹白)潼關呢?(徐白)失了!(曹白)界碑?(徐白)破了!(曹白)曹洪那裏去了?(徐白)不知去向。(曹白)速速披挂,前來保駕。(徐白)遵命!(下)(曹白)許褚,催駒呀!(許白)催駒呀!(曹唱)

聽説失了潼關地,不由老夫着了急。人來與我催坐騎,見了曹洪問端底[9]。

(下場門斜胡同)(洪內白)那裏人馬?(龍套白)魏王人馬。(洪白)曹洪要見!(龍套白)曹洪要見。(曹白)傳!(龍套白)啊!(洪上,白)參見魏王!死罪死罪!(曹白)嘟[10]!膽大小畜生,無有老夫令箭,你私自開關對敵,那裏容得?來,將他插出去!(洪白)哎呀!(龍套白)呔!出去,走吓!(洪白)走吓!(許白)走吓!(洪白)走吓!(回頭介)咳!(曹白)衆將官,打馬上城!(龍套衆領下)(曹上城)(馬超原人上,上場門一字)(超白)呔!曹賊,我父身犯何罪,爲何斬首石門?曹賊看槍!(刺曹像,吊掃開城,許褚見打,馬超打敗許褚下)(馬超原人進城,超追下)(曹上,白)哎呀!哎呀!(內白)穿紅袍的是曹操!(曹白)且住。看三軍們言道,穿紅袍的是曹操,這便如何是好?哦呵!有了!待老夫將這紅袍脫將下來,又怕他何來?(脫袍介)(超上,白)曹賊看槍!(曹敗下)(洪上,瞞馬超頭。打敗曹洪,白龍套追過場,馬追下)(曹操上)(內白)長鬍鬚的是曹操!(曹白)哎呀!哎呀!看三軍們各各言道,長鬍鬚是曹操。這……這便怎麼處呢?哦呵呵!有了!老夫現有寶劍在此,不免將這鬍鬚割將下來,又豈奈我何?!(超上,白)呔!看槍!(曹敗下)(上許褚,瞞馬超頭打,打敗許褚)(四龍套追過場下)(馬超追下)(曹操上)(內白)割了鬍鬚的叫曹操!(曹白)放你媽的臭屁!哎呀,哎呀!三軍各各言道,割了鬍鬚的是也叫曹操,這又便怎麼處呢?哦呵呵!有了!老夫現有令旗在此,待我將這鬍鬚兜起來,又怕他甚麼?(超上,白)呔!看槍!(曹白)哎呀!哎呀!(敗下)(曹洪、許褚上,見馬超,三見面,洪、許褚敗下)(四龍套追過場,超同下)(曹洪拿弓箭,許拿槁撐船[11],圓場上)(曹操上船)(馬超原人同上,倒脫靴)(洪射箭,馬超接箭[12],原人下,洪元場)(曹操、許褚三回頭看介,同白)咳!(洪白)咳呵哈哈!(曹白)哎喲喲!(三人同下)(馬超原人上,超白)衆將官,曹操那賊往那裏去了?(龍套照白)渡過江去!(超白)且住!想我父冤仇未報,那賊竟自逃過江去[13],此乃天不滅曹。衆將官,收兵!(三哭介)天倫,爹爹,我父,哎呀!(倒脫靴,同下)【尾聲】

完

校記

[1] 夏侯惇丑行:此五字爲原本小字注。"惇",原本作"塆",今改。

[2] 旨已讀罷:"已",原本作"依",今改。

[3] 父子行至中途:"途",原本作"徒",今改。

[4] 你待怎講:"待",原本作"岱",今改。

[5] 烈烈轟轟鬧漢朝:"轟轟",原本作"烘烘",今改。

[6] 不得違誤:"違",原本作"威",今改。

[7] 曹洪:"洪",原本作"紅",今改。下同。

[8] 快快發動人馬:"發",原本作"伐",今改。下同。

[9] 見了曹洪問端底:"底",原本作"敵",今改。

[10] 嘟,原本作"都",今改。

[11] 許拿槁撐船:"撐",原本作"稱",今改。

[12] 馬超接箭:"箭",原本作"見",今改。

[13] 那賊竟自逃過江去:"竟",原本作"敬",今改。

戰渭南

無名氏　撰

解　題

聲腔不詳。《春臺班戲目》《慶昇平班戲目》著録,均題《戰渭南》。劇寫馬超之父馬騰被曹操殺害,馬超聯合西凉太守韓遂,起兵二十萬爲父報讎,先取長安,再奪潼關,聲勢甚爲煊赫。曹操親自出征迎戰,與馬超在渭南擺開戰場。馬超挾連勝之勢,殺得曹操割鬚棄袍,大敗虧輸。危急之中,曹操使用離間計,馬超懷疑韓遂與曹操勾結,要殺韓遂。韓遂在部將的勸説下,投降了曹操,與曹操裏應外合,攻打馬超。事見《三國演義》第五十八回"馬孟起興兵雪恨,曹阿瞞割鬚棄袍"和第五十九回"許褚裸衣鬥馬超,曹操抹書間韓遂"。版本今見清《車王府藏曲本》。該本係清抄本,首頁題"戰渭南",未署作者。該劇脚色、科介、賓白、唱詞俱全,僅有兩段標示板式。結尾處似意猶未盡。今以清《車王府藏曲本》爲底本,校勘整理。

（四文堂站門上,韓遂上）

【引子】押戈驅鉄馬,仗劍擁貔貅。（詩）鋤奸洩齒滅草莽,露濕細衣士踏忙。潼關好似孟津地,武王吊民伐商湯[1]。下官韓遂。可恨曹賊,無故殺害忠良,是我同馬超會兵一處,殺到長安,佔了潼關。孟起追殺曹操,未見回營。來！伺候了！（衆白）啊,（成宜、龐德、馬岱、馬超衆上,排子,凹門,超白）啊,叔父！（遂白）賢姪,追殺曹操,怎麽樣了？（超白）姪兒追殺曹操,被他營將士救回。故此姪兒回來交令,再與叔父商議用兵之策。（遂白）吓！那賊竟被他營將士救回去了。也罷！你我帶領人馬,當夜兵分三路,追趕曹操。我這裏統領大隊人馬,隨後接應！（超白）遵命！成宜聽令！（成白）在！（超白）命你帶領軍士,去到曹操那裏,打聽消息！（成白）得令！（四文堂領下）（超白）龐德、馬岱聽令！（龐、岱同白）在！（超白）命你二人以爲前隊接

應。眾將官,就此起兵前往!(排子,同下)

(四文堂站門,夏上,白)俺夏侯淵奉了曹丞相之命,帶領人馬把守後隊。眾將官,就此埋伏者!(眾白)啊!(成宜原人上)(成白)吓!你看曹營並無動靜,眾將官,殺他個措手不及!(殺介下)(馬超原人上,內喊介)(超白)哎呀!且住!你看曹營火起,信炮大放,想是我兵受敵。眾將官,殺上前去!(夏侯淵原人會陣上,起打,淵敗下)(遂追下)(四文堂站門子)(曹仁、曹洪、徐晃、許褚,排子)(各通名字)(褚白)列位請了!(眾同白)請了!(褚白)你我奉了丞相之命,備下船支,等候大兵。你看旌旗招展,想必丞相人馬來了!(四紅文堂、原人,曹上,白)哎呀!好殺哇好殺!(眾同白)丞相受驚了!(曹白)咳!(唱)

潼關戰敗我軍逃,孟德慌忙脫紫袍。割去鬍鬚驚破膽,馬超英雄蓋世高。(白)咳!想我曹操,設計斬了馬騰。他子馬超帶兵與父報仇,將我殺得望風而逃,不是走得急快,被他一槍險些刺死。哎呀!馬超哇,你若再來,你就是我的對頭也!(報子上,白)報!啓丞相,馬超帶領人馬,將夏侯淵殺得大敗,將他趕到渭南來了。(曹白)再去打探!(報白)得令!(曹白)哎呀!馬超,你將我的兵將殺得大敗,也就夠了。你還要追殺老夫,你的心怎麼這麼大?(褚白)啓主公,馬超英勇,待末將出馬,生擒馬超前來獻功。(曹白)吓!將軍,不可出馬。將兵馬渡過渭水去者!(排子,下)(馬超原人凹門上)(報子上,白)啓爺,曹操人馬渡過渭水去了!(超白)再探!(報子白)得令!(下)(超白)眾將官!去到山崗之上,將樹木砍倒,將木造成木排[2],追趕曹兵去者!(眾下)(曹操原人凹門上)(淵原人隨後上)(淵白)啓丞相,馬超十分驍勇,我兵難以抵擋。(曹白)哦!我兵微弱,山崗之上,再與馬超交戰。夏侯淵、徐晃聽令!(同白)在!(曹白)命你二人去戰馬超,我這裏大兵隨後接應。(同白)得令!(同下)(曹白)眾將官,人馬往山崗去者!(唱)

數載興兵掃烟蕩,未曾敗陣小兒郎。馬超英勇是好將,戰敗我營將士忙。只殺得渾身遍是血,只殺得鮮血染長江。人馬微弱青峰上,觀看交戰在山崗。(超內唱)

【倒板】可恨曹賊心太奸。(超原人上[3])(唱)只爲要報殺父冤,曹操被我唬破膽,只殺得屍骨堆如山。蒼天若助我心願,拿住曹賊祭靈前。坐立雕鞍朝上看。(白)啊!(唱)大罵奸賊聽我言。我父與你有何冤,可嘆一命喪黃泉!是好漢就該與我戰,爲何停兵不下山?勸你早把人頭獻,少若遲挨命難全。(曹唱)

孟德山崗朝下看，旌門閃出將魁元。老夫被他殺破膽，脫袍割鬚性命還。一來你父該命染，二來老夫無智端。勸你早把西涼轉，持將性傲命難還。（超白）呸！（唱）

馬超聞言怒沖冠，罵聲曹賊狗肺奸！你好比一條喪家犬，兒的臭名天下傳。回言便把衆將喚，龐德馬岱聽我言。斜張金鐙努力戰，攻破山崗拿曹蠻。（褚白）呔！（唱）

馬超小兒休猖狂，不由某家怒滿腔。衆將與爺帶絲韁，管叫馬超一命亡。（下山起打，褚敗，接仁、淵、岱、褚起打介）（超白）且慢！殺了一日一夜，未曾問兒名姓。通名上來。（褚白）你老爺許褚。（超白）俺聞曹營有一虎癡，就是爾麼？（褚白）就是你老爺。（超白）好賊子！（唱）

當爾金剛八臂相[4]，猶如袋內取彈囊。（殺介，下）（曹白）呀！（唱）

戰鼓不住咚咚響，我營將官上戰場。馬超英勇實難擋，武藝超群似霸王。重重叠叠兵山樣，忽然想起事一樁。長坂坡前子龍將，三闖重關逞豪強。馬超不弱子龍將，壓賽太歲下天堂。（超上，挑褚下）（馬跪介）（龐、岱同上）（仁、淵救許褚下）（曹白）哎呀！你看許褚槍法錯亂，馬超十分驍勇。夏侯淵、曹仁，你二人再殺一陣。（起打，淵斷槍，敗下）（曹原人凹門敗上）（曹白）哎呀！你看馬超十分驍勇，我營將官難以對敵，馬超可稱英雄蓋世也！（賈詡白）啊，主公。馬超驍勇，他營又有韓遂足智多謀，正爲虎添翼[5]。待賈詡略使小計，主使韓遂、馬超不能其事矣。（曹白）有何妙計，不能共之？（賈詡白）主公修書一封，與韓遂所說當年離別之事，筆墨糊塗。馬超有勇無謀，性劣，必然頓起疑心。再命人去同陣前講話，管叫他二人自相殘害耳。（曹白）好！此計甚妙。看文房伺候！（排子）來傳下書人！（下書人上，白）參見主公，有何吩咐？（曹白）有書信一封，命你下在韓遂營中，不得違誤！（下書白）遵命！（曹白）衆將官，將人馬撤至陣前。（唱）

數載興兵屢爭強，爲有此番招魔障。衆將齊把雕鞍上，將在謀而那在強。（衆領下）（四文堂站門上，韓遂唱）

同心合意破長安，殺得曹賊心膽寒。斬佞鋤奸救國難，滅却逆賊轉西番。（將上，白）曹操請爺陣前答話。（遂白）吓！兩家正在用兵之際，有甚麼話講？來！帶馬陣前去者！超、龐、岱高望。曹原人上）（曹白）吓！韓將軍請了！（遂白）請了！（曹白）你我在那裏一別，直至如今。（遂白）你我在京中一別，直至如今吓！（曹白）但不知將軍貴庚多少？（遂白）四十有餘。（曹白）曾記你我都是少年青春，同扶漢室。到此今年，年已五旬了。（唱）

但願漢室安寧静，君臣共享太平春。（笑介）（同下）哈哈哈！（遂唱）

曹賊無故來叙話，不知何計把笑發。人來帶馬回營下，叫我難解事有差。（下）（龐、岱、超上，唱）

連環號炮震天關，三千鐵甲扣連環。豪傑馬上千思轉，可恨豺狼反朝班。時纔韓遂來叙話，叫我難猜這機關。將軍帶路回營轉。（下書人上）（超唱）見一軍卒在路邊。（白）你是那裏來的？（下書人白）我是曹營下書人。（龐白）下與何人？（下書人白）下與韓將軍的。（龐白）去罷！（下書人白）是，是！（超白）吓！將軍此書自有蹊蹺，你我回營再做道理。（唱）

吾道韓遂忠良將，今且見他笑吾行。吾把笑言對他講，實出真情劍下亡。三人打馬回營往，見了韓遂問其詳。（四文堂、遂上，唱）

兩下正要交兵將，談話叫我心著忙。倘若馬超回營往，耳目招張難洗腸。他問一言何話擋，那時叫我臉無光。將身坐在蓮花帳，自參自悔自思量。

（下書人上，白）來此已是。裏面有人麼？（手下白）甚麼人？（下書人白）曹營中下書人要見。（手下白）候者！啓爺，曹營中人下書的求見！（遂白）書信進。人在外面伺候。（手下白）下書人，裏面傳出話來，書信進，人在外面伺候！（下書人白）是！（龐、岱、超上，白）馬來！啊，叔父，那曹操人馬俱已戰敗，回來交令。（遂白）賢侄辛苦了！（超白）吓！叔父，方纔曹操在陣前所言何事？（遂白）那曹操在陣前所言，那當初在京事爾。（超白）難道不言軍務乎？（遂白）那賊不言，吾何獨言之？（超白）叔父，方纔下書人至此，上寫甚麼言語？（遂白）不錯。曹操使人下書，還未看見甚麼言語。賢侄拿去看來。（超白）是！待我看這書信。啊！上面爲何改了墨塗？（遂白）吓！這是曹操差人送來的，怎麼改了墨塗？哦，是了，想是曹操將字稿封了。（超白）想曹操乃是細心之人，那能將字稿封了？哦，想必你有降曹之意，所以將書信改墨糊塗。（遂白）賢侄，你若不信，你我到陣前，叫曹操出來答話。在身後一掄，將他刺死以洗我心。（超白）來！去到陣前，叫曹操出來答話！（衆下白）呔！曹操營中聽者，我們元帥叫你曹丞相陣前答話。（曹洪上，白）韓將軍請了！丞相有令，韓將軍照書行事便了。（超白）好奸賊，你説没有降曹之意，怎麼那曹操叫你照書行事？（遂白）哎呀！賢侄，這都是曹操用的反間之計，亂我軍心。賢侄不要冤屈與我。（岱、龐同白）大哥，元帥，不要疑心，這是曹操用的奸計！大哥元帥息怒，不要誣賴叔父吓，韓將軍！（超白）咳！那裏是甚麼反間之計？分明有降曹之意。俺暫且回營，若無此事便罷。

若有此事，豈肯與你干休？（岱、超、龐同遂白）咳！這是那裏說起？（唱）

　　無端起下風波浪，曹操書寫到營房。馬超疑心冤屈我，早知今日在西涼。（白）哎呀！這是那裏說起？（楊秋白）吓！韓將軍不必煩惱。末將看來，馬超長有欺凌之心，便勝得曹操，他怎肯讓與你？（遂白）依將軍之見？（楊秋白）依末將之見，不如暗投曹操，他日後必然封王之位。（遂白）列位將軍，我與馬騰結爲義姓，俺豈肯背他暗投曹公？（楊秋衆白）方纔若在陣前，若不是末將解勸，幾乎被他一掄刺死。事已至此，不得不然耳。（遂白）是吓！方纔若非衆位將軍解勸，不然險些喪命。咳！他既不仁，我豈肯有義，誰肯願往？（楊秋白）末將願往！（遂白）待我修起書來！（唱）

　　指望共兵來洗冤，孟起性傲禮不端。背他降曹吾不願，失情權從降曹蠻。上寫丞相多安泰，韓遂草字來問安。情願滅超除後患，願效犬馬報帳前。一封書信忙寫好，打發楊秋把書傳。（楊秋白）遵命！（唱）接過書信跨雕鞍，暗通消息與曹蠻。（遂唱）一見楊秋出營門，一心棄暗要投明。兒郎引路把帳進，事到臨頭不得行。

　　（四文堂、曹上，白）咳！（唱）

　　戰馬超好一似鳳鳴相鬥，我被他一掄杆險些丟頭。看起來老天爺還有保佑，若不是心腸好一命俱休。將身兒且坐在蓮花帳口，且等那探馬爾細報根由。（賈詡上，唱）尊聲將軍且等候，見了丞相說從頭。

　　（白）參見丞相！（笑介）哈哈哈！（曹白）爲何發笑？（賈詡白）丞相不知，韓遂命人送來降書，這可是好是不好？（曹白）今在那裏？（賈詡白）現在帳外。（曹白）傳來人進見！（賈白）丞相傳你，隨我進來！（楊秋白）參見魏王！（曹白）罷了！請起！（楊白）魏王，有書請看！（曹白）待老夫一觀。（排子）好，就封將軍爲西涼太守。（楊秋白）謝魏王！（曹白）韓將軍封爲西涼侯，滿營將官改日自有封賞。（楊秋白）謝魏王！（曹白）就煩將軍，原書帶回，說今晚放火爲號，將軍先請，大兵在後。（楊秋白）得令！領了魏王命，轉告韓將軍。（曹白）賈詡，傳衆將進帳！（賈詡白）衆將進帳！（衆將原人上）（衆同白）來也！參見主公！（曹白）罷了！（衆同白）有何差遣？（曹白）衆位將軍，韓遂已今投降，約定今晚放火爲號。命爾等帶領三萬人馬前去接應，不得違誤！（衆同白）得令！（下）（曹白）大兵此去必定成功。正是：不是賈詡奸謀計，怎得韓馬不共人？（同下）掩門！（衆下）（四紅文堂、四紅大鎧、四上手、衆將同上）（褚白）衆位將軍請了！（衆白）請了！（褚白）你我奉了丞相之命，約定今晚放火爲號，殺他個里應外合，那怕馬超飛上天去！（衆白）就

此發兵！（褚白）呔！衆將官，起兵前往！（衆同下）（三更介，曹原人同上）（起鼓介，偷營）（馬超原人兩邊上，會陣，起打）

校記

［1］武王吊民伐商湯："吊"，原本作"調"，今改。

［2］將木造成木排："排"，原本作"牌"，今改。

［3］超原人上：上字原缺，據文意補。

［4］當爾金剛八臂相："臂"，原本作"劈"，今改。

［5］正爲虎添翼："虎"，原本作"然"，今改。

西 川 圖

無名氏 撰

解 題

　　聲腔不詳。《春臺班戲目》著録。劇寫張松爲西蜀劉璋別駕，料定西蜀早晚爲他人所取，於是懷揣西川圖，前往中原，欲將西川獻於曹操。到了中原之後，曹操對他非常傲慢，並不像傳説中的那樣禮賢下士。張松當面奚落曹操，令曹操十分難堪，被曹操亂棍打出。無奈之下，張松前往荆州，又擔心在荆州有同樣的遭遇，一路上遲疑不定。不料，在距離荆州四十里處，孔明已派趙雲前來迎接。張松到了驛站，又有關羽殷勤接駕。進了荆州城，劉備設宴款待。席間諸葛亮説劉備乃當今皇叔，目前却是暫借荆州栖身，是英雄無用武之地。張松爲劉備君臣禮遇所感動，相見甚歡，遂有意獻出西川圖。事見《三國演義》第六十回"張永年反難楊修，龐士元議取西蜀"。版本今見清《車王府藏曲本》。該本係抄本，未標點，首頁題"西川圖全串貫"。該劇唱詞多爲十字句。兹以清《車王府藏曲本》爲底本，校勘整理。

（末引松上）

【引】錦繡胸藏，枉習孔孟文章。

（白）自幼苦讀尊孔孟，文韜武略記胸中。有時日遇真明主，方顯男兒志無窮。下官張松，在西蜀劉璋駕前爲臣，官居別駕公之職。我想劉璋乃是懦弱無剛之主，將來西川必被他人所取。是下官將西川畫成圖本，帶在身旁，往許昌一走。曹操果然招賢納士，將此圖畫獻上，叫他興兵前來奪取西川。若有虛實，那時再作道理。天色尚早，催馬趕行。（唱）

有張松心兒内左思右想，怕的是曹孟德不容商量。耳聞他待賢士寬宏大量，又聞他挾天子獨霸朝綱。倘若是此一番事不穩當，那時節回西川怎見劉王？我未見好和歹自去探訪，進許昌走一遭自有主張。（外、丑同上，白）

幼習兵法策論,(丑白)文韜武略記心。(外白)下官楊修。(丑白)下官李華。(同白)請了！丞相陞帳,在此伺候！(淨上)

【引】司執掌朝綱,勢壓群僚。

（白）獨霸朝綱掌兵權,文官武將列兩旁。當今天子爲兒戲,俺掌許昌半邊天。老夫曹操,字孟德,在獻帝駕前爲臣,官拜當朝丞相,總督軍務大元帥,這也不在話下。可恨孫權、劉備虎踞荊州,實爲老夫心腹之患。人來！(手下白)[1]有！(淨白)有請二位先生進帳！(外、丑同白)丞相在上,我等參見！(淨白)二位先生少禮,請坐！(外、丑同白)告坐！丞相陞帳,有何國事議論？(淨白)可恨孫權、劉備虎踞荊州,實爲老夫心腹之患。請二位先生,計議破孫之策。(外、丑同白)丞相兵敗,馬超方回,將士勞煩。候過幾天,自然克復。(淨白)二位言之有理。(松上)自離西蜀恨步艱,早到許昌又三天。門上那位在此？(介白)呔！那裏來的？(松白)西川入貢使臣,煩勞通稟丞相。(介白)候者！(松白)有勞！(介白)啓稟丞相,西川入貢使臣求見丞相。(淨白)傳見！(介白)哦,相爺傳見！(松白)是！丞相在上,西川入貢使臣張松拜見！(淨白)你主累年不來入貢,是何理也？(松白)路途遙遠,賊寇生變,因此難以入貢。(淨白)吾已扭盡中原,有何賊也？(松白)南有孫權,北有張魯,荊州有劉備,豈無賊乎？(淨白)你爲使命,在此胡言亂語。不看遠來之面,將你斬首。來,掩門！(下手丑白)你既如此,使君不能趣丞相之意,反來衝撞,不識事吓！(松白)我蜀中無此讒佞人也。(修白)哎！川中人不讒佞,我中原豈是讒佞不成？(松白)哎唷！不識賢兄,多有得罪！(修白)豈敢？請到迎賓館待參！(松白)兄請！(修白)請！請問先生,西蜀地勢如何？(松白)我蜀中國富民足,四方皆不及也。吾蜀中見聞錦繡無比[2],國又富,民又豐,許都怎及？晚夜間不閉戶,雞犬不吠；又無賊又無盜,世間稀罕！(修白)請問先生,蜀中人物如何？(松白)文有相如之賦,武有管樂之才,醫有仙景之能,卜有君平之志。論文人比相如,蜀中廣有。論武士比管仲,糾合諸侯。出乎類拔乎萃,不可勝數。三尺童,他也知國法良謀。(修白)請問先生,劉季玉麾下,如松者有幾？(松白)文武全才,智勇足備者,動以千百,不勝數也。(修白)公官居何職？(松白)別駕公之任,敢問公居朝廷何職？(修白)現居丞相主簿。(松白)久聞公世代纓簪,輔佐天子,何甘居相府門吏也。久聞你本是功臣之後,爲甚麼在相府官居下僚？休怪我出言語將兄仇怨,大丈夫遇明主方可相投。(修白)弟雖官居下僚,早晚得領丞相之教。(松白)久聞丞相文不通孔孟之道,武不達孫吳之略,豈能教於人乎？(修白公官居蜀中地,豈知丞相大才?人來?(介白)有!(修白)取《新書》過來。(介白)《新書》呈上。(修白)先生可識此書?(松白)待弟看來。公以何等書也?(修白)此乃丞相酌古維今所作,號曰《孟德新書》。(松笑白)哈哈!非也!此乃戰國春秋無名氏所作,只好瞞過足下,焉敢瞞過於我?公若不信,待我誦說一篇,以爲如何?(修白)願聞!(松誦書,白介)可有一字差錯?(修白)公且暫居館馹,弟即回稟丞相,令公面見天子。(松白)如此,有勞足下。(修白)請!(松白)請!(外白)哎!且住。張松過目不忘,出口成章,待我有請丞相。丞相有請!(操上,白)眼觀四海志無窮,話不投機豈能容!何事?(修白)丞相慘慢蜀中使君,是何故也?(操白)張松言不遜,我故慢之。(修白)丞相寬容涵忍,何不容納張松?(淨白)博學文章,播於四海。松有何能?(修白)丞相所作《新書》,松略觀一遍,過目不忘,口能成誦,説此戰國春秋無名氏所作。(淨白)如此,老夫《新書》乃無用之物,將書板毀却!匹夫知吾兵法,老夫明日校場點兵,你可引他前來看吾兵勢。(修白)領命!(同下)

(小生上[3],四將上,丑白)志氣凌雲貫九霄,(付白)三軍隊內逞英豪。(生白)男兒要立冲天志,(丑白)保主江山鐵鏈牢。(小生白)俺曹洪。(付白)俺徐晃。(花白)俺李典。(丑白)俺樂進。(小生白)列位請了!(衆白)請了!(小生白)丞相校場點兵,我等在此伺候。(衆白)請!(上刀斧、旗幡,手下備上)呵!(操上坐,衆白)衆將參!(操白)排開八字隊,衆將兩邊排。生死閻羅殿,斬將懾魂臺。老夫曹操,可恨張松小使輕視老夫,故而校場點兵,視我兵法。衆將!(衆白)有!(淨白)站立兩旁,聽吾一令。(衆白)哦!(操唱)

曹孟德坐校場威風無比,衆將官站立兩旁細聽端詳。那張松他本是西川小使,焉敢在我中原胡言亂語。他扶助小劉璋懦弱爲帝,命他來以入貢窺探消息。衆將官助神威精神齊起,倘若是違吾令定斬首級。(修、松同上,松唱)

楊修兄他方纔將言來請,好叫吾心兒內自猜自疑。劉獻帝果然是懦弱皇帝,曹阿瞞果算得英雄第一。站立在校場外抬頭觀看,呀!好一座兵勢齊刀槍劍戟。曹孟德他把我當作兒戲,試一試俺張松志廣才高。

(修白)楊修參見丞相!(曹白)張松。(松白)丞相!(曹白)你且抬頭觀看,老夫將士,一個個上山打虎,下海擒龍,你可看見過英雄麼?(松白)我蜀中未見此英雄,但只是行仁義而定天下。(曹白)我觀天下鼠輩猶如草芥,順我者存,逆我者亡。你可知吾的厲害,緣何不服?(松白)丞相昔日濮陽攻呂布,宛城征張繡,赤壁遇周郎,華容逢關公,割髮棄袍於潼關,奪江於渭水,此皆丞相無敵於天下。(净怒,唱[4])哎!

聽他言心生大怒氣滿臉,一霎時怒氣起心似火煎。你本是那鼠輩無名下賤,竟敢在老夫面出此狂言?(松唱)

丞相爺布兵軍傳松來見,論兵書理戰册志廣才全。所言的昔日裏威風可羨,在潼關割鬚棄袍四海笑言。(曹唱)哎!

罵一聲賊匹夫遍身是膽尖,尖嘗言譭謗吾膽大非凡。叫一聲刀斧手且聽根苗,將匹夫推出斬斷然不饒。(修白)住者!(唱)

尊丞相息雷霆暫且寬容。(白)啓丞相,張松言語冒犯丞相,理應斬首。奈他從蜀道入貢而來,知者就説此人口出不遜之言,冒犯丞相,不知者反説丞相嫌他禮物輕微,故斬來使。丞相要明鑒!(曹白)唔!且看先生之面,與我亂棍打出。(手下白)哦!啐啐。(曹白)打道回府。(手下白)呵呵!(净唱)

恨匹夫出狂言把吾愁悶,諒鼠輩敢膽大自闖虎巢。傳下令兵和將一齊開道。(手下下)(净、生下,同下)(松唱)

我一言兼兩語奸賊怒恨[5],險些而誤喪了性命一條。(白)我本待獻此西川圖畫與他,誰知奸賊輕疑慢士!聞得荆州皇叔劉備仁義體於四海,不免前去探訪,且看如何,那時再做道理。(唱)

這奸賊行施霸佞如王莽,悔不該誇海口來到許昌。倘若是到荆州形款一樣,那時節有何顔面見劉璋?(下)

(探上,白)打探許昌事,報與主公知。俺荆州一名長探是也。奉了主公之命,打聽西川張松一事。那張松被曹操逐出,已到荆州地界。不免速速回報。(探子下)(備上)談閑兵書策論,怎能一統乾坤?(白)孤號劉備。前番益州張松往許昌,但不知如其何事。孤也曾命人前去打探,未見回報。(探上)兩足如飛電,胯下似騰雲。門上那位在此?(介白)那裏來得?(探白)長探要見。(介白)候著。(探白)是!(介白)啓主公,長探求見。(劉白)傳見!(介白)領旨!來,主公傳見!(探白)報!長探告進。主公在上,探子叩頭。(劉白)命你打聽許昌一事,如何?(探白)小人領了主公之命,打聽西川張松言語冒瀆曹操,亂棍趕出南都許昌,夜奔荆州而來。離境不遠,特報主公得知。(劉白)賞你銀牌一面,下去歇宿。(探)謝主公!(劉白)來,請二位先生。(介白)哦,請二位先生!(老白)天下紛紛逐鹿唇。(生白)**餓禽尚且欲報林**。(同白)主公在上,山人拜見!(劉白)二位先生少禮,看座!(同白)謝座！主公宣召，有何國事議論？（劉白）方纔報導，西蜀張松已臨荊州地界，請問先生高才，此事……（同白）既然如此，山人自有道理。人來！（介白）有！（生白）傳四將軍進帳！（介白）傳四將軍進帳。（雲上）

【引】頭戴金盔鳳翅揚，白馬銀槍逞豪強。俺趙雲，軍師有令傳見，只得進帳。主公在上，趙雲參。（劉白）四弟，軍師有差遣。（雲白）軍師有何差遣？（同白）命你帶領五百人馬，離荊州四十里迎接張松，不可怠慢[6]。（雲白）得令！（下）（同白）有請二將軍！（介白）哦，有請二將軍！（關上，白）志氣昂昂貫胸中，六韜三略逞威風。某漢雲長，軍師有令，須當進帳。大哥在上，關某參。（劉白）二弟少禮，軍師有差遣。（關白）先生有何差遣？（老白）二將軍，你可在城外打掃館驛，張松若到，殷勤相待。（關白）領命！（同白）來日主公親自出郭迎接。（劉白）二位先生同往？（同白）山人隨駕。（劉白）全仗先生。張松何意至許昌，枉途中原奔荊襄。（同下）

（四上，二下）哦！（小生上）

【引】志氣騰騰貫日紅，文韜武略藏胸中。（手下白）哦！（小生白）俺趙雲，奉了軍師將令迎接張松。三軍們！（手下白）有！（小生白）兵發城外。（手下白）哦！（小生唱）

叫三軍催人馬旌旗嘹亮，一個個貫盔甲耀日光明。將人馬齊紮住荊州路上，等候着張別駕接到荊襄。（正生上，唱）有張松離許昌遠望荊襄，思一思想一想怒滿胸膛。此一去到荊州留心探訪，怕只怕枉奔馳空走一場。催坐騎早來到荊州路上。（手下白）哦！（生唱）那壁廂展旌旗人馬喧嚷。（小生唱）叫三軍你與我押住後陣，休得要驚動了別駕先生。近前來施一禮來遲接待，（生唱）尊一聲將軍駕你是何人？（小生唱）我本是常山將奉主之命，特地來爲先生遠涉風塵。（生唱）劉使君他爲何知我來到，看起來曹瞞賊怎比此人。

（白）將軍莫非殺曹瞞救阿斗子龍將軍乎？（小生白）正是。末將奉了主公之命，爲大夫遠涉風塵，特命雲護送大夫一程。人來！看酒過來！（手下白）哦！（小生唱）趙雲跪敬三杯洗塵，（生白）這就不敢！松有何能，敢勞將軍如此厚愛？（小生白）雲奉主公之命，怎敢抗違？（生白）不敢，不敢！（小生白）先生請！（生白）哎呀！且住！人言劉皇叔寬仁愛士，果然如此。不比曹瞞，傲慢與人。（小生白）大人若不棄嫌，可同末將到荊州歇馬。（生白）在下多蒙皇叔厚愛，當得步行拜會。（小生白）三軍帶馬！（手下）哦！（小生白）先生請！（生白）將軍請！（小生唱）別駕公上離鞍請登金蹬。（生唱）

我張松怎敢當將軍遠迎？（小生白）我知道先生駕轉回原郡。（生唱）且拜會劉皇叔仁德之君。請！（同下）（四衆下）（公白）哦！
（淨上）
【引】威震荆襄，要立漢家邦。（手下白）哦！（淨白）俺關某奉了大哥之命，打掃館驛，接待張松。軍校，（手下白）有。（淨白[7]）打掃館驛！（手下白）哦！（淨唱）俺大哥本是景帝之後，坐荆州理襄陽威震九州。催坐騎早來到館驛門首。（手下白）哦哦！（淨唱）叫士卒奏鼓樂懸挂彩球。（小生、生同上）（生唱）一路上觀不盡錦繡花草，又只見結彩球鼓樂聲喧。（小生白）天色已晚，請歇館驛，明日再行。（生白）將軍請！（小生白）大人請！（手下）啟爺，張大人到！（淨白）大人！（生白）二將軍！（淨唱）近前來施一禮等駕已久，漢關某奉主命接駕未周。（生唱）二將軍休得要謙遜太厚，使張松滿臉上抱愧含羞。（淨白）好說，某奉大哥之命，爲大人遠涉風塵，特差關某打掃館驛，迎接大夫，以安歇息。（生白）松有何德能，敢勞衆位將軍如此厚愛？（淨白）好說。只是接待不周，休得見怪。（手下白）啟爺，宴齊。（淨白）伺候。末將備得樽酒，與大夫洗塵。（生白）這就不敢，將軍請！（淨白）大夫請！（生唱）劉皇叔仁德君世間少有！（淨唱）張大夫休嫌棄禮貌不周。（生唱）我張松怎敢當三公面候？（小生唱）設一杯淡泊酒相敬相酬。同請！（同下）
（外、末、老生上，唱）
【倒板】漢劉備與先生暫客荆襄，同迎接別駕公爲的益州。他一人往許昌去時未久，且不知見曹操有何緣由？二先生他言道接待寬厚，語言中西川地怎生應酬？（末白）主公！（唱）倘若是張松到此以禮相侯，他若還提西川且莫追求。（老生白）主公！（唱）此機見臣二人安排已久，他自然必情願獻上益州。（下）（生、淨、小生上）（唱）細思想劉皇叔古今少有，曹孟德算第一奸謀。正行間又聽得人喧馬吼，（衆上）（生唱）但不知是何人又到荆州？
（小生白）我主公在此迎接大夫。（末）來者莫非別駕公？（生白）哎呀！不敢！（外白）大夫請！（生白）皇叔請！（外白）久聞大名，如雷貫耳，恨雲山阻隔，使備左右不能聽教。（生白）松聞皇叔納士如流，今日一見，三生有幸！只是松有何德能，敢當皇叔如此相待？羞愧吓羞愧！（外白）大夫若不棄嫌，同往荆州，暫留車駕，片刻一叙，不知大夫肯光降否？（生白）多蒙皇叔如此厚愛，松當得步行到府拜會。（外白）如此，屈駕！（生白）豈敢？（外白）手下，擺隊進城。（手下白）哦哦！排隊進城[8]！（生白）皇叔請上，待松參拜！

（外白）車駕降臨，蓬蓽生輝。這就不敢！（生白）輕造貴地，多有得罪！（外白）接待不周，大夫海涵。（生白）豈敢！二位先生！（末、老生白）大夫！（生白）先生！（末、老生白）不敢！（手下白）宴齊。（外白）看宴！（末白）大夫請！（生白）皇叔、先生請！（末、老生白）大夫請！（生白）今鎮荊襄還有幾郡？（末白）荊州乃暫借東吳之地，累次使人前來取討，因皇叔是他妹婿，故而暫且安身！（生白）東吳佔去江東九郡八十一州，他還貪心不足麼？（老生白）吾主乃大漢皇叔，反不能佔據疆土！他乃漢之賊，強行霸道以佔之，大夫懷志者心實不平。（外白）公等休言，備有何德能，敢據守城池？（生白）皇叔說那裏話來？古語五霸云：天下者非一人之天下，爲有德者據之。何況明公乃漢室宗親，仁德布於四海，中原一得，亦不爲過也。（唱）

君本是漢室裔靖王之後[9]，慢說道不及那東吳仲謀。他本是小使子東南鎮守，君若是居帝位理之當然。（外唱）大夫言叫劉備怎生領受，我怎肯起此意反叛流傳？守本分厚天理神靈默佑，有荊襄足夠守怎肯多求？

（白）大夫車駕屈留三日，備之幸也！（生白）若嫌不棄，當得領教。（末、老生白）來！（手下白）有！（末、老生白）將宴撤開，大夫請！（生白）皇叔、二位先生請！衆請！（同下）

校記

[1] 白：此字原缺，據文意補。此下賓白，多數僅有角色，而無"白"字，據文意補。下同。
[2] 吾蜀中見聞錦繡無比："見"，原本作"劍"，今改。
[3] 小生上：此三字後原有"生白"二字，當係衍文，今刪。
[4] 唱：原本作"白"，今改。
[5] 我一言兼兩語奸賊怒恨："兼"，原本作"尖"，今改。
[6] 不可怠慢："怠"，原本作"待"，今改。
[7] 净白：二字原缺，今據文意補。
[8] 排隊進城：此句"排"字下三字原缺，今據文意補。
[9] 君本是漢室裔靖王之後："裔"，原本作"離"，今改。

攔　　江

無名氏　撰

解　　題

　　亂彈。《慶昇平班戲目》著録，題"截江救主"。劇寫周瑜爲奪取荆州，趁劉備收取西川之機，派周善渡江去，謊稱吳國太有病，接孫夫人和幼主阿斗去東吳。孫夫人懷抱阿斗，登船過江，不辭而別。趙雲、張飛先後得報，趕至江邊，駕船追趕。趙雲先趕上，攔住孫夫人所乘船只，述說當年長坂坡救阿斗的艱險，要求留下阿斗，遭到孫夫人怒斥。正巧張飛趕來，一槍刺死周善，奪過阿斗，放孫夫人隻身一人過江而去。事見《三國志·蜀志》卷六《趙雲傳》裴松之注引《趙雲別傳》。《三國演義》第六十一回"趙雲截江奪阿斗，孫權遺書退老瞞"，對趙雲截江奪阿斗事有生動描述。版本今有《故宫珍本叢刊》的《亂彈單齣戲》本。該本係清抄本，首頁題"攔江總本"。該劇的顯著特點是戲曲板式和鑼經的使用。爲了烘托氣氛，營造氛圍，該劇頻繁地變换板式和鑼經，如【慢板】【倒板】【鳳點頭】【急急風】【扭絲】【閃錘】【抽頭】等，劇中都有使用。該劇爲抄本，板式和鑼經皆用小字標出，並有板聲多少的提示，如"二下""五下"，顯係藝人演出本。在劇目之前，還標有三位主要演員李五、小福、溜子的名字（或藝名）。據此來看，該劇出現的時間應該是在晚清同光年間。兹以《故宫珍本叢刊》的《亂彈單齣戲》本爲底本，校勘整理。

　　（【水底魚】）（周善上，白）安排打虎牢籠計，誆取金枝玉葉人。在下周善，東吳爲臣。只因劉皇叔不在荆州，主公命俺過江，誆接孫夫人同幼主過江，以絕劉皇叔後嗣。天色尚早，馬上加鞭。（下）（太監、宫娥引孫夫人上，唱）

　　【引】環佩聲響，夫榮妻貴坐朝陽。（白）龍蟠鬥鴛鴦，金釵插鬢旁。珠冠頭上戴，八寶耳邊廂。哀家孫氏尚香，只因劉皇叔奪取西川，將荆州之事付與先生執掌，且喜安然無事。今朝喜鵲檐前，不知爲何？內侍，宮門伺候！（周善上，白）東西多兩界，隔江大不同。門上有人麼？（太監白）那來的？（周善白）煩勞通禀，説東吳周善求見娘娘。（太監白）候着！啓娘娘，東吳周善求見！（孫氏白）宣！（太監白）是！周善呢？娘娘宣！（周善白）有勞！娘娘在上，周善參見！（孫氏白）平身！（周善白）謝娘娘！（孫氏白）遠路而來，有何公幹？（周善白）太后有書，娘娘請看！（孫氏白）呈上來！（太監白）領旨！（孫氏白）內侍，引他後面酒飯。（太監白）是。這裏來！（同下）（旦白）母后有書，待我看來！（唱）

【慢板】字付尚香得知音，筆下難盡肺腑情。爲娘現在身有病，過江一夕便回程。（白）內侍！（太監白）有！（旦白）宣周善！（周善上，白）謝娘娘賜飯！（旦白）書已看完，意欲過江探母，無人保駕。（周善白）微臣保駕！（旦白）如此，待我禀過軍師。（周善白）吓！娘娘若禀軍師，絶不能過江。（旦白）哦！既如此，命你准備船隻，江邊伺候！（周善白）領旨！（下）（旦白）內侍，娘娘過江探母，軍師若問，只説一月便回。正是：好似和針吞却綫，刺人腸肚繫人心。（下）

（生上，起霸，白）八門金鎖擺隊旗，九扣連環整華夷。長坂坡前救阿斗，殺得曹兵望風飛。俺，姓趙名雲，字子龍，在北平太守公孫瓚將軍駕下爲將[1]。蒙劉皇叔借俺前來破曹操八門金鎖陣，後來不忍分離，呼爲四弟。大哥帶兵攻打西川去了，先生命俺巡查江口。吓！遠遠望見探馬來也！（報子上，白）報！周善將娘娘、太子誆過江去了！（生白）報與三千歲知道！（報子白）吓！（下）（生白）（叫頭）哎呀！周善將娘娘、太子，誆過江去，這便怎麽處？來！就此追趕！（四白龍套、四白大鎧下）

（張上，白）（【急急風】）横眉竪目兩眼睜，長坂坡前顯威名。大吼一聲如霹靂，唬退曹瞞百萬兵。俺張飛，只因大哥領兵攻破西川，先生命俺帶領人馬，鎮守江口。吓！遠遠望見探馬來也！（報子上，白）啓三千歲，今有周善，誆請太子、娘娘過江，特來報知！（張白）再探！（報子白）吓！（下）（張白）吓！周善這厮，誆請娘娘、太子過江來。（四藍龍套、四藍大鎧上，張白）追上前去！（【風入松】）（下）

（旦、周、宮娥同上）（【急三鎗】）（下）

（生上，白）（【急急風】）吓！這厮去遠了。來，你們江口伺候，待俺駕舟追趕。（手下下）（【急急風】）（生上船，一船夫下）

（張上，白）（【急急風】）吓！這厮去遠了。來，你們江口伺候，待俺駕舟

追趕。(手下下)(【急急風】)(張上船,一船夫下)

（旦原人同上,【水底魚】）（趙上）（【急急風】）（旦白）趙雲那裏來？（生白）俺奉大哥差！（旦白）哦！（唱）

聽一言來怒氣生,罵聲常山小趙雲。你大哥不在荊州地,來至江心為何因？（生唱）

【倒板】趙雲舡舵打一恭,

【慢板】娘娘在上聽其中。東吳打罷了鑼鳴鼓,你母子落了圈套中。（旦唱）

四叔暫息怒雷霆,細聽哀家把話論。母后得了思兒病,過江一探便回程。（生唱）

【閃錘】孫劉結讎如山海,怕只怕一去不回來。（周善唱）

【鳳點頭】周善聞言怒氣冲,叫聲常山趙子龍。我保太子來探母,趕至江中理不通。（生白）住了！（唱）

【快三下】聽一言來雙眉縱,二目圓睜兩眼紅。嘩啦啦使開銀戰杆,殺一個血水滿江紅。（旦白）哦！（唱）

【快三下】綱常禮義全不曉,孫劉原是瓜葛親。（生白）哎呀！（唱）

（閃錘）娘娘與他做了主,倒叫微臣心懷疑。

【倒板】有趙雲哭得如酒醉,

（閃錘）再向娘娘把話提。馬到臨崖收繮晚,船到江心補漏遲。（旦唱）

【鳳點頭】任你說得天花墜,哀家只當耳邊風。（生唱）

【鳳點頭】娘娘要去留太子,免得為臣心挂疑。（旦唱）

【鳳點頭】自古嬌兒不離母,啼哭之時誰擔承。（生唱）

【鳳點頭】娘娘要去有人阻,（旦唱）

誰敢大膽阻行程？（生唱）

趙雲船舵來阻駕,（旦唱）

莫非起了叛逆心？

（生白）吓！（唱）

【鳳點頭】娘娘要逼為臣死,

（旦白）罷！（唱）

不如一死撲江心。

（生白）娘娘撲江一死不知緊要,那知臣在長坂坡救主之苦也！（旦白）有甚功勞,一一奏來！（生白）娘娘不惜耳煩,待臣略奏。趙雲表英名,娘娘

鳳耳聽。提起長坂坡，膽戰心又驚。（唱）

【閃錘】惱劉琮[2]、惱劉琮，荊襄一旦付奸雄。弟兄們無有安身處，只得一起投奔東。

（白）哎呀！只殺得寶劍難歸鞘，血染錦戰袍。安營神鬼叫，方顯武將高。臣保定二位娘娘殺進曹營，三進三出，不見糜娘娘與太子。偶遇三千歲，站在霸陵橋說道："四弟四弟，你保的家眷那裏去了[3]？"那時問得微臣啞口無言，抖擻精神，殺奔曹營[4]。只見糜娘娘懷抱太子，痛哭而來。臣在馬上咳嗽一聲[5]，糜娘娘講道："趙雲，快快救娘娘出苦。"臣上前奏道："曹操人馬猶如潮水一般，殺前不能顧後，殺左不能顧右。保得娘娘，保不得太子。"好個糜娘娘，解開其情，將太子付與微臣，她就撲井而死。爲臣推牆一段，將屍掩過；保了太子，只殺得真龍出現。（旦白）住了！你是甚等之人，有真龍出現？（生白）哎！那裏是真龍出現？乃是太子真龍出現。曹操在馬上觀看真龍出現，必有人王帝主之分。彼時曹操傳將令："大小兒郎聽，休放狂風箭，活捉小趙雲。"微臣一聞此言，哈哈大笑。我想長坂坡前，只有俺去殺人，那有人來殺俺！抖擻精神殺，殺一條血路，君臣正好逃走。誰知不遇機會，馬失前蹄，身落丈二土坑，眼望蒼天無救，誰知東南角上來了一員將官，娘娘，你道他是何人？（旦白）是何將官？（生白）乃是曹操帳下大將張郃。（旦白）怎生打扮？（生白）慢說那厮打扮與眾將大不相同，頭戴烏油盔，身穿烏油甲，胯下烏騅馬，手執藍纓槍。那厮見了微臣，好似餓虎趕羊，迎面就是一槍。（旦白）可曾傷？（生白）不曾。又道"忙者不會，會者不忙"。用鳳凰點頭躲過了一手，拽住槍桿，那賊不捨槍，爲臣不捨手，人借馬力，馬借人力，縱出丈二土坑，得了那厮一口青鋒寶劍。娘娘，又是一場惡戰也。（唱）

【講板抽頭】趙雲殺氣冲，趙雲殺氣冲。

【抽頭】殺人兩眼紅。抖擻精神來交鋒，殺得那厮無影蹤。（白）這就是長坂坡救主之苦也！（唱）

【閃錘】只殺得刀槍密密擺，五閻王追來催魂魄。娘娘要去留太子，免得爲臣心挂懷。哎呀！

【閃錘】只問得娘娘愁眉岱，

（張飛內白）四弟等着！（生白）哎呀！（唱）

【鳳點頭】三千歲架一隻小舟來。（張上，唱）

【急急風】大吼一聲江水擺，只爲皇嫂過江來。將身跳至船頭上。吓！私抱太子禮不該。（旦唱）

【鳳點頭】三叔不必將我怪,哀家一言聽胸懷。母后得了思兒病,過江一探便回來。(張唱)

【紐絲】聽一言來怒滿懷,氣得老張眼發呆。手執蛇矛往上刺,(生白)不可!(張白)咳!(唱)

【紐絲】我還看大哥劉玄德。(白)四弟,何人保駕?(生白)有周善保駕。(張白)傳周善!(周善上)(張白)看槍!(周善死下)(張唱)

【紐絲】一槍刺死小周善,兩下分途把船開。用手搶過龍太子,大哥台前奏分明。(生下)(【急急風】)(張白)惱恨娘娘太不該,私抱太子過江來。我若不看大哥面,一槍刺死透心懷。(下)(【急急風】)(旦白)罷了!罷了!(唱)

【紐絲】眼見皇兒身不在,相會南柯夢陽臺。(下)(手下、生、淨上)(張白)(【急急風】)好個常山趙子龍,截江救主立大功。(生白)惱恨東吳見識淺,那賊定計一場空。(張白)眾將官!人馬收回!(生白)來,人馬收回!(下)

校記

[1] 北平:原本作"北璧"。公孫瓚曾任北平太守,今改。
[2] 劉琮:原本作"劉宗",今改。
[3] 你保的家眷那裏去了:"那",原本作"往",今改。
[4] 殺奔曹營:此句原有兩個"殺"字連用,當有一字係衍文,故删其一。
[5] 咳嗽一聲:"咳",原本作"痰",今改。

過 巴 州

無名氏　撰

解　題

皮黃。不見著録。劇寫張飛奉命奪取巴州。巴州守將嚴顔已是八十有一，却老當益壯，出馬與張飛交戰。他箭射張飛，不知是否把張飛射死，派人妝扮成香客前去打探。張飛看出香客有詐，將計就計，故意放出風聲，説要夜過巴州。他按照出發前諸葛亮交給他的錦囊妙計，找一個模樣與自己相似的人假扮張飛。兩個張飛各帶人馬，夜襲巴州。嚴顔出城迎戰，被兩個張飛弄得暈頭轉向，戰敗被俘。張飛動之以情，曉之以理，終於説動嚴顔歸順。有了嚴顔的幫助，張飛順利拿下從巴州到西川的七十二座營寨。事見《三國志·蜀書·張飛傳》、元刊《三國志平話》、《三國演義》第七十回"猛張飛志趣瓦口隘，老黃忠計奪天蕩山"。版本今有清《車王府藏曲本》。該本係清抄本，首頁題"過巴州總講"，唱西皮等板式，當爲皮黃。兹以清《車王府藏曲本》爲底本，校勘整理。

（四白文堂、四白大鎧、嚴顔起霸上[1]，白）老夫今年八十一，跋山涉水有餘力。萬馬營中無人敵，要擒漢室猛張飛。老夫嚴顔，奉命鎮守巴州一帶等處，抵擋桃園。適纔探馬報導，張飛興兵前來，豈肯容他猖狂？衆將官，起兵前往！（四藍文堂、四藍大鎧、張飛上，站門）（張飛白）豹頭環眼鬚似剛，長坂坡前把名揚。大喝一聲橋梁斷，唬退曹操百萬郎。俺漢將張飛，奉了軍師將令，奪取巴州。三軍的，巴州去者！（嚴顔原人同上，會陣介）（張白）來將通名受死！（嚴白）老夫嚴顔。（張三笑介）啊哈哈！哇呀呀呀！（嚴白）張飛，你見了老夫，爲何發笑？（張白）我道你天上少有，地下難尋，却原來是個老匹夫，怎受咱老子一戰？（嚴白）嘟！衆將官，押定陣脚。（唱[2]）

【倒板西皮】陣前惱怒嚴老將，張飛小兒聽端詳。巴州城内訪一訪，老爺

威名天下揚。老夫今年八十上，斬將猶如宰雞羊。（張唱）

聽罷言來怒滿腔，太陽頂上冒火光。（鑼鼓）（唱）三氣周瑜蘆花蕩，大喝一聲斷橋梁。嚴顏你把城池讓，少若延遲槍下亡。（起打，張敗下）

（張上，白）且住！嚴顏殺法厲害，他若追來，回馬鞭傷他。（嚴上，白）那裏走？（敗，張追下）（四白文堂、四白大鎧站門，嚴上，唱）

適纔陣前打敗仗，張飛武藝果然強。人來帶路敵樓上，箭射張飛一命亡。

（張原人同上，張接箭介，白）啊！看那老兒暗放一箭，若不是馬走如飛，險遭不測。三軍的，收兵！（眾下）（四白文堂、四白大鎧、嚴顏上，唱）

適纔城樓把箭放，不知張飛生死亡。將身坐在蓮花帳，喚上老軍說端詳。

（白）且住！適纔城樓暗放一箭，不知張飛生死存亡。來，喚老軍們進帳！（四白文堂白）老軍們進帳！（二老軍上，白）老軍無別幹，埋鍋又煮飯。參見總爺！（嚴白）罷了！起來！（二老軍白）謝總爺！喚小人們進帳，有何吩咐？（嚴白）老夫命你二人，去到張飛營磐那裏，探聽消息。（二老軍白）那張飛殺人不眨眼，小人們不敢前去。（嚴白）無妨。老夫教導你們，此去言道，就說通江巴州好百姓，爲母心願，去往四川峨眉山燒香還願。一去不見千歲紮營在此，回來只見千歲營磐擋道。望千歲開一綫之恩，放我二人過去，回家見過妻兒老小，感千歲大恩大德。（二老軍白）他若問西川路往？（嚴白）就說南是山，北是水，中間有一牛羊小路，騎不得馬，坐不得轎，一人纔能過去。（二老軍白）是，小人們記下了。（嚴白）我今吩咐你。（二老軍白）怎敢誤延遲。（下）（嚴白）掩門！（分下）（內唱）

【倒板】張翼德在營中自思自嘆。（四藍文堂、四藍大鎧站門上）（張上，唱）思一思想一想好不慘然。恨張松他把那地理圖獻，俺大哥一心要駕坐西川。在陣前遇見了老將嚴顏，那老兒雖年邁武藝精全。回馬槍傷老張難以睜眼[3]，俺老張仗蛇矛不能爭先。在營中哭大哥不能相見，（二老軍上，白）阿彌陀佛！（張白）啊！（唱）又聽得營門外鬧嚷聲喧。

（四藍文堂白）啓千歲，營門外拿住兩個奸細。（張白）招進來！嘟！你二人敢是嚴顏差來的奸細？斬了！（一老軍白）且慢！留頭講話。（張白）講！（二老軍白）小人們乃是通江巴州好百姓，爲母心願，去往四川峨眉山燒香還願。一去不見千歲紮營在此，回來只見千歲營磐擋道。望千歲開一綫之恩，放我二人回家，見過家中妻兒老小，感千歲大恩大德。（張白）我且問你,路過巴州,走那條道路好走?(二老軍白)南是山,北是水,中間有一牛羊小路,騎不得馬,坐不得轎,一人步行方能過去。(張白)不是嚴顏差來的奸細?(二老軍白)不是。(張白)三軍的,賞他們兩串錢,放他們過去。(二老軍白)多謝三千歲!啊,聽他講些甚麼?(張白)三軍的,咱老子夜過巴州。(二老軍白)啊,他夜過巴州。(下)(四藍大堂白)被他們聽了去了。(張白)招回來,招回來!(四藍文堂白)他二人去遠了。(張白)起過了。且住!俺在營中定計,那嚴顏老兒識破俺的機關,這便如何是好?哦呵呵,有了!臨行之時,諸葛先生言道,現有書信一封,帶在身旁。若有爲難之處時,書信拆開一觀,便知分曉。待我拆書便了。(詩)親手拆封皮,將軍看端底。若要擒嚴顏,除非兩張飛。兩張飛。呀呀呸!想這漢營中,就是俺老張一個張飛,那裏來的兩個張飛呢?(四藍文堂白)啓稟三千歲,後營有一個徐大漢,與三千歲面貌相同。(張白)喚他進帳。(四藍文堂白)徐大漢進帳。(徐內白)來了!(上,白)我本一員將,站在陣前上,行走如瓜滾,連個母猪也趕不上。報!炮手徐大漢告進。徐大漢與三千歲叩頭。(張白)抬起頭來。(徐白)有罪,不敢抬頭。(張白)恕你無罪。(徐白)謝三千歲!(張白)三軍的,咱老張就是這個樣兒?(四藍文堂白)就是這個樣兒。(張白)起來,起來!(徐白)謝三千歲。喚小人們進帳有何吩咐?(張白)咱老子今晚用你一用。(徐白)三千歲,你拿錢來。(張白)做甚麼?(徐白)我洗澡去。(張白)不是那樣用法。(徐白)要怎樣用法?(張白)乃是出兵上戰場打仗[4]。(徐白)我無有盔鎧。(張白)三軍的,叫他把咱老子的半幅烟熏甲,下面穿戴起來。(徐白)多謝三千歲。(下)(張白)三軍的,站立兩厢,聽爺令下。(唱)

  坐立寶帳把令傳,大小三軍聽爺言。埋柴鍋造夜飯,隨爺一戰到西川。

  (白)來,喚徐大漢!(衆白)徐大漢進帳。(徐上,白)來了!三千歲,你看我像一員虎將不像?(張白)像倒像,不知你膽量如何?(徐白)膽量是小的,飯量是大的。(張白)原來是他娘的草包。(徐白)可不是草包。(張白)丈八蛇矛抬將過來,怎麼樣?(徐白)我拿它不動。(張白)換一個輕生的。(四藍文堂白)哦!換一個輕生的。(徐白)看槍!(張白)這做甚麼?(徐白)這叫斬將要擒王。(張白)好個斬將要擒王,要私場演。(徐白)官場用。(張白)不演習?(徐白)不中用。(張白)演習演習。來將通名!(徐白)炮手徐大漢。(張白)放你媽的屁!(徐白)放你媽的屁!(衆白)罵你呢?(徐白)唉,罵我呢?(張白)要通咱老子的名字。(徐白)小人不敢。(張白)恕你無罪。(徐白)謝三千歲!(張白)來將通名。(徐白)漢將張飛!(張白)不中用,搭起來！來將通名！（徐白）漢將張飛！（張白）來將通名。（徐白）漢將張飛！（張白）放下來。三軍的,退下。徐大漢,帶路。（眾下）（張唱）

營中定下牢籠計,徐大漢扮作假張飛。（白）徐大漢！（唱）你就是咱老子的替死鬼,（徐白）三千歲,小人還要做官戴紗帽呢。吓！（張白）唉！（唱）只怕你有命去來無命回。

（白）帶路！（下）

（四白文堂、四白大鎧、嚴顏上,唱）

兩軍陣前把仗打,張飛武藝果不差。將身且坐寶帳下,老軍回來問根芽。

（二老軍上,白）小人們交差。（嚴白）張飛那裏講些甚麼？（二老軍白）張飛今晚夜過巴州。（嚴白）好！免差一月,下面歇息。（二老軍白）謝總爺！好了,一個月不當差。（下）（嚴白）且住！張飛今晚夜過巴州,中了老夫之計。眾將官,帶馬伺候！（唱）

三軍帶過爺的馬,要把張飛馬蹄踏。（下）（眾分下）

（張內白）徐大漢帶路！（徐、張同上）（徐白）三千歲,回去罷。（張白）怎麼樣？（徐白）那裏打閃呢。（張白）那裏打閃？（徐白）在那裏打閃？（張白）不是打閃。（徐白）是甚麼？（張白）乃是咱老子鞭影兒人影兒。帶路！（唱）

四面俱是荒野草,找不着巴州路一條。徐大漢撥草把路找,擒住嚴顏立功勞。

（嚴顏上,白）來將通名。（徐白）漢將張飛！（嚴白）看槍！來將通名。（張白）漢將張飛！看鞭！（嚴敗,雙下）（嚴上,白）且住！來一個是張飛,來兩個是張飛。也罷！來一個挑一個。來將通名！（張、徐追上）（徐白）漢將張飛！（嚴白）看槍！來將通名！（張白）漢將張飛！看槍！（嚴落馬被擒）（四藍文堂白）嚴顏被擒了。（張白）綁回營去。（眾下）（小吹打上,四藍文堂、四藍大鎧站門上,張上,眾白）嚴顏被擒。（張白）綁進帳來！（眾押嚴上介,張白）呔！你在兩軍陣前何等威風,何等殺氣！今日被擒,你還不下跪嗎？（嚴白）呔！兩軍陣前,你一刀俺一槍。你用詭計擒人,真乃匹夫之輩也！（張白）那個是匹夫？（嚴白）你是匹夫！（張白）你是匹夫！（嚴白）你是匹夫！（張白）啊！這老兒還是這等性傲。三軍的,拿去開刀。（嚴白）且住！想俺嚴顏活了八十一歲,死在張飛之手,令人好笑哇！（三笑介）啊哈哈！啊哈哈！（眾同白）嚴顏轅門發笑吓！（張白）啊,轅門發笑？必有大用。三軍的,將他赦回來。(嚴白)呔!你要斬便斬,三番兩次,你老爺好不耐煩。(張白)呔!將你斬首,在轅門發笑,敢是你貪生?(嚴白)你怕死!(張白)咳!就是我怕死!嚴老將軍,歸順桃園,定是封侯之位。(嚴白)呔!要俺歸順,除非日從西起。(張白)你不歸順,我就要……(嚴白)你要怎麼樣?(張白)我就要……(嚴白)要怎麼樣?(張白)我不怎麼樣。這老將執意不降,如何是好?哦,有了!三軍的,嚴老軍那個擒的?(衆白)小人們擒的。(張白)那個綁的?(衆白)小人們綁的。(張白)嘟嘟嘟!嚴老軍上了幾歲年紀,你們不知在兩軍陣前,馬失了前蹄?你們就該用這八人轎兒,你們抬、抬、抬進營來才是,那個叫你們拴?那個叫你們綁?滾下去,罰你們一個月錢糧。滾下去!唉,下去!(衆下)(張白)啊!嚴老將軍,適纔三軍們不知,誤綁一時。來來來!待咱老張親自與你鬆綁。(嚴白)呔!看打!(張白)咳!臨行時諸葛先生言道,此番出兵,這鞭不可打上將,這槍不可挑小卒。擒來這員老將,打又打不得,斬又斬不得。諸葛亮啊!牛鼻子,你活活的難壞了我老張也!(唱)

　　心中惱恨諸葛亮,不差四弟差老張。明知巴州有勇將,活活難壞我老張。無奈只得跪寶帳,(嚴笑介)哈哈哈!(張白)唉!(唱)反被他人笑一場。二次撩衣跪寶帳,望求將軍來歸降。

　　(白)嚴老將軍,看俺老張這只膝,上跪天,下跪地,中跪父母,永不跪他人。今日跪在老將軍面前,爲的是我大哥漢室江山,你歸順便罷,你不歸順,我就要連這一條腿也就是跪下了!(嚴白)有心歸順,不知劉主待將如何?(張白)我大哥待將如何?手足一般。(嚴白)也罷!巴州嚴老將軍,威名鎮四方。但願刀下死,不願來投降。(唱)

　　對着西川來跪定,拜謝我主爵祿恩。無奈只得來歸順,

(張白)老將軍當真歸降了?(嚴白)當真。(張白)果然?(嚴白)果然。(張笑介)哈哈哈!(唱)

　　不由老張喜在心。

　　(白)適纔三軍不知,多有得罪,老將軍海涵。(嚴白)豈敢?歸順來遲,三千歲恕罪!(張白)豈敢?請問老將軍,此地到了西川,還有多少營寨吓?(嚴白)七十二連營大寨。(張白)七十二座連營,殺他娘的一輩子,也是不能成功。(嚴白)三千歲不必驚慌,有末將一支令箭,到一關降一關,到一寨降一寨。(張白)如此,後面備宴,與老將軍壓驚[5]。(嚴白)三千歲請!(同笑介)哈哈哈!請!(下)

校記

[1] 嚴顏起霸上:"顏",原本作"彦",今改,下同。
[2] 唱:原本作"叹",今改。下同。
[3] 回馬槍傷老張難以睁眼:"睁",原本作"争",今改。
[4] 出兵上戰場打仗:"上",原本作"大",今改。
[5] 與老將軍壓驚:"壓",原本作"押",今改。

取雒城

無名氏　撰

解　題

　　皮黃。《慶昇平班戲目》有著錄。劇述劉備帶兵去收復西川，副軍師龐統被蜀將張任射死在落鳳坡前，遂命關平回荆州搬兵。諸葛亮尚未趕到，張任累次興兵前來討戰，劉備無奈，只好與黃忠、魏延、劉封等人商量對敵之策。黃忠與魏延爭着領兵去攻打張任，劉備遂任命黃忠和魏延爲左右先鋒，一起攻打張任。適逢諸葛亮與張飛分兵兩路入川，早早定下巧計，先捉張任，後取雒城。兩軍對壘勇者勝，張任手下大將吳義、裴通、吳蘭等人先後歸順劉備。諸葛亮采納了吳蘭所獻的金雁橋伏擊張任之計。張飛將張任擒獲，押解到軍帳，諸葛亮勸其投降，任誓死不從，厲聲大罵，張飛一氣之下將其殺死，劉備大軍奪得雒城之戰的勝利。事見《三國演義》第六十四回"取涪關楊高授首，攻雒城黃魏爭功"。現存清《車王府藏曲本》，題作"取雒城總講"，沒有標點，脚色、科白、砌末、唱詞等尚全。唱西皮等板式，當爲皮黃。今以清《車王府藏曲本》爲底本，校勘整理。

（四紅文堂、四紅大鎧站門上，劉上）

【引子】統領雄兵，怎能够把西川一掃平。（詩）桃園結義聚英雄，大破黃巾第一功。老天若得隨孤意，掃滅西川整江洪。（白）孤劉備，自荆州興兵，前來奪取西川，不料龐統先生命喪落鳳坡前[1]。已曾命關平去往荆州搬兵，一去許久，並無回音。可恨張任累次興兵前來討戰，不免宣黃忠、魏延進帳，商議退兵之策。左右。（手下白）有。（備白）傳黃忠、魏延、劉封進帳。（手下白）黃忠、魏延、劉封進帳。

　　（黃、魏、封上，同白）來也。（封白）自幼生來志氣昂，（黃白）練就百步箭穿楊。（魏白）上陣全憑刀合馬，（三同）保定吾主錦家邦。（三同白）臣等見駕，主公千歲。（備白）平身。（三同白）千千歲。（備白）賜坐。（三同白）謝坐。宣臣等進帳，有何軍情議論？（備白）宣詔二位將軍非爲別事，只因龐統先生命喪落鳳坡前，可恨張任累次興兵前來討戰，宣二位將軍進帳，商議退兵之計。（黃、魏同白）臣啓主公：關平去往荆州搬兵未回，候孔明到來，再發人馬與他對敵，也還不遲。（備白）二位將軍，想關平去往荆州搬兵，一去許久，不見回營；候孔明回來，孤想此城難保。（黃白）主公不必憂慮。賜臣一支人馬，前往他營，打下一馬陣勢，探聽那賊兵勢，如何？（備白）就命老將軍帶領一支人馬，前往他營，打下一馬陣勢，探聽那賊兵勢，如何？（黃白）得令。（魏白）且慢。臣啓主公：老將軍年邁，只恐誤了軍情大事。可賜爲臣一支人馬，前去探聽那賊兵勢如何。（黃白）魏將軍此言差矣。想俺黃忠，老只老頭上髮、項下鬚，胸中韜略却還不老。（黃唱）

　　將軍說話言太差，老夫言來聽根芽。老只老來頭上髮，殺人寶刀如切瓜。此番帶領人合馬，要把雒城一馬踏。

　　（魏白）老將軍年邁，豈是他人對手？（黃白）老却不老。（魏白）老將軍，又道"少年英雄將，奮勇誰敢當"，慢說擒那張任，就是金剛又礙何妨？（魏唱）

　　老將軍不必逞剛強，某今言來聽端詳。你今到有六十上，怎能比俺少年郎。耳聾難聽戰鼓響，眼花難觀陣頭祥。張任非比等閑將，提兵上陣神鬼忙。倘若前去打敗仗，反被張任笑一場。非是俺誇口大話講，要將賊子一掃光。

　　（黃白）呔，你休誇大口。曾記得主公在荆州興兵，前來奪取涪城。主公傳令"二更造飯，三更起馬，攻打鄧、冷二寨"，誰知你要搶頭功，私自前去，那知鄧、冷早有准備，將人馬四下埋伏，留下空營一座。你一馬殺進賊營，指望你搶頭功。誰想賊營炮一響，四下賊兵齊上，將你圍住中心，堪堪性命不保。若不是俺黃忠一馬殺進賊營，將你救出，不然你命休矣。（黃唱）

　　曾記得荆州興人馬，要奪吾主錦中華。主公寶帳令傳下，要將二寨一馬踏。那知你的心太大，三更起馬去尋他。將你圍住垓心下，鄧冷二人將你拿。不是黃忠領人馬，你的性命染黃沙。（魏白）住了。（唱）

　　聽一言來怒氣發，不由魏延咬銀牙。三軍與爺備戰馬，（黃白）呔。（唱）你敢與老爺比刀法。（魏白）臣啓主公，傳下將令，去至教場，臣與黃忠比試刀馬，那個勝者，便爲先鋒。（黃白）某家何懼？（魏白）眾將官，教場去者。（眾應介）呔。（備白）且慢。二位將軍不必如此爭論，孤有一言，你二人聽

了。(唱)

二位將軍休争鬥,細聽我孤説從頭。曹操欺君有八九,各路諸侯統貔貅。但願西川歸孤手,一統山河保龍樓。你二人先鋒分左右,攻取雒城免記仇。(黄、魏同白)領旨。(備唱)

劉封隨駕在前後,滅却張任孤罷休。(封白)得令。(備唱)大小三軍聽從頭,掃滅雒城姓名留。炮響三聲跨走獸,(衆應介,起鼓喊介)(四上手兩邊上,備唱)要擒張任回荆州。(衆領下,排子,同下)

(吴蘭、劉魁、吴義、裴通四人起霸上,吴蘭白)英雄威風勇,(劉魁白)殺氣貫長虹[2]。(吴義白)馬踏花世界,(裴通白)保主坐九重。(同白)俺吴蘭,劉魁,吴義,裴通。(蘭白)列位將軍請了。(三同白)請了。(蘭白)元帥陞帳,你我兩廂伺候。(三同白)請。(歸兩邊站介)

(四文堂、四大鎧、四下手、張任上)

【點絳唇】將士英豪,兒郎虎豹。軍威好,地動山摇,要把狼烟掃。

(衆同白)參見元帥。(任白)列位將軍少禮,站立兩傍。(衆同白)謝元帥。(任白)奉王旨意鎮雒城,統領貔貅百萬兵。今日點動兵合將,要把劉備一股擒。本帥張任,奉主旨意鎮守雒城。可恨劉備帶領人馬來取雒城,那時本帥心生一計,在落鳳坡前將他龐統先生射死,又恐他興兵前來,與龐統報讎。已曾命探子前去打探,未見回報。(報上,白)報啓元帥,劉備帶領兵將,前來攻取雒城。(任白)再探。(報白)得令。(下)(任白)且住。探子報道,劉備興兵前來攻取我關[3],豈肯容他倡狂。衆將官,開城迎敵者。(出城,會陣,劉原人同上)(任白)吠,劉備,想吾主與你乃是宗兄宗弟,你爲何興兵前來攻取雒城?你好好收兵回去,如若不然,槍下之鬼。(劉白)嘟,大膽張任,還敢前來。你不該設計,在落鳳坡前射死孤的龐統先生。孤今領兵到此,要與先生報仇。爾即早下馬投降,也免喪疆場。(任白)休得胡言,放馬過來。(起打,劉敗下,任追,收下)

(吴蘭、劉魁、吴義、裴通、劉封、魏延、黄忠共七人打連環,継劉備、張任,備敗下。継黄忠、劉封、魏延又上,劉備歸總攢)(張任、衆將同上)(劉敗下,任追下)

(四小軍、四段頭、四上手站門,排子,嚴顔、張飛上,内喊介,張、嚴兩望)(張白)老將軍。(嚴白)三千歲。(張白)咱兵行至此間,那裏有人吶喊,想是咱大哥與賊兵交戰。老將軍,你可將人馬撤回大營,待俺老張前去助他一陣。(嚴白)三千歲須要小心。(張白)咱知道。來呀,殺上前去。(四上手領

張飛下)(嚴白)衆將官,人馬撤至大營去者。(排子,衆領下)
(劉內唱)

【倒板】四下人馬難敵擋,(劉備上,接四將上,劉白)哎呀。(唱)到叫孤窮着了忙。拼着生死往外闖,(殺過,合唱)要出重圍難爭強。層層俱是蜀兵將,一人怎擋百萬郎。劉備催馬陣前闖,(張飛上,唱,掃一句)陣前來了翼德張。(救劉備下)(張接四將打,緒張任起打,黃忠、魏延、劉封、張任四衆接四拐擋,張任敗下)(張飛原人上)(張白)回營。(衆下)

(四上手站門上)(嚴上,白)眼觀旌旗起,耳聽好消息。(四紅文堂、四大鎧、黃忠、魏延、劉封、張飛、劉備、衆原人凹門上)(張白)吓,大哥。(劉白)三弟。(張白)你老受驚了。(劉白)哎呀,三弟,從今以後,救駕就要照今日這樣救法。(張白)大哥,今日我救駕可有功哇?(劉白)好,記下三弟頭功。(張白)謝大哥。啊,老將軍,前來拜見俺大哥。(嚴白)主公在上,老臣參拜。(劉白)老將軍請起。(嚴白)謝主公。(劉白)三弟,這是何人?(張白)大哥,此人名喚嚴顏,西川路上也算得第一條好漢。(劉白)哦,原來是嚴老將軍,請坐。(嚴白)謝坐。(劉白)三弟一路上多受風霜了。(張白)大哥此言差矣!爲國出力,何言"風霜"二字。小弟有幾句言語,大哥你老要聽了。(劉白)三弟講來。(張白)大哥吓。(唱)

【二六板】大哥且坐蓮花帳,細聽小弟說端詳。奉兄旨意領兵將,偶遇老將性情剛。見陣小弟打敗仗,並無良計巧安防。回營悶坐把計想,曾記書信字幾行。小軍大漢爲國喪,纔得老將來歸降。大哥看他年邁長,習就百步箭穿楊。西川巴州爲上將[4],帳下三軍似虎狼。聞聽大哥仁義廣,一同小弟降兄王。(劉白)吓。(唱)

聽罷言來心歡暢,不由孤窮喜揚揚。三弟收來嚴老將,西川一帶付孤王。劉封看過黃金甲[5],(封拿甲遞劉介)(劉唱)略表孤窮寸心腸。(嚴白)主公。(唱)

多感主公恩義廣,並無寸功臉帶黃。

(白)臣啓主公:老臣進得漢營,並無寸功,怎敢收此金甲?(張白)老將軍,你若不收,豈不辜負俺大哥的心腸。(嚴白)老臣不收。(劉白)老將軍不必推辭,請收下。(張白)老將軍,你收下了罷。(嚴白)謝主公。(吹打,嚴拜過)(劉白)請坐。(嚴白)謝座。(報上,白)報啓主公,張任討戰。(張白)再探。(報白)得令。(下)(張白)大哥,張任前來討戰,待小弟出馬。(劉白)吓,三弟不必性急,候孔明先生回營,方可出馬。(張白)大哥,候先生回營,也不過是遣兵調將，對敵張任，難道還有別計不成？（劉白）還是候先生回營商議的是。（張白）小弟今日出馬，定要生擒張任進帳。（劉白）三弟既要前去，須要小心。（張白）大哥啊。（唱）

大哥不必挂心腸，出馬事兒弟承當。今日去到陣頭上，定擒張任進營房。辭別大哥出寶帳，白馬來。（四上手帶馬下）（張唱）要擒張任見兄王。（下）（劉唱）

一見三弟上雕鞍，再傳黃忠與魏延。你二人帶兵去交戰，幫助三弟抖威嚴[6]。（黃、魏同白）得令。（唱）主公將令往下降，（同白）馬來。（四段頭領下）（魏唱）生擒張任小兒郎。（下）（備唱）將宴擺在黃羅帳，孤與衆卿敘衷腸。（笑介，同下）

（四文堂、吳蘭、吳義、裴通二龍出水，四上手兩邊上，張飛會陣，殺義、裴敗下）

（四文堂、四大鎧站門上，排子，劉封、劉備上，白）孤劉備，只爲三弟大戰張任，是孤放心不下，因此帶領人馬隨後接應。衆將官，殺上前去。（排子，下）

（張、裴、義又見面，打一場，敗下）（義、裴同上，義白）賢弟，你看張飛交戰，越殺越勇，如何是好？（裴白）大哥，久聞劉備待人十分恩厚，你我不如趁此機會，背主降順，豈不是好？（義白）賢弟之言，正合吾意。你我一同前去。（裴白）請。（同下）

（劉備原人凹門上）（義、裴同上，白）皇叔在上，小將叩頭。（劉白）吓，你二人不在你營，到此則甚吓？（裴、義同白）小將等聞聽皇叔待人十分恩厚，爲此背主前來歸順，望皇叔收留帳下，以作鞍前馬後。（劉白）你二人叫甚麽名字？（義白）小將吳義。（裴白）小將裴通。（劉白）你二人既背主投降，孤窮收下，隨在馬後，去往陣前大戰張任。（義、裴同白）謝皇叔。（張上，白）呔，那裏走。（殺介）（劉攔介，白）三弟休要動手，他二人今已歸降了。（張白）怎麽講？他二人降順大哥了。（劉白）降順了。（張白）降順了，這是你二人的造化。（義、裴同白）三千歲，我二人參拜。（張白）不用拜了。吓，大哥，你老人家爲何領兵至此？（劉白）與三弟前來助戰。（張白）大哥，你同二位將軍且回大營，小弟要擒那張任去也。（張急下）（劉白）衆將官，人馬回營者。（排子）（下）

（張任原人、蘭、魁二將同上）（衆凹門上）（報上，白）報啓元帥：吳義、裴通二將降順劉備。（任白）再探。（報白）得令。（下）（任白）且住。探馬報道：吳義、裴通投降劉備，其情可惱。眾將官，殺上前去。（四段頭、四上手、黃忠、魏延、張飛當場會起打，大攢殺）（張任同下，張、黃、魏、眾追下）

（四文堂站門，趙雲、孔明、排子上）（內喊介）（孔白）四將軍，我兵到此，那裏有人馬喊殺聲音？（雲白）末將不知何處人馬？（孔白）哦，是了，想是主公與蜀兵交戰。四將軍聽令。（雲白）在。（孔白）命你前去幫助一陣。（雲白）得令。（下）（孔白）眾將官，人馬撤至大營去者。（眾下）

（蘭、魁、任、原人同上，任白）二位將軍，看張飛越殺越勇，你我難以取勝，如何是好？（蘭白）元帥不必驚慌，末將到有一計。（任白）有何妙計？（蘭白）元帥可將人馬埋伏山峪之中，待末將前去引他到來，埋伏之兵一齊而出，那裏殺他個首尾不能相顧，何愁張飛不擒？（任白）此計甚好。眾將官，照計而行。（眾應介）哦。

（任引黃、魏、張同上，會陣殺，任眾敗下）（起打，蘭、魁殺、黃、魏、眾圍下）（任又上，殺張介）（蘭、魁、眾同上，圍住張）（趙雲上，殺任，同下）（雲、張追下，黃忠上，刀劈死，下）（魏上，擒蘭下）（任上，殺魏下）（雲上，殺介，任敗下）（張上，白）四弟不必下馬。（雲白）吓。（張白）先生可曾到來？（雲白）先生亦回大營，參見主公去了。（張白）好啊，你我一同回轉大營，見過先生再作道理。（雲白）三千歲請。（同下）

（四紅文堂、四紅大鎧站門上）（劉白）三弟去對陣，未見轉回來。（四文堂一字上介）（孔上，白）參見主公。（劉白）平身。賜坐。（孔白）謝主公。（劉白）先生一路之上，多受風霜之苦。（孔白）爲主江山，何言風霜之苦？主公，爲何不見三千歲。（劉白）大戰蜀兵去了。（孔白）哦，與蜀兵交戰去了。（劉白）四弟爲何不同先生回營？（孔白）四將軍，是臣命他大戰蜀兵去了。（劉白）哦，原來如此，必須大獲全勝而歸。（張、雲、原人同上，二同白）參見主公。（劉白）四弟辛苦了。（雲白）謝主公、先生。（孔白）少禮。（張白）先生，你一路之上，多風霜之苦。（孔白）三千歲交戰也辛苦了。（張白）咳，豈敢豈敢！咱是理當如此。（孔白）三千歲，你到早回來了。（張白）先生，你我在荆州說得明白，俺要比先生多到這麽一兩天。（孔白）着哇，不失信者纔爲丈夫也。吓哈哈哈。（張白）先生誇獎了。（四段頭上，黃、魏上，同白）末將等交令。（劉白）勝負如何？（黃白）臣刀劈劉魁落馬。（魏白）臣活擒吳蘭進帳。（張白）吓，拿住了吳蘭？好吓。三軍的綁上來。（四上手押蘭上）（眾白）吳蘭當面。（張白）呔，吳蘭，你見了俺大哥，你還不跪下麼？來，三軍的，將他拿去斬了。（眾白）呔，走吓。（蘭白）走吓。（孔白）吓，且慢。（張白）哎呀,慢着慢着。(孔白)三千歲。(張白)先生。(孔白)此人可勸他歸降。(張白)吓,先生,要勸他歸降,你就快快的勸他罷。(孔白)待山人向前。吓,將軍,想你主帥擒者在耳,聽山人相勸,何不歸順我主,少不得封侯之位。你要再思再想。(蘭白)唔。(張白)着哇,歸降的好。(蘭白)哎呀,且住。俺久聞劉主待人十分恩厚,我不免趁此機會歸降他,豈不美哉。吓,先生,末將有心歸降,又恐皇叔見罪。(孔白)吾主仁義過天,焉能見罪。待山人與將軍鬆綁。(張白)咱老張與先生代勞了罷。(蘭白)多謝三千歲吓。(孔白)拜見主公。(蘭白)吳蘭參見皇叔。(劉白)將軍請起。(蘭白)謝主公。參見先生。(孔白)將軍少禮。(蘭白)多謝先生。衆位將軍。(衆將同白)將軍少禮。(劉白)將軍請坐。(蘭白)謝皇叔。(孔白)啊,吳將軍,山人有一事相求。(蘭白)先生有何貴言,請講吩咐小將。(孔白)我君臣統兵到此,地理不熟,還要將軍面前領教一二。(蘭白)末將不敢。多蒙皇叔不斬之恩,俺吳蘭當效犬馬之勞。(孔白)請問將軍,這西川路上何人爲首?(蘭白)張任爲首。(孔白)山人要取雒城,不知從那條路途可以進兵?(蘭白)先生要取雒城,必須先擒張任,雒城可佔矣[7]。(張白)着哇,先擒張任那娃娃要緊。(孔白)此處離雒城的路徑[8],望將軍説知。(蘭白)這離雒城不遠,有一金雁橋[9]。那橋下可能埋伏一支人馬;橋西可埋伏了箭手;橋北有一蘆葦,深處可以埋伏火炮手;橋南乃是沙水之地,人馬不能行走;橋東有一處峙岩,只有一條牛羊小道,乘馬難以過去,只可步行方能行走。先生要取雒城,必須從此小道而行。(孔白)山人領教了。(蘭白)不敢。(孔白)主公,後帳擺宴,與吳將軍賀功,山人要出大營探看地理。(劉白)先生要看地理,四弟隨行。(雲白)得令。(劉白)吳將軍,隨孤去到後軍,隨孤去到後帳。(蘭白)主公請那。(劉白)若要擒張任,(孔白)必須探雒城。(劉白)衆位將軍,隨孤來吓。(孔白)四將軍帶馬。(雲白)得令。(孔唱)

【倒板西皮】獻帝軟弱朝閣掌,群雄四起動刀槍。吾主皇叔仁義廣[10],三顧茅蘆臥龍崗。一出茅蘆調兵將,火燒曹兵神鬼忙。曹操兵卒把命喪,山人保主奔襄陽。曹賊帶兵把主趕上,兵敗夏口把身藏。曹操又帶兵和將,要把孫劉一掃光。周瑜年幼韜略廣,與我合意把計商量。三日三夜東風降,火燒赤壁甚慘傷。吾主荊州統兵往,要在西川爲帝邦。龐統落鳳坡前喪,亂箭攢身一命亡。單人獨將地理望,要擒張任到戰場。來此已是三岔崗,只見石碑在路傍。

(白)來此已是三岔路口,有一碑牌在此,待山人看來:"大漢建安元年立。"哎呀，原來此處就是金雁橋了。看此橋下果然寬闊，山人回營調一支人馬埋伏此處，張任若敗兵，不從此行走便罷，若從此經過，雖不能擒獲，也叫他魂飛喪膽。（唱）

橋下埋伏兵和將，張任必中吾計行。趙雲帶路橋梁上，山人睜目觀端詳。（白）看金雁橋西，樹木重雜。山人此番回營，命黃忠帶領弓箭手，在此林内埋伏，張任若從此處行走，難以逃奔也。（唱）

山人妙計神通廣，提兵調將神鬼忙。林中一齊把箭放，管叫張任無處藏。（白）看此橋北有蘆葦深處，山人命魏延帶領火炮手，在蘆葦之内埋伏，張任至此，火炮齊發，就是天神，難以猜透，任他縱有千般萬計，也難逃山人掌握之中也。（唱）

吾命魏延暗火放，就是神鬼命也亡。一眼觀看橋南上，心意妙計將他防。（白）看此橋南盡是沙水之地，那張任必從此路而來。看東邊乃是一座伏石橋，邊有一條牛羊小道。山人回營，命三將軍斜衣小帽，隨帶兵步埋伏山峪之中，張任敗兵，必從此地扒山而走，那時伏兵齊出，何愁張任飛上天去。（唱）

四下安排天羅綱，要擒張任小兒郎。四將軍帶路回營往，（雲上馬，小圓場，唱）趙將軍向前聽端詳[11]。（白）趙雲聽令。（雲白）在。（孔白）傳令下去，命眾將大營聽點。（下）（雲白）得令。下面聽者，先生有令，眾將齊至大營聽點，不得違誤。（内應介）（黄忠、魏延、趙雲、劉封四人起霸上）

【點絳唇】殺氣威風，將士英雄。兵將勇，戰馬如龍，誰敢犯邊境。

（各通名字）（黄白）眾位將軍請了。（三同白）請了。（黄白）先生出營探看地理回營，發兵要取雒城，生擒張任，大家在此伺候，（三同白）請。（黄白）請。（歸兩邊站）

（四文堂、四大鎧、四擊頭、四上手站門上，孔明、張飛同上，劉備上）

【引子】孤窮統兵西川地，（孔白）提兵調將奪帝基。（劉白）來此將臺，先生請發兵將令。（孔白）山人有罪了。（劉白）先生請。（吹打，孔上高臺，白）探罷地理登將臺，大小兒郎列兩排。今日點齊人合馬，要擒張任無志才。山人諸葛亮。今日發兵攻取雒城，只可敗不可勝，引那張任追趕。劉封保駕，不得違誤。（劉備、封同白）得令。馬來。（四文堂帶馬同下）（孔白）趙雲聽令。（雲白）在。（孔白）命你帶兵三千，外帶五百長槍手，埋伏金雁橋下，張任到此，接殺一陣，不許敗只許勝，休得有誤。（雲白）得令。馬來。（四大鎧帶馬領下）（孔白）黄忠聽令。（黄白）在。（孔白）命你帶領弓箭手，埋伏金雁橋西，候張任到此，亂箭齊發，不得有誤。（黃白）得令。馬來。（四擊頭帶馬領下）（孔白）魏延聽令。（魏白）在。（孔白）命你帶領火炮手，埋伏金雁橋北，張任到此，火炮齊放，不可違誤。（魏白）得領。馬來。（四上手帶馬領下，又上）（一堂小、張飛兩過上介）（孔白）三將軍聽令。（張白）在。（孔白）命你斜衣小帽打扮，帶領步兵五百，在金雁橋下伏岩下埋伏，張任到此，一股而擒，不得有誤。（張白）得令。（四小、張飛帶槍領下）（孔白）眾將官，調選老弱殘兵，隨定山人前去罵陣。四輪小車伺候。（四老軍兩邊上，一車夫上）（孔唱）

山人興兵威風遠，張任聞名心膽寒。曹操被吾唬破膽，何況張任小兒男。坐在車輪高聲喊，（走小圓場，唱）蜀營兒郎聽根源。別的將官休出戰，快叫張任到陣前。

（張內唱）

【倒板】威風凛凛出虎帳，（張任、原人同上）（任唱）身穿鎧甲似秋霜。來在陣前用目望，啊。（唱）又見諸葛在道場。（白）吱，車上敢是妖道諸葛孔明麼？（孔白）正是山人。（任笑介，三笑）且住。久聞孔明用兵如神，今日一見卻也虛名。吱，孔明，你帶來這些老弱殘兵前來罵陣，你敢是送死不成？（孔白）張任，我把你這該死的賊，你在落鳳坡前射死龐統先生，山人今日帶領這些老弱殘兵，到此要生擒活捉你，給龐統先生報仇。爾好好下馬服降便罷，如若不然，悔之晚矣。（任白）吱，孔明你滿口胡言，待俺生擒與你。（孔白）張任你要小心了，你也要與我仔細了。（走小圓場下）（任白）吓，那孔明的車慢，我的馬快，怎麼追他不上？也罷，待我殺上前去。來呀，眾將官，與我追。（眾追下）

（四老軍引孔明走過場，下）（任追，過場，下）（接劉封、劉備上，殺介，封、備同敗，下）（眾白）劉備大敗。（任白）追殺劉備去者。（眾追下）

（四文堂站門【急急風】上，趙雲歸下場門）

（四老軍、孔明、車夫走過場，下）

（封、劉備上，追，雲跳出來與任起打，任敗下）（眾同白）張任大敗。（雲白）眾將官追。（眾下）

（任原人凹門上）（任白）且住。好一個諸葛亮，安下埋伏，將俺殺得大敗，這便如何是好？哦，呵呵，有了，我不免將人馬從橋西回城便了。眾將官，兵敗橋西。（眾領下）

（四段頭【急急風】站門上，過場，埋伏，歸下場門）

（張任大敗，同上介）

（黃白）衆將官，放箭。（衆射介，任原人敗下）（衆同白）張任大敗。（黃白）衆將官，追！（衆追下）

（任原人衆凹門上）（任白）且住。好個孔明，橋西埋伏弓箭手。若不是俺馬走如飛，險遭不測。衆將官，兵敗橋北。（衆同下）

（四上手【急急風】站門，衆埋伏，歸下場門）

（任原人全上）（魏白）呔，張任那裏走。（任、魏起打，任敗下）（衆同白）張任大敗。（魏白）衆將官，追。（衆追下）

（任原人全上，任白）且住。四處埋伏人馬，將我殺得大敗，這便如何是好？哦，呵呵，有了，俺不免將人馬從東逃走。衆將官，往東逃走便了。（衆領下）

（四小、張飛【急急風】站門上）（張飛上，衆歸下場門站介，張飛上桌子）（任原人全上）（衆同白）啓元帥，行至此間無去路。（任白）起禍了。且住。行到此間，我兵無有別路可走，這便怎處呢？哦，呵呵，有了，我看此山嶺雖然甚高，道有去路，俺不免棄馬扒山逃走。衆將官，與本帥卸甲。（吹打，卸甲介，完）（任白）衆將官，隨本帥扒山者。（任上山介）（張飛白）呔，張任那裏走？（任白）哎呀。（對雙槍，拉下又上，起打，擒張任介）（衆白）張任被擒了。（張飛白）押至大營。（四小、張飛押任，同下）（張飛三笑介，下）

（八手下站門，劉封、劉備、孔明同上，劉備白）妙計安排定，（孔白）擒拿小張任。（黃忠、魏延、趙雲、張飛四人同上，同白）臣等交令。（孔白）勝負如何？（張白）張任被擒。（孔白）綁上來。（張白）吓，將張任綁上來。（四小、張飛押任上）（孔白）大膽張任，今已被擒，還不屈膝歸降麼？（任白）住了。若要某家歸降，除非日從西起。（孔白）你若不降，將爾一刀兩段，悔之晚矣。（任白）呔，諸葛亮，某家既已被擒，要殺開刀，何必多言。（張白）呔，你不歸降，看鞭。（打死任介，下）（孔白）三千歲，你怎麼將他用鞭打死了？（張白）先生勸他，執意不降，怎麼不將他打死了。（孔白）三千歲，太莽撞了。咳，可惜一員好將。（張白）好將到是好將，他不歸降，可是枉然的了。（孔白）請主公點查倉庫人馬，進關。（衆同下，【尾聲】）

完

校記

[１]落鳳坡："落"，原本作"洛"，今改。下同。

〔2〕殺氣貫長虹："長虹",原本作"場洪",今改。
〔3〕攻取我關："攻",原本空缺,今依下文補。
〔4〕西川巴州："巴",原本作"霸"。今依《三國志・蜀書・張飛傳》改。
〔5〕黄金甲："金",原本作"巾"。今改。
〔6〕抖威嚴："嚴",原本作"彥"。今改。
〔7〕雒城可佔矣："佔",原本作"戰"。今改。
〔8〕此處離雒城的路徑："城"字,原本漏,今據下文補。
〔9〕金雁橋：原本作"金眼橋",今改。下同。
〔10〕吾主皇叔仁義廣："皇叔仁義",原本倒置"仁義皇叔"。今依文意乙正。
〔11〕趙將軍向前聽端詳："端詳",原本作"斷强",今改。

取 冀 州[1]

無名氏 撰

解 題

聲腔不詳。又名《戰冀州》《冀州城》,《春臺班戲目》與《慶昇平班戲目》均有著錄。劇述馬超爲給家人報仇,聯合羌人大舉進攻冀州,殺害了前來迎降的冀州刺史韋康。韋康的參軍楊阜慷慨仗義,被馬超俘虜之後,發誓要爲韋康報仇。楊阜與兩位好友梁寬、趙衢設計詐降,假托要回家埋葬自己的妻子,偷偷到歷城游説其表兄守將姜叙,請求其發兵攻打馬超。馬超又怒而攻打歷城,反遭到夏侯淵和姜叙的前後夾攻,被迫敗歸冀州。此時趙衢等人却閉城不開,並將馬超的妻兒先後殺害,馬超只得飲恨而走。事見《三國演義》第六十四回"孔明定計捉张任,杨阜借兵破马超"。現存清抄本,收録在清《車王府藏曲本》中,題作"取冀州總講",未有標點,劇中脚色、科白、砌末、唱詞齊全。唱詞既用曲牌、又用二簧。今以清《車王府藏曲本》爲底本,校勘整理。

頭 本

頭 場

(八大將上,起霸,許褚、夏侯淵、曹仁、曹洪、徐晃、朱罡、楊秋、侯選上,唱)

【點絳唇】殺氣冲霄,兒郎虎豹。軍威好,地動山摇,要把狼烟掃。(各通名字)(許白)列位將軍請了。(衆同白)請了。(許白)今日丞相兵回許昌,某等在此伺候。(衆同白)請。(歸兩邊站)

（四紅文堂、四紅大鎧、曹上）

【引子】志滿定乾坤，擁鐵鉞，虎威振。匡扶社稷，秉丹心。執錕鋙，拒逐獯麋。

（眾同白）參見魏王。（曹白）列公少禮。（眾同白）謝魏王。（曹白）櫛風沐雨已有年，掃蕩群雄寰宇堅。伏天威福隨人願，轉戈躍馬整歸鞭。老夫曹操，奉天子之命，統領雄兵十萬，征戰西涼。可恨馬超驍勇異常，連破關隘，如入無人之境，老夫定反間之計[2]，殺得馬超鼠竄而逃[3]，盡得降兵十萬有餘。正是：雖驅虎狼歸山谷，心患蛟龍起東西。（楊阜上，白）心存報國志，來投霸業人。裏面有人麼？（文堂白）甚麼人？（楊阜白）煩勞通稟，涼州參軍楊阜求見。（文堂白）候着。啟魏王，今有涼州參軍求見。（曹白）啊，楊阜何事前來見我？（眾將同白）此人前來，必有所爲。（曹白）傳他進來。（文堂白）來人呢？裏面傳你，要小心了。（楊阜白）啊，魏王在上，楊阜參見。（曹白）參軍少禮。（楊阜白）謝魏王。（曹白）參軍不在涼州，到此何事？（楊阜白）末將聞得敗走馬超，大兵欲回許昌，末將特來阻令。（曹白）你阻何令？（楊阜白）馬超有呂布之勇，深得羌人之心。今魏王若不乘勢剿滅，他日養成氣力，隴上諸郡，非復國家之有也。望魏王且休回兵。（曹白）吾豈不知？奈中原多事[4]，南方未定，所慮者劉備、孫權也，故不能久留在此。君當爲孤保之，以防馬超後患。（楊阜白）末將遵命。（曹白）難爲爾一片忠臣之心爲國，孤今命你與刺史韋康屯兵冀州，以防馬超。老夫回朝奏聞天子，自有重賞。（楊阜白）謝魏王。但長安必留重兵，以爲後援。（曹白）吾自有安排，爾但放心去罷。（楊阜白）謝魏王。軍令如山重，屯兵守冀州。（下）（曹白）夏侯淵，命你屯兵長安，將所降之兵分撥各郡。（夏白）得令。（曹白）只是韓遂遭馬超毒手，斷斬左臂，作了殘疾，老夫不負前言，授爲西涼侯之職，就在長安養息，不可怠慢。（夏白）魏王吩咐，怎敢違命。（曹白）楊秋、侯選。（同白）在。（曹白）想爾等生長西涼，素知羌人之性，孤封你二人爲列侯，同守渭南一帶地方，以防馬超後患。（夏、楊、侯同白）謝魏王。（洪、仁、褚、晃四將同白）啓主公：馬超初據潼關，賊勢猖狂，我兵不從河東而擊，反向潼關而戰敗，然後北渡渭河，立營固守，馬超討戰，魏王則有喜色。末將等不解其意，求主公指教。（曹白）你等那裏知道，若從河東而進，馬超必然分兵把守渡口；老夫雖則屢敗，以驕其心，然後引兵北渡，立營堅守；吾用反間之計，一旦破之，正所謂"疾不及掩耳"，用兵之變化，非一道也。（眾同白）主公用兵如神，某皆不及也。（曹白）雖聖天子之洪福，亦眾文武之力也。老夫即日班師回都，爾等分兵各路鎮守。(唱)蓮花寶帳把將委,列位將軍聽指揮。各守關隘須防備,休使賊將逞雄威。虛設旌旗紮營隊,緊防馬超將中魁。若逢此人兵先退,臨時必要燃鬚眉。吾令一擊休違背,(衆下,曹唱)鞭敲金鐙奏凱回。(下)

(夏白)衆將官就此分兵去者。(排子下,領兵下)

校記

[1] 冀州:原本作"翼州",今改。下同。
[2] 老夫定反間之計:"反"字,原本漏。今依後文補。
[3] 殺得馬超鼠竄而逃:"鼠竄",原本此二字倒置,今乙正。
[4] 中原:"原"下,原本還有一"原",衍。今删。

二　場

(四將軍上,四文堂同唱,排子,站門上,唱)

【金錢花】雲掩旗旌暗,風吹刁斗寒。古來征戰客,能有幾人回。

(白)俺乃西涼馬超麾下守城將趙月是也。只因曹操假旨一道,詔老元戎進京加官授職。曹操假意出城犒賞,將老元戎、公子等一併擒住斬首,只有馬岱奔回西涼,與大公子會合鎮西將軍韓遂,共起義兵二十餘萬,打破潼關。忽聞探馬來報,誤中曹操奸計,大敗而回。爲此俺統領將士,迎接衆將。速速出城,迎接公子去者。(衆同白)啊。(排子,下)

三　場

(八手下、四白文堂、四白大鎧上)(排子)(馬岱、龐德、馬超上,同唱)

【粉孩兒】忙忙的緊加鞭似電繞,恨奸雄謀殘忠僚[1]。丹心極破萬里遥,九泉下父弟含笑[2]。(白)俺馬超,自與韓遂統領西涼之兵,去報父仇,殺得曹操潼關割鬚,渭水避箭,魂膽皆消。誰想老賊定下反間之計,俺一時不明,將韓遂左臂斬斷,楊秋、侯選暗投曹操,裏應外合,殺得我全軍盡没。今日回轉西涼,愧無顔面見西涼豪傑也。(龐白)元帥,軍家勝敗,古之常理。聞得張魯兵强將勇,待末將前去借兵報仇,以爲何如?(岱白)大哥,漢中張魯素無聘往之情,若借兵不來,反爲他人耻笑。大哥,還是按西涼各郡,齊集人

馬，再打長安，何如？（馬白）賢弟之言，正合我意。催馬趲行。（接唱）

【粉孩兒】望國家淚灑征袍，指日裏掃奸曹。

（內白）前面來軍，可是馬將軍？（衆手下白）正是。（內白）西涼城守迎接將軍。（手下照白）西涼城守迎接元帥。（超白）人馬列開。（衆四將上，衆同白）守城將士叩頭。（超白）有勞爾等前行引道。（超唱）

【紅芍藥】引兵隊旌幟飄搖，遵軍令各守爲要。休小覷羌人稱英豪，有日裏凱歌鞭敲。（扯城吹打，迎接衆下）（過場）（衆凹門上）（衆同白）末將等叩頭。（超白）請起。堅甲叢中報父仇，征袍血染濺戈矛。青鋒未找奸佞首，從此英名遍九州。（衆將同白）聞得打破潼關，曹操喪膽，爲甚麼兵敗而回？請道其詳。（超白）咳，一言難盡。（唱）

【風入松】俺統領雄師破關，殺得他將敗兵殘。（衆將同白）韓太守與將軍自相殘害，是何原故？（超白）那曹操定下反間之計，恨俺一時不明呵。（唱）

【風入松】恨中奸計相觸，霎時間頓起雄膽。（白）是俺悄悄到韓遂營中窺探，見楊秋、侯選等交私接耳，似有相害之意。（唱）

【風入松】忙得俺心似火番，劍光自相殘。（衆將同唱）

【風入松】休要悲悼淚潸潸[3]，想將軍家勝敗非嬋。有日重整山河息，殺得他片甲不還。（白）元帥且免愁煩，想老元戎在日，多有恩惠與羌中，只消按撫各郡，齊集人馬，復報前仇，有何難哉？（超白）爾言是也。龐德聽令：命你等訓練甲兵，再按各郡人馬，聽候調遣。（龐白）得令。（衆將同白）請元帥後堂歇息，與夫人相見。（超叫頭，白）爹爹吓，孩兒此番往各郡借兵報仇，仗父陰靈也。（唱）

重整頓馬策刀環，仗陰靈滅奸殘。（衆將分下，超單下）

校記

［１］恨奸雄謀殘忠僚："謀"之後，原本還有一"謀"，衍。今刪。
［２］九泉下父弟含笑："笑"，原本作"消"，今改。
［３］休要悲悼淚潸潸："淚潸潸"，此句原本作"淚潛潛"，今改。

四　　場

（二丫環、二子同上）（旦脚上，白）相公吓。（唱）

【二簧正板】數年來鎮西凉軍民皆仰，無端的曹瞞賊禍起蕭墻[1]。假君命詔進京加官爵賞，可憐他父子們同喪黃凉。我兒夫如烈火心雄膽壯，破賊關不日裏踏平許昌。忽然間飛報到損兵折將，不由我好一似刀割心腸。（子白）母親爲了何事，終日裏啼哭，說與孩兒知道。（旦白）啊，爾祖父被奸佞吓。（唱）爾祖父被奸害早把命喪，你父親報冤仇兵敗西凉。（二子同白）哦，我爹爹今日回來了，必要兩個太平鼓兒，孩兒頑耍頑耍。（旦白）哎，兒吓。（唱）爲娘的不能把愁眉展放，小冤家在一傍喜笑揚揚。（超同二將上，唱）兵敗回來意滅傷，回首家國舊風光。（院子暗上）（院白）老爺回府來了。（旦白）哦，相公。（子白）爹爹回來了。（超唱）幸得妻兒俱無恙，不見老母在高堂。（旦白）請坐。（超白）請坐。（旦白）相公吓。（唱）見兒夫血染征袍上，形容憔悴兩淚汪。強展舒眉相勸講，軍家勝敗古之常。雖則未除奸賊黨，你的忠名天下揚。（超唱）自恨生平忒愚懵，誤中奸毒敗西凉。今日歸來何言講，默默無言好凄凉。

（旦白）想事已如此，請免愁煩罷。（超白）想俺今日敗兵回來，無面目對部下將佐，那曹賊不滅，亦何爲人也。（旦白）相公，且休兵一載，重整戈甲，報仇不遲。（丫環上，白）夫人，酒已齊備了。（旦白）相公連日鞍馬勞頓，妾身備得有酒，與相公洗塵。（丫環白）請老爺上席。（超白）好悶煞人也。（唱）

彌天怒氣冲千丈，不能與國掃強梁[2]。父弟屍首有誰葬，（哭介）你忠魂渺渺泣斜陽。（同下）

校記

[１]無端的曹瞞賊禍起蕭墻："蕭"，原本作"肖"。今改。
[２]不能與國掃强梁："梁"，原本作"良"。今改。

五　　場

（二將站門，韋康上）

【引子】職官藩籬鎮雄關，干戈未息又起蠻。

（白）下官凉州刺史韋康。因馬超被曹操殺得大敗，曹操命下官屯兵冀州，以防馬超。近聞龐德往各郡借兵報讎，必要來此，且請參謀進帳，預定良策。來，請參謀進帳。（二將照白）參謀進帳。（楊阜、趙衞、梁寬三同上，三同白）勇將輕身爲報主，謀臣爲國有同心。（楊阜白）二位將軍請了。（二同白）請了。（楊阜白）刺史呼喚，一同進帳。（二同白）請。（三同白）主帥在上，謀等參見。（韋白）三位將軍少禮，請坐。（三同白）謝坐。呼喚我等，有何軍情議論？（韋白）聞得馬超借兵，復報前仇，必要到吾冀州。若借兵相助，恐曹操見罪；欲待不借，失了同盟之好，兩爲難，故請參謀大家一同商議。（楊阜白）馬超只仗英勇，不顧大義，向年將韓遂左臂斬斷，人人皆怨他。若來借兵，切莫許之。（韋白）若不借兵，他必興兵前來。冀州兵微將寡，何以抵擋？（楊阜白）使君且修書到長安，求救於夏侯淵，必定發兵前來，保守冀州。那馬超不敢輕視也。（韋白）參謀主意不差。待某修書。來，濃墨伺候。（排子）【江兒水】來。（一旗牌上，白）有。（韋白）將此書下到長安夏侯淵將軍那裏投遞，不得違誤。（旌白）遵命。（下）

（中軍上，白）旌指山河水，外向日邊來。啓使君，西凉龐德要見。（三將同白）龐德？果然不出使君所料也。（韋白）三位將軍回避。（三將同白）請。（下）（韋白）來，有請。（手下照白）有請龐將軍。（吹打，龐德上，白）奉命按州郡，又來冀州城。（韋白）啊，龐將軍。（同笑介）哈哈哈。（龐白）使君請上，待龐德參見。（韋白）不敢。只行常禮。（龐白）從命。（韋白）將軍從羌中而來，必有所爲。（龐白）末將奉了馬公子之命，特來此借兵報讎。乞念同盟之好，幸勿推辭。（韋白）將軍是爲借兵而來？（龐白）正是。（韋白）龐將軍，向年馬公子與韓遂打破潼關，殺得曹操魂膽皆逃，可謂冤仇雪矣，又何必復起干戈，擾動軍民。望將好言回覆公子，保守疆土，留忠孝兩全矣。（龐白）使君所言是也，但殺父之仇，不共戴天[1]，公子豈肯干休？今使君若不借兵，恐禍到臨頭，不當穩便耳。（楊阜白）令名之言差矣。又道"叛君之賊，則爲不忠；敗家之子，而不能保守疆土，則爲不孝"。今孟起妄興不義之兵，則忠孝安在乎？（龐白）啊，參謀，你與老元戎當日共盟同心，今反助奸爲惡，出言不遜，有日兵臨城下，悔之晚矣。（韋白）既是兵臨城下，何足懼哉。（龐白）既然如此，俺回覆公子去也。（龐唱）

　　只道你是仁義漢，不念同盟助奸殘。馬到臨崖收縉晚，船到江心補漏難。不辭韋康跨走戰，（白）馬來。（唱）匹馬如飛奔西關。（三將暗上）（韋唱）可笑蠢輩言觸犯[2]，咆哮不停跨雕鞍。（三將同白）龐德不辭而去無禮太甚，待某等擒之。（楊阜白）不可。龐德英勇非常，休要小看與他。（韋白）龐德一怒而去，那馬超心如烈火，必然前來攻打我郡。二位將軍，帶領軍士，日夜防守，候長安兵到，馬超不足懼也。（二將同白）遵命。（下）（韋白）掩門。

(下)

校記

［1］不共戴天：原本作"不共代天"。今改。
［2］可笑蠢輩言觸犯："輩"，原本作"背"。今改。

六　　場

（馬超上，白）剖膽屠腸難消恨，（馬岱上，白）親刃奸首報忠魂。大哥。（超白）賢弟，你我兵回西涼，將近一載，隴西各郡盡皆降順；惟涼州刺史韋康結連曹操，屯兵冀州，截吾要路。俺欲先滅此賊，後打長安，賢弟如何？（岱白）且候龐德回來，便知分曉。（龐上，白）黃金時候思懸印，男兒足下有風雲。啊，二公子，龐德交令。（超、岱同白）將軍回來了？請坐。（龐白）告座。（超白）往各郡借兵，怎麼樣了？（龐白）到各郡借兵五萬有餘，屯紮城外。只有刺史韋康結連曹操，不肯借兵，反出言不遜。（超白）他講些甚麼？（龐白）他說公子興不義之兵，乃叛逆之賊，就是兵臨冀州城下，不足為懼。（超白）哦，這話是韋康講的麼？（龐白）正是。（超白）可惱哇可惱！可恨韋康匹夫，焉敢抗吾之令。龐德聽令。（龐白）在。（超白）傳令下去，吩咐明日午時三刻，教場聽令。（龐白）得令。（超白）馬岱聽令：備車輛數乘，保護家眷隨軍而行。（岱白）得令。（超白）賊子呀賊子，犬豕何堪與虎鬥，魚蝦空自與我爭。（同下）（龐白）下面聽者，元帥有令：命衆將明日午時三刻教場聽令，不得違誤。（下）

七　　場

（四驍將上，起霸，四文堂兩邊上）（大白）孫武兵法好，（二白）吾戰破楚巢。（三白）西涼人奮勇，（四白）衝鋒血染刀。（同白）俺乃馬元帥麾下四驍將是也。（大白）列位請了。（衆白）請了。（大白）元帥齊集我等教場聽令，衆軍卒，同往教場去者。（衆白）啊。（小圓場凹門）（衆白）來此教場。（大白）伺候了。（衆同白）看旌旗飄渺，元帥人馬來也。

（超內唱）

【倒板】號炮一聲如雷震，（岱、八手下上）（超唱）層層戈甲將紛紛。心中只把曹瞞恨，血海冤仇不忍聞。潼關未喪奸賊命，誤中反計又一春。先鋒借兵按州郡，韋康不義助仇人。豪傑怒氣冲千仞，叫聲兒郎聽令行。（上高臺，唱）自古軍令如山重，齊心努力抖精神。衝鋒對壘休惜命，扶保漢室錦乾坤。列位對伍聽號令，（衆應介）啊。（超唱）龐德自領本部兵。登山涉水打頭陣，兵貴神速渡關津。（龐白）得令。（唱）蓮花寶帳領將令，（白）馬來！（四上手兩邊上，帶馬下）（龐唱）三千鐵甲攻州城。（下）（超唱）冤仇不報終天恨，（走車夫、家眷、旦角、二子、岱押先下，衆到脫靴介）（超唱）馬超今番效伍員。（衆下）

頭本完

二 本

頭　　場

（四大鎧站門上，韋康上，唱）

盼望長安兵不到，又無探馬報逍遙。倘若馬超行强暴，好似泰山壓卵巢。

（報上，白）啓使君，龐德帶兵攻打冀州，離城不遠。（韋白）再探。（報白）得令。（下）（韋白）來，傳衆將進帳。（衆照白）衆將進帳。（三將同上，楊阜、趙衢、梁寬同唱）探馬不住飛來報，四野旌旗向空飄。（韋白）參軍。（唱）這場禍事非輕小，救兵不到好心焦。（楊阜白）使君不必憂慮，只可守候長安兵到，那時馬超必退也。（韋白）若不到，如之奈何？（内喊介）（韋白）哎哎。（唱）忽聽關外人聲鬧，百姓遭害受煎熬。（報子上，白）馬超統領大兵，將城池團團圍住了。（下）（韋白）哎呀，不好了。（唱）馬超親自統領兵馬到，孤城不保在今朝。（白）長安救兵不到，事在危急，萬一打破城池，百姓遭殃，不如開城請降，參軍意下如何？（楊阜白）馬超叛君之徒，豈可降之？（韋白）事已至此，何不降待？（楊阜白）想馬超雖有兵臨數萬，是乃烏合之衆，况今又遠涉而來，士卒困乏，安能一時就打破城池？爲全之計，只堅守數日，候長安兵到，開城一戰，前後夾攻，賊可擒矣。（韋白）哦，既如此，你們把守東南北三門，下官堅守西門便了。（三將同白）遵命。（唱）適將不如守城好，准備弓弩與槍刀。（下）（韋白）哎。（唱）參謀愚言真可笑，不顧生靈受悲嚎[1]。（白）

我想長安城堅固,都被馬超攻破,殺得滿城百姓屍橫塞道,吾今不降,豈不效長安之故耳。(衆同白)使君恩及百姓,真乃再造之恩也。(韋白)衆將官,隨我往西門去者。(掃頭介,上城介)

(馬超原人上)(超白)吥,韋康,俺兵臨城下,戰又不戰,降又不降,實乃可恨。衆將齊心攻打。(衆喊介)(韋白)吥,馬將軍不必攻打,俺情願歸降。(超白)速速開城。(韋白)軍士們,開城迎接。(馬衆進介,同下)(連場,原人凹門上)(韋白)將軍,韋康參見。(超白)韋康,吾命龐德借兵不允,反結曹操,今見事急請罪,非真心也。爾乃反復之賊,要你何用。來,推出斬首。(韋白)哎呀,罷了吓罷了。(下)(衆押下,又上白)斬首已畢。(超白)號令轅門。(龐白)啓元帥:不准韋康降者,此乃參謀楊阜也。此人當斬。(超白)且住。久聞楊阜智謀之士,不可斬也。來,請參謀進帳。(衆照白)請參謀進帳。(楊阜上,白)俺楊阜正在東門堅守,不料使君就開城投降。馬超不顧仁義,竟將他斬首轅門。俺且進帳,假意歸降,賺出城去,再作計較。(唱)**進得帳來強顏笑,**(白)啊,元帥。(唱)**恕吾降遲免罪消。**(白)楊阜參見元帥,死罪死罪。(超白)參軍請起。罪至韋康一人,參軍何罪之有?(楊阜白)多謝元帥。(超白)請坐。(楊阜白)告座。(超白)久聞參軍謀略智廣,吾今先打長安,後破潼關,望參軍助我一膀之力,幸勿推辭。(楊阜白)蒙元帥不罪微軀,當效犬馬之力。吾有好友二人趙衛、梁寬,情願歸降。(超白)啊,就請二位進帳。(楊阜白)遵命。梁、趙二位快來。

(梁、趙同上,白)來也。心懷報冤志,羞面作仇人。(楊阜白)二位參軍,馬元帥。(梁、趙同白)啊,元帥在上,梁寬、趙衛參見。(白)請起。(梁、趙同白)謝元帥。(超白)參軍道及二位文武兼全,且爲軍中聽用,把守城門。(同白)多謝元帥。(楊阜白)啓元帥:某本當隨軍效力,奈吾妻子死於臨潼,乞告假一月,歸葬便回,望將軍許之。(超白)如此將軍速即前去,某屯兵在此,等候便了。(楊阜白)多謝元帥。(超唱)

久聞將軍兵法好,文韜武略是英豪。速即歸來把賊討,齊心努力保漢朝。(下)

(楊阜唱)

亂逆賊子真強暴,(趙、梁同唱)殺主冤仇恨怎消。(楊阜唱)

可嘆韋使命喪了,可恨馬超無義豪。(白)可嘆韋使君瞞却我等,竟開城投降,馬超不仁,將使君斬首,可憐哪可憐。(梁、趙同白)參謀,你將我二人獻與仇人,是何故也?(楊阜白)啊,二位,你道我真心降賊麼?(梁、趙同白)

不真心爲何呢？（楊阜白）吾假意告假歸葬妻子，乃是一計，爲此將你二人薦與仇人。（梁、趙同白）請問計將安出？（楊阜白）此番往歷州借兵，與使君報仇。那撫夷將軍姜叙，乃是我姑表兄弟，定然發兵前來。馬超有勇無謀，必要領兵出城對敵。便詐敗佯輸，二位將軍城門緊閉，將他的妻子、孩兒等綁上城頭，俺領殺轉，馬超可擒，韋使君冤仇可報也。（梁、趙同白）參謀妙計，不差我等，專聽好音便了。（楊阜白）俺就此往歷城去也。（唱）

准備强弓射虎豹，安排爾餌釣金鰲。把賊比做籠中鳥，（白）馬來。（唱）量爾不能上青霄。（下）（梁、趙同唱）

但願他借得兵來到，管叫仇人血染刀。（同下）

校記

[1] 不顧生靈受悲嚎："悲"，原本作"裴"，今改。

二　　場

（老旦執仗上）

【引】桑榆暮景身尤健，喜吾兒名揚爵顯。

（二丫環引旦上）

【引子】雙飛紫燕，向高堂安問老年。（白）婆婆萬福。（老旦白）罷了。坐下。老身姜叙之母。我兒少擧孝廉，官居撫夷將軍，鎮守歷城。喜得吾兒孝道有存，媳婦賢德可嘉。今早孩兒帶領兵丁往教場操演，看日已過午，怎麽還不見回來。（旦云）想必少時就回。（姜內白）衆將官，散操回。

（四紅文堂、四紅大鎧、中軍、一旌纛、姜叙、排子、凹門上，姜白）衆將各自回營歇息。（衆同白）啊。（衆分下）（姜白）啊，母親在上，孩兒拜揖。（老旦白）罷了，兒且坐下。（姜白）謝母親。（老旦白）兒吓，往日教場操演回來甚早，今日原何過午回來，是何原故？（姜白）母親有所不知。只因探馬累累報道，馬超、馬岱到反西涼，又恐那孟起有奪歷州之意，是孩兒多多的操演了人馬，故爾過午纔得回來。（老旦白）哦，原來如此吓。（中軍上，白）啓爺，今有冀州城楊阜將軍求見。（老旦白）哦，楊阜來了，快些叫他進來。（中白）是。楊阜將軍，太夫人有請。（楊阜上，白）不辭路途遠，來問姑母安。（姜白）啊，賢弟來了。（楊阜白）啊，兄長，哈哈哈哈哈。（姜白）請進。（楊阜白）兄長請。啊，姑母在上，孩兒楊阜叩見姑母。（老旦白）兒起來，坐下。（姜白）賢弟請坐。（楊阜白）謝姑母。啊，嫂嫂。（旦白）兄弟請坐。（楊阜白）告座。（老旦白）兒吓，你一向可好？（楊阜白）孩兒焉敢勞動姑母動問？姑母、嫂嫂、兄長一向安否？（老、姜、旦同白）好啊。楊阜，你不在冀州，無故到此何事？（楊阜白）姑母、兄長有所不知。只因馬超到反西凉，往各處借兵，與曹丞相對敵。是那馬超命龐德來冀州，與韋康前來借兵，是韋使君未曾應允[1]；那龐德回轉西凉，與那馬超搬動是非；誰想孟起聽了龐德之言，帶領人馬攻打冀州。是侄男與韋康商議奈戰守城，待等曹丞相大兵一到，再與馬超一場鏖戰，不料韋康私自開城降順。誰知馬超不仁，懷恨前者借兵未曾應允，竟自將那韋使君斬首。是侄男心懷不忿，與梁寬、趙衢二人，我等假意投降，命他二人把守城池，裏應外合。是我用巧言瞞過馬超，在他面前告假，一月歸家，安葬妻子，便回冀州。侄男特來歷城，望求兄長借兵五萬，前到冀州，一來與韋使君報仇，二來與漢室除却逆叛，不知意下如何？（老旦白）既然如此忠心，與國除賊，叫你兄長三日之內，點齊人馬，一同前往就是了。（姜白）孩兒遵命。（楊阜白）多謝姑母、兄長。（老旦白）姜叙，後面備宴，與你兄弟接風。（姜白）孩兒遵命。（楊阜白）謝姑母。（老旦白）楊阜兒，要來呀。（姜白）賢弟請。（楊阜白）兄長請。（下）

（姜白）中軍聽令：吩咐大小將官，三日後全身披挂，教場聽點。（中白）得令。（姜白）令出山搖動，（衆白）壓法鬼神驚。

校記

[1] 韋使君："使"，原本作"刺"，今依前文改。下同。

三　　場

（四白文堂、四白大鎧、龐德、馬岱、排子上，超白）俺馬超帶領人馬，攻破長安。衆將官，趲行者。（報子上，白）報啓元帥：梁寬、趙衢二賊，將夫人、公子枷至城樓。（超白）再探。（報白）得令。（下）（超白）哎呀。（唱）

聽報來不由我心中好慘，手指着冀州城大罵狗奸。叫三軍你與我把兵回轉，（衆先下）（超唱）拿住了二奸賊定把心挖。（下）

四　　場

（擂鼓介，三咚，超唱）

【倒板】聽城樓放號炮連聲數發，（原人同上，趙、梁綁超全家上）（唱）不由得馬孟起咬碎鋼牙。觀城上魂飛散珠淚暗灑，（白）哎呀兒吓。（同哭介，公子哭介）爹爹呀。（超唱）鐵石人觀此情也淚如麻。坐立在雕鞍上把奸賊來罵，罵數聲二狗奸細聽根芽。（白）匹夫吓匹夫。（唱）馬老爺待爾等恩高義大，却爲何將妻兒鎖練交加。叫三軍緊連環催動戰馬，務必要將奸賊生擒活拿。（衆攻城介）（旦白）哎呀相公吓。（唱）

但願你報冤仇名揚天下，休顧我母子們受此波渣。你本是英雄中豪傑義大，切莫要過悲傷兩淚巴巴。（趙衛白）勸你丈夫歸降的好。（旦白）賊子吓。（唱）反覆賊休得要言語奸詐，我相公仗忠義豈降仇家。城頭上罵賊子無言回答，（白）賊子吓！（唱）快快使鋼刀將我來殺。（趙衛白）馬超快快歸降，如若執迷，將你妻兒一併斬首。（超白）匹夫。（唱）俺父子鎮西涼人人皆怕，爾好比螳螂輩井底蛤蟆。傾刻間破關城玉石焚化，（白）匹夫。（唱）方顯得馬老爺殺你全家。（趙衛白）住了。（唱）好言語相勸你百般辱罵，拔青鋒先斬你美妻姣娃。（殺介，拋頭介，下城介）（超白）哎呀。（灑淚介，唱）見賢妻遭殘害珠淚灑灑，氣得俺怒冲冲兩眼昏花。（白）罷。（唱）將首級拴之在馬鞍橋下。（白）妻吓，帶累你慘凄凄血染黃沙。衆將官抖精神齊心攻打，（衆攻下）（趙衛白）馬超。（唱）休得要該該語言喧嘩。（白）軍士們，將他孩兒斬了，人頭拋下城去。（內白）啊。（吶喊介，拋頭下城）（馬超看介，灑頭介）哎呀。（唱）見姣兒血淋淋人頭落下，烈肝腸好一似箭鑽刀挖。可憐我姣生子無故遭殺，（白）賊子吓賊子，（唱）狠心賊絕了我後代根芽。

（報子上，白）報啓爺，夏侯淵從長安殺來了。（超白）再探。（報白）得令。（下）（超唱）猛聽得探報長安兵發，夏侯淵非是個鐵臂哪吒。叫龐德你與我分兵劫殺，（龐白）得令。（下）（超唱）展開了英雄志豈肯懼他。（報子上，白）報啓爺，楊阜私同姜叙，兵分兩路殺來了。（超白）再探。（報白）得令。（下）（超白）哎呀。（唱）一支兵怎擋三路人馬，（灑頭介）啊。（唱）大丈夫説甚麽敗國亡家。（白）馬來。（唱）提銀槍挽絲繮征鞍上馬，（衆領下）（超白）賊子吓。（唱）量鼠賊飛不出海外天涯。（下）（趙衛白）梁將軍，你看馬超分兵迎敵去了，你我趁此機會，殺出城去，前後夾攻[1]，不怕馬超飛上天去。

（梁寬白）言之有理。軍士們，開城追趕馬超去者。

（四文堂引開城，趙唱）追趕馬超他必敗，（梁唱）方顯我等是將才。

校記

[1]前後夾攻："夾"，原本作"加"，今改。

五　　場

（超、原人左邊上，趙、梁、原右邊上，二龍出水會陣，下）（超斬趙衛死，下）（超唱）只道你飛奔天涯外，賊子自送人頭來。妻子姣兒遭殘害，血染黃泉屍橫街。（梁寬上，白）呔，那裏走。（超回頭打鞭落地介）（梁跪地介）饒我的命吓。（超白）匹夫。（唱）殺吾全家仇似海，跪在馬前拜誰來。只是狼心天不載，管叫狗命喪泉臺。（殺梁死，下）

六　　場

（四藍文堂、四將官、夏侯淵原人上，【急急風】上，過場下）

（超、原人同上，超起打下，站門）

七　　場

（姜叙、楊阜原人上，【急急風】站門上，與馬超當場會陣，起打）（末總大攢下）（夏侯淵原人追過場下）（姜叙原人同上，追過場下）

八　　場

（超原人敗，上凹門，超白）龐德、馬岱，我等殺出重圍，今投何處安身？（龐白）事到如今，並無別處去投，只得投奔漢中張魯那裏便了。（超白）言之有理。眾軍士，兵敗漢中去者。（眾下）

九　場

（夏侯淵元人、姜叙元人同上凹門）（衆同白）馬超去遠，追趕不上。（夏白）天色已晚，人馬回轉冀州，明日再追趕便了。（衆同白）啊。（【尾聲】，下）

完

葭萌關

無名氏　撰

解　　題

　　聲腔不詳。《春臺班戲目》《慶昇平班戲目》有著錄。劇寫世居西凉、英勇善戰的大將馬超，因曹操殺害其父西凉太守馬騰及全家二百餘口，欲爲家人報仇却敗於曹操，無奈投奔到漢中張魯麾下。適逢劉備入川圍攻成都，劉璋向張魯求救，并許之割讓二十州城。張魯因謀士楊松之言，對馬超戒心愈發加深。馬超爲感謝張魯的收留之恩，遂自告奮勇率軍攻打葭萌關，救援劉璋。諸葛亮用激將法派張飛出戰。張飛打敗了馬超之弟馬岱，救下大將魏延；又與馬超在葭萌關前大戰數百回合，不分勝負。劉備深愛馬超之才，親自下場讓二將休戰。事見《三國演義》第六十五回"馬超大戰葭萌關，劉備自領益州牧"。現存清抄本，收錄在清《車王府藏曲本》中，題作"葭萌關總講"，未署作者，間有唱詞曲牌，没有標點。此劇雖未標出場次，但大致分作八場，頭場、二場、四場、五場還加有二字小標題。今以清抄本爲底本，校勘整理。

頭場　議　援

（循、周、度、和、觀起霸上，唱）

【點絳唇】天道難憑，人心堪問。賢與佞，行止中分，試把巴西論。（同白）某劉循，某劉巴，某董和，某鄭度，某譙周。（四同白）公子。（循白）列位，我自昨日兵敗逃歸，已將雒城失陷之事啓知吾父，十分着惱。爲此，今早相詔諸公，一同共議。（循看介）（四同白）言之有理，請。

（四文堂站門，四太監上）（劉璋上）

【引子】忠厚堪憑，奸險難問。寧與窊，造化中分，休作眼前論。

（衆白）主公，臣等參見。（璋白）列位少禮。咳咳，良藥苦口利於病，忠言逆耳利於行。某益州劉璋,字季玉。前者錯聽張松之請,誤詔劉備,入川以來,王累諫死,張任陣亡,昨日又得吾兒歸報雒城失陷,眼見城都破在旦夕,爲此特詔衆臣商議。列公,合當如何裁處?(度白)臣鄭度啓上:主公,劉備雖則攻城奪地,然兵不甚多,士衆未附,野穀是資,軍無輜重;不如盡驅巴西,將彼野穀倉廩盡行燒除。彼無所資,必然自走,我便乘虛擊之,則劉備可擒矣。(璋白)吾聞拒敵以安民,未聞動民以備敵也。此言非保全之計,再思可也。(權上,白)早知今日難拒敵[1],何不當初信誅臣。啓主公,法正遺人致書在此。(璋白)呈上來。"昨蒙遣差結好荆州,不意主左右不得其人,以致如此。今荆州眷念舊,不忘族誼,主公若能幡然歸順,量不薄待。望三思裁示。"(衆白)可惱可惱。(璋白)口禿,法正吓法正,我把你那賣國求榮的賊子,吾必手刃伊頭,方消吾恨。(和白)主公,事已急了,可速差人往東川張魯處求救[2],共討劉備便了。(璋白)張魯與吾曾有世讎,安肯相救?(權白)臣黃權啓上:主公,張魯駕下有一佞臣楊松,此人幸喜貪圖,臣願得金珠數事,潛往東川,先見楊松,多與金帛,打通關節,事無不成。臣直說雒城勢危,唇亡則齒寒,以此利害去說張魯,不怕他不發人馬。(衆白)黃將軍所見不差。主公當令走遭。(璋白)既是諸公所見皆同,吾便修書,備下金帛,令黃權前去走遭。濃墨伺候。(排子)(璋唱)

吾未曾提羊毫心先自問,悔當初有誤我死諫忠臣。那劉備到今朝果起梟性,奪吾地殺吾將好不悖心。這尺書謹呈上師君鈞聽,悉列在鄰那地祈望援拯。若能够遂退那梟雄出境[3],願割下二十城答報微忱。(白)黃將軍。(唱)你此去須道得樸厚誠信[4],(權白)主公。(唱)

【叫板】管保他不日里救兵來臨。(璋白)好哇。(唱)着司庫早把那財帛備準,(衆同白)領旨。(唱)好打點明日裏作速兼程。(分下)

校記

[1] 早知今日難拒敵:"拒",原本作"抒"。今改。
[2] 張魯:原本作"張奇",今改。
[3] 若能够遂退那梟雄出境:"出境",原本作"出竟",今改。
[4] 你此去須道得樸厚誠信:"樸厚",原本作"扑厚",今改。下同。

二場 窘投

（四下手、岱、龐引超作敗，上）（超內唱）

【倒板】怒氣不息三千丈，（眾上）（超唱）（哭介）

【正板】奔馬如飛難收韁。回望隴西添悲想，空有英雄淚兩行。漢家天下恩德廣，四百年來思子房。曹操今日爲丞相，天下不見日月光。我父爲國忠心朗，誤中奸謀喪沙場。戴天之仇豈肯放，因此一怒離西涼。渭橋六戰賊膽喪，欲斬楊阜反損傷。如今好比子胥像，（岱唱）逃奔何處是家鄉？成敗如今真難諒，（龐唱）行止還須自主張。患難之中無所往，（超唱）丈夫生死又何妨。（白）俺因見事不明，錯斬韋康全家，誤用楊阜、梁、趙等，以致妻子全殁，軍兵喪盡。雖然姜、楊家盡被俺殺絕，恨未手刃姜叙、楊阜之頭，此爲終天恨事也。（岱白）兄長，事已至此，悔之無及。此處已離漢中不遠，和你急早投奔張魯，以圖報復便了。（超白）言之有理。（龐白）喂呀。（超白）啊，龐將軍爲何如此呢？（龐白）末將夜來正爾奔馳，突然渾身戰抖，目亂心慌，將有采薪之憂也。（超白）哦，哎呀，將軍違和之由，皆因爲某所累之故也。（龐白）公子何出此言？（超白）呔，楊阜，俺有日若不手刃汝頭雪恨，俺其實不爲丈夫也。（超唱）

明知張魯非將相，借他兵馬把身藏。但願得志開基創，重整威風破許昌。奸賊首級懸掌上，要保漢室定朝堂。大家催馬休惆悵，做出男兒當自強。

（四大鎧站門上，魯上）

【引子】【劍器令】攘臂踞東川，仗祖風調化世眼。奈群雄搖擾炎漢，致使藩籬倒懸。（詩四句）鵠鳴山中遺道書，祖法人稱世間無。不爲學術五斗助，只願誠信安四諸。某漢寧太守張魯，籍貫沛國豐人。祖父道凌公，曾在鵠鳴造作道書，行之西川，人敬爲神。祖父去世，吾父張衡續因此雄據漢中。至某三世，國家爲以地遠山隔[1]，不能征伐，所以援命鎮南郎將，領漢寧太守事，通進貢而已。正是：雖無皇王貴，別有一洞天。

（四將上，白）走哇。雖云男兒志四方，回首家國也斷腸。某張衛，某閻圃，某楊松，某楊柏。（衛白）主公，臣等參見。（魯白）列公進帳，必有事故。（四將白）今有馬孟起，爲因兵敗，特來遠投麾下，故請主公示諭。（魯白）啊，那馬超正與曹操爭辨雌雄[2]，緣何前來投我呢？（閻白）主公不知。他因中了楊阜反間之計，一家妻子盡遭屠戮，又被姜叙、夏侯淵等夾攻，因此兵敗無歸，所以遠來相投。（魯白）哦，有這等事。哈哈哈，好哇，吾今得了孟起，西則可以吞併益州，東則可以拒敵曹操。今在那里？（閽白）現在府門以外。（魯白）有請。（閽白）有請馬將軍。

（吹打，岱、龐、超同上）（魯白）啊，馬將軍。（超白）師君。（魯笑介）哈哈哈。（超白）哈哈哈。（魯白）將軍請。（超白）不敢。（魯白）是客。（超白）不敢。（魯白）來呀，將軍。哈哈哈。（超白）師君請上，待馬超參拜。（魯白）將軍遠來敝地，怎當受拜？只行常禮罷。（超白）從命。久慕仁隆，何幸得瞻慈輝[3]。（魯白）邊僻蕞爾，尤喜英雄青眼[4]。（超白）眾位。（四將白）不敢。（超白）過來見了師君。（岱、龐白）師君，末將參見。（魯白）不敢。此二位是？（超白）此是舍弟馬岱，這是驍騎龐德。（魯白）原來是二位。久仰啊久仰。（岱、龐白）不敢。（魯白）請坐。（超白）告坐了。（魯白）前者聞尊翁被曹操陷害，後又聞將軍爲令先君報仇[5]，殺得曹賊割鬚棄袍。四野聞知痛快，恰怎生又被那楊阜反間圖害起來？其實不知始末，乞道其詳。（超白）說也話長。（魯白）請教。（超白）師君啊。（唱）

若提起這顛末怨尤千丈，嘆蒼穹無分個善惡昭彰。誰不知吾的祖伏波名將，誰不知吾的父壽成忠良。賊董卓機巧敗幸而誅喪，奸曹操蹈故轍肆橫尤狂。假敕命吾父許昌市上，俺一怒殺得他割鬚換袍，又誰知賊楊阜懷毒作狽，伙姜叙害得俺敗家消亡。（魯白）哦咳呀。（掩淚介）（超唱）

似這等天無日人人難想，直使那忠貞輩含恨泉壤。某久慕老師君英勇豪爽，敢效那伍子胥乞投吳邦。若能夠誅佞賊漢家重旺，俺馬超世世裏銜結不忘。（魯白）請起。喂呀。（唱）

聽此言不由吾心慘意傷，誰料得那逆賊如此狂猖。細看他真果是英雄無兩，結識他須贅我祖腹東床。（白）且住。我想馬超今日雖在窮途，終非池中之物。此番若還結識了他，不惟禦吾東西之患，亦可輔我國家興隆。吾有一女，尚在待字，不免招贅與他。（柏白）咳。（魯白）啊，楊柏，你有何話講？（柏白）臣無有甚麼話講。（魯白）既無是故，緣何在眉來眼去呢？（柏白）哦，臣見馬將軍遠來勞倦，又見龐將軍似有不安之態，主公何不暫請館駟，有話改日再同叙談，豈不是好？（魯白）原來如此。動問龐將軍，何故這般光景？（超白）他多因爲我受盡辛苦，偶染寒病，故爾如此。（魯白）不妨。我這裏凡遇病者，只消虔誠設壇，病人住於靜室，自將己事通陳，然後祈禱，再令奸令祭酒作文三通，名爲三官手書，"一通奏於天，一通申於地，一通沉於水"，如此這後,管保貴恙全痊矣。(超白)這等甚妙。(魯白)闇先生,相陪馬將軍暫住館馹,並潔陳龐將軍祈禱祛病之事,一切供應,好生辦理,憩息幾天,再請細談。(闇白)得令。(魯白)吓,馬將軍吓!(唱)

你安心且住這蕞爾小邦,管有日如復楚鞭屍平王。(超白)多謝師君。(唱)

深感得賢師君全人志向,愧靡材恕不似伍相昂藏。(龐、岱□□超同二人下)

(魯白)好哇。(唱)

視看他威凜凜昂然氣象[6],得此人輔吾時定霸稱王。(白)你等適見馬超如何?(衛、柏白)馬超果是將材也。(魯白)我欲得我女兒招他爲婿,結識其心,好圖大事,卿等以爲何如?(柏白)哎呀,主公何無定見?馬超雖有外勇,實無內智。不聞冀州一戰,妻與子盡遭慘死[7],此非馬超之貽害麼?主公今欲以小姐招贅與他,只恐日後禍福難憑矣。(衛、松白)是啊,主公切勿妄舉。(魯白)啊,容我思之,卿等且自歸第。(衛、松、柏同白)得令。(魯唱)守口如瓶言休妄,(衛、松、柏同唱)防意爲城事安祥。

校記

[1]國家爲以地遠山隔:"隔",原本作"陥"。今改。

[2]马孟起:"孟"原本漏。今補。

[3]何幸得瞻慈輝:"瞻",原本作"貼",今改。

[4]尤喜英雄青眼:"青眼",原本作"青願",今改。

[5]又聞:原本作"聞又",今前後乙正。

[6]視看他威凜凜昂然氣象:"凜"字,原本漏。今補。

[7]妻與子盡遭慘死:原本作"妻爲子",今改。

三　　場

(八藍下手、一旗夫、一傘夫上,張白)催動人馬。(衆同上)(張唱)

【四邊静】欽奉鈞旨撫州郡,敢辭苦與辛。但得士民順,社稷承康寧。(白)視看新來主西蜀,漢祚已安靖。(白)某漢將張,喜得大哥來蜀,望風投誠者多。無奈劉璋聽信讒言[1],背盟拒關。爲此大哥已着子龍去撫水定、江楗等處,命俺去巡巴西、法陽所屬,方免新服將士從中生變。就此趲行者。

（唱）

【前腔】加鞭馳聘，早去安民。撫得上下歡，聲氣自相應。（下）

（超上，白）咳。（唱）

慘酷酷空在這壯年英漢，悲切切回首處那是家園。（白）俺自兵敗來投東川，那張魯初次見面，甚有謙恭下士之意，近日以來，全無初見情景之心。哦，莫非有甚麼小人在彼面前攛掇於我，故再冷落如此。既不然呵，（唱）恰緣何不似那相逢初面，果慷慨果仁義下士敬賢。却緣何近日來三捨豐儉，俺又非那馮諼彈鋏一班[2]。吾心想投明主早把功建，報君恩滅仇寇掃滅曹瞞。到今日閃得俺無從取便，若遲滯平生死不到吾前[3]。（岱上，唱）

好事多磨今始見，果然姻緣非偶然。

（白）兄長。（超白）賢弟，我爲張師君初見之時，有似能識英雄之眼，近日以來，突將你我冷落。你連日在外竊聽，畢竟爲甚麼緣由？（岱白）兄長，我道爲何。（超白）爲何呢？（岱白）張師君初見吾兄，果然十分愛慕，便欲將親女招贅兄長，以圖久遠之計。（超白）哦啊，恰怎生便中止了呢？（岱白）不料被倖臣楊柏從中阻絕。（超白）他便何能阻絕？（岱白）他在師君面前，道兄長"雖有外勇，實無內智"，又道冀州一戰，害得妻子慘死，"今番欲將小姐招贅，只恐日後禍福難憑"，所以師君一聞此言，竟將兄長付之不聞矣。（超白）吓，這些話都是楊柏講的麼？（岱白）便是。（超白）吓，俺時不運際，偏遇這等的丑爾。咳，姻親原非吾願，但恨這廝不該如此骯髒我。呔，楊柏吓楊柏，有日叫爾死在俺劍鋒之下。（岱白）兄長，你我今日歸魯，何殊劉備倚表？劉備爲有蔡氏姐弟，不能安身荊州；兄長有楊氏弟兄，豈能安居漢中乎？（超白）哎，雖有楊氏弟兄之奸，何足爲慮？但師君乃是忠厚長者，吾必以微報之，然後去之有名。（岱白）兄長欲要建功報魯，却也容易。近日劉璋遣使來此借兵，事尚未決，兄長何不趁此機會，稍報微功，豈不便好？（超白）好，和你就此往公府去。（唱）

但願此行把功建，去留由吾有何難。（同下）

校記

[1] 劉璋：原本作"劉章"，今據《三國志·蜀書·劉璋傳》改。下同。讒言：原本作"殘言"，今改。

[2] 俺又非那馮諼彈鋏一班："馮諼"，原本作"馮懽"，今改。"彈鋏"，原本作"彈鐵"，今改。

[3] 平生死不到吾前："死"，原本作"屍"，今改。

四場陳言

（松上，唱）

有錢買得手指肉，（柏上，唱）將計就計裏外周。（松白）兄弟，劉璋爲雒城被陷，前來求救我主。主公有殺母深仇，不肯動兵遣將，但你我受了他的重賄，怎好叫黃權白白回去？（柏白）昨夜黃權聽見我主不發人馬[1]，他將西川利害説得來毛骨悚然。今日你我進府，待弟亦將黃權之言陳説，不怕主公不發人馬。言之有理[2]，和你就去。（唱）只要語言説得透，（柏唱）不動心情非諸侯。（同白）主公有請。

（四大鎧、魯上，白）願效梁惠當國守，不作楚莊霸諸侯。（松、柏白）主公。（魯白）二卿有何事故？（松、柏白）昨日劉璋遣使到來，求救主公，不與他的人馬是定見？（魯白）劉璋與我有不世之仇，恨不能手刃此賊，方消吾忿，怎肯還將人馬去救與他？（柏白）臣聞"唇亡齒寒"。我東西兩川，實爲唇齒之邦也[3]。若西川亦破，東川定不能保。主公若懷一己之怨，頓忘社稷之大計，竊謂主公勿取焉。（松白）况他以二十州郡相謝，其意必誠。主公若遣將相助，劉璋必自發兵力戰。那時兩下夾攻，慢説是劉備，便是項羽再生，量彼也難飛騰。（柏白）一則可先保國家平安，二則得他二十州郡，然後趁我得勝雄師，再圖私怨，有何難哉！（魯白）喂呀，若非二卿提起，險險誤我大事。快唤益州來使進來。（衆同白）吓，益州來使進來。（權上，應）關節已打通，事諸承肩卸。黃權參見師君。（魯白）請。若非二位楊將軍説透情弊，險些有傷兩處和氣。你可先從小道而回，多多拜上你主，説某隨即點兵來也。（權白）是。（魯白）回來。事成之後，所許二十州郡，不可違背。（權白）師君以仁義待人，我主自當銜報，怎敢忘恩？（魯白）好。多多上覆你主去罷。（權白）若得他心肯，使我運通時。（下）

（魯白）傳令諸將，有何願往？（柏白）喂呀，衆將聽者：今有劉益州遣使來請救兵，前往葭萌關拒敵劉備。主公有命，誰可領兵前去？（超內白）某馬超願往。（柏白）啊，他到願去。呵呵，好吓，我正爾在此愁他佔我弟兄之面，今他願討此差，可謂除俺弟兄眼中之釘也。啓主公，馬孟起願討此差。（魯白）哦，馬超願討此差？（柏白）便是。（魯白）請過來。（柏白）吓，有請馬將軍。（超上，白）來也。（唱）

正圖恩報無可就,巧緣來了這機謀。明知劉備衣帶友,事到臨崖馬難收。(白)師君,馬超打躬。(魯白)將軍,近聞劉備佔奪雒城、葭萌等處,劉璋特遣使來,望我解救。適聞將軍願往,可是真否?(超白)超感師君之恩,無可上報,願領一軍,前往葭萌關,先逐劉備出境[4],後要劉璋割二十州城來獻。(魯白)好呀,若得將軍前去,大事無不成功。令弟馬岱可爲左翼,龐令名病尚未瘳,不能相隨,只是少個右翼,當擇何人便好?(超白)這?超知楊柏將軍足智多謀,眼寬識大,此右翼他堪勝任。(柏白)哎呀,小將眼界不及井底的蛤蟆[5],智量不及守更家犬,那裏當得這宗大任呢?(超白)你眼界好。(柏白)不見好。(超白)智量高。(柏白)不見高。(超白)此任非你不行。(柏白)罷罷罷,算我不行罷。(魯白)住了。啊,有道"養軍千日,用力一朝",你敢臨事推辭麼?(柏白)是吓,這可糟糕定了。(魯白)來。(柏白)有。(魯白)調我營軍兵二萬人馬,聽候馬將軍調遣。(柏白)是。吓?(魯白)馬超。(超白)師君。(魯白)我付你兵符、寶劍,一任便宜行事,明日准備起程。(超白)得令。(魯白)過來,吩咐後帳擺宴,我與馬將軍先喫個壯行杯。(衆同白)啊。(魯白)安擺佳釀寶帳後,預慶功成壯行酨。(衆分兵下)(超白)謝主公。(看介)楊柏。(柏白)呵呵,來了,有。(超唱)

可知我一朝權在手,你莫效莊賈自招尤。(白)明日傳齊人馬,教場伺候[6]。(丟令箭)(內白)請馬將軍上席。(超白)來了。(下)(柏白)吓。(唱)

是非只爲多開口,煩惱皆因強出頭。左推右辭難縮首,哦,有了。(唱)不奪他的頭功禍不休。(白)就是這個主意。(下)

校記

[1] 不發人馬:"不",原本漏,今依文意補。
[2] 言之有理:"有"字,原本漏,今補。
[3] 唇齒之邦:"邦",原本筆誤作"那"。今改。
[4] 先逐劉備出境:"逐",原本作"遂",今改。"出境",原本作"出竟",今改。
[5] 小將眼界不及井底的蛤蟆:"蛤蟆",原本作"蛤螞",今改。
[6] 教場伺候:"場"字,原本漏,今依劇情補。

五場 詐籌

(延上,咸至)(中唱)

【粉蝶兒】力戰連連。（簡雍、廖化上）誰似俺力戰連連，（任、夔、吳、蘭）每日價飛馳既旋。（同唱）倦來時止伏雕鞍，渴時節轉刀頭，強將這濺血來嚥。（吹完，衆應，白）請。

（大開門，四文堂、四上手、亮上，唱）

【引子】承兵權虎帳年年，運神機無敢淹忞。（吹打介，五衆同白）衆將告進，參見軍師。（亮白）列位將軍少禮。（亮詩）高臥南陽歲月深，酧恩不惜出山林。秋風五丈機留恨，何日誅曹慰孝心。山人諸葛亮，喜得綿竹已下，不日兵向城都，眼看益州劉璋[1]，從此無爲矣。（報子上，白）報，啓上軍師：今有葭萌關被東川張魯遣馬超爲將帥，楊柏、馬岱爲左右先鋒，領兵數萬，攻打甚急。若還救兵去遲，則恐關隘休矣。（亮白）再探。（報白）得令。（下）（五將同白）軍師，既已馬超攻打葭萌堪急，何不傳下軍令，使末將等前往相救。（亮白）馬超非等閑可比，諸將實無其對[2]，且自退帳，待吾籌之再遣。（掩門）（吹打，亮衆下）（五將攤手，作出帳介）

（張內白）帶住馬兒。（八手下、張上）（五將同白）三將軍回來了？（張白）列位將軍。（五將同白）連日外差，多有辛苦。（張白）好説好説。軍師退帳了麽？（五將同白）退帳了。（張白）啊，俺適於主公面前交完了差事，忽聞馬超攻打葭萌甚急，怎麽軍師不遣將官趕救，反自退帳安享。這却是何緣故？（五將同白）我等亦曾請令前往，軍師言道，那馬超非等閑可比，諸將實無其對，故爾退帳，待他籌之再遣。（張白）哦，待他籌之再遣？唔，唔，他籌算遣誰呢？哦，呵呵，是了。軍師的意見，要等俺張飛回來再遣，你們量他是與不是？（五將同白）或者有之。（張白）哎呀，他一定是這等無疑，説甚麽"或者有之"！不必多言，一同再請軍師陞帳，便知分曉。（五將同白）言之有理。有請軍師。

（吹打，原人、四上手、亮上）（六衆同白）軍師。（亮白）三將軍回來了？（張白）是，張飛回來了。（亮白）曾在主公面前交過差否？（張白）不勞師爺費心，張飛適已逕交過差事了。（亮白）好。（張暗白）哏，怎麽一些兒不提起？哦，俺來先探他一探吓。哦，軍師，近日外邊可有甚麼軍情否？（亮白）別無軍情，祇有東川張魯遣馬超爲將帥，楊柏、馬岱爲左右先鋒，攻打葭萌關甚急。孟達、霍峻特遣飛騎前來告救。（張白）哎呀，這是如魚困釜之勢，軍師和當急速遣將拯救纔是[3]。（亮白）吾意豈不欲就？無奈黄忠、趙雲出差未回，你二兄長又不能一時來到，眼前無人可遣，如之奈何？（五將作扎特笑介）（張冷看介）他獨把俺張飛忘了。軍師，俺張飛能當此任否？（亮白）你麼？（張白）唔。（亮左向不理式，張作急，二抓甲，叫頭）哦呵，軍師，俺張飛能當此任否？（亮左向不理式，張一望介）喂呀呀呀呀。（笑介）（唱）

【泣顏回】他緘口無一言，

【冒子頭】急得鐵臉煩更硃面。（亮白）張飛。（張白）哎。（亮笑，同唱）你空有浩氣，可知精衛銜石，空自勞頓。（張白）扎扎扎，軍師，你可別小觀張飛[4]。俺亦曾虎牢關槍挑呂布紫金冠，霸陵橋能擋曹瞞兵百萬，不要說馬超是個人，他便是天上一條龍，俺也打，打落他的爪，這挑，挑斷他的脛。（唱）何故見淺，長他人志[5]，滅吾英雄漢。

（亮白）吾非小覷於汝，怎奈馬超驍勇非常，天下皆知。你二兄長雲長且未必可勝，何況於汝？（張白）軍師，俺若勝不得馬超，甘當軍令。（亮白）你今既有膽量肯去，我便任你前去走遭。（張白）哈哈，着啊。（亮白）魏延，你可帶領五百鐵騎，先行哨探。（延白）得令。馬來。（四上手領下）（亮白）張飛。（張白）軍師。（亮白）你便自帶本部人馬，前往拒敵馬超。今雖與你，須留心在意。（張白）哎。（亮白）可曉得"量彼量己"，須知道"漫其自漫"。（張白）得令。（三笑介，下）

（內白）主公到。（吹打，亮下臺，接劉、平同上）（亮白，衆將同白）主公。（劉白）先生，孤窮正接翼往外務，在彼看視，聞得張魯特遣馬超來取葭萌甚急，故來請問先生，當如何裁處？（亮白）亮正欲來稟，三將軍已受令拒戰去矣[6]。（劉白）啊，我三弟已受令拒戰去了？（亮白）正是。（劉白）哎呀。（急起走）（亮阻住，白）主公那裏去？（劉白）我去趕翼德回來。（亮白）為何要趕他回來？（劉白）哎呀，先生啊。孤聞馬超英勇，世上無雙，渭橋一戰，殺得那曹操割鬚換袍，人人喪膽。他有多大的能耐，竟敢去敵馬超？倘或有失，孤的手足斷矣，待我趕他回來。（亮白）主公請住。亮度遣得，然後遣之。主公何必過慮？（劉白）唔，據先生妙算呢，萬無一失；以備度之，怕他作了抱薪投火，自招其禍耳。（亮白）主公但放寬心，亮已預定在此。如今只煩主公親率一軍，帶領衆將從後接應，山人自守綿竹，候待子龍回來，將綿竹之事付他[7]，亮即往葭萌，一同調停便了。（劉白）此行可妨事麼？（亮白）事雖無礙，也須留心在意為上。（劉白）哏，衆軍就此預備即行。（衆應介）（劉白）咳，三弟啊，你此行好不險也。（唱）

胡怪他當場會戰，聞其英名也膽寒。（白）來。（唱）與我星夜馳雷轉，若是遲延恐生端。（四文堂、四將官下）

（亮白）臣奉送主公。哎呀，且住。我聞張魯欲自立為漢寧王，未得其勢;我今修書與他,只說吾與劉璋爭奪西川者,實與他報仇也;若我得了西川,保他爲漢寧王,張魯必喜。只叫他令回馬超軍兵,那時再用離間之計,管取招那馬超來降。唔,計策雖好,須要打通關節,纔好行事。有了,張魯有個謀士楊松,其人極貪賄賂,我今多備金珠,差人從小路直投漢中,先去通知楊松,叫他從中幫助,事成之後,許其重謝,管保成功無疑。孫乾。(乾白)有。(亮白)隨吾後帳修書,授以密計,前往漢中走遭也。(唱)

你喬裝客隨機變,斜裏小道莫遲延,到東川刺投楊松面,叫他照書這樣般。(同下)

校記

[1]眼看益州劉璋:"看"字,原本漏。今依文意補。
[2]諸將實無其對:"諸",原本作"請",今依文意改。下同。
[3]遣將拯救纔是:"遣"字,原本漏,今依文意補。
[4]別小觀張飛:"別",原本作"得",今改。
[5]長他人志:"志",原本作"治",今改。
[6]受令拒戰去矣:"受",原本作"授",今改。下同。
[7]將綿竹之事付他:"付"字,原本無,今依文意補。

六　　場

(四下手站門,柏上)(唱)

【千秋歲】[1]心病偏要把頭功佔,省教他暗地傷殘。(白)俺楊柏,爲因我主遣馬超爲將帥,馬超指名點我右翼[2]。他的意兒似欲假公濟私,報我阻婚之恨。因此我爲前戰,拼命立下頭功。我今既立下了功績,諒他也難奈何於我。此急急趕來,快快衝殺去者。(唱)急急向前去交戰,若能立功即回還。

(左四上手、延衝上、白)吥,來者何人?(柏白)俺乃漢中驍將楊柏是也。(延白)看刀。(三刀,柏敗,延追下)(衆追下)(延趕,柏作大敗,四下手救下)(岱急上,白)來者何人?(延白)大將魏延。(岱白)看槍。(起打,延敗,岱追下)

(四上手、四文堂、一旗纛站門上)(張上,【急急風】,過場下)(岱拿弓箭,延追上,一過門,遮岱作射延,岱左臂箭擂帶雛槍,【急三槍】)(張原人上,衝延下)(張連打三鞭,岱敗下)(岱上,連場,張追上)(張白)吥,爾留個名兒再走!(岱白)俺乃西涼馬岱。(張白)呀,我道是馬超,原來是你。馬岱,某家

放你回去，叫你那馬超快來受死，說咱老子張翼德在此等他，早來納命。(岱白)看槍。(敗下)

(劉急上，拉槍，張鞭稍)(劉白)三弟，不要走吓。(張回頭介，白)啊。(劉白)是愚兄在此。(張白)啊，原來是大哥。(四文堂、四將上，分開，劉中間站)(張白)呔，大哥，你今趕來則甚？(劉白)吾聞馬超天生英勇，技倆無雙，惟恐賢弟有失，故爾親自趕來。只可進關緊守，不可與彼交戰，等待軍將來到，再作區處。(張白)哎，我的哥，你怎麼獨聽了那懦夫？小弟吓。(唱)

不讀詩書不染翰，不摔斯文不弄酸。只要人言三個敢，何懼蹈火上刀山。不怕他虎項捋不轉，不怕他龍角也要搬。今日裏若輸與西涼漢，一世的英名向誰邊。(劉笑介)哈哈哈。(唱)

你的英勇原罕見，量來馬超堪比肩。若還二虎相爭戰，難保兩下各完全。(張唱)既授軍令難回挽，怎把白卷交案前。(劉白)也罷。(唱)今日暫且歇此一晚，明朝再戰也不難。(張唱)謹遵兄命明日戰，(劉白)人馬進關。(衆白)啊。(先下)(劉白)賢弟。(唱)柔能克剛緊守關。(張白)哎。(同下)

校記

[１] 千秋歲：原本作"千千嵗"，今改。
[２] 馬超指名點我右翼："指名"，原本作"只名"，今改。

七　　場

(四大鎧、四下手、一大纛站門上，超上，唱)

非俺驟要把功立，一腔若喪有誰知。爲漢祚將傾記下，父怨難緩期。若能一朝遂吾意，剪盡奸黨安社稷。人馬暫且安營隊，(衆走車門)(超唱)專聽前戰報是非。

(岱、柏上，白)馬來。兄長，將軍。(超白)啊，你二人爲何如此狼狽回來？(岱白)小弟奉命前往探聽虛實，正遇楊柏被魏延殺得大敗。若非小弟將魏延射轉，我軍銳氣盡矣。(超白)哦，楊柏，吾命你前去開路安營，緣何自行搦戰，先喪我的銳氣，是何原故？(柏白)這是小將一時錯誤，求將軍原諒。(超白)住了。(唱)

恁自伏韜略無人敵，恁你仗機關少知。違令將他驢頭取，(衆應介)(岱白)且慢，兄長來此，未見勝負，若還斬了楊柏，惟恐師君聞知，頓起疑心，恐

生他變。(超白)哦。來。(唱)一綑四十打奸兒。(衆擔柏下,內白)一十、二十、三十、四十。(柏上,唱)

上面長壞長舌嘴,打得兩腿血淋漓。暫且含忍來謝罪,感將軍,留首魁。(超白)住了。(唱)

行軍自有定理,誰許恁喬恣自狗私。今番暫留這首級,來。(唱)打他在後營作廢兒。(衆白)啊。(柏白)天呀。(下)

(超白)你既射退魏延,緣何也這般光景回來?(岱白)正爾射退魏延,却被張飛趕來,相持不住,因此亦敗下陣來。(超白)來,與我衝殺去者。(唱)

吶喊搖旗一聲起,會會強兒有何技。(當□斜一字)(衆白)啓爺,離關門不遠。(超白)與你抵關搦戰,大聲高叫,指名張飛出馬。(衆喊介)(超唱)抵關高喊休遲滯,坐名要搦猛張飛。(衝下)

八　　場

(內擂喊,三衝前,四將、達、俊同上,兩邊望分)

(四文堂、四上手、張拿槍急上,劉趕上,拉住槍,劉白)三弟,你你你往那裏去?(張白)要下關去,與那馬超對戰。(劉白)你立心要去,愚兄也不來阻你。你可同我上關,看他是怎生一個虛實,再戰不遲?(張白)好哇,就此上關去者。(【水底魚】劉上桌,衆將椅中設城介超原人上,超白)衆軍士。(同白)啊。(超白)與我馬驟奔騰[1],馬驟奔騰。各個三軍要擂鼓吶喊,敢戰的快來臨。(【半剪刀】,排子)(衆同白)吷,關上兒郎聽者,有膽量的快快出關交戰,若再遲延,便要攻關哩。(張白)待俺下去。(劉白)且慢些出城。(張白)咳。(超唱)

比個絕倫好分定,早早出關見雌雄。懦子勝例鴻溝勇,各霸稱尊奪江洪。(張白)開關哪。

(四藍文堂、四上手、一旗纛引張出城,兩下列開陣勢過合,超白)來者是誰?(張白)咱老子張飛。(過半合)來者是誰?(超白)西凉馬超。(張劈輪一槍,超押住)(張白)你就是馬超麼?(超白)然也。(張三笑介)俺道你是三頭的太歲,八臂的哪吒,却原來也只是如此的一個人兒。(超白)看槍。(殺介)(超唱)

【冲板】棋逢對手彼逞勝,(殺介)(張唱)將遇良材各顯能。(超唱)俺好似白虎猛而狠,(張唱)俺好似黑煞勇冠軍。(超白)張飛。(唱)今日裏不擒俺不歸陣,(張白)馬超。(唱)俺今天不活捉你俺不回營。(超白)軍士們。(唱)擂鼓催戰看取勝,(衆喊介)(張白)大哥。(唱)弟擒不着馬超你休鳴金。(殺,同使槍下)

(劉白)哎呀,好險哪。(唱)

那壁廂白袍銀鎧英雄俊,這壁廂皂羅鯢鎧似天神。那壁廂蛇矛門路緊,這壁廂龍駒奔飛騰。只殺得地動山岳震,只殺得天暗人眼昏。日落西山尚相拼,他忘饑越戰越精神。(張、超卸甲上,戰住)(劉白)收兵。(下)(鳴金介)(張白)爲何怯戰?(超白)兩下鳴金收兵,何謂怯戰?(張白)哎,俺老張今日下關,若還擒不得你,實不上關。(超白)來吓。(殺介)且慢,且慢。(張白)敢則怕俺天色昏黑,要戰和你點起燈籠火把夜戰,你敢也不敢?(超白)[2]咱是怎的不敢?來吓,與俺點起燈,亮火把來。(衆應,兩邊下)(劉白)哎呀,看他們竟要夜戰,這便怎麼處呢?也罷,待我親自下關略陣[3]。衆將官,隨孤下關觀陣。(八將應介,出城介)(劉唱)

吾弟從來是強性,今朝撞着了對頭人。(仍上桌子)

(超、張各衆作衝陣上,各執火把燈亮,站兩邊,張、超過合)(張白)且慢,你我馬上武藝彼此皆知,敢與俺比拳步戰麼?(超白)何懼與你?就與你比拳步戰,各歸下馬。(擂鼓,衆走十字,衆仍歸原位)(張、超空手過合,大吹打,作比拳雙掃下)(劉白)哎呀,看他二人如此的力鬥,决不肯善退。這便怎麼處呢?哦,呵呵,有了。衆將官,少待看我衝開二人隊角,緊緊鳴金收兵,爾等好生護孤三弟回關,萬不可放他再戰。(唱)

【紅繡鞋】急願鳴金兵斂斂,免叫彼此傷殘。

(張、超各槍上殺,超撩槍幫鏈打,張閃介,下,超追下)(張持鞭拿弓箭又上,超追上,半過合,張射,超接箭)(四將護,張咆哮,鳴金下)(劉上,白)孟起啊,吾以仁義待人,不施詭詐害物,看你也甚勞倦,今當回營歇息,改日再見便了。請收兵。(劉、衆原人同下)(超冷看劉介)咳,收兵。(唱)

【前腔】在疆場已有年,果未見這奇男,且休息看更遷。(同下,【尾聲】)

完

校記

[1] 馬驟奔騰:"驟",原本作"聚"。今依下文改。

[2] 超白:原本作"張白",今依文意改。

[3] 待我親自下關略陣:"關"字,原本無,今依文意補。

夜　　戰

無名氏　撰

解　題

　　亂彈。不見著録。劇寫馬超被曹操打敗後，暫時依附張魯，奉命鎮守葭萌關。劉備收取漢中，張飛爲先鋒，在葭萌關向馬超搦戰。馬岱出戰，被張飛戰敗。馬超親自出馬迎戰張飛，戰至天色近晚，沒有分出勝負，約定次日再戰。天還未亮，馬超就來討戰。張飛出馬應戰。馬超令人點起火把，張飛也讓人點起火把。兩個猛將在火把的照耀下，進行夜戰。馬超飛抓把張飛的戰袍撕下半幅，而張飛的沒頭雕翎箭也險些射中馬超。二人大戰若干回合，還是不分勝負，各自收兵回營。事見《三國演義》第六十五回"馬超大戰葭萌關，劉備自領益州牧"。版本今見《故宮珍本叢刊》的《亂彈單齣戲》兩個劇本，均係清抄本，首頁題"夜戰總本"。但兩個抄本故事情節相同，唱詞、賓白有所不同。兹以《故宮珍本叢刊》的《亂彈單齣戲》第二個劇本爲底本，校勘整理。

　　（馬岱起霸，白）少小英雄將，威名鎮四方。全憑武藝廣，保主錦家邦。俺馬岱，大哥陞帳，在此伺候。

　　（四白文堂、四白大鎧，馬超上，白）[1]白盔白甲五縷鬚，姓馬名超字孟起。練就飛抓無人敵，要擒漢室猛張飛。本帥馬超，張魯駕前爲臣，奉命鎮守葭萌關。聞聽張飛興兵前來，豈肯容他！眾將官，抬槍帶馬！（馬岱白）且慢些！些須小事，何勞大哥出馬？待小弟擒他進帳。（馬超白）賢弟出馬，須要小心！（馬岱白）得令！（下）（馬超白）看馬岱前去，必定成功。掩門！（同下）

　　（四藍龍套、四藍大鎧、張飛上，白）鐵甲玲瓏冑，環眼虎豹頭。胯下烏騅馬，手提丈八矛。俺漢將張飛，奉軍師將令，大戰西涼馬超。三軍的，起兵前住！（會陣）（馬岱上，張飛白）馬前來將通名！（馬岱白）老爺馬岱！（張飛白）我道是馬超，原來是馬岱！我的兒，叫你兄長前來送死，賞兒一鞭去罷！（馬岱敗下，張飛同追下）

（四白文堂、四白大鎧、馬超上，白）眼望旌旗起，耳聽好消息。（馬岱上，白）參見大哥！（馬超白）勝負如何？（馬岱白）大敗而回！（馬超白）軍家勝敗，古之常理。後營歇息！（馬岱白）多謝大哥！（下）（馬超白）且住！想馬岱乃是有名上將，敗在張飛手下，待本帥親自出馬。眾將官！抬槍帶馬！（會陣）（四黑龍套、四黑大鎧、張飛上，白）馬前來將？（馬超白）老爺馬。（張飛白）馬甚麼？（馬超白）馬超。來將！（張飛白）老爺張。（馬超白）張甚麼？（張飛白）老爺張飛！馬超我的兒，你三爹爹興兵到此，還不下馬投降？（生白）咳！胡說！（唱）

【倒板】兩軍陣怒惱馬孟起，張飛小兒聽端的。老爺陣前擒住你，要與我主立社稷。（張飛唱）

聽罷言來心頭惱，二目圓睜思火燒。咕咚咚放罷催陣炮，四杆彩旗腦後飄。閃出了馬超一年少，可算將中一英豪。勸你馬前歸順了，少若延挨命難逃。（馬超白）你敢是怯戰[2]？（張飛白）非是老爺怯戰。天色已晚，兩下收兵，明日再戰。（馬超白）你家先收兵。（張飛白）你家先收兵！收兵不在先後，兩家一齊收兵！（馬超白）明日來者！（張飛白）君子！（馬超白）不來！（張飛白）小人！（馬超白）眾將官，收兵！（下）（張飛白）三軍的，收兵！（手下白）馬超好將！（張飛白）且住！進得營來，三軍們各各言道"馬超好將"。咱大哥若得了此人，何愁江山不穩？三軍的，與咱老子卸甲！三軍的，你們人不可卸甲，馬不可離鞍，等到五更天明，大戰西涼馬超。（手下下）且住！看俺烏騅馬在那裏發燥，待咱將它刷洗刷洗。馬來！（下）

（劉備、二內臣上，白）孤窮劉備。今有三弟大戰西涼馬超，不知勝負如何？來！打道三千歲營磐，看看三千歲可在營中？（二內臣白）三千歲不在營中，有盔甲在此！（劉備白）今日收盔甲，正是收了盔和甲，免得兩家動殺法。（下）（張內白）馬來！（上白）馬呀馬！等到五更天明，去到兩軍陣前，見了那馬超，大喝一聲，把那馬超嚇下馬來，奏知我兄王，封你一個馬元帥。（排子）看咱的丈八矛，在那裏瞪眉瞪眼，待咱磨洗磨洗吓！槍，明日去到陣前，見了那馬超，這麼一槍，將他挑下馬來，奏知俺兄王，封你個槍先鋒。（上二手下，白）馬超討戰！（張飛白）天還未明，那馬超前來討戰，隨他去討！（又上二手下，白）馬超討戰！（張飛白）起過了！（又上四手下，白）馬超討戰！（張飛白）起過了！且住！天還未明，那廝就來討戰，難道咱還怕他不成？三軍的，看盔甲過來！（手下白）盔甲不在營中！（張飛白）赤人馬可以戰得？（手下白）可以戰得！（張飛白）馬來，馬來！

（馬超會陣，下場門上，白）張飛，你果然不失信！（張飛白）咱老子豈肯失信於你？三軍的，一齊動手！（馬超下，張飛衆追下）（馬超上，張飛追上，白）馬超，你敢是怯戰？（馬超白）非是老爺怯戰。天還未明，明日再戰！（張飛白）且住！那馬超被咱幾合勇戰，他到敗了。待咱說幾句大話，賣幾句狼言，唬他回去。馬超，我的兒，說甚麽天還未明，敢與咱夜戰？（馬超白）好！老爺最喜的夜戰。衆將官，點起燈亮火把！（四白文堂、四白大鎧拿火把上，張白）敢與咱夜戰呵！說甚麽大話，賣甚麽狼言？兩下收兵，何等的不好？咳！爲咱的大哥江山社稷，縱死九泉，也得個青史名表。他會點，咱也會點。三軍的，點出個亮兒來！（唱）

【倒板】燈亮火把當頭點，點照了由如白日間。那馬超槍法似雨點，槍槍不離眼面前。抖擻精神把他戰，烏騅馬倒退不向前。上前來說幾句剛強話，看槍！（手下白）倒了！（張飛白）甚麽倒了？（手下白）槍倒了！（張飛白）又他娘的槍倒了！（唱）

丈八蛇矛顛倒顛。呂布威風強似你，被某槍挑紫金冠。（馬超白）老爺不信！（張飛唱）

兒不信下馬來交戰！（馬超白）看槍！（張飛唱）

這一槍不中難上難。（張飛、馬超雙下，手下翻下）

（馬超上，白）且住！張飛殺法厲害！他若是追來，飛抓擒他。（張飛敗下，馬超追下）（張飛上，白）且住！那馬超不知用了何物，將咱戰裙抓去半幅。再要追來，用無頭雕翎傷他便了！（馬超上，接箭下，張飛追下）（四白文堂、四白大鎧、馬超上，白）且住！張飛暗放冷箭，不是馬走如飛，險遭不測[3]！原來是無頭雕翎。桃園弟兄真乃仁德！衆將官！收兵！（下）（四藍文堂、四藍大鎧上，張飛上，白）三軍的，那馬超呢？（手下白）敗了！（張飛白）三老子人頭？（手下白）還在項上。（張飛白）還在項上？收兵，收兵！

校記

[1] 白：此字前原有"點絳"二字。按，"點絳"應是"點絳唇"之省，爲曲牌。而後文則是馬超上場詩，並非唱詞，故删。按第一個《夜戰》本，"點絳唇"爲

馬超上場唱的，其詞爲："英雄志量，煞氣威揚。韜略廣，扶保家邦，要把桃園掃蕩。"但此前無馬岱上場詩。
［2］你敢是怯戰："怯"，原本作"却"，今改。下同。
［3］險遭不測："險遭"，原本作"現適"。今依第一本改。

讓 成 都[1]

無名氏 撰

解 題

　　亂彈。又名《獻成都》《戰成都》《取成都》。《春臺班戲目》與《慶昇平班戲目》均有著録。《都門紀略》録作《獻成都》，京劇劇目題作《取成都》（又名《石伏岩》），川劇、漢劇、同州梆子、徽劇、滇劇、豫劇等劇種題作《戰成都》，秦腔、晉劇、河北梆子則題作《讓成都》。劇述漢末益州牧劉璋爲人懦弱多疑，被劉備困守在成都城内，於是向漢中張魯求援。張魯派馬超前去救他，不料馬超在葭萌關前竟然投降了劉備。馬超的臨陣反戈，讓期待外援的劉璋徹底絕望，只好開城投降劉備。劉備逼劉璋交出印信，迅速將其趕至公安，自己則進入成都自領益州牧。事見《三國演義》第六十五回"馬超大戰葭萌關，劉備自領益州牧"。現存三個版本：第一個版本收録在《故宫珍本叢刊》的《亂彈單齣戲》中，題作"讓成都總本"，劇中脚色、科白、砌末、唱詞齊全，無標點，爲龍長勝、李五、鮑福山演出本，唱西皮調等不同板式；第二個版本也係清抄本，也收録在《故宫珍本叢刊》《亂彈單齣戲》中，題作"戰成都總本"；第三個版本亦是清抄本，收録在《車王府藏曲本》中，題"戰成都全串貫"，此劇本内容與前二種《故宫珍本叢刊》本吻合度較高。今以《故宫珍本叢刊》《亂彈單齣戲》中題作《讓成都》總本的爲底本，參考其他清抄本，校勘整理。

　　（【小吹打】，四太監、生上）[2]
　　【引】駕坐西川，恨張松降順桃園。（白）國爲民憂，民爲國愁。憂國憂民，何日甘休。孤劉璋，駕坐西川一郡。只因在張魯王駕前借來一將，名曰馬超，有萬夫不擋之勇，與桃園弟兄交戰，不知勝負。且聽探馬一報。（報子上，白）啓主公：今有馬超歸降劉備，帶領人馬奪取成都。（生白）再探。（報子下）（生白）不好了。（唱）

【西皮】適纔探馬報一聲,膽大的馬超降他人。內臣擺駕把賊問,(小生內白)劉玉有本啓奏。(生唱)皇兒上殿問分明。(小生上,唱)馬超帶兵西川進,忙進寶帳奏軍情。(白)兒臣劉玉見駕,父王千歲。(生白)平身,賜坐。(小生白)謝坐。(生白)上殿有何本奏?(小生白)今日馬超歸降劉備,帶領人馬奪取成都,父王緣何坐視不理?(生白)非是孤王坐視不理,奈西川兵微將少,依約將成都讓與劉備就是。(小生白唱)父王嘎!父王在上容兒稟,孩兒有本父王聽。四路人馬一齊進,那怕劉備與孔明。(生唱)

【慢板】皇兒說話欠思論,孤那有能將敵擋賊人。王心中只把張松恨,地理圖大不該獻與他人。老嚴顏在巴州早降順[3],膽大馬超降他人。王本當開城把賊問,西川文武俱有降心。左思右想無計論,王到作進退兩難人。(小生唱)馬超雖然真英勇,父王就該提救兵。縱然不勝再計論,豈肯將成都送他人。(生唱)劉備仁義承王運,諸葛言語似蘇秦。孤把好言對他論,難道不念同宗情。(小生唱)千言萬語父不聽,到叫小王無計行。劉玉正在為難處,(丑內白)老臣有本啓奏。(小生唱)朝房來了一老臣。(丑上,唱)馬超人馬亂紛紛,急忙上殿奏主君。(白)臣王累見駕,主公千歲。(生白)平身。(丑白)千千歲。(生白)上殿有何本奏?(丑白)今有馬超歸降劉備,帶領人馬奪取成都,大王緣何坐視不理?(生白)我父子正為此事議論。(小生白)兒臣敵樓觀看。(丑白)老臣保駕。(生白)好哇。(唱)皇兒敵樓把賊問,大事全仗王愛卿。四門人馬安排定,莫叫那馬超賊殺進都城。(下)(小生唱)金殿領了父王命,(丑唱)老臣保駕隨後跟。(小生唱)撩袍且把敵樓進,(丑唱)那傍來了無義人。

(馬超上,唱)

我奉軍師將命令遣,催馬加鞭到關前。早叫劉璋把關獻,少若遲挨殺進關。(小生唱)城下人馬旌旗展,(丑唱)馬超可算將魁元。(馬超唱)城上不見劉璋面,爾是何人把話言。(小生唱)小王劉玉掌宮殿,(丑唱)你老爺王累保駕官。(馬超唱)三軍看過弓合箭,管叫爾一命喪黃泉。(小生下)(丑唱)一見千歲把命染,到叫王累怒冲冠。滾木雷石望下打,打走馬超無義人。

眾將官,小心把守,待我報與主公知道。(下)

(馬超上,白)且住,那賊滾木雷石打將下來,不是本帥馬走如飛,險遭不測。有了,聞得劉璋愛民如子,不免四門放火,那怕成都不得。眾將官,四面放火。(下)

(生上,唱)

適纔王卿進宮報,皇兒敵樓赴陰曹。耳傍聽得放火炮,想是馬超放火把民房燒。四內侍擺駕上城道,那傍來了賊馬超。(馬超上,白)蜀主請了。(生唱)

　　見馬超不由孤心如刀絞,叫一聲馬孟起細聽根苗。爲王的我待你那些不好,爲甚麼降劉備爲的是那條。(馬超唱)馬孟起坐雕鞍一言禀告,尊一聲蜀主爺細聽根苗。我歸降漢劉備也是正道,俺到此你就該把成都來交。(生唱)那劉備他封你官職大了,王與你分疆土手足相交。(馬超唱)三軍與爺放火炮,不讓成都命難逃。(生唱)一言怒惱賊馬超,賊子放火民房燒。只燒得衆黎民苦哀告,好子民哪,不讓這成都郡性命難逃。(白)馬將軍,你將人馬退到一箭之地[4],孤將都城讓與你主就是。(馬超白)須要言而有信。(生白)豈肯失信與你?(馬超白)衆將官,人馬退下。(馬超、衆下)(生白)好超賊。(唱)這也是孤城中兵微將少,一旦間錦繡春付與水漂。

　　(白)衆將開城。(丑內白)且慢。(上唱)

　　尊聲主公慢開城,(白)主公,此城開不得。(生白)怎樣開不得?(丑白)開了城門,馬超殺進城來,你我君臣性命難保。(生白)卿家你來看,四面是火,爲孤一人,豈肯連累好百姓啊。(丑唱)軟弱之人怎爲君。(生唱)孤王不讓成都郡,豈肯連累好子民。(丑唱)千言萬語主不聽,(白)罷。(唱)不免碰死見閻君。(下)(生唱)

　　一見王卿喪了命,去了擎天柱一根[5]。但願陰魂歸天庭,卿家嘎,凌烟閣上表芳名。(白)衆將開城。(下)

　　(馬超上,三笑下)(四將過場)(孔明、劉備同上)(劉備白)嘎,宗兄。(生白)宗兄,你來了?(劉備白)弟來了。(生白)宗兄,請進城。(劉備白)不敢,宗兄請。(生白)你我挽手而行。(同下,又上)(生白)此位是誰?(劉備白)這就是諸葛先生。(生白)這就是卧龍公麽?(劉備白)先生過來,見過蜀主。(孔明白)參見蜀主。(生白)一傍坐下。宗兄。(劉備白)宗兄。(生白)前番將都城讓與宗兄執掌,再三不肯;如今反要奪取,是何理也?(劉備白)這?(孔明白)我主乃是不得已而爲之。(劉備白)着哇,備乃是不得已而爲之嘎。(生白)你君臣好個"不得已而爲之"嘎。(劉備白)宗兄嘎。(唱)

　　漢劉備出世甚凋零,東逃西奪無處存身。待等劉備承天運,還望宗兄掌都城。(生唱)你我本是同宗姓,你今來時王耽驚。有甚麼大事早議論,爲甚麼帶兵取都城。前番讓你執意不允[6],一心要作仁義人。孤今不讓成都郡,難道說要孤的命不成。(孔明唱)山人向前禮恭敬,尊聲蜀主聽分明。我主暫坐成都郡，姓劉人還讓姓劉人。（生唱）劉備一傍承天運，諸葛能言賽蘇秦。孤把好言將他問，言道不念同宗情。（白）宗兄。（唱）此地好比鴻門宴，缺少樊噲保駕臣。我若不念同宗姓，想進都城萬不能。（四將唱）聽罷言來怒氣生，怒惱常山俺趙雲。勸你早讓成都郡，少若遲挨命難存。（生唱）

四員虎將煞氣生，（嚴顏白）唔！（生唱）只見嚴顏老將軍。孤命你鎮守巴州郡，你爲何背孤王降順他人。（嚴顏唱）嚴顏向前禮恭敬，尊聲蜀主聽分明。巴州糧草俱已盡，休怪嚴顏不忠臣。（生唱）我只道你年邁蒼蒼忠心耿，却原來是賣國求榮狗肺心。（四將白）要印要印。（生唱）螻蟻尚且貪性命，不讓成都命難存。無奈何取出了西川印，先王嘎，從今後你執掌綿繡春。

（劉備接印）（生白）唔，還要拜過。（孔明白）是，還要拜過。（拜印）（劉備白）先生，自古道"天無二日，國無二主"，將宗兄何地安身？（孔明白）主公修書一封，薦與荆州二千歲那裏，撥一良郡鎮守[7]，也就够了。（劉備白）嘎，宗兄，待我修書一封，宗兄去至孤二弟那裏，撥一良郡鎮守，宗兄意下如何？（生白）事到如今，但憑你君臣所爲。（劉備白）先生傳令。（孔明白）得令。眾將聽令。（四將白）有。（孔明白）將蜀主家眷送出城去，不得有誤。（四將白）得令。（下）（劉備白）啊，宗兄候駕起程，備不能遠送了，在此餞行了[8]。（生白）呵。（唱）

聽說一聲要餞行，好似狼牙箭穿心。捨不得成都花花美景，實難捨成都老少子民。含悲忍淚換衣巾，（換衣介）辭別了宗兄就要起程。但願在此多安穩，但願你早把東吳平。西川文武要刀刀斬盡，盡都是貪生怕死臣。孤失成都無怨恨[9]，望宗兄另眼看待好子民。（劉備唱）説甚麼在此多安穩，説甚麼在此享太平。但願孫曹來滅盡，還請宗兄進都城。（孔明唱）今日讓了成都郡，提兵調將有山人。（生唱）

這句言語實難聽，盡是諸葛巧計行。辭別宗兄跨金鐙，（劉備哭介）（生唱）劉備一旁假淚淋。我劉璋不把你别的願，我願你的後輩兒孫照孤樣行。（下）（劉備唱）眾將酒宴忙擺定，陰陽八卦好先生。（同下）

校記

［1］成都：原本作"城都"，今改。下同。

［2］小吹打：此乃吹打鑼鼓的提示。該本爲演出本，提示極詳，以下均不錄。

［3］老嚴顏在巴州早降順："嚴顏"，原本作"顏延"；"巴州"，原本作"垻州"，今改。下同。

［4］你將人馬退到一箭之地："退到"，原本作"退都"，意不明。今改。
［5］去了擎天柱一根："擎天柱"，原本作"晴天主"，今改。
［6］前番讓你執意不允："執意"，原本作"直意"，今改。
［7］撥一良郡鎮守："良郡"，原本作"糧軍"，今改。
［8］在此餞行了："餞行"，原本作"薦行"，今改。
［9］孤失成都無怨恨："怨恨"，原本作"願恨"，今改。

求　　計

無名氏　撰

解　　題

　　此劇又名《魯肅求計》《借荆州》，未見著錄。劇寫孫權爲劉備不歸還荆州而終日憂悶，大夫魯肅抱着"食君之禄，必當分君之憂"的想法，前去喬國老府中求取計謀。喬國老並不贊同魯肅欲討回荆州之舉，認爲不必爲了荆州這一彈丸之地而費心費力，指出魯肅累次討要荆州，結果都是得不償失，周瑜更是把命都搭上了。魯肅認爲喬國老是長他人志氣，滅自己威風。喬國老則提醒他當初運送周瑜的屍體回東吴時，路遇張飛并被其嚇得跌坐船艙、魂不附體的情景，指出魯肅自以爲是針對關羽設下的單刀之會，恐怕會變成惹禍的根苗。魯肅請喬國老在單刀會上作陪客，喬國老堅决拒絶。魯肅固執己見，二人不歡而散。事見《三國演義》第六十六回"關雲長單刀赴會，伏皇后爲國捐生"。現存清抄本，收録在清《車王府藏曲本》中，題作"求計全串貫"，未署作者，不分場次，劇中脚色、科白、砌末、唱詞等比較齊全。今以清《車王府藏曲本》本爲底本，校勘整理。

（生上）

【引】只爲荆州未取，終日不展愁眉。（白）曾記當年赤壁，火攻第一稱奇。雄兵沉没水底，曹瞞心膽皆灰。下官魯肅，字子敬，在東吴爲臣，官拜大夫之職。只因劉備借我荆州屯兵養馬，原説取了西川，仍然付還；且今得了東西二川，全不提起荆州，吾主終日憂悶。正是：食君之禄，必當分君之憂。不免去到喬府領教。人來。（介白）有。（生白）起道喬府。（衆白）呵呵呵。（生唱）

　　三國英雄紛紛鬧，中原鼎立劉孫曹。年年興兵南北討，歲歲戰將血染袍。曹蠻中原稱王號，銅雀臺上戲二喬。劉備久佔荆州好，吾主終日反心

焦。安排打虎牢籠套,准備金鈎釣海鰲。(下)

(外上,唱)[1]

嘆三皇和五帝歷代有道,夏桀王寵妺喜社稷傾消。湯伐桀國號商享年六百,至紂王寵妲姬苦害臣僚。周文王訪賢士渭水垂釣,姜吕尚滅了商又佐周朝。周幽王愛褒姒烽臺大笑,五霸强七雄出纔動槍刀。秦始皇並一統荒淫無道,傳二世楚漢争百姓皆逃。漢高祖創基業功力不小,四百載到桓靈災帝敗消。獻帝時有董卓豺狼當道,挾天子令諸侯勢壓群僚。王司徒滅董卓美人計巧,天降下魏蜀吴三分漢鼎。曹孟德佔中原稱了王號,吾主爺坐東吴雨順風調。劉皇叔坐西川仁德有道,這纔是天地人列土分茅。到如今纔得定狼烟一掃,馬放山甲歸庫快樂逍遥。武將軍再不去南征北討,衆將士再不去穿甲披袍。喬松山在東吴封爲國老,享不盡太平福每把香燒。(下)

(生上,唱)

吾主爺坐東吴治國最好,爲的是荆州事常把心焦。魯子敬暗地裏仰天祝告,但願得把荆州取了回朝。(白)來此已是喬府。左右退下。(衆白)哦。(生白)門上那一位?(介白)做甚麽?(生白)煩你通稟,魯肅求見。(介白)請站。有請太尉。(外上,白)何事?(介白)魯肅求見。(外白)説我相迎。(介白)哦。太尉相迎。(生白)太尉在那裏?(外白)大夫在那裏?(生白)太尉請上,待下官參拜。(外白)老夫還禮。(生白)久違令教,常懷渴想。(外白)豈敢。大夫請坐。(白)不敢。(外白)那有不坐之禮?(生白)告坐。(外白)大夫光降,有何見諭?(生白)特來請教。(外白)豈敢。(生白)只因劉備借我荆州,當日言明"得了西川,仍然付還",如今得了東西二川,全不提起"荆州"二字,主公每日憂悶。太尉乃東吴老臣,必有妙計取回荆州。下官特來請教。(外白)依老夫愚見,不取也罷。(生白)太尉差矣。荆州不取,豈不失了吾主志氣?(外白)大夫,想起赤壁鏖兵,多虧何人?(生白)多虧令婿周郎。(外白)却又來。(唱)

曾記得曹瞞打戰表,要把東吴一筆消。雄兵百萬如山倒,唬壞東吴衆臣僚。文官準備寫降表,武將不敢槍對刀。不是孔明暗來保,東吴早已降了曹。黄蓋苦肉獻糧草,鳳雛連環巧計高。不是東風一計妙,怎能赤壁把兵鏖。火燒曹兵如山倒,百萬雄兵水上消。如今太平没了事,情理二字全不曉。荆州不過彈丸土,何必累次把心焦。大夫快把念止了,免得生災受煎熬。(生唱)

太尉説話年邁老,長他人志滅吾朝。破曹全憑人去剿,東吴也曾用巧

勞。文官日夕忙不了，武將何人解戰袍。於中取事令人惱，只爲荊州惹禍苗。借去荊州下官保，豈肯與他善開交。（外唱）

休要提做中保，大夫作事也不高。累次只把荊州討，未曾取得半分毫。一取荊州損糧草，周郎帶箭把命逃。二次荊州美人計，反惹孔明計籠牢。殺得人頭如瓜倒，鐵甲將軍血染袍。損兵折將還是小，吾婿周郎一命抛。

（生白）令婿周郎死於巴邱，還是下官搬屍回吳。又是下官主意，到今就是幾載。（外白）大夫搬屍回吳，可記得險要的地方？（生白）下官到也忘記了。（外白）到是老夫還記得。那日大夫路過漢羅山，山中閃出一員大將，生得豹頭環眼，頭戴烏金盔，身穿烏油鎧，手執丈八矛，大喝一聲，猶如空中霹靂，説道："東吳搬屍，何人主見？"那時大夫曲背躬身："我乃東吳魯肅。"一個"肅"字未曾出口，險些兒把大夫魂都唬掉了，此時跌在船艙。（生白）這乃是靴滑失足。（外白）好個靴滑失足！幸喜跌在船艙，若是跌在漢陽江中，那還了得。（外唱）

頭上歪戴烏紗帽，身上斜穿紫羅袍。三魂七魄不附體，閻王面前走一遭。大夫一時唬壞了，戰戰兢兢跪荒郊。再三再四來哀告，哀告翼德把命饒。不是翼德情義好，險些一命赴陰曹。大夫去把荊州討，難逃張飛丈八矛。（生唱）

聽一言來笑微微，尊聲太尉聽根苗。劉備孔明人馬少，敢同吾國對槍刀。（外唱）

你道劉備人馬少，關公五虎衆臣僚。黃忠雖然年紀邁，百步穿楊射得高。馬超坐騎如虎豹，追趕曹操割鬚袍。子龍生來膽量好，長坂坡前顯英豪。翼德關公何爲老，一個更比一個高。嚴顔八十不爲老，鎮守西川第一條。人人怎比五虎將，准備人頭死屍抛。（生唱）

太尉休説他人高，滅了吾主衆英豪。衆將一齊西川到，管教五虎把命抛。（外唱）

你道吾國衆將好，老夫看來無一條。丁奉徐盛巡營哨，蔣欽周泰不爲高[2]。甘寧只好鍘馬草，虛當衣架馬鞍驕。潘璋雷同不必表[3]，陳進引兵困城壕。五虎若把西川下，準備人死馬屍抛。孫劉正在結和好，何必又要動槍刀。大夫速把念止了，免得軍民受煎熬。勸你休把荊州討，難逃關公偃月刀。（生唱）

聽一言來心焦燥，怎知暗地巧計高。

（白）劉備有還荊州之意，怎奈關公阻住。昨日主公命諸葛瑾往荊州説親，關公口出不遜之言，他道"虎女焉肯配犬子"，將瑾逐出轅門。主公大怒，埋怨下官。下官定下一計，不用刀槍，自取荊州。（外白）大夫有何妙計？（生白）已在漢陽江中設下單刀大會，倉內埋伏甲兵，單請關公過江赴宴。酒席之上，討取荊州。他若不允，伏兵齊起，生擒關公，不怕他不還。（外白）大夫此計可備下否？（生白）本月十三日接他過江。（外白）此計是大夫定的？（生白）是。（外白）是何人陪宴？（生白）下官陪宴。（外笑介，白）呵呵呵。（生白）太尉因何發笑？（外白）大夫聽道。（唱）

非是老夫笑呵呵，藐視關公無韜略。他的威風武藝好，全憑青龍偃月刀。前番圍困土城壕，萬般無奈降曹操。孟德待他仁義好，三日宴來五日宴，上馬金來下馬寶，美女十人絳紅袍。後來修下辭曹表，美酒餞行當霸橋。紅袍美酒刀尖挑，酒祭青龍火焰生。獨行千里保皇嫂，不中曹蠻計籠牢。大夫若把荊州討，水中撈月月難撈。

（生白）此計鬼神莫測，關公怎能知道？（外白）孔明略知三分。（生白）孔明若在荊州，下官也不敢造次。（外白）老夫到有一愚見。（生白）有何高見？（外白）大夫回府，拜過祖先堂，要同令正夫人吃一杯分別酒，你在會宴加餐飽飯。（生白）這是怎麼？（外白）大夫聽道。（唱）

單刀會上荊州討，酒席筵中惹禍苗。酒要多吃飯要飽，作一個飽鬼赴陰曹。（生白）太尉，這兩廊下都是我國人馬，他縱然有勇，插翅難逃。（外白）大夫，河下戰船，要三百支一連，五百支一號。（生白）豈不送了雲長一條歸路？（外白）不是，乃是大夫一條生路。（唱）

將船按定連環套，江中搭上一浮橋。倘若關公打罷道，大夫你又好跑來又好逃。（生白）太尉，非是下官特來求計，特接太尉陪宴。（外白）早又不說陪宴？來來來，請了，去不得了。（生白）怎麼？（外白）方纔送大夫閃了腰，不得奉陪。（生白）那是閃了腰，分明是怕關公那口刀。（外白）刀到不怕，怕他身旁一員虎將。（生白）那員虎將？（外白）周倉。（生白）無名小卒，怕他怎麼？（外白）你道無名小卒，慣怕的是他。（唱）

你道周倉無名小卒，他乃蓋國一英豪。大喊一聲如雷响，手中用的紫金標。單刀會他必到，酒席筵前惹禍苗。若是一言出錯了，劈頭就是那一刀。老夫年將七十高，不把性命換酒餚。閑來無事觀花草，悶時書房把畫瞧。從今不管大事了，學一個忙裏偷閑身逍遙。（生白）下官告辭了。（外白）老夫相送。（生白）共君一敘話，（外白）勝讀十年書。大夫請轉。（生白）太尉有何話說？（外唱）

昔日張良品玉簫,一點忠心佐漢朝。逼死霸王烏江上,一統山河屬本朝。你下得手來且下手,得饒人處且饒人。此去若把荆州討,須防關公偃月刀。(下)(生白)哎。(唱)

只望喬府來領教,一段言語似火燒。單刀會設下假圈套,准備金鈎釣海鰲。(下)

全完

校記

［1］外上,唱:"外",原本漏。今據劇情補。
［2］蔣欽周泰不爲高:"蔣欽",原本誤作"蔣幹"。今據《三國志·吳書·蔣欽傳》改。按:蔣欽是東吳重要將領,蔣幹則爲曹魏謀士。
［3］潘璋:"璋"原本作"章",今改。

百　壽　圖

無名氏　撰

解　題

　　聲腔不詳。《春臺班戲目》著録。劇寫術士管輅見趙顔面有死氣，算定他三日内必死。趙顔聽得此言，嚇得魂飛魄散，急忙回家告訴父母。其父母知管輅必有禳解之法，前去拜求管輅救救他們的孩子。管輅於是告訴他們，速備净酒一瓶，鹿脯一塊，命趙顔到南山松林之下。那裏有二人圍棋，可將酒脯獻上。只要他們用了酒脯，趙顔就有救。趙顔按管輅的安排去南山松林，果然見二老者下棋，就默默地把酒脯放在他們身邊。二人一邊下棋，一邊飲酒食肉，等發覺時，已把趙顔帶來的酒脯用得差不多了。二人問趙顔有何事，趙顔把管輅爲他算命的事告訴他們。二人原是南斗星君和北斗星君，一個主生，一個定死。他們查了一下生死簿，趙顔果然應該在三日内必死。但吃人家的嘴軟，拿人家的手短，他們只好做個人情，在趙顔壽限十九歲上添一"九"字，趙顔於是得享百歲之壽。此劇本事出自干寶《搜神記》。《三國演義》第六十九回"卜周易管輅知機，討漢賊五臣死節"，對此故事亦有記載。版本今有清《車王府藏曲本》。該本係清抄本，未標點，首頁題《百壽圖》全串貫，未署作者。該劇原爲二齣，在每齣結束後有標示，依例在每齣開始前標出。兹以清《車王府藏曲本》爲底本，校勘整理。

第　一　齣

（生上）

【引】星同日月相連，乾坤興衰易轉。

（白）野外青山緑柳，季夏堤畔桃花。秋冬歲月易過，還是天地爲大。貧道姓管名輅，字公明，乃平原郡人氏。自幼習學參禪，善觀天文，能斷人之生

死、過去、未來之事。今在十字坡前,擺一卦棚,以備指引往來癡迷之人。今日天氣晴和,不免將卦棚擺設便了[1]!(唱)

　　自幼兒習玄機廣覽古今,知過去未來事不差毫分。身居那官一品誰不尊敬,心不足還想要去坐朝廷。縱然是洪福大江山來定,又想到凌霄殿獨自稱尊。貪榮華享富貴總由天命,到百年身死後屍化灰塵。(坐介)(丑上,唱)

　　在家中領了我雙親嚴命,身背犁手牽牛去把田耕。

　　(白)小子趙顏,奉了爹娘之命,下田耕種,只得前去走走。(唱)

　　農夫們全憑着耕種爲本,栽桑麻每日裏費盡辛勤。讀書人想的是官高一品,苦發憤無晝夜哪得安寧?邁步兒來至在十字路境,卦棚內坐一位算命先生。我見他自兒內拿着書本,但不知看得是那段古文?觀此人他胸中必有學問,賽過那西蜀中諸葛孔明。且看他卦棚內是何行景,他那裏問一言回答一聲。(生唱)

　　管公明坐卦棚心中納悶,看前唐並後漢歷代明君。前三皇後五帝堯王傳舜,湯太甲傳殷紂商王爲君。殷紂王寵妲姬國運不順,把一干忠良臣俱喪殘生。摘星樓擺筵宴比干廢命,黃飛虎反五關西岐投城。嘆不盡興和廢抬頭觀看,卦棚內來了個俊俏郎君。我見他眉宇間死氣一陣,不由人晴晴地大吃一驚。

　　(白)哎!可嘆哪可嘆!(丑白)先生嘆着何來?(生白)請問小哥家住那裏?姓甚名誰?多大年紀?(丑白)小子乃平原郡人氏,姓趙名顏,年方一十九歲。先生你問我則甚?(生白)你身背犁鋤向那裏去的?(丑白)下田耕種去的。(生白)你家中還有何人?(丑白)並無手足兄弟,只有一雙爹娘在堂。(生白)依貧道相勸,不要下田耕種,早早歸家,將那好酒好飯飽餐幾日。(丑白)先生何出此言?(生白)我看你三日之後必死。(丑白)先生,我行路有影,説話有聲,緣何平白地罵人吓?(生白)小哥!(唱)

　　你道是言談爽行路有影,豈不知天有那不測風雲。(丑唱)
　　我趙顏出世來身無疾病,那有個平白地死了好人?(生唱)
　　勸小哥歸家來飽餐一頓,三日後大限到一命歸陰。(丑唱)
　　聽一言惱得我怒髮沖頂,看起來算不得靈卜先生。(生唱)
　　勸小哥暫息怒休動無名,待貧道出位來細看原因。眉屬木無有那刻木半寸,眼屬火火無光不能生精。鼻屬土土已枯有歪無正,口屬水如枯井水不能生。耳屬金並無有克金一分,三日後大限到命赴幽冥。(丑唱)
　　有趙顏進棚來再把話問,三日後如不死有何爲憑?(生唱)

三日後你不死相法無准，據貧道看起來有死無生。如不應將我的卦棚拆損，若不死再將我扭赴公庭。再不然會合那明人議論，任你羞任你恥任你施行。

（丑白）哎吓！（唱）

聽他言唬得我魂飛不定，急忙忙歸家去禀告雙親。（丑下）（生唱）

可嘆他小孩童不該喪命，這也是五閻君註定死生。（生下）

（外、老旦同上）（外唱）

鄉村中全憑着務農爲本，（老唱）我的兒清晨去未見回程。（坐介）（丑上，唱）

心切切意忙忙將牛拴定，歸家來見雙親跌跪埃塵。（外老同白）兒吓！今日回來，爲何這等模樣？（丑白）哎吓！爹娘吓！方纔孩兒下田耕種，偶遇管輅先生，他説孩兒眉間有死氣，三日之内必死！（外、老同白）你是怎講？（丑白）三日之内必死！（外老同白）哎吓！兒吓！（外唱）

我二老自幼兒朝山拜頂，（老唱）到中年生吾兒以接後根。（外唱）天不幸我的兒若還短命，（老唱）有誰人來行孝侍奉雙親？

（丑哭，白）哎吓！爹娘吓！孩兒是要死的了！（老白）哎吓！兒吓！（外白）媽媽不必啼哭。解鈴還須繫鈴人，你我夫妻前去哀告於他，或有救解，也未見得。兒吓，那先生今在那裏？（丑白）現在前面十字路境便是！（外白）媽媽不要啼哭，你我夫妻前去哀告便了。（老白）説得有理，一同前去。（外唱）

叫媽媽休悲淚將門帶定，（老唱）爲嬌兒去哀告神卜先生。（同下）

（生上唱）

管公明坐在了十字路境，知神人曉仙鬼世間少聞。（外、老同上）（外唱）

哭啼啼來至在十字路境，進棚來屈膝跪哀告先生。（生唱）

管公明猛抬頭仔細定睛，見二老跪埃塵爲何情？（外白）先生吓！（唱）

小老兒名趙範六十有三，（老唱）可憐我四十歲纔生此男。（外唱）我孩兒年十九遭逢大難，（老唱）望先生施仁慈廣結良緣。（生唱）

勸二老你不必珠淚漣漣，且站定待貧道細説根原。我不是明曹府輪回宮殿，又不是五殿前掌簿判官，又不是觀世音救苦救難，又不是西天佛法力無邊。（外唱）

【滾板】我哭、哭一聲管先生，我叫、叫一身管公明。念我夫妻二人，廣行善事，只生此子。先生言道三日必亡，閃得我二老無依無靠。歸家去我夫妻也是一死的了！我的先生吓！

（生白）你二老請起。待貧道指引與你，自有救解。（外老同白）多謝先生，但不知怎樣救解？（生白）你夫婦歸家，速備凈酒一瓶，鹿脯一塊，命他去到南山松林之下，有二人圍棋，可將酒脯静静獻上[2]。他二人若受此物，那時自有救解。聽我道來。（唱）

有一人身穿紅斯文體面，那一位穿白衣相貌威嚴。穿紅的五綹鬚坐南向北，穿白的領下髯坐北朝南。你可將鹿脯酒静静貢獻，受此物必與你添壽長延。（外唱）

謝先生指明路恩德廣遠，（外下）（老唱）急忙忙歸家去答謝上天。（老下）（丑唱）施一禮謝先生抽身便傳，

（生白）趙顏轉來！（丑唱）

問先生你唤我還有何言？（生白）你明日去往南山，將酒脯暗暗獻上。他若問時，切莫説是管輅使你前來。（丑白）是。（唱）蒙先生指明路感恩不淺，我豈肯在人前亂語胡言。（丑下）（生唱）

可憐他父子們泪流滿面，無奈何施惻隱去解前冤。他此去求北斗增添壽算，到後來子孫盛瓜瓞綿綿。（下）

校記

[1] 不免將卦棚擺設便了："卦"，原本作"封"，今改。
[2] 將酒脯静静獻上："静静"，原本作"睛睛"，今改。下同。

第 二 齣

（末净同上）（末唱）

看天地會日月乾坤朗朗，（净唱）山連水水連山奧妙茫茫。

（末白）吾乃南斗星君是也。（净白）吾乃北斗星君是也。（末白）星君請了！（净白）請了。（末白）吾等奉了玉帝敕旨，巡查十方，來在南瞻部洲。今日無事，不免在松林之下，將歷代君王賢臣細論一番。（净白）請！（末唱）

自盘古分天地五行萬象，（净唱）生太極和兩儀八卦陰陽。（末唱）按金木水火土乾坤浩蕩，（净唱）先君臣後父子三綱五常。（末唱）堯傳舜舜傳禹富貴永享，（净唱）夏桀暴商紂淫無道昏王。（末唱）秦始皇坐一统江山獨掌，（净唱）他不該焚詩書西建阿房。（末唱）楚霸王到有那正統氣象，（净唱）為

甚麼殺人弟獨立爲王？（末唱）那前朝君王事一齊慢講，有一干忠義臣仔細推詳。淮陰郡漢韓信功高德廣，爲甚麼未央宮劍斬身亡？（淨唱）

休提起漢韓信功高德廣，他不該埋母在秦漢山崗，他不該逼霸王烏江命喪，他不該追劉邦勒封齊王，他不該起反心欺君罔上，因此上未央宮劍斬身亡。（末唱）

韓信反魏文通才高學廣，老蕭何害韓信壽命延長。（淨唱）

若提那魏文通奧妙難講，他本是忠義臣心無二王。漢蕭何造律條後世瞻仰，因此上老宰職壽命延長。（末唱）

嘆只嘆剖心死比干丞相，（淨唱）可憐那受炮烙梅栢慘傷。（末唱）有荆軻刺秦廷英雄膽壯，（淨唱）漢蘇武不屈膝海島牧羊。（末唱）嘆不盡前朝的忠臣良將，（淨唱）松林下擺圍棋且消晝長。（丑上，唱）

那一日在卦棚管輅談相，指明路到南山命有解禳。來至在松林下用目觀望，又只見石岩上果有仙郎。那一旁穿紅的斯文貴樣，這一邊穿白的氣宇軒昂。我這裏將酒脯暗暗獻上，低着頭含着淚跌跪一旁。（末唱）

紅棋先黑棋後一軍一將，（淨唱）兩騎馬四名卒炮馬爲强。（末唱）先下着當頭炮風聲響亮，（淨唱）次出車後走馬將卒着忙。（末唱）紅棋子比作那室漢高皇，（淨唱）黑棋子好似那西楚霸王。（末唱）又只見鹿脯酒從何而降？（淨唱）想必是飛來的滋味馨香。

（丑嗽介，白）唔咳！（末唱）

耳邊廂又聽得人聲喧嚷，（淨唱）

猛抬頭見小兒跪在一旁。

（末白）你這小兒，家住那裏，姓甚名誰？手捧酒脯，到此何事？（丑白）二位仙長容稟！（唱）

家住在平原郡六里村莊，我的名叫趙顏務農耕桑。卦棚內一先生與我談相，他道我三日後一命身亡。須備着鹿脯酒暗暗獻上，望仙長發慈悲賜壽延長。（末唱）

見小兒他說話言語響亮，（淨唱）

他不該到荒郊來獻瓊漿。

（末白）聽這小兒之言，乃是前來求壽。且將他的陽壽查一查看。（淨白）誰教你貪嘴？待我查來。陝西平原郡六裏莊趙範之子，名喚趙顏，只因前世損陰壞德，今生投入趙門爲子。大漢建安十三年二月二十六日午時夭壽而亡，原來有此一段因果。（唱）

查趙顏十九歲應赴黃粱[1]，前世裏自作孽今生受殃[2]。叫小兒你且看生死簿上，一字字一行行注寫端詳。三日你必定性命早喪，大限到並無解禳之方。

（丑白）呀！（唱）

聽一言唬得我魂飛魄喪，管先生卜神課蓋世無雙。哭啼啼上前來哀告仙長，我家中哭壞了年邁爹娘。二仙長若不救我命必喪，歸家去父子們同喪無常。（末唱）

見小兒只哭得淚如雨降，（淨唱）

仙機事是何人洩露陰陽？

（末白）聽這小兒之言，家中還有年邁父母，必須與他救解纔是。（淨白）吾等今奉諭旨巡查十方，賞罰善惡，因其小賄而添壽算，恐上帝見罪。（末白）念他孤子養親，這却無妨。（淨白）你真是個貪嘴。趙顏，你命該夭壽而亡，念你孤子養親，你陽壽只有一十九歲，今我於"十"字上添一"九"字，汝壽可至九十九歲也，享够了你的。（丑白）這個老人家，再添一歲，助成一百歲罷！（末白）聽吾道來！（唱）

吾本是南斗星從空下降，（淨唱）吾本是北斗星降下天堂。（末唱）我掌生他注死賞罰無爽，（淨唱）掌人間輪回簿善惡昭彰。（末白）跪上來。（唱）我賜你椿萱茂富貴永享，（淨唱）我賜你九十九壽命延長。（末唱）我賜你子孫盛宗枝興旺，（淨唱）我賜你財源茂金玉滿堂。（末唱）我賜你百壽圖壽牌十丈，（淨唱）這三字拿回家供奉高堂。（末唱）在人前切不可胡言亂講，（淨唱）洩露了仙機事命喪無常。（丑白）多謝二位仙長！（唱）

有趙顏忙叩頭謝過仙長，不由得我心中喜笑洋洋。手捧着百壽圖抽身便往，

（末白）此乃仙機之事，他怎麼知道？（淨白）那管輅一雙慧眼，能識仙人神鬼，必是此人所使。（末白）趙顏轉來！（丑唱）

仙長爺呼喚我所爲哪樁？

（末、淨同白）趙顏，你回去多多拜上管輅，從今以後，再不可胡言亂語。倘若洩露天機，必遭五雷擊頂。（丑白）是！（末、淨同白）你看那旁有人來了！（丑白）在那裏？（末、淨化風同下）（丑白）哎呀！你看二位仙長化陣清風，霎時不見。待我急急忙忙告知爹娘，一同前去，拜謝那管輅先生便了！（丑下）

校記

［1］査趙顔十九歲應赴黄粱："粱",原本作"梁",今改。
［2］前世裏自作孽今生受殃："殃",原本作"央",今改。

瓦口關

無名氏　撰

解　　題

亂彈。《春臺班戲目》與《慶昇平班戲目》均有著錄。根據清昇平署檔案記載，道光六年（1826）十月二十七日，重華宮承應曾經演出此劇。劇寫張飛向諸葛亮討令攻取瓦口關，劉備和諸葛亮怕他酗酒誤事，命他必須戒酒纔能應允。張飛出兵後，連敗瓦口關守將張郃，郃堅守關口拒不出戰。張飛無奈，終日聚衆飲酒裝醉，大罵張郃，誘其出戰，張郃并不上當。張飛部下將其違令飲酒的情形密報諸葛亮，諸葛亮反命魏延押送美酒，讓張飛犒賞三軍。張飛假命部下散佈流言，佯裝投降張郃。張郃果然中計，率兵偷襲張飛大營，大敗而歸。此時劉備、諸葛亮親率大軍乘虛而入，已經用計奪得瓦口關，張飛也帶兵趕來，最終張郃只得敗走。事見《三國演義》第七十回"猛張飛智取瓦口隘，老黃忠計奪天蕩山"。現存兩個清抄本：一本收錄在《故宮珍本叢刊》的《亂彈單齣戲》中，題作"瓦口關總本"，未署作者，每頁上半頁與與下半頁之間沒有間隔綫，區別不太明顯；另一本收錄在清《車王府藏曲本》中，首頁題"瓦口關總講"，未署作者，且無曲牌唱腔，但字迹工整，行格疏朗。這兩個抄本故事情節同中有異，人物出場順序、唱詞、賓白等亦有很大不同，如《故宮珍本叢刊》本最先出場的人物是張郃和夏侯淵，最終以劉備在後帳爲衆將慶功作結，而《車王府藏曲本》以曹洪傳大將張郃進帳拉開戰爭的序幕，最終以張飛大敗張郃收兵結尾。劇中脚色、科白、砌末、唱詞等比較齊全，但科白間有遺漏，有標点。今以《故宮珍本叢刊》本爲底本，校勘整理。

（夏侯淵上，唱）

【點絳唇】威武名揚，英雄劣相。（張郃上，唱）威風蕩，凛列秋霜。（合）扶助山河壯。

（夏侯淵白）志氣昂昂統貔貅，要與皇家立帝都。（張郃白）百萬軍中如談笑，掃盡孫劉志方休。（夏侯淵白）某夏侯淵。（張郃白）張郃。（夏侯淵白）我等奉魏王鈞旨，同元帥到漢中鎮守緊要之處，候元帥陞帳，分撥汛地，一同起兵便了。（張郃白）將軍言之有理。你我在此伺候。（衆隨曹洪上，唱）

【引】金戈鐵馬静狼烟，防禦西蜀守邊關。

（夏侯淵、張郃同白）元帥在上，末將參。（曹洪白）二位將軍少禮，請坐。（夏侯淵、張郃同白）告坐。（曹洪白）凛凛威風將魁元，斬關奪寨賊心寒。胸中韜略無人比，扶保吾主錦江山。本帥曹洪，奉魏王鈞旨，鎮守漢川一帶地方。今乃黄道吉日，二位將軍。（夏侯淵、張郃同白）元帥。（曹洪白）你我分兵守護便了。（夏侯淵、張郃同白）但憑元帥調遣。（曹洪白）夏侯淵聽令，命你領兵鎮守定軍山，不得有誤。（夏侯淵白）得令。（曹洪白）張郃聽令，命你領兵鎮守岩渠瓦口關，不得有誤。（張郃白）得令。（曹洪白）本帥大兵紮駐南鄭隘口一帶地方。衆將官，發兵前去。（衆應，同唱【泣顔回】，下）

（軍士、任夔上，唱）奉令守隘口，（吴蘭上，唱）緊防敢停留。（任夔白）某任夔。（吴蘭白）吴蘭。（任夔白）將軍，你我奉主公鈞旨、馬元帥將令，鎮守隘口。不知曹操差何人領兵前來？（吴蘭白）我曾命探子打聽，待他回來，便知分曉。（報子上，白）報啟上二位將軍，今有曹洪領兵殺奔隘口而來。（任夔、吴蘭白）再探。（任夔白）將軍，曹洪興兵至此，你我迎敵一陣。（吴蘭白）將軍，又無元帥將令，還是堅守，不可輕敵。（任夔白）賊兵初至，人困馬乏，你我正好立功，殺他措手不及，豈不是好？（吴蘭白）將軍言之有理。（任夔白）衆將官，迎上前去。（衆應，同唱【泣顔回】，會陣）（曹洪白）來將通名。（任夔白）吾乃馬元帥麾下驍將任夔是也。（吴蘭白）吾乃馬元帥麾下驍將吴蘭是也。來者敢是曹洪？（曹洪白）既知本帥到此，就該歸降，少若遲延，必作刀頭之鬼。（任夔、吴蘭白）滿口胡説，看槍。（對科，曹洪殺死任夔，吴蘭敗下）（衆白）蜀兵大敗。（曹洪白）緊緊趕上。（衆同下）

（衆隨馬超上，唱）

【引】欽奉君命鎮邊關，賊將聞風心驚戰。（白）英雄常懷冲天志，男兒須覓蓋世功。三軍勇躍畫策内，萬里邊城掌握中。某姓馬名超，字孟起。可恨曹操害死吾父。我起兵潼關報仇，殺得奸賊喪膽，不能消我心頭之恨。因劉皇叔仁義過天，為此俺帶領兵將，投在麾下。奉軍師將令，命俺帶領人馬，鎮守下邊隘口一帶地方[1]。亦曾命驍將任夔、吴蘭瞭望消息，怎的不見到來？

（吳蘭上，白）曹兵如山至，任夔喪疆場。元帥在上，末將打恭。（馬超白）爲何這般光景？（吳蘭白）啓元帥：今有曹洪領兵前來，我等大戰隘口，任夔疆場殞命。（馬超白）唔，爾等無我將令，爲何私自交鋒？來，推去斬首。（衆白）啓元帥，正在用兵之際，求元帥開恩。（吳蘭白）元帥，小將也曾攔阻，任夔不聽我言，故有此敗。（馬超白）看在用兵之際，饒。（吳蘭白）多謝元帥。（馬超白）命你把守隘口，無令不許交鋒。（吳蘭白）得令。饒咱決盡湘江水，難洗今朝滿面羞。（下）

（馬超白）待吾修本，啓奏主公、軍師便了。（吩咐掩門，吹打下）

（衆隨曹洪上，【起板】唱）

遵奉魏王鈞旨降，統領兵將離許昌。三路分兵把賊擋，各守汛地緊提防。隘口交鋒排兵將，刀斬任夔喪疆場。馬超也是英雄將，爲何不見把兵揚。神卜管輅曾言講，只怕南方有損傷。悶懨懨來在中軍帳，探得真情辨端詳。

（張郃上，唱）

我國兵强人馬壯，蜀軍焉敢逞豪强。豪傑邁步忙進帳，就裏軍情問端詳。

（白）末將參。（曹洪白）將軍少禮。（張郃白）請問元帥，斬將得勝，爲何退兵安營？（曹洪白）馬超乃是名將，並不出戰，恐彼有別計。前在鄴郡，神卜管輅有言，南方恐傷大將，故爾不敢輕進。（張郃笑白）元帥興兵半世，爲何信卜之言？末將不才，願領本部人馬攻取巴西。（曹洪白）巴西有張飛把守，非比等閑，不可輕敵。（張郃白）咳，人皆怕張飛，吾視之如同小兒，待末將去擒來獻功。（曹洪白）倘有疏失，恐魏王歸罪。（張郃白）末將願立軍令狀。（曹洪白）也罷，你若取得巴西，我將聖上所賜玉帶，奉送將軍。（張郃白）既如此，看文房四寶過來。（唱）

長他志氣無分量，怎知豪傑性剛强。任他縱有千員將，管叫一戰盡歸降。人道翼德英雄將，常言自有强中强。今日賭勝立軍狀，得勝玉帶攜身傍。疆場損兵與折將，願將頭顱獻營房。（曹洪唱）

軍中雖無戲言講，將軍着意要隄防。但願功成軍歡唱，表章紅旗奏君王。（張郃白）待末將兵屯瓦口關內，整頓兵馬，攻取巴西便了。（曹洪白）須要小心。（張郃白）不勞吩咐。（唱）元帥且把寬心放，馬到功成戰疆場。（下）（曹洪唱）剛强猛烈無酌量，穩坐南邦聽端詳。（下）

（文堂、旗牌、劉備上，唱）

【引】桃園結義聚英雄,何日裏江山一統。(孔明上,唱)鼎足共相争,按三分決勝雌雄。(白)主公。(劉備白)軍師請坐。(孔明白)告坐。(劉備白)軍師,昨日馬超有奏章到來,曹洪分兵三路而來,夏侯淵鎮守定軍山,張郃把守瓦口關,不知先攻何處?(孔明白)主公,必須先破瓦口關,後攻南鄭、定軍可也。(劉備白)不知差何人前去?(孔明白)想瓦口關張郃,乃是曹操帳下一員勇將。昨日三將軍從巴西而來,張郃必攻巴西,命三將軍回去,管取一戰成功。(劉備白)三弟好酒貪杯,恐誤大事,那還了得?(孔明白)主公宣三將軍進帳,山人自有戒酒之法。(劉備白)來,請三千歲進帳。(雜照白)(張飛上,白)威風凛凛氣軒昂,嚇斷當陽盡驚慌。大哥在上,兄弟參見。(劉備白)三弟少禮。(張飛白)軍師。(孔明白)三將軍。(劉備白)請坐。(張飛白)告坐。大哥宣某進帳,有何軍情?(劉備白)今有曹洪領兵而來,張郃駐紮瓦口關,恐彼攻取巴西,三弟速速回去。(張飛白)原來如此,待俺回至巴西,領一枝人馬,生擒曹洪,活捉張郃。(劉備白)軍師,我三弟把張郃并不放在心下。(孔明白)嘎,三將軍,那張郃乃曹操帳下一員勇將,要破瓦口關,須調子龍前來,一戰成功。(張飛白)嘎,軍師不要小覷俺老張[2]。俺夜過巴西州,那老將嚴顏被俺一鞭打下馬來,將他制服,難道嚴顏還不如那張郃麼?(孔明白)三將軍,老將嚴顏是你出膝跪而收之,何必瞞我?(張飛白)這個,哈哈,他怎麼知道?(劉備白)軍師,只是一件,張郃不會飲酒,如何比得我三弟來?(孔明白)是嘎,那張郃不會飲酒,越戰越勇,這一節不如三公了。(張飛白)嘎嘎嘎,大哥,軍師,你説俺老張好酒貪杯,恐誤軍機大事,不能成功。也罷,今日在大哥、軍師面前,把這酒戒了何妨?(孔明白)好,三將軍,今日戒了酒,何愁大功不成。來,看大斗酒過來,與三將軍戒酒。(張飛白)唔唔唔,又上了他的當了。(劉備白)看酒來。(唱)

　　同心除奸扶炎漢,南征北討坐西川。曹兵勢重多强悍,馬到功成在今番。(孔明唱)主公且放愁眉展,統兵迎戰到關前。全仗雄威隨機變,管取一陣賊心寒。(張飛唱)大哥且把寬心放,全憑英勇戰疆場。一任張郃多伎倆,今番一戰盡歸降。(孔明白)來,傳范疆、張達進帳。(雜照白)(范疆、張達上,白)忽聽令呼詔,未審有何音。主公、軍師在上,末將打恭。(孔明白)命你二人點齊人馬三千,隨三千歲攻打瓦口關。三千歲已奉令戒酒,倘軍前私自飲酒,速來稟報。(二人應科)(張飛白)咳,軍師你忒也小心了。(劉備白)三弟,就此發兵便了。(張飛白)大哥、軍師請到後面。(孔明、劉備下)(張飛白)人馬伺侯[3]。(衆將上)(張飛白)就此起兵前去。(唱)

一聲嚇叱山搖撼，三軍吶喊振天關。視看今朝奇功建，管叫聞名賊心寒。（下）

（下手、張郃上，白）某張郃，奉魏王鈞旨，鎮守瓦口關。昨日與曹洪賭賽，俺領兵攻取巴西，擒拿張飛。衆將官，殺上前去。（衆唱【風入松】）（張飛衆上，會陣科）（張郃白）來者敢是張飛？（張飛白）然。爾莫非是張郃麼？（張郃白）然也。（張飛白）吥，張郃我的兒，你三爹人馬到此，就該下馬投降，少若遲延，必做槍尖之鬼。（張郃白）滿口胡言。衆將官，壓住陣角。（衆攢下）（張郃唱）

威風凛凛天兵降，笑爾枉自逞剛強。不識時務興兵將，今番叫爾一命亡。（張飛唱）

萬馬軍中誰敢擋，大罵張郃小兒郎。今朝疆場分上下，我的兒嘎，槍尖過處莫心慌。（對科，張郃敗下）（手下對科，張郃、張飛下）（張郃白）嘎呀，張飛殺法果然利害，難以取勝。衆將官，收兵進城，免戰高懸者。（進城）

（張飛上）（衆白）張郃敗進城去，免戰高懸。（張飛白）管他娘的甚麼免戰，攻城嘎。（衆攻科）（衆白）攻不開。（張飛白）嘎，攻不開？你們叫罵。（衆白）嘎，吥，城內小卒聽者，快些開關交戰，若不出關，都是無能匹夫之輩。啓千歲，叫罵不開。（張飛白）怎麼攻又攻不開，罵又罵不開，咱老子無可奈何了。收兵回營。（唱【水底魚】）

（當場凹開）（張飛白）呀呀，妙嘎，這一陣殺得爽快爽快，來來來，看酒過來。（范疆、張達白）住了。嘎，三千歲，軍師與你戒了酒，若私自開酒，軍令難免。（張飛白）哦，咱今日戰敗張郃，難道不吃得勝酒麼？（范疆、張達白）軍師將令要緊。（張飛白）咳，管他甚麼軍師甚麼將令？來來來，看酒來，大家都吃都吃。（張飛白）嘎，你們爲甚麼不吃？（衆白）小人們不敢吃。（張飛白）吥，我把你們這些狗頭，我叫你們飲，你們只管飲，有我承當就是了。（衆飲科）（張飛白）嘎呀，且住。我想張郃閉關不出，我的人馬豈不屯住？唔唔唔，來來來，你們各執兵刃，去到關前，狂言大罵，若有动静，速來回報。（衆應下）（張飛白）嘎，張郃張郃，你這等畏懼，也算不得英雄也。（唱）

笑爾枉爲擎天將，緊守鐵壁似銅墙。無勇無謀無伎倆，畏刀避劍怯戰場。

（衆上，白）禀三千歲，小將們到了關下，百般辱罵，城中並不答應。（張飛白）怎麼？不應嗎？（衆白）是。（張飛白）吥，張郃呀張郃，我差人辱罵，你難道連一些氣兒也沒有？若是有人辱罵俺老張，我就跨了烏騅馬，手使丈八矛,就,就殺他娘的落花流水。罵他不應,我也無奈何了。唔唔唔,來來來來,還是吃酒。看酒來,看酒來。(范疆、張達白)軍師知道不是當要的。(張飛白)咳,又是甚麼軍師,不要管他。來,大家都吃幾杯。(眾飲科)(張飛白)咳咳咳,不是這等飲法,賞你們一罈酒,三個一堆,五個一團,猜拳飲酒,吃個爽快。(眾應)(張飛白)哈哈哈,這纔爽快,隨俺後帳來飲哪。(唱)只為張郃難決放,撫育三軍樂聲揚。假途滅虢飲佳釀,怎知心中有主張。(張飛下)

(范疆白)你看三千歲任意飲酒,不免差人報與主公、軍師知道。(張達白)言之有理。(合)聽事旗牌何在?(旗牌上,白)職任傳宣事,司令聽軍情。二位將軍,有何吩咐?(范疆、張達白)你報與主公、軍師知道,說三千歲終日飲酒,不理軍情,請令定奪。(旗牌白)得令。(范疆、張達同白)軍令森嚴緊,怎敢亂胡行。(同下)

(文堂隨劉備上,唱)三弟疆場相爭併,心中懸望不安寧。(孔明上,唱)九九三分天機定,枉自相持決雌雄。

(旗牌上,白)一心忙似箭,特地報軍情。啓主公、軍師:三千歲在營中任意飲酒,不理軍情,特來報知。(孔明白)知道了。(旗牌下)(劉備白)如何?我說他戒不住酒。(孔明白)主公但請放心,我正要他開酒。左右,傳魏延進帳。(雜照白)(魏延上,白)來也。柳營晨試馬,虎帳夜談兵。主公、軍師在上,末將恭。(劉備、孔明)將軍少禮。(魏延白)軍師有何將令?(孔明白)命你押送十數罈美酒,到軍營與三千歲消愁解悶,不得有誤。(魏延白)得令。(下)(劉備白)嚘呀,先生啊,知他酒醉不理軍情,就該見罪與他,怎麼反差人前去送酒?他吃得大醉,倘張郃領兵殺來,只恐三弟性命難保。(唱)

時常用兵多奧妙,如何差錯在今朝。疆場對壘兵來到,只恐一命赴陰曹。(孔明白)主公放心,山人自有道理。眾將官,吩咐老將黃忠、嚴顏、劉封等整頓人馬,今夜隨主公大兵直抵瓦口關,不得有誤。(孔明唱)主公寬心休焦燥,就裏機關事蹺蹊。香醪美酒今送到,怎知他暗用計籠牢。(同下)

(車夫、手下隨魏延上,唱)

軍師神機難猜料,尊承將令敢辭勞。兩軍勝負無分曉,未審疆場見底高。(白)俺魏延,奉軍師將令,解押十數罈美酒,送到軍營,與三千歲消愁解悶。軍士們,速速趲行。(唱)古道驅馳軍威浩,星飛電轉奔荒郊。其中就裏真奧妙,怠慢軍情送香醪。(下)

(范疆、張達、眾隨張飛上,唱)

張郃村夫無豪性,畏刀怯戰閉關城。百般凌辱不相應,激咱猛烈氣填胸。

（報事上,白）報啓千歲,魏將軍到。（張飛白）啊,魏將軍到了麼,有請。（魏延上,白）三千歲在上,魏延參。（張飛白）少禮,請坐。（魏延白）告坐。三千歲在軍營,多有辛苦了。（張飛白）好說。你一路多受風霜了。（魏延白）豈敢。（張飛白）你來到大營則甚？（魏延白）奉軍師將令,押送美酒十數罎,與三千歲消愁解悶。（張飛白）嘎嘎嘎,這個軍師到也有趣,聽見俺老張私意開酒,並不歸罪,怎麼到差人送酒？哈哈哈,唔唔唔,我有道理。魏將軍聽令。（魏延白）有。（張飛白）命你帶領三千人馬,駐紮張郃後營,聽號炮一響,奮勇殺出,不得有誤。（魏延白）得令。（下）

（張飛白）范疆、張達聽令,附耳上來,去罷。（范疆、張達白）得令。（下）（張飛白）衆將官,賞你們一大罎水,拿去吃罷。（衆白）千歲每日賞酒,今日爲何賞起水來？（張飛白）這起呆東西,你們將水當酒,去到張郃城下,坐地而飲,高聲亂叫,就說"三千歲鞭打士卒,不理軍情,終日飲酒,我們在他帳下,也沒有出頭的日子,我們各自逃生去罷"。你們四散埋伏,聽號炮一響,一齊殺出,去罷。（衆白）得令。（下）（張飛白）且住。他們此去投順,張郃必偷營劫寨。唔唔唔,有了,來,傳一個泥塑匠人來見。（卒子傳科）（得成功上,白）泥塑匠叩頭。（張飛白）你叫甚麼名字？（得成功白）小人叫得成功。（張飛白）怎麼,叫得成功？哈哈哈,好個名兒。得成功。（得成功白）有。（張飛白）我的兒。（得成功白）唔。（張飛發諢科,白）得成功。（應下）（張飛唱）

不施萬丈深潭計,怎得驪龍項下珠。（下）

（張郃上,唱）

昨日陣前打敗伏,在聽探馬報端詳。

（報子上,白）報啓元帥,今有張飛帳下范疆、張達前來投降,守關軍士將他二人綁定,特來報知。（張郃白）我想范疆、張達乃是張飛的愛將,今來投降,其中有詐。將他二人帶進來。（報子照白）（范疆、張達上,白）元帥在上,范疆、張達叩見。（張郃白）你二人此來何意？（范疆、張達白）元帥有所不知,只因張飛終日飲酒,鞭打士卒,不理軍情,我二人特來投降,望元帥收留。（張郃白）咦！你二人乃張飛愛將,故意前來詐降。左右,將他二人推去斬首。（范疆、張達白）嘎呀,元帥不必動怒,將我二人綁到城頭之上,元帥看他營磐,若是軍士怨聲散亂,方見是真；若是軍士嚴整,必然是假,再斬未遲。

（張郃白）既如此，軍士們，將他二人綁到城上，帶馬上城去者。（衆唱【滴溜子】）（手下上，坐地吃酒，白）嘎呀，列位呀，張飛每日酒醉，鞭打士卒，不理軍情，我們隨着他沒有甚麼出頭的日子，我們各自逃生去罷。（衆下）

（范疆、張達白）元帥請看是真是假？（張郃白）果然不差。衆將回營去者。（衆唱後兩句，當站開）（范疆、張達白）元帥，趁他軍散亂，今夜三更時分，劫他營寨，必然成功。（張郃白）言之有理，將他二人鬆了綁。（范疆、張達白）多謝元帥。（張郃白）衆將官，今晚三更時分，整頓人馬，范、張二位將軍引路，悄悄出城，劫他營寨，不得有誤。（衆唱【合頭】，下）

（內起更，衆抬草人上，坐當場）（張郃衆上）（衆白）已到張飛營磐。（張郃白）悄悄而進。（衆進科）（范疆、張達白）張飛在帳內飲酒。（張郃白）待我看來，果然飲酒。看刀。（殺科）（張飛衆上，張郃衆敗下）

（劉備衆上，唱【千秋歲】兩句完）（孔明白）守門軍士，快些開城。（軍士白）甚麼人叫關？（孔明白）本帥張郃，前去劫營，中了張飛之計，後有追兵，快些開城。（軍士白）嘎，元帥回來了，開城。（黃忠、嚴顏殺進城，下）

（劉備唱兩句下，又上，站門坐科）（黃忠、嚴顏上，白）啓主公、軍師，張郃兵將俱願投降。（孔明白）接册點名，安慰百姓便了。主公請到後帳。黃忠、嚴顏，隨我城頭等候張郃便了。（衆唱後半段，下）（衆上，又對。魏延上，接殺衆，對完）

（張郃上，白）呔，開城啊開城。（孔明白）何人叫關？（張郃白）本帥中了張飛之計，大敗而回，快些開城。（孔明白）張郃，你來得正好，我久等多時。黃忠、嚴顏，出城擒來。（黃忠、嚴顏出城殺科，張郃敗下，黃忠、嚴顏進城）

（衆上）（張飛白）[4]啊呀，殺了一夜，張郃敗往那裏去了？衆將官，殺進瓦口關者。（轉場科）（張飛白）呔，城上的小軍，你家主帥被俺殺得大敗逃走，快些開城，如若不然，我打破城池，殺個雞犬不留。（孔明白）城下可是三將軍麼？（張飛白）唔，這是軍師聲音。城上可是軍師？（孔明白）正是。（張飛白）你來得早啊。被他佔了先了。（孔明白）開關。（衆進科，連上）（劉衆同上）[5]（張飛白）大哥，軍師。（劉備白）弟征戰張郃，連日辛苦。（張飛白）不敢，多謝軍師的美酒。（孔明白）送與三將軍解悶。（張飛白）那裏是解悶，分明叫我用計。哈哈哈。（劉備白）此乃軍師、三弟之功也，後帳排宴慶功。（衆唱）【尾】（下）

校記

［1］鎮守下邊隘口一帶地方："邊",原本作"辨",逕改。下同。
［2］軍師不要小覷俺老張："覷",原本作"戲"。今改。
［3］人馬伺侯："伺",原本作"俟",今改。
［4］張飛：原本作"張郃",今改。
［5］劉衆同上：原本作"劉家同上",今改。

定 軍 山

無名氏 撰

解 題

　　皮黃。《春臺班戲目》《慶昇平班戲目》有著錄，《都門紀略》記載此目。劇寫魏將張郃兵敗瓦口關後，無奈帶領殘部逃回定軍山。劉備爲奪取戰略重地定軍山的控制權，遂集結軍隊攻取葭萌關。諸葛亮用激將法挑起老英雄黃忠的昂揚鬥志，最終黃忠在嚴顏配合下，刀劈夏侯淵於定軍山下，取得了這場戰役的決定性勝利，奠定了三國鼎立的局面。此劇又名《取東川》，事見《三國演義》第七十回"猛張飛智取瓦口隘，老黃忠計奪天蕩山"。現存兩個清抄本：一本收録在《故宮珍本叢刊》的《亂彈單齣戲》中，題作"定軍山總本"，上面有很多删改的墨迹，當爲修改演出本；另一本收録在清《車王府藏曲本》中，題作"定軍山全串貫"。這兩個抄本故事情節同中有異，人物出場順序、唱詞、賓白等亦有很大不同，如《故宮珍本叢刊》本最先出場的人物是黃忠和嚴顏，最終以黃忠刀劈夏侯淵結尾；而《車王府藏曲本》最先出場的人物是劉備和諸葛亮，最終以黃忠刀劈夏侯淵、陳式爲其祝賀、黃忠命令衆將回營繳令作結。兹以《故宮珍本叢刊》本爲底本，參之以《車王府藏曲本》，校勘整理。

　　（黃忠上，白）老夫年高邁，（嚴顏上，白）要學孫武才。（黃忠白）殺人如切土，（嚴顏白）斬將列三台。（黃忠白）老夫黃忠。（嚴顏白）老夫嚴顏。（黃忠白）老將軍請了。（嚴顏）請了。（黃忠白）師爺登臺點將，想必爲的東川之事，你我兩廂伺候。（嚴顏白）請。（同下）

　　（四紅文堂、趙雲上）（孔明上）（唱）

【點絳唇】奉命點將，將士兵强中軍帳。擺列刀槍，要把狼烟掃蕩。（詩）地爲陰來天爲陽，九宮八卦腹内藏。袖内陰陽如反掌，保定我主錦家邦。

（白）山人諸葛亮，奉主之命攻取葭萌關。今日登壇點將，必須要激將而行。趙雲聽令。（趙雲白）在。（孔明白）傳下令去，可有能人去至閬中[1]，調三千歲回營大戰張郃。（趙雲白）得令。令出，下面聽者，師爺有令：可有能人去閬中，調三千歲回營大戰張郃[2]。（黃忠內白）且慢。（趙雲白）何人阻令？（黃忠內白）黃忠。趙雲白）隨令進帳。（黃忠內白）來也。（黃忠上，白）報，黃忠告進，參見師爺。（孔明白）老將軍少禮。（黃忠白）謝師爺。（孔明白）老將軍因何阻令？（黃忠白）師爺，主公要取葭萌關，何勞三千歲回營？末將願領一支人馬，大戰張郃。（孔明白）老將軍年邁，不是張郃對手。（黃忠白）哦哈哈，師爺，老將威風勇，殺氣貫長虹。斬將如削土，跨馬走西東。兩膀千斤力，能開鐵胎弓。若論交鋒事，還算老黃忠。（孔明白）帳下現有鐵胎寶弓，你要開得開，就命你出馬。（黃忠白）得令。（唱）

【二六板】師爺說話言太差，不由得黃忠怒氣發。一十三歲習弓馬，威名鎮守在長沙。自從歸順皇叔爺的駕，匹馬單刀就取巫峽，搶關奪寨威名大。師爺若是不信咱，在那功勞薄上查一查。非是黃忠誇大話，（白）弓來。（上手上，遞弓介）（黃忠唱）鐵胎寶弓手中拿。慢慢搭上珠紅扣，帳下的兒郎把咱誇。二次用盡這兩膀力，人有精神氣又加。三次開弓秋月樣，再與軍師把話答。

（孔明白）帳外伺候。（黃忠白）謝師爺[3]。（孔明白）老將軍下面歇息。（黃忠白）得令。（下）（孔明白）趙雲聽令。（趙雲白）在。（孔明白）傳令下去，可有能將保定黃老將軍大戰張郃。（趙雲白）得令。下面聽者，師爺有令：可有能將保定黃老將軍大戰張郃？（嚴顏內白）嚴顏願往。（趙雲白）隨令進帳。（嚴顏上，白）來也。報，嚴顏告進，參見師爺。（孔明白）老將軍少禮。（嚴顏白）謝師爺。（孔明白）老將軍因何阻令？（嚴顏白）末將不才，願保黃老將軍大戰張郃。（孔明白）老將軍年邁，不是他人對手。（嚴顏白）末將今年八十一，拔山舉頂有膂力。萬馬營中無人敵，斬將擒王不足奇。（孔明白）不知你的槍法如何？（嚴顏白）若論槍法，能取上將咽喉，猶如探囊取物一般。（孔明白）帳前演來。（嚴顏白）得令。（唱）

【快二六板】師爺寶帳令傳下[4]，不由嚴顏笑哈哈。都說廉頗武藝大，我比廉頗也不差。虎頭金槍耍一耍，（上手上，遞槍介）（嚴顏耍介）（唱）我比黃忠也不差。（孔明白）來，有請黃老將軍進帳。（趙雲白）黃老將軍進帳。（黃忠上，白）來也。參見師爺。（孔明白）黃老將軍以為正帥，嚴老將軍以為副帥，聽山人令下。（唱）

【快二六板】一個西川威名大，一個鎮守在長沙。二位老將軍齊上馬，得勝回來把功加。（嚴顏、黃忠同白）得令。（黃忠唱）黃忠接令把帳下，（嚴顏唱）不由嚴顏笑哈哈。（黃忠唱）一不要戰鼓咚咚打，（嚴顏唱）二不要旌旗帳後插。（黃忠唱）事不宜遲把馬跨，（白）馬來。（四上手帶馬下）（嚴顏唱）要把那張郃一馬踏[5]。（下）

（趙雲白）二位老將軍此去，可能得勝？（孔明白）二位老將此去，必能成功。（掩門）（衆分下）

（四藍文堂、陳式上，白）[6]轅門戰鼓响，兒郎列兩旁。（報子上，白）二位老將軍到。（陳式白）有請。（吹打，四上手、黃忠、嚴顏同上）（陳式白）參見二位老將軍。（黃忠、嚴顏同白）罷了，一傍坐下。（陳式白）多謝二位老將軍。（同白）可曾與那賊見過陣來？（陳式白）見過一陣，大敗而歸。（嚴顏白）嘟，未曾出兵，先敗頭陣，來，推出斬來。（黃忠白）且慢。軍家勝敗，古之常理。（嚴顏白）老將軍敢是與他講情？（黃忠白）老將軍饒恕與他。（嚴顏白）一旁謝過黃老將軍。（陳式白）多謝二位老將軍。（黃忠白）陳式聽令：城樓之上高挂紅旗二面，上寫"黃忠嚴顏，聞名喪膽"。（陳式白）得令。（報子上，白）報，張郃討戰。（同白）再探。（黃忠白）老將軍，那賊竟敢前來討戰。（嚴顏白）你我到要會他一會。（黃忠白）言得即是。衆將官，迎敵去者。（同領下）（陳式白）二位老將軍此去，必然成功。掩門。（衆分班下）

（四紅文堂、張郃起霸上，白）自幼生來蓋世無，要與皇家立帝都。萬馬營中如談笑，掃滅蜀將平東吳。某張郃，奉了曹丞相之命，鎮守葭萌關。時纔探馬報到，黃忠、嚴顏興兵前來，豈肯容他猖狂。衆將官，迎上前去。（四上手、嚴顏、黃忠同上）（張郃白）二老通名受死。（同白）老夫黃忠，嚴顏。（張郃三笑介）啊哈，啊哈，啊哈哈哈。（同白）爲何發笑？（張郃白）我當黃忠、嚴顏天神下界，此乃是兩個老匹夫。（黃忠、嚴顏白）呸。（張郃白）怎敵某家一戰。（黃忠、嚴顏同白）一派胡言。放馬過來。（殺介，張郃敗下）

（韓浩、夏侯尚上，白）韓浩。（夏侯尚白）夏侯尚。（韓浩白）請了。（夏侯尚白）請了。（韓浩白）你我奉了張將軍之命，接殺一陣。就此迎上前去。（黃忠敗下）（張郃、嚴顏打介，張郃敗下）

（韓浩、夏侯尚上，凹門）（張郃上，白）二位將軍，黃忠、嚴顏殺法利害，如何是好？（夏侯尚白）將軍不必如此。我有一兄長，名叫夏侯德，鎮守天蕩山，你我到那裏搬兵求救？（張郃白）好，就此前往。（夏侯尚、韓浩同白）請啊。（同下）

（四上手上，嚴顏、黃忠上）（黃白）老將軍追趕何人？（嚴顏白）追趕張郃。（黃忠白）那賊逃走了？（嚴顏白）便宜那厮。老將軍追趕何人？（黃忠白）韓浩、夏侯尚。（嚴顏白）那二賊逃走了？（黃忠白）便宜他了。老將軍，前面已是天蕩山，乃是曹操屯糧之處。此山堅固，怎生得破？（嚴顏白）俺倒有一計獻。（黃忠白）有何妙計？（嚴顏白）老將軍在前山罵陣，末將在後山放火，兩下夾攻，何愁此山不破？（黃忠白）此計甚好。衆將官，照計而行。（衆下）

（四文堂、夏侯德上，白）鎮守天蕩山，兒郎心膽寒。（報子上，白）報，三位將軍到。（夏侯德白）有請。（報子白）有請三位將軍。（韓浩、夏侯尚、張郃上）（夏侯德白）嘎，將軍。（張郃白）將軍請。（夏侯德白）請。（夏德德白）將軍爲何這等模樣？（張郃白）被黃忠、嚴顏殺得大敗，特到寶山搬兵求救。（夏侯德白）且聽探馬一報。（報子上，白）報，黃忠討戰。（夏侯德白）再探。（報子白）得令。（下）（夏侯德白）韓將軍聽令，攻打頭陣。（韓浩白）得令。（下）（夏侯德白）夏侯尚聽令，二隊劫殺。（夏侯尚白）得令。（下）（報子上，白）報，後山失火。（報子下）（張郃、夏侯德同白）不好了。來呀，殺呀。（同下）

（黃忠上，唱）

背地裏取笑諸葛亮，他道老夫少剛強。年紀邁來精神爽，殺人猶如宰雞羊。催馬來在陣頭上，（韓浩內白）那裏走？（黃忠白）嘎。（唱）那旁來了送死郎。（韓浩上，白）吠，那裏走？（黃忠白）來將通名。（韓浩白）大將韓浩。（黃忠白）看刀。（韓浩死下）（黃忠唱）

【快二六板】逃脫魚兒入羅網，敗陣綿羊敢逞強。老夫倒有容人量，怎奈寶刀不順揚。眼前若有諸葛亮，管叫他含羞帶愧臉無光。（下）

（嚴顏上，唱）

【快二六板】天蕩山後把火放[7]，殺人猶如宰雞羊。催馬來在戰場上，（夏侯德內白）那裏走？（嚴顏白）嘎。（唱）那旁來了送死郎。（夏侯德上，白）那裏走？（嚴顏白）來將通名。（夏侯德白）夏侯德。（嚴顏白）看槍。（夏侯德死，下）（嚴顏唱）【快二六板】非是嚴顏把功搶，免那諸葛笑一場。（下）

（張郃、夏侯尚上）（張郃白）將軍，天蕩已破，你我往那裏逃走？（夏侯尚白）將軍不必驚慌，我有一叔父名叫夏侯淵，鎮守定軍山，你我到那裏搬兵求救，要死咱們死在一塊。（張郃白）言之有理。將軍請。（夏侯尚白）請嘎。（同下）

（四上手、四文堂、嚴顏、黃忠同上）（嚴顏白）恭喜老將軍一戰成功。（黃忠白）多虧老將軍火攻之計。（嚴顏白）老將軍虎威。（黃忠白）老將軍，且喜天蕩已破，你我安營下寨，等候軍師令下。（嚴顏白）老將軍言得極是。眾將官，安營下寨。（眾抄同下）

（四文堂、劉封上，白）奉了父王命，調回黃漢升。小王劉封，奉了父王、軍師將令，調回黃老將軍，回營議論國事。眾將官，天蕩山去者。（眾白）嘎。（排子，領下）

（四上手、四藍文堂上，站門）（黃忠上，白）大將軍八面威風。（嚴顏上，白）喜的是一戰成功。（內白）小千歲到。（黃忠白）有請。（四文堂、劉封上，白）令下，黃老將軍，嚴老將軍。（黃忠、嚴顏同白）在。（劉封白）父王有旨，軍師有令，調黃老將軍回朝議論國事，命嚴老將軍看守大營，不得違誤。（黃忠、嚴顏同白）得令。有勞千歲奉令而來，後帳留宴。（劉封白）豈敢。二位老將軍一戰成功，可喜可賀。（劉封白）朝命在身，不敢久停，告辭。帶馬。（下）（黃忠白）老將軍。（嚴顏白）老將軍。（黃忠白）你我一笑而別。啊哈哈哈。（嚴顏白）啊哈哈哈。（四上手帶馬下）（嚴顏白）眾將官，多備滾木雷石，小心把守，掩門。（下）

（二大太監、孔明、劉備同上）（劉備白）孤王移住地成都[8]，（孔明白）江山猶如水上浮。（劉封上，白）忙將軍情事，奏與父王知。啓父王，黃老將軍到。（劉備白）有請。（劉封白）有請。（四上手、黃忠上，下馬介，黃忠跪介）（吹打）（劉備白）老將軍一戰成功，可喜可賀。（黃忠白）一來主公洪福，二來先生妙算，末將何功之有？（劉備白）老將軍虎威。（黃忠白）主公洪福。（劉備白）先生，孤王意欲奪取定軍山，但不知命何將出馬？（孔明白）主公要奪取定軍山，非二千歲不可。（劉備白）先生傳令。（孔明白）臣得令。令出。（黃忠白）慢着。（孔明白）老將軍有話坐下講。（黃忠白）請坐。（孔明白）老將軍因何阻令？（黃忠白）師爺，主公要奪取定軍山，何勞二爺公出馬？黃忠不才，願領一哨人馬，大戰夏侯淵。（孔明白）想那夏侯淵，非比張郃耳。（黃忠白）軍師，想那張郃，乃是中原有名上將，尚且被末將殺得望風而逃，何況那夏侯淵，他乃一勇之夫。（孔明白）也罷。老將軍此去，若勝得夏侯淵，山人願將軍師大印付你執掌。你呢？（黃忠白）俺若不勝夏侯淵，願輸項上人頭。（孔明白）敢與山人擊掌？（黃忠白）擊掌？好好好，擊掌。（劉備白）且慢。爲孤江山，何必打賭？黃老將軍聽令。（黃忠白）臣在[9]。（劉備白）命你帶領三千人馬，十日之內奪取定軍山，得勝回來，另加陞賞。（黃忠白）臣

定軍山

得令。(孔明白)將倒是一員虎將,可惜他老了。(黃忠白)哦。(唱)

【慢二六】在黃羅寶帳領將令,氣壞了老將黃漢升。昔年大戰長沙郡,偶遇亭侯二將軍。某中了他人拖刀計,俺百步穿楊射他的盔纓。棄暗投明來歸順,食王爵祿報王的恩。忠當竭力(改【快二六板】)把忠盡[10],再與軍師把話論。一不要戰鼓咚咚打,二不要虎將隨後跟。只要黃忠一騎馬,匹馬單刀取定軍。十日之內功得勝,軍師大印付與我的身。十日之內不得勝,願將人頭挂營門。來來來,帶過爺的馬能行,要把定軍山一掃平。(下)(劉備唱)老將此去可得勝,(孔明唱)遣將無有激將能。(同下)

(四上手、黃忠上,唱)

【快二六板】吾主爺攻打葭萌關,將士紛紛取東川。可恨諸葛見識淺,他道我勝不了夏侯淵。黃忠馬上把令傳,大小三軍聽我言。向前個個皆有賞,退後人頭挂高杆。大吼一聲往前趕,一戰成功定軍山。(同下)

(四藍文堂上,站門)(夏侯淵上,唱)

【快點絳唇】殺氣沖霄,兒郎虎豹軍威好。地動山搖,要把狼烟掃。(詩)(高臺)兩膀似金剛,威風誰敢當。勝似森羅殿,亞賽活閻王。某夏侯淵,奉了魏王旨意,鎮守定軍山。看帥字旗無風自動,必有軍情。來,伺候了。(報子上,白)報,張將軍到。(夏侯淵白)有請。(報子白)有請。(張郃、夏侯尚上,白)啊,張將軍。(張郃白)啊,將軍,殺敗了哇殺敗了。(夏侯淵白)將軍爲何這等模樣?(張郃白)被黃忠、嚴顏殺得大敗,特到寶山搬兵求救。(夏侯淵白)且聽探馬一報。(報子上,白)報,黃忠討戰。(夏侯淵白)再探。(報子白)得令。(下)(夏侯淵白)張將軍請至後面,待某會他一陣。(張郃白)須要小心。(夏侯尚、張郃同下)(夏侯淵白)請。眾將官,殺上前去。

(四上手、黃忠會陣,上)(唱)

【二六】夏侯打扮真不錯,黑面長鬚似閻羅。你若執意不歸順,剛刀下來兒的命難活。(夏侯淵白)住了。(唱)

二馬連環戰山坡,黃忠老兒你聽着。中原大將就是我,烏鴉敢奪鳳凰窩。(殺介,黃忠敗下)

(陳式上,白)俺陳式。黃老將軍出陣,待我助他一陣。(夏侯淵上,白)那裏走?(擒陳式介)(夏侯淵白)綁回營去。(下)

(四上手站門,黃忠上)(唱)

時纔大戰在山坡,各爲其主定江河。魏營中打罷了得勝鼓,我營爲何不鳴鑼。(報子上,白)報,先行被擒。(黃忠白)再探。(報子白)得令。(下)

(黄忠白)嘎。(唱)聽罷一言心頭火，不由老夫咬牙窩。擒去先行猶自可，(白)馬來。(唱)(掃一句)有何臉面見諸葛。(夏侯尚上介)(黄忠擒介，笑介)哈哈哈，來，綁回去。(下)

　　(張郃上，白)出兵不得勝，愁眉在大營。(四藍文堂、四門綁陳式上介)(張郃白)將軍，勝負如何？(夏侯淵白)與他兩下交鋒，不分勝敗，擒來他國先行，名叫陳式[11]。(張郃白)綁下去。(陳式綁下)(夏侯淵白)啊，將軍，我侄男夏侯尚往那裏去了？(張郃白)掠陣未歸。(夏侯淵白)且聽探馬一報。(報子上，白)報，夏侯尚被擒。(夏侯淵白)不好了。(排子)哎呀，侄男啊。(張郃白)將軍不必啼哭，修書一封，明日午時三刻，與他走馬換將。(夏侯淵白)濃墨伺候。(排子)來，旗牌進帳。(報子白)伺候將軍，有何差遣？(夏侯淵白)有書信一封，命你下在黄忠營磐，讓他照書行事。(報子白)遵命。(夏侯淵白)我今吩咐你，(報子白)怎敢誤延遲。(下)(張郃白)後面備得有宴，與將軍同飲。(夏侯淵白)掩門。(衆同下)

　　(四上手站門，黄忠上)(唱)

　　【快二六】昨日陣前把仗打，各爲其主定邦家。將身且坐寶帳下，又聽得營門外鬧嚷喧嘩。(報子上，白)門上那位在？(上手白)甚麼人？(報子白)煩勞通禀，下書人求見。(上手白)候着。啓爺，下書人求見。(黄忠白)傳。(上手白)下書人，裏面傳你，要小心了。(報子白)下書人叩見老將軍。(黄忠白)你奉何人所差？(報子白)奉了夏侯將軍所差，有書信呈上。(黄忠白)下面伺候。(報子白)啊。(下)(黄忠白)夏侯淵有書到來，待我拆開觀看。(排子)來，傳下書人。(上手白)下書人。(報子上，白)伺候老將軍。(黄忠白)回頭拜上你家元帥，我這裏修書不及，照書行事。(報子白)是。(下)(黄忠白)且住。老夫正在爲難之際，這封書信來得到也湊巧，那夏侯淵約定，明日午時三刻，與老夫走馬換將。那時先教他先放我國先行陳式，然後放他姪兒夏侯尚。老夫幼年習就百步穿楊，一箭將他射死，那夏侯淵必定與他侄兒報讎，那時老夫殺一陣敗一陣，敗至在荒郊野外，夏侯淵趕來，學當年關公拖刀之計，將他刀劈下馬。夏侯淵啊我的兒，明日不來便罷，你若來時，定中老夫之計也。(唱)

　　【快二六】這封書信來的真湊巧，天助老夫立功勞。回頭便把三軍叫，老夫言來聽根苗。一通鼓戰旗搖，二通鼓緊戰袍，三通鼓刀出鞘，四通鼓把兵交。向前個個皆有賞，退後准備吃一刀。三軍與爺歸營號，到明天午時三刻我要立功勞。(衆分下)

（四藍文堂、夏侯淵上）（四上手、黃忠上）（夏侯淵白）黃老將軍請了。（黃忠白）請了。（夏侯淵白）可曾見過某家書信？（黃忠白）特爲書信而來。（夏侯淵白）還是那家先放？（黃忠白）你家先放。（夏侯淵白）還是你家先放。（黃忠白）哎呀，老夫到此，乃是一客位。還是你家先放。（夏侯淵白）恐其老將軍心懷二意。（黃忠白）我若有二意，日後叫他死在藥箭之下。（夏侯淵白）好啊，衆將官，將他國先行陳式放過去。（衆放介）（夏侯淵白）老將軍爲何不放我侄男？（黃忠白）焉有不放之理。來，將夏侯尚放過去。（衆放介）（黃忠白）看箭。（射夏侯尚介）（夏侯淵白）哎呀。（衆追下）（黃忠跑過場下）（夏侯淵追過場下）

（黃忠上，白）且住。夏侯淵趕來，拖刀計傷他。（夏侯淵上，白）那裏走？（黃忠拖刀計斬夏侯淵死介，下）（黃忠白）哈哈哈。

【尾聲】（下）

校記

[1] 閬中：原本作"廊中"，今依《三國志·蜀書·張飛傳》改。

[2] 調三千歲回營大戰張郃："回"字，原本漏。今依前文補。

[3] 謝師爺：原本這三個字後面有"老了"二字，與上下文意思不銜接，今刪。

[4] 師爺寶帳令傳下："傳下"，原本作"傳下去"，"去"字失韻，今刪。

[5] 要把那張郃一馬踏："踏"字，原本作"踏踏"，後一個爲衍字，今刪。

[6] 陳式：原本作"陳志"，據陳壽《三國志》和《車王府藏曲本》今改。下同。

[7] 天蕩山後把火放："山後"，原本作"山前後"，與上文黃忠和嚴顏商量的計策內容不符，今刪"前"字。

[8] 孤王移住地成都："移住"，原本作"移主"；"成"，原本作"城"。今改。

[9] 臣在："在"字，原本無，今據文意補。

[10] 忠當竭力："忠"，原本作"孝"。今改。

[11] 名叫陳式："名叫"，原本作"名教"，今改。

水淹龐德

無名氏 撰

解　題

　　皮黄。不見著録。劇寫曹操命龐德爲先鋒，于禁爲元帥，前去攻打荆州。龐德爲表示必勝之決心，抬了一口棺材上陣。在與關羽的交戰中，他一箭射中關羽臂膀，正要乘勝追擊，于禁却鳴金收兵，下令在河北水與湖江之間的罾口川安營紮寨。關羽一邊養傷，一邊派人打探曹營消息，得知于禁把兵馬駐紮在低窪之處，遂吩咐士兵砍樹做木筏，用糧袋裝滿沙土備用。秋雨連綿，河北發洪水。關羽堵住其他水口，扒開堤岸，水淹曹軍，活捉于禁，生擒龐德。于禁投降關羽，苟且偷生；龐德寧死不降被殺。事見《三國志·魏志》卷十八《龐德傳》。《三國演義》第七十四回"龐令明抬櫬決死戰，關雲長放水淹七軍"，亦演繹這段故事。版本今見清《車王府藏曲本》。該本係清抄本，無標點，首頁題"水淹龐德全串貫"，唱二簧西皮，當爲皮黄。兹以清《車王府藏曲本》爲底本，校勘整理。

　　（四手下、付上白）豪傑生來秉性剛，未遇時來投西涼。馬超不是英烈將，某家一怒投魏王。某姓龐名德，字令明。可恨關公霸佔荆州，吾奉曹公之命，攻打荆州。三軍！（手下白）有！（付白）起兵！（手下白）哦！（排子下）（小生上，白）珠簾高捲挂金鈎，吾父官拜壽亭侯。威震華夏人人怕，代管襄陽與荆州。俺關平，父王陞帳，在此伺候！（四手下、小生上）
　　【引】鳳眼觀看何路水，笑煞東吳立帝基。
　　（白）吾赴單刀大會江東，威震江夏一英雄。弟兄桃園三結義，威震荆州漢關公。某漢室關，弟兄桃園結義以來，三請諸葛先生，算就三分天下。大哥西川立帝，三弟閬州爲王，某威鎮荆州。昨日聞報，曹操命于禁挂帥[1]，龐德先行，前來攻打荆州。也曾命探子前去打聽，未見回報。（手下白）報！龐德討戰！（生白）再探！（手下白）哦！（生白）某的營未曾紮穩，龐德就來討戰。衆將帶馬！（小生白）且慢！些須小事，何勞父王出馬？待兒擒來就是。（生白）吾兒須要小心。（小生白）是！三軍，起兵！（手下白）哦！

（排子）（付上，白）來將通名！（小生白）小爺關平。（付白）招鞭[2]。（小生白）來將通名！（付白）老爺龐德！多拜兒的父王，早就將襄陽樊城獻上。如若不然，殺得寸草不留。（小生白）呔！[3]（生上，白）陣前排八卦，北斗暗七星。（小生白）父王在上，兒臣交令。（生白）勝敗如何？（小生白）敗下陣來。（生白）怎麼講？（小生白）敗下陣來！（生白）哏！（唱）

【二簧】聽一言來心上氣，咬定銀牙皺雙眉。無名小卒戰不過，敢在陣前逞雄威[4]。陣前不念父子意，推出轅門斬首級。義父大戰荆州地，（白）起去！（唱）在軍營改戴脫袍衣。未曾閱兵先傳令，吾兒關平你聽知：爲父大戰龐小將，鞍前馬後莫遠離。叫周倉帶過追風騎，（淨白）哦！（生唱）青銅大刀手内提。一馬殺在軍隊裏，好似黃鶯抓敗雞。

（同上，白）龐德！（付白）關公！（生白）龐小子！（付白）雲長！（淨白）呔！（付白）哏！（生白）那曹操乃是一奸相，扶他則甚？何不歸吾桃園，自有封王之位。（付白）住了！你抬頭觀看，你老爺抬有棺木一口，與你決一死戰，講甚麼順爾桃園？（生白）哏！未曾交戰，先出不利之言，必喪吾手！關平、周倉，攻打頭陣。（同白）哦！（小生、淨、生、手下、付白）（生殺下）吓！關公殺法厲害！他若追來，用拖刀擒他便了。（付生殺上）對刀！（付白）呔！關公，爲何不前進？（生白）哏！你老爺過五關斬六將，全憑拖刀之計，你敢放肆？（付白）不好了！（付白）吓！關公殺法厲害，他若追來，用百步穿楊傷他便了。（殺，同下）（衆上，追下）

（外白）[5]轅門三千將，貔貅百萬郎。本帥于禁，不免吩咐三軍鳴金收兵。（付上，内白）鳴金收兵！（付白）三軍收兵！（手下白）哦！（外上，白）定下牢籠計，諒兒難成功。（付上，白）呔！于禁，正要生擒關公，你爲何鳴金收兵？（外白）將軍有所不知，那關公多奸多詐，恐將軍中了他的拖刀之計。（付白）哎！（唱）

【西皮】聽一言來好心燥，二目圓睜似火燒。那關公中了箭一條，看看某家成功勞。誰叫你鳴金收人馬，好叫某家把心燥。虎帳裏不辭賊于禁！（白）馬來！（唱）到明天殺關公現吾曹。（外白）一聲將令往下傳，將人馬紮住罾口川[6]。（下）

（生上[7]）（唱）

我敗下陣來好無幸，龐德威風比吾能。馬失前蹄不打緊，左膀中了箭雕翎[8]。華佗取箭方纔醒，合營三軍念佛聲。昔日去戰長沙郡，偶遇老將黃漢升。中了某的拖刀計，百步穿楊射盔纓，五十三步敗一陣，（淨白）哎！（生唱）又聽周倉發恨聲。悶厭厭坐在蓮花帳，且聽兒郎報軍情。

（手下白）報！龐德揚兵！（生白）再探！（手下白）哦！（生唱）

正坐九鼎蓮花帳，探馬兒不住鬧嚷嚷。關平周倉忙開道，丹鳳眼四下看端詳。只聽銅鑼並鼓響，想是龐德把兵揚。（生下，付上）（生唱）

不過昨日打勝仗，顯兒威風滅吾強。（手下、付、生上）（又白）（唱）正坐高崗叙端詳，看一看于禁把營安。左邊靠定河北水，右邊靠定是湖江。兩旁攻高數十丈，河北水發兵怎擋？關公看罷笑嘻嘻，堪笑于禁無見識。左邊高右邊低，白虎反把青龍欺。秋後發了河北水，肉化血來骨化泥。叫關平周倉收了隊，准備你父成功回。休得要鑼兒當當響，切不要戰鼓咚咚催。催動戰鼓不打緊，失了父王好計策。吩咐吾兵定實糧袋，內生沙石把水圍[9]。轉過九鼎蓮花帳，謀成一計擒龐德。

（手下白）報，河北水發！（生白）再探！（手下白）哦！（生白）此乃老天助某成功！關平、周倉，吩咐眾將，砍倒大樹造成大筏，砍倒小樹造成小筏，各提皮囊，又口內裝石子黃土，將河北水隔斷，准備你父王秋後水擒龐德。（唱）

冤家中了我的水戰計，連人帶馬喪河灣。（付上，唱）

在陣前戰敗關雲長，元帥鳴金把營安。我本當鞭打于禁賊，曹相見罪某怎當？悶慘慘坐在先行帳，到明天殺關公獻魏王。（末上，唱[10]）

將人馬紮在罾口川，秋後不知如何安？（白）將軍，拜揖！（付白）陳將軍不在大營，到此何事？（末白）將軍有所不知，如今河北水發，如何是好？（付白）就該進營稟過元帥。（末白）也曾稟過元帥，將末將趕出帳來。（付白）且聽一報！（手下白）報！河北水發。（付白）不好了！（排子，殺下）（淨白）啟父王，于禁打在水灘。（生白）找上來。（淨白）哦！（生白）願生，願死？（外白）願降馬前。（生白）打入後帳。（同下）

（付上，白）梢丁快來！（丑白）來了！（生下，淨白）啟父王，龐德駕小舟而逃。（生白）駕小舟追趕。（同下）（淨、付殺下）（淨白）啟父王，龐德借水遁而逃。（生白）好他去了！（淨白）兒臣習就水勢，要水擒龐德。（生白）須要小心。（同下）（付上，殺敗四手下）啟父王，龐德被擒。（生白）帶上來！（淨白）哦！（生白）龐德。（付白）關公！（生白）龐小子！（付白）雲長！（淨白）

呔！（生白）既被吾兒擒來，還不屈膝求生。（付白）住了！要殺就殺，何必明言！（生白）周倉，推出斬首！（淨白）哦！（付白）哎！俺乃大將之木邑首，喪與小卒之手。（淨白）哎呀！啓父王，龐德不喪兒臣之手。（生白）看刀！（排子，付死下）（淨白）啓父王，龐德已死。（生白）可惜！（淨白）父王，可惜何來？（生白）可惜龐德一員好將。（淨白）兒臣也不差。（生白）吾兒好棒！（下）

校記

[1] 曹操命于禁挂帥："于禁"，原本作"餘敬"，今改。
[2] 招鞭：原本作"招邊"，今改。下同。
[3] 呔：此下應有闕文，其内容當是關平與龐德交戰，戰敗而回。這樣，纔能與此下是關平向關羽報告戰敗之事相銜接。"呔"，原本作"吠"。今改。
[4] 敢在陣前逞雄威："雄"字前原有"英"字，當係衍文，今删。
[5] 外白：外字原本缺，據文意補。
[6] 將人馬紮住罾口川："罾"，原本作"會"。據《三國演義》改。下同。
[7] 生上：原本作"小生"，今改。
[8] 左膀中了箭雕翎：箭字，原本缺，今據文意補。
[9] 内生沙石把水圍："石"，原本作"右"，今改。
[10] 末：原本作"付"，今據文意改。

受禪臺

無名氏　撰

解　題

　　聲腔不詳。《春臺班戲目》著録。劇寫漢獻帝建安二十五年，相國華歆、太尉賈詡、司徒王朗等早朝時奏請漢獻帝效法堯舜，把江山讓與魏王曹丕，不答應不許退朝。漢獻帝無奈，只好含糊答應。爲逼漢獻帝退位，曹丕又令曹洪、曹休率兵圍住宫樓。漢獻帝爲免殺戮，讓掌璽官許郎交出傳國玉璽。許郎拒絶交出，被曹洪等人殺害。曹丕納漢獻帝的兩個女兒爲妃，令人築受禪臺，擇吉日即位，由公主捧玉璽，漢獻帝親自跪獻玉璽與魏王曹丕。禪位之日，曹丕封漢獻帝爲山陽公，即日動身，無詔不得進京。禪讓儀式剛剛結束，忽然刮起一陣狂風，傳國玉璽隨即不見。曹丕頒旨，有找回傳國玉璽者，加官進爵。在該劇中，漢獻帝起初由小生扮演，换場之後却由生脚扮演。這在清車王府藏曲本中還較爲少見。該劇事見《後漢書》卷九《獻帝紀》。《三國演義》第八十回"曹丕廢帝篡炎劉，漢王正位續大統"，亦敷衍此段故事。版本今有清《車王府藏曲本》。該本係清抄本，首頁題"受禪臺全串貫"。兹以清《車王府藏曲本》爲底本，校勘整理。

　　（衆上）（華白）天子重英豪，（賈白）文章教兒曹。（王白）萬般皆下品，（許白）惟有讀書高。（華白）老夫相國華歆。（賈白）下官太尉賈詡。（王白）老夫司徒王朗。（許白）下官大理寺許支。（同白）列位請了。今有上天現瑞，魏當受漢室。漢主登位，一同上殿啓奏。（小生上）

　　【引】鳳閣龍樓，萬古千秋。（白）午夜漏聲催曉箭，九重春色醉仙桃。旌旗日暖龍蛇動，宫殿風微燕雀高。寡人獻帝，都許昌，國號建安。自登基以來，仗魏王之神威，列衆之相扶，雖然三分天下，喜黎民平安。今當早朝，内侍！（監白）有！（小生白）展放龍門。（監白）領旨。萬歲有旨，展放龍門[1]。

（衆白）臣等見駕！（小生白）平身。（衆白）萬歲！（小生白）賜坐！（衆白）謝坐。（小生白）今日文武齊上金殿，有何本奏？（衆白）臣等上殿非爲別事，魏王曹丕即位以來，萬民歸心。群臣會議，漢祚永終。求陛下發堯舜之道，將江山讓與魏王，上順天心，下合民意，則陛下無憂安居，請旨定奪。（小生唱）

聽一言唬得我心驚膽怕，不由人撲簌簌兩淚如麻。孤只說衆文武朝王見駕，却原來叫寡人推讓九華。古今來江山是争奪天下，哪有個君讓臣撥國還家。衆公卿休要説偏心之話，還須念爲王的無錯無差。（白）賈太尉，你乃開國老臣，心如明鏡。想我高祖布衣起首，平秦滅楚而得天下，世留相傳四百餘載。朕登位以來，並無罪惡，安忍將祖先基業讓與他人？還需公議。（賈白）陛下，豈不聞天下乃人人之天下，非一人之天下，惟有德者居之；有道伐無道，無德讓有德。舜受堯禪，讓於禹。漢將江山讓與魏王，以安社稷，則陛下高枕無憂，有何不美？（小生唱）

賈太尉奏一本心如刀剜，似這等奸黨臣何須問他？平白的要爲王推讓天下，全不怕罵名兒傳於天涯。（白）許愛卿，你乃寡人心腹之臣，古今帝王有道則輔，無道則廢。朕登位二十餘載，井井未行非禮之事，文武公卿爲何要朕把江山讓與魏王？日後身歸九泉，有何面目見高祖於地府？還要與朕分憂。（許白）萬歲，非是臣等不忠，怎奈上天降生禎祥，麒麟出現，鳳凰來儀。臣昨夜觀天象，見陛下帝星隱匿不明，龍相歸天。況許昌内外有童謠歌"鬼在邊，委相連，言在東，午在西，兩日並光上下移"，主公可解此語？（小生白）朕實不解。（許白）"鬼在邊，委相連"，是個"魏"字，"言在東，午在西"是個"許"字，"兩日並光上下移"，是個"昌"字。如此論來，魏當即位於許昌。望陛下三思。（小生唱）

巧花言氣得我淚如雨下，全不念食君禄頭戴烏紗。殿閣下坐一臣年紀高大，必定是老丞相忠孝傳家。（白）王老臣，你乃開國之臣，久食漢禄，想道童謠非主國家大事，使後世耻笑於朕。老愛卿還要與文武公議。（王白）萬歲，説那裏話來？自古江山有興有敗，有盛有衰，那有不亡之國、不敗之家？今日不把江山讓與魏王，霎時間有殺身之禍，那時休怪臣等不忠。（衆白）是呵，休怪臣等不忠。（小生唱）

朕指望年老臣忠心保駕，却原來也是個老奸刁滑。今日裏文共武齊把君壓，欺寡人只當作無知小娃。沒奈何叫内臣與孤擺駕。（衆白）萬歲那裏去？（小生白）[2]回轉朝陽。（衆白）允不允早發一言，方許回宫。誰敢回宫？（小生唱）

嘆天子離龍位文武阻駕，金殿上逼得孤不敢咬牙。衆公卿今日裏齊把殿下，待來朝爲王的自有開發。（華唱）九龍臺施一禮辭別王駕。（賈唱）喜滋滋笑盈盈且回朝房。（王唱）懦弱君怎許他稱孤道寡？（許唱）不讓位管叫他命染黃沙。（小生唱）往日裏君設朝飲歡容笑臉，今日裏王登位淚眼巴巴。文武臣都是些猪羊犬馬，一個個忘朕恩野虎添牙。假若是硬硬的不讓天下，禍到頭有誰人搭救孤家？悶懨懨叫內臣與孤擺駕，回宮去與梓童細說根芽。（下）（王唱）

嘆天子在金殿含糊答話，讓江山倒作了浪裏淘沙。（白）列位，方纔天子金殿含糊答話，是有不讓之意。還有何計？（賈白）列位放心，天子乃軟弱之君，畏刀避劍，明日命曹洪、曹休披挂整齊，帶領人馬圍住宮門，威逼讓位，不怕他不從。（衆白）言之有理。安排打虎牢籠計。（賈白）天子好似雨打花。（同下）

（旦上，唱）

漢天子坐江山洪福天降，全憑着我父親保定朝綱。那邊又聽得笙歌響亮，想必是萬歲爺駕轉昭陽。（白）臣妾見駕！（生白）平身！（旦白）萬歲。（生白）坐下。（旦白）謝坐。（生白）哎！罷了。（旦白）萬歲往日回宮歡容笑臉，今日回宮爲何雙目吊淚？（生白）你兄曹丕欲謀漢室天下，命百官威逼孤家推位讓國，故此納悶。（旦白）萬歲道吾兄乃篡位之人，不想你高祖在泗亭長奪秦天下？吾兄掃清四海建大功，功高德重，怎不可以爲君？萬歲即位二十餘年，不是我父兄在朝，已成齏粉，焉有今日？（唱）

吾父親幼年間東除西蕩，誅董卓滅袁紹四海名揚。破黃巾擒呂布功高德廣，保君王坐金殿駕坐許昌。披荊棘戴霜露何曾安享，哪一年哪一月不在戰場？這江山本是我曹家苦創，我兄王權坐下又待何妨？（生唱）

休提你父親功高德廣，想起那曹孟德兩淚汪汪。在許昌射鹿時欺了綱常，挾天子令諸侯勢如虎狼。董國舅和吉平無故遭殃，進宮來逼死我結髮糟糠。全不念是國老皇親國丈，伏皇后皇太子命喪黃粱。欺寡人如同那草芥一樣，一樁樁一件件仔細推詳。（旦唱）

休得要嘴喳喳讒言毀謗，我父親他本是治國忠良。你與那董貴妃心藏勾當，修血書付董承帶內收藏。合文武衆公卿巧設羅網，小吉平下毒藥天理昭彰。頭一次計不成朝思暮想，又與他伏皇后父女商量。聽伏完與伏后何爲冤枉，皆因是君不正攪亂朝綱。你若是違天命不把位讓，管叫你霎時間禍起蕭墻。（生唱）

實指望進宮來訴説冤枉，又誰知狗賤妃反發癲狂。她一家盡都是欺君罔上，父與子兄和妹一樣心腸。（小生上，唱）
　　賊曹丕設下了天羅地網，密層層排列刀槍。（白）萬歲，不好了！（生白）相卿爲何這等驚慌？（小生白）魏王曹丕欲謀大位，命曹洪、曹休帶領校尉圍住宮樓，請旨定奪。（生白）呀！不好了！（唱）
　　朕登位十餘年未曾安享，滿朝中並無個保駕忠良。朕今日若不把江山推讓，禍臨頭有誰人搭救孤王。（小生唱）
　　萬歲爺休憂慮且免悲傷，君無道有誰人膽大刺王？豈肯作惡淋淋狐群狗黨，殺身禍有微臣一力承當。（衆上，白）臣等見駕！（生白）卿等披挂整齊，所爲何事？（衆白）臣等進宮，非爲別事，請陛下即早讓位！若還遲延，禍在傾刻。（生白）卿等久食漢禄，並無一個與朕分憂，朕雖不才，也是一朝天子，誰敢北面刺君？（衆白）陛下無人君之德，强坐龍庭，不是魏王父子在朝，焉有今日？（生白）昔日桀紂無道，殘暴生靈，天下伐之。朕非殘暴之君，誰敢殺朕？（衆白）雖登大位，甚於殘暴之君！殺陛下塞滿宮廷。陛下抬頭觀看。（生唱）
　　人馬紛紛圍宮廷，刀槍劍戟似秋霜。文官怒起三千丈，武將提刀氣昂昂。爲王一見魂飄散，文武聽朕説端詳。高祖創業非易掌，楚漢争鋒滅秦邦。張良佩劍把韓信訪，九里山前擺戰場，霸王自刎烏江喪[3]，纔得一統歸高皇。非朕不把江山讓，怎捨得四百年錦繡家邦？（王唱）
　　主上休提漢高皇，提起高皇也不常。他不過沛縣一亭長，布衣起首戰秦邦。兩漢相傳四百載，天命已去動刀槍。不是魏王東西蕩，怎得平安坐許昌？常言道無德把有德讓，江山理應讓魏王。（生唱）
　　他有功來我有賞，不該起義奪龍床。臣謀君位就該喪，文武還要細商量。（賈唱）
　　萬歲説話欠思量，細聽微臣説比方。昔日堯帝坐朝綱，風調雨順享安康。後來請把賢臣訪，江山一統歸舜王。古來帝王尚且讓，主公讓位又何妨？（生唱）
　　賈詡奏本太猖狂，細聽爲王説端詳。寡人怎比堯室主，曹丕怎敢效舜王？（洪唱）
　　三皇五帝夏商湯，吊民伐罪周武王。武王相傳四百載，曾敗六國秦始皇。淫亂無道宇宙荒，一統江山歸劉邦。二百年前誅王莽，光武中興掃洛陽。江山原有興合敗，換朝換帝古今常。今日不把江山讓，霎時間宮内起禍

殃。（生唱）

曹洪怒發三千丈，君臣動怒有損傷。江山要讓實要讓，怕是後人説短長。（休唱）

曹休聞言怒滿腔，太陽穴內冒火光。魏王洪福從天降，日月高懸照萬方。無道昏君把位讓，強坐九五佔龍床。今日不把大位讓，管叫你就在劍下亡。（生唱）

漢天子兩淚汪汪，三魂七魄無主張。文武不必紛紛講，且容寡人細思量。手摸胸頭暗思想，漢室江山不久長。本當要把江山讓，九泉怎好見先王？本待不把江山讓，霎時間宮內起禍殃。回頭我對內侍講，快宣那一片忠心付許郎。（手下白）萬歲有旨，許郎進宮。（小生上，唱）

磐古初分到我邦，那見皇宮起戰場？萬歲不必悲聲放，何事宣臣付許郎？（生唱）

君流淚來臣悲傷，你我痛苦柱斷腸。文武逼孤把位讓，重重叠叠擺刀槍。滿朝俱是曹家將，一人怎敵萬人強？玉璽本是你執掌，快把玉璽獻魏王。（小生唱）

萬歲錯把旨來降，退位讓國負高皇。玉璽本是臣執掌，捨死忘生戰一場。站立午門高聲叫，兩旁文武聽端詳。曹操欺君身須喪，留下罵名萬古揚。曹丕心似老王莽，臣篡君位不久長。你等若退兵合將，定做忠良入廟堂。若要強把江山讓，休想玉璽出宮墻。（洪唱）井底蛤蟆休生浪，（生唱）初生犢兒逞豪強。（華唱）一人怎把衆人擋，（賈唱）順者存來逆者亡。（小生唱）祖弼聞言心歡暢，（笑介）笑煞忠臣付許郎。咱自幼生來性情剛，一臣豈扶二君王？爾盡是狐群狗黨，一個個人面獸心腸。華歆好比廉頗將，賈詡奸謀賽衛鞅，曹洪惡似屠岸賈，曹休犬馬如虎狼。咱本是堂堂忠良將，豈肯屈膝同一黨？寧可一命刀下喪，情願死來不願降。（洪唱）[4]

大膽匹夫休狂妄，胡言亂語把衆傷。三尺青鋒出了鞘，管教你頃刻一命亡。（殺死介）（生唱）

寶劍一舉人頭落，可惜忠良付許郎。三魂渺渺歸何處？（衆白）不許哭！（生白）我不哭。（唱）珠淚不住灑胸膛，屍首停在後宮院，（衆白）且慢！亂臣賊子，不許停在後宮。校尉！（手下白）有！（衆白）將屍首拖出宮去。（生唱）蓋世忠良無下場。爲王的不敢高聲放，但願魂靈入廟堂。（華唱）

亂臣賊子應該喪，（賈詡唱）

無知匹夫太猖狂。（洪唱）

萬歲不必悲聲放，（休唱）

早獻玉璽出宮墻。（生唱）

昭陽院取出金鑲印，好似剛刀刺心腸。東西兩漢四百載，全憑玉璽鎮家邦。爲王無福，將你掌，今日一旦付奸王。罷罷罷！爲王無福，將你捨了罷，公卿早早離昭陽。（華唱）

金鑲玉印萬道光，（賈唱）

喜氣洋洋獻魏王。（生唱）

自從爲王坐許昌，曹瞞專政亂朝綱。一干忠臣遭屈枉，進宮逼死二昭陽。官封九錫還嫌小，勒逼寡人封魏王。子襲父職龍恩降，深山養虎虎傷王。哭啼啼且轉昭陽院，自嗟自嘆自悲傷。（衆白）臣等見駕！（生白）進宮何事？（衆白）魏王具有表章，萬歲觀看！（生唱）

魏王曹丕具表章，誠惶誠恐拜魏王。微臣不敢把位掌，皆學堯舜古上王。（白）魏王不肯受命，要寡人學堯舜之道，是何故也？（賈白）這是堯帝入舜，先將二位公主與舜爲妻，人皆言堯舜有德。陛下現有二位公主，何不學堯嫁與魏王，以全大德？事不宜遲，速速降旨。（生唱）

可恨華歆狗奸黨，三番兩次逼君王。勒逼寡人把位讓，又要吾女配鸞凰。咬牙切齒不能講，點點滴滴淚兩行。內侍與孤把旨降，二位公主快梳妝。鸞轎送至魏王府，叫他不用悲來不用傷。（華唱）

好一個仁義漢君王，願將二女配鳳凰。（貼、旦正唱）

父王傳旨兒悲傷，姊妹雙雙忙梳妝。臣篡君位心不良，要將公主配奸王。哭啼啼且把鸞轎上，好一似鋼刀刺胸膛。（同下）（生唱）

兩個嬌兒悲聲放，哭哭啼啼出昭陽。無頭災禍從天降，鐵石人聞也斷腸。（華、賈上白）臣等見駕！（生白）卿等三番兩次擁進宮來，莫非要寡人的性命？（賈白）魏王納了二位公主，具表申謝。（華白）魏王不受命，再來啓奏。（生白）到底要朕怎樣？（曹白）魏王要萬歲南郊外高築一臺，名曰受禪臺。公主親捧玉璽，明白禪位，使天下共知，魏王決不肯負陛下。（生唱）

曹丕做事好停當，待朕如同小兒郎。（白）事到如今，不得不從命。太常寺卿，在郊外選一吉地，高築一臺。寡人親捧玉璽，明白禪位。幸留殘生，以終餘年。（華白）賈太尉，萬歲真乃仁德之君，古人罕有。（賈白）你我速速傳旨。（同下）（華唱）

別君速速把旨降，高築禪臺四海揚。（生唱）

高祖立業創家邦，不料今朝一旦亡。內侍引孤太廟去，痛苦流淚訴高

皇。(下)

(外上，白)吾乃奎木狼是也！今有曹丕篡位，吾奉御旨，奪路歸與劉備，以歸正統。衆將們！(手下白)有！(外白)隨吾往許昌去也！(手下白)哦！【排子】，同下。

(衆同上，白)列位請了！新主今日受命禪臺，排班伺候。遠遠望見新主來了！(小生上，白)重重疊疊受禪臺，文臣武將兩班排。非是寡人吞漢室，四百年來社稷衰。孤王曹丕，多蒙獻帝將江山禪讓與孤，今日受命。衆卿，孤王稱尊，皆賴衆卿匡扶。受禪之後，自有封贈。(衆白)遠遠望見獻帝來也。(生上，唱)

漢天子離太廟肝腸哭壞，止不住珠淚兒灑滿胸膛。自朕躬登龍位二十餘載，每日裏戰兢兢不敢頭抬。恨董卓欺寡人如同草芥，曹孟德欺爲王只當嬰孩。挾天子令諸侯由他擺佈，賞公卿貶奸佞任他安排。董貴妃伏皇后被他逼壞，一個個忠良臣死無葬埋。天有眼老曹瞞魂遊滄海，有曹丕奪朕位勢如虎狼。金殿上逼得孤無計可奈，昭陽院奪玉璽天理難容。爲王的親生女與他婚配，又要在南郊外高築禪臺。高祖爺創江山二十餘代，到今日失天下怎不悲哀？又不是秦始皇東塡大海，又不是商紂王剖腹驗胎，又不是楚平王爲君有歹，又不是周幽王寵愛裙釵。漢天子又不曾把民擾害，平白裏要爲王推讓龍臺。哭啼啼來至在南郊之外，刀和槍劍和戟鬼哭神哀。小曹丕輝煌煌帝王冠帶，文共武惡恨恨兩旁站定。沒奈何捧玉璽登臺自端，獻來了傳國璽珠淚滿腮。(小生唱)

魏曹丕得玉璽喜樂洋洋，(華白)且住。自古帝王禪位，理當跪獻。見了新君不跪，敢是心中還有不忿？跪獻上來，方合古禮。(小生唱)華相國奏一本方合體裁。堯禪舜舜受禹天命有在，令獻主將玉璽跪獻上來。(生唱)

賈太尉奏一本令人氣壞，不由人一陣陣心如刀絞。爲王的若不去勉强禮拜，霎時間必有那殺身禍災。無奈何我只得含羞忍耐，羞答答獻玉璽跌跪塵埃。(小生唱)

漢主爺雙膝跪獻上玉璽，這纔是君跪臣道理何來？嘆古今江山事有興有敗，皆因是四百年社稷已衰。(華白)啓奏萬歲，天無二日，民無二王。漢主江山既已交割，速速將他遣發充軍，或貶爲庶民，又是一山不藏二虎。(小生唱)

聽罷言好叫我心中自慚，難道說謀君位反把君裁？回頭來問賈詡有何擺佈，叫爲王把漢主怎生安排？(賈白)昔日周武王分封列國公侯伯子男。

念他一國之君,當以公爵賞賜,遣發別郡安置。(小生唱)

賈太尉奏一本令人可愛,臣弒君恐傷了子孫福胎。漢天子孤不忍將你加害,我封你山陽公永鎮南淮。(生唱)

謝過了新主爺恩如滄海,(華白)萬歲廢一帝立一帝,古之常理。今新主不忍將你加害,封你山陽公,永鎮南淮。不許私帶一人。無旨宣召,不許入朝。下臺去罷。(生白)領旨!(唱)

華歆賊在一旁怒滿胸懷。咬銀牙施一禮早離虎巢,眼巴巴淚汪汪哭下禪臺。捨不得長安城花花世界,捨不得皇宮內錦繡花岩。只可惜爲王的年紀高邁,到後來身死了有誰葬埋?恨奸賊將朕的銀牙咬壞,這纔是爲天子下場頭痛哭哀哉!(小生白)曹洪、曹休將曹皇后移入養老院,劉氏宗親一齊開刀。打掃宮殿。(眾白)臣領旨。(小生白)眾卿改換國號。(賈白)文武議定黃初元年。主公新登大寶,還要答謝皇天,然後封官賜爵。(小生白)看香案。(唱)

一霎時狂風起魂飛天外,走沙石掃禪臺東倒西歪。爲王的呼一聲文武何在?爲甚麼一個個無言對答?莫不是土地神興風作怪,莫不是朕無福天降禍來。(眾白)臣啓主公,狂風攝去玉璽。(小生唱)

攝去了傳國寶心驚膽戰,狂風起飛沙石叫人難擋。(白)眾卿,狂風攝去玉璽,主何吉兆?(眾白)飛沙石將臣打傷,好不痛煞人也!(小生白)寡人遍身是傷,不能封贈。傳寡人旨意,曉諭中原人等知悉,有人尋獲玉璽者,高官任作,駿馬任騎。(眾白)請主回宮!(小生白)擺駕!(手下白)咦咦咦!(同下)

完

校記

[1] 展放龍門:"展",原本作"閃",今改。

[2] 小生白:"小"字原缺,據文意補。漢獻帝乃小生所扮,故此當作"小生"。下同。

[3] 霸王自刎烏江喪:"烏",原本作"吳",今改。

[4] 洪:原本作"生"。依文意來看,殺付許郎者,應是曹洪或曹休。曹洪和曹休領兵圍宮,應以曹洪爲是。

滾 鼓 山

無名氏　撰

解　題

　　聲腔不詳。《春臺班戲目》著録，題"戰山，一名滾鼓"。劇寫關羽敗走麥城，被馬忠殺害。張飛得知消息，發兵引勝關，准備捉拿叛臣劉封，爲關羽報讎。劉封鎮守引勝關，知道張飛來此必有非常之舉，吩咐手下看他的眼色行事。誰知張飛來後，説劉備晏駕之後，劉封作爲長子應該繼位，支持劉封謀反，並爲劉封出主意，讓劉封手執雙刃，藏身朝鼓之内。張飛命人把朝鼓作爲西涼國的貢品，抬上金鑾殿，然後手執鋼鞭，將朝鼓劈開，劉封從朝鼓中出來，行刺劉備，奪取大位。劉封正愁沒有人保他繼位，聽了張飛的一番話，欣然應允。張飛先騙取劉封的將印，然後命人把劉封釘進朝鼓内，抬到當地最高的蝎子山上，從山上滾了下去，爲蜀漢除掉了一個叛臣。人們因此把蝎子山改稱滾鼓山。事見《三國演義》第七十九回"兄逼弟曹植賦詩，侄陷叔劉封伏法"，情節與此劇完全不同。小説寫孟達投降曹魏，劉備命劉封征討，孟達勸劉封同降曹魏，劉封扯書斬使，起兵征討，被孟達戰敗，僅帶百餘騎逃回成都，被劉備斬首。此劇對《三國演義》的故事情節作了較大改動，不僅避免了劉備誅殺義子的尷尬，也表現了猛張飛善於用計的一面。版本今有清《車王府藏曲本》。該本係清抄本，未標點，首頁題"滾鼓山全串貫"。兹以清《車王府藏曲本》爲底本，校勘整理。

　　（八卒引净上【風入松】，净唱）

　　【引】霸佔閬州，威震貔貅。（白）素袍素甲素銀盔，丈八蛇矛手中催。虎牢關前曾交戰，槍挑吕布紫金盔。某漢將張翼德，自從桃園結義以來，大哥西川爲王，二哥鎮守荆州。俺奉軍師將令，鎮守閬州一帶等處，這也不在話下。昨夜三更時分，偶得一夢，見一斗大紅星從東南而起，呼喇喇墜落西北海底而去,醒來却是南柯一夢也,不知主何吉。阿嚏!阿嚏!想當日張飛鼻孔發燥,弟兄們在徐州失散,後來在古城方纔團圓;今日鼻孔發燥,不知是何緣故?來!(卒白)有!(淨白)伺候着!(卒白)吓!(報上,白)報!啓三千歲,今有四千歲披頭散髮,急奔閬州而來!(淨白)再探!(卒白)吓!(下)(淨白)啊!三軍報道,四弟披頭散髮急奔閬州,也不知所爲何事?來。(卒白)有!(淨白)擺隊迎接!(卒白)吓!(內吹,小開門,排子下,又上)(生上)(卒白)啓千歲,四千歲到!(淨白)啊!四弟因何披頭散髮,卽奔閬州?(生白)哎呀!三千歲,不好了,二千歲晏了駕了[1]。(淨白)怎麽講?(生白)二千歲晏了駕了。(淨白)不好了!(唱)

【倒板】聽說道二千歲晏了駕,涼水激頂懷抱冰。想當日在桃園曾結拜,勝似同胞共母生。在閬州哭一聲二千歲,啊呀!我的二哥吓!(卒白)小人們是三軍。(淨白)爾等是三軍。(卒白)是!(淨白)二千歲呢?(卒白)晏了駕。(淨白)死了?(卒白)歸了天。(淨白)啊!(唱)哭二哥哭得我眼花了,部下的三軍認不真。(白)四弟!(唱)二千歲得的甚麽病,你對張飛說分明。(生白)哎呀!三千歲呀!(唱)

爲了東吳胭脂女,一命追殺玉泉山。(淨白)啊!(唱)

聽罷言來怒氣生,手指東吳罵孫權。二千歲與你有甚冤愁恨,爲甚麽追殺玉泉山。(白)四弟。(唱)你乃三國好將好將眞好將,就該到四路把兵搬。(生唱)

引勝關前把兵搬,劉封起意謀江山。(淨白)啊呀!(唱)

聽說劉封謀江山,張飛心下不耐煩。有朝撞在老張手,丈八蛇矛喪黃泉。(白)四弟。(唱)你在此地不可住,速往雲南把兵搬。(生唱)

在閬州辭別了三千歲,去到雲南把兵搬。(下)(淨唱)

閬州去了趙子龍,他本常山一英雄。(白)三軍的!(卒白)有!(淨白)兵發引勝關。(卒白)吓!(排子同下)

(卒引丑上)(丑唱)

【引】鎮守引勝關,晝夜心膽寒。

(報上,白)報啓大王爺,三千歲駕到!(丑白)再探!(報白)吓!(下)(丑白)哎呀!三軍們,看你千歲吐的是黃的還是白的?(卒白)是白的。(丑白)這樣還好,險些把我的黃膽都嚇破了。少時張飛到來,叫拿就拿,叫綁就綁,你們看我的眼色行事。擺隊迎接!(卒白)吓!(內吹小開門,排子同下又上)(衆卒引淨衝上)(淨白)吪!看槍!(丑白)哎呀!三皇叔饒命!(同下又上,丑白)三皇叔請上,待侄兒參拜!(凈白)爾不消拜。(丑白)三皇叔到此,焉有不拜之禮?(凈白)爾一定要拜,你就來拜拜拜。(内吹【柳葉金】)(排子,丑拜介)(凈白)來!(卒白)有!(凈白)看了座兒,與你大王爺坐。(卒白)吓!(丑白)三皇叔在上,孩兒不敢坐。(凈白)叫爾坐爾便坐。(丑白)侄兒不敢坐。(凈白)呔!叫你坐你就坐下罷!(丑白)是!侄兒告坐。三皇叔好?(凈白)好!(丑白)我父王駕安?(凈白)安!(丑白)二皇叔好?(凈白)啊?劉封,你明知呢,還是故問?(丑白)侄兒不知,故問。(凈白)嗐!你二皇叔亡故了。(丑白)哎呀!二皇叔吓!(凈白)呔!你不要在那裏嚎。(丑白)侄兒在此哭。(凈白)眼中有淚方是哭,眼中無淚便是嚎。爾眼中分明無淚,豈不是嚎嗎?(丑白)侄兒本是哭。(凈白)爾偏是嚎嚎嚎!(丑白)罷罷罷!就是嚎。但不知二皇叔得的甚麽病症?(凈白)爲了東吳胭脂女,一命追殺玉泉山。(丑白)哈!大膽孫權,欺我國無人。衆將官!(卒白)有!(丑白)就此起兵,殺奔東吳,與二千歲報仇。(卒白)吓!(凈白)慢着!哎呀!方纔四弟言道,劉封有謀江山之意。今日一聞此言,就要發兵報仇,想是見俺在此,他心中害怕,待俺將言語慢慢的打動他便了。啊,劉封,報仇事小,咱還有大事與爾商量。(丑白)有何大事商量?(凈白)龍床不可片時閒。有日你父王晏了駕,這萬里江山,何人執掌?(丑白)少不得是三皇叔執掌。(凈白)咱没有天大的洪福。(丑白)張苞。(凈白)外姓。(丑白)阿斗。(凈白)年幼。(丑白)這等説,没有人了?(凈白)爾怎説没有人?有道是"家有長子,國有大臣"。有日你父王晏了駕,這萬里江山就臨在爾的頭上了。(丑笑,白)哈哈!這萬里江山就臨在侄兒頭上?侄兒久有此心,奈無保駕臣子。(凈白)咦?哎呀!劉封吓劉封!爾不説此話則可,説出此話,要想活命,萬萬的不能也。啊!劉封,三皇叔就是你保駕大臣。(丑白)三皇叔保侄兒登基。衆將官!(卒白)有!(丑白)就此發兵西川。(凈白)且慢!那有臣弑君、子弑父之理,必須要定計而行。(丑白)三皇叔有何計?(凈白)啊!那上面是甚麽東西?(丑白)是朝鼓。(凈白)好!有了鼓,咱就有計。(丑白)有何妙計?(凈白)將鼓抬下,鼓皮扒開,爾可手執雙刀,藏在鼓内。抬上金鑾寶殿,就説西涼下國進來朝鼓一面,請你父王下殿觀寶。那時咱手執鋼鞭,一鞭將鼓皮擊開,爾跳將出來。嘿!一刀將你父王殺了,那時爾的基也登了,咱的氣也消了。你道此計好是不好呢?(丑白)此計甚好!三軍們,將鼓抬下來。(凈白)住了!我且問你,引勝關共有多少人馬?(丑白)共有四十五萬鐵甲雄兵。(凈白)慢着,慢着!哎呀!且住!想引勝關還有四十五萬鐵甲雄兵，幸虧老張不曾動手，倘若動起手來，豈是他的對手？這便咱處呢？哦哦！有了，不免先摘他兵權印信，然後慢慢的拿他便了。啊！劉封，倘三軍們不服咱調遣，那便咱處？（丑白）不妨，侄兒有御兒印、斬將劍在此！（淨白）好！看印信拜過！（丑白）來！（卒白）有！（丑白）看印劍拜過！（卒白）吓！（內吹，淨、丑拜介）（淨白）三軍的！（卒白）有！（淨白）將鼓抬下。（卒白）吓！（淨白）將鼓皮扒開，請你大王爺進鼓。（卒白）吓！請大王爺進鼓。（丑白）三軍們！（卒白）有！（丑白）將鼓皮扒大些，待大王爺進去，就要做皇帝了。（虛下）（淨白）來！（卒白）有！（淨白）將鼓皮釘上。（卒白）釘上了。（淨白）劉封。（丑內白）三皇叔。（淨白）三皇叔保爾登基，封咱多大前程？（丑內白）封三皇叔一字並肩王。（淨白）那裏甚麼一字並肩王？分明五殿閻羅。天子要爾的狗命！三軍的！（卒白）有！（淨白）那裏山高？（卒白）蝎子山高。（淨白）抬往蝎子山去者。（卒白）吓！（排子繞場介）（卒白）已到蝎子山。（淨白）將鼓推下。（卒白）吓！（淨白）可曾到底？（卒白）到底了。（淨白）從此不叫蝎子山。（卒白）叫甚麼山？（淨白）改名滾鼓山。限三日三夜，造下白盔白甲，與二千歲報仇，兵發成都。（卒白）呵呵！（【尾聲】）（同下）

全完

校記

［1］二千歲晏了駕了："晏"，原本作"厭"，今改。下同。

造　白　袍[1]

無名氏　撰

解　題

　　聲腔不詳。《春臺班戲目》有著録。劇寫關羽在麥城遇害之後，脾氣暴躁的張飛聞聽噩耗，悲痛不已，心念兄弟桃園結義之深情，不顧實際情況，強令部下范疆、張達三日之内造出三千身白盔白甲。范、張因無法如期完成而請求延期，怒火中燒的張飛把二將鞭笞一百皮鞭，仍然固執己見，非要二將繼續造袍，違令就要斬首；范、張被逼無奈，對張飛心懷怨恨，決定鋌而走險，遂趁張飛酒醉睡熟之際，殺死張飛后投奔東吳。與此同時，劉備因其義子劉封没有在關羽危急時刻出兵相救，冲動之下令諸葛亮將劉封按軍法處死。後東吳差人將殺害關羽和張飛的罪魁禍首潘璋、糜芳、范疆、張達送到蜀營候旨發落，重情重義的蜀主劉備悲憤之餘，命令關興和張苞二人將仇人摘心，共同祭拜關張二將的亡靈。事見《三國演義》第八十一回"急兄仇張飛遇害，雪弟恨先主興兵"。現存版本清《車王府藏曲本》本。此本係抄本，首題"皂白袍總講"，劇末有"下接抱靈牌"字樣，不分場，劇中脚色、科白、砌末、唱詞等比較齊全，無標點。今以清《車王府藏曲本》爲底本，校勘整理。

　　（四監上，外上）
　　【引子】紛紛刀兵動，軍民塗炭[2]，何日得安寧。（白）桃園結義破黄巾，南北征戰費盡心。有日得把曹賊滅，重整漢室太平春。孤王劉備，坐鎮西蜀，這幾日心驚肉戰，不知主何吉凶。（關興上，白）荆州失去父命喪，來至成都報端詳。（下馬進見，白）啓皇伯，大事不好了。（外白）皇侄爲何這等驚慌？（關興白）啓皇伯：吾父失落荆州，兵敗麥城，潘璋、糜芳裏應外合，吾父命喪疆場。（外白）你怎講？（關興白）吾父命喪疆場。（外白）不好了。（唱）
　　聽得關興一聲報，孤的魂魄上九霄。帶痛含悲把關興叫，你父喪命爾細說根苗。（關興唱）眼含痛泪把皇伯叫，吾父兵敗麥城把命抛。賊人兵馬如山倒，中了潘璋糜芳計一條。（外唱）聽說糜芳孤的心頭惱，切齒痛恨小爾曹。有日拿你將仇報，碎屍萬斷恨難消。叫關興速去報，報與你三叔爾的父命抛。（關興白）領旨。領了皇伯旨，速到閬中報根苗。（下）（外唱）三弟聞聽凶信報，他性烈如火怎得熬。叫内臣你把靈位設放好，（哭白）二弟，雲長哎，我的好兄弟。（唱）痛斷肝腸孤的心碎了。（下）

（四雜引花上，白）弟兄桃園三結義，虎牢關前把名題。某張飛，這幾日心驚肉戰，不知主何吉凶。來。（雜白）有。（花白）營門伺侯。（關興上，白）領了皇伯旨，報與叔父知。叔父在上，小侄參拜。（花白）吾兒爲何這等模樣？（關興白）啓叔父，大事不好了。（花白）怎樣？（關興白）吾父失落荆州，兵敗麥城，命喪疆場。（花白）你怎講？（關興白）吾父兵敗麥城，命喪疆場。（花喊，白）吽，二哥，兄長。（哭）我二兄呀。（唱）聽一言來痛斷腸，太陽頭上冒火光。你父荆州誰交戰，因何麥城把命亡。（關興唱）吾父荆州無人擋，四海威名天下揚。拌馬索下把命喪，裏應外合是糜芳。（花唱）切齒痛恨賊糜芳，碎屍萬斷恨怎當。三軍起兵成都進，忙上金殿見兄王。（雜白）哈。（花白）二哥，兄弟，我那難得見的兄長呀。（同下）

（四監引外上）

【引子】二弟命喪在疆場，孤王晝夜痛斷腸。（白）東吳把兵變，切齒恨孫權。麥城牢籠計，吾弟喪黄泉。（雜上，白）啓主公，三千歲到。（外白）請。（衆、雜、花上，白）兄王在那裏？（外白）三弟在那裏？（外、花拉手哭介）（花白）兄王，二哥疆場廢命，兄王因何不發兵報仇雪恨。（外白）三弟，孤王本當發兵，諸葛先生言道，"今乃數九隆冬，兵將難行，待等明春天氣和暖，百草生芽，起動西川人馬，報仇雪恨"。（花白）兄王怎講？（外白）待等明春發兵。（花白）啊，兄王呀。（唱）

聽得一言怒氣生，老張頭上冒火星。二哥喪命你不痛，弟兄桃園是假情。報仇雪恨明春等，穩坐成都不發兵。氣得老張將你咬，（咬介）（外白）哎呀。（花唱）看你心疼不心疼。（花哭白）兄王呀。（外哭白）三弟，哎，二弟。（花唱）兄王不念結義情，因何坐視不發兵。某回閬中造白甲，克日興兵拿仇人。（下）（外唱）三弟克日要起兵，孤王也要拿仇人。潘璋糜芳來拿住，（白）二弟雲長，孤與二弟來祭靈。（同下）

（張苞上，白）英雄志量，與主定家邦。俺張苞，爹爹金殿見駕，請旨發兵。（内白）千歲駕到，張苞接見。（衆雜引花上，坐哭介）（張苞白）爹爹，孩兒拜揖。（花白）罷了。（張苞白）爹爹上殿請示皇伯發兵，皇伯怎樣傳旨？（花白）兒呀，皇伯言道："今乃天氣寒冷，不能發兵，等待明春。"（張苞白）爹爹怎樣發令？（花白）兒啊，某回來即刻發兵。（張苞白）好哇。（花白）吾兒傳令，命范疆、張達三日內造起三千身白盔白甲，違令者斬。（下）（張苞白）得令。令出：爹爹有令，命范疆、張達三日內造起三千身白盔白甲，違令者斬。（下）（內白）得令。（范、張上，范白）聽得大帳傳將令，（張白）不由膽戰驚。（范白）俺范疆。（張白）俺張達。仁兄，千歲傳令，三天要造起三千身白盔白甲，如何造的起？千歲性如烈火，眉皺殺人，如何是好？（張白）賢弟，你我逃走如何？（范白）如何使得。你我逃走，倘若拿回，定按軍法斬首。（張白）走也是殺，不走也是殺，如何是好？（范白）我有一計。（張白）請教。（范白）今夜三更時分進帳，手執短刀，一把將千歲刺死，首級割下，投獻東吳，豈不是一件莫大之功？（張白）好計，就如此行事。（范白）量小非君子，無毒不丈夫。（同下）

（衆雜引花上，白）心中痛恨，興人馬，拿仇人。來吓。（雜白）有。（花白）傳范疆、張達進帳。（雜白）傳范疆、張達進帳。（范、張白）有。（進見，跪白）范疆、張達進帳，參見千歲。（花白）命你二人起造白盔白甲，想是造齊？（范、張同白）啓上千歲，三千身白盔白甲甚多，限三日難得造成，望千歲開恩展限。（花喊白）哇，我把你兩個球娘養的，竟敢前來違誤討限。不看你二人素日勤勞，定斬不寬。暫且饒恕。來啊。（雜白）有。（花白）將他二人重責一百皮鞭。（雜吊范、張打介，完）（范、張同白）謝千歲不斬之恩。（花白）再限你二人三日，如若違誤，定斬不寬。（范、張同白）謝千歲。（范白）忍痛下大帳，（張白）懷恨在心中。（同下）（花唱）

悩恨白袍造不成，三日違限問典刑。悶懨懨坐在中軍帳，思想二哥痛斷腸。猛聽帳外甲葉響，想是來了二兄長。急忙下了中軍帳，迎請二哥進帳叙離腸。（白）二哥。（雜白）啓千歲，不是二千歲，那是鸞鈴響亮。（花哭白）不是二千歲，是鸞鈴響亮。（花唱哭）哎，我二哥啊。轉過身又聽得赤兔馬鸞鈴聲響，想則是我二兄來馬臨疆場。（白）二哥，來來來，小弟在此久等多時，你我一同進帳。（雜白）啓千歲，那不是二千歲，那是風吹桐葉響亮[3]。（花白）不是二千歲，是風吹桐葉響亮？（哭唱）哎，難得見的兄長啊，叫三軍齊退大帳，在中軍含痛泪且飲瑤漿。（花睡介）

（范、張暗上，白）來此已是中軍，你我挨身而進。（張白）有理。（范、張殺花，割首級下）

（張苞上，白）天光日曉，忙進中軍。呀，不好了，何人將我爹爹殺死？母親快來。（正旦上，白）吾兒何事驚慌？（張白）昨晚不知何人將我爹爹殺死，頭已割去。（正旦白）哎呀，老爺啊。（唱）

一見老爺把命喪，不由母子痛悲傷。將屍抬進後堂放，吾兒前去查端詳。（白）吾兒營前營後問來，合營短少何人？（張白）是。呔，合營聽着，查看營中短少何人？（內白）范疆、張達不見。（張白）啓母親，范疆、張達不見。（正旦白）快去奏明皇伯知道。（張白）是。（同下）

（四將引外上，白）悶坐皇宮泪悲傷，思想二弟痛斷腸。（劉封上，白）聞得二叔把命喪，來到成都見父王。兒臣見駕，父王千歲。（外白）兒是劉封？（封白）兒是劉封。（外打介，唱）

一見奴才跪帳中，孤王怒氣往上冲。二叔兵敗麥城地，奴才爲何不發兵。坐視不理該何罪，快請先生問典刑。（雜白）請先生進帳。（孔明上，白）天命該如此，八卦陰陽看的真。主公在上，山人有禮。（外白）[4]先生少禮，請坐。（孔白）主公宣山人進帳，有何國事議論？（外白）二弟兵敗麥城，劉封按兵不動，請先生按軍法治罪。（孔白）領旨。（唱）

天意墜落大將星，二千歲麥城赴幽冥。小千歲因何你的兵不救？（白）人來，推出午門問典刑。（將推劉封下，內號鼓響，斬劉封，提首級上，白）將小千歲斬訖。（外捧首級，哭唱）

一句話兒錯講了[5]，吾兒送了命一條。兒不該按兵裝不曉，兒不該成都把父瞧。軍令既出如山倒，吾兒誤送命一條。哎，我的兒啊。

（張苞忙上，白）忙將閬中事，報與皇伯知。啓皇伯，不好了，吾父昨夜三更時分，被范疆、張達殺死，首級割去。（外白）你怎講？（苞白）吾父被范疆、張達殺死。（外叫白）三弟，雲長。（坐椅子，死介）（苞白）皇伯醒來。（外唱）

【倒板】聽一言來魂嚇掉，（叫白）二弟雲長，三弟翼德，我那兄弟啊。（唱）嘆二弟與三弟心肝痛掉。兒的父因甚事身遭强暴[6]，小皇侄你對孤細說根苗。（苞唱）吾的父坐大帳把偏將來叫，命范疆合張達起造白袍。他二人違限令不曾造好，我的父一百鞭不肯相饒。因此上他二人將恨記了，黑夜裏進大帳把頭來削。（外唱）聽他言痛淚往下掉，只哭得血珠兒濕透龍袍。叫一聲小關興皇侄張苞，你二人起川兵切莫辭勞。

（將上，白）啓千歲，今有東吳差人將潘璋、糜芳、范疆、張達送至御營，候旨發落。（外白）知道了。（將下）（外白）此乃吾兩弟陰靈不昧，將仇人拿住。關興，張苞。（關、張同白）皇伯。（外白）你二人將兒等父之靈位設好，拿仇

人摘心祭靈,皇伯拜祭。(關、張同白)領旨。(同下)(外白)幸把賊拿住,摘心祭靈前。二弟,翼德,我那兄弟呀。(哭下)

完

校記

［1］造白袍:原本作"皂白袍",今改。

［2］軍民塗炭:"炭",原本作"嘆"。今改。

［3］風吹桐葉響亮:"風吹",原本無,據下文對句增補。

［4］外白:這兩個字後面缺少劉備與諸葛亮的對白內容,與上下文意思不連貫,據文意增補。

［5］一句話兒錯講了:"講",原本作"將",今改。

［6］兒的父因甚事身遭強暴:"強暴",原本作"強報",今改。

伐東吳（帶）擒潘璋

無名氏　撰

解　　題

　　亂彈。又名《大報讎》。《春臺班戲目》《慶昇平班戲目》均有著録。根據清昇平署檔案記載，道光六年（1826）十月二十七日，重華宫承應曾經演出此劇。劇寫劉備顧念桃園結義的兄弟情份，不聽諸葛亮的勸諫，執意起兵攻伐東吴，以爲關羽、張飛報讎雪恨。關興、張苞首戰取勝，殺死吴將譚雄，劉備在二位小將的慶功宴上，慨嘆五虎上將已逝其二，其餘大將均已老邁。老將黄忠聞聽此言，激怒之下不告而出，單槍匹馬殺入吴營，連續斬殺崔瑀、史迹几員大將，大敗潘璋，却爲馬忠冷箭所傷。危急時刻，幸得關興、張苞及時趕到，將黄忠搶救回營，潘璋敗走，但黄忠也因爲年邁傷重，最終不治而亡。事見《三國演義》第八十二回至八十三回，章回題目分别是"孫權降魏受九錫，先主征吴賞六軍""戰猇亭先主得讎人，守江口書生拜大將"。現存有三個清抄本：第一個版本收録在《故宫珍本叢刊》的《亂彈單齣戲》中，題作"伐東吴總本"，没有標點。此本字迹工整，行格疏朗，但内容簡略，主要講述黄忠的英勇事迹，簡稱《故宫珍本叢刊》甲本。第二個版本也收録在《故宫珍本叢刊》的《亂彈單齣戲》中，題作"伐東吴總本"，有標點，文中隨處可見删減修改的墨迹，似爲修改未定本。此本内容較爲詳細，首先交代了關興、張苞二人跟隨劉備出征伐吴的背景，接着講述關張二將爲争挂先鋒大印比武又和好的情景，又詳細叙述了不服老的黄忠獨闖吴營的經過，最后簡要交代了關興在周倉等神祗的引導下，將潘璋斬首的過程，中間關於黄忠獨闖吴營前後的相關内容與《故宫珍本叢刊》甲本基本一致，當爲同一版本來源，簡稱《故宫珍本叢刊》乙本。第三個版本收録在清《車王府藏曲本》中，題作"伐東吴（代）擒潘璋總講"。此本情節與《故宫珍本叢刊》乙本相類似，但唱詞、賓白等有不少異文，簡稱《車王府藏曲本》。今以《故宫珍本叢刊》乙本爲底本，參之以其他兩個版本，校勘整理。

（關興、張苞雙起霸上）（張苞白）素甲白袍日月寒[1]，（關興白）悲聲萬里恨江南[2]。（張苞白）戴天不共今朝洗，（關興白）難解英雄血淚斑。（張苞白）某張苞。（關興白）關興。（張苞白）賢弟。（關興白）兄長。（張苞白）皇伯兵發東吳，欲報大仇，命我二人點兵伺侯。來此教場，請賢弟如何發令？（關興白）理當兄長曉諭六軍。（張苞白）一同傳令。衆將官聽吾吩咐。（唱）

一同傳與衆軍曉，（關興唱）養軍千日用一朝。（苞唱）此番出兵非同小，（興唱）先滅東吳後滅曹。（張唱）一爲削恨將仇報，（關興唱）重興漢室復唐堯。（張唱）人馬雖然白旗號，（關興唱）忠義之氣直衝霄。（張苞唱）聖駕到此行天討，（關興唱）將士須當立功勞。（張苞唱）曉諭衆軍旌旗繞，（關興唱）皇伯駕臨山動搖。（劉備上，唱）

【倒板】二弟三弟難得見，二弟，三弟，哎呀，兄弟呀。【滾板】弟兄們何日裏重又團圓？想當初結拜時如同轉眼，在桃園空開了五十餘年。曾許下"一在三人在，一死三人亡"，你二人撒手去紅塵一點，留下我徒悲傷難以對天。【轉板】朕痛手足不見面，傷心豈聽群臣言。眼觀旌旗白銀練，悲風透上九重天。七十五萬冰雪片，何愁平吳斬孫權[3]。山川旗纛神垂鑒，報仇雪恨奏凱還。（白）重義輕天下，垂淚恨江南。容得少翁術，二弟三弟，以靈通達天。天吓！朕今爲二弟三弟報仇，勢欲踏平江南。不知衆將之中，誰人謹可執掌先鋒大印？（張苞白）啓奏皇伯：兒臣願挂先鋒大印，以爲前隊。（劉備白）好吓，賢侄壯志可嘉。左右。（手下應介）（劉備白）取先鋒大印，賜與張苞。（關興白）住着。先鋒大印，須留與兒臣。（張苞白）咦，我已奉詔[4]，汝何敢僭越？（關興白）汝有何能，敢當此重任？（張苞白）我自幼學武，箭無虛發。（劉備白）住了。我正要觀你二人武藝，以定優劣。左右，於百步之外立旗一面，上畫紅心。張苞先射來朕看。（張苞白）領旨。（唱）

養由基神箭何足巧，軍前今日顯張苞。要雪父恨子行孝，爭奪先鋒保漢朝。弓開三展力非小，雕翎梅針箭一條。扯滿弓弦流星繞，（衆白）好箭。（劉備白）果然好箭。（關興白）住了。（唱）射中紅心何爲高。（白）此亦尋常之箭，焉能挂得先鋒大印。（張苞白）你可敢射紅心？（關興白）射中紅心，何足爲奇？（雁叫介）你看飛來一群鴻雁，看吾射這第三隻，方顯本領。（張苞白）未必能中。（興白）你且看來。（唱）

天宮湊趣鴻雁到，奪印伐吳顯英豪。觀定飛禽弓開了，哈哈。（衆白）好箭。（張苞白）敢與某比丈八矛？（關興白）住了。（唱）倚恃箭槍實可笑，豈諒我無有家傳偃月刀？（比武介）（劉備白）二子休得無禮。（唱）

兄弟争競何爲孝,失却大義嘆兒曹。【滾板】滴淚傷心叫,關興與張苞。黃巾賊顛倒,涿郡起戈矛。兒父與朕好,同結異姓交。患難必相保,生死一同巢。爾等即昆仲,應當如同胞。共把父仇報[5],方顯志量高。奈何先争拗,違教又犯條。我在尚如此,日後必酕醄。細想如刀絞,二弟,三弟,悲風直透九重霄。(張苞唱)

皇伯訓教兒臣曉,(關興唱)求赦無罪這一遭。(同白)兒臣深知冒失之罪,祈皇伯天恩原恕。(劉備白)既然知過,站起來。(同白)謝皇伯。(劉備白)你二人今日以長幼折箭爲誓,以後情同骨肉,患難相扶,就此當朕一拜。(關、張同白)兒臣領旨。(張苞唱)

昔年桃園天地表,(興唱)勝如廉頗刎頸交。(苞唱)義重黃金如蒿草,(唱)情深血淚似波濤。(苞換箭介)你我縱無皇伯詔,(興唱)應念先人即同胞。(興、苞雙折箭介)(苞唱)從此患難永相保,(興唱)御前謝恩滅孫曹。(劉備白)好啊。(唱)如今情親方爲孝,朕今從此放心稍。(白)二侄和好,朕心甚喜。站立兩傍。(關、張同白)謝皇伯。(劉備白)宣黃忠、吳班進帳。(衆照白)宣黃忠、吳班進帳。

(黃忠上,白)英雄回首憶長沙,百戰威名成虎牙。(吳班上,白)可憐最是閬中恨,素旗定要斬吳娃。(黃、吳同白)聖上宣詔,一同進帳。臣等見駕,願吾皇萬歲。(劉備白)二卿平身。(黃吳同白)萬萬歲。宣臣等進帳,有何旨降?(劉備白)五虎上將,今失其二,朕實傷慘。黃老將軍可隨朕左右,以慰朕懷。今令吳班爲先行,開路伐吳,須當小心在意。(吳班白)臣領旨。(劉備白)關興、張苞。(關、張同應介)(劉白)朕命你二人爲左右翼護軍都統領,以佐吳班。(關、張同白)領旨。(劉備白)其餘大小軍校,各遵其職。吩咐起馬。(衆白)領旨。(劉備唱)

報仇亦是奉天討,滅却東吳恨難消。衆將須當齊報效,重興漢室保劉朝。二十八宿如虎嘯,卿等何難凌烟表。令出已畢點號炮,走馬成功保漢朝。(同下)

(譚雄、謝旌起霸上)(譚白)才高白起志如龍,(謝白)想做當今上將鋒。(四手下兩邊上)(譚白)某譚雄。(謝白)謝旌。(譚)請了。(謝)請。(譚白)你我奉了吳主旨意,鎮守猇亭。今劉玄德統兵前來,我等如何迎敵?(謝白)自古兵來將擋,大丈夫豈懼小丈夫哉?(譚白)言得極是。抬槍帶馬。【水底魚】(下)

(張苞上,唱)

左鋒護軍爲頭陣,斬將立功方顯能。(白)俺張苞,聞得吳兵已出猇亭,是俺匹馬前來,要立斬來將,皇伯駕前獻功,以顯張苞威武。(唱)

吾父昔年多雄勁,唬得曹操也喪魂。俺當協力把功挣,補報父仇與國恩。

(譚、謝同上)(張苞白)呔,來將通名受死。(譚白)大將譚雄。(謝白)小將謝旌。(張苞白)無名之將,早早下馬投降,免受爾等一死。(譚白)看你胎髮未退,乳臭未乾,出此狂言,不知老子厲害。謝將軍出馬。(殺,謝敗下,譚接殺)(唱)

小兒敢把威風逞,須知老爺將威名。(張苞白)住了。(唱)縱使兒有大本領,槍尖送你命歸陰。(殺介,譚敗下)(謝接殺,敗下)(苞下)(譚持弓上,唱)張苞英勇難取勝,暗使彎弓放雕翎。

(苞上,謝同上,殺介,苞馬中箭)(關急上,刀劈謝死下)(興白)呔,哥哥,回營換馬再戰。(苞)有理。(興白)射死吾兄戰馬,可就是你?(譚白)然也。(興白)看刀。(殺介,興擒譚下)

(苞上,唱)

適纔交戰逞驍勇,馬頭中他箭雕翎。不是關興險喪命[6],大將臨陣要小心。(興擒譚上)(苞白)兄弟擒來何人?(興白)就是射兄戰馬的賊將譚雄。(苞白)好,就將此賊綁回御營。(興白)有理。(苞唱)

交鋒對壘防暗損,(興唱)賊將無知敢逞能。(苞唱)賢弟今日功上等,(興唱)皇伯駕前奏知聞。(同下)

(四文堂、四大鎧、內侍引劉備上,唱)

風吹旌旗山搖動,張苞關興出御營。未知此去可得勝,舉首觀望心不寧。(黃上,唱)

憶昔當年長沙郡,轉眼之間十數春。荊州閬中遭不幸,一怒要把東吳平。黃漢升撩袍把營進,(劉備唱)老將軍免禮且平身。暫陪朕坐消愁悶,(黃忠)陛下。(唱)主公休要兩淚淋。

(關興白)參見皇伯。(劉備白)罷了。(張苞白)啓奏皇伯:兒臣出馬,不料譚雄暗放雕翎,射死戰馬,不是關興搭救,險遭不測。(關興白)啓奏皇伯:兒臣刀劈謝旌,活擒譚雄,特來獻功。(劉備白)今在何處?(關興白)現在帳外。(劉備白)好啊,快將譚雄綁上來。(左右應介,押上譚雄介)(劉備白)好吳狗,好吳狗。(唱)

四百年前爭漢鼎,東吳不君亦不臣。鼠耗狗頭真可恨,快斬逆賊報三軍。(斬介)(劉白)將這廝首級，祭奠二千歲靈前；洒下熱血，以祭死馬。快搭下去。(手下應介)(劉白)朕今兵伐東吳，與二弟三弟報仇。幸得二虎侄頭陣取勝，足破敵人之膽。(命左右看酒，與二侄賀功介)老將軍，你也來呀。(黃白)謝主公。(劉唱)

慶賀功臣二侄欽，想起當年破黃巾。殺賊如草范陽郡，虎牢關前留姓名。

(白)張苞、關興，想當年朕與兒父桃園結義之後，破黃巾，得徐州，收襄陽，入西川，皆得爾父之力也，不幸一旦歸神。所有昔年五虎上將，盡皆老邁無能。幸有二虎侄斬將破敵，如此英勇，何愁東吳不平。內侍。(應介)看酒，朕親賜二虎侄。(唱)

賀喜賢侄多英俊，此酒酬勞慶功臣。(黃忠介，白)老了啊老了。(唱)主公言詞太含渾，豈知老將便無能。(白)且住。想那張苞、關興乃是子侄之輩，今日陣前活捉譚雄，不過些須功勞，主公如此隆重，便說當年五虎上將，俱是老者無用。也罷，俺不免暗出御營，立劈吳狗八員上將，活捉潘璋，看俺老是不老?(唱)

太公八十方交運，廉頗斗米肉十斤。黃忠豈是無本領，再學個走馬取定軍。(下)

(報上，白)報，黃老將軍氣大出營，向東而去。(劉備白)快去打探。(報應下)(劉白)喂呀，黃漢升非叛逆之人，因適纔朕言老將無用，故此一怒氣出大營，意在斬將顯能耳。雖然如此，誠恐有失。張苞、關興。(關、張同應)在。(劉備白)你二人急速前去保護，倘老將軍得勝，可勸他回營，不得有誤。(關、張同白)領旨。(下)(劉備白)將宴撤過了。(唱)

得意妄言錯是朕，激怒老將黃漢升。但願他馬到早得勝，保護無事回御營。(下)

(黃忠內唱)

【倒板】黃忠馬上哈哈笑，(三笑介)吾主寵愛少英豪。溺愛不明誇不了，反說老將無略韜。某也曾把天蕩定軍掃，夏侯淵一命赴陰曹。只要我殺人膽量好，那怕鬚髮似銀條。耳旁聽得馬嘶鬧，(張苞、關興同上，白)老將軍請住馬。(黃忠唱)二小將趕來爲那條。(關、張同白)我等奉皇伯之命，請老將軍回營，誠恐年邁有失。(黃)咦。(唱)二小將把話錯講了，說甚麼有失把命拋。我一心要把吳營掃，恢復漢室保劉朝。我也不圖凌烟表，也不圖封侯爵祿高。現在刀馬誰不曉，敵將聞名望風逃。回朝報與主知曉，你就說年邁蒼

蒼，不服老的老黃忠我要立功勞。（下）（苞唱）老將軍年邁越性傲，（興唱）相隨保護莫辭勞。（同下）

（四手下引吳班上，唱）

大兵出川把賊剿，挂印先鋒兵一標。連營下寨恐非妙，見機而行穩重高。

（報子上，白）報，黃老將軍到。（吳班白）有請。（吹打介，黃忠上）（吳白）黃老將軍怒氣不息，所爲何來？（黃忠白）啊呀，先鋒，主公發兵東吳，理當你我奮勇纔是。想那張苞、關興，乃子侄輩，今日陣前活捉譚雄，不過些須功勞，主公如此隆寵，反說俺老邁無用。是俺怒出御營，要刀劈吳狗八員上將，活捉潘璋。那時看俺老是不老？（吳班白）主公論功昇賞，理所當然。莫怪末將說，你本是老了。（黃忠）呀呀。（唱）

却怎麼人人都道我老，（吳白）你本來是老了。（黃忠白）呸。（唱）不由得黃忠怒眉梢。交鋒對壘經多少，數十年不離馬鞍轎。戰長沙也曾鬚髮皓，取東川誰人不服老英豪。到如今八十三歲何爲老，我是那些兒老？（吳白）將軍本來老了。（黃忠）呀呀呸。（唱）不由黃忠怒冲霄，來來來與爺帶虎豹。（白）馬來。（唱）我殺幾個人頭把我的怒氣消。（下）（吳白）喂喲，這老將人老心不老。馬來。（唱）我當保護走一遭。（下）

（崔禹、史迹上）（崔唱）今日出兵眼光跳，（史唱）出言不利妨蹊蹺。

（同白）俺東吳大將崔禹。（史白）史迹。（崔白）將軍請了。（史白）請了。（崔白）我等奉了吳主旨意，鎮守猇亭。探子報到，黃忠前來討戰。你我二人，前去擋他一陣。（史責）請。（黃上，白）吥，馬前來的吳狗，通名受死。（崔禹白）聽了。俺乃東吳大將崔禹。（史白）俺乃東吳大將史迹。（黃忠白）呀呸，我只道吳狗八員上將之數，却原來兩個無名小輩。饒兒不死，回去快叫潘璋前來受死。（崔、史同白）你通上名來？（黃白）俺乃五虎上將黃忠。（崔白）哎呀，將軍，我道那黃忠天上少有，地下少無，原來是個老倭瓜。（史白）本來是個老倭瓜。（黃白）呀呀呸。俺老只老頭上髮項下鬚，俺手中的寶刀他却不老。（崔白）哎呀，將軍，休聽他胡言大話，你與我押住陣角，待我耍刀提槍花，生擒這個老倭瓜。（史白）將軍，你要小心了。（黃忠下）（崔白）哎呀，且住。想那黃忠，百戰百勝，今日未戰三合，怎麼就敗了？看他雖然敗陣，馬蹄不亂，我定要趕上前，定要死在他手下。（黃上）（崔、史上，死下）（吳班上，白）老將軍刀劈崔、史二將，就是莫大之功，可以回營請立功罷。（黃忠白）吳將軍，俺必撲進吳營，刀劈吳狗八員上將，活捉潘璋，方消俺心頭之恨。

（吴班白）老将军啊。（唱）

吴班有言当禀告，破敌须防战马劳。老将军威名谁不晓，何妨饶他这一宵。（黄忠唱）

先锋此话说得妙，令俺怒气一半消。非是我黄忠不服老，虽然年迈武艺高。暂且回营君休笑，先锋，我把那一群吴狗不放在心梢。（吴班白）啊，老将军，今日天色已晚，暂且回营，让那些吴狗多活一夜。（黄忠白）今日天色已晚，暂且回营，让那些吴狗多活一夜。（吴白）着啊，让他们多活一夜。（苞白）便宜了他。（同下）

（四手下、引潘璋上，唱）

探马不住飞来报，黄忠斩吾将英豪。（白）俺东吴大将潘璋。俺与吕蒙定计，袭取荆州，吴主大喜，将刀马赐俺。那赤兔马七日七夜不食草料而死，青龙刀虽在吾手，只是未斩一将。探子报到，黄忠老儿踏俺营磐，岂肯容他张狂。众将官，杀。（黄上，白）呔，来将通名。（潘璋白）大将潘……（黄白）潘甚么？（潘白）潘璋。（黄白）看刀。（唱）

怒发冲冠银牙咬，儿敢使青龙偃月刀。我与君侯把仇报，（洒头）呔。（唱）刀劈吴狗恨难消。（潘璋败下，黄忠追下）

（马忠上，白）俺马忠。元帅出营，未知胜负，待俺迎上前去。（潘上）【水底鱼】（马忠白）参见元帅。（潘白）罢了。（马白）胜负如何？（潘白）黄忠十分骁勇，难以取胜。（马忠白）待末将前去会他一阵。（潘璋白）须要小心。（潘下）

（黄忠上，杀介，马忠败下，黄追下）

（潘璋、马忠上，潘璋白）将军胜负如何？（马白）败下阵来。（潘白）呔，吴侯降罪，那个擔待？（马忠白）待俺射他一箭。（潘璋白）想那黄忠善射百步穿杨，岂不是班门弄斧？（马白）又道是"防者不会，会者不防"。（潘白）如此你去埋伏，待俺引他到来。（马白）须要小心。（同下）

（马忠持弓上，四手下引黄上，黄中箭介，四手下追黄下，四手下追下）

（张苞、关兴【急急风】过场下）

（黄忠内唱）

【倒板】四下喊声兵围绕，（上，杀八军介）（潘璋、马忠同上，桌介）（黄忠白）哎呀。（唱）侧马横刀怒冲霄。大喝潘璋儿知晓，交锋不怯乃英豪。（潘璋唱）喝骂黄忠不服老，临危还敢逞英豪。（马忠唱）急早下马拜階道，霎时叫你命难逃。（黄忠唱）

大將臨陣神威保,(圍殺介,張苞、關興同上,唱)來了關興與張苞。(同救黃忠下)(手下白)那賊敗走。(潘璋白)敗兵不可追趕,人馬收回。【尾聲】(同下))

校記

[1]素甲白袍日月寒:"素甲",原本作"表甲",今據車王府藏曲本改。
[2]悲聲萬里恨江南:"悲聲",原本作"悲風",今據車王府藏曲本改。
[3]何愁平吳斬孫權:"平吳",原本作"東吳",據車王府藏曲本改。
[4]我已奉詔:"詔",原本作"召",據車王府藏曲本改。
[5]共把父仇報:"報",原本作"保",據車王府藏曲本改。
[6]不是關興險喪命:"關興",原本作"容回",據車王府藏曲本改。

擒 潘 璋

(衆引劉備上,唱)

黃忠性執見識淺,不該匹馬去爭先。張苞關興料難勸,但願他急早唱凱還。(黃、關、張同上)(劉備唱)

【金錢花】可嘆老將軍身帶箭,朕心覺落百丈淵。早知出兵遭此險,漢升,哎呀,老將軍哪,朕悔一時錯出言。(黃忠唱)

精神恍惚四肢軟,耳旁聽得有人言。大喝潘璋敢弄險,又見我主站面前。(劉白)老將軍,朕因一言之錯,你便激怒出營,如何帶箭而回?豈不叫朕痛碎肝腸。(黃忠白)哎呀,主公吓,老臣出馬,刀劈崔禹、史迹。(劉備白)就該回營。(黃忠白)因見吳狗潘璋,手提荊州青龍偃月刀[1]。老臣一見,心膽烈碎,正欲擒捉此賊,不防冷箭中臣肩窩。(劉白)老將軍善射能手,如何不防?(黃忠)哎呀,陛下吓。(唱)

老臣志不如王翦,臨陣豈肯不當先。況且仇人兩相見,那有閑心聽弓弦。(劉)哎。(唱)

真是風雲不測變,令人血淚洒胸前。【滾板】回首便把小將怨,臨行怎樣對你言。成功當把老將勸,臨陣如意要保全。如今依然身帶箭,年輕無知是枉然。(興、苞同白)兒臣知罪。(黃白)陛下,這是臣自不小心,埋怨二小將何來?(劉白)既然如此,朕與老將軍把箭拔出。(黃白)哎呀,萬歲,這箭上有毒,箭在臣在,箭去臣亡。(劉白)老將軍差矣,這毒箭焉有不拔之理,敢是

懼痛？（黃白）老臣死且不懼，何懼痛哉。一言永別，伏祈聖聽。（唱）

平生洒下淚幾點，回首功名八十年。臣受主公恩非淺，粉身碎骨理當然。幸得全屍已無怨，好謝龍恩歸土泉。萬歲爺須當觀謀遠，平吳不及取中原。（劉唱）

老將軍休得心驚險，去箭醫瘡何懼焉。平復之後太平宴，朕願你康寧壽百年。（黃唱）

見主公說話淚滿眼，張苞關興哭兩邊。大丈夫一死終難免，強打精神假留連。（劉唱）

事到其間無彎轉，張苞關興聽朕言。（白）張苞、關興。（張、關同應介）（劉白）攙住老將軍，待朕與老將軍拔箭。（黃白）住着。大丈夫取箭，何要人拔？待老臣自拔。閃開。（西下）（劉唱）

老將軍一死好傷慘，一旦辭我歸了天。從今何處再相見，漢升，老將軍吓，可惜你命不周全。（苞唱）大將軍屍全幸而免，（興唱）皇伯不必損龍顏。（苞唱）屍首後帳好收殮，（興唱）准備滅吳報仇冤。（劉唱）五虎上將三不見，二弟三弟，休想古城再團圓。黃忠有靈當應顯，踏平東吳在眼前。張苞關興傳令箭，拿潘璋刀出鞘來弓上弦。（同下）

（衆引沙摩柯上，白）生長西南方，奇形如虎狼。祖居銀坑洞，頭目不稱王。俺南蠻洞主沙摩柯是也。自劉皇叔得了西川，待我等深仁厚德。今因二千歲荆州歸神，主公有令，命俺起兵相助報仇。衆蠻兵，急速催軍[2]。（排子，下）

（衆車夫引甘寧上，白）俺東吳大將甘寧是也。奉吳主旨意，押運糧草，軍前聽用。因俺染患痢疾，不能重領軍國大事，只得勉強扎挣。衆軍校，催趲前行。（排子上，沙摩柯會陣，甘敗下）（衆蠻白）甘寧敗走。（沙白）可望得見？（衆白）在前不遠。（沙白）待俺賞他一箭。中了沒有？（衆白）中了。（沙白）中俺之箭，諒不能活。不必追趕，人馬收回。（同下）

（甘上，白）哎呀，休趕休趕。適纔敗陣，不想那厮後射一箭，射中咽喉，吾命休矣。不免拜謝吳主，自刎而亡，免受其辱。（排子下）

（衆引張苞、關興、劉備上，衆引潘璋、馬忠上，會陣）（潘白）呔，皇叔少催戰馬，東吳潘璋在此。（苞、興同白）丑賊休走，看刀（看槍）。（殺介，潘衆敗下，劉衆追下）

（潘上，白）哎呀，關興殺法驍勇，等他追來，鋼頭抓他便了。（興上，白）那裏走？（殺，潘敗下，興追下）

（潘上，白）哎呀，好個關興，奪俺鋼頭抓，人馬折盡，他又後面追來，這便如何是好？哦，有了，此間有塊大石，將身藏躲，等他過去，再好逃命。（興上，白）那裏走？（下）（潘）哎呀，看關興已去，俺且逃命去也。（下）

（衆神祇引周倉上，白）丹心回首取黃巾，步履相隨大聖人。直到麥城身一死，千秋大義享神明。吾乃伏魔大帝座前周倉是也。奉帝君敕旨，前來保護關興小將軍。衆神祇，駕雲前往。（排子下）

（崔成上，白）行善雖無人見，存心自有天知。老漢崔成，崔家莊人氏。聖賢老爺在日，愛民如子，如今歸神，常常顯聖，保護黎民，所以各家留像供奉。天色已晚，小兒隨我燒香。

（興上，唱）

追趕潘璋天色晚，借此村莊把身安。

（白）有莊主麽？（崔白）原來一位少將軍，到此何事？（興白）天色已晚，到此寶莊借宿一宵，明日自有相謝。（崔白）原來如此。草堂奉陪，何言相謝。小兒接過刀馬。請進。（興白）請。哎呀。（介）上面畫像，好似我父王一般。哎呀，父王吓。（唱）

見畫像令某傷肝膽，活像生前淚兩行。只說父王永隔斷，哎呀，父王啊，相逢不言定省難。（崔唱）你是何方男兒漢，痛哭關爺爲哪般。

（白）小將軍，你見我家關爺神像，爲何哭泣？（興白）老丈非知，這是我父王神像，我名關興。不知老丈因何供奉？（崔白）小老兒不知少爺到此，多有得罪。（興白）豈敢。不知老者因何如此？（崔白）他老人家生前愛民如子，如今歸神，我這一方百姓，家家香火，人人供奉。（興）父王吓。【水底魚】）

（潘上，白）天色已晚，幸有一莊，可以借宿，明日尋路回營。呔，有人麽？（興白）吓，外面好似潘璋聲音，待我擒住那厮。（崔白）且慢，待小老兒出去，誆了他的刀馬，讓將軍殺一個爽快的。（興白）有勞老者。（崔白）甚麽人？（潘白）是我。（崔白）原來是潘老爺，到小莊何事？（潘白）天色已晚，借宿一宵。（崔白）此乃東吳所管地面，應請老爺歇馬。小兒快接刀馬。（興上，白）呔，醜賊休走。（潘下，興追下）（崔白）吓，關少爺年幼，不免叫衆莊丁前去幫助。小兒，叫衆莊丁快來。（小兒應，叫介）（莊丁上）（崔白）你們各執棍棒，追趕潘璋，保護關少爺，不得有誤。（衆同下）

（衆神祇引周倉上，潘見周倒介，興斬潘介，周下）（興哭介，白）父王吓。（下）

（衆引苞、劉備上，興急上）（劉白）這是何人首級？（興白）吳狗潘璋首級。（劉白）好，呈上來，待朕賞他一劍。（崔上，白）崔成迎接萬歲。（劉白）封你以爲嚮導官，開路伐吳先鋒。（崔）謝萬歲。（劉白）歇兵三日，馬踏江南。（同下）

完

校記

［1］偃月刀：底本作"偃月"，據車王府藏曲本增補。

［2］"今因二千歲……命俺起兵"幾句：底本作"今因關荆州歸神，有書，令俺起兵"，文意不够通順，據車王府藏曲本改之。

抱靈牌

無名氏 撰

解 題

皮黄。不見著録。劇寫關羽、張飛先後遇害。劉備念桃園結義之情,起兵伐吳,爲關羽、張飛報仇雪恨。東吳屢戰不勝,把投降東吳的糜芳、傅士仁,以及殺害張飛的范疆、張達檻車送往西蜀劉備處。劉備感念桃園結義的兄弟之情,設置關羽、張飛靈牌,用四賊祭靈。劉備懷抱靈牌,想起關羽、張飛顯赫的功績,痛哭不止。他讓關興、張苞親自操刀,把四賊摘心開刀。由於糜芳是糜夫人之弟,關興、張苞以禮該稱娘舅,不能以下犯上,故而不能動手。劉備則親自執刀,將糜芳斬首。劇中所説四賊,並没有説出姓名。事見《三國演義》第八十三回"戰猇亭先主得仇人,守江口書生拜大將"。劉備哭靈的情節有所增飾。版本今有清《車王府藏曲本》。該本係清抄本,未標點,首頁題"抱靈牌全串貫",唱西皮等板式、當爲皮黄。兹以清《車王府藏曲本》爲底本,校勘整理。

(外内唱)

【倒板】白人白馬白旗號,(衆將上,白)哦!(外上,哭叫白)二弟雲長、三弟翼德哈!我那好兄弟吓!(唱)四千白幡營外飄。大小三軍齊挂孝,就是孤王也造白袍。想桃園同結義三人拜倒,烏牛白馬祭獻天曹。叫皇侄你把靈位設好,綁四賊到靈前摘心開刀。

(白)關興、張苞。(二同白)皇伯!(外白)將兒等之父靈位設好,孤王祭奠一番。(關、張同白)啓皇伯,君不拜臣!(外白)孤乃桃園故交,也有一拜。(關、張白)大不拜小!(外白)兒怎講?(二人同白)大不拜小!(外白)大不拜小,也罷!你二人多拜幾拜吧!(吹排子完)(外哭白)二弟雲長!(托靈位坐左邊)(唱)

【反西皮】手托靈位高聲叫,叫一聲二弟英名千古少,智勇雙全有略韜。

東吳暗設牢籠套，你爲孤王把命抛。孤王起動川兵把吳剿[1]，殺盡東吳恨難消。兵將不對不該戰，吾弟不該逞英豪。就該修書報孤曉，孤王自有計千條。孤念你許昌保皇嫂，孤念你挂帥辭了曹，孤念你霸陵橋上把袍挑，孤念你過五關賊的命抛。指望兄弟同到老，有誰知半路把孤抛。

（哭，白）二弟雲長哎！兄弟吓！（唱）

哭罷二弟見張苞，一見皇侄淚滔滔。走向前來把三弟叫，孤與你生死舊故交。手托靈位把翼德叫，

（哭，白）三弟翼德哎，我的兄弟吓！（唱）

你本是無敵一英豪，上陣擒賊志量高。大破黃巾誰不曉，三戰呂布把命逃。你一人站在當陽橋，大喝一聲賊的膽破了。你不該連把二賊拷，晝夜逼他造戰袍。二賊心慌無計較，割你的首級把命逃。三弟黃泉休焦躁，孤王把賊人就開刀。陽世相逢不能了，除非孤王歸陰曹。叫皇侄把賊綁好，報仇雪恨在今朝！

（關、張白）啓皇伯，四賊綁好，俱在靈前，請皇伯開刀！（外唱）

皇侄上前把本奏，咬碎牙根怎開交？四賊靈前齊跪倒，碎屍萬段恨難消！

（白）關興、張苞，將他四人開刀！（關唱）

黄羅大帳旨意下[2]！（張唱）

碎剮仇人怎肯饒！

（外白）你二人爲何不殺糜芳？（同白）糜芳乃娘舅[3]，小侄等不敢！（外白）哎！他縱與孤王是郎舅至親，不該害兒父命，投降東吳。事到如今，甚麽郎舅，看刀過來！（外唱）

孤與你至親該相顧，爲甚麽害主人投東吳？鋼刀一舉頭落地，賊人縱死氣難出。

（白）關興、張苞聽令！（二人白）在！（外白）命你二人來日起動川兵，殺奔東吳，生擒孫權，剿滅江南！（二人白）領旨！（衆白）請駕回宮！（外白哭）二弟三弟吓！（哭下）

全完

校記

[1] 孤王起動川兵把吳剿："剿"，原本作"繳"，今改。
[2] 黄羅大帳旨意下："意"，原本作"依"，今改。
[3] 糜芳乃娘舅："舅"，原本作"旧"，今改。下同。

連營寨

無名氏　撰

解　題

　　皮黃。不見著録。劇寫劉備率兵伐吴，連戰連捷。原先投降東吴的糜芳、傅士仁見大勢不好，遂殺了劉備恨之入骨的馬忠，帶其首級重新歸順劉備。孫權擔心無法抵擋劉備，派諸葛亮之兄諸葛瑾押送殺害張飛的范疆、張達至劉備處講和。劉備執意報仇，把諸葛瑾怒斥一番，趕了回去。危急之中，孫權果斷任命陸遜爲大將，並授予陸遜尚方寶劍。陸遜臨危受命，堅守不戰，以觀蜀軍之變。蜀軍久攻不克，遂移師靠山面水林木茂密之處安營紮寨，連營七十餘里。陸遜令周泰、韓當於江南岸放火燒蜀軍營，令徐盛、丁奉於江北岸放火燒蜀軍營。一時間兩岸火起，把蜀軍七十里連營焚燒殆盡。蜀軍人馬死傷無數，劉備狼狽而逃，得趙雲保駕，逃往白帝城。事見《三國志·吴書·陸遜傳》。該劇係連綴《三國演義》第八十三回"戰猇亭先主得仇人，守江口書生拜大將"和第八十四回"陸遜營燒七百里，孔明巧布八陣圖"相關情節而成。版本今有清《車王府藏曲本》。該本係清抄本，首頁題"連營寨總講"，唱西皮等聲腔，當爲皮黃。兹以清《車王府藏曲本》爲底本，校勘整理。

（韓當、丁奉、蔣欽、糜芳、周泰、馬忠、林鎮、傅士仁八將起霸上）

【點絳唇】殺氣冲霄，兒郎虎豹，軍威好，地動山搖，要把狼烟掃。（各通名字，韓白）衆位將軍，請了！（衆白）請了！（韓白）吴侯拜甘寧爲帥，迎敵蜀兵。我等在此伺候。（衆白）請！（歸兩邊站介）（四紅文堂、四紅大鎧、甘寧上。）

【引子】湖海逞威名，扶吴主鎮守江東。

　　（衆將白）參見元帥！（甘白）衆位將軍少禮！（衆白）謝元帥！（甘白）習

憑錦帆立志雄，荊州數戰建奇功。叨蒙吳主隆恩重，披烈肝膽擋蜀兵。本帥姓甘名寧字興霸，奉吳侯之命，統領雄兵，迎戰劉備。前者潘璋遇害，孫桓被困，得聞蜀兵十分強盛，必要攻取劉備，方爲上妙。衆位將軍！（衆將白）元帥！（甘白）人馬可齊？（衆將白）俱已齊備。（甘白）先破劉備，後救孫桓。（衆將白）得令！（甘白）衆將官，起兵前往！（排子，下）

（八戈兵，張南、關興、傅彤、張苞、沙摩柯上，白）俺沙摩柯，奉令皇叔之命，領兵破吳。衆位將軍，迎戰去者！（會陣，甘寧原人上，起打介，沙原人上，敗下）（甘追下）（沙原人凹門上，沙白）且住！吳將果然厲害，弓箭伺候！（甘上，帶箭敗下）（沙白）追吓！（衆下）（甘寧跑箭過場下）（韓當原人上）（甘寧上，拔箭，甘死下）（韓白）衆位將軍，甘元帥喪命，我等收兵，報知吳侯，再作計較。（衆將白）有理，請啊！（同下）

（傅士仁、糜芳回頭介，仁白）將軍，看劉備人馬勢重，殺吳連敗數陣，如何是好？（芳白）俺到有一計，可保性命。（仁白）有何妙計？（芳白）我想劉備恨的是馬忠，你我二人將馬忠殺死，帶了人頭，投降劉備皇叔，其功不小，必定收留，還許加賞受職。（仁白）真乃妙計！今晚殺了馬忠，大功成就。（芳白）如此快走！正是：當日背主荊州亂，（仁白）今日殺賊復轉還！（諸葛瑾上，唱）

當日孫劉結親眷，爲奪荊州恨如山！（白）下官諸葛瑾，奉吳主之命，解押范疆、張達、翼德首級。原爲劉備困住主公之侄孫桓，兩下罷兵。奉主之命，往江口去者。（唱）但願兩下罷兵轉，方能全心滅曹蠻。（下）（劉備內唱[1]）

【西皮倒板[2]】憶昔當年聚桃園，（上，唱）忠心爲扶漢江山。首破黃巾兵百萬，聚義三戰虎牢關。弟兄們幾次來失散，幾番遇難得團圓。三顧茅廬把諸葛見，又遇鳳雛取了西川。二弟荊州威名遠，水淹七軍操兵膽寒。兵破樊城身遭險，東吳呂蒙用機關。二弟被難實可慘，三弟遇害失散桃園。孤王一心平生願，要斬盡吳狗報仇怨。老將黃忠身遭喪，可嘆他爲孤命喪黃泉。孤領雄兵把吳戰，拿住孫權再定中原。（馬良上，唱）主公憂愁有千萬，殺得東吳膽戰寒！

（白）主公在上，馬良參見！（劉白）先生少禮！（馬白）謝主公！（劉白）進帳何事？（馬白）今有東吳差諸葛瑾要見主公！（劉白）請來相見！（馬白）領旨！主公有旨，宣諸葛先生進見！（瑾上，白）來也。欽奉吳主命，息戰兩罷兵。皇叔在上，臣諸葛瑾參見！（劉白）先生少禮，請坐！（瑾白）謝主公！

（劉白）先生，孤與東吳仇如山海，先生到此有何話講？（瑾白）主公此行，原爲表桃園之義，理應如此。奈何吳侯與主公乃是至親，前番呂蒙乃私恨取了荊州，傷了二將軍，亦非吳侯之過。今吳侯命下官解來范疆、張達、三將軍首級來，交付大寨。吳侯言道，送還荊州，定日相送主母入川。孫劉合好，共滅曹蠻。相求皇叔，早早退兵，還不可矣。皇叔要三思爲要！（劉白）先生此言差矣！孤與孫權結親，以爲計中所成，他妹如今已歸東吳。今傷二弟，乃孫權之謀，怎道非他之過？孤今統兵，自知斬盡東吳，與弟報仇！先生不可多言，早早回覆你主！（瑾白）皇叔之言是爲大義，吳侯今遣下官到此，相求罷兵，乃爲二家之義。主公還要三思！（劉白）吓！先生口言二家之義，那孫權暗裏定計，收他妹，暗取荊州，傷孤二弟，那見他的義氣？若不看在軍師之面，定要斬你！快快回去，叫那孫權洗項受之，孤定報二弟之恨也！（唱）

　　那孫權平生心短見，三番兩次定機關。取了荊州把六郡佔，傷孤手足惡多端。若不滅東吳把孫權斬，休想我劉備兵退還！（瑾唱）皇叔出言真可嘆，一腔義氣要報冤。叩謝大恩把主見！（白）告辭了！（唱）孫劉結下山海冤。（下）（劉白）范疆、張達綁至堂前，滴血祭奠。安排隊伍，明日五鼓，孤親點兵將，兵伐東吳。（馬白）領旨！（劉唱）終天報負心懷恨，（馬唱）斬却奸人稱主心！（同下）

　　（呂範、闞澤、趙賀、陳秉上，唱）

【點絳唇】忠心朗朗，扶保朝堂皇恩蕩。保定家邦，憂國憂民亮。（各通名字）（呂白）列位請了！（衆白）請了！（呂白）主公登殿，大家兩厢伺候！（衆白）請！（四太監站門，孫權上）

【引子】坐守江東，表父兄蓋世英名。（衆白）臣等見駕！主公千歲！（太監白）平身！（衆白）千千歲！（權白）先君創業累戰爭，滅魯興兵定江東。赤壁遭兵魂膽痛，可嘆公瑾喪軍中。孤孫權，爲却荊州，失却孫劉合好。那劉備帶領雄兵，要報弟仇。孤聞孫桓遭困，甘寧帶箭身亡。現時江東無人可領兵抵擋劉備，孤命諸葛瑾解去范疆、張達與張飛首級，相求劉備兩下罷兵，好保江東九郡，未知劉備允與不允？還未見到來。（闞白）主公，那諸葛瑾他弟現保劉備，此去怕是不回東吳了。（權白）先生此言差矣，想諸葛瑾必不負孤，先生不必多言。（瑾上，白）但願罷兵消安靜，只爲相連結根深。主公在上，諸葛瑾參見！（權白）先生回來了！（瑾白）回來了！（權白）那劉備他有何言？（瑾白）劉備不肯收兵，定要與主公會戰。微臣再三說知，他言道，若不看吾弟之面，定要斬首。主公早定良謀要緊！（權白）眾卿，命保舉何人前去？（賀白）陸遜雖則年幼，胸中到有機謀。前番攻取荊州，呂蒙所用之計，俱是此人所授。（權白）傳孤旨意，宣陸遜上殿。（賀白）領旨！主公有旨，宣陸遜上殿！（遜內白）領旨！（上，白）胸中預定三分策，掃除劉曹得太平。臣陸遜見駕！主公千歲！（權白）平身！（遜白）千千歲！宣臣上殿，有何國事議論？（權白）今有劉備攻取江東，甘寧出征不曾攻破，身遭亂箭而亡。孫桓被困，幾次命人求救。孤聞卿家有不世之高才，習理軍務。孤命卿帶兵保救孫桓，敵擋劉備之兵，保江東之患，其功不小。（遜白）啟主公，我想朝中多少股肱之臣[3]，理應差遣。微臣年幼疏才淺，恐怕誤國家大事，不敢擔此重任！（權白）卿家不必推辭！眾卿，一同校場，孤今親拜兵符。內侍，擺駕校場！（遜白）謝主龍恩！（【排子】下）（連場，原人凹門上）（權白）陸卿！（遜白）臣！（權白）看印拜過！（吹打】介，拜印）（權白）孤賜卿家尚方寶劍，先斬後奏，東吳兵將任卿挑選，但願此去旗開得勝！（眾同白）馬到成功！（遜白）領旨！請駕回宮！（四太監領下）（四朝臣同下）（權白）擺駕！（下）

（【吹打】介）（四紅文堂、四紅大鎧兩邊上，四大將同白）叩見元帥！（遜白）眾將官，站立兩旁，聽吾吩咐。隨營兵將，不可遲誤。起兵征討劉備，爾等必須人人奮勇，各個當先，不負我主大恩。在吾者肝膽披瀝[4]，在爾者拼力同心。倘有不遵命令，梟首轅門，以正軍法。眾將官，起兵前往！（【排子】下）

（韓當、周泰、四上手凹門，韓白）蜀兵十分勇！（周白）不見統雄兵！（報子上，白）新元帥已到關前！（韓、周同白）主公命何人挂帥前來？（報白）陸遜新元帥，授兵符印信。（韓白）再探！（報白）得令！（下）（韓白）將軍聞得陸遜年幼無才，怎得擔此重任？（周白）看他怎樣用兵，再作主見。（韓白）來！擺隊相迎！（【吹打】下，遜原人過場下）（四上手、韓、周同上，遜原人上）（韓、周同白）參見元帥！（遜白）二位將軍少禮！本帥蒙主大恩，身受重任，全仗二位將軍奮志同心，不負吳主大恩。（韓、周同白）請問元帥，先救孫桓，先攻劉備？（遜白）依本帥之見，先破劉備，後救孫桓。（韓白）那孫桓被困已久，豈不困死了？（遜白）那知本帥用兵之計？掩門。（同下）（韓白）周將軍，主公差他前來，又是不能成功。（周白）且自由他，保守大營便了。（韓白）請！（領下）

（關興、張苞、劉上，白）憶昔當年戰未休，何日得報此冤仇？孤劉備統領雄兵，與弟報仇，困住孫桓，戰死甘寧，連勝吳兵數陣，不見吳兵迎戰。若再一戰，吳兵休矣。只是天氣炎熱，孤王兵勢重，又不見吳兵動靜。不如且在山壁之中，靠山近水，並臂紮營，四面相顧。來，傳馬良相見。（馬上，白）兵馬如山重，干戈何日休？參見主公！（劉白）少禮，請坐！（良白）謝座！宣臣進帳，有何軍情？（劉白）只因天氣炎熱，衆兵無處乘凉，孤將大營移往靠山近水，並臂連營，四面相顧。命將軍傳孤旨意，明日起行，再畫成圖樣，去至西川，報與軍師知道。（良白）待臣先去到都城，報知軍師，然後再傳旨意移營，師爺怎樣分咐？（劉白）孤心已定，衆將明日五鼓，亦移大營。（良白）領旨！（劉白）移營相連滅吳狗！（良白）須隨聖命定根由！（同下）

（韓、周同上）（韓白）將軍，聞得劉備大營移往山壁之中，不免報與元帥知道。（小圓場、排子同白）有請元帥！（遜原人同上）（遜白）雄師夜宿冲英武，氣蓋森森斗轉移。何事？（韓、周同白）末將等打聽劉備要將大營移在山壁之處，相連七十餘里，特來報知。（遜白）吓！劉備移營，中本帥之計也。帶馬！（衆帶馬，當場上棹子）（遜唱）

【新水令】山河國事帝王師，統雄兵。正感舊山川，不洩盡天地靈。祈周國事，凝眸多則爲。（劉備原人過場，同上，【步步嬌】，下。遜白）看劉備行軍好威嚴也！（唱）

【折桂令】觀他行隊伍馳驟，人馬咆哮留不休。則見他移營松茂，喜眉梢。剪除避雄，整頓著弓箭藏遊，管叫他、他數原營頭，只這頃刻間盡休。伏吾機謀，俺這裏火攻一舉，霎時方收。（韓、周同白）元帥！【江兒水】（遜白）二位將軍用兵如神。（唱）

【雁兒落】憑着他百萬兵巧機謀，料奸雄怎脫了牢籠鈎？方得展六韜大機謀，一憑他移營寨暗計收。（韓、周同白）元帥真奇妙也！（遜白）帶馬！呀！（唱）

准備着打漁船釣魚鈎，伏先生感靈保佑東吳萬載秋，伊休凱歌昇平奏，清幽，享廊廟入殿秋。（同下）

（二童兒站門上，孔上，白）爲漢室終日爭鬥，統雄兵何日得休？（馬良上，白）丞相在上，馬良參見！（孔白）將軍到此何事？（良白）主公移營山壁，相連七十餘里，有圖樣在此。丞相請看！（孔白）取來！（唱）

營相連程途已就，必中敵兵巧計謀。（白）將軍，何人勸主公移營？身該萬死！（良白）此乃主公之見，末將幾次相勸，主公不允。（孔白）事到其間，也是天意難回。馬將軍，速到陽平關，急調四千歲馬藏山救駕！快去！（良白）得令！（下）（孔白）來！命人去往西名關，調取馬超抵擋吳兵。（童兒白）得令！（童兒下）（孔白）已得漢室三分鼎，看來空用一番勤。（下）

　　（韓、周、眾原人、手下同上，遜白）青龍背上吞駒馬，白虎當頭休紮營。眾將官，今番一戰要勝西蜀。（眾白）吓！（遜白）韓當、周泰聽令！你二人帶領三千人馬，在江南岸放火爲號，劫殺劉備。（韓、周同白）得令！（下）（遜白）丁奉、徐盛聽令！命你二人帶領三千人馬[5]，在江北岸放火爲號，劫殺劉備。（同白）得令！（下）（遜白）蔣欽、林統聽令！命你二人帶領三千人馬，在蜀營放火爲號，必須要劫住劉備，算爲頭功！（同白）得令！（遜白）眾將官，起兵前往！（排子下）

　　（關興、張苞、劉上，白）連營已安就，定要報仇冤！（報子上，白）啓主公，帥旗無風自動。（劉白）知道了！（報白）吓！（下）（張南上，白）啓主公，南江岸火起！（劉白）此事軍中自不小心，關興、張苞，一同張南前去看來！（三人同白）得令！（下）（傅彤上，白）啓主公，江北連營火起！（劉白）有這等事，傅彤前去再看！（彤白）得令！（下）（報子上，白）報主公，大事不好了！（劉白）吓！（報白）大營四面火起！（報下）（劉白）待孤看來！（三沖頭介）哎呀！不好了！【撲燈蛾】，排名）火發震天關，心驚膽又戰。身旁無勇將，坐騎在那邊。（江屍死，關興、張苞二人急上，救劉下）（劉原人會陣起打，韓當、周泰原人同上）（會陣起，大打，隨便排。沙摩柯原人敗下[6]）（眾下）（韓當原人眾勝，追過場下）（趙雲上，旗子上寫"常勝將軍趙"字，馬夫打旗纛，【急急風】上）（劉備、關興、張苞【急急風】上）（沙摩柯眾原人全都上，見趙雲，眾同下。留趙雲一人，接韓當原人會陣，起打，韓原人敗下）（收兵）（趙雲上，白）臣趙雲救駕來遲，主公恕罪！（劉白）吓！你是何人哪？（趙雲白）臣是趙雲。（劉白）哎呀！你是四弟？呀！四弟，從今以後，你要照着這樣保駕。（趙白）是！（劉白）四弟，前面甚麼所在？（趙白）白帝城。（劉白）好吓！眾將軍，往白帝城去者！（眾同白）！【尾聲】（同下）

全完

校記

[1] 內唱：二字原無，據文意補。

[2] 倒板：此二字後原有"唱"字，當係前面"內唱"之"唱"因抄錄習慣而後移，故刪。

[3] 我想朝中多少股肱之臣："中"字原本無，今據文意補。股肱，原本作"肱

股",今改。

［4］在吾者肝膽披瀝:"披",原本作"拔",今改。

［5］命你二人帶領三千人馬:"三千"二字前原有"人馬"二字,今删。

［6］沙摩柯原人敗下:"摩",原本作"木",今改。

白 帝 城

無名氏　撰

解　題

聲腔不詳。《春臺班戲目》《慶昇平班戲目》著録,均題"白帝城"。劇寫劉備伐吴,依山靠水結下連營,被陸遜一把火燒光,狼狽退回白帝城。諸葛亮從成都趕到白帝城時,劉備已經奄奄一息。諸葛亮等勸劉備保重身體,以社稷爲重。劉備自知不久人世,託孤給諸葛亮。諸葛亮感念劉備三顧之恩,表示願意竭盡全力輔佐劉禪。劉備讓隨行前來的兩個兒子劉永、劉理拜丞相爲父。劉備對關興、張苞等一一吩咐。臨了,他對諸葛亮再次殷殷囑咐,要他一要扭轉中原地,二要奪轉漢華夷。對於馬謖,他告誡諸葛亮,此人言過其實,用他一定要查實。事見《三國志·蜀書·先主傳》、《三國演義》第八十五回"劉先主遺詔託孤兒"一節。版本今有清《車王府藏曲本》。該本係清抄本,未標點,首頁題"白帝城"。兹以清《車王府藏曲本》爲底本,校勘整理。

（外上）

【引】提兵調將安軍旅,保國常懷忠義心。（白）山人諸葛孔明。只因主公征戰東吴,兵紮猇亭,未知勝負如何也。曾命馬良前去探聽,未見回報。（生上,白）忙將主公失機事,報與頂天立地人。丞相在上,末將參拜!（外白）馬良!（生白）丞相!（外白）命你打聽主公征戰東吴,勝負如何?（生白）主公兵困白帝城,畫成圖本,請丞相觀看!（外白）呈上!（生白）是!【排子】（外白）呀!是何人叫主公紮此營磐?（生白）主公自立主意。（外白）山人早已算定帝星將墜。馬良!（生白）丞相!（外白）吩咐衆將,速往白帝城救駕!（生白）得令!衆將!（内白）有!（生白）丞相有令,衆位將軍速往白帝城救駕!（衆上））得令!（排子、【六幺令】走臺介）（丑、小生、末上）（末）

【引】哼哼!不表世間無易事,方知閫外有良謀。（丑、小生白）伯王保重

龍體,江山爲重,社稷爲安。(末白)關興、張苞!(丑、小生白)伯王!(末白)把守宮門!(丑、小生白)領旨!(鑼鼓)

(外、生、付、雜、老生、旦、貼同上,白)主公在上,臣等參駕!(末白)先生!(外白)主公!(末白)四弟!(老生白)兄王!(末白)劉永!(旦白)父王!(末白)劉理!(貼白)父王!(末白)哎哎哎!兒吓!(吐血介)(外白)主公保重龍體,江山爲重,社稷爲安。倘有不測,江山又屬他人。(末白)不能了。(唱)

當初不聽忠良諫,無顏轉回舊故園。臨崖勒馬收繮晚,船到江心補漏遲。(外白)勝敗乃軍家常事。整頓干戈,另日再戰。(末白)先生言之有理!想孤王請你到此,非爲別事,所托特爲江山大事。吾兒當輔則輔,不當輔者,先生一人自立了吧!(外白)臣蒙主公三顧之恩,情願肝膽塗地,並無二意!(末白)先生請起!(外白)謝過主公!(末白)劉永!(旦白)父王。(末白)劉理!(貼白)父王。(末白)從今以後,你二人待先生如待爲父一般。過來拜見丞相爲父!(旦、貼同白)領旨!(排子拜介,末白)張苞!(丑白)伯王!(末白)你可搬取你父靈柩,回轉閬中安葬。(丑白)領旨!(下)(末白)關興聽令!(小生白)何令?(末白)命你帶領三千人馬,與李嚴對敵吳兵!(小生白)得令!(眾白)臣等參見主公!(末白)馬良!(生白)主公!(末白)費禕!(付白)主公!(末白)鄧芝!(雜白)主公!(末白)馬謖!(介白)主公!(末白)哎哎哎!列位將軍吓!(眾白)主公保重龍體,江山爲重,社稷爲安。倘有不測,江山又屬他人了。(末白)吵!吵!吵!不能了!(唱)

損兵敗陣好沒趣,事到頭來悔不及。霸王不聽范增語,烏江岸上一命逼。(白)先生!(外白)主公!(末唱)

徐庶走馬曾薦你,水鏡先生是好的。三請先生南陽地,三分天下定華夷。孤王江山全虧你,勞心竭力孤盡知。恨只恨劉備不久世,怕只怕無常一到萬事畢。我兒阿斗成何器,江山大事你主持。(外唱)

主公不必心内急,臣有一本奏君知。情願扭天來換日,願效平生犬馬力。(末白)劉永!(旦白)父王!(末白)劉理!(貼白)父王!(末唱)[1]

爲父在世傳諭旨,劉永劉理聽端的。待先生如同待父母,他保阿斗坐華夷。切莫要三心並兩意,皇天鑒察都不依。(白)先生!(外白)主公!(末唱)

還有一言未啓齒,先生你要聽仔細:一要扭轉中原地,二要奪轉漢華夷。哭一聲懦弱漢獻帝,數百載乾坤化爲泥。損兵敗陣孤不悔,可憐黃權與

程畿。(白)四弟！(老生白)兄王。(末白)子龍。(老生白)主公。(末白)哎！哎！四弟吓！(唱)

好一個常山子龍弟，你的忠心數第一。自從患難來相契，猛不想到今朝兩分離。(衆白)臣等參見主公！(末唱)

衆位將軍俱請起！(衆白)叩謝主公！(末唱)叫一聲馬良費禕與鄧芝。(白)馬良！(生白)主公！(末白)費禕！(付白)主公！(末白)鄧芝！(雜白)主公！(末白)馬謖！(衆白)馬謖在這裏！(末白)你就是馬謖？(介白)臣是！(末白)嗚嗚嗚！(衆白)嗚嗚嗚！(末白)先生！(外白)主公！(末唱)

言過其實是馬謖，先生用他查端的。一陣昏花心内急，(吐血介)點點鮮血染濕衣。(關、張二神暗上)(衆白)主公可曾見些甚麼？(末唱)又只見二弟和三弟，你在黃泉休着急，孤王與你一同行。説罷説罷咽喉閉，渺渺茫茫命歸西。(死介，同關張二神暗下)(衆白，哭介)哎哎！主公呀！(排子)(外白)衆位將軍，不必啼哭。主公駕崩，不能復生，搬回成都再做區處。(衆白)丞相言之有理，末將等聽令如行。(外白)好呀！就此搬駕！(衆白)得令！(排子，同下)

全完

校記

[1] 唱，原本作"白"，誤，今改。

别　　宫

無名氏　撰

解　　題

　　皮黄。不見著録。劇寫孫尚香在東吴，聞聽劉備在白帝城晏駕，當即昏死過去，醒來之後，思念與劉備的夫妻之情，欲前往江邊祭奠劉皇叔，臨行前向母親禀報，吴國太試圖阻止。孫尚香與母親進行了激烈争辯，並以死相争。吴國太無奈，只好同意，命宫娥緊緊跟隨公主，到江邊祭奠一番就回。孫尚香臨别祝願母親身體康健，福壽永綿。孫尚香離宫後，吴國太忽然有不祥之感，擔心女兒學習古代聖賢，投江殉夫，一直處於惶惶不安之中。《三國演義》第八十四回"陸遜營燒七百里，孔明巧布八陣圖"記述此事僅有數語："時孫夫人在吴，聞猇亭兵敗，訛傳先主死於軍中，遂驅車至江邊，望西遥哭，投江而死。後人立廟江濱，號曰梟姬祠。尚論者作詩嘆之曰：'先主兵歸白帝城，夫人聞難獨捐生。至今江畔遺碑在，猶著千秋烈女名。'"版本今有清《車王府藏曲本》、《故宫珍本叢刊》的《亂彈單齣戲》本，兩本均係清抄本，未標點，首頁題"別宫總講"或"別宫總本"，未署作者。兹以清《車王府藏曲本》爲底本，校勘整理。按：該劇爲折子戲，以唱功爲主，每一段唱詞的唱腔板式都有明確標示。這在清《車王府藏曲本》中是比較特殊的。

　　（二宫娥上）（孫尚香上）
　　【引子】悶坐皇宫院，思皇叔何日團圓？（詩）别君常挂念，難忘舊故憐。雖無千丈綫，萬里是姻緣。（白）哀家孫氏尚香，只因兄王設下姻粉之計，不想以假成真，將我招贅劉備，從嫁荆州。未及三載，他君臣又生一計，命人誆我轉回故里。每日悶坐皇宫，亦不能與皇叔相會，思想起來，好不傷感人也。（唱）
　　【正板西皮】孫尚香在皇宫自思自想，想起了漢皇叔好不慘傷。遭不幸我父王龍歸海葬，拋下了孫仲謀執掌朝綱。坐江南居九載貪心妄想，君臣們定巧計要奪荆襄。頭一次計不成魯肅前往，小周郎聞此信怒滿胸膛，設下了姻粉計安排羅網，誆哄那劉皇叔來過長江。喬閣老把此言對母后講，只氣得我母后珠淚汪汪。我兄王進宮去請母后旨降，甘露寺與劉備巧配鴛鴦。嫁荆州未三載又把計想，命周善誆哄我轉回故鄉。奴好比失舵船遇着風浪，奴好比籠中鳥不能飛揚，奴好比花正開無人玩賞，奴好比獨只鳳怎得呈祥？我母后愛女兒俱各一樣，又誰知尚香女終日愁腸。（一太監上，白）走吓！啓公主，大事不好了！（孫白）何事驚慌？（大太監白）今有劉皇叔晏駕白帝城！（孫白）哎呀！（死介）（二宮娥同白）（三哭叫頭介）宮主醒來！（孫唱）

【倒板】聽説是白帝城皇叔命喪，（三哭叫頭介）皇叔夫君，啊呀皇叔吓！（唱）不由我尚香女淚灑胸膛。實指望夫妻們同歡樂暢，（哭介）皇叔吓！（唱）要相逢除非是夢想一場。（白）宮娥，看衣更換！（換衣介）哎呀！且住！想皇叔與我夫妻之情，他今晏駕白帝城，不免禀告母后，身穿孝服，往江邊祭奠一番便了。（唱）

【搖板】宮娥女忙擺駕皇宮院往，別母后到江邊祭奠哀腸。（同下）

（老旦內唱[1]）

【倒板西皮】一日偷閑一日安。（二宮娥上）（老旦上，唱）

【西皮正板】十日無事靠青天。孫權他把大事管，每日爭戰不時閑。吾婿劉備重興漢，稱孤道寡坐西川，白帝城中把駕晏，叫人暗地淚傷慘。將身坐在皇宮院，等候尚香把我参。（二宮娥上）（孫尚香上，白）擺駕！（唱）

【西皮搖板】空把夫君來嗟嘆，越思越想好傷慘。邁步來在皇宮院，見了母后説根源。（白）孩兒見駕，願母后千歲！（老旦白）吾兒平身！（孫白）謝母后！（老旦白）坐下！（孫白）謝座！（老旦白）啊！兒吓！今日進宮，爲何不戴鳳冠，不穿霞帔，臉帶淚痕來見爲娘，是何緣故？（孫白）母后有所不知，今聞劉皇叔晏駕白帝城，因此孩兒身穿孝服，兒要往江邊祭奠一番，特來禀報母后知道[2]。（老旦白）哦！劉皇叔晏駕了？可嘆哪！可傷吓！（孫哭介）哎呀！（老旦白）兒吓！你雖與劉備有夫妻之情，況與你兄王又有敵國之仇，我兒祭他則甚？（孫白）哎呀！母后吓！（唱）

【西皮正板】母后説話理不端，細聽孩兒説一番。男大當婚愁自散，女大配夫理當然。尚香青春二十滿，未曾與兒配夫男。都只爲荆州討不轉，將兒定計理不端。我與劉備曾皆宴，惡姻緣反成美姻緣。荆州未及三年滿，又命周善誆兒還。孩兒悶坐皇宮院，少年夫妻不團圓。聞聽皇叔把駕晏[3]，怎不

叫人珠淚漣。今日江邊兒祭奠，不忘同床共枕眠。（老旦唱）

【正板西皮】我兒說話志量淺，細聽為娘說根源。不幸你父把駕晏，江山大事付孫權。兒嫁劉備娘心願，只爲荊州討不還。接兒回國是周善，母女分別又團圓。吾婿劉備把駕晏，是人聞知也慘然。兒要江邊去祭奠，一滴何曾到九泉？（孫唱）

【西皮正板】說甚麼祭奠空祭奠，一滴不曾到九泉。十世修來同渡船，百世修來共枕眠。兒在東吳他在川，千里姻緣一綫牽。胭粉之計心不善，甘露寺內配婚男。不說東吳見識淺，反道他人理不端？（哭介）喂呀！（老旦看介，白）哎！兒呵！（唱）

【西皮正板】我兒不必淚漣漣，爲娘言來聽心尖。夫妻好比同林鳥，大限來時各一邊。我兒且在皇宮院，哪個大膽敢到江邊？（孫唱）

【二六板】母后不必錯埋怨，有位古人聽兒言。昔日孟姜曾入傳，千里尋夫淚不乾。哭倒長城數里斷，至今美名萬古傳。江邊不容兒祭奠，不該與兒配婚男。（老旦唱）

【二六板】我兒本是閨中女，開口反道娘不賢。任你說到蓮花現，講甚麼古來論甚麼賢？吾兒一定要祭奠，爲娘不准是枉然。（孫唱）

【搖板】今日不容兒祭奠。（白）也罷！（唱）不如撞死在面前。（老旦唱）

【搖板】吾兒不必行短見[4]，爲娘依兒到江邊。（孫唱）

【二六板】母后容兒去祭奠，不由尚香心放寬。展去愁眉換笑臉，再與母后把話言。（老旦白）吾兒一定要去，爲娘也不攔阻與你，爲娘同到江邊就是了。（孫白）娘吓！你老人家若大年紀，不必去了。命宮娥們跟隨，一同祭奠，去去就回。（老旦白）這卻使得！宮娥們，跟隨你郡主，去至江邊祭奠，千萬不可令主公知道。早去早回纔是！（孫白）母后請上，待孩兒拜別！（老旦白）哎呀！兒吓！分別一時，何言拜別二字？（孫白）雖然暫離母后膝下一時，理應拜別！（老旦白）兒吓，千萬要早去早回！（孫白）母后吓！

【二六板】雖然暫離皇宮院，人生須當禮爲先。但願母后身康健，但願母后永壽綿。膝下不能來侍奉，不知何日得問安。母后若是來望念，恕兒不孝罪爲先。辭別母后出宮院。（老旦白）兒要早回纔是！（孫白）呀！（唱）有淚不敢灑胸前。（哭介）喂呀！（宮娥同下）（老旦白，三叫頭介）尚香我兒！哎呀兒吓！（唱）

【搖板】吾兒江邊去祭奠，只怕要學古聖賢。倘若吾兒行短見，暮景安康

誰問安？將身且轉皇宫院，坐景觀天盼兒還。（哭介）哎呀！兒吓！（二宫娥同下）

完

校記

［1］老旦内唱：内字原無，據文意補。

［2］特來禀報母后知道："特"，原本作"時"，今改。

［3］聞聽皇叔把駕晏："聞聽"，原本作"能聞聽説"，"能"與"説"或係衍文，今删。

［4］吾兒不必行短見："見"字，原本作"賤"，今改。下同。

祭　江

無名氏　撰

解　題

　　皮黃。《春臺班戲目》《花天塵夢緣》著録，均題"祭江"。此劇劇情緊接《別宮》，寫孫尚香別了母親，往江邊祭奠劉皇叔。她在哭祭中細數劉備自桃園結義以來的功業，祭奠完畢，想一想孫權如此不義，她令隨行的宮娥都退下，縱身跳入滾滾長江，追隨劉皇叔而去。早有江中水神把她接引歸位，遵上帝敕旨封孫尚香爲梟姬娘娘，永鎮水府。事見《三國演義》第八十四回"陸遜營燒七百里，孔明巧布八陣圖"。版本今有《清車王府藏曲本》、《故宮珍本叢刊》的《亂彈單齣戲》本。兩本均係清抄本，未標點，首頁題"祭江全串貫"或"祭江總本"，未署作者。兹以清《車王府藏曲本》爲底本，校勘整理。按：全劇主要由孫尚香的唱詞組成，是典型的唱功戲。腔調標明"正板二簧""倒板""反調""搖板"，應是皮黃。

　　（四水卒引龍王上）

　　【引子】龍宮水府，執掌江湖。（白）吾乃南徐江中水神是也。今有漢室昭烈皇后盡節投江，吾神奉了上帝敕旨，引她歸位。衆水卒！（卒白）有！（龍白）漢皇來時，小心伺候！（卒白）我等遵旨。（水族引龍王下）

　　（旦内白）宮娥帶路！（上，唱）

　　【正板二簧】時纔間辭別了生身之母，腹内好一似立剛來誅。想當年受兄計如今悔悟，恨只恨我兄長又狠心毒。宮娥女擺鑾駕向前引路，到江邊望兩川祭葬皇叔。（官女白）啓夫人，來此江邊。（旦白）擺下祭禮！（宮女白）是！（旦白介，擺介，官女介，旦念詩介）設祭江邊路，舉目不見夫。夢魂何日住，哎呀！夫！空叫淚珠泒酥。（唱）

　　【倒板】在江邊向西川遥觀一目，（哭，白）夫君皇叔！（唱）

【反調】哭一聲有道君去世兒夫。未開言好一似刀剜肺腑，好夫妻恩愛情美中不足。可嘆你大英雄出世受苦，在桃園結關張猶如親族。你三人滅黄巾同幫相助，弟兄們齊奮勇纔把賊除。虎牢關顯威名三戰吕布，三戰吕布。可嘆你救孔融令人賓服，可嘆你散徐州失迷途路，可嘆你投河北袁紹不扶，到古城弟兄們纔歸一處，可嘆你跳檀溪命在吸呼，可嘆你失却了先生徐庶，可嘆你請諸葛三顧茅廬，燒赤壁殺敗了曹兵無數。我荆州氣壞了水軍都督，可嘆你捨性命全無聚處，可嘆你闖虎穴身入東吳，解仇恨救命人多虧我母，因此上纔將你配奴爲夫。也是你大運通該坐九五，該坐九五，那張松願投降進獻城圖。收嚴顔斬張任與滅蜀主，葭萌關收馬超纔坐城都。坐下了太平場刀槍入庫，那時節坐江山道寡稱孤。遭不幸二皇叔命歸神路，你也曾設連營要報仇毒。誰想到火燒連營無人保護，喪却了自己命未把賊除，空費了滿朝中軍文將武。講甚麼諸葛亮奇門遁甲、未卜先知、先見之才看來是虛浮。奴有心到西川祭你聖墓，怎奈是隔長江將我身阻。奴爲你母女情一旦抛負，奴爲你脱蟒衣身換孝服。但願你到江邊聽奴稟訴，但願你顯聖靈帶去了奴。嘆只嘆小阿斗未曾明悟，這江山妾爲你晝夜愁楚[1]。孫尚香訴不盡含冤苦處，不覺得西山下墜了金烏。（白）宮娥退下！（宮女下介）（旦白）且住！想我兄長這等不仁不義，還不隨皇叔一死，等到何時？不免拜謝母后養育之恩，尋個自盡便了！（旦唱）

【摇板】只見江中駕鴛鴦，拜謝母后痛淚哭。哭一聲夫君且停步，望求皇叔等一等奴。（投介下）（宮女上介，白）一時郡主娘不見，想是投江一死。不免將此事報與太后知道便了！（宮女下）（龍王上，白）今有昭烈皇后投江。奉了上帝敕旨，封爲梟姬娘娘，永鎮水府。旨畢[2]！（旦内白）聖壽無疆！（同下）

校記

[1]這江山妾爲你晝夜愁楚："楚"，原本作"厨"，今改。
[2]皆畢："畢"，原本作"必"，今改。

孝節義

無名氏 撰

解　題

　　皮黃。不見著錄。劇情緊接《祭江》而來，寫孫尚香被敕封爲嫋姬娘娘，鎮守水府。因爲没有廟宇，托夢給母親吳國太。吳國太聞聽女兒投江而死，昏死過去。救醒之後，吳國太后悔不該讓女兒去江邊祭奠。當天夜裏，孫尚香托夢給母親，説自己的屍首逆水向西漂浮，現在蕪湖關江北路旁。請母親傳旨，在那裏修建廟堂，讓她能够得享祭祀，以免冷清寂寥。吳國太醒後，果然得報，女兒的屍首在蕪湖關江邊找到。於是吳國太傳孫權進宮，要他即刻傳旨，在蕪湖關江邊爲女兒建造廟宇，移孫尚香屍首入内，裝塑神像，每年春秋二季派員行禮，以表彰她孝義節烈。事不見史傳，屬於民間傳説。版本今有清《車王府藏曲本》、《故宮珍本叢刊》的《亂彈單齣戲》本。兩本皆係清抄本。《車王府藏曲本》首頁題"孝義節總講"，未標點；《故宮珍本叢刊》的《亂彈單齣戲》本首頁題"孝義節總本"，有標點，均未署作者。兩本情節相同，文詞有異。今以清《車王府藏曲本》爲底本，校勘整理。按：該劇曲牌唱腔和《别宫》《祭江》一樣齊全，賓白唱詞風格接近，因此可以推知這三個劇目或係出自一人之手。唱腔既有西皮，又有二簧，當是皮黃。

　　（四水旗、四神將、金童玉女、二童執旗幡）（孫尚香上高臺坐，唱）
　　【點絳唇】滄海連江，乾坤浩蕩，雖受職那是廟堂，魂何處方受祭享？（詩）大孝能格天，義節須週全。神光照水府，慧眼望西川。（白）吾乃孫尚香，配夫玄德西蜀爲君，只爲荆州，在白帝城内晏駕。喜者阿斗接位。奴在東吳，盡節投江，蒙上帝憐憫，敕封爲神。奈無廟堂，誰來祭祀？今去托夢母后，建造廟堂，垂名於世。衆神將！（衆白）有！（尚白）隨我同往！（衆白）領法旨！（尚唱）

【西皮倒板】駕神風急衝開長江波浪，(一傘夫上)(尚唱)

【正板】多光靈齊護擁梟姬娘娘。奴本是女千金皇宮生長，今方見世間人名利奔忙。蒙敕封那是我坐位神像，長壽宮托母兆建造廟堂。(衆領下)(二宮娥、老旦上，唱)

【西皮正板】夫本是炎漢家輔國大將，子孫策壽命短少年夭亡。孫仲謀霸江東獨把業掌[1]，漢江山分三國俱想成皇。魏天時吳地利人和氣望，爲荆州嘆兒婿白帝身亡。尚香女全節義祭夫親往，兒百步母擔憂難解愁腸。

(白)本后吳氏，配夫孫堅。長子孫策，少年夭亡。次子孫權，虎踞江東。幼女尚香，配夫玄德，西蜀爲帝。只爲荆州被陸遜火燒連營，嘆我兒婿身喪白帝城中。女兒尚香祭夫，親往江邊，怎麼還不見回來？(太監上，白)走吓！梧桐墜彩鳳，親投水晶宮。啓國太，大事不好了！(老旦白)啊？何事驚慌？(太監白)郡主祭江已畢，投江了！(老旦白)怎麼講？(太監白)那郡主祭江已畢，投江了！(老旦白，三叫頭)尚香吾兒！哎呀吓！(太監白)(宮娥白)國太醒來！(老旦唱)

【西皮倒板】兒爲夫盡節死魚腹埋葬，(三哭)尚香吾兒！哎呀，兒吓！(唱)比前朝漢昭君不捨劉王。夫身死妻盡節雖有榜樣，難效孟姜女受職表揚。(白)內侍，郡主投江，可曾命人撈救？(太監白)亦曾命人撈救，還未見回報。(老旦白)將此事速報你主公知道！(太監白)領旨！(下)(老旦白)尚香吾兒！哎呀，兒吓！爲娘若知你有盡節之心，再不要你前去祭奠了哇！(唱)

【搖板西皮】要盡節也應該對娘直講，討祭奠投江死魂靈渺茫。天保佑兒命在免娘癡想，宮娥們扶本宮駕歸龍床。(衆攙老旦同下)

(交更，二門神上)(神白)彎弓秋月箭雕翎，(郁白)神光照耀顯靈威。(神白)軍民人等皆欽敬，(郁白)擋住妖孽不敢行。(同白)吾乃神荼、郁壘是也！(神白)請了！你我奉了玉帝敕旨，照查皇宮。今已初更，你我各顯威儀者。(歸兩邊站介)(孫尚香衆原人同上一字)(尚唱)

【西皮搖板】水晶宮與陽間一般方樣，也有那銀安殿畫閣雕梁。衆神將且肅靜休要聲嚷，比不得水府中任意猖狂。(神、郁白)啊！郡主既封爲神，今來作甚？(尚白)尊神吓！(唱)

【西皮搖板】奴雖受玉帝封魂還飄蕩，那一處是我的神位廟廊？乘夜來見母后特求方向，托一兆不久停急出宮墻。(二神白)郡主要進皇宮，衆神將不可擅入，郡主一人進去罷！(尚白)知道了！(唱)你等在宮門外隱身休闖！

（衆神將原人一字下）（二神白）郡主請進！（尚唱）二尊神請讓路暫息張揚[2]。（尚下）（二神白）郡主已進皇宫，你我暫掩威儀者。（二神白）請！（分下）

（交更介，二宫娥執燈上，老旦上，唱）

【西皮正板】恨的是陸伯嚴志足謀廣，火攻計燒連營雞犬難藏。大限到在數者難逃羅網，尚香在吴國内未離蘭房。今可嘆我的兒投江命喪，怎不叫年邁人痛斷肝腸。叫宫娥且回避休得喧嚷，（宫娥下）（老旦唱）

【摇板】心迷亂少精神睡卧龍床。（尚香上，唱）

【西皮摇板】在生前常出進宫人隨往，今見母孤單單躲躲藏藏。欲開言老年人心散神恍，跪榻前音聲細忍住愾惶。（白）母后！（老旦唱）

【反調二簧】空負我數十年兒女嬌養。（尚白）母后！（老旦唱）

【反二簧】聽嬌音還是我幼女尚香，見兒面纔把我愁眉展放。（白）兒吓！你回來了！（尚白）正是！（老旦唱）

【原板】觀容顔還是那郡主體狀，兒投江今得見軍人報謊。（尚接下句唱）

【反調】人命大關係重豈能荒唐[3]？盡節死陰靈魂水府路上，未報答哺乳恩難捨親娘。（老旦白）哦，兒敢是投江死了？（尚白）正是！（老旦白）兒吓！（唱）

【原板】聽兒言猶如是霹靂下降，娘做了燕銜泥枉費心腸。爲荆州獻兒計恨你兄長，甘露寺娘面相兒招夫郎。今盡節不盡孝娘誰供養？（尚接唱）兒不是梟鳥心長大食娘[4]。盡烈節以圖個後人尊仰，老母后缺甘旨還有兄王。（交更介，老旦接唱）女生世古今來命是外相，但你屍無葬埋漂流何妨？今見娘就應該直言訴講，尋着兒血屍首好去棚喪。（尚哭）兒的娘吓！（旦接唱）

【原板】兒的屍向西方逆水飄上，蒙上帝敕封我爲梟姬娘娘[5]。（老旦白）哦！蒙上帝封爲梟姬娘娘了？（尚白）正是！（老旦白）兒的屍首呢？（尚唱）

【原板】想西川女陰魂獨自難往，屍現在蕪湖關江北路旁。（老旦接唱）孝義心格天地日月旌獎，（尚接唱下句）雖受封並無有寺院庵堂。（老旦唱）娘傳旨修廟堂兒受祭享，（尚接唱）謝母后天地老日月壽長！（交更介）（唱）

五更盡陽光透天要明亮，（老旦白）哎呀！兒吓！（唱）

【原板】母女們今重逢難忍分張。（尚唱）上帝旨。（老旦唱）娘敕命！

（尚唱）皆不敢抗，睁眼看月光隱日出扶桑。（尚下）（二宫娥上，白）國太醒來！（老旦唱）

【二簧倒板】夢裏兒訴哀腸平日一樣，（宫娥白）國太醒來！（老旦白）哎呀！（唱）

【搖板二簧】却原來南柯夢自腹參詳。（太監上，白）報啓太后，郡主屍向上流，在蕪湖關有人撈起了。（老旦白）哦！屍向上流，在蕪湖關有人撈起了？（太監白）正是！（老旦白）哎呀！正應我兆了。來，宣你千歲進宫。（太監白）領旨！國太有旨，宣千歲進宫！（下）（孫權上，白）領旨！（唱）

【二簧搖板】劉備死荆州還意足神爽，可嘆吾尚香妹命喪長江。

（白）兒臣見駕！願母后千歲！（老旦白）平身！（權白）千千歲！（老旦白）賜座！（權白）謝座！宣兒進宫，有何國事議論？（老旦白）兒吓！你妹子爲夫盡節，投江而死，兒可曾知道？（權白）兒臣知道，亦曾命人駕舟前去撈救，還未見回報。（老旦白）時纔宫人來報，你妹子屍向上流，在蕪湖關有人將屍撈起了。（權白）哦！屍向上流，真格奇事！（老旦白）兒吓！你妹子昨夜三更時分，與爲娘托此夢兆。她言道，蒙上帝敕封梟姬娘娘，奈無廟堂，無人祭祀。兒吓！速速傳旨，命匠役人等，就在蕪湖關江邊建造廟堂，移屍入內，裝塑神像，每年春秋二季派員行禮，以彰她孝義節烈。（權白）兒臣領旨！請駕回宫！（老旦三哭介）尚香吾兒！哎呀！兒吓！（同下）

完

校記

［１］孫仲謀：原本作"孫仲某"，今改。
［２］二尊神請讓路暫息張揚："揚"，原本作"場"，今改。
［３］人命大關係重豈能荒唐："荒唐"，原本作"慌搪"，今改。
［４］梟心長大食娘："梟"，原本作"嫋"，今改。下同
［５］梟姬娘娘："姬"，原本作"姐"，今改。

英 雄 志

無名氏 撰

解 題

楚曲,又名漢調。《春臺班戲目》《慶昇平班戲目》著録。劇寫三國魏曹丕結連東吴,糾合五路兵馬,攻取西蜀。諸葛亮聞報,安然布兵,命魏延率兵去四郡退南蠻孟獲;命趙雲率兵鎮守陽平關退曹真;親仿李嚴筆迹修書給李嚴好友孟達,勸其不要發兵攻蜀;發檄文命鎮守西平關的馬超退羌王軻比能。諸葛亮料定此四路可平,惟憂東吴大兵難平。諸葛亮託病在府,籌思退吴良計。後主知情憂慮,親至相府探病問計。諸葛亮命鄧芝出使東吴。鄧芝冒油烹之險,説和東吴。孫權命張温赴成都答禮。曹丕興兵乘龍舟下蔡潁,孫權用徐盛破魏用火攻。孫權求蜀出兵相助,趙雲破敵恢復陽平關。後主設宴,爲公卿賀功。事見《三國演義》第八十五回"諸葛亮安居平五路"和第八十六回"難張温秦宓逞天辯,破曹丕徐盛用火攻"。版本今存漢口唐氏三元堂珍藏《新鐫楚曲十種》(今存五種)本、《續修四庫全書》據唐氏三元堂珍藏《新鐫楚曲十種》影印本,另有孟繁樹、周傳家編校《明清戲曲珍本輯選》排印本。今以《續修四庫全書》影印本爲底本,參考《明清戲曲珍本輯選》排印本(簡稱排印本)校點整理。

小 引

智謀之士,所見皆同。如鄧芝之膽,秦宓之辯,馬超之智,魏延之勇,子龍之精細,可謂蜀中文武有人;兼之諸葛機密能用,此所謂知己知彼,百戰百勝,運籌於掌握之中,決勝於千里之外,信斯有之! 諸葛可爲。

報　場

（末上，白）三國英雄鼎足列成，魏蜀吳。曹丕糾合五路，羌蠻二國練精兵。諸葛亮安居平五路，鄧芝巧計和江東。張溫成都答禮[1]，秦宓席筵辯天文。曹丕興兵下蔡潁，徐盛破魏用火攻。趙子龍恢復陽平關，君臣暢飲賀太平。來者諸葛亮。（下）

校記

[1]張溫成都答禮："成"，原本作"城"。排印本已改。今從。下同。

登場詔回

（外上）

【引】承恩遺命，執掌經綸[1]，輔嗣主北戰南征，這干戈何日家停。（白）承受先王托孤恩，忠肝義膽保嗣君。但得吳魏干戈息，另剿蠻夷定太平。山人復姓諸葛名亮，字孔明。先帝駕崩白帝城，儲君接位成都。自先主兵敗彝陵，生民未定，奉了後主之命，安民定業。且喜刀兵暫息，嗣君有旨，宣召回朝，以防南北兵變。過來！（末白）有。（外白）傳吾令箭，江口取回馬岱，鎮守永安。（末白）哦。（外白）吩咐外廂，起道回朝。（末白）外廂起道！（衆下，兩邊上，白）呵！呵！（外唱）

出茅蘆扶國政三分漢鼎，用奇謀決戰策誰不寒心。先帝爺托遺孤敢不領命，因此上效犬馬報答君王。（同下）

校記

[1]執掌經綸："經"，原本作"絲"，排印本已改。今從。

二場回朝

（四手下、中軍、正旦上）

【引】掌握兵權負重任[1]，丹心一點保吳君。（白）持矛舉火破連營，劉主窮奔白帝城。一旦威名驚蜀魏，蒙主加封督大兵。本帥陸遜，字伯言，兵破蜀營七百餘里,劉備駕崩白帝。諸葛恐有另謀報仇。吳侯有旨,宣本帥回朝,以防蜀變。中軍!(副白[2])有!(正旦白)吩咐班師回朝[3]!(副白)得令!衆將班師回朝!(手下白)哦!【排子】(同下)

校記

[1] 掌握兵權負重任:"負"字,原本無,今依文意補。
[2] 副白:"副"字,原本殘缺,今依下文補,據下文改作"付"。下同。
[3] 吩咐班師回朝:"班",原本作"頒",今改。下同。

三場　借　兵

　　(正生、二淨同上)(正生白)玉階環列廟廊臣,俱懷股肱定江虹。(二淨白)諸臣力手扶寰宇,文韜武略滿朝中。(正生白)下官賈詡[1]。(二淨白)老夫司馬懿[2]。(合白)請主公登殿,分班伺候。(吹打,四監咦咦,淨上)

　　【引】承紹箕裘,統中原一國爲主。(監咦、生、老生)臣等參駕。(淨白)平身。(二淨白)千千歲!(淨白)先王汗馬立功勞,始成帝業定皇都。若得上蒼助吾願,掃滅群夷吞蜀吳。(監咦)孤曹丕,仰承先帝象功,霸成社稷,漢王推位,孤王接繼中原,稱爲魏國。二卿!(生、二淨白)千歲!(淨白)孤聞劉備新亡,乘其無主,起兵攻之可否?(正生白)劉備須亡,托孤孔明。陛下不可倉促興兵。(二淨白)主公勿聽賈大夫之言。不乘此時進兵,更待何時?(淨白)依卿之見?(二淨白)依臣所奏,共起五路大兵[3],令諸葛亮首尾不能救應,蜀可破也!(淨白)但不知哪五路?(二淨白)主公修書往遼東,令軻比能借兵十萬[4],攻取西平;再借南王番兵十萬,攻打四郡;又與孫權連和,借兵十萬,攻取兩川;命孟達起兵十萬,徑取漢中;命本國曹真統兵十萬,奪取巴蜀,共兵五十萬。亮須有呂望之才,難擋五路大兵。(淨白)依卿所言,孤王即修檄文前去。(二淨白)正是。(淨白)內使,看文房四寶!(監白)領旨。(淨白)臨楮不勝翹切。【一封書】(白)傳金牌!(監白)傳金牌!(雜上白)忽聽宣金牌,上殿任主差。參見千歲,有何旨下?(淨白)孤王有書,命你往各處投遞!(雜白)領旨!金殿領主命,風火不留停。(下)(生、二淨白)朝事已畢,請駕回宮!(淨白)擺駕!【尾聲】(同下)

校記

[1] 賈詡：原本作"賈羽"，今依《三國志》改。
[2] 司馬懿："懿"，原本殘缺，排印本已補，今從。
[3] 共起五路大兵："大兵"，原本殘，今從排印本補。
[4] 軻比能："軻"，原本作"柯"。今據《三國演義》改。下同。

四場跑馬

（四監、四撻、丑上）

【引】虎踞遼闕，獨霸鮮卑稱一國。（白）天生奇形面碧色，雄心湫湫似鋼鐵[1]。任是中原刀兵起，誰人敢來犯虎穴？孤家柯比能，世居遼東，霸稱一國。可笑中原之主屢動刀兵，連年不息，怎比得孤家穩坐疆界，樂享榮華。這且不言。今日信旗飄動，必有哪個天使到來。孩子們！（撻白）有！（丑白）伺候了！

（雜上，白）關山多險阻，水路受勞怯。國門哪位？（撻白）哪裏來的？（雜白）魏國天使，有書投下。（撻白）候着！啟大王，魏國使臣投書！（丑白）容見！（撻白）傳見！（雜白）魏國金牌，參見千歲！（丑白）魏王傳書，就該呈上來。（雜白）是！（丑白）到迎賓館伺候。（雜白）是！（下）（丑白）魏王有書，待孤拆開一看[2]。【江流水】（介）原來魏王欲取蜀國兩川，糾合五路大兵，有書前來，要孤家發兵相助。本待不發兵，又有相契之盟；本待發兵，又恐得罪蜀主，這便怎處？有了！孤家准他發兵，兩軍陣前，見機而作。傳使臣！（撻白）傳下書人！（雜上，白）你可往別邦而去，孤家即日發兵相應！（雜白）叩謝千歲[3]。鮮卑別國主，返身過南蠻。（下）（丑白）孩子們！想我國久停未戰，弓馬荒疏，你們備下馬匹，往校場操演一會。（撻白）得令！（下）（丑白）內伺轉過校場！（排子，圓場）（丑上桌坐，白）命馬軍跑上！（卒白）馬軍跑上！（撻子騎馬上，射箭介）（丑白）弓馬精通，正好興師。孩子們！（撻白）有！（丑白）到營中領賞！（撻白）哦！（排子，止笑，同下）

校記

[1] 雄心湫湫似鋼鐵："鋼"，原本作"剛"，今從排印本改。
[2] 待孤拆開一看："拆"，原本作"折"，今改。

［３］叩謝千歲："千",原本誤作"十",今改。

五場 練 牌

（花、副上）（副白）生長南蠻地,剛性逞雄威。用的萱花斧,跨下黑烏騅。俺阿會喃。大王陞帳,在此伺候。（花上,白）堂堂英武將,志氣出超群[1]。山中驅虎豹,海内捉蛟龍。俺董荼哪。大王陞帳,在此伺候。（合）請！【大開門】（四卒爭）

【點絳唇引】威鎮蠻鄉,四海播揚。習諸洞,佔一方,欲把中原掃蕩。（白）生來雄貌似金剛,兩肩勇力勝虎狼。身居化小須然樂,欲奪中原作帝邦。孤孟獲,自幼生長南蠻,霸土九溪十八洞,稱爲南王。久有席捲中原之意,怎奈兵糧未足。正是：耐守林泉舊基業,待等機關湊男兒。（雜上,白）歷過風霜苦,又得到南方。寨門哪位？（副白）哪裏來的？（雜白）魏國使臣,有書投遞。（副白）站着！啓爺,魏國有書投下。（淨白）傳見！（雜白）魏國金牌,叩見大王。（淨白）魏王有書,呈上孤看。（雜白）是！（淨）後營荼飯。（雜白）謝過千歲！（下）（淨白）魏王有書,待孤一觀。（唱）

魏曹王傳檄文頓首百拜,特啓上南蠻主仁義兄臺。都只爲魏蜀吳三分地界,連年裏動干戈各顯英才。孤意欲破兩川望把兵帶,那時節奪疆土四六分開,答謝兄臺。觀罷簡不由孤滿心暢快,天降下這機關喜笑顏開。（笑）呵呵！

（副、花白）大王爲何發笑？（淨白）孤王久有席捲三國之意,恨無機會。今有曹丕催檄前來,要孤發兵相助。趁此機會,踏看中原,以圖進取。（副、花白）大王高見,臣恭欽服！（淨白）傳下書人！（付白）傳下書人！（雜上,白）叩見大王！（淨白）你可速返本國,孤家隨後發兵。（雜白）謝大王！南國多凶險,威風好驚人。（下）（淨白）二位將軍！（副、花白）大王！（淨白）多久未曾操演,與孤傳令：五營四隊人馬,大下校場,操演一會！（副、花白）得令！五營四隊將校,俱下校場操演。（内白）哦！（淨白）轉過校場[2]！（排子,圓場）（淨上桌坐,白）傳火槍手！（火槍手上,操演介,白）操畢！（花白）下面伺候！（火槍手下）（淨白）傳團牌手！（團牌手上,破牌介）操畢！（副白）下面伺候！（牌下）（副白）校場操演已畢[3]！（淨白）擺駕！（笑）呵呵！（衆擁下）

校記

［１］志氣出超群：“超群”，原本殘缺，今從排印本補。
［２］轉過校場：“校場”，原本作“教廠”，排印本已改。今從。
［３］校場操演已畢：“校”，原本作“教”；“已”，原本作“以”，今從排印本改。

六場　遣　將

（外上）
【引】代主劬勞，爲江山日夜耽憂。
（白）先主驅兵戰東吳，爲報桃園兄弟仇。兵敗連營七百里，遍處渠河血水流。山人孔明，自回成都，雖未征戰，不時防備。也曾着人密地探聽，未見回報。（雜上，白）奉了丞相密遣，探聽魏國軍情。小人回命！（外白）探聽魏國軍情，兵勢如何？（雜白）容報！他那裏兵勢呵！（排子）曹丕結連東吳，糾合南蠻孟獲、遼東柯比能、上庸孟達、本國曹真，兵分五路，攻取蜀中。（外白）曹丕貪心不足，欲取兩川，待山人略施小計，平服四路，有何難哉！來！（雜白）有！（外白）傳魏延進府！（雜白）傳魏延進府！（花上，白）丞相傳暗令，必有機密情。參見丞相！有何令下？（外白）今有曹丕，糾合五路大兵，前來攻吞蜀國。孟獲兵犯四郡，命你密帶精兵，去至四郡，以爲疑兵之勢。南王須勇，其心多愚，不戰自退，即來交令。（花白）得令！內府授密令，驅兵不露形。（下）（外白）傳趙子龍進府！（雜白）傳趙子龍進府！（末上，白）霜華點兩鬢，暮景扶儲君。參見丞相，有何令下？（外白）曹丕命曹真出兵陽平，命你帶兵緊守關隘，不可出戰。曹兵見我兵不出，不久自退，速來交令。（末白）得令。屢征未息馬，何日解戰袍？（下）（外白）我想孟達素與李嚴相厚，待山人假作李嚴親筆修書前去，必准相契之盟。家院，看文房四寶。（介白）哦！（唱）

違尊顏整兩載未得綢繆[1]，修書簡拜仁兄剖析情由。都只因北魏王興兵五路，要取我西川地侵擾成都。吾主公初臨位懦弱年幼，五路裏大兵臨未免心憂。望仁兄休得要發兵相助，還念在你我交莫結冤仇。

（白）傳下書人！（介白）傳下書人！（雜上）（白）常常在驛路，專聽相府差。有何差遣？（外白）有密書一封，去漢中獻與孟達；再有檄文一道，往西平關馬超營中投遞，不可違誤。（雜白）得令！書急如風火，晝夜作賓士。

（下）（外白）四路人馬安排，料必無危。只有東吳這支大兵難平，須得一人前去求和，方保成都。我朝中無一人與我分憂，山人只得託病在府，籌思良計，以退東吳。一時難擇舌辯之士[2]，好叫山人不勝憂乎！（唱）

爲五路興大兵龍争虎鬥，恨曹丕起梟心來犯成都。我欲要擇一能舌辯之士，下江南獻賄賂連合東吳。是這等擇不出一人爲使，我只得假託病行思坐籌。叫家院命該官把守相府，休得要揚風聲走漏情由。倘若有文武官前來議事，只道是老丞相命犯休囚。

（末白）知道。（下）

校記

[1] 整兩載未得綢繆："整"，原本作"正"，今從排印本改。
[2] 一時難擇舌辯之士："辯"，原本作"便"，今從排印本改。

七場　攻　城

（四手下、曹真上，白）百戰先鋒將，三國誰敢當？保助魏國主，四海把名揚。俺曹真，奉了魏王旨諭，攻取陽平關。衆將！（介白）有！（真白）殺往陽平關！（手下，白）哦！（排子，下）（四卒、末上，白）軍師密遣至陽平，威張聲勢候敵人。須知妙策安軍理，將令出處鬼神驚。老夫趙子龍，奉了軍師密令，鎮守陽平，以敵曹真。命人捎探，未見回報。（報上，白）啓千歲，曹真兵離營近。（末白）再去打聽！（報白）得令！（下）（末白）衆將！曹真遠來疲乏，挫他銳氣，一陣奮勇！（卒白）哦！（排子）（四手下、副上，同末殺介，副敗下，卒白）大敗。（末白）窮寇勿追！將人馬扯進城垣！（卒白）哦！（排子）（同下）（四手下、副上）（白）吓！趙子龍年紀鬚邁，殺法甚勇，難以抵敵，不免暫回斜谷，大兵一到，再來攻城。衆將！人馬扯往斜谷。（手下白）哦！（排子，同下）

八場　息　戰

（四校軍、正生上）

【引】歸降劉主，鎮西涼威風抖擻。

（白）曹丕興兵五路來，軍師密令點將才。准備蘇秦張儀口，説去羌王定

兵災。某馬超。今有軻比能兵犯西平關。軍師有令,命某善退。衆將!(介白)有!(正生白)起道關前!(手下白)哦!(正生唱)

從幼兒習戰法揚名四海,趕曹操報父仇大顯將才。葭萌關戰張飛劉主過愛,因此上歸漢朝保主龍臺。聞番兵軻比能興兵犯界[1],助曹丕奪西川蜂擁而來。叫兒郎一個個安營下寨,(手下白)哈哈!(正生唱)城樓上設旗幟戈戟擺開。

(手下白)來此關門。(正生白)將人馬埋伏關內,敵人一到,速報某知。(手下白)哦!(正生下)(四撻丑上)

【倒板】爲王的出遼東統領將帥,北魏王修書簡搬孤到來[2]。一路上看不盡中原地界,遠望見西平關有了安排[3]。

(撻白)啓大王,城上有了准備。(丑白)待孤看來!呀!果有准備。孩子們,叫把關將官答話!(撻白)哦!吥!城上將官答話!(手下白)啓爺,敵人到!(正生白)列開旗門!(唱)

有豪傑上城樓虎目觀看,見番兵一個個狐假虎威。假意兒陪笑臉請問安泰,恕末將未迎接望乞寬懷。

(丑白)把關將官,通上名來。(正生白)吾乃馬超,拜授五虎大將。(丑白)果然好將。(正生白)軻大王,圍住關門,所爲何事?(丑白)一來踏看中原,二來攻取蜀國。(正生白)蜀國乃係吾主仁和之地。(丑白)嗏!天下乃人人之天下,非是一人之基業。(正生白)軻大王,不惜耳煩,末將一言奉告。(丑白)孩子們,穩坐雕鞍。(撻白[4])是!(正生唱)

漢高祖創基業數百餘載,禪位到漢獻帝懦弱無才。國不幸更遭逢賊臣侵害,因此上成鼎足陡起禍災。曹孟德霸諸侯漢家衰敗,至如今賊臣後又篡龍臺。劉先帝他本是漢室後代,復皇祖舊基業也是應該[5]。(丑唱)

聽罷言不由孤牙關咬壞,罵一聲小馬超無知嬰孩。那劉璋與你祖同宗共派,起梟心奪西川該也不該。(正生唱)

老大王休要把吾主責怪,內有個巧機關令人難猜。有張松獻圖本劉主不愛,第二次有法正暗差書來。劉先主未及到西川地界,他國裏衆文武拜迎塵埃。劉季玉讓西川漢土還在,與同宗復舊業何足道哉!(丑唱)

聽你言不由孤怒冲天外,恨張松和法正賣國奴才。獻西川與劉備又加侵害,這等的賊臣子生刮活埋[6]。

(正生白)軻大王可知假道滅虢的故事?(丑白)倒也不知。(正生白)曹丕有心奪取遼東,今哄大王離國,遼東非大王有矣。(丑白)這娃娃之言說得不差,又恐曹丕果懷梟心,孤王首尾不能相應。莫信直中直,須防仁不仁。娃娃!孤家不與你争戰,自回本國,各保疆土。孩子,班師回國!(楚白)哦!(同下)(衆白)啓爺,番兵自退。(笑下)(正生唱)

　　軻比能雖番寇倒有轉慨,被某家一席言自轉鄉臺。(同下)

校記

[1] 興兵犯界:"興",原本作"與",今從排印本改。
[2] 搬孤到來:"搬",原本作"板",今從排印本改。
[3] 西平關:原本誤作"陽平關",今依文意改。
[4] 撻白:"撻",原本作"唱",誤,今依文意改。
[5] 復皇祖舊基業也是應該:"復",原本誤作"澓"。排印本改。今從。下同。
[6] 生刮活埋:"刮",原本誤作"剮"。今從排印本改。

九場　自　退

　　(四番卒、净上,白)雄貌生來是凶頑,如狼似虎奔山川。自恨南國地窄小,有意席捲坐中原。孤家孟獲,魏王修書借兵攻取四郡。衆把都!(介白)有。(净白)殺往四郡!(手下白)哦!(【排子】,同下)(四軍、花上,白)曾記當年保長沙,韓玄不仁敗邦家。棄暗投明歸蜀主,未解征袍長嗟呀。俺魏延,奉了軍師將令,帶兵保守武陵。衆將!(卒白)有!(花白)人馬扯往武陵!(軍白)哦!(排子,圓場,軍白)來此武陵。(花白)進城下寨!(軍白)得令!

　　(場上擺城,花上桌介[1],四番、二先鋒、净上)

　　(白)孤家出塞而來,四路關防嚴切,人馬來至武陵。衆把都!(介白)有!(净白)殺往關門!(番白)哦!(排子)啓大王,城上有了准備。(净白)待孤看來!吹,城上把關將是誰?(花白)吾乃蕩寇將軍魏延。奉了軍師將令,把守武陵,南王休得妄戰。(下)(净白)吓!人説諸葛用兵如神,果不訛傳。本待攻城,恐有埋伏。不免殺往桂陽,暫取一郡。來!(介白)有!(净白)殺往桂陽!(番白)哦!(【排子】,圓場,卒白)來此桂陽!(净白)撒開人馬!吹,城上把關是誰?(丑上城,白)俺乃桓侯之子,張苞是也[2]。奉了軍師將令,以待迎敵。衆將擂鼓厮殺!(净白)且慢!可恨孔明處處俱有提防,孤家本欲勇鬥,又恐諸葛另有埋伏,只得將人馬扯回本國,再作區處。衆把都!

（番白）有！（净白）班師還國！（番白）哦！（排子，下，軍白）小將軍，南王不戰，自回軍馬。（丑白）不出丞相所料，緊閉門！（軍白）哦！（丑笑，開包下）[3]

校記

［1］場上擺城，花上桌介："桌"，原本誤作"梓"，排印本改爲"摔"，意不明，非是。今依文意改。

［2］桓侯：原本作"垣侯"，今依《三國志》改。

［3］開包下："開包"二字下，原本尚有"下下"二字。排印本删。今從。

十場　驚　駭

（末上，白）待漏五更寒，披衣上鞘鞍。五更天未曉[1]，明月滿欄杆。下官董允。聖駕臨朝，在此伺候。（正生白）職受先王寵，赤膽輔嗣君。誓將血身毀，生死報君恩。下官鄧芝。後主臨朝，在此伺候。（合）請。笙簧節奏，聖駕來也。【朝天子】（四太監咦咦）（小生上）

【引】殿閣重新繼父業，但願三分歸一統。

（監咦，末、生白）臣等見駕，主公千歲！（小生白）平身！（末、生白）千千歲！（小生白）桃園霸業始成功，不幸兩叔赴幽冥。血海冤仇尚未報，龍歸滄海白帝城[2]。（監咦咦）小王劉禪，國號建興在位。父王駕崩白帝，托孤丞相，扶定小王接位成都。自登基以來，吳魏平息，也曾命金牌四路捎探，未見交旨。（報上，白）邊關狼烟起，上殿奏君知。金牌見駕！主公千歲！（小生白）探聽軍情，明白奏來。（報白）容奏！【風入松】（小生白）賜你銀牌，再去捎探！（報白）領旨！（下）（小生白）吓！金牌奏道，曹丕糾合五路大兵，前來侵犯成都。小王初臨大位，就有轟天之變也。（倒板，小生唱）

聞金牌奏邊關狼烟犯境[3]，（末、生白）千歲甦醒。（小生唱）只嚇得爲王的膽戰心驚。這幾載承天運干戈寧靜，夢不想此魏王又起刀兵。金殿上傳宣旨鄧卿是聽，軍機府請相父來議軍情。（正生白）領旨！（唱）吾主爺傳下旨敢不凛遵，至相府去宣召掌國元勳。（下）（小生唱）承遺命登大寶方始成定，馬放山甲歸庫四方安寧。

（正生上）（唱）

我國裏鼎鼐臣犯下病痛，這事兒好叫我難解其情。

（白）啓主公，臣至相府，門吏傳報，丞相犯病在床，不能議政[4]。（小生

白）哦！相父犯恙，孤難解也。（唱）

聞奏道老相父身犯重病，一霎時把爲王提膽在心。吾父王臨危時托孤之重，孤料他必不能有負先君。孤傳旨命董卿至府再請，二次到丞相府急請卧龍。（末白）領旨。（唱）

捧聖旨好一比風雲吹送，顧不得步高低忙下龍庭。（下）（小生唱）

孤自恨洪福淺難承天運，故生出這干戈擾亂乾坤。（末上）（唱）

府門外挂免見牌不敢擅進，上金階覆主命細奏聖聽。

（白）啓千歲，臣至府門，高挂免見牌，門吏擋住，望主公定奪。（小生白）相父隱居内府，吴魏犯境，近在指日，怎生奈何吓？（唱）

漢室家錦華夷氣數將盡，金梁柱不理朝四夷蜂生。倒不如退下位讓與有德，爲王的返故土仍作庶民。（正生唱）

吾主公本漢室承業裔孫，（末唱）

説甚麽把大位讓與他人！（正生唱）

受君恩效犬馬臣之本分，（末唱）

國有難臣分憂理之當然。

（白）千歲勿憂。當日老王托孤丞相，軍師之謀非等閑可知。今託病在府，必有退兵之策。（小生白）依卿等何如？（末、生白）千歲何不進宫，奏過太后，進府問計？（小生白）又道："君不入臣門"。（末、生白）主公侍他爲父，倒還無妨[5]。（小生白）如此擺駕進宫。（末、生白）領旨！（小生唱）

老丞相受遺孤力保漢鼎，怎忍得負先王昔日之盟？叫内使與孤王排駕進宫院，進昭陽啓太后細奏此情。（同下）

校記

[1] 五更天未曉："未曉"，原本作"未晚"，今依上下文意改。

[2] 龍歸滄海白帝城："滄"，原本誤作"蒼"，今改。

[3] 聞金牌奏邊關狼烟犯境："聞"，原本作"門"，今依文意改。

[4] 不能議政："政"，原本誤作"攻"，今改。

[5] 主公侍他爲父："侍"，原本作"仕"字，排印本改爲"任"，今據文意改。

十一場 奏 后

（二宫娥、夫上，唱）

老王爺宴了駕日夜傷慘，小皇兒初接位難理朝綱。

（四監、末、生、小生上，唱）

爲塞外起狼烟心忙意亂，進宮來與母后同作商量。

（白）兒臣見駕，母后千歲！（夫白）平身！賜坐！（小生白）謝過母后！（末、生）臣等見駕，太后千歲！（夫白）平身！（末、生白）千千歲！（夫白）皇兒進宮，所爲何事？（小生白）只因北魏興動五路大兵，合志攻蜀，兒臣無有退兵之策，進宮與母后商量。（夫白）先帝托孤與丞相，既有機變，就該宣他上殿，君臣共議退兵良策。（小生白）兒臣也曾兩次宣請，怎奈相父託病不出。（夫白）哦！丞相託病不出，國家必有更變，即宣他太廟問明。（末、生白）啓太后，依臣等所奏，請太后懿旨，千歲龍駕進府，親問退兵之策。果有急慢，再行商議。（夫白）二卿奏之有理，皇兒即速進府問計，倘有他變，進宮奏明。（小生白）兒臣領旨，二卿保駕。（小生唱[1]）

承母后傳懿旨憂心寬放，怕只怕老相父更變心腸。（監、末、生、小生同下）（夫唱）

先帝爺爲漢室東遊西蕩，纔挣下人和土定國安邦。南陽郡三顧請保國丞相，他本是我蜀國架海金梁。（二宮娥、夫同下）

校記

[1] 小生唱："小"，原本誤作"末"，今依文意改。

十二場　進　府

（丑上，白）官小職不稱，朝夕守伺閽。文武謁相宅，傳帖代通名。小官乃丞相府伺閽官兒便是。丞相託病在府，命我緊把府門，不容百官抵進。昨有兩次宣牌，俱被下官攔住。今當在此看守。呀！遠遠望見一簇鑾輿，不知何部官員？待我假睡在此。（眠作鼻息介）

（四監、末、生、小生上，唱）

爲國家遭侵害蜂生夷黨，老丞相隱內府不出都堂。（末唱）

請千歲下鑾輿暫止龍輦，（生唱）

臣這裏奉君命拷問門官。

（白）門官！門官！吠！門官！（丑作僕改介科）哎呀！原來又是大夫，小官叩頭。（生白）罷了，千歲駕到，快去接駕！（丑白）是。門吏接駕，願主公千歲！（小生白）平身。（丑白）千千歲！（小生白）丞相現在哪裏？（丑白）在內府調病。（小生白）孤王特來探病，快開府門。（丑白）領旨。（下，過場）（丑白）請駕進府。（末、生同白）臣等保駕！（小生白）此番進府問計，非比尋常，只容二僕相隨，卿等俱在府門伺候。（末、生白）領旨。（小生白）門吏帶路。（丑白）領旨。（小生唱）

爲王的侍丞相如侍父上[1]，進內府問安寧又待何妨？（二監丑隨小生下）（末上，唱）

主公爺進府宅不容臣伴，（生上，唱）

保駕官靜悄悄暫退兩廊。（同四邊下）

新刻《英雄志》全部卷之二終

校記

［1］爲王的侍丞相如侍父上：二個"侍"，原本均作"仕"。今改。

十三場　觀　　魚

（外上，唱）

這幾日隱內府假託病恙，是這等背後主心下難安。（白）山人隱居內宅，千歲傳旨宣召，託病未出，必疑諸葛心腸更變，怎知其中有所思也！（唱）

受先帝托孤恩朝政我掌，怎忍得小儲君着此驚惶。四路兵密遣人安排停當，恨無人下血身去和江南。携竹竿到池邊閑步遊玩，暫時間散一散心腹愁腸。觀東廂兩群魚一衝一撞，好一似曹孟德兵下江南。在赤壁練水軍神鬼欽仰，在東吳遭火攻敗走華陽。觀南邊興波濤平水作浪，好一比孫仲謀大戰襄江。定奸計害桃園令人心恨，漢關公恨的是呂蒙潘璋。觀中央擁兩群蜀國模樣，想起了劉先主初出樓桑。終日裏爲炎土爭業歸漢，纔霸定舊基業鼎足之疆。到如今成帝位狼烟掃蕩，只剩下吳魏國兩處禍殃。觀罷魚心又慮後主宣喚，不由人悶慨慨懶下池塘。

（二監丑、小生上，唱）

爲只爲眾賊兵陡起烟瘴，爲江山不乘輿君問臣安。猛抬頭見相父池邊觀望，孤只得靜悄悄站立一傍。

（外白）行坐無思到池邊，暫作一時假清閑。心中定有囊妙計[1]，怎奈無處覓忠賢。（小生白）相父安樂否？（外白）哎喲！千歲駕臨臣門，恕過老臣死罪!(小生白)內侍,摻起!(外白)謝主龍恩!(小生白)哪裏叙話?(外白)請至内宅,門吏引駕。(圓場,開門,小過場,小生坐介,外白)老臣不知駕到,恕過萬死之罪!(小生白)平身,賜坐!(外白)千千歲!(小生白)相父可知曹丕兵分五路,侵犯成都?因何不在都堂議事,還在此觀魚?(外白)五路兵至,老臣安得不知?臣非觀魚,有所思也。(小生白)與相父之才,如何調度?(外白)羌王軻比能、南蠻孟獲、降將孟達、魏將曹真,臣曾遣將把守,不久自退;只有孫權一軍,臣有退兵之策,奈未得其人耳!(小生白)相父既有不測之機,願聞退兵之法。(外白)臣料軻比能兵犯陽平關。馬超積祖西涼人氏,素得民心,臣遣檄文一道,命他善説,不可力鬥,此一路不足憂也。(唱)

馬孟起積西涼原籍生養,衆百姓侍奉他如同父娘。軻比能須猛勇實難抵抗,不日裏定然有奏凱本章。

(報上,白)啓丞相,西涼馬超,退去軻比能,有文呈上。(外白)下面領賞。(報白)得令。(下)(小生)呀!(唱)

老相父果然有大才之量,能知人心腹事照見膽肝。保漢室全虧你神機妙算,使孤王一霎時憂心放寬。

(外白)千歲誇獎!(小生)二路人馬,怎生平服?(外白)南蠻孟獲兵犯四郡,臣差魏延領兵前去,左出右入,以爲疑兵之勢。南王須勇,其心多疑,料他不戰自退矣。(唱)

知四郡城廓堅兵精將猛,臣又差魏文長帶甲提防。每日裏出奇兵依次交換,南蠻賊心多疑不戰還鄉。

(報上,白)啓丞相!南王兵至四郡,不戰自退。(外白)下去領賞!(報白)得令!(下)(小生白)妙吓!(唱)

這一樁奇事兒從天而降,設疑兵使敵人膽戰心寒。定神機亞賽了太公吕望,比管樂和伊尹更加高强。

(外白)何足道哉!(小生白)三路人馬如何平靖?(外白)臣知孟達與李嚴曾結生死之交,臣假作裝仿李嚴親筆,命人送與孟達,必然託病不出,此三路不必憂乎。(唱)

有孟達他本是魏國降將,與李嚴生死之交相愛相憐[2]。此一番得書信必不出戰,三路兵臣平服何必憂煎?

(報上,白)啓丞相!孟達兵至中途,忽染重病,回轉上庸而去。(外白)下去領賞!(報白)得令。(下)(小生笑呵呵)(唱)

不枉了老先帝隆中三訪[3],得相父佐中華摙土開疆。胸腹中藏錦繡預先決斷,定妙計平賊寇不用刀槍。

(白)願聞四路人馬怎生退去？(外白)曹真兵犯陽平,此地險峻,可以保全。臣又差趙雲領兵把守,並不爭戰。曹真見我兵不出,料他難以久駐也。(唱)

陽平關地險阻久定炎漢,衆百姓勤田土頗有錢糧。又更兼趙子龍百戰之將,臣料定此四路可保安康[4]。

(報上,白)啓爺,曹真兵至陽平,被趙雲殺敗,回轉斜谷而去。(外白)再去捎探。(報白)得令。(下)(小生)呀！(唱)

四路裏奏凱歌孤心歡暢,不用兵不用將平靖四方。這等的巧機關令人膽喪,自磐古至如今哪有二雙？

(白)請問相父,東吳之兵,畢竟如何？(外白)正愁權孫這路兵,乃係心腹之患。須用一舌辯之士,以利害説之,先退東吳之兵,則蜀安如磐石也。(唱)

爲東吳這支兵急成病狀,固數日未參主不入朝房。必須要除大患擇一舌辯,至江東和吳侯另剿蠻王。

(小生白)哦！(唱)

聽相父一席言如鐵馬響,驚醒了南柯中憂夢一場。猜不透這奇謀深思過想,霎時間開雲霧重睹三光。(白)依相父之才,命何人爲使去和東吳？(外白)但未得説吳之人,臣故躊躇,何勞陛下親臨？(小生白)孤聞相父之機,何復慮哉？(外白)老臣備有酒宴,與陛下壓驚。(小生白)君臣同飲！(唱)

老相父獻霞觴君臣共暢,由當年光武帝龍鳳呈祥。(外唱)

諸葛亮蒙先帝龍恩褒獎,敢不效犬馬勞力扶家邦？

(丑白)啓千歲！太后傳旨,請千歲進宮！(小生白)相父,孤王就此別也。(外白)老臣送駕！(小生唱)

昔日裏楚漢爭天下大亂,滅項羽全憑了韓信張良。朕父王又得下保國丞相,定三分成鼎足萬世名揚。(外唱)

勞陛下至臣門已犯法完,恕爲臣萬死罪恩德非常。送聖駕來至在府門之上,(監、末、生兩邊上,正生笑呵呵)(唱)笑盈盈接聖駕早解機關。

(衆白)請駕回宮！(小生白)擺駕。(唱)

老太后在深宮提心盼望,回宮去把此事細奏端詳。

（監、末、生同小生下）（外白）吓！（唱）

見鄧芝在一旁仰面自嘆，我料他胸腹中必有才能。久聞他有肝膽口能舌辯，倒不如命他去說服吳王。

（白）鄧芝轉來！（正生上，唱）

隨聖駕出府門又聽呼喚，向前來施一禮問取根源。

（白）丞相呼卑末轉來，必有賜教。（外白）隨吾進府，有大事商量。（生白）學生從命。（圓場，生白）丞相台坐，學生參拜。（外白）常禮坐下。（生白）告坐。丞相有何見論？（外白）今成鼎足三分，欲討二國，一統中興，當伐何國爲先？（正生白）以某愚見[5]，魏須漢賊，其勢甚大，當以緩圖。王上初登寶位，民心未定，當以東吳連和，此乃長久之計也。（外白）吾欲與東吳連和，奈未得其人。今見大人膽略過人，明見此理，必然不辱君命。欲煩大夫一行，可否？（正生白）丞相委任，敢不效勞？（外白）好呵！奏知後主，過江說吳。（正生白）遵命。（外白）同至書房一飲。（正生白）怎好叨擾？（外白）朝爲國家選高賢，今日方始湊機關。（正生白）要除四野干戈净，先和東吳保兩川。（外白）好一個先和東吳保兩川。隨我來！（同下）

校記

[1] 心中定有囊妙計："妙"，原本作"沙"，今從排印本改。
[2] 生死之交相愛相憐："憐"，原本作"連"，今從排印本改。
[3] 不枉了老先帝隆中三訪："枉"，原本作"妄"，今依文意改。
[4] 臣料定此四路可保安康："料"，原本作"決"，今依上下文意改。
[5] 以某愚見："愚"，原本作"疑"，今從排印本改。

十四場　說　吳

（四監、二净上）

【引】玉振金聲，赫赫威名坐江東。

（白）驅兵舉火破連營，纔顯東吳立象功。一旦驚破敵人膽，諸侯無不懼書生。孤孫仲謀，多虧陸遜之謀，志破連營，誰不寒心？聞曹丕糾合大兵，欲破蜀中，有書結連孤王，未便允約。命人探聽，未見交旨。

（報上，白）奉命探消息，虛實回君命。金牌參駕！（二净白）探聽蜀魏如何？明白奏來！（報白）打聽魏王兵發四路，俱被孔明撥將殺退。（二净白）

再去打聽！（報白）領旨。（下）（二淨白）吓吓果然不出陸遜之謀。孤若允許，險些結怨於蜀。正是：國有擎天柱，大廈仗棟梁。（雜上，白）吳人方見干戈息，蜀使還將玉帛通。顧雍見駕，主公千歲！（二淨白）上殿何事？（雜白）蜀使鄧芝過江，現在館驛，請主定奪。（二淨白）蜀國遣使，必有來意，宣都督上殿。（雜白）千歲有旨，宣都督上殿。（正旦上，白）領旨。忠心懷社稷，與主定山河。陸遜見駕，主公千歲！（二淨白）平身！（正旦白）千千歲！（二淨白）賜坐！（正旦白）謝坐。宣臣上殿，有何計議？（二淨白）蜀使鄧芝過江，來意而何？（正旦白）此乃孔明退兵之計，故使鄧芝來做說客耳！（二淨白）當用何計辭之？（正旦白）依臣所奏，前殿設一油鼎，可選武士，各執刀斧，擺至銀安殿，却喚鄧芝入見。不由他下說詞，以酈生說齊故事效之，但看其人如何對答！（二淨白）此計甚妙！卿且退避，便宜行事。（正旦白）辭謝主公。孔明行險計，盡在吾腸中。（下）（二淨白）內侍與孤傳旨，宣鄧芝上殿。（監白）領旨。宣鄧芝上殿！（正生上，唱）

【倒板】聽銀安傳聖旨忙離客舍，（武士兩邊上，生笑介）吓吓！（唱）朝門內列武士盡是爪牙。殿閣前設油鼎烈火正發，定下了說齊計驚唬與咱。昔日裏有楚漢分鼎定霸，有一名名樊噲威名頗佳。大丈夫揣奇謀何足畏怕，見吳侯不下禮且自由他。

（監白）蜀使到！（二淨唱）

叫內使捲珠簾金鈎高挂，孤見鄧芝站丹墀禮貌不達。謁孤王不下拜膽有天大，敢莫是效酈生來說孤家？

（白）下站何人？（正生白）蜀國天使鄧芝。（二淨白）大膽匹夫，見了孤王，不行大禮，欺孤之甚！（正生白）上國天使，不拜小邦之臣。（二淨白）你欲效酈生來說孤家，豈不怕死？（正生白）大丈夫視死如歸，有何懼哉！（二淨白）既不怕死，你看兩傍刀槍如山[1]，油鼎正沸。你若說客，效酈生烹之！（正生白）何懼之有？（二淨白）武士們！（介白）有！（二淨白）將他推入油鍋！（推介）（正生白）笑呵呵！（二淨白）匹夫有死而已，何故發笑？（正生白）非爲自己笑，實爲大王發笑耳。（二淨白）笑孤何來？（正生白）常聞東吳多賢，豈懼一儒生？某爲吳國利害而來。（二淨白）孤乃一邦之尊，豈懼於你？（正生白）既不畏懼，何得陳兵設鼎？何其淺量不能容物耶？（二淨白）且住！聞他言語爽利，還要依禮而行。鄧先生！（正生白）大王！（二淨白）孤家一時不明，險失賢士。武士們！你等速退！（武生白）領旨！（兩邊下）（二淨白）先生請上銀安殿，賜坐！（正生白）謝坐！（二淨白）先生，適言爲吳國利害而來,望即賜教!(正生白)大王欲與何國連合?(二淨白)孤家欲與蜀主連合,又恐爾主年輕,不能全始。(正生白)大王乃當世英雄,孔明一時之豪傑,蜀有山川之險,吳有三江之固,二國結爲唇齒,可以吞併天下。若大王以愚言爲不能,即死大王之前,以絶説客之名也!(唱)

　　吳千歲若疑某言語有詐,即死在銀安殿以顯清白。撩衣袍即往那油鼎跳下,(欲跳介)(二淨唱)叫内使急阻攔休傷於他。

　　(白)先生勿疑。孤王與蜀連和,煩先生通作一言!(正生白)適烹小臣者,大王也。使某和蜀者,亦大王也。千歲猶自狐疑未定,安能取信於人[2]?(二淨白)孤心已決,並無二意。先生請至迎賓館款待。孤擇使臣,同至貴邦答禮。(正生白)謝過千歲!若畏一身死,貽笑以萬方。(下)(二淨白)内侍!宣張溫上殿!(監白)領旨!千歲有旨,宣張溫上殿!(丑上,白)領旨!口若銀河海,腹内緯地才。張溫見駕,主公千歲!(二淨白)平身!(丑白)千千歲!宣臣上殿,有何旨諭?(二淨白)蜀有鄧芝,不辱其主,頗有高論。孤欲命卿往成都去見孔明,又恐不能達孤之意。(丑白)孔明亦是人矣。臣須不才,所見略明,有何懼哉?(二淨白)命你過江答禮,勿壞東吳氣象。(丑白)但放龍心!(二淨白)有請鄧先生!(丑白)鄧先生有請!(正生上,白)寧死不辱君命,留名千古傳揚。參見千歲!(二淨白)平身!孤命張溫入川通好。(正生白)小臣告駕,張大夫請!(唱)

　　銀安殿拜別了吳王龍駕,若非是三寸舌命染黄沙。(下)(丑白)臣別也!(唱)

　　非是臣在君前誇説大話,過江去見孔明大顯略法。(下)(二淨白)擺駕!(唱)

　　好一個鄧伯苗頗有高雅,孤聞他談吐中實實可誇!(監同下)

校記

[1] 兩傍刀槍如山:"如"字,原本作"而",排印本改,今從。
[2] 安能取信於人:"能",原本作"然",今從排印本改。

十五場　　答　　禮

　　(四監引小生上,唱)聞相父退兵災憂心放下,使孤王無挂慮穩坐中華。(外上,唱)命鄧芝説東吳功高志大,我料定孫仲謀必不輕他。(正生上,唱)

險些兒在吳國油鼎烹化,我若是膽小的活活唬殺。

（白）參見主公。（小生白）平身！（正生白）千千歲,丞相有禮！（外白）有禮！大夫在吳受驚乎？（正生白）有勞挂慮。（外白）說去之事,諒必成功。（正生白）大事已成。（外白）吳國必有人來答禮。（正生白）吳王命張溫過江通好。（外白）啓主公,張溫名稱東吳俊傑,當用禮貌待之。（小生白）宣他上殿。（正生白）張先生有請！（丑上,唱）

聞蜀君禮下士未知真假,上金階去面見纔知根芽。

（白）吳國使臣參見千歲！（小生白）平身！賜坐[1]。（丑白）謝坐！吓！先生,自那日吳郡一別,今日重逢有幸。（外白）彼此[2]。大夫光降,未得遠迎。（丑白）豈敢！（小生白）大夫過江,想必吳王念及前盟,兩國和好。（丑白）正爲如此,特命小臣答禮。（小生白）大夫請至迎賓館,設宴相待,相父、鄧卿奉陪。（外、生白）領旨,請駕！（小生白）擺駕！【尾聲】（同下）

校記

[1] 賜座：原本作"繡不",今依文意改。
[2] 彼此："彼"字,原本作"比",今從排印本改。

十六場　天　辯

（雜上,白）奉命排筵宴,准備在郵亭。下官光禄寺[1],奉命排宴,款待吳臣,早已齊備。列位大人有請。（吹打）（正生、丑、外同上,見禮安席介）（雜白）列位大人開宴。（外、生白）伺候大夫請！（丑白）請！（外唱）

吾主公賜筵席賓主暢叙,大夫駕臨蜀中蓬蓽生輝。（丑唱）蒙蜀主恩款待承當不起,蜀與吳結盟好謙話休提。（正生唱）從今後兩國裏永結唇齒,平天下分疆土近在指日。（末上,唱）久聞那吳張溫飽學之輩[2],還不知他胸腹談吐如何。站立在郵亭外抬頭觀視,（外、生白）大夫請酒吓！（末唱）又只見他三人遞盞傳杯。未飲酒假裝醉不行常禮,（外、生白）吓！秦大夫,請來飲酒！（末唱）志昂昂坐席間佯作無知。

（丑白）吓！先生,此位是誰？這等形狀！（外白）姓秦名宓,現爲我國學士。（丑白）名稱學士,未知曾學士否？（末白）先生何出此言？蜀中三尺蒙童,尚皆就學,何況以吾？（丑白）未知先生所學？（末白）上知天文,下知地理,三教九流,古今興廢,無所不通。（丑白）既出大言,以天爲問,天有頭乎？

（末白）有頭。（丑白）頭在何方？（末白）在西方。（丑白）怎見在西方？（末白）詩云："乃眷西顧。"以此推之，頭在西方也。（唱）

常言道人須禀天地正氣，化萬物生百草出於當時。我王爺在成都立了帝位，以此論頭生西人皆知之。

（丑白）天既有頭，可有耳乎？（末白）詩云："鶴鳴九臯，聲聞於天。"無耳焉能聽哉！（唱）

孔聖云天處高而聽宣卑，鶴鳴霄聲聞空故有此奇。上浮者以爲天風光月霽，你本是無才輩勿論高低。

（丑白）天有足乎？（末白）詩云："天步艱難。"無足何能行哉？（唱）

豈不聞涉艱難旋步玉趾，天無足車無輪何能自移？觀日月如環轉由人堪比，是這等有足方任意徘徊。

（丑白）天既由人之比，可有姓否？（末白）有姓。（丑白）姓甚麽？（末白）姓劉。（丑白）何以知之？（末白）天子姓劉，以故知之。（丑白）日出於東，當吳王之兆。（末白）日生東，如沉没於西也。（唱）

吾主爺本姓劉復業爲帝，雲臺上念八宿伴的是誰？你道是日生東吳王當世，且不想墜金烏沉没於西。

（丑白）告便。（外、生白）請。（丑白）蜀中名士果無訛傳也。（唱）

秦學士論天文言之正理，聞蜀中多賢才果然不虛。我本欲再問難自覺無趣，只落得閉脣舌休惹是非。

（外、生白）請坐！（丑白）請。（末白）張先生乃東吳名士，以天爲問，必有大才。可知混沌初分，陰陽未剖，輕清之外，還有何物？望先生賜教！（丑白）我好愧吓！（唱）

聽他言問得我滿臉惶愧，悔不該論天文弄巧反拙。我只得坐一傍不言不語，好叫人一霎時懊悔不及[3]。

（外白）將酒筵撤開！（唱）

秦大夫不必要脣舌相戲，待賓客論才學有失禮儀。（正生唱）近前來對先生深施一禮，兩國裏通和好休得生疑。

（末白）張先生，適纔問難，乃相戲耳，切勿挂懷。（丑白）好説。蜀中多傑，名不虛傳。（末白）誇獎。（丑白）丞相，學生告别回吳。（外白）仍命鄧大夫過江答禮。（丑白）告别了。（唱）

仰蜀中文武輩俱有天志，（正生唱）怎比得張先生滿腹珠璣？（丑同正生下）（外白）開道！（唱）笑張温胸無才何以答對，只落得面惶恐含羞而回。（下）

（末笑）吓吓！（唱）適與那吴使臣談天論地，纔知我秦學士不在人低。（同下）

校記

［１］下官光禄寺："禄"，原本作"輝"，今從排印本改。

［２］久聞那吴張温飽學之輩："飽"，原本作"懷"，今從排印本改。

［３］懊悔不及："懊"，原本作"奥"。今從排印本改。

十七場　議　征

（四監、净上，唱）爲王的興五路兵吞蜀國，成一統也不知天意而何。（雜上，唱）聞聽得蜀與吴共舉烟火，不日裏犯中原大動干戈。

（白）啓主公，適纔細作報知，羌蠻人馬俱被孔明遣兵阻殺，俱回原郡。又聞吴蜀連和，並攻中原，望千歲定奪。（净白）吴蜀連和，乃係心腹之患。即宣司馬懿上殿！（雜白）領旨。千歲有旨，召司馬懿上殿。

（二净上，白）決勝千里外，運籌一掌中。參見千歲，有何軍情？（净白）朕聞吴蜀連和，來侵中原。孤欲興兵剪伐，未知可否？（二净白）[1]吴有長江之險，非船莫渡。即日造起龍舟，御駕親征，順流而下，吴蜀可破也。（净白）依卿啓奏，即命工匠，日夜造起龍舟，大下江南。（二净、雜白）臣等領旨，請駕！（净白）擺駕！剪伐吴蜀消愆禍，御駕親臨統山河。（下）（二净白）整頓軍馬調猛將，（雜白）願得齊還唱凱歌。（同下）

校記

［１］二净：原本作"老生"，今改。下同。

十八場　封　帥

（四監、二净上）

【引】吴蜀連和，且喜兩國息干戈。

（雜上，白）驚天動地事，奏與大王知。啓千歲，曹丕親乘龍舟，水陸並進，攻取廣陵，好不威風。（二净白）曹丕兵出廣陵，必下江南。與孤傳旨，即宣徐盛上殿！（雜白）宣徐盛上殿！（老生上，白）領旨。謀臣懷股肱，將軍挂鐵衣。參見主公，有何旨下？（二净白）孤聞曹丕共起大兵，親乘龍舟，水陸並進，來犯東吳，如之奈何？（老生白）主公勿憂，既與蜀國連和，何不修書前去，令孔明發兵相助？（二净白）卿家奏之有理，看文房四寶。（監白）領旨。（二净唱）

孤修簡拜武侯提兵調將，助東吳滅北魏定土分疆。曹丕賊下蔡潁兵多將廣，指日裏驅大兵殺奔江南。蜀與吳結唇齒誓同爲伴，望丞相早發兵搭救友邦[1]。

（白）宣金牌！（介上，白）參見千歲！（二净白）有書一封，即往成都孔明駟中投下。（介白）領旨。北魏刀兵動，往蜀搬救兵[2]。（下）（二净白）徐卿，想曹丕兵多將廣，非陸遜不能當此大任。（老生白）臣須不才，親渡大江，生擒曹丕。（二净白）若得卿守江南，孤無憂矣！上前聽封！（唱）

孤封你大督統前去抵擋，再賜你上方劍押定兵綱。叫內侍看過了皇封玉盞，但願得破曹丕凱歌唱還。（老生唱）

蒙千歲賜爲臣玉露瓊漿，下殿閣叩蒼天答謝三光。但願得此一去狼烟掃蕩，那時節保吾主駕坐皇堂。（下）

（二净白）擺駕！（唱）

自陸遜破連營四海欽仰，夢不想曹丕賊又起猖狂。（下）

校記

[1] 望丞相早發兵搭救友邦："丞"，原本作"承"；"搭"，原本作"苔"；"友"，原本作"兵"。今從排印本改。

[2] 往蜀搬救兵："搬"，原本作"頒"，誤。今從排印本改。下同。

十九場　接　　書

（外上，唱）

自那日和東吳憂心放定，愁只愁那曹丕又生風雲。

（正生白）聞曹丕乘龍舟水陸並進，有吳王差使臣來搬救兵。（白）卑末有禮[1]。（外白）少禮，坐下！（正生白）告坐！啓丞相，東吳差使在營門伺候。（外白）傳見！（正生白）傳吳使！（介上）（白）搬兵如救火，除凶定山河。叩見丞相！（外白）免！吳王有何旨諭？（介白）有書呈上。（外白）原來曹丕親統大兵，水陸並進[2]，侵害江東，吳王有書搬兵相助。吳使！（介白）丞相！（外白）你可回國，山人即日發兵。（介白）叩謝丞相！書下軍機府，跨馬轉江東。(下)(正生白)丞相可發兵否?(外白)兩國連和,焉有不發兵之理?傳趙雲!(正生白)有請四千歲!

(末上,白)血戰勤王業,威名振蜀中。丞相有何令下?(外白)曹丕親乘龍舟,水陸並進,有圖吳蜀之意,命你帶兵,從陽平而進,徑取斜谷,回兵阻絕廣陵,奪他糧草,不可違令!(末白)得令!方見干戈息,北魏又動兵。(下)(外白)鄧大夫一同轉過朝房。(正生白)請!(外白)日映旌旗晃!(正生白)風生劍戟寒。(下)

校記

[1] 卑末有禮:"卑"字,原本殘,今依文意補作"卑"。
[2] 水陸並進:"並",原本作"而",今從排印本改。

二十場 起 兵

(貼上,白)自小逞才志,韜略誰能知?習的穿楊箭,嬰孩顯珠璣。小將孫紹,都督發兵,在此伺候。(四手下、老生上)【點絳唇】(白)本帥徐盛,奉命攻取南郡,傳先鋒!(貼白)伺候!(老生白)人馬可曾齊備?(貼白)多久齊備!(老生白)發炮起馬!(占白)得令!眾將!(軍白)有!(貼白)發炮起馬!(手下)哦!(排子,同下)

二十一場 乘 舟

(副、卒搖船同上)(副白)旌旗閃閃映江中,號帶飄飄輝日明。(卒搖、花上)(白)綠水泛舟波浪卷,願得一戰吳蜀平。(副白)大將曹真!(花白)大將許褚!(合白)請!聖駕親乘龍舟,大下江南,准備戰船,在此伺候。

【倒板】(淨內唱)為王的離龍巢儀鑾簇擁,(四監、淨跨龍船上,走介)(淨唱)黃羅傘罩定了河泊寒風。為吳蜀結連和兵下南郡,因此上帶文武御駕親征。

(白)二卿,來此甚麼地界?(副、花白)來此廣陵。(淨白)隔江有多少人馬?(副花白)並無一騎,亦無營寨。(淨白)此乃詭計,將至江心,待孤一觀。(副、花白)領旨!(淨唱)

在舟中展龍目觀其動靜,見江南缺准備必有經綸[1]。莫不是孫仲謀停兵怕戰？莫不是諸葛亮暗地陳兵？命曹真駕小舟前去探聽，(副白)領旨！
(唱)奉王命跨戰船察看其情。(下)(淨唱)

金烏墜玉兔昇明星月朗，許將軍保孤王駐紮江心。(搖船同下)

校記

［1］見江南缺准備必有經綸："缺"，原本殘，尚可辨，排印本改作"無"，亦可。

二十二場 敗　魏

（四手下、占、老生上，白）本帥奉命破魏，只見沿江紮下水寨，因此備下戰船以敵曹軍。且喜日色蒙迷，正好交兵。先鋒！（占白）在！（老生白）吩咐各跨戰船，逼近曹營水寨。（占白）衆將各跨戰船，擂鼓厮殺！（手下白）哦！各搖船介）（卒搖，副上同小生殺介，老生又接殺介，副敗下，手下白）曹軍敗走。（老生白）江中大霧，正好追殺。大小戰船，各帶火具，焚燒龍舟。（手下白）得令！（老生白）就此追上！（排子，同下）

二十三場 火　攻

（四監、卒搖龍舟，花同上）（淨唱）

大江中起霧露日色不現，又聽得戰鼓響好不心驚。命曹真去探聽虛實未定，（卒搖）（副上，唱）遇吳將交一陣敗在江中。

（白）啓主公，臣至南岸，偶遇吳將，厮殺一陣，臣不識水性，敗下陣來。（淨白）不意南人多謀，何日得下？（起風介，花白）啓主公，狂風大作，龍舟將覆。（淨白）傳旨！戰船保護龍舟！（花白）領旨！大小戰船，保定龍舟！（卒白）搖介！（介上白）啓主公，吳國戰船無數，殺奔前來！（淨白）許將軍接殺一陣。（花白）領旨！

（四卒接占，老生上，占同花殺介，老生又接殺介，花敗下）（軍白）大敗！（老生白）逼近龍舟，放起火炮！（卒白）哦！（爆竹響介[1]，副扶淨下）（占白）都督！龍舟着火，曹丕乘小舟如逃。（老生白）追上！（排子，追下）（卒搖）（副、花、淨上，白）哎呀！吳人有此大志，實難破也。（副白）後面追兵甚緊，速請主公登岸，臣等決一死戰！（淨白）且至陽平駐紮，再圖進取！（副、花同白）臣等保駕！（排子，同下）

校記

［1］爆竹響介："響"，原本作"澆"，排印本作"况"，非是，今依文意改。

二十四場　助　戰

（四軍校、末上）（白）老夫趙子龍，奉了軍師將令，相助東吳攻取陽平。衆將奮勇殺上！（校）哦！（【排子】，下）【六幺令】（副、花、淨上、科介。四手下、占、老生同上，同花、副殺介。占、老生敗下。四軍校、末上，同花、副殺介。花、副保淨同下。軍白）曹兵大敗！（末白）殺往陽平！（軍白）哦！（排子同下。四手下、占、老生上，白）適與曹兵交鋒，看看敗陣，多虧趙子龍接應。且喜佔下南徐，奪了馬匹，衆將回朝交旨。（手下白）哦！（排子）（老生哭嚇下）（付、花保淨上，白）指望興兵，吞滅吳蜀，反生不測，無顔還朝。（付、花白）主公勿憂，君臣且退陽平，再來復仇[1]！（淨白）二卿保駕！（排子，圓場，四軍校、末上），同花、副殺介。花，副敗，保淨同下（軍白）陽平已破，奪了無數糧草。（末白）就此班師回朝！（笑下）（排子，副、花同淨同白）汲盡湘江水，難洗滿臉羞。（副、花白）勝敗乃軍家常事，回朝復整人馬，再來復仇！（淨白）二卿奏之有理，保駕還朝！（【排子】，同下）

校記

［1］再來復讎："復"，原本作"伏"。今依排印本改。

二十五場　團　圓

（【點絳唇】）（外、末、花、生上，外白[1]）山人諸葛亮！（末白）老夫趙子龍！（花白）某魏延。（正生）下官鄧芝。（合白）聖駕臨朝，分班伺候。（伴主臺、四監）咦！（小生上）

【引】承天靈運，且喜息刀兵。

（合白）臣等見駕，主公千歲！（小生白）平身！（合白）千千歲！（小生白）初臨帝統起干戈，三分鼎足爭山河。多得相父神機算，平魏和吳奏凱歌。孤劉禪，多得相父平定五路，恢復陽平，再圖一統中興。衆卿！（合白）千歲！（小生白）多得衆卿汗馬功勞，小王備有太平御宴，與衆卿賀功。（合白）臣等

把盞!(【排子】)(合白)請駕!(小生白)排駕!(【排子】,團圓同下)

校記

[1]"外、末、花、生上,外白":"上外"二字,原本無,今依文意補。

安　五　路

無名氏　撰

解　題

　　聲腔不詳。不見著録。劇寫曹丕乘劉備新亡、西蜀人心未定之時，發兵五路來取西川。孔明接報，當即調兵遣將，對付魏國東西南北四路人馬。唯孫吳一路，因剛剛與西蜀大戰一場，結下冤仇。按照三分天下之策，東吳只能和，不能戰。孔明冥思苦想，找不到合適的人去東吳説和，於是閉門謝客。幼主阿斗得知魏國發五路大軍來攻西蜀，不知如何是好，派人去見丞相，却吃了閉門羹。阿斗心急如焚，只好親至相府求計，見諸葛亮正在池塘邊垂釣。諸葛亮見幼主親自上門，纔把退魏國五路大軍的計謀和磐托出，説明正在爲找不到出使東吳的人而發愁。阿斗得知僅剩東吳一路人馬，心下稍安，辭別回宫。孔明送幼主回宫時，無意中發現了鄧芝，遂留下鄧芝，説明派他出使東吳的意圖，准備次日同見幼主，讓他孤身一人去對付東吳一路兵馬。諸葛亮不出相府，已安然退去了魏國五路兵馬。事見《三國演義》第八十五回"劉先主遺詔托孤兒，諸葛亮安居平五路"。版本今有清《車王府藏曲本》。該本係清抄本，首頁題"安五路總講"。兹以清《車王府藏曲本》爲底本，校勘整理。

　　（四朝臣、末上，白）自古良禽擇木栖，（外上白）而今喜得拜丹墀。（付上白）男兒挂得封侯印，（净上，白）方是英雄得志時。（末白）賈詡！（外白）辛毗！（付白）曹真！（净白）司馬懿！（末白）請了！（衆白）請了！（末白）今日早朝，萬歲陞殿，必有軍情議論。（衆同白）大家分班伺候！（衆同白）請！

　　（四太監、一大太監吹打站門，引小生、帶髯上）

　　【引子】駕坐朝歌，嘆三分重整山河！（詩）獻帝無福民不安，人心歸朕樂堯天。上蒼若肯隨孤願，掃平東吳滅西川。寡人曹丕，國號黄初。在位蒙衆卿忠勇，扶孤禪位，更改國號，深感上天福佑。朕聞劉備兵伐東吳，中了陸遜火攻之計，敗入白帝城，氣忿身亡。西川如此，朕無憂矣，乘此攻取西川，必獲全勝。眾賢卿！（眾白）萬歲！（曹丕白）朕想劉備新亡，趁他國無主，人心未定，攻取西川，蜀可得矣。卿等意下如何？（末白）臣賈詡奏聞陛下。（曹丕白）當面奏來！（末白）臣想劉備雖亡，托孤與諸葛，那諸葛亮感劉備知遇之恩，必要傾心竭力，保持嗣主。陛下，不可輕伐！（淨白）臣司馬懿有本啟奏。（曹丕白）卿有何良謀奏與朕？（淨白）西蜀新敗，銳氣全無，若不乘此發兵，等待何時？（曹丕白）卿言正合孤意。當用何計？（淨白）若用中原之兵，恐難取勝。須用五路大兵，四面攻打。那諸葛亮首尾不能相顧，西川之地，必然垂手可得。（曹丕白）那五路呢？（淨白）可修書遣使臣，去到鮮卑國，見那國王軻比能[1]，賄以金帛，令他起羌兵十萬，攻打西平關，此一路也。（曹丕白）二路呢？（淨白）差人直入蠻洞，買通蠻王孟獲，使他帶領蠻兵十萬，攻打益州、永昌四郡，此二路也。（曹丕白）三路呢？（淨白）再遣能言使臣，入吳和好，許以割地為約，使他起吳兵十萬，入峽口取涪城，此三路也。（曹丕白）四路呢？（淨白）急調孟達起上庸兵十萬，攻打漢中，此四路也。（曹丕白）五路呢？（淨白[2]）就命大將軍曹真，起中原大兵十萬，攻打陽平關，此五路也。共大兵五十萬，併力攻取西川。那孔明縱有呂望之才，難逃五路雄兵也。（曹丕白）此本奏之有理，孤王依計而行。曹真進位！（付白）萬歲！（曹丕白）卿領大兵十萬，攻取陽平關。得勝回朝，另加昇賞！（付白）領旨！金殿領君命，校場點雄兵。（下）（曹丕白）退班！（眾分班下）

（二小軍抬杠箱，差官小花面躍上，丑白）吾乃北魏國王駕下官的是也！今奉我主之命，押解禮物去到解卑國，聘請國王軻比能，起羌兵十萬，攻打西平關。身奉君命，不敢遲慢。抬夫們！（丑二小卒白）有話說罷！（丑差官白）咦咦！快快趕行！（倒退跳趕，【度柳翠】，排子下）

（報子上，白）馬來！膽量天生就，應變廣機謀。探訪鄰邦事，名稱夜不收。吾乃西蜀遠探是也！探尋曹丕兵發來大兵五十萬，五路進兵，攻取西川。探得真實，不免連夜飛報丞相知道便了。（下）（孔明上）

【引子】晝夜設計整朝綱，國事紛紛費心腸。

（白，詩十字一句）天命歸人心歸天時地利，一朝君一朝臣爭鬥華夷。西川地到而今雖歸我王，普天下皆王土漢室地基。（白）山人諸葛亮，字孔明，道號臥龍。自因先皇伐吳失利，敗入白帝城，氣忿成疾，晏了聖駕。蒙托孤之重，扶保幼主登了龍位，安穩民心。可恨曹丕那廝，篡了漢位，更改國號。

我本該發兵問罪，其奈我兵新敗，不敢妄動。待等兵精糧足，再去發兵問罪不遲。正是：只因托孤恩義重，披肝瀝膽報皇恩。（唱）

報國恩報不盡皇恩深大，拂人心躲不過定數無差。恨亂臣設禪臺威逼聖駕，臣欺君終有日報應巡查。我本該去問罪發動人馬，其奈我兵新敗怎敢戰殺？哭獻帝慟先王淋漓淚灑，好叫我肝膽碎心亂如麻。嘆高皇滅秦楚漢業創下，二百年孝平帝喪了邦家。光武興白水村重整人馬，訪鄧禹收岑彭到處戰殺。誅蘇憲剐王莽神愁鬼怕，洛陽城修宮殿一統中華。東西漢四百載六元七甲，獻帝爺坐江山盜賊如麻。內十宦外董卓朝權獨霸，黃巾賊曾反亂地天陷塌。連環計刺董卓長安正法，滅餘黨曹蠻賊又亂中華。今曹丕篡漢位人人怒髮，先皇爺恨賊子咬碎銀牙。在白帝受血詔遺言留下，滅魏賊報國仇整理中華。遵遺囑臣須要扶定大廈，保幼主安民心停止戰殺。

（報子上，白）探聽北魏軍情事，報與西蜀丞相知。來此已是府門，裏面那位在？（付上，白）侯門深似海，不許外人來。甚麼人？（報白）探子要見丞相。（付白）候省！探子求見丞相！（孔白）傳他進來！（付白）探子，丞相傳，要小心了！（報白）吓！探子叩頭！（孔白）探子，你探聽那路軍情，一一講來。（報白）相爺容稟！（五字贊）探子稟軍情，相爺在上聽，相爺在上聽。曹丕人馬勇，五路起雄兵。中原兵十萬，曹真攻陽平；上庸發人馬，孟達取漢中；孫權入峽口，大兵攻涪城；西平羌兵重，國王軻比能；南蠻名孟獲，兒勇猛交鋒。五路貔貅猛，十萬虎狼兵。聲如地裂山搖動，要把西川一掃平，一掃平。（孔白）賞你銀牌一面，休叫成都軍民知覺，更不可走漏我的消息。（報白）謝相爺！（下）（孔白）這廝好生可惡！明知我國老王駕崩，新君年幼，趁我國喪兵，兵發五路，擾亂我國疆土，如此猖狂！我自有道理。聽事官！（付白）在！（孔白）傳四路旗牌，府堂聽令！（付白）是！相爺有令，傳四路旗牌，進府堂聽令！（內咳）（眾上，白）丞相來呼喚，忙步到府堂。四路旗牌，參見丞相！（孔白）爾等免參，聽我分派！（眾同白）願聽丞相軍令！（孔白）今有曹真兵發五路，攻取西川。要你等飛遞邊關，不叫成都軍民知覺，更不可洩露我的機關。（眾同白）謹遵丞相軍令！（孔白）北路旗牌聽令！（外白）在！（孔白）命你趕到陽平關，通知趙雲，叫他暗設人馬，不許交鋒，待賊糧盡自退，督兵追殺，不得違誤！（外白）得令！（下）（孔白）西路旗牌聽令！（付白）有！（孔白）命你趕到西平關，急報馬超，叫他虛立自己旗號，羌兵必不敢戰，容他自退，不得違令！（付白）得令！（下）（孔白）南路旗牌聽令！（末白）在！（孔白）我有令箭一支，內有束帖封好，趕到南郡，交付魏延，叫他依計而行，不可錯誤。（末白）得令！（下）（孔白）東路旗牌聽令！（淨白）在！（孔白）命你前去急調關興張苞，各帶漢中人馬三萬，四面接應，不得違誤！（淨白）得令！（下）（孔白）那上庸兵乃孟督帥，也不用勞動軍卒，管叫他不戰自退。我已料到，東吳孫權必要兵紮三江口，虛作人情，徑觀兩家勝敗，就中攻取。事雖如此，其奈我先皇昭烈，兵伐東吳，結下仇怨，並無和解。我若興兵伐魏，吳必攻取西蜀。晝夜思想，不得其人入吳和好。若得吳蜀盟好，結爲唇齒，然後興兵伐魏，也免我憂慮東吳之患也！（唱）

非是我容國賊心懷懼怯，都只爲伐東吳曾把仇結。我雖然秉忠心意墜如鐵，魏國仇吳懷恨大事不卸。嘆先皇在白帝遺詔親寫，感聖德受託孤頓首跪接。回成都安民心子襲父業，扶幼主登龍位駕坐金闕。曹丕賊趁國喪五路犯界，我怎肯容賊衆奏凱報捷？在相府退五路機關未洩，怕的是民荒亂子把父撇。爲國家心使碎誰能寬解？恨漢賊五臟裂湧血自噎。不能勾得其人憂煩人也，東和吳北滅魏我的心意方歇。（孔又唱，詞前後隨意）

心所恨漢臣子助逆欺主，受禪臺君拜臣地滅天誅。祖若父做漢臣恩深雨露，忍心腸送獻帝駕離皇都？保賊子立廟堂天良盡負，無君臣無父子禽獸不如。我先皇恨亂臣氣滿肺腑，二君侯出國難怨我東吳，因此上把國賊且自饒恕。恨只恨志未遂駕返太虛，白帝城龍歸海天命嗚呼。病榻前請聖訓群臣拜舞，感先皇知遇恩受了托孤。回成都扶幼主駕坐九五，安民心治國政社稷匡扶。曹丕賊趁國喪兵發五路，他想要得西川入他版圖。退賊兵五十萬身坐相府，管叫賊再不敢取成都。怕只怕小陸遜乘機襲蜀，我本待伐魏賊把東吳防護。怕的是懷舊恨來攻成都，必得個能言士去說東吳。（又一段隨意唱）

平生恨篡國賊欺君萬惡，心想要滅曹賊自我揣摩[3]。我本該去問罪天不由我，一樁樁一件件國事阻隔。到而今曹丕賊兵威赫赫，乘國喪兵五路侵佔我國。西蜀中現有我區區諸葛[4]，豈肯容賊猖獗奏唱凱歌！雖想到合東吳長久計策，缺少個能言士前去往說。嘆先皇把國事重付與我，滅國賊盡人力天意如何？居相位守臣節日日思索，我怎能負先皇臨危重托？（下）

（四旗牌同上白，大白）列位請了！（衆同白）請了！（外白）今有曹丕兵發五路，攻取西川。你我奉了丞相軍命，通知各路，依令而行。軍情緊急，分路投遞。正是：將軍不下馬，（衆白）各自奔前程。（下）

（四文堂、一中軍站門，孟上）

【引子】只爲一着錯，滿磐棋式空。

（詩）昔事蜀君今事魏，俱是三呼稱萬歲。嘆想原郡故鄉土，誰到墳前紙化灰。俺孟達，昔在漢中稱臣，爲事不平，棄蜀投魏，命俺鎮守上庸等處。日前聖旨到來，命俺起兵十萬，攻取漢中。我想永安宮乃李嚴鎮守，我若攻打，有礙生死之交；如不攻打，又恐魏王生疑，教我好不爲難也！（付上，白）四季關銀餉，一年走慌忙。來此已是營門。有人麽？（中白）甚麽人？（付白）永安宮李嚴差人下書！（中白）候着！啓稟帥爺，永安宮李嚴差人下書！（孟白）傳他進賬！（中白）是！下書人，裏面傳你，小心了！（付白）是！下書人叩頭！（孟白）你本何人所差？（付白）奉永安宮李老爺所差，有書呈上！（孟白）後營用飯！（付白）領爺賞賜！（下）（孟白）待我看來！（排字）來傳下書！（中白）下書人！（付上，白）後營用罷飯，帳下聽回音。謝爺的酒飯！（孟白）回覆你家爺，我這裏修書不及，照書行事！（付白）是！小人記下了！（下）（孟白）我正憂疑之間，李嚴有書到來。我豈能忘了生死之交？不免假裝重病，暫將人馬撤回，再作計較。中軍！（中白）有！（孟白）本帥偶得重病，暫將人馬撤回，再聽調用！（中白）得令！下面聽者！（內應介）元帥偶得重病，暫將人馬撤回，再聽調用！（內白）得令！（孟白）誰人不思故鄉土，洛陽雖好不如家。哎喲！喲喲喲！好不痛死人也！（眾攙扶孟達，眾收兵領只下）

（四文堂、四水軍、眾站門上，小生陸遜排子上，陸白）吾乃東吳水軍都督陸遜。今有北魏曹丕，五路攻川，許以割地爲約。今起大兵十萬，出峽口攻打涪城。我想吳魏兩國皆非諸葛之敵手，萬難取勝。是我奏明主公，暫用兩全之計，虛作人情，兵紮三江口，坐觀勝敗，就中取事。眾將官！（眾應介）兵發三江口去者！（排子下）（連場，原人上，眾同白）前面已到三江口！（小生陸白）安營下寨！（眾應介，同下）

（四朝官上，末白）金鐘響罷禁門開，（外白）雨露恩深拜龍臺。（生白）怎能長任三分鼎。（付白）滅魏伐吳待時來。（末白）下官董允！（外白）下官杜夔！（生白）下官鄧芝！（付白）下官秦宓！（末白）請了！（眾同白）請了！（末白）今日早朝，聖駕登殿，必有國政議論。（眾同白）金鐘三響，想是聖駕臨朝。（眾同白）請！（分班站介）（四太監、一太監站門上）

【引子】詔書賜孤王，秉承遺命整家邦！

（白）父皇白帝駕殯天，眾卿扶保坐江山。但得吳魏干戈定，永守西蜀心也安。孤劉禪，國號建興，只因父皇兵伐東吳失利，兵退白帝城，聖駕殯天，托孤與諸葛丞相，扶孤已登大寶。內理國政，外重邦交，皆賴丞相之奇才也！今日早朝無事，內侍展放龍簾。（內監白）領旨！（黃門官上白）忙將動地驚天事，奏與君王御駕知。臣黃門官見駕，吾皇萬歲！（小生白）卿有何本奏？（黃白）今有北魏曹丕，兵發五路呵！【排子】，小生白）既有此事，就命卿到相府，詔丞相入朝理事。（黃白）領旨！五路雄兵起，又要動兵戈。（下）（小生白）適纔黃門奏道，曹丕五路進兵，攻取我國。衆卿！（衆同白）萬歲！（小生白）有何良謀，可退賊兵？（衆同白）萬歲，聖意寬懷，暫請放心。待等丞相入朝，必有奇謀妙策。（小生白）孤亦想到此間。（黃上白）走吓！奏啓萬歲，丞相推有病在府，不容進見，特來交旨。（小生白）卿且暫退！（黃白）謝萬歲！（下）（末外同白）臣董允、杜瓊，同到相府求計，看事有何説！（小生白）二卿願去，速來回奏！（末外同白）領旨！（下）（衆同白）諸事已畢，請駕回宮。（小生白）衆卿退班！（衆原人分班下）

（二宮女、一大太監引正旦上）

【引子】珠簾高卷似蓬萊，追思老王心痛哀。

（白）老王祖居在樓桑，桃園結義萬古揚。兵伐東吳全軍敗，夢魂白帝斷肝腸。哀家吳后，先皇昭烈帝與二君侯報仇心切，兵伐東吳，連營失利，敗入白帝城中，慟想二弟，思念桃園，氣忿成疾，晏了聖駕。托孤與諸葛丞相，扶保皇兒，登了龍位。内修國政，外重邦交，依賴丞相之賢才也。内侍！（内監白）奴婢伺候！（旦白）看守宮門！（四太監引小生上）（唱）

衆臣宰無計策孤心煩躁，老丞相不出府所爲那條？（内監白）萬歲朝罷回宮，與國太請安！（旦白）請！（内監白）請駕進宮！（小生白）參見母后千歲！（旦白）哀家平善如常，坐了講話！（小生白）謝母后。唉！（旦白）王駕爲了何事？（小生白）啓母后，大事不好了。（旦白）有何大事，如此驚慌？（小生白）北魏曹丕今發大兵五十萬，五路攻打西川，怎不驚怕？（旦白）衆文武豈無退兵之策？（小生白）文武雖多，慌慌無策。（旦白）諸葛丞相必有退兵之計，詔來一問吓！（小生白）母后有所不知，兒也曾詔他上殿，其奈推病在府，不容使臣入見。又命董允、杜瓊，同到相府問計，未見回奏如何？（末外上，唱）

忙步踉蹌起御道，（外唱）心中好似滾油澆。（末唱）丞相忠心改變了，（外唱）他把托孤之事忘九霄。（末唱）你我何言回奏好？（外唱）須將實言奏當朝。

（同白）原來老承奉在此。煩勞轉奏，董允、杜瓊回來交旨！（内監白）二位老大夫回來了！（二同白）回來了！（内監白）萬歲在延壽宮，與國太等候回奏。待咱家與你二人請駕。（末外同白）有勞老承奉！（内監白）是咧！交給咱家。啓萬歲，董允、杜瓊宮門候旨。（小生白）待小王問明，回奏母后吓！（旦白）董允、杜瓊乃舊日老臣，國事緊急，無須回避。宣進延壽宮，哀家面前回奏，何必去問？（小生白）母后之言甚是！內侍，宣董允、杜瓊進延壽宮，在國太駕前回奏！（內照白）（末外同白）領旨！臣董允、杜瓊願國太千歲！（旦白）二卿平身！（董、杜同白）千千歲！（旦白）二卿同到相府，求計丞相，有何良謀回奏？（董、杜同白）臣啓國太，丞相推病在府，不容臣等進入。特來回奏。（小生白）丞相推病爲詞，並不入朝理事，又無良謀回奏，不如小王趁早死了吧！（旦白）王駕休得如此！我想老王曾將大事托孤與丞相，皇兒拜他以爲相父，人臣之中位至極矣。今曹丕明知老王殯天，皇兒年幼，趁我國主新喪，人心未定，五路進兵，奪取西川。社稷危急之際，假以推病之辭，一謀不設。哀家親到相府求計，看有何策？（小生白）董杜二卿意下如何？（董杜同白）萬歲！依臣等愚昧之見，國太不可輕往。料丞相不出相府，必有奇謀妙策。暫請主公御駕，親往求計。如果怠慢，再請國太詔丞相入太廟，對老王御影，問之可也？（旦白）二卿奏之有理！皇兒速往，哀家在此候聽回奏。（旦下）（小生白）二卿先到相府，等候孤王。（董杜同白）領旨！（下）（小生白）擺駕！（四大鎧兩邊上，四太監、小生上，車夫）（小生唱）

宮門前上車輦擺開鑾駕，孤親去入相府問計於他。（衆領旨同下）

（門官上，白）調和鼎鼐三公府，燮理陰陽宰相家[5]。吾乃相府門官是也。奉了相爺之命，擋住百官，不准輕入。話言未了，遠望聖駕來也！（小生原人同上）（小生唱）

跨金鞍抖玉轡擁護車駕，路街上香烟起不聽喧嘩。早來到相府前文武下馬，（門官白）門官接駕！（小生唱）守門官在一旁跪接孤家。且平身與孤王快去傳話，（門官白）萬萬歲！（小生唱）丞相病是寡人親來看他。（門官白）丞相令出森嚴，不容小臣通稟。（小生白）他今在何處？（門官白）小臣不知。自有丞相鈞諭，擋住百官，不容輕入。（小生白）既有此令，孤親進相府。衆卿府門等候！（衆同白）領旨！（分班下）（小生白）門官引路！（門官白）領旨！（退下介）（小生唱）

龍離潭鳳離巢實是無法，爲的是安五路君到臣家。（笑介）哈哈哈哈！（下）

（孔明持絲杆上，唱）

憶昔隆中度時光，勤力農業樂安康。三顧茅廬將我訪，將身許國報吾皇。志將漢室重興旺，心機費盡整朝綱。吳魏漢室之反將，蜀乃金枝玉葉邦。國賊篡位欺君上,發兵問罪理該當。吳蜀成仇和未講,在意留神緊提防。東和孫權把心放,南征孟獲早歸降。北伐中原如反掌,不得其人入吳邦。憂悶在府心不爽,且學個渭水河邊等文王。(孔鈎魚介)(門官上)(小生上,唱)

入相府穿廊廈肅静幽雅,過幾層曲灣處道也可誇。進花園見相父垂釣瀟灑。(指介,點頭白)門官退下!(門官白)領旨!(下)(小生唱)孤這裏走進前側耳聽他。(孔觀看,指點介,唱)

這魚兒比陸遜行兵詭詐,有妙計無其人怎能退他?猛回頭身旁站當今聖駕,(跪介,小生攙扶介,白)相父請起!(孔唱)輕慢君該萬死惶悚交加。(小生白)老相父,(唱)

相父病叫孤王放心不下,因此上離鳳閣來看卿家。見相父觀魚躍垂釣瀟灑,這幾天孤却是心亂如麻。

(孔白)陛下,爲了何事?(小生唱)

曹丕無故興人馬,五路大兵來戰殺。文武百官心害怕,相父推病又在家。西蜀傾危在眼下,求條良謀去退他。

(孔喊介)吓!(小生坐介,孔唱)

萬歲爺請正坐容臣參駕,(小生攙扶白)相父免禮,請坐!(孔白)臣謝坐!(唱)且聽老臣奏根芽。曹丕國賊多虛詐,賄買羌蠻幫助他。亂臣賊子人恨罵,誰肯真心死戰殺?先皇在日長怒髮,本要問罪去伐他。趁人喪危將毒手下[6],就是百萬何懼他?臣非妄奏話虛假,望我主穩聽捷報奏國家。

(小生白)聽相父之言,曹兵五路如此容易退去?(孔白)陛下只請放心,且免憂慮!(小生白)望相父明言與孤,所調都是那路人馬呢?(孔白)陛下!(唱)

臣不奏爲的是行兵密法,怕的是成都民驚走天涯。非是臣瞞君蔽事有虛假,都只爲安人心保國保家。馬孟起守西平威名頗大,魏文長疑兵計俱按兵法;趙子龍陽平關督理人馬,一封書差人去賺走孟達。東吳兵臣已把良謀想下,缺少個能言士前去説他。(小生白)呀!(唱)

孤王親入相府地,君臣二人講兵機。欺君篡位賊曹丕,兵發五路取西川。派將三員賊退去,孤王心內犯猜疑。彼衆我寡非容易,片紙豈退上庸敵?丞相在府觀魚躍[7],東吳怎肯捲旌旗?越思越想心憂慮,孤必得拔樹搜根仔細提。

(孔白)萬歲思索何事?(小生白)孤王所慮,彼衆我寡。孤聞賊兵五十萬，五路攻川。相父所派蜀將三員，孟達、孫權無人敵擋？（孔白）陛下，先皇將大事托與老臣，臣怎敢不竭力報答先皇知遇之恩？況成都臣宰不知兵法之妙，若用成都人馬，民心振動，勢將不穩；機密洩漏，大事去矣。臣身居相府之中，心在邊關之外，知己知彼，俱都是因人而使，量才擇用。那馬超祖居西土，聲名遠振，羌人稱他爲神威天將軍，羌人見是馬超，必自退去。此西路之兵不必憂矣。那南蠻王孟獲，兵犯川南四郡。臣使魏延用疑兵之法，蠻性雖勇，疑心太多，必要自退。我兵隨後追殺，必然大獲全勝。此南路之兵，陛下不必憂矣。那曹真領中原大兵十萬攻打陽平關，那陽平關本非用武之地，山嶺險峻，道路崎嶇，行運糧草不便。臣通知趙雲，命他暗設阻馬，堅守勿戰，待彼糧盡，一戰成功，曹真必敗趙雲之手。此北路之兵，主公不必憂也。（小生白）那上庸孟達深智知西蜀地理，當用何人去退？（孔白）那孟達素與李嚴同結生死。臣套寫李嚴假信一封，命人送到孟達營中。孟達見了此信，必要裝病而回。況孟達本非李嚴對手，臣回成都，留李嚴鎮守永安宮，正爲此也。東路之兵，聖上更不必憂心也。（小生白）孤想孫權必懷伐吳之恨，借此而入，當如之何？（孔白）陛下吓！（唱）

勸主休把東吳怕，君臣對坐講兵法。吳魏素來仇恨大，怎肯真心幫助他？唇寒齒冷語不假，誰肯點火燒自家？虛作人情意懷詐，兵定在江口把兵紮。坐觀勝敗歇人馬，飯盛碗中用手抓[8]。用兵在精不在寡，知己知彼勝戰殺，不勞三軍披鐵甲，休遣蜀將防範他。入吳和好江東下，臣去問罪把國賊拿。我非觀魚閒瀟灑，爲的是尋條引綫取中華。

（小生起介，白）老相父！（唱）

說明五路退兵法，十分病危減七八。丞相功高天地大，保守西川仗卿家。

（衆原人兩邊上，小生上輦，衆領下）（孔白）臣送駕！（小生拱手笑介）吓哈！吓哈！請！（下）（芝拈髯點頭[9]，孔回頭看，如得其人）（孔白）衆位大人，恕亮有失遠候，容日謝罪。（衆同白）下官等豈敢，請！（孔白）請！鄧大夫請留。足下暫到府中，另有軍情議論。（付白）願聽丞相鈞論。（孔白）請！（付白）請。（孔白）請坐！（付白）謝坐！請問丞相，留住下官，有何使令？（孔白）挽留大夫，不爲別事，有一宗國事，要在台前領教。（付白）豈敢！豈敢！（孔白）今有魏蜀吳鼎分三國，欲討兩國一統中興。請問大夫，先討那國？（付白）依下官愚見，魏雖漢賊佔據中原，其勢甚大，必當慢慢緩圖。今主尚年幼，新登寶位，民心未定，當與東吳聯合，結爲唇齒之邦，永結盟好。

暫忍先帝伐吳之怨，此乃長久之計耳！未審丞相鈞意如何？（孔白）我亦想到此間，其奈不得其人。（付白）其人何用？（孔白）我正要往説東吳兩國和好，無人可去；大夫説明此意，必然不辱君命。吾觀群臣之中，非大夫前去不可。（付白）下官才疏學淺，恐負丞相所托。（孔白）大夫休要推辭吓！（唱）

休謙讓莫推辭聽我言講，我和你作臣宰同侍先皇。須念在先皇爺恩如海洋，談國政量人才非比尋常。同受過托孤重遺命曾降，到如今你只得辛苦一場。與東吳結唇齒好言講上，滅漢賊報國仇美名傳揚。倘若是你推辭不肯前往，吳與魏若和好危及我邦。況先皇待臣宰手足一樣，秉赤膽方自顯你幹國忠良。我與你到書房飲酒歡暢，到明天同入朝啓奏君王。

（笑介）吓哈！吓哈！大夫請！（付白）丞相請！（笑介）吓哈！吓哈！（同下）

（旦上）

【引子】夫主蠻王，威名四海揚。（詩）自幼生長在南方，善讀戰策演刀槍。上陣能斬千員將，誰人敢犯我邊疆。咱家乃洞府都蠻王孟獲之妻——祝融夫人是也！只因中原皇帝曹丕兵發五路，攻取西蜀，遣臣前來聘請咱家大王，起蠻兵十萬，攻打川南四郡。去之日久，不見回來，是咱家放心不下也。曾命人常到各洞催辦糧草，置買水牛、蔬菜，咱家親身押赴軍營，也不知齊備無有？（四蠻女兵暗兩邊上，旦白）嘟！衆蠻兵！（四蠻兵、四髮將同上，白）參見夫人！（旦白）咱家命你們所辦糧草等物，可曾齊備？（衆白）齊備多時！（旦白）隨咱家解送軍營。（衆應介）（旦唱）

【倒板】漢室三分起爭戰，北魏使臣把兵搬。大王率領兵十萬，攻打四郡奪西川。自從領兵到前綫，日久不見轉回還。解押糧草日夜趕，到軍營花拈雨露重續團圓。（衆下）

（四文堂、魏延上）

【引子】奉命守邊關，敵將心膽寒。

（白）少年英勇走天涯，殺死韓玄獻長沙。棄暗投明保先主，先定西蜀後中華。某乃西蜀大將魏延，奉了軍師將令，命俺擋住蠻王孟獲，不要臨陣交鋒，不免照他束帖行事。又道蠻賊心性太疑，必要自退。（報子上，白）報！蠻兵退去！（魏白）再探！（報白）得令！（魏白）且住！果然不出軍師妙算，趁此追殺前去。衆將官，殺！（衆下）（四髮兵、四髮將站門上排子，孟獲上，白）孤都蠻王孟獲，今有北魏皇帝聘請孤家幫助，因此領了蠻兵十萬，攻打川南四郡。孤自安營以來，蜀將並不出馬交鋒，見他人馬每日左出右入，右出左入,不知是何緣故?孤家素聞諸葛亮詭計多端,不要入他圈套。孤將人馬撤回,暫歸蠻洞,再作計較。(報子上,白)報!蜀將追殺前來!(獲白)再探!(報白)得令!(下)(獲白)嘟!衆蠻兵,迎上前去!(魏延原人會陣上)(獲白)蜀將通名!(魏白)聽着,某家乃西蜀大將魏延,爾知道某家厲害,快些下馬受死!(獲白)魏延,孤家開恩,饒爾不死。竟敢大膽追趕孤王,你自來送死!(魏白)住了!蠻賊,你無故興兵助逆,侵犯邊界,要想逃走,留下爾的人頭!(獲白)休要多言,看槍!(戰介,起打兩場下)(孟獲原人上凹門,獲白)且住!這廝十分驍勇,衆蠻兵大家一擁,擒捉此賊。(魏上白)那裏走?(起打,衆圍下)(四手下站門上,關興、張苞通各名字)俺張苞!俺關興!(苞白)賢弟請了!(興白)請了!(苞白)你我奉了軍師將令,帶領人馬四路接應,適纔探馬報導,魏延追趕蠻王孟獲,不知勝敗如何?(興白)你我前去接應,殺退那賊!(苞白)好!就此迎上前去。(同白)衆將官,殺上前去!(下)(衆圍蠻,魏延上)(苞、興急上,戰介)(起打,衆圍孟獲衆敗,魏、苞、興衆追下)

　　(四髦兵、四髦將、四女兵凹門,衆上,祝融夫人、報子上,白)報!大王遭了圍困!(旦白)再探!(報白)得令!(下)(旦白)喲,這不是野事麼?好撒野的雜種,這個地方竟敢欺生,把咱家大王爺都敢圍困起來,好他媽的大膽子!咱家倒要瞧瞧,看他們是幾個腦袋的漢子。蠻兵們!(衆白)有!(旦白)就此殺上前去!(下)(衆圍孟獲,孟獲上,旦急上救獲,獲敗下[10])(興、苞下)(延、旦、興戰介,魏白)殺來殺去,殺出母的來了!吙!那蠻婆,少要送死,老爺開恩,饒你去罷!(旦白)住者罷,休拿咱家當作別人。我乃都蠻王孟獲之妻——祝融夫人是也!你們知道咱家的厲害,就在馬前磕頭,饒你們不死,免在咱家槍下作鬼。(魏白)吙!蠻婦,休得胡言!(興、苞同白)放馬過來!(起打介,興、苞上,戰介,車輪戰,女兵起打,老攢蠻衆敗下)(苞、興、魏衆追下)(旦上,白)好厲害傢伙!這厮們果然驍勇,待咱家用飛刀傷他便了。(苞、興、延衆追上)(旦白)看咱家飛刀取你!(苞墜馬介,衆救苞下)(旦拉孟獲,蠻衆隨下)(苞、興、魏衆同凹門上)(魏白)吓!張小將軍,怎麼樣了?(苞白)末將身無傷損,可惜我的戰馬被她殺死!(延、興同白)此乃萬幸!謝天謝地!(苞白)快快換馬,待俺追上狗蠻婦,好報殺馬之仇!(魏白)將軍不必如此,天色已晚,道路不明,趁此收兵!(興白)老將軍之言甚是!衆將官,收兵!(苞白)便宜這老婆子了!(衆領排子下)(旦攙孟獲跑上,過一場下)(孟獲原人連場凹門,衆上)(衆同白)大王醒來!大王醒來!(獲白)哎呀!殺敗了哇!殺敗了!(旦白)吓!大王醒來!(獲白)孤自興兵以來,從無如此大敗。似這等狼狽不堪,有何顏面回見各家洞主?我不免碰死了罷。(碰頭介,旦拉介,旦白)大王不要行此短見。自古人言,軍家勝敗乃古之常理。依咱家主意,暫將人馬撤回蠻洞,養足銳氣,重整人馬,再來報仇。大王意下如何?(獲白)夫人之言倒也有理。難道就是這個樣兒回去不成?(旦白)我的大王爺,此一時比作人在矮檐下,怎肯不低頭?現今身在虎穴之中,趁此追兵未到,咱家看來,三十六遭走爲上策。(獲想介,白)咳!就依夫人之言,走了罷!(旦白)走了好!(獲白)走走走走!(衆領下,獲回頭介,旦追獲白)諸葛亮吓諸葛亮,孤與你勢不兩立也!(旦急白)咳!大王快走,倘被蜀兵追及,你們死活猶可,要把咱家擒了去,大王你想!(獲白)想甚麽?(旦白)要保命只怕不能。快些一同走了罷!(獲白)哎!走了罷!走吓!(獲、旦同白)走哇!走哇!(同下)(【尾聲】)

完

校記

[1] 軻比能:"能"字,原本漏,今據下文補。
[2] 五路呢?(净白):此五字原缺,今據文意補。
[3] 心想要滅曹賊自我揣摩:"我"字,原本無,今據文意補。
[4] 區區諸葛:"區區",原本作"軀軀",今改。
[5] 爕理陰陽宰相家:"爕",原本作"變",今改。
[6] 趁人喪危將毒手下:"毒"字後原有"就"字,今刪。
[7] 丞相在府觀魚躍:"躍"字,原本經改動,難以辨認。據前文補。
[8] 飯盛碗中用手抓:"盛",原本作"成",今改。
[9] 拈髯點頭:"髯",原本作"冉",今改。
[10] 獲敗下:"獲",原本作"偒",今改。

雍凉關

無名氏 撰

解 題

皮黄。不見著録。劇寫魏主曹睿知諸葛亮平定南蠻之後有併吞中原之意，採納賈詡建議，命司馬懿鎮守雍凉。諸葛亮聞報司馬懿鎮守雍凉，不免有所擔心。馬謖建議用離間之計，讓人到魏國各府州縣散佈謠言，説司馬懿有不臣之心，魏主曹睿必然起疑心，將司馬懿斬首，然後再討伐曹魏。諸葛亮用馬謖計，果然攪得曹魏人心惶惶。曹睿親往雍凉，准備在司馬懿前來接駕時把他擒獲。司馬懿聞魏主來雍凉，想讓君主看一看訓練的效果，擺隊相迎，竟讓曹睿信以爲真，當即把司馬懿抓起來，押入監牢。雍凉帥印交曹真執掌。事見《三國演義》第九十一回"祭瀘水漢相班師，伐中原武侯上表"。版本今有清《車王府藏曲本》。該本係清抄本，首頁題"雍凉關總講"，未署作者。兹以清《車王府藏曲本》爲底本，校勘整理。按：該劇唱腔板式標明"二六板""西皮正板""倒板二簧""二簧正板""原板"，當是皮黄。

頭 場

（賈詡上，白）老王晏駕龍歸滄[1]，全憑志量保家邦。下官賈詡，大魏爲臣，官居大夫之職。聞聽孔明七擒孟獲，他必有吞許都之意，不知萬歲可知。少時臨朝啓奏便了。香烟繚繞，聖駕臨朝。（四小太監、一大太監站門）（曹睿上[2]）

【引】笙歌笛奏萬户民，王坐龍庭。

（賈白）賈詡見駕，吾皇萬歲！（睿白）平身！（賈白）萬萬歲！（睿白）賜坐！（賈詡）謝坐！（睿白）武王昔日領大兵，南征北剿費辛勤。四路烟塵俱掃盡，只有吴蜀未曾平。（白）寡人曹睿，受先王之基業[3]，風調雨順，國泰民安。適纔聞報，今有孔明七擒孟獲，平服南蠻，必有吞許都之意。賈卿有何妙計？（賈白）臣啓萬歲，想司馬懿隨武王出兵多年，深知孔明韜略。命他帶領人馬雍凉訓練，孔明縱有百萬之兵，不敢正觀許都。（睿白）替孤傳旨，宣司馬懿上殿。（賈白）臣領旨。萬歲有旨，司馬懿上殿！（司馬内白）領旨！（上，白）炎漢三分晉，大魏有能人。臣司馬懿見駕。吾皇萬歲！（睿白）平身！（司馬白）萬萬歲！（睿白）賜坐！（司馬白）謝坐！啊，大夫！（賈白）司馬！（司馬白）宣臣上殿，有何國事議論？（睿白）卿家有所不知，今有孔明七擒孟獲，平服南蠻，必有吞許都之意。宣卿上殿商議計策，抵敵孔明。（司馬白）萬歲宣詔能人，帶領十萬人馬雍凉訓練，諒那孔明不敢正觀許都。卿家足智多謀，又隨武王出兵多年，深知孔明之韜略。寡人意欲命卿帶領十萬人馬，雍凉訓練，不知卿可願否？（司馬白）臣恐才薄，不能勝任。（睿白）卿家不必推辭。賈卿，取帥印過來。（賈白[4]）領旨！（司馬白）領旨！（唱）

　　謝罷萬歲元帥印，【二六板】揚揚得意自思忖。跟隨武王去出兵，滅却了袁術劉景升，殺却袁紹吕布喪了命，張繡驍勇太無能。某家今日多僥倖，我就是諸葛對頭人。（下）（睿唱）

　　仲達接印下殿往[5]，（白）退班。（衆分開下）（賈接一句唱）下得殿來自參詳。司馬雖然智謀廣，要勝孔明妄想一場。（下）

校記

[1] 老王晏駕龍歸滄："晏"，原本作"燕"，今改。
[2] 曹睿上："睿"，原本作"瑞"，今改。下同。
[3] 受先王之基業："業"，原本作"葉"，今改。
[4] 白：此字原缺，據文意補。
[5] 仲達接印下殿往："仲"，原本作"孟"，司馬懿字仲達，故當爲"仲"。

二　　場

（四紅文堂、魏延、馬岱、關興、張苞、馬謖站門上，孔明上，唱）

　　【西皮正板】實指望扶漢家如同反掌，又誰知天不遂難測難量。曹孟德佔天時兵多將廣，孫仲謀得地理霸佔東方。劉皇叔以人和萬民瞻仰，漢疆土分三國各自逞強。我今日統人馬中原掃蕩，盡一片竭力心報答先王。

（旗牌上，白）啓丞相，今有曹睿挂司馬懿爲帥，帶領十萬大兵，雍凉訓練,特來報知。(孔白)再探!(旗牌白)得令!(下)(孔白)哎呀,司馬懿果然挂帥!此番出兵,枉費心力。(馬謖白)丞相不必愁煩,末將有一計獻上。(孔白)有何高見?(馬謖白)司馬懿興兵,最喜好勝。待末將各府州縣張貼告示,言道司馬懿破蜀之後,還有收復許都之意。曹睿一聞此言,定將司馬懿斬首。丞相豈不長驅大進?(孔白)好,此計甚妙!急則有功,緩則無益,速速而行。(馬謖白)得令!(唱)

辭別丞相出寶帳,各府州縣把榜文張。(下)(孔明唱)

馬幼常文武才頗有志量,借曹睿殺司馬大有文章。但願得此計成無有阻擋,漢江山興和廢盡托先皇。(下)

三　場

(八將起霸上,張郃、郭淮[1]、高覽、田密、曹林、萬起、李虎、張雄進帳,同上,唱)

【點絳唇】威風飄繞,殺氣冲霄軍威好。地動山搖,要把中原掃。(各通名字)(張郃白)列位將軍,請了!(衆同白)請了!(張郃白)今有聖上挂司馬爲帥,前往雍凉訓練。元帥陞帳,你我兩廂伺候。(衆同白)請!

(四白文堂、四白大鎧、二旗牌、一中軍、一傘夫,司馬懿上)

【引】志氣凌雲萬丈高,腰懸寶劍懷韜略。

(衆將同白)參見元帥!(司馬白)站立兩旁。(衆將同白)啊!(司馬詩四句)隊伍齊整出禁門,要學孫武顯奇能。我今挂了元帥印,就是神鬼也擔驚。(白)本帥司馬懿。今有孔明平伏南蠻,七擒孟獲,有吞許都之意。聖上挂我爲帥,帶領十萬大兵,雍凉訓練,爲此今日開兵。衆位將軍!(衆將同白)有!(司馬白)人馬可曾齊備?(衆將同白)俱已齊備。(司馬白)兵伐雍凉。(衆將同白)得令!嘟,衆將官!兵伐雍凉。(排子,同下)

校記

[1]郭淮:原本作"郭懷",今改。

四　場

(四青袍、謖同上)【水底魚】(衆同白)來此魏邦地界!(馬謖白)四門粘貼[1]。（衆同白）啊！粘貼已畢。（馬謖白）站立兩廂。（手下白）啊！（馬謖白）命你等扮作魏兵人模樣，逢州府縣粘貼告示，言道司馬懿破蜀之後，還有收復許都之意，記下了。司馬懿吓司馬懿！能人反被能人害，能人背後有能人。（同下）

校記

［1］四門粘貼："粘"，原本作"佔"，今改。

五　　場

（賈詡上，唱）

長安百姓亂紛紛，（白）下官賈詡。探聽司馬懿逢州府縣粘貼告示，説道平蜀之後，收復許都，報與萬歲便了。（唱下句）何敢今日起反心？撞動景陽萬歲請，（曹睿上，唱一句）

景陽鐘爲何這樣鳴？（賈白）萬歲，大事不好了。（睿白）何事驚慌？（賈白）司馬懿帶兵雍凉去了，逢州府縣粘貼告示，説道破蜀之後，收復許都。（睿白）這個……寡人將他召回，料然無事。（賈白）萬歲，"將在外君命不授"，恐其生亂。（睿白）這這這……（賈白）臣倒有一計在此。（睿白）卿家有何妙計？（賈白）萬歲去往雍凉，那司馬懿必然前來接駕，就此馬前拿獲便了。（睿白）寡人明日起駕！（賈白）遲者就誤事。（睿白）内侍傳旨，後宮娘娘命太師議論朝政。寡人起駕雍凉，即日就回。吩咐御林軍走上。（賈白）御林軍走上！（四太監、四御林軍兩邊上）（賈白）起駕雍凉！（同下）

六　　場

（孔明内唱）

【倒板二簧】習玄機學兵法孫武一樣，（關興、張苞、孔明上，唱）

【二簧正板】識天文曉地理八卦陰陽。先帝爺越檀溪凶險波浪，水鏡莊遇高賢訴説衷腸。魏蜀吳三分業非容易掌，必須要智謀人扶保家邦。徐元直薦山人徐母命喪，蒙先帝三顧我出了隆崗。頭一功博望坡敵軍盡喪，借東風燒曹蠻棄了荆襄。孫仲謀霸江東寸土不讓，我三氣周公瑾搬屍柴桑。伐東吳白帝城龍歸海藏，曾受那托孤恩扶保朝綱。奉王命征孟獲七擒七放，奏

凱歌鞭敲鐙過了廬江。到如今伐中原意外之想，司馬懿挂了帥枉費心腸。觀天星看一看魏國氣象，（上高臺）（唱）

【原板】倘若是有凶險須要提防。東北方一將星黑暗不亮，（下場門上馬謖魂子，上場門上司馬懿魂子，馬奪印介，同下）（孔唱）一定是司馬懿將星無光。但願得馬參謀行計妥當，（下高臺）（唱）那時節統雄兵掃滅強梁。（下）

七　　場

（司馬懿原人上）（司唱）

【二六】三國紛紛刀兵振，許多能人赴幽冥。五虎將四將喪了命，只剩下年邁蒼蒼老趙雲。餘下之輩何足論？生擒阿斗捉孔明。

（報子上，白）聖駕到！（司馬白）再探！（報子白）得令！（下）（司馬白）啊？某家到此不曾訓練人馬，聖駕到此則甚？咳！某家還要叫他看某興兵之威也！眾位將軍！（眾將同白）元帥！（司馬白）一個個頂盔貫甲，腰懸寶刀，隨某前去接駕，擺隊相迎。（同下）

八　　場

（四小太監、四御林軍、賈詡、曹睿，眾急急過場下）

九　　場

（司馬原人上）（曹睿原人上）（賈白）吙！司馬懿，萬歲問你，還是前來迎駕，還是前來劫駕？（司馬白）大夫何出此言？某家是迎駕來了。（賈白）既然迎駕，為何大小將官全身披挂，腰懸寶刀？是何道理？（司馬白）錯了。回。（眾將原人同下）（睿白）嘟，膽大司馬，寡人將軍務大事托你，為何身起疑心？還不將印信交上來！（賈白）交印上來！（睿白）本當將你斬首，念其隨我父王出兵多年，不忍殺却。御林軍，將他押入監牢！（司馬唱）

【二六】雍涼城內摘印信，倒叫外濁內不明。莫不是朝中出奸佞，莫不是萬歲起疑心，莫不是司馬該喪命，莫不是中了巧計行？司馬懿心中納了悶，再詔某必須要御駕親臨。（眾押下）

（睿白）賈卿傳旨，將雍涼印信付與曹真執掌。人馬回朝！（賈白）臣領旨。擺駕回鑾！（【排子】，下）(【尾聲】)

完

鳳鳴關

無名氏　撰

解　題

　　亂彈。又名《力戰五將》。《春臺班戲目》《慶昇平班戲目》均有著録。劇寫劉備白帝城托孤之後，諸葛亮奉幼主劉禪之命，帶領人馬兵出祁山，在鳳鳴關一戰中故意採用激將法，讓老將趙子龍領了先鋒大印。趙子龍雖年過七十，仍然雄心勃勃，寶刀不老，先後將魏國先鋒官韓德父子五人斬落馬下。事見《三國演義》第九十二回"趙子龍力斬五將，諸葛亮智取三城"。版本現存清抄本，收録在《故宫珍本叢刊》的《亂彈單齣戲》中，題作"鳳鳴關總書"，間有唱詞曲牌，板式，沒有標點。今以清抄本爲底本，校勘整理。

　　（四將起霸，白）（魏）大將生來蓋世雄，（馬）萬馬營中逞威風。（關）耀武揚威英雄將，（張）斬將擒王立大功。（各通名）俺魏延，馬岱，關興，張苞。（魏白）請了。（衆）請了。（魏）軍師陞帳，兩厢伺候。（衆）請。

　　（八紅手下、鄧芝、孔明上）

　　【引】三顧茅廬恩重，滅曹魏不負托孤。（白）天爲陽來地爲陰，九宮八卦腹内存。金殿奉了幼主命，今日一戰取鳳鳴。山人諸葛亮，蒙先帝三顧之恩，托孤之重，今奉幼主旨意，帶領人馬，兵出祁山。前面乃是鳳鳴關，必須激將前去，方能成功。鄧芝聽令。（鄧）在。（孔）傳令下去，命嚴顏、廖化、王平、馬忠以爲四路總先鋒[1]，大隊人馬兵出祁山。（鄧）得令。（令出）下面聽者：丞相有令，命嚴顏、廖化、王平、馬忠以爲四路總先鋒，大隊人馬兵出祁山。（趙内白）且慢。（鄧）何人阻令？（趙）趙雲。（鄧）候着。啓軍師，趙老將軍阻令。（孔）有請。（鄧）吓，有請趙老將軍進賬。（趙）來也。（上，白）黄公三略安天下，吕望六韜定邦家。報，趙雲告進。參見軍師。（孔）老將軍少禮，請坐。（趙）謝坐。（孔）老將軍爲何阻令？（趙）吓哈，軍師，今日兵出祁山,滿營將官俱有差遣,把俺趙雲閉口不提,是何理也?(孔)將軍乃先帝托孤之臣,況又年邁,倘若陣前有失,教山人怎對先王?(趙)吓呵,軍師,老只老頭上髮,項下鬚,胸中韜略却也不老。自古道:"虎老雄心在,年邁力剛强。"(趙唱)

【慢二六板】軍師説話藐視人,細聽趙雲表功勳。長坂坡曾救幼主命,七進七出顯奇能。張郃見某無投奔,卸甲丢盔奔曹營。軍師若還不肯信,在那功勞簿上查分明。今日與俺一枝令,要學黃忠取定軍。(孔唱)

老將軍不必太烈性,山人言來聽分明。有心與你一枝令,怕你難學黃漢升。(趙)哎。(唱)你今不與先鋒印,兵出祁山去不成。(孔)唔。(唱)山人奉了幼主命,誰敢帳前阻令行。(趙)吓。(唱)軍師説話言太甚,罷,不如碰死在營門[2]。(孔)喂喲。(唱)一句話兒錯出唇,險些氣壞老將軍。鄧芝看過先鋒印,用手付與老將軍。三千人馬你帶定,鞍前馬後要留神。老將軍今年七十春,臨陣之上加小心。(趙)得令。(唱)用手接過先鋒印,背轉身來自思忖。倘若此去不能勝,笑壞南陽諸孔明。事到其間我的心拿定,馬來,兩軍陣前見機行。(下)(孔唱)鄧芝近前聽一令,跟隨老將把功成。(鄧白)得令。(唱)帳中領了軍師令,暗地保護老將軍。(下)(孔唱)神内陰陽早算定,今日一戰定功成。

(白)衆將官。(衆應)有。(孔)起兵前往。(排子下)

(趙内唱)[3]

【倒板】三國紛紛刀兵動,(手下衆上,趙唱)吾朝出了漢三雄。中原曹操把權弄,孫權霸住在江東。三棄磐河把主逢,皇叔借我破曹洪。殺得那賊心膽痛,誰不聞名趙子龍。軍師道某老無用,氣得某家怒氣冲。大吼一聲往前擁,管取一陣定成功。(下)

(王朗、曹真上,同唱)

【點絳唇】威鎮朝綱,四海名揚。君浩蕩,國號永長,福禄從天降。(王白)老夫司徒王朗。(曹)下官大司馬曹真。(王)請了。(曹)請了。(王)聖駕登殿,兩厢伺候。(曹)請。

(四内侍、丕上)

【引】鳳閣龍樓,萬古千秋。(王、曹白)臣等見駕,吾皇萬歲。(丕)平身。(二)萬萬歲。(丕白)平頂冠上一鮮花,太陽一出照硃砂。藍田玉帶朝北斗,王是萬民第一家。孤大魏天子曹丕在位,今當早朝。衆卿。(二)臣。(丕)有本早奏,無本退班。(曹)啓奏萬歲:今有孔明兵出祁山,命趙雲以爲前戰前行,奪取鳳鳴關,請旨定奪。(丕)依卿等之見,何計安在?(朗)依臣之見,萬歲傳旨,命夏侯懋挂帥[4],韓德父子以爲前戰先行,一定成功。(丕)就命卿家傳旨。(朗)領旨。朝事畢,請駕。(丕)退班。(同分下)

(八紅手下、四將、孔上,排子)(孔白)前導爲何不行?(衆)來此沔陽地界[5]。(孔)人馬列開。(衆應)(馬白)啓丞相,來此沔陽地界,吾兄馬超墳墓在此,末將要討一祭。(孔)既是令兄墳墓在此,山人也要一祭。(馬)亡兄當受不起。(孔)一殿爲臣,這又何妨?(馬)謝丞相。(孔)魏延聽令。(魏)在。(孔)打聽魏邦何人挂帥,速報我知。(魏)得令。(下)

(孔)末將祭禮擺下。(小吹打)馬將軍,孟起,哎呀!(唱)

見墳臺不由人珠淚汪,將軍,孟起,哎呀,哭一聲馬將軍今在那廂?可憐你鎮西涼威名浩蕩,可憐你報父仇蓋世無雙,可憐你戰渭河曹蠻膽喪,可憐你在冀州全家命亡[6]。到後來順先帝南征北闖,今日裏忠良臣魂在那廂?在墳前祭奠你三杯酒釀,馬將軍,馬孟起,吓,將軍吓,但願你陰靈兒早歸天堂。

(魏上,白)啓丞相,魏營拜夏侯懋爲帥,韓德父子以爲前戰先行,特來報知。(孔)俱是無用之輩,何足道哉。衆將官,起兵前往。(排子,下)(四藍手、四下手下)

(四子韓瓊、瑛、琪、瑶,韓德上)

【點絳唇】殺氣沖霄,兒郎虎豹旌旗繞。地動山搖,要把狼烟掃。(白)大將生來膽氣豪,腰懸秋水雁翎刀[7]。風吹它古山搖動,箭射旌旗日月旄。老夫韓德,奉了魏王旨意,大戰趙雲。衆家孩兒。(四子)有。(德)人馬可齊?(四子)俱已齊備。(德)兵發蜀營。(衆應,排子)(德白)吨,蜀營兒郎聽者:老夫韓德提兵到此,快叫趙雲前來受死。(鄧芝内白)俺來也。(上)(德白)來將通名。(鄧)聽者,俺乃趙老將軍麾下鄧芝是也。(德)吨!我道是趙雲老兒,原來是無名之輩。饒你不死,去罷。(鄧)看刀。(殺下)(四白手、四上手下)

(趙上,唱)

老夫興兵誰不怕,赫赫威名鎮天涯。曾命鄧芝把仗打,待他回來問根芽。(鄧上,唱)來在營門下戰馬,見了老將把話答。(趙唱)適纔命你去出馬,合勝合敗説根芽。(鄧唱)韓德父子威名大,要與老將動殺法。(趙)吓。(唱)聽罷言來怒氣發,不由老夫咬鋼牙。人來帶過爺的馬,要把韓德一馬踏。(下)

(韓瓊上,排子)(趙上,白)來將通名。(瓊)韓瓊。(趙)放馬過來。(殺死,鄧上,斬頭)(趙唱)你看老夫老不老?(鄧白)將軍不老。(趙笑)吓哈哈。

（唱）你到那軍師台前報功勞。（下）

（琪上）（趙上，白）來將通名。（琪）韓琪。（趙）看刀。（殺死，鄧上，斬頭）（趙唱）殺了一個又一個，老夫越殺越快活。（下）

（瑛上，唱）二位兄長把命喪，不由豪傑着了忙。開弓就把雕翎放，（下）（趙上，唱）老夫接箭不慌也不忙。（瑛上，唱）趙雲雖然年紀老，接箭之能果然高。二次又把箭放了，（趙上）吓。（唱）連接雕翎箭兩條。爾說爾的武藝好，老夫看來不見高。對准咽喉箭放了，可憐他一命赴陰曹。（瑤上，打趙，下）（跑箭，下）（趙上，殺瑤、瑛）（鄧上，斬頭）（趙唱）花拉拉寶刀一聲响，血淋淋人頭滾一傍。陣前殺了幾員將，好似猛虎趕群羊。眼前若有諸葛亮，管叫他含羞帶愧他的臉無光。（下）（藍手下）

（德上）（排子）（報上）報，衆位少爺落馬。（德）不好了。（排子）（衆將官）殺。（趙衆上，會陣）（趙唱）

戰鼓不住連聲響，三軍奮勇戰疆塲[8]。韓德雖然年紀長，英雄韜略果無雙。勸爾馬前早歸降，少若遲挨在刀下亡。（德唱）

二馬連環在疆塲，一來一往動刀槍。四個孩兒俱已喪，擒住老兒碎屍亡。（殺介，下）（起打）（趙上，白）且住。韓德殺法驍勇，他若追來，用拖刀計傷他。（德）那裏走？（上）（殺德死）（衆白）手下上。（趙白）收兵。【尾聲】（趙回笑，下）

完

校記

[1] 嚴顏：原本作"顏延"，下文又作"彥延"，今改。
[2] 不如碰死在營門："如"，原本作"好"。今依文意改。
[3] 趙内唱："唱"，原本漏。今依文意補。
[4] 夏侯懋：原本作"夏候懋"，下文亦作"夏侯茂""夏侯楙"，今改。下同。
[5] 沔陽：原本作"棉陽"，下文亦作"棉羊"，今改。下同。
[6] 冀州：原本作"翼州"，今改。漢魏時期，冀州治所在四川，而冀州治所在河北，時曹操封馬超之父馬騰爲衛尉，將其家屬徙往鄴城，屬於魏郡的冀州。故此處當爲"冀州"。
[7] 雁翎刀：原本作"偃鈴刀"。今改
[8] 三軍奮勇：原本作"三忿勇"，今改并補。

天水關

無名氏 撰

解 題

皮黃。《春臺班戲目》《慶昇平班戲目》著録，均題"天水關"。劇寫諸葛亮上《出師表》，以趙雲爲先鋒，大兵直發天水關。天水關守將馬遵令韓德父子迎戰，俱被趙雲殺死。馬遵挂起免戰牌，堅守不出。姜維主動請纓，要生擒子龍，活捉孔明。孔明知姜維是難得的人才，決定收服姜維。他一面派人暗中赴冀縣接回姜維老母，一面派魏延假扮姜維攻城，大聲叫駡，口出反言。然後用敗戰計，引誘姜維至鳳凰山，將其圍困，勸姜維投降蜀漢。同時遣趙雲暗中埋伏，待馬遵隨後出兵追擊之時，乘機奪取了天水關。事見《三國志・蜀書・諸葛亮傳》及注引《魏略》與同書《姜維傳》及注引《魏略》；《三國演義》第九十二回"趙子龍力斬五將，諸葛亮智取三城"和第九十四回"姜伯約歸降孔明，武鄉侯駡死王朗"。版本今有《清車王府藏曲本》。該本係清抄本，未標點，首頁題"天水關全串貫"，未署作者。兹以清《車王府藏曲本》爲底本，校勘整理。按：該劇總計四齣，在每齣結束後標示。兹依例前置，按次序標出。劇中唱腔板式標示有"倒板""西皮"，應爲皮黃。

頭 齣

（四監喝噯，引小生上）

【引】龍樓鳳閣，萬民安泰。

（白）金殿盡頭紫閣重，仙人掌上玉芙蓉。太平天子朝元日，五色雲中駕六龍。寡人劉禪，國號延熙。後主在位，駕坐成都，三分天下。今當早朝，内臣！（監白）奴婢！（小生白）閃放龍門！（監白）領旨！萬歲有旨，閃放龍門！（生上，白）舌戰山河定乾坤，八卦陰陽掌中存。臣諸葛亮見駕，願吾主萬歲！

（小生白）相父平身！（生白）萬萬歲！（小生白）内侍臣，看座！（生白）謝坐！（小生白）相父上殿，有何國事議論？（生白）臣有出師表章，望吾主標發。（小生白）相父連日興兵辛苦，這表章待孤王帶進宮去再看罷。（生白）萬歲吓！（唱）

先帝爺白帝城龍歸滄海，曾囑咐命老臣重興漢廷。叫老臣保我主把社稷重整，叫老臣把孫曹定要掃平。《出師表》並非是别的議論，望我主細參詳臣要發兵。（小生唱）

老相國奏的是治國經綸，一樁樁一件件王記在心。你前番剿孟獲狼烟掃盡，年邁人理應該享太平。爲王的金殿上傳下旨諭，滿朝中衆文武長亭餞行。（正生唱）

臣感激我的主天恩寵倖，臣感激吾的主賞餞深情。（小生唱）叫内臣！（監應）（小生唱）擺駕進宮廷，（監咦。（小生唱）今夜晚與相父共飲杯巡。（監喝咦，同下）

（四將上）（延白）三國將英雄，（岱白）威名鎮賊兵。（興白）丹心貫日月，（苞白）忠義定乾坤。（同白）俺（延白）魏延。（岱白）馬岱。（興白）關興。（苞白）張苞。（老生上，白）白鬚白髮似銀條，東滅孫權北滅曹。俺趙雲是也！（衆白）老元戎請了！（老生白）列位將軍請了！（衆白）主帥發兵，只得在此伺候。（小生、正生同上）（小生唱）

【倒板】手挽手到長亭文武恭敬，衆將官一個個殺氣騰騰。内侍臣看過了皇封御酒，願相父此一去早把功成。（正生唱）但願得此一去把狼烟掃盡，但願得此一去殺盡賊兵。（小生唱）四皇叔孤賜你得勝御酒，但願得此一去奏凱回程。（老生唱）感我主待微臣十分寵倖，微臣的食君禄當報君恩。

（正生白）萬歲吓！（小生白）相父！（正生唱）

我朝中有兩個忠心義膽，蔣公琰費文偉二大賢臣。臣去後主臨事向他計議，所有那一切事須依理行。（小生唱）老相父錦言辭王必謹記，（正生唱）臣擇定午時刻便要發兵。（小生唱）内侍臣擺駕進宮廷，（衆咦）（小生唱）王在宮候相父早報佳音。

（正生白）爲臣送駕！（衆將白）臣等送駕！（監咦，小生下）（衆白）我等送過丞相！（正生唱）

衆三軍齊上馬連舉三叩，衆文武齊免送響炮抬營。

（老生白）衆將！（衆白）有！（老生白）響炮抬營！（衆呵介，同下）

二　齣

（四卒引末上，末）

【引】威震天水關，兒郎心膽寒。

（白）本帥馬遵。只因孔明率領人馬要奪天水關，俺也曾命探子前去打聽，因何這時候尚未報來？（探上，白）打聽軍情事，報與都督知。報！探子進。都督在上，探子叩頭。（末白）命你打聽得孔明軍情如何？緩緩報來。（探白）容稟。小人曾探得孔明兵出祁山，命趙雲前戰先行，現在兵臨關下，趙雲討戰，望啓都督施行。（末白）他那裏兵勢如何？（探白）他那裏兵勢呵……（排子）（末白）賞你銀牌一面，再去打聽！（探白）得令！（下）（末白）來！（衆白）有！（末白）傳韓德父子進帳！（衆白）哦！傳韓德父子進帳！（付上，白）都督將令往下揚。（四將上，同白）驚動貔貅百萬郎。（付白）老夫韓德。都督呼喚，速速進帳。都督在上，末將參見！（末白）老將軍少禮！（付白）都督呼喚，有何將令？（末白）老將軍有所不知，只因孔明出兵祁山，命趙雲前戰先行，兵臨關下。本帥與你三千人馬，就此出關，前去與趙雲對敵。（付白）得令！（末白）令出如山倒，（下）（付白[1]）點將鬼神驚。衆兒郎！（衆白）有！（付白）人馬可曾齊備？（卒白）齊備多時！（付白）就此殺上前去！（衆白）得令！（同下）（老生上，唱）

　　嘩啦啦催開了白尾戰馬，打將鞭馬後稍手到擒拿。長坂坡曾救過後主爺駕，只殺得曹孟德心亂如麻。加鞭催開坐下馬，來到陣前觀根芽。（付上，唱）聽説道蜀營中來的兵將，兩軍前遇孔明大戰殺場。（老生唱）勒住絲繮觀端詳，來了一般小兒郎。陣頭上站定一老將，呔！報上名來槍下亡。（付唱）爺本是天水關韓德老將，帶領着衆兒郎特來爭強。（老生唱）我只當三國中有名上將，却原是無名輩來尋陣亡。嘩啦啦揮動戰杆槍，（付唱）捨生忘死戰一場！（殺介下）

（老生上，白）吓！韓德父子殺法甚是猛勇！他若追來，用回鞭傷他便了！（四將上，打，殺死介，下）（付上，打介下）（老生笑介[2]，白）呀！（唱）

　　勒住絲繮逞威風，猛然想起美髯公。五關曾把六將斬，果是三國一英雄。叫人來打起得勝鼓，丞相座前獻頭功。（衆喝，同下）

校記

［1］付：原本作"將"，今改。
［2］老生笑介："生"字原無，據文意補。

三 齣

　　（末上，白）轅門站立三千將，統領貔貅百萬郎。（報上，白）報啓都督，韓德老將軍父子俱喪陣前！（末白）再探！（報白）得令！（下）（末白）人來！（卒白）有！（末白）將免戰牌懸挂營門。（卒白）哦！（净上，白）黃公三略安天下，禹王六韜定乾坤。俺姜維，方聽得探子報導，韓德父子陣前失機，都督將免戰牌懸挂營門，不免待俺去到轅門，發笑他一回便了。他有來言，俺自有去語。（笑介）哈哈！（末白）何人轅門發笑？（卒白）姜將軍！（末白）有請！（卒白）哦！都督有請姜將軍！（净白）來也！都督在上，末將參見！（末白）將軍少禮，請坐！（净白）謝坐！（末白）將軍轅門發笑，莫不是笑本帥用兵不到？（净白）非也！都督爲何將免戰牌懸挂營門？（末白）只因韓德父子失機，故而將免戰牌懸挂營門。（净白）末將沒有都督將令，若有都督將令，務要生擒子龍，活捉孔明，前來獻功。（末白）好吓！就命將軍帶領人馬下關，前去對敵！（净白）得令！（末白）將軍能識陣前機，（末下）（净白）料他插翅也難逃。（净下）（四下手引净上，白）習就熊心豹膽，熟讀韜略兵書。俺姜維奉了都督將令，帶領人馬征戰孔明。衆三軍！（衆白）有！（净白）站立兩旁，聽吾一令！（衆白）哦！（净唱）

　　姜伯約傳一令要爾遵照，叫一聲魏營中大小英豪。諸葛亮興人馬其心非小，他指望奪天水要滅魏朝。漢劉備坐西川天生有道，全憑那五虎將建立功勞。黃漢升穿楊箭世間缺少，西涼將名馬超果是英豪，還有那勇關公督謀韜略，張翼德吼一聲喝斷霸橋。這一班五虎將俱已亡了，單剩下趙子龍老邁年高。衆三軍齊努力務把賊剿，（衆白）哦！（净唱）兩軍陣遇孔明休要放逃！（下）

　　（老生上，唱）
　　奉帥令出營來要把賊剿，呔！有誰人抵俺的畫杆銀矛。（净上，唱）
　　勒住戰馬用目瞧，臨陣上來了個白髮殘蒿。一霎時不由人火起性燥，呔！兩軍陣通名姓再把戰交。（老生唱）

爺本是渾膽將誰人不曉,殺得那孫與曹望影而逃。三國中有名將會過多少,吥!問一聲你是誰那家兒曹?(净唱)

你姜維將伯約字號,殺老賊擒孔明盡在吾曹。(老生唱)嘩啦啦催開銀戰馬,(净唱)今要與你比高低!(老生敗介)(净追下)(小生上,殺介)(老生下,生净殺下)

(净上,唱)

正欲擒拿趙子龍,忽然閃出一孩童。手提偃月跨赤兔,賽過當年美髯公。(下)

四　齣

(正生上)

【引】羽扇綸巾智超群,統雄師來掃邊庭。(老生上,白)陣前失兵機,報與丞相知。(正生白)勝負如何?(老生白)敗了一陣。(正生白)哦?敗了一陣。(老生白)是!(正生白)陣前對敵者何人?(老生白)姓姜名維,字伯約。(正生白)姜伯約?(老生白)是!(正生笑介,白)久聞此人乃冀城縣一個孝子,本帥有心收伏此人。老將軍!(老生白)丞相!(正生白)你可暗差一人前往冀城縣,迎接姜維之母,就說姜維降漢。(老生白)得令!(正生白)可傳衆位將軍進賬!(老生白)是!衆位將軍有請!(延上,白)大將從征膽氣豪,(岱白)千軍萬陣不辭勞。(興白)太平得勝還朝日,(苞白)丹陛承恩解戰袍。(同白)丞相在上,末將等參見!(正生白)站立兩旁,聽本帥一令!(同應)(正生唱)

【西皮】中軍帳傳帥令爾等聽宣,叫一聲征北的將軍魏延。(延白)在!(正生唱)你假扮姜維把城去喊,口口聲聲出反言。(延白)得令!(唱)丞相將令往下傳,假扮姜維去罵關。(延下)(正生唱)轉回來又把馬岱喚,(岱白)在!(正生唱)你虛心假意戰魏延,一面戰來一面敗,假引他到鳳凰山。(岱白)得令!(唱)丞相將令往下傳,大戰姜維鳳凰山。(正生白)老將軍!(老生白)丞相!(正生唱)

你戰姜維假敗陣,將他引到鳳凰山。馬遵聞知必追趕,你暗地奪取天水關。(老生白)得令!(唱)我奉將令去誘陣,暗地奪取天水關。(正生白)龍、虎二將!(興、苞同白)在!(正生唱)鳳凰山內去埋伏,量他插翅也難逃。(排子,同下)

（末上，白）營門操戰鼓，帳內看兵書。（報上，白）報！姜維降漢！（末白）呀！不好了！（唱）聽說姜維把漢降，不由怒氣滿胸膛。掌燈忙把城樓上，火炮連天擺戰場。（延上，唱）站立城下高聲嚷，都督開關把劉降。（末唱）問聲將軍是哪個？為何勸我把漢降？（延唱）都督有所不知情，我是姜維把漢降。（末白）住口！（唱）對着賊子高聲罵，（淨上，延下）（淨白）呔！（末唱）又是何人擺戰場？（淨唱）正好擒拿子龍將，都督開關好商量。（末唱）魏王待你恩浩蕩，為何私自把劉降。看弓箭！對着賊子把箭放，（淨白）呔！（末下）（淨唱）都督錯把好人傷。扳鞍踏蹬把馬上，不擒諸葛難洗忠腸。（下）

（正生上，唱）

四面安排天羅網，姜維插翅也難藏。四輪車忙把山崗上，准備收伏姜孝郎。（淨上，唱）四面八方盡羅網，倒把豪傑困中央。勒住戰馬朝上望，小小四輪放山崗。來得定是諸葛亮，不由怒氣擁胸膛。手執長槍朝上刺，（眾白）呔！（同唱）

姜維小子莫猖狂！憐你是個忠良將，為何扶保篡位王？（延白）呔！（唱）我勸姜維把漢降，（岔白）呔！（唱）你好似魚龍困長江。（興白）呔！（唱）好似虎落平川地，（苞白）呔！（唱）看你歸降不歸降。（淨唱[1]）四面俱是英雄將，一人怎把衆人搪？一來劉王也有道，二來諸葛秉忠良，三來馬遵中了計，四來寡弱不敵強。罷罷罷！事到其間無計奈，倒不如卸甲摘盔來投降。

（衆白）姜維降漢！（正生白）你再怎講？（衆照前白）（正生笑介，唱）

要取天水如反掌，事已隨機免彷徨。一愛將軍韜略廣，二來將軍行孝郎。（淨唱）

久仰先生志略廣，早有此心來投降。無奈老母年高邁，纔受魏職保魏王。丞相開恩將我放，回家看視老萱堂。（正生唱）

早已安排你的娘，不用將軍挂愁腸。一出祁山收此將，可謂軍中大吉祥。扭轉頭自思想，此人果是不尋常。日後我葉落歸秋際，好托大事佐劉王。將軍同上四輪輦，（淨唱）姜維跪謝大路旁！（正生唱）叫三軍回營忙擺駕，（衆白）哦！（正生唱）我和你談論軍機細商量！（同下）

全完

校記

［1］唱，原本作"白"，係誤，今改。

罵 王 朗

無名氏　撰

解　題

　　聲腔不詳。《春臺班戲目》著錄,題"罵王朗"。劇寫孔明一出祁山,連取天水、冀城和上邽三城,威震華夏。魏主曹睿以曹真爲都督,王朗爲軍師,郭淮爲先鋒,兵發渭水之西,抗拒蜀軍。王朗自恃能言善辯,誇口只要陣前一番話,就能讓諸葛亮按甲束兵。兩軍陣前,他大講天下唯有德者居之,爲曹操、曹丕歌功頌德。孔明依據事實,逐條批駁王朗,罵得王朗羞愧滿面,氣血上湧,竟然一頭跌落馬下而死。孔明用辱罵計,再贏一個回合。事見《三國演義》第九十三回"姜伯約歸降孔明,武鄉侯罵死王朗"。版本今有清《車王府藏曲本》。該本係清抄本,未標點,首頁題"罵王朗全串貫",未署作者。兹以清《車王府藏曲本》爲底本,校勘整理。

　　（生上）

　　【引】綸巾羽扇駕車輪[1],統雄師累戰邊庭。（丑上,白）報!今有曹真、王朗挂帥雍州,郭淮已爲前戰先行,領兵十萬前來對敵。（生白）賞你銀牌一面,再去打聽。（卒白）得令!（下）（生白）傳衆將進賬。（卒白）丞相傳衆將進賬。（内白）得令!（衆將上,白）末將等參。（生白）站立兩厢,聽我一令。（唱）

　　【倒板】中軍帳傳一令軍威吶喊,衆兒郎站立厢細聽我言。騎上馬整雕鞍長槍短劍,遇敵人休退後只管向前。或斬兵或擒將功勞非淺,到晚來定犒賞名注簡編。出寶帳忙上了四輪車輦,指日裏掃國賊平静狼烟。（衆將、生同下）

　　（外上,白）驚破敵人雄師膽。（净白）管叫一陣把功成。（外白）老夫曹真。（净白）老夫王朗。（外白）司徒,聞知孔明用兵如神,何策破之?（净白）

此番出兵，只用老夫在陣前一席之言，管叫孔明束手而降。（外白）司徒請發兵！（淨白）皇叔請！（外白）請！（唱）

號炮響只聽得人聲喧嚷，衆兒郎一個個耀武揚威。整隊伍馬蹄聲旗幡飄蕩，壓陣將逞雄威勝似虎狼。（生上，唱）

但只見旌旗飄鑾鈴響亮，銀鬚馬馱一人白髮如霜。戴烏紗穿蟒袍斯文模樣，習孔孟曉孫武腹內包藏。認得是司徒賊王朗，扶曹丕篡奪了漢室家邦。

（淨白）諸葛丞相請了！（生白）我道是誰，原來是王司徒，請了！久聞公之大才，今幸得見！（淨白）公既知老夫之才，爲何興此無名之師？（生白）我奉後漢主之命，誓討國之反賊，何爲無名之師？（淨白）自古天道有變，神意相助，有德者歸之，此是自然之理也。黃巾猖亂，董卓專權，崔記七略，袁術建號於壽春，袁紹稱雄於冀州[2]，劉表佔踞於荊襄[3]，呂布虎視徐州，賊盜蜂起，天下有累卵之危。我太祖武皇帝掃靜六合，息轉八方，萬姓歸心，四方感德，非已專勢而取之。我世祖文皇帝，崇文盛武，伐暴征虐，正位受禪，取中國而至四方。此乃天命，豈非人意乎？公既知天命識時務，何故强行，有逆天理，閉塞人心？古人云："順天者存，逆天者亡"。我大魏皇帝甲兵百萬，戰將千員，諒你乃腐草螢光，怎比天心之皓月？公可倒戈卸甲，依理而降，不失封侯之位。國樂民安，豈不美哉？（生大笑介）哈呵！哈呵！（白）我只道你是漢朝老臣，必有高論，爲何說此不忠不孝之語？自吾皇高祖開基以來，今數百餘載，傳流至今，一旦被曹丕篡奪，皆因是你這一黨亂臣賊子之故。（唱）

高祖爺初登基四方寧靜，到而今數百載相傳祖靈。從用那十常侍國家不順，反張角賊號黃巾，董卓賊謀朝綱想篡漢室，上欺君下壓臣慘不堪聞。連環計獻貂蟬司徒王允，剿滅了董卓賊大快人心。（白）董卓專權，忠良設計剿滅，不料奸佞接續而來，復生曹操，比董卓更凶十倍。（唱）

曹操賊比董卓罪惡更甚，挾天子令諸侯勢壓僚臣。吾主爺曾受過表冠誥命，坐西蜀歸一統順天從人。（白）只爲劉璋無德，吾主怕失漢業，義坐西蜀。不料曹操已死，逆子曹丕仗父勢惡，廢獻帝自立爲君。又有你這一黨老賊，助虐欺君，真乃皇天不容，神人震怒。（唱）

小曹丕仗父惡凶暴纔能，殺獻帝謀漢業自立爲君。又仗着老賊子一黨奸賊，殺君王欺天理罪惡滿盈。（淨白）廢獻帝乃衆臣之過，非只老夫一人。（生白）我且問你，你祖父也是漢臣，食漢爵祿；你乃漢朝老臣，就該剿亂扶王，纔是你的正理，爲甚麼反助逆賊爲惡呀？呸！老賊吓！只怕你臭名千

古,罵名萬代。(唱)

　　罵老賊食漢禄官居一品,罵老賊你祖父也是漢臣,罵老賊你就該平亂扶正,罵老賊妄拜相禽獸之心,罵老賊十大惡神人痛恨,罵老賊你就該割心刺目,罵老賊你就該焚屍銼首,罵老賊你就該銼骨揚灰。(白)我把你這皓髯的匹夫,拿住你千刀萬剮,纔泄獻帝之恨。你既爲不忠不孝的臣子,反敢來到兩軍陣前,賣弄你一張利嘴。咳呀!老賊吓老賊,只恐你死於九泉之下,有何臉面去見漢朝二十四帝?(唱)

　　怒冲冲坐車輛忙傳將令,叫一聲蜀營中大小三軍。今日裏把人馬不必前進,叫趙雲和馬岱休要出兵。來日裏統雄師狼烟掃净,興漢室滅曹獻報答先君。老賊臣這王朗廉耻喪盡,反來到兩軍陣賣弄嘴唇。到許昌滅曹獻保興漢室,望擒拿老王朗活擒曹丕。(衆白)呵呵!(生下)(净唱)

　　諸葛亮罵的我心中氣悶,罵得我老王朗啞口無言。笑壞了衆三軍羞辱難忍,氣得我無名火七竅生烟。有何顏面回故鄉面見君王,有何顏面見兩班再入朝門?猛然間吐鮮血昏迷不醒,滿腹中好一似烈火燒焚。四肢體鞍橋上坐立不穩,一霎時心恍惚二目昏沉,莫不是老王朗大數已到,少三魂失七魄命赴幽冥。(净跌下馬死,下)(外唱)

　　見司徒喪陣前慘遭不幸,笑壞了衆三軍哭死曹真。可憐你秉忠心爲國喪命,可憐你白髮蒼爲國身亡。實指望擒諸葛功勞加贈,有誰知到做了他鄉鬼魂。叫三軍將屍首白綾裹定,回朝中報吾主旌表忠臣。(白)我想司徒已死陣前,難以對敵,不免收兵。奏明吾主,再請大兵前來便了。衆將!(衆白)有!(净白)收兵!(卒白)呵呵!(外下)

　　(生上,唱)

　　臨陣只用辱罵計,要那王朗命歸陰。(卒白)報啓丞相,王朗已死,曹真收兵。(生白)下面伺候。(卒白)得令!(生白)我想王朗已死,諒曹真也不敢與我對敵。他既收兵,我也不去追趕與他。正是:人馬出西秦,一言敵萬人。摇動三寸舌,罵死老奸臣。衆將,收兵!(衆白)呵呵!(同下)

　　　　　　　　　　　　　　　　　　　　　　　　完

校記

[1] 綸巾羽扇駕車輪:"綸",原本作"輪",今改。
[2] 袁紹稱雄於冀州:"冀州",原本作"怕",語義不通,今改。
[3] 劉表佔踞於荆襄:"佔",原本作"古",語義不通,今改。

六出祁山

無名氏　撰

解　題

　　亂彈。未見著錄。劇寫司馬懿率兵奪取街亭。諸葛亮知街亭爲咽喉要地，擬派大將鎮守。參軍馬謖請命擔此重任，並立下軍令狀。諸葛亮派王平輔助同行。諸葛亮囑咐二人，要道紮營，以阻魏軍，有事共同商議，紮營後畫紮營地形圖送來。馬謖要山頂紮營，王平反對，二人爭辯難解，馬謖撥五千兵由王平山下紮寨。司馬懿令申儀圍山斷汲水道，令張郃率兵阻擊王平，使其不能援救馬謖。馬謖突圍與魏軍戰，戰敗。魏延助戰，被魏軍圍困，王平將其救出。街亭失守，軍營被毀，二人投往列柳城。高翔出城援救街亭，列柳城被司馬懿攻取。魏延、王平、高翔退兵保陽平。諸葛亮見王平繪的街亭駐守地理圖大驚，用人不當，悔之晚矣。諸葛亮知街亭失守、列柳城被奪，大勢已去，乃分別傳令各將，兵退漢中。諸葛亮在西城少兵無將，用空城計騙司馬懿退兵。司馬懿兵至西城，見四門大開，百姓打掃街道，諸葛亮在城樓安然撫琴，疑有伏兵，乃令退軍，退軍時遭關興、張苞伏擊，兵退街亭。諸葛亮要斬丟失街亭的王平，王平稱冤，述說守、失街亭情況，諸葛亮暫免一死，候旨發落。諸葛亮依法斬了馬謖，大哭。諸葛亮謂非哭馬謖，乃哭自己未聽先主之言，錯用馬謖，悔恨交加。事見《三國志·蜀書·諸葛亮傳》及裴松之注引《襄陽記》、《三國志·蜀書·馬謖傳》及同書《王平傳》、《三國演義》第九十五、九十六回。版本今見《故宮珍本叢刊》的《亂彈單齣戲》本。該本爲抄本，首頁題"六出祁山（失街亭）"，未署作者。今以該本爲底本，校勘整理。

第一齣　遣將拒守

（軍士將官、高翔、王平、馬謖、魏延引諸葛亮上，唱）

【傳言玉女】未雨綢繆，缺綻須加防守，肯教伊就生機彀。

（白）兵法無他仙奕棋，應差一着滿磐非。新城太守粗心甚，不聽良言悔自遲。某諸葛亮。前者新城太守孟達央李嚴前來，通款歸屬，意欲乘吾進取長安，彼此驅新城上庸之衆，進攻洛陽，此實爲恢復中原，一大機括也。豈料不聽吾言，死於司馬懿之手。作事不密，死固當然。今有細作報道，魏王在長安，命司馬懿督兵拒敵，令張郃爲先鋒。我料他必由秦嶺之西，來取街亭。那街亭乃漢中咽喉之地，怎得一員能將把守纔好。（唱）

【啄木兒】街亭地最可憂干係，誠堪重岳嶁。倘伊行佔斷崎嶇，使吾儕大衆全休。（馬謖白）丞相不須憂慮，馬謖不才，願當此任。（孔明白）那街亭之任，非同小可，且聽我道。（唱）那行兵司馬多機彀，況先鋒張郃威名久，恐爾難持此際籌。

（馬謖白）丞相但請放心，某自幼力學，久諳韜鈐，若一街亭不能守，要俺何用。（唱）

【又一體】何須慮免抱憂，自幼韜鈐學富優。慢言他司馬多能，又何妨智勝留侯。逞英雄勢欲吞強寇，覻他行不過尋常偶。何難保守如丸一小陬。

（孔明白）街亭雖小，吾之咽喉也。咽喉若斷，吾豈能生。（馬謖白）若有差池，乞斬全家。（孔明白）軍無戲言。（馬謖白）願立軍令狀。（孔明白）汝自具來。（馬謖應，作向下立狀科，白）軍令狀呈上。（孔明白）汝既必欲前去，與你精兵二萬五千人，再撥上將一員，相助同去。王平聽令。（王平應科）（孔明白）吾素知汝平生謹慎，故託汝相助馬謖。汝可小心，謹守此地。下寨務在當路之處，使賊兵急切不能偷過。如安了營寨，即畫四至八道地理形狀圖本來吾驗。凡事商議停當而行，不可輕易。如所守無危，則是取長安第一功也。慎之慎之。（王平白）敢不遵命而行。（孔明白）去罷。（馬謖、王平白）得令。（軍士引下，孔明白）我想他二人此去，倘有所失，如之奈何？高翔聽令！（高翔應科）（孔明白）此去街亭東北上，有一列柳城，乃山僻小路，可以屯兵，與你精兵一萬，前去鎮守。倘街亭有警，可引兵救之，不得有違。（高翔應科，白）得令。（軍士引下，孔明白）我想王平、高翔皆非張郃之對手，再得一員大將前去，屯兵於街亭之後，方可無虞。魏延！（魏延應科，孔明白）聽吾吩咐，爾可引本部兵馬，前往街亭之後屯紮，待有兵來，爾可救之。（魏延白）丞相在上，魏延不才，乃是一員大將，如何置於閑散之地。（唱）

【三段子】披堅執矛，効前驅英雄願酬。（白）那把守街亭，不過遣一小將足矣，俺魏延呵！（唱）何堪曠幽，柱塵埋明珠暗投。常言寧可爲雞口，平生不慣爲牛後。不才的位列亭侯,金印挂肘。

（孔明白）文長爾誤矣。街亭之任,乃北門鎖鑰,陽平咽喉之地,非大將軍不可居之。遣爾以代吾權耳。若夫前鋒破敵,乃偏裨之任,何反視也。（唱）

【又一體】街亭任優,鎮陽平咽喉運籌。何趨下流,効衝鋒偏裨是求。吾之重任伊權守,若還輕視生僝僽。干係全軍,心情莫狃。

（魏延白）原來如此,魏延願往。（孔明白）街亭倘有差池,罪歸於爾,須要小心。（魏延白）得令。（下）（孔明白）棋逢敵手始經心,着意綢繆防暗侵。最是閑中伏應子,當機一點值千金。（同下）

第二齣　違制安營

（馬謖上,唱）

【生查子】可笑運籌差,何事耽驚怕。（王平上,唱）重地實堪憂,莫作尋常話。（相見科,馬謖白）談兵底事讓書生,帷幄持籌神鬼驚。（王平白）久歷疆場稱老練,多因艱苦倍曾經。（馬謖白）俺馬謖。（王平白）俺王平。（馬謖白）我等奉令,來守街亭,此間已是。我想此處乃一幽僻小徑,魏人焉敢冒險而來?何必把守?既要守,遣一小將領數百騎人馬足矣,何用如此過慮?正所謂備其所不攻耳。（王平白）丞相算無遺策,非要地豈肯如此留神。參謀不可忽略。（一軍士上,白）請將軍出令,在何處安營?（馬謖白）知道了。（一軍士下）（馬謖白）王將軍,和你踏看地形,擇一佳地方可屯營。（王平白）參謀之言甚善。（同作四看科,馬謖白）王將軍,這山上可以屯紮。（王平白）何以見得?（馬謖白）聽我道來。（唱）

【鍼綫箱】看此山憑高居下,四無隣屯兵駐馬。錦營開仰看人驚怕,這險要天生不假。圖經翻遍君難選,勝地勘來實可誇。（王平白）孤山之上,如何安營?（馬謖唱）君休訝,我持籌料勝,幾何時曾有爭差。

（王平白）參謀差矣。今宜屯兵當道,築起城垣,雖有千萬敵兵,不能過也。若棄此要路,屯兵山上,魏兵若來,四面圍定,如何是好?（唱）

【又一體】論安營當途稱霸,縱十萬雄兵怎跨。怎思量絕地屯人馬,敵圍之怎生遮架。我久觀戰壘軍營諳,你熟讀兵書見識差。非同耍森森軍令,倘差池誅戮相加。（馬謖白）哈哈哈!誠乃婦人之見也,兵法云:"憑高視下,勢如破竹。"魏兵若到,教他片甲不回。（王平白）吾隨丞相多年,每聽指揮,頗

知一二。今觀此山,乃絕地也。若斷汲水之道,三軍不戰自亂矣。(馬謖白)唔,何得如此亂言。(唱)

【解三酲】論韜略滿懷非假,談兵法自幼堪誇。我也曾獻奇丞相多驚訝,伊怎敢藐吾家。從來死地生能化,十擋千人勇倍加。參軍事,持籌在我誰敢違咱。(王平怒科,白)噯!參謀差矣。我等來時,丞相如何吩咐來,凡事教令商議而行。我若錯矣,自然從你;你若差池,我亦可言。總是大家公事,倘然有誤,我也難辭其責。所以苦苦與你相爭,願你聽我良言纔是。(馬謖白)那見得從我,便有差池?(王平白)唉!參謀。(唱)

【又一體】我良言諄諄不假,願伊行三思莫差。全軍干係如天大,慢執性悔無涯。此軍主制雖爾大,一半商量須到咱。(馬謖白)噯,丞相有事,尚且問我,何獨將軍如此執拗?(王平白)丞相怎生囑咐你我來?(唱)他嚴嚴令叮嚀告誡,怎便違他。

(馬謖白)噯!我偏要山上駐紮。(王平白)斷斷不可。還是山下駐紮。(馬謖作思科,白)也罷,我如今分兵五千與你,各自屯紮。先要講明,日後有功,不許強來爭奪。(王平白)你若有功,我決不來分你的。你若有罪,難免分些與我。(馬謖笑科,白)哈哈哈哈!竟有這樣癡人。(作向下白)大小三軍,就此分兵,隨我上山安營紮寨去者。(內應白)得令。(馬謖下,王平看科,白)噫,你看馬謖這廝,竟自違了丞相的吩咐的制度,倘魏兵到來,此路決難保守。也罷,不免將他屯兵安營的形址,畫成圖本,星夜報知丞相。我將這五千人馬屯在西山之下,倘魏兵來時,以便救應便了。眾軍士,就在西山之下安營者。(內應科,王平唱)

【尾聲】分軍且駐西山下,若遇兵來好接應他。(白)丞相若見了圖本呵,(唱)少不得怒髮衝冠指定他名兒罵。(下)

第三齣　遭圍失陷

(魏軍申儀、張郃引司馬懿上,唱)

【臨江梅】料敵無他多算勝,還須別出奇兵。(白)下官驃騎大將軍司馬懿是也。蒙聖恩加爲平西都督,拒敵蜀兵。吾料蜀人必然分出祁山,以取郿城,故以約會子丹,以正兵應之。吾取街亭小路,竟襲陽平,阻斷蜀人糧道。誠恐諸葛亮多能,若使人守住街亭隘口,則吾策窮矣。已遣孩兒打探去了,待他來時,再爲定奪。(司馬昭上,唱)引軍探路已堪驚,主使何能守將無能。

（作進見科，白）爹爹，孩兒奉令探路，回來繳令。（司馬懿白）那街亭可有蜀兵把守麼？（司馬昭白）已有蜀兵把守了。（司馬懿驚科，白）嘎，已有蜀兵把守了。阿呀！孔明真乃神人，吾不如也。（司馬昭白）爹爹，何頹氣如此，據孩兒看來，街亭雖有人把守，奪之甚易。（司馬懿白）何以見得？（司馬昭白）孩兒親自見來，他將兵馬屯於孤山之上，却不安營當道。我今以兵圍之，絕其汲道，彼軍自亂矣。（司馬懿白）他領兵者何人？（司馬昭白）孩兒也曾打聽明白，係馬良之弟馬謖。（司馬懿笑科，白）哈哈哈！此乃庸才耳！孔明雖有才智，却不能識人，用此輩爲將，何事不誤。街亭左右，別有兵否？（司馬昭白）離山數里西山下，有王平營寨，人馬不多。（司馬懿白）此乃天意，使吾成功也。張郃聽令。（張郃應科，司馬懿白）你引一軍，阻住王平人馬來路。（張郃白）得令。（下）（司馬懿白）申儀聽令。（申儀應科，司馬懿白）你可領兵將山圍住，斷其汲道，蜀兵自亂，乘勢擊之，街亭可取矣。（申儀白）得令。（下，司馬懿白）我兒隨我統領大兵，前去接應。（司馬昭白）得令。（司馬懿白）就此起兵。（衆應科，同唱）

【香遍滿】街亭山徑，喜伊家別屯吾計可成。笑無能居絕境，庸才怎付兵。定將伊衆傾，咽喉吾已爭。料諸葛難安静。（下）（軍士引馬謖上，唱）

【懶畫眉】十載談兵幼稱能，司馬何妨善用兵，憑高有勢是軍形。（白）可笑王平，苦苦與我爭論。我今憑高據險十倍威風，料敵兵怎敢進前也。（唱）試看破竹今平魏，背水功成人始驚。

（申儀引兵上，作圍下，馬謖軍士同作驚駭四望科，軍士白）將軍不好了，漫山遍野盡是魏兵，將山頭圍住了。（馬謖白）與我衝殺下去。（軍士應，向下欲衝科，魏軍作擋回科，軍士白）將軍，下邊兵馬猶如潮水一般，如何衝得下去。（馬謖怒科，白）唔，敢有違令者斬，速速衝殺下去。（軍士應，作向下衝科。魏兵圍上，申儀上，戰，馬謖等退下。申儀白）衆將官，緊緊圍困，毋得疏縱[1]。（衆應作圍下，軍士引王平上，唱）

【東甌令】違軍令誤蒼生，可恨狂且任意行。果然乘隙敵兵騁，怎保這街亭境。（白）聞得魏兵遍地而來，將馬謖困在山上，只得前去救應。衆軍士，奮勇救應者。（衆應科，王平唱）忍教坐視勒援兵，只恐力難勝。（魏軍引張郃上，白）王平那裏走，俺張先鋒在此。（王平白）賊將擅敢阻擋，放馬過來。（作戰科，王平敗下，張郃追下）（魏軍引司馬懿、司馬昭上，同唱）

【金錢花】只爲奪取街亭，街亭，圍山定把伊傾，伊傾。笑他諸葛欠精明。枉算計逞強能，今日裏喪軍兵。

（司馬懿白）馬謖已經被困在山，汲道已斷，其軍自亂矣。衆將官，就此縱火燒山。（衆作持火繞場下，內作叫苦喧雜科，司馬懿、司馬昭、申儀等持兵器圍上。軍士亂跑上，跪科白）我等情願投降。（司馬懿白）事急投降，非出本心，拿去斬了，以絕後患。（衆應作推軍士下，馬謖上戰科，馬謖敗下，衆追下。馬謖急上，白）呀！你看遍地皆是魏兵，街亭已失，吾命休矣。（張郃上，白）馬謖，那裏走！（戰科，魏延軍士上作救馬謖下，魏延、張郃戰科，司馬懿、司馬昭等上戰科，作圍困魏延科，王平上，作衝圍救出魏延科，衆追下。魏延、王平上，魏延白）若非伯歧救援，吾幾危矣。（王平白）豈敢。只是各處營寨俱被魏兵佔去，如何是好。（魏延白）我等可到列柳城，投奔高將軍去便了。（王平白）有理。（張郃、申儀引魏軍追上戰科，高翔引軍士上接戰救王平、魏延下，魏軍白）走了。（張郃、申儀白）就此趕上前去。（衆應退下，軍士引高翔、王平、魏延上，王平、魏延白）多謝高將軍相救。（高翔白）小將聞得街亭有失，故爾盡起大軍，前來救應。（魏延、王平白）如今街亭已失，連我等營寨亦被魏人奪去，如何回見丞相。（高翔白）不如且到列柳城，再作商議便了。（魏延、王平白）有理。（同唱）

【又一體】一朝失勢非輕，非輕；營磐處處都傾，都傾。公然違制恨狂生，陷吾輩墮軍聲，回列柳暫屯兵。

（作到望科，白）呀！城上怎的換了魏家的旗號。（司馬懿上城科，白）蜀將聽者，俺大都督已取爾城池矣，尚敢前來納命麼？（魏延等驚，急退科，司馬懿下，高翔白）列柳城又失，我等無駐足之地矣。（王平白）街亭既失，料難復取，此去離陽平不遠，若陽平一失，我等皆無歸路，不免速速退至陽平把守，再候丞相定奪便了。（高翔、魏延白）王將軍老成之間，最爲上策，我等退守陽平便了。（同唱）

【尾聲】愚而自用違軍令，覆没三軍心顫驚，還只怕法令無情難自憑。（同下）

校記

［1］毋得疏縱："毋"，原本作"母"，今改。

第四齣　觀　圖　驚　訝

（軍士引孔明上，唱）

【破陣子】所慮街亭地險，更憂魏國人強。

（白）伏波橫海舊登壇，柳拂旌旗露未乾。強欲從軍無那老，愁看直北是長安。吾自遣馬謖據守街亭去後，心中委決不下，如有所遺。雖發大軍前行，吾尚逗遛未動。且待有人回報再處。（二將官引軍士上，白）這裏來。（軍士白）已安戰壘瑤天上，更進營圖玉帳中。（二將官白）見了丞相。（軍士白）小的叩頭。（孔明白）那裏差來的？（軍士白）小的是王將軍差來，送街亭營圖稟啓的。（孔明白）取上來。（將官應，取圖呈科，孔明白）你自廻避。（軍士應下）（孔明看大驚科，白）嘎！馬謖好匹夫！坑陷吾軍，早晚必有非常之禍也！（將官白）丞相何故大驚？（孔明白）馬謖棄要路不居，反屯營於孤山之上，魏兵若至，四面圍之，斷其汲道，軍士不戰而自亂矣。噫，可惱嘎可惱！（唱）

【玉芙蓉】多年歷戰場，怎要地輕輕喪。最堪憐、衆軍不久坑亡。孤山絕地全不想，當路安營怎頓忘。誠無狀，尚談兵短長。那街亭啊！只恐怕危如壘卵費隄防。

（將官白）丞相既然放心不下，何不另遣人去，替回馬謖。（孔明白）只恐替已晚矣。（報子上，白）報，啓丞相，街亭與列柳城盡皆失了。（孔明白）嘎！街亭與列柳城盡皆失了！（報子應科）（孔明白）噫，大事去矣。（報子下，孔明白）過來。（一將官應科，孔明白）你可將此令箭，命關興與張苞各引精兵三千，到武功山小路，如遇魏兵不可大擊，多用鼓譟吶喊爲疑兵驚之，彼必敗走，待我軍盡俱至陽平關繳令，不得有違。（一將官應下）（孔明白）過來。（一將官應科，孔明白）你可將此令箭報與天水、南安、安定，三郡官吏軍民，皆入漢中，以免魏賊殘害，快去。（一將官接令箭應下，孔明作寫柬帖向二軍士白）你可將此封柬帖，（遞柬帖科，白）傳示姜維、馬岱，依計斷後，將各處大軍暗暗吩咐，收拾軍器、錢糧款款退回陽平。仍令馬忠引兵，向曹營搦戰。再將此封柬帖，（遞帖科，白）趕至箕谷趙先鋒軍前，教他照依柬帖款款而退，須要小心。（二軍士應下，孔明白）除各路遣去之兵，營中現有多少軍士？（二軍士白）止剩五千軍士了。（孔明白）先撥一半軍士，去西城搬運糧草輜重，退回陽平。（二軍士傳科，白）丞相有令，撥取一半軍士速往西城，搬運糧草輜重，先回陽平去。（内應科，孔明白）分撥已畢，傳令大小將佐軍士速速拔寨，今日退屯西城，就此起行。（軍士應科，孔明白）咳！（唱）

【又一體】軍威已不揚，好把歸途望。整干戈，款行沿路隄防。雖然垂翅回谿去，試看桑榆暮景長。分軍將、把深機隱藏，怎辭得滿帆明月嘆歸航。

（同下）

第五齣　彈琴退懿

（魏軍張郃、申儀、司馬昭引司馬懿上，同唱）

【水底魚兒】虎賁龍驤，旌旗掩日光。烟塵掃盡，俘馘獻君王，俘馘獻君王。

（司馬懿白）前日取了街亭，又得了列柳等處，吾料孔明必然退走陽平，爲此會合大兵來取西城。大小三軍，前面離西城還有多遠？（衆白）不過十數里。（司馬懿白）速速趲行前去。（衆應同唱）烟塵掃盡，俘馘獻君王，俘馘獻君王。（同下）（二將官急上，唱）

【又一體】魏寇猖狂，紛紛馳報忙。無兵無將，城小怎生當，城小怎生當。（白）我等隨丞相方到西城，督催軍士搬運輜重而去，一連數次飛報，道司馬懿統兵十五萬前來，離城不遠。衆將俱出，城中止存一二千小軍，彈丸之城怎生敵守，不免快請丞相定奪。丞相有請。（孔明上，白）總督三軍搬運去，又傳十萬逼城來。（將官白）丞相，魏兵十五萬將到城下，如何是好？（孔明白）不妨。可傳令衆軍士，將城中旌旗俱各掩倒，軍士各守城舖，如有一人妄行出入，高聲大言者，立斬。（內應科，將官白）傳過了。（孔明白）吩咐大開城門，每一門用軍士二十人，扮作百姓灑掃街道。如魏兵到時，不許擅動，吾自有計退之。（將官應傳科，白）丞相有令，吩咐大開城門，每一門用軍士二十人，扮作百姓灑掃街道。如魏兵到時，不許擅動。丞相自有退兵之計。（內應科，將官白）傳過了。（孔明白）爾等暫且廻避。（將官應下，二童子抱劍攜琴暗上，孔明白）童兒，抱了琴劍，隨我換了衣裝，上城去者。（二童子應科，孔明作更衣科，唱）

【朱奴兒】掩旌旗軍民盡藏，閃城門灑掃關廂。一柄龍泉琴一張，使魏軍魂靈驚喪。徒凝望如豺似狼，看退走伊莽撞。（同下，場上設城，二百姓暗上於門下作灑掃科，孔明上城作撫琴狀，童子侍立科，魏軍引張郃、申儀、司馬昭、司馬懿上，同唱）

【水底魚兒】萬隊兒郎，其勢猛難當。烟塵掃盡，俘馘獻君王，俘馘獻君王。（報子上，白）報，啓上都督，已到西城，城上並無人守城，城下又無軍將，四門大開，只見幾個百姓掃除街道，敵樓上諸葛丞相獨自彈琴，兩個童子傍邊伺候，不知何故，乞令定奪。（司馬懿白）有這等事，知道了。（報子下，司馬懿白）我兒，和你上前看來。（司馬昭應，同作迎前看望，作驚疑科，白）吩咐三軍，後隊作前隊，前隊作後隊向北山路速退。（司馬昭白）莫非諸葛計窮，故作此態，大人何必驚疑而退也。（司馬懿白）孔明平生不肯弄險，今城門大開必有埋伏，吾若進兵中其計矣。汝輩豈知，只宜速退。（司馬昭傳科白）後隊作前隊速退。（同退下，孔明大笑引童子下城科，隨撤城）（二將官上，白）司馬懿魏之名將，現統十五萬大兵到此，見了丞相急忙退去，是何故也？（孔明白）他料我平生謹慎，從不弄險，見我如此模樣，疑有伏兵，故爾速退。吾非行險，不得已也。（將官白）丞相神機，神鬼莫測，若我等則棄城走矣。（孔明笑科，白）哈哈哈！（唱）

【朱奴兒】笑逃奔豈能遠颺，他驅輕騎盡被擒將。笑彼懷疑退走忙，雄兵擁徒如狐狀。（白）司馬懿必從北山而退，正遇關張二將伏兵，敗返街亭。那時遣人哨探，復來此處也。可下令與城中百姓，隨我往漢中庶免屠戮。（將官應科，孔明笑科，唱）如逢亮、還須再商，肯恁地由人誆。（同下，魏軍引司馬懿等急上，同唱）

【水底魚兒】退走慌忙，孔明謀略強。偃旗息鼓，必定有伏藏。（內作金鼓聲，司馬懿驚科，白）呀，你聽喊聲震地，金鼓喧天，兵從何處來也。（四卒引關興、張苞上，白）那裏走。（戰科下，魏軍引司馬懿上，白）可恨孔明詭計，差關興張苞伏兵在此，又被衝殺一陣，好不利害，速繞小道逃回街亭便了。（同唱）

【又一體】勁敵非常，忙中莫鬥強。退軍急走，暫爾避鋒鋩，暫爾避鋒鋩。（下）

（眾引關興、張苞衝上戰科，魏眾敗下，四蜀軍白）魏兵走了。（關興、張苞白）窮寇莫追，速往陽平關交令去者。（眾應，同唱）

【又一體】努臂螳螂，撒敢肆猖狂。如飛敗北，鼠竄之慌忙，鼠竄之慌忙。（下）

第六齣　揮淚斬謖

（刀斧手、將官引孔明上，唱）

【新水令】一朝失遣枉辛勤，嘆經年神機空運。何曾恢寸漢，徒自定三秦。幸爾全軍，乾折了資糧虛損。（白）吾自街亭失算，只得退守陽平，且喜大軍俱回，賞勞已畢。過來。（將官應科，孔明白）傳王平、高翔、魏延上帳。

（將官應科，白）丞相有令，傳王平、高翔、魏延上帳。（王平、高翔、魏延上，白）得令。（唱）

【步步嬌】利失街亭威風損，枉把忠誠奮。獲罪口難分。總爲狂生，令人惱恨。（孔明白）怎麼還不到來。（王平等白）呀！（唱）丞相怒生嗔，且趨步忙前進。（見科白）丞相，末將等請罪。（跪科，孔明白）魏延、高翔一傍伺候。（魏延、高翔起，侍立科，孔明白）王平，我怎生囑咐你來，（唱）

【折桂令】記當初囑託懇懇，何事違吾任彼胡云。頓忘了要路安營，傍投絕地坑陷吾軍。（王平白）末將不得做主，是馬謖故違軍令。（孔明怒科，白）哎！（唱）俺也曾細叮嚀重擔伊身，今日裏却緣何獨罪一人。（王平白）末將久隨丞相，數蒙指教，豈不知屯營要路，奈他執意不從。（孔明白）唔！（唱）怎那裏置辯紛紜，越教俺怒發生嗔。（白）刀斧手！（刀斧手應科，孔明唱）快與我押赴雲陽，梟首轅門。（白）斬訖報來。（刀斧手應，王平白）丞相冤枉嗄！（孔明白）你還有何冤枉？（王平白）丞相，容末將一言分訴。（孔明白）講。（王平白）阿呀丞相！（唱）

【江兒水】我也曾苦苦相爭懇，他總不聞。他恃著參軍威勢喬紛論。（白）末將與他抵死爭論，他便分兵五千與我，旁屯西山之下，及他被圍，末將便奮死救援，爭奈魏兵勢重，被張郃阻擋，不能得進。（唱）分兵五千吾旁鎮，他被圍我也相援引，奈賊兵多難近。（白）馬謖兵潰，魏延來援，被困重圍，是我拼命救出，營寨已被魏人佔去，我等往投高翔，意欲復取街亭。不料司馬懿伏兵忽起，又遭圍困。末將見大事已去，誠恐陽平有失，故爾退保陽平。罪固難辭，微勞可贖，望丞相憐之。（唱）我也曾捨命忘生，救吾衆披堅衝陣。（將官軍士暗上，孔明作沉吟科，白）放了綁。（刀斧手應，作放綁科，王平白）謝丞相不斬之恩。（孔明白）暫免一死，待我奏聞，候旨發落。（王平應，孔明作怒叱科，白）爾等無用之輩，有何面目尚在我跟前，左右趕出去。（衆應科，魏延、高翔、王平白）激烈何辭死，羞愧不願生。（下，孔明白）刀斧手，將馬謖綁過來。（刀斧手應，作綁馬謖上，白）馬謖綁到。（孔明怒科，白）哎！好匹夫，你誤我大事。（唱）

【雁兒落帶得勝令】惱得我火騰騰怒目瞪，惱得我氣衝衝搖雙髩，惱得我戰競競話不論，惱得我吃爭爭牙根困。呀，那些兒談兵自幼蘊經綸，今日裏猖狂自誤身。可惜我費精神收三郡，可惜我枉辛勤破魏軍。評論這王事因誰隕，心也麼捫，誤蒼生爾一人，誤蒼生爾一人。（白）刀斧手！與我推出轅門，斬訖報來。（刀斧手應科，馬謖白）阿呀丞相嗄！（唱）

【僥僥令】罪當詞難辯，情哀聲自吞。悔殺我自恃聰明反被聰明誤，今日裏臨刑怎怨人。（作哭訴科，白）丞相視我如子，我事丞相如父。今日吾罪難逃，願丞相思舜殛鯀用禹之義，撫視吾子。馬謖雖死，無恨於黃泉之下矣。（大哭，孔明作掩淚科，白）唉，我與你義同兄弟，汝子即吾子也，速正典刑，勿多牽挂。（作拂手科，刀斧手作推馬謖出門科，白）走嗄。（費禕內白）刀下留人。（上，白）三軍皆掩泣，百姓淚沾巾。（作進見科，白）丞相，昔者楚殺得臣而文公喜，大業未定，而戮智謀之士，願丞相三思。（孔明拭淚科，白）昔孫武能制勝於天下者，用法明也。今四海紛爭，干戈交結，若復廢法，何以討賊。法當誅之，難以情縱。傳令，速速斬訖報來。（將官應，傳科白）斬訖報來。（刀斧手應，作推馬謖下，內白）開刀。（持首級上，白）獻首級。（孔明作大哭科，唱）

【收江南】呀，似這等感懷無限呵，好教我淚珠紛。不由人猛可更傷神，追思往事似癡人。（費禕白）幼常得罪，既正典刑，丞相何故於慟哭。（孔明嘆科，白）唉，吾非爲馬謖而慟，伊罪當誅，吾何悔焉。吾想起先帝在白帝城託孤之時，曾囑咐於我，道馬謖言過其實，不可大用。今日果應此言，乃深恨己之不明，追思先帝之明，故此哀慟。（唱）想先帝囑云，想先帝囑云，聰明睿鑒痛吾君。（白）過來。（將官應科，孔明白）將馬謖首級號令轅門，三日後備棺收殮。（將官應科，費禕白）丞相可謂恩威並用也。（唱）

【園林好】示轅門軍刑已伸，三朝殮還賜仁恩。自是大臣行徑，明大義動三軍，明大義動三軍。（孔明白）子且少待，待我寫表自陳罪狀，聽候聖旨謫譴便了。（費禕白）領命。（孔明嘆科，白）唉。（唱）

【沽美酒帶太平令】枉興師罪自陳，枉興師罪自陳。明刑罰候君恩，斷送了輜重軍儲民苦辛。實指望重恢漢運，掃中原滅賊氛。那知道一朝不慎，劣書生驕滋違訓，經年的勤勞灰燼。俺呵！枉自個重闢三秦，壺漿萬民。呀！依舊的三分未穩。（費禕同唱）

【尾聲】出師未捷心徒憤，何日方酬寄託恩。須索要打叠精神再入秦。（同下）

戰 北 原

無名氏 撰

解 題

聲腔不詳。不見著録。劇寫孔明與司馬懿在北原對峙，司馬懿派秦朗之弟秦枚前往蜀營詐降。當秦枚來詐降時，諸葛亮一語道破，嚇得秦枚魂飛魄散，但嘴上不肯承認，堅稱是歸順蜀漢。諸葛亮令秦枚陣前殺敵，以證明他是真心投降。秦枚來到陣前，把魏軍一名將軍斬首，回來報功，並准備在報功之機行刺諸葛亮。不料諸葛亮早已埋伏好人馬，待秦枚欲行刺之時，將其抓獲，推出轅門斬首。事見《三國演義》第一百二回"司馬懿佔北原渭橋，諸葛亮造木牛流馬"。版本今有清《車王府藏曲本》、《故宮珍本叢刊》的《亂彈單齣戲》本。叢刊本人物情節與小説同，但車王府本人物情節皆不同。在小説中，前來蜀營詐降的是鄭文，鄭文陣前殺死的是假秦朗。孔明識破詐降計，將計就計，令其騙魏軍前來劫營，結果大敗魏軍，真秦朗亦死於亂軍之中。該劇原分二出，在每出之後標出。兹依例移前，依順序作爲第一出和第二出。該劇唱詞皆不標示，本劇爲七、十句，爲板腔體，唱腔，賓白唱詞缺少斟酌，似是民間藝人演出本。兩本均係清抄本，未標點，首頁題"戰北原全串貫"或"戰北原總本"。兹以清《車王府藏曲本》爲底本，校勘整理。

頭 齣

（四手下、四將旗、中軍引孔明上，孔唱）

自幼兒在深山修行學道，八卦内算陰陽不差分毫。出茅廬早算定三分天下，弟兄們三請我纔下山遥。（孔明歸坐，唱）

想當初在桃園初義起首，滅黄巾弟兄們四海名標。曹孟德建帝宗宗譜查照，靖王后景帝孫漢室根苗。獻帝爺稱皇帝纔把反造，小曹瞞威權重勢壓群僚。因此上受皇叔奉命帶詔，我山人同協力扶保漢朝。又誰知事不密機關洩道，多虧了將關公帶兵擋曹。他那知我山人胸中韜略，想瞞我諸葛亮萬也難逃。好一個張文遠能言會道，言關公降曹瞞不失封詔。好一位美髯公約議事略，歸漢朝受爵祿不降魏曹。聞他兄行千里不辭勞悴，念桃園全不怕路遠山遙。誰知那曹孟德隨心應告，奏獻帝受爵祿壽亭封告。探馬報聞山人依栖袁紹，將金印挂高梁歸漢辭曹。張文遠帶藥酒霸橋擋道，過五關斬六將神鬼皆逃。渡黃河斬秦琪血染寶刀。古城外斬蔡陽四海名搖。我主公同翼德接入城壕，弟兄們重聚會義氣冲霄。曹孟德帶人馬龍韜虎略，有山人隔大江紮下營壕。我山人過江東袖內算到，用火攻破賊營瓦解冰消。南屏山借東風山人方了，命關公華容道義釋奸曹。恨只恨昔日裏放賊逃了，到今日戰北原費盡心勞，身坐在寶帳內抬頭觀睄，轅門外旗擺動所為那條？（甩袖介）（衆白）哦！孔坐想介，白）吓，是了！（唱）

我山人在袖內忙占課妙，算定了司馬師來把兵交。虛生事假投降神鬼不曉，怎能夠瞞了我枉勞心韜。我這裏將人馬安排紮好，等候了詐降人來投漢朝。（衆孔同下）

（四旗牌、四短卒上，引司上，司唱）

有本帥袖兒裏早已算定，算定了北原地正好興兵。乃是那磐龍道咽喉路口，用計謀差遣將定要成功。發人馬奪北原心機安定，那怕那小茅山諸葛孔明？（坐介，白）來！（介白）有！（司白）傳秦將軍進帳！（介白）呵，傳秦將軍進帳！（秦上，白）得令！大將生來膽氣豪，腰橫秋水雁翎刀。疆場慣戰無人擋，鋼刀擺動鬼神毛。元帥在上，末將參見！（司白）少禮，賜坐！（秦白）謝坐！元帥傳末將進帳，有何差遣？（司白）只因劉備、孔明來至北原，本帥想到，北原地界乃咽喉路口，況且昔日將軍令兄又喪在孔明之手，你乃手足之情，豈有不痛之理？料想此仇必然當報。（秦白）元帥在上，容末將告稟。想昔日我兄秦祺喪在孔明之手，此仇自然當報。但不知元帥有何計策，可以替末將報仇？（司白）秦將軍，你要替你兄報仇不難，本帥早已算定，遣你去到漢營假意投降，趁勢將孔明殺死，何愁此仇不報？（秦白）多謝元帥，末將願往。（司白）千萬小心了！（秦白）遵命！（司白）如此，將軍請便。待等明日，照本帥計策行事。（秦白）是！（司白）退帳！（秦下）（司唱）我這裏將機關安排已定，且候那秦將軍去探敵營。（同下）

（四將、四手下、一中軍引孔同上）（孔笑介）哈哈哈！（孔唱）

我山人設計謀鬼神難曉，袖兒內占八卦妙算計高。我主公勢力小計栖夏道,待天時湊機緣恢復中朝。想起來不由我哈哈大笑,笑得是滿營中盡些兒曹。叫人來暫且退蓮花寶帳,等候了詐降人來把兵交。(衆、孔同下)

二　齣

(秦上,唱)

想昔日殺我兄此仇當報,多虧了司軍師三韜六略。奉軍令詐投降敵人難曉,全憑俺腰内的雁翎寶刀。催動了俺胯下坐騎花豹,去到那漢賊營好把兵交。(下)

(四手下、四將、四旗、四軍牌同上,引孔上)(衆喝介,白)哦!(孔唱)

三國中分地界三分漢鼎,全憑我占八卦妙算精明。(内打鼓介)(孔唱)轅門外戰鼓響早已算定,坐寶帳且聽那探馬來臨。(報上,白)啓稟軍師,今有司馬師麾下名將秦枚,口口聲聲言道棄曹歸漢。現在轅門,請令定奪。(孔白)傳他進帳!(報白)得令!(孔白)且慢!命大小三軍威喝進帳。(報白)軍師有令,命衆將威喝敵人進帳。(報下)(卒帶秦上)(卒白)敵人告進!(衆白)哦!(秦白)軍師帥爺在上,末將秦枚情願棄曹歸漢,望乞軍師帥爺赦末將不死之罪[1]。(孔笑介)哈哈哈!(白)你在司馬師麾下奉令調遣,又是一名上將,來投山人,却因何故?要你從實講來,若有一字不實,休得活命。(秦白)容末將告禀。(唱)

我秦枚在帳前一聲禀告,尊了聲漢軍師細聽根苗。我末將隨司馬差遣奉調,因敗陣行不仁怒氣難消。久聞名漢軍師仁義大道,因此上我末將投順漢朝。(孔笑介)哈哈哈!(唱)

叫秦枚你不必巧言説道,我山人如明月照透九霄。你在那司馬師麾下調遣,特命你來歸探身入虎牢。我山人將機關早已排好,單等你詐降人來降漢朝。果然你不出我山人所料,最可笑司馬師妙算不高。叫左右轅門外多添將校,我山人早算定萬也難逃。(秦驚介,白)呀!(唱)

好一個諸孔明早已算到,霎時間唬得我魂散膽消。尊軍師且息怒有言禀告,我末將實投順來歸漢朝。(卒上,白)啓軍師,敵人營外討戰。(孔白)再探!(卒下)(孔唱)

你説道是真心來歸漢朝,我本帥先令你去把兵交。須要你將敵人首級割到,方顯你是真心萬古名標。(秦白)末將情願遵令,去斬敵人。(孔白)如此,隨令前去。(秦白)謝元帥!(唱)多蒙你仁軍師恩情不小,差秦某斬敵人怎敢辭勞?(下)(孔白)哈哈哈!好一個奸詐之人。(唱)叫人來推寶車山崗之上,待山人疆場內去看端詳。(同下)(衆上,殺一場,下)(四手下、四將同上)(孔坐車上掉介)(衆同上,殺介過,一場下)(孔袖算介,白)哎呀!(唱)好一個奸詐賊令人可惱,敢則是他要把山人命消?司馬師難出我山人所料,我這裏慢慢地再作計較。(衆又上,殺介)(秦割頭介,下)(孔唱)叫衆將隨山人高坡來下,看此賊不由我大笑哈哈。(衆同下)

(陞帳介,孔上坐介)(秦上,白)末將繳令,將首級呈上。(孔白)好,算你頭功,帳前候令。(秦白)得令!(秦站介)(孔掩袖埋伏介)(衆暗下)(秦背白)好賊吓好賊!他當我真心歸順與他,趁着兩下無人,正好下手。此仇不報,等待何時[2]?(秦亮刀介)(孔拍桌介,白)綁了!(秦退喝驚介,退介,衆上綁介)(孔白)哈哈哈!(唱)膽大賊人太逞凶,你竟敢前來抖威風?叫聲兩旁刀斧手,定斬轅門不容情。(殺秦介,秦暗下)(孔唱)

豺狼虎豹逞威風,小小妙算有何能?山雞焉能危鸞鳳,猛虎怎能困蛟龍?今日龍虎來相共,一來一往大交鋒。昔日曹兵三百萬,山人保主過江東。關公饒曹三不死,捲旗息鼓敗華容。嬰兒食乳得活命,反到前來又逞凶。袖內早已安排定,要瞞山人萬不能。衆將退帳聽軍令,候山人設計再破曹兵。(同下)

校記

[1] 赦末將不死之罪:"赦",原本作"殺",語義不通,今改。
[2] 等待何時:"何"字,原本缺,今據文意補。

出 祁 山

無名氏 撰

解 題

聲腔不詳。不見著録。劇寫司馬懿與諸葛亮在北原對峙，苦無破敵之策，聚集衆將商議。鄭文獻詐降之計，自己前往蜀營詐降，引魏軍前來劫營。司馬懿與鄭文在衆將面前演了一出苦肉計，被當衆責打四十軍棍。鄭文前往蜀營詐降，諸葛亮初亦不疑。這時，魏將秦朗前來挑戰，鄭文主動請纓，要擒秦朗作爲進獻之功。諸葛亮親自觀陣，見鄭文兩軍陣前兩三個回合就把秦朗斬首，因此識破鄭文是詐降。諸葛亮於是將計就計，讓鄭文給司馬懿報信，約定當夜來劫蜀營。司馬懿接信大喜，率兵前來劫營，中了孔明的誘敵之計，損兵折將，狼狽而逃。事見《三國演義》第一百二回"司馬懿佔北原渭橋，諸葛亮造木牛流馬"。版本今有清《車王府藏曲本》。該本係清抄本，首頁題"出祁山總講"。兹據清《車王府藏曲本》爲底本，校勘整理。

（四紅文堂、四紅大鎧、關興、張苞、魏延、趙雲站門上，孔明上）

【引子】羽扇綸巾，四輪車快似風雲。陰陽八卦如反掌，扶漢室三代賢臣。（詩四句）先王晏駕白帝城，陰陽掌扇保乾坤。今奉幼主把兵領，要將北原一掃平。山人諸葛亮，奉了幼主，帶領人馬，掃滅司馬，奪取北原。今乃黄道吉日，正好興兵。衆位將軍！（衆將白）有！（孔白）人馬可曾齊備？（衆將白）俱已齊備。（孔白）就此兵取北原。（衆白）衆將官，兵取北原！（衆同白）啊！（排子，下）

（四白文堂、四白大鎧、司馬懿上，唱）

【點絳唇】鬚似銀條白髮蒼，文韜武略腹內藏。萬馬營中爲總將，禀定忠心保魏王。本督司馬懿，在魏王駕前稱臣，官拜總領都督之職。奉了魏王旨意，鎮守北原。可恨孔明兵戰祁山，戰又不戰，降又不降。老夫今日陞帳，不免傳衆將進帳,議論軍情。來,傳衆將進帳!(衆同白)衆將進帳!(衆將内白)來也!(鄭文上,白)紅日照盔纓,(張郃上,白)兒郎殺氣生。(司馬師上,白)雙眉斜插鬢,(司馬昭上,白)閫外大將軍。(各通名字)(文白)都督傳喚,一同進帳。(衆白)請!參見都督!(司白)衆位將軍少禮,請坐!(衆同白)告座。都督傳末將等進帳,有何將令?(司白)今有孔明,兵出祁山。請衆位將軍進帳,大家一同商議伐兵。衆位將軍,何計安哉?(郃白)啓都督,孔明久戰中原,韜略廣遠,都督必須早定良謀,掃滅方好。(司白)老將軍言得極是。衆將官站立兩旁,聽本都令下。(唱)

坐立寶帳把令傳,大小將官聽我言。孔明帶兵中原戰,並無良謀到陣前。那個若把計策獻,凌烟閣上美名傳。(司馬昭白)啓爹爹,賜孩兒一支將令,生擒那孔明進帳。(司白)咳,爲父用兵多年,你小小年紀就要出馬?爾曉得甚麼?一旁聽令!(文眼色介,白)咳!(司馬白)衆將官,兩廂退下。(衆同下,留鄭文一人[1])(司白)鄭將軍,請坐!(文白)謝座!(司白)鄭將軍,適纔帳前賣弄眼色,將軍可有甚麼妙計?(衆白)哦呵!都督,想那孔明累次興兵,奪取中原。末將不才,願獻苦肉之計。那孔明若肯收留,末將修書一封。都督帶領人馬,三更時分,前去偷營劫寨,末將作一内應。要擒孔明,有何難哉?(司白)此計甚好!只恐將軍難受此刑。(文白)俺鄭文受都督大恩,慢說受刑,將俺碎屍萬段,絕無怨恨。(司白)好!如此,將軍受老夫一拜。(文白)末將也有一拜。(司唱)

走向前來禮恭敬,尊聲將軍聽分明。將軍此去心拿穩,功勞簿上第一名。(文唱)

勸都督休得要大禮恭敬,俺鄭文受都督莫大之恩。辭別了老都督忙出大營,學一名奇男子詐降孔明。(下)(司唱)

鄭文出帳某心爽,不由老夫喜洋洋。大喝一聲忙陞帳,喚上衆將作商量。(衆原人兩邊上)(司白)來,傳鄭文進帳!(衆白)鄭文進帳!(文上,白)來也!參見都督,有何將令?(司白)命你帶領三千人馬,攻打頭陣。(文白)且慢!(司白)將軍爲何阻令?(文白)末將此去,只恐不能取勝。(司白)依將軍之見?(文白)依俺之見,不如丟盔卸甲,去降蜀營。(司白)嘟!本督頭一支將令,你就違誤,竟敢亂我軍規,那裏容得?來,將鄭文推出斬了!(衆押文下)(衆將白)刀下留人!啓都督,鄭文違犯將令,理當斬首,看在末將等初次講情,都督饒恕。(司白)衆將敢是與他講情?(衆同白)都督開恩。(司白)看在衆將講情,將他赦回來。(衆同白)謝都督將鄭文赦回來。(文上,白）謝都督不斬之恩。（司白）非是本督不斬與你，看在眾將講情，死罪已免，活罪難饒。來呀，將鄭文重責四十[2]。（眾押鄭文下）（內白）一十、二十、三四十，打完。（眾押文上，白）謝都督的責。（司白）本督打得你可是？（文白）打的是。（司白）打得你可公？（文白）不公。（司白）打得不是也要是，打得不公也要公。魏營之中，有你不多，無你不少，要你何用？來，將他扠出去。（文白）啊！（回頭看介，下）（司白）來，傳張懷進帳！（眾白）張懷進帳！（張懷上，白）來也！參見都督，有何將令？（司白）命你帶領一哨人馬，假扮秦朗，前往蜀營罵陣，單要鄭文出馬[3]，不得違誤。附耳上來。（懷白）得令！（下）（司白）掩門！（眾分下）（鄭文上，唱）

　　四十荊棍出營房，不由某家喜心常。（白）俺鄭文，我與司馬懿定下苦肉之計，前去詐降孔明。前面已是蜀營，就此馬上加鞭。（唱）

　　要立名首報主上，孫臏鋼足在魏邦。計獻苦肉將他誆，假意待某去投降。（下）（張懷上，白）俺張懷，奉了都督之命，假扮秦朗，去往蜀營罵陣，但要鄭文出馬。就此前往。【水底魚】，下）

　　（四紅文堂、四紅大鎧站門上）（孔明上）

　　先帝爺三請我纔把山下，興兵將滅吳魏保定邦家。在隆中算定了三分天下，奉聖命出祁山來把營紮。這幾日在營中未把仗打，司馬懿他道我懼怕與他。待等那黃道日興動人馬，秉忠心滅司馬扶保漢家。（報子上，白）報！啓稟丞相，司馬營中來了一將，名喚鄭文，前來投降。（孔白）再探！（報白）得令！（下）（孔白）來，傳眾將進帳！（眾白）眾將進帳！（趙雲、關興、張苞同上，白）來也！參見丞相！（孔白）罷了！（眾將白）有何將令？（孔白）適纔探馬報道，司馬營中來了一將，名喚鄭文，前來投降。但不知此人武藝如何？（趙白）乃是司馬營中心腹之將[4]。此人武藝高強，丞相須要提防一二。（孔白）來，吩咐擊鼓陞帳。（眾將白）擊鼓陞帳！（孔白）來，傳降將進帳！（眾將白）降將進帳！（鄭文上，白）來也！（唱）

　　【二六】昔日裏伍子胥諸侯興霸，他亦曾舉千斤名揚天涯。到後來楚平王鞭責王駕，算不得大丈夫做事有差。來至在蜀營外忙下戰馬，啊！又聽見刀出鞘件件如麻。我這裏將寶劍鞍轎上挂，（白）報！鄭文告進。（唱）他那裏問一言便把話答。（眾將白）鄭文跪帳。（孔唱）

　　見一將跪帳前身體高大，（文白）哎。（孔唱）爲甚麼帶愁眉珠淚如麻？問將軍因甚事反被司馬，要你的名和姓那裏有家？（文唱）

　　家住在西蜀地太山脚下，我的名叫鄭文幼習槍法。在家中奉母命投奔司馬，也是我禀忠心扶保邦家。獨只爲勸司馬將某責打，功勞簿勾了名不用某家。因此上特地來投奔帳下，望丞相開大恩收留與咱。（孔唱）

我道那司馬懿才學廣大，算不了英雄輩把事作差。你見過了蜀營將坐下叙話，（文白）謝丞相！（孔唱）待山人奏幼主再把功加。（報子上，白）報！啓丞相，司馬營中又來了一將，名喚秦朗，前來討戰，單要鄭將軍出馬。（孔白）再探！（報白）得令！（下）（孔白）鄭將軍！（文白）丞相！（孔白）司馬營中又來了一將，名喚秦朗。但不知秦朗他是何人呢？（文白）乃是司馬新收一將，名喚秦朗。此人武藝高强，丞相必須留心在意。（孔白）也罷！待山人差一能將出馬。（文白）且慢！（孔白）將軍爲何阻令？（文白）末將進得營來，寸功未立。賜俺一支將令，生擒那秦朗進帳，以爲進獻之功。（孔白）如此，就讓將軍搶一頭功。（文白）得令！（回頭看介，下）（衆將白）咳！（孔笑介）哈哈哈！（唱）

看起來我主爺洪福高大，收此將好一似虎爪生牙。（白）衆位將軍！（衆將白）丞相！（孔唱）待老夫觀陣圖各歸帳下，（衆將白）啊！（下）（孔上車介，車夫上）（孔唱）看鄭文和秦朗怎樣戰法？（張懷、鄭文兩邊上）（文白）膽大秦朗，前來則甚？（懷白）奉了都督之命，前來取你狗命。（文白）看槍！（唱）

花拉拉一陣金槍灑，無知匹夫染黄沙。下得馬來頭割下，見了諸葛瞞過與他。（下）（孔白）啊！（唱）

他二人見了面雙槍並下，爲甚麼三兩合就把他殺？莫不是那司馬叫他行詐？（白）啊！不錯不錯，回營！（上車唱）候鄭文到來時仔細磐查。

（文上，白）啓丞相，末將斬得秦朗首級獻上。（孔白）記了將軍頭功。一旁坐下。（文白）謝丞相！（孔白）鄭將軍。（文白）丞相！（孔白）司馬營中有幾個秦朗？（文白）這個……只有一個秦朗，被末將斬首，並無第二。（孔白）你待怎講？（文白）並無第二。（孔白）哈哈，哈哈！鄭將軍，你呀，這是何苦哇！（笑介）哈哈哈！（唱）

我本是卧龍岡一道家，詐降事怎能够瞞哄與咱？適纔間斬秦朗多多勞駕，我在那山頭上活活的笑殺。（文唱）

有鄭文在帳中躬身回話，尊一聲漢丞相細聽根芽。兩軍陣斬秦朗並非是假，將在謀那在勇將他斬殺。（孔唱）

你道那小秦朗武藝高大，爲甚麼三兩合就把他殺？莫非是那司馬懿叫你來行詐，瞞得過我諸葛亮你瞞不了他。（文白）住了！（唱）

適纔間斬秦朗並非是假，不加功爲甚麼苦苦盤查？（孔白）大膽！（衆將

兩邊上)（眾將白）咳！（孔唱）

【二六】在帳中我勸你一派好話，你爲何用巧言瞞哄與咱？先帝爺三請我纔把山下，憑陰陽如反掌扶保中華。我山人興兵將誰人不怕？俺把那司馬懿當做小娃。我勸你即速的講了實話，待山人奏幼主定把你的功加。你若是滿口中胡言亂話，頃刻間傳將令將你的頭殺[5]。誰叫你到我營前來行詐？我孔明如明月照遍天涯。誰不知諸葛亮會算八卦，（白）真服兒的好大膽！好大膽！（唱）敢在我這虎口內來拔牙[6]。（白）哎，些許的詐降之計，敢來哄我！敢來哄我！真真的豈有此理？咳，哈哈哈！（文白）哎呀！（唱）

聽他言不由我心中害怕，不由得一陣陣咬碎銀牙。早知道諸葛亮會算八卦，些許的詐降計怎能瞞他？到如今顧不得老將司馬，（白）司馬呀司馬，我也顧不得你了。（唱）必須要將此事說破與他。我只得進帳去講了實話，尊一聲老丞相細聽根芽。適纔間斬秦朗非真是假，望丞相開大恩饒恕斬殺。（孔笑介）哈哈！（唱）

鄭將軍你既然講了實話，待山人奏幼主定把功加。（白）將軍請坐！（文白）謝丞相！（孔白）鄭將軍，你與司馬定下何計？（文白）我與司馬定下苦肉之計，前來詐降。丞相若是收留，末將暗修一封書信，叫司馬帶兵前來偷營，末將作一內應，要殺丞相裏應外合。（孔白）何不與他計上加計？（文白）何爲計上加計？（孔白）煩勞將軍修書一封，下在司馬營中，約定他今晚三更時分，叫他帶領人馬前來偷營，縱然擒不住司馬，也要殺他一個魂飛膽破。（文白）末將願修書信。（孔白）看文房四寶伺候。（文白）俺鄭文呵！（排子）（孔白）來，傳下書人！（報子上，白）丞相，有何差遣？（孔白）鄭將軍有差！（報白）鄭將軍有何差遣？（文白）有書信一封，下在司馬營中，叫他照書行事。（報白）遵命！（下）（孔白）來，將鄭文綁了。（文白）丞相，爲何將末將綁了？（孔白）候擒住司馬，我再一同發放。（文白）諸葛亮，諸葛亮！你狠毒也！（排子）（眾將白）咳！（孔白）哈哈哈！押下去！（眾押下）（孔笑介）哈哈哈！（唱）

人言道司馬懿才高志大，看起來把此事他也作差。叫三軍且回避各歸帳下，（眾下）（孔唱）稍時間見司馬羞辱與他。（下）

（四白文堂、四白大鎧站門，司馬上，唱）

老夫興兵誰敢擋，赫赫威名天下揚。將身且坐寶帳上，細聽探馬報端詳。（報子上，白）來此已是，門上那位在？（手下白）甚麼人？（報白）煩勞通禀,下書人求見。(手下白)候着！啓都督,下書人求見。(司白)傳他進來！(手下白)下書人,都督傳你。要小心了！(報白)是。下書人叩頭。(司白)罷了！起來！(報白)謝都督。(司白)你奉何人所差？(報白)奉鄭將軍所差。書信呈上。(司白)呈上來。下面伺候。(報白)是！(下)(司白)鄭將軍有書到來,待老夫拆開一觀。(排子)哦！原來是大功已成。來,傳下書人。(報上,白)伺候都督。(司白)回去拜上鄭將軍,説老夫修書不及,照書行事。(報白)是！(下)(司白)來,傳衆將進帳。(手下白)衆將進帳！(三將上,白)來也！参見都督,有何將令？(司白)今有鄭將軍書信到來,叫老夫帶領人馬,三更時分偷營劫寨。衆位將軍,須要奮勇當先。(衆將同白)請都督傳令！(司白)衆將官,馬摘鑾鈴,聽本都令下。(唱)

　　鄭文修書來得妙,不由本都喜眉梢。一路休要放號炮,爾等休得把旗招。三軍與爺催前道,擒拿孔明在今朝。(衆下)

　　(四紅文堂、四紅大鎧、四將趙魏關張同上站門)(孔唱)

　　司馬做事不思想,倒叫老夫笑一場。司馬見書寬心放,怎知奧妙内中藏[7]？悶懨懨坐在中軍帳[8],候書信到來作商量。(報子上,白)小人交差。(孔白)回來了？(報白)回來了。(孔白)司馬見書,怎樣言講？(報白)那司馬言道,修書不及,照書行事。(孔白[9])哦,司馬吓司馬,你中了我之計也。下面歇些。(報白)謝丞相[10]！(下)(孔白)來,將鄭文開刀！(衆同白)啊！(孔白)趙老將軍。(雲白)在！(孔白)命你帶領一哨人馬,埋伏祁山小路黑松林内,侯司馬兵到,劫殺一陣。你我祁山口相會,不得違誤！(雲白)得令！(四紅大鎧領下)(孔白)來,傳旗牌！(衆白)傳旗牌。(旗上,白)参見丞相,有何將令？(孔白)用食盒將鄭文首級放在裏面,下在司馬營中,就説老夫備得一分厚禮[11],請都督收下。將禮物放下,即刻而歸。(旗白)得令！(下)(孔白)衆將官,人馬祁山去者！(唱)

　　坐立寶帳令傳下,大小兒郎聽根芽。今日黄道興人馬,(上車夫)(唱)司馬到來耻笑他。(下)

　　(四紅大鎧站門,【水底魚】,雲上,白)俺趙雲,奉了丞相將令,埋伏祁山小路。衆將官,埋伏者。(小圓場,下場門司馬原人上)(司白)那旁敢是鄭將軍的救兵？(雲白)俺乃趙雲在此！(司白)哎呀！(衆敗下)(雲白)衆將官,追下。(司馬原人凹門上)(司白)且住！我道是鄭文接應,原來是孔明差趙雲那裏埋伏。衆將官,兵敗西山,繞道而歸。衆將官,牛羊小道去者。(下)

（四紅文堂）（孔坐車，唱）

奉王旨意賊掃蕩，要把吳魏踏平陽。耳旁聽得鸞鈴響，（雲、延、興、苞四人上，白）參見丞相！（孔白）哦！（唱）只見衆將列兩旁。人馬扎在祁山上，（小圓場，當場下場門，唱）

旌旗不住空中揚。隊伍紛紛如飄蕩，（司馬原人上）（司白）哎呀，他道先來了。（孔唱）

又見司馬到山崗。坐立車上把話講，叫聲司馬聽端詳。這是你用兵少志量，反把鄭文喪無常。（司白）呸！（唱）

你我交鋒來打仗，不該用計將我誆。今日交戰一來一往，分一個誰勝與誰強。（孔唱）

你人困馬乏打的甚麼仗？敗陣綿羊敢逞強！我營閃出一老將，（白）老將軍與我殺。（雲與司馬師、司馬昭、張郃兩過合殺介）（司白）哎呀，殺不得呀！（孔唱）

我這一只虎能擋你這一群羊。回頭再對衆將講，山人言來聽端詳。人馬紮在西山上，選一個黃道擺戰場。（白）司馬！（唱）我少陪少陪我要收兵將。（衆先下）（雲不下）（孔唱叫板）哈哈哈！司馬！（唱）

這是你用人不着量，你自來遭殃。（笑介）司馬，我少陪了。哈哈！哈哈！（雲保孔明同下）（司白）哎呀，我道是鄭文大功已成，原來中了這孔明的誘兵之計！衆將官，兵敗祁山，悄悄的收兵[12]，收兵。（衆領下）（司白）咳！（下）（【尾聲】）

完

校記

[1] 鄭文：原本作"正文"，今改。

[2] 將鄭文重責四十："重"，原本作"衆"，今改。

[3] 單要鄭文出馬："單"，原本作"耽"，今改。下同。

[4] 乃是司馬營中心腹之將："腹"，原本作"服"，今改。

[5] 頃刻間傳將令將你的頭殺："頃"，原本作"情"，今改。

[6] 敢在我這虎口内來拔牙："拔"，原本作"搬"，今改。

[7] 怎知奧妙内中藏："奧"，原本作"敖"，今改。

[8] 悶懨懨坐在中軍帳："懨懨"，原本作"岩岩"，今改。

[9] 孔白：原本作"司白"，今改。

［10］丞相：原本作"都督"，今改。
［11］備得一分厚禮："厚"，原本作"後"，今改。
［12］悄悄的收兵："悄悄"，原本作"睄睄"，今改。

葫蘆峪

無名氏 撰

解 題

聲腔不詳。《春臺班戲目》《慶昇平班戲目》著錄。劇寫諸葛亮六出祁山，與司馬懿相持，互有勝負。諸葛亮探得有一葫蘆峪，遂巧設計謀，派魏延等與司馬懿接戰，誘敵深入，把司馬懿引入葫蘆峪而聚殲之。一切安排妥當，魏延把司馬懿引入葫蘆峪。正當諸葛亮准備令人點燃事先埋好的九節連環地雷火炮時，突然天降大雨，救了司馬懿與魏延。司馬懿逃出葫蘆峪，堅守不出。諸葛亮讓人給司馬懿送去脂粉裙衫，司馬懿明知孔明恥笑他不是男人，但還是笑納，並把裙衫穿在身上一試。該劇故事係聯綴《三國志·蜀志》卷五《諸葛亮傳》及裴松之注引《晉書》卷一《宣帝紀》等相關內容而成。《三國演義》第一百三回"上方谷司馬受困，五丈原諸葛禳星"也寫了這段故事。但在小說中，司馬懿受困的地方是上方谷，而不是葫蘆峪。版本今有清《車王府藏曲本》。該本係清抄本，未標點，首頁題"葫蘆峪全串貫"。兹以清《車王府藏曲本》爲底本，校勘整理。

（丑上，白）大將生來膽氣豪，腰橫秋水雁翎刀。天上麒麟原有種，穴中螻蟻豈能逃？俺司馬昭，父帥興兵，在此伺候。（手下白）呵呵！呵呵！（淨上，白）英雄逞豪强，威名鎮四方。扶保曹氏主，忠心定家邦。（手下白）呵呵！呵呵！（淨白）兩鬢白髮似雪飛，胸中韜略生妙計。不是吾主愛武藝，到老陣前挂鐵衣。本帥司馬懿，保定魏主曹芳[1]，坐鎮中原一帶地方。可恨諸葛，我這裏興兵，他那裏六出；我這裏收兵，他那裏暗地踏營。本帥今日帶領人馬，務擒諸葛取勝回朝。來，傳司馬昭！（衆白）哦！元帥傳少爺進帳！（丑白）父帥在上，孩兒參見！（淨白）罷了！命你准備人馬，可曾齊備？（丑白）多久齊備。（淨白）就此發兵。（排子介，白）哦！衆將就此發兵。（衆白）

哦！（排子，走場下）

（末上，白）豪傑凌雲志，（付白）英雄貫斗牛。（末白）俺姜維。（付白）俺魏延。將軍請了！（末白）請了！奉丞相將令，征戰司馬懿父子，就此發兵。（付白）就此發兵。（衆白）衆將奮勇殺上。（手下白）得令！（排子）（付、丑戰，付敗下介）（末、丑戰，末敗下介）（末、付同上，白）將軍，那賊人馬廣多，不能取勝，這便怎處？不免收兵回營交令，衆將安營下寨。（介白）哦！（排子下）（生上）

【引】蓮花寶帳按芙蓉，一派旌旗透碧空。

（白）山人諸葛孔明，只因六出祁山，與司馬懿父子交戰，不能成功。也曾命姜維、魏延前去抵敵，不知勝敗如何[2]？（付、末同上白）丞相在上，末將繳令。（生白）勝敗如何？（付、末介白）那賊人馬廣多，不能取勝，敗下陣來。（生白）你二人敗下陣來？（付、末同白）正是！（生白）魏延聽令！（付白）何令？（生白）此去南邊五里之遥，有一葫蘆峪。本帥這裏安排人馬等候，你可帶領一哨人馬前去，與司馬懿父子交戰[3]，許敗不許勝。敗進葫蘆峪內，自有妙計擒他，違令者斬！（付白）得令！（下）（生白）傳馬岱進帳！（末白）丞相傳馬岱進帳。（小生白）呵！朝中天子宣，門外將軍令。丞相在上，末將參見。（生白）免禮！本帥前番命你在葫蘆峪內擺下九節連環地雷火炮，可曾齊備？（小生白）俱已齊備。（生白）好哇！本帥命你帶領一哨人馬，埋伏葫蘆峪內，等那魏延引司馬懿父子進了葫蘆峪，你可發着地雷火炮，前去交令。（小生白）得令！（生白）姜維聽令！（末白）何令？（生白）命你帶領四十名小卒，埋伏葫蘆峪內接殺戰，等那司馬懿父子進了葫蘆峪，速來通報。（末白）得令！（下）（生白）大事早已安排定，不知天意若何存？（下）

（出雷神，雜扮鬼提桶上介，白）吾乃水府仙官是也。今有孔明在葫蘆峪內擺地雷火炮，燒死司馬懿父子。水府上不没此人[4]。今奉玉皇敕旨，命吾神降雨一陣，前去搭救。衆神！（衆白）仙官！（仙白）速駕祥雲。（卒白）領法旨。（排子介，末臨桌上）（末上，白）俺姜維，奉令帶領四十名小軍，埋伏葫蘆峪內。衆將！（衆白）有！（末）就此埋伏。（衆白）得令！（小生上，白）你看司馬懿父子，已進葫蘆峪內。衆將，發起火炮！（衆白）得令！（付引净、丑上，火炮響介，衆戰介）（卒澆水介）（净白）兒呵，你我父子中了孔明之計，不是天降大雨，險遭不測。（丑白）爹爹，就此殺出重圍。（衆殺介，净、丑敗下）（卒白）火炮已熄，回覆玉旨。（排子卒下）（净、丑上，同白）可恨孔明在葫蘆峪內，按下地雷火炮，不是天降大雨，險遭不測。衆將收兵！（排子，净、丑下）（末上，白）看看成功，不料天降大雨，被他父子逃出重圍。不免回營交令。衆將收兵！（衆白）呵呵！（排子，末衆下）（付上，白）可恨孔明在葫蘆峪按一地雷火炮，也不對俺魏延説，天降大雨，險遭不測。不免回營問個明白。（付下）（生上）

【引】提兵調將從軍令，保國常懷忠心。

（末上，白）末將交令！（付上，怒介）（生見驚介，白）哎呀，二位將軍回來了。（付、末同白）那司馬懿父子逃出重圍。（生白）吓！被他逃出重圍。（付白）丞相，來將可有救星？（生白）山人早已算定。二位將軍，後帳歇息。（付、末同白）得令！（下）（生白）哎吓！我只説按下地雷火炮，燒死魏延，除了内患；燒死司馬懿，除了外患。不料天降大雨，被他父子逃出重圍。正是：謀事在人，成事在天。（唱）

烈火萬堆連節袍，司馬懿父子命怎逃？空中降下洪雨到，謀事在人成事在天曹。若依山人八卦准，江山怎能歸晉朝？

（白）有了。一計不成，二計又到。人來！（内白）有！（生白）傳旗牌！（丑上，白）相府傳旗牌，將軍挂鐵衣。丞相在上，旗牌叩頭。（生白）旗牌，我著脂粉裙衫，命你送到司馬懿營中。你説我丞相見元帥興兵，連日幸苦，特送幾件戲耍物件，望元帥笑納。他若説些甚麽，速來回報。（丑白）小人遵令！（生白）我今吩咐你。（生下）（丑白）怎敢慢遲延。（丑下）

（净上，白）久習陰陽害費力，使盡良謀也枉然。不是聖上洪福大，怎得天保佑國臣。老夫司馬懿，只因在葫蘆峪内險遭不測，因此停兵不戰。我想諸葛必定差人前來探聽虚實。人來！（介白）有！（净白）營門伺候。（介白）是！（丑上，白）英雄探虎穴，膽大入龍潭。來此已是，門上那位在？（衆白）那裏來的？（丑白）相煩通報，諸葛差人求見。（衆白）候著！（丑白）是！（衆白）啓元帥，諸葛差人求見。（净白）賓客相待，有請！（衆白）有請！（丑白）元帥在上，小人叩頭。（净白）將軍請起。（丑白）謝過元帥！（净白）你手内捧定何物？（丑白）我家丞相見元帥連日興兵辛苦，特差小人送幾件戲耍之物，望元帥笑納。（净白）待老夫看來！（看介，笑介）哈哈哈！你看孔明，他見本帥停兵不戰，差人送來脂粉裙衫，叫老夫穿在身上，往他營中拜他幾拜，方可收兵。譏笑由他，各有用兵之計。收過了。（丑白）小人告辭。（净白）將軍乃過營，乃是一客，必須留宴款待。（丑白）怎好叼擾？（净白）看宴！（唱）

中軍寶帳排筵宴，將計就計透他言。你丞相營中可康健，酒飲幾盅飯幾

餐?(丑唱)

  我丞相飲食俱減少,酒一巡來飯一餐。(净唱)

  你丞相得下了傷勞病,你叫他收兵早回川。

(丑白)小人告辭,謝過元帥!(净白)恕不遠送。(丑唱)

  謝過元帥待筵宴,回營去對丞相言。(丑下)

(净笑介,白)哈哈哈!(唱)

  可笑諸葛真堪羨,自命不保爲江山。送來脂粉譏笑我,大丈夫還須量放寬。(净下)

完

校記

[1]曹芳:原本作"曹方",今改。

[2]不知勝敗如何:"勝",原本作"券",今改。下同。

[3]司馬懿:原本作"司馬宜",今改。下同。

[4]水府上不没此人:"水府",原本作"誰夫",今改。

七　星　燈

無名氏　撰

解　題

亂彈。《慶昇平班戲目》著録,題"五丈原",又名"七星燈"。劇情緊接《葫蘆峪》而來,寫諸葛亮令人給司馬懿送去脂粉衫裙,不僅没有激怒司馬懿,反而讓司馬懿從送信人口中探知到諸葛亮將不久人世。諸葛亮知道自己命在旦夕,在營中高搭玄臺,安置七星燈,祈告上蒼。不料,魏延來報告軍情時,把主燈打滅。諸葛亮感慨天命難違,於是就在去世之前交代身後退敵之策。他交給姜維、楊儀、馬岱、王平每人一個錦囊,囑咐他們在他死後方能拆看。司馬懿夜觀星象,知諸葛亮已死,率兵來攻蜀軍大營,忽見有人推着諸葛亮出來,大驚失色,急忙喝令退兵。原來這都是諸葛亮的錦囊妙計,讓姜維他們用沉香木雕刻成諸葛亮的塑像,臨戰時推到陣前,司馬懿果然是一見而逃。《三國志·蜀書·諸葛亮傳》裴松之注引《漢晉春秋》及《晉書》卷一《宣帝紀》有"死諸葛走生仲達"的記載。《三國演義》第一百三回"上方谷司馬受困,五丈原諸葛禳星"亦有生動描述。版本今有清《車王府藏曲本》、《故宫珍本叢刊》的《亂彈單齣戲》本。兩本均是清抄本,車王府本未標點,首頁題"七星燈全串貫";故宫珍本已標點,首頁題"七星燈總本"。兩本題材相同,情節曲白有異。兹據清《車王府藏曲本》整理。

（生上白）老天不得隨人願,用盡心機也枉然。（丑上,白）忙將機密事,報與丞相知。（生白）旗牌,你回來了?（丑白）小人回來了。（生白）命你送去胭粉裙衫[1],可曾送到司馬懿營中。（丑白）小人奉了丞相之命,將此物送去。他説道,丞相見他停兵不戰,送他胭粉衫裙穿在身上,拜丞相幾拜,丞相方可收兵。他説道,譏笑由他,各有用兵之計。（生白）啊,可是司馬懿説的?（丑白）正是。小人還在他營中飲過宴來。（生白）吓!你還在他營中飲過宴來？酒席筵前可曾説些甚麽？（丑白）他問道，丞相飲食如何？（生白）你是怎麽回答與他？（丑白）小人説道，丞相飲食減少。（生白）退下。（丑白）是！（丑下）（生白）哎吓！我只説送他胭粉衫裙譏笑與他，不料我自己反漏機關。老天吓老天！（唱）

　　仰面對天自嗟嘆，司馬懿果算將魁元。送去胭粉他不嫌，反以旗牌酒食餐。有剛有柔是好漢，解開其中這機關。想當初隆中多閑靜，劉主爺三請我下山來。水淹七軍人稀少，祭起東風破曹蠻。到今日與司馬懿來交戰，我不能取勝實爲難。那司馬懿能知我心腹事，鮮血湧出實分難當。這是我身衰力軟氣逼血脈短，只怕秋風五丈原。我算漢室江山只有三分鼎，扭的人來轉難扭天。（衆上，唱）

　　忽聽得帳內鬧聲喧，忙進帳內問根源。

　　（衆白）吓！丞相，爲何這般光景？（生白）列位將軍，山人本待重興漢室[2]，恢復中原。不料天命至此，吾命就在旦夕之間。（末白）丞相自幼暗習奇門之法，何不在營中高搭玄臺，祝告上蒼，保得陽壽，也未見得。（生白）不知天意如何。魏延聽令！（付白）得令！（生白）姜維聽令！（末白）何令？（生白）命你在營中高搭玄臺，上用土星、黑旗一面，安明燈七盞，乃是你丞相本命之燈，不可打熄。倘有打熄，主公大事難成。（末白）末將遵命！（生白）煩勞氣力千般用，無常一到萬事休。（同下）（净觀星上，唱）

　　【倒板】一霎時玉兔東昇明星朗月，又聽得鼓篷內打罷初更。叫三軍掌銀燈把高崗上，虎目睜睛看分明。觀東方甲乙木木旺生火，觀南方丙丁火火能克金，觀西方庚金龍昂然坐穩，觀北方壬癸水水欠庚。北斗口內仔細看，哎！見北斗主星黑暗不明。那諸葛本是七星保命，看此景五丈原必落此星。叫三軍快把山崗下聽我號令！（介白）哦！（净唱）

　　四更時造戰飯五更出兵。有姜維和衆將暗來踏營，若見那靈柩走定是孔明。此一番一個個勇力交戰，回營中奏王封都是功臣。（衆白）呵呵！（過場介，下）

　　（末上，白）師父有請！（生上，唱）

　　爲江山急得我神昏不定，執寶劍上法臺祝告神明。（白）告乞上蒼，亮生亂世，隱避隆中，蒙先帝三顧之恩，抱幼主托孤之重，自已竭力效有犬馬之功勞，統衆六出祁山，是以對賊。不過將星欲墜，踐吾陽壽。虔誠祝告上蒼，伏乞天齊賜吾陽壽，上報先帝托孤之重，下保萬民一刀之災。下情不敷，並容之知。（唱）

諸葛亮不敢扭天行,爲的是吾主錦乾坤。拜北斗和南斗賜吾陽壽,執簿管掌筆使留下人情。中央戌已深深拜,見北斗主星漸漸明。雖然拜起主星和北斗,不知生死若何存。(下)

(付跳上[3],唱)

司馬懿父子來踏營,報與丞相得知情。(撲熄燈介)(生上,驚介,白)哎吓!(唱)

想是我大數該已定,魏延打熄本命燈。將寶劍插在塵埃地,吾命就在旦夕間。(末上,唱)

丞相爲何發雷霆?(生白)哎吓,將軍吓!北斗主星看看拜起,被魏延走進帳內,將我本命燈打熄。主公大事難成,吾命休矣!(末白)哎吓,賊子吓!(唱)我師祭拜星七天整[4],看看拜起本命星[5]。爲何將燈來打熄,想是賊子起反心。手執寶劍將你砍,(付白)哎!(生白)將軍息怒。魏延,你慌慌張張走進帳內,敢則是司馬懿父子前來踏營?(付白)正是!(生白)他見我主星輝煌,乃是假意踏營,自後無令不許進帳!(付白)得令!恨小非君子,無毒不丈夫。(下)(生白)姜維。(末白)丞相!(生白)姜伯約。(末白)師父!(生白)將軍吓!(唱)

我和你師徒們要念師徒之意,全仗你一點忠心保主社稷。我還有五五二十五篇兵法計,內有一萬四千一百四字迹。數內按定兵法策,將軍切莫洩露機。我死後要依我三件事,(末白)哪三件?(生白)一樁樁一件件你聽着。(唱)

頭一件,我死後休要舉喪來挂孝;第二件,我死後慢慢消停再出大兵;那第三件,我死後魏延賊他必造反,自有良謀在其中。開言就把將軍叫,快傳馬岱、楊儀與王平。(末白)丞相傳馬岱、楊儀、王平進帳。(衆上,唱)

忽聽得帳內鬧揚揚,丞相爲何淚不乾?(生昏介)(衆白)丞相速醒!(生唱)

心中恍惚是昏然,轉面便把馬岱叫。(小生白)末將在此!(生唱)叫一聲小將軍,山人言來你且聽。我死後那魏延賊他必造反[6],我有錦囊照計行。開言便把衆位將軍叫,一封小箋交與四個人。臨終之時拆開看。一樁樁一件件照計行。這是我水淹七軍短十春,火燒藤甲少十年。我命裏該活七十單三歲,五十三歲命歸陰。眼望着西蜀深深拜,再拜劉主爺托孤恩。猛然睜開昏花眼,那旁來了冤鬼魂。(魂上介)(衆白)丞相看見甚麼?(生唱)

龐鳳雛先生他來到,接我諸葛一路行。説話之間鮮血湧,旦夕就是陽臺夢中仙[7]。(生昏介)(丑忙上,白)奉了皇王旨,前去問根芽。來此已是大帳。(丑、衆將同白)丞相速醒!(丑白)哎吓!誤了大事了!(生又醒,白)來者可是奉命麼?(丑白)正是!奉了蜀主之命,說道丞相倘有不測,何人授此重任?(生白)姜維可授。(丑白)姜維後?(生白)楊儀。(丑白)楊儀後?(魂上,生驚白)哎吓!(魂引生死介,下)(衆急介,唱)

見丞相一命歸陰府,西蜀大事一旦丢。(末白)衆位將軍,丞相有錦囊一封,大家拆開一看便知明白。哎!原來丞相說道,用沉香木雕成丞相體像,自有退兵之計。哎吓!丞相吓!

(净上,白)俺司馬懿,昨夜仰觀天象,將星墜落,孔明已死。本帥帶領人馬,前去搶他屍首、糧草。(介白)有!(净白)就此前去,踏他營寨!(介白)得令!(末上,撞戰介,白)暗地踏營,何爲大將?我家丞相正要用兵拿你。(净白)我却不信。(末白)丞相有請!(内推假孔明上)(净驚走,急下介)(末白)丞相已死,威名還在。衆將!(衆白)有!(末白)就此安營下寨。(衆白)呵呵呵!(排子下)(净上,白)哎吓!我只說孔明已死,誰知他有移星轉斗詐死之法。不是俺早提防,險些又中他計。(介上,白)報啓元帥,孔明已死,用沉香雕成體像,以做退兵之計。(净白)再去打聽!且住,我本待興兵前去,又恐中他二計。也罷!就此收兵。衆將!(介白)有!(净白)就此收轉人馬。(介白)得令!呵呵呵!(【排子】,同下)

全完

校記

[1] 命你送去胭粉裙衫:"胭",原本作"烟",今改。下同。
[2] 山人本待重興漢室:"本",原本作"水",今改。
[3] 付跳上:"跳",原本作"兆",今改。
[4] 我師祭拜星七天整:"祭拜"二字爲脱文,今據《故宫珍本叢刊》本補。
[5] 看看拜起本命星:"命"字,原本無,今據上文意補。
[6] 魏延:"延"字原本無,今據文意補。
[7] 旦夕就是陽臺夢中仙:"旦夕"二字後原有"陽"字,當係衍文,今删。

探　　營

無名氏　撰

解　　題

　　亂彈。未見著録。劇寫姜維兵伐中原，與司馬師對陣，夜觀鐵籠山勢，准備來日交兵。姜維在山頂回顧，先主與諸葛先生創立基業的艱難與功績，見敵方營壘堅固，乃深爲嘆服，即與馬岱回營整頓人馬。此劇事迹不見史傳與《三國演義》。版本今有清《車王府藏曲本》抄本、原中國戲曲研究院抄本（未見）。今以《車王府藏曲本》抄本爲底本，校勘整理。

　　（末、生同上，生）【引】恨小非君子，無毒不丈夫。（白）大將生來膽氣豪，腰橫秋水雁翎刀。天上麒麟原有種，穴中螻蟻豈能逃。本帥姜維，字伯約。自從孔明先生去世，所托中原一事，本帥朝夕在懷。今奉皇太后懿旨，領了三十五萬人馬，恢復中原。日前馬牌報道，曹髦命司馬師帶領傾國人馬[1]，前來與本帥交鋒。且喜天色已晚，不免往土臺觀看那賊營磐。馬岱！（末白）在。（生白）掌燈伺候。（末白）是。（生唱）
　　【倒板】有姜維離虎坐忙出寶帳，邁虎步出營來仔細端詳。叫馬岱掌銀燈上前引路，（末白）哦！（生唱）一霎時日墜西月初東方。（内打更）聽樵樓打罷了初更鼓響，待本帥坐雕鞍細説端詳。想當初先主爺桃園結義，初起手滅黄巾名揚四海。曹孟德引見帝宗譜查來，靖王後景帝孫漢室後代。獻帝爺稱皇叔纔把兵排，曹阿瞞威權重勢壓群僚。因此上受帶詔協力破曹，有誰知事不諧關機洩漏。先帝爺帶人馬奔出皇城，有孟德帶人馬星夜追趕，將關公圍困在高坡土臺。好一個張文遠能言舌辯，説關公降曹瞞不失封侯。好一個美髯公約議三事，降漢朝受爵禄不降曹瞞。聞仁兄雖千里不辭勞苦，念桃園誓生死地久天長。誰知那曹孟德隨心應口，套獻帝受爵禄漢壽亭侯。探馬報聞先主依栖袁紹，將金印掛高梁歸漢辭曹。張文遠帶藥酒擋在霸橋，過五關斬六將神鬼皆怕，渡黃河斬秦琪血染寶刀，古城外斬蔡陽威風顯耀。老主爺同翼德接入古城，弟兄們重相會義氣沖霄。運未到命不濟跋涉奔走[2]，到隆中顧諸葛三分定鼎，待壯士禮賢才盡在今朝。誰知那曹孟德猖狂太甚，挾天子令諸侯勢壓群僚。

（白）那曹操名是漢臣，實係漢賊，令人可恨也。（唱）

老主爺勢力小計栖夏口，待天時湊機緣恢復中原[3]。（白）先帝爺不忍奪同宗基業，苦守夏口。誰知那懦子劉琮，聽母之言，將荊襄九郡獻與曹賊。因此先帝爺與先生商議，大丈夫必須要自立基業。先生說道，"等待天時，自有機緣"，主公不必憂慮。（唱）

那曹操得荊襄猖狂越大，逼吾主棄新野百姓嗟呀。走樊城敗當陽英雄氣啞，賴先生壯威風招軍買馬，施仁政愛民心身安江夏[4]。

（白）可恨曹操據了荊襄，統領八十三萬人馬，大下江南[5]。那東吳孫權心意不定，即命魯肅過江，探聽曹兵虛實。好一個孔明先生，與先帝爺商議，魯肅此來正合吾意，待我借東吳之刀，成自己之功，奪取漢室疆土，以為創業之本。（唱）

曹孟德帶人馬八十三萬，有無立隔大江對岸紮營[6]。我先生過江東神機妙算，用火攻同周郎打破曹營。南屛山借東風先生逃走，趙子龍射篷索保他回營。命關公擋華容義釋奸佞。

（白）因此得了荊州一帶地方。那孫權心中不忿，去了許多錢糧，反被孔明就中取事，佔去許多城池，與周郎商議，定下美人計，誆哄吾主過江，老死東吳。誰知孔明先生預先准備三個錦囊，相機行事，因此先帝爺得脫虎口。到後東吳孫權索要荊州，逼勒魯肅過江面討。那魯肅設下赴會之計，預備酒宴，誆哄關公過江飲宴。酒席筵前提起荊州一事，被關公幾句言語，說得魯肅滿面含羞，閉口無言，再也不敢提起荊州之事。可見那智謀之士斷不可少，威勇之人亦不可無。（唱）

恨只恨昔日裏錯放此賊，到今朝伐中原費盡心機。站立在土臺上抬頭觀看，又只見前山林霧氣騰騰。

（白）馬岱！（末白）在。（生白）前面是甚麼所在？（末白）那是司馬師的營磐。（生白）莫道就是那賊的營磐？（唱）

觀東方鐵籠山山勢若大，觀南方白虎山正好屯兵。觀西方棋磐山山峰奇秀，觀北方平陽地正好探營。先軍師在西蜀預伏八陣[7]，保國家受託孤暗設九宮。吾今日伐中原排兵佈陣，定把那司馬師活捉生擒。（白）回營。（末白)哦!(生唱)此一番設機謀須當嚴密管。

校記

[1] 帶領傾國人馬:"國",原本作"固"。今改。下同。
[2] 命不濟跋涉奔走:"濟",原本作"際",今改。
[3] 待天時湊機緣恢復中原:"原",原本作"心",今改。
[4] 身安江夏:"江夏"二字,原本倒置爲"夏江",今依文意改。
[5] 大下江南:"大",原本作"天",今改。亦可改"天"爲"又"。
[6] 有無立隔大江對岸紮營:"有無立"意不明,待考。
[7] 先軍師在西蜀預伏八陣:"預伏",原本作"魯伏",今依文意改。

姜維推碑

無名氏 撰

解 題

聲腔不詳。不見著録。劇寫姜維與魏將陳泰對陣，殺得陳泰大敗。魏國派司馬師、司馬昭來增援。姜維爲尋找勝敵之策騎馬出營，見山邊路旁立着一塊題詩的石碑，姜維想看一看是何人所立，下馬把石碑推倒，又发现一块题詩的小碑，稱孔明留下，让其推碑。後來姜維按照孔明的提示到山頂察看，無意中发现鐵龍山的秘密，於是設計把魏軍引至鐵龍山中困死。事見《三國演義》第一百九回"困司馬漢將奇謀，廢曹芳魏家果報"。版本今有清《車王府藏曲本》。該本係清抄本，首頁題"姜維推碑總講"。今以清《車王府藏曲本》爲底本，校勘整理。

（净上）

【引】鐵甲玲瓏將挂袍，馬鞍轎斜跨斬將刀。（詩）穩坐寶帳旌旗飄，本帥心中似火燒。但得一步機關巧，要把中原一馬掃。（白）本帥姓姜名維，字伯約，在阿斗駕下稱臣。出世以來，拜孔明爲師。老師五丈原內歸天，軍中大事托與我伯約執掌。昨日與陳泰山間打了一仗，殺的他免戰高懸，敗進中原去了，搬來司馬弟兄，繞兵前來，要與本帥決一死戰。是本帥瞞昧三軍，私自出營，觀察絕地。單説這司馬國賊若中我計，姜老爺不殺你等，誓不爲將也！呵！（唱）

三國不和動干戈，殺來殺去不安樂。扶保我王西川坐，五虎上將保山河。未央他把江東坐，曹賊中原掌江河。二千歲曾把長沙破，老將黃忠好韜略。百步穿楊人難躲，箭射盔纓人頭落[1]。三千歲三聲橋嚇破，嚇退了曹兵百萬多。四千歲大戰長坂坡，曹相傳令要活捉。一條真龍懷內卧，險些入了絆馬索。馬超兒飛抓人難躲，二千歲收他夾馬河。徐元直從打曹營過，他也曾走馬薦諸葛。未去茅廬一把火，頭一功火燒霸王坡。借東風把周郎膽嚇破，燒壞了曹兵百萬多。五丈原內喪諸葛，軍中大事托伯約。曹丞相拉過了馬一坐，出得營來觀山河。催馬從解山坡過，觀見碑碣路旁掉。（白）本帥正然行走，觀見碑碣擋路，待我勒馬一觀。（詩）日月並行心膽寒，馮字去點鎮中原。若要本帥大功成，林字裏面弓借箭。呵呵！日月並行，乃是一明字，馮字去點乃是一馬字。恐我主江山後來有失，不落姓明之人，定落姓馬之手。上面還有小字，待我看來。（詩）姜維領兵四十萬，大兵不住連營戰。我若二兵合一處，殺的神哭鬼連天。（白）上有連詩一首，待我看來。（詩，淨白）司馬領兵是威嚴，大兵圍困鐵龍山。倘若不聽聖人語，想回成都難上難，難上難呵！這是何人留下嚇將詩句？怒惱本帥性體。待我下馬，將碑推倒。（短句詩）馬上一員將，觀碑忙腑傷。翻身下戰馬，推碑在路旁。呵！推倒大碑，露出小碑，上有字，待我讀來。（詩）姜維不必逞虎威，行兵還得用計催。三分天下有兩載，孔明留碑姜維推，姜維推。呵呵呵！老師在上，受弟子一拜！（唱）

撩金甲跪埃墀，尊聲老師聽仔細。若要恩師你在世，何必弟子受委屈？叩罷頭來將身起，昏昏沉沉眼發迷。呵！今天參師為何跪而不起？呵！上有小字待我看來！（白）"姜維卸甲而起。"（卸甲而起。）老師老師吓！弟子實是服了你了！（唱）

實實服了恩師你，你的妙算果然奇。鎖子金甲忙脫去，翻身上了馬龍駒。催馬且把山頂上，

【倒板】上在山頭觀仔細。觀只見四下裏雲霧皆起，滿山坡跑得是虎豹豺貍。睜虎目觀只見司馬營地，衆兒郎一個個吵鬧華夷。把一個好百姓高杆挂起，衆三軍射三箭稱他威奇。有本帥觀此山眼中發迷，一霎時難辨這南北東西[2]。（白）本帥正然觀山，霎時難辨東西南北，這該那廂借問？（內嚷白）喝喝喝！（淨白）那邊有一伙打柴樵人，待我問來。打柴人請了！（內白）請了！（淨白）前面黑沉沉，甚麼所在？（內白）稻土國。（淨白）這座大山？（內白）鐵龍山。（淨白）下面？（內白[3]）鐵龍峪。（淨白）可有出入道路無有？（內白）有進路，無有出路。（淨白）可有清泉？（內白）有水，不够百人所用。（淨白）借重了！本帥今日觀山，觀在鐵龍山鐵龍峪，有進路無出路，有水不够百人所用。明天與司馬國賊交戰，若勝莫說，不勝爾等，兵敗鐵龍山口，閘住插翅難飛，那怕爾等不死不亡呵！（唱）

好一個鐵龍山鐵龍峪，上是高來下是低。本帥生下一條計，九十九條人

不知。催馬且把山坡下,來在營門觀仔細。轅門以外下戰馬,(馬上,唱[4])馬岱上前接龍駒。(白)元帥觀山,觀到何處?(淨白)觀到鐵龍山鐵龍峪。(馬白)可有出入道路?(淨白)有進路,無有出路。(馬白)可有清泉?(淨白)有清泉,不够百人所用。馬岱聽令!(馬白)在!(淨白)拿我令箭一支,去到土國搬兵,不得有誤!(馬白)得令!(下)(淨白)明天大戰司馬國賊,若勝莫說,若要不勝,爾等兵敗鐵龍山,山口閘住,管叫那賊插翅難飛。司馬國賊吓!那怕爾等不死不亡吓!就此回營!(【尾聲】)(下)

完

校記

[1] 箭射盔纓人頭落:"纓",原本作"英",今改。
[2] 一霎時難辨這南北東西:"辨",原本作"辦",今改。下同。
[3] 內白:此二字原無,今據文意補。
[4] 唱:原本作"白",今改。

定 中 原

無名氏 撰

解 題

　　二簧。不見著録。劇寫姜維發兵四十萬圍住潼關，魏將陳泰向朝廷打來告急本章。曹芳用賈玉之計，讓司馬師帶領五千人馬前去救援。司馬師大怒，以爲是賈玉的詭計，當即拔劍殺死賈玉。曹芳看出司馬師篡位之心，寫下血詔，交太師張捷帶出宮去，召各路諸侯入京勤王。張捷把血詔藏在幞頭内，准備帶出宮殿，却被司馬師搜出，遭到殺害。司馬師帶人進宮，要將張皇后斬首。曹芳苦苦哀求，纔算留了個全屍，把張皇后用三尺綾羅絞死。之後，司馬師向魏主曹芳請罪，魏主曹芳已嚇破了膽，不敢言語。司馬師宣佈自己的三大罪狀：金殿上劍劈賈玉，午門外劍斬了老太師，逼死正宮主母，有此三罪，乃是一椿小事。至於救援陳泰，勝了是大功一件；若是輸了，則勝敗乃兵家常事。事見《三國志・魏書・齊王曹芳紀》。版本今有清《車王府藏曲本》。該本爲清抄本，未標點，首頁題《定中原》總講，唱二簧原板、倒板等板式，當爲二簧調。兹以清《車王府藏曲本》爲底本，校勘整理。

　　（賈玉上，白）朝靴踏地響，上殿見君王。下官賈玉，今有陳泰打來告急本章[1]，稍時萬歲登殿啓奏便了。看香烟繚繞，聖駕臨朝。（四太監站門子吹打，小生）

　　【引】海晏河清，衆文武齊奏昇平。（賈玉白）臣賈玉見駕，吾皇萬歲！（四太監白）平身！（賈玉白）萬萬歲！（小生白）平頂冠上一鮮花，太陽一出照殊砂。殿前獅子千百對，孤是萬民第一家。孤大魏曹芳，受先帝之基業，自登基以來，風調雨順，國泰民安。今當早朝，賈卿家，有本早奏，無本退班。（賈玉白）臣啓萬歲，今有陳泰打告急本章，吾主龍目御覽。（小生白）呈上龍書案。（賈玉白）臣領旨！（小生白）喂呀！陳泰打來告急本章，要孤發兵相救。賈卿,何計安哉?(賈玉白)萬歲,就命大都督司馬師,帶兵前往潼關征剿。(小生白)但不知賜他多少人馬?(賈玉白)五千人馬。(小生白)卿家此本差矣!想那姜維帶領四十萬人馬圍住潼關,水泄不通。賜他五千人馬,慢說交鋒打仗,就是墊馬足也是不夠!(賈玉白)臣乃是一功兩得之計。(小生白)何爲一功兩得之計?(賈玉白)那姜維殺了大都督,去一內患;大都督若殺了姜維,去一外患。豈不是一功兩得之計?(小生白)此計甚好!猶恐寡人失計。(賈玉白)看臣眼色行事。(小生白)卿家傳旨,宣大都督司馬師上殿。(賈玉白)領旨!萬歲有旨,宣大都督司馬師上殿。(司馬內白)領旨!(上,白)腰挂寶劍七星恨,上壓天子下壓臣。臣司馬師見駕。陛下萬歲!(小生白)大都督平身!(司馬白)萬萬歲!(小生白)賜坐!(司馬白)謝坐!宣臣上殿,有何國事議論?(小生白)大都督有所不知,只因姜維帶領四十萬人馬圍住潼關,水泄不通。陳泰打來告急本章,要孤發兵相救,意欲命大都督帶兵征剿,不知大都督的意下如何?(司馬白)臣好比萬歲胯下之駒,揚鞭就走,停鞭即止。但不知賜臣多少人馬?(小生白)這個⋯⋯(司馬看曹介,小生看賈介)賜卿五千人馬。(司馬白)陛下,你好言差矣!我想那姜維帶領四十萬人馬圍住潼關,水泄不通。賜臣五千人馬,慢說交鋒打仗,就是墊馬足也是不夠。臣抗旨不去!(賈玉白)吓!大都督,想那姜維聞聽大都督大兵已到,那賊不戰,他不戰自降。(司馬白)你待怎講?(賈玉白)不戰兒自降。(司馬笑介)啊哈!吓哈!哇呀呀!呔!賈玉,某家看你在金殿之上,眉來眼去,某非是爾的詭計嗎?(賈玉白)嘟!食王爵祿報君恩,你在金殿抗旨不去,想你這等臣宰就該取⋯⋯(死下)(司馬白)看劍!(出宮,即下)(四太監白)萬歲醒來!(小生白)哎呀!先王吓!(唱)

　　【二簧搖板】老王做事大有差,不該將劍賜與他[2]。帶劍上殿王害怕。(白)將屍首搭下去。(衆搭屍介)(小生唱)可嘆卿家染黃沙。哎呀!卿家呀!(下)

　　(娘娘上,一大太監同上)

　　【引子】金龍磐玉柱,翠鳳繞畫梁。(小生內白)擺駕!(四小太監一字上,小生上)(唱)

　　【二簧搖板】內臣擺駕回宮廷,(娘娘白)妾妃接駕!(小生唱)梓童免禮且平身。(娘娘白)妾妃見駕,吾皇萬歲!(小生白)平身。賜坐!(娘娘白)謝萬歲!(小生哭介)哎呀!(娘娘白)萬歲今日進宮,爲何龍眼落淚?(小生白)咳!梓童有所不知,今有姜維帶領四十萬人馬圍住潼關,水泄不通。陳泰打來告急本章，要孤發兵相救，就命大都督司馬師帶兵征剿，他抗旨不去，倒也罷了，反在金殿之上劍劈賈玉！（娘娘白）哎呀！吾朝又去了一家忠良。（小生哭介）卿家吓！（娘娘白）既有此事，萬歲何不修下血詔，頒取各路諸侯，共滅此賊。（小生白）梓童言之有理。內侍，看白綾伺候！（大太監白）領旨！（小生白）要除奸佞賊。（娘娘白）定在血詔中。（小生白）哎呀！先王吓！（唱）

【倒板二簧】未曾寫詔淚鮮淋，

【正板二簧】怎不叫孤痛傷心。銀牙一咬中指破，（哭介）哎呀！（唱）

【原板】十指連心痛煞人。司馬師在朝行奸佞，上欺天子下壓臣。望衆卿早帶人合馬，滅却司馬鎮朝廷。一封血書忙修定，但不知何臣搬救兵？（白）血詔修起，但不知何臣前往？（娘娘白）想我父乃三朝元老，可以去得。（小生白）梓童言得極是！內侍臣，宣張老太師進宮。（大太監白）領旨！萬歲有旨，宣張老太師進宮！（張内白上）（唱）

【二簧搖板】金牌宣來銀牌詔定，宮廷外來了保國臣，急忙且把宮廷進，張捷參見聖明君！（白）臣張捷見駕，吾皇萬歲！（小生白）平身！（張白）萬萬歲！娘娘千歲！（娘娘白）老太師平身！（張白）千千歲！（小生、娘娘同白）賜坐！（張白）謝坐。宣老臣進宮，有何國事議論？（小生白）老太師有所不知，只因姜維帶領四十萬人馬圍住潼關，水泄不通。陳泰打來告急本章，要孤發兵相救。命大都督征剿，他抗旨不去還則罷了，反在金殿劍劈賈玉。（張白）哎！吾朝中又去了一家忠良。（小生白）哎！寡人修得血詔，搬取各路諸侯，滅却二賊。血詔修起，寡人意欲命太師前往，不知太師意欲如何？（張白）老臣好比萬歲胯下之馬駒，揚鞭就走，停鞭即止。萬歲有何旨諭？（小生、娘娘同白）今有血詔一封，命老太師搬取各路諸侯，共滅此賊。不知太師可曾願往？（張白）萬歲降旨，老臣萬死不辭！（小生白）如此，請上，受我、貴妃一拜！（張白）哎呀！罪死老臣了！（小生唱）

【搖板二簧】太師請上受一禮！（娘娘唱）拜你如同拜先君。（小生唱）血詔交與梓童手，（娘娘唱）回手交與老嚴親。（張白）領旨！（唱）

【倒板二簧】在宮内接過了萬歲密令，（三哭介）（小生、娘娘同哭）（唱）

【正板】往各路搬救兵滅却奸臣。將血詔藏只在袍袖内，（大太監白）小心奸賊搜去了。（張白）哦！（唱）

【原板】那奸賊搜了去大事難成。將血詔藏只在朝靴内，（大太監白）你也不怕欺了君。（張白）吓！（唱）

【原板】爲臣的抗聖命我罪非輕。機關事一時間就難壞我,哦哈! 有了!(唱)

【原板】忽然間有一計上了心經。將血詔藏只在這幞頭內,(藏介,鑼鼓)(改唱)

【搖板二簧】就是那大羅神仙難解明。辭別了萬歲爺忙出宮廷,(小生白)老太師轉來。(張唱)又聽得萬歲爺呼喚一聲。(白)萬歲,喚老臣轉來,有何旨諭?(小生白)哎呀! 太師呀! 自古道搬兵如救火,寡人在宮中度日猶如度月,可知道老王帶劍入宮,逼死董貴妃之故耳。(張白)哎呀!(唱)

【倒板二簧】一席話兒講出唇[3],不由張捷膽戰驚。怕的是一報還一報,(出宮)(唱)捨死忘生走一程。(下)(小生白)哎呀!(唱)太師含淚出宮廷,(娘娘唱)坐在宮中聽信音。(同下)

(司馬內白)打道!(四校尉站門上,司馬同上,白)單槍匹馬走西淪,各路諸侯膽戰驚。今早萬歲宣張捷進宮,不知爲了何事。校尉的,打道午門!(衆校尉領四門,衆白)來此午門!(司馬白)張捷到此,速來通報!(衆白)吓!(張上)(唱)

【二簧搖板】在宮中領了萬歲命,去往各路搬救兵。(衆白)哦!(張白)哎呀! 偏偏這奸賊在此,待我轉去!(衆白)太師到!(司馬白)有請!(衆白)有請太師!(張白)呀!(唱)

又聽奸賊一聲請,整整衣冠禮相迎。(白)吓! 大都督!(司馬白)吓! 老太師。(同白)吓吓吓! 哈哈哈!(司馬白)老太師請坐!(張白)大都督請坐!(司馬白)吓! 老太師!(張白)大都督!(司馬白)萬歲宣詔,爲了何事?(張白)萬歲宣詔老叟進宮,這不過陪宴而已。(司馬白)陪宴莫有許久?(張白)陪宴之後,又圍了兩磐棋。(司馬白)圍棋之後?(張白)圍棋之後,還看了半部古書。(司馬白)哦哦! 看了半部古書?(張白)看了半部古書!(司馬白)但不知看的是那一朝那一代?(張白)看的就是商湯桀紂。(司馬白)哦,看的就是商湯桀紂麼?(張白)正是!(司馬白)老太師,那商湯桀紂書上面,可有忠奸?(張白)怎的無有忠奸。(司馬白)這忠者是何人?(張白)這忠者是箕子、微子、比干丞相等。(司馬白)這奸者是哪一個?(張白)這奸者就是那費仲、尤渾。(司馬白)哦,就是那費仲、尤渾等。(張白)正是!(司馬白)吓! 老太師,想我朝中可有忠? 可有奸?(張白)我朝中是怎的無有忠,是怎的無有奸呢?(司馬白)這忠者是誰呢?(張白)這個……想老叟在朝三代,雖然不敢言忠,也算得良臣而已。惶愧呀,惶愧!(司馬白)吓! 老太師!

（張白）大都督！（司馬白）想我弟兄二人，在朝奉君如何呢？（張白）大都督、二都督麼？（司馬白）吓！（張白）可算得兩個大……（司馬白）大甚麼？（張白）大大的忠臣。（司馬三笑介）吓哈哈，吓哈哈，吓哈哈！老太師，某家今早喫了幾杯糟酒[4]，言語冒犯老太師，有事請便！（張白）告辭！（下）（司馬看介，白）且住！看張捷去得慌張，其中必有夾帶[5]。校尉的，有請老太師。（校尉同白）有請老太師！（張上）（唱）

【二簧搖板】鰲魚脫去金鈎釣，搖頭擺尾又上鈎。（白）吓！大都督，老叟去得好好，喚老叟轉回則甚？（司馬白）老太師，我看你去，猶如開弓放箭，這回……（鑼鼓）好似逆水行舟。某家看來，其中必有夾帶。（張白）哎呀！大都督，想我老叟若大年紀，還做得甚麼大事？大都督休得多疑。（司馬白）既無夾帶，某家就要……（張白）大都督要怎樣？（司馬白）要搜！（張白）告辭了！（司馬白）校尉的，掌起面來！（搜介，三搜白）吺！張捷，想我在朝，有何虧負爾等？你爲何搬取各路諸侯，滅却俺弟兄，是何道理？（張白）呀呀呸！想你弟兄二人在朝，上欺天子，下壓群臣。今奉聖旨，搬取各路諸侯，滅却你這奸賊！（司馬白）張捷，你知道某家在金殿之上，劍劈賈玉之故耳？（張白）奸賊吓奸賊！想老夫乃三朝元老，非比賈玉。哎！也罷！我這老命不要，與你拼了！好奸賊！（三碰介，斬介下）（司馬白）吺！看劍！來呀！打道進宮！（衆同下）

（小生、娘娘同上）（小生白）龍心不悅。（娘娘白）鳳心不安。（大太監白）啓萬歲，司馬師帶劍入宮！（小生、娘娘同白）哎呀！（怕介）（四校尉上四門）（司馬白）吺！昏王！想俺弟兄在朝，南征北戰，東擋西除，有這樣汗馬功勞。你爲何搬取各路諸侯，是何道理？（娘娘白）好奸賊！（司馬白）吺！綁了！（娘娘唱）

【倒板二簧】見奸賊帶劍進宮廷，（白）哎呀！嚇得我三魂少二魂。走向前來忙跪定，（司馬白）吓！（娘娘白）哎呀！（唱）大都督一旁發恨聲。不跪萬歲來跪你，都督饒我命殘生。（司馬白）吺！奸妃！（唱）

【二簧搖板】昔日紂王寵妲姬，爲國忠良受臨逼。樁樁件件你這婦人計，那有忠良保華夷？恨不得一足踏死你七星劍下命歸西。（娘娘白）嘟！（唱）

哀家一死有何恨，恐你罵名萬古存。（司馬白）校尉的，搭下去，斬！（小生白）哎呀！大都督！看在寡人的面上，留她一個全屍吧。（司馬白）定斬不赦！（小生白）寡人這裏屈膝了哇！（司馬白）也罷！看在你這昏王的份上，留她一個全屍。校尉的，招回來三絞廢命。（衆校尉絞介，三絞死）（衆白）三絞命盡！（司馬白）閃開了！（看介）哎呀！（三看介）哎呀！哎呀！呔！昏王來看！（小生白）哎呀！梓童！（司馬白）校尉，搭下去！（衆搭死屍同下）（司馬慢叫頭）且住！想俺司馬師，今早在金殿之上劍劈賈玉，在午門以外劍斬老太師，進得宮來，又逼死正宮主母，有三行大罪。待俺進宮，請罪便了。臣司馬師見駕，吾皇萬歲！吓！你爲何不言？你爲何不語？吓！難道你聾了？難道你啞了？哦啊啊！是了，想必是這昏王被某家嚇昏了！哦呵呵！也罷！待某家替他傳旨便了！呔！膽大司馬師，金殿上劍劈賈玉，在午門以外劍斬了老太師，進得宮來，又逼死正宮主母，有三行大罪，乃是一椿小事。今有姜維帶領四十五萬人馬圍住潼關，水息不通，命你帶領秦國人馬，前去征剿。打了勝仗，將功折罪；若是敗了，這個……（鑼鼓）（兩望看介）若是敗了，自古道，軍家勝敗，古之常理。何罪與你？也就罷了，卿進宮請罪便了！臣司馬師見駕，吾皇萬歲！卿家出宮去罷！這臣領旨！（鑼鼓介）呔！（三笑介）呷嘻嘻！啊哈哇！呀呀呀！走！（下）（太監白）萬歲醒來！（小生白）奸賊那裏去了？（大太監白）出宮去了！（小生白）哎呀！先王吓！（同下）【尾聲】

完

校記

［１］陳泰：原本作"陳太"，今改。下同。
［２］不該將劍賜與他："劍"字，原本無，今據文意補。
［３］一席話兒講出唇："席"，原本作"夕"，今改。
［４］喫了幾杯糟酒："糟"，原本作"遭"，今改。
［５］其中必有夾帶："夾帶"，原本作"假代"，今改。下同。

度 陰 平

無名氏 撰

解 題

　　高腔。作者不詳。不見著録。劇寫魏軍分兵進擊，鍾會與姜維繼續在劍閣相持，吸引蜀軍主力；鄧艾率一支勁旅，輕裝前進，急行七百里，從陰平峭壁上裹毛毯滾下山，成功偷渡陰平。江油守將馬邈、涪城守將張俊不戰而降。鄧艾大軍直指綿竹，蜀漢朝野聞之震驚，是戰是降爭執不下。諸葛瞻奮然領兵前往綿竹，准備堅守綿竹，以待姜維大軍回援，結果與子諸葛尚一同戰死。後主阿斗聽從郤正、譙周的勸諫，派譙周奉降表、印信赴雒城向鄧艾請降。阿斗之子劉諶勸阻無效，一家四口同時自盡殉國。事見《三國志·魏書·鄧艾傳》和《三國志·蜀書·後主傳》等。其情節在《三國演義》第一百十七回"鄧士載偷渡陰平，諸葛瞻戰死綿竹"和第一百十八回"哭祖廟一王死孝，入西川二士爭功"中也有所表現。版本今有清《車王府藏曲本》。該本係清抄本，首頁題"度陰平二册"。該劇分頭本、二本，每本又分若干場，分場的依據是場上人物和場景的轉換。兹以清《車王府藏曲本》爲底本，校勘整理。

頭 本

頭 場

　　（廖化上，起霸）馬挂攔槍將挂袍，九霄雲外明月高。（張翼上，起霸）英雄若趁平生意，腰間磨損帶血刀。（同白）俺（化白）廖化。（張白）張翼。（化白）請了。（張白）請了。（化白）元帥點兵，兩厢伺候。（四上手上，姜維

上,唱)

【點絳唇】威鎮西川,執掌兵權。保炎漢,九伐中原,保主永平安。(化、張同白)參見元帥!(姜白)站立兩厢!(化、張同白)哦!(姜詩)先主晏駕白帝城,托孤吾師定太平。吾主信寵賊奸佞,黃皓專權君不明。(白)本帥姜維,昨聞探馬報導,有鍾會、鄧艾統領大兵前來犯境。惟恐劍閣有失,因此奏明吾主,某帶兵前往相助。二位將軍,人馬可齊?(化、張同白)俱已齊備。(姜白)吩咐,兵發劍閣去者!(化、張同白)得令!吥,衆將官!(衆手下白)有!(化、張同白)兵發劍閣!(排子,領只下)

二　　場

(四文堂、董上,白)威鎮劍閣關,兒郎心膽寒。俺蜀主駕前爲臣,輔佐將軍董厥。奉命把守劍閣。有魏將鍾會、鄧艾統領大兵,來犯吾境。已稟報姜元帥,轉奏主公,因此晝夜防守城池。大兵不知何日可到?(報子上,白)報啓爺,姜元帥到!(董白)吩咐擺隊相迎。(排子下,連場,姜原人過場,董下場門迎介,白)元帥在上,末將參!(姜白)將軍免禮,請坐!(董)謝坐!不知元帥駕到,未曾遠迎,面前恕罪。(姜白)豈敢!(董白)元帥,可嘆先帝,當年受盡辛苦,不想主公不理國事,信寵黃皓,惟恐西川有失,我等死入陰司,難見先帝於九泉之下。(姜白)將軍憂慮。有維在日,必不容魏來吞蜀也。(唱)

憶昔先主創江山,弟兄三人結桃園。徐庶走馬諸葛薦,三顧茅廬費周全。用計巧把荆州佔,衆將人等把身安。吾師過江智謀獻,周瑜不忿用機關。容心要把吾師斬,怎知先生早了然。黃蓋苦肉可人嘆,又有龐統獻連環。闞澤下書人罕見,不想曹賊被他瞞。赤壁鏖兵遭大難,東風三陣燒戰船。張松來把地圖獻,義釋嚴延得西川。後來二王亡國難,先帝統兵報仇怨。火燒連營兵百萬,白帝城內主殯天[1]。托孤吾師朝事管,先生命喪五丈原。主公懦弱把國亂[2],信寵黃皓專弄權。本帥時常將主勸,反把忠語當逆言。如今朝事我難管,只可退敵理當然。(董唱)董厥聞言將頭點,目望帥爺把話言。

(白)元帥到此,劍閣料無妨礙[3]。怎奈成都無人,倘爲敵兵所襲,大勢瓦解矣。(姜白)成都山險地峻,非可易取,將軍不必憂心。(報子上,白)報啓元帥,諸葛緒討戰。(姜、董同白)再探!(報白)得令!(下)(姜白)這厮大膽,大家迎上前去!(緒原人會陣上)(【二龍出水】)(姜白)來者諸葛緒,如此大膽,敢犯吾境!你早早收兵,免做槍尖之鬼。(緒白)住了!阿斗荒淫無道,勸你早歸中原,不失封侯之位。(姜白)休得胡言,放馬過來!(戰介,緒敗下)(手下白)魏兵大敗。(姜白)收兵進關。(下)

校記

[1]白帝城內主殯天:"殯",原本作"賓",今改。
[2]主公懦弱把國亂:"國"字原本無,今據文意補。
[3]劍閣料無妨礙:"妨",原本作"方",今改。

三　　場

(四文堂、衛瓘站,鍾會上,唱)

【粉蝶兒】久戰中原,雄統師執掌兵權,奉君命奪取西川。領貔貅,清宇宙,掌握之間。但願得掃滅狼烟,敲金蹬,唱凱歌回還。

(詩)身爲元帥出天恩,統領貔貅百萬兵。令出一言山搖動,驅行閫外驚鬼神。(白)某魏主駕下稱臣,官拜鎮西大將軍鍾會。只因阿斗信寵黃皓,不理國事,晉公奏明魏主,命吾統領雄兵,前來奪取西川。已曾命諸葛緒把守陰平橋頭,斷其姜維後路,再取成都,有何難哉?(手下上,緒上,白)元帥在上,末將死罪!(會白)爲何這等狼狽[1]?(緒白)末將奉令把守陰平橋頭,相離劍閣不遠。末將聞報,姜維要奪雍州。末將恐雍州有失,引兵去救,不想被姜維殺得大敗。(會白)嘟,大膽諸葛緒,本帥命你把守陰平橋頭,擅自進兵,以致如此大敗!來。(手下白)有!(會白)推去斬了!(押緒下)(瓘白)刀下留人!元帥在上,末將參。(會白)將軍少禮。(瓘白)啓元帥,諸葛緒雖然敗陣,乃鄧艾征西所督之人,元帥不可殺之。(會白)吾奉天子明詔,晉公鈞命,特來伐蜀。鄧艾有罪,亦當吾斬之。(瓘白)元帥,萬萬不可!(會白)也罷!既然如此,吩咐下去,將諸葛緒囚赴洛陽,任晉公發落。掩門!(同下)

校記

[1]爲何這等狼狽:"爲",原本作"未",今改。

四　　場

（六將上，邱本、田續、師纂、王欣、牽弘、鄧忠各通名字）（邱白）元帥陞帳，兩廂伺候！（衆同白）請！（四文堂、四大鎧站門，鄧艾唱）

【新水令】英雄豪傑世無雙，我心要與國家，願爲棟梁。胸中顯志量，立業定家邦。挑拔勇將統貔貅，奪取西川得安寧。

（詩）志量雙全蓋世雄，虎鬥龍争立奇功。但願伐蜀干戈定，廊廟光輝顯威名。（白）本帥姓鄧名艾，字表士載。吾奉晉主之命，一同鍾士季，奪取西川。兵至劍閣，不想姜維阻路。諸葛緒把守陰平橋頭，斷其姜維後路，不知如何？（手下上，白）啓元帥，小人叩頭。（艾白）你等起過講話。（手下白）是！（艾白）諸葛將軍那裏去了？（手下白）元帥有所不知，諸葛將軍被姜維殺敗，去見鍾元帥，將諸葛將軍推出斬首。有衛將軍求情，惟恐得罪元帥。鍾元帥說道，係奉天子明詔，晉公鈞命，特來伐蜀，將諸葛緒囚赴洛陽，任晉公發落。特禀元帥知道。（艾白）竟有此事？鍾會，鍾會，來出此言，其情可惱！（唱）

【快板】聞言怒氣三千丈，無名火起上胸膛[1]。未出此言當思想，説些大話理不當。你我同朝品一樣，目中無人敢發狂？鼠肚雞腸小人量，欺我由如小兒郎。定然與你把理講，一同回朝面君王。（忠唱）爹爹做事當思想，暫且息怒另主張。

（白）爹爹暫且息怒，可知小不忍則亂大謀。父親若與他不睦，必誤國家大事。望且容忍。（艾白）我兒言之有理。若與他一同破蜀，萬難取勝。爲父此去與他分兵，各自建功立業，豈不是好？（忠白）爹爹此去，必須見計而行[2]。（艾白）爲父知道。隨人不可多去，恐他生疑，隨人只帶二人。帶馬！（分只下）

校記

[1] 無名火起上胸膛："名"，原本作"明"，今改。
[2] 必須見計而行："而"，原本作"兒"，今改。

五　　場

　　(會原人同上)(會白)眼觀旌旗起,耳聽好消息。(報子上,白)啓元帥,鄧將軍到!(會白)他帶多少人馬?(報白)隨從二人。(會白)吩咐大小三軍,刀槍列擺。(同衆下)(繞場上)(會白)有請鄧將軍!(吹打介)(艾原人同上,排子坐介,會白)不知將軍駕到,未曾遠迎,望祈恕罪[1]!(艾白)豈敢!冒入營中,多有海涵。(會白)豈敢!將軍到此何事?(艾白)將軍呀!(唱)

　　兄長在上容我禀,小弟一言請是聽。一同奉命把兵領,將軍饒倖得漢中。勝負輸贏不一定,蜀主要滅大魏興。若得江山歸一統,將軍總算弟一功。吾兄掃西威名重,劍閣彈丸小孤城。此番何愁不取,將軍破城掌握中。小弟才疏無大用,缺志少謀皆不能。有心單人把兵領,一來禀明二辭行。(會唱)聞言假意人情送,目望賢弟説分明。

　　(白)賢弟大材,必有大用。必須幫同破蜀,爲何分兵?(艾白)小弟才疏學淺,並無良謀,恐誤兄長大事。小弟自引軍兵,從陰平小路出漢中,得陽亭,徑取成都。姜維必撤兵救援,將軍乘虛再取劍閣,易如反掌。(會白)將軍此計甚好!引兵前去,吾在此等候回音。(艾白)謝將軍!(會白)請!(艾下)(會白)我想鄧艾此去,從陰平進兵,我取劍閣,掩門!(下)

校記

[1]望祈恕罪:"祈",原本作"豈",今改。

六　　場

　　(艾、鄧忠同上,忠白)爹爹去見鍾會,有何吩咐?(艾白)吾以實言告彼,彼以庸才視我。彼得漢中,以爲莫大之功。若非我在遝中絆住姜維,安能成功也?吾今取成都,勝取漢中。只今命你引兵五千[1],不穿甲冑,各執斧鑿,遇山鑿路,逢水搭橋,不得有誤。(忠白)得令!(下)(艾白)待某修書,報與晉公便了。(排子白)來,喚馬上軍卒。(照白介)(軍卒上,白)柳營拴戰馬,虎帳夜設兵。參見元帥!(艾白)有書信一封,星夜趕入洛陽,投遞進宮,不得有誤!(軍白)得令!(下)(艾白)衆將官!(衆同白)有!(艾白)兵發陰平去者!(【排子】,同下)

校記

［１］只今命你引兵五千："只"，原本作"炙"，今改。

七　場

（【水底魚】）（軍卒上，白）俺鄧元帥麾下馬上軍是也。命我往洛陽晉公投遞，自得馬上加鞭。（急下）

八　場

（鄧忠上，白）俺鄧忠，奉爹爹之命，都率三軍，將山嶺開成小路。此嶺之西，皆係峻壁，不能開鑿，虛廢前勞，因此衆軍每日啼哭，實難交令。等候爹爹到此，再作計較。（內吶介）（艾原人同上，忠白）參見爹爹！（艾白）陰平山路如何？（忠白）此嶺之西，皆是峻壁，不能開鑿。（艾白）吾軍到此，已行了七百餘里，若過此地，便是江油城，豈可後退？自古道："不入虎穴，焉得虎子。"吾與爾等到此，倘得成功，富貴共之。（衆同白）我等依元帥所爲。（艾白）好！先將衣甲器械擲下山去。（擺四片山子，衆擲介，白）衣甲等擲下山去。（艾白）爾等自用毛氈裹身，滾下山去。（各滾下）（撤山立石碑介）（從上場門，衆上，艾白）老天加護，此嶺度過。各穿甲冑，持械而行。（衆同白）眼前有一碑碣。（艾白）待我看來！（看介）"漢丞相諸葛題。"下面有字，待我一看："二火初興，有人到此。二士爭衡，不久自死。"喂呀！那武侯真乃神人也！（唱）

觀看此碑自思想，諸葛妙算果然強。未來之事早酌量，真乃神人下天堂。保主創業真不往，六出祁山美名揚。七擒孟獲威名蕩，能借東風知陰陽。三氣周瑜一命喪，大膽吊孝赴柴桑。神機妙算不必講，遁甲奇門件件強。鄧艾怎比諸葛亮，倒身下拜也應當。大小三軍向前往，捨死忘生走一場。

（衆同白）眼前有一空寨。（艾白）此地可有土著民人？喚來一問。（照白介）（二民人上，白）老爺饒命！（艾白）你們起來，有話問你。（二民人同白）老爺請講！（艾白）此地因何設立空寨？（二人同白）爺爺有所不知。昔日武侯曾撥兵一千，守此險隘。今蜀主聽信黃皓之言，撤去防兵，故有此空寨。(艾白)你們回避了。(二人同白)是！(下)(艾白)喂呀，嚇死人也，此地若有防兵，慢説一千，就是一百，我、我滾下山來，焉有活命？此乃天助成功也！衆將官，捨命向前。若成大功，在此一舉了。(唱)

聽他言來吃一驚，鄧艾低頭自沉吟[1]。孔明早已安排定，此地設立一千兵。阿斗誤把黄皓寵，攪亂朝綱國不寧[2]。將此防兵撤回境[3]，怎知我鄧艾度陰平？你若有兵我無命，你今無兵吾成功。本帥登臺忙傳令[4]，兵丁將官聽分明。須知生死有天定，前面就是江油城。爾等退縮皆無命，捨死前進須立功。三軍忘生齊奮勇，但願得蒼天加護把西蜀平。(同下)

校記

[1] 鄧艾低頭自沉吟："自"，原本作"白"，今改。"吟"，原本作"音"，今改。
[2] 攪亂朝綱國不寧："攪"，原本作"狡"，今改。
[3] 將此防兵撤回境："境"，原本作"鏡"，今改。
[4] 本帥登臺忙傳令："臺"，原本作"特"，今改。

九　　場

(報子上，白)俺江油城下探子是也。打聽魏將軍鄧艾暗度陰平，直奔江油而來。此事重大，急急報與馬元帥知道便了。(下)

十　　場

(四文堂上，馬邈上，白)轅門站立兵和將，每日習練擺戰場。(詩)只願吾主太不明，信寵黄皓亂宮廷。荒淫並不理朝政，民受倒懸不得寧。(白)本帥鎮守江油城總兵馬邈。此城樓連陰平。當年武侯在陰平設立防兵一千，雖是空曠之地，也是緊要之所。武侯死後，不想主上信聽黄皓之言，將防兵一千全行撤回。如今這江油城事體重大，每日操演衆兵。吩咐校場伺候。(報上，白)報啓元帥，小人探聽魏將鄧艾暗度陰平，滾山而下，如潮水一般，直奔此而來。(馬白)再探！(報白)得令！(下)(馬白)喂呀，妙吓！如今鄧艾到此，我城兵微，再要請兵救援，惟恐孤城難保，白送一城性命。但他到此，莫若獻關投降爲妙。是此昏憒之君，保他無益[1]。將此事對夫人商議。掩門！(卒下)(小圓場，馬白)來，有請夫人！(院白)請夫人出堂。(旦上，

（白）夫受皇家爵，吾沾雨露恩。老爺！（馬白）夫人請坐！（旦白）老爺請！（馬白）丫環，看酒宴伺候！（旦白）吓！老爺，屢聞邊報軍情緊急，老爺全無憂慮，是何理也？（馬白）夫人有所不知，大事自有姜伯約。（旦白）話雖如此，既食君祿，當報君恩。老爺所守城池要緊。（馬白）夫人言之有理，怎奈今日主公信寵黃皓，溺於酒色。聞報鍾會兵紮劍閣，吾料禍不遠矣。現今魏兵暗度陰平，直奔江油而來。拙夫主意已定，魏兵來時，降之爲上，何必慮哉？（旦白）老爺此言差矣。妾有一言老爺聽了。（唱）

老爺在上容奴講，妾有一言聽端詳。先主當年把業創，桃園結義遇關張。弟兄三顧臥龍崗，聘請諸葛共商量。後來又收子龍將，長坂坡前救小王。以後孫權把計想，誆哄皇叔過長江，要害先帝一命喪。太后宮中知其詳，喬公曾對太后講，甘露寺內當面相。馬跳檀溪命險喪，弟兄重會得安康。張松獻圖地理講，得戰成都貶劉璋。要報弟仇統兵將，定拿孫權過長江。後有陸遜兵權掌[2]，先王當他小兒郎。火燒連營損兵將，先王憂慮病臥床。可嘆皇叔一命喪，白帝城內龍歸滄[3]。傳與主公西蜀掌，溺於酒色亂朝堂。君若有過臣莫講，言君之過理不當。縱怨黃皓賊奸黨，不看當今看先王。老爺降魏不可想，惟恐罵名萬古揚。直言妾對老爺講，未行此事當不當？（馬白）住口！（唱）

聞言怒氣高萬丈，無名火起撞胸膛。這等言語不必講，棄却昏王又何妨？鼠肚雞腸婦人量，絮絮叨叨理不當。（旦唱）

好言好語對他講，反說我是雞鼠腸。榮華富貴何必想，活在人世也無光。（下）

（報上白）報！啓爺，魏將鄧艾攻城。（馬白）再探！（報白）得令！（下）（馬白）來，開城迎接！（下）（連場上，設城）（衆原人同上）（馬白）江油城總兵馬邈參見元帥！（艾白）將軍免禮！（馬白）謝元帥！（艾白）將軍城中糧草？（馬白）糧草足用。西川圖看。（排子，院上，白）稟老爺，夫人自縊了。（馬白）知道了。（艾白）馬將軍，令正因何自縊？（馬白）實不相瞞，末將之妻勸末將不可降魏，末將將他嚇退，故而自縊。（艾白）竟有此事？可喜呀可敬[4]。（唱）

阿斗昏迷漢祚顛，天差鄧艾取西川。可憐西蜀英雄漢，不及將軍夫人賢。（白）馬將軍，可將令正屍首好好成殮，待我奏明魏王，自有封點。（馬白）謝元帥！（艾白）衆將官，兵發涪城！（田白）且慢！啓元帥，我兵涉險而來，甚是勞苦。暫且歇兵數日，然後進兵。（艾白）大膽田續！你可知本帥用兵如神,你敢亂我軍規[5]。來!(照白)有!(艾白)推出斬了!(忠白)啓元帥,初次立功,不可傷損大將。(艾白)來,又出帳去。(衆押田下)(艾白)馬將軍,煩作嚮導,兵發涪城!(【排子】,同下)

校記

[1]保他無益:"益",原本作"意",今改。
[2]陸遜:原本作"陳進",今改。
[3]白帝城内龍歸滄:"歸"字原無,今據文意補。
[4]可喜呀可敬:"可",原本作"不",今依下文意改。
[5]你敢亂我軍規:"規",原本作"歸",今改。

十 一 場

(四卒上,總兵俊上,白)鎮守涪城,晝夜擔驚。(報上,白)報!啓爺,魏將鄧艾暗度陰平,江油城馬元帥降魏,大兵離城不遠。(俊白)再探!(報白)得令!(下)(俊白)且住!馬邈降魏,吩咐衆將出城迎接。(設城,艾原人上,俊白)元帥在上,末將張俊參見!(艾白)將軍免禮!(俊白)謝元帥!(艾白)再向前是何城池?(俊白)眼前已是綿竹了。(艾白)馬將軍,將西川圖取來。(排子看介,白)涪城至成都一百六十餘里,山川道路關狹險峻。若守涪城,倘被蜀軍人攔住前山,萬難成功。若姜維兵到,我軍危矣。鄧忠、師纂聽令!命你二人帶兵三千,攻取綿竹,不得有誤。(忠、師同白)得令!(下)(艾白)吩咐犒賞三軍,掩門!(同下)

二 本

頭 場

(四朝臣劉諶、黃皓、諸葛瞻[1]、諸葛尚同上,唱)

【點絳唇】(劉)位列朝班,(黃)奉主駕前。(尚)掌兵權。(瞻)英名留傳,(衆同)但願君安民安。

(劉白)下官北地王劉諶。(黃白)咱家掌朝,太監黃皓。(尚白)下官駙

度 陰 平　837

馬諸葛尚。（瞻白）下官車騎將軍諸葛瞻。（劉白）列位請了。（衆三人同白）請！（劉白）父王陞殿，兩廂伺候！（四太監、大太監站門，阿斗上）

【引】坐鎮西川，刀兵不安然。（坐場詩）父王結拜在桃園，關張同心創江山。魏蜀與吳爭漢鼎，傳位我朕坐西川。

（白）孤劉禪在位，想先主創業，得取成都。可嘆父王在白帝城昇遐，傳位與朕。前番有鍾會等興兵犯境，曾命姜伯約統兵抵敵，未得回報。（郤正上，白）忙將軍情事，上殿奏主知。臣郤正見駕[2]，主公千歲。（阿白）平身！（郤白）千千歲！（阿白）卿家上殿，有何本奏？（郤白）臣接探魏將鄧艾，暗度陰平，江油、涪城均已降魏，現奔綿竹而來，請旨定奪。（阿白）卿家歸班。（郤白）領旨！（下）（阿白）黃卿，方纔聽奏，看事如何？（黃白）啓陛下，依臣所見，此乃詐傳耳。神人必不肯誤，傳師婆上殿一問，便知分曉。（阿白）替孤傳旨。（黃白）領旨。千歲有旨，喚師婆上殿！（內白）師婆已逃跑了。（黃白）啓千歲，師婆已逃跑了。（阿白）知道了。駙馬。（瞻白）臣。（阿白）方纔郤正所奏，卿有准備？（瞻白）啓奏陛下，現今姜維兵屯劍閣，以顧前門，那想後户，怎知鄧艾暗度陰平？這江油等城，反行降魏。每日主公寵用師婆，今又逃跑。事已急急！可見此等之人，係屬攻乎異端也。臣既與國家執掌兵權，粉身碎骨[3]，此乃臣之道也。（唱）

殿前近禮把駕參，細聽爲臣有一言。臣蒙先帝恩非淺，先父保主定西川。臣父在日有磐算，陰平安設兵一千，惟恐彼處有顚險，可見臣父志略寬。誰想千歲見識淺，無故將兵撤回還。還怎知鄧艾多能幹，暗度陰平膽包天。馬邈若得決一戰[4]，自有來路不能還。馬邈反把關城獻，張俊與理也傷天。江油涪城魏兵佔，再奪綿竹定入川。事已危急有誰管，師婆何不用異端？太平年間讒言獻，吐氣揚眉在駕前。鄧艾現今離不遠，有何詭計保平安？事到如今何更辦，不怕罵名後人傳。臣食熊心虎豹膽，爲國忘身理當然。主公寬心休挂念，不拿鄧艾誓不還。（阿唱）

孤王聞聽一聲嘆，駙馬言辭朕了然。總是孤家才學淺，不該身軟聽讒言。如今休把寡人怨，思前容易後悔難。如今危急有大難，可嘆黎民受倒懸。江油涪城被他佔，鄧艾定來取西川。綿竹倘若有失閃，想保成都難上難。戰將任憑駙馬選，領兵一萬莫遲延。倘然上天垂青眼，早滅魏兵奏凱還。（瞻唱）

臣領大兵去交戰，在討前隊先行宮。（阿唱）

卿家所奏多益善，孤王有語便開言。武將班中誰大膽，敢爲前部先行官？（尚唱）上前領旨臣情願，要與吾主定江山。

（白）微臣願往。（阿白）卿家願往，朕封爲前部先行。但願父子此去，旗開得勝，馬到成功。（瞻、尚同白）臣等領旨。（下）（阿白）衆卿！（衆同白）臣（阿白）方纔駙馬之言，叫朕無言可對。我追思已往之事，我也是悔之晚矣了。（唱）

方纔駙馬所奏言，爲王輾轉好幾番。朕若說他是巧辯，我朕與心怎對天？他父爲國受顛險，精忠保主第一員。如今鄧艾把城佔，大量奪回猶恐難。倘若綿竹有失閃，我朕江山一旦完。但願上天垂青眼，護佑黎民保西川。孤王傳旨把班散，（衆分下）（阿白）哎！（唱）我思前容易後悔難。（下）

校記

［1］諸葛瞻：原本作"諸葛占"，今改。下同。
［2］臣郤正見駕："郤"字後原有"音"字，今刪。
［3］粉身碎骨："粉"，原本作"分"，今改。
［4］馬邈若得決一戰："一"，原本作"以"，係音同之誤，徑改。

二　　場

（四將官、張遵、黃崇、李球、彭和、諸葛尚上，起霸，白）奉王旨意出朝班，領兵保守綿竹關。此去與賊決一戰，爲國捐軀理當然。俺前部先鋒諸葛尚。父帥點兵，在此伺候。（諸葛瞻唱）

【醉花陰】忠心爲國定西川，掌兵權實實挂在心間。挑選的英雄漢，百忙裏將令速傳。吃緊的去交戰，必須要秉赤膽捨命向前。那怕他虎穴龍潭，但願得奏凱還。（坐介）（尚白）參見父帥。（瞻白）站立兩旁。（衆同白）哦！（瞻詩）威風凜凜坐將臺，炮響三聲紫霧開。英雄勇躍如猛虎，將士紛紛兩邊排。（白）本帥諸葛瞻。只因鄧艾佔據江油、涪城等處。今領旨前往綿竹防守。先行聽令！此番前去會陣，先將汝祖父木像推赴陣前，看視如何？吩咐起兵前往。【排子】，同下）

三　　場

（四下手上，師篡、鄧忠同上，白）領了元帥令，同到綿竹城。俺（師白）師纂。(忠白)鄧忠。(師白)請了!(忠白)請了!(師白)你我奉了元帥將令,奪取綿竹。衆將官!(同白)哦!(師白)起兵前往!(排子)(斜一字)(師白)前道爲何不行?(手下白)兵抵綿竹。(師、忠同白)前去攻城。(瞻、尚推孔明像上)(忠、師敗下)(介白)大敗。(尚白)不可追趕,收兵!(同下)

四　　場

(四文堂上,鄧艾上,唱)

師纂鄧忠同領兵,戰取綿竹未回程。

(師、忠同上,白)參見父帥、元帥。(艾白)罷了!你二人爲何這等模樣?(師、忠同白)我二人攻城,蜀營之中,諸葛亮統兵臨陣,因此未敢會陣,故而敗回。(艾白)嘟!爾等無知[1]!豈不知孔明早故?縱然孔明便生,吾豈懼哉!汝等輕退,以致敗回。來!(介白)有!(艾白)推出斬首!(衆同白)求元帥看小人,饒恕二位。(叩頭介)(艾白)也罷!看在衆將份上,饒你二人。(師、忠同白)謝父帥、元帥。(報子上,白)報!啓元帥,孔明之子諸葛瞻爲大將,其子諸葛尚爲先鋒[2],車上推是孔明木像,特報元帥。(艾白)再探!(報白)得令!(下)(艾白)成敗之機,在此一舉。汝二人再不取勝,定要斬首!你二人再添兵一萬,會陣諸葛父子,不得有誤!(師、忠同白)得令!(衆領下)(艾白)衆將官,掩門!(衆同白)哦!(同下)

校記

[1]爾等無知:"知",原本作"志",今改。
[2]其子諸葛尚爲先鋒:"先",原本作"行",今改。

五　　場

(瞻、尚同上,衆原人同上,師、忠衆原人上,會陣)(師、忠同白)來將通名!(瞻白)吾乃西蜀駙馬諸葛瞻。你等何名?(師白)吾乃左先鋒師纂。(忠白)右先行鄧忠。(師、忠同白)你等不能出戰,何必用木像退敵?可謂無恥也!(瞻笑介)哈哈哈!無知幼兒,你既知木像,爾等驚慌,不敗回營去,更爲無恥也!(師、忠同白)休得狂言,放馬過來!(起打,忠、師受鞭、槍傷,敗下)(瞻白)衆將官,收兵!(下)

六　　場

　　（艾原人同上，艾白）眼觀旌旗起，耳聽好消息。（師、忠同上，白）參見父帥、元帥。我等與蜀兵決一死戰，不想被諸葛父子鞭、槍下逃命，請父帥、元帥觀看。（艾白）爾等既受重傷，後營調治。（師、忠同白）謝父帥、元帥。（同下）（丘本白）元帥，鄧、師二將乃我國上將，殺法精通，連敗二陣，傷損兵將。可見西蜀諸葛父子，智勇雙全。此地他父子擋住，要取成都萬萬不能。（艾白）本帥也想到此，若急速破，必爲患矣。（本白）將軍何不作書誘之？（艾白）待我寫來。（排子）（艾白）喚軍兵二名。（二旗牌上，同白）元帥有何吩咐？（艾白）有書一封，送至蜀營，回報我知。（分下）（四上手、瞻唱）

　　適纔大戰在荒郊，兩國不和動槍刀。魏賊再來把戰討，管教賊子命難逃。將身來至連環寨，但聽爾郎禀根苗。（二旗牌上，唱）

　　二人且把西蜀到[1]，不定死活在今朝。（白）來此已是。那位在？（手下白）那裏來的？（二旗牌同白）魏營鄧將軍，有書前來。（手下白）候着！禀爺，魏營鄧將軍差人下書。（瞻白）傳他進來。（手下白）是！下書人，元帥傳你，小心了！（二旗牌同白）是！元帥在上，小人叩頭。有鄧將軍書信，請爺觀看。（瞻白）呈上來。（看介，白）大膽鄧艾，藐視本帥，其情可惱！（扯書介，白）來，斬他一個！不斬者持首級而回。（推只下）（瞻白）衆將一齊出馬。（會陣，鄧艾原人同上）（瞻白）來者何人？通名受死！（艾白）本帥鄧艾。來者莫非諸葛瞻麼？（瞻白）然也。我主與你主各居一天，何故攻取，侵犯邊疆，是何道理？（艾白）將軍那裏知道，天命歸一，群雄莫爭。現今西蜀衰亡，魏主鹹滅殆盡，天命人心自知。足下若能悉知時務，真心納降，不失封侯監節，何必苦相争持？（瞻白）住口！這天下吾主擎受漢業，豈能容曹蠻賊子便成一統[2]？汝等可爲徒妄想癡心也。（唱）

　　憶昔先帝欲滅曹[3]，火燒赤壁功勞高。曹賊並不學正道，曹丕篡位謀漢朝。也是上天垂青兆，又出司馬逞英豪。如今又稱帝王號，天命定數也難逃。各守邊疆佔界道，兩國免得動槍刀。秦楚聯姻兩和好，永息干戈最爲高。如今興兵來攪擾，反要橫行爲那條？勸你收兵捲旗號，黎民免受塗炭勞[4]。（艾唱）

　　你效秦楚經綸道，鄧艾非是小兒曹。各路諸侯俱滅了，西川並不挂心梢。陰平尚且不能保，虎口相嘲枉徒勞[5]。早獻成都是正道，不失封侯爵祿

高。(瞻唱)

某盡臣節全忠孝,蜜語甜言費辛勞。狐群狗黨有多少,好比鬼魅與山魈。(艾唱)

自古有道伐無道,有德居位無德消,順者存逆者暴,免得屍首拋荒郊。(瞻唱)

大膽鄧艾言語巧,本帥豈肯把爾饒?爾等不過雞犬道,撒馬前來槍對刀。(起打,起殺,瞻敗,進城下)

(艾白)蜀兵敗進關城。衆將官,將城四面圍住。(抄只下)

校記

[1] 二人且把西蜀到:"西"字原本無,今據文意補。
[2] 豈能容曹蠻賊子便成一統:"能",原本作"不",今改。
[3] 憶昔先帝欲滅曹:"憶",原本作"一",今改。
[4] 黎民免受塗炭勞:"塗炭",原本作"途嘆",今改。
[5] 虎口相嘲枉徒勞:"枉",原本作"往",今改。

七　　場

(張遵、黃崇、李球、彭和、諸葛尚上[1],瞻唱)

昨日大戰在荒郊,鄧艾武藝果然高。只因主公行無道,荒淫酒色亂了朝。可恨奸黨賊黃皓,又信師婆爲那條[2]?當年吾父神機妙,胸藏三略隱六韜。陰平雖小最緊要,安設防兵把將召。可嘆先主駕晏了,吾主擎業坐了朝。托孤先父把主保,六出祁山費辛勞。司馬父子命難逃,上天垂念把他保。地雷火炮被雨澆[3],人叫人死終難了,天叫人死人難逃。因此得病不見效,五丈原內父命拋。蜀主並不行王道,信寵黃皓亂了朝。他說陰平糧餉浩,撤了防兵最爲高。不想鄧艾膽量好,暗度陰平真英豪。可恨江油賊馬邈,貪生怕死降魏朝。涪城張俊犬狼盜,也效馬邈爲那條?鄧艾兵多將不少,他父子英勇殺法高。看來孤城難已保,打量我等命難逃。天命造就循環到,前因定數枉徒勞。邁步且進連環寨,必須另想計一條。

(報子上,白)報!啓元帥,鄧艾攻城,請令定奪。(瞻白)再探!(報白)得令!(下)(瞻白)且住。鄧艾攻城,惟恐有失。寡不敵衆,待我修書一封,去往東吳求救便了。(排子)(瞻白)彭和聽令!(和白)在!(瞻白)這有書信一封,帶在身邊。本帥等出馬會陣,那時汝可乘機闖過魏營,到東吳求救。(和白)得令!(瞻白)衆將官,殺上前去!(出城會陣)(彭和下)(起打,鄧艾原人同上,殺蜀將同死,箭射瞻死介)(艾白)諸葛父子落馬,不可傷他們的死屍!擺隊進城。(入城介)(艾白)綿竹已得,料成都盡在掌握之中。歇兵三日,再取成都。(領起,同下)

校記

[1] 諸葛尚上:"上"字,原本無,今補。
[2] 又信師婆爲那條:"爲",原本作"未",今改。
[3] 地雷火炮被雨澆:"澆",原本作"絞",今改。

八　　場

(四太監、一大太監、四朝臣站門上,阿斗上,唱)

孤王陞至銀安殿,朝臣待漏五更寒。如今鄧艾把城佔,駙馬去守綿竹關。尤恐上天有更變,想保成都萬上難。(郤正上,唱)

慌忙邁步忙上殿,軍情奏與吾主前。(白)臣郤正參駕,吾主千歲!(阿白)平身!(正白)千千歲!(阿白)卿家爲何這等模樣?(正白)啓奏主公,今有探馬報導,綿竹已失,諸葛父子落馬,大兵直奔成都而來。(阿白)竟有此事!不好了。(唱)

聽一言來魂飄蕩,不由孤王着了忙。兵臨城下有誰擋,再與衆卿作商量。

(白)衆卿,想成都兵微將寡,難以迎敵。不如早棄成都,奔了南中七郡,其地險峻,可以自守,就借蠻兵,再來克復,其意如何?(譙白)千歲不可!南蠻久反之人,平昔無惠,今倘投之,必遭大禍。(皓白)啓千歲,蜀吳同盟,今是危急,可以投之。(譙白)自古以來,無寄他國爲天子者。臣料魏能吞吳,吳不能吞魏。若稱臣於吳,是一辱也。若吳被魏亡[1],魏必列土以封陛下,則上能自守宗廟,下可保安黎民。陛下天裁[2]。(諶白)住了!大膽黃皓,勸主降魏,真乃偷生腐儒,豈可妄議社稷大事?自古安有降天子哉!(阿白)今衆皆議當降,汝獨仗血氣英勇,欲令滿城流血耳?(諶白)想先帝在日,黃皓、譙周未嘗干預國政[3]。今妄議大事,輒敢亂言,甚非禮也!兒臣料成都之兵,尚有數萬,姜維全師皆在劍閣[4],若知魏兵犯境,必來救應,內外攻擊,可成大功！豈可聽腐儒之言，輕廢先帝之基業？（阿白）唗！大膽之子，汝乃無志之徒，豈識天時？（諶白）父王吓！若勢窮力極，禍敗將即，便當父子君臣背城一戰，同死九泉，去見先帝可也！奈何降乎？想先帝非易創立基業，今一旦棄之，吾寧死不辱也。（阿白）衆卿，將他趕下殿去！（衆同白）下去！（諶哭介）喂呀！（唱）

父王忿怒把旨傳，兩旁奸佞心內歡。扭轉身形把主看，刀絞肝腸一樣般。仰面朝天自思嘆，祖父陰靈在哪邊？開基創業真好漢，費盡心機得西川。指望後輩永長遠，鐵桶成都一旦完。兒臣願死見祖面，不能屈膝降曹蠻。無奈撩袍忙下殿，再到此處難上難[5]。（哭下）

（阿白）這逆子無知，忿怒下殿去了。內臣，將金印取來。譙卿，你作表一道，捧金印，一同張詔、鄧良去至雒城降順。領旨下殿。（衆同白）領旨！（同下）（阿白）此番進表降順，爲保軍民得安也。（唱）

譙周捧印把表獻，願保黎民得安然。內臣擺駕忙下殿，但願衆卿平安還。（下）

校記

[1] 若吳被魏亡："亡"，原本無，今依文意補。
[2] 陛下天裁："裁"，原本作"才"，今改。
[3] 譙周："譙"字，原本漏，今補。
[4] 姜維全師皆在劍閣："師"，原本作"帥"，今改。
[5] 再到此處難上難："此"字，原本無，今據文意補。

九　　場

（四文堂上，鄧艾上，唱）

昨日陣前去交戰，諸葛父子忠義全。果然俱是英雄漢，可嘆他父子喪陣前。武將理當亡國難，美名留與萬古傳。

（報子上，白）報！啓元帥，蜀主差官三員前投降。（艾白）竟有此事？有請！（報白）有請！（譙原人上，白）將軍在上，我等奉主之命，現有降表金印，請將軍取納。（艾白）三位大人請坐！（譙同白）謝坐！（艾白）現有降書，待我一觀。（排子，白）好！待修起回書。（排子，白）這有回書一封，拜上蜀主。我等大兵何日進城，即奉一封，後帳有宴，大家暢飲。（譙同白）有擾了。請！（同下）

十　場

（崔氏上，白）眼跳心驚，坐臥不寧。（諶上坐，悲介。崔氏白）大王今日爲何顏色異常？（諶白）夫人有所不知，只因鄧艾領魏兵暗度陰平，奪了江油、涪城、綿竹等地，已至雒城。父王已納降，明日君臣出城，迎接鄧艾。眼看社稷從此殄滅，吾欲先死，以見祖父於地下，定不屈膝於他人也。（崔氏白）賢哉吓，賢哉！得其死矣。妾願先死王前。（諶白）哎！（崔氏白）王死父，妾死夫，其意同也。夫亡妻死，何必問焉？（唱）

　　未聞此言長籲嘆，目望王爺請聽言。如今魏兵離不遠，眼看社稷一旦完。黃皓他把讒言獻，欺主年邁做事顛。勸主投降何臉面，貪生屈膝跪賊前。王爺既死妻也願，夫唱婦隨理當然。今日一別永難見，九泉之下再團圓。説罷一畢將身轉，不如一命喪黃泉。（哭下）（諶唱）

　　眼見夫人後堂轉，不如斬了三兒男。

（監上，白）啓王爺，夫人自縊了。（諶笑介，唱）聽一言來心內嘆，可敬賢妻死在先。（白）內臣，你開了太廟，灑掃乾净，本宮祭奠。（監白）是！（下）（諶白）且住！夫人已死，還有三個兒男，要他們何用？待我將他們全行斬了。（唱）莫要父死子離散，不如舉家赴九泉[1]。（下）

校記

[1] 不如舉家赴九泉："舉家"，原本作"居家"，今依文意改。

十一　場

（太監上，白）咱家奉王爺之命，開了太廟，待我灑掃，在此伺候！（諶上，帶血介，扶頭介，唱）

　　一家四人均被斬，不如一死樂安然。（白）內臣回避，喚你再來！（太監白）是！（下）（諶人頭供上，叫頭）先主，先主！誰想今日，全軍盡殁，國散人亡吓！（唱）

　　見靈牌不由我心中悲慘，傷心淚一陣陣灑在胸前。到如今我居家四口人死散，想不到失祖業怎入黃泉？先帝爺住樓桑根脉不淺，與關張弟兄們結拜桃園。初起首破黃巾世間罕見，他弟兄戰呂布虎牢關前。救孔融也算得義氣肝膽,在徐州各失散好不可憐！到後來投河北袁紹恨願,在古城重相見又得團圓。那蔡瑁誆祖父險遭大難,跳檀溪險些兒命喪黃泉。水鏡村司馬徽祖父會面[1],徐元直薦諸葛臨別之言。臥龍村請武侯出頭露面,火燒了新野典初展機關。嘆祖父奔夏口當陽被難,受辛勞纔得了西川。遇陸遜遭了顛險[2],被火焚得命回還。中他計傷兵大半,因此上病把身纏。想兄弟晝夜思念,托孤後命歸黃泉。我的父擎祖業指望久遠,再不想錦繡春如火化烟。聽奸臣讒言語不依兒勸,一定要將成都付與曹蠻。身受辱去稱臣有何臉面?不如我赴陰曹待奉祖先。殺妻子斬嬌兒以絕思念,就即便我死後心也得安。手執劍不由我心中悲嘆,心中悲嘆。我的先主爺,我劉諶今日死分所當然。

（白）君臣甘屈膝,爲我獨悲傷。去矣西川事,哀哉北地王！捐身酬列祖,搖前泣上蒼。凛凛人如在,蒼天吶蒼天！誰云漢已亡。(排子,叩頭介)(自刎介,下)(太監上,白)廟内不見動靜,待我看來。(看介)原來王爺自刎。宮人們,快來！(四宮人上,太監白)王爺自刎,抬至宮内,待我奏與吾主知道。(排子,【尾聲】,同下)

完

校記

[1] 水鏡村：原本作"水晶村",今改。
[2] 陸遜：原本作"張遜",今改。

圖書在版編目(CIP)數據

三國戲曲集成・清代花部卷/胡世厚主編；衛紹生，楊波，胡世厚校理. —上海：
復旦大學出版社,2018.6
ISBN 978-7-309-13346-2

Ⅰ.三… Ⅱ.①胡…②衛…③楊… Ⅲ.地方戲劇本-作品綜合集-中國-清代 Ⅳ.I230

中國版本圖書館CIP數據核字(2017)第262980號

三國戲曲集成・清代花部卷
胡世厚　主編　衛紹生　楊　波　胡世厚　校理
總　策　劃/張蕊青
責任編輯/吳　湛
裝幀設計/馬曉霞

復旦大學出版社有限公司出版發行
上海市國權路579號　郵編：200433
網址：fupnet@fudanpress.com　http://www.fudanpress.com
門市零售：86-21-65642857　團體訂購：86-21-65118853
外埠郵購：86-21-65109143　出版部電話：86-21-65642845
浙江新華數碼印務有限公司

開本 787×1092　1/16　印張 54.5　字數 848 千
2018 年 6 月第 1 版第 1 次印刷

ISBN 978-7-309-13346-2/I・1078
定價：250.00 元

如有印裝質量問題，請向復旦大學出版社有限公司出版部調換。
版權所有　　侵權必究